TARAN MATHARU

DIE DÄMONEN AKADEMIE

Das Buch

Seit er sich erinnern kann, lebt der Waisenjunge Fletcher in einem kleinen Dörfchen weit im Norden von Hominum, fast an der Grenze zum Elfenland. Obwohl der gutmütige Schmied Berdon ihn wie seinen eigenen Sohn aufgezogen hat, ist Fletcher immer ein Außenseiter geblieben. Eines Tages bekommt er von einem Gaukler ein Buch über Dämonenbeschwörungen geschenkt, und obwohl er eigentlich nicht an diesen Unsinn glaubt, schleicht er sich in der Nacht auf den kleinen Dorffriedhof und rezitiert eine der Beschwörungsformeln. Kaum hat er die letzte Silbe gesprochen, erscheint wie aus dem Nichts ein kleiner, Feuer spuckender Dämon namens Ignatius! Als Fletcher kurz darauf eines Verbrechens angeklagt wird, das er nicht begangen hat, müssen er und Ignatius fliehen. Gemeinsam machen sie sich auf den Weg zu einer geheimnisvollen Akademie, auf der Fletcher zum Dämonenkrieger ausgebildet werden soll, denn Orks drohen, die Welt der Menschen zu überfallen, und einzig die Dämonenkrieger können sie aufhalten. Für Fletcher ist es der Beginn eines atemberaubenden und lebensgefährlichen Abenteuers …

Der Autor

Taran Matharu wurde 1990 in London geboren und entdeckte schon früh seine Leidenschaft für Geschichten. Nach seinem BWL-Studium und einem Praktikum bei Random House UK schrieb er 2013 seinen ersten Roman *Die Dämonenakademie*, der auf der Leserplattform Wattpad innerhalb kürzester Zeit zum Publikumsliebling avancierte. Seither widmet sich Taran Matharu ganz dem Schreiben. Der Autor lebt und arbeitet in London.

TARAN MATHARU

DIE DÄMONEN AKADEMIE

DIE SAGA IN EINEM BAND

Aus dem Englischen übersetzt
von Michael Pfingstl

WILHELM HEYNE VERLAG
MÜNCHEN

Titel der Originalausgaben:
THE SUMMONER
THE INQUISITION
THE BATTLEMAGNE

MIX
Papier aus verantwortungsvollen Quellen
FSC® C083411

Verlagsgruppe Random House FSC® N001967

3. Auflage
Redaktion: Joern Rauser

Printed in Germany
Umschlaggestaltung: DAS ILLUSTRAT, München
Umschlagillustration und Karte: Małgorzata Gruszka
Illustrationen Dämonenlexikon: David North
Satz: Uhl + Massopust GmbH, Aalen
Druck und Bindung: CPI books GmbH, Leck

ISBN 978-3-453-32020-8
www.heyne-fliegt.de

Band 1

Der Erwählte

Hautziehen
Pitz-Feld
Venatio
Vorder-
eingang
Hauptkammer
Hinter-
eingang
Vorkammer
Grube
Naumachie
Lavabecken
Karte der Pyramide

Karte Hominums
Elfenlande
Akhad-Wüste
Pelz
Bärenzahnberge
Faverham-
Wald
Boreas
Corcillum
Antioch
Dämonenakademie
Vesania-Meer
Grafschaft Rale
Orkdschungel
Die Pyramide
Koboldstollen
Der Wasserfall
Die Sümpfe

1

JETZT ODER NIE. Falls Fletcher danebenschoss, musste er hungrig ins Bett. Es dämmerte schon, und er war spät dran. Wenn er es nicht rechtzeitig zurück zum Dorf schaffte, wäre das Tor bereits verschlossen, und dann müsste er entweder die Wachen mit Geld bestechen, das er nicht hatte, oder im Wald schlafen.

Gerade hatte sich der Elch an einer mächtigen Kiefer den Flaum vom Geweih geschabt. An der Größe und Statur sah Fletcher, dass es sich um ein Jungtier handelte – ein prachtvolles Exemplar mit glänzenden, klugen Augen, das dieses Jahr sein erstes Geweih trug. Fletcher schämte sich beinahe, einem so schönen Geschöpf nachzustellen. Das hielt ihn allerdings nicht davon ab, sich schon jetzt auszumalen, wie viel er dafür bekäme. Das dicke Fell würde bei den Händlern einen guten Preis einbringen, vor allem jetzt im Winter. Bestimmt fünf Schilling oder noch mehr. Das Geweih war in hervorragendem Zustand, wenn auch ein wenig klein. Vier Schilling, wenn er Glück hatte. Am meisten hatte er es jedoch auf das rote, saftige Fleisch abgesehen. Fletcher konnte beinahe hören, wie das Fett zischend ins Kochfeuer tropfte.

Dichter Nebel hing in der Luft, der sich wie Tau auf seiner Kleidung niederschlug. Im Wald war es ungewöhnlich still. Normalerweise fuhr der Wind raschelnd durch die Äste und übertönte jedes Geräusch, das er beim Pirschen machte, im Augenblick aber traute sich Fletcher kaum zu atmen. Er nahm seinen Bogen von der Schulter und legte einen Pfeil auf die Sehne. Es war sein bester, der Schaft schön gerade, mit einer Befiederung aus echten Gänsefedern, nicht dem billigen

Truthahnzeug, das es auf dem Markt zu kaufen gab. Er nahm einen flachen Atemzug und spannte die Sehne. Sie fühlte sich glitschig an. Fletcher hatte sie mit Gänsefett eingeschmiert, um sie vor der feuchten Luft zu schützen.

Er spähte am Schaft entlang und richtete die Spitze auf den Elch aus. Fletcher kauerte etwa zehn Schritt entfernt im hohen Gras, es war ein schwieriger Schuss, aber bei Windstille würde zumindest keine Böe den Pfeil aus der Bahn wehen.

Er ließ vollkommene Ruhe in Körper und Geist einkehren, wie er es durch mühselige Erfahrung gelernt hatte, atmete dann aus und ließ los. Fletcher hörte das Schwirren der Sehne und schließlich das dumpfe Klatschen, mit dem der Pfeil einschlug.

Es war ein großartiger Schuss, genau in die Brust. Die Spitze drang durch die Lunge und mitten ins Herz. Der Elch brach zusammen und wühlte in seinen Todeszuckungen den Waldboden ringsum auf.

Fletcher spurtete los und zog noch im Laufen sein Häutemesser aus der Oberschenkelscheide, aber das Tier war bereits tot, bevor er es erreichte. Ein schneller, sauberer Tod, wie Berdon gesagt hätte. Aber Töten war nie sauber. Das schaumige Blut, das aus dem Maul des Elchs quoll, zeigte es in aller Deutlichkeit.

Vorsichtig zog Fletcher den Pfeil heraus. Der Schaft war noch heil, nicht einmal die Spitze aus Feuerstein war an den Rippen des Tiers gesplittert. Fletcher war zwar ein guter Pfeilmacher, aber die Zeit, die es ihn jedes Mal kostete, ärgerte ihn. Viel lieber arbeitete er in Berdons Schmiede und schlug mit dem Hammer ein glühendes Eisen in Form. Vielleicht mochte er einfach die Hitze dort und den befriedigenden Schmerz in den Muskeln nach einem Tag harter, ehrlicher Arbeit. Oder es lag an dem Geld, das Berdon ihm bezahlte. Die schweren Münzen fühlten sich in Fletchers Taschen gut an.

Der junge Elch war schwer, aber bis zum Dorf war es nicht weit. Das Geweih bot sich als praktischer Griff an, und der Kadaver ließ sich ohne allzu große Mühe über das feuchte Gras ziehen. Das einzige Problem waren jetzt noch die Wölfe und Wildkatzen. Immer wieder kam es vor, dass sie einen Jäger auf dem Heimweg um seine Mahlzeit brachten, manchmal sogar um sein Leben.

Fletchers Jagdgründe lagen auf den Hängen der Bärenzahnberge. Der Name rührte von den zwei charakteristischen spitzen Gipfeln her, die wie Reißzähne aussahen. Das Dorf lag in dem Joch genau dazwischen, den einzigen Zugang bot eine steile Schotterstraße, die vom Tor aus gut einzusehen war. Die gesamte Siedlung wurde von einer hohen, hölzernen Palisade umfasst, aus der in regelmäßigen Abständen Wachtürme ragten, aber Überfälle waren selten. Während der fünfzehn Jahre, die Fletcher nun schon auf der Welt war, hatte es nur einen einzigen gegeben. Glücklicherweise hatte es sich damals lediglich um eine kleine Bande Banditen gehandelt, nicht um einen Überfall der Orks, die sich so hoch im Norden und weit entfernt vom Dschungel nur selten blicken ließen. Dennoch nahm der Rat die Bewachung des Dorfes sehr ernst, und wer nach der neunten Glocke am Tor auftauchte, bekam ernsthafte Schwierigkeiten, wenn er noch eingelassen werden wollte.

Fletcher stapfte durch das dichte Gras neben der Straße und schleifte den Elch hinter sich her. Auf keinen Fall wollte er das wertvolle Fell beschädigen. Pelze und Tierhäute gehörten zu den wenigen Handelsgütern, die sein Dorf zu bieten hatte. Sie hatten ihm auch seinen Namen gegeben: Pelz.

Der Weg bergauf war steil und mühsam, vor allem bei hereinbrechender Dunkelheit. Die Sonne war bereits hinter einem Kamm verschwunden, und Fletcher wusste, dass die Glocke jeden Augenblick läuten würde. Er biss die Zähne zusammen und beschleunigte seinen Schritt, rutschte prompt aus und schlug sich das Knie auf. Dann fluchte er laut, erst recht, als er das Tor sah: Es war geschlossen. Die Nachtwache hatte bereits ihre Laternen entzündet. Offensichtlich hatten die nichtsnutzigen Büttel früher Schluss gemacht und waren schon auf dem Weg in die Taverne.

»Ihr faulen Hunde, die neunte Glocke hat noch nicht mal geläutet«, rief Fletcher und ließ das Elchgeweih los. »Lasst mich rein! Ich werde nicht hier draußen übernachten, nur weil ihr es nicht erwarten könnt, euch um den Verstand zu saufen!« Er trat mit dem Stiefel gegen das Tor.

»Schon gut, Fletcher, immer mit der Ruhe. Hier drinnen gibt es brave Bürger, die jetzt gern schlafen würden«, ertönte eine Stimme von oben. Das war Didric. Mit einem hinterhältigen Grinsen auf dem rundlichen Gesicht lehnte er sich über die Brüstung.

Fletcher zuckte zusammen. Ausgerechnet Didric Cavell, der Schlimmste von allen, musste heute Nachtwache haben. Er war fünfzehn, also genauso alt wie Fletcher, führte sich aber auf wie ein Erwachsener. Fletcher mochte ihn nicht. Didric war ein Fiesling und immer auf der Suche nach der nächsten Gelegenheit, seine Macht auszuspielen.

»Ich habe die Tagwache heute früher nach Hause geschickt. Ich nehme meine Pflichten nämlich sehr ernst, musst du wissen. Morgen kommen die Händler, da kann man nicht vorsichtig genug sein. Man weiß nie, was für Gesindel da draußen herumschleicht.« Didric amüsierte sich königlich über die kleine Spitze.

»Lass mich rein, Didric. Wir wissen beide, dass die Tore bis zur neunten Glocke geöffnet bleiben müssen«, erwiderte Fletcher. Er hatte noch nicht zu Ende gesprochen, da ertönte sie auch schon, so laut, dass sie im ganzen Tal unterhalb widerhallte.

Didric hielt sich eine Hand ans Ohr. »Was sagst du? Ich kann dich nicht hören!«

»Ich habe gesagt, du sollst mich reinlassen, du Idiot. Was du tust, ist gegen das Gesetz! Wenn du nicht sofort öffnest, werde ich es dem Rat sagen müssen!« Wütend funkelte er den blassen Nichtsnutz oben auf der Palisade an.

»Ja, das wäre dein gutes Recht. Aller Wahrscheinlichkeit nach würden wir allerdings beide bestraft werden, und was hätten wir dann davon? Warum treffen wir nicht eine Abmachung: Du gibst mir den Elch, und ich bewahre dich davor, die Nacht draußen im Wald verbringen zu müssen.«

»Du kannst dir deine Abmachung sonst wohin schieben!«, schrie Fletcher. Eine so unverfrorene Erpressung hätte er nicht einmal Didric zugetraut.

»Komm schon, Fletcher, sei vernünftig. Jetzt im Winter wird nicht mal dein Lagerfeuer die Wölfe und Wildkatzen abhalten. Wenn sie kommen, kannst du entweder die Beine in die Hand nehmen oder dich ihnen als Appetithäppchen zum Fraß vorwerfen. Und selbst wenn du überleben solltest, morgen früh wirst du so oder so mit leeren Händen durch dieses Tor gehen. Lass mich dir doch helfen.« Seine Stimme klang beinahe freundlich, als tue er Fletcher einen Gefallen.

Dessen Gesicht brannte vor Zorn. So etwas hatte er nie zuvor erlebt. Ungerechtigkeiten waren im Dorf an der Tagesordnung, und Fletcher hatte längst hingenommen, dass er in einer Welt, die in Reich und Arm unterteilt war, auf jeden Fall zur zweiten Gruppe gehörte. Aber was der Sohn eines der reichsten Männer in ganz Pelz da gerade versuchte, war glatter Diebstahl. »Du hältst dich wohl für besonders schlau?«, knurrte er wütend.

»Von uns beiden halte ich nun mal das bessere Blatt in Händen und tue nur, was die Vernunft mir gebietet.« Das ganze Dorf wusste, dass Didric Sprechunterricht bekam, damit er sich möglichst geschwollen ausdrücken konnte. Sein Vater hoffte, Didrics Chancen auf einen Posten als Richter in einer der größeren Städte Hominums auf diese Weise zu verbessern.

»Aber eins hast du dabei vergessen«, murrte Fletcher. »Bevor ich dir meinen Elch überlasse, schlafe ich lieber draußen im Wald.«

Didric lachte. »Ha, das wollen wir doch mal sehen! Ich hab noch die ganze Nacht Zeit. Wird bestimmt unterhaltsam, dir dabei zuzusehen, wie du versuchst, dir die Wölfe vom Leib zu halten.«

Fletcher wusste, dass er Didric nur einen Gefallen tat, wenn er sich auch noch ärgerte. Also schluckte er seine Wut hinunter und versuchte es ein weiteres Mal. »Du bekommst den Elch nicht. Das Fell allein ist fünf Schilling wert, das Fleisch bringt noch mal drei ein. Jetzt lass mich rein, und wir vergessen das Ganze. Ich werde dich auch nicht anzeigen«, schlug er vor, obwohl er innerlich immer noch kochte.

»Sieh es doch mal so: In Anbetracht der Situation kann ich dich gar nicht reinlassen, ohne dass dabei für mich was rausspringt. Aber da ich heute meinen großzügigen Tag habe, werde ich mich mit dem Geweih zufriedengeben. Dann bekommen wir beide, was wir wollen, und können uns endlich Gute Nacht sagen.«

Didrics Dreistigkeit war nicht zu fassen. Fletcher rang einen Moment lang mit sich selbst, gab aber schließlich doch nach. Die vier Schilling, die er verlor, wenn er das Geweih hergab, waren eine Nacht in seinem sicheren warmen Bett durchaus wert. Auch wenn es für Didric nur ein Taschengeld sein mochte. Mit einem Seufzer zog er sein Häutemesser heraus. Es war zwar äußerst scharf, aber zum Absägen des Geweihs nun mal nicht geeignet. Das prächtige Tier so zu verstümmeln war eine Schande, doch Fletcher blieb wohl nichts anderes übrig, als dem Elch den Kopf abzuschneiden.

Kurz darauf hatte er, wenn auch mit einiger Mühe, den Hals samt Wirbelsäule durchtrennt. Zu spät sah Fletcher, dass das Blut aus der frischen Wunde seine Mokassins vollgetropft hatte. Er verzog das Gesicht und hielt den Kopf mit dem prächtigen Geweih hoch. »Siehst du? Jetzt komm und hol ihn dir«, rief er zu Didric hinauf und schwenkte die grausige Trophäe.

»Ich glaube kaum, dass du ihn freiwillig rausrücken wirst, wenn du erst mal drinnen bist. Wirf ihn mir zu, jetzt!«, erwiderte Didric.

»Was?« Fletcher blinzelte ungläubig.

»Wirf ihn herauf, oder unsere Abmachung ist null und nichtig. Ich will dir das Geweih nicht mit Gewalt abnehmen müssen und mir dabei die schöne Uniform versauen.«

Fletcher stöhnte und holte aus. Als er warf, spritzte weiteres Blut aus dem durchtrennten Hals, und zwar geradewegs auf seine Tunika. Der Elchkopf segelte über Didric hinweg und landete mit einem Klatschen in seinem Rücken.

Didric machte keinerlei Anstalten, sich danach zu bücken. »War mir ein Vergnügen, mit dir Geschäfte zu machen, Fletcher. Wir sehen uns dann morgen. Und viel Spaß im Wald!«, rief er gut gelaunt.

»Warte!«, schrie Fletcher zurück. »Was ist mit unserer Abmachung?«

»Die ist vollauf erfüllt. Du hast doch vorhin selbst behauptet, du würdest lieber draußen im Wald übernachten, als mir den Elch zu überlassen. Bitte schön. Du hast, was du wolltest, und ich habe, was ich wollte. Wir können uns endlich Gute Nacht sagen. In Zukunft solltest du besser auf den genauen Wortlaut einer Vereinbarung achten, Fletcher. Es ist das Erste, was man an der Richterschule lernt.« Didric machte Anstalten zu gehen.

»Das war überhaupt nicht die Abmachung! Lass mich rein, du fieser Wurm!« Fletcher trat erneut gegen das Tor.

»Tut mir leid, keine Zeit. Im Gegensatz zu dir erwartet mich nämlich ein schönes, warmes Bett«, erklärte Didric lachend und drehte sich weg.

»Du hast Nachtwache, du kannst jetzt nicht nach Hause!«, brüllte Fletcher. Wenn der Kerl tatsächlich seinen Posten verließ, würde er es ihm heimzahlen und ihn anzeigen. Eigentlich war er keine Petze, aber für Didric würde er eine Ausnahme machen.

»Aber nein, ich hab gar keinen Wachdienst«, ertönte Didrics Stimme von der Treppe, die auf der anderen Seite der Palisade hinunterführte. »Habe ich auch nie behauptet. Ich hab Jakov lediglich angeboten, seinen Posten zu übernehmen, während er seine Blase erleichtert. Er müsste gleich zurück sein.«

Fletcher ballte die Fäuste. Das Ausmaß von Didrics Niedertracht war nicht zu fassen. Sein Blick wanderte von dem geköpften Elch zu seinen besudelten Mokassins, während sein Gesicht feuerrot anlief, und während ihm die Galle hochstieg, hatte er nur einen einzigen Gedanken: Die Sache würde ein Nachspiel haben, und was für eins!

2

»RAUS AUS DEN FEDERN, FLETCHER. Heute ist der Tag im Jahr, an dem du mal nicht verschlafen darfst. Ich kann mich nicht um den Stand kümmern und gleichzeitig die Zugpferde beschlagen.«

Fletcher öffnete die Augen, sah Berdons rötliches Gesicht im Türrahmen und zog sich stöhnend die Felldecke über den Kopf. Es war eine lange Nacht gewesen – gestern. Jakov hatte ihn eine Stunde lang vor dem Tor warten lassen und dann nur unter der Bedingung ins Dorf gelassen, dass er ihm beim nächsten Mal in der Taverne ein Bier ausgab. Und dann hatte Fletcher noch den Elch häuten, das Fleisch in Streifen schneiden und sie zum Räuchern in den Kamin hängen müssen, bevor er sich endlich hinlegen konnte.

Fletcher hatte sich nur ein einziges saftiges Stück gegönnt und es halb roh verschlungen, weil er nicht abwarten konnte, bis das Fleisch durch war. Im Winter war es ratsam, möglichst viel davon aufzuheben, weil man nie wusste, wann es wieder welches geben würde.

»Jetzt, Fletcher! Und wasch dich. Du stinkst wie ein Iltis, ich möchte nicht, dass du die Kundschaft verscheuchst. Niemand kauft was bei einem Landstreicher.« Berdon zog ihm die Decke weg, dann ließ er Fletcher allein und kehrte in die Schmiede zurück.

Fletcher schnitt eine Grimasse und setzte sich auf. Im Zimmer war es wärmer, als er erwartet hatte. Berdon musste die ganze Nacht am Ofen gestanden und für den Markttag geschmiedet haben. Fletcher hatte sich längst daran gewöhnt, zu dem Lärm von Hammerschlägen, dem Fauchen des Blasebalgs und dem Zischen des glühenden Metalls im Abschreckbecken einzuschlafen.

Er schlurfte durch die Schmiede zu dem kleinen Brunnen hinter dem Haus, holte den Eimer herauf und schüttete sich nach kurzem Zögern das eiskalte Wasser über den Kopf. Seine Tunika und die Hose bekamen auch einiges davon ab, was aber nicht schadete, da sie vom gestrigen Jagdausflug immer noch blutverschmiert waren. Mehrere Eimer voll und eine tüchtige Abreibung mit dem Bimsstein später kehrte Fletcher in die Schmiede zurück. Er zitterte am ganzen Körper und presste sich die Arme an die Brust.

»Lass dich mal ansehen.« Berdon lehnte im Durchgang zu seinem Zimmer, der Schein des Schmiedefeuers ließ sein langes Haar noch röter erscheinen. Er war mit Abstand der größte Mann im Dorf, die vielen Stunden am Amboss hatten seine Schultern breit werden lassen, sein Brustkorb hatte den Umfang eines Weinfasses. Neben ihm sah Fletcher, der für sein Alter ohnehin dünn und klein war, noch winziger aus.

»Dachte ich's mir doch. Du brauchst eine Rasur. Selbst meine Tante Gerla hat einen dichteren Bart als du. Schneid dir den Flaum von der Oberlippe, bis du dir einen richtigen Bart wachsen lassen kannst – so wie ich.« Mit blitzenden Augen zwirbelte er die Enden seines imposanten roten Schnauzers.

Fletcher wusste, dass er recht hatte. Heute kamen die Händler, viele hatten ihre Töchter dabei. Sie waren alle in der Stadt geboren und aufgewachsen, trugen lange Faltenröcke und kunstvoll geflochtene Frisuren. Auch wenn er aus Erfahrung wusste, dass die meisten bei seinem Anblick nur die Nase rümpfen würden, konnte es nicht schaden, wenn Fletcher zumindest einigermaßen vorzeigbar aussah.

»Ab jetzt mit dir. Während du dich rasierst, lege ich dir was zum Anziehen raus. Und keine Widerrede! Je adretter du aussiehst, desto besser fürs Geschäft.«

Die Schmiede befand sich gleich neben dem Tor, und die Palisade führte nur wenige Meter hinter der Rückwand von Fletchers Zimmer vorbei. In dem Zwischenraum stand ein Waschzuber, daneben lag ein kleiner Spiegel. Dorthin ging Fletcher nun, kehrte in die klirrende Kälte zurück und schabte sich mit seinem Häutemesser den schwarzen Flaum aus dem Gesicht. Dann begutachtete er das Ergebnis im Spiegel.

Er war so blass wie die meisten in Pelz. Die Sommer hier waren kurz, nicht mehr als ein paar glückliche Wochen, während derer die Jungen auf Forellenfang gingen und Haselnüsse über dem Feuer rösteten. Es war die einzige Zeit des Jahres, zu der Fletcher sich nicht wie ein Außenseiter fühlte.

Sein Gesicht war kantig, er hatte hohe Wangenknochen und dunkelbraune Augen, die vielleicht einen Hauch zu tief in den Höhlen saßen. Sein Haar war pechschwarz und so dicht, dass Berdon es mit der Schere für die Schafe schnitt, wenn es gar zu lang und wild wurde. Fletcher wusste zwar, dass er nicht hässlich war, aber im Vergleich zu den reichen, wohlgenährten Söhnen mit ihren roten Wangen und dem blonden Haar war er eben auch nicht hübsch. Kaum jemand hier oben im Norden hatte dunkles Haar. Dass Fletcher so herausstach, war jedoch kein Wunder: Er war ein Findelkind gewesen, das jemand vor dem Tor von Pelz ausgesetzt hatte. Noch so etwas, das ihn von allen anderen Einwohnern unterschied.

Berdon hatte ihm eine blaue Tunika und leuchtend grüne Hosen aufs Bett gelegt. Als Fletcher sie sah, lief er kreidebleich an, verkniff sich unter Berdons strengem Blick aber jeden Kommentar. Außerdem war die gewagte Farbkombination am Markttag nichts Ungewöhnliches. Die Händler kleideten sich oft noch viel schriller.

»Umziehen kannst du dich ja alleine«, sagte Berdon mit einem Grinsen und verschwand.

Fletcher wusste, diese kleinen Sticheleien waren Berdons Art, seine Zuneigung zu zeigen, also nahm er sie sich nicht zu Herzen. Fletcher war ohnehin kein geselliger Typ. Er redete nicht viel und behielt seine Gedanken meist für sich, und Berdon nahm das so hin. Sie waren ein seltsames Paar: Fletcher, der stille Lehrling, und Berdon, der ruppige, aber gutmütige Junggeselle. Doch sie kamen zurecht. Außerdem war ihm Fletcher bis in alle Ewigkeit dankbar, weil er sich als Einziger im Dorf bereit erklärt hatte, das Findelkind aufzunehmen.

Ohne Korb und ohne Windel hatte er nackt vor den Toren im Schnee gelegen und sich die Lunge aus dem Leib geschrien. Die hochnäsigen Reichen wollten ihn nicht haben, und die Armen konnten sich keinen zusätzlichen Esser leisten. Es war damals der härteste Winter aller Zeiten und die Nahrung entsprechend knapp gewesen. Schließlich hatte Berdon angeboten, ihn aufzunehmen – er hatte ihn ja auch gefunden. Berdon war nicht reich, aber er hatte niemanden zu versorgen und außerdem das ganze Jahr über Arbeit. Insofern war er der ideale Kandidat.

Von seiner Mutter wusste Fletcher gar nichts, nicht einmal ihren Namen, und er hasste sie zutiefst. Was für ein Mensch ließ das eigene Kind zum Sterben im Schnee liegen? Schon immer hatte er sich gefragt, ob seine Mutter vielleicht aus Pelz stammte und ihn aus irgendwelchen Gründen nicht hatte großziehen können … oder wollen. Oft musterte er verstohlen die Gesichter der Dörflerinnen und verglich sie mit seinem eigenen. Dabei wusste er selbst nicht weshalb: Keine der Frauen sah ihm auch nur entfernt ähnlich.

Der Stand mit den schimmernden Schwertern und Dolchen war bereits aufgebaut. Er befand sich direkt an der Hauptstraße, die vom Tor aus quer durchs ganze Dorf führte. Und er war nicht der einzige. Der ganze Weg war von weiteren Ständen gesäumt, die Felle und Fleisch verkauften, Möbel aus dem Holz der großen Kiefern, die an den Hängen des Bärenzahns wuchsen, und silberne Bergblumen für die Gärten der reichen Städterinnen.

Außerdem war Pelz für seine Lederwaren bekannt. Die hervorragend gearbeiteten und oft schön bestickten Jacken und Wämser waren im ganzen Land gefragt, und Fletcher hatte es auf eine ganz bestimmte abgesehen. Während des Jahres hatte er den Großteil seiner Felle an andere Jäger weiterverkauft und mittlerweile über dreihundert Schillinge für diese eine zusammengespart. Von hier aus konnte er sie sogar sehen, ein Stück weiter die Straße entlang. Die Schneiderin Janet hatte mehrere Wochen gebraucht, um sie anzufertigen. Falls sie am Markttag keinen besseren Preis dafür bekam, konnte er sie für dreihundert Schilling haben, hatte sie ihm versprochen.

Die Jacke war großartig. Das Futter bestand aus flauschigem, grauem Berghasenfell mit haselnussfarbenen Sprenkeln. Das mahagonibraune Leder war glatt wie Seide, aber robust und zudem wasserdicht. Die Farbe bekam nicht so leicht Flecken, und das Leder würde auch den Dornen im Unterholz widerstehen, wenn Fletcher auf Pirsch ging. Die

Schließen bestanden aus einfachen Schlaufen und Holzknebeln, oben an der Jacke befand sich eine spitze Kapuze. Fletcher sah sich bereits, wie er damit im Regen mit einem Pfeil auf der Sehne im Gestrüpp kauerte, ohne zu frieren.

Berdon saß gleich hinter ihm vor der Schmiede, neben ihm der Amboss und ein Haufen Hufeisen. Die Waffen und Rüstungen, die er machte, waren von bester Qualität, aber er hatte festgestellt: Mit dem Beschlagen der Zugtiere der Händler ließ sich ebenfalls gutes Geld machen. Die lange und anstrengende Reise an den abgelegenen Dörfern am Fuß des Bärenzahns entlang nahm hier erst ihren Anfang.

Letztes Jahr, als die Händler vorbeikamen, war Fletcher den ganzen Tag beschäftigt gewesen. Nachdem alles verkauft war, hatte er schließlich noch die Schwerter der Kunden geschärft. Damals hatten sie ihnen die Waffen förmlich aus der Hand gerissen. Hominum hatte den Elfen den Krieg erklärt und damit eine zusätzliche Front an der Nordseite des Bärenzahns eröffnet. Die Elfen hatten sich geweigert, ihre jährliche Steuerzahlung zu leisten, die Hominum als Gegenleistung für den Schutz vor den Orks aus dem Süden verlangte. Nach der Kriegserklärung hatten die Händler vermehrte Überfälle vonseiten der Elfen befürchtet und sich entsprechend bewaffnet. Allerdings war es nur zu ein paar kleineren Scharmützeln gekommen. Die beiden Kriegsparteien einigten sich bald darauf, die Gewalt nicht unnötig eskalieren zu lassen. Denn in einem waren sich Hominum und die Elfenclans doch einig: Der eigentliche Feind waren die Orks.

»Werde ich dieses Mal ein bisschen Zeit haben, mich umzusehen?«, fragte Fletcher.

»Ich denke schon. Zurzeit braucht kaum jemand neue Waffen. Die Garnison hier besteht zwar hauptsächlich aus Greisen und Krüppeln, aber die Händler scheinen überzeugt zu sein, dass allein die Anwesenheit der Truppen genügt, um Strauchdiebe abzuschrecken. Das Schlimmste ist, dass sie damit wahrscheinlich sogar recht haben und kaum jemand eins von unseren Schwertern kaufen wird. Wenigstens wissen wir seit deinem Ausflug an die Front vor neun Monaten, dass das Heer meine Schwerter auch weiterhin kaufen wird.«

Die Erinnerung an den Gewaltmarsch zu dem jenseits des Gebirgskamms gelegenen Fort jagte Fletcher einen Schauer über den Rücken. Es war nicht gerade schön dort. Alle harrten nur aus und warteten darauf, dass ihre Dienstzeit zu Ende ging. Die Elfenfront war so etwas wie eine Müllhalde: Jeder, den das Heer nicht mehr gebrauchen konnte, endete dort – die Hungrigen und Ausgebrannten, die keinen Augenblick länger in der Lage waren zu kämpfen.

Die Spreu vom Weizen trennen, so hatten die Soldaten im Fort es genannt. Manche schätzten sich dennoch glücklich, weit entfernt von den grässlichen Grabenkämpfen im Süden zu sein. An der Orkfront starben die Männer zu Tausenden. Ihre Köpfe wurden zu Trophäen, die man am Rand des Dschungels auf Lanzen spießte.

Die Orks waren ein wildes, hirnloses Volk. Sie kannten keine Gnade, nur Grausamkeit, doch auch die Elfenfront hatte ihre Schrecken: elender Hunger aufgrund zu kleiner Rationen, endloses Exerzieren zum Gebrüll gelangweilter Offiziere, die nichts Besseres mit ihrer Zeit anzufangen wussten, während die Generäle in ihren beheizten Hütten saßen und die Männer draußen froren.

Der Quartiermeister hatte eigentlich kein Geld ausgeben wollen, aber nachdem ein neues Kontingent Soldaten eingetroffen war, brauchte er doch mehr Waffen. Die Versorgung über den Bärenzahnpass war mehr als spärlich. Also war Fletcher mit einem Bündel Schwerter auf dem Rücken losmarschiert und hatte sie zu einem weit höheren Preis an ihn verkauft, als sie eigentlich wert waren. Der Sack voller Silberschillinge, mit dem er den Rückweg antrat, war beinahe genauso schwer wie die Schwerter, die er über den Pass geschleppt hatte. Hätte er dem Quartiermeister Musketen verkauft, wäre er sogar in Goldtalern bezahlt worden. Berdon hoffte, dass er seine Schmiedewaren bei den Händlern vielleicht gegen solche Feuerwaffen eintauschen konnte, um sie dann im nächsten Jahr teuer an den Quartiermeister weiterzuverkaufen.

Als Fletcher in jener Nacht in einer der Baracken auf einer fremden Pritsche lag und auf den Sonnenaufgang wartete, damit er endlich nach Pelz zurückkehren konnte, schwor er sich, nie an einem solchen Ort zu enden, selbst wenn er Soldat werden sollte.

»He du, Junge, schaff deinen Stand da aus dem Weg. Die Händler kommen ja gar nicht durchs Tor, so nah bist du an der Straße dran«, riss ihn eine unfreundliche Stimme aus seinen Gedanken.

Sie gehörte Didrics Vater Caspar. Er war schlank und groß und trug feinste Gewänder aus goldbesticktem, purpurrotem Samt. Caspar funkelte ihn an, als empfinde er bereits Fletchers bloße Existenz als Beleidigung. Didric stand grinsend neben ihm, das blonde Haar mit Wachs zu einer Scheitelfrisur an den Kopf gekleistert.

Fletchers Blick wanderte zu dem benachbarten Stand, der noch ein ganzes Stückchen näher an der Straße war als seiner.

»Ich sag es dir nicht noch mal. Gehorche, oder ich hol die Büttel«, bellte Caspar.

Fletcher schaute Berdon an, aber der zuckte lediglich die breiten Schultern und nickte. Im Großen und Ganzen bedeutete es keinen Unterschied. Jemand, der Waffen kaufen wollte, würde den Stand so oder so sehen.

Didric zwinkerte und machte eine scheuchende Handbewegung.

Fletcher stieg die Zornesröte ins Gesicht, aber er gehorchte. Didrics Vater mochte ein mächtiger Mann sein, aber Fletcher würde seine Rache schon noch bekommen. Als Geldverleiher hatte Caspar praktisch das gesamte Dorf in der Tasche. Wenn ein Neugeborenes Medizin aus der Stadt brauchte, war Caspar zur Stelle. Wenn die Jagdsaison schlecht ausfiel oder ein Haus abbrannte, war Caspar zur Stelle. Wie sollten die Dörfler, die kaum ihren Namen unter einen Vertrag setzen konnten, auch die Klauseln durchschauen, in denen von Zins und Zinseszins die Rede war? Erst wenn es zu spät war, stellten sie fest, dass sie sich Caspars Kredite gar nicht leisten konnten. Dennoch genoss der Halsabschneider hohes Ansehen im Dorf, und das machte Fletcher wütend.

Während er sich abmühte, den Stand von der Straße wegzuziehen, und die ersten polierten Dolche von der Schaufläche in den Morast fielen, ertönte die Dorfglocke. Die Händler waren da!

3

ES BEGANN WIE JEDES MAL: mit dem Knarren der Wagenräder und dem lauten Knallen der Peitschen. Die Schotterstraße, die zum Tor hinaufführte, war steil und uneben. Auf dem letzten Stück trieben die Händler ihre Zugpferde unbarmherzig an, um einen Platz möglichst nahe am Dorfzentrum zu ergattern. Die letzten bekamen stets nur einen unmittelbar am Tor – und damit zu weit entfernt vom geschäftigen Treiben im Herzen von Pelz.

Caspar stand am Tor, winkte sie durch und nickte den Fahrern lächelnd zu. Fletcher musterte die Pferde: Ihre Flanken glänzten von Schweiß, die Augen waren stumpf und müde. Ein schuldbewusstes Lächeln trat auf sein Gesicht, denn er wusste, Berdon würde alle Hände voll zu tun bekommen. Fletcher hoffte nur, dass sie genügend Hufe hatten, um sie alle neu zu beschlagen.

Auf den letzten Wagen, der das Tor passierte, folgten zwei Reiter mit dichten blonden Schnauzbärten und Schirmmützen. Ihre Pferde waren keine Ackergäule wie die Zugtiere der Händler, sondern schwere Schlachtrosse mit mächtigem Brustkorb und Hufen, so groß wie Teller. Mit klirrendem Zaumzeug trabten sie durch das Tor auf das unebene Pflaster der Dorfstraße.

Fletcher hörte Berdon leise fluchen. Die Musketen und pechschwarzen Uniformen mit den Messingknöpfen machten die Reiter weithin als Pinkertons erkennbar, Gesetzeshüter aus der Stadt. Aus ihren Satteltaschen ragten metallbeschlagene Knüppel, unter deren Wucht Arm- und Beinknochen wie Zweige brachen. Die Pinkertons unterstanden dem König direkt und waren bekannt dafür, ihre Waffen ohne Zögern einzusetzen. Fletcher konnte sich zwar nicht vorstellen, was sie bei der Karawane verloren haben mochten, aber ihre Anwesenheit bedeutete zumindest, dass die Händler auf ihrer Reise gut beschützt waren. An Fletchers Stand würde es ein ruhiger Tag werden.

Beide hatten blonde Locken und kalte, graue Augen. Sie sahen einander so ähnlich, als wären sie Brüder. Nachdem sie abgestiegen waren, kam der größere der beiden mit seiner Muskete in der Hand geradewegs auf Fletcher zu. »Junge, die Pferde brauchen Wasser und Futter. Bring sie zum Dorfstall.«

Fletcher sah ihn nur blinzelnd an. Der barsche Ton des Mannes verschlug ihm die Sprache. Der Pinkerton deutete ungeduldig auf die Pferde, doch Fletcher wollte seinen Stand nicht unbeaufsichtigt lassen.

»Macht Euch nichts draus. Er ist nicht der Hellste«, mischte sich Caspar ein. »Hier gibt es keinen Dorfstall, aber mein Sohn wird sich um Eure Pferde kümmern. Didric, bring sie zu unserem Anwesen, und sag dem Stalljungen, er soll sich ganz besonders gut um sie kümmern.«

»Aber, Vater, ich wollte ...«, erwiderte Didric bettelnd.

»Jetzt! Und beeil dich!«, schnitt ihm Caspar das Wort ab.

Didric wurde rot und warf Fletcher einen finsteren Blick zu, dann nahm er die Zügel der Pferde und führte sie die Straße entlang davon.

»Nun, was verschafft uns die Ehre Eures Besuchs? Wir haben seit Wochen keine unbekannten Gesichter in der Gegend gesehen, falls Ihr auf der Suche nach Gesetzlosen seid«, sprach Caspar weiter und streckte dem Pinkerton die Hand hin.

Der groß gewachsene Gesetzeshüter schüttelte sie zögernd. Nun, da sein Pferd in Caspars Obhut war, musste er sich wohl oder übel benehmen. »Unser Auftrag führt uns an die Grenze zum Reich der Elfen. Der König wünscht, verurteilte Verbrecher für sein Heer zu verpflichten. Im Gegenzug werden sie begnadigt. Wir werden mit den Generälen sprechen, um zu sehen, was sie davon halten.«

»Interessant. Selbstverständlich wusste ich, dass die Truppenaushebungen in letzter Zeit weniger ergiebig waren, und dennoch ist dies eine Überraschung. Was für eine elegante Lösung für das Problem«, erwiderte Caspar mit einem starren Lächeln. »Vielleicht könnten wir uns beim Abendmahl und einem Becher Weinbrand ein wenig genauer über die Angelegenheit unterhalten? Unter uns gesagt, das Dorfwirtshaus ist eine heruntergekommene Kaschemme. Ich würde mich glücklich schätzen, Euch beiden nach dieser anstrengenden Reise ein bequemes Bett für die Nacht anbieten zu können.«

»Das Angebot nehmen wir gern an. Wir kommen direkt aus Corcillum. Der Weg war weit, seit beinahe einer Woche haben wir nicht mehr auf einem sauberen Laken geschlafen«, erwiderte der Pinkerton und lupfte die Kappe.

»Dann werde ich Wasser für ein heißes Bad bereitstellen und Euch ein ausgiebiges Frühstück servieren lassen. Mein Name ist Caspar Cavell, ich bin so etwas wie der Dorfvorsteher hier …«, erklärte Caspar und führte die Männer davon.

Während das Gespräch allmählich in der Ferne verhallte, dachte Fletcher über das Gehörte nach. Auf die Idee, verurteilte Verbrecher zum Militärdienst zu verpflichten, wäre er niemals gekommen. In letzter Zeit hatte es immer wieder Gerüchte gegeben, dass schon bald alle jungen Männer eingezogen würden. Die Vorstellung ängstigte und faszinierte ihn zugleich. Das letzte Mal hatte es während des Zweiten Orkkriegs Zwangsverpflichtungen gegeben, und das war jetzt zwei Jahrhunderte her. Das junge Königreich Hominum hatte den Krieg angefangen, um den marodierenden Orkbanden das Handwerk zu legen. Sie stahlen das Vieh und brannten ganze Siedlungen nieder. Hunderte Dörfer waren ihnen zum Opfer gefallen, bevor es Hominum gelang, sie zurück in den Dschungel zu treiben.

Diesmal war die Aggression jedoch von Hominum ausgegangen. Man hatte begonnen, den Dschungel zu roden, um den immensen Holz- und Rohstoffbedarf für all die neuen Gebäude, Maschinen und Erfindungen zu decken. Sieben Jahre währte dieser Krieg nun schon, und ein Ende war nicht in Sicht.

»Wenn ich solche Musketen anfertigen könnte, bräuchten wir den Stand mit den Schwertern nicht mehr«, brummte Berdon.

Fletcher nickte. An der Front waren Musketen hochgefragt, aber nur die Zwerge in Corcillum wussten, wie man sie baute. Den geraden Lauf und den komplizierten Auslösemechanismus herzustellen war ein Geheimnis, das sie eifersüchtig hüteten. Seit die Waffen vor Kurzem im Heer eingeführt worden waren, brachten sie viel Geld ein. Von Pfeilen ließen sich Orks in der Schlacht kaum aufhalten, von Musketensalven allerdings schon.

Noch während Fletcher sinnierte, fiel sein Blick auf einen Mann, der gerade als Letzter durchs Tor kam. Es war ein grauhaariger Soldat mit unrasiertem Gesicht. Seine abgewetzte rot-weiße Uniform war von der Reise mit Schlamm und Dreck bespritzt. Mehrere der Messingknöpfe fehlten oder hingen nur noch an einem letzten Faden. Er schien unbewaffnet, was für einen Soldaten, der eine Handelskarawane begleitete, reichlich ungewöhnlich war.

Er hatte weder Pferd noch Wagen, lediglich ein Maultier, das mit schweren Satteltaschen bepackt war. Seine Stiefel waren in einem jämmerlichen Zustand, die Sohlen hatten Löcher und schmatzten bei jedem wackligen Schritt. Fletcher beobachtete, wie er sein Maultier an einem Eckpfosten des Stands gegenüber festband und dem Besitzer einen finsteren Blick zuwarf, noch bevor dieser protestieren konnte. Dann legte der Soldat eine Decke auf den Boden und breitete den Inhalt seiner Satteltaschen darauf aus. Höchstwahrscheinlich war er auf dem Weg zur Elfenfront – zu alt für den Kampf und zu unqualifiziert, um zum Offizier befördert zu werden. Als hätte er Fletchers Blick gespürt, wandte er ihm ganz plötzlich das grinsende Gesicht zu.

Fletcher sah, dass sein Gebiss ähnlich löchrig war wie die Stiefel, und reckte den Hals, um die Ware des Neuankömmlings zu bestaunen: Pfeilspitzen aus Feuerstein, so groß wie seine Hand und mit grässlichen Widerhaken versehen. Halsketten, von denen Zähne und abgeschnittene Ohren baumelten, legte der Soldat aus, als seien es teure Schmuckstücke. Ein Rhinozeroshorn mit metallener Spitze stellte er in die erste Reihe seiner Sammlung. Die Hauptattraktion war jedoch ein riesiger Orkschädel, den er in die Mitte der Decke legte. Mindestens zweimal so groß wie der eines Menschen, war er glatt poliert und von der Sonne gebleicht, der Knochenwulst über den Augen ragte unnatürlich weit aus der Stirn hervor. Die Eckzähne im Unterkiefer waren um einiges größer, als Fletcher sich solche Eckzähne je vorgestellt hätte. Mindestens so lang wie seine Zeigefinger. Offensichtlich handelte es sich bei der Ware um Kriegs-Souvenirs, die der Soldat hier im Norden, weit entfernt von der Orkfront zu einem guten Preis an den Mann zu bringen hoffte.

Fletcher drehte sich um und warf Berdon einen flehenden Blick zu, doch der schüttelte den Kopf. Mit einem Seufzen wandte sich Fletcher also wieder seinem eigenen Stand zu. Es würde ein langer, fruchtloser Tag werden.

4

EINE KLEINE MENSCHENTRAUBE hatte sich vor dem Stand des Soldaten versammelt, hauptsächlich waren es Kinder, aber auch ein paar Büttel aus dem Dorf, die weder etwas zu verkaufen noch Geld zum Ausgeben hatten.

»Kommt, kommt nur alle! Alles, was ihr hier seht, ist echt. An jedem dieser Gegenstände hängt eine Geschichte, die euch das Blut in den Adern gefrieren lassen wird. Wenn ihr sie hört, werdet ihr eurem Glücksstern danken, dass ihr hier oben im Norden geboren wurdet!«, verkündete der Mann mit überschwänglicher Geste. Er warf eine Speerspitze senkrecht in die Höhe, ließ sie sich mehrmals in der Luft überschlagen und fing sie geschickt wieder auf.

»Wie wär's mit dem Lendenschurz eines Kobolds oder einem Orknasenring? Was meint Ihr, Herr?«, sagte er zu einem nasebohrenden Knaben, der viel zu jung für die höfliche Anrede war.

»Was ist ein Kobold?«, fragte der Junge mit großen Augen.

»Die Orks halten sie als Sklaven. Man könnte sie mit den Knappen der Ritter von einst vergleichen, die sich um alles kümmerten. Sie sind die geborenen Diener und zum Kämpfen kaum zu gebrauchen. Außerdem werden sie gerade einmal so groß wie mein Unterschenkel.« Zur Demonstration hielt er eine Hand auf Höhe seines Knies.

Fletcher horchte auf. Selbst hier im Norden hatten die meisten Leute zumindest eine vage Vorstellung davon, wie Kobolde aussahen. Sie hatten zwei Beine – so wie die Orks – und kleideten sich stets nur mit einem um die Hüfte gewickelten Fetzen Stoff. Ihre fledermausartigen Ohren und die großen krummen Nasen machten sie genauso unverkennbar wie die langen dünnen Finger, mit denen sie Schnecken aus ihren Gehäusen zogen und Insekten aus verrottenden Baumstämmen puhlten. Ihre Haut war ebenso grau wie die der Orks, und sie hatten große, vorstehende Augen mit riesigen Pupillen.

»Wo hast du all das her?«, erkundigte sich der Knabe weiter und kniete sich neugierig vor die Decke.

»Von den Toten, mein Junge. Wo sie hingehen, können sie diese Dinge nicht mehr gebrauchen. Also sammle ich sie ein, um euch zu zeigen, wie es im Krieg so aussieht.«

»Bist du auf dem Weg zur Elfenfront?«, erkundigte sich einer der Dorfbüttel.

Als Fletcher sah, dass es sich um Jakov handelte, ging er eilig hinter seinem Stand in Deckung. Wenn Jakov ihn bemerkte, würde er ihm noch das Geld für das Bier abknöpfen, das er ihm schuldete. Aber Fletcher brauchte jeden Schilling für die Jacke.

»Das bin ich, aber nicht, weil ich nicht mehr kämpfen könnte, ganz bestimmt nicht. Ich bin der einzige Überlebende meiner Einheit. Wir wurden mitten in der Nacht aus dem Hinterhalt überfallen, gerade als wir auf Erkundung waren. Keine Chance und kein Entkommen.« Ein Hauch von Trauer stahl sich in seine Stimme, dennoch hatte Fletcher Zweifel, ob die Geschichte wirklich stimmte.

»Was ist passiert?«, hakte Jakov nach und musterte den Mann skeptisch.

»Ich möchte nicht darüber reden«, murmelte der Soldat mit gesenktem Blick. »Die Erinnerung ist zu schlimm.«

Die Zuhörer buhten, und die Traube vor dem Stand löste sich allmählich auf. Spätestens jetzt hielten alle den Kerl für einen Lügner.

»Schon gut, schon gut!«, rief er, als er seine Kundschaft davonlaufen sah. Wahrscheinlich war Pelz der letzte Halt auf seiner Reise, und die Soldaten an der Front dürften sich kaum für seine Ware interessieren, da sie selbst allzu vertraut damit waren.

»Unser Befehl war, das vorausliegende Gelände zu erkunden«, begann er, und die Menge kehrte prompt zurück. »Den Dschungel in unserem Rücken hatten wir bereits gesäubert, also wollten die Offiziere die Front weiter nach vorn verlegen.«

Er wurde merklich selbstsicherer, und Fletcher erkannte einen geborenen Geschichtenerzähler in ihm.

»Die Nacht um uns herum war finsterer als das Fell einer schwarzen Katze, nicht mal der Mond beleuchtete unseren Weg. Als wir uns durchs Dickicht schlugen, haben wir einen Lärm veranstaltet – wie ein angreifendes Rhinozeros. Es war ein Wunder, dass die Orks nicht sofort über uns hergefallen sind«, fuhr er mit glasigen Augen fort, als durchlebte er die Schrecken jener Nacht noch einmal.

»Weiter!«, rief ein Junge von ganz hinten, was ihm sofort böse Blicke von den anderen einbrachte, die gebannt lauschten.

»Unser Schlachtmagier führte uns. Sein Dämon konnte nachts gut sehen. Das erleichterte das Vorwärtskommen ein bisschen, während wir anderen damit beschäftigt waren, unsere Musketen nicht versehentlich abzufeuern oder in der verfluchten Dunkelheit auf die Schnauze zu fallen. Ein Selbstmordkommando, wie man sich kein schlimmeres vorstellen kann, war das«, sprach der Soldat weiter und ließ die Speerspitze zwischen seinen Fingern kreisen.

»Sie haben euch einen Dämonenbändiger mitgegeben? Was für eine Verschwendung. Ich dachte, wir hätten nur wenige Hundert davon?«, fragte Jakov, mittlerweile weit mehr gefesselt als skeptisch.

»Der Einsatz war wichtig, aber stümperhaft geplant. Ich kannte unseren Magier kaum, aber er war ein guter Kerl, wenn auch nicht besonders mächtig. Die Schamanen der Orks begeisterten ihn, er löcherte die Soldaten nur so mit Fragen über sie und deren Dämonen. Ständig kritzelte er in seinem Buch. In den Dörfern, die wir eroberten, begutachtete er alles ganz genau und schrieb die Runen ab, die die Orks auf ihre Hütten gemalt hatten.« Der Soldat merkte, wie sein Publikum das Interesse verlor, weil er zu weit abschweifte.

»Wie dem auch sei«, fuhr er hastig fort, »schon bald zogen Wolken auf und verdeckten die Sterne, an denen wir uns orientiert hatten, sodass wir uns nun verliefen. Als dann der Regen einsetzte, war unser Schicksal besiegelt. Hat einer von euch schon mal versucht, mit nassem Schießpulver eine Muskete abzufeuern? Es ist eine Katastrophe, kann ich euch sagen!«

Er ließ die Speerspitze fallen und ballte ohnmächtig die Fäuste.

»Die Hauptwaffe der Orks ist der Wurfspieß. Wenn dich so ein Ding erwischt, reißt es dich von den Beinen – wie eine Kanonenkugel. Wenn der Spieß dich und deinen Hintermann nicht glatt durchschlägt, nagelt er dich auf den Boden oder an den nächsten Baum. Wie die Regentropfen kamen nun die Wurfspieße geflogen, und meine Kameraden gingen zu Boden wie die Grashalme unter der Sense eines Bauern. Wir sahen kaum, aus welcher Richtung die Spieße kamen, und schon nach der ersten Salve war die Hälfte von uns tot. Unser Magier nahm die Beine in die Hand, und ich habe mich an ihn drangehängt. Wenn irgendjemand die Chance hatte, hier lebend wieder rauszukommen, dann er. In wilder Panik rannten wir durch die Nacht und folgten dem Gezirpe seines Dämons.«

»Was für ein Dämon war das?«, fragte Jakov und rang vor Aufregung die Hände.

»Ich konnte ihn im Dunkeln nicht richtig sehen, aber er sah wie ein hässlicher, kleiner Käfer aus. Dennoch bin ich dem Biest zutiefst dankbar, denn ohne den Dämon wäre ich jetzt tot, so wie alle anderen. Irgendwann fiel der Bändiger plötzlich hin, und ich sah einen Speer aus seinem Rücken ragen. Er blutete wie ein aufgespießtes Schwein. Ich konnte nicht das Geringste für ihn tun, aber der Dämon weigerte sich stur, ihn zurückzulassen, also legte ich mir den Bändiger über die Schulter und rannte weiter. Der Ärmste muss längst tot gewesen sein, als wir die Schanzgräben erreichten, trotzdem führte mich sein Dämon den ganzen Weg zurück. Nicht mal, als ich den Offizieren die Leiche übergab, wich der kleine Tunichtgut von seiner Seite. Sie wollten mich wegen Feigheit vor dem Feind drankriegen, aber ich sagte, ich hätte doch nur den Verwundeten zurückgebracht. Da meine Einheit ausgelöscht war und ich nicht mehr der Jüngste bin, wussten sie nicht, was sie mit mir tun sollten, also haben sie mich hierher abkommandiert. Mein einziger Lohn war das Gepäck unseres toten Beschwörers, das ihr hier vor euch ausgebreitet seht. Den größten Schatz habe ich euch allerdings noch gar nicht gezeigt …«

Während der Soldat seine Satteltaschen durchwühlte, begriff Fletcher, dass er es wahrscheinlich in jedem Dorf so machte: Zuerst wickelte er seine Zuhörer mit einer Geschichte um den Finger, um dann zum Schluss das teuerste Stück seiner Sammlung zu präsentieren.

Doch was der Mann schließlich mit theatralischer Geste hervorzog, war weder ein Schrumpfkopf noch ein konservierter Dämon, wie Fletcher erwartet hatte. Es war ein in dickes Leder gebundener Stapel von Pergamentseiten: das Buch des Dämonenbändigers!

5

FALLS DER SOLDAT BEABSICHTIGT HATTE, sein Publikum zu beeindrucken, wurde er herb enttäuscht. Die meisten Zuhörer musterten ihn unentschlossen, manche stöhnten sogar. In einem so kleinen Dorf wie Pelz, das hauptsächlich von der Jagd lebte, stand Lesen ganz unten auf der Prioritätenliste. Viele der Einwohner hätten schon mit der ersten Seite Probleme gehabt. Das ganze Buch durchzuackern kam also gar nicht infrage.

Fletcher hingegen, der für Berdon die Buchhaltung machte, konnte sowohl rechnen als auch lesen und schreiben. Die vielen Stunden, die er schwitzend über Buchstaben- und Zahlenkolonnen verbrachte, gingen zwar von seiner kostbaren Freizeit ab, die er lieber beim Spielen mit den anderen Kindern verbracht hätte, aber er war doch stolz auf sein Können. Außerdem war er sicher, mindestens so gebildet wie Didric zu sein, wenn nicht sogar noch gebildeter.

Der Soldat setzte ein strahlendes Lächeln auf, hielt das Buch in die fahle Wintersonne und blätterte durch die Seiten. Die zahllosen Kapitel und detaillierten Zeichnungen darin sahen außerordentlich verlockend aus, fand Fletcher.

»Was hast du sonst noch?«, erkundigte sich Jakov enttäuscht.

»Jede Menge, aber dieses Buch hier ist mit Abstand das beste Stück in meiner Sammlung, versprochen«, erwiderte der Soldat beschwörend.

Das Buch war Jakov und den anderen zwar herzlich egal, aber eine kostenlose Unterhaltung würden sie sich bestimmt nicht entgehen lassen. Also nickten sie aufmunternd.

Der Soldat grinste erfreut und stellte sich auf eine leere Kiste vom Nachbarstand. Dann hielt er das Buch hoch, damit alle es sehen konnten, und winkte seine Zuhörer näher heran. »Unser Magier bekleidete den niedrigsten Rang, den ein Dämonenbändiger überhaupt haben kann. Er war stellvertretender Leutnant und noch nicht mal mit der Ausbildung fertig. Aber er hatte sich freiwillig zu dem verhängnisvollen Einsatz gemeldet, und als ich sein Buch las, verstand ich auch, warum: Er wollte eine Wende im Krieg herbeiführen und Dämonen rufen, die noch niemand je gesehen hat!« Jetzt hatte er die volle Aufmerksamkeit der Zuhörerschaft, und das wusste er genau.

Fletcher war so gefesselt, dass sein Kiefer nach unten klappte. Prompt stieß Berdon ein verärgertes Hüsteln aus. Fletcher riss sich zusammen und tat so, als würde er die Schwerter und Dolche auf seinem Stand neu ordnen.

»Die Schamanen der Orks haben alle möglichen Arten von Dämonen, aber die meisten von ihnen sind schwach und keine Gegner für diejenigen, die unsere Bändiger herbeirufen können. Aber auch sie können bei Weitem nicht alle Spezies von der anderen Welt in die unsere holen. Unsere Magier mögen besser sein als die Orkschamanen, trotzdem haben wir nicht allzu viele Pfeile im Köcher, wie man so sagt. Was dieser Bändiger versuchte, war, mit den Methoden der Orks die *wirklich* mächtigen Dämonen herbeizurufen.«

In jener Nacht an der Elfenfront hatte Fletcher Geschichten mit angehört, über Dämonen, die nachts in Feldlager schlichen, den Schlafenden die Kehle aufschlitzten und ungesehen wieder verschwanden. Von Bestien mit langen Klauen, die im Dschungel über die Soldaten herfielen und nur durch Hunderte von Musketenschüssen getötet werden konnten. Wenn das die von der schwachen Sorte waren, von denen der Soldat gesprochen hatte, mochte Fletcher auf keinen Fall einem der Dämonen begegnen, die der tote Bändiger angeblich hatte herbeirufen wollen.

»Du willst uns also weismachen, dass dieses Buch ein Geheimnis birgt, mit dem sich eine Wende im Kriegsverlauf herbeiführen ließe? Oder mit dem jeder seinen eigenen Dämon herbeirufen kann? Dann wäre es ja sein Gewicht in Gold wert«, höhnte eine Stimme, die Fletcher wohlbekannt war. Sie gehörte Didric, der wieder von den Stallungen zurück war. Er hatte von einem benachbarten Stand aus zugehört, wo Fletcher ihn nicht sehen konnte.

»Das habt Ihr gesagt, werter Herr, nicht ich«, erwiderte der Soldat mit einem verschwörerischen Zwinkern.

»Das Geld wäre ja selbst in den kümmerlichen Schwertern, die Fletcher verkauft, besser angelegt!«, spottete Didric, schlenderte auf den Soldaten zu und trat dabei das Rhinozeroshorn um. »Weshalb sollte sich der Bändiger freiwillig zu einem so gefährlichen Einsatz melden, wenn er das Geheimnis bereits gelüftet hätte? Und warum solltest du dieses Geheimnis hier verkaufen, wo es doch angeblich so viel wert ist? Und was das Herbeirufen von Dämonen betrifft: Wir wissen doch alle, dass diese Gabe nur den Blaublütigen und wenigen vom Schicksal begünstigten Nicht-Adligen vorbehalten ist.«

Der Soldat schnappte erschrocken nach Luft, fing sich aber schnell wieder. »Nun, junger Edelmann. Der unglückselige Bändiger wollte einen dieser Orkdämonen mit eigenen Augen sehen, ganz aus der Nähe«, erwiderte er ungerührt. »Ich selbst kann nicht lesen, also kann ich den Wert des Buches auch nicht beurteilen. Außerdem würde es sofort beschlagnahmt werden, wenn ich versuche, es an einen Schlachtmagier zu verkaufen, da es ja einem anderen entwendet wurde.« Entschuldigend breitete er die Arme aus, dann sprach er weiter.

»Selbstverständlich werde ich es übergeben, wenn ich meinen neuen Posten erreiche. Das Buch wird so oder so seinen Weg zu dem Richtigen finden, und wer kann es mir verübeln, wenn ich damit ein paar Schillinge verdiene, wo ich den toten Magier doch durch den halben Dschungel geschleppt habe?« In gespielter Demut ließ er den Kopf sinken und spähte zwischen seinen fettigen Locken hindurch in die Menge.

Die Dörfler wussten nicht so recht, wie sie reagieren sollten. Didric war zweifellos sehr beliebt, vor allem wenn er in der Taverne mit dem Geld seines Vaters um sich warf. Andererseits waren die Geschichten des Soldaten spannend, also wollten sie die meisten gerne glauben, selbst wenn sie eigentlich wussten, dass sie erstunken und erlogen waren. Als die ersten Schmährufe gegen Didric ertönten und Fletcher sich schon freute, dass sein Widersacher das Wortgefecht gegen diesen nicht gerade gebildeten Soldaten verloren hatte, holte Didric noch einmal zum Gegenschlag aus.

»Augenblick!«, rief er. »Hast du nicht zuvor gesagt, du wüsstest, was in dem Buch steht? Wie soll das denn möglich sein, wenn du nicht mal lesen kannst? Du bist ein Lügner und Betrüger, und ich habe gute Lust, dich bei den Pinkertons anzuzeigen. Vielleicht wirst du dann ja doch noch wegen Feigheit vor dem Feind angeklagt«, sagte er lachend, während dem Soldaten beinahe die Augen aus den Höhlen traten.

»Ja, du hast ihn auf frischer Tat ertappt«, mischte sich jetzt auch Jakov wieder ein und legte die Hand sogleich auf den Griff seines Schwerts.

»Es sind Zeichnungen in dem Buch …«, stammelte der Soldat noch, wurde aber sogleich von der Menge niedergebrüllt.

Didric sorgte mit einer Geste für Ruhe und hob die Stimme. »Ich sage euch was: Irgendwie interessiert mich dieses Buch. Neugier und Wissensdurst treiben mich an, nicht das Streben nach Gewinn«, verkündete er, während der Goldbrokat auf seinem Rock im morgendlichen Licht nur so funkelte. »Ich werde später wiederkommen und es mir holen. Sagen wir für … vier Schilling? Zufällig konnte ich gestern ein schönes Geweih zu genau diesem Preis verkaufen«, fügte er mit einem hämischen Blick in Fletchers Richtung hinzu und schritt dann erhobenen Hauptes davon, ohne auf eine Antwort zu warten. Jakov und die meisten anderen Büttel folgten ihm pflichtschuldig.

Der Soldat warf ihm einen hasserfüllten Blick hinterher, dann setzte er sich mit einem tiefen Seufzer auf die Kiste und senkte geschlagen den Kopf. Das Buch ließ er einfach fallen.

Entsetzt über Didrics unerwarteten Sieg, sah Fletcher zu, wie der Wind in den Seiten des aufgeschlagen daliegenden Buchs spielte. Er wusste noch nicht, wie, aber er würde es Didric heimzahlen. Heute noch.

6

DER TAG VERGING UNENDLICH LANGSAM. Berdon hatte alle Hände voll zu tun, und der Brandgeruch vom Beschlagen der Pferde wurde unerträglich. Alle paar Minuten ließ eines der Tiere einen Haufen fallen, der den Gestank noch schlimmer machte. Fletcher hatte nur ein einziges Stück an den Mann gebracht, einen kleinen Dolch. Um dem Mief möglichst schnell zu entfliehen, hatte der Käufer nur kurz gefeilscht und stolze zwölf Silberschillinge für das Stück bezahlt.

Der Soldat auf der anderen Straßenseite hatte seine großen Reden inzwischen eingestellt, aber seine Geschäfte gingen gut. Bis auf das eisenbeschlagene Rhinozeroshorn und – natürlich – das Buch war er beinahe alles losgeworden. Fletcher glaubte den Großteil seiner Geschichte, bezweifelte aber, dass das Buch echte Geheimnisse enthielt. Warum der Soldat so übertrieben hatte, war ihm schleierhaft. Ein Einblick in das Leben eines Schlachtmagiers war auch so schon spannend genug. Zumindest für Fletcher, der das Buch sofort gekauft hätte, wäre da nicht diese Jacke gewesen, die er unbedingt haben wollte.

Der Soldat sah, wie Fletcher das Buch anstarrte, und schmunzelte. Da gerade keine andere Kundschaft in der Nähe war, schlenderte er zu Fletchers Stand und begutachtete eines der besseren Schwerter.

»Wie viel?«, fragte er und zeigte ein paar gekonnte Techniken mit dem Schwert. Schnell wie eine Libelle sauste die Klinge durch die Luft. Geschwindigkeit und Präzision der Bewegungen erschienen für das Alter des Kerls ganz erstaunlich.

»Dreißig Schillinge, und der Dolch, der dazugehört, kostet noch mal sieben«, antwortete Fletcher, den Blick fest auf die andere Hand des Soldaten geheftet. Er kannte jeden Trick, und was der Mann da gerade vorführte, war einer der ältesten überhaupt: die Aufmerksamkeit des Verkäufers auf ein teures Stück lenken und mit der anderen Hand eines der billigeren in der eigenen Tasche verschwinden lassen.

Der Soldat klopfte mit den Knöcheln auf den Tisch und lenkte Fletchers Aufmerksamkeit zurück aufs Geschäft. »Abgemacht. Die Klinge hat eine gute Balance und eine hervorragende Schneide. Die Offiziere faseln zwar immer davon, wir sollten unsere Schwerter wie einen Degen führen, aber glaubst du, ein bisschen Gepikse würde einen Ork aufhalten, bevor er dir den Kopf abreißt? Genauso gut könntest du versuchen, dir einen Wolf mit einem Zahnstocher vom Leib zu halten. Ich habe meine Lektion gelernt: Man muss sie mit einem kräftigen Sensenschlag in die Beine fällen, so wie einen Baum. Nicht, dass ich dieses Schwert an der Elfenfront wirklich brauchen werde, aber der Mensch ist nun mal ein Gewohnheitstier.«

Beim letzten Wort stieß er die Waffe mit der Spitze vor sich in den Boden, fischte seine Börse heraus und zählte die Münzen ab. Unterdessen holte Fletcher den Dolch und wickelte ihn in ein Stück Rohleder. Es war zwar ein einfaches Exemplar mit einem Griff aus Eichenholz, dafür aber robust.

»Ist dort, wo du herkommst, Feilschen nicht üblich?«, fragte er, nachdem er das Geld eingesteckt hatte.

»Natürlich ist es das. Mir hat nur nicht gefallen, wie der kleine Hundesohn vorhin über deine Ware gesprochen hat. Und der Feind meines Feindes ist mein Freund, wie es so schön heißt. Ich wünschte allerdings, die Elfen würden sich auch an dieses Sprichwort halten. Bei ihnen heißt es eher: Der Feind meines Feindes ist verwundbar, also falle ich ihm in den Rücken, solange er abgelenkt ist«, brummte der Soldat.

Fletcher ging lieber nicht auf das Thema ein. Viele Menschen in Hominum hegten Sympathien für die Elfen – wenn er sich auf eine Diskussion mit dem Soldaten einließ, könnte das so manchen Händler veranlassen, sich einzumischen, statt sein Pferd von Berdon beschlagen zu lassen.

»Ich fand deine Geschichte spannend. Ich hoffe, du nimmst mir die

Frage nicht übel, aber hat irgendwas davon wirklich gestimmt?«, fragte Fletcher und blickte dem Soldaten fest in die Augen.

Der Mann musterte ihn eine Weile, schließlich lächelte er. »Mag sein, dass ich das eine oder andere ... ein bisschen ausgeschmückt habe. Ich kann nicht so gut lesen und habe die Seiten eher überflogen. Soweit ich es beurteilen kann, wollte der Magier von den Orks lernen. Das ganze Buch ist voll mit Symbolen und nur zur Hälfte übersetzten Abschnitten über die Ork-Clans und ihre Geschichte. Zeichnungen von Dämonen sind auch dabei, verdammt gute sogar. Er war kein sonderlich geschickter Dämonenbeschwörer, aber zeichnen konnte er.« Mit einem Achselzucken nahm er einen Dolch von der Auslage und säuberte sich damit die Fingernägel. »Schade eigentlich. Ich dachte, ich würde das Ding hier gut losbekommen. Jetzt muss ich es billig an der Front verkaufen. Viele Soldaten dort interessieren sich brennend für alles, was die Schlachtmagier so treiben, aber sie haben nun mal kein Geld. Am besten verkaufe ich es an mehrere, Seite für Seite.« Der Gedanke schien ihm zu gefallen, und so nickte er stumm, als hätte er nun endlich eine Lösung für sein Problem gefunden.

»Und was ist mit Didric? Sein Vater ist ein mächtiger Mann, und die Pinkertons wohnen bei ihm! Sollte er dich als Lügner bezichtigen, könnte die Sache übel für dich ausgehen«, warnte Fletcher.

»Pah! Ich hatte schon schlimmere Gegner als einen verzogenen Balg, der mit dem Silberlöffel im Mund auf die Welt gekommen ist. Die beiden Gesetzeshüter begleiten uns schon länger und wissen, dass ich das Buch verkaufen will. Sie haben nie was gesagt. Diese Pinkertons mögen uns Soldaten nämlich. Sie glauben, wir wären aus dem gleichen Holz geschnitzt, auch wenn sie kaum was anderes tun, als Zwerge zu verprügeln, sobald sie ihnen nur einen schiefen Blick zuwerfen. Wenn einer von denen einen Ork nur sieht, macht er einen genauso großen Haufen in seine Hose, wie die Pferde sie hier überall hinterlassen haben«, erwiderte der Soldat mit gerümpfter Nase.

»Gut, aber gib mir Bescheid, wenn Didric kommt, um sich das Buch zu holen. Ich möchte unbedingt sein Gesicht sehen, wenn er erfährt, dass er es nicht bekommen kann.« Fletcher rieb sich voller Vorfreude die Hände.

»Abgemacht.« Mit einem Zwinkern steckte der Soldat das Schwert in die Scheide und schlenderte pfeifend zu seinem Stand zurück.

Das würde ein Spaß werden.

7

DIE SONNE GING ALLMÄHLICH UNTER, und der Soldat war bester Laune. Mittlerweile hatte er alles verkauft, sogar das Rhinozeroshorn, und damit ein kleines Vermögen verdient. Nur das Buch lag nach wie vor unberührt auf der Decke zu seinen Füßen. Jedes Mal, wenn jemand an seinen Stand kam, pries er Fletchers Schmiedewaren so geschickt an, dass dieser noch zwei weitere Dolche sowie eins von den billigeren Schwertern zu einem guten Preis verkaufen konnte. Die Geschäfte waren also gar nicht mal so schlecht gelaufen, und Fletcher konnte es kaum erwarten, sich die erträumte Lederjacke zu holen.

»Was hältst du davon, wenn wir unseren Umsatz nachher mit einem Bier begießen?«, fragte der Soldat und kam ein weiteres Mal an Fletchers Stand.

»Gute Idee, aber zuerst muss ich noch was erledigen«, erwiderte Fletcher und zeigte dem Soldaten seine prall gefüllte Börse.

»Für das Buch?«, fragte der halb im Scherz, aber auch mit einem Anflug von Hoffnung in der Stimme.

»Nein, obwohl ich es gern kaufen würde, wenn ich das Geld dafür hätte. Aber es gibt da so eine Jacke, die ich unbedingt haben will. Mein Erspartes reicht gerade so dafür. Der Stand hier gehört Berdon, meinem … Meister, und die Einnahmen von heute wandern alle in seine Tasche.«

Als Berdon seinen Namen hörte, hob er kurz den Blick, nickte dem Soldaten respektvoll zu und konzentrierte sich dann wieder auf den Huf, den er gerade beschlug.

»Ich bin übrigens Fletcher, und wie heißt du?«, fragte er und streckte dem Soldaten die Hand hin.

»Mein Familienname ist Rotterham, aber meine Freunde nennen mich Rotter.« Rotters Hand fühlte sich ledrig an, der Druck seiner Finger war fest und ehrlich. Berdon hatte Fletcher erklärt, dass der Händedruck viel über einen Menschen aussagte.

»Du hast für heute genug verkauft und kannst jetzt Schluss machen, Fletcher!«, rief Berdon plötzlich. »Ich werde den Stand später allein abbauen.«

»Wirklich?« Fletcher konnte es kaum erwarten, im Wirtshaus noch weitere von Rotters Geschichten zu hören.

»Mach schon und verschwinde, bevor ich's mir noch anders überlege«, erwiderte Berdon, während der Huf unter dem Aufbrennen des neuen Eisens zischte.

Der Lederstand war nicht weit entfernt, und als Fletcher sah, dass die Jacke nicht mehr da war, war seine gute Laune sofort verflogen. Seine letzte Hoffnung war, dass Janet sie für ihn auf die Seite gelegt hatte. Keuchend kam er vor dem Stand zum Stehen.

Janet war gerade damit beschäftigt, die Tageseinnahmen zu zählen. Sie blickte auf und hielt schützend die Arme über den Stapel Gold- und Silbermünzen, der vor ihr lag. »Ich fürchte, du hast Pech, Fletcher. Ich habe die Jacke vor einer Stunde verkauft«, sagte sie, noch bevor er überhaupt den Mund aufgemacht hatte. »Aber mach dir keine Sorgen, nachdem sie so gut wegging, werde ich gleich die nächste machen. Dauert nur ein paar Wochen.«

Fletcher nickte niedergeschlagen. Er würde sich wohl in Geduld üben müssen.

»Komm schon, Junge. Morgen ist wieder ein neuer Tag«, sagte Rotter und klopfte ihm auf die Schulter. »Ich geb dir ein Bier aus.«

Fletcher setzte ein gequältes Lächeln auf. »Die Jagdsaison ist sowieso fast vorbei. Ich hätte kaum Gelegenheit, sie diesen Winter noch zu tragen«, murmelte er in dem Versuch, sich ein bisschen aufzumuntern. »Die meiste Zeit werde ich in der Schmiede stehen, damit die nächste Lieferung von Schwertern für die Elfenfront rechtzeitig fertig wird.«

»Auch wenn sie dort kaum zum Einsatz kommen«, ergänzte Rotter lachend.

Im Wirtshaus war es laut und voll. Händler wie Einheimische begossen das Ende des Markttags. Fletcher und Rotter schafften es gerade so, sich mit ihren großen Krügen durch die Menge zu schieben, ohne das Bier auf den ohnehin schon klebrigen Dielenboden zu verschütten. Schließlich entdeckten sie eine Nische mit zwei Stühlen und einem klapprigen Tisch. Dort drinnen sollte es für eine Unterhaltung ruhig genug sein, ohne dass man schreien müsste.

»Macht es dir was aus, mir noch mehr über den Orkkrieg zu erzählen, oder möchtest du lieber nicht darüber sprechen?«, fragte Fletcher und dachte an Rotters zutiefst bewegte Miene, als er von der Nacht berichtet hatte, in der er all seine Kameraden verloren hatte.

»Ganz und gar nicht. Worüber sollte ich sonst reden? Ich kenne ja kaum was anderes als den Krieg«, antwortete Rotter seufzend und gönnte sich einen kräftigen Schluck. Das Bier lief ihm über das stoppelige Kinn, dann setzte er schmatzend den Krug ab.

»Ich habe Gerüchte gehört, dass der Krieg nicht gut für uns läuft. Dass die Orks mutiger werden und sich besser aufstellen«, flüsterte Fletcher. »Aber wie kann das sein?« Er sprach so leise, um von den anderen Gästen nicht als Nestbeschmutzer oder gar Verräter bezichtigt zu werden. Schlecht vom Krieg zu reden gehörte sich nicht. Das war auch einer der Gründe, warum nur sehr wenige Nachrichten von der Orkfront nach Pelz drangen.

»Ich kann dir leider nur weitere Gerüchte anbieten, wenn auch aus besserer Quelle.« Rotter beugte sich so nahe heran, dass Fletcher seinen Bieratem riechen konnte. »Es gibt einen Ork, der versucht, alle Stämme unter einem Banner zu vereinen. Als ihr Häuptling sozusagen. Man weiß nicht viel über ihn, außer dass er ein Albino ist und größer als jeder andere Ork, der je gesehen wurde. Die übrigen Stammesführer halten ihn für eine Art Erlöser, der gekommen ist, um sie vor den Menschen zu retten. Sie folgen ihm blind. So etwas hat es bisher nur einmal gegeben, und zwar vor zweitausend Jahren im Ersten Orkkrieg. Jedenfalls hat dieser Albino die Schamanen der verschiedenen Orkstämme überzeugt, ihre Macht und ihr Wissen zu vereinen.

Gemeinsam können sie uns Dämon um Dämon auf den Hals hetzen und nachts Feuerkugeln auf unsere Forts herabregnen lassen.«

Fletchers Augen wurden immer größer, sein Bier hatte er längst vergessen. Die Lage war also noch schlimmer, als er gedacht hatte. Kein Wunder, dass der König Verbrechern eine Begnadigung in Aussicht stellte, wenn sie sich an die Front meldeten.

»Ab und zu durchbrechen Überfallkommandos unsere Linien und dringen tief ins Innere von Hominum vor. Irgendwann erwischen die Patrouillen sie zwar, aber das kommt immer zu spät. Ich habe schon viel zu viele niedergebrannte Dörfer gesehen, in denen nur noch Asche und verkohlte Knochen übrig waren.« Rotter hatte sich so in Rage geredet, dass er beim Sprechen beinahe die Hälfte seines Biers wieder ausspuckte.

»Ich bin nur froh, dass Pelz so weit im Norden liegt«, murmelte Fletcher und versuchte, die grässlichen Bilder aus seinem Kopf zu verbannen.

»Kampferprobte Veteranen wie ich werden einfach von der Front abgezogen. Die Musketen drücken sie dann irgendwelchen Jungspunden in die Hand und erklären ihnen, sie wären jetzt Soldaten. Du solltest mal sehen, was die meisten von ihnen schon beim ersten Orkangriff machen! Wenn sie Glück haben, kommen sie gerade noch dazu, einen Schuss abzufeuern, dann nehmen sie die Beine in die Hand und suchen das Weite. Eine verfluchte Schande ist das!«, rief Rotter und setzte seinen Krug mit einem Krachen auf dem Tisch ab. »Sie sterben wie die Fliegen, und das ist allein die Schuld des Königs. Er war es doch schließlich, der aus den vereinzelten Gefechten einen flächendeckenden Krieg hat werden lassen. Harold hatte den Thron kaum von seinem Vater geerbt, da schickte er auch schon seine Stoßtrupps in den Dschungel, um die Bäume zu roden und überall Minen zu graben.«

Rotter verstummte für eine Weile und starrte in seinen Krug. Schließlich nahm er einen weiteren Schluck und fuhr fort.

»Ich sag dir was: Ohne die Bändiger würden wir ganz schön in der Klemme stecken. Sie sind zwar ein hochnäsiger Haufen und halten sich für was Besseres, aber wir brauchen sie. Ihre Dämonen behalten die Grenzen im Auge und warnen uns, wenn die Orks kommen.

Außerdem sind die großen Dämonen das Einzige, was ein Kriegs-Rhinozeros aufhalten kann, wenn man gerade keine Kanone oder mindestens hundert Musketen zur Hand hat. Wenn die Feuerkugeln geflogen kommen, schützen die Schlachtmagier die Soldaten mit einem Schild, der sich wie eine Glaskuppel über den Männern aufspannt. Ist wirklich ein Höllenlärm, wenn die Kugeln nachts gegen diese Schilde trommeln, aber wenigstens lebt man am nächsten Tag noch und hat nur schlecht geschlafen, statt elend zu verbrennen.« Rotterham rülpste und hob seinen Krug zu einem Trinkspruch. »Gott schütze diese eingebildeten Pinkel!«

Er schlug sich aufs Knie, leerte den Krug und wischte sich den Bierschaum vom Mund. Als er aufstehen und zur Schenke gehen wollte, um Nachschub zu holen, stieß ihn eine Hand unsanft zurück.

»Sieh mal einer an. Überrascht mich nicht, dass ihr beide euch so gut versteht. Ein Schurke kommt selten allein, nicht wahr?«, sagte Didric mit einem hämischen Grinsen auf dem Gesicht.

Jakov nahm seine Hand von Rotters Schulter und wischte sie sich demonstrativ an der Hose ab. Didric kicherte. Beide trugen ihre Bütteluniformen: ein dickes Kettenhemd mit einem Überrock, so grell orangefarben wie die brennenden Fackeln an der Wand.

»Wenn ich mich nicht täusche, hatten wir beide einen Handel vereinbart«, sprach Didric weiter. »Hier sind die versprochenen vier Schilling. Das ist zwar mehr, als du verdient hast, aber man soll doch schließlich Milde walten lassen gegenüber den vom Schicksal Benachteiligten. Stimmt's, Jakov?«

Jakov nickte glucksend.

Fletcher konnte es nicht fassen: Jakov war genauso arm wie er selbst und von genauso niedriger Geburt. Sein Gesicht war vom übermäßigen Bierkonsum stets gerötet, und Fletcher hatte den Verdacht, dass Didric ihn schon den ganzen Abend lang abfüllte, um ihn auf seine Seite zu ziehen. Nicht dass es dazu viel gebraucht hätte: Jakov gehörte zu der Sorte, die für ein paar Schillinge selbst die eigene Mutter verkauft hätten.

Rotter machte keinerlei Anstalten, die Münzen einzustecken. Er starrte Didric lediglich stumm an, bis der unbehaglich von einem

Fuß auf den anderen trat. »Komm schon, Abmachung ist Abmachung«, verteidigte sich Didric und versteckte sich hinter Jakovs breitem Kreuz. »Ist schließlich nicht meine Schuld, dass du ein Betrüger bist. Du kannst von Glück reden, dass du nicht schon längst im Kerker sitzt.«

Nervös musterte Fletcher Jakov. Der Büttel war beinahe so kräftig wie Berdon und überragte Rotterham um einen ganzen Kopf. Die Dorfwache hatte ihn bestimmt nicht wegen seiner Klugheit angeheuert. Auch Didric war ein gutes Stück größer als Fletcher und vor allem breiter, was bei seiner drahtigen Statur aber auch nicht schwierig war. Rotter starrte Didric weiter wortlos an, und Fletcher wurde allmählich unbehaglich zumute. Als Jakov dann auch noch die Hand auf den Griff seines Schwerts legte, wurde die Anspannung fast unerträglich.

»Durchsuch seinen Beutel. Das Buch ist bestimmt da drin«, befahl Didric mit einem leichten Zittern in der Stimme. Als sich Jakov nach dem Beutel bückte, stand Rotterham abrupt auf, und die beiden taumelten erschrocken zurück.

Fletcher ballte die Fäuste und stand ebenfalls auf. Zufrieden stellte er fest, dass Didric gleich noch einen weiteren Schritt nach hinten machte. Fletchers Herz schlug jetzt so heftig, dass er seinen eigenen Puls hören konnte.

»Wer ein Schwert zieht, sollte auch damit umgehen können«, knurrte Rotter. Seine rechte Hand ruhte auf dem Knauf der neuen Klinge, die er Fletcher abgekauft hatte.

Didric wurde blass. Auf dem Markt war Rotter noch unbewaffnet gewesen. Damit, dass sich das geändert haben könnte, hatte er offensichtlich nicht gerechnet. Verstohlen blickte er zwischen Jakov und Rotter hin und her und kam zu dem Schluss, dass der Büttel in einem Kampf wohl den Kürzeren zöge.

»Keine Waffen«, sagte er schließlich, öffnete seinen Schwertgürtel und ließ ihn zu Boden fallen. Jakov folgte seinem Beispiel.

»Genau, keine Waffen«, erwiderte Fletcher und schüttelte die Fäuste. »Du wolltest deine Uniform ja schon am Tor auf keinen Fall mit Blut von dem Elchkopf beschmutzen.«

Rotter nickte schnaubend und legte seine Waffe auf den Tisch.

»Meine letzte Wirtshausschlägerei ist schon eine ganze Weile her«, sagte er mit einem versonnenen Lächeln und hob Fletchers immer noch halb vollen Krug an die Lippen. »Kämpfe schmutzig und stürz dich sofort auf sein Gesicht. Regeln sind was für Edelmänner wie die hier, aber nicht für uns«, sagte er aus dem Mundwinkel, kippte dem viel größeren Jakov mit einer blitzschnellen Bewegung das Bier in die Augen und rammte ihm dann das Knie zwischen die Beine. Als Jakov sich vor Schmerz zusammenkrümmte, brach ihm Rotter mit einem Kopfstoß das Nasenbein.

Fletcher tat wie ihm geheißen und schlug auf Didrics rundliches Gesicht ein. Das Ziel war kaum zu verfehlen, und schon der erste Schlag landete genau auf Didrics Nase. Blut spritzte wie aus einer überreifen Tomate, und ein stechender Schmerz fuhr in Fletchers Fingerknöchel, aber er ignorierte ihn und rammte Didric noch mit derselben Bewegung die Schulter in die Brust – was ein Fehler war, wie sich gleich darauf herausstellte.

Die beiden gingen gemeinsam zu Boden, und dort war der schwerere Didric im Vorteil. Er schlang ihm von hinten einen Arm um den Hals und drückte zu. Fletcher wurde bereits schwarz vor Augen, da biss er in einem letzten verzweifelten Versuch in das frei liegende Stück Haut an Didrics Handgelenk. Er hörte einen schrillen Schrei gleich neben seinem Ohr, und dann ließ der Druck nach. Wie ein gestrandeter Fisch schnappte Fletcher nach Luft, holte mit dem Ellbogen aus, rammte ihn Didric in den Bauch und wirbelte herum.

Didric stürzte sich sofort wieder auf ihn und versuchte Fletcher erneut zu Boden zu drücken, aber diesmal war dieser bereit. Er packte Didric am Kragen und rollte so herum, dass er auf seinem Widersacher zu liegen kam. Dann ließ er den Kragen los, packte Didrics Hals und drückte zu.

Mit dem einen Arm versuchte Didric, Fletchers Hände wegzuschlagen, mit dem anderen fischte er nach etwas an seinem Gürtel.

»Vorsicht!«, brüllte Rotter.

Fletcher konnte gerade noch rechtzeitig aufspringen. Ein Krummdolch fuhr durch den Stoff seiner Tunika und hinterließ einen roten Streifen auf seinem Bauch. Der Schnitt brannte wie Feuer, und die

Tunika verfärbte sich von frischem Blut, doch Fletcher wusste, dass die Wunde nur oberflächlich sein konnte.

Didric rappelte sich hoch und stach erneut zu. Fletcher machte einen Satz nach hinten, da sah er Rotters Schwertspitze aufblitzen. Sie zeigte genau auf Didrics Kehlkopf.

»Hattest du nicht gesagt, Abmachung ist Abmachung?«, knurrte Rotter und trat einen Schritt nach vorn, sodass Didric zurückweichen musste und über den bewusstlos am Boden liegenden Jakov stolperte.

Im Wirtshaus war es mittlerweile totenstill, alle beobachteten gespannt die Szene. Das einzige Geräusch war Didrics Keuchen. Anscheinend versuchte er, etwas zu sagen, aber kein Wort kam über seine Lippen.

»Was meinst du? Sollen wir das Gleiche mit ihm machen, was er bei dir versucht hat? Deine Eingeweide würden jetzt überall auf dem Boden verteilt liegen, wenn ich den Dolch nicht rechtzeitig gesehen hätte«, sagte Rotter so laut, dass alle Gäste es hörten.

Gemurmel wurde laut, einige der Zuhörer nickten.

»Lieber nicht«, erwiderte Fletcher und drückte Rotters Klinge nach unten. »Man soll doch schließlich Milde walten lassen gegenüber den vom Schicksal Benachteiligten«, fügte er mit vor Verachtung triefender Stimme hinzu.

Er hatte noch nicht zu Ende gesprochen, da war Didric schon an der Tür. Sein Schwert und den bewusstlosen Jakov ließ er einfach liegen. Die Tür fiel krachend ins Schloss, die anderen Gäste riefen Didric noch ein paar Schmähungen hinterher, da lockerte sich die Stimmung auch schon wieder, und die ersten Lacher ertönten.

»Puh«, sagte Fletcher erleichtert. »Ich werd dir später ein Bett bei uns in der Schmiede machen. Woanders bist du heute Nacht nicht sicher.«

8

FLETCHER ÖFFNETE DIE AUGEN und bereute es sofort. Das graue Licht, das durchs offene Fenster hereinfiel, war viel zu grell. Bibbernd setzte er sich auf, stolperte ans Fenster und schlug es zu. Anscheinend war er so betrunken gewesen, dass er es gestern Nacht offen gelassen hatte. Sein Atem bildete weiße Wölkchen in der eiskalten Luft, während er sich blinzelnd umsah. Rotter war nicht mehr da, nur die Felle, die er ihm gegeben hatte, lagen aufeinandergestapelt in einer Ecke. Fletcher trat nervös ins Freie und sah, dass auch das Maultier fort war. Keine Spur mehr von dem Soldaten.

»Na, endlich aufgewacht?«, fragte Berdon verärgert. Er stand mit vor der Brust verschränkten Armen am Eingang zur Schmiede und musterte Fletcher skeptisch.

Der nickte stumm. Ihm war zu schlecht, um etwas zu erwidern, und er schwor sich, nie wieder einen Tropfen Alkohol anzurühren.

»Er hat mir alles von letzter Nacht erzählt, bevor er aufgebrochen ist. Ich bin ja kein Freund von Schlägereien und schon gar nicht davon, wie knapp die Sache ausgegangen ist, aber der kleine Emporkömmling hatte mal eine Abreibung verdient«, sprach Berdon mit einem wehmütigen Lächeln weiter und zerzauste Fletchers Haar, wie es so seine Art war.

Fletchers Schädel erbebte erst unter der groben Zuneigungsbekundung, und dann wurde ihm schwindlig. Schließlich fuhr er herum und entleerte seinen Mageninhalt aufs Pflaster.

»Geschieht dir recht. Lass es dir eine Lehre sein«, kommentierte Berdon lachend. »Warte, bis du erst mal richtigen Schnaps getrunken hast. Dann wirst du dir am nächsten Morgen wünschen, es möge dir so gut gehen wie jetzt!«

Fletcher versuchte, sich den bitter-sauren Geschmack aus dem Mund zu würgen, dann wankte er in sein Zimmer zurück. Dort angekommen wickelte er sich in die Felle, die er Rotter gegeben hatte, und ließ sich stöhnend auf seine Pritsche sinken. »Ich glaube, jetzt ist alles draußen«, keuchte er und wischte sich mit dem Handrücken über den Mund.

»Stimmt. Die Ratten werden sich über das Festmahl freuen«, rief Berdon von der Schmiede herüber. »Ich brate dir ein paar Würste und hol dir schön kaltes Wasser aus dem Brunnen.«

Allein bei dem Gedanken an Essen wurde Fletcher erneut schlecht, aber vermutlich hatte Berdon recht: Nach einem herzhaften Frühstück würde es ihm besser gehen. Fletcher zog die Decken noch enger um sich und genoss eine Weile die Wärme, die die zusätzlichen Felle spendeten. Als er das Bratfett in der Pfanne zischen hörte, drehte er sich auf die andere Seite, um es sich so richtig bequem zu machen, da spürte er einen Gegenstand unter sich.

Fletcher tastete mit der Hand und zog ihn hervor. Es war ein kleiner Leinensack, den Rotter in eins der Felle gewickelt hatte. Daran hing ein Stück Pergament. Fletcher machte es los und kniff die Augen zusammen, um das unleserliche Gekritzel darauf zu entziffern.

Fletcher
die Nacht im Wirzhaus werd ich lang in guter Erinnrung behaltn. Hoffe Dir gefellt mein Abschiezgeschänk.
Rotter

Rotter hatte nicht übertrieben, als er sagte, er könne nicht allzu gut lesen und schreiben, aber Fletcher verstand die Botschaft auch so. Der alte Haudegen hatte sich in den frühen Morgenstunden davongestohlen und ihm, anstatt sich zu verabschieden, ein Andenken dagelassen. Für Fletcher ging das in Ordnung. Er wusste zwar nicht, was er mit einem Koboldlendenschurz oder was auch immer in dem Beutel war, anfangen sollte, dennoch war er sicher, dass er Rotter bald wiedersehen würde.

Er öffnete das Bändchen und griff in den Sack. Etwas Hartes, Kantiges war darin, irgendwie rechteckig. Das war doch nicht …? Fletcher drehte den Sack um und schnappte laut nach Luft, als er sah, was daraus hervorgepurzelt kam: das Buch des Dämonenbändigers!

Ehrfürchtig strich er über den braunen Ledereinband und befühlte das in den Deckel geprägte Pentagramm. An den Zacken befanden sich eigenartige Symbole, eines merkwürdiger als das andere. Die Seiten des Buchs waren in einer kleinen, schnörkeligen Handschrift beschrieben, immer wieder unterbrochen von weiteren Symbolen und Zeichnungen fremdartiger Geschöpfe, die Fletcher noch nie zuvor gesehen hatte. Das Buch war so dick wie ein Eisenbarren und in etwa auch genauso schwer. Es zu lesen würde Monate dauern.

Als Fletcher das Klappern von Geschirr hörte, versteckte er das Buch hastig zwischen den Decken. Kurz darauf kam Berdon mit einem Teller herein, den er vorsichtig auf der Pritsche abstellte. Die Würste darauf waren köstlich angebraten und mit Steinsalz und gemahlenem Pfeffer gewürzt.

»Iss das. Danach geht's dir besser.« Berdon warf ihm noch ein mitfühlendes Lächeln zu, dann verschwand er wieder.

Der Duft ließ Fletcher das Wasser im Mund zusammenlaufen, dennoch mussten die Würste noch warten. Als er das Buch wieder hervorholte, fiel ganz hinten eine einzelne Seite heraus. Sie war nicht aus Pergament wie die anderen und leicht durchschimmernd. Fletcher schlug die Stelle auf, an der sie in das Buch geklemmt gewesen war, und las.

Es ist jetzt ein Jahr her, dass Lord Etterington mir diesen Forschungsauftrag erteilte, und doch bin ich auf meiner Suche nach einem neuen Weg in den Äther kaum einen Schritt vorangekommen. Ich bin lediglich sicher, dass die Orkschamanen bei ihren Pentagrammen andere Symbole verwenden als wir. Bisher ist es mir nicht gelungen, sie mit ausreichender Genauigkeit nachzuahmen. Dennoch bin ich zuversichtlich, mehr darüber herauszufinden, sobald ich Territorium betrete, das vom Einfluss Hominums noch unberührt ist. Ich muss hinter die Front gelangen und dort eine Beschwörung beobachten, wenn irgend möglich auch das Pentagramm zu Gesicht bekommen, das der Schamane benutzt. Wir sollten unter allen Umständen herausfinden, was die Symbole bedeuten und in welcher Reihenfolge sie verwendet werden.

~

Heute hat meine Suche endlich Früchte getragen, wenn auch nicht die erhofften. Bei meinen Grabungen in einer zerstörten Orksiedlung entdeckte ich eine Zauberformel. Sie war in ein Stück menschliche Haut geritzt. Das Übersetzen bereitete mir unerwartete Freude. Die Orksprache mag grob und brutal sein, doch sie hat eine wilde Schönheit, die ich nicht mit Worten erklären kann.

~

Ich vermute, bei richtiger Anwendung dient die Zauberformel dazu, einen Dämon an denjenigen zu binden, der sie vorträgt. Aller Wahrscheinlichkeit nach handelt es sich bei dem Dämon um einen niederen Wichtel, den ein Schamane seinem Lehrling am Beginn der Ausbildung in den dunklen Künsten zum Geschenk macht. Die Formel bietet mir die seltene Gelegenheit, einen Dämon aus einem anderen Teil des Äthers zu untersuchen. Die Arbeit mit diesem Wichtel könnte meine weiteren Forschungen in die richtige Richtung lenken. Mit jedem Fehlschlag wird meine Entschlossenheit nur noch größer, jedoch werde ich das Gefühl nicht los, dass meine blaublütigen Kollegen meine Arbeit lediglich belächeln. Mein Dämon mag schwach sein, doch am Ende werde ich ihnen beweisen, dass ich ebenso zum Offizier tauge wie sie.

~

Wir brechen auf. Der kommandierende Offizier hat mich in sein Zelt gerufen – vielleicht bekomme ich nun endlich Gelegenheit, in unberührtes Orkterritorium vorzudringen.

Der letzte Absatz war ein unleserliches Gekritzel, als wäre er in großer Eile geschrieben worden. Es handelte sich ohne Zweifel um ein Tagebuch. Fletcher schlug die erste Seite auf, und dort fand sich der Name des Verfassers. »Tagebuch von James Baker«, stand da in goldenen Lettern geschrieben.

Fletcher wunderte sich über den schlichten Namen. Dieser Baker musste zu den wenigen Nicht-Adligen gehören, die über die Gabe der Beschwörung verfügten. Ein Bürgerlicher entdeckte sie stets nur durch Zufall, etwa wenn er ein Schriftstück in die Hände bekam, das nicht für ihn bestimmt war, und beim Lesen versehentlich einen Dämon herbeirief. Seit diese Tatsache bekannt war, wurden in den größeren Städten praktisch alle Jungen und Mädchen in Fletchers Alter überprüft, ob sie über die höchst seltene Fähigkeit verfügten, einen Dämon herbeizurufen und zu bändigen. Pelz war allerdings zu klein und zu abgelegen, als dass die Inquisition das Dorf jemals besuchen würde.

Fletcher inspizierte das lose Blatt und dachte mit Grausen daran, aus was es hergestellt war. Die Runen darauf sagten ihm nicht das Geringste, darunter stand jedoch noch ein Zusatz, offensichtlich von James Baker geschrieben: Er hatte die Runen in die Sprache Hominums übertragen, und zwar in Lautschrift!

Fletcher grinste und machte sich über seine Würste her. Sie schmeckten köstlich. Dennoch fiel es ihm schwer, den Blick von den Runen abzuwenden, denn er wusste jetzt schon, was er heute Nacht tun würde …

9

FLETCHER ÜBERLEGTE, warum er sich überhaupt die Mühe gemacht hatte, zum Friedhof zu schleichen. Es würde ohnehin nichts passieren. Er wusste doch, dass die meisten Bürgerlichen, bei denen die Gabe der Beschwörung entdeckt wurde, schon zuvor Anzeichen ihrer Begabung zeigten. Manchmal bewegten sie einen Gegenstand, ohne ihn zu berühren, oder erzeugten einen Funken. Fletchers einzige besondere Fähigkeit war, dass er die Zunge rollen konnte.

Trotzdem war es ein aufregendes Abenteuer, und wenn er die Beschwörungsformel gelesen hatte, konnte er sie bei seinem nächsten Ausflug an die Elfenfront verkaufen, ohne sich Vorwürfe machen zu müssen, er hätte es nicht wenigstens versucht. Natürlich würde er Rotter ausfindig machen und das Geld mit ihm teilen. Der Soldat hatte ihm ein wirklich großzügiges Abschiedsgeschenk dagelassen, außerdem stand Fletcher in seiner Schuld, nicht umgekehrt.

Er legte das Buch auf einen Baumstumpf und setzte sich auf einen verfallenen Grabstein ein paar Schritte daneben. Fletcher hatte lange überlegt, ob er das Buch mitnehmen sollte oder nicht. Didric und seine hinterhältigen Freunde hätten ihm unterwegs auflauern und es ihm wegnehmen können, oder sie brachen in sein Zimmer ein, während er fort war. Am Ende hatte er beschlossen, es lieber doch mitzunehmen. Vielleicht auch nur, weil er sich einfach nicht davon trennen konnte.

Das durchschimmernde Blatt mit den Runen darauf fühlte sich wie Leder an. Mit Entsetzen dachte Fletcher daran, wie es hergestellt war: Die Orks hatten die Symbole in die Haut eines armen Tropfs geritzt und so lange gewartet, bis sie vernarbt waren, um ihn dann bei lebendigem Leib zu häuten. Er erschauerte bei der grausamen Vorstellung und hielt das Stück Haut ganz am Rand zwischen Daumen und Zeigefinger. Die Oberfläche war überraschend rau und trocken.

Die Schrift darauf war kaum mehr als eine Abfolge aneinandergereihter Silben. Sie erinnerten Fletcher eher an das Do-Re-Mi eines Barden denn an die Orksprache. Andererseits wusste er nicht einmal, um welche Sprache es sich überhaupt handelte. Vielleicht hatten die Orks die Zeilen ja aus einer anderen Sprache in die ihre übersetzt. Außerdem hatte James Baker in sein Tagebuch geschrieben, der Dämon wäre schon einmal beschworen und jemandem »zum Geschenk gemacht« worden. Was auch immer das bedeuten mochte. Fletcher würde trotzdem sein Glück versuchen und sich dann wieder ins warme Bett legen, glücklich und zufrieden, dass er es wenigstens probiert hatte.

»Di rah go mai lo fa lo go rah lo …«, begann er und kam sich etwas lächerlich dabei vor. Zumindest beobachtete ihn niemand. Außer den Geistern von Leuten, die längst tot waren, vielleicht.

Die Worte gingen Fletcher so leicht von der Zunge, als kenne er sie auswendig. Er konnte gar nicht mehr aufhören, selbst wenn er es versucht hätte, er stand wie unter dem Zwang, laut und deutlich weiterzusprechen. Eine trunkene Wärme breitete sich in ihm aus, doch fühlte er sich nicht benebelt wie von dem Bier im Wirtshaus. Er war im Gegenteil so vollkommen klar im Kopf, als schaue er in einen schimmernden Gebirgssee. Die Formel war wie eine mystische Gleichung, die sich immer wieder von selbst erneuerte und zu einem melodiösen Gesang zusammenfügte.

»Fai lo so nei di roh …«

Weiter und weiter ertönten die Silben, bis Fletcher schließlich die letzte Zeile erreichte. Als die allerletzten Töne über seine Lippen kamen, spürte er eine Veränderung in seinem Bewusstsein, die ihm wohlvertraut war: Eine vollkommene Klarheit durchflutete ihn wie in jenem Sekundenbruchteil, in dem er die Sehne seines Bogens schwirren ließ, nur doppelt so stark. Fletcher kannte das Gefühl zwar, aber diese Intensität war neu. Auch seine Wahrnehmung der Welt um ihn herum veränderte sich. Die Farben wurden heller und schillerten jetzt. Die kleinen Winterblumen, die zwischen den Gräbern wuchsen, erstrahlten wie in einem himmlischen Licht, so stark war die Wirkung.

Fletchers Herz schlug wie wild, und dabei spürte er einen Sog, zuerst noch ganz schwach. Dann aber wurde er immer stärker, bis es Fletcher von dem Grabstein herunterzog und er auf die Knie sank. Er hob den Kopf und sah, dass der Deckel des Buchs zu flimmern begonnen hatte. Mit weit aufgerissenen Augen beobachtete er, wie das in einem Kreis beschriebene Pentagramm violett aufleuchtete und ein Stückchen darüber ein blaues Licht erschien, als wäre es schon immer da gewesen. Klein wie ein Glühwürmchen, wuchs es mit rapider Geschwindigkeit auf die Größe eines Kürbisses an. Es schwebte einfach in der Luft und wurde schließlich so hell, dass Fletcher zuerst den Blick abwenden und dann die Augen mit den Händen bedecken musste, weil die Kugel erstrahlte, als handele es sich um eine kleine Sonne. Ein Fauchen wie von Berdons Schmiedeofen ertönte jetzt so laut, dass Fletchers Kopf zu schmerzen begann.

Es kam ihm vor wie Stunden, dann hörte es plötzlich auf. Um Fletcher herum war alles so dunkel und still, dass er glaubte, er sei tot. Sein Oberkörper war vornübergesunken, sodass seine Stirn den Boden berührte. Gierig sog er den Geruch des feuchten Grases ein und füllte seine Lunge, um sich zu versichern, dass er noch am Leben war, da roch er den Schwefel in der Luft. Dieser Geruch war zuvor noch nicht da gewesen. Als Fletcher dann auch noch ein leises Zirpen hörte, hob er den Kopf.

Ein Dämon kauerte auf einem kleinen Erdhaufen zwei Schritt entfernt. Er saß auf den Hinterbeinen, sein Schwanz zuckte hin und her wie der einer Katze, und zwischen den Klauen hielt er etwas Schwarzes, Glänzendes – wahrscheinlich einen insektenartigen Wichtel aus dem Äther. Wie ein Eichhörnchen an einer Nuss knabberte der Dämon an dem Panzer des Käfers. Er war ungefähr so groß wie ein Frettchen, hatte einen ebenso schlanken Körper mit geschmeidigen Gliedmaßen und sah aus, als könnte er gut springen. Die glatte Haut war so tief burgunderfarben wie guter Wein. Seine großen, klugen Augen hatten die Farbe von Bernstein. Zu Fletchers Überraschung hatte der Dämon kein Maul mit langen Zähnen darin, sondern eine spitze Schnauze, die beinahe wie der Schnabel einer Flussschildkröte aussah. Mit einem letzten Bissen verschlang das Wesen den Käfer, dann hob es den Kopf und fixierte Fletcher.

Der wurde leichenblass und presste sich mit dem Rücken gegen den Grabstein. Der Dämon stieß ein Fiepen aus und versteckte sich mit einem schnellen Sprung hinter dem Baumstumpf. Nur der Schwanz lugte noch hervor, sodass Fletcher den scharfen Dorn am Ende sehen konnte. Er sah aus wie eine aus einem Hirschgeweih gemachte Pfeilspitze.

Der Friedhof lag vollkommen ruhig. Nicht einmal eine Brise störte die Stille, die sich wie eine Decke über Fletchers Welt gebreitet hatte. Nach einer Weile tauchten die gelblichen Augen der Kreatur über dem Baumstumpf auf. Als ihre Blicke sich begegneten, spürte Fletcher eine Berührung in seinem Geist, als versuche ein fremdartiges Wesen, eine Verbindung zu seinem Bewusstsein herzustellen. Alles in ihm schrie danach, die Flucht zu ergreifen, doch seine Neugier sagte Nein: die Anziehung zwischen ihm und diesem Wesen war zu stark.

Fletcher atmete tief ein und sammelte seine Kraft, um jeden Moment loszurennen, da machte der Dämon einen Satz und landete direkt auf seiner Brust. Den Kopf auf die Seite gelegt, blickte er zu ihm auf und musterte Fletcher eine Weile, dann begann er plötzlich zu zwitschern und tätschelte mit einem Vorderbein Fletchers Brust.

Wie erstarrt saß Fletcher da und hielt den Atem an.

Die Kreatur trillerte weiter vor sich hin und begann zu Fletchers Entsetzen auch noch an ihm hochzuklettern. Erst spürte er, wie die Klauen des Wesens durch sein Hemd stachen, und dann wickelte es sich auch noch wie eine Schlange um seinen Hals. Sein ledriger Bauch fühlte sich glatt und warm an. Der Schwanz streifte Fletchers Gesicht und legte sich daraufhin in einer Schlinge um seinen Hals. Fletcher spürte den heißen Atem der Kreatur an seinem Ohr und war sicher, dass sein letztes Stündlein geschlagen hatte. Der Dämon würde ihn erwürgen und ihm den schmerzvollen Tod bereiten, dem er Dank Rotters Beistand am Abend zuvor noch einmal entronnen war.

Wenigstens mussten sie seine Leiche nicht weit tragen, dachte er bitter, während der Griff um seinen Hals immer fester wurde.

Fletcher schloss die Augen und betete, dass es wenigstens schnell gehen möge.

10

DIE ZEIT VERGING IM SCHNECKENTEMPO. Inzwischen musste die dritte Glocke geläutet haben, bis zum Morgengrauen blieben nur noch wenige Stunden. Fletcher wurde allmählich kalt, aber er wagte nicht einmal zu zittern. Er hatte nämlich Angst, den Wichtel damit aufzuscheuchen. Aus dem Augenwinkel sah er die kleinen Dampfwölkchen, die der Dämon bei jedem Atemzug ausstieß. Die Brust des Wesens hob und senkte sich in gleichmäßigem Rhythmus, und Fletcher vernahm ein leises Wispern, das sein Ohr kitzelte. Es hörte sich beinahe an … als schliefe der Dämon! Wie das passiert war, konnte sich Fletcher nicht erklären, aber das machte auch nichts. Hauptsache, er lebte noch.

Als er versuchte, den Wichtel von seinem Hals zu wickeln, stieß der ein Brummen aus und verstärkte seinen Griff noch. Die Klauen gruben sich ein weiteres Stückchen tiefer in Fletchers Haut, eine davon sogar bedrohlich nahe an seiner Halsschlagader. Als er die Versuche wieder einstellte, machte der Dämon ein zufriedenes Geräusch, und der Druck der Klauen ließ nach. Fletcher musste an eine Katze aus dem Dorf denken, die bei Schneesturm immer in sein Zimmer geschlichen kam, sich auf seinen Schoß kuschelte und ihn jedes Mal erbost anfauchte, wenn er Anstalten machte aufzustehen. Der kleine Wichtel war genauso besitzergreifend.

Fletcher stand behutsam auf und hielt den Hals vollkommen gerade, als balanciere er einen Krug voll Wasser auf dem Kopf. Dann bückte er sich mit einiger Mühe nach dem Buch, schob das lose Blatt zurück zwischen die Seiten und hob es auf. Wenn er diesen

Dämon wieder loswerden wollte, würde er wahrscheinlich das Buch dazu brauchen.

In diesem Augenblick hörte Fletcher ein Geräusch. Es waren zornige Stimmen, die vom gegenüberliegenden Ende des Friedhofs kamen und ständig näher rückten. Schließlich sah er eine Fackel. Wie hatten sie ihn nur gefunden? Hatte ein Anwohner den Lärm gehört, den die Beschwörung gemacht hatte, oder das Licht gesehen? Unwahrscheinlich, denn der Friedhof lag ein ganzes Stück nördlich von dem eigentlichen Dorf und war nur über einen schmalen Ziegenpfad zu erreichen. Das nächste Haus stand fast eine Meile entfernt.

Fletcher sah sich panisch um und entdeckte ein verfallenes Mausoleum ganz in der Nähe. Es war in etwa so groß wie eine kleine Hütte, das Dach und die Säulen waren mit kunstvollen Blumenschnitzereien verziert, denen Wind und Wetter allerdings schlimm zugesetzt hatten. Er schlich darauf zu und duckte sich durch den niedrigen Eingang.

Drinnen war es stockfinster. Fletcher tastete sich bis zum Ende des steinernen Sarkophags in der Mitte vor und ging dahinter in Deckung. Er stellte sich gerade die Knochen der Dorfbewohner vor, die seit Jahrhunderten in der Krypta unterhalb von seinem jetzigen Standort wie Feuerholz aufgestapelt lagen, da sah er schon den Schein der Fackel vor dem Eingang des Mausoleums.

»Allmählich glaube ich, die ganze Mühe war umsonst«, fluchte Didric.

»Aber wenn ich dir doch sage, dass ich mit eigenen Augen gesehen habe, wie er durch das hintere Tor geschlichen und in diese Richtung weitergegangen ist.«

Auch diese Stimme erkannte Fletcher wieder. Sie gehörte Didrics Trinkgefährtin Calista. Sie war erst vor Kurzem ein Büttel geworden und schien ihm beinahe genauso sadistisch veranlagt wie Didric.

»Aber das ist doch absurd. Wieso sollte er mitten in der Nacht ausgerechnet zum Friedhof gehen? Er hat ja nicht mal eine Familie. Wessen Grab sollte er hier besuchen?«, schimpfte Didric.

»Er muss aber hier sein. Auf den Feldern und in den Scheunen haben wir schon nachgesehen, und da war er nicht. Nördlich vom Dorf gibt es nur noch den Friedhof«, beharrte Calista.

»Gut, dann sucht eben. Vielleicht schleicht er ja hinter den Grabsteinen herum. Komm schon, du auch, Jakov! Ich bezahle dich schließlich nicht fürs Rumstehen«, bellte Didric.

Jakov stöhnte, und Fletcher zog den Kopf ein, als sich der lange Schatten, den Jakov im Schein von Didrics Fackel warf, in Richtung Mausoleum bewegte.

Das waren schlechte Neuigkeiten. Didric und Calista hätte er vielleicht noch in die Flucht schlagen können, aber wenn Jakov auch dabei war … Die einzige Möglichkeit, die Fletcher jetzt noch blieb, war Flucht. Soweit er wusste, hatte die Dorfwache Calista in ihre Dienste genommen, weil sie eine hervorragende Läuferin war. Fletcher bezweifelte, dass er schneller rennen konnte als sie, vor allem wenn er diesen Dämon um den Hals hängen hatte. Das einzig Gute war, dass sie nur eine einzige Fackel bei sich hatten. Vielleicht würde es ihm in der Dunkelheit gelingen, sie abzuhängen.

Fletcher kauerte sich wieder auf den kalten Marmorboden und wartete. Er konnte nur hoffen, dass sie abzogen, ohne im Mausoleum nachzusehen. Dabei war es das offensichtlichste Versteck von allen auf dem Friedhof. Andererseits war Fletcher hinter dem Sarkophag nicht zu sehen. Vielleicht streckten sie nur kurz den Kopf herein und verschwanden dann wieder.

Der Fackelschein von draußen wurde immer fahler, während Didric die Reihen der Gräber entlangging. Da hörte Fletcher, wie ein heftiger Regenschauer auf das Dach des Mausoleums trommelte, und atmete auf. In diesem Wolkenbruch würden sie die Suche gewiss bald abbrechen. Durch einen Riss drangen bereits die ersten Tropfen, und gleich neben Fletcher bildete sich eine Pfütze. Er wich vor dem näher kommenden Wasser zurück und versuchte die Ruhe zu bewahren, was angesichts der Gefahr, die draußen auf ihn lauerte, gar nicht leicht war. Mit schlechtem Gewissen dachte er an seine Jagdausflüge im Wald und hoffte, dass die Tiere, denen er nachstellte, nicht genauso schreckliche Angst hatten wie er in diesem Augenblick.

Gerade als er schon glaubte, es überstanden zu haben, merkte er, wie es im Mausoleum plötzlich heller wurde. Das musste Didric mit seiner Fackel sein! Fletcher hörte lautes Fluchen und dann das Plätschern von

Wasser, als Didric nur wenige Schritte von ihm entfernt seinen Mantel auswrang. Die ebenfalls durchnässte Fackel flackerte noch kurz, dann verlosch sie.

Didric fluchte noch lauter. Kurz darauf kamen auch Jakov und Calista herein, beide genauso nass und übel gelaunt wie ihr Anführer.

»Habe ich etwa gesagt, dass ihr die Suche abbrechen dürft?«, brummte Didric.

»Fletcher ist nicht mehr hier«, erwiderte Calista niedergeschlagen. »Er muss wieder nach Hause gegangen sein, als ich dich holen ging.«

»Glaubt bloß nicht, dass ich euch für diesen Fehlschlag auch noch bezahlen werde«, fauchte Didric. »Kein Fletcher, kein Geld.«

»Aber wir sind vollkommen durchnässt!«, jammerte Jakov mit klappernden Zähnen.

»Ach, werd endlich erwachsen. Wir sind schließlich alle nass geworden. Das kleine Schlitzohr mag uns entwischt sein, aber das bedeutet nur, dass es umso schlimmer für ihn wird, wenn wir ihn endlich kriegen. Los jetzt, verschwinden wir.«

Die Stimmen entfernten sich wieder, und Fletcher seufzte in aller Stille. Und dann, gerade als er schon dachte, er hätte es überstanden, wachte der Dämon auf. Er streckte sich mit einem lauten Gähnen, leckte Fletcher liebevoll übers Gesicht und ließ sich auf seinen Schoß fallen.

»Was war das?!«, rief Didric.

Mist.

11

FLETCHER STAND AUF UND straffte die Schultern. Der Wichtel purzelte zu Boden, stieß ein beleidigtes Piepen aus und verkroch sich murrend in eine Ecke.

»Bist du das, Fletcher?« Didric spähte in die Dunkelheit. Nur etwas Mondlicht fiel durch den Eingang, sodass er Fletcher wenn überhaupt bloß als dunklen Schatten erkennen konnte. Er kam näher.

»Was willst du, Didric? Musst du nicht schon längst im Bett sein?«, fragte Fletcher und versuchte, möglichst selbstbewusst zu klingen. Er gab sich lieber gleich zu erkennen, bevor Didric noch näher kam. Solange der Sarkophag zwischen ihnen war, fühlte er sich sicherer.

»Das kleine Schlitzohr ist also tatsächlich hier!«, rief Didric, als hätten Jakov und Calista Fletcher nicht ebenso hören können. Ihre Silhouetten zeichneten sich in dem vom Mondlicht erhellten Eingang ab, sodass Fletcher zumindest wusste, wo sie waren. Da sie den Weg nach draußen versperrten, half ihm das allerdings nicht weiter.

»Sitzt wie eine Ratte in der Falle«, fügte Didric hämisch hinzu. »Dumm gelaufen, was, Fletchy?«

»Wie ich sehe, hast du deine beiden Kindermädchen auch dabei«, erwiderte Fletcher und überlegte fieberhaft, wie er hier wieder rauskommen sollte. »Drei gegen einen also? Warum kämpfst du nicht Mann gegen Mann mit mir? Ach, ich vergaß: Das hatten wir ja schon …«

»Halt den Mund!«, fuhr Didric auf. »Du hast nur einen einzigen Glückstreffer gelandet. In einem fairen Kampf hätte ich dich zu Brei geschlagen.« Seine Stimme troff nur so vor verletztem Stolz und Rachedurst.

Fletcher wusste, er hatte nur eine Chance, wenn sich die anderen beiden aus dem Kampf heraushielten. »Dann kämpfen wir eben noch einmal. Dann können Jakov und Calista bezeugen, was passiert, wenn ich keinen Glückstreffer lande.« Er ballte die Fäuste und machte einen Schritt auf Didric zu.

Einen Augenblick lang herrschte Stille, dann kicherte Didric plötzlich. »Nicht doch, Fletcher. Ich kann mir schon denken, was du vorhast, aber ich will gar nicht mit dir kämpfen.« Sein Lachen hallte gespenstisch von den Wänden wider, und Fletcher lief ein eiskalter Schauer über den Rücken.

»Na schön, dann eben nicht«, sagte Fletcher über Didrics Gelächter hinweg. »Bringen wir's hinter uns, ich habe auch noch anderes zu tun«, fügte er hinzu und legte eine Hand auf den steinernen Deckel über der Krypta. In einer verfallenen Kapelle außerhalb des Friedhofs gab es noch einen Zugang zu den unterirdischen Grabkammern. Wenn es Fletcher gelang, diesen Deckel hier zu öffnen, konnte er durch die Kapelle fliehen. Er musste ihn nur beiseiteschieben, ohne dass die drei es merkten. Wie gut, dass sich Didric so gern reden hörte.

Als Jakov und Calista in Didrics Gelächter mit einstimmten, schob Fletcher die Steinplatte ein Stückchen zur Seite. Stein knirschte auf Stein, und Fletcher zuckte zusammen. Die Platte ganz wegzuschieben würde länger dauern, als er gehofft hatte.

»Wir sind gar nicht hier, um dich zusammenzuschlagen, du Idiot«, sprach Didric schließlich weiter. »Wir werden dich töten, Fletcher. Gut, dass wir dich ausgerechnet hier gefunden haben. Der Friedhof ist das geeignete Versteck für deine Leiche.«

Fletcher hörte, wie sie ihre Schwerter zogen, und sein Herz setzte einen Schlag lang aus. Mit zusammengebissenen Zähnen stemmte er sich erneut gegen den Deckel und öffnete ihn noch ein Stück weiter, aber eben nicht weit genug. Er brauchte mehr Zeit. »Ihr wollt mich töten, während die Pinkertons im Dorf sind?«, höhnte er. »Du bist ja noch dümmer, als ich gedacht hätte. Berdon weiß, dass ich hier bin. Er wird sofort zu ihnen gehen, wenn ich nicht bald zu Hause bin«, bluffte er.

Didric ignorierte die Bemerkung und machte einen Schritt auf ihn zu.

Fletcher versuchte es noch einmal. »Das halbe Dorf hat unsere Schlägerei im Wirtshaus gesehen. Ihr werdet den Rest eures Lebens im Kerker verbringen. Ist es euch das wirklich wert?«, fragte er möglichst laut, um das Knirschen der Steinplatte zu übertönen, während er sie noch ein Stückchen weiter schob.

Didric blieb stehen und lachte unbekümmert. »Ach, Fletchy. Mein geschätzter Vater hat die Pinkertons doch längst schon um den Finger gewickelt. Sie würden sich eher gegenseitig einsperren, als den Sohn ihres neuen Geschäftspartners in den Kerker zu werfen.«

Den Sohn ihres neuen Geschäftspartners? Was redete Didric da?

»Dann will ich dir mal verraten, was vor ein paar Stunden während des Abendmahls geschehen ist. Nur damit du weißt, was mit deinem geliebten Pelz passieren wird, wenn du erst unter der Erde bist«, fuhr Didric fort. »Hör gut zu, und ihr beiden auch«, fügte er, an Jakov und Calista gewandt, hinzu. »Damit ihr begreift, was es heißt, auf der richtigen Seite zu stehen.«

»Na dann schieß mal los!«, erwiderte Fletcher und schob den Steindeckel noch ein Stück weiter. Der Spalt war jetzt so groß, dass ihm die abgestandene Luft aus der Krypta entgegenschlug.

»Wie dir dieser Schurke von Soldat bestimmt schon verraten hat, wird der König bald alle verurteilten Verbrecher im Land für das Heer zwangsverpflichten. Eine denkbar schlechte Lösung, wenn du mich fragst, aber wo andere nur Dummheit sehen, sieht mein Vater eine neue Geschäftsmöglichkeit«, prahlte Didric und lehnte sich auf sein Schwert. »Die Karawanen mit den Gefangenen reisen bei Tag, die Nächte werden sie in den Kerkern der Städte verbringen, durch die sie kommen. Dort sind sie sicher aufgehoben. Die letzte größere Stadt hier im Norden ist Boreas, das noch zwei ganze Tagesreisen von der Elfenfront entfernt liegt. Das heißt, die Karawane müsste die letzte Nacht im Wald verbringen, was ganz und gar keine gute Idee wäre. Sie könnte von Banditen überfallen werden, und für die neuen Rekruten wäre es ein Leichtes zu fliehen. Aber weißt du, was genau zwischen Boreas und der Front liegt? Unser schönes Dörfchen Pelz!«

Fletcher hatte von Didrics angeberischem Getue die Nase voll, aber er brauchte noch etwas Zeit, also ermunterte er ihn weiterzusprechen.

»Na und? Hier können sie nicht bleiben, das Dorf ist zu klein. Wollt ihr ihnen etwa die leer stehenden Zimmer in Eurem Haus vermieten?«, fragte er und fasste mit beiden Händen um den Rand des steinernen Deckels. Mit einem kräftigen Ruck müsste Fletcher ihn jetzt so weit aufbekommen, dass er hindurchpasste. Aber er wollte lieber noch warten, bis Didric wieder seine Reden schwang und den Lärm übertönte, den er dabei machte.

»Du kapierst es nicht, aber das hatte ich auch nicht erwartet«, entgegnete Didric mit einem theatralischen Seufzen. »Unsere Schuldner können ihre Kredite nicht abzahlen, also werden wir ihre Häuser beschlagnahmen und ganz Pelz in ein Gefängnis verwandeln. Wir geben den Gefangenen ein bisschen Stroh zum Schlafen und eine Schale Hafergrütze. Dafür verlangen wir den Preis einer Übernachtung in einer Luxusherberge, und die königliche Schatzkammer zahlt. Wir werden jede Nacht ausgebucht sein, stell dir nur den Gewinn vor! Unsere Büttel übernehmen die Bewachung, und die Palisade dient fortan dazu, die Leute drinnen zu halten, nicht draußen. Sollte dennoch einer der Gefangenen entwischen, wird er sich entweder hoffnungslos im Wald verirren, oder die Wölfe kriegen ihn. Die Pinkertons haben den Vertrag bereits unterzeichnet. Selbst wenn es keine Zwangsverpflichtungen geben sollte, unser Gefängnis ist das sicherste im ganzen Land, weit entfernt von den braven Bürgern der Stadt.«

Fletcher brauchte eine Weile, um das Gehörte zu verdauen. Sein wunderschönes, jahrhundertealtes Dorf sollte also in ein Gefängnis umgewandelt werden. Caspars Schuldner würden ihre Häuser verlieren, weil sie ihre Kredite nicht mehr abzahlen konnten, die sich wegen der Zinsen mittlerweile auf das Zehnfache der ursprünglichen Summe beliefen. Die Vorstellung war der reinste Albtraum, doch noch gab es Hoffnung, denn die Cavells hatten einen wesentlichen Punkt übersehen.

»Das wird nicht gelingen, Didric. An der Elfenfront brauchen sie keine neuen Rekruten. Nur die ausgemusterten Soldaten kommen dorthin, um die Zeit bis zu ihrer Entlassung abzusitzen. Auf dem Weg zur Front besuchen sie Pelz nicht einmal und marschieren entweder die Nacht durch oder schlafen im Wald, um sich das Geld für die Herberge zu sparen«, widersprach Fletcher und öffnete den Spalt so weit, dass er hindurchklettern konnte. Dennoch wartete er. Fletcher wollte noch mehr Einzelheiten wissen, um die Dörfler zu warnen.

»Sieh mal einer an, so dumm bist du ja gar nicht, Fletchy. Trotzdem täuschst du dich.« Didric hob triumphierend sein Schwert. »Die Elfenfront ist der ideale Ausbildungsort für neue Rekruten. Hier können sie sich unter der Anleitung erfahrener Kämpfer vergleichsweise gefahrlos auf den echten Krieg gegen die Orks vorbereiten. Und wenn sie bereit sind, werden sie nach Süden geschickt. Tja, Fletchy, der Plan ist ausgezeichnet. Nur eins habe ich dir noch nicht gesagt, und ich glaube, das wird dir ganz besonders gefallen.« Didric verstummte. Offensichtlich wollte er, dass Fletcher nachfragte.

Fletchers Hoffnung schwand. Didric hatte recht. Wenn der König die zwangsrekrutierten Verbrecher direkt an die Orkfront schickte, würde es nur Chaos geben. Die Offiziere dort konnten nicht Krieg führen und gleichzeitig Tausende frisch entlassener Mörder und Banditen im Zaum halten. Wenn es einen Aufstand gab, müssten die Soldaten an zwei Fronten gleichzeitig kämpfen. Ihnen hier im Norden Disziplin einzutrichtern bot sich geradezu an, bevor man sie weiter nach Süden schickte.

»Rück schon raus damit, Didric!«, knurrte Fletcher. Die Cavells waren wie Zecken, die Pelz ohnehin schon das Leben aussaugten, und jetzt vergifteten sie das Dorf auch noch.

»Kurz bevor der Vertrag unterzeichnet wurde, bist du mir wieder eingefallen, Fletchy. Du und dieser Ochse Berdon. Also habe ich meinen Vater daran erinnert, dass die neuen Rekruten Waffen brauchen, und wir haben mit den Pinkertons noch eine Zusatzklausel vereinbart: Ab jetzt sind *wir* die Einzigen, die die Elfenfront beliefern dürfen. Die Quartiermeister dürfen sich nur noch bei den Cavells mit Rüstungen und Schwertern eindecken. Schon morgen geben wir die erste Bestellung bei den Schmieden in Boreas auf, und glaub mir, bei den Mengen, die wir kaufen, werden unsere Preise gerade einmal halb so hoch sein wie die von Berdon. Dieser rothaarige Idiot wird also nicht nur deinen Tod betrauern, sondern auch schon bald bettelarm sein. Wer weiß, vielleicht lassen wir ihn ja bei uns als Stalljungen arbeiten. Zu etwas anderem taugt er ohnehin nicht.«

Selbst im Zwielicht sah Fletcher das zufriedene Grinsen auf Didrics Gesicht. Die Wut in seinem Innern brannte so heiß wie das Feuer in Berdons Schmiedeofen. Er spürte, wie ihm das Blut in den Kopf schoss, seine Schläfen begannen zu pochen. Noch nie im Leben hatte er jemanden töten wollen, aber jetzt war es so weit: Didric musste sterben.

Der Gedanke war ihm gerade erst bewusst geworden, da spürte Fletcher auch schon die Verbindung zwischen ihm und dem kleinen Dämon wieder aufflammen. Wie durch eine unsichtbare Leitung strömte seine Wut in das Bewusstsein des Wichtels und füllte es aus. Didric war eine Bedrohung, er war der Feind.

»Hast du gar nichts dazu zu sagen? Schade, ich hatte mich so auf deine Antwort gefreut.« Didric seufzte und gab seinen beiden Kumpanen ein Zeichen. »Na dann … bringen wir ihn um.«

12

DIDRIC HATTE NOCH NICHT ZU ENDE gesprochen, da kam der Wichtel mit einem mächtigen Satz aus seiner Ecke geschossen und schlug ihm kreischend die Klauen ins Gesicht. Didric stieß einen gellenden Schrei aus. Sein Schwert fiel klappernd zu Boden, er taumelte im Kreis und fuchtelte mit den Armen wie ein Besessener.

»Runter damit, runter damit!«, brüllte er, während ihm schon das Blut übers Gesicht lief. Jakov und Calista schlugen auf den kleinen Dämon ein und versuchten, Didric möglichst nicht zu treffen.

Am Rande seines Bewusstseins fühlte Fletcher jeden Treffer, den der Wichtel dabei einsteckte, doch der Dämon ließ nicht von seinem Opfer ab. Fletchers Wut steigerte sich unterdessen immer weiter. Auf dem Höhepunkt spürte er wieder einen Moment der absoluten Klarheit – so wie zuvor bei der Beschwörung – und sah Didrics Blut in der Dunkelheit leuchten wie einen Rubin.

Plötzlich verstummte der Dämon und riss fauchend das Maul auf. Eine Flamme schoss daraus hervor, umhüllte Didrics Kopf und setzte sein Haar in Brand. Das unirdische orangefarbene Leuchten der Flammen erfüllte das Mausoleum, und Didric brach zusammen. Sein erstickter Schmerzensschrei endete abrupt, als er mit dem Kopf auf dem harten Steinboden aufschlug.

»Didric!«, riefen Jakov und Calista wie aus einem Munde, fielen auf die Knie und schlugen auf die züngelnden Flammen ein.

Der kleine Dämon sprang auf Fletchers Arme, dann entschlüpften sie gemeinsam in die Krypta und rannten los. Fletchers Herz schlug so schnell wie die Flügel eines Kolibris.

In dem unterirdischen Gewölbe war es pechschwarz, die Luft war abgestanden und eisig kalt. Fletcher lief stolpernd weiter, das Buch an die Brust gepresst, während er sich mit der freien Hand durch die Dunkelheit tastete. Immer wieder streifte er dabei die aufgeschichteten Gebeine, die von verrostetem Draht und jahrhundertealtem Staub zusammengehalten wurden. Da verhakten sich Fletchers tastende Finger in den leeren Augenhöhlen eines Totenkopfs, und er fiel zu Boden. Beim Aufprall zersprang der Schädel mit einem grausigen Krachen in Hunderte kleiner Knochensplitter, die unter Fletchers Schritten wie Insektenpanzer knackten. Die Luft hier unten war so staubig, dass er würgen musste. Die Klauen des ungehalten vor sich hin zischelnden Dämons gruben sich bei jedem Schritt noch tiefer in Fletchers Haut, was die Flucht nicht einfacher machte.

Nach einer schieren Ewigkeit krachte Fletcher mit dem Schienbein gegen eine Steinkante und blieb ruckartig stehen. Er beugte sich vornüber, betastete den Boden und entdeckte ein kleines Stückchen darüber eine weitere Kante. Das musste die Treppe sein, die zu der verfallenen Kapelle führte! Unendlich erleichtert erklomm er die Stufen, bis er den Deckel erreichte, der den Zugang versiegelte. Mit letzter Kraft stemmte er ihn hoch und schob ihn zur Seite.

Mondschein fiel durch die geborstenen Fenster der Kapelle und tauchte Fletcher in ein silbriges Licht. Überglücklich, der Todesfalle entronnen zu sein, saugte er die klare, frische Luft ein. Er war noch nicht einmal zu Atem gekommen, da fiel ihm wieder ein, was sich alles soeben zugetragen hatte. Er musste so schnell wie möglich zu Berdon. Berdon würde wissen, was jetzt zu tun war.

Fletcher lief über den Ziegenpfad, der vom Mondlicht fahl beleuchtet wurde. Die anderen folgten ihm gewiss dicht auf den Fersen und brachten den verletzten Didric ins Dorf. Ihm blieb also höchstens eine Viertelstunde, bis ganz Pelz über den Vorfall Bescheid wusste. Wenn die Büttel erfuhren, dass er einen von ihnen angegriffen hatte, würden sie kurzen Prozess mit ihm machen, ohne ihn auch nur anzuhören. Und selbst wenn er eine Gerichtsverhandlung bekommen sollte: Caspar würde mit seinen Verbindungen schon dafür sorgen, dass der Ausgang von vornherein feststand. Und die beiden Zeugen hätten gewiss keine Skrupel, vor Gericht nach Strich und Faden zu lügen.

Pelz lag ruhig wie ein Schatten, alle im Dorf schliefen. Als Fletcher die Palisade erreichte, stellte er erfreut fest, dass das Torhaus nicht bemannt war. Offensichtlich hatte einer von Didrics Kumpanen heute Nachtwache gehabt und seinen Posten verlassen, um ihm auf der Suche nach Fletcher zu helfen.

Das Innere der Schmiede wurde vom sanften Schimmern der Kohlen erhellt, deren Glut allmählich erstarb. Berdon schlief in seinem Korbsessel und hatte sich nicht einmal bewegt, seit Fletcher an ihm vorbei nach draußen geschlichen war.

Fletcher hatte keine Zeit zu verlieren. Er musste verschwinden, und das sofort. Der Gedanke, Pelz zu verlassen, ließ sein Herz bluten. Einen Moment lang sah er sich als Landstreicher von Stadt zu Stadt ziehen und die Bürger um Essensreste anbetteln, um nicht zu verhungern. Doch er verbannte den Gedanken sofort wieder aus seinem Bewusstsein. Eins nach dem anderen.

Schweren Herzens rüttelte er Berdon wach.

»Was ist?«, nuschelte der Schmied und schlug Fletchers Hand weg. »Ich schlafe. Weck mich, wenn's hell wird.«

Fletcher rüttelte ihn noch fester. »Wach auf, du musst mir helfen!«, beharrte Fletcher. »Komm schon!«

Träge öffnete Berdon die Augen. Als sich der Dämon von Fletchers Schulter auf Berdons Brust fallen ließ, fuhr er ruckartig hoch. »Verflucht, was ist das?!«, rief er und drehte das Gesicht weg, so weit es irgend ging.

Der Dämon quiekte leise und verpasste Berdon einen sanften Hieb auf die Wange.

»Das ist eine lange Geschichte, und so viel Zeit habe ich jetzt nicht. Berdon, ich werde eine Weile von hier verschwinden müssen«, begann er und setzte sich den Wichtel wieder auf die Schulter, der sich sogleich mit einem Schnurren um Fletchers Hals legte.

Er sprach, so schnell er konnte, und erwähnte nur das, was Berdon unbedingt wissen musste. Während er die Ereignisse rekapitulierte, fiel Fletcher auf, wie unfassbar dumm es von ihm gewesen war, auf dem Weg zum Friedhof mitten durchs Dorf zu spazieren, wo jeder ihn sehen konnte. Als er geendet hatte, stand er wie erstarrt da und ließ beschämt den Kopf hängen.

Berdon sprang auf, zündete eine Fackel an und stopfte allerlei Dinge in einen Ledersack. Er stellte Fletcher nur eine einzige Frage.

»Ist er tot?«, fragte er und blickte Fletcher fest in die Augen.

»Ich … ich weiß es nicht. Er ist sehr hart mit dem Kopf aufgeschlagen, und sein Gesicht muss übel verbrannt sein. Wahrscheinlich werden sie behaupten, ich hätte ihn auf den Friedhof gelockt und dann versucht ihn umzubringen. Es tut mir leid, dass ich dich so enttäuscht habe, Berdon. Ich bin ein Narr«, stammelte Fletcher mit Tränen in den Augen.

Berdon reichte ihm den Ledersack. Es war derselbe, in dem er auch die Schwerter an die Elfenfront gebracht hatte. Mit einem Schluchzer steckte Fletcher sein Buch hinein und wünschte, er hätte es nie angerührt. Die Verzweiflung lastete auf ihm wie ein Fels, der ihn jeden Augenblick zu zerquetschen drohte.

Berdon legte Fletcher die riesigen Hände auf die Schultern und schüttelte ihn sanft, sodass der Wichtel bald zu Boden fiel.

»Fletcher, ich weiß, ich habe noch nie so mit dir gesprochen, aber du bist weder mein Lehrling, noch fällst du mir zur Last. Du bist mein Sohn, auch wenn nicht das gleiche Blut in deinen Adern fließt wie in meinen, und ich bin stolz auf dich. Heute Nacht sogar noch stolzer als je zuvor. Du hast dich erfolgreich gegen diese drei zur Wehr gesetzt. Es gibt nichts, wofür du dich schämen müsstest.« Dann schloss er ihn in die Arme, und Fletcher presste schluchzend das Gesicht an Berdons mächtige Brust.

»Ich habe etwas für dich«, sprach Berdon weiter und wischte ihm die Tränen von den Wangen. Er verschwand kurz in seinem Zimmer und kehrte mit zwei großen Schachteln zurück, die er ebenfalls in Fletchers Beutel steckte, dann lächelte er ihn traurig an. »Ich wollte sie dir eigentlich erst zu deinem sechzehnten Geburtstag geben, aber es ist besser, wenn du sie jetzt schon mitnimmst. Öffne sie erst, wenn du weit weg von hier bist. Da fällt mir ein, du wirst etwas brauchen, womit du dich verteidigen kannst. Ich habe da was für dich.«

An der gegenüberliegenden Wand befand sich ein Waffenständer. Berdon wählte ein eigenartig gekrümmtes Stück aus der hinteren Reihe aus, in der er die weniger gängigen Modelle aufbewahrte, und hielt es ins Licht.

Eine solche Waffe hatte Fletcher noch nie gesehen. Der mit Leder umwickelte Griff und das erste Drittel der Klinge sahen noch wie bei einem ganz normalen Schwert aus. Die letzten zwei Drittel allerdings waren gebogen wie eine Sichel und liefen in einer scharfen Spitze aus.

»Du hattest nie Schwertkampfunterricht, wenn du also in Schwierigkeiten gerätst, dann… nun… reden wir nicht darüber. Dieses Sichelschwert hier ist so etwas wie ein Joker. Deine Gegner werden nicht wissen, wie sie es abwehren sollen. Mit dem sichelförmigen Teil kannst du ihre Schläge abfangen, ihr Schwert verfängt sich sozusagen darin, während du mit der scharfen Spitze oder der nach außen gekrümmten Seite der Schneide zustößt.« Berdon zeigte ihm die Bewegung, hielt das Schwert mit der gekrümmten Seite nach unten quer vor seinen Körper, als wehrte er einen Schlag ab, und stieß dann mit der Spitze auf Kopfhöhe seines imaginären Gegners zu.

»Die äußere Schneide hat die gleiche Krümmung wie ein Axtkopf. Mit ihr kannst du den Schild eines Angreifers durchschlagen und sogar einen Baum fällen, falls es einmal nötig sein sollte. Diese Waffe hier ist viel universeller als ein gewöhnliches Schwert. Mit der Innenseite der Sichel kannst du einem Gegner sogar den Kopf von den Schultern trennen, wenn du fest genug schlägst.« Er überreichte Fletcher die Waffe, der sie mit einem Gürtel außen an seinen Beutel band.

»Öle die Klinge immer gut ein und schütze sie vor Feuchtigkeit. Wegen seiner Form passt es in keine übliche Scheide. Du wirst dir bei Gelegenheit eine machen lassen müssen. Sag dem Schmied, sie ist für ein Chepesch. Wenn er was von seinem Handwerk versteht, wird er wissen, was gemeint ist.«

»Danke, mach ich«, erwiderte Fletcher ergriffen und fuhr mit den Fingern über das feine Leder am Griff.

»Und was diesen Dämon betrifft…« Berdon musterte den Wichtel skeptisch. »Niemand wird dir glauben, wenn du dich als einen Adligen ausgibst, also versuch es gar nicht erst und halt das Vieh versteckt. Du solltest so wenig Aufmerksamkeit auf dich ziehen wie möglich.«

Fletcher nahm den Wichtel auf die Arme und überlegte, wie er das unberechenbare Geschöpf am besten verbergen konnte, da erschallten draußen schon die Glocken. Trotz des Geläuts hörte er die Rufe der Büttel ein Stückchen weiter die Straße hinab.

»Geh jetzt! Aber nicht zur Elfenfront, denn genau da werden sie nach dir suchen. Lauf nach Süden, nach Corcillum. Ich werde die Tür verriegeln und so tun, als wärst du immer noch hier. Ich halte sie auf, solange ich kann«, sagte Berdon und schob Fletcher nach draußen in die kalte Nachtluft. »Auf Wiedersehen, Sohn.«

Fletcher warf seinem Freund, Mentor und Vater einen letzten Blick zu, dann fiel die Tür ins Schloss. Seine einzige Gesellschaft war der schlafende Dämon auf seinen Schultern. Er war jetzt allein, ein Flüchtling.

13

ZWEI TAGE WAR ER JETZT SCHON UNTERWEGS. Zwei Tage lang war er in eine bestimmte Richtung und dann wieder zurück gelaufen, um falsche Spuren auszulegen. Ohne Essen, ohne Schlaf, nur ein paar Schlucke Wasser, wenn er durch einen Gebirgsbach watete, wo er keine Fußspuren hinterließ und die Jagdhunde seine Witterung nicht aufnehmen konnten. Jedes Mal, wenn Fletcher eine Pause machte, hörte er ihr Bellen in der Entfernung.

Nachts kletterte er auf hohe Bäume und orientierte sich am Stand der Sterne. Jedes Mal sah er dabei die Lagerfeuer in den umliegenden Tälern. Es waren so viele, als wären die gesamte Dorfwache und auch ein Großteil der Jäger hinter ihm her. Didrics Vater Caspar musste eine astronomische Belohnung auf seinen Kopf ausgesetzt haben.

Jetzt, in der dritten Nacht, sah Fletcher nur noch ein paar vereinzelte kleine Lichtpunkte auf halber Höhe der Hänge des Bärenzahns. Die Suchtrupps machten kehrt, sie hatten seine Spur verloren. Fletcher stieß einen erleichterten Seufzer aus und machte sich an den Abstieg, vorsichtig darauf bedacht, nicht abzurutschen. Jede noch so kleine Verletzung, und wenn er sich nur den Knöchel verstauchte, konnte ihn das Leben kosten.

Er musste weiter auf der Hut bleiben. Das Land, auf dem er sich befand, gehörte dem einflussreichen Graf Faverham. Er war dafür bekannt, regelmäßig Patrouillen zu entsenden, die seine Wälder nach Wilderern durchkämmten. Ihnen zu erklären, warum er allein und so weit ab von den sicheren Pfaden unterwegs war, könnte schwierig werden.

Als Fletcher vom letzten Ast auf den Boden sprang, fauchte sein Dämon ungehalten. Seit sie aus Pelz aufgebrochen waren, hatte er seinen angestammten Platz auf Fletchers Schultern nicht mehr verlassen, und dafür war er dankbar. Fletcher war durchnässt, und er fror auch, aber der Glutofen im Bauch des kleinen Wichtels hielt zumindest seinen Hals und die Schultern warm.

Fletcher blickte sich um und beschloss, sein Lager gleich hier am Fuß der mächtigen Eiche aufzuschlagen. Der Boden war flach und von weichem Moos bedeckt, und das Blätterdach würde den Regen größtenteils abhalten. Um einen Unterstand zu errichten, war es zwar schon zu spät, aber die herumliegenden Äste ließen sich auch für ein kleines Feuer verwenden. Er schichtete die trockensten, die er fand, zu einer kleinen Pyramide auf und holte seinen Feuerstein hervor.

»Du könntest das Feuer nicht zufällig anfachen?«, fragte er den Dämon, als die Funken, die er aus dem Feuerstein schlug, zischend verloschen.

Der Wichtel rollte sich prompt aus, ließ sich über Fletchers Arm zu Boden gleiten und gähnte. Dann neigte er den Kopf zur Seite und schaute ihn so verwirrt an wie ein Hundewelpe, der nicht recht wusste, was von ihm verlangt wurde.

»Komm schon, irgendeinen Weg muss es doch geben, wie wir uns verständigen können«, sagte Fletcher und kraulte sein neues Schoßtier unterm Kinn.

Der Dämon zirpte leise und rieb seinen Kopf an Fletchers Hand.

Fletcher spürte eine tiefe Zufriedenheit am Rande seines Bewusstseins, als wäre er selbst es, der gerade gekrault wurde, nicht der Wichtel. »Feuer!«, befahl er und deutete auf den kleinen Holzstapel.

Der Dämon japste laut und hüpfte einmal im Kreis.

Fletcher zuckte vor Schreck zusammen. »Psst!« Am Fuß der umliegenden Berge wimmelte es nur so von Wölfen. Mehr als einmal hatte er sie bereits in der Ferne heulen gehört. Sie konnten von Glück reden, dass sie noch keinem begegnet waren. Der Dämon verstummte sofort und verkroch sich zwischen Fletchers Beinen.

Hatte er ihn diesmal etwa verstanden? Fletcher saß im Schneidersitz auf dem feuchten Moos, und sein Hintern wurde bereits nass. Er schloss die Augen und zermarterte sich den Kopf, ob Rotter in seinen Erzählungen irgendetwas erwähnt hatte, wie die Bändiger ihre Dämonen dazu brachten, Befehle auszuführen.

Während er noch darüber nachdachte, spürte er, dass der Wichtel sich im Augenblick genauso schutzlos, verängstigt und einsam fühlte wie er selbst. Er schickte ihm ein paar tröstende Gedanken und merkte, wie der Kleine aufhorchte und sich dann entspannte. Angst und Einsamkeit waren wie weggeblasen. Der Wichtel schien jetzt nur noch Müdigkeit und Hunger zu verspüren.

Da löste sich etwas in Fletchers Kopf, und er begriff. So verhielt es sich also: Sein neuer Freund verstand zwar nicht, was er sagte, aber er spürte Fletchers Stimmungen!

Fletcher schickte ihm ein Gefühl von Kälte – mit dem Erfolg, dass der Wichtel sich kurz schüttelte und dann noch enger an Fletchers Beine schmiegte. So warm wie sich der Kleine anfühlte, wusste er vielleicht nicht einmal, was Kälte überhaupt war.

Vielleicht ginge es ja mit einem Bild … Fletcher stellte sich Flammen vor und rief die Erinnerung an die Wärme von Berdons Schmiedeofen in sich wach. Der Dämon zirpte und sah ihn mit blinzelnden Augen an. Vielleicht erinnerte ihn das Gefühl ja an zu Hause.

Fletcher rieb enttäuscht seine immer kälter werdenden Hände. Die Aufgabe war schwieriger, als er gedacht hatte. Er ließ den Kopf sinken und zog seine abgewetzte Jacke noch enger um die Schultern.

»Hätte ich am Markttag Janets Jacke bekommen, bräuchten wir erst gar kein Feuer«, brummte er und starrte das Holz an, als könnte er es mit Gedankenkraft zum Brennen bringen. Da schoss ohne Vorwarnung ein Feuerstrahl zwischen seinen Beinen hervor, und der Stapel ging knisternd in Flammen auf.

»Du cleveres kleines Kerlchen!«, jubelte Fletcher und drückte seinen Freund an die Brust. Bald genoss er, wie die Wärme in seine steif gefrorenen Glieder zurückkehrte, und dachte mit einem wehmütigen Lächeln an Berdons Schmiede.

»Da fällt mir ein …« Fletcher setzte den Wichtel wieder ab und wühlte in seinem Beutel herum. Die ständige Angst vor Verfolgung hatte ihn die Geschenke ganz vergessen lassen, die Berdon ihm mitgegeben hatte. Er zog das größte hervor und packte es mit immer noch ungelenken Fingern aus.

Es war ein mit einem schimmernden Firnis überzogener Jagdbogen. Der Griff war mit geflochtenem Rohleder umwickelt, das Holz mit kunstvollen Schnitzereien verziert und an den Enden nach vorne gebogen – wie ein S. Das sorgte für eine besonders große Schusskraft. Er war aus teurem Eibenholz gefertigt. Berdon musste es im Vorjahr von einem Händler gekauft haben, denn hier in den Bergen wuchsen keine Eiben. Außerdem hatte er das helle Holz grau gebeizt, sodass es nicht hervorstach, wenn Fletcher in einem Gebüsch auf Beute lauerte. Es war eine wunderschöne und wertvolle Waffe, für die jeder Jäger bereitwillig ein kleines Vermögen ausgegeben hätte. Fletcher schaute lächelnd zum Bärenzahn hinauf und schickte Berdon seinen stummen Dank. Die Arbeit an ihm musste Monate gedauert haben. Wahrscheinlich hatte er im Geheimen daran geschuftet, wenn Fletcher auf der Jagd gewesen war. Ein schmaler Köcher mit Gänsefederpfeilen war ebenfalls dabei. Mit etwas Glück könnte Fletcher damit morgen einen Berghasen erlegen.

Bei diesem Gedanken begann Fletchers Magen prompt zu knurren. Er legte den Bogen fort und wühlte tiefer in dem Beutel, bis er ein in braunes Papier eingewickeltes Päckchen zu fassen bekam. Das zweite Geschenk öffnete er mit etwas mehr Vorsicht als das erste. Es war das Räucherfleisch, zu dem er den Elch verarbeitet hatte, den Didric ihm hatte abpressen wollen. Fletcher legte ein paar Streifen davon in die Flammen, wartete, bis sie warm waren, und hielt seinem kleinen Feuermacher einen davon hin.

Der Wichtel beschnupperte das Fleisch vorsichtig, dann schnappte er mit einer schnellen Bewegung zu, legte den Kopf in den Nacken und schluckte es wie ein Falke hinunter – in einem Stück.

»He, beiß mir nicht die Finger ab«, mahnte Fletcher, genoss den Duft des frischen Grillfleisches und sah nach, ob noch mehr Proviant in seinem Beutel war. Seine Finger bekamen etwas Hartes zu fassen. Es war ein Sack, ziemlich schwer für seine Größe, der beim Herausziehen klimperte.

»Nein, Berdon, du hast doch nicht …«, murmelte Fletcher.

Doch, das hatte er. Es war eine Geldbörse mit mindestens tausend Silberschilling darin. Das entsprach zwei Monatseinkommen. Obwohl Berdon wusste, dass in der nächsten Zeit schwere Geschäftseinbußen auf ihn zukamen, hatte er Fletcher einen stattlichen Teil seiner Ersparnisse mitgegeben. Am liebsten hätte er das Geld sofort zurückgebracht, da fielen Fletcher die dreihundert Schilling wieder ein, die er für die Jacke gespart hatte. Sie lagen noch immer in seinem alten Zimmer. Hoffentlich fand Berdon sie. Wenn er dann noch Fletchers andere Besitztümer verkaufte, konnte er zumindest einen Teil des Verlusts wieder wettmachen.

»Mal sehen, was da noch alles drin ist«, flüsterte er und schüttelte das nächste Päckchen. Es war weich und leicht. Ein Zettel hing daran. Fletcher riss ihn ab und las im Schein der Flammen.

Lieber Fletcher,
wir wissen beide, dass der Tag, an dem wir Deinen Geburtstag feiern, kaum der Tag sein kann, an dem Du tatsächlich das Licht der Welt erblickt hast. Für mich ist es trotzdem der wichtigste Tag meines Lebens. Es ist der Tag, an dem ich Dein Vater wurde und Du mein Sohn. Heute Abend werden wir gemeinsam anstoßen und die Zukunft der Schmiede besprechen. Ich habe vor, Dich zu meinem Geschäftspartner zu machen. Der Himmel weiß, Du hast es verdient. Dieses Geschenk ist nur ein kleines Zeichen meiner Wertschätzung für alles, was Du im Lauf der Jahre für mich getan hast. Ich bin sehr stolz auf Dich.
Alles Gute zum Geburtstag, Sohn,
Dein Berdon

Tränen fielen auf den Brief, während Fletcher ihn wieder zusammenfaltete. Sein Herz zersprang beinahe vor Heimweh. Er wickelte das letzte Geschenk aus und hielt die Jacke, die er sich so sehr gewünscht hatte, in seinen Händen.

»Du warst mir ein besserer Vater, als mein echter es je hätte sein können«, flüsterte Fletcher und schaute zum Bärenzahn hinüber. Er hatte es Berdon nie gesagt, und das bereute Fletcher jetzt zutiefst.

Als der kleine Dämon auf seinem Schoß Fletchers Trauer spürte, begann er zu winseln und leckte ihm mitfühlend die Finger. Fletcher tätschelte seinen Kopf, rückte noch ein Stückchen näher ans Feuer heran und gestattete sich ein paar Momente der Trauer. Schließlich wischte er sich die Tränen weg, zog die Jacke an und setzte die Kapuze auf. Er hatte einen Entschluss gefasst: Er würde es nach Corcillum schaffen und dort ein neues Leben beginnen. Eines, das Berdon mit Stolz erfüllen würde.

14

IM WIRTSHAUS STANK ES NACH ungewaschenen Männern und abgestandenem Bier, aber Fletcher roch selbst nicht viel besser. Nach zwei Wochen in einem Wagen voller Schafe war das auch keine Überraschung. Frischluft hatte er während seiner Reise nur bekommen, wenn er in einem der Dörfer, durch die sie kamen, billiges Pökelfleisch kaufte. Er hatte Glück gehabt, denn der Kutscher hatte keine Fragen gestellt und lediglich fünf Schillinge verlangt. Außerdem hatte er Fletcher gebeten, den Schafsdung vom Wagen zu kippen, wenn sie anhielten.

Fletcher saß in der einen Ecke eines billigen Gasthauses in Corcillum und gönnte sich einen warmen Lammeintopf mit Kartoffeln. Er hatte gleich die nächstbeste Herberge aufgesucht und von der Stadt bisher kaum etwas gesehen. Die heutige Nacht würde er in einem echten Bett verbringen und sich ein warmes Bad genehmigen; die Stadt zu erkunden konnte bis morgen warten. Fletcher hatte das Gefühl, er rieche mittlerweile selbst wie ein Schaf. Selbst der Wichtel hatte nur ungern Fletchers Kapuze verlassen, die nun zu seinem bevorzugten Aufenthaltsort geworden war. Er hatte ihn jedes Mal mit den Resten des Pökelfleischs hervorlocken und so lange füttern müssen, bis er einschlief.

Die Gesellschaft des kleinen Geschöpfs hatte die lange, dunkle Reise zumindest etwas angenehmer gemacht. Fletcher hatte die Wärme seines Begleiters genossen, wenn er auf seinem Schoß schlief, und dessen Zufriedenheit geteilt, auch wenn er selbst zitternd in dem von den Schafen besudelten Stroh lag.

»Ein Schilling«, sagte eine Frau hinter ihm. Die Kellnerin hielt ihm die schmutzige Hand hin und deutete mit der anderen auf den Lammeintopf.

Fletcher wühlte in seinem Beutel, zog die schwere Börse hervor und drückte ihr einen Schilling in die Hand.

»So viel Silber und kein Trinkgeld?«, krächzte sie und wackelte davon.

Einige der anderen Gäste blickten auf, als sie das Wort Silber hörten. Drei raubeinig aussehende Kerle schienen besonders neugierig. Ihre Kleider waren verschmutzt, das Haar fettig und verfilzt.

Fletcher verzog das Gesicht und steckte seine Börse wieder weg. In den Bergen hatte er nie Pfennige gebraucht. Dort gab es nur runde Preise, denn Pfennige machten alles komplizierter. In den großen Städten Hominums war das anders. Hundert Kupferpfennige entsprachen einem Silberschilling, fünf Silberschillinge einem Goldtaler, aber Fletcher hatte nun mal nur Schillinge. Er würde ein paar davon wechseln, wenn er das Zimmer bezahlte, damit dergleichen nicht wieder vorkommen konnte. Fletcher ärgerte sich zwar über seinen dummen Fehler, aber er konnte der Kellnerin schlecht so viel Trinkgeld geben, wie die gesamte Mahlzeit kostete.

Hinter den drei ungewaschenen Burschen saß noch jemand, der Fletcher nicht aus den Augen ließ. Er war eine anmutige Erscheinung mit einem Gesicht, das wie aus Stein gemeißelt schien. Von der rechten Braue verlief eine lange Narbe bis hinunter zum Mundwinkel, das Auge dazwischen war milchig und offensichtlich blind. Der Mann hatte einen schmalen Oberlippenbart und lockiges schwarzes Haar, das auf der Höhe des Nackens zu einem Knoten gebunden war. Der lange blaue Mantel mit roten Revers und goldenen Knöpfen wies ihn als Offizier aus. Seinen schwarzen Dreispitz hatte er vor sich auf den Tisch gelegt.

Fletcher zog die Kapuze über den Kopf und verkroch sich noch weiter in seine Ecke. Ob der plötzlichen Störung knurrte ihm der Dämon ungehalten ins Ohr, doch darauf konnte Fletcher jetzt keine Rücksicht nehmen. Er musste seinen Begleiter verstecken, vor allem vor dem Offizier, der ihn weiter unverhohlen anstarrte. Fletcher löffelte den Rest des Eintopfs und steckte die Brotreste ein, um seinen Freund später damit zu füttern. Wahrscheinlich war es das Beste, wenn er sich eine andere Bleibe suchte, in der niemand seine prall gefüllte Börse gesehen hatte.

Fletcher schlüpfte nach draußen und eilte die gepflasterte Straße entlang. Immer wieder blickte er verstohlen über die Schulter, aber niemand schien ihn zu verfolgen. Schließlich verfiel er in ein gemächlicheres Tempo und hielt nach einer geeigneten Herberge Ausschau. Bald würde es dunkel werden, und er wollte die Nacht ungern auf der Straße verbringen.

Die hohen Gebäude ringsum wirkten beeindruckend. Manche hatten vier Stockwerke oder mehr, und in jedem befand sich ein Laden im Erdgeschoss. Beim Anblick der angepriesenen Waren juckte es Fletcher in den Fingern, seine Börse sogleich wieder hervorzuholen. Rotgesichtige Metzger legten ihre Würste ins Schaufenster. Ihre Unterarme waren vom Schweinezerteilen noch bis zum Ellbogen mit Blut verschmiert. Ein Möbelmacher legte gerade letzte Hand an die kunstvoll geschnitzten Beine eines Stuhls, die wie von Efeu umrankte Baumstämme aussahen. Aus einer Parfümerie stieg ihm der verführerische Geruch von Duftwässern in die Nase.

Fletcher bestaunte gerade die bunten Fläschchen im Schaufenster, da hielt eine Kutsche so dicht neben ihm an, dass er zur Seite springen musste. Zwei Mädchen mit hübschen Lockenfrisuren und leuchtend rot bemalten Lippen kletterten aus der Kabine und verschwanden mit wehenden Reifröcken in der Parfümerie. Fletcher blickte ihnen mit offenem Mund hinterher.

»Die sind nichts für dich«, sagte er lächelnd und ging mit einem Kopfschütteln weiter, aber – da sah er aus dem Augenwinkel ein Aufblitzen wie von Metall. Es war die Auslage eines Waffengeschäfts. Piken, Schwerter und Äxte waren dort ausgestellt, aber Fletcher zog etwas anderes an: die Feuerwaffen, die in mit Samt ausgekleideten Koffern gleich in der ersten Reihe standen. Die hölzernen Griffe waren rot gebeizt, auf die Läufe waren galoppierende Pferde graviert.

»Wie viel?«, fragte er den Besitzer, ohne den Blick von einem Paar prächtiger Duellpistolen zu nehmen.

»Zu viel für dich, Kleiner. Diese hier sind was für Offiziere. Aber schön sind sie unbestreitbar«, antwortete eine dunkle Stimme von oben.

Fletcher blickte auf und blinzelte überrascht. Der Sprecher war ein Zwerg. Er hatte sich auf eine Bank gestellt, von der er nun auf Fletcher hinabblickte. Ohne diese Bank wäre er Fletcher gerade mal bis zum Bauchnabel gegangen.

»Natürlich. Hätte ich mir ja gleich denken können«, erwiderte er. »Habt Ihr sie gemacht?« Es war der erste Zwerg, den Fletcher in seinem Leben zu Gesicht bekam, und er musste sich mit aller Macht zusammenreißen, um ihn nicht anzustarren.

»Nein, ich verkaufe sie nur. Ich bin noch Lehrling, aber eines Tages werde ich vielleicht selbst welche bauen.«

Fletcher fragte sich, wie der Zwerg noch in der Lehre sein konnte. Er sah viel älter aus als er selbst. Sein Bart erinnerte ihn an Berdon, nur dass der des Zwergs sogar noch dichter war und er ihn zu viel zu langen, mit Perlen geschmückten Zöpfen geflochten hatte. Das Kopfhaar trug er ebenfalls als Zopf, der auf Höhe der Schultern von einem Lederband zusammengehalten wurde.

»Euer Meister ist nicht zufällig auf der Suche nach einem weiteren Lehrling? Ich kann gut mit Hammer und Amboss umgehen und könnte das Geld gebrauchen«, sagte Fletcher hoffnungsvoll. Irgendwie musste er sein Leben in dieser teuren Stadt ja finanzieren.

Der Zwerg schaute Fletcher einen Moment lang an, als hätte er den Verstand verloren, dann lächelte er traurig. »Du bist nicht von hier, oder?«

Fletcher schüttelte den Kopf.

»Wir stellen keine Menschen ein, solange wir nicht die gleichen Rechte haben wie sie und wir die Einzigen sind, die wissen, wie man Feuerwaffen macht. Ist nichts gegen dich persönlich. Eigentlich siehst du wie ein ganz netter Kerl aus«, erwiderte der Zwerg einfühlsam. »Am besten gehst du zu einem Menschen-Schmied. Es gibt zwar nur ein paar, aber sie haben Arbeit genug, weil sich viele Soldaten weigern, bei Zwergen zu kaufen. Soweit ich weiß, ist es allerdings auch bei ihnen schwierig, Arbeit zu bekommen. Zu viele Bewerber.«

Fletchers Hoffnung schwand. Das Schmiedehandwerk war das einzige, das er beherrschte. Um eine andere Lehre anzufangen, war er bereits zu alt. Wälder, in denen er jagen konnte, gab es in dieser Gegend auch keine, nur den Orkdschungel südlich der Grenze.

»Welche Rechte werden Euch denn verweigert? Ich dachte, der König hätte letztes Jahr verfügt, dass ab sofort auch Zwerge ins Heer aufgenommen werden«, erkundigte sich Fletcher und schluckte seine Enttäuschung hinunter.

»Ach, jede Menge. Am schlimmsten ist das Gesetz, das uns vorschreibt, wie viele Kinder wir haben dürfen. Nämlich nur so viele, wie im Vorjahr Erwachsene gestorben sind. Da wir aber beinahe doppelt so alt werden wie ihr Menschen, ist das nicht gerade viel. Immerhin ist das Soldatengesetz zumindest ein Schritt in die richtige Richtung. Der König ist ein guter Mann, und er weiß, dass die Menschen uns nicht trauen. Vor allem die Heeresoffiziere nicht, weil es vor achtzig Jahren einmal einen Zwergenaufstand gegeben hat. Jetzt können wir unsere Loyalität beweisen, indem wir Seite an Seite mit den Menschen kämpfen, und uns das volle Bürgerrecht verdienen. Aber bis es so weit ist …« Der Zwerg klang verärgert und drehte sich weg, um in irgendeiner Kiste herumzuwühlen, als wollte er seine Gefühle verbergen.

Fletcher dachte an die höhnischen Bemerkungen der Einwohner von Pelz, als bekannt wurde, dass nun auch Zwerge in Hominums Heer kämpfen sollten. »Die können ja zwischen meinen Beinen hindurchlaufen, ohne mit dem Kopf meine Eier zu berühren«, hatte Jakov gewitzelt. Die Arme dieses Zwergs hier waren allerdings so dick wie Jakovs Oberschenkel, und sein Brustkorb schien so muskulös zu sein wie der eines Pferdes. Wenn die beiden im Zweikampf gegeneinander anträten, wüsste Fletcher, auf wen er sein Geld setzen würde. Als Verbündete waren die Zwerge bestimmt nicht zu unterschätzen.

»Kennt Ihr eine günstige und sichere Herberge hier in der Gegend?«, fragte Fletcher, um das Thema zu wechseln.

Der Zwerg drehte sich um und drückte ihm verstohlen einen Zettel in die Hand. »Es gibt eine, die ist gar nicht weit von hier. Zwerge sind dort willkommen, sie heißt ›Zum Amboss‹. Vielleicht weiß da jemand Arbeit für dich. Sag, Athol schickt dich. Du gehst einfach diese

Straße weiter und biegst an der dritten Kreuzung rechts ab. Kannst es gar nicht verfehlen.« Er schenkte Fletcher noch ein aufmunterndes Lächeln, dann wandte er sich dem nächsten Kunden zu.

Fletcher ging los und faltete den Zettel auseinander. Ein Amboss war darauf abgedruckt. Da fiel ihm ein, dass er sich gar nicht bei seinem Wohltäter bedankt hatte. Als er kehrtmachte, um es nachzuholen, sah er die drei finsteren Gestalten aus dem Wirtshaus die Straße entlangkommen. Sie erkannten ihn sofort, und Fletcher rannte los. Einige Passanten schauten ihm verwundert hinterher, und ein junger Edelmann, der eine elegante Dame am Arm führte, verpasste ihm glatt eine Ohrfeige, weil er seine weibliche Begleitung im Vorbeilaufen gestreift hatte.

Kurz bevor er die Abzweigung zu der Herberge erreichte, versperrten zwei Gespanne den Weg. Die Pferde wieherten, und die Kutscher schrien einander im Streit an. Mit einem Fluch bog Fletcher in eine kleine Gasse ab. Schlagartig wurde es stiller um ihn herum, und er war froh, dem Gedränge auf der Hauptstraße entkommen zu sein. Außer ihm war hier niemand, die Geschäfte zu beiden Seiten hatten bereits geschlossen. Fletcher blieb ruckartig stehen, während sein Herz raste: Die Straße war eine Sackgasse.

15

FLETCHER NUTZTE DIE ZEIT, bis die Diebe ihn erreichten, um den Dämon aus seiner Kapuze zu locken. Der Kleine spürte Fletchers Anspannung und krallte sich aufgeregt an seiner Schulter fest.

»Halt dich bereit, mein Freund. Wir bekommen gleich Ärger«, flüsterte Fletcher, legte einen Pfeil auf die Sehne seines Bogens und kniete sich hin, um besser zielen zu können.

Seine Verfolger kamen um die Ecke und blieben stehen.

»Zurück, oder ich schieße dir einen Pfeil ins Auge. Es macht mir nichts aus, einem Taschendieb wie dir das Licht auszublasen«, sagte er zu dem größten der drei.

Der Mann grinste und ließ seine gelben Zähne sehen. »Das bezweifle ich auch gar nich', aber wir sin' keine Taschendiebe, sondern eher Halsabschneider, wenn du weißt, was ich meine«, höhnte er und zeigte Fletcher seinen Krummdolch. »Wir woll'n nur deine Börse, dann verschwinden wir wieder. Keinem passiert was.«

Der Kerl ging auf Fletcher zu. Als er bis auf drei Meter heran war, spie der Wichtel ihm einen Feuerstrahl entgegen, der nur eine Handbreit vor seinem Gesicht endete und ihn rückwärts gegen seine Kumpane taumeln ließ.

»Ich mein es ernst! Macht kehrt, oder ihr werdet es bereuen!«, rief Fletcher mit zitternder Stimme und blickte verstohlen auf die Fenster der Häuser ringsum. Hörte ihn denn niemand? Jemand musste doch die Pinkertons rufen. Es konnte einfach nicht sein, dass er es bis nach Corcillum geschafft hatte, um dann in der ersten Nacht in einer dunklen Gasse die Kehle aufgeschlitzt zu bekommen.

»Ah, ein Bändiger. Gehst wohl auf die Dämonenakademie, was? Du gehörst längst ins Bett, wenn du mich fragst«, erwiderte der Dieb und klopfte sich den Ruß von den Kleidern.

»Verschwindet!«, wiederholte Fletcher. Sein kleiner Beschützer konnte offensichtlich nicht beliebig weit Feuer spucken. Er wollte es lieber nicht drauf ankommen lassen.

»Schön, du hast mir gezeigt, was du draufhast. Jetzt zeige ich dir, was ich draufhabe«, erklärte der Dieb und zog seine Pistole. Er richtete sie auf Fletchers Brust und kam erneut näher.

Fletcher erschrak so sehr, dass er um ein Haar die Sehne losgelassen hätte.

»Was meinst du, wer erreicht sein Ziel schneller: dein Pfeil oder meine Kugel?«, fragte der Mann unbeeindruckt.

Fletcher musterte die Pistole. Es war ein hässliches, abgewetztes Ding mit rostigem Lauf. »Sieht nicht so aus, als ob deine Pistole allzu genau schießen würde«, erwiderte er und machte einen Schritt zurück.

»Hmm, da hast du wohl recht. Aber selbst wenn ich vorbeischieße und dein Pfeil trifft, kriegen dich meine beiden Freunde und schneiden dir die Kehle durch. Wir können beide sterben, oder wir machen es uns nich' unnötig schwer, und du gibst mir einfach deine Börse. Gegen eine Pistolenkugel wird dir dein Dämon nich' viel helfen, und deine Beschwörungskünste auch nich'«, entgegnete der Kerl, ohne mit der Wimper zu zucken.

Fletcher hatte das Gefühl, dass der Dieb diese Tour nicht zum ersten Mal versuchte. »Darauf lasse ich es ankommen«, sagte er und ließ die Sehne los. Ein Knall ertönte, Rauch schoss aus dem Pistolenlauf, und Fletcher hörte ein Krachen ganz in der Nähe seiner Brust. Blitze zuckten über sein Gesichtsfeld, dann schlug er rücklings hin, spürte aber keinen Schmerz. Vielleicht kam das erst später. Er hörte den Dämon neben seinem Ohr kreischen und sah noch im Fallen, wie der Dieb mit einem Pfeil im Schädel zu Boden ging. Seine beiden Kumpane standen da wie angewurzelt; sie hatten nicht damit gerechnet, dass Fletcher tatsächlich schießen würde.

»Falsch!«, ertönte eine Stimme vom Ende der Gasse. »Mit Beschwörung kann man sehr viel ausrichten. Sich mit unsichtbaren Schilden schützen, beispielsweise.« Es war der Offizier mit der Narbe im Gesicht, den Fletcher im Wirtshaus gesehen hatte. Er baute sich vor den beiden noch verbliebenen Dieben auf. Aus dem Schummerlicht hinter ihm kam ein tiefes Knurren, und zwar so durchdringend, dass Fletcher es in der Magengrube spürte.

»An eurer Stelle würde ich jetzt das Weite suchen«, sagte der Offizier.

Der Mann hatte kaum zu Ende gesprochen, da waren die beiden auch schon um die Ecke verschwunden, doch sie kamen nicht weit: Fletcher hörte ein Fauchen, gefolgt von zwei erschrockenen Aufschreien, die in einem entsetzlichen Gurgeln endeten.

Das war knapp, dachte er noch, da streckte der Offizier ihm schon die Hand entgegen. »Steh auf«, sagte er. »Dir fehlt nichts. Meine Schilde haben dich geschützt.«

Fletcher ergriff die erstaunlich weiche Hand des Mannes und ließ sich auf die Beine ziehen. Als er seine Brust befühlte, fand er nicht die Spur einer Verletzung. Er sah lediglich eine Art Scheibe vor sich schweben. Sie war oval und mit bloßem Auge kaum zu erkennen. In der Mitte hatte sie einen Sprung. Als Fletcher sie zu berühren versuchte, verschwand die Scheibe. Da fiel sein Blick auf die am Boden liegende Kugel – der Aufprall hatte sie so flach gedrückt wie eine Münze.

»Folge mir«, sagte der Offizier und ging los, ohne sich noch einmal umzudrehen.

Fletcher überlegte kurz, dann zuckte er die Achseln. Immerhin hatte ihm der Mann das Leben gerettet, also gehorchte er ohne weitere Fragen.

Unterdessen kletterte der Wichtel auf Fletchers Rücken und verschwand wieder in der Kapuze, ebenso erschöpft von der unerfreulichen Begegnung wie sein Meister. Fletcher war erleichtert, denn der Offizier hatte seinen Dämon die ganze Zeit über mit eigenartigem Blick angestarrt.

»Sacharissa!«, bellte sein Lebensretter nun. Eine dunkle Silhouette löste sich aus dem Zwielicht und beschnupperte die Hand des Offiziers. Der schüttelte angewidert den Kopf und wischte sich mit einem Taschentuch das Blut von den Fingern, mit dem die Kreatur sie vollgesabbert hatte.

Als Fletcher einen Blick riskierte, sah er ein hundeähnliches

Geschöpf mit vier Augen. Neben den inneren beiden saßen links und rechts etwas erhöht noch zwei kleinere. Die krallenbewehrten Pfoten erinnerten Fletcher eher an eine Katze. Das Fell war schwarz wie die Nacht, entlang der Wirbelsäule erstreckte sich ein Mähnenkamm, und der buschige Schwanz ließ Fletcher an einen Fuchs denken. Das Vieh war so groß wie ein Pony und reichte ihm bis über die Brust. Bis jetzt hatte er geglaubt, alle Dämonen wären so klein wie seiner, aber auf diesem hier hätte er glatt reiten können. Als er dann auch noch die mächtigen Muskeln des Dämons sah, empfand er beinahe Mitleid mit den beiden toten Banditen.

Dann wandte er seine Aufmerksamkeit wieder dem groß gewachsenen Offizier an seiner Seite zu. Er mochte etwa dreißig Jahre alt sein und schien schon einiges durchgemacht zu haben. Der Anblick der Narbe in seinem Gesicht ließ Fletcher unwillkürlich an blutige Schlachten, Pfeilhagel und das Geklirr von Schwertern denken.

Die Straßen leerten sich bereits, und als sie von der Hauptstraße abbogen, waren sie vollkommen allein.

»Was für ein Dämon ist das?«, erkundigte sich Fletcher, um das unangenehme Schweigen zu brechen.

»Ein Canid. Hättest du im Unterricht aufgepasst, wüsstest du das. Es war bestimmt der erste Dämon, den ihr durchgenommen habt, und auf jeden Fall ist er bei Weitem der häufigste. Du bist also nicht nur ein Schulschwänzer, sondern auch noch ein Dummkopf! Wären wir nicht auf jeden noch so nichtsnutzigen Schüler angewiesen, würde ich dich unverzüglich von der Akademie ausschließen.«

»Ich bin nicht auf der Akademie. Ich bin erst heute Morgen hier angekommen«, verteidigte sich Fletcher ungehalten.

Der Offizier blieb ruckartig stehen. Der Blick des milchigen Auges ließ Fletcher das Blut in den Adern gefrieren. »Alle Bürgerlichen, die der Beschwörung mächtig sind, wurden von den Inquisitoren bereits letzte Woche hergebracht«, erklärte er. »Wer bist du, wenn du nicht in dieser Gruppe warst? Etwa ein Adliger? Und wer hat dir den Dämon gegeben?«

»Niemand. Ich habe ihn selbst herbeigerufen«, antwortete Fletcher verwirrt.

»Ach, ein Lügner bist du also auch noch!«, knurrte der Offizier und ging schweigend weiter.

»Bin ich nicht!«, rief Fletcher und zupfte ihn am Mantel.

Schneller, als Fletcher reagieren konnte, wirbelte der Mann herum, packte ihn an der Kehle und drückte ihn gegen die Wand. Fletchers Wichtel stieß ein Fauchen aus, aber Sacharissas Knurren ließ ihn sogleich wieder verstummen.

»Wage es nicht noch einmal, mich anzufassen, du eingebildeter kleiner Pinsel. Ich habe dir gerade das Leben gerettet, und du dankst es mir mit einer Lüge nach der anderen! Jedes Kind weiß, dass ein Bändiger seinen ersten Dämon von jemand anderem bekommt, weil er selbst noch gar nicht in der Lage ist, einen zu fangen. Wenn du das nächste Mal den Mund aufmachst, behauptest du wahrscheinlich, du wärst einfach in den Äther spaziert und hättest dir einen ausgesucht wie im Süßwarengeschäft! Ich frag dich jetzt noch einmal: Wer hat dir den Dämon gegeben?«

Fletcher zappelte hilflos mit den Beinen in der Luft und rang verzweifelt nach Atem, da fiel ihm ein Name ein. »James Baker«, keuchte er.

Der Mann setzte ihn wieder ab und strich verlegen seine Uniform glatt. »Es tut mir leid, dass ich mich meinem Zorn so hingegeben habe«, entschuldigte er sich und musterte betroffen die Striemen, die seine Finger an Fletchers Hals hinterlassen hatten. »Der Krieg setzt meinem Gemüt zu, aber ich werde es wiedergutmachen. Ich bezahl dir ein Zimmer in meiner Herberge und werde dich morgen früh mit einem der Proviantwagen zur Akademie schicken. Mein Name ist Arcturus. Und deiner?« Er hielt Fletcher ein zweites Mal die Hand hin.

Fletcher schüttelte sie dankbar. Sein Groll war sofort verflogen, als Arcturus die Akademie erwähnte. Das Ausbildungszentrum der Schlachtmagier war ein Ort der Legenden und genauso alt wie Hominum selbst. Kein Außenstehender wusste, was hinter den Mauern vor sich ging, nicht einmal die Soldaten, die Seite an Seite mit den Dämonenbändigern kämpften. Arcturus' Einladung war weit mehr, als er sich erträumt hätte.

»Ich heiße Fletcher. Und nichts für ungut. Hättet Ihr mich nicht gerettet, würde mein Hals jetzt weit schlimmer aussehen. Ich bekam meinen Dämon auf recht ungewöhnliche Weise, deshalb habe ich so verwirrt auf Eure Frage reagiert. Wenn Ihr mich lasst, werde ich Euch alles genau erzählen«, antwortete Fletcher und rieb sich den schmerzenden Hals.

»Gut, berichte mir beim Abendmahl. Du bist selbstverständlich eingeladen. Wenn mich meine Erinnerung nicht täuscht, war dieser James Baker kein besonders begnadeter Beschwörer. Ausgerechnet einen seltenen Salamander zu fangen hätte seine Fähigkeiten gewiss überstiegen. Andererseits, falls es ihm doch gelungen sein sollte, hätte es ihm ähnlich gesehen, das vor allen zu verheimlichen«, überlegte Arcturus laut und ging weiter die Straße entlang.

»Mein Dämon ist also ein Salamander?«, fragte Fletcher und betrachtete seinen Wichtel. Arcturus erwiderte nichts und hielt auf den Eingang einer teuer aussehenden Gaststätte zu. Sofort lief Fletcher das Wasser im Mund zusammen, und er musste grinsen. Heute Abend würde er sich zuerst ein Festmahl gönnen und danach ein heißes Duftbad, in dem er seine Sorgen für eine Weile vergessen konnte. Und morgen ging es an die Akademie!

16

SEHR VIEL MEHR BEKAM FLETCHER an diesem Abend nicht mehr aus Arcturus heraus. Der Offizier stand zu seinem Wort, lud ihn auf eine Nierenpastete ein und hörte sich Fletchers Geschichte an. Didric erwähnte er natürlich nicht. Er hatte kaum geendet, da entschuldigte sich Arcturus auch schon und verschwand in seinem Zimmer. Aber das machte Fletcher nichts aus – er nahm ein dampfendes Bad und legte sich anschließend mit vollem Bauch in das mit Seide bezogene Bett. Selbst der Wichtel hatte ein frisches Steak bekommen, das er binnen weniger Augenblicke verschlungen und danach enttäuscht die leere Schüssel beschnuppert hatte. Wenn sich Arcturus all diesen Luxus leisten konnte, war ein Leben als Dämonenbändiger sicher nicht das schlechteste.

Am Morgen wurde Fletcher von einem ungeduldigen Kerl geweckt, der behauptete, er habe den Auftrag, ihn zur Akademie zu bringen. Er scheuchte Fletcher auf die Straße, wies ihm einen Platz vorn auf dem Kutschbock zu und sagte immer wieder, sie müssten sich verflucht beeilen, damit er seine aus Obst und Gemüse bestehende Lieferung rechtzeitig abliefern konnte.

Die Fahrt dauerte über zwei Stunden, doch der Kutscher reagierte nicht auf Fletchers Versuche, sich mit ihm zu unterhalten. Er war viel zu konzentriert auf den Verkehr, also musste sich Fletcher die Zeit anders vertreiben. Den Wichtel setzte er sich stolz auf die Schulter und genoss die neugierigen Blicke der Passanten. Arcturus hatte Sacharissa schließlich auch nicht versteckt – was sprach also dagegen?

Wenn Fletcher versuchte, sich die Akademie vorzustellen, schwankte das Bild vor seinem inneren Auge zwischen einem prächtigen Palast und einem trostlosen Exerziergelände. Er wusste einfach zu wenig über das, was ihn erwartete, und seine Aufregung wurde mit jeder Umdrehung der Wagenräder größer.

Als sie dann die Südgrenze Hominums und den dortigen Dschungel erreichten, hörte er in der Ferne schon das Donnern der Kanonen. Die unbefestigte Straße, die sie hergeführt hatte, war noch von grünen Feldern gesäumt gewesen, doch hier schien das Land vom Krieg gezeichnet. Der Boden war zerfurcht, es wuchs nur noch Unkraut.

»Dort ist die Feste«, sagte der Kutscher und brach endlich sein Schweigen. Er deutete auf eine mächtige Erhebung ein Stück voraus, die von dichtem Nebel verhangen war. Sie hatten sich in eine Kolonne von Wagen eingereiht, die schwere Fässer voll von Schießpulver und Schrot für die Musketen geladen hatten.

»Was ist eine Feste? Wohnt dort der König?«, erkundigte sich Fletcher.

»Nein, Junge. Dort ist die Dämonenakademie. Der König residiert in seinem Palast im Zentrum von Corcillum«, antwortete der Kutscher und warf Fletcher einen irritierten Blick zu.

Doch Fletcher hörte schon gar nicht mehr hin, sondern staunte mit offenem Mund, als ein heftiger Windstoß den Nebel auseinandertrieb. Die Feste war genauso groß wie die Bärenzahngipfel. Die Burg hatte die Form eines gigantischen Würfels und bestand aus grau gesprenkeltem Granit. Die vielen Terrassen und Balkone auf den verschiedenen Stockwerken ließen sie ein wenig wie eine dekorierte Hochzeitstorte aussehen. An jeder Ecke ragte ein runder, zinnenbewehrter Turm mindestens hundert Meter hoch in den Himmel. Das Wasser in dem fünf Schritt breiten und an beiden Seiten von einer steilen Böschung eingefassten Burggraben war so trüb wie eine Pfütze. Die Zugbrücke hatte man heruntergelassen, aber die Wagen mit der Munition fuhren alle weiter in die Richtung, aus der der Lärm des Kanonenfeuers erscholl.

Im Näherkommen sah Fletcher, dass die Mauern der Festung dicht mit Flechten und Moos bewachsen waren – eine Spur der Jahrhunderte, die das Bauwerk bereits auf dem Buckel hatte. Das Holz der Zugbrücke knarrte bedrohlich, als der Kutscher die nervösen Pferde über den Graben lenkte, doch sie schafften es heil auf die andere Seite. Der gesamte Innenhof lag im Schatten der hohen Mauern, nur ganz oben war ein Stückchen freier Himmel zu sehen. Gerade vor ihnen war eine breite Treppe mit halbkreisförmigen Stufen zu sehen, die vor einer mächtigen Doppeltür endeten: der Eingang zur Burg.

Das Getrappel der Hufe hallte noch durch den gepflasterten Innenhof, da kam auch schon ein dicker Mann mit aufgedunsenem rotem Gesicht auf sie zugeschnauft. Zwei nervös dreinblickende Küchenjungen folgten ihm und machten sich sogleich daran, den Wagen zu entladen.

»Wie immer: zu spät. Wenn das noch einmal passiert, werde ich ein Wörtchen mit dem Quartiermeister reden, dass wir einen neuen Lieferanten brauchen. Jetzt bleibt uns nur noch eine halbe Stunde, um das Morgenmahl vorzubereiten«, beschwerte sich der Dicke und zupfte ungehalten an seiner Schürze herum.

»Ich kann nichts dafür, Herr Werter. Ein Offizier hat mich gezwungen, diesen Novizen mitzunehmen. Der Umweg hat mich eine halbe Stunde gekostet. Los, Junge, sag's ihm«, sprudelte der Kutscher drauflos und stupste Fletcher mit dem Ellbogen an.

Fletcher nickte nur stumm. Er war viel zu sehr damit beschäftigt, seine neue Umgebung zu bestaunen.

»Na gut. Ich will es dir noch mal durchgehen lassen, aber ich werd dich im Auge behalten«, sagte Werter, den Blick auf Fletcher und vor allem auf den Dämon auf seiner Schulter gerichtet.

Während die Gehilfen die letzten Kisten vom Wagen luden, kletterte Fletcher vom Kutschbock und sah sich unsicher um. Der Kutscher fuhr los, ohne ihn eines weiteren Blickes zu würdigen, so eilig hatte er es, die nächste Lieferung aufzunehmen.

»Weißt du, wo du hinmusst, Bursche?«, fragte Werter schon etwas freundlicher. »Ein Adliger bist du nicht, so viel ist mal klar. Die Bürgerlichen sind schon seit einer ganzen Woche hier, und die Schüler im zweiten Jahr kenne ich alle. Also musst du ein Neuer sein. Wolltest du erst nicht an die Akademie und hast es dir dann anders überlegt?«

Fletcher wusste nicht recht, was er antworten sollte. »Arcturus schickt mich …«, sagte er nur.

»Ah, verstehe. Dann bist du einer von diesen Sonderfällen. Zwei davon haben wir hier schon«, erwiderte Werter geheimnisvoll. »Aber die sind noch sonderbarer als du, das kann ich dir verraten. Passiert nicht oft, dass ein Schlachtmagier einen Novizen herschickt«, sprach Werter weiter und trat einen Schritt näher, um den Salamander auf Fletchers Schulter genauer zu betrachten. »Normalerweise machen das die Inquisitoren. Schließlich braucht jeder neue Schüler einen Dämon, und die Schlachtmagier können sich kaum leisten, ihnen einen zu geben. Sie brauchen sie alle an der Front. Eigenartig, dass Arcturus dir ausgerechnet einen so seltenen mitgegeben hat. So einen hab ich noch nie gesehen!«

»Muss ich … mich bei irgendjemandem melden?«, fragte Fletcher. Er wollte diesen Koch loswerden, bevor er noch unangenehme Fragen stellte. Je mehr Leute wussten, wie Fletcher an seinen Dämon gekommen war, desto wahrscheinlicher wurde es, dass man in Pelz erfuhr, wo er sich mittlerweile aufhielt.

»Du hast Glück. Die Ausbildung fängt erst morgen an, also hast du noch nichts versäumt«, erwiderte Werter. »Die Adligen treffen erst heute Abend hier ein. Sie verbringen die letzte Woche meistens in Corcillum. Dort haben sie's bequemer. Und was die Lehrer betrifft, die kommen morgen Vormittag direkt von der Front. Also sprichst du am besten mit unserem Vorsteher. Er ist der einzige Bändiger, der nicht mindestens die Hälfte des Jahres auf dem Schlachtfeld verbringt. Geh einfach durch diese Flügeltür da und frag einen der Diener, wo du ihn findest. Wenn du mich jetzt entschuldigen würdest, ich muss das Frühstück vorbereiten.« Werter drehte sich zackig um und watschelte davon.

Obwohl er seinen Dämon dabeihatte, fühlte sich Fletcher nicht, als gehöre er hierher. Das geschichtsträchtige Gemäuer verbreitete eine Atmosphäre von Überfluss und Reichtum. Für einfache Menschen wie ihn war hier kein Platz.

Er erklomm die breiten Stufen und stemmte die Tür auf. Er wollte den Vorsteher noch vor dem Frühstück sprechen und sich möglichst schnell im Speisesaal einfinden, um seine neuen Mitschüler kennenzulernen. Die zwei Wochen ohne Ansprache, die er auf dem Weg hierher verbracht hatte, waren genug.

Fletcher betrat die riesige Vorhalle und sah zwei weitere Treppen links und rechts, die nach oben führten. Insgesamt waren es fünf Stockwerke. Das Dach wurde von mächtigen Eichenholzbalken gestützt, im Zentrum erhob sich eine Glaskuppel, die neben den an den Wänden knisternden Fackeln zusätzliches Licht spendete. Am gegenüberliegenden Ende der Halle befand sich eine weitere Doppeltür, über die sich ein prächtig verzierter Rundbogen spannte. Hunderte unterschiedlicher Dämonen waren in den Stein gemeißelt, einer fantastischer als der andere. Die Detaillierung war unglaublich, die Augen der Wesen wurden durch farbige Edelsteine dargestellt, die im hereinfallenden Sonnenlicht glitzerten.

Ein junger Diener, der gerade damit beschäftigt war, den Marmorboden zu wischen, beäugte missbilligend Fletchers verdreckte Stiefel.

»Weißt du, wo ich den Vorsteher finde?«, fragte Fletcher und tat so, als bemerke er die Abdrücke nicht, die er auf den noch feuchten Fliesen hinterließ.

»Ich werd dich hinbringen, sonst findest du es nie«, antwortete der Diener mit einem Seufzen. »Komm schon. Ich hab noch jede Menge zu tun, bis die Adligen hier sind, also trödeln wir nicht lange rum.«

»Danke. Ich heiße Fletcher, und du?«

Der Diener sah ihn verwundert an, dann schüttelte er freudestrahlend Fletchers Hand. »Das hat mich noch nie ein Novize gefragt. Danke«, erwiderte er. »Mein Name ist Jesper. Wenn du dich beeilst, kann ich dir gleich danach die Zimmer zeigen und deine Sachen in die Waschküche bringen. Nimm's mir nicht übel, aber deine Kleider riechen, als könnten sie's gebrauchen.«

Fletcher wurde rot. Nach dem herrlichen Bad gestern Abend hatte er ganz vergessen, dass seine Kleidung immer noch nach Schafdung stank.

Jesper führte ihn über die östliche Treppe in den ersten Stock und dort einen Korridor entlang. An den Wänden standen Rüstungen, Piken, Schwerter und noch allerlei andere Waffen aus dem letzten Orkkrieg aufgereiht. Alle paar Schritte hing das Gemälde einer historischen Schlacht. Fletcher hätte sie sich gern genauer angesehen, doch Jesper scheuchte ihn weiter. Sie kamen an einer Reihe Vitrinen mit großen Glaskolben vorbei, in der grünen Flüssigkeit darin waren Dämonen konserviert.

Schließlich verlangsamte Jesper seinen Schritt und deutete auf einen riesigen Morgenstern an der Wand. Die steinernen Dornen, die aus der Keule ragten, waren so groß wie Pfeilspitzen.

»Der hat dem Häuptling der Amanye-Orks gehört. Er wurde in der Schlacht an der Watfurt-Brücke erbeutet. Unser Vorsteher persönlich hat den Häuptling getötet«, erläuterte Jesper stolz. »Er ist ein beeindruckender Mann, unser Vorsteher, und streng wie ein Richter. Sei auf der Hut, wenn du mit ihm sprichst. Schau ihm immer in die Augen und antworte stets höflich. Rückgratlosigkeit und Unverschämtheit kann er nicht ausstehen.«

Jesper trat vor eine große Tür und schlug mit der Faust dagegen.

»Herein!«, ließ sich eine volltönende Stimme von drinnen hören.

17

IM VERGLEICH ZU DEN KÜHLEN FLUREN war es in dem düsteren Raum drückend heiß. In einer Ecke brannte ein kleines Feuer, dessen Funken vom Zug des Kamins sogleich nach oben gesaugt wurden.

»Schließ die verdammte Tür! Ist verflucht kalt da draußen«, dröhnte die Stimme.

Fletcher gehorchte eilig. Den Sprecher konnte er nur schemenhaft erkennen. Er saß hinter einem dunklen Schreibtisch in der Mitte des Raums.

»Komm näher, lass dich mal ansehen. Und nimm die Kapuze ab. Weißt du nicht, dass sich das drinnen nicht gehört?«

Fletcher stolperte vor und zog sich die Kapuze vom Kopf. Sein Salamander blickte sich misstrauisch um.

Mit einem Brummen entzündete der Vorsteher eine Öllampe auf seinem Tisch. Im Schein der Flamme sah Fletcher ein Walross von einem Mann mit weißem, gezwirbeltem Schnauzbart und dicken Koteletten, die zusammen beinahe das gesamte Gesicht verdeckten. »Das ist mal ein seltener Dämon, den du da hast! Selbst ich hab erst einen von der Sorte gesehen, und das war auf der anderen Seite.« Er hielt sich ein Monokel vors Auge und begutachtete den Wichtel, der sich sogleich hinter Fletchers Kopf verkroch.

»Sehr empfindlich, diese Kleinen, aber stark. Wer hat ihn dir gegeben? Normalerweise bin ich unverzüglich davon zu unterrichten, wenn es einem Bändiger gelingt, einen Dämon zu beschwören, der nicht zu den üblichen Spezies gehört«, polterte der Vorsteher.

»Arcturus schickt mich«, erwiderte Fletcher in der Hoffnung, dass das Antwort genug war.

»Du hast ihn beeindruckt, wie? Ist schon ziemlich lange her, dass ein Schlachtmagier einen Novizen hergeschickt hat. Zwei Jahre, wenn mich nicht alles täuscht. Hast Glück gehabt. Die meisten Bürgerlichen bekommen am Anfang einen weit schwächeren Dämon. Kerfe, normalerweise, die sind leicht zu fangen. Wenn wir einen neuen brauchen, muss ihn einer der Schlachtmagier besorgen. Sie tun es nicht gern, aber anders funktioniert das nun mal nicht. Wie auch immer, ich werd mich wohl ein wenig mit Arcturus unterhalten müssen … über deinen Dämon.«

Fletcher nickte stumm.

»Lass das Nicken sein«, bellte der Vorsteher. »Es heißt: Ja, Herr Vorsteher Scipio!«

»Ja, Herr Vorsteher Scipio«, wiederholte Fletcher wie ein Papagei und bemühte sich, möglichst gerade zu stehen.

»Schon besser. Was willst du von mir?«, fragte Scipio und lehnte sich in seinem Stuhl zurück.

»Ich möchte an die Akademie, Herr, und ein Schlachtmagier werden«, antwortete Fletcher.

»Nun, du bist ja schon hier, oder nicht? Jetzt mal fort mit dir. Die Einschreibung ist morgen, dann kannst du es offiziell machen«, erklärte Scipio knapp und bedeutete ihm mit einer Handbewegung, dass er entlassen war.

Fletcher eilte zurück auf den Flur und achtete darauf, die Tür diesmal sofort hinter sich zu schließen. Er war sprachlos. Es war so einfach gewesen, alles geschah wie von selbst. Zum ersten Mal in seinem Leben schien das Glück auf seiner Seite zu sein.

Jesper wartete bereits gespannt. »Alles in Ordnung?«, erkundigte er sich und führte Fletcher zur Treppe zurück.

»Sogar noch viel besser als bloß in Ordnung. Ich darf der Akademie beitreten!«, antwortete Fletcher mit einem Grinsen.

»Überrascht mich nicht. Wir brauchen jeden Bändiger, den wir bekommen können. Deswegen läuft hier jetzt vieles anders. Seit Neuestem gibt es auch Mädchen an der Akademie, Nicht-Adlige und sogar … Na, du wirst es ja bald selbst sehen. Ich will lieber nicht vorgreifen«, murmelte Jesper.

Fletcher beschloss, nicht neugierig zu sein, und konzentrierte sich lieber darauf, auf der spärlich beleuchteten Treppe nicht zu stolpern. »Fackeln und Kaminfeuer gibt es nicht allzu viele hier«, merkte er an, während sie die Stufen erklommen.

»Nein, sie sparen, wo sie nur können. Richtig geheizt wird erst, wenn die adligen Novizen eintreffen. Für sie muss alles ganz vorzüglich sein, sonst beschweren sie sich bei ihren Eltern. Die Hälfte von ihnen sind verzogene kleine Gecken, aber manche sind auch richtig nett«, keuchte Jesper und blieb stehen. Sie hatten das fünfte und letzte Stockwerk erreicht. Fletcher fiel auf, dass Jesper noch dünner war als er selbst. Das dunkelbraune Haar ließ seine helle Haut auch blasser erscheinen, sodass er beinahe krank aussah.

»Geht es dir nicht gut?«, fragte Fletcher.

Jesper hustete. Sein Atem ging rasselnd. »Ich habe immer fürchterliches Asthma, deshalb kann ich auch kein Schlachtmagier werden. Aber ich möchte etwas für mein Land tun, also arbeite ich hier als Diener. Ich komme schon zurecht, gib mir nur einen Moment«, antwortete er mit pfeifender Lunge.

Fletcher betrachtete Jesper mit neuem Respekt. Pelz lag so weit abseits von den großen Städten, dass ihn die Angelegenheiten Hominums nie sonderlich interessiert hatten, aber er bewunderte es, wenn andere sich für ihr Land engagierten. »Ich habe Scipios Dämon gar nicht gesehen. Was hat er denn für einen?«, erkundigte er sich, um Jesper noch etwas Zeit zum Erholen zu geben.

»Gar keinen. Früher hatte er einen Felid, aber der ist jetzt tot. Es heißt, es brach ihm das Herz, als er gestorben ist. Inzwischen lehrt er nur noch und leitet die Akademie.«

Fletcher fragte sich, wie so ein Felid aussehen mochte. Die Bezeichnung klang, als handelte es sich um eine Art Katze.

Über einen schummrigen Flur gingen sie weiter, bis sie eine Wendeltreppe erreichten. Jesper warf Fletcher einen gequälten Blick zu.

»Keine Sorge, ab hier komme ich allein zurecht. Sag mir nur, wo ich hinmuss«, erklärte Fletcher.

»Den Göttern sei Dank. Die Unterkünfte der Bürgerlichen sind ganz oben im Südostturm. Du kannst es gar nicht verfehlen. Ich werde später jemanden schicken, der deine Wäsche holt. In jedem Zimmer liegt eine Uniform bereit, probier ein paar davon an, irgendeine wird schon passen. Hauptsache, du stinkst nicht gleich am ersten Tag«, erwiderte Jesper und machte sich eilig auf den Rückweg.

Fletcher verkniff sich die Frage, die ihm gleich in den Sinn gekommen war: *Warum wurden die Bürgerlichen auf einem eigenen Stockwerk untergebracht?* Mit einem Achselzucken machte er sich an den Aufstieg. So, wie die Türme von draußen ausgesehen hatten, hatte er einen langen Weg vor sich.

Auf jedem Absatz öffnete sich die Treppe zu einem großen, runden Raum, in dem alte Tische, Stühle, Bänke und anderer Kram herumstanden. Der Wind pfiff durch die Schießscharten in der Wand und ließ Fletcher so kalt werden, dass er seine Kapuze wieder aufsetzte. Als er das Gefühl hatte, bereits die tausendste Stufe erklommen zu haben, hörte er von oben eine Stimme.

»Warte, einer von den Dienern kommt gerade die Treppe rauf. Ich glaube, es gibt Frühstück!«

Der Akzent des Jungen klang, als wäre er auf dem Land aufgewachsen, so wie Fletcher. Unwillkürlich musste er an Pelz denken.

»Gut, ich bin nämlich schon am Verhungern! Hoffentlich müssen wir nicht wieder die ganze Zeit still sein wie beim letzten Mal«, stimmte ein Mädchen mit ein.

»Bestimmt nicht. Das mussten wir nur, weil der alte Scipio mit im Saal war. Aber er hat da so gefroren, dass er uns kaum noch einmal die Ehre erweisen wird«, erwiderte der Junge.

Endlich war Fletcher oben. Er bog um eine letzte Ecke und wäre beinahe mit einem Jungen zusammengestoßen, der das hellblonde Haar und die rötliche Haut eines Nordländers hatte.

»Hoppla, tut mir leid«, sagte der Blondschopf. »Da hab ich mich wohl zu früh gefreut. Lass mich dir mit deiner Tasche helfen.«

Fletcher nahm seinen Beutel von der Schulter, und der Junge trug sie zu einer langen Tafel in der Mitte des Raums.

»Rori Kupfer, zu deinen Diensten«, sagte er und streckte Fletcher die Hand entgegen. »Willkommen in unserem bescheidenen Zuhause.«

Der Raum war halbkreisförmig und hatte eine hohe Decke. An der geraden Wand sah Fletcher zwei Türen. Ringsum hingen Porträts von grimmig dreinschauenden Schlachtmagiern und ihren Dämonen. Der Wind, der durch die Schießscharten blies, war hier sogar noch stärker.

Ein bezauberndes Mädchen mit hellgrünen Augen, wildem rotem Haar und unfassbar vielen Sommersprossen lächelte ihn an. Vor ihr saß ein blauer Käfer auf der Tafel, anscheinend ihr Dämon. Ein zweiter mit schillerndem grünem Rückenpanzer schwirrte mit einem leisen Summen um Roris Kopf herum.

Die Käfer waren so groß, dass sie kaum auf Fletchers Hand gepasst hätten. Es waren die größten Insekten, die er jemals gesehen hatte. Ihr Rückenpanzer glänzte wie ein Harnisch, und die Kauwerkzeuge wirkten, als könnten sie damit ordentlich zubeißen. Fletchers Salamander regte sich prompt, als höre er das Summen ihrer Flügelschläge, schien aber nicht interessiert genug, um unter der Kapuze hervorzukommen.

»Ich bin Genevieve Lewery, und wie heißt du?«, erkundigte sich das Mädchen mit den Sommersprossen.

»Fletcher. Freut mich, dich kennenzulernen. Seid nur ihr zwei hier oben? Ich dachte, wir wären mehr … Bürgerliche.« Das Wort hörte sich irgendwie seltsam an.

»Ein paar von uns sind schon unten im Speisesaal. Die, die bereits das zweite Jahr hier sind, frühstücken erst später und schlafen noch. Wir wollten hier oben warten, bis die Diener uns rufen, weil das Frühstück bisher immer zu unterschiedlichen Zeiten serviert wurde«, erklärte Genevieve etwas ungehalten. »Als ich herkam, dachte ich auch, wir wären mehr. Aber dieses Jahr gibt es nur fünf Neuzugänge, dich mitgezählt. Andererseits ist das keine Überraschung: Dass es so wenig Bändiger gibt, ist der einzige Grund, warum sie vor ein paar Jahren beschlossen haben, überhaupt Frauen und Mädchen ins Heer mit aufzunehmen …«

»Wenn wir die anderen beiden auch noch mitzählen, sind wir zu siebt«, mischte sich Rori ein. »Wir haben gehört, wie sie gestern Abend angekommen sind, aber seitdem haben sie ihre Zimmer noch nicht verlassen. Die haben ja keine Ahnung, was sie verpassen«, fügte er mit einem breiten Grinsen hinzu. »Aber sie werden schon noch kommen. Meinem Witz und Charme konnte bisher keiner widerstehen!«

»Komm wieder runter, du Angeber«, neckte Genevieve und versetzte ihm einen spielerischen Schubser.

Rori zwinkerte Fletcher zu und deutete auf eine der beiden Türen. »Warum stellst du dich ihnen nicht vor? Vielleicht wollen sie ja mit uns frühstücken.«

18

FLETCHER DRÜCKTE DIE KLINKE HERUNTER und trat auf einen kurzen Flur, von dem zu beiden Seiten weitere Zimmer abzweigten. Durch ein Guckloch am Ende des Flures fuhr ein Windstoß herein und schlug die Tür hinter ihm zu. Er runzelte die Stirn. Wenn in jedem Teil der Burg so viele Gucklöcher und Schießscharten waren, hatte er einen langen, kalten Winter vor sich.

Von jenseits der nächstgelegenen Tür kamen Geräusche, also klopfte Fletcher. Er hoffte nur, dass er niemanden aufweckte. Die Tür war nicht verschlossen. »Ist da jemand drin?«, fragte er.

Er hatte das Zimmer noch nicht einmal betreten, da riss ihn schon etwas zu Boden. Eine riesenhafte Kreatur hatte ihn auf den Rücken geschleudert und schnappte mit sabbernden Kiefern nach ihm. Fletcher konnte das Vieh gerade noch am Hals packen und wehrte sich nach Leibeskräften, damit es ihm nicht die Kehle durchbiss. Speichel tropfte ihm ins Gesicht, während sein Wichtel mit den Klauen nach der Schnauze des Ungeheuers schlug, das zwar ein leises Winseln ausstieß, aber nicht von Fletcher abließ.

»Sariel! Das reicht jetzt«, ertönte eine melodiöse Stimme.

Die Kreatur stellte ihren Angriff sofort ein und setzte sich auf Fletchers Brustkorb. Wie festgenagelt lag er da und bestaunte das Wesen: Es war ein Canid wie Sacharissa und auch fast genauso groß. Im Gegensatz zu den schwarzen Borsten von Arcturus' Dämon war das Fell von diesem hier beinahe blond und so lockig wie die Frisuren der Adelsfrauen in Corcillum. Die Schnauze aber war schmäler und länger, die Nase, mit der er ihn beschnupperte, schwarz und feucht.

»Sag ihm, er soll von mir runtergehen!«, keuchte Fletcher durch zusammengebissene Zähne. Der Dämon lastete wie ein umgestürzter Baumstamm auf ihm und drohte Fletchers Lunge zu zerquetschen.

Die Kreatur kletterte von ihm herunter und setzte sich neben die Tür, ließ Fletcher aber nicht aus den Augen.

»Das werde ich den Oberhäuptern unserer Clans schreiben! Zuerst bekomme ich ein Zimmer, das noch kleiner und trostloser ist als eine Gefängniszelle, und dann platzt gleich am ersten Morgen ein junger Rüpel herein. Als sie mir Sariel gegeben haben, dachte ich, die Menschen würden die Friedensverhandlungen ernst nehmen, aber offensichtlich habe ich mich getäuscht«, wetterte das Mädchen verbittert.

Fletcher setzte sich auf und wartete, bis das von der plötzlichen Lageveränderung verursachte Schwindelgefühl nachließ, und dann erst sah er sie: silbernes Haar, lange spitze Ohren und ein fein geschnittenes Gesicht mit großen himmelblauen Augen. Die Elfe trug ein dünnes Nachtgewand und musterte ihn misstrauisch. Sie schien den Tränen nahe.

Fletcher wandte den Blick ab. »Beruhige dich. Ich wollte dir keine Angst machen, sondern mich nur vorstellen.«

»Mir *Angst* machen? Ich habe keine Angst, ich bin bloß wütend! Hat dir niemand gesagt, dass das hier der Mädchenflügel ist? Du hast hier nichts zu suchen!«, quiekte die Elfe mit der schrillen Stimme eines Moorgespensts und schlug ihm die Tür vor der Nase zu.

»Vielleicht hätte ich vorher fragen sollen, ich Idiot«, murmelte Fletcher.

Rori streckte den Kopf durch die Verbindungstür. »Das lief ja nicht besonders gut«, erklärte er mitfühlend.

»Warum hast du mir nicht gesagt, dass das hier der Mädchenflügel ist?«, fuhr Fletcher auf und schob sich mit rotem Gesicht an Rori vorbei und zurück in den Aufenthaltsraum.

»Um ehrlich zu sein, ich wusste es selbst nicht. Andererseits ist es nur logisch, wenn sie extra dort drüben einzieht, obwohl hier auch noch ein Zimmer frei ist…«, erwiderte Rori.

»Und das fällt dir jetzt erst ein? Sieh zu, dass du dich ein bisschen schlauer anstellst, wenn die Adligen hier sind, sonst blamierst du uns noch alle«, schimpfte Fletcher weiter, bereute es aber sofort, als er sah, wie hart seine Worte Rori trafen. »Tut mir leid. War ja nicht deine Schuld. Aber es kommt nun mal nicht alle Tage vor, dass ein Canid versucht, mir die Kehle durchzubeißen.« Er versuchte ein Lächeln und klopfte Rori auf die Schulter. »Du hast gesagt, bei euch ist noch ein Zimmer frei?«

»Ja, ist aber nichts Besonderes. Du bist nun mal als Letzter eingetroffen, da sind die besten Zimmer schon alle weg.«

Sie gingen über einen weiteren Flur, der genauso aussah wie der andere, nur dass sich ganz am Ende eine zusätzliche Tür befand. Sie wirkte, als wäre sie nachträglich eingebaut worden, und der Raum dahinter schien kaum größer als eine Besenkammer. Doch Fletcher wurde angenehm überrascht: So klein war das Zimmer gar nicht, und das Bett sah bequem aus, außerdem gab es einen großen Kleiderschrank und ein kleines Schreibpult. Allerdings fand sich auch hier wieder ein offenes Guckloch in der Wand. Fletcher wollte es später mit irgendetwas zustopfen. Auf dem Bett lag eine zusammengefaltete dunkelblaue Uniform, die aus einer Hose und einer zweireihigen Jacke bestand. Fletcher klopfte den Staub davon ab und stöhnte: Der Stoff war abgewetzt und an einigen Stellen zerrissen, die Messingknöpfe waren lose, einer hing nur noch an einem letzten Faden.

»Mach dir nichts draus. Meine Mutter war Schneiderin, nach dem Frühstück werde ich mich darum kümmern«, sagte Genevieve vom Flur aus.

»Danke«, erwiderte Fletcher, auch wenn er bezweifelte, dass sich die Mühe lohnte.

»Und, wie ist sie so?«, erkundigte sich Genevieve mit einem neugierigen Blinzeln. »Kommt sie auch aus dem Süden, wie ich?«

»Sie … ich weiß es nicht genau«, antwortete Fletcher ausweichend. Er hatte der Elfe schon den Vormittag verdorben und wollte jetzt nicht auch noch Gerüchte über sie verbreiten. Das Beste war, wenn sie sich selbst vorstellte. Außerdem hatte Fletcher immer noch damit zu kämpfen, dass sie überhaupt hier war. Waren die Elfen nicht ihre Feinde?

Er wurde aus seinen Gedanken gerissen, als sein Salamander unter der Kapuze hervorkam, um das neue Zuhause zu untersuchen. Er hüpfte aufs Bett, fegte mit seinem Schwanz die Uniform von der Matratze und sprang dann hinterher, um sich mit einem kehligen Gurren den Rücken an dem groben Stoff zu kratzen.

Rori sah den seltenen Dämon und bekam ganz große Augen. »Was ist ein Canid?«, fragte er, als sie wieder auf dem Weg zum Aufenthaltsraum waren. Der Salamander folgte ihnen, kletterte auf Fletchers Schulter und beobachtete die Umgebung mit wachsamem Auge.

»Du wirst ihn ja bald sehen. Sie sind schwer zu beschreiben. Ich versuch's mal so: Wenn dein Käfer ein Insektendämon ist, ist ein Canid ein Hundedämon. Aber eigentlich heißen Insektendämonen Kerfe«, antwortete Fletcher und war stolz, endlich einmal mehr über Dämonen zu wissen als andere.

»Das ist also ein Kerf?« Genevieve streckte die Hand aus und ließ ihren Käfer darauf landen.

»Na ja, ganz genau weiß ich es nicht. Aber der Vorsteher hat das Wort benutzt«, erwiderte Fletcher und setzte sich an die Tafel.

»Ach so. Ich nenne ihn bloß Malachi, wie Malachit. Du weißt schon, wegen der Farbe«, warf Rori ein, dessen grüner Käfer gerade über seinen Unterarm krabbelte.

»Meiner heißt Azura«, sagte Genevieve und hielt ihn näher an eine der Fackeln, damit Fletcher den blauen Rückenpanzer sehen konnte.

Dann blickten ihn beide erwartungsvoll an. »Sag schon, wie heißt deiner?«, fragte Rori, als Fletcher nicht reagierte.

»Ich … ich habe mir noch gar keinen Namen für ihn überlegt«, gestand er beschämt. »Es ist auf jeden Fall ein Salamanderdämon. Vielleicht können wir uns ja beim Frühstück gemeinsam einen Namen ausdenken.«

»Aber ja, wir helfen dir! Mir gefällt seine Farbe. Dazu fällt uns bestimmt was ein«, rief Rori begeistert.

»Keine Farbe, bitte«, entgegnete Fletcher. Ein etwas originellerer Name wäre ihm lieber. »Er kann auch Feuer spucken, vielleicht lässt sich ja damit was anfangen.«

Rori wollte gerade etwas sagen, da kam eine streng aussehende ältere Dame mit einem Korb voller Bettzeug unter dem Arm herein. »Verschwindet, ich muss hier sauber machen! Ihr könnt unten zusammen mit den anderen warten, statt hier im Weg rumzustehen«, schimpfte die Frau und scheuchte sie in Richtung Treppe.

»Sollen wir den anderen beiden nicht Bescheid sagen?«, fragte Genevieve mit einem Blick über die Schulter, als sie schon auf den Stufen waren.

»Nein«, platzte Fletcher heraus. Er hatte es nicht gerade eilig, der verärgerten Elfe und ihrem Canid wiederzubegegnen. »Die Hausdame wird es ihnen schon sagen.«

Seine Begleiter zuckten die Achseln, dann gingen sie weiter die Stufen hinab und machten erste Namensvorschläge. Der Salamander verkroch sich unterdessen gähnend in der Kapuze, und Fletcher fragte sich, ob sein Dämon nicht vielleicht ein bisschen faul war. Immerhin schwirrten Malachi und Azura die ganze Zeit umher, statt zu schlafen.

Als sie die Vorhalle erreichten, war Jesper immer noch mit Wischen beschäftigt. Fletcher warf ihm einen entschuldigenden Blick zu, während sie zu dritt über die frisch polierten Fliesen liefen. Jesper verdrehte gutmütig die Augen und wischte einfach weiter.

Durch eine Doppeltür – dem Haupteingang gegenüber – betraten sie den Speisesaal, der so groß war, dass ihre Schritte von den Wänden widerhallten. Über den langen steinernen Tischen und Bänken hingen Kronleuchter, deren Kerzen allerdings nicht entzündet waren. In der Mitte ragte die Statue eines bärtigen Mannes in voller Rüstung auf.

Fletcher stellte überrascht fest, dass außer ihnen nur zwei Jungen hier waren, die sich gerade ihren Haferschleim schmecken ließen. Das schwarze Haar und die olivfarbene Haut des einen deuteten darauf hin, dass er aus einem Dorf am Rand der Akhad-Wüste in Osthominum stammte. Er hatte ein fein geschnittenes Gesicht mit langen Wimpern über den wachen Augen. Der andere Junge war untersetzt, hatte kurz geschorenes braunes Haar und ein rötliches Gesicht. Beide winkten Fletcher zu, während ihm ein Diener eine Schüssel Haferbrei, etwas Schinken und warmes Brot reichte. Als er sich zu ihnen setzte, stellten sie sich gleich vor. Der kräftigere der beiden hieß Atlas, der andere Seraph.

»Seid ihr ganz allein hier?«, fragte Fletcher. »Wo sind die Zweitklässler?«

»Die essen erst nach uns, dem Himmel sei Dank!«, antwortete Atlas schmatzend und legte seinen Löffel weg, um den Rest seines Breis direkt aus der Schüssel zu trinken.

»Wegen ihres… Praxisunterrichts können sie die Extraportion Schlaf auch gut gebrauchen«, erklärte Seraph und warf Atlas einen verständnislosen Blick zu. »Einmal pro Woche sind sie sogar an der Front. Ich kann es gar nicht erwarten, bis es bei uns auch so weit ist.«

»Das sagst du jetzt, weil du noch nicht dort warst«, flüsterte Genevieve bedrückt.

Fletcher merkte es und wechselte das Thema. Vielleicht war jemand, der ihr nahestand, im Fronteinsatz gestorben. Vielleicht war sie auch eine Waise wie er. »Wo sind eure Dämonen? Sind es auch Kerfe?«, erkundigte er sich bei den beiden Jungen.

»Wir haben noch gar keine«, antwortete Atlas mit einem Hauch von Neid in der Stimme. »Die Lehrer lassen uns immer noch warten. Sie sagen, wir bekommen unsere morgen. Als wir hier ankamen, hatten sie nur zwei.«

»Eigentlich haben wir es gut erwischt«, sagte Seraph so leise, als spreche er zu sich selbst. »Sie haben mich gefragt, ob ich jetzt gleich einen Kerf haben oder lieber warten will. Als ich mich bei den Dienern erkundigt habe, haben sie mir verraten, dass Kerfe die schwächsten aller Dämonen sind. Also warte ich lieber auf die Chance, einen stärkeren zu bekommen.«

Stärkere Dämonen? Das klang interessant. Fletcher dachte an die Gemälde und Schnitzereien, die er gesehen hatte, und wünschte, Jesper wäre nicht so in Eile gewesen, dann hätte er sie sich nämlich genauer ansehen können. Aber dafür war später immer noch Zeit.

»Ich möchte gar keinen anderen«, widersprach Rori entschieden. »Ich würde Malachi nie und nimmer hergeben.«

Besänftigend hob Seraph die Hände. »Das sollte keine Beleidigung sein. Mir wird es bestimmt genauso gehen, wenn ich erst mal einen eigenen Dämon habe, ob es nun ein Kerf ist oder nicht.«

Rori schnaubte zufrieden und widmete sich seinem Haferbrei.

»Was für Dämonenarten kennst du sonst noch? Ich habe bis jetzt nur von vieren gehört«, fragte Fletcher und wandte sich an Seraph, der am meisten von ihnen allen zu wissen schien.

Seraph wollte gerade antworten, da schnappte Atlas laut nach Luft und starrte in Richtung Tür.

Fletcher folgte seinem Blick und sah auch gleich den Grund für Atlas' Aufregung: Ein Zwerg hatte soeben den Speisesaal betreten. An seiner Seite ging ein Dämon …

19

MIT SEINEM DUNKELROTEN BART und dem muskulösen Körperbau sah der Zwerg beinahe genauso aus wie Athol. Unter seinen buschigen Augenbrauen hervor warf er ihnen einen finsteren Blick zu und nahm von einem nervösen Diener ein Tablett entgegen. Dann setzte er sich an einen anderen Tisch und drehte der Gruppe den Rücken zu. Alle im Saal starrten den Zwerg an – bis auf Fletcher, den vor allem der Dämon faszinierte, der hinter ihm hertrottete.

Er war etwa einen Meter groß und sah beinahe wie ein Kind aus, wären da nicht die kantige Statur und die dicken Arme und Beine gewesen. Noch ungewöhnlicher aber war die Haut des Geschöpfs: Sie sah aus, als bestünde sie aus einem Gestein, auf dem Moos und Flechten wucherten. Die vier Finger jeder Hand waren zu einem einzigen zusammengefasst wie bei einem Fausthandschuh, der nur den Daumen zum Greifen frei ließ. Bei jedem Schritt des Geschöpfs erklang ein Knirschen wie von Mühlsteinen.

Während alle ihn anstarrten, drehte sich der Dämon um und schaute aus tief liegenden schwarzen Augen zurück.

»Ein Golem«, flüsterte Seraph. »Sie sind schwer zu fangen. Die Diener sagen, dass sie im Erwachsenenalter ganz schön groß werden und man sie am besten fängt, solange sie noch jung sind. Hoffentlich bekomme ich auch so einen.«

»Wohl kaum«, entgegnete Atlas. »Bestimmt hat er ihn nur als Zeichen des guten Willens abgekriegt, um den Zwergenrat zu besänftigen. Ich wusste gar nicht, dass die Zwerge in allen Truppenteilen zugelassen sind. Stellt euch einen von denen mal in der Reiterei vor.

Mit den kurzen Beinchen kommt er ja nicht mal bis zu den Steigbügeln!«

Atlas lachte herzhaft, aber Fletcher ignorierte ihn. Stattdessen musterte er den Zwerg, der ganz alleine dasaß. Schließlich stand er auf.

»Was tust du da?«, zischte Rori und hielt Fletcher am Ärmel fest.

»Mich vorstellen«, erwiderte er.

»Hast du nicht gesehen, wie er uns angesehen hat? Ich glaube, er möchte nichts mit uns zu tun haben«, flüsterte Genevieve.

Fletcher hörte nicht hin und machte sich von Rori los. Natürlich hatte er den Blick des Zwergs bemerkt. Fletcher hatte selbst oft genug eine ähnlich finstere Miene aufgesetzt, immer dann, wenn die anderen Kinder in Pelz ihn ausgegrenzt hatten.

Als er näher kam, öffnete der Golem den zahnlosen Mund und stieß ein drohendes Brummen aus. Der Zwerg hörte es und hob den Kopf. Er musterte Fletcher misstrauisch.

»Mein Name ist Fletcher«, sagte er und streckte die Hand aus.

»Othello. Was willst du?«, fragte der Zwerg barsch.

»Freut mich, dich kennenzulernen. Warum setzt du dich nicht zu uns? Wir haben Platz genug.«

Der Blick des Zwergs sprang zu der anderen Tafel, von wo aus Fletchers neue Freunde ihn besorgt ansahen. »Lieber nicht, aber danke für die Einladung. Ich glaube, da bin ich nicht willkommen«, sagte er mürrisch und wandte sich wieder seinem Frühstück zu.

Fletcher beschloss, noch einen letzten Versuch zu unternehmen. »Natürlich bist du willkommen! Immerhin werden wir alle bald gemeinsam gegen die Orks kämpfen.«

»Du verstehst die Situation nicht. Meine Anwesenheit hier ist nur eine symbolische Geste. Eure Generäle wollen uns nicht haben. Die meisten Zwergenrekruten werden an die Elfenfront geschickt, wo sie gemeinsam mit den anderen Ausgemusterten verrotten. Der König mag es ja gut gemeint haben, als er seine Generäle zwang, uns in das Heer aufzunehmen. Aber die Entscheidung, was sie letztlich mit uns anfangen, treffen immer noch sie. Wie sollen wir uns um Hominum verdient machen, wenn sie uns nicht kämpfen lassen?«, sagte Othello so leise, dass nur Fletcher ihn hören konnte.

»Aber es gibt auch Mädchen an der Akademie, und alle an dem Tisch dort drüben sind Bürgerliche, die Adligen kommen erst morgen hier an«, erwiderte Fletcher voll Mitgefühl für den verbitterten Zwerg und beugte sich ganz nahe zu ihm. »Das Heer braucht neue Beschwörer, woher auch immer sie kommen mögen. Es ist sogar eine Elfe hier! Ich glaube, unseren Ausbildern ist es herzlich egal, wer du bist, solange du nur kämpfen kannst.«

Der Zwerg lächelte verhalten, dann schüttelte er endlich Fletchers Hand. »Ich bin der Elfe bereits begegnet. Wir hatten … eine interessante Unterhaltung, während wir darauf warteten, dass wir unsere Dämonen bekommen. Aber ich hoffe, du hast recht. Tut mir leid, wenn ich abweisend zu dir war. Du musst mich für einen eingebildeten Pinkel halten.« Othello nahm sein Tablett und stand auf.

»Mach dir nichts draus. Ich bin gestern schon einem anderen Zwerg begegnet, und der hat mir was ganz Ähnliches erzählt wie du. Er hat mir das hier gegeben.« Fletcher zog das kleine Kärtchen hervor, das ihm Athol überreicht hatte.

»Lass das bloß niemanden sehen!«, flüsterte Othello erschrocken.

Fletcher steckte das Kärtchen in seine Hose zurück, auch wenn er sich nicht erklären konnte, was der Zwerg auf einmal hatte.

Als sie sich zu den anderen setzten, verstummte deren Unterhaltung abrupt, und Fletcher stellte alle einander vor.

»Guten Morgen«, sagte Othello etwas unbeholfen und nickte in die Runde.

Alle nickten zurück, aber niemand erwiderte etwas, bis Rori es nicht mehr aushielt. Fletcher hatte den Eindruck, dass er ein derart betretenes Schweigen einfach nicht ertragen konnte. »Wisst ihr was? Ich wünschte, ich könnte mir auch so einen Bart wachsen lassen. Hast du den schon immer?«, erkundigte sich Rori und strich sich über die glatten Wangen.

»Wenn du meinst, ob ich damit auf die Welt gekommen bin, nein«, antwortete Othello lächelnd. »Bei uns gilt es als Sünde gegenüber dem Schöpfer, sich das Haar zu schneiden. Er hat uns so gemacht, wie er uns haben wollte, und wenn er uns Haare gegeben hat, dann müssen wir sie eben wachsen lassen.«

»So ein Unfug«, kommentierte Atlas barsch. »Warum lasst ihr euch dann nicht auch die Fingernägel wachsen?«, fügte er hinzu und deutete auf Othellos manikürte Hände.

»Atlas!«, fuhr ihm Genevieve über den Mund.

»Schon gut, das ist eine berechtigte Frage«, erwiderte Othello gemessen. »Nach unserer Auffassung ist das Graue an den Nägeln bereits abgestorben und damit nicht mehr Teil des Körpers, deshalb darf man es auch schneiden. Heutzutage werden diese religiösen Regeln ohnehin nicht mehr so streng eingehalten. Viele Zwerge lassen sich Haar und Bart stutzen, und einige von den jungen färben sie sogar. In Corcillum sieht man das oft. Wo kommt ihr eigentlich her?«

»Aus einem Dorf ganz im Westen, es liegt an der Küste des Vesania-Meeres«, antwortete Atlas. »Lebt ihr Zwerge eigentlich schon immer in Corcillum?«

Othello erwiderte nichts und schaute Atlas nur irritiert an. Schließlich antwortete Seraph für ihn. »Die Zwerge waren lange vor den ersten Menschen hier. Sie haben die Wälder gerodet, Flüsse umgeleitet und Hügel abgetragen, sogar die Steintafeln an den Grenzen Hominums stammen von ihnen.«

Othello lächelte beeindruckt, als hätte er nicht damit gerechnet, dass sich einer seiner Mitschüler so gut in der Geschichte seines Volkes auskannte.

»Die Menschen kamen erst vor zweitausend Jahren her, und zwar von der anderen Seite der Akhad-Wüste«, fuhr Seraph fort, als er merkte, wie interessiert alle zuhörten. »Corcillum war die Hauptstadt des Zwergenreichs, also ließen sich auch die Menschen dort nieder, bauten sich ein neues Leben auf und trieben Handel. Doch bald brach eine Seuche aus, die vor allem unter den Zwergen viele Opfer forderte. Kurz darauf übernahm unser erster König die Macht, und die heutigen Adelsfamilien halfen ihm dabei. Sie waren eine kleine Gruppe von Bändigern, aber ihre Dämonen waren äußerst stark, weit stärker als die der heutigen Schlachtmagier. Die Gabe der Beschwörung wurde von Adelsgeneration zu Adelsgeneration weitervererbt, und so ist das bis heute.«

»Nach dem Machtwechsel gab es viele Aufstände von unserer Seite, auch wenn es töricht war«, warf Othello leise ein. »Wir waren viel zu wenige und hatten keinen einzigen Bändiger in unseren Reihen. Wir haben uns nie ganz von dieser Seuche erholt, und das nicht zuletzt wegen des Bevölkerungsgesetzes, das die Vorfahren eures Königs erlassen haben. Wir leben in einem Getto und dürfen nur wenige Kinder haben. Nicht einmal eigenes Land ist uns zu besitzen erlaubt. Die Königsfamilie behauptet, nach all den Rebellionen hätten wir uns das selbst zuzuschreiben.«

Die anderen blickten lediglich betreten drein, doch Fletcher machte Othellos Geschichte richtig wütend. Genauso wütend, wie Didrics Ungerechtigkeiten ihn immer gemacht hatten. Scheinheiligkeit war ihm zuwider, und die Behandlung der Zwerge war einfach unmenschlich! Das war es also, was Athol am Vortag gemeint hatte.

Atlas wollte Othello gerade widersprechen, da fiel Fletcher ihm noch rechtzeitig ins Wort, bevor es zu einem Streit kam. »Sag mal, Seraph, du hast doch erzählt, du hättest dich ein bisschen unter den Dienern umgehört. Kannst du uns sagen, was uns während der nächsten Monate hier erwartet?«

Seraph beugte sich ein Stück vor und winkte alle näher heran. Er schien erfreut über die Gelegenheit, mit seinem Wissen prahlen zu können. »Im Grunde genommen geht es hier sehr gerecht zu. Die Beurteilung erfolgt ausschließlich nach Leistung, also strengt euch an. Je besser ihr in den Prüfungen abschneidet, desto höher wird der Rang sein, mit dem ihr die Akademie verlasst. Das einzige Problem dabei ist, dass wir Bürgerliche im Gegensatz zu den Adligen nur sehr schwache Dämonen bekommen. Die Blaublütigen bekommen sie von ihren Eltern, und die achten natürlich darauf, ihren Kindern einen möglichst starken mitzugeben. Manchmal überlassen sie ihnen sogar einen ihrer eigenen, aber das ist eher selten. Über Fletchers Dämon kann ich nicht viel sagen. Einen solchen habe ich noch nie gesehen. Nach allem, was ich über Golems gehört habe, wird deiner allerdings verdammt stark sein, wenn er erst mal ausgewachsen ist, Othello.«

»Dann müssen wir unsere Kerfe bis zum Schluss der Ausbildung behalten?«, fragte Genevieve ein wenig enttäuscht.

»Nicht unbedingt«, widersprach Seraph. »Man kann sich im Äther auch einen stärkeren Dämon fangen. Darüber weiß ich allerdings nicht viel, und es scheint um einiges schwieriger und gefährlicher zu sein, wenn man selbst nur einen schwachen Dämon hat. Deshalb hoffe ich ja auch, dass ich etwas anderes als einen Kerf bekomme. Sie sind zwar hervorragende Späher und können mächtig zubeißen, aber ihre Manastufe ist sehr niedrig, und körperlich sind sie selbst einem jungem Canid hoffnungslos unterlegen.«

»Verstehe«, murmelte Genevieve und blickte Azura, die gerade um einen der Kronleuchter herumschwirrte, schon mit weitaus weniger Stolz hinterher. Da setzte sich der Käfer auf die Statue in der Mitte des Saals und krabbelte über deren altehrwürdiges Antlitz.

»Wer ist das eigentlich?«, fragte Fletcher in die Runde.

»Hier steht es«, antwortete Othello und deutete auf die Tafel am Fuß der Statue. »Sie stellt Ignatius dar. Er war König Corwins rechte Hand und der Gründer der Dämonenakademie, die damals allerdings nur aus einem Zelt auf einer Wiese bestand. Ignatius ist vor zweitausend Jahren im ersten Orkkrieg gefallen. Ihm wird der selbstmörderische Angriff zugeschrieben, der den Orks die erste schwere Niederlage beibrachte und schließlich zu ihrer Vertreibung führte.«

»Das ist es!«, keuchte Fletcher und betrachtete seinen Salamander. Er war gerade aus der Kapuze hervorgekommen und leckte mit Genuss die Reste von Fletchers Hafergrütze auf.

»Was ist was?«, fragte Rori.

»Ignatius! So werde ich meinen Dämon nennen.«

20

ALS DAS FRÜHSTÜCK VORBEI WAR, beschlossen die anderen, sich auf ihren Zimmern noch etwas Schlaf zu gönnen, aber Fletcher hatte keine Lust auf die Kälte dort oben. Während der vorangegangenen Unterhaltung war ihm bewusst geworden, wie wenig er über die Akademie wusste. Also wollte er lieber losziehen und Jesper suchen. Wenn Seraph von den Dienern so viel über diesen Ort gelernt hatte, konnte Fletcher das auch. Und er hatte Glück: Jesper war immer noch in der Vorhalle und polierte den Boden.

»Würde es dir etwas ausmachen, mich noch ein bisschen herumzuführen? Im Augenblick hat es ohnehin keinen Sinn, den Boden zu schrubben. Er wird nur wieder dreckig, wenn die Zweitklässler zum Frühstück herunterkommen«, sagte er zu dem müde aussehenden Diener.

»Ich poliere auch bloß weiter, um Werter aus dem Weg zu gehen. Aber wenn ich ihm sage, dass ich einem Novizen die Burg gezeigt habe, bin ich aus dem Schneider! Wenn wir diesmal nur auf der Treppe etwas langsamer machen könnten«, erwiderte Jesper mit einem Grinsen. »Was möchtest du denn noch sehen?«

»Alles«, antwortete Fletcher. »Ich habe den ganzen Tag Zeit.«

»Und ich auch!« Jesper strahlte. »Gehen wir als Erstes in die Beschwörungskammer.«

Der Raum befand sich ebenfalls im Ostflügel und auf dem gleichen Stockwerk. Die großen Stahltüren am Eingang ließen sich nur schwer öffnen, das Quietschen der verrosteten Scharniere hallte durch die gesamte Vorhalle. Jesper nahm eine Fackel aus einem der Wandhalter und ging damit voraus, um den Weg zu beleuchten.

Der Boden unter Fletchers Füßen fühlte sich irgendwie klebrig an. Bei näherem Hinsehen stellte sich heraus, dass er mit Leder bezogen war. In der Mitte der Kammer war ein großes Pentagramm aufgemalt, das sich in einer Spirale aus immer kleiner werdenden Pentagrammen über den gesamten Boden fortsetzte. Jedes davon war von einem Kreis aus eigenartigen Symbolen umgeben, wie Fletcher sie auch auf dem Tagebuch von James Baker gesehen hatte. Ob das die Orksymbole waren, von denen Baker geschrieben hatte?

»Wozu das Leder?«, fragte er.

»Die Symbole und Pentagramme müssen auf organisches Material gezeichnet werden, sonst haben sie keine Wirkung. Früher haben wir dafür Holz verwendet, aber das fing oft Feuer, und wir mussten es jedes Mal ersetzen. Schließlich hat der Vorsteher verfügt, dass wir Leder nehmen sollen. Bis jetzt klappt es ganz gut. Es schwelt zwar, und der Gestank ist fürchterlich, aber das ist immer noch besser, als jedes Mal einen Brand zu riskieren, wenn der Dämon eines Bändigers den Äther betritt.«

»Ich wusste gar nicht, dass es so gefährlich ist«, erwiderte Fletcher und inspizierte die schweren Lederschürzen, die an der Wand aufgehängt waren.

»Sehr viel mehr weiß ich auch nicht über diese Kammer. Am besten fragst du einen von den Schülern im zweiten Jahr, aber ich bezweifle, dass du eine Antwort bekommen wirst. Die Konkurrenz der Schüler untereinander ist unglaublich groß. Sie helfen den Neuen nur ungern, damit die ihnen am Ende nicht den Rang ablaufen. Ich finde das zwar verabscheuenswert, aber der Vorsteher meint, an der Front ist die Konkurrenz genauso hart, also kann es nicht schaden, die zukünftigen Bändiger von Anfang an darauf vorzubereiten.« Jesper war kurz hinter dem Eingang stehen geblieben und schien nicht gewillt, sich tiefer in die Kammer hineinzuwagen. »Gehen wir. Hier drinnen bekomme ich immer eine Gänsehaut«, murmelte er.

Er führte Fletcher über die Treppe und hinauf in das nächste Stockwerk des Ostflügels. »Das hier ist die Bibliothek«, erklärte er, als sie die erste Tür erreichten. »Du gehst besser allein rein«, fügte er hinzu und stemmte die Tür auf. »Der Staub da drinnen ist Gift für meine Lunge.«

Die Bibliothek war fast genauso groß und hoch wie die Vorhalle. Endlose Regalreihen erstreckten sich an den Wänden, vollgestopft mit Büchern, die sogar noch dicker waren als das, was oben in Fletchers Zimmer lag. Zwischen den Regalen sah er lange Tische mit Kerzenständern darauf, von denen im Augenblick aber keine einzige brannte.

»Hier drinnen findest du unzählige Aufsätze und Abhandlungen aus den letzten tausend Jahren. Generationen von Bändigern haben sie geschrieben, meist als Tagebucheinträge. Die Bibliothek wird nicht viel benutzt, weil die Schüler auch so schon genug zu tun haben. Ab und zu kommt jemand her und sucht nach einem Hinweis oder einem Trick. Meistens ist es einer von den Bürgerlichen, die nicht das Geld haben, das Wochenende in Corcillum zu verbringen«, erläuterte Jesper, mit der Schulter an den Türrahmen gelehnt. »Irgendwie müssen sie ihren Rückstand auf die Adligen ja aufholen, die so vieles von dem nötigen Wissen geradezu in die Wiege gelegt bekommen.«

»Faszinierend«, flüsterte Fletcher und ließ den Blick über die zahllosen Buchrücken schweifen. »Es überrascht mich trotzdem, dass so wenige herkommen. Dieser Ort muss ein wahrer Wissensschatz sein.«

Jesper zuckte die Achseln und schloss die Tür wieder. »Schon möglich, aber ich glaube, die Ausbildung ist zurzeit einfach zu … praxisorientiert. Muss sie ja auch sein. Für Forschung und Experimente bleibt da keine Zeit. Alles, was die Lehrer wollen, ist, euch so schnell wie möglich an die Front zu schicken.«

Während sie weitergingen, sah Fletcher, wie eine große Traube Jungen und Mädchen vom Treppenhaus in die Vorhalle strömte.

»Das sind die Zweitklässler«, sagte Jesper und deutete mit dem Kinn nach unten. »Sie haben ein ziemlich hartes Jahr hinter sich, der Wettbewerb untereinander war härter denn je. Jetzt, da Zwerge im Heer zugelassen sind und wahrscheinlich auch noch Verbrecher zwangsverpflichtet werden, brauchen wir dringend mehr Offiziere. Wer nicht gut genug abschneidet, muss sich also entweder mit Zwergen und Verbrechern herumschlagen, oder er verrottet an der Elfenfront.«

Fletcher verstand nicht, was so schlimm daran sein sollte, Zwergensoldaten in die Schlacht zu führen, aber er wollte keinen Streit mit

Jesper anfangen, solange er noch so wenig über diese Dinge wusste. Stattdessen starrte er die Zweitklässler an, die zwar keine Dämonen dabeihatten, dafür aber kleine, bläulich schimmernde Lichtpunkte, die wie Glühwürmchen um ihre Köpfe herumschwirrten.

»Was sind das für Lichter, und wo sind ihre Dämonen?«, fragte er Jesper, während sie zurück in die Vorhalle gingen.

Die Zweitklässler ignorierten ihn. Sie waren viel zu sehr damit beschäftigt, sich die müden Augen zu reiben oder sich leise miteinander zu unterhalten.

»Dämonen sind nur auf den Zimmern und während der Lehrstunden erlaubt, aber das wirst du alles noch erfahren. Wo sie in der Zwischenzeit stecken, weiß ich nicht. Die Leuchtpunkte, die du da siehst, heißen Wyrrlichter. Sie sind so ziemlich das Erste, was Novizen an der Akademie lernen, glaube ich. In ein paar Tagen werdet ihr auch welche durch die Luft schwirren lassen.«

»Ich kann's kaum erwarten«, erwiderte Fletcher und beobachtete die blauen Lichtlein, die ziellos durch die ganze Vorhalle schwebten. »Kein Wunder, dass sie jedem von uns nur eine einzige Kerze für sein Zimmer geben.«

Jesper führte ihn von der Eingangshalle weg zu einer Treppe, die neben dem Eingang zur Beschwörungskammer nach unten führte. »Die Burg ist riesig, aber die meisten Zimmer werden zur Unterbringung der Adligen, Lehrer und Diener verwendet. Die restlichen stehen entweder leer oder werden als Lagerräume genutzt, bis auf die wenigen Unterrichtssäle«, erklärte er, während sie die schummrigen Stufen hinunterstiegen.

Das Erste, was Fletcher am Ende der Treppe auffiel, waren die in die Wand eingelassenen Eisenringe. Sie standen am Anfang eines langen, nasskalten Tunnels, der sich bis außer Sichtweite erstreckte. Als sie weitergingen, sah Fletcher Dutzende Gittertüren mit winzigen, fensterlosen Kerkerzellen dahinter.

»Wo sind wir hier?«, fragte er entsetzt. In einer dieser Zellen zu sitzen musste schrecklich sein.

»Dieser Teil der Burg wurde zu Beginn des Krieges eigens für Deserteure gebaut. Acht Jahre ist das jetzt her. Um die Moral der Soldaten zu stärken, mussten sie die letzte Nacht, bevor sie an die Front geschickt wurden, hier unten verbringen – um ihnen zu zeigen, was sie erwartet, wenn sie davonlaufen wie Feiglinge. Soweit ich weiß, gab es nur während der ersten zwei Kriegsjahre ein paar Deserteure, die tatsächlich hier eingesperrt wurden. Mittlerweile peitscht man sie einfach aus, wenn sie erwischt werden, und schickt sie dann zurück an die Front«, antwortete Jesper und strich mit den Fingern über die Eisenstäbe, dann ging er weiter.

Fletcher erschauerte und folgte ihm zum Ende des Tunnels, der sich unerwartet zu einem riesigen Saal öffnete. Er war kreisrund und sah wie eine Arena aus. Die rundum laufenden Stufen dienten gleichzeitig als Sitzfläche, die Freifläche in der Mitte war mit Sand aufgeschüttet. Fletchers Schätzung nach passten mindestens fünfhundert Zuschauer hinein.

»Und für was soll das hier gut sein?«, fragte er. Fletcher konnte sich beim besten Willen nicht vorstellen, was eine Gladiatorenarena in den Gewölben einer Burg zu suchen hatte.

»Nach was sieht es denn aus, Junge?«, krächzte eine Stimme hinter ihnen. »Ist natürlich für Hinrichtungen gedacht. Um den Soldaten und Novizen Mut zu machen, wenn wir mal einen Ork gefangen nehmen. Damit sie sehen, dass Orks genauso sterblich sind wie alle anderen Geschöpfe.«

Die beiden fuhren herum und sahen einen zahnlosen Mann mit grauem Haar, der sich auf einen Stab stützte. Er hatte seinen rechten Unterschenkel und die rechte Hand verloren, deren Funktion nun ein Holzbein und ein grimmig aussehender Fleischerhaken übernahmen. Noch seltsamer allerdings war das Kettenhemd des Mannes, das im Grün und Silber der alten Adelshäuser schimmerte, also in Farben, die die Soldaten schon lange nicht mehr trugen.

»Selbstverständlich wurde sie nie dafür benutzt. Wer hätte je davon gehört, dass wir einen Ork lebend gefangen genommen hätten?«, fügte er gackernd hinzu und begrüßte Fletcher mit einem Handschlag. »Wir konnten nur ein paar Kobolde gefangen nehmen, aber ihnen dabei zuzusehen, wie sie sich in die Lendenschurze pinkeln, macht niemandem Mut. Wahrscheinlich hassen sie die Orks sogar noch mehr als wir, schließlich werden sie von ihnen als Sklaven gehalten«, führte der Greis weiter aus und humpelte zur Mitte der Arena.

»Komm schon, lass mal sehen, wie gut du mit deinem Chepesch umgehen kannst. Ist lange her, dass ich das letzte Mal einen gesehen hab«, rief der Mann und deutete mit seinem Stab auf Fletchers Schwert. »Ich habe meine starke Hand zwar im Krieg verloren, aber selbst mit der linken kann ich dir noch das ein oder andere beibringen, möchte ich meinen. Ist ja schließlich auch meine Aufgabe!«

»Wer zum Teufel ist das?«, flüsterte Fletcher und fragte sich, welcher Verrückte freiwillig hier herunterkommen würde.

»Caulder ist das, der Waffenmeister«, flüsterte Jesper zurück.

Caulder zeichnete mit seinem Stab einen großen Kreis in den Sand und winkte Fletcher zu sich. »Na los, mach schon. Ich mag ja ein Krüppel sein, aber ich habe nicht ewig Zeit.«

Fletcher schickte Ignatius mit einem Gedankenbefehl zu Jesper, dann stieg er in die Arena hinab.

Caulder zwinkerte ihm zu und salutierte ironisch mit seiner Hakenhand. »Ich erkenne einen zukünftigen Offizier, wenn ich einen sehe, aber die Frage ist doch: Kannst du auch kämpfen wie ein Offizier?«

»Die Klinge ist sehr scharf, Herr. Ich möchte Euch lieber nicht wehtun«, warnte Fletcher und zeigte dem Waffenmeister sein Schwert. Es war das erste Mal, dass er es in der Hand hielt, seit Berdon es ihm gegeben hatte. Es war viel schwerer, als er es in Erinnerung hatte.

»Ich bin alt, aber mit dem Alter kommt auch die Erfahrung. Dieser Stab hier ist in meiner linken Hand doppelt so gefährlich wie dein Chepesch, wenn du ihn mit beiden Händen führst!«

Fletcher hatte seine Zweifel. Der Mann war dürr wie ein Besenstiel und wahrscheinlich genauso zerbrechlich. Also schlug er nur halbherzig zu und außerdem so, dass er den Waffenmeister ohnehin verfehlte.

Caulder machte keine Anstalten, auszuweichen oder sich zu verteidigen. Er ließ die Klinge einfach vor seiner Brust vorbeisausen. »Schön, Junge, genug gespielt«, blaffte er und ließ seinen Stab krachend auf Fletchers Schädel niederfahren.

Fletcher schrie auf und hielt sich eine Hand ans Ohr. Frisches, warmes Blut rann über seine Wange.

»Mach schon, ich wette, diese Klinge dringt nicht mal durch mein Kettenhemd«, höhnte Caulder schadenfroh und sprang wie ein Ziegenbock vor Fletcher herum.

»Darauf war ich nicht gefasst«, schnaubte dieser und stach mit beiden Händen nach Caulders Bauch. Der Stab fuhr mit solcher Wucht herab, dass sein Chepesch sich mit der Spitze voraus in den Sand bohrte. Fletcher selbst bekam einen weiteren Schlag auf die Wange, der einen breiten, roten Striemen hinterließ.

»Das wird nicht hübsch aussehen morgen früh«, kommentierte Caulder kichernd und rammte ihm das Ende seines Stabs in die Magengrube. »Siehst du, Jesper, diese Kerle tragen ihre Schwerter nämlich nur zur Zierde. Lasst euch gesagt sein, wenn sich ein Ork aus dem Dickicht auf euch stürzt, wird ihn eine Musketenkugel nicht aufhalten. Er benutzt eure Rippen als Zahnstocher, noch bevor er überhaupt merkt, dass die Kugel ihn getroffen hat«, wetterte Caulder weiter und begleitete jedes seiner Worte mit einem Stoß.

Fletcher verlor die Geduld. Den nächsten von Caulders Angriffen fing er mit der konkaven Seite seines Chepeschs ab und drückte den Stab zur Seite. Dann sprang er vor und stieß Caulder mit der Schulter so heftig zu Boden, dass er auf ihm landete.

Noch bevor Fletcher einen Siegesschrei ausstoßen konnte, schlug ihm Caulder jedoch mit seiner Holzprothese gegen den Hinterkopf. Dann packte er ihn mit beiden Beinen um den Hals und drückte zu.

Fletcher ließ sein Schwert fallen und versuchte, die Beinschere aufzustemmen, aber Caulders Oberschenkel wirkten wie ein Schraubstock. Der Greis drückte nur noch fester zu. Fletchers Sicht verschwamm, dann wurde ihm schwarz vor Augen.

21

ALS FLETCHER WIEDER ZU SICH KAM, hörte er Ignatius leise fauchen. Er öffnete die Augen und sah, wie Caulder und Jesper ihn von der anderen Seite der Arena aus musterten. Caulder fluchte lauthals vor sich hin, der Gestank von Verbranntem hing in der Luft.

»Diese verfluchten Dämonen gehören alle erschossen! Einen Ork besiegt man im aufrechten, harten Kampf, nicht mit diesen Missgeburten«, schimpfte er und befühlte einen schwarzen Fleck auf seinem Wappenrock. Ignatius musste ihn versengt haben, während Fletcher bewusstlos war. Er rieb sich den Hals und setzte sich auf. Warum versuchten bloß alle, ihn zu erwürgen? Selbst Ignatius legte sich am liebsten um seinen Hals.

»Eins habt Ihr vergessen«, krächzte Fletcher. »Die Orkschamanen verfügen über doppelt so viele dieser Missgeburten wie wir. Glaubt Ihr wirklich, auch die lassen sich im aufrechten, harten Kampf besiegen? Warum unterrichtet Ihr überhaupt an der Akademie, wenn Ihr Dämonen so sehr hasst?«

Caulder und Jesper kamen zögernd näher. Alle paar Schritte blieben sie stehen – für den Fall, dass Ignatius noch einmal Feuer spuckte. Fletcher beruhigte seinen Salamander mit besänftigenden Gedanken und befestigte den Chepesch wieder am Gürtel.

»Nimm es mir nicht übel, Kleiner. Ich musste nur ein bisschen Dampf ablassen. Dieser Wappenrock gehörte zu meiner Uniform. Er ist alles, was mir aus der alten Zeit noch geblieben ist«, erwiderte Caulder und trat mit seinem Beinstumpf nach einem Sandhaufen.

»Na ja, ein bisschen ist es auch meine Schuld«, entgegnete Fletcher.

»Ich hätte Ignatius sagen sollen, dass das nur ein Trainingskampf ist, auch wenn er dafür etwas hart war. Tut mir leid wegen Eurer Uniform. Kann ich sie ersetzen?«

»Nein. Ich habe für die Rales gekämpft«, schnaubte Caulder, als wäre damit alles erklärt.

»Die Rales? Ist das ein Adelsgeschlecht?«

»Ganz recht. Sie waren mal eins. Jetzt allerdings nicht mehr«, murmelte Caulder.

Fletcher sah den Schmerz auf dem Gesicht des Waffenmeisters, aber er konnte sich die Frage einfach nicht verkneifen. »Warum? Sind sie beim König in Ungnade gefallen?«, hakte er nach. Fletcher hatte zwar noch nie gehört, dass dergleichen einmal vorgekommen wäre, aber Pelz war so weit entfernt von den Machenschaften und Intrigen in Hominums Oberschicht, dass er es wahrscheinlich nicht einmal mitbekommen hätte.

»Natürlich nicht, du Narr! Ich habe in Graf Edmund Rales Leibwache gedient, lange vor dem Krieg. Ihm gehörte ein Teil des Landes an der Südgrenze, ständig gab es dort Überfälle von Orkbanden. Das Heer war damals zu sehr mit den Zwergenaufständen beschäftigt, um uns Hilfe zu schicken, also mussten wir allein mit dem Problem fertigwerden. Graf Rale war ein ehrenwerter Mann und ein enger Freund des Königs, also hüte gefälligst deine Zunge!«, wetterte Caulder.

»Das sollte keine Respektlosigkeit sein«, entschuldigte sich Fletcher höflich. »Trotzdem verstehe ich nicht, was mit den Rales passiert ist.«

»Die Orks, Bursche. Sie waren es. Sie kamen mitten in der Nacht. Mucksmäuschenstill schlichen sie sich am Vieh, den Getreidespeichern und allem anderen vorbei, das wir bewachten und auf das sie es sonst immer abgesehen hatten. Das Herrenhaus lag vollkommen ungeschützt«, berichtete er mit geballten Fäusten. »Sie haben alle getötet: Frauen, Männer und Kinder. Als wir davon erfuhren, waren sie längst fort. Die Leichen haben sie mitgenommen und als Trophäen an der Grenze zu ihrem Gebiet an den Bäumen aufgehängt. Aber Graf Rale hat den Orks einen hohen Blutzoll abverlangt. Allein sein Canid hat drei von ihnen getötet, dann schlitzten sie ihm den Bauch auf und ließen ihn zum Verbluten dort liegen. Als ich es fand, habe ich das arme Geschöpf von seinen Leiden erlöst. Ich habe also weder etwas gegen Dämonen noch gegen ihre Bändiger, wie du siehst.« Der Waffenmeister erschauerte bei der Erinnerung, dann ging er die Stufen hinauf bis zu einer Tür.

»Du bist gar kein übler Kämpfer, aber du wirst lernen müssen, wie man mit den Orks zurechtkommt. Dieser Schulterstoß wäre bei ihnen vollkommen wirkungslos, außerdem wirst du es mit schweren Äxten und Keulen zu tun bekommen, nicht mit einem so leichten und schnellen Stab. Komm bei Gelegenheit zu mir, dann bring ich es dir bei«, sagte er noch im Türrahmen, und danach verschwand er mit einem zufriedenen Grunzen.

Fletcher und Jesper verließen die Arena ebenfalls. Als der Diener die Fackel über Fletchers Schulter hielt, damit er besser sehen konnte, sprang Ignatius sogleich auf Fletchers Rücken und wärmte sich daran.

»Unser Waffenmeister hat es dir ganz schön besorgt«, kommentierte Jesper. »Die Schwellung auf deiner Wange ist jetzt schon dick.«

»Tut aber nicht besonders weh«, entgegnete Fletcher und zuckte prompt vor Schmerz zusammen, als er die Striemen in seinem Gesicht befühlte.

Beide dachten über die Geschichte nach, die Caulder ihnen berichtet hatte, und gingen schweigend zurück in die Vorhalle.

»Ende des Rundgangs«, sagte Jesper schnaufend, als er die letzte Stufe genommen hatte. »Ich muss zurück an die Arbeit.«

»Wusstest du das von den Rales?«, fragte Fletcher, als Jesper schon wieder mit Wischen beschäftigt war.

»Ich kannte die Geschichte schon, aber ich hatte keine Ahnung, dass unser Waffenmeister unter den Rales gedient hat. Doch ich weiß, dass der Zwischenfall schließlich den Krieg ausgelöst hat. Als Vergeltung haben der König und seine Herzöge das Territorium Hominums immer weiter ausgedehnt. Jahr für Jahr sind sie tiefer in das Gebiet der Orks vorgedrungen, haben den Dschungel gerodet und ihre Dörfer niedergebrannt. Ein richtiger Krieg wurde es allerdings erst, als dieser Albino-Ork die Stämme unter sich vereinigt hat«, antwortete Jesper.

Fletcher kratzte sich am Kopf. »Ich kann nicht fassen, dass ich von alldem noch nie etwas gehört habe.« Offensichtlich brachte es einen erheblichen Wissensrückstand mit sich, wenn man so weit nördlich von Corcillum aufwuchs wie er.

»Das ist auch kein Wunder, denn die Sache wurde geheim gehalten«, erklärte Jesper jedoch. »Der König wollte um jeden Preis verhindern, dass die niederen Bürger mitbekamen, wie ein ganzes Adelsgeschlecht einfach ausgelöscht wurde. Ich habe es auch nur von den Novizen aus Corcillum erfahren. Caulder hat die Angelegenheit bis heute nie erwähnt.«

»Seine Uniform schien ihm sehr am Herzen gelegen zu haben«, überlegte Fletcher laut und streichelte Ignatius' Kopf.

Jesper blickte von seinem Wischmopp auf. »Da wir gerade davon sprechen: Ich kann nicht fassen, dass du immer noch deine stinkenden Kleider trägst. Unten im Tunnel ist mir beinahe schlecht geworden von dem Geruch. Geh jetzt auf dein Zimmer, dann schick ich dir jemanden, der die Wäsche abholt und dir zeigt, wo die Badewannen sind. Das meine ich ernst.«

22

DER MOND STAND VOLL UND HELL am wolkenlosen Himmel. Fletcher zitterte und schlug den verschlissenen Kragen seiner Uniform hoch. Sie war die einzige Kleidung, die sie ihm gelassen hatten. Alles andere befand sich in der Wäscherei, aber irgendetwas musste er ja tragen. Im Zimmer war es bitterkalt, und die ausgefranste Bettdecke war viel zu dünn.

Er stand am glaslosen Fenster, streckte den Kopf in die kalte Nachtluft hinaus und dachte über den zurückliegenden Tag nach. Die Elfe war nicht mehr aus ihrem Zimmer herausgekommen, aber das war ihm nur recht. Die anderen waren beim Mittags- und Abendmahl bester Stimmung gewesen und freuten sich auf alles, was der morgige Tag bringen würde. Fletcher genoss die Geselligkeit, auch wenn die Spannung zwischen Atlas und Othello die Stimmung ein wenig trübte. Am meisten faszinierte ihn Seraph. Wegen seiner Ausstrahlung und des unverkennbaren Talents zum Geschichtenerzählen hingen alle regelrecht an seinen Lippen. Und auch Roris unbekümmerte Art mochte er. Genevieves Versuche, die Uniform zu retten, waren zwar umsonst gewesen, dennoch war sie ein nettes Mädchen mit einem überraschend trockenen Humor.

Dass sie alle in ein paar Jahren in den drückend heißen Orkdschungeln ihr Leben riskieren würden, war eine eigenartige Vorstellung. Fletcher versuchte, möglichst nicht daran zu denken, aber die anderen schienen ihren ersten Fronteinsatz kaum erwarten zu können. Genevieve war die einzige Ausnahme, doch wenn sie von den Orks sprach, dann mit einem glühenden Hass, der nur von einer tragischen Erfahrung herrühren konnte.

Fletcher wusste zwar, dass er jetzt lieber wieder ins Bett gehen sollte, aber zum Schlafen war er viel zu aufgeregt. Selbst der sonst so faule Ignatius sprang munter umher und versuchte seinen eigenen Schwanz zu fangen. Fletcher hielt ihm die Kerze hin, damit Ignatius sie anzündete, und dann ging er in den Aufenthaltsraum hinüber. Dort angekommen sah er das Schimmern von weiteren Kerzen im Treppenhaus, begleitet vom Geräusch hastiger Schritte, die von unten heraufhallten.

»Komm mit, Ignatius. Anscheinend sind wir nicht die Einzigen, die nicht schlafen können.« Wenn sich Fletcher schon die Nacht um die Ohren schlug, dann konnte er es genauso gut in Gesellschaft tun.

Die nächtlichen Korridore waren unheimlich. Ein eisiger Wind blies durch die Schießscharten herein und drohte, die Kerze jeden Moment auszublasen. Schließlich blieb Fletcher nichts anderes übrig, als sie mit der Hand abzuschirmen. »Eins von diesen fliegenden Lichtern wäre jetzt praktisch, meinst du nicht, Ignatius?«, flüsterte er.

Die im Kerzenschein tanzenden Schatten machten die Stimmung auch nicht angenehmer. Die Rüstungen an den Wänden schienen Fletcher mit dunklen Augen anzustarren, wenn er an ihnen vorüberging. Er fragte sich, warum es die anderen so eilig hatten. Eigentlich müsste er sie längst eingeholt haben, aber sie schienen eher zu rennen, als zu gehen. Fletcher wurde neugierig und beschleunigte seinen Schritt, doch als er die Vorhalle erreichte, sah er nur noch eine schattenhafte Gestalt, die durch den Haupteingang nach draußen huschte.

Der Innenhof lag totenstill. Die Atmosphäre war noch drückender als bei seiner Ankunft, die geheimnisvolle Gestalt war nirgendwo zu sehen. Fletcher ging zur Zugbrücke und spähte auf die Straße hinaus. Aber auch dort war keine Spur zu sehen. Doch während er so schaute, hörte er Hufgetrappel in der Ferne, das beständig näher kam.

Fletcher huschte in eine Kammer neben dem Torhaus, blies seine Kerze aus und drückte sich mit dem Rücken gegen die kalte Wand. Er wusste nicht, wer da die Straße entlangkam, und wollte auf keinen Fall den Eindruck erwecken, er wäre jemand, der gerne nachts herumspionierte. Dem aufgeregten Ignatius befahl er mit einem strengen Gedanken, sich still zu verhalten. Dann dachte er daran, was das letzte Mal passiert war, als er sich in einer dunklen Steinkammer versteckt hatte. Dem Wichtel erging es genauso, er schien bei der Erinnerung sogar einen Anflug von Bedauern zu empfinden. Fletcher musste lächeln und kraulte Ignatius' Kinn. Sein Dämon verstand mehr, als er ihm zugetraut hatte!

Das Mahlen von Wagenrädern und das Knallen von Peitschen kündigte die Ankunft von Kutschen an, die kurz darauf rumpelnd die altersschwache Zugbrücke überquerten. Fletcher schlang sich wegen der Kälte die Arme um den Brustkorb und lugte durch einen Riss in der Wand nach draußen. Ob das die Adligen waren? Oder einer der Lehrer, der früher als geplant ankam?

Er sah zwei prunkvoll geschmückte Kutschen, von den an den Seiten befestigten Fackeln hell erleuchtet. Auf den Kutschböcken saßen je zwei Männer mit Schirmmützen, ihre dunklen Zweireiher mit Messingknöpfen daran erinnerten Fletcher an die Pinkertons, denen er in Pelz begegnet war. Alle vier waren mit schweren Donnerbüchsen bewaffnet, als hätten sie hochgestellte Passagiere zu bewachen.

Die Türen schwangen auf, und zwei Gestalten in den maßgeschneiderten Uniformen der Dämonenakademie stiegen aus. Im Schein der Fackeln waren ihre Gesichter nur schwer zu erkennen.

»Ach du liebes bisschen«, sagte der, der Fletcher am nächsten stand, mit nasal-überheblicher Stimme. »Dass die Akademie nicht mehr das ist, was sie mal war, wusste ich ja bereits, aber so schlimm hatte ich es mir nicht vorgestellt.«

»Sieh dir das an, Tarquin!«, beschwerte sich das Mädchen hinter ihm. »Es ist ein Wunder, dass die Zugbrücke nicht unter uns eingestürzt ist.«

Tarquin war ein gut aussehender Junge mit hohen Wangenknochen und engelsgleichem blondem Haar, dessen lange Locken fast bis zu den Schultern reichten. Aber die eiskalten, graublauen Augen jagten Fletcher einen Schauer über den Rücken.

»Das kommt davon, wenn man den Pöbel ins Haus lässt«, schnaubte Tarquin verächtlich. »Der Standard sinkt. Ich bin sicher, zu Vaters Zeiten hat es hier noch ganz anders ausgesehen.«

»Wenigstens bekommen die Bürgerlichen nur die Aufgaben, die wir ohnehin nicht wollen«, kommentierte das Mädchen.

»Irgendetwas Gutes muss das Ganze ja haben«, erwiderte Tarquin verdrossen. »Sie kriegen die Verbrecher, und falls das mit den Zwergen stimmt – was der Himmel verhindern möge –, können sie die auch noch in die Schlacht führen. So bekommt jeder, was ihm gebührt. Genau wie es sein muss.«

Das Mädchen kam nun ebenfalls näher heran und betrachtete die Burg mit zusammengekniffenen Augen. Mit dem scharf geschnittenen Gesicht und den hellen Korkenzieherlocken hätte sie Tarquins Zwillingsschwester sein können.

»Dieser Ort ist eine Schande. Wie kann Hominum seinen jungen Adel dazu zwingen, ganze zwei Jahre in diesem Loch zu verbringen?«, beschwerte sie sich und klemmte sich eine Haarsträhne hinters Ohr.

»Aber genau deshalb sind wir doch hier, Schwesterherz. Seit Vaters Beförderung hat kein Forsys mehr die Akademie betreten. Unsere Aufgabe besteht darin, ihnen wieder beizubringen, wie die Dinge zu laufen haben«, erwiderte Tarquin. »Und da wir gerade davon sprechen: Wo sind eigentlich die Diener? Sei so gut und hol sie, Isadora«, witzelte er und schob seine Schwester auf den Eingang zur Vorhalle zu.

»Wie bitte?! Ich würde mir eher den Kopf kahl rasieren lassen, als den Bedienstetentrakt zu betreten«, fauchte sie.

In diesem Augenblick flog eine Nebentür auf. Werter kam mit Jesper und einigen anderen Dienern, von denen die meisten sich noch den Schlaf aus den Augen rieben, auf den Hof gestolpert.

»Bitte verzeiht die Verspätung, Herr«, sagte Werter unterwürfig. »Nachdem Ihr zur elften Glocke noch nicht hier wart, dachten wir, Ihr würdet wohl erst morgen früh ankommen.«

»Wir haben beschlossen, unseren letzten Abend lieber in einer Schenke in Corcillum zu verbringen als hier in diesem … Gebäude«, erwiderte Tarquin kalt und deutete auf Jesper. »Du da, bring meine Koffer nach oben, aber sei vorsichtig. Mein Gepäck ist mehr wert, als du in deinem gesamten Leben verdienen wirst.«

Jesper gehorchte eilig und verneigte sich ungelenk vor den beiden, dann hastete er, mit den Koffern beladen, davon.

»Ich werde Euch nun Eure Gemächer zeigen, Herr. Folgt mir bitte«, sagte Werter und eilte die Eingangstreppe hinauf, während die Dienerschaft die Kutschen entlud.

Die Geschwister folgten ihm, dann wendeten die Pinkertons die Kutschen und versperrten Fletcher für einen Moment die Sicht. Nachdem sie polternd in der Dunkelheit verschwunden waren, war er wieder allein – entsetzt über das, was er soeben erlebt hatte. Er hatte Adlige immer für großmütige Ehrenmänner gehalten, die Männer in die Schlacht führten und ihre Kinder auf die Akademie schickten, damit auch sie als künftige Dämonenbändiger dem Vaterland ihren Dienst erweisen konnten. Viele von ihnen riskierten fernab von ihren Familien Tag für Tag an der Front ihr Leben, wie er wusste, aber die verzogenen Bengel, die er soeben gesehen hatte, waren offensichtlich das genaue Gegenteil dessen, was er erwartet hatte. Hoffentlich war nicht der gesamte blaublütige Nachwuchs so.

Er wartete noch ein paar Minuten, dann schlüpfte er aus dem Torhaus und schlich über den dunklen Innenhof zurück zur Eingangstreppe. Kurz bevor er die Tür erreichte, hörte er ein Knarren von der Zugbrücke. Fletcher wirbelte herum und sah gerade noch, wie eine Gestalt mit langem rotem Haar auf die Straße hinaushuschte.

23

DIE ADLIGEN KAMEN ZU SPÄT ZUM FRÜHSTÜCK, nahmen am anderen Ende des Saals Platz und würdigten die Bürgerlichen keines Blickes. Tarquin und Isadora gingen voraus, offensichtlich waren sie die Anführer. Das gelegentliche Schulterklopfen und Gelächter im Rest der Gruppe sagte Fletcher, dass sie sich alle schon länger kannten.

»Warum ignorieren sie uns?«, fragte Atlas und drehte sich um, als die Adligen begannen, sich über das schlechte Essen zu beschweren.

»Das ist normal«, antwortete Seraph nüchtern. »Sie halten sich immer von den anderen Schülern fern. Vor ein paar Tagen habe ich eines ihrer Zimmer gesehen: Die sind so groß wie unser ganzes Stockwerk.«

»Ich finde das nicht richtig«, warf Rori ein. »Schließlich verbringen wir die nächsten zwei Jahre gemeinsam hier. Und sie sind doch nur zu fünft, bestimmt wird es ihnen irgendwann langweilig, so ganz allein.«

»Ich habe da meine Zweifel«, mischte sich nun auch Fletcher ein. »Einer der Diener hat mir gesagt, dass sie ihre gesamte Freizeit in Corcillum verbringen. Wir sind es, die hier in der Burg festsitzen und nichts zu tun haben werden. Ich glaube, das Beste wäre, wenn wir uns mit den anderen Bürgerlichen anfreunden, die schon länger hier sind.«

Noch während er sprach, kam eine Gruppe Zweitklässler lärmend in den Saal. Sie teilten sich in zwei Gruppen auf und setzten sich an getrennte Tische, aber es schien keine Feindseligkeit zwischen den beiden Fraktionen zu geben. Dennoch dachte Fletcher, als er die Machart ihrer Uniformen verglich, dass auch sie sich in adlig und nicht adlig aufgeteilt hatten.

»Sie sind zu früh hier«, kommentierte Seraph, während die Zweitklässler ihn und die anderen Novizen musterten, vor allem den Zwerg Othello. Einer von ihnen stupste seine Nachbarn an und deutete auf Ignatius, dann auf den Golem, dem Othello den Namen Solomon gegeben hatte. Der Zwerg rutschte unbehaglich unter den Blicken der Zweitklässler hin und her und senkte den Kopf. »Ich wünschte, wir würden jeden Tag alle zur gleichen Zeit frühstücken, Platz gibt es ja genug«, sprach Seraph weiter.

Unterdessen stützte Genevieve gähnend den Kopf in die Hände. Fletcher sah es und beäugte misstrauisch ihr rotes Haar. War sie es gewesen, die sich letzte Nacht aus der Burg geschlichen hatte?

Nachdem die Diener das Frühstück aufgetragen hatten, wurde es plötzlich mucksmäuschenstill im Saal. Fletcher blickte von seiner Schüssel auf und sah den Vorsteher, der in Begleitung von zwei Männern und einer Frau in Offiziersuniform hereinkam. Einer davon war Arcturus, wie er mit einem kleinen Schreck feststellte, doch falls er Fletcher wiedererkannte, ließ er es sich nicht anmerken.

Als dann hinter ihnen die Elfe hereinstolziert kam, ging ein Murmeln durch die Reihen. Sie hielt den Kopf hocherhoben und setzte sich an das andere Ende der Tafel für die Bürgerlichen. Ihr Canid legte sich zu ihren Füßen und sah sich mit hochgestrecktem Schwanz wachsam um.

Der Vorsteher und seine Offiziere warteten unterdessen mit vor der Brust verschränkten Armen, bis wieder vollkommene Stille eingekehrt war.

»Willkommen auf der Dämonenakademie! Ich gehe davon aus, dass sich alle inzwischen etwas eingelebt haben«, brummte Scipio unter seinem buschigen Schnauzbart hervor. »Ihr habt das Privileg, als jüngste und kleinste Schülergruppe durch diese ehrwürdigen Hallen zu wandeln.«

Fletcher drehte den Kopf und zählte: Es waren zwölf Zweitklässler, also exakt so viele wie sie.

»Die Tradition dieser Einrichtung reicht über zweitausend Jahre zurück bis zu den Tagen des ersten Königs von Hominum«, fuhr Scipio fort. »Wir sind zwar nur wenige, aber die Absolventen unserer Akademie erwartet eine glänzende Laufbahn als Schlachtmagier, sei es im Dienste des Königs oder eines der großen Adelshäuser.«

Tarquin beugte sich zu seiner Schwester hinüber und flüsterte ihr etwas ins Ohr. Fletcher war nicht der Einzige, der Isadoras Gekicher hörte, das darauf folgte.

»Du, steh auf!«, rief Scipio mit hochrotem Gesicht und deutete auf Tarquin. »Ich dulde keine Respektlosigkeit, von niemandem, sei er nun adlig oder nicht! Steh auf, habe ich gesagt, und nenne deinen Namen.«

Tarquin erhob sich gelassen und hakte die Daumen in die Gürtelschlaufen seiner Hose, als mache ihm der Ausbruch des Vorstehers nicht das Geringste aus. »Mein Name ist Tarquin, ältester Sohn des Herzogs von Pollentia, Zacharias Forsys, General der Forsys-Furien«, antwortete er mit lauter, klarer Stimme. Mit einem Grinsen nahm er zur Kenntnis, wie sein Name für einige Aufregung unter den Zweitklässlern sorgte. Die Forsys waren eines der ältesten und mächtigsten Adelsgeschlechter, und von Pollentia hatte Fletcher zumindest schon einmal gehört: Es war ein großes, fruchtbares Stück Land, das sich, vom Vesania-Meer ausgehend, bis ins Herz Hominums erstreckte.

Scipio erwiderte nichts und starrte Tarquin unter seinen buschigen Augenbrauen hervor erwartungsvoll an. Tarquin ließ ein paar Momente verstreichen, bis die Stille im Saal unerträglich wurde, dann sprach er endlich weiter. »Ich entschuldige mich für die Störung. Ich sagte lediglich zu meiner Schwester, wie … stolz ich sei, dieser Institution anzugehören.«

»Nur meinem Respekt vor deinem Vater hast du es zu verdanken, dass ich dich nicht wie ein kleines Kind auf dein Zimmer schicke«, knurrte Scipio. »Setz dich und halt von nun an den Mund, bis ich zu Ende gesprochen habe.«

Tarquin neigte lächelnd das Haupt und nahm unbeeindruckt wieder Platz. Fletcher fragte sich, ob es an Selbstbewusstsein oder Arroganz lag, dass der Kerl so unerschütterlich war, vermutete aber, dass Zweiteres der Grund dafür war.

Scipio blickte Tarquin noch eine Weile finster an, dann wandte er sich den drei Offizieren zu. »Das sind eure Lehrer: Major Godwin und meine Hauptleute Arcturus und Lovett. Ihr werdet sie mit dem Respekt behandeln, der ihnen gebührt, und stets daran denken, dass brave Frontsoldaten ihren Schutz und ihre Führung bitter entbehren, während sie hier sind, um euch zu unterrichten.«

Fletcher musterte die beiden Offiziere, die er noch nicht kannte. Die streng wirkende Hauptfrau Lovett hatte rabenschwarzes Haar und mitleidlose Augen, doch als sie den Novizen zulächelte, verschwand alle Härte aus ihrem Gesicht. Der stattliche Major Godwin sah mit seinem dichten weißen Kinnbart beinahe genauso aus wie Scipio. Er trug golden eingefasste Augengläser. Die roten Äderchen auf der Nase sagten Fletcher, dass er eine Vorliebe für Schnaps hatte.

»Nun, die Zweitklässler werden sich fragen, warum sie schon so früh heruntergerufen wurden«, sprach Scipio weiter. Die Angesprochenen, die bisher nur gelangweilt dreingeschaut hatten, horchten jetzt auf und setzten sich sogleich gerade hin. »Ich habe etwas mitzuteilen, das euch alle betrifft. Nicht alle werden mit unserer Entscheidung glücklich sein, doch sie war notwendig. An den Wettkämpfen und Abschlussprüfungen dieses Jahres werden sowohl die Neulinge als auch die Zweitklässler teilnehmen. Sollte sich einer von den Novizen dabei besonders hervortun, wird er die Möglichkeit erhalten, schon ein Jahr früher als gewöhnlich an die Front zu gehen, wo ihr alle dringend gebraucht werdet.«

Sofort wurde wieder Gemurmel laut, doch Scipio brachte den Saal mit einer Geste zum Schweigen. »Ich weiß, der Wettbewerb um die Kommandos, die üblicherweise den Zweitklässlern vorbehalten sind, wird damit noch härter. Aber immerhin habt ihr ein Jahr Vorsprung auf die Novizen. Solltet ihr einem der Neulinge unterliegen, verdient ihr ein solches Kommando auch nicht.«

Fletcher runzelte die Stirn. So viel also dazu, sich mit den Zweitklässlern anzufreunden.

»Was die Novizen betrifft, so mögen sie die Befürchtung hegen, einen schlechteren Einsatz zu bekommen, als sie ihn im nächsten Jahr erhalten hätten. Um dem vorzubeugen, garantiere ich, dass ihr mindestens den Rang eines Leutnants bekleiden werdet, allerdings mit der Option, lediglich als stellvertretender Leutnant zu dienen, falls euch das lieber ist. Der Gewinner des Turniers wird Hauptmann, was der höchste Rang ist, den ein Offiziersneuling auf dem Schlachtfeld überhaupt bekleiden kann.«

Die Zweitklässler waren nun endgültig in helle Aufregung geraten. Fletcher vermutete, sie hätten nichts gegen eine Turnierteilnahme der Novizen einzuwenden gehabt, wenn ihnen lediglich der Rang eines stellvertretenden Leutnants angeboten würde, was als niedrigster Offiziersrang galt.

»Der König stellt dem diesjährigen Turniergewinner noch einen weiteren Anreiz in Aussicht: einen Sitz im Rat mit vollem Stimmrecht. Er wünscht einen Repräsentanten der nächsten Generation von Schlachtmagiern in seinem Gremium. Wenn euch also ein Fronteinsatz als Offizier nicht reizt, dann aber mit Sicherheit dieses Angebot«, sprach Scipio mit feierlicher Miene weiter.

Fletcher sah, wie Othello die Fäuste ballte, wusste aber nicht, ob es wegen des Ratssitzes oder des Fronteinsatzes geschah oder wegen beidem. Tarquin und Isadora schienen ganz besonders erfreut über die Neuigkeiten und tuschelten trotz eines warnenden Blicks vonseiten Arcturus' miteinander.

Einer der Zweitklässler stand auf. »Welchen Einheiten werden wir zugeteilt? Werden die Novizen dem gleichen Risiko ausgesetzt, in einem Zwergen- oder Verbrecherbataillon dienen zu müssen wie wir?«, fragte er.

Othello öffnete nun wutentbrannt den Mund, aber Scipio kam ihm zuvor. »Ihr werdet dort dienen, wo ihr hingeschickt werdet! Und sprich nicht noch einmal, obwohl du nicht dazu aufgefordert wurdest!«, polterte der Vorsteher.

Der Zweitklässler murrte zwar, setzte sich aber wieder.

»Ihr habt alle die gleichen Chancen, mehr gibt es dazu nicht zu sagen«, fügte Scipio inzwischen schon etwas milder hinzu.

Eine zarte Hand erhob sich und winkte um Aufmerksamkeit. Scipio verdrehte die Augen und nickte.

Isadora stand auf und machte einen höflichen Knicks. »Verzeiht die Unterbrechung, Herr Vorsteher Scipio, aber was macht *sie* hier?«, fragte Isadora und deutete auf die Elfe.

»Das ist der nächste Punkt, auf den ich zu sprechen kommen will«, antwortete Scipio und ging zu dem Mädchen mit dem silbernen Haar. »Die Friedensverhandlungen zwischen unseren Gesandten und den Häuptlingen der Elfenclans waren hart und haben lange Zeit in Anspruch genommen, aber endlich wurde doch eine Einigung erzielt. Statt Steuern zu zahlen, werden die Elfen sich fortan am Krieg beteiligen und uns ihre Krieger zur Ausbildung schicken, so wie es auch die Zwerge getan haben.« Als er die Zwerge erwähnte, nickte Scipio Othello respektvoll zu, und Othello erwiderte die Geste.

»Wie zu erwarten war, besteht nach wie vor großes Misstrauen auf beiden Seiten«, fuhr Scipio fort und stellte sich wieder zu seinen Lehrkräften. »Als eine Geste des guten Willens wurde diese Häuptlingstochter an die Akademie entsandt, um zur Schlachtmagierin ausgebildet zu werden. Sie wird, wie wir hoffen, die erste von vielen sein, die unser Heer in den kommenden Jahren verstärken mögen.« Er schenkte der Elfe ein gezwungenes Lächeln.

»Ihr Name ist Sylva Arkenia«, fuhr er fort. »Ihr alle solltet Sylva den Aufenthalt hier so angenehm wie möglich machen. Auch wenn es so ausgesehen haben sollte, wir sind doch nie mit den Elfen verfeindet gewesen. Hoffen wir, dass dies der Anfang eines langen und einträglichen Bündnisses ist.«

Sylvas Mine blieb ungerührt, doch Fletcher sah, wie Sariel unter der Tafel mit dem Schwanz wedelte. Er bewunderte den Mut des Mädchens, das seine Heimat verlassen hatte, um in einem Krieg zu kämpfen, der nicht einmal der ihre war, und noch dazu an der Seite von Menschen, die ihrem Volk zutiefst misstrauten. Gerade überlegte er, wie er sich bei ihr entschuldigen sollte, da sprach Scipio schon wieder weiter.

»Und jetzt verschwindet. Der Unterricht beginnt in wenigen Minuten. Fletcher«, fügte er hinzu, »du kommst mit mir. Sofort.«

24

IN SCIPIOS AMTSSTUBE WAR ES genauso heiß wie beim letzten Mal, doch diesmal standen die Fensterläden offen und ließen das Sonnenlicht herein, das die Luft zwischen Fletcher und Scipios Schreibtisch wie ein Messer durchschnitt. Der Vorsteher hatte die Ellbogen aufgestützt und die Finger aneinandergelegt. Er musterte Fletcher jetzt schon mindestens eine Minute lang, und allmählich wurde ihm unbehaglich zumute.

»Warum hast du mich belogen, Junge?«, fragte Scipio endlich. Sein Blick sprang zwischen Ignatius und Fletcher hin und her.

»Das war nicht meine Absicht«, erwiderte Fletcher und fügte nach einer kurzen Pause hinzu, »Herr Vorsteher Scipio.«

»Ich habe dich gefragt, wo du diesen Dämon herhast, und du hast geantwortet, Arcturus hätte dich geschickt. Glaubst du, meine Frage wäre damit beantwortet gewesen? Glaubst du, deine Antwort hätte nicht weitere Fragen aufgeworfen? Glaubst du, ich hätte die Wahrheit nicht ohnehin erfahren, sobald ich mit Arcturus spreche?« Scipio sagte dies alles ruhig und gefasst – ein krasser Gegensatz zu dem Gebell, das er kurz zuvor im Speisesaal von sich gegeben hatte. Fletcher überlegte, ob das ein gutes Zeichen war oder ein schlechtes.

»Ich … ich weiß nicht, warum ich das gesagt habe. Dass Arcturus mich geschickt hat, stimmt, auch wenn ich wusste, dass Eure Frage anders gemeint war. Sicher war es falsch, Euch nicht die ganze Wahrheit zu sagen. Aber ich wollte so gern an der Akademie aufgenommen werden. Es tut mir leid, Herr.«

Fletcher ließ den Kopf hängen. Jetzt kam er sich vor wie ein Narr.

Wäre er einfach ehrlich gewesen, würde er nun zusammen mit den anderen von Arcturus unterrichtet werden und vielleicht lernen, wie man diese Wyrrlichter macht. Stattdessen stand er kurz davor, schon am ersten Tag von der Akademie zu fliegen, weil er den Vorsteher belogen hatte.

Scipio räusperte sich und winkte Fletcher an seinen Tisch. »Ich bin selbst nicht ganz ohne Schuld an der Sache. Ich hätte nachfragen sollen. Der Befehl, neue Dämonenarten zu fangen, erging an alle Bändiger, und ich nahm an, du wüsstest, welch großen Schritt in diese Richtung dein Salamander darstellt ... Wie es scheint, gebe ich mich in letzter Zeit viel zu oft mit Annahmen zufrieden«, sagte er mit einem Seufzen. »Arcturus hat mir alles erzählt. Ausgerechnet der Beschwörungsformel eines Orkschamanen haben wir diesen Salamander zu verdanken. Wahrscheinlich bin ich nur enttäuscht, dass nicht wir es waren, die diesen Durchbruch erzielt haben. Wir hatten lediglich Glück. Dennoch muss ich dich bitten, dein Buch dem Bibliothekar zu übergeben. Vielleicht findet er darin etwas Nützliches. Wie es scheint, hatte James Baker ein paar Geheimnisse.«

Fletcher harrte stumm aus und hoffte das Beste, während der alte Haudegen ihn musterte.

Schließlich zog der Vorsteher ein Stück Papier heraus und legte es vor Fletcher auf den Tisch. »Das ist der Eid, den alle Offiziersanwärter unterzeichnen müssen, wenn sie dem Heer beitreten wollen. Sobald du unterschrieben hast, bist du offizieller Schüler dieser Akademie und stehst als Soldat im Dienst seiner Majestät. Dein jährlicher Sold beträgt eintausend Schilling, abzüglich Unterbringung, Verpflegung und Schulgeld. Es steht alles da drin. Unterzeichne, und dann geh.« Er hielt Fletcher einen langen Federkiel hin.

Der Junge nahm ihn freudig und schrieb seinen Namen auf die gepunktete Linie ganz unten.

»Wo ist dein Nachname?«, fragte Scipio mit einem Stirnrunzeln.

»Ich glaube, ich habe keinen«, antwortete Fletcher verlegen.

»Nun, dann überleg dir einen. Offiziere werden grundsätzlich mit dem Nachnamen angesprochen.« Scipio tippte ungeduldig auf das Stück Papier.

Berdons Nachname war Wulf, und genau das schrieb Fletcher nun hin.

»Ab in die Vorhalle mit dir, Offiziersschüler Wulf. Dein Gönner hält gerade die erste Unterrichtsstunde ab, und du willst doch nicht zu spät kommen, oder?«, fragte er mit einem seltenen Lächeln.

Als Fletcher die Vorhalle erreichte, schwebten schon überall Wyrrlichter herum. Die Adligen lachten im blaugrünen Licht der glühwürmchenartigen Erscheinungen und ließen im Wettstreit eines nach dem anderen aufsteigen. Othello, Genevieve und Rori waren die einzigen Bürgerlichen. Missmutig standen sie schweigend ein Stück abseits von der Gruppe.

»Das ging ja schnell. Ist es so einfach?«, fragte Fletcher und beobachtete, wie Tarquin vor den staunenden Augen der anderen ein faustgroßes Wyrrlicht aufsteigen ließ.

»Nein. Arcturus hat es uns noch nicht einmal gezeigt. Aber nachdem die Eltern von denen da bereits ausgebildete Bändiger sind, haben sie wohl einen gewissen Vorsprung«, flüsterte Rori ebenso enttäuscht wie neidisch.

Arcturus stand in der Mitte der Halle und beobachtete gelassen das Treiben der Blaublütigen. Dann brachte er die Leuchtkugeln mit einem Fingerschnippen zum Verlöschen. Einen Moment lang standen sie alle im Dunkeln, bis Arcturus auf der Spitze seines Zeigefingers ein kleines Wyrrlicht erscheinen ließ. Dünne blaue Lichtfäden spannten sich von den anderen Fingern zu der Kugel. Als sie zu pulsieren begannen, wuchs das Wyrrlicht auf die Größe eines Kürbisses an, dann entließ er es in die Luft. Als wäre es an der Decke festgemacht, blieb es über seinem Kopf stehen und erfüllte den Saal mit einem warmen Leuchten.

»Ich habe lediglich gefragt, ob ihr die Technik bereits beherrscht. Niemand hat gesagt, dass ihr sie vorführen sollt. Wie ich sehe, haben eure Eltern sie euch bereits beigebracht, also könnt ihr jetzt gehen, wenn ihr das wünscht. In euren Zimmern findet ihr den Stundenplan. Lernt ihn auswendig. Ich dulde kein Zuspätkommen.« Beim letzten Wort warf Arcturus Fletcher einen vielsagenden Blick zu.

»Ich hab's ja gewusst, dass die erste Stunde ein Witz ist. Komm, Penelope, geben wir diesen Anfängern Gelegenheit, ihren Rückstand aufzuholen«, sagte Isadora kichernd zu einem Mädchen mit großen haselnussbraunen Augen.

Penelope zögerte kurz, warf schließlich Arcturus einen entschuldigenden Blick zu und eilte ihrer davonstolzierenden Freundin hinterher.

Tarquin schlenderte mit den beiden anderen Adligen hinterher. Der eine hatte aschblondes Haar und so dunkle Haut wie Seraph, der andere einen mausbraunen Schopf auf dem Kopf und ein engelhaftes Gesicht. Im Vorübergehen musterte Tarquin naserümpfend Fletchers ramponierte Uniform und die Striemen auf seinem Gesicht. Doch Fletcher war zu guter Stimmung, um sich davon ärgern zu lassen.

»Lasst sie nur gehen«, kommentierte Arcturus, sobald die Gruppe außer Hörweite war. »Sie mögen Wyrrlichter erzeugen können, aber sie wissen nicht, wie man sie steuert. In der nächsten Stunde werden sie es sein, die einen Rückstand aufzuholen haben.«

Dann wandte er sich den verbliebenen Schülern zu. »Die erste Stunde ist sehr wichtig, denn Wyrrlichter funktionieren nach demselben Prinzip wie Zaubersprüche. Ihr werdet merken, dass ihr alle über unterschiedliches Geschick beim Zaubern verfügt. Eure Dämonen sind die Quelle eures Mana. Von der Spezies, dem Alter und der Erfahrung eures Exemplars hängt ab, welche Manastufe sie haben und wie schnell sie ihr Mana regenerieren können.«

Mana. Seraph hatte das Wort am Vortag auch schon benutzt. Fletcher sagte sich, dass es sich dabei um eine Art Energie handeln musste, die man brauchte, um Zaubersprüche in Gang zu setzen. Arcturus kam unterdessen näher heran, das Wyrrlicht folgte ihm. Im blauen Schein der Leuchtkugel sah die Narbe auf seinem Gesicht gruseliger aus denn je.

»Verzeihung, aber wo sind Seraph und Atlas?«, erkundigte sich Fletcher und schob sich vor Rori und Genevieve, damit Arcturus ihn bemerkte.

»Herr«, knurrte Arcturus.

»Herr«, wiederholte Fletcher entnervt.

»Ich nehme an, sie holen ihre Dämonen. Nachdem ich dafür

gesorgt habe, dass du an der Akademie aufgenommen wirst, ohne dir einen meiner Dämonen zu geben, wie es üblich ist, hat der Vorsteher verfügt, dass ich zumindest einem der anderen beiden einen verschaffe. Ich habe den Dämon gestern gefangen und musste Sacharissa dabei großer Gefahr aussetzen. Ich hoffe, du bist es wert«, antwortete Arcturus streng.

»Heißt dies, dass es ein starker Dämon ist, Herr?«, hakte Rori nach, während sich Fletcher unter Arcturus' Blick wand.

»Noch nicht, aber er wird es eines Tages sein. Es ist eine sehr seltene Spezies, die ich mir nicht entgehen lassen konnte. Ich hatte noch nie zuvor einen von dieser Art gesehen. Dein Freund kann sich glücklich schätzen, dass er ihn bekommt. Aber nun genug der Fragen. Setzt euch auf den Boden und schließt die Augen.«

Sie gehorchten, und Fletcher hörte, wie Arcturus im Kreis um sie herumging. »Lasst euren Kopf leer werden, und hört nur auf meine Stimme.«

Fletcher versuchte, seinen Puls zu beruhigen, und konzentrierte sich auf Arcturus' Worte. Die Stimme des Hauptmanns war wohlklingend und umfing ihn wie eine warme Brise.

»Öffnet euren Geist für euren Dämon und spürt die Verbindung zu ihm. Aber seid vorsichtig, denn ihr werdet euch nun auf eine Art mit ihm verbinden, wie ihr es wahrscheinlich noch nie zuvor getan habt. Seid unbesorgt, wenn es euch anfangs schwerfällt. Je mehr ihr übt, desto leichter wird es.«

Fletcher befolgte die Anweisungen und tastete nach Ignatius' Bewusstsein. Als er es berührte, zuckte der Salamander zusammen, als empfinde er den Kontakt plötzlich als unangenehm. Ganz offensichtlich war dieses Mal etwas anders als sonst.

»Haltet sein Bewusstsein fest und spürt, wie das Mana des Dämons in euch pulsiert. Nehmt es und leitet es durch den Zeigefinger eurer bevorzugten Hand. Mehr braucht ihr im Augenblick nicht zu tun.«

Fletcher spürte wieder dieses Gefühl der Klarheit, jetzt sogar noch stärker als bei der Beschwörung auf dem Friedhof. Wie ein Wirbelsturm tobte es in seinem Innern, und er begann am ganzen Körper heftig zu zittern.

»Durch den Finger, Fletcher! Du nimmst zu viel, halt dich zurück!«, hörte er Arcturus rufen, doch seine Stimme klang, als käme sie aus weiter Ferne.

Fletcher atmete tief durch und leitete die Energie in seinen Zeigefinger, wie Arcturus gesagt hatte. Der Finger begann zu jucken, fühlte sich glühend heiß und eiskalt zugleich an, und dann sah Fletcher durch seine geschlossenen Lider ein fahles blaues Leuchten.

»Öffne jetzt die Augen«, sagte Arcturus und legte ihm eine Hand auf die Schulter.

Erst jetzt merkte Fletcher, wie schwer er atmete. Er versuchte, sich zu beruhigen, dann öffnete er zögernd die Augen – die Spitze seines Zeigefingers strahlte dabei so hell wie eine kleine Sonne. Als er seine Hand bewegte, hinterließ der Finger eine Leuchtspur in der Luft.

»Ich sagte *durch* deinen Finger, nicht in ihn hinein«, mahnte Arcturus, doch Fletcher hörte auch einen Anflug von Stolz in seiner Stimme.

»Bleibt mein Finger jetzt für immer so?«, fragte Fletcher und starrte die leuchtende Acht an, die er in die Luft gemalt hatte.

Die anderen hatten um einiges länger gebraucht als er, um das Mana ihres Dämons zu kanalisieren, und öffneten erst jetzt die Augen. Bevor er sich zu viel auf seine Leistung einbildete, rief sich Fletcher ins Gedächtnis, dass er seinen Dämon immerhin schon über eine Woche länger hatte als sie.

»Dir ist etwas gelungen, das wir erst in einigen Tagen lernen werden: die Kunst des Luftätzens. Seht genau hin«, fuhr Arcturus fort und hob die Hand. Mit dem Finger malte er ein gezacktes Dreieck in die Luft. Als er damit fertig war, ließ er Wyrrlichtfäden durch das Symbol strömen, das sich daraufhin zu einem ovalen, durchschimmernden Schild vor Fletcher aufspannte. Es war die gleiche Erscheinung, die ihm erst vor zwei Tagen in Corcillum das Leben gerettet hatte.

»Wenn wir unser Mana benutzen, ohne es durch ein Symbol zu kanalisieren, wird es zu einem Wyrrlicht. Wyrrlichter sind nichts anderes als ungeformtes Mana. Ätzen wir jedoch ein Symbol wie dieses in die Luft und lassen das Mana hindurchströmen, können wir es formen und für die Zwecke eines Schlachtmagiers nutzen. Einen Schild wie diesen hier entstehen zu lassen braucht viel Übung. Anfangs wird bei euren Versuchen lediglich ein unförmiger Klumpen herauskommen. Selbst ein kugelförmiges Wyrrlicht wird euch zunächst vor Probleme stellen.«

Als das Leuchten an Fletchers Fingerkuppe verloschen war und sie wieder ihre vorherige Farbe angenommen hatte, barg er seine Hand schützend an der Brust. Ignatius sprang von seiner Schulter und leckte mit der weichen Zunge über den Finger, bis das eigenartige Jucken nachließ, das Fletcher verspürt hatte.

»Und, was haben wir verpasst?«, hallte Seraphs fröhliche Stimme durch die Vorhalle.

Fletcher drehte sich um und sah ihn in Begleitung von Atlas und Hauptfrau Lovett aus der Beschwörungskammer treten. Beide waren in Begleitung ihrer Dämonen.

Seraph grinste wie verrückt, während sein vierbeiniger Dämon schwerfällig neben ihm hertrottete. Die Bewegungen und der Körperbau erinnerten Fletcher an einen etwas zu groß geratenen Otter, aber damit endete die Ähnlichkeit auch schon. Die Haut des Geschöpfs sah aus wie eine mit Mehltau bewachsene Baumrinde. Entlang des Rückens verlief ein Kamm aus kräftigen, nadelspitzen Stacheln. Die knapp drei Zentimeter langen Dornen ließen Fletcher an unangenehme Begegnungen mit Stechginstersträuchen zurückdenken, die mit Leichtigkeit jedes Kleidungsstück durchstießen, das nicht aus zähem, dickem Leder bestand.

»Was ist das für einer?«, fragte Rori keuchend, während der Dämon vorauslief und Arcturus' Stiefel beschnupperte, deren Geruch er sofort wiedererkannt hatte. Als das Wesen die kurze, breite Schnauze öffnete, sah Fletcher das Gebiss, das nicht aus einzelnen Zähnen bestand, sondern aus durchgehenden Kauleisten, an denen noch die Überreste von zerkauten Blättern hingen. Die Zunge, mit der sich das Geschöpf die Zähne sauber leckte, war kräftig und von brauner Farbe.

»Das ist ein Rindling«, antwortete Arcturus. »Sie sind wahre Meister der Tarnung, daher bekommt man sie auch nur selten zu Gesicht. Sie ausreichend zu ernähren ist eine anspruchsvolle Aufgabe, denn ein Rindling verzehrt mindestens ein Pfund Blätter pro Tag. Aber das werdet ihr alles noch in Major Godwins Dämonologiestunden erfahren.«

Arcturus betrachtete den Dämon mit gemischten Gefühlen, schließlich gab er sich aber einen Ruck und streichelte ihn am Kopf.

Seraph war unterdessen herangekommen und lächelte den Offizier dankbar an.

»Ich hätte ihn gern für mich behalten und dir einen anderen gefangen, Seraph«, begann Arcturus, »aber das hinterlistige Geschöpf hat Sacharissa mit einer vollen Salve Stacheln erwischt, die es aus seinem Rücken verschießt. Sie war zu mitgenommen, um noch ein zweites Mal im Äther auf Jagd zu gehen. Das arme Mädchen konnte den Rindling kaum festhalten, als sie ihn durch das Portal zerrte. Mir blieb fast nicht genug Zeit, ihn zu bändigen. Und um noch einen zu fangen, ist es jetzt ohnehin zu spät. Ich wünsche dir alles Gute damit.«

»Vielen, vielen Dank, Herr!«, rief Seraph. Er hob den Dämon auf seine Arme und schwankte beinahe unter dem Gewicht. »Ihr wisst gar nicht, was das für mich bedeutet. Ich werde ihn Splitter nennen.«

Atlas kam strahlend hinterher. Sein Dämon war so groß wie ein Hund und hatte dichtes, borstiges Fell. Die zwei mächtigen Schneidezähne, die aus seinem Oberkiefer ragten, hätten an einen Biber erinnert, wäre da nicht der rattenartige Schwanz gewesen, an dessen Ende eine morgensternähnliche Keule mit langen Stacheln wuchs. Unglaublich flink hüpfte das Wesen im Kreis um Atlas' Beine herum.

»Meiner ist ein Otter. Ich werde ihn Spitze nennen, wegen seines Schwanzes!«

»Spitze?«, wiederholte Arcturus. »Hast du dir das auch gut überlegt? Das ist ein eher … ungewöhnlicher Name für einen Dämon. Warum nimmst du nicht Dorn? Ich weiß von mindestens einem Dämon, der so hieß.«

»Ein hervorragender Name!«, erwiderte Atlas und nahm den Otter auf die Arme.

Hauptfrau Lovett war inzwischen wieder in die Beschwörungskammer zurückgekehrt. Kurz bevor sie die Tür schloss, hatte Fletcher einen Blick auf ein Geschöpf mit braunen Federn erhascht. Er fragte sich, was das wohl für ein Dämon war. Anscheinend standen den Bändigern Hominums mehr Spezies zur Verfügung, als er geglaubt hatte.

Arcturus wollte gerade mit dem Unterricht fortfahren, da hob Fletcher die Hand, denn eines musste er unbedingt noch wissen.

»Wo ist Sacharissa jetzt, Herr?«, fragte er. »Und wo waren die Dämonen der adligen Novizen? Haben sie oben in den Zimmern gewartet?«

»Weißt du, was Verschmelzung ist?«, fragte Arcturus zurück.

Fletcher schüttelte den Kopf.

»Verschmelzen bedeutet, dass ein Bändiger seinen Dämon in seinem Bewusstsein aufnimmt. Dort kann er sich erholen und von seinen Wunden genesen. Der Bändiger kann sich dann immer noch mit ihm verständigen und auch sein Mana benutzen, doch der Dämon selbst bleibt in seinem Innern verborgen. Wenn es in der Schlacht Orkspeere vom Himmel regnet, ist Verschmelzung die beste Methode, deinen Dämon zu schützen. Hauptfrau Lovett wird euch morgen im Beschwörungsunterricht zeigen, wie man das macht. Mein Spezialgebiet sind Zauberformeln, es steht mir nicht zu, euch in einem anderen Fach zu unterweisen. Ist das Antwort genug?«

»Ja, Herr. Danke.«

Während Arcturus mit dem Unterricht fortfuhr und das nächste Symbol in die Luft ätzte, streichelte Fletcher gedankenverloren Ignatius' Rücken. Er spürte die weiche Haut und das feste Fleisch darunter, ganz und gar Materie. Verschmelzung, überlegte er. Daran würde er erst glauben, wenn er es mit eigenen Augen gesehen hatte.

25

NACH DEM UNTERRICHT KEHRTE die Gruppe lachend und bester Stimmung zurück zu ihren Quartieren. Fletcher, Othello und Seraph hatten es als Einzige geschafft, Wyrrlichter zu erzeugen, wenn auch nur kleine. Die anderen hatten lediglich bläuliche Lichtfäden zustande gebracht, die sie nicht zu einer Kugel verdichten konnten. Trotzdem waren auch sie über ihre ersten Erfahrungen mit Zauberformeln ganz glücklich, außerdem gehörten Rori und Genevieve nicht zu der Sorte, die neidisch auf ihre Freunde war. Selbst Atlas grinste unentwegt, während er Dorns Kopf streichelte.

»Ich werde sofort in mein Zimmer gehen und üben, wie man diese Wyrrlichter steuert«, verkündete Seraph, als sie den Aufenthaltsraum erreichten. »Ich konnte meines zwar hin und her bewegen, aber nicht auf der Stelle schweben lassen, so wie Arcturus«, fügte er hinzu und war schon mit Splitter an seiner Seite verschwunden.

Sylva war nach wie vor nirgendwo zu sehen. Fletcher konnte sich nicht vorstellen, aus welchem Grund ihr erlaubt worden war, die erste Stunde zu schwänzen, außerdem brannte er darauf, sich bei ihr zu entschuldigen.

»Ich frage mich, ob wir nicht auch hätten warten sollen«, sagte Rori mürrisch und warf Malachi einen skeptischen Blick zu.

»Ich liebe Azura über alles, aber ich fürchte, wegen unserer Kerfe werden wir bald Probleme bekommen. Und wenn Dämonenfangen so schwierig ist, wie Arcturus gesagt hat, werden wir wohl keine neuen bekommen«, stimmte Genevieve murmelnd mit ein.

Fletcher hätte den beiden gerne Mut zugesprochen, aber er wusste nicht, wie. Ausgerechnet dem sonst so verschwiegenen Othello fiel jedoch etwas ein: »Mag sein, dass ihr noch nicht in der Lage seid, einen so starken Dämon wie einen Rindling zu fangen, aber einen Kerf vielleicht schon. Wenn man so nahe an der Front aufgewachsen ist wie ich, hört man so einiges über die Taktiken der Schlachtmagier. Manche haben nur einen einzigen sehr starken Dämon, der schwer zu kontrollieren ist. Andere, wie die Schamanen der Orks, arbeiten lieber mit mehreren, schwächeren. Stellt euch vor, ihr hetzt einem Feind einen ganzen Schwarm Kerfe auf den Hals! Oder ihr schickt sie in den Äther, um dort einen von den stärkeren Dämonen zu fangen«, sagte er und kratzte sich nachdenklich das Kinn.

»He, du hast recht!«, rief Rori mit einem breiten Grinsen. »Tausend kleine Malachis, das wär was!«

Seraph kam mit einem Stück Papier in der einen und einem kleinen Stoffbeutel in der anderen Hand aus seinem Zimmer zurück. »Seht euch das an«, sagte er und hielt ihnen den Zettel vor die Nase, der sich als ihr Stundenplan herausstellte. »Wir haben nur dreimal in der Woche den ganzen Tag Unterricht, das Kampftraining am vierten Tag ist freiwillig. Die restliche Zeit steht zum freien Lernen zur Verfügung. Da können wir tun, was wir wollen!«

Freudig schlug Rori mit der Faust auf den Tisch, woraufhin Malachi und Azura mit einem ungehaltenen Brausen aufflogen. »Verzeihung«, sagte er, streckte den Arm aus und küsste seinen verärgerten Kerf auf den Rückenpanzer, nachdem er wieder auf seiner Hand gelandet war.

»Wartet, das war noch nicht alles. Sie haben uns den anteiligen Sold für den ersten Monat im Voraus bezahlt. Wer braucht schon die Universitäten, wenn man einfach dem Heer beitreten und sich dort fürs Studieren auch noch bezahlen lassen kann?«, sprach Seraph weiter und hielt den klimpernden Stoffbeutel hoch. »Hört ihr das? Sechzig Schilling sind da drin!«

»Klingt, als sollten wir einen Ausflug nach Corcillum machen«, warf Genevieve erfreut ein. »Das ist mehr Geld, als meine Mutter in einem Monat verdient hat, und dabei hat sie den ganzen Tag geschuftet. Lasst uns gleich nach dem Mittagessen aufbrechen!«

»Ein Besuch bei einem Schneider wäre gar nicht schlecht«, überlegte Fletcher laut und befingerte sein zerschlissenes Hemd.

»Meine Sippe macht sich bestimmt Sorgen um mich. Es wäre eine gute Gelegenheit, Bescheid zu geben, dass ich auf der Akademie tatsächlich … Freunde gefunden habe«, stimmte Othello zögernd mit ein.

»Abgemacht. Wer hat eigentlich noch vor Kurzem behauptet, wir könnten uns Corcillum nicht leisten? Der Ausflug wird uns eine Stange Geld kosten, aber den Spaß ist es wert!«, jubelte Seraph und eilte noch einmal in sein Zimmer.

Schritte ertönten auf dem Flur, begleitet von den Geräuschen einer Unterhaltung.

»Wer kann das sein?«, fragte Fletcher in die Runde. Er musste nicht lange auf die Antwort warten.

»Seht ihr: Sie haben mich in dasselbe Stockwerk gepfercht wie die Bürgerlichen, dabei ist mein Blut genauso erhaben wie eures. Es ist eine Schande! Ich bin sicher, wenn ihr mit dem Vorsteher sprecht, wird er mich in euren Flügel umziehen lassen.« Es war Sylva, die sich da lauthals beschwerte. Sie hatte Isadora und das Mädchen mit den haselnussbraunen Augen im Schlepptau.

»Igitt, dieser Vorraum ist ja kleiner als mein Waschzimmer«, schimpfte Isadora mit gerümpfter Nase, als verbreiteten Fletcher und seine Freunde einen üblen Geruch.

»Du sagst es, aber warte erst, bis du mein Zimmer siehst. Komm mit, ich zeig es dir«, wetterte Sylva und machte Anstalten, Isadora weiter in den Mädchenflügel zu scheuchen.

Isadora rührte sich nicht von der Stelle und ließ den Blick über Fletcher und seine Freunde schweifen, bis er auf Othello zu ruhen kam. »Warte«, sagte sie, stampfte mit ihrem zarten Füßchen auf und pirschte dann im Kreis um sie herum wie eine Berglöwin auf der Jagd. »Es ist an der Zeit, dass ihnen jemand erklärt, wie die Dinge im nächsten Jahr laufen werden.«

Ihre Selbstverliebtheit ging Fletcher allmählich auf die Nerven.

»Hört zu: Ihr niedrig Geborenen werdet euch zurückhalten und uns Adeligen keine Scherereien machen. Beim Turnier werdet ihr alle in der ersten Runde ausscheiden und uns unseren angestammten Platz nicht streitig machen. Immerhin sind wir es, die mit unseren Steuern das Heer und diese Akademie finanzieren, obwohl wir eigene Adelsbataillone haben. Es ist nur recht und billig, wenn wir die Soldaten in die Schlacht führen, immerhin bezahlen wir deren Sold. Eure niedere Herkunft gibt euch weder das Recht noch die Befähigung zu einem Kommando. Also steht uns nicht im Weg, dann geben wir euch vielleicht sogar den Posten eines stellvertretenden Leutnants in einem unserer Bataillone. Wäre das nicht was?« Isadora lächelte zuckersüß, als hätte sie ihnen gerade ein verlockendes Angebot gemacht.

Fletcher sprach als Erster. »Klingt, als hättet ihr Angst vor einem fairen Wettstreit«, sagte er und dehnte sich betont lässig.

Die anderen schwiegen und warteten Isadoras Reaktion ab.

Die Adlige zog einen Schmollmund wie ein Kind und beugte sich an Fletchers Ohr. Keine Spur mehr von dem Drachen, den sie eben noch gegeben hatte. »Nur weil dein Dämon selten ist, ist er noch lange nicht stark. Vergiss das nicht, Fletcher«, zischte sie.

Gerade als sie sich wieder aufrichtete, kam Seraph aus seinem Zimmer. Beim Anblick der beiden Mädchen trat ein freudiges Strahlen auf sein Gesicht. »Wie hübsch. Warum sagt mir niemand, dass wir Gäste haben? Willkommen unter unserem Dach! Wir wurden uns noch nicht vorgestellt, mein Name ist Seraph.«

Isadora warf ihm einen angewiderten Blick zu, machte auf dem Absatz kehrt und ging zurück zum Treppenhaus, ohne sich weiter um Sylva zu kümmern, die schon auf halbem Weg zu ihrem Zimmer war. Die Elfe funkelte Fletcher an, als wäre alles seine Schuld, dann eilte sie hinterher.

Die Brünette kaute unterdessen unentschlossen auf ihrer Unterlippe, als könnte sie sich von Seraphs Anblick gar nicht losreißen. »Bitte, entschuldigt diesen Auftritt«, sagte sie so leise, dass es kaum zu hören war.

»Komm schon, Penelope!«, rief Isadora von der Treppe aus.

Penelope wurde rot, dann drehte sie sich weg und folgte ihren beiden Freundinnen.

»Schön, deine Bekanntschaft zu machen!«, rief Rori ihr hinterher.

»Was zum Teufel war das denn?«, fragte Seraph verdattert und ließ sich in einen Stuhl fallen.

»Ein Test. Isadora wollte sehen, ob sie uns den Schneid abkaufen kann«, antwortete Othello knurrend. »Aber da hat sie sich getäuscht.«

»Und warum hängt sich Sylva auch noch an ihren Rockzipfel?«, fragte Genevieve aufgebracht.

»Als Tochter eines Häuptlings glaubt sie wahrscheinlich, sie gehört ebenfalls zur Oberschicht«, erwiderte Fletcher, der nun doch nicht mehr die Absicht hatte, sich bei ihr zu entschuldigen. Er war sicher, dass das überhebliche Gehabe eigentlich von Isadora und Tarquin ausging. Dass Sylva das Spiel aber mitmachte, rückte sie in seinen Augen in kein besonders gutes Licht. »Kommt, holt eure Sachen. Lassen wir das Mittagessen sausen und fahren nach Corcillum«, fügte er hinzu.

»Gute Idee. Mir ist der Appetit ohnehin vergangen«, kommentierte Othello mit einem enttäuschten Kopfschütteln.

26

EINE KUTSCHE NACH CORCILLUM hätte erpresserische sechs Schillinge pro Kopf gekostet, aber Othello kannte ein nahe gelegenes Dorf, in dem die Preise niedriger waren. Nach einem halbstündigen Spaziergang war die Gruppe in einem Pritschenwagen für einen Schilling pro Person auf dem Weg. Für einen weiteren Schilling hatten sie einen Korb saftig-süßer Äpfel gekauft, die sie sich nun schmecken ließen. Selbst der Regen, der bald einsetzte, konnte ihre Stimmung nicht trüben, während sie lachend versuchten, die Tropfen mit dem Mund aufzufangen. Atlas' Otter schien sich sogar richtig wohlzufühlen und rollte vergnügt auf den nassen Brettern der Ladefläche umher.

Sie ließen sich auf der Hauptstraße Corcillums absetzen, auf der es trotz des Wolkenbruchs von Kaufleuten und Kunden nur so wimmelte. Unter einem kleinen Vordach zusammengedrängt, planten sie ihren Ausflug, während die Passanten ihre Dämonen und Uniformen anstarrten. Einige winkten ihnen mit einem Lächeln auf den Lippen zu, andere gingen mit angsterfüllten Gesichtern schnell weiter.

»Ich möchte in die Parfümerie«, erklärte Genevieve, als zwei Mädchen mit rosafarbenen Schirmen an ihnen vorbeieilten.

Sie verströmten einen fremdartigen Duft, der Fletcher an die Berge erinnerte. Erschrocken stellte er fest, wie wenig er während der letzten Tage an Berdon gedacht hatte. Er sollte ihn unbedingt wissen lassen, dass es ihm gut ging.

»Ich muss ein paar Erledigungen machen, Briefe aufgeben und so was. Weißt du jemanden, der eine Scheide für mein Schwert machen kann, Othello?«, fragte Fletcher.

»Sicher, wenn es dir nichts ausmacht, mich in unser Viertel zu begleiten«, antwortete der Zwerg und zupfte sich aufgeregt am Bart.

»Natürlich nicht. Ich bin noch nie im Zwergenviertel gewesen. Gibt es da auch Schneider?«

»Die besten in ganz Hominum«, antwortete Othello im Brustton der Überzeugung.

»Aber jemand muss mich in die Parfümerie begleiten! Ich kann ja schlecht allein hingehen«, bettelte Genevieve, während weitere junge Edeldamen an ihnen vorbeidefilierten.

Seraph bekam große Augen, als er sie sah, und meldete sich sogleich freiwillig. »Ich komm mit. Vielleicht finde ich dort ein Duftwasser, mit dem ich Isadoras versteinertes Herz erweichen kann«, sagte er mit einem Zwinkern.

»Was ist mit dir, Rori? Kommst du mit uns oder mit ihnen?«, erkundigte sich Fletcher.

»Ich glaube, ich bleibe bei Genevieve. Meine Mutter sammelt immer Bergblumen und verkauft sie an die Parfümhändler. Ich möchte wissen, was sie damit anstellen«, antwortete er, den Blick auf die hübschen Passantinnen gerichtet.

Fletcher bezweifelte zwar, dass es Rori wirklich um das Geheimnis der Parfümherstellung ging, aber das nahm er ihm nicht übel. Erst vor zwei Tagen war er selbst der Schönheit der Mädchen von Corcillum mit ihren bemalten Gesichtern erlegen. Unterdessen hatte sich Atlas schon ins Getümmel auf der Hauptstraße gestürzt, aber Fletcher vermutete, dass er wegen seiner offensichtlichen Vorurteile gegen Othello ohnehin nicht ins Zwergenviertel wollte.

»Treffen wir uns in zwei Stunden wieder hier. Es gibt genug Kutschen, die von Corcillum zur Front fahren. Sollte sich jemand verspäten, brauchen die anderen nicht zu warten und können einfach vorausfahren«, sagte Othello noch, dann trennten sie sich.

Unterdessen wurde der Regen immer stärker, sodass sie ganz am Rand der Straße von Markise zu Markise eilten. Ignatius kuschelte sich schnurrend in Fletchers warme und trockene Kapuze, wohingegen Solomon, der dem strammen Tempo mit seinen kurzen Beinchen nicht gewachsen war, tropfnass und unglücklich hinter ihnen hertrottete.

»Wohin musst du außer zum Schneider und zu einem Schmied sonst noch?«, erkundigte sich Othello. Mit dem Blick über die Schulter versicherte er sich, dass sie Solomon noch nicht abgehängt hatten, dann zog er sich ebenfalls die Kapuze über den Kopf. »Hattest du nicht einen Brief erwähnt?«

Während der Zwerg von einer Gasse in die nächste und dann in die übernächste abbog, wurde Fletcher bewusst, dass er den besten Fremdenführer erwischt hatte, den er sich nur vorstellen konnte. »Ja«, sagte er, »ich muss einen Brief an die Elfenfront schicken.«

Fletcher hatte sich überlegt, den Brief nicht direkt an Berdon zu schicken, damit Caspar ihn nicht abfangen konnte. Stattdessen würde er ihn an Rotter adressieren, damit er den Brief heimlich überbrachte.

»Wenn das so ist, schickst du ihn am besten von der Akademie aus. Die Heereskuriere gehen dort ständig ein und aus. Und was den Schmied betrifft, er ist der Beste, den es gibt, das kannst du mir glauben. Er hat das hier für mich gemacht.«

Othello blieb stehen, öffnete seinen Lederbeutel und zog eine Doppelaxt heraus. Der Stiel bestand aus schwarzem, feuergehärtetem Holz, das Griffstück war exakt an Othellos Hand angepasst. Die beiden Schneiden waren dünn, aber verflucht scharf.

»Das ist die traditionelle Streitaxt der Zwerge. Jeder von uns bekommt eine solche zu seinem fünfzehnten Geburtstag. Als unsere Unterdrückung vor zweitausend Jahren begann, haben unsere heiligen Vorfahren verfügt, jeder erwachsene Zwergenmann müsse seine Streitaxt stets bei sich haben. Selbst unsere Frauen tragen einen mit Dornen besetzten Armreif am Handgelenk, den sogenannten Mara. Diese Waffen sind fester Bestandteil unserer Tradition und der religiösen Kultur. Und jetzt, da du die Axt mit eigenen Augen gesehen hast, weißt du auch, warum ich so viel von diesem Schmied halte.«

Fletcher stand der Mund vor Staunen offen. »Darf ich sie einmal halten?«, fragte er aufgeregt. Er konnte es gar nicht erwarten, das vollkommen geformte Griffstück in den eigenen Händen zu spüren. Vielleicht würde er den Griff seines Chepeschs genauso bearbeiten lassen.

Da ertönte plötzlich ein schriller Pfiff, gefolgt vom Getrampel schwerer Stiefel. Zwei Pinkertons kamen mit erhobenen Knüppeln in vollem Lauf auf sie zu. Ihre Pistolen hatten sie direkt auf Othellos Kopf gerichtet.

»Lass das fallen! Sofort!«, brüllten sie, da packte auch schon einer der beiden Othello am Hals und hob ihn in die Luft. Der Pinkerton war ein Riese von einem Mann, ein zottiger Bart bedeckte sein pockennarbiges Gesicht.

Othellos Streitaxt fiel klappernd zu Boden, während er versuchte, im Würgegriff der dicken Finger des Kerls irgendwie Luft zu bekommen.

»Euch Zwergen wurde verboten, in der Öffentlichkeit Waffen zu tragen! Warum bekommt ihr das nicht in eure sturen Schädel? Nur Menschen dürfen das!«, bellte der andere Pinkerton mit heller Stimme. Der Kerl war groß und dürr, hatte schmieriges blondes Haar und trug ein Menjou-Bärtchen.

»Lass ihn los!«, rief Fletcher und trat auf den Pinkerton zu. Ignatius sprang von seiner Schulter und blies als Warnung ein Rauchwölkchen in die Luft.

»Tu, was er sagt, Törner«, befahl der Dürre, als er den Rauch aus Ignatius' Nüstern sah.

»In Ordnung, Feldwebel Mörki. In der Zelle haben wir sowieso mehr Spaß mit ihm«, grunzte der bullige Pinkerton. Er ließ Othello aufs Pflaster fallen, wo er keuchend liegen blieb, und dann trat er ihn in die Seite.

Othello brüllte vor Schmerz, da hörte Fletcher einen Schrei in seinem Rücken, der klang wie eine heranrollende Steinlawine.

»Nein!«, hustete Othello und hob die Hand, um seinem Golem Einhalt zu gebieten, der gerade herangestürmt kam, um sich auf Törner zu stürzen. »Mir fehlt nichts, Solomon.« Othello stand mit einiger Mühe auf und lehnte sich röchelnd gegen die Wand.

»Ist alles in Ordnung?«, fragte Fletcher, während sich der kleine Golem mit einem besorgten Brummen vor seinen Herrn stellte.

»Ja. Sie haben schon Schlimmeres mit mir gemacht«, krächzte Othello und tätschelte Solomons Kopf.

Fletcher fuhr herum und funkelte die Pinkertons an. Seine Hand tastete wie von selbst nach dem Griff seines Chepeschs.

Feldwebel Mörki baute sich vor ihm auf und tippte Fletcher auf die Brust. »Und was dich betrifft, schau gefälligst nicht so blöd«, knurrte er und hob mit seiner Keule Fletchers Kinn an. »Warum setzt du dich für diesen Zwerg ein? Du solltest deine Freunde mit ein bisschen mehr Verstand auswählen!«

»Und ihr solltet besser aufpassen, wen ihr auf offener Straße angreift! Dieser Zwerg ist Offizier des königlichen Heers, und ihr wollt ihn einsperren, weil er eine Waffe trägt? Glaubt ihr vielleicht, er kämpft mit bloßen Händen gegen die Orks?«, brauste Fletcher weit selbstsicherer auf, als ihm zumute war.

Törner wippte ungeduldig mit seiner Keule.

»Wer bist du überhaupt, dass du glaubst, du könntest mir sagen, was ich zu tun und zu lassen habe?«, fragte Mörki und richtete seine Pistole auf Fletchers Kopf.

Gegen eine Pistolenkugel konnte Ignatius nichts ausrichten. Fletcher überlegte, ob es ihm gelingen könnte, einen Schild aufzuspannen, wie Arcturus das getan hatte, bezweifelte es aber. Lieber verprügelt werden als erschossen, sagte er sich mit einem leisen Fluchen. Dies war jetzt schon das zweite Mal, dass ihm jemand in Corcillum eine Pistole unter die Nase hielt.

»Was sagst du? Ich glaube, er hat Euch gerade beleidigt, Feldwebel Mörki«, knurrte Törner und zielte nun ebenfalls auf Fletcher.

»Ich hab gar nichts gesagt, ich … ich habe nur mein Schicksal verflucht!«, stotterte Fletcher. Die beiden Pistolenläufe starrten ihn an wie die Augen einer Schlange, die kurz davor war zuzubeißen.

»Ihr habt keine Ahnung, mit wem ihr euch da anlegt«, brummte Othello und richtete sich stöhnend auf. »Ihr wärt besser beraten, die Pistolen wegzustecken und euch aus dem Staub zu machen.«

»Lass das, Othello!«, zischte Fletcher. Der Zwerg musste den Verstand verloren haben. Othello hatte gut reden, er starrte ja auch nicht gerade in zwei Pistolenläufe!

»Wartet, bis sein Vater von dem Vorfall erfährt. Herzog Forsys wird nicht erfreut sein, wenn er hört, dass zwei dahergelaufene Pinkertons seinen Sohn Tarquin bedroht haben«, sprach Othello weiter und knöpfte seine Jacke auf, damit die beiden seine Uniform sahen.

Fletcher brach der kalte Schweiß aus, dass der Schwindel jeden Moment auffliegen könnte, aber er versuchte, sich nichts anmerken zu lassen. Es war ohnehin zu spät. Als er sah, wie Mörki verunsichert blinzelte, ergriff er die Gelegenheit: »Habt ihr etwa noch nichts von den Zwergenbataillonen gehört, die gerade auf den Einsatz an der Elfenfront vorbereitet werden? Die Forsys lassen die Offiziere eigens hier an der Akademie ausbilden«, erklärte er bestimmt und drückte den Lauf von Törners Pistole nach unten. »Was fällt euch ein, einen von diesen Offizieren anzugreifen, nur weil er eine Waffe trägt, die mein Vater Zacharias ihm persönlich gegeben hat? Wie heißt ihr? Mörki? Törner?«

Mörkis Hand zitterte unmerklich, da ließ auch er seine Pistole sinken. »Du sprichst nicht wie ein Adliger«, murrte er und musterte Fletchers ramponierte Uniform. »Und gekleidet bist du auch nicht wie einer.«

»Deine Uniform würde genauso aussehen wie meine, wenn du an der Front kämpfen müsstest. Und was meine Sprache betrifft: Wärst du unter Soldaten groß geworden, so wie ich, würde man es dir genauso anhören. Wir können nicht alle so wohlbehütet aufwachsen wie ihr.« Fletcher kam gerade richtig in Fahrt, da stieß Othello ihn mit dem Ellbogen an. Also beschloss er, es nicht zu weit zu treiben.

»Wenn ihr mich jetzt entschuldigen würdet. Ich habe noch anderes zu tun. Komm, Ignatius!«, sagte Fletcher und machte sich auf den Weg weiter die Straße entlang, ohne sich noch einmal umzudrehen. Da hörte er das Klicken, mit dem die Pinkertons ihre Pistolen spannten.

»Geh einfach weiter«, flüsterte Othello hinter ihm. »Sie stellen uns nur auf die Probe.«

Fletcher gehorchte und stellte sich vor, wie jeden Moment eine Pistolenkugel seinen Rücken durchschlug. Sie waren kaum um die nächste Ecke gebogen, da rannten sie auch schon los. Selbst Solomon beeilte sich, nicht zurückzufallen.

»Du bist ein Genie!«, keuchte Fletcher, als sie sich weit genug von den Pinkertons entfernt hatten.

»Bedank dich lieber noch nicht bei mir. Das nächste Mal, wenn sie dich sehen, schlagen sie dich zu Brei. Mich werden sie nicht wiedererkennen, weil für sie alle Zwerge gleich aussehen. Die beiden haben mich schon zweimal verhaftet und wissen immer noch nicht, wer ich bin«, lächelte Othello und hielt sich die schmerzende Seite. »Ich glaube, Törner hat mir eine Rippe gebrochen.«

»Diese sadistischen Schweine! Wir müssen zu einem Arzt. Mach dir um mich keine Sorgen, ich hatte meine Kapuze auf, und außerdem war der Himmel bedeckt. Solange sie Ignatius und Solomon nicht sehen, wenn wir ihnen das nächste Mal begegnen, dürfte nichts passieren. Wir müssen so schnell wie möglich lernen, wie diese Verschmelzung funktioniert. Und dann auch diesen Schildzauber«, erwiderte Fletcher.

»Das ist wohl wahr. Gehen wir. Meine Mutter kann mich verbinden, und bis zum Zwergenviertel ist es nicht mehr weit«, brummte Othello. Solomon stöhnte, als sie weitergingen. So viel Bewegung war er offensichtlich nicht gewohnt.

»Ich werde dir wohl ein bisschen Kondition antrainieren müssen«, kommentierte Othello und streichelte dem Golem über den zerklüfteten Kopf.

Je weiter sie kamen, desto enger und schmutziger wurden die Gassen. Die Zwerge schienen in den heruntergekommensten Teil Corcillums verbannt worden zu sein, und die Straßenfeger machten sich offensichtlich gar nicht erst die Mühe herzukommen.

»Warum haben sie dich schon zweimal verhaftet?«, erkundigte sich Fletcher und stieg über einen Obdachlosen hinweg, der mitten auf der Gasse schlief.

»Mein Vater hat sich geweigert, das Schutzgeld zu bezahlen, das ihm die Pinkertons abknöpfen wollten. Sie belästigen jeden Zwergenbetrieb damit, aber diese beiden sind die schlimmsten. Also haben sie mich so oft eingesperrt, bis mein Vater schließlich doch bezahlt hat.«

»Das ist doch verrückt! Wie kann man ihnen das durchgehen lassen?«, rief Fletcher und biss sich sofort auf die Zunge, als Othello nicht antwortete. Was für eine dumme Frage.

»Was ist dein Vater eigentlich von Beruf? Schmied – wie mein Vater?«, fragte er schließlich, um das betretene Schweigen zu durchbrechen.

»Er ist einer von den Handwerksmeistern, die die Muskete erfunden haben«, antwortete Othello stolz. »Seither lassen die Pinkertons unsere Schmiede in Ruhe, aber leider gilt das nicht für alle Zwergenbetriebe. Die Muskete war auch nur ein erster Schritt auf dem langen Weg zu unserer Gleichberechtigung. Die Zulassung zum Militärdienst war der zweite, und ich werde zu Ende bringen, was mein Vater begonnen hat.«

»Du bist der erste Zwergenoffizier in Hominums Heer, auch wenn du noch in der Ausbildung bist. Darauf kannst du stolz sein«, merkte Fletcher an.

Er meinte seine Worte ernst: Je mehr er über Othellos Volk lernte, desto größer wurde sein Respekt vor den Zwergen. Von ihrem unbeugsamen Willen, gegen die Unterdrückung anzukämpfen, konnte er sich ein Scheibchen abschneiden.

Da blieb Othello plötzlich stehen und deutete voraus.

»Willkommen im Zwergenviertel.«

27

DIE REIHE HOHER GEBÄUDE zu beiden Seiten endete, dahinter kamen große weiße Zelte zum Vorschein, die mit kaleidoskopartigen Mustern in Rot und Blau bestickt waren. Das Kopfsteinpflaster machte saftigem grünem Gras Platz, und jedes der Zelte war von einem sorgsam gepflegten Garten umgeben. Die strahlend bunten Blumen verströmten einen süßlichen Duft, der Fletcher an die Sommer erinnerte, die er in den Bergen verbracht hatte. Ungestört von den schäbigen Häusern ringsum, fiel ein warmer Wintersonnenstrahl auf sein Gesicht.

»Es ist wunderschön hier«, sagte er, erstaunt über die plötzliche Veränderung. Nach dem, wie die Häuser auf dem Weg hierher ausgesehen hatten, hatte er sich das Zwergenviertel als ein trauriges Elendsviertel vorgestellt.

Othello lächelte geschmeichelt, humpelte weiter und winkte im Vorübergehen den anderen Zwergen zu, die in ihren Gärten saßen und sich unterhielten. »Das hier ist unseres«, sagte er und deutete auf das Zelt vor ihnen. »Meine ganze Sippe wohnt hier.«

»Wie viele seid ihr denn?«, fragte Fletcher und versuchte, die bohrenden Blicke der anderen Zwerge zu ignorieren.

»In den anderen Zelten wohnen sie ungefähr zu dreißigst, aber in unserem befindet sich auch noch die Werkstatt meines Vaters, sodass wir nur Raum für zwanzig haben. Er braucht den Platz zum Arbeiten.«

Fletcher konnte sich nicht vorstellen, wie man in einer solchen Behausung zwanzig Bewohner und eine Werkstatt unterbringen sollte. Die Zelte waren so groß wie eine geräumige Scheune, und dennoch schien es ihm unmöglich, es sei denn sie schliefen in Stockbetten.

»Nimm deine Kapuze ab und zieh deine Stiefel aus, bevor wir reingehen. In unserer Kultur macht man das so«, fügte Othello hinzu.

Fletcher musste Othello beim Ausziehen der Stiefel helfen. Vor Schmerzen war der arme Zwerg schon ganz blass im Gesicht und konnte sich kaum bücken. Als er gerade vor Othello kniete und sich mit den dicken Knoten an dessen Stiefeln abmühte, kam eine klein gewachsene Gestalt in wehenden Gewändern schreiend auf sie zugelaufen. Ein rosafarbener Schleier, zusammengehalten von einer fein gearbeiteten Silberkette, verdeckte ihr Gesicht.

»Othello, was ist passiert?!«, klagte die Verschleierte mit heller Stimme.

»Alles in Ordnung, Thaissa. Ich muss nur irgendwie meine Stiefel ausziehen. Besser, die anderen sehen meine Verletzung erst gar nicht. Am Ende glauben sie noch, ich würde an der Akademie schlecht behandelt werden, aber das ist nicht der Fall.«

Thaissa hielt die Zeltklappe auf und führte sie nach drinnen. Das Zelt war bei Weitem nicht so vollgepackt, wie Fletcher erwartet hatte. Der Boden war mit gemusterten Teppichen und Sitzkissen ausgelegt. In der Mitte erhob sich ein dickes, kaminartiges Metallrohr, das bis zur Decke reichte. Als Fletcher die Wendeltreppe sah, die um das Rohr herum nach unten verlief, verstand er endlich: Die Zwerge lebten unter der Erde!

Thaissa, bei der es sich nur um Othellos Schwester handeln mochte, sprang aufgeregt herum und türmte einen Stapel Kissen für ihn auf.

»Du hast ein sehr schönes Zuhause«, merkte Fletcher gerade an, als eine weitere Zwergin die Treppe heraufkam. Er sah gerade noch die roten Wangen und die leuchtend grünen Augen, da zog sie sich schon mit einem Kreischen den Schleier vors Gesicht.

»Othello! Wie kannst du einen Gast mitbringen, ohne vorher Bescheid zu sagen?«, quiekte sie. »Er hat mein Gesicht gesehen!«

»Aber das macht doch nichts, Mutter. Er ist ein Mensch, für sie gilt das Gesetz nicht. Außerdem ist er mein Freund, und ich möchte, dass du ihn auch so behandelst.« Othello ließ sich auf die Kissen fallen und hielt sich die Seite.

»Du bist ja verletzt!«, keuchte seine Mutter und lief sogleich zu ihm.

»Könntest du mich bitte verbinden? Wachtmeister Törner und Feldwebel Mörki habe ich das zu verdanken, wieder mal. Ich glaube, sie haben mir eine Rippe gebrochen.«

Er sprach abgehackt, als könne er vor Schmerz kaum atmen, dann zog er seine Jacke und das Oberteil der Uniform aus. Auf seiner breiten Brust und den mächtigen Schultern wuchs lockiges rotes Haar, das sich bis über die Hälfte seines Rückens erstreckte. Nur die vielen Narben auf Othellos Schultern waren kahl – ein Andenken an die Grausamkeit der Pinkertons. Fletcher erschauerte.

Othellos Mutter eilte zurück nach unten, während ihm Thaissa mit dem Ärmel die Stirn abtupfte. Kurz darauf kam sie mit einem Leinenverband zurück und bandagierte damit Othellos Brustkorb. Fletcher sah den dunklen Bluterguss über den Rippen, und obwohl Othello bei jeder neuen Lage Verband zusammenzuckte, kam kein Laut über seine Lippen.

»Ich hab schon gehört, dass du in der Stadt bist, Othello«, ertönte eine Stimme in Fletchers Rücken. »Warum bist du schon wieder zurück?«

»Warte, bis Mutter fertig ist, dann erklär ich's dir, Atilla«, erwiderte er. »Die Pinkertons haben mal wieder Ärger gemacht. Zum Glück war Fletcher dabei und hat mich gerettet.«

Ein weiterer Zwerg, der Othello wie aus dem Gesicht geschnitten war, stand im Zelteingang. Er warf Fletcher einen hasserfüllten Blick zu, dann half er Othello beim Aufstehen. »Die Menschen werden uns nie anerkennen. Wir sollten diese verfluchte Stadt verlassen und unsere eigenen Siedlungen gründen, weit entfernt von hier. Sieh dir nur an, was dir die Freundschaft mit diesem Schuft eingebracht hat«, schimpfte Attila. »Verschwinde von hier, Mensch, bevor ich dir auch ein paar Rippen breche.«

Als hätte Ignatius jedes Wort verstanden, sprang er fauchend aus Fletchers Kapuze und ließ Rauch aus seinen Nüstern aufsteigen.

»Halt den Mund! Ich hab genug von deinen Tiraden gegen die Menschen«, bellte Othello. »Ich dulde nicht, dass du einen meiner Freunde unter unserem Dach beleidigst. Du bist es, der verschwinden sollte!« Sein Wutausbruch löste prompt einen Hustenanfall aus, der ihn so sehr durchschüttelte, dass er sich auf Fletcher stützen musste.

Atilla funkelte Fletcher noch einmal an, dann stürmte er schimpfend nach draußen.

»Du musst meinem Zwillingsbruder verzeihen. Er hat den Test ebenfalls bestanden, aber er hasst dein Volk so sehr, dass er niemals für euch kämpfen würde, nicht einmal als Schlachtmagier. Wir beide wollen endlich Freiheit für unser Volk, aber das war's dann auch schon mit unseren Gemeinsamkeiten«, klagte Othello. »Ich mache mir Sorgen, dass er sich bald ernsthafte Schwierigkeiten einhandeln wird. Wie oft ich mich statt seiner den Pinkertons gestellt habe, weil sie mal wieder eine Belohnung für seine Ergreifung ausgesetzt hatten, kann ich schon gar nicht mehr zählen. Nicht auszudenken, was er getan hätte, wenn sie versucht hätten, *ihn* zu ergreifen. Er hätte sich bestimmt gewehrt, und dann hätten sie ihn getötet. Was blieb mir also anderes übrig?«

»Ist nicht so schlimm. Ich kann ihm seine Reaktion kaum verübeln – nach dem, was vorhin auf der Straße passiert ist. Ich hoffe nur, ich bekomme irgendwann Gelegenheit, seine Meinung von uns zurechtzurücken. Wir sind nicht alle so schlimm wie die Pinkertons.«

»Ganz recht, du bist sogar ziemlich in Ordnung«, bestätigte Othello mit einem Grinsen. »Attila arbeitet die meiste Zeit in Vaters Werkstatt, damit er sich draußen keinen Ärger einhandelt. Gehen wir zu ihm und sehen, ob er eine Scheide für dein Schwert machen kann. Er ist der beste Schmied in ganz Hominum.«

»Der Erfinder der Musketen und Pistolen? Das bezweifle ich nicht«, erwiderte Fletcher, da fielen ihm gerade noch rechtzeitig seine guten Manieren wieder ein. »Es ist mir eine Ehre, euer Zuhause besuchen zu dürfen«, fügte er, an die beiden Zwerginnen gewandt, hinzu.

Wegen des Schleiers konnte er die Reaktion von Othellos Mutter schwer einschätzen, doch nach kurzem Zögern nickte sie. »Ich vertraue auf das Urteilsvermögen meines Sohnes und bin froh, dass er einen Freund an der Akademie gefunden hat. Wir hatten schon befürchtet, dass er dort sehr unglücklich sein würde. Mein Name ist Briss – es freut mich, deine Bekanntschaft zu machen.«

»Er hat viele Freunde dort, nicht nur mich«, sagte Fletcher und legte

Othello eine Hand auf die Schulter. »Es ist mir eine Ehre, dich kennenzulernen, Briss. Und dich auch, Thaissa.«

»Wir müssen dir seltsam vorkommen mit unseren Schleiern«, erwiderte Thaissa schüchtern. »Wir machen nicht oft die Bekanntschaft von Menschen. Die meisten von ihnen glauben ja immer noch, wir hätten Bärte wie die Männer und wären äußerlich nicht von ihnen zu unterscheiden!«, kicherte sie, und selbst Briss stimmte mit ein.

»Ich habe mich tatsächlich gefragt, warum ihr diese Schleier tragt. Wäre es unhöflich, nach dem Grund zu fragen?«

»Überhaupt nicht. Wir tragen sie, damit die Männer uns aus Liebe heiraten, nicht aus Lust«, antwortete Briss. »So können sie nur nach dem Charakter entscheiden, nicht nach unserem Aussehen, und dürfen unser Gesicht erst in der Hochzeitsnacht sehen. Außerdem ist es ein Ausdruck der Zurückhaltung. Wir stolzieren nicht umher und tragen vor den Augen aller unsere Schönheit zur Schau. Dieses Privileg bleibt allein unseren Männern vorbehalten …«

»Da wir gerade davon sprechen, ich muss Fletcher sofort zu Vater bringen«, unterbrach Othello, dem die Offenheit seiner Mutter anscheinend unangenehm war. »Komm, er ist unten.«

28

DIE WENDELTREPPE FÜHRTE in einen unterirdischen Raum, der kreisrund und genauso groß war wie das Zelt. In dem Rohr in der Mitte befand sich ein Kamin, in dem ein prasselndes Feuer brannte, die Funken wurden vom Zug sogleich nach oben gesaugt. Die Wände bestanden aus nacktem Erdreich, das von dicken Eichenbalken abgestützt wurde. An der Decke hingen Kerzenleuchter, die den Raum in ein angenehmes, orangefarbenes Licht tauchten. Sieben Türen waren in die Wände eingelassen, jede aus massivem Stahl.

Othello führte ihn weiter in den darunterliegenden Raum, der genauso aussah, nur dass dort eine steinerne Tafel in der Mitte stand. Statt des offenen Kamins gab es zwei große Öfen. In den Wandregalen standen Schüsseln und Vasen verschiedenster Größen, jede mit feinen Blumenmustern bemalt.

»Hier verbringt meine Mutter die meiste Zeit«, erläuterte Othello. »Sie backt gern und stellt Porzellanwaren her. Jede Woche kommt ein Händler vorbei und nimmt das Porzellan mit, um es in seinem Laden zu verkaufen. Die Hausfrauen Hominums wollen keine Zwergenware, also behauptet er, er hätte sie gefertigt. Ist ein einträgliches Geschäft für uns.«

Fletcher staunte, wie schnell sich der Zwerg erholte. Sie waren ein zähes Volk, so viel war sicher.

Je weiter sie unter die Erde vordrangen, desto steiler und schmaler wurde die Treppe. Fletcher war froh, dass sie Solomon oben bei Thaissa und Briss gelassen hatten. Mit seinen kurzen Beinchen hätte er die Stufen niemals geschafft. Auch die Räume, durch die sie kamen, wurden immer kleiner. Der erste war mit Steinfliesen ausgekleidet, die Luft war warm und feucht, allerlei Kupferleitungen führten zu dem Kaminrohr in der Mitte. Offensichtlich war es das Badezimmer.

Im nächsten Raum war es so dunkel, dass Fletcher außer den Umrissen von Piken und Schwertern kaum etwas erkennen konnte. Musste wohl das Lager sein, in dem Othellos Vater die geschmiedeten Waffen aufbewahrte. Die Treppe war nun so steil und dunkel, dass Fletcher beinahe auf allen vieren klettern musste.

»Tut mir leid, dass es so unbequem ist, aber diese Stufen sind so etwas wie eine Verteidigungsanlage«, entschuldigte sich Othello. »Sie verlaufen im Uhrzeigersinn, damit ein Angreifer seine Waffe mit der linken Hand führen muss. Wegen der Enge können sie nicht einmal zu zweit nebeneinanderstehen, sodass ein wackerer Zwergenkrieger die Treppe gegen jede noch so große Übermacht verteidigen könnte.« Zur Untermalung klopfte er gegen das Kaminrohr in der Mitte der Wendeltreppe, die die Benutzung eines Schwerts praktisch unmöglich machte. Das Klopfen klang hohl, und Fletcher glaubte zu hören, wie Luft darin nach oben rauschte.

»Lebt ihr schon immer so?«, erkundigte sich Fletcher. Er konnte kaum aufrecht stehen, ohne mit dem Kopf die Decke zu berühren, und bekam allmählich Platzangst. Jemand, der so viel Zeit unter dem freien Himmel verbracht hatte wie er, fühlte sich in dieser Enge einfach nicht wohl.

»Zumindest so weit, wie ich zurückdenken kann. Anfangs war es wohl eher als Schutz vor wilden Tieren und marodierenden Orks gedacht, aber mit der Zeit haben wir uns unter der Erde immer wohler gefühlt. Es ist so friedlich und ruhig hier unten. Ich muss gestehen, manchmal kann ich dort oben in dem zugigen Turm in der Akademie kaum schlafen.«

»Stimmt, ich auch nicht«, bestätigte Fletcher und dachte an die rothaarige Gestalt, die er in der vergangenen Nacht auf der Zugbrücke gesehen hatte.

»Da wären wir«, sagte Othello, als sie das Ende der Treppe erreichten. Die Wände ringsum bestanden nun nicht mehr aus Erdreich wie in den anderen Räumen, sondern aus natürlichem Fels. »Wenn sich ein Eindringling hier durchgraben will, dürfte ihm der Stein einige Probleme machen«, kommentierte Othello. »Mein Vater legt allergrößten Wert auf seine Privatsphäre. Es gibt noch viele weitere Räume wie diesen. Die Musketen werden dort hergestellt, aber das hier ist ein ganz besonderer, denn in ihm wurde die erste Muskete überhaupt gebaut.«

Er schlug mit der Faust gegen den Stahl und folgte dabei einem ganz bestimmten Rhythmus, als handele es sich um ein Erkennungszeichen. Ein paar Sekunden später hörte Fletcher das Rumpeln und Rucken, mit dem die Tür entriegelt wurde. Ein bekanntes Gesicht kam dahinter zum Vorschein.

»Athol!«, rief Fletcher erfreut. »Dein Meister ist also Othellos Vater? Hätte ich mir denken können, bei all den wunderschönen Waffen in deinem Laden.«

»Was machst du denn hier?«, erwiderte Athol verwundert. »Noch dazu in Othellos Begleitung?«

»Wir haben uns an der Dämonenakademie angefreundet«, antwortete Othello und schob sich an Athol vorbei. »Ich möchte ihn Vater vorstellen.«

»Uhtred ist zurzeit sehr beschäftigt. Besser, ihr kommt ein andermal vorbei«, warnte Athol. »Du wartest lieber hier, Fletcher. Ich glaube nicht, dass er dich in seiner Werkstatt haben möchte.«

Die beiden Zwerge verschwanden, und Fletcher spähte durch den Türspalt. Der Raum dahinter war bis oben hin voll mit Werkzeugen und Metallbarren. Im krassen Gegensatz zu Berdons Schmiede war hier alles fein säuberlich aufgeräumt und sortiert. Fletcher strahlte eine Hitze entgegen, als hielte er sein Gesicht über eine Fackel. Er hörte zwar, wie die Zwerge leise miteinander sprachen, verstand aber wegen des Lärms, den der Schmiedeofen machte, kein Wort.

»Was?«, dröhnte plötzlich eine Stimme von drinnen. »Hier?!«

Fletcher hörte polternde Schritte, dann stand Othellos Vater vor ihm. Sein nackter Oberkörper war mit dicken Muskeln bepackt, zusammen mit den ebenso kräftigen Armen und Schultern füllte er den kompletten Türrahmen aus. Der rote Bart war zu zwei Zöpfen geflochten, die ihm bis zur Hüfte reichten, der lange Schnauzer endete knapp oberhalb des Bauchnabels. Das dichte Brusthaar glänzte im orangefarbenen Licht des Schmiedefeuers von Schweiß.

»Erst vor ein paar Tagen erzählt mir Athol, du hättest ihn nach einer Lehrlingsstelle gefragt«, schallte Uhtreds tiefe Stimme durch den kleinen Vorraum. »Und jetzt muss ich feststellen, dass du dich bei meinem Sohn anbiederst und dich auch noch in unsere Schmiede geschlichen hast. Ich trau dir nicht mal so weit, wie ich dich werfen könnte, und das ist weiter, als du dir wahrscheinlich vorstellen kannst.«

Prompt rührte sich Ignatius in der Kapuze. Fletcher machte vorsichtshalber einen Schritt zurück, um einen schlimmen Zwischenfall zu verhindern. Außerdem verstand er die Bedenken des Zwergs durchaus.

»Ich schwöre, ich hege keine geheimen Hintergedanken. Zu Hause im Norden habe ich auch in einer Schmiede gearbeitet. Ich war gerade erst in Corcillum angekommen und auf der Suche nach Arbeit! Othellos Bekanntschaft habe ich nur zufällig gemacht, weil wir beide an der Dämonenakademie sind. Ich brauche eine Scheide für mein Schwert, und Othello hat mir angeboten, mich zu einer guten Adresse zu bringen. Bis gerade eben wusste ich weder, dass Ihr Schmied seid, noch, dass Athol für Euch arbeitet. Ich werde jetzt wieder nach oben gehen. Meine untertänigste Entschuldigung, wenn ich Euch gestört habe.«

Fletcher machte eine Verbeugung und wollte sich gerade umdrehen, da hörte er, wie Uhtred sich räusperte.

»Ich war vielleicht … etwas voreilig. Mein Sohn kann Fremde gut einschätzen, und Athol ebenfalls, dennoch muss ich deine Geschichte überprüfen, um mich zu versichern, dass du die Wahrheit sagst. Athol, versteck alle Werkzeuge, die wir für die Musketen brauchen, und hol einen von den kleineren Hämmern für Fletcher. Wenn er ein Spion ist, werden wir es gleich sehen. In der Zwischenzeit zeig mir dein Schwert, Fletcher. Ist schon lange her, dass mir ein guter Chepesch unter die Augen gekommen ist.«

Fletcher zog die Waffe aus seinem Beutel hervor und reichte sie Uhtred. In den Pranken des Zwergs wirkte sie beinahe klein und zierlich, eher wie eine Sichel zum Unkrautjäten als ein tödliches Kriegsgerät. Uhtred war fast so groß wie Fletcher und damit ein wahrer Riese in seinem Volk.

»Du solltest dich besser darum kümmern. Wann hast du es das letzte Mal geölt oder geschärft?«, fragte Uhtred und betrachtete die Klinge von allen Seiten. »Ein Schwert ist ein Werkzeug wie jedes andere. Ich werde dir einen ölgetränkten Lappen mitgeben. In den kannst du es einwickeln, bis du deine Scheide hast, vorausgesetzt, deine Geschichte stimmt. Gib Acht auf deine Waffen, Junge! Deinen Dämon würdest du ja auch nicht hungern lassen, oder?«

»In letzter Zeit war ich wohl ein bisschen nachlässig«, gestand Fletcher beschämt. Seit Berdon ihm den Chepesch geschenkt hatte, hatte er kaum mehr an die Waffe gedacht, außer während des Kampfes mit Caulder natürlich. Dabei hatte Berdon so viel Zeit und Mühe auf das Geschenk verwendet.

»Gut. Athol müsste mittlerweile fertig sein«, brummte Uhtred und machte den Weg frei. »Dann zeig mal, was du kannst.«

29

VOR ANSTRENGUNG VERZOG FLETCHER das Gesicht, während sich das rot glühende Stück Metall auf dem Amboss allmählich wieder grau verfärbte. Jedes Mal wenn er den Stahlbarren aus dem brüllenden Schmiedefeuer holte, wurde er nach wenigen Hammerschlägen bereits wieder kalt. Er hatte ihn zwar in eine mehr oder weniger längliche, am einen Ende spitz zulaufende Form bringen können, war aber meilenweit von dem Ergebnis entfernt, das er sich vorgestellt hatte.

»Das ist der Nachteil von Zwergenstahl«, kommentierte Othello. »Er ist zwar der härteste und schärfste, den die Welt je gesehen hat, aber nur wir Zwerge haben die Kraft, ihn zu formen.«

»Es war eine List, Fletcher«, gestand Uhtred nicht ohne Mitgefühl. »Ich wusste von Anfang an, dass du es nicht schaffen würdest. Athol, hol ein Stück von dem weicheren Roheisen aus dem Lager.«

»Zumindest wissen wir jetzt, dass er Zwergenstahl noch nie gesehen hat, sonst hätte er wohl kaum so überrascht ausgesehen«, erwiderte Athol. »Ein Spion hätte das Material sofort erkannt und anders reagiert. Und jetzt werden wir sehen, ob er wirklich bei einem Schmied in die Lehre gegangen ist.«

»Wartet!«, sagte Fletcher, der eine Idee hatte. »Ich glaube, ich kann es doch schaffen.«

Er holte Ignatius aus seiner Kapuze hervor und rüttelte ihn wach. Der Salamander gähnte und kratzte sich mit dem Hinterbein am Ohr wie ein Hund, während Fletcher geduldig wartete, bis sich sein Wichtel ausreichend gerekelt und gestreckt hatte.

»Zeit, dich ein bisschen anzustrengen, du kleiner Faulpelz«, sagte er mit einem Lächeln und konzentrierte sich dann auf den Stahl, stellte sich vor, wie er erneut rot aufglühte.

Ignatius zirpte aufgeregt und atmete tief ein. Schon im nächsten Augenblick ergoss sich ein bläulicher Feuerstrahl über das Metall, das sich in der Hitze der Flammen allmählich zurück verfärbte, erst zu Rot und schließlich zu Orange.

»Puh, so einen könnte ich auch gebrauchen«, staunte Uhtred und beobachtete, wie der Dämon erneut Luft holte. Ignatius' Feuer war so heiß, dass der Stahl schließlich Weißglut erreichte und sich ein stechender Schwefelgeruch in der Schmiede ausbreitete.

Wieder und wieder schlug Fletcher mit dem Hammer auf sein Werkstück ein, bis er Ignatius nach einer schieren Ewigkeit von der anstrengenden Aufgabe des Feuerspeiens entband. Der Kleine war vollkommen erschöpft und verkroch sich sofort in der Kapuze. Fletcher selbst erging es kaum anders. Der Arm, mit dem er den Hammer geführt hatte, schmerzte höllisch.

Uhtred ergriff den geschmiedeten Barren mit einer Zange und hielt ihn ins Licht. Das Griffstück war schlicht zylinderförmig und hatte ein kugelförmiges Ende wie viele Dolche. Es brauchte nur noch mit Leder umwickelt zu werden. Die Klinge jedoch war nicht abgeflacht wie bei einem Messer, sondern so rund und dünn wie ein Spieß.

»Wo hast du gelernt, ein solches Stilett zu machen?«, fragte Othello und befühlte die scharfe Spitze mit dem Daumen. »Das ist eine Waffe für Auftragsmörder, nicht für gewöhnliche Leute.«

»Die meisten unserer Kunden waren Händler. Sie wollten eine Waffe, die leicht zu benutzen ist und sich gut verstecken lässt, damit sie sich gegen Wegelagerer verteidigen können«, antwortete Fletcher und inspizierte sein Werk. Es war ohne Zweifel eines seiner besseren.

»Gut, Freund, du kannst jetzt gehen«, sagte Uhtred zufrieden. »Hier drinnen hast du ohnehin nicht viel gesehen. Als Entschädigung für meine schlechten Manieren bekommst du die Scheide für deinen Chepesch umsonst. Du wirst deine Waffe allerdings hierlassen müssen, damit wir die Scheide anpassen können, was aber nicht länger als ein paar Tage dauern sollte. Außerdem wird dir meine Frau eine neue Uniform besorgen. Nichts Maßgeschneidertes, aber immerhin was Besseres als der mottenzerfressene Lumpen, den du jetzt am Leib trägst. Ich möchte nicht, dass jemand behauptet, mein Sohn würde sich mit Landstreichern rumtreiben. Ist nicht als Beleidigung gemeint«, fügte er mit einem Lächeln hinzu.

Fletcher zog seine Börse hervor. »Ich soll wirklich nichts bezahlen?«

»Nein. Alles, was ich von dir möchte, ist das Versprechen, auf meinen Sohn aufzupassen. Du gehörst zu einem seltenen Schlag Menschen, Fletcher. Leute wie du machen mir Hoffnung, dass unser beider Völker eines Tages doch noch lernen werden, in Frieden miteinander zu leben.«

Der Regen war inzwischen noch stärker geworden. Als sie den Treffpunkt erreichten, waren die anderen nirgendwo zu sehen. Missmutig trat Othello mit dem Stiefel gegen die Wand, während sie zitternd in einem Durchgang standen und überlegten, was sie nun tun sollten. Der Wolkenbruch hatte die Straßen vollkommen leer gefegt. Weit und breit war keine Kutsche zu sehen, ja nicht einmal ein Pritschenwagen.

»Verflucht sei dieser Regen«, murrte Othello. Er war fürchterlich schlechter Stimmung, und das nicht nur wegen des Wetters und des Mangels an einer Transportmöglichkeit. In seiner Eile, den Pinkertons zu entwischen, hatte er auch seine Streitaxt liegen lassen. Und als er mit Fletcher noch einmal an die Stelle zurückkehrte, war sie fort.

»Und verflucht seien die Pinkertons«, schimpfte er weiter und spähte mit finsterem Blick in den dunklen Himmel hinaus.

»Dass du deine Axt verloren hast, tut mir leid, Othello, aber ich bin sicher, dein Vater wird dir eine neue machen«, versuchte Fletcher ihn zu trösten.

»Wie würdest du dich fühlen, wenn du deinen Chepesch verlierst?«, entgegnete Othello verbittert und ging weiter.

Fletcher wusste nicht, was er sagen sollte, also hielt er den Mund und folgte dem mürrischen Zwerg durch den Regen. Trotz ihrer Jacken froren sie bis auf die Knochen. Ihnen stand ein langer, freudloser Weg nach Hause bevor.

»Ich glaube, wir versuchen es am besten am Valentius-Platz«, schrie

Othello, als auch noch lauter Donner einsetzte. »Dort gibt es viele Ställe.«

»Gut, dann nichts wie hin! Hauptsache, wir kommen weg von hier«, erwiderte Fletcher und warf einen besorgten Blick auf die immer dunkler werdenden Wolken.

Durch tiefe Pfützen liefen sie über die menschenleeren Straßen und zuckten alle paar Meter beim lauten Knall des Donners zusammen.

»Das Gewitter ist ganz schön nah, Othello! Es wird einen ordentlichen Sturm geben«, brüllte Fletcher über den immer heftiger werdenden Wind hinweg.

»Wir haben's gleich geschafft!«, schrie Othello zurück.

Endlich erreichten sie einen kleinen Platz, dessen Baldachindach zumindest den schlimmsten Regen abhielt. Zahlreiche andere hatten hier ebenfalls Zuflucht vor dem Unwetter gesucht und lauschten einem Mann, der auf einer Bühne eine hitzige Rede hielt. Fletcher war zu müde, ihm zuzuhören.

»Hier finden übrigens auch die Pferdeversteigerungen statt, falls du jemals den Wunsch haben solltest, mir eines zu kaufen«, witzelte Othello und wrang sich den Bart aus.

»Ein kleines, dickbäuchiges Pony vielleicht. Ein richtiges Pferd wäre doch viel zu groß für dich!«, erwiderte Fletcher lachend. Er war froh, dass sich die Stimmung des Zwergs wieder gebessert hatte.

Während sie nach einem Pferdegespann Ausschau hielten, schnappte Fletcher ein paar Worte des wütenden Redners auf.

»... die Elfen ziehen den Krieg in die Länge, bis er beide Völker ein Vielfaches dessen kostet, auf was sich die Steuer belaufen hätte! Und was macht unser König? Statt ihnen den Krieg zu erklären, führt er Friedensverhandlungen und ist vollkommen blind für die wahren Absichten der Elfen! Sie wollen doch bloß, dass wir den Krieg verlieren, seht ihr das nicht? Wenn Hominum fällt, können sie sich unser Land einfach nehmen! Die Orks wollen es nicht, sie wollen nur unseren Tod. Wenn unser Blut durch die Straßen von Corcillum fließt, werden die Elfen jubeln!«

Die Zuhörer brüllten begeistert und schüttelten die Fäuste in der Luft.

Fletcher war so überrascht, dass er jeden Gedanken an den Heimweg vergaß. Er hatte noch nie erlebt, dass jemand sich so offen gegen den König aussprach – und gegen die Elfen. Da war selbst Rotters Einstellung im Vergleich milde gewesen.

»Was also tun? Wie bringen wir unseren König zur Vernunft?«, wetterte der Redner weiter. »Ich sag euch, wie: Wir stürmen die Botschaft und bringen sie alle um, diese spitzohrigen Hunde!«, schrie er mit sich überschlagender Stimme.

Diesmal reagierte das Publikum zurückhaltender. Was der Mann da vorschlug, klang so verwegen, dass es allen zunächst die Sprache verschlug. Nach einer Weile wurde verstörtes Gemurmel laut, da hob der Redner die Hand, um für Ruhe zu sorgen.

»Ja, ich weiß, der erste Schritt ist immer der schwerste, darum lasst ihn uns einfach gemeinsam tun. Nutzen wir die Gunst der Stunde!«, polterte er los, begleitet von lauten Jubelrufen. »Und bevor wir losschlagen, zeige ich euch, wie es geht. Grindel, bring die Gefangene her!«

Ein dickbäuchiger Glatzkopf mit Armen, die genauso kräftig waren wie Othellos, trat auf die Bühne. Er zerrte eine schreiende Elfe hinter sich her, die Fletcher selbst vom gegenüberliegenden Ende des Platzes aus sofort wiedererkannte.

»Sylva!«, brüllte er.

30

DIE MENGE HIELT GEBANNT DEN ATEM AN. Der Dicke schwang seine Keule in der Luft, die ersten Rufe wurden laut. Fletcher wollte schon zur Bühne rennen, doch Othello hielt ihn zurück.

»Lass mich los!«, schrie Fletcher und wehrte sich gegen den eisernen Griff des Zwergs.

»Wir sind unbewaffnet und müssen Hilfe holen!«, schrie Othello zurück, während die Menge weiter nach vorn drängte.

»Wen sollen wir denn holen, die Pinkertons etwa? Wenn wir nicht sofort was unternehmen, wird Sylva sterben«, versetzte Fletcher und riss sich los.

Er schob und drückte mit den Ellbogen, doch je näher er der Bühne kam, desto enger wurde es. Schon bald war er in der wogenden Masse gefangen und konnte über die Köpfe der anderen hinweg kaum etwas erkennen.

»Die Elfen erdreisten sich, auf unseren Straßen herumzustolzieren, als kümmere sie der Krieg kein bisschen!«, brüllte der Redner. »Bring sie her, Grindel, dann zeigen wir allen, was wir mit Elfen machen, die nicht wissen, wo sie hingehören.«

Die Zuhörer schrien, einige vor Begeisterung, andere vor Entsetzen. Die Stimmung war so aufgeladen wie das Gewitter, das über ihren Köpfen tobte und die Gesichter ringsum bei jedem Blitz in ein gespenstisches Licht tauchte. Die Sonne war nun beinahe untergegangen, der Himmel winterlich grau und kalt.

»Was ist da vorn los?« Othello sprang immer wieder in die Höhe, um einen Blick auf die Bühne zu erhaschen. Solomon kauerte zwischen seinen Beinen und knurrte die durch den Schlamm stampfenden Füße der Zuschauer ringsum an.

»Ich weiß es nicht. Wir müssen irgendwie weiter nach vorn kommen.«

Die Menschen auf dem Platz brüllten nach wie vor, über ihnen grollte der Donner, Regen prasselte auf den Baldachin, da schnitt Sylvas Schrei durch den Trubel, ein lang gezogenes Kreischen, das Fletcher bis ins Mark fuhr. Er biss die Zähne zusammen und drängte mit neuer Entschlossenheit nach vorn, kam aber nur ein paar Schritte weit. »Solomon soll sie auseinandertreiben!«, rief er Othello über die Schulter zu. »Lass ihn Lärm machen oder irgendwas, damit sie uns durchlassen.«

Im nächsten Moment ertönte ein donnerndes Gebrüll, wie von einem Bären. Die Leute auf dem Platz drehten die Köpfe und taumelten erschrocken zurück, aber nicht weit genug.

»Ignatius!«, befahl Fletcher.

Der Dämon kletterte auf seine Schulter und schoss einen Feuerstrahl in die Luft, da wurde endlich eine Gasse frei. Sie stürmten sofort los und erkletterten die Bühne. Oben angekommen sah Fletcher die Elfe neben dem wütenden Redner knien. Er hielt ihren Kopf auf einen Block gepresst. Grindel hatte seine Keule schon erhoben und war kurz davor, ihr den Schädel einzuschlagen. Sie hatten dem armen Mädchen die Augen verbunden, sodass Sylva nicht einmal wusste, welches Schicksal sie erwartete.

Ignatius reagierte instinktiv und schoss einen Feuerball auf die Schulter des Dicken ab. Der Aufprall riss ihn von den Beinen, da sprang Othello vor und schlug dem Redner mit der Faust gegen die Schläfe, sodass dieser bewusstlos zu Boden sank.

Drei weitere Männer stürzten sich nun auf den Zwerg. Sie waren mit Knüppeln bewaffnet, die denen der Pinkertons nicht unähnlich sahen. Othello bekam einen Schlag an den Kopf und brach wie eine Marionette zusammen, der jemand die Fäden durchgeschnitten hatte. Bevor der Angreifer den nächsten Treffer landen konnte, trat ihm Solomon seitlich gegen das Knie. Fletcher hörte ein schauerliches Knacken, das Bein knickte ein, und der Mann stürzte, dann sprang ihm der Golem auf den Brustkorb. Das Geräusch der Rippen, die unter dem Gewicht splitterten, drehte Fletcher den Magen um.

Nun rückten die anderen beiden vor. Sie wirkten, als könnten sie gut mit ihren Knüppeln umgehen, also wich Fletcher zurück, um sich etwas Zeit zu verschaffen. Er wünschte, er hätte seinen Bogen mitgenommen, aber dazu war es jetzt zu spät. Das hier konnte hässlich werden.

»Los, Ignatius, hol sie dir!«, befahl er. Der Salamander sprang fauchend von seiner Schulter und stürzte sich mit seinen Klauen auf das Gesicht des Angreifers, der am nächsten stand. Wie ein wild gewordener Skorpion schlug er mit seinem Schwanzstachel zu.

Als der andere seinem Kameraden zu Hilfe eilen wollte, blendete ihn Fletcher mit einem blauen Wyrrlicht-Blitz, noch bevor er mit seinem Knüppel ausholen konnte. Dann trat er ihm zwischen die Beine und rammte ihm schließlich noch das Knie gegen die Nase, als er in der Mitte zusammenklappte. Rotter hatte recht gehabt: Regeln waren etwas für Edelmänner, nicht für ihn.

Der andere wälzte sich unterdessen mit vors Gesicht geschlagenen Händen schreiend auf dem Boden, während sich Ignatius genüsslich das blutverschmierte Maul leckte. Keine Spur mehr von dem putzigen Schoßhündchen, als das der Salamander sich sonst gebärdete. Sylva zerrte wie wild an ihren Fesseln, Solomon kniete wimmernd neben dem blutenden Othello.

Fletcher riss Sylva die Augenbinde vom Kopf und versuchte mit Fingern, die von der Kälte taub waren, das verknotete Seil von ihren Handgelenken zu bekommen. Vom Regen war es vollgesogen und glitschig, doch allmählich wurde der Knoten lockerer. Unterdessen schaute die Menge unbeteiligt zu – wie die Besucher eines Theaterstücks.

»Mach es auf!«, schrie Sylva mit wild verdrehten Augen. Fletcher fragte sich, wie in aller Welt sie in diese Lage geraten sein mochte. Vor ein paar Stunden war sie doch noch in Begleitung von Isadora und Penelope an der Akademie gewesen!

Plötzlich traf ihn etwas seitlich am Schädel. Fletcher stürzte auf den Rücken und sah nur noch das Weiß des Baldachins über sich. Dann tauchte Grindels Visage über ihm auf, die Keule erneut zum Schlag erhoben. Es war ein hässliches, knotiges Ding, das wie eine knorrige Baumwurzel aussah.

»Verräter!«, zischte Grindel. Der Schulterstoff seines Kittels und das Fleisch darunter waren schwarz verbrannt. Er hielt Ignatius am Hals gepackt wie ein Schlachthuhn. Der Stachel des Dämons steckte in Grindels fleischigem Oberarm fest. Als Fletcher sah, wie Ignatius Luft holte, schöpfte er neue Hoffnung, aber es kam nur ein harmloses Rauchwölkchen aus seinen Nüstern.

Grindel setzte einen Fuß auf Fletchers Hals und zielte.

Fletcher schloss die Augen und betete, dass es schnell gehen möge. Er hörte einen Schrei und dann einen Aufschlag. Ein Gewicht krachte auf seine Brust, drückte seine Rippen ein und presste alle Luft aus seiner Lunge. Als er die Augen wieder öffnete, sah er Sylva mit einer blutverschmierten Keule in der Hand. Grindel lag röchelnd auf ihm und drohte Fletcher zu ersticken.

Er versuchte, den fetten Kerl von sich herunterzuschieben, aber genauso gut hätte er einen Berg versetzen können. »Ich bekomme keine Luft«, keuchte er mit letztem Atem.

Sylva kniete sich neben ihn und schob mit aller Kraft, aber Grindel rührte sich keinen Millimeter. Fletchers Puls pochte bis in die Schläfen und wurde immer unregelmäßiger. Seine Sicht verschwamm bereits, während er hilflos nach Luft japste.

Da taumelte Othello mit blutüberströmtem Kopf heran und hievte Grindel mit Sylvas Hilfe von ihm herunter. Fletcher fuhr hoch und saugte die Luft ein wie ein vor dem Ertrinken Geretteter. Sie schmeckte süß wie Honig.

»Ihr Ungeheuer!«, brüllte Sylva und spuckte in die gaffende Menge.

»Nichts wie weg hier«, schnaubte Othello mit einem angewiderten Blick auf die Zuschauer.

Sie zogen Fletcher auf die Beine und schwankten zu dritt die Stufen von der Bühne hinunter. Zwar konnten sie sich dabei kaum noch aufrecht halten, aber diesmal machte die Menge freiwillig Platz.

Der böige Wind peitschte ihnen den Regen ins Gesicht, während sie sich durch die wie leer gefegte Stadt schleppten. Othello führte sie durch enge Gassen und Seitensträßchen, bis sie wieder auf der Überlandstraße waren, auf der sie mit dem Pritschenwagen nach Corcillum gekommen waren. Sie wussten nicht, ob sie verfolgt wurden, und außerdem würde es jede Minute dunkel werden. Doch jetzt, da Sylva bei ihnen war, kam eine Übernachtung in einer Herberge nicht infrage.

Zwei Stunden marschierten sie, ohne eine Kutsche oder ein Pferdegespann zu sehen. Sylva hatte ihre Schuhe während des Kampfes verloren und trug nur ein leichtes Seidengewand. Sie zitterte so heftig, dass sie es lediglich mit Mühe schaffte, sich Fletchers Jacke anzuziehen, als er sie ihr anbot.

»Wir müssen anhalten und uns ausruhen!«, schrie Fletcher gegen das brüllende Unwetter an.

Othello nickte stumm. Er war zu müde, um überhaupt den Blick zu heben. Sein Gesicht war kalkweiß. Blut, vermischt mit Regenwasser, strömte ihm über die Wange. Seine Kopfwunde wollte sich in dem Guss einfach nicht schließen.

Zu beiden Seiten der Straße erstreckten sich endlose Maisfelder, da sah Fletcher in etwa einer Furchenlänge Entfernung das Dach eines Holzhauses über den grünen Pflanzenköpfen aufragen.

»Da lang!«, rief er und zog sie von der Straße weg. Solomon ging voraus und trampelte ihnen zwischen den kräftigen Maisstängeln hindurch einen Weg frei. Er wollte seinen Herrn möglichst schnell in Sicherheit bringen.

Das Holzhaus stellte sich als eine seit Langem nicht mehr benutzte Scheune heraus. Als Fletcher die schwere Eisenkette sah, mit der das Tor verschlossen war, verlor er für einen Moment alle Hoffnung, doch Solomon sprengte den Verschluss einfach mit einem Fausthieb.

Drinnen war es feucht und modrig. Überall standen Fässer mit verschimmeltem Mais herum, aber allein dem Regen entkommen zu sein war schon eine Gnade. Sylva und Othello ließen sich erschöpft zu Boden sinken und rollten sich zitternd zusammen. Fletcher schlug noch das Scheunentor zu, dann brach auch er zusammen. Seinen ersten Ausflug nach Corcillum hatte er sich anders vorgestellt.

»Macht euch keine Sorgen, gleich wird es warm«, sagte er nach einer Weile. »Ignatius, komm her.«

Der Salamander kroch aus der Kapuze hervor und blickte ihn traurig an. Fletcher sah die dunkelroten Striemen auf seinem Hals, die der klauenartige Griff von Grindels Hand hinterlassen hatte. Der Dämon blähte den Brustkorb und stieß ein blaues Flämmchen aus, das allerdings nicht mehr bewirkte, als die düstere Scheune einen Moment lang etwas aufzuhellen. Ein eisiger Wind fuhr durch die Ritzen zwischen den Brettern. Wenn Fletcher nichts unternahm, würden sie in der Nacht womöglich erfrieren.

Solomon stieß ein Knurren aus und begann schon, die Getreidefässer zu zertrümmern. Mit seinen fäustlingartigen Händen packte er sie einfach an der Öffnung, riss sie auseinander und türmte das halb verfaulte Holz in der Mitte der Scheune zu einem Haufen auf.

»Lass das, Solomon. Schone lieber deine Kräfte«, murmelte Othello.

Der Dämon hielt kurz inne, brummte ungehalten und deutete auf den Holzhaufen.

Othello gab sich geschlagen. »Dann mach eben weiter, wenn du unbedingt willst«, erwiderte er verdrossen.

Solomon zertrümmerte noch ein paar Fässer und schichtete das Holz dann sorgfältig auf. Jetzt begriff Fletcher, was der Golem vorhatte.

»Er will Feuer machen!«, rief er. »Hilf mit, Othello, bevor Sylva noch einen Kälteschock bekommt.« Die Elfe lag mit an die Brust gezogenen Knien am Boden und bibberte. Fletcher konnte sich kaum vorstellen, was sie durchgemacht haben musste. Ihre Ohren waren vom Regen und dem eisigen Wind feuerrot. Bald hatte der Stapel eine so beachtliche Höhe erreicht, dass Fletcher einen Teil davon wieder zur Seite legte, um ihn für später aufzuheben. Solomon verarbeitete eins der Bretter zu Kleinholz, das sie zum Anfachen verwenden konnten, dann versuchte es Ignatius noch einmal mit Feuerspucken. Diesmal klappte es.

Schon bald wurde die Scheune von einem wohligen Flammenschein erhellt. Das modrige Holz stank zwar und rauchte fürchterlich, aber der Rauch zog durch die Ritzen ab. Allmählich kehrte die Wärme in ihre Glieder zurück, und die durchnässten Kleider trockneten. Dennoch würde es eine lange, ungemütliche Nacht werden.

31

FLETCHER HOB DEN KOPF UND blickte sich blinzelnd um. Othello stocherte missmutig mit einem Stock in den Flammen. Sein Oberkörper war nackt, Hemd und Jacke hatte er zum Trocknen neben das Feuer gelegt.

»Ich muss wohl eingenickt sein. Wie lange habe ich geschlafen?«, fragte Fletcher und setzte sich auf. Seine Kleider waren immer noch feucht, aber er wollte sie lieber anbehalten. Sylva wäre bestimmt nicht erfreut, wenn nun auch noch Fletcher seinen Anstand vergaß. Die Elfe saß auf der gegenüberliegenden Seite des Feuers und zupfte an ihrem Kleid herum. Ignatius hatte sich neben ihr zusammengerollt und wärmte sich den Rücken an den Flammen. Bei genauerem Hinsehen stellte Fletcher dann überrascht fest, dass Sylva gerade dabei war, einen langen Streifen vom Saum ihres Gewandes abzureißen.

»Ein paar Minuten«, beantwortete sie Fletchers Frage und reichte Othello das Stück Stoff. »Hier, wickel das um deinen Kopf. Dann heilt die Wunde besser.«

»Danke. Ich weiß die Geste zu schätzen«, erwiderte Othello genauso erfreut wie erstaunt. »Tut mir leid wegen deines Kleides.«

»Das Kleid ist im Augenblick meine geringste Sorge. Wie dumm von mir, zu glauben, ich könnte während eines Krieges einfach so durch Corcillum spazieren und ungeschoren davonkommen.«

Fletcher runzelte die Stirn. »Warum hast du es dann getan?«

»Ich dachte, in Begleitung der Forsys könnte mir nichts passieren. Sie gingen voller Stolz mit ihren Dämonen durch die Straßen, und die Leute ließen uns in Ruhe. Wenn ich darüber nachdenke, überrascht mich allerdings nicht, was passiert ist.« Entschuldigend breitete sie die Arme aus. »Wenn ein Mensch einfach so durch Elfengebiet spazieren würde, erginge es ihm wahrscheinlich ähnlich. Leute, die jeden hassen, der nicht zu ihrem eigenen Volk gehört, gibt es nun mal überall.«

»Ich bin froh, dass du das so siehst«, erwiderte Fletcher und hielt seine Hände über die wärmenden Flammen. »Ich könnte es dir nicht verübeln, wenn du nur das Schlimmste von uns denken und deinem Vater sagen würdest, er solle das Bündnis mit den Menschen sofort beenden.«

»Im Gegenteil, mein Entschluss ist nur noch fester geworden«, widersprach Sylva mit glasigem Blick. Sie schien jetzt wie ausgewechselt. Keine Spur mehr von dem hochnäsigen Gör, das sie bis vor Kurzem noch gewesen war.

»Wie das?«, fragte Fletcher erstaunt.

»Wenn allein dieser halbherzige Krieg zwischen unseren Völkern so viel Hass entstehen lässt, was würde dann erst ein echter anrichten?«, antwortete sie und legte noch etwas Holz nach.

»Wie stehen die Elfen zu dem Bündnis?«, erkundigte sich Othello. Mittlerweile hatte er sich auch Stiefel und Socken ausgezogen. Solomon hob sie verantwortungsvoll auf und hielt sie zum Trocknen übers Feuer.

»Manche von uns verstehen es. Wenn sich durch das Bündnis verhindern lässt, dass die Orks bald auch an unseren Grenzen auftauchen, ist es das Richtige, sagen sie. Andere behaupten, die Orks würden nie so weit nach Norden vordringen, selbst wenn Hominum fallen sollte«, erwiderte Sylva und rümpfte wegen des Geruchs von Othellos Käsefüßen kurz die Nase. »Aber mein Vater ist ein sehr alter Häuptling. Er kennt die Geschichten aus den alten Zeiten noch, als die Orks unsere Dörfer verwüstet und uns zum bloßen Vergnügen getötet haben. Die Köpfe unserer Krieger haben sie als Trophäen mitgenommen. Die jüngeren Elfen wissen gar nicht mehr, dass die Orküberfälle der Grund waren, warum wir uns vor Tausenden von Jahren in die Eichenwälder des Nordens zurückgezogen haben. Aber selbst das hat uns nicht retten können. Erst als sich die Menschen mit uns verbündeten, konnten wir sie zurück in den Dschungel treiben. Das Bündnis entstand, gleich nachdem die ersten Menschen durch die Akhad-Wüste kamen, aber im Lauf der Zeit ist es in Vergessenheit geraten.«

»Die Menschen waren mit den Elfen verbündet?«, fragte Fletcher mit großen Augen.

»Ich habe die Geschichte unserer beider Völker studiert, bevor ich mich auf diese diplomatische Mission begab. Wir Elfen werden zweihundert Jahre alt, die Erinnerung unserer Historiker reicht weiter zurück als die der euren. Corwin, der erste König Hominums, hat den Orkkrieg nicht zuletzt wegen uns geführt. Wir sind es gewesen, die ihm und den Seinen beibrachten, wie man Dämonen beschwört. Im Austausch dafür gewährte er uns Schutz, und dann sind die ersten Adelshäuser Hominums entstanden.«

»Sieh mal einer an! Ich hatte keine Ahnung, dass ihr an der Entstehung des Königreichs beteiligt wart«, stammelte Fletcher. »Und auch nicht, dass die Elfen die Kunst der Beschwörung entdeckt haben.«

»Haben wir auch nicht«, widersprach Sylva betreten. »Die Orks waren das, lange vor uns. Aber sie waren nicht besonders geschickt und konnten lediglich kleine Wichtel herbeirufen, mehr nicht. Wenn es nur immer noch so wäre …«

»Etwas würde mich dabei noch interessieren«, unterbrach Othello. »Warum hast du nicht deinen eigenen Dämon mit an die Akademie gebracht? Haben die Elfen keine mehr?«

»Das ist eine gute Frage. Nach der Gründung Hominums gab es eine lange Phase des Friedens. Die Zwerge erhoben sich, gleichzeitig fielen die Orks in das Gebiet der Menschen ein. Uns Elfen aber ließ man in Ruhe. Wir brauchten keine Dämonen mehr, um uns zu verteidigen. Vor vierhundert Jahren war das Beschwören sogar eine Zeit lang verboten, weil sich die Kinder der Clanführer immer häufiger um das Erbe duellierten. Schließlich hatten wir so gut wie keine Dämonen mehr, weil sie entweder in den Duellen getötet oder zurück in den Äther entlassen worden waren.«

Als Othellos Magen knurrte, musste Sylva lachen, was die ernste Stimmung gleich ein wenig aufhellte.

»Ich habe eine Idee«, sagte Fletcher und stand auf. Nach kurzem

Zögern ging er nach draußen und kam eine halbe Minute später klatschnass mit mehreren Maiskolben unterm Arm wieder zurück. Als er sich wieder an das Feuer stellte, sah er etwas, das ihm noch nie aufgefallen war: Othellos gesamter Rücken war von einer einzigen großen Tätowierung bedeckt! Sie war unglaublich detailliert und zeigte einen Hammer, der eine Schlachtaxt überkreuzt.

»Das ist eine wunderschöne Tätowierung, Othello. Was bedeutet sie?«, erkundigte er sich.

»Ach, die. So was wie ein Wappen. Der Hammer und die Axt sind die Werkzeuge, die wir Zwerge hauptsächlich benutzen. Die Axt steht für unsere Kampfkraft, der Hammer für unsere Kunstfertigkeit. Eigentlich wollte ich nie eine Tätowierung haben. Ich glaube, man erkennt mich auch als Zwerg, ohne dass ich mir den Rücken bemalen lasse«, grummelte er.

»Warum hast du es dann machen lassen?«, hakte Sylva nach. Sie spießte drei Maiskolben auf eine Heugabel und hielt sie ins Feuer.

»Weil mein Bruder auch eines hat und ich manchmal bei den Pinkertons den Kopf für ihn hinhalten muss. Sie ziehen uns nämlich das Hemd aus, wenn sie uns … bestrafen.«

Sylva blickte ihn einen Moment lang verständnislos an, dann sah sie die Narben auf seinem Rücken. Ihre Augen weiteten sich vor Entsetzen.

»Wir sind Zwillinge«, erklärte Othello weiter. »Aber die Pinkertons können uns Zwerge auch so kaum voneinander unterscheiden.«

»Zwillinge wie Isadora und Tarquin?«, überlegte Sylva laut. »Ich habe mich schon immer gefragt, wie es wäre, einen Zwilling zu haben.«

»Schon möglich, dass sie welche sind, aber ich wär mir da nicht so sicher«, warf Fletcher ein und versuchte, sich die beiden nebeneinander vorzustellen.

»Natürlich sind sie Zwillinge«, brummte Othello. »Sonst erbt nur der Erstgeborene die Gabe der Beschwörung von seinen Eltern, bei Zwillingen betrifft es aber beide. Bei später geborenen Geschwistern kommt es nur in Ausnahmefällen vor. Niemand weiß genau, warum das so ist, aber zumindest hat es den Adelsfamilien geholfen, ihre Macht zu wahren. Die meisten vererben den Erstgeborenen ihre gesamten Besitztümer, damit das Herrschaftsgebiet nicht zersplittert wird. Die Forsys haben jedenfalls mehr als genug für beide, so viel ist sicher.«

Der Zwerg zupfte sich einen Maiskolben von der Heugabel und biss gierig hinein, während er sich gleichzeitig die heißen Finger pustete.

»Was hast du eigentlich in Corcillum getrieben, Sylva?«, erkundigte sich Fletcher. »Hast du Genevieve und die anderen in der Parfümerie gesehen?« Die Tatsache, dass er und Othello um ein Haar ihr Leben für sie geopfert hätten, ließ er für den Moment einmal außen vor.

»Isadora und Tarquin haben mich in ihrer Kutsche mit in die Stadt genommen. Wir sind ins Blumenviertel gefahren, weil sie frische Rosen für ihre Zimmer kaufen wollten. Ich habe ein Kopftuch getragen, um meine Ohren zu verstecken. Ich dachte, so könnte mir nichts passieren, aber anscheinend haben meine Augen mich verraten. Der Fette, dieser Grindel, hat mir das Tuch vom Kopf gerissen und mich dann in eine Seitengasse gezerrt. Isadora und Tarquin ergriffen sofort die Flucht, und ich hatte kein Beschwörungsleder dabei, also konnte ich Sariel nicht herbeirufen. Er war immer noch in meinem Innern geborgen. Dieser Fehler passiert mir nicht noch mal.«

»Dein Beschwörungsleder?« Othello verschlang den Rest seines Maiskolbens und wollte sich sofort den nächsten schnappen.

Sylva klopfte ihm auf die Finger. »Du Gierschlund!«, schimpfte sie lachend. »Ihr wart beide nicht im Speisesaal, als es Mittagessen gab, und Fletcher hat noch gar nichts abbekommen. Er muss dringend was essen.«

»Danke«, erwiderte Fletcher und nahm sich einen Kolben. »Ich hatte nur einen Apfel zum Mittagessen.« Die saftigen Körner zerplatzten beim Hineinbeißen sofort und schmeckten herrlich süß.

»Ein Beschwörungsleder«, nahm Silva Othellos Frage wieder auf, »ist nichts anderes als ein auf ein Stück Leder gemaltes Pentagramm. Ich brauche es, um Sariel wieder hervorzuholen, wenn er in mir geborgen ist, bin aber nicht sicher, ob die heutigen Beschwörer das Wort überhaupt noch verwenden. Die Schriften, in denen ich darüber nachgelesen habe, waren schon sehr alt.«

»Ich kann nicht fassen, dass Tarquin und Isadora einfach davongelaufen sind!«, rief Fletcher mit vollem Mund.

»Das war noch nicht mal das Schlimmste. Aber sie hatten beide ihre Dämonen dabei, als Grindel mich gepackt hat, und trotzdem haben sie nichts unternommen. Wahrscheinlich waren es sogar die Dämonen, die überhaupt erst seine Aufmerksamkeit erregt haben.«

»Diese elenden Feiglinge«, knurrte Othello.

»Dabei wären sie leicht mit Grindel fertiggeworden«, sprach Sylva weiter. »Hätte ich näher an den beiden gestanden, hätte er sich wahrscheinlich gar nicht an mich herangetraut, aber ich hatte ihr arrogantes Gerede satt und hielt mich gerade ein Stück abseits.« Sylva hielt inne und biss vornehm in ihren Maiskolben.

»Warum hast du überhaupt versucht, dich mit ihnen anzufreunden, wenn du sie eigentlich gar nicht magst?«, fragte Fletcher.

»Ich bin sozusagen als Diplomatin hier. Die beiden und vor allem ihre Eltern wären die idealen Verbündeten, um das Bündnis zwischen Menschen und Elfen zu festigen. Mittlerweile weiß ich, dass die einzige Möglichkeit darin besteht, so schnell wie möglich Offizierin zu werden und mir einen Namen auf dem Schlachtfeld zu machen, anstatt mich bei diesen beiden überheblichen Schwächlingen einzuschmeicheln. Wenn die Menschen hören, dass wir Elfen kämpfen können, wird das viel mehr bewirken.«

»Da hast du wohl recht«, kommentierte Fletcher. Sie war gar nicht mal so dumm, diese Sylva, auch wenn es immer noch wehtat, wie sie ihn während der ersten Tage behandelt hatte. Andererseits: Wie hätte er selbst denn reagiert, ganz allein im Land des Feindes und mit einer so großen Verantwortung auf den Schultern? Wahrscheinlich wäre er in Sylvas Lage auch nicht gerade zimperlich mit seiner Umgebung umgegangen.

»Wir sollten uns jetzt besser schlafen legen«, sprach Fletcher weiter und streckte die müden Glieder. »Morgen werden wir wahrscheinlich ganz schönen Ärger bekommen, weil wir die ganze Nacht fort waren. Aber bei diesem Wetter hat es keinen Sinn, noch in der Nacht den Rückweg anzutreten.«

»Da wäre ich mir gar nicht so sicher«, widersprach Othello und rollte seine Jacke zu einem Kissen zusammen. »Das Tor wird nicht bewacht. Wenn wir es schaffen, uns vor den ersten Wagenlieferungen über die Zugbrücke zu schleichen, wird niemand etwas merken.«

Sylva rollte sich neben dem Feuer zusammen und zog sich die Kapuze über den Kopf, da drängte sich Fletcher eine Frage auf: Woher wusste Othello das?

32

»WO WART IHR DENN ALLE?«, zischte Seraph.

Fletcher, Othello und Sylva waren eben erst in die Beschwörungskammer gestolpert und mischten sich so unauffällig wie möglich unter die anderen Schüler. Sie sahen zwar fürchterlich aus, aber daran ließ sich jetzt nichts ändern. Mitten während der Essenslieferungen waren sie angekommen und hatten warten müssen, bis das Frühstück vorbei war, um sich dann kurz vor Unterrichtsbeginn in die Burg zu schleichen.

»Das ist eine lange Geschichte. Wir erzählen's dir später«, flüsterte Fletcher.

Isadora drehte sich um und bekam große Augen, als sie Sylva sah. Sogleich stupste sie Tarquin an, der beim Anblick der Elfe ebenfalls zusammenzuckte. Sylva musterte die beiden kalt und wandte sich dann Hauptfrau Lovett zu, die darauf wartete, dass alle einen Platz fanden. Sie trug eine schwere Lederschürze über der Offiziersuniform und dazu dicke Handschuhe.

»Wir könnten ein bisschen mehr Licht gebrauchen«, sagte sie und entsandte mehrere Wyrrlichter, die sie im Gegensatz zu Arcturus frei durch den Raum schweben ließ. Die bläulichen Kugeln tauchten die Kammer in ein unirdisch flackerndes Licht.

»Wie ich hörte, hat Arcturus denen, die Wyrrlichter bereits kennen, erlaubt, den Unterricht früher zu verlassen. Bei mir gibt es so etwas nicht. Mein Motto lautet: Übung macht den Meister, und da ihr ohnehin nur für kurze Zeit hier seid, solltet ihr jede Sekunde nutzen, die euch unter unserer Anleitung zur Verfügung steht.« Sie ging vor den versammelten Schülern auf und ab und musterte sie mit strengem Blick. Hauptfrau Lovett war niemand, mit dem sich Fletcher anlegen wollte.

»Der erste Punkt auf der Tagesordnung ist die Kunst des Bergens. Wie ich sehe, sind einige von euch ohne Dämon hier, also gehe ich davon aus, dass sie bereits wissen, wie es geht. Dennoch kann das Tempo, mit dem ihr euren Dämon wieder herbeirufen könnt, in der Schlacht zwischen Leben und Tod entscheiden. Wer bereits von seinen Eltern unterwiesen wurde, übt an den Pentagrammen im anderen Teil der Kammer. Ich werde später nach euch sehen.«

Die Adligen grinsten selbstzufrieden und verschwanden tuschelnd hinter dem Vorhang, mit dem Lovett die Kammer in zwei getrennte Räume unterteilt hatte. Schon nach wenigen Sekunden sah Fletcher grelle Blitze unter dem Vorhangspalt hindurchschimmern und fragte sich einmal mehr, was für Dämonen die Blaublütigen wohl von ihren Eltern bekommen hatten.

Sylva hob die Hand und trat einen Schritt vor. »Ich habe mir alles selbst beigebracht. Dürfte ich bei dieser Gruppe bleiben und die richtige Technik von Euch erlernen?«, fragte die Elfe.

Stirnrunzelnd betrachtete Lovett Sylvas zerrissenes Kleid und das zerzauste Haar. Nach einer schieren Ewigkeit nickte sie. »Darfst du. Aber merk dir, dass ich dich in Zukunft in Uniform hier zu sehen wünsche«, erwiderte sie und wandte sich dann wieder an die Gruppe. »Jeder von euch holt sich jetzt ein Beschwörungsleder und eine Schürze. Auf der Ablage darunter müsstet ihr außerdem Handschuhe und eine Schutzbrille finden.« Sie deutete auf eine Art Garderobe an der gegenüberliegenden Wand. Prompt flog eins der Wyrrlichter in die entsprechende Richtung und blieb über der Garderobe stehen.

»Was war denn gestern los bei euch?«, fragte Genevieve aus dem Mundwinkel, während sie sich ihre Schürzen holten. »Wir haben so lange gewartet, wie wir konnten, und dann eine von den letzten Kutschen genommen.«

»Na ja, wir haben die letzte verpasst und mussten den Weg heute Morgen zu Fuß machen«, flüsterte Fletcher zurück und wühlte in einem Stapel Lederrollen, bis er eine gefunden hatte, auf der das

Pentagramm nicht ganz so verblasst war wie auf den anderen. Er war nicht sicher, ob Sylva wollte, dass alle von ihrer Gefangennahme erfuhren.

»Seid ihr überfallen worden oder etwas in der Art?«, bohrte Genevieve weiter.

»Wie kommst du auf die Idee?« Fletcher schüttelte den Kopf und streifte sich die Schürze über.

»Na ja, Othello trägt einen Kopfverband, und du hast auch eine ganz schöne Beule am Schädel«, erwiderte sie auf dem Rückweg.

Fletcher fasste sich an die Schläfe und zuckte zusammen. Er hatte die Schwellung noch gar nicht bemerkt. Glücklicherweise standen sie nun wieder vor Hauptfrau Lovett, sodass er nicht weiter auf Genevieves Fragen eingehen musste.

»Wie ich höre, verfügen einige von euch über ihre Dämonen bereits seit sieben Tagen oder länger«, begann Lovett. »Sie dürften mittlerweile sehr müde sein, also wäre es ratsam, sie sofort zu bergen, damit sie sich erholen können. Wer von euch seinen Dämon letzte Woche bekommen hat, hebt die Hand.«

Genevieve und Rori meldeten sich sofort, nach kurzem Zögern auch Fletcher.

»Warum so schüchtern, Fletcher? So heißt du doch, oder?«, fragte Lovett und winkte ihn nach vorn.

»Ich habe meinen schon seit zweieinhalb Wochen«, antwortete er. »Ist das ein Problem?«

»Durchaus, er muss vollkommen erschöpft sein!«, schimpfte die Lehrerin.

Fletcher weckte Ignatius mit einem Gedanken. Der Salamander quäkte leise, sprang auf den Boden und sah sich neugierig um. Dabei leckte er sich unablässig das Maul, als habe er entsetzlichen Hunger. Kein Wunder, nachdem er die Maiskolben am Vorabend nicht angerührt hatte.

»Er schläft schon recht viel, aber das tut er eigentlich immer«, verteidigte sich Fletcher und bekam sofort ein schlechtes Gewissen, als Ignatius herzhaft gähnte.

»Ein Salamander!«, staunte Lovett. »Das ist in der Tat ein seltener

Dämon. Major Godwin wird sehr interessiert sein. Es passiert nicht oft, dass er Gelegenheit hat, eine neue Spezies zu untersuchen.«

»Wird Ignatius wegen seiner Erschöpfung einen Schaden davontragen?«, erkundigte sich Fletcher besorgt.

»Normalerweise nicht«, erwiderte Lovett. »Je stärker ein Dämon ist, desto länger kann er ohne Erholungspause in unserer Welt überleben. Bis die Erschöpfung ein lebensbedrohliches Stadium erreicht, dauert es ohnehin mehrere Monate. Da ihr keine Adligen seid, bin ich davon ausgegangen, dass ihr eher niedere Wichtel mit in den Unterricht brächtet, aber ihr scheint außerordentliches Glück zu haben. Letztes Jahr bekamen die bürgerlichen Novizen ausschließlich Kerfe, doch hier sehe ich einen Otter, einen Rindling, einen Salamander, ja sogar einen Golem.«

»Und einen Canid!«, rief Sylva und rollte ihr Beschwörungsleder aus. Fletcher sah mit einem Lächeln zu. Er war froh, dass sie sich auf die Seite der Bürgerlichen geschlagen hatte.

Rori trat unterdessen missmutig von einem Fuß auf den anderen. »Ich hab's satt, ständig gesagt zu bekommen, wie schwach Malachi ist«, murmelte er verärgert.

»Warum fängst du nicht gleich an, Sylva?«, schlug Lovett vor. »Ich werde zusehen und dir sagen, ob du alles richtig machst. Wenn man einmal weiß, was zu tun ist, ist es relativ simpel.«

Sylva zog ihre Handschuhe an, kniete sich auf die Beschwörungsmatte und legte die Hände darauf. Über ihren langen Ohren sah die Brille komisch aus, aber das schien sie nicht zu stören. Bestimmt konnte sie es nach dem gestrigen Erlebnis kaum erwarten, ihren Canid wieder um sich zu haben. Sie nahm einen ruhigen, tiefen Atemzug und starrte das Pentagramm an, bis es sanft violett zu leuchten begann.

»Seht ihr, wie sie das Mana durch ihre Hände in das Leder und schließlich in das Pentagramm leitet? Sobald es gleichmäßig leuchtet, ist es Zeit, den Dämon hervorzuholen.«

Das Pentagramm erstrahlte inzwischen in einem hellen Blau, dennoch geschah eine halbe Minute lang gar nichts. Sylva starrte weiter auf das Symbol, das einzige Geräusch in der Kammer war ihr schwerer Atem. Plötzlich erschien ohne weitere Vorwarnung ein weißer, etwa erbsengroßer Lichtpunkt über dem Leder. Binnen einer halben Sekunde dehnte er sich auf über einen Meter aus und verschwand dann wieder. Sariel hatte sich auf der Matte materialisiert, den Blick seiner vier Augen auf Sylva gerichtet. Ungestüm legte er ihr die Vorderpfoten auf die Schultern und stieß sie nach hinten um, während er ihr winselnd das Gesicht leckte. Fletcher fragte sich, ob Sariel wohl mitbekommen hatte, was seiner Herrin gestern widerfahren war, oder ob er Sylva einfach nur vermisst hatte.

»Dein Canid braucht zwar noch etwas Erziehung, aber abgesehen davon: gute Arbeit!«, kommentierte Lovett. »Ich werde nun Lysander herbeiholen und euch im Anschluss zeigen, wie man seinen Dämon in sich aufnimmt. Tretet jetzt alle einen Schritt zurück.«

Sylva und Sariel machten Platz, die anderen gehorchten ebenfalls.

»Je größer ein Dämon ist, desto schwieriger wird die Beschwörung. Auf dem Schlachtfeld werdet ihr keine Zeit haben, Schutzkleidung anzulegen, dennoch ist es ratsam, so viele Vorsichtsmaßnahmen wie möglich zu ergreifen, vor allem solange ihr noch Novizen seid«, erläuterte Lovett und kniete sich auf eine Ecke ihres Beschwörungsleders. »Die Schutzkleidung ist vor allem dann notwendig, wenn wir mit Symbolen arbeiten. Aber dazu kommen wir später.«

Sie zog eine Brille mit geschwärzten Gläsern hervor und setzte sich zusätzlich eine dicke Lederkappe auf. Das Pentagramm knisterte, gleißende Funken schlugen aus dem Leder. Eine riesige, weiß glühende Kugel bildete sich darüber, und schon nach wenigen Sekunden stand Lovetts Dämon vor ihnen: Das geflügelte Geschöpf hatte den Körper eines Löwen, Kopf und Klauen sahen aus wie bei einem Adler. Das hellbraune Gefieder des pferdegroßen Biests ging am Rücken in goldgelbes Fell über.

»Auch ich habe das Glück, einen seltenen Dämon zu besitzen: einen Greif«, verkündete Lovett. »Allerdings bekam ich ihn nicht geschenkt. Wie bei einigen von euch war auch mein erster Dämon ein Kerf, also lasst euch nicht entmutigen. Kerfe sind ihrem Herrn treu ergeben und leicht zu kontrollieren, selbst wenn es viele sind. Lysander hingegen erfordert all meine Konzentration. Major Godwin wird euch in den Dämonologiestunden alles beibringen, was ihr über die Kontrolle eures Wichtels wissen müsst.«

Genevieve hob Azura lächelnd an die Lippen und küsste ihren blauen Rückenpanzer.

»Heißt das, dass Ihr auch eine Bürgerliche seid?«, fragte Rori. Er konnte die Augen gar nicht mehr von dem majestätischen Greif abwenden.

»Nein … allerdings bin ich dabei gewesen, als die ersten Nicht-Adligen an der Akademie aufgenommen wurden. Ich bin die dritte Tochter der Lovetts von Calgari, das ist ein kleines Lehen in Nordhominum. Mein Vater hatte das seltene Glück, dass alle seine Kinder die Gabe erhielten. Als das jüngste Geschwister bekam ich den schwächsten seiner Dämonen, und in der Rückschau bin ich froh darum. Denn hätte ich einen stärkeren bekommen, hätte ich mich niemals auf das Dämonenfangen spezialisiert. Wenn ihr euch anstrengt, könnt ihr es auch schaffen.«

Sie schlang einen Arm um Lysander, der sogleich zärtlich den Kopf an ihre Brust legte. Die großen klugen Augen des Greifs waren von einem so tiefen Braun wie bei einer Eule. Sein Blick sprang von einem Novizen zum nächsten und blieb schließlich an Ignatius hängen. Aus irgendeinem Grund schien der Salamander ihn ganz besonders zu interessieren.

»Nun werde ich euch zeigen, wie ihr euren Dämon bergt. Das Pentagramm muss gezielt auf ihn ausgerichtet werden, und der Abstand darf nicht zu groß sein. Deswegen stellt man ihn normalerweise direkt auf das Leder. Wenn Lysander einige Meter darüber in der Luft schwebt, ist das allerdings auch kein Problem.«

Lovett legte ein weiteres Mal die Hände auf das Leder und ließ das Pentagramm aufleuchten.

»Als Erstes leitet ihr euer Mana in das Pentagramm. Schon bald werdet ihr eine Art Hindernis zwischen eurem Bewusstsein und dem eures Dämons spüren. Wenn es so weit ist, zieht ihr ihn durch das Hindernis hindurch …« Sie keuchte leise, Lysander glühte plötzlich und löste sich in weiße Lichtfäden auf, die in Lovetts Hände strömten. »Das war's schon«, verkündete sie mit schweißglänzender Stirn.

Die anderen beklatschten die gelungene Vorstellung, und nur Fletcher schwante nichts Gutes, als Lovett ihm den strengen Blick zuwandte und auf den Boden vor ihm deutete.

»Dein Dämon hat die Erholung am nötigsten, also wirst du dein Glück als Erster versuchen, Fletcher. Arcturus sagte mir, du wärest ungewöhnlich begabt für Zaubersprüche. Lass mal sehen, ob das Gleiche auch für das Bergen deines Dämons gilt.«

Ganz langsam rollte Fletcher die Beschwörungsmatte aus und setzte Ignatius darauf. Der Dämon spürte seine Anspannung und stieß ein nervöses Zirpen aus. Dann kanalisierte er sein Mana in das Leder, wie Lovett es vorgemacht hatte. Ohne ein einziges Mal zu flackern, leuchtete es sofort grellviolett auf.

Lovett legte ihm eine Hand auf die Schulter. »Spürst du es, Fletcher?«

»Ja«, antwortete er durch zusammengebissene Zähne. Das Mana hatte seine Wahrnehmung so sehr geschärft, dass er das Leuchten des Pentagramms kaum ertragen konnte.

»Jetzt zieh ihn hindurch. Anfangs wird es dir noch schwerfallen, aber beim ersten Mal ist das ganz normal.«

Lovetts Stimme klang, als käme sie aus weiter Entfernung. Das lauteste Geräusch war sein eigener Pulsschlag. Fletcher fühlte das Mana in seinen Adern pulsieren und spürte die Barriere zwischen ihm und Ignatius. Er tastete nach dem Geist seines Dämons, umfasste ihn und zog mit aller Macht. Ein Stöhnen drang aus seiner Kehle. Es war, als hinge der Salamander in einem unsichtbaren Netz fest. Dann verschwand der Widerstand plötzlich, und das Bewusstsein des Dämons verschmolz mit seinem eigenen. Es fühlte sich an, als tauche er in eine warme Badewanne.

»Gut gemacht, Fletcher. Du darfst dich jetzt ausruhen«, flüsterte Lovett ihm ins Ohr.

Fletcher rang nach Atem und ließ die Stirn erschöpft auf das Leder sinken. Nur am Rande seines Bewusstseins bekam er den Applaus und die Jubelrufe der anderen mit. Sein Geist war von vollkommener Klarheit und einem Glücksgefühl erfüllt, als hätte er berauschende Kräuter verzehrt.

»Was Fletcher gerade spürt, ist das momentane Glücksgefühl, wenn zwei Bewusstseine miteinander verschmelzen. Sein Dämon ist jetzt in ihm, doch schon in wenigen Minuten wird er davon gar nichts mehr merken. Ignatius sieht alles, was auch Fletcher sieht. In der Schlacht ist das ein immenser Vorteil, da euer Dämon bereits auf die Situation vorbereitet ist, wenn ihr ihn herbeiruft«, erläuterte Lovett, während sie vor der Gruppe auf und ab ging.

»Es kann vorkommen, dass ein Bändiger die Erinnerungen seines Dämons sieht, wenn er ihn die ersten Male in sich aufnimmt, aber auch das geht nach ein paar Monaten vorbei. Dennoch ist es wichtig, euch alles zu merken, was ihr dabei über den Äther erfahrt. Schreibt euch so viele Details auf wie möglich, und berichtet mir und Major Godwin, was ihr gesehen habt. Wir brauchen alle Informationen über das Leben der Dämonen, die wir nur bekommen können.«

Fletcher stand mit einiger Mühe auf und gesellte sich wieder zu den anderen. Sein Kopf drehte sich noch immer.

Seraph klopfte ihm mit einem neidischen Grinsen auf die Schulter. »Gute Arbeit«, flüsterte er. »Sieht so aus, als hättest du gerade die Messlatte für uns alle gelegt.«

»Glaub ich nicht. Ich fühle mich, als wär ich dabei beinahe draufgegangen.« Fletcher spürte Ignatius' Gegenwart in seinem Innern und konnte kaum unterscheiden, wo sein Bewusstsein endete und das des Salamanders anfing. Ein sehr eigenartiges Gefühl. Es gab keine Verbindung mehr zwischen ihnen, sie waren eins – so wie zwei Flüsse, die sich nun dasselbe Bett teilten.

Othello lächelte ihm aufmunternd zu, und selbst Sylva tätschelte anerkennend seinen Arm, bevor sie sich wieder Sariel zuwandte. Die Elfe vergrub Gesicht und Hände im goldenen Fell des Dämons und hielt sich daran fest, als hinge ihr Leben davon ab. Fletcher hatte den Eindruck, als werde es noch eine ganze Weile dauern, bis sie bereit war, ihn wieder in sich aufzunehmen.

»Und jetzt lasst mich mal eure Köpfe ansehen«, sagte Lovett auf einmal. Sie winkte Othello und Fletcher nach vorn, dann flüsterte sie: »Gibt es irgendetwas, das ihr mir mitteilen wollt? Ihr und Sylva seht aus, als kämt ihr geradewegs aus dem Krieg, und ich weiß, wovon ich spreche.«

»Es ist nichts vorgefallen, womit wir nicht zurechtgekommen wären«, versicherte Fletcher und stieß Othello mit dem Ellbogen an.

»Ganz richtig, genau so war es«, bestätigte der Zwerg.

Lovetts Blick sprang zwischen den beiden hin und her, schließlich nickte sie. »Falls sich eure Meinung irgendwann ändern sollte, könnt ihr jederzeit zu mir kommen«, sagte sie leise. »Ihr müsst eure Schlachten nicht allein schlagen.«

Sie trat einen Schritt zurück und hob die Stimme. »Kommt her, alle. Ich werde jetzt einen Heilzauber anwenden, also seht genau zu.«

Die Gruppe versammelte sich und tuschelte wegen der unverhofften Gelegenheit, gleich den nächsten Zauber zu bezeugen, aufgeregt los.

Othello nahm seinen Verband ab, darunter kam eine hässlich gezackte Wunde zum Vorschein. Fletcher zuckte schon allein bei dem Anblick zusammen. Er hatte sich die Verletzung nicht so schlimm vorgestellt.

»Passt jetzt gut auf.« Lovett malte ein herzförmiges Wyrrlicht in die Luft, dann deutete sie auf Othellos Wunde. »Der Heilzauber wirkt bei Schnitten, Prellungen und inneren Verletzungen ganz hervorragend. Gegen Gifte und Krankheiten kann er allerdings nichts ausrichten«, sprach sie weiter, mit tiefen Konzentrationsfalten auf der Stirn. »Er verbraucht viel Mana und dauert umso länger, je tiefer die Verletzung sitzt.«

Als sie ausatmete, strömte ein goldenes Licht von dem schwebenden Symbol zu Othellos Kopf. Eine halbe Minute lang passierte gar nichts, dann beobachtete Fletcher erstaunt, wie sich die Wunde von selbst schloss und beinahe restlos verheilte. Lediglich etwas Schorf blieb zurück.

Während die anderen das Kunststück bejubelten, wandte Lovett sich Fletcher zu und betrachtete seine Stirn. Schließlich schüttelte sie den Kopf. »Das wird leider von selbst heilen müssen«, kommentierte sie und deutete auf die Schwellung. »Könnte sein, dass der Schädelknochen darunter angebrochen ist. Der Zauber lässt zwar auch Knochen wieder zusammenwachsen, aber nicht immer in der ursprünglichen Form, sodass du für den Rest deines Lebens entstellt wärst. Das Risiko gehen wir lieber gar nicht erst ein.«

Fletcher nickte und befühlte die schmerzende Beule an seiner Schläfe.

Lovett klatschte in die Hände. »Gut, jetzt seid ihr anderen dran. Sobald alle das Bergen ausreichend beherrschen, können wir uns den vergnüglicheren Dingen zuwenden.«

»Und die wären?«, fragte Rori, nachdem er sein Beschwörungsleder auf dem Boden ausgerollt hatte.

Lovett nahm die Schutzbrille ab und lächelte geheimnisvoll. »Wir werden einen Ausflug in den Äther unternehmen.«

33

DIE NÄCHSTE STUNDE GAB MAJOR GODWIN, ein aufbrausender und strenger alter Herr mit Schnapsnase und borstigem, weißem Kinnbart. Der forsche Schritt, mit dem er in den Unterrichtssaal trat, stand in krassem Gegensatz zu seiner beleibten Statur.

»Dämonologie ist der Schlüssel zu eurer Zauberkraft und zu eurer Arbeit im Äther. Ihr Gegenstand ist die Klassifizierung, das Verständnis und die Aufzucht aller bekannten Dämonen. Geografie und Beschaffenheit des Äthers gehören ebenso dazu. Darin eingeschlossen ist außerdem die Auswirkung eines Dämons auf die Mana- sowie die Erfüllungsstufe eines Beschwörers.«

Er sprach in kurzen, abgehackten Sätzen und spuckte dabei fürchterlich. Die Adligen in der ersten Reihe befanden sich direkt in der Schusslinie. Tarquins säuerlichem Gesichtsausdruck nach zu urteilen, war er über die Speicheldusche nicht erfreut, wie Fletcher zufrieden feststellte.

Leider zog Fletchers erfreutes Lächeln Godwins Aufmerksamkeit auf sich.

»Du da, was ist mit der Erfüllungsstufe eines Bändigers gemeint?«, fragte er und deutete auf Fletcher.

»Ähm … sein Glücksgefühl?«, antwortete er. Was sollte auch sonst gemeint sein?

»Lächerlich! Der Begriff bezieht sich darauf, wie viele Dämonen er bändigen kann. Ich hatte gehofft, dass jemand, dem das Glück zuteilwurde, einen so seltenen Dämon zu bekommen, sich vor der ersten Stunde etwas Wissen aneignen würde. Offensichtlich habe ich mich aber getäuscht. Eine Schande ist das«, schimpfte Godwin kopfschüttelnd.

Fletcher spürte, wie er vor Scham feuerrot wurde. Isadora drehte sich um und warf ihm ein verächtliches Grinsen zu.

»Könnte vielleicht jemand mit etwas mehr Ahnung die Frage beantworten? Was ist mit dir, Malik?«, fuhr Godwin fort.

»Ja, Herr. Die Fähigkeit, die Kraft eines Dämons zu bändigen, ist bei allen Beschwörern unterschiedlich stark ausgeprägt«, erwiderte ein groß gewachsener Adliger mit dunkler Haut. »Hauptfrau Lovett beispielsweise kann lediglich einen Greif und einen Kerf kontrollieren, während ein anderer dies bei zwei Greifen vermag, weil er von Geburt an über eine höhere Erfüllungsstufe verfügt.«

»Korrekt. König Alfric hatte eine Erfüllungsstufe von einhundert, das ist der höchste Wert, der seit Beginn der Aufzeichnungen festgestellt wurde. Um Hauptfrau Lovett noch einmal als Beispiel heranzuziehen: Sie verfügt über einen Greif und einen Kerf, einen Dämon der Stufe zehn und einen der Stufe eins. Das bedeutet, dass ihre Erfüllungsstufe elf beträgt. Was wissen wir sonst noch?«

»Die Erfüllungsstufe kann sich im Lauf der Zeit erhöhen«, antwortete Malik nach kurzer Pause.

»Wie denn?«

»Das weiß ich nicht, Herr.«

Godwin schnaubte zornig. »Das ist nicht gut genug. Die korrekte Antwort lautet: Die Erfüllungsstufe steigt im Lauf der Jahre von allein an, allerdings mit individuell unterschiedlicher Geschwindigkeit. Durch harte Arbeit lässt sich der Prozess beschleunigen. Mit ihren angeborenen Fähigkeiten hätte Lovett niemals einen Greifen bändigen können. Durch beständiges Üben, Ausflüge in den Äther und regelmäßige Kämpfe mit anderen Dämonen hat sie sich jedoch hochgearbeitet. Manche Bändiger erreichen niemals eine höhere Stufe als fünf, andere fangen bei fünf an und schaffen es schließlich bis zwanzig oder darüber hinaus. Warum schreibt ihr das nicht mit?«, blaffte Godwin und besprühte die vorderste Reihe erneut mit seinem Speichel.

Alle im Raum zogen Pergament und Federkiel aus ihrem Beutel hervor und begannen emsig zu schreiben, nur Fletcher starrte hilflos auf seine leeren Hände. Er hatte kein Schreibzeug. Die anderen wussten schon seit Wochen, dass sie an die Akademie gehen würden, und hatten sich mit allem Nötigen ausgestattet. Während der wenigen Tage Vorlauf, die ihm geblieben waren, hatte Fletcher schlichtweg nicht daran gedacht.

Godwin ärgerte sich, als er ihn als Einzigen untätig dastehen sah. »Du bist doch dieser Fletcher, oder?«

»Ja, Herr«, erwiderte er und senkte beschämt den Kopf.

»Während die anderen im Gegensatz zu dir etwas lernen, kannst du mir ja vielleicht erklären, was mit einem Dämon geschieht, wenn sein Bändiger in der Schlacht getötet wird?«

Fletcher überlegte fieberhaft. Er wollte sich unbedingt rehabilitieren und würde lieber raten, als gar nichts zu sagen. Wie er wusste, wurden Dämonen oft in Schaugläsern konserviert und als Attraktionen herumgezeigt. Aber irgendetwas musste doch passieren, wenn der Bändiger starb und der Dämon sich plötzlich frei bewegen konnte … außer es handelte sich um eine Fangfrage. Fletcher dachte an die Geschichte von James Baker zurück, die Rotter ihm erzählt hatte. Dass Ignatius selbst dann noch an Bakers Seite verharrt hatte, als der Bändiger schon längst tot gewesen war. Also war es tatsächlich eine Fangfrage!

»Nichts, Herr«, antwortete er mit voller Überzeugung, da sah er Tarquin schon grinsen. Noch bevor Godwin überhaupt den Mund öffnete, wusste Fletcher, dass er sich getäuscht hatte.

»Wieder falsch! Weißt du überhaupt *irgendetwas* über Dämonen? Wenn der Bändiger stirbt, verweilt sein Dämon nur noch wenige Stunden in unserer Welt, bevor er unweigerlich in den Äther zurückgesaugt wird. Ein Dämon muss gebändigt sein, um hier zu überleben. Die Verbindung zwischen ihm und dem Beschwörer ist es, die ihn in dieser Welt hält. Andernfalls verschwindet er einfach. Oder hast du schon mal einen Dämon herrenlos herumlaufen sehen?«

Godwin sprach möglichst laut, damit alle ihn hörten, und die Federkiele der anderen jagten nur so übers Pergament. Dann wandte er sich angewidert von Fletcher ab und ging zu einem Regal mit mehreren Schriftrollen darin. Eine davon zog er heraus und befestigte sie mit vier Nadeln an der Wand. Es handelte sich um die detaillierte

Darstellung eines Kerfs, die mit allerlei Zahlen und Anmerkungen versehen war.

»Heute besprechen wir die Kerfe. Sie sind die schwächste aller Dämonenarten und stehen am unteren Ende der Nahrungskette, im Gegensatz zu ihren ähnlich niederen Verwandten lohnt es sich dennoch, sie zu fangen. Ich weiß, dass bereits zwei Kerfe im Saal sind, Skarabäen genauer gesagt, die wiederum die stärksten Vertreter ihrer Gattung sind. Sie haben wenig Mana und sind auffallend klein, aber gute Späher. Im Kampf eignen sie sich hervorragend, um den Feind abzulenken, vor allem wenn sie sich auf dessen Augen stürzen. Die Skarabäen von Genevieve und Rori sind noch sehr jung. In ein paar Monaten werden ihnen Giftstacheln wachsen, die einen Gegner vorübergehend lähmen und ihm beachtliche Schmerzen zufügen können. Zehn Stiche genügen, um einen ausgewachsenen männlichen Ork zu fällen, was zeigt, dass ihr Gift nicht zu unterschätzen ist.«

»Wunderbar!«, rief Rori und schlug sich sofort beschämt die Hände über den Mund. Alle lachten – außer Godwin, der nur verärgert die Nase rümpfte.

So ging es noch mehrere Stunden lang. Sie besprachen das Fresssowie Paarungsverhalten von Skarabäen und noch einiges andere, während die Novizen alles brav aufschrieben. Fletcher beobachtete niedergeschlagen, wie sie Seite um Seite füllten, bis Othello ihn mit dem Fuß anstieß und flüsterte: »Mach dir keine Sorgen, du kannst später alles bei mir abschreiben.«

Nach dem Mittagessen lieh sich Fletcher von Rori einen Federkiel, außerdem einen Stapel Pergament von Genevieve, damit er für den Nachmittag besser vorbereitet war. Als sie in den Saal zurückkehrten, stellte er jedoch überrascht fest, dass Scipio sie dort ungeduldig erwartete.

»Du meldest dich unverzüglich in der Bibliothek, Fletcher«, sagte er verärgert. »Bereits vor Tagen habe ich dir gesagt, dass du Bakers Buch dort abgeben sollst, aber du hast es bisher nicht getan. Falls es Euch nichts ausmacht, Major Godwin?«

»Nicht bei ihm«, brummte Godwin. »Er ist eine einzige Enttäuschung.«

Scipio hob die Augenbrauen, sagte aber nichts.

Fletcher wurde rot und sammelte seine Sachen zusammen. Hatte er wirklich einen so schlechten Eindruck hinterlassen?

»Mann, die sind aber streng hier, was das Abliefern von Büchern angeht«, flüsterte ihm Rori ins Ohr.

»Wir treffen uns gleich in der Bibliothek. Und vergiss das Buch nicht, Fletcher«, sagte Scipio, dann verließ er ohne ein weiteres Wort den Raum.

Fletcher eilte die Treppen hinauf und verfluchte sich wegen seiner Vergesslichkeit. Er hatte Berdon immer noch nicht geschrieben, hatte das Buch noch nicht abgegeben, und was am wichtigsten war: Er hatte sogar versäumt, es zu lesen.

Dann rief er sich ins Gedächtnis, dass es in dem Schafstransporter ohnehin zu dunkel zum Lesen gewesen war, worüber er sich während der Fahrt auch schon gehörig geärgert hatte. Der Gestank war fürchterlich gewesen, dann noch die Hitze, und Fletcher hatte sich mit nichts ablenken können außer seinen eigenen Gedanken. Andererseits hätte er in der vergangenen Nacht durchaus Gelegenheit zum Lesen gehabt.

Nachdem er das Buch von ganz oben im Turm geholt und die Bibliothek beinahe erreicht hatte, war Fletcher vollkommen außer Atem. Er lehnte sich gegen die Wand, um sich zu sammeln, damit Scipios Meinung von ihm nicht noch schlechter wurde, weil er schon wieder so verschwitzt und nervös vor ihm stand.

»Worauf wartest du noch, rein mit dir!«, bellte der Vorsteher. Er stand direkt hinter Fletcher, legte ihm eine Hand auf die Schulter und schob ihn vorwärts.

Gemeinsam betraten sie die Bibliothek. Der abgestandene Geruch der alten Bücher weckte in Fletcher unangenehme Erinnerungen an die Krypta auf dem Friedhof. Unwillkürlich fragte er sich, ob all das wirklich erst wenige Wochen her war.

»Ah, da ist er ja. Ich muss zugeben, ich habe mich schon lange auf diesen Augenblick gefreut. Danke, dass Ihr ihn hergebracht habt, Vorsteher Scipio«, kam eine weibliche Stimme von irgendwo hinter den Regalen. Kurz darauf tauchte eine Frau mittleren Alters mit blonden

Locken und einer Brille mit messingfarbenem Gestell zwischen den endlosen Reihen auf. Sie hatte etwas Matronenhaftes, doch ihr Blick war unvoreingenommen, das Gesicht ehrlich.

»Dies ist Dame Rose Ferrhaven, Bibliothekarin und Krankenschwester an unserer Akademie. Sie ist schon recht lange bei uns«, murmelte Scipio.

»Ich bitte Euch, Vorsteher, so alt bin ich nun auch wieder nicht! Jetzt aber her mit dem Buch, ich kann es kaum erwarten.« Sie winkte beide an einen niedrigen Tisch, der über und über mit brennenden Kerzen bedeckt war.

»Leg es hier in die Mitte, damit wir alle etwas sehen. Arcturus sagte mir bereits, dass es ursprünglich von James Baker stamme. Ich erinnere mich noch gut an Baker, er war ein stiller Junge und ständig am Zeichnen. Im Herzen war er immer ein Künstler, kein Krieger. Er hätte nie an die Front gehen sollen, und ich bedaure zutiefst, was ihm widerfahren ist«, sagte sie mit einem Seufzen und setzte sich an den Tisch.

Fletcher legte das Buch ab und blickte der Dame Ferrhaven neugierig über die Schulter, während sie mit geschultem Blick durch die Seiten blätterte.

»Unglaublich«, keuchte sie, während sie die detaillierten Skizzen und Anmerkungen bestaunte. Soweit Fletcher es beurteilen konnte, standen Bakers Aufzeichnungen dem Schaubild, das Major Godwin benutzt hatte, in nichts nach.

»Er hat die Dämonen aus dem Ork-Teil des Äthers studiert, ihren Körperbau und ihre Eigenschaften. Er muss jeden Orkdämon seziert haben, den er nur finden konnte. Das ist genau das, was wir für unsere Archive brauchen! Die meisten Schlachtmagier scheinen eine der wichtigsten Soldatenweisheiten vergessen zu haben: Kenne deinen Feind. Vielleicht nehmen sie sich das nun zu Herzen, da wir dieses Buch haben.«

Fletcher grinste. Er war froh, endlich etwas beigetragen zu haben, wenn auch nur indirekt.

»Das sind hervorragende Neuigkeiten, Dame Ferrhaven. Dennoch hatte ich gehofft, in dem Buch wäre beschrieben, wie und wo er das Beschwörungsleder für Fletchers Salamander gefunden hat«, erwiderte Scipio etwas enttäuscht.

»Wenn Ihr bis ganz zum Ende des Buchs blättert, Dame Ferrhaven, dort müsste etwas darüber stehen«, warf Fletcher ein. »Da finden sich nämlich Bakers Tagebucheinträge.«

Ferrhaven schlug die letzten Seiten auf, wo die Zeichnungen endeten und in Schrift übergingen. »Was ist das?«, fragte sie unvermittelt und zog das Stück Haut hervor, das Fletcher benutzt hatte, um Ignatius herbeizurufen.

»Ich … würde das an Eurer Stelle lieber nicht anfassen«, stotterte Fletcher.

»Ich weiß, was das ist«, erwiderte Ferrhaven und befühlte fasziniert das Material. »Vor vielen Jahren habe ich schon einmal ein solches Stück gesehen. Früher ritzten die Orkschamanen die Beschwörungssymbole häufig in die Haut von Feinden, wenn sie ihrem Lehrling einen Dämon schenkten. Heutzutage scheint es mir allerdings weniger üblich. Sehen wir einmal, was Baker dazu aufgeschrieben hat …«

Ihre Augen rasten nur so über die Seiten – immerhin war sie Bibliothekarin –, während Fletcher und Scipio geduldig warteten. Schon nach kurzer Zeit war sie auf der letzten Seite angelangt und legte das Buch beiseite.

»Der arme James«, sagte sie mit einem Kopfschütteln. »Er muss mit den Nerven vollkommen am Ende gewesen sein, niemand nahm seine Forschungen ernst. Die anderen Schlachtmagier schauten auf ihn herab, weil er als Beschwörer so schwach war. Der arme Tropf war mit einer Erfüllungsstufe von gerade einmal drei gestraft. Ich vermute, der verhängnisvolle Einsatz im Dschungel ist ein letzter verzweifelter Versuch gewesen, an die Symbole zu kommen, die die Orkschamanen benutzen.«

»Dieser Narr«, schnaubte Scipio und warf die Hände in die Luft. »Die Orks wissen, dass wir hinter ihren Symbolen her sind. Niemals betreten sie den Äther, wenn sie sich in der Nähe der Front aufhalten. Aber nun erzählt mir von diesem Beschwörungsleder. Darum geht es doch schließlich.«

»Hier steht, er hätte es in einer alten Orksiedlung gefunden. Weiter vorn schrieb er, dass an derselben Stelle außerdem Skelette vergraben waren, sowohl von Menschen als auch von Orks. Ich vermute, das

Dorf wurde während einer Zeremonie angegriffen. Die Soldaten, die im Anschluss das Massengrab aushoben und das Leder mit hineinwarfen, wussten vermutlich nicht einmal, was sie da in Händen hielten«, erläuterte Ferrhaven und befühlte das Stück Menschenhaut mit morbider Faszination.

»Das bringt uns nicht weiter«, murrte Scipio. »Ein glücklicher Zufall ist das, sonst nichts. Ich bezweifle, dass wir weitere solcher Stücke finden werden, und wenn wir noch so viele alte Knochen ausgraben. Fertigt Kopien des Buches an und schickt sie an unsere Schlachtmagier.«

»Sehr wohl, Vorsteher Scipio, ich werde noch heute damit beginnen. Allerdings bräuchte ich bei den Zeichnungen Hilfe«, erwiderte Ferrhaven und blätterte gedankenverloren durch die Seiten.

»Die sollt Ihr bekommen. Wenigstens hat die Sache so doch noch etwas Gutes«, brummte Scipio und wandte sich zum Gehen. »Außer der Tatsache, dass du nun unsere Reihen verstärkst, Fletcher«, fügte er hinzu, als er schon in der Tür stand.

Fletcher beäugte das Buch wehmütig. Er konnte nicht fassen, dass er es trotz all der Zeit, die inzwischen vergangen war, noch nicht gelesen hatte. Die Dame Ferrhaven blätterte weiter darin, bis Fletcher mit einem Räuspern auf sich aufmerksam machte.

Ferrhaven blickte auf, als hätte sie ihn vollkommen vergessen. »Du musst verzeihen, Fletcher, aber dieses Buch hat mich regelrecht in Bann geschlagen. Tausend Dank dafür, dass du es hergebracht hast. Ich fürchte, ich werde es eine Weile behalten müssen, bis wir eine ausreichende Zahl von Kopien davon haben. Das sollte nicht länger als ein paar Monate dauern. Danach kannst du es zurückbekommen.«

34

FLETCHER HATTE GEHOFFT, einen Blick auf die Dämonen der Adligen zu erhaschen, als Lovett im Verlauf der nächsten Stunde die Novizen wieder zusammenrief. Leider hatte sie der anderen Gruppe befohlen, ihre Wichtel wieder in sich aufzunehmen, bevor sie den Trennvorhang beiseiteschob.

Mit Überraschung hatte er festgestellt, dass Rori und Genevieve ihre Kerfe auf Anhieb hatten bergen können, während Seraph, Othello und Atlas mehrere Anläufe brauchten. Andererseits war das nur verständlich, denn je stärker der Dämon, desto schwerer war es, ihn in sich aufzunehmen.

Während die Unterrichtstage verstrichen, begann Fletcher, eine Bestandsaufnahme seiner Klassenkameraden zu machen. Die Adligen verfügten zwar über ein beachtliches Geschick, doch waren sie faul und gaben sich mit dem zufrieden, was sie bereits wussten. Im Gegensatz dazu lernten die Bürgerlichen mit großem Fleiß und saugten alles Neue begierig in sich auf. Leider war Übung immer noch der beste Lehrer, daher dauerte es eine Weile, bis sie echte Fortschritte erzielten. Dennoch taten sich Sylva und Othello ganz besonders hervor. Sie hatten eine natürliche Begabung und bekamen beinahe in jeder Übungsstunde Lob und Anerkennung von den Lehrern. Das Gleiche galt für den eher theoretischen Unterricht in Dämonologie. Die beiden wohnten praktisch in der Bibliothek und durchkämmten die dicken Wälzer nach versteckten Hinweisen. Fletcher lernte von ihnen genauso viel wie von Major Godwin.

Seraph und er zeigten ebenfalls gute Leistungen, aber eher durch harte Arbeit denn durch Talent. Die anderen hatten sich darauf verlegt, die Wochenenden in Corcillum zu vertrödeln, wo sie Geschenke und Dinge für den täglichen Bedarf kauften, die sie ihren Familien schickten. Seraph schien aus einem wohlhabenden Haus zu stammen und hatte Corcillum schon öfter besucht, weshalb er seine Zeit lieber beim Lernen mit Fletcher verbrachte. Er war eine Frohnatur mit zügellosem Humor, was ihm oft strafende Blicke von Sylva und Othello einbrachte, wenn sie alle vier in der drückenden Stille der Bibliothek saßen und büffelten.

»Kommt näher, alle!«, rief Lovett und riss Fletcher aus seinen Gedanken.

Vier Diener hatten eine kreisrunde Steintafel in die Beschwörungskammer gebracht. Sie war von einem weißen Leinentuch bedeckt, unter dem sich ein rundlicher Gegenstand abzeichnete. Die Novizen drängten sich um die Tafel zusammen, die gerade groß genug war, dass alle Platz daran fanden. Als sich der verschwitzte Atlas neben Isadora quetschte, hielt sie sich demonstrativ ein seidenes Taschentuch vor die Nase.

»'tschuldigung«, murmelte Atlas beschämt.

Lovett trat von der Tafel zurück und kniete sich vor das Pentagramm in der Mitte der Beschwörungskammer. Anders als die Ledermatten, die sie bisher verwendet hatten, war das Pentagramm von fremdartigen Symbolen umgeben, wie Fletcher sie auch auf dem Einband von Bakers Tagebuch gesehen hatte.

»Ihr dürft ein mit Symbolen versehenes Pentagramm nur benutzen, wenn ein Lehrer dabei ist. Haben das alle verstanden?«, fragte Lovett streng. »Ein Verstoß gegen diese Regel führt zum sofortigen Ausschluss von der Akademie. Merkt euch das!«

Die Novizen nickten stumm, während sie das Pentagramm mit Energie auflud. Der fünfzackige Stern begann zu leuchten, Funken sprühten aus den feinen Linien. Dieses Mal verharrte Lovett mehrere Minuten lang mit geschlossenen Augen in tiefer Konzentration. Ein Summen erfüllte die Kammer, stotternd und ungleichmäßig wie das Gestammel eines Verrückten.

»Sieh dir das an. Wenn selbst Lovett so lange braucht, könnte ich ein solches Pentagramm wahrscheinlich gar nicht benutzen, selbst wenn ich wollte«, flüsterte Seraph. »Ich kann ja Splitter kaum in mir aufnehmen, ohne dabei ohnmächtig zu werden.«

»Mach dir nichts draus. Mit genügend Übung bekommen wir das bestimmt auch hin«, flüsterte Fletcher zurück.

Eine blaue Lichtkugel erschien über dem Pentagramm und schwebte wie eine kleine Sonne vor ihnen. Lovett keuchte, dann rutschte sie auf den Knien weiter zum nächsten Pentagramm. Als sie es sanft mit den Händen berührte, materialisierte sich ein Dämon darüber.

»Ein Kerf!«, flüsterte Genevieve Rori aufgeregt ins Ohr.

Lovett hörte es und lächelte ihr erschöpft zu. »Ganz recht. Das sind die besten Späher, die man sich vorstellen kann, und für die Jagd im Äther unverzichtbar. Valens war mein erster Dämon. Ohne ihn hätte ich Lysander niemals fangen können, auch keinen der anderen Dämonen, die ich vor ihm hatte.« Sie kam zurück an die Tafel und legte eine Hand auf das weiße Tuch, das darüber ausgebreitet lag. In der anderen hielt sie eine Lederschnur, die mit dem ersten der beiden Pentagramme verbunden war. Wahrscheinlich, um den Manafluss aufrechtzuerhalten, vermutete Fletcher.

»Was ihr jetzt gleich sehen werdet, ist das teuerste Stück in der gesamten Ausstattung der Akademie. Ihr dürft es nicht berühren, es nicht einmal anhauchen. Seht einfach nur zu«, fuhr Lovett in ernstem Ton fort und wartete, bis alle gehorsam nickten. Dann zog sie das Tuch weg.

Ein riesiger, in Marmor gefasster Kristall kam darunter zum Vorschein. Er schimmerte in dem kräftigen Lila wilden Heidekrauts und war so klar wie ein Gebirgsbach.

»Bei dem Kristall, den ihr hier seht, handelt es sich um einen äußerst seltenen Korund«, erläuterte sie. »Es gibt sie in beinahe allen Farben, aber ein so großes und klares Exemplar wie dieses hier findet man so gut wie nie. Im Allgemeinen bezeichnen wir sie als Hellsehersteine, dieser hier wird jedoch der Oculus genannt. Wer sich keinen Hellseherstein leisten kann, bekommt von der Akademie einen gestellt, doch werdet ihr bald merken, dass sie an Größe und Klarheit bei Weitem nicht an diesen hier herankommen.«

Lovett gab Valens ein Zeichen, woraufhin der Käfer über ihre Köpfe hinwegschwebte und sich auf dem Kristall niederließ. Im Gegensatz zu Malachis und Azuras schillernden Rückenpanzern war Valens' von einem stumpfen Braun.

Als hätte sie Fletchers Gedanken gelesen, tätschelte sie den kleinen Kerf anerkennend. »Valens ist genau der Richtige für diese Aufgabe. Er mag nicht so hübsch sein wie andere Skarabäen, aber seine Tarnung bietet einen hervorragenden Schutz vor den hungrigen Dämonen im Äther.«

Fletcher dachte an den braunen Käfer, den Ignatius auf dem Friedhof verzehrt hatte, der allerdings sehr viel kleiner gewesen war als Valens. Vielleicht hatte er zu einer anderen Spezies gehört.

»Gut, fangen wir also an. Ihr müsst euer Mana durch den Dämon hindurch in den Kristall leiten. Das geht so«, erklärte Lovett und legte eine Hand auf Valens.

Der Oculus wurde einen Moment lang schwarz, und als Lovett ihre Hand wieder hob, veränderte sich die Farbe erneut. Im ersten Augenblick glaubte Fletcher, der Kristall hätte sich in einen Spiegel verwandelt, denn er sah sein eigenes Gesicht darin, dann aber plötzlich das von Seraph.

»Ihr seht jetzt durch Valens' Augen. Diese Technik wird Hellsehen genannt und ist äußerst nützlich, um etwas auszukundschaften oder euren Dämon aus der Ferne zu kontrollieren. Ihr spürt nicht nur seine Gefühle, sondern seht in dem Kristall genau das, was auch er sieht. Bevor ihr den Äther betretet, schickt ihr zunächst euren schwächsten Dämon durch das Portal und überprüft die Lage auf der anderen Seite. Sollte dort Gefahr lauern, riskiere ich lieber, Valens zu verlieren als Lysander. Gleichzeitig ist der Kerf aufgrund seiner geringen Größe und Wendigkeit wesentlich unauffälliger. Er wird leichter übersehen und hat bessere Chancen zu entkommen.«

Als Valens sich in die Luft erhob, schwankte das Bild auf dem Kristall. Unmittelbar vor der sich drehenden blauen Lichtkugel blieb er stehen. Dann schnalzte Lovett mit der Zunge, und der Kerf jagte wie vom Katapult geschossen in das Licht.

Das Erste, was Fletcher in dem Kristall sah, war der rötliche Boden.

Ein böiger Wind wirbelte feinen rostfarbenen Sand auf, der sich an mehreren Stellen zu Staubteufeln verdichtete. Der Himmel leuchtete so orange wie bei einem Sonnenaufgang, doch die Luft war kalt, und Fletcher konnte nirgendwo eine Sonne entdecken. Hier und da ragten verkrüppelte Bäume auf. Ihre Äste waren grotesk verrenkt und längst so tot wie offenbar alles in dieser lebensfeindlichen Welt.

»Hervorragend«, freute sich Lovett. »Wir sind mitten in den Ödlanden.«

»Ödlande?«, wiederholte Rori mit einem Schaudern.

»Der Zufall spielt immer mit, wenn wir den Äther betreten. Wo genau wir herauskommen, lässt sich nie mit hundertprozentiger Sicherheit vorhersagen. Die Ödlande haben ihre Vor- und Nachteile, es kommt ganz darauf an, was man bezweckt. Man erlebt hier nur selten unliebsame Überraschungen. Will man allerdings einen Dämon fangen, hat man einen weiten Weg zurück zum Portal vor sich. Wäre ich auf Jagd, würde ich deshalb dieses Portal schließen und für den Rückweg ein neues öffnen, aber für unsere momentanen Zwecke ist es ideal. Die Landschaft, die ihr hier seht, liegt genau zwischen dem Nichts und der Grenze zu dem im Zentrum gelegenen bewohnten Teil des Äthers«, erklärte Lovett leise. Ihre Stimme klang angestrengt, und Fletcher sah die pulsierende Ader, die an ihrer Stirn hervorgetreten war. Die Aufgabe schien Lovett eine Menge Kraft und Konzentration zu kosten.

Valens ließ das Portal hinter sich und stieg immer höher. In der Beschwörungskammer war es bis auf Lovetts gepresste Atmung mucksmäuschenstill. Die Minuten vergingen, und die Landschaft wurde noch karger. Selbst die verkrüppelten Bäume verschwanden, dann wurde der Sand allmählich von nackter, flacher Erde verdrängt.

»Woher wisst Ihr, in welche Richtung Ihr müsst?«, fragte Tarquin. »In meinen Augen sieht hier alles gleich aus.«

Eine gute Frage, dachte Fletcher. Der junge Forsys mochte vieles sein, aber dumm war er nicht.

»Das Portal ist stets auf das Zentrum des Äthers ausgerichtet, außerdem werden die Dämonen instinktiv von diesem Zentrum angezogen. Sie verfügen über einen inneren Kompass, der ihnen die

Richtung dorthin weist. Das gibt zumindest eine grobe Orientierung. Allerdings ist sie nicht sehr genau, und man muss viel üben, um sich zurechtzufinden. Den Äther zu betreten ist gefährlich, außerdem kann ich das Portal nicht beliebig lange offen halten. Sollte es sich schließen, bevor Valens wieder zurück ist, wird die Verbindung unterbrochen, und ich verliere ihn«, antwortete Lovett.

Tarquin öffnete den Mund, um sogleich die nächste Frage zu stellen, doch Fletcher kam ihm zuvor.

»Was meint Ihr mit Zentrum des Äthers? Hat der Äther eine fest umrissene Form?«

»Soweit wir wissen, ist der Äther eine Scheibe. Die schwächeren Dämonen halten sich eher am Rand auf, die stärkeren mehr in Richtung Mitte. Es scheint eine Art Nahrungskette zu geben, an deren unterem Ende die kleinen Kerfe stehen, die sich bevorzugt in den Ödlanden aufhalten.«

Tarquin wollte gerade etwas darauf erwidern, doch Lovett brachte ihn mit einer Geste zum Schweigen. »Merkt euch eure Fragen für später. Das Portal offen zu halten und Valens zu führen ist auch so schon schwierig genug«, erklärte sie, und das Pentagramm flackerte prompt. Es schien Lovett einige Anstrengung zu kosten, das violette Leuchten wieder zu stabilisieren.

Trotz der unglaublich intensiven Unterrichtsstunde merkte Fletcher, wie er sich innerlich entspannte – vielleicht zum ersten Mal, seit er an der Akademie war. Jeder lernte hier etwas dazu, selbst Tarquin. Alles schien für Fletcher so auf der Hand zu liegen, als hätte er es bereits gewusst und nur wieder vergessen. Die Dämonenakademie war seine Bestimmung.

Der Horizont wurde zusehends dunkler und verschwand schließlich ganz. Über ihnen erstreckte sich ein schwarzes Nichts, und doch stieg Valens noch höher. Dann hielt er an und richtete den Blick nach unten.

»Schaut genau hin, dann seht ihr sie«, sagte Lovett mit einer vor Konzentration gepressten Stimme.

Die Landschaft unter ihnen endete abrupt, als stünden sie an einer scharf umrissenen Klippe über einem dunklen Abgrund. Mit einer leichten Krümmung erstreckte sich die unheimliche Grenze zu beiden Seiten bis außer Sichtweite. Der Äther war also tatsächlich eine Scheibe, der sanften Krümmung nach zu urteilen allerdings tausend Mal größer als Hominum.

Kein guter Ort, um sich zu verirren, dachte Fletcher gerade, da rührte sich etwas in dem Abgrund zu seinen Füßen. Zunächst konnte er es kaum erkennen, aber je besser sich die Augen des Kerf an die Dunkelheit gewöhnten, desto mehr Einzelheiten kamen zum Vorschein. Was anfangs wie eine dunkle, brodelnde Masse ausgesehen hatte, gestaltete sich zu Augen, langen, spitzen Zähnen und Tentakeln, die wie unter grässlichen Schmerzen wild hin und her zuckten.

»Keteaner«, keuchte Sylva erschrocken.

»Ganz recht, Keteaner. Du hast dich gut vorbereitet, Sylva«, murmelte Lovett düster und wischte sich den Schweiß von der Stirn. »Manchmal werden sie auch ›die Älteren‹ genannt. Sie sind in diesem Abgrund gefangen und fressen alles, was sich zu nah an den Rand der Scheibe wagt. Zumeist handelt es sich dabei um kranke oder verletzte Dämonen, die sich zur Genesung hierher zurückziehen. Ich muss Valens so hoch fliegen lassen, damit sie ihn nicht erwischen. Normalerweise würde ich ihn einem solchen Risiko niemals aussetzen, also prägt euch den Anblick gut ein und haltet euch von diesem Ort fern.«

Valens machte kehrt und hielt wieder auf das Portal zu. Niemand stellte weitere Fragen, so beschäftigt waren alle mit dem albtraumhaften Anblick der Keteaner. Sie mochten aussehen wie Monster, dabei waren sie selbst gequälte Kreaturen, dessen war sich Fletcher sicher. Er hatte sie zwar nicht gehört, konnte sich ihre Schreie aber allzu lebhaft vorstellen.

Das blau leuchtende Portal kam wieder in Sicht, doch Valens flog einfach darüber hinweg. Die Winde in der großen Höhe schienen günstig, und sie kamen schnell voran. Die Landschaft unterhalb raste nur so vorbei. Fletcher versuchte sich auszumalen, wie es aussehen mochte, wenn Lovett auf ihrem Greif über das Schlachtfeld jagte. Eifersüchtig dachte er daran, dass Ignatius leider viel zu klein war, um auf ihm zu reiten.

»Ich werde euch nur noch kurz zeigen, wo die Jagdgründe beginnen, dann muss ich umkehren«, erklärte Lovett mit zusammengepressten Zähnen. »Normalerweise würde ich länger durchhalten, aber ich habe mich noch nicht vollkommen von der anstrengenden Jagd auf Atlas' Otter erholt. Zum Glück war Vorsteher Scipio dabei und konnte ihn bändigen.«

»Was meint Ihr mit *bändigen?*«, hakte Rori nach, doch Lovett ignorierte ihn und deutete nur stumm auf den Kristall.

Das Bild der Landschaft hatte sich dramatisch verändert, unter ihnen erstreckte sich nun endloses Grün. Valens flog über einem Wald, dessen Vegetation Fletcher nie zuvor gesehen hatte. Darüber sah er Schwärme geflügelter Dämonen, die wie Stare stets in Formation blieben und immer wieder die Flugrichtung änderten. Knapp oberhalb der Baumlinie schwebte eine Traube winziger Kerfe, die abrupt auseinanderstob, als ein größerer Käfer, der Valens gar nicht unähnlich schien, sich einen davon zum Mittagessen holte. In der Ferne jenseits des Waldes standen dunkle Aschewolken am Himmel, unter denen Lava speiende Vulkane aufragten. Die Rauchsäulen, die aus ihren Kegeln aufstiegen, erstreckten sich bis außer Sichtweite, als ruhe das Firmament des Äthers auf ihnen.

Etwas traf Valens mit solcher Wucht, dass er wie ein Stück Herbstlaub auf den Boden zu trudelte. Lovett schrie auf vor Schmerz, das Bild in dem Kristall drehte sich wie ein Karussell, und die Bäume kamen mit rasender Geschwindigkeit näher.

Dann wurde der Oculus pechschwarz.

35

MIT ANGEHALTENEM ATEM STARRTEN die Novizen auf den schwarzen Kristall. Lovett umklammerte das Band in ihrer Hand so fest, dass die Knöchel weiß hervortraten. Das Pentagramm spuckte violette Funken, und ein verbrannter Geruch breitete sich in der Kammer aus. Dann wurde der Oculus wieder klar.

Das Bild war zunächst verschwommen, dann kamen die schimmernden Baumkronen wieder in Sicht. Valens war noch am Leben!

»Ich habe so etwas befürchtet«, knurrte Lovett. »Um diese Jahreszeit ziehen die Würger durch unser Jagdgebiet. Normalerweise hätte ich bis zum nächsten Monat gewartet, aber da ihr schon in eurem ersten Jahr am Turnier teilnehmen sollt, habe ich unseren Ausflug in den Äther etwas nach vorn verlegt. Verflucht seien Scipio und seine Eile, euch aufs Schlachtfeld zu bringen! Eigentlich müsste er es besser wissen. Zu seiner Zeit dauerte die Ausbildung noch fünf Jahre.«

Sie wetterte weiter, bis selbst Fletcher wegen ihrer Wortwahl rot wurde. Gleichzeitig musste er beinahe lachen: Lovett konnte fluchen wie ein Seemann!

Er versuchte, sich aus dem Gedächtnis heraus vorzustellen, wie Würger aussahen, erinnerte sich aber nur daran, dass es sich um vogelähnliche Kreaturen handelte, die sehr gefährlich und bloß von Zeit zu Zeit auf Hominums Seite des Äthers anzutreffen waren.

»Einer von Valens' Flügeln ist verletzt, und der Würger kommt bestimmt noch mal wieder. Er muss so schnell wie möglich zurück zum Portal, andernfalls hat er keine Chance. Der Würger steht drei Stufen über ihm. Sogar fünf, wenn es eine Matriarchin ist.«

Fletcher konnte herzlich wenig mit diesen Einzelheiten anfangen, dennoch fragte er sich, zu welcher Stufe Ignatius wohl gehörte. Als Valens wieder zu sich kam und erneut die Flügel bewegte, kehrten seine Gedanken zum Geschehen zurück.

Durchgeschüttelt von dem böigen Wind in Bodennähe, schleppte sich der verletzte Wichtel in niedriger Höhe dahin. Immer wieder wirbelte Sand auf und versperrte die Sicht. Die Minuten vergingen entsetzlich langsam, da sah Fletcher einen Schatten auftauchen. Wer ihn warf, konnte er jedoch nicht sagen.

»Da ist etwas über uns!«, rief er und deutete auf den Kristall.

»Ich weiß. Er folgt uns schon seit dem Wald. Würger bringen ihrer Beute meist nur eine Wunde bei und warten dann ab, bis sie daran verendet. Eigentlich eine schlaue Taktik, die wir aber zu unserem Vorteil nutzen können, da Dämonen eine angeborene Angst vor Portalen haben. Sie gehen nie freiwillig hindurch. Wenn Valens es bis dorthin schafft, wird der Würger die Verfolgung aufgeben. Sobald er durch das Portal ist, kann ich ihn bergen und ihm Zeit zur Erholung geben. Ich hoffe nur, es gelingt auch«, erwiderte Lovett und wischte sich das schweißnasse Haar aus dem Gesicht.

Endlich tauchte das Portal am Horizont auf, und zwar keine Sekunde zu früh. Valens' Flügelschläge wurden schwächer, immer wieder verlosch das Bild auf dem Oculus.

»Nur noch ein kleines Stückchen«, flehte Lovett mit tief gefurchter Stirn.

Doch der Kerf hatte sich vollkommen verausgabt. Wenige Meter vor dem Portal geriet er erneut ins Trudeln, schlug mit einer kleinen Staubwolke zu Boden und blieb dort reglos liegen. Das einzige Anzeichen, dass er noch lebte, war das Bild auf dem Kristall, das die ringsum tanzenden Windhosen zeigte.

»Meine Ausrüstung, schnell! Sie liegt im letzten Schrank an der gegenüberliegenden Wand. Beeilt euch, wir haben nicht viel Zeit!«

Seraph reagierte als Erster. Er spurtete quer durch die Kammer und zerrte eine große Kiste aus dem Schrank. »Sie ist zu schwer, jemand muss mir helfen!«, rief er.

Othello eilte zu ihm, dann schleiften sie das Ding gemeinsam zu

Lovett hinüber. Unterdessen ließ Fletcher den Kristall nicht aus den Augen. Der Schatten war immer noch da und umkreiste sie. »Soll ich nicht lieber Ignatius schicken, damit er ihn holt?«, fragte er bang.

»Auf keinen Fall. Unsere Manas könnten verschmelzen, wenn dein Salamander mein Portal benutzt, und dann bekommen wir noch größere Probleme. Außerdem schließt sich das Portal, wenn es beim ersten Versuch nicht glückt, und Valens wäre verloren.«

Lovett zog etwas aus der Kiste, das wie ein dicker, einteiliger Anzug aus schwerem Leder aussah. Die Stiefelspitzen waren von Stahlkappen geschützt, am Kragen befand sich ein Ring aus Metall. Nachdem Lovett hineingeklettert war, befestigte sie das zu dem Pentagramm führende Lederseil an einer Halterung auf dem Rücken des Anzugs. Schließlich hob sie einen Helm aus der Kiste, der mit einem mehrere Meter langen, aufgewickelten Schlauch verbunden war.

»Roll den Atemschlauch aus, Seraph, sonst bekomme ich dort drüben keine Luft«, befahl Lovett. Seraph tat wie ihm geheißen, während Lovett sich den Helm aufsetzte und ihn mit einem Klicken an dem Metallkragen ihres Anzugs einschnappen ließ.

»Die Luft im Äther ist giftig für uns«, erläuterte sie mit einer Stimme, die vom Helm eigenartig gedämpft wurde. »Sollte der Anzug ein Loch bekommen, müsst ihr mich sofort mit dem Lederseil zurückholen, ob ich Valens habe oder nicht!«

»Es ist doch nur ein Käfer. Warum riskiert Ihr euer Leben, wenn Ihr Euch morgen einfach einen neuen fangen könntet?«, fragte Tarquin skeptisch.

Lovett drehte sich in seine Richtung. Ihr Gesicht war hinter dem dicken, mit Metall vergitterten Glas des kupferfarbenen Helms kaum zu erkennen. »Man wirft einen Dämon nicht einfach weg wie ein abgetragenes Hemd!«, fauchte sie. »Wenn du mit deinem die erste Schlacht heil überstanden hast, verstehst du das hoffentlich.« Dann trat sie ohne ein weiteres Wort durch das Portal.

Im Oculus beobachteten sie, wie Valens ihre Lehrerin als verschwommenen braunen Umriss näher kommen sah. Noch Sekunden zuvor hatte Lovett im bläulichen Schimmer der Beschwörungskammer gestanden, nun war sie von den trostlosen Farben der Ödlande umgeben und schleppte sich mit langsamen, stampfenden Schritten durch den Sand in Richtung des Kerf. Als sie ihn aufhob und vor das Helmvisier hielt, sahen sie Lovetts graue Augen hinter dem Glas. Angst und Sorge mischten sich in ihrem Blick, dann wandte sie sich wieder dem Portal zu.

»Warum bewegt sie sich so langsam?«, flüsterte Genevieve.

»Sie trägt einen schweren Anzug und befindet sich mitten in einer sengend heißen Wüste, während sie das Tor zu unserer Welt offen hält und gleichzeitig ihren Dämon kontrolliert. Es ist ein Wunder, dass sie sich unter diesen Bedingungen überhaupt auf den Beinen halten kann«, kommentierte Tarquin hochmütig. »Sollte sich das Portal schließen, wird der Luftschlauch gekappt. Dann hat sie noch genauso lange zu leben, bis sie am Gift des Äthers krepiert, die Närrin.«

»Sie wird es aber schaffen«, murmelte Fletcher und fieberte mit jedem einzelnen von Lovetts mühsamen Schritten.

Othello bemerkte den schnell näher kommenden Schatten als Erster. Zunächst runzelte er nur neugierig die Stirn, dann riss er entsetzt die Augen auf, als er den gefiederten Dämon erblickte. Lovett hatte ihn ebenfalls gesehen, denn plötzlich beschleunigte sie ihren Schritt, und das Pentagramm begann bedrohlich zu flackern, als ihre Konzentration einen Augenblick lang nachließ.

Der Würger war ein Riese von einem Vogel. Seine Flügel waren so lang, wie Fletcher groß war, die Enden der schwarzen Federn waren weiß. Der schauerlich gebogene Schnabel lief vorne spitz zu, und am Hals wuchs ein roter Kehlsack. Auf dem Kopf trug der Dämon einen roten Hahnenkamm. Fletcher erinnerte das Vieh noch am ehesten an einen übergroßen und besonders hässlichen Geier.

Mit ausgestreckten Klauen stieß der Dämon im Sturzflug herab. Lovett konnte sich zwar noch gerade so ducken, aber nicht schnell genug: Mit tödlicher Präzision schlugen die Klauen gegen ihr Visier und rissen sie von den Beinen. Der gekrümmte Schnabel hämmerte gegen den Helm, drang aber nicht durch, sondern verbeulte nur das Kupfer.

»Holt sie zurück!«, brüllte Fletcher. »Sie hat Valens noch in der Hand!« Sie packten das Lederseil und zogen, bis es unter der Spannung zu knarren begann. Alle anderen machten ebenfalls mit, sogar Isadora fasste mit ihren zierlichen Händen mit an. Meter um Meter holten sie das Seil ein. Das Portal flackerte bedrohlich, da schaute Fletcher zum Oculus hinüber, sah aber nur den grausamen Schnabel des Würgers, der wieder und wieder auf das Gitter vor Lovetts Visier einschlug.

Da kam ihre Lehrerin endlich wieder auf die Beine und sprang durch das Portal. Die Spannung im Seil ließ schlagartig nach, und die Novizen stießen einen Erleichterungsschrei aus, der ihnen allerdings schon kurz darauf in der Kehle stecken blieb: Lovett war nicht allein.

Der Würger krächzte fürchterlich und breitete die majestätischen Schwingen aus. Dann kniff er die gelben Augen zusammen und hüpfte seltsam ungelenk aus dem Portal. Lovett lag reglos am Boden.

»Tretet zurück!«, bellte Tarquin und stellte sich vor den Dämon.

Fletcher war beeindruckt. Sosehr er den eingebildeten Pinkel auch verachtete, Mut hatte er doch.

Der junge Forsys kniete sich blitzartig hin und legte die Hände auf das nächstbeste Pentagramm. Binnen weniger Augenblicke erschien ein weiterer Dämon und stürzte sich ohne Zögern auf den Würger.

Es war eine Hydra, ein schlangenartiges Geschöpf mit drei Köpfen und dem kräftigen Körper eines Warans. Wie Getreideähren im Wind wogten die zähnestarrenden Mäuler hin und her, schnappten nach dem Vogeldämon und trieben ihn zurück in Richtung des Portals. Mit den langen Hälsen war die Hydra genauso groß wie der Würger, nur die Beine schienen wesentlich kürzer zu sein und hatten vor allem nicht diese entsetzlichen Klauen, die sich bei jedem Schritt des Ätherwesens in das Leder auf dem Boden gruben.

»Nichts und niemand hat eine Chance gegen Trebius!«, rief Tarquin triumphierend und betrachtete die Bewegungen der Hydra, während der Würger hilflos kreischend immer weiter zurückwich.

Fletcher kümmerte sich nicht weiter um den Kampf und wandte sich Lovett zu. Sie musste noch immer bei Bewusstsein sein, sonst hätte sich das Portal längst geschlossen. Doch sie rührte sich nicht. Valens schlug aufgeregt mit den Flügeln, wollte seiner Herrin zu Hilfe eilen, wusste aber nicht, wie.

»Ich hole einen von den anderen Lehrern!«, rief Genevieve noch, da rannte sie auch schon los und verschwand durch die Tür.

Fletcher kniete sich neben Lovett und zerrte sie aus dem Gefahrenbereich, dann nahm er ihr vorsichtig den Helm ab und wollte nicht wahrhaben, was er als Nächstes sah: Die Lehrerin hatte Schaum vor dem Mund, ihre Augen waren so weit nach oben verdreht, dass nur das Weiße davon zu sehen war, während ihr Körper von brachialen Zuckungen durchgeschüttelt wurde und sie sich wiederholt den Kopf an dem harten Boden stieß. Wie sie in diesem Zustand das Weltentor offen hielt, konnte sich Fletcher nicht einmal ansatzweise vorstellen.

Erst jetzt bemerkte er den Riss, den die Angriffe des Würgers in Lovetts Visier hinterlassen hatten. »Das Gift!«, entfuhr es ihm, während er versuchte, ihren Kopf festzuhalten, damit sie sich nicht selbst den Schädel einschlug.

Von Wut gepackt, wandte er sich dem Dämon zu, der nur wenige Schritte vom Portal entfernt stehen blieb. Seine angeborene Angst vor dem Weltentor schien noch größer zu sein als die Furcht vor der Hydra, denn anstatt weiter zurückzuweichen, hackte der Vogeldämon nun mit dem Schnabel nach den Schlangenköpfen – und traf! Tarquin schrie erschrocken auf, doch Hilfe war nah.

»Ignatius!« Fletcher konzentrierte sein Mana und rief den Salamander herbei.

Der Dämon erschien augenblicklich und stürzte sich fauchend auf den um ein Vielfaches größeren Würger. Ignatius biss ihn ins Bein und stach mit seinem Skorpionschwanz zu, da fuhr der Würger erschrocken herum und verlor das Gleichgewicht.

Die Hydra ergriff die Gelegenheit und vergrub die Zähne aller drei Mäuler im Hals des Würgers. In einem zuckenden Knoten aus Klauen und Krallen taumelten die drei kreischend immer weiter auf das Portal zu.

»Jetzt, Ignatius!«, brüllte Fletcher, um zu verhindern, dass sie alle hindurchpurzelten und für immer verloren waren.

Sein Salamander löste sich aus dem Knoten, wirbelte herum und spie einen Feuerschwall über die Hydra und den Vogeldämon hinweg. Der Würger schlug ein letztes Mal mit seinen Klauen zu, dann sprang er mit einem enttäuschten Krächzen durch das Portal, das sich nur einen Wimpernschlag später auflöste. Die Wyrrlichter verloschen ebenfalls, und in der Beschwörungskammer wurde es stockdunkel. Lovett stieß einen tiefen Seufzer aus, ihre Zuckungen hörten auf, da sah Fletcher erleichtert, dass ihr Brustkorb sich, wenn auch unregelmäßig, weiterhin hob und senkte.

In ihrem Triumph schrien die Novizen wild auf, verstummten aber sofort wieder, als sie Lovetts abgehackten Atem hörten. Fletcher setzte sie aufrecht hin und rieb ihren Rücken, da hörte er Tarquins Stimme unmittelbar neben seinem Ohr.

»Du Trottel! Dieser Würger hätte mein nächster Dämon sein sollen!«, zischte er wütend und entließ ein gleißendes Wyrrlicht aus seinen Fingern. »Du hast Angst um unsere dämliche Lehrerin? Na warte, ich werde dir eine Lektion erteilen, die du nicht so schnell vergisst!«

36

TREBIUS BEWEGTE SICH MIT einem bösartigen Zischeln auf Fletcher zu. Seine Köpfe wogten von links nach rechts wie Kobras kurz vor dem Zubeißen.

»Solomon!«, schrie Othello und rief seinen Golem herbei. Der Steindämon erschien und baute sich mit stampfenden Schritten vor der Hydra auf. Ignatius sprang mit einem lauten Fauchen zur Seite. Gemeinsam standen sie da und versperrten Trebius den Weg.

»Der Zwerg legt also seine Karten auf den Tisch«, höhnte Tarquin. »Überrascht mich nicht, die Schwachen halten ja gern zusammen.«

»Ich werd dir gleich zeigen, wie schwach ich bin. Komm her, wenn du dich traust«, knurrte Othello und stellte sich an Fletchers Seite.

»Wir haben keine Zeit für diesen Unfug! Seht ihr nicht, dass Hauptfrau Lovett im Sterben liegt?«, brüllte Fletcher. Er war wütend auf beide. Der Atem ihrer Lehrerin wurde immer unregelmäßiger. Wie eine Ertrinkende schnappte sie alle paar Sekunden verzweifelt nach Luft.

»Schön, du Wicht, dann lass uns kämpfen«, erwiderte Tarquin unter den entsetzten Blicken der anderen. Selbst Fletcher wusste, dass das Wort Wicht eine der schlimmsten Beleidigungen für Zwerge war, die es überhaupt gab. Othello ballte die Fäuste, schluckte den Köder aber nicht.

»Halt den Mund, Tarquin! So redest du nicht mit ihm!«, polterte Fletcher aufgebracht.

»Der Zwerg scheint zu glauben, weil einer der Offiziere gezwungen wurde, ihm einen Golem zu geben, stünde er nun auf einer Stufe mit ihnen«, sprach Tarquin ungerührt weiter. »Ich werde ihm zeigen, dass er sich getäuscht hat. Und dann töte ich deinen lächerlichen Salamander, Fletcher. Seine kleinen Feuertricks machen Trebius keine Angst.« Als die Hydra ihren Namen hörte, scharrte sie sogleich mit ihren Vorderbeinen.

»Bruderherz, sei doch nicht so selbstsüchtig. Ich möchte auch ein bisschen Spaß haben!«, warf Isadora ein und trat nach vorn. Mit einem Knicks berührte sie das Pentagramm gleich neben ihr. Dünne weiße Lichtfäden erhoben sich aus dem Leder und verdichteten sich zu einem Wesen, das aussah wie eine Raubkatze, aber leicht vornübergebeugt auf den Hinterbeinen lief wie ein Schimpanse aus dem Dschungel. Das dichte Fell war sandfarben und schwarz gestreift wie bei einem Tiger, darunter zuckten gewaltige Muskeln. Zwei Reißzähne ragten aus dem Maul, lang und spitz wie Dolche. Wie ein Canid hatte auch dieser Dämon vier Augen.

»Noch nie einen Felid gesehen?«, fragte Isadora, als sie Fletchers verwunderten Blick bemerkte. »Tamil ist ein wahres Prachtexemplar, wie du es in deinem ganzen Leben nicht noch einmal zu Gesicht bekommen wirst. Unsere geliebte Mutter war so großzügig, ihn mir zu schenken. Es war das Mindeste, was sie tun konnte, nachdem Tarquin Vaters Liebling bekommen hatte.«

Der Schwanz des Felid zuckte hin und her, dann richtete er den Blick auf Ignatius und fuhr die langen Krallen heulend aus.

Mit einem Schlucken beobachtete Fletcher, wie die Dämonen der Forsys-Sprösslinge vorrückten. Seine Wut ließ nach und machte Ernüchterung Platz. Der Felid und die Hydra sahen verflucht stark aus. Selbst mit Solomon an seiner Seite hatte Ignatius wahrscheinlich nicht den Hauch einer Chance gegen sie. Er befahl seinem Salamander, einen warnenden Feuerschwall auszustoßen, doch die Dämonen der Adligen zeigten sich kein bisschen beeindruckt.

»Jetzt, Trebius!«, bellte Tarquin, da rückte die Hydra mit aufgerissenen Mäulern vor, dicht gefolgt von Tamil.

Brüllend ballte Solomon die steinernen Fäuste, Ignatius stellte sich auf die Hinterbeine und holte für den nächsten Flammenstoß tief Luft. Da tauchte plötzlich ein weiterer Dämon auf und sprang zwischen die vier Kontrahenten: Es war Sariel. Die golden schimmernde Mähne hatte sie zu einem Kamm aufgestellt, mit blitzenden Augen fletschte sie die Zähne und grub die Krallen in das Leder auf dem Boden, bereit zum Sprung. Diesmal blieb die Hydra stehen.

»Hört sofort auf damit!«, schrie Sylva. »Habt ihr vergessen, wer der eigentliche Feind ist? Wir stehen doch alle auf derselben Seite!«

»Nicht dass ich wüsste«, widersprach Tarquin. »Oder haben sich die Elfen etwa offiziell ergeben? Du bist eine Geisel, nicht unsere Verbündete.«

Sylva kochte vor Wut. Sariel spürte ihren Zorn und bellte laut.

»Komm schon, Tarquin, wir wollen doch vernünftig bleiben«, mischte sich Isadora ein und legte ihrem Bruder eine Hand auf die Schulter. »Das Bündnis mit den Elfen könnte sehr bald zustande kommen. Für ihre Häuptlinge und unsere Eltern wäre das von großem Vorteil, schon vergessen?« Fletcher sah, wie sie ihrem Bruder regelrecht die Fingernägel in die Schulter grub, um ihn zurückzuhalten.

Tarquin neigte den Kopf und befahl Trebius innezuhalten. »Ich entschuldige mich. Das Schlachtfieber muss mich wohl gepackt haben«, stammelte er schließlich, aber sein Gesicht war immer noch rot vor Zorn. Er warf Fletcher einen hasserfüllten Blick zu.

»Nun, Sylva, auf wessen Seite stehst du? Auf der des Zwergs und auf der des Pöbels … oder auf unserer?«, fragte Isadora.

Die Elfe bekam keine Gelegenheit zu antworten, denn schon im nächsten Augenblick flog die Tür auf. Arcturus stürmte herein, gefolgt von Genevieve und zwei Dienern mit einer Trage.

»Was ist hier los?!«, bellte er. Sacharissa trabte in die Kammer und stellte sich neben Sariel; sie war einen ganzen Kopf größer als ihre Artgenossin. Mit einem kurzen Schnappen scheuchte sie Sariel zu ihrer Herrin zurück.

»Bringt sie sofort in den Krankentrakt«, murmelte Arcturus und hob Lovett auf die Trage. Er wischte ihr eine Strähne aus dem Gesicht, dann schloss er ihr die Augen, die glasig ins Leere starrten. Die Diener eilten mit der Trage davon.

»Und jetzt wird mir einer von euch erklären, was hier vorgeht«, knurrte er außer sich vor Zorn.

»Wir mussten einen Würger verjagen, der mit Hauptfrau Lovett durch das Portal gekommen war«, log Tarquin, ohne mit der Wimper zu zucken. »Wie Ihr seht, ist es uns gelungen.«

Arcturus' Blick sprang weiter zu Fletcher, doch der wollte die anderen nicht in Schwierigkeiten bringen, also hielt er den Mund und wand sich nur schuldbewusst. Arcturus' Augen verengten sich zwar zu Schlitzen, aber er bohrte nicht weiter nach. Schließlich ließ er mehrere gleißende Wyrrlichter aus seinen Fingern steigen und hob die Stimme.

»Ich will hoffen, dass ihr nicht vorhattet, euch zu duellieren«, begann er, während die Novizen wegen des grellblauen Lichts die Augen zusammenkniffen. »Die Elfen haben sich früher allzu gern duelliert, und zwar so lange, bis keiner ihrer Dämonen mehr am Leben war. Wisst ihr, was passiert, wenn man keine Dämonen mehr hat? Es gibt dann kein Mana mehr, mit dem man ein Portal öffnen könnte, und somit besteht auch keine Möglichkeit, weitere Dämonen zu fangen. Der Zugang zum Äther ist für immer verloren. Gerade von dir wäre es besonders dumm, dich zu duellieren, Sylva. Ich sage das nicht nur wegen all der Zugeständnisse, die dein Volk machen musste, damit du an der Dämonenakademie aufgenommen wurdest. Auf dir ruhen alle Hoffnungen der Elfen, eine neue Dynastie von Bändigern zu gründen! Du bist die erste Beschwörerin seit tausend Jahren und außerdem diejenige, die den zukünftigen Elfennovizen ihre Dämonen verschaffen muss. Nimm diese Aufgabe nicht zu leicht. Wenn du deinen Canid verlierst, werden wir dir nicht noch einen geben.«

Beschämt ließ Sylva den Kopf hängen, und Sariel zog winselnd den Schwanz ein. Fletcher war zutiefst dankbar, dass sie ein so hohes Risiko auf sich genommen hatte, um ihm beizustehen. Wäre sie nicht dazwischengegangen, hätte Arcturus ihn und Tarquin mitten im Duell erwischt. Fletchers Tage als Dämonenbeschwörer wären gezählt gewesen.

»Ein Duell führt zum sofortigen Ausschluss von der Akademie. Bürgerliche werden zu Fußsoldaten im Heer degradiert. Wenn sie Glück haben, können sie sich vielleicht noch bis zum Rang eines Feldwebels hocharbeiten. Adlige haben höchstens noch die Möglichkeit, sich in das Offizierscorps einzukaufen, aber auch sie erhalten keine weitere

Ausbildung. Eure Eltern müssten die Lehrer aus eigener Tasche bezahlen.«

Tarquin verzog nur verächtlich den Mund und flüsterte seiner Schwester etwas zu.

»Ist es das, was du willst, Tarquin? Dass der große Zacharias Forsys gezwungen wird, seinem Sohn einen Offiziersrang zu *kaufen?*«, polterte Arcturus mit beißendem Sarkasmus.

Tarquin wurde blass, riss sich aber sofort zusammen, als er merkte, dass ihn alle anschauten. »So kleine Beträge kümmern die Forsys nicht«, erwiderte er mit einem Achselzucken und fügte dann mit drohender Stimme hinzu: »Aber was ist mit dem Halbadel? Was passiert mit denen? Gerade Ihr solltet Euch bei diesem Thema lieber bedeckt halten, würde ich meinen … oder täusche ich mich, Arcturus?« Tarquin lächelte zufrieden, als hätte er das Wortgefecht gewonnen.

Wie vom Donner gerührt schwieg Arcturus einen Moment. Dann wurde er feuerrot im Gesicht, und Sacharissa knurrte so laut, dass Fletcher es bis in die Magengrube spürte.

Tarquin merkte, dass er zu weit gegangen war, und taumelte einen Schritt zurück. Zu seinem Glück kam in diesem Augenblick Vorsteher Scipio in die Beschwörungskammer geschnauft. »Ich bin sofort … so schnell wie möglich … hergelaufen, als ich davon hörte«, keuchte er außer Atem. »Ist sie wohlauf?«

Arcturus nahm sich einen Moment Zeit, um sich zu beruhigen, bevor er antwortete. »Nein, Herr, das ist sie nicht. Hauptfrau Lovett hat eine Äthervergiftung. Wahrscheinlich wird sie überleben, aber wie lange es dauert, bis sie wieder auf den Beinen ist, steht in den Sternen. Bis dahin werde ich ihren Unterricht übernehmen.«

Scipio schloss die Augen und seufzte schwer, dann wandte er sich an die Novizen. »Lasst euch das eine Lehre sein, Kadetten. Nun habt ihr mit eigenen Augen gesehen, wie gefährlich der Äther ist, und ihr wisst, welch immenses Risiko eure Eltern und Gönner auf sich nehmen mussten, um euch einen Dämon zu verschaffen. Erweist euch dieses Geschenks als würdig und gebt euer Bestes!« Er war schon wieder auf dem Weg zur Tür, da drehte er sich plötzlich noch einmal um.

»Tarquin Forsys, du kommst mit mir. Glaube nicht, dass du mit deinem respektlosen Auftreten gegenüber einem Vorgesetzten einfach so davonkommst. Dein unverschämtes Verhalten wird Konsequenzen haben.«

Tarquin rührte sich nicht vom Fleck, so entsetzt war er. Erst als Scipio ungeduldig mit dem Fuß wippte, setzte er sich in Bewegung. Fletcher konnte sich ein kleines Lächeln nicht verkneifen. Das geschah dem eingebildeten Jüngling ganz recht. Sein Glücksmoment war allerdings nur von kurzer Dauer, denn gleich darauf riss ihn Arcturus aus seinen Gedanken.

»Spar dir dein Grinsen, Fletcher. Da ich dein Gönner bin, fällt dein Verhalten auch auf mich zurück. Du wirst dich sofort in meine Schreibstube begeben und dort auf mich warten. Ich habe ein Wörtchen mit dir zu reden.«

37

IN ARCTURUS' SCHREIBSTUBE WAR ES SO KALT, wie es in Scipios heiß gewesen war. Es gab nicht einmal einen Kamin, nur eine unverglaste Schießscharte in der Wand. Die Stube war überraschend karg eingerichtet, andererseits war Arcturus genau wie Fletcher erst vor ein paar Wochen hier angekommen, so unglaublich das auch klingen mochte. Irgendwie hatte Fletcher das Gefühl, als wäre er schon seit Jahren an der Dämonenakademie.

Die Minuten vergingen, und schon bald wurde ihm langweilig. Ignatius schlief auf seiner Schulter, vollkommen erschöpft von der Auseinandersetzung vorhin. Fletcher lauschte, ob sich von draußen Schritte näherten, dann ging er zu dem großen Eichentisch in der Mitte des Raums, der außer zwei Stühlen und einem Kissen für Sacharissa das einzige Möbelstück zu sein schien. Auf der Schreibfläche türmten sich allerlei Schriftstücke, eines davon erregte Fletchers Aufmerksamkeit.

Es war eine Liste von Namen, die alle mit Fletcher begannen, wie er verwirrt feststellte. Doch es kam noch schlimmer: Die Personen, die auf dem Pergament darunter aufgelistet waren, hatten alle den Nachnamen Wulf. Das waren beunruhigende Neuigkeiten. Wenn Arcturus Nachforschungen angestellt hatte, wusste er womöglich bereits von Fletchers Verbrechen. Vielleicht hatte der Hauptmann bei seinen Recherchen gar eine Spur hinterlassen, die Caspar Fletchers jetzigen Aufenthaltsort verraten würde.

Fletcher dachte fieberhaft nach, ob ihm irgendwann der Name seines Heimatdorfes herausgerutscht war, da hörte er Schritte auf dem

Flur und trat eilig vom Tisch zurück. Kurz darauf kam Arcturus mit Sacharissa an seiner Seite herein. Trotz des gleichgültigen Gesichtsausdrucks sah Fletcher an Arcturus' Körperhaltung, wie angespannt der Offizier war. Er setzte sich an seinen Tisch und blätterte unbekümmert in den Unterlagen, als hätte er vor Fletcher nichts zu verbergen. Schließlich stützte er die Ellbogen auf und legte die Finger aneinander.

»Weißt du, weshalb ich dich an die Dämonenakademie berufen habe?«, fragte er und blickte ihm fest in die Augen.

»Weil ich bereits einen Dämon hatte und Ihr mir keinen besorgen musstet?«, riet Fletcher.

»Nein, einen Dämon zu fangen macht mir nichts aus. Sacharissa ist eine erfahrene Jägerin, auch wenn sich der Rindling als widerstandsfähige Beute herausgestellt hat, nicht wahr, Sacha?«, entgegnete Arcturus. Er kraulte die Canidin hinterm Ohr und lehnte sich zurück. »Nächster Versuch.«

»Ähm … weil mein Salamander so selten ist?«

»Das ist zwar erfreulich, aber nein, es war nicht der Grund«, erwiderte Arcturus mit leicht amüsiertem Ton.

Der Hauptmann schien gar nicht so wütend, wie Fletcher befürchtet hatte, also ergriff er die Gelegenheit und witzelte: »Dann muss es wohl der Mut gewesen sein, den ich im Angesicht des sicheren Todes gezeigt habe.«

»Auch nicht!«, widersprach Arcturus kichernd. »Nicht alle wären der Meinung, dass du in der Gasse in Corcillum die richtige Entscheidung getroffen hast. Ein Offizier muss bereit sein, Opfer zu bringen, um seine Männer zu retten. Du hättest also genauso gut dein Geld herausgeben können, um am Leben zu bleiben. Dennoch war ich beeindruckt, wie ich zugeben muss. Du hast im Angesicht der Gefahr einen kühlen Kopf bewahrt und bist ein kalkuliertes Risiko eingegangen. Das ist genau das, was einen guten Offizier ausmacht. Zu wahrem Ruhm gelangen allerdings nur die, die Kopf und Kragen riskieren und alles auf eine Karte setzen. Wenn du dein Blatt gut spielst, gehörst du vielleicht eines Tages zu ihnen.«

Fletcher lächelte geschmeichelt, dann wurde Arcturus plötzlich ernst.

»Wie du dein Blatt heute gespielt hast, war dumm, Fletcher. Sehr dumm sogar. Ein Duell mit Tarquin hätte dich deinen Platz an der Akademie gekostet.«

»Das tut mir leid, Herr, aber ich habe nur versucht, mich zu verteidigen. Wenn ich wüsste, wie diese Schilde funktionieren, hätte ich mich gar nicht erst auf die Provokation eingelassen, sondern mich mit einem Schild geschützt«, stammelte er mit gesenktem Kopf.

»Gegen einen Dämon wird dir dieser Zauber nicht viel helfen, aber darum geht es mir gar nicht. Du musst eines verstehen, Fletcher: Die Adligen werden alles tun, um dich von der Akademie zu vertreiben. Es ist besser, wenn du beim nächsten Mal deine Wut hinunterschluckst, statt ihnen auf den Leim zu gehen. Glaub mir, ich weiß, wovon ich spreche.« Arcturus klang verbittert, als hätte er noch mehr zu dem Thema zu sagen, da schüttelte er den Kopf und winkte Fletcher zu sich.

»Wir brauchen zwar Bändiger, aber nicht notwendigerweise als Offiziere. Im Endeffekt ist ein Bändiger in den Reihen der Fußsoldaten genauso wertvoll«, erklärte er und stand auf. »Den Blaublütigen schmeckt es nicht, dass sie sich die Ausbildung nun mit den Bürgerlichen teilen müssen. Viele wünschen eine eigene Akademie für euch. Gib Scipio keinen Grund, dich zu degradieren.«

Fletcher nickte grimmig. Unwillkürlich wanderte sein Blick zu dem Stapel auf dem Tisch zurück.

Arcturus machte keine Anstalten, die Namensliste zu verbergen. »Der Grund, warum ich dich berufen habe, ist, dass du mich an mich selbst erinnerst. Mehr sogar: Ich weiß, wer du bist, oder zumindest, *was* du bist.«

Er drehte den Stapel herum, sodass die Buchstaben für Fletcher nicht mehr auf dem Kopf standen, und fuhr mit dem Zeigefinger die Zeilen entlang. »Es gibt nicht viele Fletchers deines Alters in Hominum, und nicht einer davon trägt den Nachnamen Wulf. Ich konnte dich auf keiner einzigen Einwohnerliste finden. Gehe ich also recht in der Annahme, dass du ein nicht registriertes Waisenkind bist?«

»Ja«, antwortete Fletcher, auch wenn er nicht wusste, worauf Arcturus hinauswollte.

Der Hauptmann setzte sich zufrieden, als hätte Fletcher seinen Verdacht soeben bestätigt, und bot ihm den anderen Stuhl an. Fletcher nahm Platz, während Arcturus ihn mit zusammengekniffenen Augen musterte. »Hast du gehört, wie Tarquin mich als einen *Halbadligen* bezeichnet hat?«, fragte er schließlich und strich sich den langen Pferdeschwanz glatt.

Fletcher nickte knapp. Diesmal dauerte es eine Weile, bis Arcturus weitersprach. »Vor zehn Jahren machte sich ein junger Adliger aus seiner Heimat im hohen Norden an der Grenze zu den Elfengebieten auf den Weg an diese Akademie. Die erste Nacht seiner Reise verbrachte er in Boreas. Das liegt, wie du weißt, in der Nähe der Bärenzahnberge.«

Fletcher wusste nicht recht, was er davon halten sollte, dass Arcturus Bärenzahnberge gesagt hatte, und nicht gleich Pelz. In dieser Gegend gab es Hunderte kleiner Dörfer, aber Gerüchte verbreiteten sich schnell. Bestimmt hatte er mittlerweile eins und eins zusammengezählt und wusste, dass Fletcher auf der Flucht war.

»Dieser junge Adlige sollte von seinem Vater, Graf Faverham, einen Canid bekommen«, fuhr Arcturus fort. »Er hatte die Beschwörungsrolle bei sich, wollte sie aber erst benutzen, wenn er die Akademie erreichte, wo die Lehrer die Herbeirufung überwachen würden. Also ließ er die Rolle in seinen Satteltaschen und legte sich schlafen.«

Arcturus hielt einen Moment inne und streichelte Sacharissas Kopf. Die Canidin winselte leise und leckte ihm über die Finger.

»In jener Nacht fiel es dem Stalljungen ein, den Adligen um seinen gesamten Besitz zu erleichtern. Er selbst war als Waisenkind im Armenhaus aufgewachsen und für zwanzig Silberschillinge an den Stallmeister verkauft worden. Nicht einmal die Kleider, die er am Leib trug, gehörten ihm. Der Diebstahl war sein letzter, verzweifelter Versuch, an Geld zu kommen, mit dem er fliehen und sich ein neues Leben aufbauen konnte. Doch das Schicksal hatte anderes mit ihm vor.«

Fletcher runzelte die Stirn. Die Geschichte kam ihm bekannt vor. Er konnte sich nur nicht mehr erinnern, wo er sie schon einmal gehört hatte.

»Der Stalljunge konnte zwar lesen, aber nicht besonders gut. Er hatte es sich selbst beigebracht, um etwas von der Welt da draußen zu erfahren, und so hatte er jedes Buch verschlungen, dass die Reisenden in dem Wirtshaus zurückließen, zu dem die Stallungen gehörten. Als er die Rolle und das dazugehörende Beschwörungsleder fand, breitete er sie aus und las sie aus purer Neugier. Zu seinem Glück sprach er sich die Worte dabei leise vor. Ohne es zu wissen, beschwor er damit einen Canid-Welpen mit schwarzem Fell und glänzenden Augen. Es war das schönste Geschöpf, das er je gesehen hatte.«

Fletchers Blick wanderte von Arcturus zu Sacharissa, da dämmerte es ihm. »Ihr selbst seid dieser Junge gewesen, und damit der erste Bürgerliche, der einen Dämon bekam, seit… Nein, Ihr wart der erste überhaupt!«, keuchte er. »Ihr wurdet entdeckt und zum Schlachtmagier ausgebildet. Wenn Ihr nicht gewesen wärt, wäre auch keiner von uns anderen hier!«

Arcturus nickte ernst.

»Augenblick«, sagte Fletcher verwirrt. »Was hat das mit mir zu tun? Oder damit, dass Ihr angeblich ein Halbadliger seid?«

»Was ich dir bis jetzt erzählt habe, ist nur ein Teil der Wahrheit, die bereits mehr oder weniger bekannt ist. Es gibt jedoch noch einen anderen Teil, den nur der Adel und ein paar wenige Auserwählte kennen. Nachdem meine Fähigkeiten entdeckt wurden, fand ein großes Treffen statt, an dem die Adelsfamilien, die Heeresgeneräle und König Harold teilnahmen. Es war das erste Jahr des Orkkriegs, und die Dinge liefen nicht gut. Der Albino hatte die Orkschamanen unter sich vereint, sie waren unseren Schlachtmagiern zahlenmäßig um ein Vielfaches überlegen. Die Blaublütigen hatten immer größere Bedenken, ihre erstgeborenen Söhne und Töchter an der Front in Lebensgefahr zu bringen, denn wenn sie im Kampf fielen, war die gesamte Erbfolge bedroht. Um die Gabe der Beschwörung innerhalb der Familie zu erhalten, falls das Erstgeborene starb, sahen sie sich gezwungen, möglichst viele Kinder zu bekommen. Nach dem ersten Kind erhält im Durchschnitt allerdings nur noch jedes dritte die Gabe, weshalb viele der Familien drei oder noch mehr Kinder bekamen. Hinzu kommt, dass viele dieser Nachkommen sofort nach ihrem Abschluss an der Akademie heiraten und wiederum Kinder in die Welt setzen müssen, damit sie ihren Platz einnehmen, sollten sie selbst in der Schlacht sterben.«

Fletcher hatte sich nie viele Gedanken über Erbfolge und Adelshäuser gemacht. Dennoch konnte er sich vorstellen, wie die Blaublütigen verzweifelt versuchten, das Risiko abzuwenden, durch den Tod der eigenen Erben innerhalb einer Generation einfach ausgelöscht zu werden. Einen Moment lang empfand er sogar Mitleid mit Tarquin und Isadora – wegen des Drucks, der auf ihnen lastete. Doch der Moment ging schnell vorüber.

»Ob du es glaubst oder nicht, es war Tarquins Großvater, Obediah Forsys, der sich dafür einsetzte, dass fortan auch Bürgerliche zu Schlachtmagiern ausgebildet werden sollten. Mit seinem eigenen Geld finanzierte er die Inquisition und ließ in ganz Hominum Kinder auf die Anzeichen der Gabe testen. Damals war er der mächtigste und reichste Adlige im ganzen Land, und er ist es noch. Sein Sohn Zacharias heiratete Josephine Königssaum, ebenfalls eine Erstgeborene aus einer mächtigen Familie. Er vereinte beide Häuser unter dem Wappen der Forsys, was gleichzeitig das Ende der Königssaum-Dynastie bedeutete. Normalerweise heiraten Erstgeborene zweier Familien nicht untereinander, weil dann einer von beiden den Anspruch auf sein eigenes Erbe verliert. Doch die Königssaums standen vor dem Bankrott, also kurz davor, all ihre Ländereien verkaufen zu müssen. Ihnen blieb keine andere Wahl. Ich erkläre dir das alles, weil du sonst niemals verstehen wirst, wer du in Wahrheit bist, Fletcher.«

Fletcher nickte, auch wenn ihm der Kopf schwirrte. Die Machenschaften und Umtriebe innerhalb des Adels mochten ja interessant sein, aber er konnte sich beim besten Willen nicht vorstellen, was das mit ihm zu tun haben sollte. Oder mit Arcturus.

»Obediahs Bemühungen trugen schließlich Früchte, und die ersten Bürgerlichen wurden an der Dämonenakademie aufgenommen. Ich selbst bin einer davon gewesen. Die Inquisitoren setzten ihre Suche fort und stießen dabei auf ein interessantes Muster, das Obediah übersehen hatte: Die meisten Kinder, die mit der Gabe gesegnet waren, stammten aus Waisenhäusern in den Städten Nordhominums. Was, glaubst du, war der Grund dafür, Fletcher?«

Arcturus' blindes Auge schien ihn zu fixieren und gleichzeitig geradewegs durch ihn hindurchzuschauen, doch Fletcher wusste so oder so keine Antwort auf die Frage. Was sollte schon Besonderes an Waisen sein?

»Was unterscheidet eine Waise von allen anderen Kindern?«, sprach der Hauptmann Fletchers Gedanken aus.

»Dass keiner sie haben will?«, riet er.

»Ganz recht. Was sind das normalerweise für Eltern, die ihre eigenen Kinder nicht wollen?«, fragte Arcturus weiter.

»Arme Leute, die sich keine Kinder leisten können.« Fletchers Gedanken sprangen zurück zu den langen, einsamen Nächten, in denen er sich über genau diese Frage den Kopf zerbrochen hatte.

»Das stimmt. Manche Eltern verstoßen ihre Kinder, weil sie arm sind. Andere aber wurden zu Waisen, als ihre Eltern den Tod fanden. Doch es gibt noch eine weitere Gruppe, die sich immer wieder ihrer unerwünschten Kinder entledigt, und wie die Inquisitoren feststellten, traf dieses Merkmal auf beinahe alle Waisen mit der Gabe zu.« Arcturus nahm einen tiefen Atemzug, bevor er weitersprach. »Ihre Mütter waren fast ausnahmslos Kurtisanen. Meine eigene mit eingeschlossen.«

Sacharissa winselte jetzt so laut, dass Arcturus sie beruhigen musste. Anscheinend war dies ein Thema, das dem Hauptmann gefühlsmäßig stark zusetzte, dachte Fletcher, als er Sacharissas Reaktion sah.

»Graf Faverham war, wie soll ich sagen, ein unersättlicher Mann. Seine Frau konnte lange Zeit keine Kinder bekommen, schließlich ging sie auf Abstand zu ihm und verweigerte dem Grafen ihr Bett ganz und gar. Also suchte er sich andere Frauen, die ihm gaben, wonach er verlangte.«

Fletcher versank immer tiefer in seinem Stuhl. Allmählich begriff er. »Die Kinder der Kurtisanen, zu denen er ging, erhielten die Gabe … war es so?«, fragte er und versuchte, nicht daran zu denken, was das für seine eigene Herkunft bedeutete.

»Ja, doch hatte Faverham zusätzlich auch noch Geliebte. Ein Mann kann mehrere Kinder mit der Gabe in die Welt setzen, solange die Frau, mit der er sie zeugt, zuvor noch keine Kinder bekommen hat. Genauso kann eine Frau mehrere Kinder mit der Gabe bekommen, wenn sie von verschiedenen Vätern sind, die selbst zuvor noch keine anderen Kinder gezeugt hatten. So geschah es, dass neben den Adelssprossen auch eine ganze Reihe Bürgerlicher zur Welt kam, die der Beschwörung mächtig waren. Meine Entdeckung gab den Anstoß, gezielt nach ihnen zu suchen. Doch war es bei mir kein Zufall – wie bei manchen anderen Bürgerlichen –, dass ich die Gabe erhielt. Ich bin der Beschwörung mächtig, weil ich Graf Faverhams Sohn bin.«

Fletchers Gedanken rasten. Er selbst war damals einfach im Schnee ausgesetzt worden, nicht einmal eine Decke hatte seine Mutter ihm mitgegeben, und das war also die Erklärung. Doch Arcturus war noch nicht fertig mit seiner Geschichte.

»Als es herauskam, hat es selbstverständlich einen unglaublichen Skandal gegeben. Der Beweis für die Untreue der Männer brachte Schande über viele Adelshäuser, vor allem über das der Faverhams. Die Frauen traten in Streik und weigerten sich, in den Krieg zu ziehen, solange die Inquisition fortfuhr, Waisenkinder auf die Gabe zu testen. Sie konnten weder die Schande ertragen, selbst Seite an Seite mit den Bastarden ihrer Männer zu kämpfen, noch wollten sie, dass ihre legitimen Kinder es taten.« Arcturus' Stimme war jetzt nur noch ein Flüstern, so sehr berührte ihn das Thema. »Die Dame Faverham war außer sich, als sie erfuhr, dass ich den Dämon bekommen hatte, der eigentlich für ihren Sohn bestimmt gewesen war. Sie hasste mich sogar noch mehr, als die anderen Adelsfrauen es taten. Sie hat nur ein einziges Kind, musst du wissen. Sollte ihr Sohn sterben, wäre ich der rechtmäßige Erbe der Faverhams. Die Dame Faverham war also so verzweifelt, dass sie König Harold schließlich bat, ihren Sohn vom Frontdienst zu entbinden, damit ich ihn nicht hinterrücks ermorden und mir so das Familienerbe erschleichen konnte. Es wird dich nicht überraschen, wenn ich dir sage, dass sie es gewesen ist, die den Streik damals organisierte.«

Fletcher war erstaunt, wie nüchtern Arcturus von dem Verdacht erzählte, unter dem er stand. Er fragte sich, ob der Offizier tatsächlich zu einer solchen Tat in der Lage wäre. Immerhin war Graf Faverham ein einflussreicher und wohlhabender Mann, dem ein Großteil der Ländereien um den Bärenzahn gehörte.

»Die Entwicklung ließ sich allerdings nicht mehr aufhalten. Die meisten dieser Waisen waren bereits getestet und an der Dämonenakademie aufgenommen worden, als der Skandal entdeckt wurde«, fuhr Arcturus fort. »Man einigte sich darauf, sie nicht zu verstoßen und sie ihre Ausbildung beenden zu lassen, allerdings unter der Bedingung, dass sie nicht mit ihrem Adelsnamen angesprochen wurden. Daher sprechen mich alle als Hauptmann Arcturus an, was eigentlich mein Vorname ist. Ich habe drei Halbbrüder, die etwa in meinem Alter sind und ebenfalls in Hominums Heer dienen. Insgesamt sind es wahrscheinlich sogar noch mehr, nur ahnen sie selbst nichts davon. Sosehr ich es mir auch wünschte, mir wurde strengstens untersagt, nach weiteren Waisen mit der Gabe zu suchen. Doch nun hat das Schicksal dich auch so zu mir geführt.«

Fletcher hätte die letzten Worte beinahe überhört, so sehr war er mit seinen Gedanken beschäftigt. Wollte Arcturus damit sagen, dass Graf Faverham womöglich auch Fletchers Vater war? War seine Mutter also nach wie vor am Leben und wohnte schon die ganze Zeit über in Boreas?

»Es kann sein, dass ich mich täusche«, hörte Fletcher ihn weitersprechen. »Vielleicht bist du auch eine ganz gewöhnliche Waise, immerhin bist du um einiges jünger als ich. Ich weiß nicht einmal, ob der Graf seiner Frau weiterhin untreu war, nachdem sie ihm einen Sohn geboren hatte. Andererseits dürfte es nicht viele Waisen geben, die zu dieser Zeit in der Nähe von Boreas ausgesetzt wurden, nicht von einem Adligen gezeugt wurden und doch die Gabe haben.«

»Ihr meint also, ich bin das Ergebnis eines Seitensprungs von Graf Faverham, und meine Mutter war im besten Fall eine seiner Geliebten, im schlimmsten Fall aber eine Kurtisane?«, fragte Fletcher entsetzt, nachdem er seine Gedanken einigermaßen geordnet hatte.

»Und außerdem bist du mein Halbbruder …«, ergänzte Arcturus Faverham.

38

VOLLER ZORN STÜRMTE FLETCHER aus Arcturus' Schreibstube; auf wen er zornig war, wusste er selbst nicht genau. Ignatius verbrachte den Großteil des anschließenden Abends damit, zu fauchen und kleine Rauchringe aus seinen Nüstern steigen zu lassen, während sich die anderen lachend beim Essen unterhielten.

»Wenn ich schon nicht weiß, auf wen ich wütend bin, dann du erst recht nicht, mein Kleiner«, flüsterte Fletcher und kraulte Ignatius unterm Kinn. Den Salamander so verwirrt und aufgeregt zu sehen war amüsant, und Fletchers Laune besserte sich ein wenig.

Gegenüber den anderen hatte er das Gespräch mit Arcturus erfolgreich heruntergespielt und behauptet, er hätte ihm lediglich eine milde Standpauke gehalten. Nur Othello hatte seine Verzweiflung bemerkt. Als alle zu Bett gegangen waren, klopfte der Zwerg an Fletchers Tür. Fletcher beschloss, das Vertrauen, das Othello ihm erwiesen hatte, indem er ihn mit zu seiner Sippe genommen hatte, zu erwidern, und erzählte ihm alles. Othello reagierte skeptisch auf die Geschichte des Hauptmanns.

»Arcturus lehnt sich da ziemlich weit aus dem Fenster, wenn du mich fragst«, kommentierte der Zwerg und kratzte sich am Kinn. »Er scheint mir verzweifelt auf der Suche nach weiteren Halbgeschwistern zu sein und ignoriert einige Tatsachen, damit deine Geschichte in sein Schema passt. Ich habe auch schon von der Gräfin Faverham gehört, aber in einem ganz anderen Zusammenhang. Sie ist König Alfrics Cousine und war in ihren jungen Jahren weithin berühmt für ihre Schönheit. Ich bezweifle ernsthaft, dass Alfric es toleriert hätte, wenn Graf Faverham weiterhin Schande über seine Frau gebracht hätte, nachdem alles herausgekommen war. Und sein Sohn, König Harold, ebenso wenig.«

»Aber wenn doch? Was, wenn der Graf Jahre später einen schwachen Moment hatte?«, entgegnete Fletcher.

»Selbst wenn wir annehmen, dass er dumm genug war, dem nachzugeben, warum hat man dich dann gerade vor dem Tor von Pelz ausgesetzt? Die verzweifelte Mutter hätte dich doch bestimmt eher auf die Türschwelle eines Waisenhauses in Boreas gelegt, statt sich die Mühe zu machen, ein so kleines und abgelegenes Dorf aufzusuchen. Ich meine, Pelz liegt ja schon fast an der Elfengrenze!«, rief Othello aufgebracht.

»Vielleicht wollte sie verhindern, dass ich als Arbeitskraft verkauft werde, so wie es mit Arcturus passiert ist«, hielt Fletcher dagegen und wusste selbst nicht, warum er die Argumentation des Hauptmanns so stur verteidigte.

»Wenn sie sich solche Sorgen um deine Zukunft gemacht hat, warum hat sie dich dann ohne Decke oder Mäntelchen einfach in den Schnee gelegt, wo du mit Sicherheit erfroren wärst? Nein, Fletcher, da stimmt was nicht. Aber lass dich von Arcturus' Theorie nicht entmutigen. Sei einfach froh, dass er dich entdeckt hat und jetzt auf deiner Seite steht.«

Mit diesen Worten verabschiedete sich Othello. Fletcher fühlte sich schon um einiges besser, auch wenn er jetzt noch verwirrter war als zuvor.

»Wer zum Teufel bin ich?«, flüsterte er in die Dunkelheit.

Ignatius legte den Kopf auf seine Brust und fiepte mitfühlend. Trotz der aufwühlenden Ereignisse ließ die Erschöpfung Fletcher den tiefen und traumlosen Schlaf des Erschöpften schlafen.

Die Novizen hatten sich in der Beschwörungskammer eingefunden und warteten auf die nächste Stunde Ätherunterricht. Fletcher hatte gehofft, Lovett bald wieder auf den Beinen zu sehen, doch er wusste, dass Arcturus die Stunde geben würde. All seine Versuche, die Lehrerin im Krankentrakt zu besuchen, waren erfolglos verlaufen. In ihrem jetzigen Zustand wollte sie bestimmt nicht belästigt werden, hatte ihm die Dame Ferrhaven vehement versichert. Die Hauptfrau sei immer noch am ganzen Körper gelähmt, aber bei Bewusstsein. Deshalb lese Ferrhaven ihr auch regelmäßig vor, und das sei Unterhaltung genug. Die bestürzenden Neuigkeiten über Lovetts Zustand hatten Fletchers Wunsch, sie zu sehen, noch verstärkt, aber Ferrhaven hatte ihm einfach die Tür vor der Nase zugeschlagen.

»Schicke Kleider«, sagte Genevieve und hielt den Daumen hoch.

Lächelnd befühlte Fletcher den Kragen seiner neuen Jacke. Uhtred hatte Wort gehalten und ihm eine wunderschöne dunkelblaue Uniform geschickt. Sein Chepesch war ebenfalls bei der Lieferung gewesen, die die Wagen am Morgen gebracht hatten. Zu Fletchers ganz besonderem Entzücken war auf die Messingknöpfe an Jacke und Hose ein wunderschöner Salamander graviert. Die Scheide für seine Waffe bestand aus poliertem Stahl und war innen mit schwarzem Leder gefüttert. Allerfeinste Qualität. Die Klinge des Chepesch schien frisch geschliffen, ein Öltuch war ebenfalls dabei. Wahrscheinlich als Hinweis darauf, dass Fletcher sich in Zukunft besser um das kunstvoll gearbeitete Stück kümmern sollte.

Er war froh, seine Waffe endlich wiederzuhaben, denn beim Schwertkampfunterricht hatte Caulder ihn genötigt, einen einfachen Holzstab zu benutzen. Die Adligen, die zu Hause schon seit Jahren Unterricht bekamen, hatten nicht daran teilgenommen. Lediglich Malik und Penelope hatten kurz vom Rand der Arena aus zugesehen und sich schon bald nach besserer Unterhaltung umgeschaut. Als Fletcher fragte, warum sie lernen sollten, gegeneinander zu kämpfen, wo Caulder doch behauptet hatte, ein Kampf mit einem Ork wäre etwas vollkommen anderes, blaffte der Fechtmeister: »Wegen des Turniers, Bursche! Sie werden euch fechten lassen und Gott weiß was nicht noch alles. Wenn ich euch nur beibringe, wie man mit einem wild gewordenen, zwei Meter großen Ork zurechtkommt, würdet ihr gegen die Adligen mit ihren Rapieren alle schon in der ersten Runde rausfliegen.«

An das Turnier erinnert zu werden hatte Fletcher solche Angst gemacht, dass er sich gleich darauf in die Bibliothek geflüchtet und dort in einem Stapel Bücher vergraben hatte. Die meisten der anderen

Bürgerlichen waren ebenfalls mitgekommen. Die Blaublütigen, deren Eltern bereits ausgebildete Schlachtmagier waren, hatten einen beträchtlichen Wissensvorsprung und die Fragen der Lehrer bisher mit Leichtigkeit beantworten können.

Sie mussten Tausende Dämonenarten lernen, Namen, Größe, Stärken und Schwächen, obwohl die meisten davon in dem Teil des Äthers, zu dem die Beschwörer Hominums Zutritt hatten, gar nicht zu finden waren. Allein für die achtzehn verschiedenen Canid-Rassen hatte Fletcher den Großteil des Wochenendes gebraucht.

Die Tür in seinem Rücken schlug mit einem lauten Knall zu, und Fletcher fuhr herum. Ein hochgewachsener, schlanker Mann hatte die Beschwörungskammer betreten. Im ersten Moment glaubte Fletcher, es sei Arcturus. Erst als der Lehrer in den Schein der Wyrrlichter trat, fiel ihm die unbekannte Uniform auf: schwarz mit silbernen Stickereien. Der Mann trug einen Bart und hatte ein blasses Gesicht mit kleinen, dunklen Augen. Mit funkelndem Blick inspizierte er seine Schüler.

»Mein vollständiger Titel lautet Inquisitor Damian Raubler, aber es genügt, wenn ihr Herr zu mir sagt. Ich werde euch in der Kunst der Ätherarbeit unterweisen, bis Hauptfrau Lovett sich wieder von ihrem… Unfall erholt hat. Zu eurem Glück hat sich Scipio darauf besonnen, euch eine etwas kompetentere Lehrkraft zu schicken.«

Tarquin grinste zufrieden über Raublers Kommentar, und Isadora kicherte, wie Fletcher angewidert feststellte.

Raubler reagierte nicht darauf und musterte die Bürgerlichen unter seinen Schlupflidern hervor. »Sieh an, sieh an. Es kommt mir vor, als wäre es erst gestern gewesen, dass ich euch getestet habe«, sagte er mit einer tiefen Stimme, die keinerlei Widerspruch duldete. »Genevieve, Rori, Seraph, Atlas, der Zwerg und die Elfe sollen sich in einer Reihe dort drüben aufstellen.«

Fletchers Freunde gehorchten eilig, dann wandte Raubler seine Aufmerksamkeit ihm selbst und den Blaublütigen zu. Er ging im Kreis um sie herum wie um Pferde auf einer Versteigerung.

»Eine gute Truppe haben wir da dieses Jahr. Ich hoffe, eure Eltern sind wohlauf, Tarquin und Isadora?«, erkundigte er sich.

»Jawohl, Herr, allerdings habe ich sie seit einigen Monaten nicht mehr gesehen«, antwortete Tarquin mit ausgesuchter Höflichkeit.

Fletcher fragte sich, was das für ein Mensch sein mochte, der jemandem wie Tarquin einen solchen Respekt abnötigte. Woher kannten sich die beiden überhaupt?

»Du musst ein Saladin sein, wenn mich nicht alles täuscht«, sprach Raubler weiter und blieb vor einem dunkelhäutigen Jungen stehen.

»Ich bin Malik Saladin, Sohn von Baybars Saladin, geboren in Antioch«, erwiderte Malik mit stolz erhobenem Kinn.

»Ganz recht. Bei der Schlacht an der Watfurt-Brücke kämpfte der Anubid deines Vaters Seite an Seite mit meinem Minotaurus. Wurde dir das überaus große Glück zuteil, ihn von Baybars geschenkt zu bekommen?«

»Nein, Herr, Vater hat bessere Verwendung für ihn als ich. Ich bekam einen jungen Anubid, der eigens für mich gefangen wurde.«

»Gut. Du wirst ihn bald brauchen.« Raubler wandte sich an Penelope, die gleich neben Malik stand.

»Und du bist?«

»Penelope Kolt … aus Koltheim.« Sie machte einen nervösen Knicks.

Raubler nickte lediglich knapp und ging weiter zu dem letzten der adeligen Novizen, einem kleinen Knaben mit mausbraunem Haar, der Tarquin wie ein Schoßhund auf Schritt und Tritt folgte.

»Ich … mein Name ist Rufus Kavendisch, aus den Kavendischer Auen«, stotterte er.

»Kavendischer Auen. Nie gehört. Wer sind deine Eltern?«, fragte Raubler und fixierte Rufus mit dem Blick eines Falken.

»Meine Mutter war Hauptfrau Kavendisch. Sie starb, als ich noch klein war. Mein Vater gehört nicht zum Adel.«

»Verstehe«, kommentierte Raubler desinteressiert und ging weiter. Offensichtlich waren die Kavendischs nicht wichtig. Nun kam Fletcher an die Reihe. Raublers finsterer Blick sprang zwischen dem Chepesch und den Messingknöpfen an Fletchers Uniform hin und her.

»Und du, wo kommst du her?«

Fletcher zögerte. »Aus dem Norden, Herr, aus der Nähe von Boreas«, antwortete er schließlich. »Mein Name ist Fletcher.«

»Ein Faverham also? Ich wusste gar nicht, dass sie ein Kind haben, das bereits im richtigen Alter ist. Wie konntest du meiner Aufmerksamkeit entgehen?«

»Er ist kein Adliger, Herr, sondern gehört zum Pöbel«, warf Tarquin ein, noch bevor Fletcher etwas erwidern konnte.

»Unmöglich. Ich bin Inquisitor und kenne alle Namen der bürgerlichen Novizen. Wer bist du, Junge?«

»Ich ... hatte einen Förderer, Herr. Ich habe eine Beschwörungsrolle gefunden. Als ich sie las, ist ... ein Dämon erschienen. Arcturus hat mich mit ihm gesehen und hergebracht.«

»Deine Eltern sind also nicht auf die Idee gekommen, dich zu einem Inquisitor zu schicken, als sie merkten, dass du die Gabe hast, sondern Arcturus hat dich entdeckt? Nördlich von Corcillum hat er nichts zu suchen. Wie ist er auf dich aufmerksam geworden?«

»Ich habe keine Eltern mehr, und er ...«

Raubler ließ ihn nicht ausreden. »Eine WAISE!«, fauchte er.

»Ja, aber es ist nicht so, wie Ihr glaubt!«, rief Fletcher, der merkte, in welche Richtung Raublers Gedanken gingen.

»Das ist gegen das Gesetz! Dieser eingebildete Hurensohn meint, er bräuchte sich nicht an die Übereinkunft mit unserem alten König zu halten, und schickt heimlich Beschwörungsrollen an Waisenkinder in Boreas! O ja, jetzt hab ich ihn!«, kicherte Raubler schadenfroh.

»Tut er nicht!«, beharrte Fletcher.

»Halt den Mund, Bastard! Wir hatten geglaubt, eure Gegenwart an der Akademie nicht länger ertragen zu müssen. Ich werde die Dame Faverham davon in Kenntnis setzen«, knurrte er und tippte Fletcher auf die Brust.

»Das ist nicht wahr!«, schrie Fletcher. »Fragt den Vorsteher!«

»Oh, keine Sorge, das werde ich. Aber das hat Zeit. Zuerst werden wir die Erfüllungsstufe eines jeden Einzelnen von euch messen. Folgt mir, alle!«

Raubler führte sie in das oberste Stockwerk des Westflügels und dort zum Fuß des Südwestturms. Die Novizen trotteten gehorsam hinterdrein. Nur Othello hatte begriffen, was sich soeben abgespielt hatte. »Mach dir keine Sorgen, das wird sich alles klären«, flüsterte er Fletcher zu und legte ihm tröstend eine Hand auf die Schulter.

Die anderen beäugten ihn mit einer Mischung aus Verdacht und Verwirrung, aber die Stille auf den Fluren hielt sie davon ab, Fragen zu stellen. Tarquin und Isadora hüpften vergnügt – ob aus Entzücken über die bevorstehende Stunde oder aus Freude über Fletchers Erniedrigung, konnte er jedoch nicht sagen.

In diesem Turm gab es keine Wendeltreppe, nur gähnende Leere. Die Decken der Zwischengeschosse waren herausgerissen worden. In der Mitte erhob sich eine gigantische, aus übereinandergeschichteten Steinsegmenten bestehende Säule. In jedes Segment waren farbige Korunde eingelassen. Die Säule erstreckte sich bis zur Spitze des Turms und funkelte in dem Sonnenlicht, das durch die Schießscharten hereinfiel, und zwar in allen Farben des Regenbogens.

»Dies ist ein Erfüllungsmeter, der größte seiner Art. Jedes Segment entspricht einer Erfüllungsstufe. Wenn ein Mensch oder Dämon den Fuß der Säule berührt, erfährt er, auf welcher Stufe er steht. Nun, wer macht den Anfang?«, verkündete Raubler, sah dabei aber ausschließlich die Adligen an. »Malik, wenn du nur ein bisschen nach deinem Vater kommst, dürfte dein Wert beeindruckend ausfallen. Leg deine Hand auf die Säule. Lass uns sehen, mit welchem Kaliber von Bändigern wir es in diesem Jahrgang zu tun haben.«

Malik trat ohne Zögern vor, kniete sich vor die Säule und presste eine Hand darauf. Zunächst geschah gar nichts, dann leuchtete die unterste Scheibe plötzlich so grell auf, dass sie den gesamten Turm erhellte. Ein kurzes Brummen hallte von den Mauern wider, dann sogleich das nächste, als das Segment darüber aufleuchtete. Weitere folgten, bis vierzehn Segmente erstrahlten. Malik verharrte noch eine Minute vor der Säule, dann zog Raubler ihn auf die Beine, und die Segmente verloschen.

»Gut gemacht, Junge. Der Durchschnitt der adligen Novizen erreicht beim ersten Versuch den Wert acht. Du wirst schon bald auf Stufe zwanzig stehen, so wie dein Vater. Der Nächste!«

Isadora schüttelte sich die Lockenmähne aus dem Gesicht, trat zur

Säule und legte ihre Hand auf den Erfüllungsmeter. Wieder ertönte das Brummen, wieder leuchtete Segment um Segment auf. Diesmal waren es zwölf.

»Die Forsys haben starkes Blut. Zacharias wird stolz sein«, kommentierte Raubler und half Isadora aufzustehen.

Dann kam Tarquin an die Reihe. Wieder zwölf.

»Zwillinge haben meist die gleiche Erfüllungsstufe, aber es ist immer besser sicherzugehen«, murmelte Raubler mehr zu sich selbst und schüttelte Tarquin die Hand.

Fletchers Herz wurde schwer wie ein Stein, als Tarquin ihn im Vorbeigehen an der Schulter stieß. Wie stark die beiden waren. Selbst Lovett erreichte nur Stufe elf!

Penelope schaffte sieben, doch sie schien damit zufrieden zu sein und stand mit einem Lächeln wieder auf. Rufus hatte Stufe neun, was ihm ein anerkennendes Schulterklopfen von Tarquin und außerdem ein lobendes Gebrummel von Raubler einbrachte.

»Jetzt zu den Bürgerlichen. Du zuerst, Zwerg. Da du in der Lage warst, einen Golem herbeizurufen, müsste mindestens eine Acht herauskommen. Im Schnitt erreichen Nicht-Adlige nur Stufe fünf, aber du bist wohl eher ein Sonderfall.«

»Weshalb nur fünf, Herr?«, fragte Rori, der schon die ganze Zeit angespannt von einem Fuß auf den anderen trat.

»Schlechte Erziehung, würde ich sagen«, antwortete Raubler. »Die offizielle Erklärung lautet allerdings, dass Adlige ihre Dämonen bekommen, lange bevor sie die Akademie besuchen, und also praktisch mit ihnen aufwachsen. Schon im Kindesalter lernen sie, sie zu bergen und Zaubersprüche zu wirken, wodurch ihre Erfüllungsstufe automatisch steigt. Ihr hingegen hattet keine Gelegenheit zum Üben und beginnt mit den Fähigkeiten, mit denen ihr geboren wurdet. Dies ist ein weiterer Grund, warum Bürgerliche ihre Ausbildung üblicherweise mit Skarabäen antreten. Welchen Zweck hätte es, euch einen Dämon zu geben, den ihr nicht einmal kontrollieren könnt? Ganz zu schweigen davon, dass ihr nichts Besseres verdient. Allerdings, in diesem Jahr scheinen einige von euch außerordentliches Glück gehabt zu haben.«

Othello hatte inzwischen die Hand auf den Erfüllungsmeter gelegt.

Rori kam nicht mehr zu einer Erwiderung, denn das erste Segment leuchtete bereits. Weitere folgten, zehnmal hörten sie das Brummen.

»Zehn! Es scheint, als hättet ihr Zwerge ein Händchen für Beschwörung. Sehr interessant. Ich werde den König unverzüglich davon in Kenntnis setzen …«, überlegte Raubler laut und winkte Sylva heran.

Fletcher fiel Othellos besorgter Gesichtsausdruck auf. Warum wollte Raubler den König informieren? Bedeutete Othellos Ergebnis, dass die Zwerge wertvollere Verbündete waren, als der König bisher geglaubt hatte – oder eine noch größere Bedrohung?

»Elfen beginnen normalerweise mit Stufe sieben, zumindest früher war das so. Nur zu, du hast deinen Canid ja schon seit ein paar Monaten.« Sylva erreichte tatsächlich Stufe sieben, und das achte Segment flackerte kurz.

»Gut, du wirst bald die nächste Stufe erreichen. Arbeite hart an dir, dann wirst du dir zu deinem Canid bald noch einen Kerf fangen können.«

Genevieve schaffte Stufe fünf. Seraph überraschte alle mit einer glatten Sieben, nur Atlas kam, sehr zu seinem Verdruss, nicht über die vierte Stufe hinaus. »Ich hoffe, dir ergeht es besser als mir«, raunte er Rori zu, der mit aschfahlem Gesicht als Nächster an die Säule trat.

Es dauerte lange, bis überhaupt etwas passierte, und der Erfüllungsmeter blieb bereits auf Stufe zwei stehen. Nach einer weiteren halben Minute erreichte er gerade so Stufe drei, da fasste der Inquisitor ihn am Arm.

»Nein!«, protestierte Rori. »Ich bin noch nicht fertig. Ich weiß, da kommt noch mehr!«

»Es kommt nichts mehr, Junge. Mehr Dämonenenergie kannst du nicht aufnehmen. Du stehst auf Stufe drei und kannst froh sein, dass es nicht noch weniger ist.« Er zerrte Rori auf die Beine und schob ihn zurück zu den anderen.

»Und nun zu dir, Bastard. Lass sehen, woraus du gemacht bist.« Der Inquisitor drückte Fletcher auf die Knie.

Fletcher schloss die Augen und presste die Hand gegen den Stein.

Die Kristalle fühlten sich so glatt und kalt wie poliertes Eis an. Er spürte, wie das in seinen Adern pulsierende Mana durch seine Handfläche in den Erfüllungsmeter gesogen wurde. Doch das war noch nicht alles: Etwas anderes strömte aus der Säule zurück, das eindeutig kein Mana war. Es fühlte sich an wie Feuer, das sein Blut zum Kochen brachte und auf der Haut kribbelte.

Fletcher war nicht danach, nach oben zu sehen, aber das wiederkehrende Brummen sagte ihm auch so, wie viele Segmente bereits leuchteten. Bisher waren es fünf. Dann sechs. Bei Stufe sieben ließ die Hitze etwas nach, doch sie floss immer noch. Acht … der Strom war jetzt nur noch ein Rinnsal. Dann aber, als Fletcher sich vollkommen leer fühlte, ertönte das Brummen zum neunten Mal. Fletcher war unendlich erleichtert, gleichzeitig hatte er Mitleid mit Rori. James Baker hatte ebenfalls nur Stufe drei gehabt.

»Hört, hört, das nenne ich eine Überraschung! Nicht, dass es eine Rolle spielt. Fletcher wird noch genauso lange hier sein, wie ich brauche, um zu beweisen, dass Arcturus ihm die Beschwörungsrolle hat zukommen lassen. Seit König Alfric damals auf Bitten der Dame Faverham das Gesetz erließ, sind Bastarde an der Akademie verboten. Und Bastarden, die bereits ausgebildet wurden, ist es nicht erlaubt, nach neuen Bastarden zu suchen. Arcturus miteingeschlossen.«

Die Bürgerlichen schnappten laut nach Luft. Der Inquisitor hatte gerade eben Arcturus' Geheimnis herausposaunt.

»Wie es scheint, werdet ihr noch eine weitere neue Lehrkraft bekommen, nämlich sobald Arcturus der Akademie verwiesen wurde«, fügte Raubler grinsend hinzu.

»Zum letzten Mal: Er hat mir keine Beschwörungsrolle geschickt«, sagte Fletcher durch zusammengebissene Zähne. »Sie gehörte ursprünglich einem Orkschamanen. Ich habe sie von einem … fahrenden Händler bekommen, wenn Ihr es unbedingt wissen wollt.«

Raubler starrte ihn einen Augenblick lang schweigend an, dann zog er ein bräunliches Stück Stoff aus einem Köcher an seinem Gürtel und breitete es auf dem Boden aus. Es war ein Beschwörungsleder. »Mach schon«, sagte er und deutete auf das Leder.

Ignatius materialisierte sich auf Fletchers Ruf hin praktisch sofort, als könnte er es kaum erwarten. Sogleich schnappte er nach den Fingern des Inquisitors.

Raubler zog erschrocken die Hand weg. »Sieh mal einer an …«, murmelte er stirnrunzelnd. »Wollen wir doch gleich sehen, welche Erfüllungsstufe das Vieh hat. Wir konnten noch nie einen Salamander testen. Major Godwin dürfte sich sehr für das Ergebnis interessieren.«

Fletcher nahm Ignatius auf den Arm und legte die Schwanzspitze des Salamanders auf den Erfüllungsmeter. Die Säule begann zu summen, und kurz hintereinander leuchteten die ersten vier Segmente auf. Bis auch das fünfte aufflackerte, dauerte es zu Fletchers Überraschung allerdings eine Weile.

Tarquin schüttelte sich vor Lachen. »Ha! Dein Salamander erreicht gerade einmal Stufe fünf. Und du hast geglaubt, du könntest es mit einer Hydra und einem Felid aufnehmen, die Stufe acht und Stufe sieben haben. Selbst mit der Hilfe des Golems fehlen da noch ganze zwei Stufen, elender Bastard!«

»Hast du nicht behauptet, wir hätten unsere Dämonen nur herbeigerufen, um den Würger zu verjagen?«, entgegnete Fletcher und versuchte, seine Wut im Zaum zu halten. Niemand, nicht einmal Didric, hatte es je gewagt, so mit ihm zu sprechen. »Oder möchtest du jetzt eine neue Version der Geschichte erzählen?«

Tarquin plapperte wild drauflos, doch Raubler fiel ihm ins Wort.

»Ruhe! Wir kehren in die Beschwörungskammer zurück, sofort! Die Stunde ist noch nicht zu Ende.«

Die Stimmung unter den Novizen war noch angespannter als auf dem Hinweg. Othello war tief in Gedanken versunken, Rori schlurfte mit verzweifelter Miene ein ganzes Stück hinter den anderen her. Genevieve versuchte ihn, so gut sie konnte, zu trösten, doch er starrte nur mit leerem Blick vor sich hin, als höre er sie gar nicht. Keine Spur mehr von dem gut gelaunten Plappermaul, das er bisher gewesen war.

Als sie die Beschwörungskammer erreichten, ließ Raubler von vier Dienern eine große Stele hereintragen. Sie war so schwer, dass es ihnen gerade so gelang, sie senkrecht aufzurichten. Vom Aufbau her schien sie dem Erfüllungsmeter sehr ähnlich zu sein, allerdings bestanden die einzelnen Segmente nur aus jeweils einem roten, etwa faustgroßen Kristall.

Mit einer lässigen Geste tippte Raubler eines der Segmente an, das prompt sanft zu leuchten begann. »Eure Lehrerin ging nach der altmodischen Methode vor und hielt das Portal mit ihrem eigenen Mana geöffnet. Ich hingegen bewerte die Risiken, die ein Ausflug in den Äther mit sich bringt, anders. Dies ist ein Speicherstein. Er lässt sich mit Mana aufladen, um es erst später zu verwenden. Wir benutzen sie für die großen Schilde über den Heerlagern an der Front und laden die Steine tagsüber auf, damit wir uns nachts nicht mehr um die Schilde kümmern müssen. Jetzt allerdings werden wir den Speicherstein zu einem anderen Zweck verwenden und mit ihm das Portal speisen, durch das wir den Äther betreten. Auf diese Weise ist sichergestellt, dass es sich nicht schließt, wenn einer von euch einen Fehler macht. Wir können es uns schlichtweg nicht leisten, eine Hydra zu verlieren, denn in unserem Teil des Äthers gibt es keine mehr.«

Grinsend stieß Tarquin Isadora mit dem Ellbogen an.

Seraph hob die Hand. »Und warum gibt es in unserem Teil keine mehr? Wir haben sie doch nicht etwa alle gefangen?«

Raubler seufzte theatralisch, dann nickte er, als hätte er sich entschlossen, die dumme Frage doch noch zu beantworten. »Siehst du die Symbole auf den Pentagrammen? Das sind Koordinaten, sie entsprechen einem bestimmten Gebiet im Äther. Seit mittlerweile zweitausend Jahren jagen wir dort und haben zahllose Dämonen gefangen, immer im gleichen Gebiet. Wir hatten Krieg mit den Orks, jetzt haben wir wieder einen, und dazwischen lagen die Zwergenaufstände. Viele unserer Dämonen fanden in der Schlacht den Tod, aus diesem Grund brauchten wir ständig Nachschub. Schon bald lernten die Dämonen, unseren Teil des Äthers zu meiden. Vielleicht haben wir die selteneren Arten sogar ausgerottet, aber wie auch immer, uns stehen inzwischen nur noch wenige Spezies zur Verfügung. Ab und zu verirrt sich ein seltenes Exemplar – wie ein Greif – in unseren Teil, aber meistens sind sie verletzt oder krank. Eine Ausnahme bilden die Würger mit ihren regelmäßigen Wanderbewegungen.«

»Dazu brauchen wir also die Symbole der Orks«, murmelte Genevieve.

»Wir brauchen sie eben nicht!«, fuhr Raubler ihr über den Mund. »Die weitverbreiteten, schwachen Dämonen stehen euch Bürgerlichen zur Verfügung. Adlige erben die älteren und mittlerweile seltenen Arten von ihren Eltern. So bekommt jeder das, was ihm von Natur aus zusteht. Die Orks verfügen selbst nur über Dämonen von der niederen Stufe, was beweist, dass ihre Koordinaten auch nicht besser sind als unsere. Es wäre also nichts als eine Verschwendung von Zeit und Ressourcen, weiter nach diesen Orksymbolen zu suchen.«

Genevieve taumelte einen Schritt zurück, so erschrocken war sie über Raublers Ausbruch. Fletcher verstand nicht, was der Inquisitor so schlecht daran fand, die Suche nach den Symbolen fortzusetzen. Bestimmt könnten sie Hominum einen Kriegsvorteil verschaffen. Doch der Inquisitor schien vor allem darauf erpicht, dass der Adel seine Macht behielt und weiterhin möglichst hoch über allen anderen Einwohnern Hominums stand.

»Die Kapazität des Speichersteins ist leider begrenzt«, fuhr Raubler schließlich fort. »Pro Woche werden ihn darum nicht mehr als fünf Novizen benutzen können. Das bedeutet, bis das Turnier vorüber ist, werde ich ausschließlich den Adligen gestatten, den Äther zu betreten. Ob danach auch die Bürgerlichen an die Reihe kommen, werden wir noch sehen.«

Während Rori verzweifelt aufschrie und die anderen in lautstarken Protest ausbrachen, hatte Fletcher nur einen einzigen Gedanken.

Ich wünschte, Hauptfrau Lovett wäre hier.

39

FLETCHER FLUCHTE, ALS DIE GLYPHE, die er gerade in die Luft geätzt hatte, nach einem kurzen Flackern wieder verschwand.

»Noch mal, Fletcher!«, bellte Arcturus. »Denk nach und befolge die einzelnen Schritte.«

Er bewegte den Finger, malte die Glyphe für den Schildzauber und ließ sein Mana hineinströmen.

»Gut. Jetzt fixiere es!«, brummte Arcturus.

Er konzentrierte sich auf das Symbol, hielt seinen Finger genau in dessen Mitte, bis sie kurz pulsierte, dann verankerte er die Glyphe, als würde sie von unsichtbaren Schnüren in der Luft gehalten. Das Kitzeln des Schweißes auf seiner Stirn ignorierte er; die Aufgabe erforderte seine volle Konzentration.

»Nun schieb dein Mana hindurch, langsam und gleichmäßig! Gleichzeitig musst du die Glyphe aufladen.«

Das war der schwierigste Teil. Fletcher glaubte, sein Kopf würde platzen, während er versuchte, das Mana in die Glyphe zu leiten und es gleichzeitig hindurchzuschieben. Als sie erneut zu flackern begann, biss er die Zähne zusammen und presste ein dünnes Rinnsal Energie hindurch.

»Du hast es geschafft. Jetzt versuche sie zu formen«, raunte Arcturus.

Der Schild hatte noch nicht viel Energie, aber Fletcher wollte nicht riskieren, dass die Verbindung erneut abriss. Also lud er ihn nicht weiter auf, sondern formte ihn zu einer Kugel, wie er es auch schon mit dem Wyrrlicht in der ersten Unterrichtsstunde getan hatte.

»Gut gemacht! Aber Schilde sind keine Wyrrlichter, man muss sie aufspannen. Mach weiter, das hier könnte deine letzte Gelegenheit zum Üben sein.«

Doch Fletcher konnte die Glyphe nicht länger stabilisieren. Sie leuchtete kurz auf und verschwand, ebenso sein kugelförmiger Schild.

»Nun gut. Wir werden es in der nächsten Stunde noch einmal versuchen. Jetzt ruh dich aus«, murmelte Arcturus enttäuscht.

Fletcher ballte die Fäuste vor Wut auf sich selbst. Allc anderen stellten sich weit geschickter an als er. Die Adligen, die von ihren Eltern bereits in Zauberei unterwiesen worden waren, taten sich natürlich ganz besonders hervor. Sie veränderten die Stärke und Größe ihrer Schilde fast nach Belieben. Malik gelang es sogar, seinen so dick werden zu lassen, dass man kaum noch hindurchsehen konnte.

Bei den meisten von Fletchers Freunden klappte es ebenfalls bei jedem Versuch, nur Rori und Atlas brauchten jedes Mal mehrere Anläufe. Fletcher selbst hatte während der letzten drei Stunden nur einen einzigen erfolgreichen Versuch zustande gebracht.

Er setzte sich auf eine Bank am anderen Ende der Vorhalle und sah den anderen missmutig zu. Seit der Stunde bei Raubler vor ein paar Wochen ging es ständig bergab. Zuerst diese Sache mit den Hellsehsteinen. Raubler hatte die Novizen in einer Reihe antreten lassen und ihnen eine Kiste mit lilafarbenen Kristallen unter die Nase gehalten, aus der sie sich einen aussuchen durften. Fletcher hatte er mit voller Absicht ganz am Ende der Reihe aufgestellt. Als er schließlich dran war, war nur noch ein kümmerlicher Splitter mit dem Durchmesser eines Silberschillings übrig gewesen. Um überhaupt etwas darin zu erkennen, musste er ihn sich wie ein Monokel direkt vors Auge halten. Danach hatte Raubler die Bürgerlichen mit ihren Steinen weiterhin in der Beschwörungskammer ausharren lassen, um sich im Hellsehen zu üben, während die Dämonen der Blaublütigen munter Ausflüge in die weniger gefährlichen Teile des Äthers unternahmen.

Und dann hatte es eine nächste Stunde bei Arcturus gegeben. Zwar war er nicht wütend auf Fletcher gewesen, dennoch hatte er ihm reichlich Stoff zum Nachdenken gegeben.

»Ich mochte die Inquisitoren nie, und Raubler ist einer der

schlimmsten. König Alfric hat seinerzeit drei Institutionen ins Leben gerufen: die Inquisition, die Pinkertons und die Friedensrichter. Alle drei sind durch und durch verdorben. Harold erbte sie zusammen mit dem Thron seines Vaters, aber wie es heißt, ist er nicht besonders glücklich darüber, wie sie die Dinge handhaben. Falls Raubler auf Ärger aus ist, wird Harold es wahrscheinlich nicht einmal erfahren; ich mache mir mehr Sorgen, dass Alfric sich einmischen könnte. Andererseits verlässt er den Palast kaum noch, also kommt ihm die Angelegenheit vielleicht gar nicht zu Ohren. Mach dir keine Sorgen, Fletcher. Du hast nichts Unrechtes getan. Ich hoffe nur, Raubler schickt keine Inquisitoren in dein altes Zuhause. Sie würden dort keinen Stein auf dem anderen lassen.«

Diese Worte verfolgten Fletcher nun schon seit Wochen. Er hatte sich entschlossen, Berdon doch nicht zu schreiben, damit niemand die Briefe zurückverfolgen konnte. Und wenn Raubler von Fletchers Verbrechen erfuhr … Darüber wollte er lieber gar nicht erst nachdenken.

Doch das war nicht das Einzige, was seine Stimmung trübte. Godwin überhäufte die Novizen geradezu mit Arbeit. Er gab ihnen ellenlange Aufsätze über Dämonologie auf und kritisierte sie selbst für die kleinsten Fehler aufs Härteste.

Ironischerweise hatte sich Fletcher in der zweiten Dämonologiestunde ein widerwilliges Lob von Godwin erarbeitet, als er Penelopes und Maliks Dämonen auf Anhieb korrekt identifizierte: Penelope besaß einen Vulpid, einen fuchsartigen Dämon mit drei Schwänzen, der zwar nicht ganz die für einen Canid übliche Größe erreichte, dafür aber schneller und geschickter war. Die schmale, spitze Schnauze war von weichem, rotem Fell bedeckt, das wie poliertes Kupfer schimmerte.

Maliks Anubid gehörte ebenfalls zu den Caniden, allerdings zu einer sehr seltenen Unterart. Wie ein Felid lief er auf den Hinterbeinen, hatte aber den Kopf eines Schakals und glattes, schwarzes Fell. Er war ein enger Verwandter von Major Godwins Lieblingsdämon, dem Lykaner mit dem typischen grauen Fell und dem Wolfshaupt. Viele Schlachtmagier aus der Akhad-Wüste besaßen einen Anubid, aber mittlerweile war er in Hominums Teil des Äthers so gut wie ausgerottet.

Bei Rufus' Dämon handelte es sich um einen weiteren Otter, wie Atlas enttäuscht feststellte. Ungewöhnlich war allerdings, dass Rufus ihn nicht schon zuvor von seinen Eltern bekommen hatte, so wie die anderen Adligen, sondern erst an der Akademie. Seine Mutter war gestorben, als er noch ein Kind gewesen war, und sein Vater verfügte nicht über die Gabe der Beschwörung.

Das Einzige, zu dem Fletcher ein echtes Talent zu haben schien, war der Schwertkampf. Caulder hatte ihm sogar Sonderunterricht erteilt, um ihm spezielle Chepesch-Techniken beizubringen. Caulders Hauptaugenmerk lag darauf, Fletcher beizubringen, seine Aggressionen zu kontrollieren. Laut Caulder gehörte Geduld zu den wichtigsten Qualitäten eines Schwertkämpfers.

»Na schön, kommt alle nach vorn!«, rief Arcturus und holte Fletcher ins Hier und Jetzt zurück.

Die Gruppe versammelte sich um ihren Lehrer. Alle freuten sich auf eine weitere Stunde Zauberunterricht. Während der letzten Wochen hatten sie weiter mit Wyrrlichtern geübt, hatten ihr Mana hineingeleitet, Größe, Form, Helligkeit sowie Bewegungsrichtung der Lichter verändert. Arcturus hatte ihnen eingeschärft, dass sie die Techniken, die sie anhand von Wyrrlichtern erlernten, gut gebrauchen konnten, wenn es ans Luftätzen ging.

»Viele von euch haben nach wie vor Schwierigkeiten, einen Zauber zu wirken, umso mehr, wenn sie dabei unter Zeitdruck stehen. Lasst mich darum vor allem eines klarstellen: Geschwindigkeit und Effektivität sind essenziell, um auf dem Schlachtfeld zu bestehen«, erklärte Arcturus ernst. »Wer von euch kann mir die vier grundlegenden Zauber nennen, die jeder Schlachtmagier braucht?«

Penelope meldete sich zu Wort. »Den Schildzauber, Feuer und Blitz.«

»Sehr richtig, aber das waren nur drei. Wer weiß den vierten?«

»Telekinese«, warf Seraph ein.

»Exakt. Die Fähigkeit, Gegenstände zu bewegen, ohne sie zu berühren. Seht genau zu.« Arcturus grinste und ließ seine Hand kreisen, als rühre er eine Tasse Kaffee um. In der Luft erschien eine Spirale, dann machte er eine plötzliche Bewegung mit dem Finger – sein Hut flog bis unters Dach der Vorhalle hinauf und senkte sich dann langsam wieder auf Arcturus' Haupt herab. Fletcher sah, wie die Luft unter dem Hut dabei so leicht flimmerte wie an einem heißen Sommertag.

»Telekinese ist schwer zu kontrollieren, denn im Gegensatz zum Schild-, Feuer- und Blitzzauber ist sie so gut wie unsichtbar. Stellt euch vor, ihr müsstet mit einem durchsichtigen Lasso ein Pferd einfangen. Die meisten Schlachtmagier versuchen erst gar nicht, richtig zu zielen, sondern legen so viel Energie in den Zauber, dass es ihren Gegner auf jeden Fall von den Beinen reißt. Entsprechend schnell geht ihr Mana zur Neige.«

Arcturus' Blick wanderte schuldbewusst zu einem Stapel Schriftrollen, den Penelope mit in den Unterricht gebracht hatte. Sie waren voller weiterer Symbole, die er den Novizen zum Lernen aufgegeben hatte.

»Natürlich gibt es noch viele andere Arten von Magie, den Heilzauber zum Beispiel, der ebenfalls schwierig, aber auch sehr hilfreich ist. Er nimmt eine Menge Zeit in Anspruch und nützt deshalb in der Hitze des Gefechts nicht sehr.« Zur Demonstration ätzte Arcturus ein Herz in die Luft. »Außerdem gibt es weitere Symbole, die ihr jetzt noch nicht anwenden könnt, die ihr aber nächstes Jahr brauchen werdet. Der Sperrzauber, den ihr beim Turnier kennenlernt, ist einer davon. Aber seid unbesorgt: Solange ihr die vier Grundzauber beherrscht, kann euch während des Turniers nicht viel passieren. Die anderen Symbole werden bei den schriftlichen Prüfungen abgefragt, also prägt sie euch gut ein. Damit ist der Unterricht für heute beendet!«

Arcturus war gerade dabei, die Vorhalle zu verlassen, da begannen die anderen sofort sich munter zu unterhalten. Fletcher hingegen war nicht nach Plaudern zumute. Stattdessen eilte er Arcturus hinterher und zupfte ihn am Ärmel.

»Eine Frage noch, Herr, wie geht es Hauptfrau Lovett?«

Arcturus drehte sich um und blickte Fletcher sorgenvoll an. »Sie ist noch immer gelähmt. Vielleicht erwacht sie morgen aus der Ätherstarre, vielleicht auch nie. Ich besuche sie und lese ihr vor, sooft ich kann«, antwortete er und tippte auf das Buch, das er sich unter den Arm geklemmt hatte. »Glücklicherweise hatte Lovett Valens noch nicht geborgen, als es passierte. Vielleicht gelingt es ihr, durch die Bewusstseinsverbindung mit seinen Augen zu sehen. Nur wirklich gute Beschwörer sind dazu in der Lage, und Lovett gehört zu den besten, die ich je gesehen habe. Wenn es überhaupt jemand kann, dann sie.« Er rang sich ein gezwungenes Lächeln ab und drückte Fletchers Arm. »Ruh dich jetzt aus, Fletcher. Du hast einen anstrengenden Tag hinter dir.«

Fletcher nickte und schleppte sich die Stufen zum Westflügel hinauf. Er sehnte sich nach der Ruhe seines Zimmers und nach Ignatius' Gesellschaft. Während des Unterrichts hatte er ihn in letzter Zeit nur selten herbeirufen dürfen.

Seit Hauptfrau Lovett außer Gefecht war, fühlte er sich einsamer denn je. Natürlich waren seine Freunde eine gewisse Unterstützung, aber sie hatten ihre eigenen Probleme, mit denen sie zurechtkommen mussten, und Arcturus war immer verschlossener geworden. Ob es an Raublers Anwesenheit lag, an Lovetts Zustand oder daran, dass er von Fletcher enttäuscht war, wusste er nicht. Lovett war sowohl gerecht als auch furchtlos gewesen. Ob ihre Schüler nun Elfen, Zwerge oder Adlige waren, kümmerte sie nicht. Fletcher wusste, dass er mit seinen Problemen jederzeit zu ihr hätte kommen können. Doch inzwischen war es ganz so, als wäre sie gar nicht mehr an der Akademie.

Fletcher war so erschöpft von seinen Sorgen, dass er die falsche Abzweigung nahm und auf dem Stockwerk der Adligen herauskam. Gerade wollte er stöhnend zurück zur Treppe gehen, da fiel sein Blick auf einen prächtigen Wandteppich, der eine Schlachtszene darstellte. Er ging näher heran.

Die Orks preschten auf ihren Kriegs-Rhinozerossen über eine Brücke und stürzten sich in gestrecktem Galopp auf eine kleine Gruppe Krieger, die lediglich mit Spießen bewaffnet waren. Ihr Anführer hatte ein Spiralen-Symbol in die Luft geätzt und hielt den Arm hocherhoben. An seiner Seite fletschte ein löwenähnlicher Felid die Zähne und schleudert den Angreifern sein Brüllen entgegen. Auf einer kleinen Tafel unter dem Teppich stand: »Der Held von der Watfurt-Brücke.«

»Unglaublich«, stammelte Fletcher. »Scipio hat tatsächlich einen Angriff von Ork-Rhinozerossen aufgehalten …«

Da hörte er Schritte in seinem Rücken und versteckte sich eilig in einem Durchgang. In seiner augenblicklichen Stimmung wollte er auf keinen Fall auf Tarquin treffen.

»... hast du gesehen, was der Trottel für ein blödes Gesicht gemacht hat, als seine Glyphe sich auflöste? Ich hätte weinen können vor Lachen. Der Bastard hat sich für was ganz Besonderes gehalten, und jetzt sieh ihn dir an!« Tatsächlich war es Tarquin, der das höhnisch sagte. Das Kichern, das daraufhin erschallte, sagte Fletcher, dass er in Begleitung seiner Schwester war.

»Ja, das war wirklich komisch«, bestätigte Isadora. »Aber bei all dem nutzlosen Unterricht heute hatten wir noch gar keine Gelegenheit, uns zu unterhalten. Sag mir mal, was stand eigentlich in Vaters Brief?«

»Ein Brief könnte als Beweismittel verwendet werden, wie du weißt, deshalb hat Vater nicht viel verraten. Ich konnte aber zwischen den Zeilen lesen, dass es heute Nacht passieren wird. Damit sind wir schon morgen der größte Waffenhersteller in ganz Hominum. Danach müssen wir nur noch Seraphs Vater aus dem Weg schaffen und das Munitionsgeschäft übernehmen. Dann gehört der ganze Kuchen uns allein!«

»Wie schön, unser Erbe wäre also gesichert. Aber hat er auch was davon geschrieben ...«, erwiderte Isadora, da wurde ihre Stimme plötzlich abgeschnitten. Fletcher hörte nur noch, wie eine Tür ins Schloss fiel. Offensichtlich waren sie in einem der vielen angrenzenden Zimmer verschwunden. Erst jetzt merkte er, dass er die ganze Zeit über den Atem angehalten hatte, und stieß einen tiefen Seufzer aus. Worüber auch immer die beiden gesprochen haben mochten, es hörte sich ganz und gar nicht gut an.

Fletcher wollte gerade aus seinem Versteck hervorkommen, da näherten sich schon wieder Schritte.

»Komm schon, du schaffst das«, hörte er Sylva zu sich selbst sagen.

Fletcher schnappte nach Luft. Was in aller Welt wollte die Elfe zu so später Stunde noch von den Forsys?

»Du schaffst was?«, fragte er laut und trat aus dem Durchgang.

Sylva schlug sich erschrocken die Hand vor den Mund. »Fletcher! Ich dachte, du wärst schon im Bett.«

»Was hast du eben gemeint?«, beharrte er mit gerunzelter Stirn.

»Ich bin hergekommen weil … ich meinen Frieden mit den Forsys machen will«, stammelte sie, ohne Fletcher dabei anzusehen.

»Was? Wie kommst du denn auf die Idee? Als du sie gebraucht hättest, haben sie dich einfach im Stich gelassen!«

»Ich bin eine Elfe und hatte vergessen, weshalb ich hier bin, Fletcher. Nach Hunderten von Jahren bin ich die erste Vertreterin meines Volkes, die wieder die Kunst der Beschwörung erlernt, und meine Aufgabe ist die einer Botschafterin. Du und Othello, ihr seid gut zu mir gewesen, das werde ich euch auch nicht vergessen, aber ich darf den Adel nicht verprellen. Die Beziehungen zwischen unseren beiden Völkern stehen auf dem Spiel. König Harold bestimmt, ob das Bündnis zwischen Hominum und den Elfen zustande kommt, und Zacharias Forsys ist einer von seinen engsten Beratern. Wenn ich mich mit seinen Kindern anfreunde, erhöht das unsere Chancen beträchtlich«, erklärte Sylva, als hätte sie die kleine Rede auswendig gelernt.

»Aber sie mögen dich nicht einmal! Sie wollen deine Freundschaft doch nur, weil es ihren Zwecken dient«, widersprach Fletcher.

»Das beruht auf Gegenseitigkeit. Es tut mir leid, ich habe meine Entscheidung bereits getroffen. Es muss sein, aber zwischen uns ändert sich dadurch nichts.«

»Und ob es das tut! Glaubst du, ich kann dir weiter vertrauen, wenn du gemeinsame Sache mit diesen beiden Schlangen machst?«, fauchte er und schob sich an Sylva vorbei.

»Fletcher, bitte!«, flehte sie, aber es war zu spät. Er stürmte schon davon.

Jetzt war er auch nicht mehr niedergeschlagen, sondern wütend. Verflucht seien die Elfen und ihre politischen Machenschaften. Und der gesamte Adel dazu! Alles ging den Bach runter: seine Freundschaften und die Ausbildung an der Akademie sowieso. Nicht mal einen Brief an Berdon konnte er schreiben, weil Raubler ihm ständig über die Schulter schaute.

Als Fletcher das Ende der Treppe erreichte, saßen Rori, Seraph und Genevieve an dem Tisch im Aufenthaltsraum und sprachen ausgelassen über ihre Erfolge. Fletcher ließ sich ein Stück abseits in einen Stuhl sinken und hoffte, dass sie ihn nicht bemerkten. Jetzt hatte er erst recht keine Lust mehr auf Unterhaltung.

»Ich glaube, meine Erfüllungsstufe ist schon wieder gestiegen!«, verkündete Rori freudig. »Es ging richtig gut beim letzten Mal, und Malachis Manastufe scheint auch nach oben zu gehen.«

»Ich glaube, du hast da was falsch verstanden«, widersprach Seraph sanft. »Wie gut deine Zaubersprüche funktionieren, hat nichts mit deiner Erfüllungsstufe zu tun. Sie besagt nur, wie viel Dämonenenergie du aufnehmen kannst. Außerdem verändert sich die Manastufe deines Dämons nicht. Er wird immer auf Stufe eins bleiben, selbst wenn er mit der Zeit größer und stärker wird.«

»Oh …«, machte Rori. »Aber warum war Tarquin dann so stolz darauf, dass Trebius eine höhere Manastufe hat als Ignatius, wenn sie doch gar keine Bedeutung für die Kampfkraft seines Dämons hat?«

»Weil sie zumindest einen groben Hinweis gibt. Ein Dämon der Stufe sieben ist aller Wahrscheinlichkeit nach stärker als einer der Stufe sechs, aber das ist nur eine Faustregel. Ein Felid wird einen Canid in neun von zehn Kämpfen besiegen, obwohl sie beide Stufe sieben haben. Oder nehmen wir Othellos Golem. Wenn er ausgewachsen ist, wird er um ein Vielfaches stärker sein als jeder Canid, auch wenn er nur Stufe acht hat und ein Canid immerhin Stufe sieben.«

»Ach, so ist das …«, kommentierte Rori trübsinnig.

»Mach dir nichts draus, denn du selbst wirst bestimmt noch ein paar Stufen aufsteigen«, beschwichtigte Seraph, als er Roris trauriges Gesicht sah. »Major Godwin hat mir gesagt, dass das bei praktisch jedem Beschwörer passiert. Nur die, die nie einen weiteren Dämon fangen oder extremes Pech mit ihrer natürlichen Veranlagung haben, steigen nicht mehr auf.«

»Aber wie soll ich mir noch einen Dämon fangen, wenn uns Raubler nicht mal in den Äther lässt?«, schimpfte Rori und sprang auf.

»Warte, Rori. Es ist doch nur ein Jahr!«, versuchte Genevieve ihn zu beruhigen, aber Rori hörte gar nicht auf sie und stürmte beleidigt in sein Zimmer. Genevieve warf Seraph einen entnervten Blick zu, dann folgte sie Rori in den Jungenflügel.

Seraph seufzte. »Da bin ich ja mal wieder schön ins Fettnäpfchen getreten. Dabei wollte ich nur verhindern, dass er sich zu hohe Erwartungen macht«, murmelte er, dann breitete sich im Aufenthaltsraum Stille aus. Schließlich zog Seraph sein Schreibzeug hervor und begann mit dem Aufsatz für die nächste Dämonologiestunde. Irgendwann war er so müde, dass er sein Wyrrlicht löschte, worauf der Raum in vollkommener Dunkelheit versank. Er stand vom Tisch auf und machte sich auf den Weg in sein Zimmer.

»Warte«, sagte Fletcher und hob die Hand, um sich bemerkbar zu machen. »Ich muss dich was fragen.«

»Klar, was gibt's?«, gähnte Seraph.

»Womit verdient dein Vater eigentlich sein Geld? Ich frage nur, weil ich zufällig mit angehört habe, wie Tarquin sagte … jemand wollte deinen Vater aus dem Weg räumen und dann dessen Geschäft übernehmen«, begann Fletcher vorsichtig.

Seraph hielt wie erstarrt inne. Fletcher sah, wie er eine Weile innerlich mit sich kämpfte, dann entspannte er sich mit einem Mal und setzte sich in den Stuhl direkt neben ihm. »Ich nehme an, wenn ich deine Geheimnisse kenne, ist es nur richtig, wenn ich dir auch meine anvertraue. Du musst mir nur versprechen, niemandem ein Wort davon zu verraten.«

Fletcher nickte bestimmt.

»Ich bin in Antioch geboren und aufgewachsen, der Stadt, aus der auch Malik und seine Familie kommen. Antioch liegt mitten in der Wüste, darum haben die Saladins nicht so viel Wald und fruchtbares Land wie die anderen Adelsfamilien. Dafür besitzen sie viele Werkstätten und Anwesen in Antioch.«

»Haben sie etwas mit der Sache zu tun?«, fragte Fletcher.

»Nur indirekt. Mein Vater ist vor einigen Jahren ein hohes Risiko eingegangen und hat große Wüstengebiete aufgekauft. Das Land war praktisch nutzlos und deshalb sehr günstig. Ich erinnere mich noch, wie meine Eltern nächtelang stritten, weil er unsere gesamten Ersparnisse dafür ausgegeben hatte. Dann kam eines Tages ein Zwerg zu uns zu Besuch. Er sagte, Zwerge dürften außerhalb ihres Viertels in Corcillum kein Land besitzen, brauchten aber dringend welches. Die Adelsschicht weigerte sich, Geschäfte mit ihnen zu machen, also gingen sie nun zu meinem Vater.«

»Ich wusste, dass es etwas mit den Zwergen zu tun haben würde!«, rief Fletcher. Zu spät merkte er, wie laut er gesprochen hatte, und presste sich sogleich einen Finger auf die Lippen.

»Wie sich herausstellte, brauchten sie Metall und vor allem Schwefel in großen Mengen. Sie hatten die Ländereien meines Vaters untersucht und dort reiche unterirdische Vorkommen entdeckt. Ohne ihr Fachwissen würden wir es nicht abbauen können, sagte der Zwerg, sie selbst allerdings auch nicht, solange sie keinen Zugang zu dem Land hatten. Schließlich trafen wir eine Abmachung: Die Zwerge sollten uns beim Bau der Minen helfen und uns das nötige Geld für die Arbeiter und Maschinen leihen. Im Gegenzug würden wir die abgebauten Bodenschätze ausschließlich an sie verkaufen. Die Zwerge verarbeiten sie weiter, und wir teilen den Gewinn.«

»Warum Schwefel?«, hakte Fletcher nach. Allmählich ergab alles einen Sinn.

»Man braucht ihn zur Herstellung von Schießpulver. Das Beste daran ist, dass er nur in der Akhad-Wüste in nennenswerten Mengen vorkommt und alle Gebiete, die nahe genug für einen gewinnbringenden Abbau sind, uns gehören. Jede abgefeuerte Musketenkugel und jedes Fass Schießpulver wird in einer Werkstatt hergestellt, die den Pashas gehört. Das ist mein Familienname: Pasha.«

»Und warum interessieren sich die Forsys für all das?«, erkundigte sich Fletcher.

»Weißt du denn gar nichts? Sie sind Hominums größter Waffenhersteller: Schwerter, Rüstungen, Helme, selbst Uniformen. Als die Zwerge die Muskete erfanden, gingen die Einnahmen der Forsys zurück. Musketen finden immer mehr Verbreitung, und nicht nur das: Die Soldaten brauchen keine Rüstungen mehr, weil sie nun aus der Entfernung kämpfen, nicht mehr mit dem Schwert und Mann gegen Mann. Bis jetzt haben die Forsys noch keinen Weg gefunden, sich ihre Marktanteile zurückzuerobern, aber ich bin sicher, sie arbeiten daran.«

»Tarquin sagte, dass heute Nacht irgendetwas Wichtiges passieren soll und sie sich danach deinen Vater vornehmen würden«, warnte Fletcher und versuchte, sich an den genauen Wortlaut zu erinnern.

»Dann ist es jetzt ohnehin zu spät, noch etwas dagegen zu unternehmen. Aber mein Vater wird gut beschützt, ich mache mir keine allzu großen Sorgen. Eigentlich hatte ich gehofft, dass Tarquin und Isadora nicht wissen, wer ich wirklich bin, aber ich kann mir schon denken, wie sie es herausgefunden haben.« Seraph lächelte zufrieden, als hätte er nur auf eine Gelegenheit gewartet, jemandem sein Geheimnis anzuvertrauen. »Zuerst wurden die Rales ausgelöscht, dann vereinigten sich die Königssaums und die Forsys unter einem gemeinsamen Wappen. König Harold hatte auf einen Schlag zwei seiner ältesten Adelshäuser verloren, also brauchte er neue. Um sie zu bekommen, gab er den zweit- und drittgeborenen Adligen, die die Gabe besaßen, einfach einen Adelstitel. Das war nun wieder den etablierten Adelshäusern nicht recht, die ihre Zweit- und Drittgeborenen lieber an Erstgeborene aus anderen blaublütigen Familien verheiraten wollten. Also musste sich der König nach einer weiteren Möglichkeit umsehen. Mein Vater hat gute Beziehungen zu den Zwergen, besitzt viel Land und ist mittlerweile fast genauso reich wie ein Adliger. Aber das allein genügt noch nicht – um in den Adelsstand erhoben zu werden, muss man die Gabe besitzen. An dem Tag, als die Inquisitoren kamen, um mich zu testen …«

»… da habt ihr gemerkt, dass ihr ein neues Adelsgeschlecht werden könntet, weil auch deine erstgeborenen Kinder die Gabe haben werden«, beendete Fletcher den Satz für ihn.

»Exakt. Der König wird es erst nächstes Jahr offiziell verkünden, aber der Adel weiß es jetzt schon. Ich vermute, die Forsys-Zwillinge mögen mich deshalb nicht besonders, und Malik wohl auch nicht.«

Fletcher saß schweigend da, während er versuchte, das Gehörte zu verdauen.

Seraph stand auf. »Gute Nacht, Fletcher«, flüsterte er. »Und vergiss nicht: Das bleibt unser Geheimnis …«

40

DIE NACHTLUFT ERZITTERTE UNTER wildem Kriegsgetrommel. Reihe um Reihe klatschten die Orks, stampften im Rhythmus auf und akzentuierten jeden Takt mit einem kehligen Heulen.

Der Salamander hatte sich um die Schultern eines Orkschamanen gelegt und beobachtete die Szene. Das Podest, auf dem der Schamane stand, befand sich in der Mitte des Auflaufs, ringsum prasselten riesige Lagerfeuer. Kobold-Sklaven liefen umher, eilten in den Dschungel und kehrten mit noch mehr Feuerholz zurück.

Dann hörten die Trommeln plötzlich auf. Der Wichtel erschrak kurz und gähnte herzhaft. Der Schamane hielt ihm ein Stück Fleisch hin und streichelte zärtlich den Kopf des Dämons.

Da zerriss ein Schrei die Stille. Ein an ein Holzkreuz gefesselter Elf wurde herangetragen. Sein Gesicht war geschwollen und blutverkrustet, doch viel schlimmer war das große, feuerrote Rechteck aus rohem Fleisch auf seinem Rücken, wo ihm die Orks die Haut abgezogen hatten. Einer von ihnen war gerade damit beschäftigt, das Stück Haut mit einem scharfkantigen Stein von den letzten Resten Körpergewebe zu säubern.

Der Elf hatte sich so heiser geschrien, dass kaum mehr als ein Krächzen herauskam, als der Schamane ihm mit dem Fuß in den Bauch trat, um ihn zum Schweigen zu bringen. Wie ein Fisch an Land zappelte der Elf und zerrte hilflos an seinen Fesseln.

Dann wurde plötzlich Gemurmel laut, und die Menge machte für eine Prozession von zehn riesenhaften Orks einen Korridor frei. Unter ihrer mit rötlichen und gelblichen Ockertönen bemalten Haut türmten sich Berge von Muskeln. Ihre mit spitzen Steinen besetzten Keulen waren primitiv und furchterregend.

Doch die zehn waren nicht allein: Hinter ihnen marschierte ein weiterer Ork, der sie alle um mehrere Köpfe überragte. Seine Haut war leuchtend weiß, die Augen schimmerten rot im Schein der Lagerfeuer. Mit gelassener Selbstverständlichkeit nahm er die ehrfürchtigen Blicke seiner Artgenossen zur Kenntnis.

Als sich die Gruppe dem Podest näherte, schrie der Elf erneut auf, doch diesmal machte der Schamane keine Anstalten, ihn zum Schweigen zu bringen. Stattdessen kniete er sich hin und beugte das Haupt vor dem Albino, der nun ohne seine Leibwache vor den Schamanen trat und ihn in eine Umarmung schloss.

Die Menge brüllte begeistert und stampfte so wild, dass das Podest erzitterte. Selbst über diesen Lärm hinweg waren noch die Schreie des Elfen zu hören, der verzweifelt an seinen Fesseln zerrte.

Als sich der weiße Ork vor dem Gefangenen aufbaute, erstarb der Jubel. Er hob das Kinn des Elfen an, musterte dessen Gesicht und wandte sich mit einem gleichgültigen Schnauben wieder ab.

Nun schien sich der Elf mit seinem Schicksal abzufinden und verstummte. Mit angehaltenem Atem beobachtete die Menge, wie der Schamane dem Albino das abgezogene und mittlerweile auf einen Holzrahmen gespannte Stück Haut reichte. Der Albino hielt den Rahmen ins Licht, da sah man das Pentagramm, das mit schwarzer Tinte auf seine weiße Handfläche tätowiert war. Seine Finger waren ebenfalls tätowiert, auf jeder Kuppe ein anderes Symbol.

Der Schamane setzte den Salamander auf dem Boden ab und verbeugte sich erneut. Der Albino hob den Arm, die tätowierte Handfläche zum Himmel gedreht, und begann mit tiefer, durchdringender Stimme von dem Beschwörungsleder abzulesen:

»Di rah go mai lo fa lo go rah lo …«

Das Pentagramm auf seiner Hand erstrahlte in gleißendem Violett. Weiße Lichtfäden spannten sich zwischen dem Schamanen und dem Salamander, begannen zu flimmern und zerrissen schließlich mit einem leisen Knall. Die Bewusstseinsverbindung zwischen Bändiger und Dämon war unterbrochen.

»Fai lo so nei di roh…«

Es waren die letzten Worte, die der Albino-Ork sprach.

Ein Elfenpfeil schwirrte durch die Luft und bohrte sich in den Hals des Häuptlings. Blut spritzte über das Podest, dann gingen weitere Pfeile mit langen, schweren Schäften und weißer Schwanenbefiederung auf den versammelten Stamm nieder. Der Schamane brüllte wutentbrannt, doch ohne seinen Dämon war er machtlos. Also eilte er an die Seite seines gefallenen Häuptlings und versuchte, die Halswunde zu verschließen.

Die nächste Pfeilsalve sorgte für heilloses Chaos unter den Orks, die ihre Keulen und Spieße in die Luft reckten und ziellos umherrannten. Dann erschallte ein Trompetenstoß aus dem Dschungel, gefolgt von markerschütternden Kampfschreien. Doch die Angreifer, die von der Baumlinie heranjagten, waren keine Elfen … sondern Menschen.

Sie trugen schwere Rüstungen, waren mit Breitschwertern sowie Schilden bewaffnet und stürmten furchtlos mitten in die Versammlung. Ohne Erbarmen hieben und stachen sie auf die Orks ein. Binnen eines Wimpernschlags verwandelte sich das Dorf in ein Schlachthaus. Eingeweide und Blut ergossen sich über den Boden, überall lagen Leichen, und immer weiter prasselten die Pfeile mit tödlicher Präzision herab.

Doch die Orks waren keineswegs Feiglinge. Wild entschlossen stellten sie sich den Angreifern entgegen, zertrümmerten mit mächtigen Keulenschlägen Helme und Brustharnische, als bestünden diese aus Zinnfolie. Es war ein verzweifelter, rücksichtsloser Kampf ohne jede Taktik oder Finesse: allein das Glück, die rohe Kraft und die zahlenmäßige Überlegenheit entschieden, wer starb und wer überlebte.

Die Orks brüllten wütend, während die Schwerter der Menschen unvermindert auf sie niederfuhren. Ihre Keulen zermalmten Knochen und schlugen Gliedmaßen zu Brei. Wenn sie von einem Pfeil getroffen wurden, zogen sie ihn einfach wieder heraus und schleuderten ihn dem nächstbesten Angreifer entgegen.

Die Leibwache des Albinos hinterließ eine Spur der Verwüstung und schlug einen breiten Keil in die Formation der Angreifer. Dutzende starben unter den entsetzlichen Hieben ihrer schweren Keulen.

Sie brüllten Befehle, versammelten die Überlebenden ihres Stammes um sich und rückten gemeinsam vor. Das Schlachtenglück schien sich zu ihren Gunsten zu wenden.

Da bewegte sich etwas im Dschungel, dunkle Silhouetten, die sich bis zu diesem Augenblick verborgen gehalten hatten. Was im ersten Moment wie Zweige und Äste aussah, stellte sich als Elchgeweihe mit angespitzten Enden heraus. Die Elche wurden von Elfenkriegern geritten, die keinerlei Rüstung trugen. Sie hatten die Pfeile abgeschossen, die noch kurz zuvor auf die Orks niedergegangen waren. Der vorderste Reiter jagte in gestrecktem Galopp über die Gefallenen hinweg. Er trug ein grünes Schlachtbanner mit einer goldenen Stickerei, die einen geborstenen Pfeil darstellte.

Der Angriff der Elfen traf die Orks wie ein Rammbock. Zu Dutzenden wurden sie von den Geweihen aufgespießt und durch die Luft geschleudert. Die von den Reitern geschickt abgeschossenen Pfeile bohrten sich in Schädel und Augenhöhlen. Mit wildem Jubel stürzten sich die Menschen auf die unter den Hufen zu Boden gegangenen Orks.

Das Schlachtenglück wendete sich erneut, doch der Kampf war längst noch nicht vorüber. Die Orks rotteten sich um das Podest zusammen und schleuderten ihre schweren Spieße mit tödlicher Wucht auf die Angreifer.

Die Fußsoldaten brachten ihre Schilde in Anschlag und bildeten zwei Reihen. Die erste kniete, die zweite hielt ihre Schilde ein Stück höher, sodass sie eine mannshohe Mauer aus Stahl bildeten. Die Elfen schickten ihre Reittiere in den Dschungel zurück, dann gingen sie hinter den Schilden in Position und verschossen aus der Deckung weiter ihre tödlichen Salven. Sowohl Orkspeere als auch Elfenpfeile fanden ihr Ziel, doch es konnte nur einen Sieger geben.

Es brauchte zwar Dutzende Pfeile, um einen einzigen Ork zu töten, doch einer nach dem anderen sanken sie zu Boden und blieben zuckend im Schlamm liegen. Schließlich versuchte die Leibwache des Albinos einen letzten, verzweifelten Sturmangriff. Sie kamen gerade einmal zehn Schritte weit.

In dem Versuch, sich das Mana seines Wichtels zunutze zu machen, rang der Schamane auf dem Podest hilflos die Hände. Als er begriff, dass es zwecklos war, zog er sein Messer und robbte auf den Gefangenen zu, wahrscheinlich um ihn als Geisel zu nehmen.

Er setzte ihm die Klinge an die Kehle, da schwirrten die Pfeile ein letztes Mal.

Erschrocken fuhr Fletcher aus dem Schlaf hoch. Seine Haut war nass von kaltem Schweiß.

»Was zum Teufel war das?«

41

WAS ER GERADE GESEHEN HATTE, konnte nie und nimmer ein Traum gewesen sein. Fletcher war ganz sicher. Er hatte das Blut riechen können und die Schreie gehört … Die Bilder und Empfindungen mussten Teil von Ignatius' Erinnerung sein. Fletcher hatte sie gerade durchlebt, als wäre es seine eigene. Lovett hatte doch gesagt, dass es nach den ersten Malen, da er seinen Dämon in sich aufgenommen hatte, genau so passieren könnte.

»Ich bin fast ein bisschen eifersüchtig«, flüsterte er Ignatius zu. »Hatte glatt vergessen, dass du mal einem Ork gehört hast.«

Der kleine Dämon gab ein leises Brummen von sich und vergrub sich noch tiefer unter der Decke. Im Zimmer war es eisig kalt. Fletcher hatte noch nichts Geeignetes gefunden, um die Schießscharte in der Wand damit zuzustopfen.

Mit plötzlicher Abscheu wurde ihm bewusst, dass die Beschwörungsrolle, die er der Dame Ferrhaven gegeben hatte, aus dem Stück Haut des Elfen bestand. Dass er das Opfer nun mit eigenen Augen gesehen hatte, machte das Relikt noch abstoßender.

Fletcher dachte an die Schlacht zurück, deren Zeuge er soeben geworden war. Was hatten die Elfen im Orkdschungel zu suchen? War der Albino-Häuptling in der Vision derselbe, der die Orks auch jetzt anführte? Unmöglich. James Baker hatte in seinem Tagebuch geschrieben, dass die Knochen, unter denen er die Beschwörungsrolle gefunden hatte, schon sehr alt waren. Die Schlacht musste bereits vor Jahrhunderten stattgefunden haben, vielleicht im Zweiten Orkkrieg. Außerdem hatte Fletcher keine Musketen gesehen.

Das erklärte aber immer noch nicht, woher die Elfen gekommen waren – oder der weiße Ork.

»Sieht ganz so aus, als ob du ein paar Jahrhunderte älter bist als ich«, murmelte Fletcher und wärmte sich die Hände an Ignatius' Bauch. Schließlich streckte er sich aus, aber der Schlaf wollte einfach nicht kommen. Die Schlacht ging ihm nicht mehr aus dem Kopf.

Was genau hatte er da eigentlich gesehen? Außer Ignatius war kein anderer Dämon in der Nähe gewesen. Hatte das etwas zu bedeuten? Eigentlich hätten die Menschen Magier in ihren Reihen haben müssen, vor allem bei einer so großen und wichtigen Schlacht.

Da fiel es Fletcher wie Schuppen von den Augen: das Banner mit dem geborstenen Pfeil! Bestimmt war es ein Wappen, das verriet, von welchem Clan die Elfen stammten. Sylva wusste mehr über die Elfen als jeder andere an der Akademie, sie würde das Banner bestimmt wiedererkennen.

Da fiel Fletcher der Streit ein, den er erst vor wenigen Stunden mit ihr gehabt hatte. Vielleicht war er zu hart mit Sylva gewesen. Immerhin befand sie sich in einer schwierigen Lage und trug eine große Verantwortung für ihr Volk. Natürlich musste sie versuchen, die Forsys-Sprösslinge als Freunde zu gewinnen, wenn sie damit den Krieg an der Elfenfront beenden konnte! Außerdem würde ein Ende der Feindseligkeiten die Pläne von Didrics Vater durchkreuzen, der Pelz in ein Durchgangslager für die Soldaten auf dem Weg zur Front verwandeln wollte. Denn wo kein Krieg mehr war, da brauchte man auch keine Gefangenen zur Frontausbildung hinzuschicken.

Fletcher rollte sich aus dem Bett und zog sich an. Den immer noch schlafenden Ignatius wickelte er sich wie einen Schal um den Hals, dann schlich er zum Mädchentrakt.

»Aber diesmal werde ich anklopfen«, schärfte er sich ein, um es nicht wieder mit Sariel zu tun zu bekommen.

Sylva öffnete sofort. Ihr Zimmer sah praktisch genauso aus wie Fletchers, auch wenn es doppelt so groß war und sich am Fußende ihres Bettes eine zusätzliche Truhe befand. Sariel lag zusammengerollt auf einem Schafsfell in der Mitte des Raums und beäugte Fletcher misstrauisch. Sylvas Blick wirkte ebenfalls skeptisch, da merkte er, dass sie immer noch ihre Uniform trug. Sie musste erst vor Kurzem von den Forsys zurückgekommen sein. Das gefiel ihm zwar nicht, aber er schluckte seinen Ärger hinunter.

»Darf ich reinkommen?«, fragte er ruhig.

»Natürlich, aber wenn du hier bist, um mich umzustimmen, kannst du genauso gut wieder ins Bett gehen. Tarquin und Isadora sind gewillt, unsere Streitigkeiten ruhen zu lassen, und ich hoffe, du bist das auch!«

»Deswegen bin ich gar nicht hier«, erwiderte Fletcher und kämpfte den Drang nieder, ihr sogleich zu widersprechen. »Ich habe einen Teil von Ignatius' Erinnerungen gesehen, genau wie Lovett sagte, dass es passieren könnte. Ich muss dich etwas fragen: Wann war das letzte Mal, dass Menschen und Elfen gemeinsam gegen die Orks gekämpft haben?«

Sylva lauschte wie gebannt, während Fletcher ihr seinen Traum erzählte. Er versuchte, sich an möglichst viele Einzelheiten zu erinnern, weil er hoffte, dass ihm dabei vielleicht der ein oder andere Hinweis auffiele, den er bisher übersehen hatte.

»Fletcher … bist du sicher, dass es nicht doch nur ein Traum war?«, fragte sie, als er geendet hatte. »Was du da gerade erzählt hast, ist unmöglich.«

»Warum? Es war echt, das schwöre ich!«

»Wenn das stimmt, ist Ignatius … über zweitausend Jahre alt!«, keuchte Sylva, ging zu der Truhe und wühlte darin herum. »Ich weiß, dass es irgendwo hier drin ist«, stammelte sie, während sie ein verstaubtes Buch nach dem anderen auf den Steinboden warf.

»Endlich!«, verkündete sie dann und hievte einen dicken Wälzer aufs Bett.

Fletcher setzte sich zu ihr, dann blätterten sie das Buch gemeinsam durch. Bei einer prächtigen Illustration etwa in der Mitte hielten sie schlagartig inne. Fletcher traute seinen Augen kaum: Elfen, die auf Elchen ritten und eine Horde Orks angriffen. Ein grünes Banner mit einem geborstenen Pfeil darauf. Fußsoldaten in voller Rüstung, genau so, wie er sie in seiner Vision gesehen hatte. Selbst die Leibwache des Albinos mit ihrer unverkennbaren Kriegsbemalung war abgebildet.

»Weißt du noch, was ich euch in der Nacht in der Scheune neben dem

Maisfeld erzählt habe? Dass wir Elfen dem ersten König Hominums die Kunst der Beschwörung beibrachten im Austausch für den Schutz gegen die Orks? Das hier war die letzte Schlacht. Sie wird ›Die Schlacht von Corcillum‹ genannt, weil sie ganz in der Nähe der Hauptstadt geschlagen wurde. Ignatius, der Namenspatron deines Salamanders, führte den Angriff an. Der Schauplatz ist zwar gar nicht weit von hier entfernt, aber die Zeit hat alle Spuren verwischt. Dass du diese Schlacht in einer Vision gesehen hast, das ist … einfach unglaublich.« Sylva strich über die Seite und fuhr den Umriss eines der Elchgeweihe nach.

»Trotzdem verstehe ich es nicht. Woher kam dieser weiße Ork … und warum waren außer Ignatius nicht noch andere Dämonen dabei?«

»Zum Zeitpunkt der Schlacht waren nur unsere Clansoberhäupter in der Lage, Dämonen herbeizurufen. Sie gingen das Bündnis mit den Menschen nur ein, um nicht länger selbst ihr Leben in der Schlacht riskieren zu müssen. Laut Vertrag mit eurem König sollten sie sich aus allen Kampfhandlungen heraushalten. Doch in der Schlacht von Corcillum ging es darum, den Sohn eines Clansoberhaupts zu befreien, den die Orks entführt hatten. Also schickten wir zusätzlich unsere eigenen Soldaten. Man hatte ausgehandelt, dass die Menschen die Beschwörung erst von uns erlernen sollten, wenn die Orks endgültig besiegt waren. Was es mit diesem Albino auf sich hat, weiß ich allerdings auch nicht. Ich weiß nur, dass sich die Orks nach dieser Niederlage wieder nach Süden zurückgezogen haben. Es war der entscheidende Sieg, auf den eine lange Phase des Friedens folgte, die bis zum Zweiten Orkkrieg anhielt. Dreihundert Jahre waren das.«

Fletcher war froh, dass er Sylva aufgesucht hatte. Sie schien die gesamte Geschichte ihrer beider Völker auswendig gelernt zu haben, bevor sie an die Dämonenakademie kam.

»Ich glaube, ich werde mal in die Bibliothek gehen und nachforschen, ob es noch einen weiteren Albino-Ork gegeben hat«, sagte er entschlossen. »Wie es scheint, haben sie sich wieder in einzelne Stämme zersplittert, nachdem der erste getötet wurde. Vielleicht sind diese Albinos mehr als nur ihre Anführer, und wenn ja, werde ich es herausfinden.«

»Du hast recht. Nach allem, was du beschrieben hast, war es eine wichtige Zeremonie, bei der dein Salamander dem Albino zum Geschenk gemacht werden sollte. Wir müssen so viel über die Orks und ihre Anführer herausfinden wie nur möglich. Und das auch so schnell wie möglich. Vielleicht entdecken wir etwas Wichtiges.« Sylva stand auf und ging zur Tür.

»Wo willst du hin?«, fragte Fletcher verwundert, als Sariel seiner Herrin sogleich hinterhereilte und ihn beinahe zu Boden stieß.

»In die Bibliothek, natürlich. Ich sagte: so schnell wie möglich!«

Fletcher blieb nichts anderes übrig, als ihr zu folgen.

Auf den Fluren war es kalt und feucht, aber die Wyrrlichter, die sie herbeizauberten, spendeten zumindest etwas Licht. Fletcher erfreute sich inzwischen nicht mehr ganz so sehr an seinen eigenen Zaubersprüchen, da er ständig an seine Misserfolge in Arcturus' Unterricht denken musste. Aber er versuchte, sich auf das Positive zu konzentrieren und sich der anstehenden Aufgabe zu widmen. Zumindest hatte er jetzt die Chance, seinen ramponierten Ruf etwas aufzubessern, indem er wertvolle Kenntnisse über die Orks beschaffte.

Wenn er doch nur James Bakers Tagebuch hätte! Fletcher brannte darauf, darin über die Stelle nachzulesen, an der Baker die Beschwörungsrolle gefunden hatte.

Als sie bereits auf dem Weg nach unten waren, sah er hinter ihnen den Schein eines weiteren Wyrrlichts.

»Versteck dich!«, raunte er. »Das könnte Raubler sein.«

Sie löschten ihre Wyrrlichter und duckten sich mit angehaltenem Atem in einen Durchgang. Sariel winselte, weil es plötzlich stockdunkel war, doch Sylva brachte den Dämon mit einem Klaps auf die Schnauze zum Verstummen.

Kurz darauf hörten sie hastige Schritte und ein schweres Keuchen. Wer auch immer das war, er oder sie hatte es verflucht eilig. Nach einer gefühlten Ewigkeit verhallten die Schritte.

»Komm, weiter«, flüsterte Fletcher, als er sicher war, dass niemand mehr in der Nähe war.

»Wer läuft um diese Zeit durch die Gänge?«, fragte Sylva.

»Ich glaube, ich habe da eine Idee«, antwortete Fletcher und ging vorsichtig voraus – diesmal in tiefer Dunkelheit.

»Wie meinst du das?«

Fletcher bog auf den Flur ab, der zur Bibliothek führte. »In der ersten Nacht hier habe ich jemanden aus dem Gemeinschaftsraum und schließlich nach draußen auf die Straße schleichen sehen. Dieser Jemand schien auf keinen Fall gesehen werden zu wollen.«

»Das klingt in der Tat sehr verdächtig. Warum hast du es niemandem gesagt?«, fragte Sylva missbilligend.

»Weil ich mir nicht viel dabei gedacht habe. Vielleicht wollte der oder die Betreffende nur frische Luft schnappen, genau wie ich. Aber jetzt, da es schon wieder passiert… Vielleicht hätte ich doch etwas sagen sollen.«

Sie hatten den Eingang zur Bibliothek erreicht. Fletcher wollte gerade die Tür öffnen, doch sie rührte sich keinen Millimeter. »Scheint, als hätten wir den Weg umsonst gemacht. Die Dame Ferrhaven hat wohl abgeschlossen, als die Letzten ins Bett gegangen sind… und genau das sollten wir jetzt auch tun«, murrte er und trat verärgert gegen die Tür. »Die Bibliothek läuft schließlich nicht weg.«

»Ich gehe auf keinen Fall zurück ins Bett! Jemand schleicht hier nachts herum, und ich werde herausfinden, wer das ist. Wenn es mir gelingt, einen Verräter der Gerechtigkeit zuzuführen, werden die Menschen wissen, dass sie uns Elfen vertrauen können.«

Sie hatte kaum zu Ende gesprochen, da hüpfte sie auch schon die Stufen nach unten zur Vorhalle.

»Sylva, draußen ist es um diese Zeit viel zu gefährlich für dich! Vielleicht lassen die Männer, die dich in Corcillum angegriffen haben, die Akademie ja beobachten.«

Doch es war zu spät. Sylva war bereits verschwunden.

Fletcher stolperte fluchend durch die Nacht.

»Sylva!«, zischte er in dem Versuch, gleichzeitig möglichst laut und möglichst leise zu sein. Seit einer Stunde verfolgte er sie nun schon, was im spärlichen Mondlicht gar nicht leicht war. Er konnte ihre Spur gerade so erkennen, ein paar umgeknickte Grashalme hier, ein abgebrochener Zweig da. Einmal hatte er schon geglaubt, er hätte sie verloren, dann sah er die winzigen Fußabdrücke in dem von einem

Regenschauer aufgeweichten Boden und wie sie sich ganz langsam mit Wasser füllten. Wäre Fletcher kein so erfahrener Jäger gewesen, er hätte keine Chance gehabt.

Er hätte sich ohrfeigen können, weil er sich nicht sofort an Sylvas Fersen geheftet hatte. Stattdessen war er noch einmal nach oben gerannt, um seinen Chepesch zu holen – für den Fall, dass es Ärger gab. Und wer hätte ahnen können, dass Sylva so schnell zu Fuß war?

Er erreichte den Rand eines kleinen Wäldchens etwa eine halbe Meile von der Dämonenakademie entfernt. »Wenn ich sie gefunden habe, bringe ich sie um«, schnaubte er.

»Das glaube ich kaum«, flüsterte eine Stimme hinter ihm.

Fletcher spürte kalten, spitzen Stahl zwischen seinen Schulterblättern und erstarrte.

»Ich weiß sehr gut, welche Gefahren es mit sich bringt, dass ich eine Elfe bin. Aber ich weigere mich, deshalb in Angst zu leben oder mir mein Verhalten von meinen Feinden vorschreiben zu lassen.« Es war Sylva. Als sie hinter seinem Rücken hervorkam, sah Fletcher das Stilett in ihrer Hand. Es war dem, das er in Uhtreds Schmiede gefertigt hatte, gar nicht unähnlich.

»Und natürlich habe ich entsprechende Vorkehrungen getroffen«, fügte sie mit einem Lächeln hinzu. »Außerdem ist Sariel mindestens so wertvoll wie eine Leibwache von zehn Mann und zwei Spurenleser.«

Fletcher schämte sich schon, dass er sich so hatte übertölpeln lassen, da kam Sariel ein paar Schritte entfernt hinter einem Felsen hervor und beschnupperte den Boden.

»Lass uns umkehren«, beschwor er die Elfe. »Das hier geht uns wirklich nichts an! Vielleicht ist es nur Genevieve, die ihre Familie besucht. Sie lebt doch gleich hier in der Nähe.« Fletcher wollte nur noch zurück in die Akademie. Selbst mit seiner Jacke war es entsetzlich kalt hier draußen.

»Wir sind viel zu nah dran, um jetzt umzukehren«, beharrte Sylva. »Komm schon, sie sind knapp vor uns!« Da lief sie schon weiter.

Fletcher stöhnte entnervt und rannte hinterher.

Er war noch nicht weit gekommen, da sah er bereits das Wyrrlicht. Es schwebte hinter einem Felsen ein Stück voraus. Sylva kletterte ihn gerade hinauf und reckte den Kopf über den Rand. Mit geweiteten Augen drehte sie sich zu Fletcher um und winkte ihn heran.

Fletcher wurde stutzig. Was hatte Sylva von dort oben gesehen, das sie so sehr in Aufregung versetzte? Neugierig geworden, legte er sich auf die feuchte Erde und robbte zu ihr. Die Vorderseite seiner Uniform war im Nu kalt und durchnässt, doch das war nichts gegen den Schauder, der ihm über den Rücken lief, als er sah, was sich unterhalb des Felsens abspielte:

Othello stand mit Solomon vor dem Eingang einer Höhle, die von zwei berittenen Zwergen bewacht wurde. Sie saßen nicht etwa auf Pferden, sondern auf dem Rücken mächtiger Eber, dem traditionellen Reittier des Zwergenvolks. Ihr Fell war rostbraun und borstig, aus dem Unterkiefer ragten gefährlich lange Hauer. Ihre Augen funkelten rot und bösartig. Verglichen mit diesen bulligen Biestern waren die Wildschweine, die Fletcher aus den Wäldern um Pelz herum kannte, harmlose Schoßtiere.

Die Zwerge selbst trugen volle Rüstung und waren neben ihren Streitäxten noch mit zweischneidigen Wurfbeilen bewaffnet, aus deren Kopfende und Griff jeweils ein weiterer Dorn ragte.

»Othello Thorsager erstattet dem Kriegsrat Bericht. Ich werde erwartet«, hörten sie Othellos durchdringende Stimme.

42

DIE WACHEN FOLGTEN OTHELLO in die Höhle. Fletcher und Sylva warteten, bis die Hufschläge der Eber verhallt waren.

»Er hat gesagt, er werde erwartet. Glaubst du immer noch, dass uns das alles nichts angeht?«, flüsterte Sylva.

»Absolut. Bei dem Kriegsrat könnte es um alles Mögliche gehen. Immerhin haben sich die Zwerge erst vor Kurzem Hominums Heer angeschlossen«, erwiderte Fletcher mürrisch. Er war enttäuscht von Othello. Der Zwerg kannte jedes von Fletchers Geheimnissen. Wieso hatte er ihm dieses Treffen verheimlicht?

»Oder sie planen einen Aufstand«, hielt Sylva dagegen. »Denk doch mal nach: König Alfric hat die härtesten Zwergengesetze erlassen, die es je gegeben hat, auch wenn sein Sohn Harold sie nun teilweise wieder aufhebt. Es wäre nicht das erste Mal, dass sie sich erheben. Ganz zu schweigen davon, dass sie die Einzigen sind, die Musketen herstellen können.«

»Ich kann das nicht glauben. Othello will Frieden zwischen unseren Völkern, er würde sich nie für so etwas hergeben!«, fauchte Fletcher wütend.

»Du willst also lieber abwarten und einen Bürgerkrieg riskieren?«

Fletcher überlegte erst, und schließlich schlug er mit der Faust auf den feuchten Boden. »Na schön. Aber wir können ihm auf keinen Fall in die Höhle folgen. Hast du die bewaffneten Wachen nicht gesehen? Den Pinkertons Bescheid zu sagen kommt auch nicht infrage. Die würden den Bürgerkrieg nämlich noch gleich heute Nacht ausrufen.« Er verstummte eine Weile. »Wie lautet dein Vorschlag?«

»Wir sind Dämonenbändiger, Fletcher. Schicken wir doch Ignatius. Er soll sich an den Wachen vorbeischleichen und ausspähen, was dort unten vor sich geht. Du wirst mir allerdings sagen müssen, was gesprochen wird, denn ich kann deinen Dämon nicht hören.«

»Warum nehmen wir nicht Sariel?«, frotzelte Fletcher.

»Weil er kaum durch den Höhleneingang passt, ganz zu schweigen davon, dass er unbemerkt an den Wachen vorbeikommen würde. Außerdem brauchen wir hier draußen jemanden, der uns beschützen kann«, erwiderte Sylva verärgert.

»Du tust das doch nur, um dich beim König einzuschmeicheln, falls sie tatsächlich eine Rebellion planen«, warf Fletcher ihr vor.

»Das ist nicht der einzige Grund. Wenn jetzt, mitten im Kampf gegen die Orks, auch noch ein Bürgerkrieg ausbricht … Nicht auszudenken, was dann passieren würde. Du weißt genauso gut wie ich, dass wir in Erfahrung bringen müssen, was dort unten gesprochen wird. Jetzt hör auf, kostbare Zeit zu verschwenden, und schick Ignatius los. Wir können meinen Hellsehstein verwenden. Mit deinem würden wir ja kaum was erkennen.«

Sylva zog einen kleinen, ovalen Kristall aus ihrer Uniformtasche, der mindestens viermal so groß war wie derjenige Fletchers.

»Beeil dich, den Anfang haben wir wahrscheinlich schon verpasst«, drängte sie.

Fletcher klopfte mit dem Kristall sanft auf Ignatius' Stirn und weckte ihn aus seinem Schlummer.

»Komm schon, Kleiner. Zeit für ein bisschen Praxisunterricht. Wenigstens macht es sich jetzt bezahlt, dass Raubler uns seit Langem nichts anderes tun lässt, als hellsehen zu üben.«

Ignatius gähnte ungehalten, dann spürte er Fletchers Erregung und war sofort hellwach. Er sprang von der Schulter seines Herren und rannte geradewegs auf die Höhle zu. Als er den Eingang erreichte, kletterte er senkrecht an der Wand hinauf und huschte weiter an der Höhlendecke entlang, als wäre es das Selbstverständlichste auf der Welt. Binnen weniger Augenblicke war er außer Sichtweite.

»Wow! Ich wusste gar nicht, dass er das kann«, flüsterte Sylva und drehte den Kristall, damit das Bild nicht mehr auf dem Kopf stand.

»Ich auch nicht. Ignatius überrascht mich immer wieder«, erwiderte er mit stolzgeschwellter Brust.

Den Salamander zu kontrollieren war leicht. Die geistige Verbindung zu ihm war durch Raublers endlose Übungsstunden so selbstverständlich geworden, dass Fletcher kaum mehr einen bewussten Gedanken darauf verwenden musste. In der Höhle war es stockfinster, doch Ignatius konnte im Dunkeln so hervorragend sehen, dass sie den langen, gewundenen Pfad vor sich gut erkennen konnten.

Nach kurzer Zeit sahen sie den Schein von Fackeln. Der Tunnel öffnete sich dort ein Stück weit. Fletcher befahl dem Salamander, das Tempo zu verlangsamen – das Klicken seiner Klauen auf dem Fels war viel zu laut. Besser, sie gaben den Wachen keinen Grund, nach oben zu schauen.

Die beiden berittenen Zwerge, die Othello eskortiert hatten, riegelten zusammen mit über zwei Dutzend weiteren den Eingang einer Höhle ab und hielten mit Adleraugen Wache. Glücklicherweise reichte der Schein ihrer Fackeln nicht bis zur Decke, sodass Ignatius unbemerkt an ihnen vorbeihuschte. Das Dach der Höhle wurde immer höher, und schon bald befand er sich bestimmt dreißig Meter über dem Boden. Ein einziger Fehltritt, und Ignatius würde unweigerlich zu Tode stürzen, doch der kleine Dämon kletterte einfach weiter zwischen den Stalaktiten hindurch, die wie Eiszapfen von der Decke hingen. Schließlich erreichte er eine kuppelartige Kaverne, die von Hunderten Fackeln erhellt wurde.

Die Kaverne war eine Art Knotenpunkt, an dem mehrere Tunnel zusammenliefen. Der gelbliche Schimmer an jedem weiteren dieser Zugänge sagte Fletcher, dass auch sie von berittenen Zwergen bewacht wurden.

»Was auch immer die Zwerge zu besprechen haben, sie scheinen jedenfalls nicht gestört werden zu wollen«, flüsterte Sylva.

Fletcher presste nur stumm einen Finger auf die Lippen und konzentrierte sich auf das Bild in dem Hellsehstein: Dutzende Zwerge saßen auf grob behauenen Steinbänken um eine erhöhte Plattform herum, auf der ein weiterer Zwerg eine Rede hielt. Fletcher konnte seine tiefe Stimme kaum hören.

»Wir müssen näher heran, ich verstehe kein Wort«, flüsterte er schließlich zurück und befahl Ignatius, sich ein wenig umzusehen. Die vielen Fackeln an den Wänden erhellten so gut wie die gesamte Kaverne. Ignatius würde es niemals schaffen, dort unbemerkt hinunterzuklettern.

»Wie wär's damit?«, fragte Sylva und deutete auf einen bestimmt zehn Meter langen Stalaktiten.

Fletcher schickte Ignatius den Tropfstein entlang und befahl ihm, vorsichtig zu sein. Dann schloss er die Augen und sprach leise nach, was er hörte.

»... ich sage euch noch einmal: Die Zeit ist reif für eine Rebellion! Seit zweitausend Jahren war die Gelegenheit nicht günstiger. Hominums Heer kämpft zwei Kriege, einen im Norden gegen die Elfen und zusätzlich gegen die Orks im Süden. Sie können nicht auch noch einen dritten führen. Taktisch gesehen sind wir in der günstigsten Position, um den Königspalast zu stürmen und Harold sowie dessen Vater als Geiseln zu nehmen.«

Der Sprecher war ein groß gewachsener, bulliger Zwerg mit einer Ehrfurcht gebietenden Ausstrahlung. Er warf seinen sitzenden Zuhörern einen letzten strengen Blick zu und trat von dem Podest. Der nächste Sprecher wartete bereits. Er war etwas älter, graue Strähnen durchzogen seinen Bart. Er schüttelte seinem Vorredner die Hand und betrat die Rednerbühne.

»Danke dir, Ulfr, für deine anfeuernden Worte. Du sprichst die Wahrheit, doch es gibt noch mehr zu sagen. Wie ihr alle wisst, sind wir die Einzigen, die Feuerwaffen herstellen können. Zu diesem Zeitpunkt werden neun von zehn Soldaten in Hominums Heer lediglich ausgebildet, ihre Musketen zu laden und abzufeuern. Sie tragen keine Rüstung, ihre einzige Nahkampfwaffe ist das Bajonett. Sobald wir aufhören, sie mit Musketen zu beliefern, werden sie zu einer schlecht ausgerüsteten und kaum ausgebildeten Miliz. Ein weiterer wichtiger Vorteil, den wir nicht übersehen dürfen, ist ...«

Die nächsten Worte wurden von lautem Jubel übertönt. Einige begannen den Namen des Redners zu skandieren. »Hakon! Hakon!«

Doch nicht alle Zuhörer stimmten mit ein. Viele standen mit vor der Brust verschränkten Armen schweigend da. Offensichtlich waren sich die Zwerge uneins.

»Ein weiterer Vorteil, vielleicht sogar der wichtigste, ist die Munition. Sämtliche Minen gehören den Pashas, die unsere Verbündeten sind, und die Arbeiter dort sind Zwerge. Wir stellen das Schießpulver und die Bleikugeln her, ohne die Hominums Musketen nutzlos sind. Und wenn dem Heer die Munition ausgeht… gewinnen wir den Krieg!«

Weiterer Jubel folgte zwar, doch waren auch Buhrufe zu hören. Einer der Zuhörer sprang auf und stürmte aufs Podium. Er beglückwünschte Hakon mit einem Handschlag und flüsterte ihm etwas ins Ohr.

»Das ist Othello!«, keuchte Sylva.

Fletcher schüttelte den Kopf. »Nein, Othellos Zöpfe sind anders geflochten. Er hat einen Zwillingsbruder, sein Name ist Attila, und er hasst die Menschen.«

»Verräter und Feiglinge!«, polterte Atilla. »Seid ihr Zwerge… oder bloß Wichte?«

Einige im Publikum standen erzürnt auf und schrien so laut, dass ihre Stimmen beinahe bis zu Fletchers und Sylvas Versteck hallten.

»Habt ihr noch nie die Knüppel der Pinkertons zu spüren bekommen? Haben sie euch noch nie um euer hart erarbeitetes Geld erleichtert? Wer von euch hat keinen Sohn oder Bruder, den ein rassistischer Richter in den Kerker werfen ließ? Gefällt euch das etwa, als Bittsteller vor dem König zu kriechen, wenn ihr mehr als nur ein Kind bekommen wollt?!«

Beinahe das gesamte Publikum sprang nun auf und brüllte wütend. Der Lärm war ohrenbetäubend. Da erschallte ein polterndes Donnern, das alle zum Verstummen brachte.

»Genug!«, rief eine vertraute Stimme. Es war Othello, der sich durch die Menge drängte und mit langen Schritten das Podium erklomm. Solomon, dessen Brüllen für Ruhe gesorgt hatte, folgte ihm.

»Ich bin Othello Thorsager, Erster Zwergenoffizier Hominums und außerdem der erste Dämonenbändiger in den Reihen unseres Volkes. Ich verlange, dass ihr auch mich anhört.«

»Lass dich nicht aufhalten, Menschen-Liebhaber«, höhnte Atilla.

»Wir können keinen Krieg gegen Hominum führen«, erklärte Othello mit lauter, klarer Stimme. »König Harold ist auf dem Weg, uns die gleichen Rechte wie den Menschen zu geben, seht ihr das denn nicht? Wenn wir jetzt einen Krieg anfangen, werden wir ihn verlieren, daran gibt es keinen Zweifel. Hominums Heer hat zehnmal so viele Soldaten, wie es überhaupt Zwerge gibt! Die meisten von uns, die im kampffähigen Alter sind, wurden an die Elfenfront abkommandiert oder befinden sich auf dem Weg dorthin. Da sind sie von erfahrenen Soldaten umgeben und weit entfernt von Corcillum. Glaubt ihr denn, mit den vielleicht hundert Zwergen, die noch in der Hauptstadt sind, könntet ihr tatsächlich den Palast stürmen?«

»Wenn wir müssen, werden wir es tun!«, rief Hakon dazwischen und erntete weiteren Beifall.

»Und was passiert dann? Fliegende Dämonen werden die Nachricht von unserem Aufstand innerhalb weniger Tage zu den Generälen im Norden bringen, wo sie unsere jungen Krieger ohne Zögern einfach abschlachten werden. Selbst wenn wir sie rechtzeitig warnen könnten, wie sollen denn eintausend kaum ausgebildete Zwerge den gesamten Nordflügel von Hominums Heer besiegen? Die Schlachtmagier der Menschen würden sie binnen kürzester Zeit ausradieren. Der König selbst ist einer der mächtigsten Bändiger, die es je gab, und ihr maßt euch an, ihn als Geisel zu nehmen? Wir hätten nicht einmal den Hauch einer Chance.«

»Na und? Lieber sterbe ich im Krieg gegen sie, als Seite an Seite mit ihnen zu kämpfen. Ich wette, hinter deinem Rücken lachen sie über dich und deinen kleinen Dämon«, keifte Atilla.

»Das dachte ich anfangs auch«, erwiderte Othello. »Aber dann zeigte mir einer der anderen Novizen gleich an meinem ersten Tag an der Dämonenakademie eine Karte der Amboss-Familie.«

»Die Amboss-Familie? Die haben doch bloß Mitleid mit uns, für sie sind wir ein Zeitvertreib, mehr nicht. Unser Ältestenrat traut ihnen nicht mal weit genug, um sie hierher einzuladen«, gab Atilla zurück.

»Ich hätte sie auch nicht eingeladen, damit sie hören, wie wir darüber abstimmen, ob wir einen Krieg gegen sie und alle anderen Menschen führen sollen oder nicht. Dabei finden wir immer mehr Verbündete: zuerst die Pashas und jetzt auch noch die Ambosse. Selbst der König ist gewillt, die Zwergengesetze zu überarbeiten und die Pinkertons an die Kandare zu nehmen, wenn wir sein Vertrauen nicht enttäuschen. Doch was tun wir? Wir tun genau das Gegenteil und planen, Hominum den Krieg zu erklären!« Othello spuckte wütend auf Attilas Stiefel.

»Du bist kein richtiger Zwerg und verdienst die Tätowierung auf deinem Rücken nicht. Ich schäme mich, dein Bruder zu sein!«, brüllte Atilla zurück.

Er riss Othello das Hemd von den Schultern, damit alle die Tätowierung sahen. Othello packte ihn an der Kehle, dann würgten die beiden einander. Solomon wollte seinem Herrn schon zu Hilfe eilen, da hielt er plötzlich inne, als hätte Othello ihm befohlen, sich herauszuhalten.

Uhtred stürmte auf das Podium und trennte die Raufbolde. Eine Prozession weißhaariger Zwerge mit langen, unter dem Gürtel festgeklemmten Bärten folgte ihm mit würdevollem Schritt.

»Das muss der Zwergenrat sein«, stammelte Sylva. Fletcher nickte und befahl Ignatius, die Ohren zu spitzen, denn die Ratsmitglieder machten nicht den Eindruck, als würden sie genauso schreien wie ihre Vorredner.

Eine ehrerbietige Stille senkte sich über die Zuhörer. Selbst Atilla verstummte und neigte das Haupt.

Der älteste der greisen Zwerge trat vor und breitete die Arme aus. »Wollen wir nicht alle Frieden für unsere Kinder? Wenn wir in diesem Konflikt nicht Seite an Seite stehen, haben wir jetzt schon verloren.«

Alle im Publikum setzten sich, viele blickten beschämt zu Boden.

»Ihr habt gesprochen, und mehr brauchen wir nicht zu hören. Viele Hitzköpfe sind unter uns, doch wir dürfen die anstehende Entscheidung nicht leichtfertig treffen. Ich frage euch: Was haben wir davon, wenn wir im Kampf um die Freiheit den Heldentod sterben? Vierzehn Mal haben wir uns bereits erhoben, und vierzehn Mal wurden wir an den Rand der Vernichtung gebracht. Ihr Jungen habt das Schlachten während der letzten Rebellion nicht miterlebt. Mit jeder Niederlage sind uns mehr Freiheiten genommen worden, und mit jedem neuen Aufstand wird weiteres Zwergenblut fließen.«

Viele der Zuhörer nickten.

»Ich sehe zwei Wege für unser Volk: Der eine ist ausgetreten und wohlbekannt. Jedes Mal, wenn wir ihn bisher einschlugen, führte er uns nur noch tiefer in die Verzweiflung. Doch es gibt noch einen zweiten. Ich weiß nicht, wohin er führen mag und welche Gefahren uns unterwegs begegnen werden, doch sagt mir mein Herz, dass eine ungewisse Zukunft immer noch besser ist als eine sichere Niederlage. Es wird keinen Krieg geben, Freunde. Wir werden unsere Abmachung mit dem König einhalten.«

Erleichtert seufzte Fletcher. Othello hatte sich also aus der Akademie geschlichen, um sich gegen die Rebellion auszusprechen, nicht dafür. Und nicht nur das: Er hatte auch den Ältestenrat überzeugt. Daran, was Othello getan hätte, wenn die Entscheidung anders ausgefallen wäre, wollte Fletcher lieber gar nicht denken, aber das musste er auch nicht. Alles würde gut werden.

»Was ist das?«, zischte Sylva und zupfte Fletcher am Ärmel.

Zwischen den Bäumen sahen sie den Schein von Fackeln. Er kam schnell näher.

Die beiden zogen hastig die Köpfe ein und warteten mit pochenden Herzen. Kurz darauf kamen zehn Männer in Sicht, jeder mit Muskete und Schwert bewaffnet. Ihr Anführer atmete röchelnd, als bekäme er kaum Luft. Selbst in der Dunkelheit konnte Fletcher erkennen, wie fett er war.

»Bist du sicher, dass das die richtige Höhle ist?«, fragte einer aus der Gruppe und hielt seine Fackel hoch.

Fletcher wurde eiskalt, als er das Gesicht des Dicken sah.

»Todsicher«, antwortete Grindel.

43

»**DAS SIND DIE KERLE**, die mich entführt haben«, zischte Sylva und deutete auf die Soldaten in ihren Lederrüstungen.

»Ich weiß, den Dicken mit der Glatze werde ich so schnell nicht wieder vergessen«, erwiderte Fletcher und legte die Hand auf den Griff seines Chepesch. »Sein Name ist Grindel. Er hätte die Hinrichtung durchführen sollen. Ich dachte, du hättest ihn getötet, aber er hat wohl einen dicken Schädel.«

»Es sind zu viele«, murmelte die Elfe, doch Fletcher sah, wie sie jeden Muskel in ihrem Körper anspannte, als mache sie sich zum Angriff bereit. Auch Sariel knurrte bereits.

»Wir müssen uns ruhig verhalten und herausfinden, was sie vorhaben«, flüsterte Fletcher beschwichtigend.

»Ich verstehe nicht, warum wir ihnen nicht einfach hier auflauern, wenn sie herauskommen«, beschwerte sich in diesem Augenblick einer der Soldaten.

»Weil das nur einer von insgesamt fünf Zugangstunneln ist«, erwiderte Grindel und setzte sich auf einen Stein. »Und drei davon führen direkt zum Zwergenviertel.«

Die Gruppe rückte enger zusammen, da sah Fletcher im Schein der Fackeln den Verband an Grindels Schulter. Er laborierte also immer noch an der Verletzung, die Ignatius' Feuerball ihm beigebracht hatte.

»Ich hätte sichergehen sollen, dass er tot ist«, flüsterte Sylva durch zusammengebissene Zähne.

Fletcher legte ihr eine Hand auf die Schulter, um sie zu beruhigen.

Sollte es zum Kampf kommen, standen ihre Chancen nicht allzu gut, wie er fand.

Ihre Gegner waren zu zehnt. Die leichten Lederrüstungen schränkten ihre Bewegungsfreiheit kaum ein und boten dennoch Schutz vor Hieb- und Stichwunden. Außerdem waren sie mit Musketen bewaffnet. Sein kümmerlicher Schildzauber würde Fletcher heute Nacht nicht viel helfen.

»Worauf warten wir dann noch?«, fragte ein anderer und spähte in den Höhleneingang.

»Hast du bei der Besprechung nicht zugehört?«, knurrte Grindel. Er packte den Mann, der direkt vor ihm stand, am Kragen und zog ihn zu sich hinunter. »An dem einzigen anderen oberirdisch erreichbaren Ausgang stehen mehrere Hundert von Fürst Forsys' Soldaten bereit«, fauchte er und besprühte den Angesprochenen mit seinem Speichel. »Wir gehen rein, wenn sie es tun, also in etwa fünf Minuten, wenn das Horn erschallt. Oder glaubst du, wir könnten es zu zehnt mit hundert Zwergen aufnehmen?«

Fletchers Herz setzte einen Moment lang aus. Das war es also, worüber Tarquin und Isadora gesprochen hatten. Sie hatten es gar nicht auf Seraphs Vater abgesehen, sondern auf die Zwerge!

»Nur noch fünf Minuten«, keuchte Sylva. »Wir müssen etwas unternehmen.«

Fletchers Blick sprang zwischen dem Höhleneingang und den Soldaten hin und her, während er die Möglichkeiten abwog. Fünf Minuten waren verflucht wenig. Selbst wenn sie es wie durch ein Wunder an Grindels Männern und ihren Musketen vorbei schafften, mussten sie als Nächstes die Wachposten der Zwerge überzeugen, sie durchzulassen.

»Wenn Ignatius nur sprechen könnte«, murmelte Sylva, die nun wieder die Bilder in dem Hellsehstein beobachtete. Die Zwerge waren immer noch in der Kaverne, liefen umher und besprachen sich.

»Das muss er gar nicht«, entgegnete Fletcher und überlegte. Sie wollten die Zwerge warnen, dass ein Angriff bevorstand. Warum sie also nicht selbst angreifen?

Als er Ignatius seine Anweisungen übermittelte, spürte er, wie der kleine Dämon zunächst verwirrt reagierte. Dann begriff der Salamander, worum es ging, und an die Stelle seiner Furcht trat eiserne Entschlossenheit.

»Schau«, hauchte Fletcher Sylva zu.

Ignatius kletterte noch weiter nach unten, wickelte seinen Schwanz um das Ende des Stalaktiten und grub den Stachel in den weichen Stein. Wie eine Fledermaus ließ er sich kopfüber herabbaumeln, um so nahe an die Zwerge heranzukommen wie möglich.

»Jetzt«, flüsterte Fletcher und spürte, wie der Manastrom zwischen ihm und dem Salamander seine Wahrnehmung augenblicklich schärfte.

Ignatius stieß einen mächtigen, orange glühenden Feuerschwall aus, der knapp über die Köpfe des Zwergenrats hinwegzüngelte. Der Gestank von verbranntem Haar breitete sich in der Kaverne aus, dann machte sich Ignatius auf den Rückweg und eilte zirpend an der Decke entlang in Richtung Ausgang.

»Wir werden angegriffen!«, polterte Hakon, während rings um ihn eine heillose Panik ausbrach. »Zieht euch in die Höhlen zurück! Schützt den Ältestenrat!«

Die berittenen Wachposten preschten heran und scheuchten die Zwerge zu einem Tunnel, der noch tiefer hinab in die Erde führte.

»Es gelingt tatsächlich«, keuchte Sylva. »Du bist ein Genie, Fletcher!«

Plötzlich kam eine Wurfaxt angeschwirrt und schlug nur wenige Zentimeter neben Ignatius gegen den Fels.

»Ein Dämon aus der Akademie! Verrat!«, brüllte Atilla, der immer noch neben Othello auf dem Podium stand. »Wem hast du von unserem Treffen erzählt?!«

»Niemandem, ich schwöre«, antwortete Othello mit ungläubigem Gesicht. Er hatte Ignatius sofort wiedererkannt. »Ich kenne diesen Dämon. Sein Bändiger ist ein Zwergenfreund, das weiß ich mit Sicherheit!«

»Dann wird er es mir auch nicht verübeln, wenn ich das Vieh töte!«, heulte Atilla und zog die nächste Wurfaxt aus seinem Gürtel. Er sprang vom Podium herunter und rannte auf Ignatius zu, der vor Schreck wie erstarrt an der Decke hing.

»Nein, Atilla bleib hier!«, schrie Othello und lief hinterher.

Ignatius erwachte aus seiner Starre und konnte Attilas nächstem Wurf gerade noch ausweichen.

»Du musst ihn aufhalten, Fletcher, sonst treibt er die beiden geradewegs in Grindels Arme«, zischte Sylva aufgeregt.

Doch es war zu spät. Die Zwergenzwillinge hatten sich schon an Ignatius' Fersen gehängt.

»Mach dich bereit«, flüsterte Fletcher zurück. »Wir werden kämpfen müssen.«

Sylva nickte und zog ihr Stilett aus der Stiefelscheide. Sariel spürte, was nun kommen würde, und machte sich zum Sprung bereit. Dann warteten sie mit angehaltenem Atem.

»Da kommen Schritte«, krächzte Grindel und deutete auf den Höhleneingang. Fletcher hörte sie ebenfalls, so nahe waren Atilla und Othello bereits.

»Bildet zwei Reihen. Die erste kniet, die zweite stellt sich dahinter. Schießt auf mein Kommando!«, befahl Grindel und hob sein Schwert zum Signal.

Die Schritte wurden immer lauter. Fletcher hörte, wie eine weitere Wurfaxt klappernd neben Ignatius einschlug.

»Ich werde einen Schild vor dem Eingang aufspannen, und du blendest die Musketenschützen zusätzlich mit einem Wyrrlicht. Ich bin nicht sicher, ob mein Zauber stark genug ist, um die Kugeln aufzuhalten«, sagte Sylva und ätzte bereits eine Schildglyphe in die Luft. Nur einen Wimpernschlag später ließ sie Licht aus ihren Fingern strömen und verdichtete es zu einer ovalen Scheibe.

»Bereit!«, knurrte Grindel.

Die Soldaten brachten ihre Musketen in Anschlag und zielten auf den Höhleneingang. Fletcher zapfte Ignatius' Mana an, was auf die Entfernung gar nicht so einfach war, doch schon bald strotzte er nur so vor Energie. In seiner durch das Mana geschärften Wahrnehmung leuchteten die Fackeln der Soldaten in einem tiefen Orange.

»Zielt!«, befahl Grindel und senkte das Schwert ein wenig.

Die Schritte hallten nicht mehr, so nahe waren die beiden schon. Sie würden jeden Moment in Sicht kommen.

Grindels Schwert fuhr nieder. »Feu…«

»Jetzt!«, rief Sylva und spannte ihren weiß schimmernden Schild vor dem Höhleneingang auf.

Fletcher schleuderte den Schützen blaues Licht entgegen, die Musketen bellten und spuckten schwarzen Rauch in die Luft.

Dann sprang Sariel los. Wie aufgescheuchte Hühner stoben die Soldaten auseinander, da stürzte sich die Canidin auf den am nächsten stehenden und biss ihn in die Halsschlagader.

Fletcher sprang mit einem Schrei von dem Fels herunter, die Spitze seines Chepesch nach unten gerichtet. Sie bohrte sich in den Bauch eines gestürzten Soldaten, doch Fletcher zog sie sofort wieder heraus und machte den nächsten nieder, während Sylva in seinem Rücken ein wildes Heulen ausstieß. Dann hörte er den gurgelnden Schrei eines Mannes mit aufgeschlitzter Kehle.

Ignatius hüpfte auf Fletchers Schulter und übergoss einen mit erhobenem Schwert heranpreschenden Soldaten mit Feuer.

»Meine Augen!«, schrie der Getroffene und sank auf die Knie. Sylva war mit einem Satz bei ihm, dann rammte sie ihm ihr Stilett in den Schädel.

Sariels Schnauze war mit einem grausigen Gemisch aus Blut und Fleischklumpen verschmiert. Sylva packte sie am Nackenfell und zerrte sie zum Höhleneingang, wo Fletcher bereits auf sie wartete. Fünf Soldaten hatten sich in einem Halbkreis vor ihm aufgestellt, um ihm den Fluchtweg abzuschneiden. Einer davon war Grindel.

Othello und Atilla standen hinter Fletcher, die Hände auf die Oberschenkel gestützt. Sie rangen nach Atem, schienen aber wohlauf. Der Schildzauber hatte also seine Wirkung gehabt.

»Ein Hinterhalt«, keuchte Othello. »Fletcher und Sylva haben uns gerettet.« Solomon gab ein Rumpeln von sich und nickte.

»Lieber töte ich fünf Männer als einen Jungen«, knurrte Attila und nahm sich das Schwert eines toten Soldaten. »Ich werde an eurer Seite kämpfen… im Augenblick zumindest«, fügte er hinzu und reichte Othello eins von seinen Wurfbeilen. »Mit denen kannst du besser umgehen als ich. Zeig diesen Hunden, wozu ein Zwerg in der Lage ist.«

Grindel schleuderte seine Fackel in den Höhleneingang und spuckte angewidert aus, als er im Feuerschein Sylvas Gesicht erkannte.

»Elfenabschaum! Ich hätte dich töten sollen, als die Gelegenheit noch günstig war. Hätte Fürst Forsys nicht auf einer öffentlichen Hinrichtung bestanden, würdest du längst unter der Erde verrotten.«

Fletcher zuckte zusammen. Die Forsys steckten also hinter Sylvas Entführung. Kein Wunder, dass Tarquin und Isadora ihr nicht geholfen hatten. Doch diese Gedanken lenkten ihn nur ab; er musste sich auf den Kampf konzentrieren.

»Ich werde dich ausweiden«, fauchte Grindel und stieß mit dem Schwert nach Sylvas Bauch. »Wollte schon immer mal wissen, ob ihr Elfen von innen genauso ausseht wie wir.«

»Deine Schulter macht aber einen schlimmen Eindruck«, höhnte Fletcher. »Wie hättest du sie denn diesmal gerne? Nur leicht angebraten oder ganz durchgegart?«

Grindel grinste nur. »Ladet eure Musketen nach, Männer. Das hier wird leichter als auf dem Schießstand.«

»Immer schön mit der Ruhe!«, meldete sich Atilla zu Wort. »Der Erste, der nach seinem Schießpulverbeutel greift, bekommt meine Axt zwischen die Augen.« Er nahm das letzte Wurfbeil von seinem Gürtel und ließ den Griff um seine Finger wirbeln.

Die Soldaten blickten zwischen Grindel und ihren Musketen hin und her. Keiner rührte sich.

»Wir sind sieben, ihr nur fünf, und wir haben drei Dämonen auf unserer Seitc«, sprach Attila weiter. »Tut euch den Gefallen, und verschwindet wieder in dem Loch, aus dem ihr hervorgekrochen seid.«

In der Ferne hörte Fletcher das Horn, mit dem die Männer der Forsys das Signal zum Angriff gaben.

Grindel deutete mit dem Schwert auf den Höhleneingang. »Wenn ich euch noch ein bisschen aufhalte, wird die Verstärkung euch so platt treten wie Ameisen«, spottete er.

»Wenn …«, sagte Fletcher und trat einen Schritt vor. Grindel hatte nicht ganz unrecht, denn aus der Höhle schallten bereits die Rufe der Forsys-Soldaten herauf. Wenn Grindel nicht zu ihnen kam, würden sie sich nach oben aufmachen und nachsehen, was los war. Also mussten

Fletcher und seine Freunde verschwinden, und das sofort. Für einen Kampf war die Zeit bereits zu knapp.

Er rief ein Wyrrlicht herbei, füllte es mit Mana, bis es die Größe einer dicken Melone erreicht hatte, und ließ es auf Grindel zuschweben. Grindel wich prompt einen Schritt zurück.

»Hast du schon mal eine Mana-Verbrennung gesehen, Grindel? Du glaubst wahrscheinlich, deine Schulterwunde wäre schmerzhaft genug, aber Feuer ist nichts im Vergleich zu der blauen Leuchtkugel vor deiner Nase. Sie brennt dem Opfer Haut und Fleisch von den Knochen, bis es vor Schmerz den Verstand verliert. Jedenfalls habe ich das gehört«, bluffte Fletcher. Er wusste natürlich, dass Wyrrlichter sich einfach auflösten, sobald sie einen festen Gegenstand berührten, ohne irgendwelchen Schaden anzurichten. Doch Grindel hatte keine Ahnung.

Sylva und Othello begriffen sofort, was er vorhatte, und ließen sogleich weitere Wyrrlichter um Grindels Kopf herumschwirren. Ihr Widersacher duckte sich verängstigt und schlug mit dem Schwert nach den Leuchterscheinungen.

»Geh nach Hause, Grindel!«, rief Fletcher lachend. »Das hier ist eine Nummer zu groß für dich. Du kannst von Glück sagen, dass wir dich am Leben gelassen haben.«

Grindel legte den Kopf in den Nacken und stieß einen ohnmächtigen Wutschrei aus, dann trat er zur Seite und befahl seinen Männern, das Gleiche zu tun.

Fletcher vollführte eine ironische Verbeugung und ging mit dem Rest der Gruppe durch das Spalier aus Soldaten. Sein Wyrrlicht ließ er nach wie vor um Grindels Kopf kreisen, um die Illusion aufrechtzuerhalten, er hätte alles unter Kontrolle.

»Gut gemacht, Fletcher«, flüsterte Othello. »Eine hervorragende schauspielerische Leistung.«

Fletcher dachte an ihre gemeinsame Begegnung mit den Pinkertons zurück. »Ich hatte ja auch einen hervorragenden Lehrer«, erwiderte er.

Eilig entfernten sie sich von der Höhle und spürten bei jedem Schritt Grindels wütenden Blick in ihrem Rücken.

»Was ist hier los, Grindel? Meine Männer sagen, sie hätten Musketenschüsse gehört«, kam eine Stimme vom Höhleneingang, aus dem sich nun ein ganzer Tross bewaffneter Fackelträger in die Nacht ergoss.

»Lauft!«, brüllte Fletcher.

Eine Musketenkugel streifte seinen Ärmel und zerschellte an einem Felsen ein Stück voraus. Weitere folgten, wie zornige Wespen schwirrten sie über ihre Köpfe hinweg.

Die Sichtweite betrug gerade mal ein paar Meter. Fletcher hörte lediglich den keuchenden Atem der anderen, die mit ihm durch die Dunkelheit stolperten. Wyrrlichter kamen nicht mehr infrage, denn die Nacht war das Einzige, was sie jetzt noch vor den tödlichen Salven ihrer Verfolger schützte.

Schon sauste die nächste Kugel pfeifend an ihm vorbei. Fletcher hörte ein dumpfes Klatschen, als wenige Schritte vor ihm jemand zu Boden ging. Bereits im nächsten Augenblick stolperte er über den Gestürzten und fiel direkt auf ihn.

»Mein Bein«, stöhnte Attila. »Mich hat's erwischt!«

Niemand reagierte – sie waren allein. Anscheinend hatten sie Sylva und Othello auf ihrer wilden Flucht verloren.

»Lass mich liegen, ich decke deinen Rückzug«, röchelte Attila und schob Fletcher von sich herunter.

»Vergiss es. Ich bring dich hier raus, und wenn ich dich tragen muss.« Fletcher versuchte, Atilla auf die Beine zu ziehen.

»Ich sagte: Lass mich liegen! Ich werde hierbleiben und im Kampf sterben, genau so wie es sich für einen echten Zwerg gehört«, knurrte Atilla und schlug Fletchers Hände weg.

»Ein echter Zwerg lässt sich also einfach über den Haufen schießen, während er wehrlos im Dreck liegt? Hätte nicht gedacht, dass ihr so leicht zu erledigen seid«, schnaubte Fletcher verächtlich. Attila war ein von Wut Getriebener, und genau das wollte Fletcher mit seinem Kommentar ausnutzen.

»Du kleiner eingebildeter Menschenbengel. Lass mich gefälligst in Frieden sterben!«, polterte der Zwerg und stieß Fletcher von sich weg.

»Wenn du unbedingt sterben willst, na schön, aber nicht heute. Wenn sie dich gefangen nehmen, werden sie dich vor den König zerren, und zwar als Beweis für eure Verschwörung! Das kannst du deinem Volk nicht antun. Du würdest nur noch mehr Wasser auf die Mühlen der Forsys gießen.«

Atilla stöhnte verärgert und atmete einmal tief durch. »Na schön. Dann fliehen wir also. Aber wenn sie uns einholen, werden wir uns nicht ergeben, sondern kämpfen bis zum Tod.«

»Einverstanden«, erwiderte Fletcher und half dem Zwerg aufzustehen.

Das Weiterkommen war verdammt hart. Attila war so klein, dass er nicht mal den Arm um Fletchers Schulter legen konnte, während die Rufe ihrer Verfolger immer näher kamen – im Gegensatz zu ihnen hatten sie Fackeln, die den unwegsamen Boden beleuchteten.

Eine schiere Ewigkeit stolperten sie durch den dunklen Wald, bis Attila schließlich nicht mehr konnte. »Du wirst mich tragen müssen, dann sind wir schneller«, stöhnte der Zwerg.

Die Beinverletzung forderte ihren Tribut. Selbst in der Dunkelheit sah Fletcher, dass Attilas Hose mittlerweile vollkommen von Blut durchtränkt war. Er wusste, welche Überwindung es den Zwerg gekostet haben musste, eine solche Bitte zu äußern.

»Gut. Spring auf meinen Rücken«, flüsterte er und schnappte unwillkürlich nach Luft, als er das volle Gewicht des Zwergs spürte. Mit zusammengebissenen Zähnen schleppte sich Fletcher weiter, während Ignatius Attila aufmunternd zuzwitscherte und ihm freundlich übers Gesicht leckte.

Ohne Vorwarnung erstrahlte der Himmel über ihnen plötzlich in fahlem Blau. Ein gigantisches Wyrrlicht schwebte wie ein zweiter Mond über den Bäumen.

»Warst du das?«, fragte Atilla.

»Nein. Und Othello oder Sylva bestimmt auch nicht. Die Forsys müssen einen Schlachtmagier in ihren Reihen haben. Würde mich nicht wundern, wenn es Zacharias höchstpersönlich ist.«

Mit pochendem Herzen blickte sich Fletcher um und stellte fest, dass sie sich hoffnungslos verlaufen hatten. Selbst wenn es ihnen gelingen sollte, sich hier zu verstecken, würde Attila die Nacht nicht überleben.

Die Schreie der Verfolger waren zwar leiser geworden, aber sie durften sich noch längst nicht in Sicherheit wiegen. Wenn dieser Schlachtmagier auch noch über einen geflügelten Dämon verfügte, würde er sie bald entdecken.

»Sofort stehen bleiben!« Ein Mann kam mit erhobener Muskete hinter einem Baum hervor. Einmal mehr verfluchte sich Fletcher dafür, dass er sich beim Schildzauber so dumm anstellte.

»Wir ergeben uns auf keinen Fall …«, raunte ihm Attila zu. Die Stimme des Zwergs klang, als wäre er kurz davor, das Bewusstsein zu verlieren.

Ignatius stieß ein wütendes Fauchen aus, doch der Soldat kam unbeirrt näher, den Lauf seiner Waffe direkt auf Fletchers Kopf gerichtet. »Pfeif deinen Dämon zurück, oder ich schieße«, sagte er und fuchtelte ungeduldig mit der Muskete.

Fletcher hob die Hand und ließ ein Wyrrlicht erstrahlen. »Das hier brennt dir schneller den Schädel vom Hals, als du abdrücken kannst. Lass deine Waffe fallen, dann geschieht dir nichts.«

»Ich bin Soldat, du Trottel. Ich weiß, was Wyrrlichter sind. Du setzt jetzt den Zwerg ab und … aah!« Der Mann jaulte auf und schlug sich mit der freien Hand auf den Hals.

Ein brauner Kerf flog auf und schwirrte im Kreis um Fletchers Kopf herum.

»Valens!«, rief Fletcher erstaunt. Irgendwie musste das kleine Kerlchen sie gefunden haben. Der Soldat kippte unterdessen zur Seite um und rührte sich nicht mehr.

»Major Godwin hat nicht übertrieben, als er sagte, der Stich eines Skarabäus wäre nicht zu unterschätzen«, murmelte Fletcher, während Valens laut summend vor ihm auf und ab flog. Fletcher beobachtete den Kerf noch verwirrt, da begriff er endlich, dass es eine Aufforderung war, ihm zu folgen.

»Halt durch, Atilla«, flüsterte er über die Schulter. »Wir haben's bald geschafft.«

44

ALS SIE DIE AKADEMIE ERREICHTEN, hatte Atilla zwar das Bewusstsein verloren, atmete aber noch. Das Bein des Zwergs war dick mit Blut verkrustet, wegen der Dunkelheit konnte Fletcher die Schwere der Verletzung jedoch nicht abschätzen. Er riss einen Streifen Stoff von Atillas Hemd ab und verband damit die Wunde, so gut es ging, dann folgte er Valens über die Zugbrücke.

»Wohin gehen wir?«, flüsterte er dem über ihm schwebenden Dämon zu.

Der Kerf summte aufmunternd und flog weiter zur Osttreppe. Missmutig beäugte Fletcher die steilen Stufen.

»Ich weiß nicht, ob ich das schaffe«, stöhnte er unter Atillas Gewicht, da sprang Ignatius prompt von seiner Schulter.

»Danke, Kumpel, so ist es schon viel leichter«, murmelte er und kraulte den Salamander unterm Kinn, dann folgte er dem Brummen von Valens' Flügeln durch die Dunkelheit nach oben. Ein Wyrrlicht zu entzünden war zu riskant – falls Raubler ihn mit Atilla erwischte, würde er bestimmt König Alfric Bericht erstatten. Als sie auf dem obersten Absatz angelangt waren, ging es weiter zum Nordostturm. Fletchers Knie waren kurz davor, endgültig nachzugeben, doch er schleppte sich verbissen weiter. Irgendwie schien Valens genau zu wissen, was er tat.

Schließlich erreichten sie eine schwere Doppeltür im obersten Stockwerk. Fletcher bemerkte, dass sie vor der Krankenstation standen. Noch bevor er klopfen konnte, flog die Tür auf. Eine vollkommen aufgelöste Sylva stolperte ihm entgegen.

»Ihr habt es geschafft!«, schluchzte sie und vergrub das Gesicht an Fletchers Brust. Othello starrte ihn nur wortlos an, Tränen zeichneten sich auf seinem blassen Gesicht ab. Dann eilte er auf Fletcher zu und nahm Atilla auf seine Arme.

Verunsichert streichelte Fletcher Sylvas Kopf und blickte sich um. Er sah mehrere Reihen Betten, die Gestelle alle rostig und verstaubt. Die in der Nähe der Tür waren ein wenig besser in Schuss. Unter einem davon hatte es sich Sariel bequem gemacht. Othello legte seinen Bruder auf eine der Pritschen, da merkte Fletcher, dass sie nicht allein waren: Im Bett daneben lag Hauptfrau Lovett, reglos wie eine Leiche. Nur ihr Brustkorb hob und senkte sich unmerklich im Rhythmus der Atmung. Sie trug ein Nachtgewand, ihr langes schwarzes Haar lag über das Kissen ausgebreitet wie ein Strahlenkranz.

Othello und Sylva hatten Kerzen neben ihrem Bett aufgestellt, die das Krankenzimmer in ein fahles, gelbliches Schimmern tauchten.

»Hat Valens euch hergebracht?«, fragte Fletcher, nachdem der Kerf auf Lovetts Brust gelandet war.

»Ja, vor ungefähr einer Stunde. Und kaum waren wir hier, da ist er sofort wieder zum Fenster hinaus«, antwortete Sylva und wischte sich eine Träne aus dem Auge. »Er muss gespürt haben, dass ihr in Schwierigkeiten steckt.«

»Ich glaube, wir müssen uns nicht nur bei Valens bedanken«, erwiderte Fletcher und streichelte den Rückenpanzer des Skarabäus.

»Wie meinst du das?«

»Arcturus hat mir erklärt, dass manche Bändiger in der Lage sind, ihre Umgebung durch ihren Dämon wahrzunehmen. Sie nutzen ihr Gehirn sozusagen als Hellsehstein. Ich bezweifle, dass Valens heute Nacht ohne Anleitung gehandelt hat. Ihr habt ihn geführt, nicht wahr, Hauptfrau Lovett?«, antwortete Fletcher und betrachtete ihr unbewegliches Gesicht.

Der Dämon ließ die Flügel summen und drehte sich einmal im Kreis.

»Unglaublich«, keuchte Sylva.

»Woher kann sie es gewusst haben?«, überlegte Fletcher laut.

»Sie muss die ganze Zeit über ein Auge auf uns gehabt haben. Vielleicht schon, seit Raubler hier aufgetaucht ist«, erwiderte Sylva. »Zu unserem Glück. Ohne sie wären wir jetzt vielleicht alle tot.«

»Wenn ihr mit euren Überlegungen fertig seid, könnte ich eure Hilfe gebrauchen«, mischte sich Othello mit zitternder Stimme ein.

Fletchers Augen wurden tellergroß, als er Atillas Bein sah: Othello hatte den Verband aufgeschnitten, darunter kam ein gezacktes Loch zum Vorschein, aus dem das Blut in Sturzbächen strömte. Er hatte noch nie zuvor eine Schusswunde gesehen und sich immer einen kleinen, kreisrunden Einschuss darunter vorgestellt. Die Wahrheit jedoch war um einiges schlimmer als seine Fantasie.

»Zum Glück hat die Kugel keine wichtige Ader getroffen, aber der Knochen ist gebrochen. Ein Heilzauber kommt somit nicht infrage. Das letzte Mal habe ich eine solche Wunde bei einem Zwerg gesehen, der sich geweigert hatte, den Pinkertons das Schutzgeld zu bezahlen«, sprach Othello weiter, während er mit der Schneide seiner Streitaxt ein großes Stück Stoff aus dem Bettlaken schnitt. »Das Einzige, was wir tun können, ist die Blutung zu stoppen. Hebt sein Bein an.«

Vorsichtig wischte Othello das angetrocknete Blut weg, dann verbanden sie die Wunde, bis Atillas Bein dick in weißes Leinen gepackt war.

»Atilla muss euch wie ein Rassist vorkommen, so wie auch viele Menschen, die die Zwerge hassen, Rassisten sind. Aber in Wahrheit hat er ein großes Herz«, murmelte Othello, während er seinem schlafenden Bruder ein Kissen unter den Kopf schob. »Nur ist er leider oft etwas hitzköpfig.«

Schweigend beobachteten sie, wie Othello Atillas Stirn tupfte, dann ergriff Sylva das Wort. »Wir sollten darüber sprechen, was heute Nacht passiert ist.«

»Der Meinung bin ich auch«, stimmte Fletcher zu. »Aber zuerst sollten wir Seraph einweihen. Er muss erfahren, in welcher Gefahr seine Familie schwebt.«

»Das übernehme ich«, sagte Othello. »Ich muss ohnehin auf mein Zimmer und meine Ersatzuniform holen. Wir werden sie brauchen, um Atilla morgen aus der Akademie zu schmuggeln.« Damit schlurfte er nach draußen, gefolgt von seinem niedergeschlagen dreinschauenden Golem.

Im Moment musste Othello sich fühlen, als laste die gesamte Welt auf seinen Schultern, dachte Fletcher und setzte sich seufzend an Lovetts Bettkante. Er war froh, seinen schmerzenden Füßen endlich eine Pause gönnen zu können, und streichelte gedankenverloren Sariels Kopf. Als die Canidin einen wohligen Laut ausstieß, begann er sie unter dem Kinn zu kraulen, wie Ignatius es so gern hatte. Sariel rieb sich an seiner Hand und jaulte vor Vergnügen.

»Ähm, Fletcher«, meldete sich Sylva wieder zu Wort.

Er blickte auf und sah, dass die Elfe feuerrot im Gesicht war. »Tut mir leid, ich … wollte niemandem zu nahe treten«, stammelte er und zog seine Hand von Sariel weg.

Einen Augenblick lang stand Sylva einfach nur da, dann schluckte sie und setzte sich auf das Nachbarbett. »Ich habe mich noch gar nicht bei dir bedankt«, sagte sie leise.

»Wofür?«, fragte Fletcher verwundert.

»Dass du mir gefolgt bist. Wenn du es nicht getan hättest … hätte Grindel mich vielleicht ein zweites Mal erwischt.«

»Ich weiß nicht. Grindel dürfte kaum mit deinem Auftauchen gerechnet haben, und wenn Sariel genau so viel wert ist wie zehn Soldaten, wie du sagst, dann war es doch ein ebenbürtiger Kampf. Wenn du nicht gewesen wärst, hätten wir jetzt vielleicht einen Bürgerkrieg. Du hast das Richtige getan.«

Valens summte aufgeregt und stupste Fletchers Finger an.

»Ich glaube, Hauptfrau Lovett würde gerne wissen, was passiert ist. Sag ihr, was auf dem Valentius-Platz geschah, danach erzähle ich ihr auch von den Ereignissen heute Nacht.«

Gerade, als sie an das Ende ihres Berichts gekommen waren, stieß Othello mit Seraph zu ihnen. Er trug noch immer seinen Schlafanzug und konnte die Augen kaum offen halten.

»Othello hat mir unterwegs alles erklärt«, sagte Seraph und starrte die beiden Bewusstlosen in den Betten an. »Aber aus einem werde ich nicht schlau: Warum sollte Zacharias Grindel anheuern, damit er in Corcillum einen Anschlag auf Sylva verübt, wenn Tarquin und Isadora gleichzeitig versuchen, ihre Freundschaft zu gewinnen?«

Sylva biss sich auf die Unterlippe. »Ich hatte geglaubt, sie wollten mich zur Freundin haben, damit die Elfen Waffen von ihnen kaufen, falls das Bündnis zwischen uns und Hominum zustande kommt. Aber jetzt behandeln sie mich plötzlich eher als Feindin. Warum wollen sie meinen Kopf?«

»Die viel wichtigere Frage lautet doch, warum Zacharias Forsys beabsichtigte, dass du in aller Öffentlichkeit hingerichtet wirst«, entgegnete Othello nüchtern. »Man hätte dich jederzeit und in aller Heimlichkeit aus dem Verkehr ziehen können. Warum wollten die Forsys unbedingt Zeugen?«

»Um einen Krieg zwischen Hominum und den Elfen zu provozieren«, warf Seraph ein. »Ich meine, einen echten Krieg. Hominums Bedarf an Waffen würde beträchtlich ansteigen, und die Forsys würden trotz der Konkurrenz durch die Zwerge wieder gute Geschäfte machen.«

Einen Krieg, nur um den eigenen Profit aufzubessern? Fletcher konnte es nicht fassen. »Auf jeden Fall sind sie fest entschlossen, das Beste aus der Situation zu machen«, sagte er leise. »Falls das Bündnis zustande kommt, soll die vorgetäuschte Freundschaft mit Sylva den Waffenverkauf an die Elfen erleichtern. Lieber wäre ihnen allerdings ein Krieg, dann würden sie noch bessere Geschäfte machen. Damals in Corcillum haben dich Tarquin und Isadora nicht nur im Stich gelassen, Sylva, sondern dich gezielt in Grindels Arme geführt.«

Sylva blickte beschämt zu Boden. »Und du hast mich noch ausdrücklich vor ihnen gewarnt …«

Stille senkte sich über die Gruppe, lediglich unterbrochen von Valens' zornigem Geflatter.

»Diese hinterhältigen kleinen Nattern«, knurrte Seraph. »Ich wusste, dass sie etwas aushecken, aber das hier … das ist Verrat!«

»Und wir können ihnen nicht mal was beweisen.« Fletcher ballte die Fäuste. »Wenn wir dem König davon berichten, wird er wahrscheinlich alles auf die Zwerge abwälzen, weil sie einen Kriegsrat abgehalten haben.«

»Es spielt so oder so keine Rolle«, sagte Sylva auf einmal. »Ihr heimtückischer Plan ist fehlgeschlagen, denn ich werde meinem Vater noch heute Nacht schreiben, dass man den Forsys nicht trauen kann. Der

Bürgerkrieg mit den Zwergen ist fürs Erste abgewendet, und hier in der Burg bin ich einigermaßen sicher. Zurzeit können sie uns nichts anhaben.«

»Oh doch«, widersprach Seraph. »Du darfst das Turnier nicht vergessen. Wenn einer von den Forsys-Sprösslingen gewinnt, wird er zum Offizier befördert und bekommt außerdem einen Sitz im Rat. Das bedeutet eine zusätzliche Stimme für Zacharias und außerdem eine weitere Stimme, die sich gegen meine Familie aussprechen wird. Ganz zu schweigen von den Elfen und den Zwergen.«

Othello nickte und strich sich nachdenklich über den Bart. Schließlich stand er auf und ging ruhelos auf und ab. »Die mächtigsten Leute Hominums werden sich das Turnier ansehen, Adlige ebenso wie Generäle. Sie werden genau hinsehen, ob Elfen und Zwerge als Verbündete taugen oder nicht, und dann dem König Bericht erstatten. Wir können davon ausgehen, dass die Forsys alles versuchen werden, um uns bei diesem Turnier möglichst schlecht aussehen zu lassen.«

»Dann schlagen wir sie eben!«, rief Fletcher und sprang auf. »Wer sagt denn, dass wir das Turnier nicht gewinnen können? Immerhin haben wir einen Golem, einen Rindling, eine Canidin und einen Salamander.«

Seraph schüttelte den Kopf. »Trotzdem sind wir schwächer als sie. Und die Zweitklässler sind uns ebenfalls überlegen. Wie sollen wir da gewinnen?«

Fletcher atmete einmal tief durch und blickte Seraph fest in die Augen. »Lasst uns trainieren.«

45

DIE BURG WAR VON DICHTEM NEBEL VERHANGEN, der den Himmel zu einem konturlosen Grau verschwimmen ließ. Fletcher und Atilla boten die Schwaden genau die Deckung, die sie brauchten, während sie sich über die Straße Richtung Corcillum schleppten.

»Ich hoffe nur, Uhtred schafft es noch rechtzeitig«, murmelte Fletcher. »Raubler wird sofort Verdacht schöpfen, wenn ich nicht zum Unterricht erscheine.«

»Er wird kommen. Hast du nicht gesagt, Valens hätte die Einzelheiten zu unserem Treffpunkt überbracht?«, erwiderte Atilla. Sein Gesicht war aschfahl, aber er hatte sich so weit erholt, dass er laufen konnte.

Sie hatten sich ohne größere Zwischenfälle aus der Akademie stehlen können. Als sie auf der Treppe Tarquin begegneten, hatte er lediglich höhnisch gefragt, ob Othellos Hinken daher kam, dass jemand versehentlich auf ihn getreten war. Glücklicherweise war Atilla in Othellos Ersatzuniform und mit geflochtenem Bart praktisch nicht von seinem Zwillingsbruder zu unterscheiden.

Als Fletcher einen Schatten durch den Nebel herannahen sah, setzte sein Herz einen Schlag lang aus.

»Alles in Ordnung. Das ist mein Vater«, brummte Atilla.

Ein Eber kam in Sicht, der einen einachsigen Wagen hinter sich herzog. Das Gesicht des Fahrers war von einer Kapuze verhüllt, doch Uhtreds bullige Statur war unverkennbar.

»Macht schnell. Hier draußen ist es nicht sicher«, drängte Uhtred und brachte den Wagen direkt neben ihnen zum Stehen. Fletcher half Atilla beim Hinaufklettern, wo er sich sogleich flach ausstreckte.

»Wir stehen in deiner Schuld«, sagte Uhtred und wendete den Wagen schon wieder. »Wenn du irgendetwas brauchst, gleichgültig was, gib einfach Bescheid.«

»Warte!«, rief Atilla plötzlich. »Ich habe dir noch etwas zu sagen, Fletcher.«

Fletcher drehte sich unbehaglich um. Raublers Unterricht würde jede Minute beginnen.

»Danke. Du hast mir das Leben gerettet. Sag Othello ... dass ich mich getäuscht habe«, murmelte Atilla, dann verschwand der Wagen im Nebel.

Fletcher kam zu spät. Als er die Beschwörungskammer betrat, standen die Novizen bereits in einer Reihe vor Raubler. Doch der Inquisitor war nicht allein: Arcturus war ebenfalls anwesend. Als Fletcher die Augenklappe sah, die der Hauptmann trug, musste er lächeln. Damit sah er in Kombination mit dem Dreispitz wie ein Piratenkapitän aus.

»Lass das verfluchte Grinsen sein, Bursche. Denkst du, wir haben nichts Besseres zu tun, als auf dich zu warten?«, fauchte Raubler und bedeutete ihm, sich bei den anderen einzureihen.

»Entschuldigt, Herr«, erwiderte Fletcher und gehorchte eilig.

»Ich werde mich später um ihn kümmern, Raubler«, brummte Arcturus. »Wir sollten jetzt besser mit dem Unterricht weitermachen.«

»Und ob, das sollten wir«, murrte Raubler und trat einen Schritt vor. »Nun, da das Turnier kurz bevorsteht, ist es an der Zeit, euch zu zeigen, was euch dort erwartet. Arcturus ist zwar der Meinung, es wäre Zeitverschwendung zu lernen, wie man sich mit einem anderen Schlachtmagier duelliert ...«

»Orkschamanen duellieren sich so gut wie nie«, fiel ihm der Hauptmann ins Wort. »Dass ihr einem jemals im Kampf eins gegen eins gegenüberstehen werdet, ist äußerst unwahrscheinlich. Sie halten sich lieber versteckt und überlassen das Kämpfen ihren Dämonen.«

»Und diese Taktik hat ihnen in der Vergangenheit auch hervorragende Dienste erwiesen«, konterte Raubler. »Die Verlustrate unter unseren Bändigern dürfte um ein Vielfaches höher liegen als die ihre. Gleichzeitig ist die Tatsache, dass wir im Gegensatz zu ihnen unser

Leben an vorderster Front riskieren, der Grund, warum wir den Krieg gewinnen.«

»Auch das hat nichts mit Duellen zu tun, Inquisitor«, beharrte Arcturus. »Sondern damit, dass wir unsere Fähigkeiten zur Unterstützung und zum Schutz unserer Soldaten einsetzen.«

»Dennoch sind die Fähigkeiten, von denen Ihr sprecht, ein und dieselben, oder etwa nicht?«, entgegnete Raubler mit einem verärgerten Stirnrunzeln.

Fletcher war überrascht, dass Raubler und Arcturus so offen vor ihren Schülern miteinander stritten. Damit war auch noch der letzte Zweifel ausgeräumt: Die beiden hassten einander.

Mit einem Seufzen wandte sich der Hauptmann wieder den Novizen zu. »Ganz gleich, was ich persönlich von diesem Turnier halte, so ist es doch seit Gründung der Dämonenakademie vor zweitausend Jahren fester Bestandteil unserer Tradition. Ursprünglich wurden die Schüler erst nach vier Jahren zum Turnier zugelassen, letztes Jahr ist diese Frist dann auf zwei Jahre verkürzt worden. Mittlerweile beträgt sie sogar nur noch ein Jahr, aber zum Glück lernt ihr alle sehr schnell. Die meisten Novizen brauchen doppelt so lange wie ihr, bis sie die Grundlagen des Schildzaubers beherrschen. Somit bist selbst du dem Lehrplan voraus, Fletcher. Es gibt eine Menge Zweitklässler, die ihn auch noch nicht können.«

Fletcher errötete, weil Arcturus ihn persönlich erwähnte, gleichzeitig war er aber erleichtert: Zumindest würde er beim Turnier nicht den allerletzten Platz belegen.

»Jetzt seht gut zu«, fuhr Arcturus fort, ätzte eine Schildglyphe in die Luft und fixierte sie. Dann ließ er Wyrrlicht hindurchströmen und spannte einen großen, durchschimmernden Schild auf.

»Der Schild allein genügt nicht. Es ist in jedem Fall besser, euch zusätzlich auf das vorzubereiten, was kommt«, erläuterte er, ging leicht in die Knie und hielt die Unterarme wie ein schützendes Kreuz vor die Brust. »Wenn ihr euch gegen einen Angriffszauber verteidigen müsst, werdet ihr von der Wucht des Einschlags überrascht sein.«

»Wärt Ihr dann so weit, Hauptmann?«, fragte Raubler gelangweilt. Ein Leuchten pulsierte auf der Kuppe seines Zeigefingers.

»Ich bi…«

Raubler bewegte die Hand so schnell, dass Fletcher kaum mit den Augen folgen konnte. Ein Blitz fuhr aus seinem Finger und schlug Funken sprühend gegen Arcturus' Schild. Ein lautes Krachen und Knistern ertönte, und wie ein Spinnennetz breiteten sich von der Einschlagstelle über den gesamten Schild Sprünge aus.

Arcturus verzerrte das Gesicht vor Anstrengung und pumpte noch mehr Mana in seinen Schild, das in die Risse strömte und sie wieder auffüllte. Die Wucht von Raublers Angriff schob ihn Meter für Meter rückwärts durch die Kammer, da streckte er plötzlich einen Arm seitlich an seinem Schild vorbei und feuerte mit einem Brüllen einen Telekinese-Impuls auf Raubler ab. Der Inquisitor wurde prompt von den Beinen gerissen und schlug mit dem Rücken gegen die Wand.

»Jetzt wisst ihr, warum man während eines Zweikampfs immer als Erstes den Schildzauber anwenden sollte«, erklärte Arcturus mit einem zufriedenen Lächeln. »Mag sein, dass ihr euren Gegner mit einem schnellen, heftigen Angriff auf dem falschen Fuß erwischt. Geht diese Überraschungstaktik aber nicht auf, und ihr habt keinen Schild, dann kann es durchaus sein, dass der Gegner das Duell schon mit seinem ersten Konter für sich entscheidet.« Ein leises Zischen ertönte, als der Hauptmann seinen Schild auflöste und das Wyrrlicht zurück in seine Hand strömen ließ.

»Ihr solltet bei jeder sich bietenden Gelegenheit so viel Mana in euch aufnehmen wie möglich. Das gilt vor allem für jene unter euch, die keinen starken Dämon besitzen. Sie werden es dringend brauchen, wenn sie während des Turniers nicht sofort ausscheiden wollen.«

Fletcher hörte Rori leise fluchen.

»Ein Glückstreffer, nichts weiter!«, schnaubte Raubler und rappelte sich wieder hoch.

Arcturus zwirbelte sich lachend den Schnauzbart. »Ihr seid zu lange nicht mehr an der Front gewesen, Inquisitor. Selbst ein stellvertretender Leutnant weiß, dass man nie angreift, ohne zuerst den Schildzauber anzuwenden. Nur ein Hornochse hält sich nicht daran… Verzeiht das kleine Wortspiel.«

»Wer von uns beiden der Hornochse ist, werden wir ja sehen, wenn mein Minotaurus Euren Canid erst mal an der Kehle hat«, knurrte Raubler und baute sich vor Arcturus auf.

Wie Kampfhunde, die nur noch von ihren Leinen zurückgehalten wurden, funkelten die beiden einander mit unverhohlenem Hass an. Fletcher war sicher, wenn Arcturus und Raubler allein gewesen wären, hätten sie sich an Ort und Stelle duelliert. Ob es nun verboten war oder nicht.

»Der Unterricht ist beendet!«, blaffte Raubler und schritt hocherhobenen Hauptes aus der Beschwörungskammer. »Es wird sowieso keinem von euch gelingen, sich vor dem Turnier einen weiteren Dämon zu fangen. Ich verschwende hier nur meine Zeit!«

Rori grinste zufrieden: Trotz Raublers Bemühungen waren seine blaublütigen Lieblinge nach wie vor weit davon entfernt, sich neue Dämonen zu fangen. Dank des Speichersteins konnten sie zwar gefahrlos den Äther erkunden, doch hatten sie einfach nicht genug Kontrolle über ihre Dämonen. Die Bürgerlichen hingegen konnten ihre Wichtel mittlerweile blind durch den Hinderniskurs steuern, den sie in einer Ecke der Beschwörungskammer aufgebaut hatten. Auch Fletcher war recht geschickt darin, allein sein viel zu kleiner Hellsehstein behinderte ihn. Er fischte ihn aus der Tasche und betrachtete den winzigen Kristall.

»Ihr habt den Inquisitor gehört: raus mit euch!«, rief Arcturus. »Du nicht, Fletcher. Komm her.«

Fletcher trat zögernd nach vorn. Wahrscheinlich würde er jetzt eine ordentliche Standpauke bekommen, weil er zu spät gekommen war.

Doch Arcturus legte ihm lediglich eine Hand auf die Schulter. »Lass mich mal deinen Stein sehen.«

Fletcher gehorchte stumm.

»Damit kannst du das Turnier gar nicht gewinnen. Manche der Prüfungen, die euch gestellt werden, erfordern eine vollkommene Hellsicht. Meinen kann ich dir leider nicht leihen, selbst wenn ich wollte. Ich darf keinen meiner Schüler bevorzugen, außerdem hat Raubler ein zu scharfes Auge auf mich. Du wirst dir etwas einfallen lassen müssen, Fletcher.«

Der Hauptmann gab ihm den Kristall zurück und blickte ihm fest in die Augen. »Das ist der Unterschied zwischen einem guten Krieger und einem sehr guten. Raubler hat hart gekämpft und trotzdem verloren. Kämpfe nicht hart, Fletcher, sondern klug.«

46

DER STAB SAUSTE HERAB, vorbei an Fletchers Deckung, und schlug krachend gegen sein Schlüsselbein.

»Noch mal!«, bellte Caulder, trat mit seiner Holzprothese nach Fletchers Schienbein und führte einen weiteren Schlag gegen seinen Kopf. Diesmal wehrte er den Angriff mit seinem Holzschwert ab und rammte Caulder gleichzeitig das Knie in den Bauch. Der Fechtmeister klappte zusammen und blieb keuchend im Sand der Arena liegen.

»Fletcher!«, rief Sylva von der Seite. »Sei vorsichtig.«

Caulder hob die Hand und stand langsam wieder auf. »Schon in Ordnung, Sylva«, sagte er und rieb sich den Bauch. »Ein Krieger muss jede Lücke in der Deckung des Gegners ausnutzen, denn sein Gegner tut es auch.«

»Hast du den Meister nicht erst vor zehn Minuten mitten ins Gesicht geschlagen?«, gab Fletcher zurück.

»Das war etwas anderes …«, entgegnete Sylva mit einem reumütigen Lächeln.

Ein Schrei ließ Fletcher herumfahren. Othello hatte sich mit bloßen Händen auf Seraph gestürzt, ihre Holzwaffen lagen daneben im Sand.

»Nein, nein und nochmals nein! Ihr sollt die Feinheiten lernen, die richtige Technik, statt blindlings aufeinander loszugehen«, stöhnte Caulder.

Die beiden grinsten verlegen und standen auf. Unter Seraphs linkem Auge bildete sich bereits ein gelber Bluterguss. Othellos Unterlippe war dick und violett wie eine überreife Pflaume.

»Nachdem Uhtred sich schon die Mühe gemacht hat, eigens Trainingswaffen für uns anzufertigen, solltet ihr sie auch benutzen!«, kommentierte Fletcher lachend.

»Die haben wir im Eifer des Gefechts wohl vergessen«, gestand Othello, hob seine hölzerne Axt auf und befreite sie vom Sand. Mit einer gekonnten Bewegung ließ er sie sich einmal in der Luft überschlagen und rammte sie dann in den Boden.

»Nun, ihr seid immerhin um einiges besser geworden, seit wir mit dem Training angefangen haben«, räumte Caulder ein. »Vor allem Sylva und Fletcher können mittlerweile so gut mit dem Schwert umgehen, dass sie für ein paar der Adligen ernst zu nehmende Gegner sein dürften. Um sie zu schlagen, bedarf es allerdings noch weit mehr. Gut ist nicht gut genug.«

Caulder musterte die beiden noch eine Weile, dann humpelte er zum Ausgang. »Das Kampftraining ist für heute zu Ende. Wenn ihr möchtet, könnt ihr aber noch in der Arena bleiben und Zaubersprüche üben. Ich werde euch nicht aufhalten.«

»So viel Lob habe ich noch nie von ihm gehört«, merkte Seraph an, als das Klacken von Caulders Holzbein verhallt war, und hob sein Breitschwert vom Boden auf. »Wir haben noch genug Gelegenheit, um besser zu werden. Wir üben ja erst seit zwei Monaten. Viel mehr Sorgen mache ich mir um die Dämonologie-Prüfung nächste Woche. Nach dem Kampftraining bin ich jedes Mal so müde, dass ich sofort einschlafe, sobald ich ein Buch aufschlage.«

»Wir werden schon zurechtkommen«, widersprach Othello. »Keiner von den Blaublütigen hat die Bibliothek bis jetzt auch nur betreten. Sogar Rori, Genevieve und Atlas sind die meiste Zeit in Corcillum. Wenn wir durchfallen, dann die anderen erst recht.«

»Was haltet ihr davon, Caulders Vorschlag zu befolgen?«, warf Sylva ein und trat in die Arena. »Probier es doch mal mit einem Feuerball, Fletcher. Ich spanne dort drüben einen Schild auf, und du versuchst ihn zu treffen.«

Fletcher schoss das Blut in die Wangen. Er schämte sich zutiefst, weil er immer noch nicht in der Lage war, auch nur einen halbwegs passablen Schild herbeizuzaubern. Er beherrschte Telekinese, konnte Feuer verschießen und sogar Blitze, aber all diese Techniken verbrauchten eine Menge Mana. Außerdem hatte er Probleme, die Energie zu einem Strahl oder auch nur einer Kugel zu formen. Die entsprechende Glyphe aufzuladen und gleichzeitig den Zauberspruch auszuführen war zu viel für seinen armen Kopf. Zwar wurde er allmählich besser, aber bei Weitem nicht so schnell, wie er gehofft hatte.

»Macht ihr nur«, erwiderte er. »Ihr seid sowieso viel besser als ich. Ich werde für mich allein irgendwo am Rand üben, wo ich nicht im Weg stehe…«

»Na schön, wenn du meinst«, sagte Sylva enttäuscht. »Wie wär's zur Abwechslung mal mit einem beweglichen Ziel, Jungs?«, fragte sie die anderen. Die Elfe entsandte ein Wyrrlicht und ließ es im Zickzack durch die Arena sausen.

Othello lachte nur und ätzte eine Feuerglyphe in die Luft. Die Flammen, die daraus züngelten, formte er zu einer Kugel und schoss sie auf die blaue Leuchterscheinung ab. Seraph tat das Gleiche.

Missmutig setzte sich Fletcher auf die Stufen und malte mit dem Finger ebenfalls eine Feuerglyphe. Er hatte so oft geübt, dass es ihm mittlerweile schneller gelang als allen anderen Novizen. Aber das war es dann auch schon. Er ließ etwas Mana hineinströmen und formte die Flammen mit beinahe übermenschlicher Anstrengung zu einem rundlichen Gebilde. Er war selbst überrascht, dass es überhaupt gelang, und feuerte sofort, bevor seine Konzentration wieder nachließ. Die Feuerkugel jagte durch die Luft und streifte das Wyrrlicht, das prompt verlosch.

»Ja!«, jubelte er und sprang auf.

Vom Eingang der Arena drang ein langsames Klatschen an seine Ohren. »Toll, Fletcher, du hast tatsächlich gezaubert«, höhnte Isadora. »Dass es nur ein ganz einfacher Zauber war, der zur Grundausstattung jedes Schlachtmagiers gehört, wollen wir mal beiseitelassen. Deine Eltern werden bestimmt platzen vor Stolz! Ach, da fällt mir ein, du hast ja gar keine…«

Fletcher drehte sich um. Seine Freude war verflogen und in blanke Wut umgeschlagen. Isadora winkte ihm neckisch zu und hüpfte die Stufen in die Arena hinunter. Überrascht sah Fletcher, dass alle sieben anderen Novizen ebenfalls dabei waren.

»Da seht ihr es: Wir hatten recht.« Tarquin deutete anklagend auf Sylva, Othello, Fletcher und Seraph. »Sie trainieren hier in aller Heimlichkeit.«

»Deshalb seid ihr nie im Aufenthaltsraum!«, rief Genevieve entrüstet. »Dabei behauptet ihr immer, ihr wärt in der Bibliothek.«

»Sind wir auch«, beschwichtigte Fletcher. »Wir kommen nur anschließend hierher, um unter Caulders Anleitung mit dem Schwert zu üben. Das hat er uns allen in der ersten Stunde angeboten, schon vergessen?«

»Sieht mir aber nicht nach Schwertunterricht aus«, warf Atlas ein, die Augen immer noch auf die Stelle gerichtet, an der Fletchers Feuerball gerade Sylvas Wyrrlicht ausgelöscht hatte. »Fechtmeister Caulder ist nicht einmal hier.«

»Warum hast du uns nichts davon erzählt?«, stammelte Rori. »Du hast mir nie eine richtige Antwort gegeben, wenn ich dich gefragt habe, was du in letzter Zeit so treibst.«

Fletcher wusste nicht, was er darauf sagen sollte. Es hatte sich falsch angefühlt, den anderen nicht Bescheid zu geben. Andererseits hatte er nicht gewusst, wie er es hätte erklären sollen. Außerdem hatte er befürchtet, dass Tarquin und Isadora davon erfuhren. Nicht, dass es etwas genutzt hätte …

»Warum haben sie es nur vor euch verheimlicht?«, fragte Tarquin mit gespielter Unschuld. »Doch nicht etwa, weil … Nein, so etwas würden sie niemals tun! Oder vielleicht doch?«

Genevieves Unterlippe bebte. »Was meinst du damit?«

»Nun, es tut mir leid, das sagen zu müssen, aber es sieht ganz so aus, als würden sie hier im Geheimen trainieren, um euch im Turnier zu schlagen«, erläuterte Tarquin kopfschüttelnd. »Ich meine, gegen uns haben sie so oder so keine Chance. Aber wenn sie besser abschneiden als ihr, bekommen sie ja vielleicht wenigstens einen Fronteinsatz.«

»Das ist eine gemeine Lüge!«, schrie Fletcher und stürmte auf Tarquin zu. »Wenn du tatsächlich glauben solltest, keiner von uns könnte gegen dich gewinnen, bist du noch eingebildeter, als ich dachte.«

»Warum finden wir es nicht jetzt gleich heraus?« Tarquin neigte den Kopf und kam Fletcher so nahe, dass sich ihre Nasenspitzen beinahe berührten. »Schließlich befinden wir uns hier in einer Arena, und die Zuschauer sind auch schon da. Was ist?«

Fletchers Hände zitterten vor Wut.

»Die *Zeugen*, meinst du wohl eher«, mischte sich Sylva ein und schob sich zwischen die beiden. »Damit sie danach sagen können, sie hätten gesehen, wie Fletcher sich mit dir duelliert hat, und er von der Akademie geworfen wird. Ist es dir wirklich so egal, dass du ebenfalls fliegen wirst?«

»Das würde Scipio niemals wagen«, fauchte Tarquin giftig. »Eine leere Drohung, mehr nicht. Mein Vater ist der beste Freund des Königs, es würde nie so weit kommen. Aber bei einem Bastard wie Fletcher …«

Fletcher hatte genug gehört. Er würde Tarquin nicht den Gefallen tun, auf den Trick hereinzufallen. »Du wirst dein Duell schon noch bekommen, nämlich in dem Augenblick, wenn alle zusehen, wie ich dich besiege. Dann wird sich zeigen, wer von uns der bessere Bändiger ist.«

Tarquin lächelte nur und blies Fletcher seinen heißen Atem ins Gesicht. »Ich freu mich schon darauf.« Dann stolzierte er davon, der Rest der Blaublütigen folgte ihm.

Rori zögerte noch unentschlossen, da legte ihm Atlas eine Hand auf die Schulter. »Wir haben sie auf frischer Tat ertappt, Rori. Wir hätten gleich wissen sollen, dass man einem Möchtegern-Adligen, einem Bastard, einer Elfe und einem Wicht nicht trauen kann. Solche Freunde brauchen wir nicht.«

Fletcher war fassungslos über Atlas' Worte. Dann fiel ihm auf, dass er Seraph soeben einen Möchtegern-Adligen genannt hatte. Also musste er ihre Unterhaltung mit angehört haben.

»Du hast gelauscht, Atlas«, knurrte er. »Es war ein Gespräch unter vier Augen.«

»Und ob ich gelauscht habe. Und mir ist während der letzten Wochen auch noch so einiges andere zu Ohren gekommen. Wer, glaubst du, hat Tarquin und Isadora von euren heimlichen Aktivitäten erzählt?«

»Du Spitzel!«, rief Seraph und trat wütend in den Sand. »Welche Belohnung hat er dir versprochen?«

»Einen Offiziersposten bei den Forsys-Furien, wenn ich mich für die richtige Seite entscheide. Und ihr beide solltet das Gleiche tun«, fügte er, an Rori und Genevieve gewandt, hinzu.

»Aber … ihr glaubt diesen beiden Schlangen doch nicht etwa?«, rief Fletcher beschwörend. »Sie haben schon gelogen, und euch werden sie genauso belügen. Bitte!«

Aber es war zu spät. Einer nach dem anderen drehten sie Fletcher den Rücken zu und verließen die Arena.

47

SCHWEISS TROPFTE VON SEINER STIRN, während er die Schildglyphe in die Luft ätzte und fixierte. Dann ließ Fletcher seinen Finger kreisen und beobachtete, wie sie jeder seiner Bewegungen genau folgte.

»Gut. Und jetzt zum schwierigen Teil«, hallte Sylvas Stimme durch die leere Arena. Seraph, der sein Training für heute bereits beendet hatte, sah von der Seite aus zu.

Fletcher glaubte, sein Kopf werde platzen, als er versuchte, den Manastrom gleichzeitig in die Glyphe hinein- und durch sie hindurchzuleiten. Schließlich schwebte ein schimmerndes Gebilde aus weißem Licht vor ihm.

»Das reicht. Jetzt forme es.«

Die endlosen Stunden, die sie mit Wyrrlicht geübt hatten, machten sich nun bezahlt: Mit Leichtigkeit spannte Fletcher die Erscheinung zu einem ovalen Schild auf. Der Schild war zwar dünn und würde bereits nach wenigen Schwerttreffern bersten, aber in jedem Fall war es besser als nichts.

Fletcher saugte den Schild zurück in seinen Finger und spürte, wie sein Körper sich sogleich wieder mit Mana auflud. So wenige Stunden vor dem Turnier durfte er seine Reserven auf keinen Fall vergeuden.

»Gut gemacht, Fletcher! Es gelingt bei fast jedem Versuch. Damit bist du schon besser als einige der Zweitklässler«, sagte Sylva aufmunternd.

»Wie ich beim Turnier abschneide, ist mir egal«, erwiderte er. »Das einzig Wichtige ist, dass ich Tarquin und Isadora schlage. Sie brauchen nur wenige Sekunden, um einen Schild aufzuspannen, der doppelt so dick ist wie meiner. Bei den Angriffszaubern ist es genauso. Was vor allem zählt, sind Beständigkeit, Schnelligkeit und Kraft, wie Arcturus gesagt hat. In allen drei Punkten sind sie besser als ich.«

Sylva lächelte mitfühlend und drückte seine Schulter. »Wenn du gegen sie antreten musst, werden sie eine Menge Mana verbrauchen, um dich zu schlagen. Seraph, Othello und ich haben dann umso bessere Chancen. Nach all dem Training sind wir genauso gut wie sie, und ohne deine Hilfe hätten wir das nie geschafft. Vor allem, was den Schwertkampf betrifft. Selbst Malik sagt, dass du hervorragend mit dem Schwert umgehen kannst, und die Saladins gelten als die besten Fechter im ganzen Land!«

Fletcher lächelte matt, dann setzte er sich zu Seraph. Es war schon beinahe Mitternacht, aber Othello hatte sie gebeten, hier in der Arena noch auf ihn zu warten. Vor wenigen Stunden war er verschwunden, weil er etwas in Corcillum erledigen musste, wie er geheimnisvoll gesagt hatte.

Die vergangenen Monate waren unglaublich anstrengend gewesen, entweder hatten sie trainiert oder gelernt. Die Dämonologie-Prüfung hatten sie bereits hinter sich und mit Bravour bestanden. Fletchers Handgelenk schmerzte immer noch – ob vom Kampftraining oder dem stundenlangen Schreiben während der schriftlichen Prüfungen, konnte er nicht sagen.

Das allein wäre gar nicht schlimm gewesen, aber die Kälte, mit der Rori, Genevieve und Atlas ihm und den anderen trotz aller Versöhnungsversuche begegneten, machte ihm zu schaffen. Ihre drei ehemaligen Freunde waren immer noch aufgebracht. Sie setzten sich beim Frühstück an einen anderen Tisch und gingen ihm auch sonst aus dem Weg, wo sie nur konnten.

»Ah, sie sind tatsächlich noch da«, schallte Othellos Stimme vom Eingang herüber. »Wir haben Besuch! Wollt ihr nicht herkommen und ein paar alte Freunde willkommen heißen?«

Fletcher drehte den Kopf und sah Othello mit Athol und Atilla hereinkommen. Athol schloss ihn sogleich in eine herzliche Umarmung und hob ihn mit seinen starken Armen in die Höhe, als sei er ein Kind. »Ich dachte, Othello wollte meine Bestellung erst morgen ausliefern!«, rief Fletcher lachend.

Atilla stand ein Stück abseits. Er lächelte verhalten und nickte Fletcher höflich zu.

»Guten Freunden überbringen wir die Ware immer persönlich«, tönte Athol und stellte Fletcher wieder ab. »Atilla hat Tag und Nacht daran gearbeitet. Seine Schusswunde ist mittlerweile zugeheilt. Er ließ es sich nicht nehmen, ebenfalls mitzukommen.«

»Ganz richtig, es war zwar eine komplizierte Aufgabe, hat aber Spaß gemacht«, bestätigte Atilla und hielt das Werkstück ans Licht.

Die Idee war Fletcher nach dem Gespräch mit Arcturus gekommen. Sein Hellsehstein war so klein, dass er darin nur etwas erkennen konnte, wenn er ihn sich direkt vors Auge hielt. Also dachte er sich, warum ihn nicht gleich dort fixieren, so wie Arcturus' Augenklappe? Der zusätzliche Vorteil eines solchen Augenglases wäre, dass er dann beide Hände frei hätte.

»Ich dachte, ein Monokel wird dir nicht viel nützen. Während eines Kampfes würde es sofort verrutschen«, erklärte Atilla. »Also habe ich mir etwas anderes einfallen lassen und den Kristall so weit heruntergeschliffen, bis er durchsichtig war, ihn in Silber gefasst und die Fassung an einem Stirnband befestigt. Probier es aus.«

Der Lederriemen schmiegte sich wunderbar an Fletchers Kopf, und der Hellsehstein saß genau vor seinem linken Auge. Das Bild darin war erstaunlich scharf und nur leicht ins Violette verfärbt.

»Hervorragend, tausend Dank, Atilla!«, rief Fletcher überglücklich. Mit dieser Vorrichtung würde er alles exakt aus Ignatius' Perspektive sehen und musste dabei nicht einmal den Kristall festhalten.

»Kann ich auch so ein Stirnband haben?«, fragte Seraph etwas neidisch. »Auf die Idee wäre ich nie gekommen.«

»Zu spät«, erwiderte Atilla. Er zupfte sich geschmeichelt am Bart. »Aber wenn du mir deinen Kristall und genügend Geld gibst, fange ich sofort damit an.«

»Hmm, ich fürchte, ich brauche ihn schon morgen. Aber ich komme auf dein Angebot zurück.« Seraph zog seinen eigenen Hellsehstein hervor und beäugte ihn missmutig.

»Wirklich beeindruckend«, sagte Sylva und ging gähnend zum Ausgang. »Das Turnier beginnt bald, und da muss ich ausgeschlafen sein. Kommst du mit, Seraph?«

»Klar, ich brauche schließlich meinen Schönheitsschlaf, wenn ich morgen Isadoras Herz gewinnen will«, witzelte er und zwinkerte Fletcher zum Abschied zu. »Angenehme Nacht allerseits.«

Nachdem ihre Schritte auf dem Flur verhallt waren, räusperte sich Athol. »Gut. Es gäbe da noch einen weiteren Punkt, Othello«, begann er vorsichtig. »Atilla hat sich eine neue Tätowierung machen lassen, um die Narbe an seinem Bein zu verdecken. Ich weiß, du hasst es, aber ich habe meine Ausrüstung mitgebracht, um auch dir eine zu stechen, wenn du willst. Nach dem vereitelten Überfall sind die Pinkertons brutaler denn je.«

Othello stöhnte nur, als Athol mehrere dicke Nadeln und ein schwarzes Tintenfässchen aus seinem Beutel zog. »Nein! Diesmal nicht. Weil ich ständig den Kopf für ihn hinhalte, kann Atilla tun und lassen, was er will, ohne die Konsequenzen tragen zu müssen. Damit soll jetzt Schluss sein. Die Nacht, in der er nur knapp am Tod vorbeigeschrammt ist, hat ihn wahrscheinlich mehr über das Leben gelehrt als die ganzen fünfzehn Jahre davor. Ist es nicht so, Atilla?«, fragte Othello und deutete mit dem Kinn auf Fletcher.

»Ich habe mich getäuscht, was die Menschen betrifft«, murmelte Atilla mit gesenktem Blick. »Das ändert zwar nichts an dem, was sie uns in der Vergangenheit angetan haben, aber ich habe gemerkt, dass ich nicht die Menschen hasse, sondern das System, in dem wir leben.«

»Und wenn wir dieses System ändern wollen, können wir das nur von innen heraus tun.« Othello fasste seinen Bruder an den Schultern. »Schreibst du dich nächstes Jahr an der Dämonenakademie ein? Ich brauch dich hier.«

Atilla blickte auf. Wilde Entschlossenheit stand in seinen Augen. »Ja, das werde ich.«

Othello lachte erleichtert und schlug seinem Bruder auf den Rücken. »Wunderbar! Komm, ich zeig dir mein Zimmer. Schaffst du die Treppen mit deinem Bein?«

Er fasste Atilla um die Hüfte, um ihn auf den Stufen zu stützen, dann verließen sie ausgelassen plaudernd die Arena.

Fletcher war nun allein mit Athol. »Wie schnell sich die Dinge ändern können«, murmelte er.

»Allerdings!«, bestätigte Athol und wischte sich eine Träne aus dem Auge. »Es tut unglaublich gut, sie wieder vereint zu sehen. Als Kinder waren sie unzertrennlich und haben ständig Streiche ausgeheckt.«

Fletcher nickte. »Atilla trägt das Herz am rechten Fleck.« Er musste an die Forsys denken und daran, wie sehr er sie hasste. »Ich weiß nicht, ob ich genauso versöhnlich sein könnte wie er.«

Seufzend setzte sich der Zwerg und hielt seine Tätowiernadeln ans Licht. »Versöhnlichkeit ist nicht gerade die Stärke von uns Zwergen. Wir können stur sein wie die Maulesel, ich selbst eingeschlossen. Ich erinnere mich noch gut, wie Othello mir erzählte, dass er sich von den Inquisitoren testen lassen wollte. Ich habe ihm vorgeworfen, er würde sich auf die Seite des Feindes schlagen. Weißt du, was er darauf gesagt hat?«

»Nein, was denn?«

»Er sagte: ›Dein schlimmster Feind kann gleichzeitig dein bester Lehrer sein.‹ Der Bursche ist unendlich viel weiser, als seine Jugend es vermuten lässt.«

Fletcher dachte über Othellos Ausspruch nach und merkte einmal mehr, wie sehr er ihn bewunderte. Die Dame Ferrhaven hat etwas ganz Ähnliches gesagt: Kenne deinen Feind. Aber was sollte Fletcher von den Forsys lernen, oder von Didric? Wenn er James Bakers Tagebuch hätte, könnte er vielleicht etwas von den Orks lernen. Ärgerlicherweise lag es immer noch in der Druckerei. Die Druckplatten für die detaillierten Zeichnungen anzufertigen dauerte offenbar länger als erwartet. Bakers Buch beschäftigte sich zwar hauptsächlich mit den Dämonen, die auf der Orkseite des Äthers lebten, aber wer konnte schon sagen, wie viele nützliche Einzelheiten vielleicht sonst noch darin steckten?

»Du hättest nicht zufällig gern auch eine Tätowierung?«, fragte Athol halb im Scherz. »Du hast Othellos Rücken ja gesehen und weißt, dass ich mein Handwerk verstehe.«

»Nein danke, das ist nicht mein Stil«, entgegnete Fletcher lachend.

»Ist nicht böse gemeint, aber ich finde Tätowierungen unzivilisiert. Ich hab sogar einen Ork mit einer gesehen …«

Fletcher verstummte wie vom Donner gerührt. Vor seinem inneren Auge spielte sich noch einmal die Szene ab, wie der Albino die Hand mit dem Pentagramm darauf hob. Konnte es wirklich so einfach sein?

»Du hast einen Ork mit einer Tätowierung gesehen?«, wiederholte Athol verdutzt. Fletchers plötzliches Schweigen verwirrte ihn.

»Ja, in einem Traum …« Fletcher betrachtete seine linke Handfläche. Sein Herz pochte wie wild, dann zog er seinen Chepesch und zeichnete mit der Spitze eine Hand in den Sand.

»Ich hoffe, du bist so gut, wie du sagst, Athol«, erklärte er. »Die Tätowierung muss absolut makellos sein.«

48

IN DER ARENA WAR ES DRÜCKEND HEISS. Die Fackeln, die Caulder an den Wänden befestigt hatte, machten es nur noch schlimmer. Der Sand, in dem die Novizen standen, sah im flackernden Licht aus, als bewege er sich.

»Sind wir wirklich nur vierundzwanzig? Ich dachte, wir wären mehr«, flüsterte Seraph.

»Nein. Zwölf Erstklässler und zwölf Zweitklässler, mit jeweils genauso vielen Adligen wie Bürgerlichen«, antwortete Fletcher mit gepresster Stimme.

Ihm war nicht nach Reden zumute. Seine linke Hand schmerzte bei jedem Pulsschlag. Das Tätowieren in der Nacht zuvor war nicht gerade angenehm gewesen, und Fletcher hatte noch keine Gelegenheit gehabt, seine Theorie zu überprüfen. Atilla hatte ihm geraten, seiner Handfläche so viel Zeit zum Heilen zu geben wie möglich, bevor er sie benutzte.

»Augen nach vorn!«, bellte Caulder. Er hatte sich hinter den Novizen aufgestellt, die nun alle erschrocken zusammenzuckten. »Erweist den Generälen Hominums euren Respekt.«

Der Durchgang zur Arena verdunkelte sich leicht, und Fletcher streckte die Brust vor. Als Erstes kamen die Generäle in ihren prächtigen blauen Samtuniformen. Die Ärmel und Schulterklappen waren mit goldenen Stickereien verziert. Auf der Brust prangten zahllose Orden und Anstecknadeln, ihre Zweispitze hielten die Generäle unter den Arm geklemmt, während sie steifbeinig die Stufen hinabschritten. Sie sahen wie hartgesottene, von der Erfahrung auf dem Schlachtfeld gezeichnete Männer aus. Stumm ließen sie den strengen Blick über die versammelten Kadetten schweifen wie über Vieh auf einem Markt.

»Wer es schafft, sie zu beeindrucken, dem bieten sie gleich nach dem Turnier einen Offiziersposten an«, sagte Seraph aus dem Mundwinkel. »Der Sold im königlichen Heer ist zwar nicht so hoch, aber man wird schneller befördert als in den Bataillonen der Adligen, weil die Sterblichkeitsrate so hoch ist. Die Fußstapfen der Toten müssen möglichst schnell wieder aufgefüllt werden, sozusagen.«

»Ruhe im Glied!«, fauchte Caulder, humpelte nach vorn und baute sich vor den Kadetten auf. »Stillgestanden. Wenn sich einer von euch auch nur einen Millimeter rührt, wird er es sofort bereuen!«

Aber Fletcher hörte gar nicht zu. Ein Mann hatte die Arena betreten, der ihn unverwandt anstarrte. Die Familienähnlichkeit war unverkennbar: Zacharias Forsys.

Zacharias sah ganz anders aus, als Fletcher ihn sich vorgestellt hatte. In seinem Geist hatte er einen Mann mit eiskalten Augen und dem Gesicht einer Schlange gesehen, doch der echte Zacharias war ein hochgewachsener, muskulöser Mann mit einem selbstbewussten Lächeln. Eines seiner Ohren war halb abgeschnitten. Endlich wanderte sein Blick von Fletcher weiter zu Tarquin und Isadora, die Seite an Seite standen.

»Seid nicht so hart mit den Kadetten, Caulder, sie sollen sich rühren. Fürs Zeremoniell bleibt später noch genug Zeit«, sagte Zacharias mit tiefer, freundlicher Stimme. Er ging zu seinen Kindern und umarmte sie, zerzauste Tarquins Haar und hauchte Isadora einen Kuss auf die Wange.

Fletcher sah verwundert zu. Für ihn fühlte es sich seltsam an, dass jemand die beiden tatsächlich mochte, selbst wenn es ihr eigener Vater war.

»Wer ist dieser prächtige junge Bursche?«, polterte Zacharias. Er stellte sich vor Fletcher hin und musterte ihn von oben bis unten. Das struppige schwarze Haar und der Chepesch an Fletchers Gürtel schienen seine ganz besondere Aufmerksamkeit zu erregen.

»Das ist der Bastard, Vater. Der mit dem Salamander«, erklärte Tarquin affektiert und warf Fletcher einen verächtlichen Blick zu.

»Tatsächlich?« Zacharias blickte Fletcher tief in die Augen. Er lächelte zwar immer noch, doch Fletcher entdeckte auch etwas Dunkles, Hässliches in seinem Blick, das ihn erschauern ließ. »Dürfte interessant werden zu sehen, was dein Dämon in der Arena auszurichten vermag. Wahrscheinlich könnte er einem ausgewachsenen Mann übel die Schulter verbrennen, wenn er wollte«, sagte er mit undurchdringlicher Miene.

Fletcher ließ sich nicht einschüchtern. »Richtig, und er hat es bereits getan«, erwiderte er mit hocherhobenem Kinn. »Vielleicht bietet sich ja bald Gelegenheit, Euch eine Kostprobe zu geben.«

Zacharias' Mundwinkel zuckten kurz, dann legte er Fletcher eine Hand auf die Schulter und deutete auf die Zuschauerränge, die sich mit den Vertretern der verschiedenen Adelsbataillone füllten, alle in der Uniform ihrer jeweiligen Einheit. Einige waren wie Zacharias in die Arena hinuntergekommen, umarmten ihre Kinder und unterhielten sich laut mit ihnen – sehr zu Caulders Verdruss.

»Ist es nicht schön, dass auch Angehörige deiner Familie hier sind? Warum winkst du deinem Vater nicht zu?«

Fletcher erstarrte. War Berdon tatsächlich hier? Unmöglich! Erst jetzt sah er das ältliche Paar, auf das Zacharias gedeutet hatte. Beide schauten Fletcher mit hasserfülltem Blick an.

»Ich war so frei, den Faverhams von deinen Erbansprüchen zu berichten«, erklärte Zacharias mit blitzenden Augen. »Selbst der König zeigt ein persönliches Interesse an deinem Fall. Immerhin hast du den Grafen Faverham der fortgesetzten Untreue gegenüber seiner Cousine beschuldigt, und das so viele Jahre nach all dem Ärger mit Arcturus und den anderen Bastarden.«

»Ich habe gar niemanden beschuldigt!«, schäumte Fletcher. »Ich würde nie im Leben …!«

»Ich habe sie eingeladen, damit sie dich mit eigenen Augen sehen. Ich hoffe, das macht dir nichts aus. Arcturus ist nicht hier, wie es die Übereinkunft mit unserem alten König Alfric verlangt. Nicht dass er am Ende noch seinem Vater und seiner Stiefmutter begegnet. Inquisitor Raubler hat somit die alleinige Leitung des Turniers inne. Er ist ein alter Freund unserer Familie, wie du ganz bestimmt weißt. Ich bin sicher, er hat die größten Anstrengungen unternommen, um den Wettkampf so fair wie möglich zu machen«, fügte Zacharias zwinkernd hinzu. Dann verließ er die Arena und setzte sich zu den anderen Adligen, allerdings nicht, ohne unterwegs noch Sylva und Othello ein raubtierhaftes Grinsen zuzuwerfen.

Fletcher bebte vor Wut. Trotz des Schmerzes in seiner linken Hand ballte er die Fäuste.

»Lass dich von ihm nicht aus der Fassung bringen«, flüsterte Seraph. »Bald werden wir ihm zeigen, wie wir seine Kinder fertigmachen.«

»Setzt Euch, setzt Euch!«, tönte Scipio und schritt, gefolgt von einem höhnisch lächelnden Raubler, in die Arena hinunter. Der Vorsteher nickte den Generälen und Adligen zu. Nachdem alle Platz genommen hatten, senkte sich Stille über den Raum.

»Ein neues Jahr beginnt, mit neuen Kadetten, die ihre Fähigkeiten in der Arena messen werden«, sprach Scipio weiter. Er strahlte die Novizen an und breitete die Arme aus. »Trotzdem ist in diesem Jahr vieles anders. Normalerweise hätten wir etwa ein Dutzend Kandidaten, die im Eliminationsmodus einen Sieger ermitteln. Diesmal bekommen auch die Erst- und Zweitklässler Gelegenheit, sich unter Beweis zu stellen, womit wir insgesamt vierundzwanzig Kandidaten haben. Hiermit gebe ich euch vertrauensvoll in die Hände von Inquisitor Raubler, der euch die neuen Regeln erklären wird.«

Damit war Scipios Aufgabe erledigt, und er setzte sich in die erste Reihe.

»Danke, Vorsteher. Ich möchte die Gelegenheit ergreifen und Euch allen für Euer Kommen danken. Ich weiß, Eure Zeit ist kostbar. Jede Minute, die Ihr nicht an der Front seid, ist eine Minute, in der Eure Soldaten ohne Eure hervorragende Führung zurechtkommen müssen. Um die Dinge zu beschleunigen, habe ich beschlossen, in der ersten Runde jeweils drei Kandidaten gegeneinander antreten zu lassen, von denen nur einer in die nächste vorrückt. Es handelt sich also um kein klassisches Duell, aber mehr dazu später.«

Neugieriges Geflüster wurde laut, ein paar der Zuschauer murrten. Raubler wartete, bis wieder Ruhe einkehrte.

»Die zweite Runde wird im Kampf eins gegen eins ausgetragen, jedoch ohne Zauber und Dämonen. Wie sich in der Vergangenheit gezeigt hat, kam es während des Turniers selten zu echten Kämpfen Mann gegen Mann. Die Kandidaten versuchten vielmehr, den Gegner aus der Ferne mit Zauberformeln auszuschalten, oder sie überließen ihren Dämonen das Kämpfen. In meinen Augen ist es eine Schande, Euren Kindern die Früchte des jahrelangen Schwerttrainings zu verwehren, das sie genossen haben, bevor sie an die Akademie kamen. Daher ist die zweite Runde voll und ganz dieser wichtigen Fertigkeit gewidmet.«

Die Blaublütigen nickten zufrieden. Die Generäle schienen jedoch weniger glücklich mit dem neuen Modus und schauten einander fragend an. Viele schürzten die Lippen.

»Dem muss ich widersprechen«, sagte einer von ihnen, direkt an Scipio gewandt. »Die Sprösslinge der Adelsschicht werden aufgrund ihrer Vorerfahrung über die Maßen bevorteilt. Wir würden lieber einen fairen Wettkampf sehen, bei dem alle die gleichen Chancen haben.«

»Ihr wollt also, dass ich ihnen Beschränkungen auferlege, nur weil sie besser vorbereitet sind?«, fragte Raubler sarkastisch. »Sie wurden doch ganz genauso in der Zauberkunst unterwiesen, bevor sie hierherkamen. Was ist damit? Soll ich das Turnier Eurer Meinung nach auf eine schriftliche Prüfung in Dämonologie beschränken, um die Fairness zu wahren?«

Scipio erhob sich und richtete das Wort an den General. »Ich fürchte, ich muss Inquisitor Raubler zustimmen. Auch ich hatte am Anfang Bedenken, bis ich mich daran erinnerte, was die Kadetten auf dem Schlachtfeld erwartet. Auch der Krieg ist ungerecht: Die Schwachen sterben, und die Starken überleben. Je besser der Wettkampfmodus eine solche Tatsache widerspiegelt, desto näher kommt dieses Turnier der Realität.«

»Außerdem habe ich dafür gesorgt, dass automatisch genauso viele Adlige wie Bürgerliche in die zweite Runde vorrücken«, meldete sich Raubler wieder zu Wort. »In der ersten kämpfen Bürgerliche gegen Bürgerliche und Adlige gegen Adlige. Die beiden Gruppen werden nicht gemischt. Stellt Euch das zufrieden?«

»Das tut es, Inquisitor. Danke.« Der General setzte sich wieder, doch in seiner Miene blieb ein gewisser Zweifel.

»Gut. Die Runden drei und vier werden als klassische Duelle ausgetragen, sodass es hier wohl keine Bedenken geben dürfte. Nun muss die Arena für die erste Runde vorbereitet werden.« Raubler rieb sich grinsend die Hände. »Fechtmeister Caulder, jetzt bringt die Kadetten in ihre Zellen!«

49

FLETCHER SASS IM DUNKELN in seiner Kerkerzelle, sein Herz flatterte wie ein eingesperrter Vogel. Er hatte gehofft, beim Turnier zusehen zu können, aber das war gegen die Regeln. Er hatte das Gefühl, als harrte er schon stundenlang hier aus. Diese Anspannung war die reinste Folter.

Er starrte seine Hand an und fuhr die schwarzen Linien nach, die Athol am Vorabend gestochen hatte. Sie stellten einen Kreis mit einem fünfzackigen Stern darin dar: das Pentagramm. Wenn alles so lief wie geplant, konnte er Ignatius nun mit einem bloßen Fingerzeig herbeirufen und wieder in sich aufnehmen – das Beschwörungsleder war überflüssig. Ob ihm das im Kampf allerdings tatsächlich etwas nützen würde, wusste er nicht. Der linke Zeigefinger war kahl, damit er ihn wie gewohnt zum Luftätzen für andere Zauber verwenden konnte. Auf die Kuppen der restlichen Finger hatte er sich von Athol die Symbole für den Telekinese-, Feuer-, Blitz- und Schildzauber tätowieren lassen. Mit etwas Glück konnte er sein Mana nun einfach durch sie hindurchleiten, ohne zuvor die Glyphe malen zu müssen.

Ein Summen ließ ihn zusammenzucken. Es war Valens, der durch das Gitterfenster geflogen kam und sich auf Fletchers Schoß setzte.

»Kommt Ihr, um zuzusehen, Hauptfrau Lovett?«, fragte er und streichelte den glatten Rückenpanzer des Kerf.

Valens wackelte fröhlich summend mit den Fühlern, und Fletcher fühlte sich tatsächlich gleich ein wenig besser. »Es würde mich freuen, wenn Ihr dabei seid. Es wäre schön, wenn mich jemand anfeuern würde. Oder ansummen.«

Als Schritte über den Flur hallten, flog Valens sofort auf und versteckte sich in einer dunklen Ecke.

»Fletcher!« Es war Caulder, der durch die Gitterstäbe hereinspähte. »Du bist dran.«

Fletcher stand mit dem Rücken zu den Zuschauern auf einem hölzernen Podest am Rand der Arena. Vor ihm lag ein großes Beschwörungsleder ausgebreitet. Rori und eine Zweitklässlerin namens Ambra standen links und rechts von ihm auf einem ebensolchen Podest. Er spürte die Blicke der Faverhams so deutlich in seinem Rücken, dass es ihm die Nackenhaare aufstellte. Rori funkelte ihn düster an, als hätte die neuerliche Begegnung in der Arena die Wunde von Fletchers angeblichem Verrat wieder aufgerissen. Fletcher schüttelte nur den Kopf und zwang sich, sich auf die bevorstehende Aufgabe zu konzentrieren.

Auf dem Kampfplatz lagen nun große, rötliche Steinbrocken verstreut, als wäre dort während ihrer Abwesenheit ein gigantischer Felsbrocken zertrümmert worden. In der Mitte ragte eine Säule auf, gut und gerne zehn Meter hoch. Eine hölzerne Rampe, breit genug für ein Pferd, wand sich darum herum bis ganz nach oben.

Fletcher hörte ein leises Zirpen über seinem Kopf und blickte auf: Valens war gerade über ihn hinweggeflogen und suchte sich nun ein Plätzchen oben an der Decke. Fletcher musste lächeln: Damit hatte Lovett den besten Ausblick von allen.

»Die Regeln dieser Prüfung sind einfach«, erklärte Raubler von der Seitenlinie aus. »Der Dämon, dem es gelingt, die Spitze der Säule zu erreichen und dort zehn Sekunden lang zu bleiben, gewinnt. Es ist lediglich der Telekinesezauber erlaubt, um die Dämonen eurer Mitbewerber aufzuhalten. Die Kadetten selbst dürfen nicht angegriffen werden, und keiner der Kadetten darf sein Podest verlassen. Tut er es doch, wird er disqualifiziert. Beginnt!«

Fletcher kniete sich hin, legte eine Hand auf das Leder und beschwor Ignatius. Als der Dämon erschien, fuhr er ihm kurz mit seinem Hellsehstein über den Rücken. Der Salamander zwitscherte aufgeregt und sprang sofort in die Arena hinunter.

Ambra hatte einen Würger herbeigerufen, Malachi flog bereits in Richtung der Säule. Raubler hatte Fletchers Gegner gut ausgesucht: fliegende Dämonen, der eine klein und schwer zu treffen, der andere groß und einem Salamander an Kraft weit überlegen. Die Runde würde nicht leicht werden.

Fletcher hob den Arm und deutete mit einem tätowierten Finger auf Malachi. »Ich hoffe nur, es klappt«, flüsterte er und beschwor sein Mana.

Ein Flimmern zuckte durch die Luft, da wurde der Kerf herumgewirbelt und plumpste flatternd in den Sand. Es funktionierte!

»Jetzt, Ignatius!«

Der Salamander rannte im Zickzack los, während Rori und Ambra aus allen Rohren auf ihn feuerten. Sand spritzte auf, getroffene Steinbrocken zerbarsten zu noch kleineren, messerscharfen Bruchstücken, aber Ignatius blieb unversehrt. Gerade als er zum Sprung auf die Rampe ansetzte, erwischte ihn einer von Roris Telekinese-Impulsen mit voller Wucht. Ignatius wurde wie von einer unsichtbaren Faust gepackt und hinter einen Brocken auf der abgewandten Seite der Säule geschleudert.

Fletcher spürte einen dumpfen Schmerz, wusste aber, dass sein Salamander nicht ernsthaft verletzt war.

Unterdessen zog es der Würger vor, hinter den Steinen in Deckung zu gehen, statt sich wie seine beiden Vorgänger vom Himmel schießen zu lassen. Fletcher nutzte die Gelegenheit, sich sein Stirnband aufzusetzen, bevor Malachi zum nächsten Versuch ansetzte.

Das Bild in dem Hellsehstein sagte ihm, dass sich Ignatius nicht weit von der Säule entfernt befand. Dennoch: Wenn er einfach losrannte, wäre er wieder im freien Schussfeld der anderen. Außerdem bezweifelte Fletcher, dass er sich lange genug auf der Spitze würde halten können, wenn er es überhaupt bis dorthin schaffte.

»Wir müssen die anderen Dämonen ausschalten, bevor sie einfach auf die Säule fliegen«, flüsterte Fletcher seinem Salamander zu. Ignatius hörte ihn und sprang sogleich knurrend hinter den nächsten Felsen, um von dort Ausschau nach seinen Gegnern zu halten, während Fletcher vom Podest aus dasselbe tat.

Rori und Ambra hatten ihre Hellsehsteine ebenfalls hervorgeholt. Ihr Blick sprang ständig zwischen dem Kristall und der Arena hin und her. Fletcher grinste, glücklich darüber, wie gut sich seine Idee umsetzen ließ: Er konnte beides gleichzeitig im Blick behalten, mit dem linken Auge das Gesichtsfeld seines Dämons, mit dem rechten die Szene unmittelbar vor ihm.

Ignatius hielt ruckartig inne. Der Würger hatte sich unter den Überhang eines großen Felsstücks vor ihm geduckt. Für einen Würger war der Dämon noch sehr klein, vielleicht so groß wie ein Kondor. Doch er war kräftig gebaut, hatte ein schimmerndes Gefieder und mächtige Klauen. Ignatius konnte es mit ihm aufnehmen.

Fletcher spürte das Mana in seinen Adern pulsieren. »Feuer«, flüsterte er.

Der Würger wurde von einem Flammenschwall umhüllt und schlug rücklings gegen den Stein, unter dem er sich versteckt hatte. Er krächzte und schlug jetzt wild mit den Flügeln, doch Fletcher schleuderte ihn mit Telekinese zu Boden, bevor er sich in die Luft erheben konnte.

»Das nenne ich einen saftigen Truthahnbraten!«, rief Scipio über den Jubel und die Buhrufe der Zuschauer hinweg.

Wie ein wild gewordener Skorpion stürzte sich Ignatius mit Krallen und Schwanzstachel auf den Würger, der mit rauchendem Gefieder am Boden lag. Der Würger wehrte sich nach Leibeskräften und erwischte Ignatius mit einem Klauenhieb an der Seite. Ignatius quiekte vor Schmerz, dann richtete er sich auf, um seinen Kontrahenten nochmals mit Feuer zu übergießen.

»Nein!«, kreischte Ambra und sprang von ihrem Podest herunter. Ignatius hielt irritiert inne.

»Tu ihm nichts!«, wimmerte sie und warf sich schützend über ihren Dämon.

»Das reicht, Ignatius. Sie sind ausgeschieden!«, rief Fletcher.

Aber Fletcher war nicht der Einzige, der vor Aufregung schrie – die Menge in seinem Rücken tobte. Erst jetzt sah er, dass Malachi inzwischen die Spitze der Säule erreicht hatte und auf der abgewandten Seite über den Rand nach unten lugte.

Ignatius war bereits auf dem Weg, würde es aber nicht mehr rechtzeitig schaffen. Fletcher schleuderte einen Telekinese-Impuls, der allerdings nicht mehr bewirkte, als ein kleines Stück aus der Säule zu sprengen. Malachi war ihm toten Winkel. Von seinem Podest aus konnte Fletcher ihn gar nicht erwischen.

»Zehn, neun, acht ...«, zählte Raubler herunter.

Fletcher biss die Zähne zusammen. Er musste zu drastischeren Maßnahmen greifen. Die nächste Kugel kinetischer Energie ließ er auf die Größe einer Grapefruit anschwellen und pumpte sie randvoll mit Mana.

»Sieben, sechs, fünf ...«, zählte Raubler hämisch weiter.

Fletcher hob die immer noch anschwellende Kugel über den Kopf. Die Luft über ihm flimmerte und zitterte. Er zögerte, peilte die Stelle an, an der sich der verdeckte Malachi befinden musste.

»Vier, drei, zwei ...« Raubler sprach jetzt immer schneller, denn er ahnte, was Fletcher vorhatte.

Fletcher holte aus und warf mit aller Kraft. Die Spitze der Säule zerbarst wie eine Porzellanvase. Malachi wurde inmitten einer Wolke aus Splittern und Staub durch die Luft geschleudert.

»Neeiiin!« Rori sprang in den Sand hinunter und hob den rücklings am Boden liegenden Malachi auf die Arme. Der Kerf zuckte und zappelte hilflos mit seinen Beinchen, während Rori schluchzend versuchte, eine Heilglyphe zustande zu bringen. Die Zuschauer murmelten mitfühlend.

»Die Dame Ferrhaven wird sich um ihn kümmern«, verkündete Scipio, da eilte die Bibliothekarin auch schon an Roris Seite und kniete sich neben ihn. Im Nu ließ sie das Herzsymbol erscheinen und übergoss den kleinen Dämon mit weißem Licht.

»Du Monster!«, brüllte Rori. »Er stirbt!«

Fletcher drehte sich der Magen um. Erst jetzt sah er den roten Fleck, der sich unter Malachi im Sand ausbreitete.

»Komm«, sagte Caulder und fasste ihn am Arm. »Du kannst jetzt nichts für ihn tun.«

»Lasst mich los!«, schrie Fletcher, während der Fechtmeister ihn wegzog. »Malachi!«

50

DIESMAL WURDE FLETCHER in eine größere Zelle geführt. Sie war genauso dunkel und trostlos, doch überraschenderweise waren Othello und Sylva in den beiden angrenzenden Zellen untergebracht. Ignatius zirpte freudig, als er die beiden sah.

»Du hast es geschafft!«, rief Sylva lachend und sprang auf.

»Aber nur knapp. Es war, als wäre die Prüfung vorwiegend für Kerfe gemacht gewesen.« Fletcher blickte zu Boden. Seine Gedanken waren bei Rori und Malachi, Schuldgefühle plagten ihn. Das Bild von dem blutverschmierten Sand in der Arena tauchte vor seinem inneren Auge auf, eine Woge der Übelkeit rollte über ihn hinweg.

»Sie *war* für Kerfe gemacht. Merkst du nicht, was Raubler vorhat?«, knurrte Othello. Er packte die Gitterstäbe an seiner Zellentür. »Er will alle starken Nichtadligen so früh wie möglich aus dem Turnier werfen, indem er es den Schwächeren erleichtert, uns zu schlagen. Wenn sein Plan aufgeht, werden die Blaublütigen in der zweiten Runde gegen Rori, Genevieve und ein paar Zweitklässler antreten, die ebenfalls nur Kerfe haben. Er hat Adlige und Bürgerliche in der ersten Runde nicht voneinander getrennt, um die Sache gerechter zu machen, sondern um uns loszuwerden!«

»Umso besser, dass er uns unterschätzt hat«, warf Sylva grimmig ein. »Ich hoffe, Seraph schafft es. Als sie an meiner Zelle vorbeikamen, habe ich gesehen, dass er gegen Atlas und einen Zweitklässler antreten muss.«

»Ich würde eher sagen: Hoffentlich schaffen Tarquin und Isadora es *nicht*. Aber nachdem Raubler entscheidet, wer gegen wen kämpft, habe ich da so meine Zweifel«, murmelte Othello düster.

»Was kommt wohl als Nächstes?«, fragte Fletcher. Als er sah, dass Ignatius die Wunde an seiner Seite leckte, überlegte er, ob er einen Heilzauber versuchen sollte. »Raubler hat etwas von Schwertkampf gesagt. Athol war so nett, meinen Chepesch letzte Nacht zu schärfen. Aber wie wird der Wettkampf denn aussehen? Sollen wir einfach aufeinander einschlagen, bis einer aufgibt?«

»Nein. Ich habe Scipio letzte Woche danach gefragt«, antwortete Othello. »Der Sperrzauber schützt die Haut vor Hieb- und Stichwunden. Er wirkt wie ein extrem flexibler Schild, der sich perfekt an den Körper schmiegt. Die Treffer tun immer noch höllisch weh, aber die Klinge dringt nicht ein. Es ist, als würde man von einem Knüppel getroffen. Wenn Raubler der Meinung ist, einer der Wettkämpfer hätte einen schweren oder gar tödlichen Treffer gelandet, ist die Sache entschieden.«

»Schon wieder Raubler. Wenigstens kann er bei den vielen Zuschauern nicht ganz und gar nach Belieben ungerecht sein«, murrte Fletcher und kraulte Ignatius unterm Kinn.

»Moment!«, rief Sylva. »Von diesem Zauber habe ich noch nie gehört. Warum wurde er uns nicht längst beigebracht? Die Orks verwenden zwar eher stumpfe Waffen, aber helfen würde er in der Schlacht bestimmt.«

»Weil mindestens vier mächtige Bändiger nötig sind, um einen ausreichend starken Sperrzauber zu bewerkstelligen«, erläuterte Othello. »Freiwillige aus dem Publikum müssen ihr Mana miteinander verbinden und euch während des Kampfes mit einem beständigen Strom versorgen. Der Zauber wird praktisch nur beim Turnier angewendet, außer natürlich, der König persönlich zieht in die Schlacht.«

»Verstehe. Dann wollen wir mal hoffen, es funktioniert. Ich habe keine Lust, mir heute den Kopf abschlagen zu lassen«, kommentierte Fletcher und ließ Ignatius auf seinen Schoß springen.

»Lass mich ihn heilen«, flüsterte Sylva, als sie Fletchers besorgte Miene sah.

»Lieber nicht. Du wirst in den nächsten Runden all dein Mana brauchen, um die Forsys zu schlagen. Ignatius kommt schon zurecht«, widersprach Fletcher und wünschte, er könnte seinen Salamander einfach selbst heilen. Leider war die entsprechende Glyphe ganz besonders schwer zu beherrschen, und Fletcher war noch meilenweit davon entfernt.

»Lass mich das mal ansehen«, sagte er zu Ignatius und hob ihn hoch.

Es war nur ein Kratzer, bei Weitem nicht so tief, wie er befürchtet hatte. Er schien sogar schon kleiner zu werden. Fletcher setzte Ignatius wieder ab und beobachtete erstaunt, wie die Wunde ganz von selbst heilte.

»Sieh mal einer an«, stammelte er. »Du steckst voller Überraschungen.«

Ignatius schnurrte, während Fletcher mit dem Finger über die frische Haut an seiner Seite strich.

»Da kommt jemand«, sagte Othello und zog sich eilig von der Zellentür zurück.

Caulder erschien, hinter ihm der zufrieden dreinschauende Seraph.

»Ich begreife einfach nicht, warum sie euch in diesen Kerker stecken, als wärt ihr verfluchte Verbrecher«, brummte der Fechtmeister und sperrte die Zelle gegenüber von Fletcher auf. »Das Mindeste, was ich tun kann, ist euch mein aufrichtiges Mitgefühl auszusprechen.«

»Wisst Ihr, wer als Nächstes kämpft?«, erkundigte sich Fletcher.

»Ja. Sieht so aus, als hätte es keiner der Zweitklässler in die nächste Runde geschafft. Die nächsten Paarungen lauten: Seraph gegen Tarquin, Sylva gegen Isadora, Othello gegen Rufus und Fletcher gegen Malik. Das sind harte Aufgaben, für jeden von euch, aber vor allem für dich, Fletcher. Du bist als Erster dran, und Malik wurde von seinem Vater trainiert. Ich komme gleich noch mal wieder und hole dich. Sie sind gerade noch dabei, die Freiwilligen für Maliks Sperrzauber zusammenzutrommeln.«

Damit humpelte er davon.

»Ich sag euch was«, verkündete Seraph fröhlich, als das Klacken von Caulders Holzbein verhallt war. »Wenn wir diese Zellen schon ungemütlich finden, wie müssen sich dann erst die Adligen hier fühlen?«

»Dann hast du also gewonnen?«, fragte Fletcher.

»Selbstverständlich. Atlas war nicht gerade erfreut, als Splitter seinen Otter mit einer Salve Rückenstacheln ausgeschaltet hat, und der

Kerf des Zweitklässlers hat sich einfach so lange unter einem Stein versteckt, bis alles vorbei war. Wer auch immer vor uns dran war, er hat die Säule ganz schön zugerichtet! Die Spitze war komplett weggebrochen, ganz zu schweigen vom Zustand von Roris Kerf! Der Anblick hat dem Zweitklässler eine Heidenangst gemacht.«

»Wie geht es Rori jetzt?«, fragte Fletcher schuldbewusst.

»Er sah ziemlich niedergeschlagen aus. Malachi wurde immer noch behandelt. Die Verlierer sitzen bei den anderen Zuschauern, also wirst du Rori ja gleich selbst sehen. Das Publikum wird bei der nächsten Runde um einiges größer sein, so viel ist sicher«, plapperte Seraph grinsend weiter.

»Du und Sylva, ihr müsst Tarquin und Isadora schlagen, nur deshalb sind wir hier. Das ist der einzige Grund, warum ich Malachi fast getötet habe. Also reiß dich jetzt zusammen«, blaffte Fletcher Seraph an.

»Tut mir leid«, stammelte Seraph. »Ich wollte nicht …«

Caulder kam zurück, und keiner wagte mehr, ein Wort zu sagen.

»Komm mit, Fletcher. Es ist so weit«, sagte der Fechtmeister barsch und sperrte die Zellentür auf. Fletcher warf seinen Freunden einen letzten Blick zu, dann folgte er Caulder.

»Vergiss nicht, was ich dir gesagt habe: Das hier ist kein Pferderennen, es hat nichts mit Gefühlen zu tun. Du bist jetzt Soldat, und das hier ist dein Handwerk. Malik weiß, wie ungeduldig du bist und dass du dich gern von deinen Gefühlen überrumpeln lässt. Gut, soll er doch glauben, er wüsste, wie du reagieren wirst. Nutze es zu deinem Vorteil.« Mit diesen Abschiedsworten schob Caulder ihn in die Arena.

»Ah, Fletcher. Ich muss sagen, wir waren alle sehr beeindruckt von deiner Leistung in der ersten Runde. Wirklich eine positive Überraschung!« Scipio legte ihm eine Hand auf den Rücken und dirigierte ihn zwischen den überall verstreut liegenden Felstrümmern hindurch. »Ganz zu schweigen von dem Tempo, mit dem du deine Glyphen ätzt. Ich habe nicht einmal gesehen, wie du den Finger bewegt hast. Und was deinen Salamander betrifft: Was für eine Vorstellung! Wenn einer der Generäle das gleiche Potenzial in dir sieht wie ich, bist du bald Leutnant.«

Fletcher verstand den Vorsteher kaum. Er hatte nur Augen für den tränenüberströmten Rori, der Malachi an die Brust gepresst hielt. Der kleine Dämon schlug unmerklich mit den Flügeln, also lebte er noch. Fletcher seufzte erleichtert.

»Ist er wieder wohlauf?«, rief er Rori zu.

»Nein, dank dir!«, schrie Rori zurück. Der Schmerz in seiner Stimme war unverkennbar, aber es lag kein Hass darin, sondern eher Angst.

»Es tut mir leid, Rori«, erwiderte Fletcher beschwörend, doch Rori hatte sich schon wieder weggedreht und kümmerte sich um seinen verletzten Kerf.

Dennoch fühlte sich Fletcher jetzt erheblich besser. Dass Malachi wieder gesund werden würde, war alles, was zählte. Und Rori würde sich mit der Zeit schon beruhigen.

Erst als er Malik und dessen Säbel sah, holte die Realität ihn wieder ein.

»Ich brauche Freiwillige für den Sperrzauber von Kadett Wulf!«, rief Scipio ins Publikum.

»Mit Vergnügen«, erwiderte Zacharias Forsys. »Ich bin sicher, die Faverhams stehen mir bei der Aufgabe gern zur Seite. Inquisitor Raubler, würdet Ihr Euch uns ebenfalls anschließen?«

Fletcher wurde blass, als Tarquins Vater in Begleitung der Faverhams an den Rand der Arena trat. Der Graf und seine Frau gaben sich keinerlei Mühe, den Hass in ihren Augen zu verbergen. Hatte Scipio tatsächlich vor, den beiden Fletchers Leben anzuvertrauen?

Der Vorsteher musterte das Ehepaar misstrauisch. »Ich respektiere Eure Absicht, über das … komplizierte Verhältnis zu Fletcher hinwegzusehen, Graf und Gräfin Faverham«, begann er mit einem Räuspern. »Trotzdem muss ich darauf bestehen, dass Inquisitor Raubler sich ausschließlich auf seine Aufgabe als Kampfrichter konzentriert. An seiner Stelle werde ich das Mana für den Sperrzauber bereitstellen.«

»A-Aber Herr Vorsteher«, stotterte Zacharias. »Ich dachte … Ihr seid … im Ruhestand …«

»Der König war so freundlich, mir eine Beschwörungsrolle zukommen zu lassen.« Scipio ließ ein Wyrrlicht aufflammen und löschte es mit einem Fausthieb wieder. »Er ist der Meinung, dass ich bald an der Orkfront gebraucht werde und außerdem schon viel zu lange trauere. Dieser Meinung bin ich auch. Ich muss den Tod meines ersten Dämons, der nun schon viele Jahre zurückliegt, endlich hinter mir lassen und mich wieder der Zukunft zuwenden. Mein neuer Felid ist zwar noch ein Welpe, aber ich bin sicher, mit einem mächtigen Beschwörer an meiner Seite, so wie Ihr es seid, werter Zacharias, werden wir die Aufgabe meistern. Belaste dich also nicht weiter damit, Fletcher. Du wirst ein leichtes Kribbeln auf der Haut spüren, das ist alles. Um den Rest kümmern wir uns.«

Die vier Schlachtmagier fassten einander an den Händen, dann ätzte Scipio eine sehr komplex aussehende Glyphe in die Luft.

»Vorwärts, Fletcher«, sagte der Vorsteher. »Malik wartet schon.«

51

DER GRIFF DES CHEPESCH FÜHLTE SICH in Fletchers Hand schlüpfrig an. Er versuchte, nicht daran zu denken, was passieren würde, wenn Zacharias oder die Faverhams auf die Idee kamen, den Manafluss im falschen Moment zu unterbrechen. Ein tragischer Unfall, so würden sie es hinterher wohl nennen.

»Los, Fletcher, wir haben nicht den ganzen Tag Zeit«, rief Raubler und schritt in die Mitte der Arena. »Diese Runde besteht noch aus drei weiteren Kämpfen.«

Fletcher ignorierte ihn und wies Ignatius an, sich auf die Stufen zu den Zuschauern zu setzen, abseits vom Kampfgeschehen. Falls der Salamander sich einmischte, würden sie disqualifiziert werden.

»Beginnt!«, tönte Raubler mit einer übertriebenen Verbeugung vor den beiden Kämpfern.

Fletcher machte ein paar Schritte und versuchte, sich an den veränderten Untergrund zu gewöhnen. Sie hatten stets auf flachem Sand trainiert, jetzt lagen überall scharfkantige Steine und Trümmer aus der ersten Runde herum.

Während Fletcher seine Kreise zog, stand Malik wie eine Statue da und beobachtete ihn. Der junge Adlige hatte seinen Platz inmitten der Trümmer gut gewählt: Die Gefahr, dass Fletcher stolperte, wenn er ihn dort angriff, war groß. Also beschloss er, die Wahl des Kampfplatzes selbst in die Hand zu nehmen. Sein Blick wanderte zu der Säule mit der spiralförmigen Rampe, die nach oben führte. Othello hatte ihm erklärt, dass die Wendeltreppe in ihrem Familienheim gegen den Uhrzeigersinn verlief, weil die Säule in der Mitte dann den Schwertarm des

Angreifers behinderte, der versuchte, nach unten vorzudringen. Die Rampe hier verlief *im* Uhrzeigersinn, also würde ein Angreifer dort auf dem Weg nach oben das gleiche Problem haben!

Fletcher rannte zur Säule und eilte die Rampe hinauf. Ein Auge stets auf Malik gerichtet, ging er weiter, bis er gerade unterhalb der Spitze war, die er selbst vor wenigen Minuten erst abgesprengt hatte.

»Komm schon, wenn du dich traust!«, rief er so laut, dass alle Zuschauer es hörten.

»Ich kämpfe nicht auf der Säule gegen dich, Fletcher«, erwiderte Malik gemessen. »Warum kommst du nicht herunter, dann tragen wir die Sache auf neutralem Boden aus.«

Falls Malik glaubte, dass Ungeduld Fletchers Schwachpunkt war, würde er ihn erst einmal warten lassen. Was die Generäle und Adligen von ihm dachten, kümmerte Fletcher nicht. Malik allerdings schon. Wenn er zu lange zögerte, schadete das seinem Ruf, und das konnte Fletcher ausnutzen.

»Soso. Der Sohn des großen Baybars weigert sich also zu kämpfen! Vielleicht fällt der Apfel bei den Saladins ja weiter vom Stamm als in anderen Familien«, rief er nach unten.

Malik lief rot an und machte einen Schritt auf die Säule zu. »Noch nie hat ein Saladin den Kampf verweigert, ob in der Wüste, im Schützengraben, im tiefsten Dschungel oder selbst im Reich der Orks. Ich bezweifele, dass du das Gleiche von deiner Familie behaupten kannst.«

»Dann beweise es! Komm und zeig mir, was die Saladins draufhaben«, provozierte Fletcher ihn weiter und wedelte mit seinem Chepesch.

Malik hatte genug. Mit hocherhobenem Säbel sprang er auf die Rampe und kam Fletcher mit langen Schritten entgegen. Obwohl er wütend war, sahen seine Bewegungen immer noch wie die eines geborenen Schwertkämpfers aus. Fletcher konnte nur hoffen, dass ihm die Säule einen ausreichend großen Vorteil verschaffte.

Da kam der erste Schlag schon angesaust, waagerecht und auf Höhe von Fletchers Oberschenkel. Er fing ihn mit der konkaven Seite seines Chepesch ab und stieß dann mit der Spitze nach Maliks Kopf. Sein Kontrahent duckte sich weg, und der Stoß ging daneben. Malik rückte weiter vor und stand Fletcher nun fast gegenüber. Er fintierte zum Kopf und ließ seine Klinge dann erneut in Richtung von Fletchers Beinen schnellen.

Fletcher sprang hoch und ließ den Schlag unter sich hindurchpfeifen. Bei der Landung ging er blitzartig in die Knie und versetzte Malik einen Kinnhaken, der den Adligen mehrere Schritte zurücktaumeln ließ.

Keuchend funkelten sich die beiden an. Bei dem Fausttreffer hatte Fletcher die Wirkung des Sperrzaubers gespürt, der Maliks Haut schützte. Als er sein eigenes Gesicht befühlte, spürte er etwas Ähnliches, aber wesentlich schwächer. Wahrscheinlich war Scipio der Einzige, der ihn mit Mana versorgte, aber Fletcher verdrängte den Gedanken. Im Augenblick konnte er ohnehin nichts daran ändern.

Malik ließ seine Waffe mit beeindruckender Leichtigkeit ein paarmal durch die Luft wirbeln, dann wechselte er mit einer plötzlichen Bewegung die Schwerthand. »Mein Vater hat mir beigebracht, auch mit der linken Hand zu kämpfen. Wie steht es mit dir?«

Fletcher versuchte, sich nicht anmerken zu lassen, wie ihm der kalte Schweiß ausbrach. Wenn Malik mit links kämpfte, bot die Säule in der Mitte kaum noch Schutz. Wenigstens stand er höher als sein Gegner.

Malik stieß zu, diesmal nach seinem Bauch. Fletcher fing die Klinge erneut ab und drückte sie nach unten. Malik hielt mit entsetzlicher Kraft dagegen und kam immer näher, bis sie beinahe Brust an Brust standen. Die Rampe knarrte unter dem Druck ihrer Füße.

Fletcher spürte Maliks Atem auf dem Gesicht, während der Adlige seine schiere Kraft und den Größenvorteil dazu nutzte, den Chepesch zurück nach oben zu drücken. Fletcher stemmte sich mit aller Macht dagegen, doch die Klinge kam immer näher. Er spürte die Spitze bereits an der Innenseite seines Oberschenkels.

War das Blut, das da über sein Bein lief? Die Schneide war jetzt nur noch Zentimeter von seinem Schritt entfernt. Nicht mehr lange, dann würde sie sich in sein Fleisch graben.

Fletcher sah sein Leben in einer schnellen Abfolge von Bildern an sich vorbeiziehen: Berdon, Didric und Rotterham. Seinen ersten Kampf. Rotterham, wie er den viel größeren Jakov mit einem Kopfstoß niederstreckte.

Dann machte es klick. Fletcher hob den Kopf und ließ seine Stirn nach vorne schnellen. Wie ein Hammer schlug sie gegen Maliks Nasenrücken. Sein Gegner geriet ins Taumeln und stürzte mit rudernden Armen in die Tiefe. Im Flug knallte er mit dem Bauch gegen einen scharfkantigen Felsen und blieb, nach Luft schnappend, im Sand liegen.

»Das hätte er nicht überlebt, die Felsspitze hätte ihn aufgespießt!«, rief Fletcher.

»Da bin ich anderer Meinung«, widersprach Raubler schadenfroh. »So spitz war sie nun auch wieder nicht. Sieh hin, er steht schon wieder auf!«

Malik kam tatsächlich wieder hoch. Mit rasselndem Atem funkelte er Fletcher an.

»Gib auf! Du bist verletzt, und ich habe die höhere Position«, sagte Fletcher beschwörend.

Es war, als hätte Malik ihn überhaupt nicht gehört. Fletcher hatte ihn zu weit getrieben, seinen Stolz zu sehr verletzt. Der junge Adlige brüllte, hob den Säbel und schlug auf die Säule ein. Ein Scheppern und Knirschen ertönte, ein paar Tonsplitter flogen auf, da holte Malik erneut aus.

Der zweite Schlag zeigte schon größere Wirkung: Mehrere große Brocken lösten sich aus der Säule, und die Rampe unter Fletchers Füßen begann bedrohlich zu schwanken.

»*Du* bist es, der aufgeben wird!«, schrie Malik.

Fletcher blieb nicht einmal Zeit für eine Erwiderung: Fein verästelte Risse breiteten sich wie Blitze über die gesamte Konstruktion aus. Kurz entschlossen stieß Fletcher sich ab und sprang nach unten. Er betete nur, dass er einigermaßen sanft landete. Fletcher hatte sich kaum im Sand abgerollt, da stürzte die Säule auch schon krachend ein. Eine Wolke aus rotem Trümmerstaub schoss in die Luft und umhüllte ihn.

Die Sichtweite war gleich null, feiner Staub legte sich auf Fletchers Lippen und Zunge. Selbst das Atmen fiel ihm schwer. Ein Schatten huschte links an ihm vorbei, dann rechts. War das Raubler? Oder Malik?

Plötzlich sprang Malik mit einem markerschütternden Schrei aus dem roten Dunst auf ihn zu. Sein Säbel fuhr mit entsetzlicher

Geschwindigkeit herab, doch Fletcher duckte sich seitlich weg. Er spürte gerade noch, wie die Klinge seinen Unterarm streifte, und schon war Malik wieder verschwunden.

Fletcher betrachtete die Wunde. Blut quoll daraus hervor, aber es war lediglich ein Kratzer. Dennoch wusste er nun eines mit Sicherheit: Bei ihm war der Sperrzauber wirkungslos, dieser Kampf war echt. Sobald er nur den kleinsten Fehler machte, wäre er tot.

Fletcher wirbelte herum und suchte die Umgebung nach einem verräterischen Schatten ab. Er sah eine Bewegung ein gutes Stück weit entfernt und kniff die Augen zusammen. Ein Umriss, ein erhobener Arm vielleicht. Einen Wimpernschlag später kam ein Stein auf ihn zugerast und traf ihn mitten auf der Stirn. Fletcher schlug rücklings auf den Boden und sah einen Moment lang nur Sterne.

Seine Sicht verschwamm immer mehr, er verspürte eine entsetzliche Müdigkeit. Es wäre so leicht, jetzt einfach die Augen zu schließen, dann wäre es vorbei.

Ein stechender Schmerz fuhr in seine Handfläche und holte ihn zurück ins Hier und Jetzt. Er drehte den Kopf ein Stück zur Seite und sah Valens, der ihn herzhaft in die Finger kniff. Hustend versuchte er, den Kerf abzuschütteln, der noch ein letztes Mal zubiss und dann im Schutz der Staubwolke davonflatterte.

Fletcher wollte sich gerade hochrappeln, da trat ihm jemand den Chepesch aus der Hand und presste ihm den Fuß auf den Hals.

»Dafür werde ich dich vor aller Augen bewusstlos schlagen, Fletcher. Niemand beschmutzt die Ehre der Saladins.« Maliks Stimme war so leise, dass er sie kaum hörte. Fletcher brauchte dringend Hilfe, und das sofort. Ignatius? Nein, der war zu weit weg.

Er tastete nach einem Stein, nach irgendetwas, mit dem er sich verteidigen konnte, bekam aber nur Sand zu fassen. Malik holte mit dem Säbel aus, die Zähne blitzten weiß in seinem mit rotem Staub verkrusteten Gesicht auf. Die Wolke hatte sich ein wenig gelegt, und Fletcher sah die Zuschauer. Sie schrien wie von Sinnen.

»Gute Nacht, Fletcher.«

Er schleuderte Malik eine Handvoll Sand ins Gesicht. Der Adlige schrie auf und drehte sich geblendet weg. Fletcher kam unsicher auf die Beine und warf sich mit letzter Kraft auf Malik, packte ihn um die Hüfte und riss ihn zu Boden. Er hörte noch, wie sein Kontrahent mit dem Hinterkopf auf einen Stein schlug, und dann – nichts als Stille.

So lagen sie da, der Staub umfing sie wie eine wärmende Decke. Es war ein wunderbar friedliches Gefühl. Fletcher spürte die Hände kaum, die ihn auf die Beine zogen, genauso wenig den Becher Wasser, den ihm jemand gegen die Lippen presste. Aber er hörte Scipios Worte.

»Der Sieger heißt Fletcher!«

52

»ICH KANN ES NICHT, FLETCHER. Du musst es machen«, sagte Othello beschwörend durch die Gitterstäbe der Nachbarzelle hindurch.

Der Zwerg war fest entschlossen. Fechtmeister Caulder hatte ihnen gerade eröffnet, dass sie im Halbfinale gegeneinander antreten würden, und Othello weigerte sich zu kämpfen.

»Nein, Othello. Ich habe in der ersten Runde zu viel Mana verbraucht. Ich werde sicher verlieren«, entgegnete Fletcher.

»Tja, das Gleiche gilt für mich. Rufus hat mir das verdammte Bein gebrochen! Ich hatte schon Glück, dass ich ihn überhaupt geschlagen habe«, wetterte Othello und deutete auf seinen Unterschenkel, der in eine dicke Schiene gepackt war. »Ich werde abklopfen und dich ins Finale einziehen lassen. Wenn ich in diesem Zustand gegen dich kämpfe, würde ich wahrscheinlich sowieso verlieren. Wenn ich freiwillig abklopfe, kannst du deine Manareserven schonen.«

»Warum lässt du dein Bein nicht von der Dame Ferrhaven heilen?«

»Der Heilzauber wird nur bei Fleischwunden angewendet, schon vergessen? Wenn man an Knochen herumpfuscht, die gerade wieder zusammenwachsen, kommt was Schiefes dabei raus. Glaub mir, ich habe nachgefragt. Ich will Tarquin genauso eins auswischen wie du, vielleicht sogar noch mehr. Aber ich hätte nicht den Hauch einer Chance.«

»Vielleicht spielt es ohnehin keine Rolle«, sagte Fletcher und deutete den Gang entlang. »Sylva und Tarquin kämpfen gerade um den Einzug ins Finale. Wenn Sylva gewinnt, bin ich es, der abklopfen wird.

Ihr Zwerge braucht jemanden, der es in die letzte Runde schafft und die Generäle beeindruckt. Ich könnte doch behaupten, ich hätte eine Gehirnerschütterung. Ein bisschen stimmt das sogar.«

Er rieb sich die Stelle auf der Stirn, an der Maliks Steinwurf ihn getroffen hatte. Die kleine Platzwunde hatte sich im Nachhinein sogar als Segen erwiesen: Als Scipio sie sah, wusste er sofort, dass Fletcher übel mitgespielt worden war. Also legte er Zacharias und den Faverhams nahe, zu pausieren, und ersetzte sie durch weniger parteiische Adlige, die Fletcher im nächsten Wettkampf angemessen schützen würden.

Aus Othellos Zelle ertönte ein Rumpeln. Solomon stieß ein Stöhnen aus und lief ruhelos auf und ab, dann hielt er inne und berührte Othellos Beinschiene. Ignatius zirpte mitfühlend und leckte Fletcher übers Gesicht.

»Mir wird nichts passieren, Ignatius. Tarquin weiß nichts von meinen Tätowierungen. Er wird uns unterschätzen«, flüsterte Fletcher ihm zu.

Caulder schlug mit seinem Stab gegen die Gitterstäbe, und Fletcher zuckte zusammen. »Kommt mit, ihr zwei. Die Runde ist vorbei.«

»Hat Sylva gewonnen?«, erkundigte sich Fletcher, als Caulder die Zellentür öffnete.

»Das wirst du gleich selbst sehen«, erwiderte der alte Haudegen grimmig.

Die Dame Ferrhaven und Vorsteher Scipio trugen Sylva auf einer Trage aus der Arena. Arme, Beine und Gesicht waren grün und blau geschlagen, an der Schläfe hatte sie eine hässliche Beule. Sariel schlich hinterdrein, den Schwanz zwischen die Beine geklemmt. Das Fell der Canidin war mit Blut verklebt, an ihrer Flanke verlief eine tiefe Schnittwunde, die von der Schnauze bis zu den Hinterbacken reichte.

»Er hat Sylva mit Telekinese erwischt. Sie ist unglücklich gefallen«, merkte Scipio an, als er die besorgten Gesichter der beiden sah. »Die Schwere der Verletzung kennen wir noch nicht.«

»Das arme Mädchen musste nacheinander gegen beide Zwillinge kämpfen«, fügte die Dame Ferrhaven kopfschüttelnd hinzu. »In der ersten Runde hat sie den Großteil ihres Manas verbraucht und sich in der zweiten gegen Isadora körperlich vollkommen verausgabt, bevor sie es dann auch noch mit Tarquin aufnahm. Aber sie hat ihm einen harten Kampf geliefert. Keiner der Zuschauer kann jetzt noch sagen, die Elfen wären schwach«, erklärte sie voller Mitgefühl. »Bei einer so schweren Kopfverletzung ist ein Heilzauber zu riskant, vor allem wenn der Schädelknochen in Mitleidenschaft gezogen wurde. Wir werden sie auf die Krankenstation bringen, dort kann sie sich neben Hauptfrau Lovett erholen. Sobald sie aufwacht, lassen wir es euch wissen.«

Fletcher starrte die bewusstlos auf der Trage liegende Sylva an und ballte die Fäuste.

»Gehen wir«, sagte er und stützte den humpelnden Othello auf dem Weg zur Arena. Unwillkürlich musste er an Atilla denken. An das Blut, das ihm über den Rücken gelaufen war, als er den verletzten Zwerg aus der Gefahrenzone trug. An die Tränen auf Othellos Gesicht, weil sie beide überlebt hatten. Und die Forsys saßen im Zentrum des Ganzen wie eine fette Spinne in einem Netz aus Lügen und Täuschung. Für das, was sie getan hatten, würde Fletcher sie bezahlen lassen.

Othello konnte kaum stehen. Er war schon ganz grün im Gesicht, Schweißperlen standen auf seiner Stirn. Der Zwerg hatte recht: Er würde keine zwei Sekunden gegen Tarquin durchstehen. Fletcher war nun ihre letzte Hoffnung.

»Die Regeln sind einfach«, begann Raubler und schritt vor ihnen auf und ab. »Eure Dämonen dürfen eingreifen, und der Sperrzauber wird euch nicht gegen sie schützen. Mein Minotaurus wird allerdings dazwischengehen, sollte einer von ihnen übereifrig werden.«

Erst jetzt sah Fletcher den Dämon mit dem Stierkopf. Über zwei Meter groß ragte er hinter der eingestürzten Säule auf. Seine gekrümmten Hörner waren verflucht spitz, das borstige Fell wirkte genauso schwarz wie Fletchers Haar. Die gespaltenen Hufe hinterließen tiefe Abdrücke im Sand, während er ruhelos von hier nach dort lief, als könnte er seine Aggressivität kaum im Zaum halten. Die Hände sahen beinahe wie die eines Menschen aus, wären da nicht die langen, schwarzen Klauen gewesen, die aus den Fingerspitzen ragten. Mit blutunterlaufenen Augen starrte das Wesen Fletcher unheilvoll an, dann schnaubte es verächtlich und drehte sich weg.

»Prächtiger Bursche, nicht wahr?«, merkte Raubler an, als er Fletchers weit aufgerissene Augen sah. »Caliban hat eine Erfüllungsstufe von elf. Er dürfte leicht mit euren Dämonen zurechtkommen, falls sie sich ungebührlich betragen. Ich habe euch gewarnt.«

So sprach der Inquisitor und stolzierte mit hinter dem Rücken verschränkten Armen über den Kampfplatz. »Wer die Arena verlässt, hat verloren. Wird euer Dämon kampfunfähig gemacht oder verschwindet aus der Arena, habt ihr verloren. Wer den Dämon seines Gegners tötet, wird disqualifiziert und von der Akademie verwiesen. Wir kämpfen hier nicht bis zum Tod, außerdem sind Dämonen kostbar. Schärft ihnen also ein, vorsichtig zu sein. Sie dürfen verletzen, aber nicht verstümmeln. Sie dürfen auch Schmerzen zufügen, aber nicht töten.«

»Was ist mit uns, dürfen *wir* töten?«, fragte Tarquin grinsend. Er hatte sich auf eines der abgebauten Podeste gesetzt und streichelte Trebius' Köpfe.

»Nein. Es gelten die gleichen Regeln wie in den Vorrunden, Meister Tarquin«, antwortete Raubler und lächelte ihm zu. »Wer mit einem Zauber oder Schwertschlag einen Treffer landet, der als tödlich gewertet werden kann, hat gewonnen. Der Sperrzauber verhindert eine Körperstarre, Brand- und Schnittwunden, aber nicht den Schmerz, wie Euch gewiss aufgefallen ist, als Ihr die Elfe bewusstlos schlugt, Tarquin.«

»Sie sah in der Tat aus, als hätte sie schreckliche Schmerzen«, bestätigte Tarquin zufrieden. »Aber ich habe sie von ihrer Qual erlöst. Ich bin schließlich kein Unmensch.«

»Komm schon, bringen wir's hinter uns«, knurrte Fletcher durch zusammengebissene Zähne. Othello humpelte unterdessen zum Rand der Arena.

»Beginnt!«, kreischte Raubler.

Fletcher beobachtete mit einem verschmitzten Lächeln, wie Othello über die Absperrung kletterte und sich zu den Zuschauern setzte.

»O nein!«, rief Tarquin theatralisch. »Ich hatte mir so sehr gewünscht, gegen den Wicht zu kämpfen. Zwei Halbmenschen an einem Tag zu besiegen, das wäre was gewesen …«

»Halt dein dreckiges Maul, Tarquin, und trete gegen mich an. Jetzt.«

Tarquin verdrehte die Augen und schlenderte in die Arena. »Na schön. Beginnen wir.«

Scipio hob die Hand. »Ist der Sperrzauber bereit?«

»Ja, Herr Vorsteher«, rief einer der Adligen aus dem Publikum.

»In diesem Fa…«

»Anfangen!«, schrie Raubler.

Tarquin schoss schon die ersten Feuerkugeln ab, bevor Raubler überhaupt zu Ende gesprochen hatte.

Fletcher konnte sich gerade noch rechtzeitig hinter einen Felsen ducken und spürte, wie eine der Kugeln sein Haar versengte. »Ignatius, versteck dich«, flüsterte er.

Der Salamander huschte davon und verschwand irgendwo zwischen den Steinen. Trebius mochte ein sehr starker Dämon sein, auf der anderen Seite konnte aber ein gut gezielter Flammenstrahl von Ignatius das Duell mit einem Schlag beenden. Er musste nur außerhalb der Reichweite der drei Schlangenköpfe bleiben.

Ein Telekinese-Impuls schlug krachend auf der anderen Seite des Felsens ein, hinter dem Fletcher sich versteckt hatte.

»Komm da raus, ich will spielen!«, rief Tarquin.

»Ich mache mich gerade erst warm«, rief Fletcher zurück und spannte einen flimmernden Schild vor sich auf. Er merkte sofort, wie viel Mana ihn dieser Schild kostete. Aus den Dämonologiestunden wusste er, dass Hydras eine sehr hohe Manastufe hatten. Ein offener Schlagabtausch mit Tarquin würde nicht gut für ihn ausgehen.

Er rollte sich hinter dem Felsen hervor und sprintete zu der umgestürzten Säule. Sein Schild erzitterte unter dem Einschlag eines Feuerballs, aber das Geschoss war viel zu klein, um ihn von den Beinen zu holen.

»Das war nur ein kleiner Vorgeschmack«, höhnte Tarquin und schleuderte sogleich einen zweiten.

Der Feuerball krachte mit der Wucht eines Rammbocks gegen Fletchers Schild und warf ihn um. Als er versuchte, wieder auf die Beine zu kommen, feuerte Tarquin erneut und streckte Fletcher zum zweiten Mal nieder.

»Komm schon, ich dachte, wir würden uns einen interessanten

Kampf liefern«, lachte Tarquin, während sich Fletcher hinter dem nächsten Felsen verkroch. »Er sollte wenigstens nicht gleich vorbei sein. Trebius, hol dir den Salamander. Ich möchte jetzt *verletzen!*«

Fletcher setzte sein Augenglas auf und sah, dass sich Ignatius auf der anderen Seite der Arena befand. Er versuchte, sich von hinten an Trebius anzuschleichen, was bei den drei Köpfen, die ständig in alle Richtungen schauten, nahezu unmöglich war.

»Jetzt, Ignatius«, flüsterte Fletcher. »Du schaffst ihn.«

Der Salamander sauste los, sprang in wildem Zickzack von Fels zu Fels und ließ die bösartigen Kiefer seines Feindes ein ums andere Mal ins Leere schnappen. Mit einem letzten Sprung glitt er unter Trebius, drehte sich auf den Rücken und besprühte den ungeschützten Bauch der Hydra mit Feuer.

Trebius brüllte, als die Flammen seinen Bauch versengten, wirbelte herum und stampfte wie wild auf, doch Ignatius war nicht so leicht abzuschütteln: Geschickt wich er den Klauen seines Gegners aus und verbrannte ihn weiter mit kurzen, gezielten Flammenstößen.

»Genug jetzt!«, polterte Tarquin und streckte den Finger aus. Ein Telekinesebolzen schlug zwischen Trebius' Beinen ein und schleuderte den sich überschlagenden Ignatius in die Mitte der Arena. Wie eine achtlos weggeworfene Spielzeugpuppe blieb er dort reglos liegen.

»Ich denke, hiermit wäre das Finale beendet«, verkündete Raubler jauchzend. Sein Minotaurus schlurfte auf Ignatius zu und stupste ihn zögernd mit dem Huf an.

»Hört, hört!«, rief Zacharias aus dem Publikum.

Trebius stampfte fauchend auf den Salamander zu. Wenige Schritte entfernt blieb er allerdings stehen, senkte die drei Köpfe und ließ seine gespaltenen Zungen vorschnellen.

Doch Fletcher verspürte weder Trauer noch Sorge. Er war in Ignatius' Bewusstsein und wusste, was dieser vorhatte. »Ganz recht, mein Kleiner«, flüsterte er. »Kämpfe schmutzig. Den edlen Kampf überlassen wir den Edelleuten.«

Fletcher saugte die Schildenergie zurück in seinen Körper. Er hatte nur einen Versuch und würde dafür jedes bisschen Mana brauchen.

Sein Plan widersprach zwar allem, was Arcturus ihnen über Duelle beigebracht hatte, aber das Risiko war es ihm wert.

»Na schön, Tarquin. Wollen wir mal sehen, wie dir eine volle Breitseite schmeckt«, murmelte er und lud seine tätowierten Finger auf. »Ich hoffe, du bist bereit, Ignatius.«

Fletcher sprang auf und spurtete mit voller Geschwindigkeit los, Ignatius stieß ein lautes Kreischen aus und spuckte einen Feuerschwall.

Die Hydra richtete sich brüllend auf die Hinterbeine auf und warf sich mit ihrem vollen Gewicht auf den Salamander. Einen Sekundenbruchteil, bevor er unweigerlich zerquetscht würde, löste sich Ignatius in weißes Licht auf, das in das Pentagramm auf Fletchers Handfläche strömte.

Als Tarquin begriff, was soeben passiert war, spannte er hastig einen Schild auf, und das keine Sekunde zu früh: Fletcher beschoss ihn mit einer gleißenden Spirale aus Feuer, Blitz und kinetischer Energie, die Tarquin bis zum Rand der Arena schob. Seine Füße hinterließen tiefe Furchen im Sand. Knisternd wölbte sich der Schild unter Fletchers Attacke, doch Tarquin hielt dagegen und reparierte den Schaden mit einem dicken Strom weißen Lichts.

Fletcher verdoppelte seine Anstrengungen, beschwor all sein Mana und kanalisierte es in die Dreifachspirale, die sich wie ein Korkenzieher in Tarquins Schild bohrte. Seine Finger brannten vor Schmerz, die Luft um ihn herum brummte und flimmerte. Blitze zuckten wild umher und zerbliesen die herumliegenden Steine zu Staub. Der Sand unter dem Energiestrahl schmolz in der sengenden Hitze, blubbernd wie Lava.

Ignatius war sicher in Fletcher geborgen und füllte ihn mit all seiner Kraft an. Brüllend legte er noch einmal nach, gab alles, was von seinen rapide schwindenden Reserven noch vorhanden war – und dann explodierte der Schild.

Eine Schockwelle riss Fletcher von den Beinen. Wie ein Spielzeug wurde er durch die Luft gewirbelt, Steinsplitter sausten ihm um die Ohren. Er landete hart auf dem Rücken, sah kurz die Decke über sich, dann wurde ihm schwarz vor Augen.

53

»FLETCHER. WACH AUF.« Othellos Stimme kam aus weiter Entfernung. Jemand stupste ihn an der Wange.

»Du hast es geschafft«, flüsterte der Zwerg. »Du hast ihn geschlagen.«

»Ich habe gewonnen?«, fragte Fletcher benommen und öffnete die Augen.

Othello stand über ihn gebeugt, seine grünen Augen strahlten vor Freude. »Du hast uns alle in den Schatten gestellt. Tarquin wäre um ein Haar durch die Decke gegangen, als sein Schild zerplatzt ist, und das wortwörtlich. Hätte sein Vater ihn nicht mit einem Zauber aufgefangen, er wäre jetzt wahrscheinlich ebenfalls hier.«

Fletcher setzte sich auf. Sie waren auf der Krankenstation. Lovett und Sylva lagen in den Betten neben ihm, beide stumm und reglos. Sariel hatte sich unter Sylvas Bett zusammengerollt und schnarchte leise. Valens kuschelte sich in das weiche Fell auf dem Rücken der Canidin und schien ebenfalls zu schlafen.

»Wie geht es ihr?«, erkundigte sich Fletcher, streckte den Arm aus und strich der Elfe eine Haarsträhne aus dem Gesicht.

»Die Dame Ferrhaven sagt, sie wird sich wieder erholen. Allerdings muss ihre Verletzung – genauso wie meine – von selbst heilen. Ihr Arm ist zweimal gebrochen.« Othello musterte Sylva mit einem rätselhaften Blick, schließlich nahm er ihre Hand. »Du weißt, dass wir es ohne sie nicht geschafft hätten. Sie hat Isadora besiegt und Tarquin geschwächt, und das unter der größten Gefahr für sich selbst. Sie hätte einfach aufgeben können, wie ich es getan habe. Stattdessen hat sie gekämpft, obwohl sie wusste, dass es hoffnungslos war«, murmelte er.

Fletcher beobachtete, wie sich Sylvas Brust gleichmäßig hob und senkte. »Sie ist der härtere Krieger von uns beiden«, stimmte er zu.

»Am Ende habt ihr es zusammen geschafft«, erwiderte Othello mit einem Hauch von Enttäuschung in der Stimme. »Ich wünschte, ich könnte meinem Vater berichten, ich wäre es gewesen. Ich wollte, dass wir Zwerge die Forsys um ihren Sieg bringen.«

»Die Zwerge haben mir die Werkzeuge gegeben, ohne die ich niemals gewonnen hätte. Und wenn du nicht gewesen wärst, Othello, hätte ich all mein Mana schon im Halbfinale gegen Rufus verbraucht«, sagte Fletcher und blickte seinem Freund fest in die Augen. »Wir haben es alle drei zusammen geschafft. Selbst Seraph hat seinen Teil dazu beigetragen. Ich wette, es hat Tarquin einiges an Kraft gekostet, ihn zu schlagen. Ich wünschte nur, Sylva wäre bei Bewusstsein und könnte den Sieg mit uns feiern.«

»Das holen wir nach«, meinte Othello und rieb sich die müden Augen. »Es ist das Erste, was ich ihr erzählen werde. Teufel, wahrscheinlich bekommt sie sofort ein Offizierspatent angeboten, wenn sie aufwacht.«

»Und du auch, Othello. Die Zwergenrekruten brauchen jemanden, der sie kommandiert. Du hast das Halbfinale erreicht und deine Qualitäten unter Beweis gestellt. Das war doch schließlich der Grund gewesen, warum du hergekommen bist: um der Welt zu zeigen, dass die Zwerge mächtige Verbündete sind.«

»Stimmt«, sagte Othello grinsend. »Daran habe ich gar nicht gedacht. Und Scipio wird Atilla an der Dämonenakademie aufnehmen. Immerhin ist er mein Zwillingsbruder. Das Erste, was ich jetzt herausfinden muss, ist, wie die Inquisition ihre Testkandidaten ausfindig macht. Wir brauchen Schlachtmagier für unsere Zwergenbataillone.«

»Darauf kannst du wetten«, bestätigte Fletcher. »Ich werde das Thema gleich beim nächsten Ratstreffen ansprechen … wenn ich kann.«

Ein beängstigendes Bild stieg in ihm auf: eine lange Tafel in einem dunklen Raum, an der die mächtigsten Männer des Landes versammelt saßen – unter ihnen auch Zacharias Forsys, der bei jeder Gelegenheit versuchen würde, ihn in Misskredit zu bringen. Die Zwillinge hatte Fletcher besiegt, mit dem Vater musste er erst noch fertigwerden.

Von der Treppe kamen Schritte, kurz darauf erschien Seraphs strahlendes Gesicht in der Tür. »Leute, die Dame Ferrhaven sagt, ihr könnt mit nach unten kommen, wenn ihr schon wieder fit genug seid. Die Offizierspatente werden jeden Moment verteilt. Los!« Damit verschwand er schon wieder und rannte nach unten.

»Da scheint sich jemand gute Chancen auszurechnen«, kommentierte Othello lachend. »Du musst mir auf der Treppe helfen, Fletcher. Ich kann mein verfluchtes Bein nicht belasten.«

»Irgendwie habe ich das Gefühl, die Hälfte meines Lebens als Zwergenkrücke zu verbringen«, witzelte er, schwang die Beine über die Bettkante und stand auf. Einen Augenblick lang wurde ihm schwindlig, doch nach ein paar tiefen Atemzügen war das Gefühl auch schon wieder weg.

»Wir geben bestimmt ein hübsches Paar ab«, sprach Fletcher weiter und legte Othello einen Arm um die Schulter. »Ich glaube, ich werde deine Hilfe genauso brauchen wie du meine.«

Sein geschundener Körper stöhnte unter Othellos Gewicht, während sie gemeinsam durch Flure und Treppenhäuser humpelten und alle paar Meter stehen blieben, um sich zu erholen.

»Komm schon, wir müssen weiter. Sonst verpasst du noch deine Ernennung zum Hauptmann«, murrte Othello gut gelaunt.

Bei der Erwähnung seines zukünftigen Offizierstitels bekamen die Kriegstrophäen auf den Fluren eine ganz neue Bedeutung für Fletcher: Früher oder später würde ein Ork mit einer dieser grausigen Waffen auf ihn losgehen.

In der Vorhalle wimmelte es bereits von Adligen. Alle starrten Fletcher und den Zwerg an, die sich aufeinander gestützt über die Steinfliesen schleppten. Manche hatten sogar Angst in den Augen.

»Genial, einfach genial!«, tönte Scipio und kam den beiden sogleich entgegen. »Tätowierungen, die das Luftätzen überflüssig machen, und ein Hellsehstein als Augenglas. Ein gewaltiger Schritt nach vorn – für alle Schlachtmagier! Warum, bei allen guten Geistern, sind wir nicht schon viel früher darauf gekommen?«

Ein Stück weiter hinten sah Fletcher Tarquins Vater, der seinen mit hängendem Kopf dastehenden Sohn nach allen Regeln der Kunst beschimpfte. Die anderen Novizen saßen auf Bänke verteilt und warteten still auf den Beginn der Zeremonie.

»Keine Angst, ich werde dich später noch genauestens nach diesen Tätowierungen befragen. Doch nun, General Kavana, wenn Ihr so gut wärt, die Unterlagen herzubringen, damit Fletcher unterzeichnen kann. Wann ist die nächste Ratssitzung? Nächsten Monat? Wir werden einen Tutor brauchen, der ihn bis dahin in Politik unterweist. Als Bürgerlicher dürfte er sich bisher kaum damit befasst haben.« Scipio sprang wie eine überbehütende Mutter um Fletcher herum. Er klopfte ihm sogar den Staub vom Gewand.

Fletcher stand kerzengerade da und ließ den Blick über die Anwesenden schweifen. Ohne mit der Wimper zu zucken, schaute er den Generälen und Adligen in die Augen, stolz auf das, was er und seine Freunde erreicht hatten. Sylva und Othello hatten eindrucksvoll gezeigt, wozu ihre Völker imstande waren. Und nachdem Seraph seine Kampfkraft in der Arena unter Beweis gestellt hatte, stand seiner Erhebung in den Adelsstand nun auch nichts mehr im Wege. Fletcher selbst war lediglich froh, dass nicht noch ein weiterer Forsys einen Ratssitz bekam und seine eigene Zukunft endlich gesichert war. Er wünschte nur, Berdon wäre hier.

Fletcher deutete auf die anwesenden Generäle und Adligen. »Einer von denen wird dir heute einen Offiziersposten anbieten, Othello. Irgendwelche Vorlieben?«, fragte er lachend.

»Solange es nicht Zacharias oder Graf Faverham ist, soll's mir egal sein«, antwortete Othello kichernd. »Du hättest ihre Gesichter sehen sollen, als ich Rufus geschlagen habe.«

Die Eingangstür flog auf, und ein Windstoß fuhr durch die Vorhalle. Drei dunkle Gestalten zeichneten sich in dem von draußen erhellten Durchgang kurz ab, da schlugen die schweren Türflügel auch schon wieder zu.

Fletcher kniff die Augen zusammen und stellte entsetzt fest, dass es sich bei den Neuankömmlingen um Raubler, Törner und Mörki handelte.

Der Inquisitor kam mit einem höhnischen Grinsen auf sie zu. Als Fletcher dann auch noch die Handschellen sah, die Törner bereithielt, setzte sein Herz einen Schlag lang aus. »Othello!«, keuchte er. »Die Pinkertons!«

»Was hat das zu bedeuten?«, polterte Scipio, während sich die Pinkertons einen Weg durch das Publikum bahnten. »Dies ist eine geschlossene Veranstaltung.«

»Wir sind wegen ihm hier«, antwortete Mörki. Er deutete mit dem Kinn in Richtung Fletcher und Othello. »Ein Haftbefehl liegt gegen ihn vor.«

Fletcher ignorierte das Zittern in seinen Knien und stellte sich vor Othello. »Wenn ihr ihn haben wollt, müsst ihr zuerst an mir vorbei.«

Feldwebel Mörki trat mit einem boshaften Blitzen in den Augen vor. »Fletcher Wulf«, sagte er und ließ die Handschellen zuschnappen. »Hiermit verhafte ich dich wegen versuchten Mordes an Didric Cavell.«

Fletcher erstarrte, als er die Bedeutung der Worte begriff.

»Lasst ihn gefälligst in Ruhe!«, brüllte Othello und versuchte dazwischenzugehen. »Hier muss ein Fehler vorliegen!«

Törner schlug Othello mit einer Ohrfeige zu Boden. »Vorsicht, Zwerg, sonst sperren wir dich wegen Behinderung der Staatsgewalt ein«, fauchte er und stieß Othello mit dem Fuß an.

Raubler stieg über den gestürzten Zwerg hinweg, packte Fletcher am Kragen und zog ihn ganz nahe an sich heran.

»Dein kleiner Ausflug ist zu Ende, Fletcher«, knurrte er und blies ihm seinen heißen Atem ins Ohr. »Du gehst zurück nach Pelz.«

Band 2

Die Inquisition

1

FLETCHER ÖFFNETE DIE AUGEN, sah aber nur Dunkelheit um sich herum. Er stöhnte und schob Ignatius, der ihm die Klauen aufs Kinn gelegt hatte, ein Stück zur Seite. Der Dämon stieß ein leises Winseln aus und krabbelte verschlafen auf den kalten Steinboden hinunter.

»Guten Morgen, oder wie spät es auch immer gerade sein mag«, murmelte Fletcher und zauberte ein Wyrrlicht herbei. Wie eine kleine Sonne schwebte es in der Luft und drehte sich dabei langsam um die eigene Achse.

Der Raum wurde in ein kaltes, blaues Licht getaucht. Es war eine fensterlose Zelle mit einem Boden aus glatten Pflastersteinen. In der Ecke befand sich die Latrine – ein nacktes Loch, das lediglich von einer Schieferplatte verdeckt war. Fletcher starrte die schwere Eisentür in der gegenüberliegenden Wand an, da öffnete sich etwas … wie auf ein Zeichen hin.

Es war die kleine Klappe am unteren Rand der Tür. Eine von einem Kettenhandschuh geschützte Hand tastete durch die Öffnung, bis sie den leeren Eimer neben dem Türrahmen zu fassen bekam, und zog sich wieder zurück. Fletcher hörte ein Plätschern, dann wurde der Eimer mit Wasser gefüllt wieder hereingeschoben. Er wartete noch eine Weile und brummte nun enttäuscht, da nichts weiter geschah.

»Wieder nichts, Kleiner«, sagte er und kraulte den niedergeschlagenen Ignatius am Hals.

Das war keineswegs ungewöhnlich. Manchmal waren die Wärter einfach zu faul, ihm etwas zu essen zu bringen. Fletcher ignorierte seinen knurrenden Magen, nahm den scharfkantigen Stein neben seiner Pritsche zur Hand und ritzte einen weiteren Strich in die Wand. Ohne Licht von draußen war es schwer, die Zeit abzuschätzen, aber er ging davon aus, dass sie ihm einmal am Tag Essen und Wasser brachten. Oder manchmal, wie heute, auch nur Wasser. Er musste die Striche an der Wand nicht erst zählen, um zu wissen, wie lange er schon hier war. Die Zahl hatte er genau im Kopf.

»Ein Jahr«, seufzte er und ließ sich zurück ins Stroh sinken. »Einen schönen Jahrestag wünsche ich!«

Er streckte sich aus und dachte über den Grund für seine Gefangenschaft nach. Alles hatte in jener Nacht angefangen, als sich Didric, der Peiniger seiner Kindheit, mit den Plänen seines Vaters gebrüstet hatte, das ganze Dorf Pelz in ein Gefängnis zu verwandeln. Danach hatte Didric versucht, ihn zu ermorden.

Wie aus dem Nichts war da Ignatius aufgetaucht und hatte Didric verbrannt, sodass Fletcher fliehen konnte. Der kleine Dämon hatte sein Leben riskiert, um ihn zu retten, und das, obwohl sie sich erst so kurz kannten. Die Zeit danach verbrachte Fletcher auf der Flucht, denn er wusste: Didrics Familie würde nichts unversucht lassen, um *ihm* einen Mordversuch an Didric in die Schuhe zu schieben. Fletchers einziger Trost war, dass er niemals an die Dämonenakademie gekommen wäre, wenn die Dinge damals einen anderen Verlauf genommen hätten.

War es wirklich schon zwei Jahre her, dass er Ignatius kennengelernt hatte und selbst in die altehrwürdige Akademie eingetreten war? Er hatte die letzte Zeit dort noch ganz deutlich vor Augen. Othello, sein bester Freund, hatte sich den Respekt der Generäle verdient und die anderen Zwerge davon abgehalten, sich gegen das Reich von Hominum zu erheben. Sylva hatte den Frieden zwischen Menschen und Elfen gesichert und außerdem bewiesen, dass sie und ihr Volk mächtige Verbündete waren. Selbst Seraph, der erste Bürgerliche, der seit eintausend Jahren in den Adelsstand erhoben worden war, hatte die Blaublütigen beim Turnier mit seiner Leistung überzeugen können. Vielleicht das Beste von allem war allerdings gewesen, dass die Forsys mit ihrem Plan gänzlich gescheitert waren. Sie hatten nämlich einen neuen Krieg gegen die Elfen und Zwerge provozieren wollen, um sich mit Waffenlieferungen eine goldene Nase zu verdienen.

Alles war wunderbar gewesen, doch dann war Fletcher von seiner Vergangenheit eingeholt worden.

Ignatius spürte Fletchers Verzweiflung und stupste ihn blinzelnd an. Fletcher schlug halbherzig nach ihm, doch da duckte sich der Dämon weg – und hatte ihn dabei in die Fingerkuppe gebissen.

»Schon gut, schon gut«, sagte Fletcher grinsend zu dem ausgelassenen Salamander. Wenigstens lenkte der Schmerz ihn von seinen düsteren Gedanken ab. »Dann üben wir eben wieder. Welcher Zauber darf's denn sein?«

Er griff unter das Stroh, das ihm als Matratze diente, und zog die beiden Bücher hervor, die ihn während des vergangenen Jahres überhaupt noch bei Verstand gehalten hatten. Er hatte keine Ahnung, wer sie dort versteckt haben mochte, und wusste nur, dass derjenige ein erhebliches Risiko eingegangen war. Fletcher war seinem geheimnisvollen Wohltäter unendlich dankbar, denn ohne die Bücher wäre er vor Langeweile durchgedreht. In der Enge der Zelle gab es nicht allzu viele Möglichkeiten, sich mit Ignatius die Zeit zu vertreiben.

Das erste Buch behandelte die grundlegenden Zaubersprüche. Es war das gleiche, das Arcturus auch in seinem Unterricht benutzte. Es enthielt nur ein paar Hundert Symbole sowie die Techniken, wie sie in die Luft zu ätzen waren, und war entsprechend dünn. Fletcher hatte dies alles gerade gut genug beherrscht, um die Abschlussprüfung zu bestehen. Damals hatte er sich lieber auf die vier wichtigsten Kampfzauber konzentriert, aber mittlerweile kannte er jedes einzelne Symbol auswendig und war imstande, sie wie im Schlaf anzuwenden.

Der zweite Band war so dick, dass sein Wohltäter den Ledereinband entfernt hatte, damit er unter dem Stroh nicht auffiel. Es handelte sich um James Bakers Tagebuch, das ganz am Anfang von Fletchers Weg zu einem ausgebildeten Schlachtmagier gestanden hatte. Auf den Seiten hatte er Dutzende neuer Zaubersprüche entdeckt, die der Verfasser gewissenhaft von den Wänden der Orkruinen abgeschrieben hatte. Außerdem hatte Baker zahllose Orkdämonen studiert, ihre Stärken und Fähigkeiten festgehalten sowie Statistiken aufgestellt. Mittlerweile war Fletcher selbst ein Experte in Orkdämonologie. Am faszinierendsten fand er Bakers Aufzeichnungen über die Kultur, die Waffen und die Kampftaktiken der Orks. Das Tagebuch war ein wahrer Informationsschatz, den er binnen weniger Tage verschlang, nur um gleich wieder von vorne anzufangen – für den Fall, dass ihm ein Detail entgangen war.

Die beiden Bücher waren das Einzige, das ihn von der drückenden Stille des Kerkers abzulenken vermochte. In jeder Nacht träumte er von seinen Freunden und fragte sich immer wieder, wo sie sein mochten. Kämpften sie an der Front, während er hier in einem Erdloch verrottete? Waren manche von ihnen bereits tot, aufgespießt von einem Orkspeer oder einem Forsys-Dolch?

Am meisten machte ihm jedoch zu schaffen, dass sein Adoptivvater Berdon ganz in der Nähe lebte, nämlich in dem Dorf, das sich über ihm befand. Fletcher erinnerte sich noch gut, wie ihn die Gefängniskutsche damals mitten in der Nacht in Pelz ausgespuckt hatte. Er hatte sich schon so darauf gefreut, einen Blick auf die Heimat seiner Kindheit zu erhaschen, doch dann hatten ihm die Wärter einen Sack über den Kopf gestülpt und ihn in seine Zelle geschleppt, kaum dass die Kutsche angehalten hatte.

Er versank wieder in missmutiges Schweigen, da stieß Ignatius ein Knurren aus, begleitet von einer Flamme, die das Stroh unter Fletchers Hintern versengte.

»He, wir sind aber ungeduldig heute!«, rief er und ließ Mana in einen seiner tätowierten Finger fließen. »Na schön, du willst es ja nicht anders. Mal sehen, wie dir dieser Telekinesezauber bekommt.«

Er kanalisierte einen dünnen Manastrom durch seinen Finger und ließ eine violett leuchtende Spirale entstehen, die vor ihm in der Luft schwebte. Ignatius zog sich ein Stück zurück, da machte Fletcher eine schnelle Handbewegung in Richtung des Dämons und fing ihn mit einem Energielasso, das sich um den Bauch wickelte.

Ignatius wurde in die Luft gewirbelt, da streckte er blitzschnell die Klauen aus und krallte sich an der Decke fest. Staub rieselte auf Fletcher herab, und noch bevor er reagieren konnte, sprang Ignatius los. Wie eine Katze drehte er sich in der Luft und flog mit seinem Schwanzdorn voraus – genau auf Fletchers Kopf zu.

Fletcher konnte sich gerade noch in Sicherheit bringen. Als er wieder auf die Füße sprang, war es stockfinster in der Zelle – Ignatius hatte das Wyrrlicht mit einem gezielten Klauenschlag gelöscht.

»Du möchtest also im Dunkeln spielen, wie?« Fletcher lud seinen tätowierten Zeigefinger auf. Diesmal ätzte er eines der unbekannteren Symbole, das er in Bakers Tagebuch entdeckt hatte. Es hieß Katzenauge und sah auch genau so aus: ein leuchtender Kreis mit einer schmalen Ellipse darin. Durch einiges Ausprobieren hatte er herausgefunden, dass der Zauber nur dann wirkte, wenn das gelbe Leuchten direkt auf seine Augen fiel.

Andererseits verriet das Licht seine Position, also rollte er sich ein weiteres Mal zur Seite und wartete, bis er spürte, wie sich seine Pupillen zu schmalen, katzenartigen Schlitzen umbildeten. Fletchers Nachtsicht wurde schlagartig besser. Er sah Ignatius, der wie ein Löwe auf Gazellenjagd auf die Stelle zupirschte, an der er selbst eben noch gestanden hatte. Normalerweise sah der Salamander im Dunkeln weit besser als er selbst, doch die undurchdringliche Schwärze der Kerkerzelle bereitete selbst dem kleinen Dämon Probleme.

»Hab dich!«, rief Fletcher und packte Ignatius mit einem Hechtsprung. Gemeinsam kugelten sie über das Stroh, Ignatius bellte erschrocken, und Fletcher hielt sich vor Lachen den Bauch.

In diesem Moment flog die Tür auf. Helles Licht strömte herein und blendete Fletchers empfindliche Augen. Eilig versteckte er die Bücher unter dem Stroh, da traf ihn schon ein Stiefel seitlich am Kopf und schmetterte ihn gegen die Wand.

»Nicht so schnell«, krächzte eine Stimme.

Fletcher hörte das übliche Klicken eines Pistolenabzugs und spürte, wie ihm jemand den kalten Lauf an die Schläfe presste. Die Wirkung des Katzenaugenzaubers ließ allmählich nach, sodass er die Umrisse einer Gestalt mit Kapuze erkennen konnte, die neben ihm mit einer eleganten Pistole in der Hand auf dem Boden kauerte.

»Wenn du auch nur die kleinste Bewegung machst, puste ich dich weg«, rasselte der Mann wie jemand, der kurz vorm Verdursten war.

»Verstanden«, erwiderte Fletcher und hob langsam die Hände.

»Aber nein, nicht doch«, höhnte die Gestalt und drückte den Lauf noch fester gegen seine Schläfe. »Bist du taub? Ich habe nur zu deutlich gehört, was du mit deinen tätowierten Fingern so alles anstellen kannst, also lass die Hände schön unten.«

Fletcher zögerte. Immerhin war das hier die beste Fluchtmöglichkeit, die er je gehabt hatte.

Die verhüllte Gestalt seufzte verärgert. »Rubens, gib ihm eine kleine Kostprobe von deinem Gift.«

Fletcher hörte ein Flattern. Es kam direkt aus der Kapuze des Kerls. Ein grellroter Kerf löste sich daraus und stürzte sich auf Fletchers Hals, dann spürte er einen Stich, gefolgt von einer Kälte, die sich schnell über seinen ganzen Körper ausbreitete.

»Jetzt wissen wir beide, dass du keine Tricks mehr versuchen wirst«, sagte der Mann hüstelnd und erhob sich. Er stand jetzt so deutlich vor der Tür, dass sich seine Silhouette im Schein der Fackeln draußen auf dem Flur abzeichnete. »Da wir gerade davon sprechen: Wo steckt dein Salamander?«

Fletcher wollte schon den Kopf heben, doch sein Nacken fühlte sich an, als wäre er aus Stein. Er wusste, dass sich sein Dämon gerade zum Angriff bereit machte – aber dann pfiff er ihn mit einem Gedankenbefehl zurück. Selbst wenn es ihnen gelang, den Eindringling zu überwältigen, in seinem jetzigen Zustand konnte Fletcher gewiss nicht einmal bis zur Tür krabbeln, geschweige denn aus dem Gefängnis fliehen.

»Ah, da ist er ja. Sorge dafür, dass er sich ruhig verhält, wenn ich dir nicht das Hirn aus dem Schädel pusten soll. Es wäre eine Schande, dich zu töten, nachdem wir alles so gut vorbereitet haben.«

»Vorr… vorr… vorrberreitet?«, nuschelte Fletcher. Vom Gift des Kerfs war seine Zunge dick und schwer.

»Für deine Gerichtsverhandlung«, erwiderte der Mann und ließ Rubens auf seiner Hand landen. »Wir haben sie so lange hinausgezögert wie möglich, aber deine Freunde ließen einfach nicht locker und haben beim König eine Petition nach der anderen eingereicht. Wirklich schade.«

Der Fremde verstaute den Kerf wieder in seiner Kapuze, als wollte er ihn möglichst nahe bei sich haben. Die Haut auf seiner Hand sah glatt und weich aus, beinahe weiblich, die Fingernägel waren sorgfältig manikürt. Seine Stiefel bestanden aus handbesticktem Kalbsleder, dazu trug er eine modische, eng anliegende Hose. Auch die Kapuzenjacke war aus feinstem Leder. Offensichtlich handelte es sich um einen wohlhabenden jungen Mann, wahrscheinlich war er der Erstgeborene eines Adligen.

»Ich gestatte dir noch eine letzte Frage, dann muss ich dich allerdings in den Gerichtssaal bringen. Lass dir aber Zeit, bis die Lähmung nachlässt. Ich habe keine Lust, dich zu tragen.«

Fletchers Gedanken sprangen erst zu seinen Freunden, dann zu Berdon und schließlich zum Verlauf des Orkkriegs, doch er bezweifelte, dass der Fremde tatsächlich eine Antwort auf diese Fragen wusste. Woher kannte er Fletcher überhaupt?

Er rief sich die anderen Beschwörer von der Akademie ins Gedächtnis, aber keiner von ihnen hatte eine dermaßen raue Stimme gehabt. War es vielleicht Tarquin, der da sein grausames Spiel mit ihm trieb? Nur in einem war er sich sicher: Solange sein Häscher anonym blieb, war er in der besseren Position.

»Wer … bist … du denn?«, presste er schließlich hervor, obwohl ihm seine gefühllosen Lippen kaum gehorchten. Dass er überhaupt sprechen konnte, bedeutete wohl, dass Rubens ihm nur eine geringere Dosis Gift verpasst hatte. Vielleicht würde sich doch eine Möglichkeit zur Flucht ergeben.

»Bist du noch immer nicht dahintergekommen?«, krächzte der junge Adlige. »Was für eine Enttäuschung. Ich hätte dich für schlauer gehalten. Andererseits sehe ich tatsächlich ganz anders aus als bei unserer letzten Begegnung.« Der Mann ging in die Hocke und beugte sich so nahe heran, dass die dunkle Kapuze Fletchers gesamtes Gesichtsfeld ausfüllte. Dann zog er sie langsam zurück.

»Erkennst du mich jetzt?«, zischte Didric.

2

DIDRIC SETZTE EIN SCHIEFES GRINSEN AUF und legte den Kopf so in den Nacken, dass der Fackelschein auf sein Gesicht fiel. Die rechte Seite schimmerte eitrig und war von knotigen, roten Narben übersät. Ein Stück der Oberlippe fehlte, darunter blitzten weiß die Zähne hervor. Wimpern und Brauen hatte er ebenfalls keine mehr, was die Augen aussehen ließ, als wären sie ständig weit aufgerissen. Die eine Seite seines Kopfes war vollkommen kahl, lediglich auf der andern wuchsen ein paar Haarbüschel aus dem vernarbten Gewebe.

»Hübsch, nicht?« Didric fuhr sich mit den langen, dünnen Fingern über die zerfurchte Kopfhaut. »Mein Vater hat damals ein Vermögen ausgegeben, damit noch in derselben Nacht ein Beschwörer an mein Bett kommt und den Heilzauber ausführt. Das war übrigens Graf Faverham. Lustig, dass er unwissentlich ausbaden musste, was sein eigener Sohn angerichtet hat, findest du nicht?«

Fletcher war sprachlos. Ob es an der Lähmung lag oder am Schock, wusste er nicht genau. Wie in aller Welt hatte Didric von seiner angeblichen Verwandtschaft mit den Faverhams erfahren? Offensichtlich war während des letzten Jahres eine Menge geschehen.

»Wahrscheinlich sollte ich dir sogar dankbar sein«, sprach Didric weiter, während er sich das lange Haar, das auf der unversehrten Seite seines Schädels wuchs, über die kahlen Stellen strich. »Der Grund für das Beste und Schlimmste, was im vergangenen Jahr passiert ist, bist jedenfalls du.«

»Wie das?«, hauchte Fletcher, ohne Rubens aus den Augen zu lassen, der gerade über Didrics Brust krabbelte.

Didric war kein Beschwörer. Ob ein anderer den Kerf kontrollierte, um Fletcher Angst zu machen?

»Das habe ich alles dir zu verdanken, Fletcher.« Didric rief ein Wyrrlicht herbei, das die Zelle in ein unirdisch blaues Licht tauchte. »Das Phänomen ist in der gesamten bisherigen Geschichte erst ein einziges Mal vorgekommen, aber Gerüchte und Legenden darüber, dass ein magischer Angriff, der das Opfer an den Rand des Todes bringt, die Gabe übertragen kann, hat es schon immer gegeben. Das Mana des Dämons kann beträchtliche Veränderungen im Körper des Angegriffenen bewirken. Das Feuer deines Salamanders mag meine Stimmbänder versengt und mein Gesicht verunstaltet haben, aber gleichzeitig ist mir ein kostbares Geschenk zuteilgeworden, und dafür danke ich dir.«

»Das ist unmöglich …«, stammelte Fletcher benommen.

»Ganz und gar nicht«, widersprach Didric und streichelte Rubens' Rückenpanzer. »Vor mehreren Jahrhunderten ist das Gleiche in einer anderen Adelsfamilie passiert. Ein Streit unter den Erben lief derart aus dem Ruder, dass der jüngere Bruder eine volle Dosis Mantikor-Gift abbekam. Eigentlich hätte er daran sterben müssen, stattdessen erhielt er die Gabe.«

Didric beobachtete zufrieden das Entsetzen auf Fletchers Gesicht. »Komm, es wird Zeit für deine Verhandlung. Aber mach dir keine Sorgen, du kommst bald wieder zurück in dein armseliges Loch. Ich kann es kaum erwarten, dich bis ans Ende aller Zeiten dort einzusperren.«

Schwankend stand Fletcher auf. Seine Muskeln schienen immer noch unter der Einwirkung des Gifts zu stehen, sie zitterten und krampften unkontrolliert. Eine Gerichtsverhandlung also … Würde er nun endlich Gerechtigkeit erfahren? Zum ersten Mal seit einer schieren Ewigkeit sah er einen Hoffnungsschimmer am Horizont.

Er drehte eine Hand in Richtung des Strohs, in dem sich Ignatius versteckt hielt. Das darauf tätowierte Pentagramm erstrahlte violett, dann löste sich der kleine Dämon in Fäden weißen Lichts auf, die in Fletchers Hand strömten. Besser, er nahm seinen Salamander in sich auf, damit sie nicht voneinander getrennt wurden. An die Möglichkeit, ohne seinen kleinen Freund eingesperrt zu sein, wollte er gar nicht erst denken.

Didric deutete mit der Pistole auf die offen stehende Tür. »Du zuerst.«

Fletcher stolperte aus der Zelle. Einen Moment lang genoss er die Freiheit, mehr als nur ein paar Schritte in die gleiche Richtung gehen zu können, da spürte er schon wieder die kalte Mündung in seinem Nacken.

»Keine plötzlichen Bewegungen. Wir wollen doch nicht, dass du stirbst, bevor der Spaß überhaupt losgeht«, knurrte Didric, während sie durch den langen steinernen Tunnel gingen. Weitere Zellentüren säumten die Wände. Es herrschte Totenstille, lediglich unterbrochen vom Widerhall ihrer Schritte.

An einer Treppe blieb Didric stehen. Links und rechts zweigten weitere Tunnel ab, die sich irgendwo in der Dunkelheit verloren. »Hier sind die gefährlichsten Gefangenen eingesperrt, solche Leute wie du: Rebellen, Mörder und Vergewaltiger. Der König bezahlt uns gut dafür, dass wir sie hier sicher verwahren. Unsere Auslagen belaufen sich lediglich auf einen Eimer Wasser und eine Mahlzeit pro Tag. Ein gutes Geschäft.«

Fletcher erschauerte und stellte sich vor, allein in einer dieser Zellen zu sitzen, ohne Ignatius oder die Bücher, dafür mit dem Wissen, dass er nie wieder das Tageslicht erblicken würde. Eine Woge des Mitleids für die armen Seelen, die hier einsaßen, erfasste ihn, ganz gleich, was sie getan hatten. Dann wurde ihm bewusst, dass er schon bald einer von ihnen sein konnte, für immer tief unter der Erde weggesperrt. Eine eisige Furcht legte sich um sein Herz.

»Weiter«, befahl Didric und scheuchte ihn die Stufen hinauf. Es war eine Wendeltreppe wie in einem Zwergenhaus, nur dass bei jedem Absatz eine Gittertür eingelassen war, die ein Wärter für sie öffnete. Immer weiter ging es nach oben, bis Fletchers Knie schmerzten. Er hatte sein Bestes getan, um in der engen Zelle in Form zu bleiben, aber nach so vielen Monaten ohne richtige Bewegung und ausreichendes Essen war er abgemagert und schwach. Ob er noch ein weiteres Jahr unter diesen Bedingungen überstehen würde, war fraglich – und wenn es sogar der ganze Rest seines Lebens wäre?

Schließlich erreichten sie eine schwere Flügeltür. Didric schob ihn unsanft hindurch und hinaus auf einen überfüllten Exerzierplatz. Überall standen Soldaten in Formation, machten Schießübungen oder trainierten mit dem Bajonett. Ihre aus Kettenhemd und leichter Lederpanzerung bestehenden Uniformen waren gelb-schwarz gestreift, was sie fast wie einen Wespenschwarm aussehen ließ. Insgesamt waren es so viele wie bei einem kleinen Heer.

Fletcher sog die frische Luft ein, genoss den Anblick des freien Himmels über sich und die Wärme der Sonnenstrahlen auf seinem Gesicht. Die ungewohnte Weite machte ihn beinahe schwindlig, trotzdem breitete er die Arme aus, als wollte er die kühle Brise umarmen. Es war wunderbar.

Didric schubste ihn weiter über den Hof, durch ein breites Eisentor und schließlich auf die Straße hinaus.

Fletcher drehte den Kopf ein Stück und betrachtete das Gefängnis in seinem Rücken. Einige der Gebäude erkannte er wieder. Dies war das Anwesen der Cavells. »Hübsch, was du aus eurer Hütte gemacht hast«, kommentierte er trocken.

»Jaja, das war der alte Vorplatz. Es war Zeit für ein paar Veränderungen, jetzt, da ich zu ungewohntem gesellschaftlichem Rang aufgestiegen bin.« Didric deutete nach oben. »Wie gefällt dir mein neues Zuhause?«

Das Dörfchen Pelz lag am Fuß des höheren der beiden Bärenzahngipfel. Wie ein riesiger Fels ragte er über dem Tal auf und tauchte Pelz schon lange vor Sonnenuntergang in Schatten. Doch als Fletcher in die Richtung blickte, in die Didric zeigte, sah er, dass der Gipfel nicht mehr … da war. Stattdessen thronte dort eine Burg mit Türmen, Zinnen und Schießscharten. Oben auf den Mauern entdeckte er Kanonen, deren schwarze Mündungen drohend auf Pelz zeigten, ganz so, als würden sie jeden Moment das Feuer eröffnen. Die Anlage wirkte eher wie eine Festung denn wie ein Zuhause.

»Das ist der sicherste Ort in ganz Hominum. Unsere Vorräte reichen aus, um eine zehnjährige Belagerung zu überstehen. Wenn uns die Elfen verraten oder die Orks einmarschieren und selbst wenn die Gefangenen das Dorf an sich reißen sollten, es kratzt uns nicht. Nicht einmal das größte Heer der Welt kann diese Mauern erstürmen. Das heißt, wenn es den Soldaten überhaupt gelingt, die steilen Felswände zu erklettern.«

»Du klingst, als littest du unter Verfolgungswahn«, versetzte Fletcher, um sich seine Erschütterung nicht anmerken zu lassen. »Oder als hättest du was zu verbergen.«

»Nur unseren immensen Reichtum, Fletchy. Mein Vater traut den Banken nicht, und er muss es wissen, schließlich war er selbst einmal Bankier.«

»Ein Geldverleiher und Halsabschneider, meinst du wohl.«

Didric erstarrte kurz, ignorierte aber die Spitze und scheuchte Fletcher weiter.

Überall auf den verlassenen Straßen sah Fletcher Anzeichen von Elend. Viele Häuser und Geschäfte lagen verlassen, andere waren zu Kerkern umfunktioniert worden. Die Insassen pressten die rauen, ungewaschenen Gesichter gegen die Gitterstäbe und verfolgten den einherstolzierenden Didric mit hasserfüllten Blicken. Armut und Verzweiflung lagen in der Luft wie der Gestank einer Jauchegrube. Pelz hatte nicht mehr das Geringste mit dem geschäftigen kleinen Dörfchen zu tun, in dem Fletcher aufgewachsen war.

Didrics Vater, Caspar Cavell, war zum reichsten Mann im ganzen Tal geworden, indem er Geld an die Bedürftigen verliehen hatte. Dabei täuschte er seine Kreditnehmer und ließ sie Verträge unterschreiben, die sie zwangen, weit mehr zurückzuzahlen, als sie überhaupt geliehen hatten. Offensichtlich hatten die Cavells das Geld mittlerweile eingetrieben. Sie hatten ihren Schuldnern alle Ersparnisse abgenommen – die natürlich nicht reichten – und sie dann aus ihren Häusern geworfen, um das ganze Dorf in ein Gefängnis zu verwandeln.

Fletcher blieb angewidert stehen und ließ seine Fingerknöchel knacken. Es kostete ihn alle Selbstbeherrschung, Didric nicht hier und jetzt ins Gesicht zu schlagen.

»Vorwärts«, fauchte dieser und verpasste ihm einen Schlag auf den Hinterkopf.

Fletcher glühte vor Zorn, aber seine Hände waren immer noch taub, und das Gift beeinträchtigte nach wie vor sein Reaktionsvermögen. Selbst wenn er im Vollbesitz seiner Kräfte gewesen wäre, bezweifelte er doch, ob es ihm gelingen würde, Didric die Pistole schnell genug aus der Hand zu schlagen. Wohl oder übel musste er abwarten.

Als sie das Haupttor erreichten, drehte sich Fletcher endgültig der Magen um – Berdons Hütte war verschwunden! Doch das war noch nicht alles: Auch die anderen Hütten waren weg. Der gesamte Bereich vor dem Tor war eingeebnet worden, und statt Häusern standen dort nur noch Waffenständer mit Lanzen, Wurfspießen und Schwertern. Außerdem hatte sich vor dem Tor eine lange Schlange gebildet. Worauf warteten all diese Männer?

Nein. Das waren keine Männer.

»Zwerge …«, keuchte Fletcher.

Es mussten Hunderte sein, sogar noch mehr, als er beim Kriegsrat der Zwerge gesehen hatte. Sie trugen die traditionellen Hosen aus dickem Leder und Leinenhemden, wirkten aber seltsam ungepflegt. Ihre langen Bärte waren zerzaust, die Kleidung dreckig von Schweiß, Erde und Ruß. Ihre Gesichter sahen finster und verschlossen aus, als würden sie wütend miteinander tuscheln.

»Sie sind gerade erst über den Bärenzahnpass gekommen, um nach zwei Jahren Dienst an der Nordfront ihre neue Ausrüstung hier abzuholen«, erklärte Didric lächelnd. »Der Krieg gegen die Elfen hätte ruhig noch länger dauern können. Die Friedensverhandlungen hatten nämlich einen empfindlichen Rückschlag erlitten, nachdem die Elfen-Häuptlinge Sylvas Zustand nach dem Turnier an der Dämonenakademie zu sehen bekamen. Sie war eine Freundin von dir, nicht?«

Bilder der geschlagenen und geschundenen Sylva tauchten zwar vor Fletchers innerem Auge auf, doch er erwiderte nichts. Wahrscheinlich erzählte Didric ohnehin nur Lügengeschichten.

Der Ruf eines Soldaten riss Fletcher aus seinen Gedanken. »Edler Herr!«, rief er. »Dieser Unhold hat schon einmal versucht, Euch zu ermorden. Er ist gefährlich. Wir werden ihn für Euch eskortieren.«

»Hab ich dich nach deiner Meinung gefragt, Stiefellecker?«, fauchte Didric und fuchtelte mit seiner Pistole in der Luft herum. »Du richtest gefälligst nur das Wort an mich, wenn du angesprochen wirst. Und jetzt mach dich wieder an deine Arbeit.«

»Wie Ihr wünscht, edler Herr«, erwiderte der Mann mit einer tiefen Verbeugung.

Didric versetzte dem Soldaten einen so heftigen Tritt, dass er der Länge nach in den Dreck fiel.

Angewidert beobachtete Fletcher die Szene. Didric führte sich auf, als wäre er allen anderen Menschen überlegen. Glücklicherweise war die Wirkung von Rubens' Gift inzwischen restlos verflogen, also stellte Fletcher seinen Erzfeind zur Rede. »Du lässt dich von den Soldaten mit *edler Herr* ansprechen?«, spöttelte er. »Die lachen doch nur über dich, sobald du dich wegdrehst, du aufgeblasener, blaublütiger Gefängniswärter.«

Didric wurde knallrot im Gesicht. So ehrliche und treffende Worte hatte er offenbar schon lange nicht mehr gehört. Dann brach er plötzlich in schallendes Gelächter aus. Sein krächzendes Gegacker hallte von der Dorfmauer wider, und zahlreiche Köpfe drehten sich in ihre Richtung.

»Was glaubst du denn, warum sie mich mit *edler Herr* ansprechen?«, prustete Didric und wischte sich eine Lachträne aus dem Augenwinkel. »Weil ich einer *bin*, Fletchy. Mein Name lautet jetzt Graf Cavell.«

3

FLETCHER STARRTE DIDRIC FASSUNGSLOS AN. Mehrere Einzelheiten, die er übersehen hatte, drängten sich nun in sein Bewusstsein: der dicke Siegelring an Didrics kleinem Finger. Die schwarzgelben Soldatenuniformen und die schwere Bewaffnung – das war tatsächlich Didrics eigenes Heer, ein Privileg, das der König nur dem Adel zugestand. Auf Didrics Brust war sogar ein Wappen gestickt, und zwar in den gleichen Farben, die auch die Soldaten trugen. Es zeigte Gitterstäbe mit zwei dahinter überkreuzten Schwertern. Wie passend.

Didric warf den Kopf in den Nacken, als genieße er Fletchers Bestürzung. Fletcher wiederum tat sein Bestes, sich nichts anmerken zu lassen, aber das war so gut wie unmöglich. Ihm wurde beinahe schlecht vor Abscheu.

»Während du im Kerker vor dich hin verrottet bist, war ich an der Dämonenakademie, selbstverständlich in meiner eigenen Luxussuite«, prahlte Didric grinsend. »Herzog Forsys war so freundlich, mir Rubens, der sich seit Generationen in Familienbesitz befand, zum Geschenk zu machen. Natürlich ist er nicht mein einziger Dämon, aber immerhin – es war ein Anfang. Vielleicht interessiert es dich ja zu erfahren, dass in wenigen Tagen das nächste Turnier stattfindet. Eigentlich sollte ich jetzt trainieren, aber ich möchte das hier um keinen Preis versäumen.«

»Bringen wir's endlich hinter uns«, knurrte Fletcher und hielt nach dem Gerichtsgebäude Ausschau. »Du redest zu viel.«

»Schön. Es überrascht mich, dass du es so eilig hast, wieder in deine

Zelle zu kommen. An deiner Stelle würde ich die wenigen Stunden Sonnenlicht an der frischen Luft genießen. Es werden deine letzten sein.« Dann drückte er Fletcher wieder die Pistole in den Rücken.

Man hatte das ehemalige Gemeinschaftshaus zu einem Gerichtsgebäude umgebildet. Es hatte einen ovalen Grundriss, große Eichentüren und sogar einen Turm. Die Mauern waren frisch getüncht, und über der Tür prangte das Gerichtswappen, ein schwarzer Hammer und ein Holzblock, die Unheil verkündend über Fletcher schwebten, während ihn Didric nach drinnen schob.

Der Saal erinnerte Fletcher an eine Kirche. An den Wänden links und rechts standen niedrige Holzbänke, die bis auf den letzten Platz besetzt waren. Am Ende des Mittelgangs warteten schon zwei Soldaten mit Handschellen und Ketten auf ihn. Dahinter thronte ein grimmig dreinschauender Richter in seiner Kanzel. Er trug eine prächtige schwarze Robe und eine gepuderte Perücke.

»Brillante Idee, das Gericht hier unterzubringen. Der Weg zum Kerker ist schön kurz«, flüsterte Didric aus dem Mundwinkel. »Natürlich ist es hier normalerweise nicht so voll. Dein Fall zieht eine Menge Zuschauer an.«

Im Saal war es totenstill. So gut es ging, blendete Fletcher die neugierigen Gesichter ringsum aus. Die vielen Blicke machten ihn nervös. Erst jetzt fiel ihm auf, dass man die stinkenden und verdreckten Lumpen an seinem Leib kaum als Kleidung bezeichnen konnte. Aber das wenige Wasser, das man ihm im Gefängnis gegeben hatte, hatte einfach nicht gereicht, um sich damit auch noch zu waschen. Das Haar hing Fletcher in fettigen Strähnen vom Kopf, und der beginnende Bartwuchs ließ sein Gesicht vermutlich wie einen Kaktus aussehen. Wenn er jetzt einen Spiegel hätte, würde wahrscheinlich nicht einmal er selbst sich wiedererkennen.

Didric führte seinen Gefangenen stolz den Gang entlang, als wären sie auf einer Monstrositätenschau. Fletcher sah sich verstohlen um, ob Berdon anwesend war, konnte ihn aber nirgendwo entdecken. Dann standen sie vor der Kanzel.

»Fesselt ihn«, befahl der Richter mit hoher, näselnder Stimme. Fletcher ließ sich von den Soldaten an den Boden ketten, als wäre er ein Bär in einer Grube. Nicht mehr lange, dann würden sie die Hunde auf ihn hetzen.

Schweigend wartete er ab, was als Nächstes geschehen mochte. Was blieb ihm schon anderes übrig? Er sah keinen Ausweg und wusste nicht, was er tun sollte. Das Beste war vermutlich, nach der Urteilsverkündung einen Fluchtversuch zu unternehmen. Das konnte allerdings schwierig werden, falls Didric persönlich ihn zurück zu seiner Zelle brachte. So oder so, eines wusste Fletcher genau: Eher würde er sterben, als in einem Kerker bei lebendigem Leib zu verfaulen.

»Die Verteidigung soll hinzutreten.« Der Richter deutete auf die Tür zu seiner Linken. Ein Soldat klopfte zweimal, dann öffnete er mit einer zeremoniellen Verneigung die Tür. Heraus trat ein groß gewachsener Mann in blauer Offiziersuniform, der zahlreiche Narben im Gesicht hatte.

Fletcher vergaß jegliche Verhaltensregeln. »Arcturus!«, rief er überglücklich.

Der Hauptmann schenkte ihm ein grimmiges Lächeln, dann schüttelte er kurz den Kopf, als sollte Fletcher besser den Mund halten.

»Ruhe!«, bellte der Richter und zeigte mit einem knorrigen Finger auf Fletcher. »Noch so ein Ausbruch, und ich lasse dich knebeln.«

»Verzeiht, Euer Ehren. Es war nicht meine Absicht, das Gericht zu entehren.«

»Hm, gut.« Der Richter hob seine Brille an und musterte den Angeklagten über die lange Adlernase hinweg. Fletchers gute Manieren schienen ihn zu überraschen, als wäre er von den Angeklagten sonst anderes gewohnt. »Wie dem auch sei. Ich dulde kein ungebührliches Betragen im Saal. Ist das klar?«

»Ja, Euer Ehren«, antwortete Arcturus, der sich inzwischen neben Fletcher gestellt hatte, noch bevor dieser selbst etwas sagen konnte. Arcturus' Botschaft war eindeutig: Ab jetzt übernahm er das Reden.

»Wer vertritt die Anklage?«, fragte der Richter, während er die Unterlagen auf seinem Schreibpult sortierte.

»Ich, Euer Ehren«, verkündete Didric und drehte sich zu den Zuhörern um.

»Ähem. Das ist aber sehr … ungewöhnlich«, erwiderte der Richter, während Didric zu seinem Platz stolzierte. »Aber durchaus mit dem Gesetz vereinbar. Ich muss Euch allerdings darauf hinweisen, dass Ihr als Ankläger keine Aussage vor diesem Gericht machen könnt. Seid Ihr Euch dessen bewusst?«

»Das Urteil ist schon so gut wie gefällt, Euer Ehren. Die Aussagen der beiden Zeugen sollten mehr als genügen, um diesen Schurken zu verurteilen. Ob ich nun als Zeuge auftrete oder nicht«, antwortete Didric mit einem zuversichtlichen Lächeln.

»Wie Ihr meint«, kommentierte der Richter mit einem Kopfschütteln. »Anklage und Verteidigung sollen sich setzen. Gerichtsdiener, bringt den ersten Zeugen!«

Arcturus und Didric nahmen auf den Seiten Platz, die ihnen zugewiesen waren, nur Fletcher wurde vor der Kanzel festgekettet. Der Diener wartete, bis sich alle gesetzt hatten, dann öffnete er mit einer Verbeugung die Tür zu einem Seiteneingang. Im ersten Moment erkannte Fletcher die junge Frau nicht, die hereintrat. Erst als sie ihm einen höhnischen Blick zuwarf, wusste er, wer sie war.

Calista hatte sich in den zwei Jahren, die seit dem Überfall in der Krypta vergangen waren, stark verändert. Das Haar, damals noch ein kaum gebändigter, kurz geschorener Schopf, fiel ihr nun elegant und glänzend bis hinab auf die Schulter. Sie trug ein hellblaues, mit Rüschen und Spitzen besetztes Kleid, in dem sie beinahe wie eine Puppe aussah. Ihr Gesicht war so hart und verkniffen wie immer, doch sie – oder jemand anderes – hatte große Mühe auf Puder und Schminke verwendet, um ihre Haut und die kantigen Züge zu glätten.

Selbst ihr Gang war nicht mehr der gleiche. Keine Spur von den O-Beinen, die sie damals hatte. Sie setzte sich artig auf die Zeugenbank, wo alle sie sehen konnten. Dann biss sie sich auf die Lippe und rückte so weit von Fletcher weg, wie es möglich war. Es schien ganz so, als hätte sie Angst vor ihm.

Von da an wusste Fletcher, dass er in ernsthaften Schwierigkeiten steckte. Jemand hatte es geschafft, die raubeinige Dorfwache Calista in ein Unschuldslamm mit großen wässrigen Augen zu verwandeln. Wie in aller Welt sollte er den Richter davon überzeugen, dass es in Wahrheit Calista, Didric und Jakov gewesen waren, die versucht hatten, *ihn* umzubringen? Die Zuhörer tuschelten jetzt schon und warfen Fletcher giftige Blicke zu.

»Ich möchte darauf hinweisen, dass das Urteil allein meinem Ermessen obliegt. Dies ist kein Militärtribunal, es werden also weder Geschworene noch Adlige hinzugezogen. Von daher dulde ich auch kein voreingenommenes Gemurmel in der Zuhörerschaft. Wer sich dennoch nicht zurückhalten kann, verlässt das Gericht.« Der Richter schickte seinen Worten noch einen strengen Blick hinterher, dann wandte er sich wieder der Zeugenbank zu. »Nun, meine Liebe, können wir beginnen?«

Calista rang die Hände auf dem Schoß, schließlich nickte sie.

Didric stand auf und legte lässig eine Hand auf Calistas Lehne. »Ich werde mich kurzfassen, um die Zeugin nicht länger hier festzuhalten, als es unbedingt nötig ist. Konzentriere dich ausschließlich auf mich, Calista, und blende alles andere aus. Es gibt nichts, wovor du Angst haben müsstest. Erzähle dem netten Herrn Richter einfach, was in jener Nacht passiert ist, dann ist alles im Nu vorbei.«

Calista neigte sittsam das Haupt, sodass ein Vorhang aus schwarzem Haar ihr Gesicht vor den Zuhörern verbarg. Alles in allem war dies ein meisterlicher Auftritt, auf den selbst Fletcher hereingefallen wäre, hätte er nicht das sadistische Grinsen gesehen, das sie ihm gerade eben zugeworfen hatte.

»Didric, Jakov und ich, wir hatten in dieser Nacht Wachdienst am Tor«, begann sie mit einem ganz leichten Zittern in der Stimme. »Da sahen wir, wie Fletcher mit einem schweren Buch unterm Arm aus Berdons Hütte kam. Am Tag zuvor war ein Soldat im Dorf gewesen, der genau so ein Buch verkaufen wollte. Also nahmen wir an, dass Fletcher es gestohlen hatte. Wir wollten das Beweisstück sicherstellen und folgten ihm durch die Dunkelheit, da merkten wir, dass er auf dem Weg zum Friedhof war. Als wir ihn stellten, hat er behauptet, er hätte das Buch gekauft …«

Didric hob die Hand. »Bitte, Euer Ehren, nehmt zur Kenntnis, dass im Zuge der Untersuchung, die noch in derselben Nacht erfolgte, ein großer Sack voll Geld im Zimmer des Angeklagten gefunden wurde. Somit erscheint es äußerst unwahrscheinlich, dass er das Buch tatsächlich bezahlt hat. Das wäre ein weiteres seiner Verbrechen – auf der langen Liste.«

»Diebstahl … in … einem Fall …«, murmelte der Richter und schrieb mit einem Schwanenfederkiel in seine Notizen. »Fürwahr ein Schurke.«

»Ganz recht, Euer Ehren. Das Geld wurde selbstverständlich konfisziert«, kommentierte Didric mit einem Zwinkern in Fletchers Richtung. »Verzeih, dass ich dich unterbrochen habe, Calista. Bitte fahre nun fort.«

»Danke, Graf Cavell«, erwiderte Calista mit einem theatralischen Augenaufschlag. »Dumm, wie wir waren, glaubten wir Fletchers Geschichte. Dann erzählte er uns, er wolle mithilfe des Buchs einen Dämon beschwören, und fragte, ob wir nicht Lust hätten zuzusehen. Wir dachten, es könnte interessant werden, also blieben wir …«

Sie zitterte jetzt und schaute immer wieder mit angstverzerrtem Gesicht zu Fletcher hinüber. Schauspielern konnte sie, das musste er ihr lassen.

»Ich weiß nicht, wie, aber er hat es tatsächlich geschafft. Es war schrecklich laut und blendend hell, als würde die Welt untergehen! Und dann ist es passiert.« Eine Träne lief ihr über die Wange.

Der Richter reichte ihr von der Kanzel ein Taschentuch herunter und murmelte: »Sprich weiter. Berichte, was geschehen ist.«

Calista schluckte und wischte sich die Träne weg, dann deutete sie mit einem zitternden Finger auf Fletcher.

»Er hat sich auf uns gestürzt und versucht uns umzubringen!«, rief sie und sprang auf. »Er hasst uns und hat uns für jedes Missgeschick, das ihm je widerfahren ist, die Schuld gegeben! Ich weiß noch, wie er uns lachend in die Kapelle getrieben hat. Unsere Schwerter konnten gegen das Feuer seines Dämons nichts ausrichten, und als ich anfing zu weinen, hat er mich angeschaut und gesagt, ich würde als Erste sterben.«

Calista stand von der Zeugenbank auf und ging auf Fletcher zu, den Zeigefinger wie eine Pistole auf ihn gerichtet.

»*Die Damen immer zuerst*, hast du gesagt, du Ungeheuer!«, zischte sie.

Dann drehte sie sich weg und vergrub das Gesicht in Didrics Halsbeuge. Er tätschelte ihre Schulter, während sie immer heftiger schluchzte, als würde sie von einem Weinkrampf geschüttelt werden.

Angeekelt verdrehte Fletcher die Augen, was ihm einen missbilligenden Blick des Richters einbrachte, da machte sich Calista von Didric los und schwang sich auf zum Finale.

»Erst als Didric – der tapfere Didric – sich vor mich stellte, hat er von mir abgelassen. Didric hat noch versucht, ihn zu besänftigen, aber es war zwecklos. Dann hat der Dämon Didric plötzlich Feuer ins Gesicht gespuckt. Sogar sein Haar hat gebrannt! Doch Didric konnte die beiden in das Gewölbe unter der Kapelle treiben, dann hat er das Bewusstsein verloren und sich fürchterlich den Kopf angeschlagen. Wir mussten ihn zum Haus seines Vaters tragen. Der Rest ist bekannt.«

Der Richter legte die Fingerspitzen aneinander und betrachtete Calista nachdenklich. Trotz ihrer Schluchzer war ihr Gesicht vollkommen trocken geblieben, nur die Wangen leuchteten rot vor Aufregung.

Einen Moment lang glaubte Fletcher, der Richter würde die Täuschung durchschauen, doch dann schenkte er Calista ein freundliches Lächeln und bedankte sich für ihre Aussage. Calista machte einen tiefen Knicks vor Didric und ging, ohne sich noch einmal umzudrehen, aus dem Saal.

»Der nächste Zeuge!«, rief der Richter.

4

JAKOV WAR WÄHREND FLETCHERS zweijähriger Abwesenheit zu einem wahren Giganten herangewachsen. Die letzten Spuren der Pubertät waren verschwunden, die dicken Muskeln an seinen Armen wölbten sich wie die Hinterbacken eines Pferdes, und dazu watschelte er auch noch leicht vornübergebeugt wie ein Gorilla aus dem Dschungel. Er trug jetzt die schwarz-gelbe Uniform von Didrics Privatheer. Die waagrechten Streifen darauf ließen seine kräftige Brust sogar noch breiter aussehen.

»Nimm Platz, Feldwebel Jakov«, sagte Didric und schob ihm einen Stuhl hin. »Meine erste Frage an dich lautet, ob du Calistas Bericht als vollständig und wahrheitsgemäß bestätigen kannst.«

»Das kann ich, edler Herr. Ihre Geschichte zu hören war, als hätte ich alles noch mal durchlebt.«

»Gut. Ich weiß, du bist ein viel beschäftigter Mann, deshalb brauchst du die Ereignisse auch nicht ein weiteres Mal wiederzugeben. Erzähle uns lieber, was nach Fletchers Mordversuch passiert ist.«

»Da habt Ihr recht, Herr«, erwiderte Jakov. Er strich sich das Stirnhaar aus dem Gesicht und nahm einen tiefen Atemzug.

»Nachdem wir Didric zu seinem Vater gebracht hatten, weckte ich die anderen Mitglieder der Dorfwache. Wir fanden die Tür von Fletchers Haus verriegelt, also brachen wir sie auf, doch sein Adoptivvater, Berdon, leistete heftigen Widerstand. Er hätte uns beinahe umgebracht – er ist fast so groß und kräftig wie ich, müsst Ihr wissen. Aber ich konnte ihn entwaffnen. Ein paar von den Jungs haben daraufhin ein bisschen … überreagiert. Nun ja, Berdon konnte nach dieser Nacht eine

Weile nicht mehr in der Schmiede arbeiten. Es dauert nun mal seine Zeit, bis gebrochene Knochen wieder zusammenwachsen.«

»Du Tier!«, schimpfte Fletcher. Wut kochte in ihm hoch. Er wusste, Jakov hatte ihn absichtlich provoziert, damit er sich vor dem Richter danebenbenahm, aber jetzt waren ihm die Worte schon herausgerutscht.

»Noch ein Wort, Meister Fletcher!«, bellte der Richter und schlug mit seinem Hammer auf das Pult. »Noch ein einziges Wort, dann kannst du in deiner Kerkerzelle auf das Urteil warten.«

Fletcher biss sich so fest auf die Lippe, dass er Blut schmeckte. Er hätte schreien können wegen der Ungerechtigkeit dieses Scheinverfahrens. Bilder, wie die Büttel auf den bewusstlosen Berdon einschlugen, bestürmten ihn, aber er konnte sie einfach nicht abstellen.

»Danach haben wir alles im Haus als Beweismittel beschlagnahmt«, fuhr Jakov fort. »Während des Kampfes geriet das Feuer in der Schmiede außer Kontrolle, alles ist abgebrannt.«

Fletcher spürte Tränen auf den Wangen und sank auf die Knie. In einer einzigen Nacht hatte der Mensch, den er am meisten liebte, alles verloren. Und das allein wegen ihm.

»Euer Ehren, ich verstehe nicht, was das mit den Anschuldigungen zu tun haben soll, die gegen den Angeklagten vorgebracht werden«, warf Arcturus gereizt ein. »Könnten wir bitte zum Punkt kommen?«

Der Richter nickte. »Ich bin der gleichen Meinung. Danke, Hauptmann Arcturus. Graf Cavell, falls Ihr keine Beweise vorzubringen habt, sehe ich keinen Sinn in dieser Vernehmung. Habt Ihr welche?«

»Nein, Euer Ehren. Ich denke, Jakov hat alles gesagt«, erwiderte Didric.

»Na gut. Du darfst jetzt gehen, Feldwebel Jakov«, sagte der Richter.

»Danke, edler Herr.« Der Hüne stand auf und trat zum Seiteneingang. Kurz bevor er darin verschwand, winkte er Fletcher hämisch zu.

Fletcher schaute weg und versuchte, seine neuerlich auftretende Wut im Zaum zu halten. Jakovs Aussage hatte nur dazu gedient, ihn zu einem Zornesausbruch zu verleiten.

»Wäre das alles, Graf Cavell?«, fragte der Richter mit einem Blick auf seine Notizen.

»Ja, Euer Ehren. Die Anklage hat alle Punkte vorgebracht. Wie ich bereits gesagt habe, Ihr werdet feststellen, dass dieser Fall bereits so gut wie entschieden ist. Ich empfehle als mildeste Strafe ein Leben in Kerkerhaft.«

»Danke, Graf Cavell. Ich werde Eure Worte berücksichtigen«, erwiderte der Richter mit einem verärgerten Stirnrunzeln.

Arcturus nahm seine Unterlagen zur Hand und stand auf. Die Zuhörer im Saal tuschelten.

»Scheint ganz so, als wäre meine Richterausbildung doch nicht ganz umsonst gewesen, was, Fletchy?«, höhnte Didric auf dem Weg zurück zu seinem Platz. »Auch wenn ich beim Anblick des alten Kauzes da oben froh bin, dass ich eine andere Laufbahn eingeschlagen habe.«

»Als würde man ein Ungeheuer wie dich jemals zum Richter machen«, knurrte Fletcher.

Didric blieb wie erstarrt stehen. Er ignorierte das ungeduldige Hüsteln des Richters und wandte sich noch einmal an Fletcher. »Vergiss nicht, das ist *mein* Kerker«, zischte er mit blitzenden Augen. »Falls du glaubst, dich hungern zu lassen wäre das Schlimmste, was ich dir antun kann, mangelt es dir gehörig an Fantasie.«

»Graf Cavell, ich muss Euch auffordern, jetzt auf Euren Platz zurückzukehren«, mahnte der Richter.

»Eigentlich wäre es mir lieber, wenn er noch kurz bleiben könnte, Euer Ehren«, warf Arcturus ein und kam mit langen Schritten nach vorn. Er stellte sich neben Fletcher und legte ihm die Hand auf die Schulter.

Die kräftige Berührung des Hauptmanns zu spüren beruhigte sogleich Fletchers pochendes Herz. Er nahm einen tiefen Atemzug und blickte dem Richter fest in die Augen.

»Nun gut, Graf Cavell«, sagte der Richter und winkte Didric heran. »Bitte tretet in den Zeugenstand.«

»Wäre es ungebräuchlich, auch Feldwebel Jakov und Dorfwache Calista noch einmal hereinzuholen?«, fragte Arcturus.

»Das wäre es, auch wenn es rechtlich durchaus möglich ist. Doch lasst mich Euch zuerst eine Frage stellen. Soweit ich weiß, seid Ihr kein gelernter Jurist. Weshalb verteidigt ausgerechnet Ihr den Jungen?«

»Ich verteidige ihn, weil es außer mir niemand wagt«, antwortete Arcturus mit einem verbitterten Kopfschütteln. »Die Feiglinge haben Angst vor dem Dreigestirn.«

Der Richter runzelte die Stirn. »Ich bedaure, aber … was meint Ihr mit Dreigestirn? Der Ausdruck ist mir nicht geläufig.«

Fletcher horchte ebenfalls auf. Auch er hörte das Wort zum ersten Mal.

»Graf Cavell, die Dame Faverham und Herzog Forsys arbeiten sowohl geschäftlich als auch in der Politik sehr eng zusammen. Der Volksmund nennt sie deshalb ›das Dreigestirn‹.«

Didric steckte also mit den Faverhams und den Forsys unter einer Decke. Wie passend. Fletcher hätte es gleich wissen sollen. Die, die ihn am meisten hassten, brachten ihn nun gemeinsam zu Fall.

»Oder es will ihn niemand verteidigen, weil seine Schuld allzu offensichtlich ist!«, rief Didric dazwischen. »Kein Anwalt, der bei Trost ist, nimmt einen Fall wie diesen an.«

Arcturus wirbelte zu Didric herum. »Ruhe!«, fauchte er. »Ich habe während Eures Plädoyers nicht gesprochen und würde es begrüßen, wenn Ihr nun ebenfalls die Freundlichkeit hättet.«

Didric verdrehte die Augen und hob in gespielter Unterwürfigkeit die Hände.

»Man bringe die Dorfwache Calista und Feldwebel Jakov noch einmal herein«, befahl der Richter. »Und Stühle für beide.«

Schon einen Wimpernschlag später waren sie wieder im Saal, als hätten sie die ganze Zeit an der Tür gewartet und gelauscht.

»Dann können wir nun also endlich fortfahren?«, sagte der Richter naserümpfend, während der Gerichtsdiener zwei Stühle mit beträchtlichem Lärm vor das Podium zerrte. »Bringt Eure Beweisführung vor, damit ich zu einem Urteil kommen kann.«

Fletcher musterte die drei und fragte sich, was Arcturus vorhatte. Er hatte weder dem Hauptmann noch sonst jemandem je in allen Einzelheiten erzählt, was in jener Nacht vorgefallen war, und dafür hätte er sich nun ohrfeigen können. Fletchers Verzweiflung wurde immer größer, da erhob Arcturus das Wort.

»Als Erstes möchte ich das ehrenwerte Gericht darauf hinweisen, dass es nicht ein einziges Beweisstück gibt, das die Aussage der beiden Zeugen belegt. Falls sich der von Dorfwache Calista und Feldwebel Jakov geschilderte Hergang als unzutreffend herausstellen sollte, muss Fletcher in allen Anklagepunkten freigesprochen werden. Ist das korrekt, Euer Ehren?«

»Nun, das ist eine stark vereinfachte Interpretation der Rechtslage«, erwiderte der Richter mit einem Räuspern. »Sollten die Aussagen tatsächlich ausreichend in Zweifel gezogen werden, bin ich eher geneigt, den Angeklagten freizusprechen. Allerdings werdet Ihr in diesem Fall eine andere Version des Tathergangs darlegen müssen, und zwar mit Beweisen.«

»Danke, Euer …«

»Vergesst aber nicht, dass drei übereinstimmende Zeugenaussagen einiges Gewicht haben«, fiel der Richter Arcturus ins Wort. »Ihr müsstet gravierende Widersprüche aufzeigen, Hauptmann Arcturus. Gravierende!«

Arcturus verneigte sich respektvoll. »Sehr wohl, Euer Ehren. Wie Ihr gleich sehen werdet, gibt es in der Tat eine stark abweichende Version der Ereignisse zu berichten.«

Er verschränkte die Hände hinter dem Rücken und wandte sich an die drei Zeugen. »An einem kalten Abend vor zwei Jahren freundet sich Fletcher in der Dorfschenke mit einem altgedienten Soldaten an. Sein Name ist Rotterham, unter seinen Mitkämpfern an der Front kennt man ihn besser als Rotter. Er ist im Besitz eines Buches. Die beiden trinken gerade gemeinsam ein Bier, da werden sie von Didric und Jakov angepöbelt. Didric verlangt die Herausgabe des Buches für eine lächerlich geringe Summe, auf die man sich zuvor nicht einmal geeinigt hatte. Streitet Ihr das ab, Didric?«

»Die korrekte Anrede lautet Graf Cavell«, gab Didric giftig zurück und verschränkte die Arme vor der Brust.

»Graf Cavell«, wiederholte Arcturus durch zusammengebissene Zähne. »Bestreitet Ihr, was ich soeben gesagt habe? Es gibt mehrere Zeugen, die den Hergang unter Eid beschwören würden. Anscheinend sind nicht alle Bewohner von Pelz käuflich, nicht einmal die, die Euer Vater in den Ruin getrieben hat.«

Didrics Gesicht wurde rot vor Zorn, doch er beherrschte sich und antwortete gemessen: »Ich bestreite nichts. Wir sind einander in jener Nacht in der Dorfschenke begegnet. Der Kaufpreis für das Buch war allerdings sehr wohl zuvor festgelegt worden.«

»Wie dem auch sei«, fuhr Arcturus nun lauter fort und wandte sich dem Publikum zu. »Es kam zu einem Streit, in dessen Verlauf Didric versuchte, Fletcher mit einem unter seinem Gewand verborgenen Krummdolch zu töten. Ich frage Euch noch einmal, *Graf Cavell*: Streitet Ihr das ab?«

»Es war Notwehr. Dieser Verrückte war gerade dabei, mich zu erdrosseln«, antwortete Didric mit einer abschätzigen Geste, als wäre die Sache nicht der Rede wert. »Das beweist nur, dass der Angeklagte schon zu diesem Zeitpunkt versuchte, mich zu ermorden. Ganz zu schweigen von den späteren Vorfällen in der gleichen Nacht, die ihn in seinem Entschluss noch weiter bestärkten.«

»Ich bin froh, dass Ihr den Begriff Notwehr erwähnt«, erwiderte Arcturus und ging zur anderen Seite der Zeugenbank hinüber. »Er wird später noch sehr wichtig werden. Rotterham und Fletcher hatten also Freundschaft geschlossen und sogar Seite an Seite gegen Euch gekämpft. Weshalb seid Ihr dann so überrascht gewesen, als Ihr das Buch später in Fletchers Besitz fandet?«

»Das habe nicht ich gesagt, sondern Calista. Sie war in der Schenke nicht dabei, daher wusste sie nichts von dem Buch. Ich denke, das war auch der Grund, warum sie Fletcher gefolgt ist«, antwortete Didric gelassen. Auf der unversehrten Seite seines Gesichts zeichnete sich ein zuversichtliches Lächeln ab.

»Und weshalb seid *Ihr* ihm gefolgt?«, fragte Arcturus.

»Pure Neugierde. Ein Halbwüchsiger, der sich mitten in der Nacht auf den Weg zum Friedhof macht, ist verdächtig, findet Ihr nicht?«

»Es hatte also nichts damit zu tun, dass er Euch in der Auseinandersetzung in der Schenke besiegt hatte?«, hakte Arcturus nach.

Fletcher musste ein Lachen unterdrücken – das Prusten, das dabei herauskam, brachte ihm einen weiteren strafenden Blick des Richters ein.

»Nein«, erwiderte Didric knapp.

»Nun, dann werden wir Euch das wohl glauben müssen«, fuhr Arcturus schließlich fort. »Allerdings finde ich es eigenartig, dass weder Ihr noch Jakov gegenüber Calista die vorangegangene Auseinandersetzung mit Fletcher erwähntet. Doch darüber wird sich der ehrenwerte Richter selbst ein Bild machen.«

Der Richter schnaubte kurz und machte sich achselzuckend eine Notiz.

»Dann kommen wir also zu den Ereignissen am Friedhof«, sprach Arcturus weiter und tippte sich ans Kinn. »Obwohl Ihr Fletcher in der Nacht zuvor beinahe den Bauch aufgeschlitzt hattet und eine innige Abneigung zwischen Euch besteht, lud der Angeklagte Euch ganz unerwartet ein, dem Beschwörungsversuch beizuwohnen? Es gab keinen weiteren Streit, kein böses Blut, als Ihr ihn am Friedhof überraschtet?«

»Ich bin nicht nachtragend, Hauptmann. Ich habe weder den Angeklagten bedroht noch er mich. Immerhin war ich in Begleitung zweier bewaffneter Dorfwachen. Da er von Anfang an vorhatte, den Dämon auf uns zu hetzen, tat er zunächst ganz freundlich, bis er das Wesen unter Kontrolle gebracht hatte.«

»Ah, Kontrolle. Gut, dass Ihr es erwähnt. Nun sagt mir, was Euch an der Dämonenakademie als Erstes beigebracht wurde, nachdem Ihr den Äther und seine Geister kennengelernt hattet?«, fragte Arcturus.

»Unseren Dämon unter Kontrolle zu bringen …«, antwortete Didric mit einem ersten Anflug von Unsicherheit in der Stimme.

Fletcher musste unwillkürlich grinsen. Mit dieser Entwicklung der Befragung hatte sein Erzfeind wohl nicht gerechnet.

Arcturus' Stimme wurde jetzt hart, wie beiläufig deutete er auf Fletcher. »Glaubt Ihr im Ernst, ein so blutiger Anfänger wie der Angeklagte könnte einen Dämon auf Euch hetzen, den er eben erst gerufen hat? Ohne vorangegangene Provokation?«

Mit einem Mal war Fletcher froh über seine dreckigen Kleider und das verfilzte Haar. Wie ein erfahrener Beschwörer sah er bestimmt nicht aus.

»Wie Euer Ehren sicherlich wissen wird, ist es einem Novizen nahezu unmöglich, seinen ersten Dämon gleich nach der Beschwörung zu kontrollieren. Umso mehr gilt das für jemanden wie Fletcher, der zuvor keinerlei Unterweisung erhalten hatte«, fuhr Arcturus mit nach oben gezogenen Augenbrauen fort.

»Wohl wahr«, sagte der Richter nach einem Moment. »Das gibt in der Tat zu denken.«

»Vielleicht gab es in diesem Buch eine Passage, in der es stand«, warf der mittlerweile ein wenig blass gewordene Didric ein.

»Ich habe eine Ausgabe des Buches als Beweisstück hier«, verkündete Arcturus. Er kehrte an seinen Platz zurück und zog einen dicken Wälzer aus seinem Rucksack. Als er ihn mit einem hörbaren Knall aufs Pult legte, erhob sich eine Staubwolke aus den Seiten. »Ich versichere Euer Ehren, dass sich in diesem Buch keinerlei Anweisungen befinden, wie man einen Dämon kontrolliert. Wünscht Ihr eine Verhandlungspause zur Sichtung des Beweisstücks, Euer Ehren?«

Entsetzt beäugte der Richter den dicken Wälzer. Er würde Tage brauchen, ihn durchzuarbeiten.

Fletcher sah Didrics niedergeschlagene Miene und grinste. Der überhebliche Schnösel hatte sich selbst ins Knie geschossen, als er sich entschieden hatte, keinen ordentlichen Anwalt für Fletcher zu bestellen. Nur ein Beschwörer mit Arcturus' Erfahrung konnte auf eine so gewitzte Verteidigung kommen.

»Euer Wort genügt mir, Hauptmann«, sagte der Richter mit einem Räuspern. »Ich stimme Euch darin zu, dass dies ein zweifelhaftes Licht auf die Version der Anklage wirft. Allerdings besteht die Möglichkeit, dass Fletcher ein Naturtalent ist. Ich werde diesen Punkt dennoch bei der Urteilsfindung berücksichtigen. Bitte fahrt fort.«

Arcturus trat vor die Zeugenbank. »Gewiss, Euer Ehren. Ich werde die Zeugen nun nacheinander befragen und bitte darum, dass sie erst sprechen, wenn ich sie dazu auffordere«, begann er. »Ich wünsche, dass meine Fragen so detailliert wie möglich beantwortet werden. Beginnen wir mit dir, Calista. Was ist auf dem Friedhof passiert? Womit hat Fletcher den Dämon herbeigerufen?«

»Ich … das weiß ich nicht mehr so genau«, sagte Calista leicht verdattert. »Immerhin ist es schon zwei Jahre her.«

»Das weiß ich, genauso wie du anscheinend noch sehr genau weißt, was Fletcher in jener Nacht gesagt hat und *wie* er es gesagt hat. Du hast also einer Dämonenbeschwörung beigewohnt und kannst dich nicht mehr daran erinnern? Nicht einmal an die Werkzeuge, die der Angeklagte benutzt hat?«, bohrte Arcturus nach.

Calista schaute Hilfe suchend zu Didric hinüber, aber der starrte nur stur geradeaus.

»Ich glaube … er hat einfach aus dem Buch vorgelesen«, stammelte sie.

Fletcher versuchte, sich nichts anmerken zu lassen, aber innerlich jubelte er vor Freude. Offensichtlich hatte Didric es versäumt, seinen »Zeugen« zu erklären, was sie in diesem Fall sagen sollten.

»Hat er sonst noch etwas getan?«, fragte Arcturus.

»Ich erinnere mich nicht mehr …«, antwortete Calista mit zitternder Stimme.

Didrics Miene blieb ausdruckslos, doch Fletcher sah deutlich, wie seine Kiefermuskeln zuckten.

»Eigenartig. Alles andere konntest du sehr genau beschreiben. Kommt Euch das nicht auch seltsam vor, Euer Ehren?«, fragte Arcturus betont unschuldig.

»Tut es, tut es«, erwiderte der Richter grimmig und fügte erneut etwas seinen Notizen zu.

Arcturus legte einen Finger auf die Lippen. »Vielleicht kann Jakov etwas Licht in die Angelegenheit bringen.«

Jakovs Kiefer klappte nach unten. Sein Blick sprang wild hin und her, als suche er nach einem Ausweg.

»Ach du meine Güte!«, platzte Didric heraus. »Er hat eine Schriftrolle und ein Beschwörungsleder mit einem Pentagramm darauf verwendet, so wie jeder andere Dämonenbändiger auch. Wie lange sollen wir diese Farce von einer Befragung eigentlich noch ertragen?«

»Graf Cavell!«, bellte der Richter und ließ seinen Hammer niedersausen. »Ruhe!«

»Verzeiht, Euer Ehren.« Didric breitete entschuldigend die Hände aus. »Ich wollte nur meine Sicht der Dinge mitteilen.«

»Kein. Wort. Mehr«, knurrte der Richter und untermalte jede Silbe mit einem weiteren Hammerschlag.

Endlich sah Fletcher Hoffnung am Horizont aufblitzen. Jetzt verstand er, was Arcturus vorhatte, und Didric war prompt in die Falle getappt.

Der Hauptmann fuhr unterdessen fort. »War es so, Jakov? Der Angeklagte hat von einer Schriftrolle vorgelesen und ein Stück Leder benutzt, um den Dämon zu rufen?«

Jakov versuchte verzweifelt, Didrics Blick aufzufangen. »Es war genau, wie Didric gesagt hat«, antwortete er schließlich. »Jetzt weiß ich es wieder.«

»Schön. Dann wäre dieser Punkt wohl geklärt.« Arcturus nickte und machte sich auf den Weg zurück zu seinem Platz. Doch plötzlich blieb er stehen, als wäre ihm gerade etwas eingefallen. »Graf Cavell, woher hatte Fletcher die beiden Gegenstände eigentlich? Ich dachte, er hätte dem braven Soldaten Rotterham lediglich das Buch gestohlen?«

Didric warf Arcturus einen wütenden Blick zu. Darauf war er nicht vorbereitet. »Ich habe nicht die geringste Ahnung«, antwortete er mit geschlossenen Augen, als denke er angestrengt nach. »Wenn ich spekulieren soll, würde ich sagen, die beiden Gegenstände stammten ebenfalls von Rotterham. Der Soldat hat einem Dämonenbändiger sein Gepäck gestohlen, und darin befanden sich die Beschwörungsrolle sowie das Leder.«

»Könnt Ihr die Beschwörungsrolle beschreiben?«, fragte Arcturus weiter. »Die Farbe der Schrift vielleicht oder die Helligkeit des Papiers?«

»Damit stellt Ihr nicht den Wahrheitsgehalt meiner Aussage auf die Probe, Hauptmann, sondern nur mein Gedächtnis«, entgegnete Didric lächelnd, als wäre ihm soeben ein kleiner Erfolg gelungen.

»Wie dem auch sei, bitte tut mir den Gefallen«, beharrte Arcturus mit einem freundlichen Lächeln.

»Die Schriftrolle muss einmal einem Ork gehört haben. Sie war in der Orksprache verfasst, daran erinnere ich mich genau.«

Fletcher überlegte, woher Didric das wissen konnte. Da erinnerte er sich wieder, dass er selbst es Inquisitor Raubler während des Unterrichts verraten hatte – vor versammelter Klasse. Jeder an der Akademie konnte es Didric gesagt haben … Fletcher hoffte nur, dass er nicht noch mehr wusste.

»Die Schrift darauf war dunkel, mehr weiß ich nicht mehr. Über die Größe kann ich nichts sagen, denn die beiden Enden waren aufgerollt, und auf dem Friedhof war es schlichtweg zu dunkel, um die Helligkeit des Papiers zu erkennen. Ist Eure Frage damit beantwortet?«

»Ist sie. Die Schrift war also dunkel. Aber ist das nicht jede Schrift? Wie sollte man sie sonst lesen? Könnt Ihr uns wirklich nichts über die tatsächliche Farbe verraten?«

»Ihr glaubt doch wohl nicht, dieser Mörder würde seiner Verurteilung entgehen, weil ich mich nicht mehr erinnern kann, mit welcher Farbe die Rolle beschrieben war? Ihr solltet beim Kriegshandwerk bleiben, Hauptmann. Als Advokat taugt Ihr nichts. Die Schrift war dunkel, mehr werdet Ihr nicht aus mir herausbekommen.«

»Euer letztes Wort?«

»Absolut«, erwiderte Didric und verschränkte trotzig die Arme vor der Brust.

»Und was ist mit dir, Jakov. Kannst du diese Aussage bestätigen?«

»Ja, Herr«, murmelte Jakov.

»Calista, hat die Beschreibung irgendwelche Erinnerungen in dir wachgerufen?«

»Ich glaube, ich habe eine solche Rolle und eine Matte gesehen«, flüsterte sie.

»Schön, fassen wir also zusammen: Didric und Jakov behaupten, Fletcher hätte ein aufgerolltes und mit dunkler Tinte beschriebenes Stück Papier von unbestimmter Größe verwendet, um den Dämon herbeizurufen, außerdem ein Stück Leder mit einem Pentagramm darauf. Calista bestätigt diese Aussage«, erklärte Arcturus.

»Durchaus, Hauptmann, all diese Punkte sind so weit klar«, sagte der Richter nach einem Blick auf seine Notizen. »Wäret Ihr nun so freundlich, mir zu verraten, worauf Ihr hinauswollt?«

»Selbstverständlich.« Arcturus ging zu seinem Rucksack, holte etwas daraus hervor und hielt es hoch in die Luft, damit alle im Saal es sahen.

»Hier habe ich … die Schriftrolle!«

5

NACH EINEM GANZEN JAHR hatte Fletcher beinahe vergessen, wie grauenvoll die Beschwörungsrolle aussah.

Eigentlich war sie kaum mehr als ein Rechteck aus einem gelblichen, lederartigen Material. Die Schrift darauf bestand aus leicht erhöhten, knotigen Linien, die selbst ein Blinder ertasten konnte. Darunter hatte James Baker eine Übersetzung geschrieben, so hauchfein, dass sie mit bloßem Auge kaum zu erkennen war.

»Diese Rolle, falls man sie überhaupt als eine solche bezeichnen kann, sieht vollkommen anders aus, als der Gegenstand, den Didric beschrieben hat«, verkündete Arcturus. »Weder ist sie an den Enden aufgerollt, noch hat die Schrift eine Farbe, und aus Papier oder einem ähnlichen Material besteht sie schon gar nicht. Sie ist aus Menschenhaut gefertigt. Dem Opfer wurden die Schriftzeichen in den Rücken geritzt, dann warteten die Orks, bis sie vernarbt waren, um das Stück Haut später abzuziehen und zu trocknen. Das grausige Ergebnis sehen wir hier vor uns.«

Die Menge schnappte entsetzt nach Luft. Ein Mann schlug sich die Hände vor den Mund und rannte aus dem Saal, andere würgten laut und stolperten ebenfalls nach draußen. Doch nicht alle schafften es rechtzeitig.

»Gerichtsdiener, holt jemanden, der das hier wegwischt«, rief der Richter, ebenfalls schon leicht grün im Gesicht. »Das Gericht zieht sich kurz zurück.« Er kam eilig von seiner Kanzel herab und verschwand durch den Nebeneingang.

Didric war blass geworden, sagte aber kein Wort. Als sein Blick auf

Fletcher fiel, schlug seine Erschütterung in Wut um und ließ ihn feuerrot anlaufen.

Arcturus kauerte sich unterdessen neben Fletcher. »Bist du verletzt?«, fragte er. »Haben sie dir irgendetwas getan?«

»Mir fehlt nichts. Es … es tut gut, Euch zu sehen.« Mit einem Mal wurde ihm unbehaglich zumute. Er war menschliche Zuwendung nicht gewohnt. Zumindest nicht mehr. Er begann am ganzen Körper zu zittern, eine Träne stahl sich aus seinem Augenwinkel. Erst in diesem Moment wurde ihm bewusst, wie entsetzlich einsam er während all der vergangenen Monate gewesen war.

Arcturus drückte ihm die Schulter. »Wir holen dich da raus. Du wirst schon bitterlich vermisst.«

»Wie geht es den anderen?«, fragte er.

»Sylva haben wir seit dem Turnier nicht mehr gesehen. Als König Harold von ihren Verletzungen erfuhr, ließ er sie sofort in ihre Heimat bringen. Er war außer sich, und die Elfen natürlich auch.« Arcturus atmete einmal tief durch. »Berdon wurde mit einem lächerlichen Vorwand eingesperrt. Sie werden ihn allerdings nur ein paar Tage festhalten können, mach dir um ihn keine Sorgen. Didric wollte unbedingt verhindern, dass du ihn sehen kannst. Nicht einmal das bisschen Trost gönnt er dir.«

»Diese Schlange«, knurrte Fletcher und presste die Fäuste gegen die Bodendielen. »Aber ich kriege ihn noch. Und wenn es das Letzte ist, was ich tue.«

»Vorsicht«, sagte Arcturus leise und versicherte sich, dass niemand mitgehört hatte. »Du bist wegen Mordversuchs angeklagt, vergiss das nicht.«

»Was ist mit Othello?«, erkundigte sich Fletcher weiter.

»Er ist nach wie vor an der Akademie. Atilla und eine junge Zwergin namens Kress wurden in diesem Jahr aufgenommen. Zurzeit bereiten sie sich auf ihr erstes Turnier vor. Othello hat sogar einen Fronteinsatz abgelehnt, damit er den beiden zur Seite stehen kann, und das ist gut so.«

Arcturus warf einen Blick über die Schulter und sah den Richter – mit mittlerweile wieder normaler Gesichtsfarbe – in seine Kanzel zurückkehren. »Othello vermisst dich entsetzlich. Ihm und seiner Familie haben wir es zu verdanken, dass diese Verhandlung überhaupt stattfindet. Sie haben eine Petition beim König eingereicht, damit du angehört wirst, und dafür gesorgt, dass ein Richter dem Verfahren vorsitzt, der nicht vom Dreigestirn bestochen wurde. Es kamen nicht viele infrage, das kannst du mir glauben.«

»Wartet, dieses Dreigestirn …«, begann Fletcher gerade, da sorgte der Richter mit einem Hammerschlag für Ruhe im Saal.

Arcturus bedeutete Fletcher mit einem Blick, bis nach der Verhandlung zu warten.

»Hauptmann, dass es Widersprüche in den Zeugenaussagen und denen der Anklage gibt, ist so weit klar. Habt Ihr noch weitere Beweise vorzubringen?«

»Das habe ich, Euer Ehren«, erwiderte Arcturus und trat zur Zeugenbank zurück. »Zuerst möchte ich den Zeugen allerdings noch ein paar Fragen stellen. Bitte antwortet nacheinander, zuerst Jakov, dann Calista und schließlich Graf Cavell. Gibt es irgendetwas, dass ihr euren Aussagen hinzufügen möchtet?«

Jakovs Blick sprang zu Didric, der ganz leicht den Kopf schüttelte. »Nein«, sagte Jakov schließlich.

Calista starrte ihre Hände an. »Ich kann mich an nichts anderes erinnern. Ich habe schon alles gesagt«, murmelte sie.

Didric stand auf und wandte sich dem Publikum zu, dann sagte er mit lauter, klarer Stimme: »Ich möchte betonen, dass diese Orkrolle überhaupt nichts beweist. Erinnerungen sind launenhaft, es war die Fragerei des Hauptmanns, die mich dazu verleitete, sie so zu beschreiben, wie ich es tat.«

»Selbstverständlich haben sie das vermocht, denn Ihr hattet die Rolle ja noch nie zuvor gesehen. Meine Fragen haben nicht Euer Gedächtnis entlarvt, sondern Euer Lügengebäude«, entgegnete Arcturus so laut, dass alle im Saal ihn hörten. »Und jetzt beantwortet meine Frage.«

»Wie es *scheint*, konnte ich die Rolle wohl doch nicht so gut sehen, wie ich gedacht hatte«, sagte Didric gelangweilt. »Das ändert jedoch nichts am Wahrheitsgehalt meiner Worte. Man kann einen Dämon nicht ohne ein Pentagramm herbeirufen, das auf organisches Material gemalt oder meinetwegen auch hineingeritzt wurde. Fletcher hatte ein Beschwörungsleder. Ich habe es mit eigenen Augen gesehen.«

Arcturus klatschte grinsend in die Hände. »Das stimmt zumindest zur Hälfte, Graf Cavell. Man braucht in der Tat ein Pentagramm auf organischem Material, um einen Dämon zu rufen. Was könnte Fletcher in jener Nacht also benutzt haben?«

»Augenblick …«, stammelte Didric, als es ihm plötzlich einfiel, doch jetzt war es zu spät.

»Das Buch selbst!«, verkündete Arcturus. Mit einem weiteren Griff holte er den Einband aus seinem Rucksack und präsentierte ihn mit einer Verneigung.

Es war der Einband des Buches aus Fletchers Zelle. Er erkannte das Pentagramm darauf sofort wieder.

»Noch eine Lüge also«, fuhr Arcturus mit einem Kopfschütteln fort. »Ich kann weitere Zeugen einfliegen lassen: die Dame Ferrhaven und Akademievorsteher Scipio persönlich. Sie werden bestätigen, dass Fletcher den Dämon mit genau diesen beiden Gegenständen gerufen hat. Soll ich, Euer Ehren?«

»Nein, Hauptmann, ich glaube Euch. Bitte schildert nun den Ablauf der Ereignisse, wie er sich Eurer Meinung nach zugetragen hat.«

Arcturus drehte sich mit dem Rücken zum Saal und sprach nun gezielt den Richter an. »In der Nacht vor dem angeblichen Mordversuch hat Didric Fletcher angegriffen und ist schmählich unterlegen. Sein Ruf unter seinesgleichen hat dabei empfindlich gelitten. Am folgenden Abend sah er oder einer der beiden Zeugen Fletcher zum Friedhof gehen. Didric rief die Gruppe zusammen, um Fletcher zu folgen, allerdings kamen sie erst an, *nachdem* Fletcher den Dämon beschworen hatte. Um Rache zu nehmen, griffen sie Fletcher gemeinsam an, dessen Dämon ihn instinktiv und in Notwehr beschützte. Dann ergriff Fletcher – allerdings als Opfer, nicht als Täter – die Flucht. Hätte er vorgehabt, Didric und seine Freunde zu ermorden, wäre er geblieben und hätte es zu Ende gebracht, nachdem er die Oberhand gewonnen hatte.« Arcturus hielt kurz inne, als wäre ihm gerade etwas aufgefallen. »Es war nicht mehr als eine Wiederholung der Ereignisse der Nacht zuvor. Didric attackiert Fletcher und unterliegt, als dieser sich in Notwehr verteidigt. Hier liegt eindeutig ein Muster vor. Bedenkt das, Euer Ehren, wenn Ihr Euer Urteil fällt.«

Der Richter blinzelte ganz langsam, als wäre er tief in Gedanken versunken, dann lehnte er sich zurück und kratzte sich mit dem Hammer am Kopf. Im Saal war es jetzt totenstill. Alle blickten wie gebannt den Richter an, der die Augen nun ganz schloss. Minuten vergingen, die Stille wurde allmählich unerträglich. Fletcher glaubte schon, der Richter sei eingeschlafen. Dann erschrak er umso mehr, als der mit immer noch geschlossenen Augen plötzlich etwas sagte.

»Ich habe mein Urteil gefällt. Fletcher Wulf, du bist angeklagt des versuchten Mordes an Graf Didric Cavell. Erhebe dich und höre das Urteil.«

Fletcher rappelte sich hoch. Wegen der viel zu kurzen Ketten an seinen Handschellen konnte er nicht einmal aufrecht stehen. Es ging ihm alles um einiges zu schnell, er hatte gerade erst begonnen die Ereignisse zu verarbeiten. Seine Zukunft stand auf Messers Schneide: abgrundtiefe Verzweiflung auf der einen Seite, eine ungewisse Zukunft auf der anderen. Sein Herz begann so stark zu pochen, dass er seinen Puls bis in die Ohren spürte und die letzten Worte des Richters beinahe überhört hätte.

»... daher befinde ich den Angeklagten in allen Punkten für unschuldig.«

Fletcher sank auf die Knie. Er spürte, wie Arcturus ihm freudig auf den Rücken schlug, gleichzeitig hörte er den Tumult im Saal. Es war wie in einem Traum. Erst jetzt wurde ihm klar, dass er bis zuletzt nicht an einen Freispruch geglaubt hatte. Doch irgendwie hatten Othellos Familie und Arcturus es geschafft, Fletcher vor einem Leben im Kerker – oder Schlimmerem – zu bewahren.

Tränen der Freude und Erleichterung trübten seinen Blick, dann schaute er zu Didric hinüber, der überraschenderweise gar nicht wütend aussah. Er runzelte lediglich die Stirn, als wunderte ihn das Urteil.

»Ruhe!«, bellte der Richter, als die Zuhörer nach einer Weile noch immer nicht verstummt waren. Mit jedem Schlag seines Hammers wurde es leiser, bis auf ein einziges Geräusch: ein langsames Klatschen, das vom Ende des Saals herüberklang.

Der Richter sagte nichts. Er sträubte lediglich erstaunt die Augenbrauen.

»Sehr gut, hervorragende Unterhaltung«, kommentierte eine vor Sarkasmus triefende Stimme. Dann trat Raubler mit einem höhnischen Grinsen vor die Richterkanzel. Er trug einen langen schwarzen Mantel, eine Mischung aus Talar und Militärrock – die Uniform der Inquisition.

Fletchers Magen krampfte sich zusammen. Raubler war ein Fanatiker und ein Rassist. Und er hasste Fletcher.

»Ich muss sagen, Ihr habt Euch selbst übertroffen, Arcturus. Eine meisterliche Leistung. Ich dachte schon, Ihr hättet verloren, aber meine Güte, dann habt Ihr das Blatt doch noch einmal gewendet!« Raubler applaudierte immer noch, während er mit einem anerkennenden Lächeln der Menge zunickte.

»Ähem, Inquisitor Raubler«, meldete sich der Richter nun doch zu Wort. »Ich möchte Euch bitten, Platz zu nehmen, damit der Angeklagte freigelassen werden kann. Ihr habt keine Befugnisse vor diesem Gericht. Dies ist kein Militärtribunal.« Seine Stimme klang jetzt nicht mehr ganz so fest wie zuvor, und das gefiel Fletcher überhaupt nicht.

Raubler nickte nachdenklich, dann stolzierte er zur Zeugenbank und ließ selbstgefällig die Finger über die hölzerne Lehne gleiten. »Ich weiß, Euer Ehren. Verzeiht die Einmischung, aber ich halte es für verfrüht, den Angeklagten jetzt schon freizulassen. Es liegt noch eine weitere Anschuldigung gegen Meister Wulf vor.« Die Miene des Inquisitors blieb ungerührt, als er das sagte, doch in seinem Blick lag ein bedrohliches Blitzen.

»Lächerlich!«, rief Arcturus und stellte sich vor Raubler. »Was könntet Ihr dem Jungen jetzt noch anhängen wollen?«

Raubler schlenderte weiter, während ein Trupp Soldaten mit schweren Ketten im Laufschritt den Saal betrat.

»Das schwerste Verbrechen von allen«, knurrte er und packte Fletcher am Kragen. »Hochverrat.«

6

SIE BRACHTEN FLETCHER in eine Aufenthaltszelle, komplett ausgestattet mit einem Tisch und Stühlen, sogar ein Waschbecken mit Seife gab es dort. Die Soldaten hielten sich die Nase zu, nahmen ihm die Ketten ab und verschwanden sofort. Die Tür hatte sich kaum geschlossen, da tauchte Fletcher seinen Kopf in das Becken, um sich das dreckige Gesicht und die verfilzten Haare zu waschen. Es war wunderbar, endlich mehr als nur einen kleinen Eimer voll Trinkwasser zu haben.

Nach zehn Minuten Schrubben widmete er sich auch dem Rest seines Körpers und blickte zwischenzeitlich immer wieder zur Zellentür hinüber, für den Fall, dass jemand hereinkam. Schließlich hüpfte er auf und ab, um das Wasser abzuschütteln, dann legte er auch noch sein Wams und die Kniehosen in das Becken, um den Dreck eines ganzen Jahres abzuwaschen. Als er fertig war, war das Wasser nur noch eine braune Brühe, und Fletcher fühlte sich wie neugeboren.

Er rief Ignatius herbei und schloss den Wichtel in eine freudige Umarmung. Fletcher hatte eine Gänsehaut, doch der Salamander presste seinen warmen Körper auf Fletchers Brust und blies ihm zärtlich heiße Luft ins Gesicht.

»Wir haben es noch nicht hinter uns, Ignatius«, flüsterte er. »Aber wenigstens wird dich nicht das gleiche Schicksal ereilen wie mich. Wenn ich sterbe, entschwindest du einfach wieder in den Äther. Dir passiert nichts.«

Ignatius winselte traurig und legte ihm den Schwanz um die nackte Hüfte.

»Mach dir keine Sorgen, wir schaffen das schon.« Fletcher wollte den Salamander auf dem Boden absetzen, doch der klammerte sich stur an ihm fest.

»Komm schon, Kleiner, ich weiß ja, dass es dir nichts ausmacht, den ganzen Tag nackt herumzulaufen. Mir dagegen macht es schon was aus. Die Wachen würden ganz schön Augen machen, wenn sie jetzt hereinkämen.«

Ignatius ließ zögernd los und verlegte sich darauf, die neue Zelle zu inspizieren. Als Erstes beschnupperte er die Stühle, als könnten sie jeden Augenblick lebendig werden und die beiden angreifen. Fletcher streifte sich gerade die klatschnassen Kleider über, da hörte er ein kurzes Klopfen an der Tür.

Arcturus kam herein. Das Gesicht des Hauptmanns sah ernst aus, tiefe Sorgenfalten standen auf seiner Stirn. Er schenkte Fletcher ein gezwungenes Lächeln. »Du siehst ja wie eine ertrunkene Ratte aus. Bin gespannt, was Berdon dazu sagt, wenn er dich sieht.«

»Er kommt her?«, fragte Fletcher ungläubig.

»Ja, sein Fall wurde gleich nach deinem verhandelt. Nach Raublers Auftritt hat der Richter sich bereit erklärt, Berdon für heute Freigang zu geben, damit er dich sehen kann. Aber die nächsten beiden Tage verbringt er wieder im Gefängnis. Wenigstens ein kleiner Sonnenstrahl an diesem finsteren Tag.« Arcturus zog einen Stuhl heran und setzte sich.

»Danke«, sagte Fletcher und ergriff die Hände des Hauptmanns. »Für alles. Ich verdanke Euch mein Leben.«

Arcturus' Mundwinkel bogen sich kurz nach oben, dann wurde seine Miene wieder finster. »Freu dich nicht zu früh. Es sieht schlimm aus, Fletcher. Du wirst beschuldigt, während eines gescheiterten Putschversuchs der Zwerge mehrere von Herzog Forsys' Soldaten getötet zu haben. Sie haben Zeugen, die behaupten, dich und Othello am Tatort gesehen zu haben, außerdem Beweisstücke, die belegen, dass du mit Feinden des Königshauses sympathisierst. Othello ist ebenfalls hier … er wurde vor Kurzem verhaftet. Es tut mir leid, Fletcher. Das ist alles meine Schuld. Didrics Anklage gegen dich war nur ein Ablenkungsmanöver. In der Zwischenzeit konnten sie in aller Ruhe diese hier vorbereiten.«

Fletcher ließ sich in einen Stuhl sinken und vergrub das Gesicht in den Händen. Erst jetzt wurde ihm bewusst, wie aussichtslos die Lage war. Ignatius kam heran und stupste ihn mitfühlend am Bein.

»Vom Regen in die Traufe«, murmelte Fletcher und dachte mit Grausen an das Kerkerloch zurück, in das man ihn bald wieder stecken würde. »Ich erinnere mich noch gut an jene Nacht, Arcturus. Othello und ich sind tatsächlich dort gewesen.«

»Das ist noch gar nicht das Schlimmste. Militärtribunale werden von der Inquisition durchgeführt. Als Offiziersanwärter unterliegst du ihrer Rechtsprechung. Ganz zu schweigen davon, dass die Geschworenen mit größter Sicherheit von dem ersten Verfahren gegen dich wissen, wenn das Dreigestirn sie nicht ohnehin alle gekauft hat ...«

»Augenblick«, fiel ihm Fletcher ins Wort. »Erzählt mir mehr über dieses Dreigestirn.«

»Wie ich bereits sagte, es besteht aus Herzog Forsys, der Dame Faverham und Didric«, begann Arcturus grimmig. »Didric lernte die beiden kennen, als Graf Faverham seine Verbrennungen heilte. Bei dieser Gelegenheit fand der Graf heraus, dass die Cavells das Monopol für Waffenlieferungen an die Nordfront haben, also machte er die Cavells mit den Forsys bekannt. Die drei Familien schlossen sich zusammen, noch bevor du überhaupt der Dämonenakademie beigetreten bist. Jetzt gehören ihnen beinahe alle Gefängnisse und Waffenfabriken in ganz Hominum. Deshalb sind ihnen die Zwerge auch so ein großer Dorn im Auge: Das Dreigestirn ist fest entschlossen, sie aus dem Musketengeschäft zu drängen. Leider haben sie sowohl die Inquisition als auch die Pinkertons auf ihrer Seite – und unseren alten König Alfric.«

»Das nenne ich mal eine wirklich finstere Allianz«, murmelte Fletcher.

»Absolut, und eine mächtige noch dazu. Und auf dich haben sie es ganz besonders abgesehen. Irgendwie ist es dir gelungen, alle drei Familien gegen dich aufzubringen. Du hast Didrics Gesicht verunstaltet, einen von den Forsys geführten Umsturzversuch vereitelt und dich dann auch noch als ein potenzieller Bastard von Graf Faverham herausgestellt.«

Fletcher fuhr sich mit der Hand durch das nasse Haar. »Wie soll ich da jemals heil wieder rauskommen?«

»Die einzige Möglichkeit ist, deine Unschuld so zweifelsfrei zu beweisen, dass die Geschworenen dich auf keinen Fall schuldig sprechen können. Und jetzt sag mir, was sie gegen dich in der Hand haben.«

Fletcher kam nicht mehr dazu, die Frage des Hauptmanns zu beantworten, denn in diesem Moment flog die Tür auf, und der bullige Berdon stürmte herein. Fletcher konnte gerade noch aufstehen, da wurde er schon in eine innige Umarmung geschlossen.

»Sohn … mein Sohn …«, schluchzte Berdon.

Fletcher genoss den vertrauten Geruch nach Leder und Kohlenstaub, den sein Adoptivvater verströmte, dann entließ Berdon ihn wieder aus seinen kräftigen Armen. Er nahm Fletchers Gesicht zwischen die Hände und inspizierte ihn mit leuchtenden Augen. »Du bist größer geworden, gehst mir ja fast schon bis zum Kinn«, sagte er halb lachend, halb weinend. »Ein richtiger Mann, auch wenn dir immer noch kein gescheiter Bart wächst.«

Fletcher grinste und erwiderte die Umarmung. Er war sprachlos und wusste nicht, wie er dem liebenswerten Riesen sagen sollte, wie sehr er ihn vermisst hatte. »Es gibt so viel, das ich dir erzählen muss«, murmelte er schließlich.

»Dein Freund Othello hat mir schon alles gesagt«, erwiderte Berdon und zerzauste Fletchers Haar. »Ein Jahr ist eine lange Zeit. Ich habe sie genutzt, um dir zusammen mit den Thorsagers ein gerechtes Verfahren zu ermöglichen. Wie ich höre, ist ein wackerer Kämpfer aus dir geworden.«

Fletcher trat von einem Fuß auf den anderen und schüttelte verlegen den Kopf.

»Othellos Vater, Uhtred, ist ein guter Schmied«, sprach Berdon nach einer kurzen Pause weiter. »Er trägt das Herz am rechten Fleck.«

Fletcher nickte. »Sie sind gute Leute, ohne die ich das Jahr an der Akademie nicht überstanden hätte.«

Berdon nahm sich einen Stuhl und setzte sich hinter Fletcher, dann machte er sich daran, die Knoten in seinem Haar mit einem Kamm zu lösen, den er eigens dafür mitgebracht hatte.

Ignatius schien nicht recht zu wissen, was er von dem Neuankömmling halten sollte, und beschnupperte misstrauisch Berdons Stiefel. Als Berdon den Kopf des Salamanders streicheln wollte, spuckte der prompt ein kleines Rauchwölkchen aus und trottete dann mit erhobener Schnauze davon.

Berdon lachte. »Ist schon eine ganze Zeit her, dass ich den kleinen Racker das letzte Mal gesehen habe. Du kümmerst dich doch gut um ihn, oder?«

»Eher umgekehrt«, antwortete Fletcher und befahl Ignatius in Gedanken, sich zu benehmen.

Arcturus, der die ganze Zeit betreten danebengesessen hatte, räusperte sich nun höflich. »Ich bedaure, euch unterbrechen zu müssen, aber die Verhandlung beginnt bald, und wir hatten noch gar keine Zeit, Fletchers Verteidigung vorzubereiten. Uhtred und Othello werden ebenfalls anwesend sein. Sie haben mich bereits über die Ereignisse in der Nacht des Zwergenrats aufgeklärt.«

»Dann richten wir dich mal ordentlich her, während du dich mit dem Hauptmann unterhältst«, brummte Berdon. »Körperpflege war noch nie deine Stärke.«

»Danke… Papa.« Ihn so anzureden war vollkommen neu für Fletcher, doch Berdons strahlendes Lächeln versicherte ihm, dass er genau das Richtige gesagt hatte.

Berdon deutete auf ein schlankes Messer an Arcturus' Gürtel. »Dürfte ich?«

»Aber sicher.« Arcturus reichte ihm die Klinge.

Berdon nahm das Messer und wog es kurz in der Hand. Dann begann er, Fletcher den Flaum von Oberlippe, Kinn und Wangen zu schaben. Als er damit fertig war, musterte er Fletchers langes Kopfhaar. »Darum können wir uns später noch kümmern«, sagte er mit einem Achselzucken und gab das Messer zurück, um erneut den Kamm hervorzuziehen.

Fletcher glaubte, eine Träne in Arcturus' Augen zu sehen, als er das Messer wieder einsteckte. Doch als er genauer hinschaute, war sie schon wieder fort.

»Ich werde jetzt zusammenfassen, was ich bereits von Othello und

Uhtred weiß«, begann der Hauptmann. »Hör gut zu und ergänze alles, was sie vielleicht vergessen haben.«

Fletcher nickte.

»Als sich Othello aus der Akademie schlich, um der Sitzung des Zwergenrats beizuwohnen, sind du und Sylva ihm gefolgt. Jemand hatte Herzog Forsys von dem Rat informiert. Seine Leute hatten den Zwergen einen Hinterhalt gelegt, angeblich mit dem Ziel, einen Aufstand zu verhindern. Euch ist es gelungen, die Zwerge zu warnen, bevor die Soldaten angreifen konnten, und im Verlauf eurer Flucht habt ihr – du, Sylva, Othello und Atilla – fünf von ihnen getötet. Als Atilla angeschossen wurde, hast du ihn zum Krankenflügel der Akademie getragen. Hauptfrau Lovetts Kerf, Valens, hat euch geführt. Auf dem Weg hat dann ein junger Soldat versucht, euch aufzuhalten, doch Valens konnte ihn mit einem Stich lähmen. Kommt das in etwa hin?«

»Ja, tut es …«, erwiderte Fletcher und zermarterte sich das Gehirn. Sich zu konzentrieren war nicht leicht, wenn Berdon ihm gleichzeitig das Haar kämmte. Erinnerungen an Momente, in denen Berdon genau das Gleiche getan hatte, kehrten zurück – nur dass sie damals gemeinsam vor dem Kamin gesessen und dem Prasseln der Flammen gelauscht hatten.

Ignatius spürte das emotionale Band zwischen den beiden und leckte zögernd über Berdons Finger. Einen Wimpernschlag später hustete und spuckte er und versuchte, sich mit den Krallen die Zunge sauber zu wischen.

»Kohlenstaub«, kommentierte Berdon grinsend. »Davon bekommt man Haare auf der Brust!«

Ignatius sprang auf den Rand des Waschbeckens und tauchte den Kopf hinein, dann warf er sich würgend auf den Rücken und spuckte die braune Brühe angewidert wieder aus.

Die Kapriolen des kleinen Dämons brachten Fletcher zum Lachen, doch Arcturus' ernstes Gesicht holte ihn schnell wieder in die Realität zurück. »Dir fällt wirklich nicht mehr dazu ein? Irgendeine Kleinigkeit, egal was?«

»Grindel und vier seiner Männer könnten als Zeugen auftreten«, antwortete Fletcher schließlich und dachte an den grobschlächtigen

Riesen, der schon früher einmal versucht hatte, Sylva zu töten. »Ich glaube das aber nicht. Sie sind ein übler und wenig vertrauenerweckender Haufen. Mehr fällt mir auch nicht ein. Wir werden erst wissen, was sie gegen mich vorbringen, wenn es so weit ist.«

Arcturus rieb sich kopfschüttelnd die Augen. »Ich hatte kein bisschen Zeit, mich vorzubereiten, Fletcher. Sie werden euch zum Tode verurteilen, dich und Othello. Das ist die Strafe für Hochverrat, entweder durch Erhängen oder durch Köpfen.«

Fletcher drehte sich der Magen um, wenn er nur daran dachte. Er fasste sich unwillkürlich an den Hals und zog seine Hand sofort wieder zurück, als er es merkte. Kalter Schweiß lief ihm den Rücken hinunter, während er kaum noch Luft bekam.

»Sie haben vor, dich und die Zwerge in einem Streich aus dem Weg zu räumen, so viel ist sicher«, fuhr Arcturus fort. »Schon der leiseste Verdacht auf eine geplante Rebellion genügt, um den gesamten Zwergenrat in den Kerker zu werfen, ihre Waffen zu beschlagnahmen und alle Zwergenschmieden zu schließen. Damit wäre das Dreigestirn seinen größten Konkurrenten los, nur noch Seraph und seine Familie wären dann übrig. Dafür werden sie alles tun. Wenn wir wenigstens ein bisschen mehr Zeit hätten, uns einen Plan zurechtzu…«

Er hatte noch nicht zu Ende gesprochen, da betrat ein Wachsoldat die Zelle.

»Fletcher Wulf. Du wirst vor Gericht erwartet.«

7

DER SAAL WAR SOGAR NOCH voller als zuvor, trotzdem war es totenstill. Vor der Richterkanzel hatte man zwei weitere Reihen mit Bänken aufgestellt, in denen nun Männer und Frauen in prächtigen roten Roben saßen. Sie beobachteten jede von Fletchers Bewegungen feindselig, als fürchteten sie, jeden Augenblick von ihm angegriffen zu werden.

In der vordersten Reihe saßen die Generäle und Adligen. Eine dicke Dunstwolke schwebte über ihnen. Einige rauchten lange Zigarren und tuschelten, als würden sie einer Theatervorstellung beiwohnen.

Die Faverhams waren ebenfalls dabei, außerdem Herzog Forsys, der mit seiner stattlichen Statur zwei ganze Plätze beanspruchte. Gleich neben ihm saß eine elegante blonde Dame, bei der es sich wohl um seine Frau handelte. Didric und dessen Vater saßen Fletcher am nächsten. Sie trugen samtene Anzüge sowie dicke Goldringe an den Fingern.

Alle starrten Arcturus und Fletcher mit hasserfüllten Blicken an, während die Soldaten seine Handgelenke zum zweiten Mal an diesem Tag am Boden festketteten. Fletcher unterdrückte ein Schaudern und hob trotzig das Kinn. Er würde ihnen nicht den Gefallen tun, sich seine Angst anmerken zu lassen. Arcturus erwiderte den Blick der Adligen scheinbar ruhig, doch Fletcher sah, wie seine Hände zitterten.

»Erhebt euch vor den Inquisitoren Damian Raubler und Karl Faverham!«, rief der Gerichtsdiener.

Raubler stolzierte herein, hinter ihm folgte ein Mann mit dunklen Augen, rabenschwarzem Haar und einer Hakennase. Seine Haut war so weiß, wie Raublers Haut gelb war. Überall an seinem Körper traten die Knochen hervor, beinahe wie bei einem Skelett. Nachdem die Inquisitoren auf der Kanzel Platz genommen hatten, ließen sie den Blick hochmütig durch den Saal schweifen.

»Seit ich fünfzehn bin, war ich mit meinem Vater und meinem Halbbruder nicht mehr im selben Raum«, flüsterte Arcturus, während er dem Dunkelhaarigen der beiden unmerklich zunickte.

Fletcher beäugte Karl Faverham neugierig und suchte nach Ähnlichkeiten mit seinem eigenen Gesicht. Wenn Arcturus' Theorie stimmte, waren er und Arcturus illegitime Söhne des Grafen Faverham; Karl wäre dann auch Fletchers Halbbruder. Allerdings konnte er bis auf das dichte schwarze Haar kaum Gemeinsamkeiten entdecken.

»Bringt den Mitverschwörer herein!«, sagte Karl mit heller, dünner Stimme.

Die Doppeltür flog auf, und Jakov betrat mit Othello den Saal. Der Zwerg war mit so vielen Ketten gefesselt, dass er kaum laufen konnte. In seinem Mund steckte ein vollkommen verdeckter Knebel, eines seiner Augen war zugeschwollen und glänzte violett wie eine überreife Pflaume.

Hinter ihm ging sein Vater Uhtred, das Gesicht verkniffen vor ohnmächtiger Wut. Seine Fäuste waren geballt, der Schritt entschlossen wie der eines Mannes, der sich auf eine Schlägerei vorbereitete.

»Was hast du mit ihm gemacht?«, fuhr Arcturus Jakov an, als er Othello neben Fletcher festkettete.

»Er hat sich widersetzt«, antwortete der Feldwebel grinsend. »Wir mussten ihm ein paar Backpfeifen geben und einen Knebel verpassen, damit er den Mund hält. Eine andere Sprache verstehen diese Halbmenschen nicht.«

»Lasst ihn, Hauptmann«, knurrte Uhtred und zog Arcturus beiseite. »Mit solchen Tieren kann man doch nicht reden. Die Geschworenen sollen ruhig sehen, wie sie meinen Sohn zugerichtet haben. Vielleicht erweckt es ihr Mitgefühl.«

»Das bezweifle ich«, flüsterte Arcturus, während Jakov einem der Geschworenen zunickte und dann aus dem Saal schlenderte.

»Nur einer von uns kann als Verteidiger auftreten. Nach Eurer Leistung bei der letzten Verhandlung glaube ich, dass Ihr das übernehmen solltet«, sprach Uhtred weiter und küsste Othello auf den Scheitel. »Ich werde so lange draußen warten, sonst vergesse ich mich noch. Ich konnte mich gerade so beherrschen, diesen Jakov nicht in Stücke zu reißen. Viel Glück … wir sprechen uns, wenn das hier vorbei ist.«

Bevor Arcturus etwas erwidern konnte, kam ein Räuspern von der Kanzel, und alle im Saal verstummten. Fletcher sah Uhtred noch nach draußen gehen, dann fiel die Tür ins Schloss.

»Edle Damen und Herren, vielen Dank für Eure Anwesenheit«, begann Raubler und breitete theatralisch die Arme aus. »Die Inquisition hat nicht oft Gelegenheit, über einen Fall von Hochverrat zu entscheiden. Immerhin ist es das niederträchtigste aller Verbrechen, für das als Strafe nur der Tod infrage kommt.«

Diesmal verspürte Fletcher eine eigenartige Gleichgültigkeit wegen seiner möglichen Hinrichtung. Vielleicht war ihm der Tod sogar lieber als ein Leben im Kerker.

»Die Verhandlung wird nicht lange dauern«, verkündete Raubler unterdessen großherzig. »Schließlich haben wir alle noch anderes zu tun. Uns, der Inquisition, kommt die Rolle des Anklägers und Richters zu, während ihr als Geschworene über die Schuld des Angeklagten befindet. Wenn niemand etwas dagegen hat, kommen wir gleich zur Sache. Inquisitor Faverham, wenn Ihr bitte die Beweislage darlegen würdet.«

Karl musterte Fletcher von der Kanzel herab und nahm seine Notizen zur Hand. »Während einer nächtlichen Übung wurden fünf von Herzog Forsys' Soldaten hinterrücks ermordet. Eines der Opfer hatte Verbrennungen im Gesicht, die auf den Angriff eines Salamanders hindeuten. Dieser Dämon ist äußerst selten, Fletcher ist der Einzige in ganz Hominum, der einen solchen besitzt. Wir glauben außerdem, dass Othello Thorsager an der Tat beteiligt war und geholfen hat, das Massaker zu verüben.« Karl deutete auf den gefesselten und geknebelten Zwerg, der nichts anderes tun konnte, als den Blick trotzig zu erwidern. »Grund des Angriffs war die geplante Entmachtung von König Harold – als erster Schritt zu einem Zwergenaufstand. Wäre Fletcher nicht gleich danach wegen versuchten Mordes an Graf Cavell verhaftet worden, befänden wir uns jetzt wahrscheinlich mitten in einem Bürgerkrieg.«

»Die Verhaftung war ungerechtfertigt«, warf Arcturus ein. »Fletcher wurde in allen Punkten freigesprochen. Graf Cavell kann von Glück reden, dass er nicht selbst wegen Mordversuchs angeklagt wurde.«

Raubler wollte gerade etwas von der Kanzel herunterbrüllen, doch Karl hob die Hand. »Ah, Arcturus, ich dachte schon, es hätte Euch für immer die Sprache verschlagen«, höhnte er. »Trotzdem wäre es schön, wenn Ihr die Freundlichkeit besäßet, den Mund zu halten, bis die Beweisaufnahme abgeschlossen ist.«

»Dann fahrt mit Euren angeblichen Beweisen fort, anstatt falsche Anschuldigungen vorzubringen.«

Karl ignorierte die Bemerkung und kam nach unten. »Es gibt drei Beweisstücke. Bei dem ersten handelt es sich um die Waffe, mit der Othello Thorsager die Bluttat verübte. Das zweite belegt Fletchers Verbindung zu den umstürzlerischen Zwergen. Der dritte und letzte Punkt wird dann die Aussage eines Augenzeugen sein. Ich denke, das sollte genügen, um die Schuld zu beweisen und die Angeklagten noch heute zu köpfen. Auch wenn Inquisitor Raubler der Meinung ist, sie hätten die traditionelle Strafe verdient, die da wäre … Tod durch Erhängen, Streckbank und Vierteilen. Es mag sich als Glück für die Angeklagten herausstellen, dass die Festsetzung der Todesart den Geschworenen obliegt.«

Othello erschauerte und starrte Fletcher mit großen Augen an. Es war ein grässlicher Tod, an den Fletcher nicht einmal zu denken wagte. Vielleicht war ein Leben im Kerker doch gar nicht so schlecht, überlegte er.

»Hauptmann Arcturus, habt Ihr irgendwelche Gegenbeweise oder Zeugen vorzubringen?«, fragte Karl unschuldig. Seine Augen blitzten vor Häme.

»Da die neue Anklage gegen Fletcher erst vor einer Stunde vorgebracht wurde und ich nichts von Othellos Verhaftung wusste, wird es das Gericht nicht überraschen, dass ich im Augenblick nichts dergleichen vorweisen kann«, antwortete Arcturus mit einer Stimme, die vor Sarkasmus triefte.

»Wenn ich mich recht entsinne, habt Ihr persönlich bei König Harold eine Petition eingereicht, um Fletchers Verhandlung voranzutreiben. Ich dachte, Ihr wärt glücklich darüber, dass die Petition Erfolg hatte!«, gab Karl genauso sarkastisch zurück.

Arcturus funkelte seinen Halbbruder finster an. »Zwischen einem Jahr und einer Stunde besteht ein großer Unterschied, wie Ihr sehr gut wisst, Karl. Glücklicherweise sind meine Zeugen bereits auf dem Weg. Mindestens einer davon wird Fletcher und Othello entlasten. Sie werden bald eintreffen, vorausgesetzt, sie haben meine Nachricht rechtzeitig erhalten.«

»Wunderbar!«, rief Karl und klatschte in die Hände. »Dann macht es Euch ja nichts aus, wenn zunächst die Anklage ihre Beweise vorlegt. Bevor wir damit anfangen, möchte ich allerdings noch König Harold meinen Respekt erweisen.«

Tosender Applaus hallte durch den Saal, dann fuhr Karl mit einem Lächeln fort. »Selbstverständlich darf auch sein Vater, der glorreiche Gründer der Inquisition, Vorsteher der Pinkertons und Oberhaupt der Richterkammer, nicht vergessen werden: unser Alt-König Alfric.«

Fletcher drehte sich um und sah gleich neben dem Dreigestirn zwei Männer sitzen. Sie waren ihm bisher gar nicht aufgefallen, da sie beinahe genauso gekleidet waren wie die anderen Adligen. Doch jetzt wusste er, was die Goldreife auf ihren Köpfen zu bedeuten hatten.

»So alt nun auch wieder nicht!«, krächzte Alfric, begleitet vom Kichern einiger Zuhörer.

König Harold mochte um die dreißig Jahre alt sein, also etwa im selben Alter wie Arcturus. Unter dem goldenen Kronreif wallte dichtes blondes Haar, sein Gesicht war wohlgeformt, und er hatte leuchtende graue Augen. Alfric, sein Vater und der ehemalige König Hominums, trug einen silbernen Kronreif. Das weiße Haar reichte ihm bis zu den Schultern, seine Nase war so spitz wie der Schnabel eines Adlers. Er sah sich teilnahmslos im Saal um. Erst als sein Blick auf Fletcher fiel, verengten sich seine Augen zu Schlitzen.

»Hiermit rufe ich Wachtmeister Mörki und Chefermittler Törner in den Zeugenstand. Sie werden das erste Beweisstück präsentieren«, verkündete Karl, während Raubler den Soldaten einen Befehl zubellte.

Othello knurrte, als er die beiden Pinkertons sah. Sie warfen Othello und Fletcher ein hämisches Grinsen zu, dann überreichten sie Karl einen in ein weißes Tuch gewickelten Gegenstand. Nachdem sie ihre Spitzhüte höflich vor den Geschworenen gelupft hatten, verschwanden sie wieder durch den Seiteneingang.

Karl wartete, bis sie draußen waren, dann zog er das weiße Tuch beiseite.

»Das erste Beweisstück«, rief er mit überschwänglicher Geste. »Ein Wurfbeil. Eigentümer: Othello Thorsager!«

8

WILDES GEMURMEL WURDE LAUT, die erste Reihe der Geschworenen beugte sich neugierig nach vorn, und Othello brüllte gegen den Knebel in seinem Mund an. Sein Bart zitterte und bebte, während er verzweifelt versuchte, den Stoff durchzubeißen.

»Lüge!«, rief Fletcher, noch bevor Arcturus es verhindern konnte. »Das Beil wurde Othello schon Wochen vorher gestohlen, nachdem die beiden Schläger ihm die Rippen gebrochen hatten.«

»Wochen vor *was*?« Raubler hob die Hand, und das Geplapper hörte augenblicklich auf.

Fletcher spürte, dass nun alle Blicke auf ihn gerichtet waren.

»Wochen. Vor. Was?«, wiederholte Karl.

»Vor … dieser Geschichte«, antwortete Fletcher und suchte fieberhaft nach einem Ausweg. Warum hatte er nicht einfach den Mund gehalten?

»Dann weißt du also, wann die Morde passiert sind? Du gibst zu, dass du dort warst?«, bohrte Karl unbarmherzig nach.

»Das habe ich nicht gesagt«, erwiderte Fletcher kleinlaut.

Arcturus legte ihm eine Hand auf die Schulter und drückte so fest zu, dass Fletcher sich zusammenreißen musste, nicht laut aufzuschreien. »Ich habe ihn davon in Kenntnis gesetzt, wann die angebliche Tat begangen wurde. Beantwortet das Eure Frage?«, erklärte der Hauptmann, den Blick auf Karl gerichtet.

Einen Augenblick lang starrten die beiden einander an, als seien sie Wölfe, die um die Rudelführerschaft kämpfen. Karl schaute als Erster weg, ging aber sofort zum nächsten Angriff über:

»Die Mordwaffe trägt das Wappen der Thorsagers, also kann sie nur einem männlichen Mitglied der Familie gehören. Sowohl Othellos Vater Uhtred als auch sein Bruder Atilla können ein Alibi für die fragliche Nacht vorweisen. Othello war damals noch Schüler an der Dämonenakademie, aber die Bediensteten dort bescheinigen, dass er sich zur Tatzeit nicht dort aufgehalten hat. Somit steht wohl außer Frage, wer die Morde begangen hat.«

Die Geschworenen musterten Othellos Beil mit großem Interesse, einige flüsterten miteinander. Fletcher wusste, dass dies nichts Gutes bedeuten konnte.

»Danke, Inquisitor Faverham. Sehr überzeugend«, sagte Raubler und schrieb etwas in seine Notizen. »Bitte bringt das nächste Beweisstück.«

Diesmal rief Karl niemanden herein, sondern zog lediglich ein kleines Kärtchen aus seiner Robe und hielt es in die Höhe. »Dies ist ein Mitgliedsausweis der Ambosse. Er wurde nach Fletchers Verhaftung in seinem Zimmer gefunden. Ein Glück, dass der Ausweis noch vorhanden war, denn ein Unbekannter hatte alle anderen Beweisstücke bereits entfernt.« An dieser Stelle warf er Arcturus einen vielsagenden Blick zu. »Nachdem die Verteidigung während der letzten Verhandlung Fletchers Beschwörungsleder vorweisen konnte, dürfen wir wohl annehmen, dass wir wissen, wer dieser Unbekannte war.«

Fletcher blinzelte verwirrt. Er hatte das Kärtchen vor langer Zeit an seinem ersten Tag in Corcillum bekommen. Über die Ambosse wusste er nur wenig, eigentlich bloß, dass es sich dabei um eine Vereinigung von Menschen handelte, die sich für die Rechte der Zwerge einsetzte.

»Und was soll das beweisen? Ich habe den Ausweis schon seit zwei Jahren«, platzte er heraus.

Diesmal verzichtete Arcturus darauf, Fletcher an der Schulter zu packen. Er stieß lediglich einen frustrierten Seufzer aus. »Hohes Gericht, dürfte ich kurz mit meinen Mandanten sprechen?«, fragte er.

»Ja, warum nicht?«, antwortete Raubler gut gelaunt. »Vielleicht könntet Ihr Meister Fletcher gleich beibringen, den Schnabel zu halten. Nicht dass es einen Unterschied macht, denn schon bald wird er für immer schweigen.«

Arcturus verneigte sich steif, dann kauerte er sich neben Othello und Fletcher hin und wartete, bis die Gespräche im Saal so laut geworden waren, dass niemand ihn belauschen konnte. »Fletcher, seit deiner Verhaftung gab es zahlreiche Attentate auf die Pinkertons, aber auch auf Zivilisten. Die Spuren führten jedes Mal zu den Ambossen.«

Othello schüttelte energisch den Kopf.

»Verzeih, Othello. Ich werde dir den Knebel abnehmen, aber du musst mir versprechen, dich zu beherrschen. Du genauso, Fletcher. Ihr dürft euch erst verteidigen, wenn die Inquisition ihre Beweisführung beendet hat.«

Othello würgte und spuckte, als er das Stück Stoff in seinem Mund endlich los war. »Igitt, der hat geschmeckt wie der Lendenschurz eines Kobolds!«, schimpfte er.

»Warum erklärst du Fletcher nicht, was es mit der Mitgliedskarte auf sich hat?«, fragte Arcturus und reichte dem Zwerg eine Feldflasche mit Wasser.

Othello nahm ein paar tiefe Schlucke, dann wandte er sich an Fletcher. »Gut, dich zu sehen, mein Freund. Ich wünschte nur, die Umstände wären glücklicher.« Er fasste Fletcher am Arm und zog ihn näher zu sich heran. »Es ist eine Menge passiert, seit du … fort bist. Die Feindseligkeiten zwischen Menschen und Zwergen wurden immer schlimmer, und alles nur wegen dieser Anschläge, die angeblich von den Ambossen verübt wurden. Mittlerweile ist die Organisation verboten, allein die Mitgliedschaft ist strafbar, und die meisten ihrer Anführer sind untergetaucht.«

»Aber warum tun die Ambosse das? Es macht doch alles nur noch schlimmer«, warf Fletcher ein.

»Wir glauben, dass es einen Verräter in ihren Reihen gibt. Es muss derselbe sein, der die Forsys über das geheime Ratstreffen informiert und uns diese ganze Suppe überhaupt erst eingebrockt hat«, flüsterte Othello.

Von der Kanzel kam ein lautes Räuspern. »Sagtet Ihr nicht ›kurz‹, Hauptmann?«, fragte Raubler ungeduldig.

»Hört zu, beide«, sprach Arcturus ungerührt weiter, ohne auf Raubler zu achten. »Wir haben weder die Zeit noch einen Grund, uns jetzt eine Geschichte auszudenken. Ihr wisst nichts und werdet ab jetzt den Mund halten. Verstanden?«

»Die Gesprächszeit ist vorbei, Hauptmann!«, bellte Raubler nun und winkte die Soldaten heran.

Arcturus trat einen Schritt zurück und hob beschwichtigend die Hände.

»Seht Ihr, das war doch gar nicht so schwer«, kommentierte Raubler lachend und pfiff die Wachen zurück. »Ich denke, dieser Mitgliedsausweis spricht für sich selbst, meint Ihr nicht?«

Fletcher versuchte nicht hinzusehen, während die Geschworenen eifrig nickten. Waren er und Othello in ihren Augen bereits schuldig, oder gab es noch Hoffnung?

»Bringt den Zeugen der Anklage herein. Er soll seine Aussage machen, und danach werde ich die Beschuldigten verhören«, sprach Raubler weiter und wandte sich dann wieder an Arcturus. »Ihr könnt Eure Verteidigung morgen vorbringen, Hauptmann, doch die Zeugen werden nur heute vernommen. Die Inquisition möchte die Anhörungen schnell abschließen, damit morgen Nachmittag ein Urteil gefällt werden kann.«

Arcturus' Kiefermuskeln zuckten, doch er blieb stumm. Fletcher überlegte unterdessen fieberhaft, wer für ihn aussagen könnte. Seraph vielleicht?

Als Nächstes führte Jakov einen Soldaten in der pechschwarzen Uniform der Forsys herein. Fletcher kannte den jungen Mann zwar nicht, aber zu Grindels Trupp schien er nicht zu gehören. Das waren alles hartgesottene, bullige Männer gewesen, während dieser hier jung und zierlich wirkte. Wahrscheinlich war er kaum älter als Fletcher selbst.

»Nenne den Geschworenen deinen Namen«, befahl Karl, nachdem der Soldat auf der Zeugenbank Platz genommen hatte.

»Ich bin John Metzger von den Forsys-Furien«, sagte der Angesprochene mit fester Stimme. Fletcher und Othello würdigte er keines Blickes.

»Gut, John. Was hast du in jener Nacht gesehen?«

»Wir machten gerade eine nächtliche Übung, als wir plötzlich Schüsse hörten. Als wir eintrafen, fanden wir fünf Männer tot auf dem Boden liegend, also suchten wir nach den Tätern. In der Dunkelheit wurde ich von meinem Trupp getrennt, dann entdeckte ich die beiden.« Nun warf er doch noch einen Blick in die Richtung der Angeklagten und deutete mit dem Finger dorthin. »Ich richtete meine Muskete auf sie und verhaftete die beiden in der Hoffnung, dass meine Kameraden bald eintreffen würden. Dann lähmte mich ein Kerf mit seinem Stich, und die Gefangenen flohen. Meine Kameraden fanden mich erst mehrere Stunden später.«

»Danke, John. Das wäre alles«, erwiderte Raubler.

John erhob sich und salutierte steif, dann verließ er den Saal. Fletcher sah ihm mit schwerem Herzen hinterher. Mittlerweile erinnerte er sich wieder an ihn, und das Schlimmste war: Er hatte die Wahrheit gesagt.

»Damit ist die Beweisführung der Anklage abgeschlossen.« Raubler nahm seine Notizen zur Hand und las mit lauter Stimme vor. »Die Zusammenfassung lautet, dass Fletcher als Mitglied der Ambosse ein Tatmotiv hatte, und Othello ...« Er verstummte kurz und nahm ein anderes Papier zur Hand. »Nun, Othellos Strafregister umfasst mittlerweile mehrere Bände: tätliche Übergriffe auf Pinkertons, Widerstand gegen die Staatsgewalt, rassistische Propaganda und so weiter. Ein aktenkundiger Unruhestifter also.«

»Bloße Indizien, die mit diesem Fall nicht das Geringste zu tun haben!«, rief Arcturus dazwischen und schaute dabei die Geschworenen an.

»Nichtsdestotrotz ein Motiv!«, knurrte Raubler.

Entsetzt beobachtete Fletcher, wie Raubler den Geschworenen seine Notizen überreichen ließ, damit sie alles selbst nachlesen konnten. Dabei war Othello in allen genannten Punkten unschuldig – er hatte lediglich für seinen Zwillingsbruder Atilla den Kopf hingehalten, dessen Gefängnisstrafen abgesessen und auch noch die Prügel von den Wärtern eingesteckt.

»Auch die Tatwaffen haben wir«, führte der Inquisitor weiter aus. »Die Verbrennungen wurden den Ermordeten eindeutig von Fletchers Salamander zugefügt. Das Wurfbeil des Angeklagten Thorsager befindet sich unmittelbar hier vor Euren Augen, verehrte Geschworene.

Und es gibt einen zuverlässigen Zeugen, der die beiden in der Nähe des Tatorts gesehen hat. Fahren wir nun mit der Vernehmung der Angeklagten fort. Wache, bringt den Zwerg in den Zeugenstand!«

Othello stand mühsam auf, nachdem seine Füße losgekettet worden waren, dann schleppte er sich zum Podium und funkelte Raubler verächtlich an.

»Wo warst du in der Nacht der Morde?«, fragte der Inquisitor mit aneinandergelegten Fingerspitzen.

Othello zuckte mit keiner Wimper und verschränkte stumm die Arme vor der Brust.

Raubler beugte sich nach vorn. »Warum hast du diese Männer angegriffen?«, fragte er barsch. »War es ein geplanter Anschlag oder ein spontaner Entschluss?«

Othello stand regungslos wie eine Statue da und hielt Raublers Blick eisern stand. Nur der Brustkorb bewegte sich im gleichmäßigen Rhythmus seiner Atmung.

»Dein Knebel hat wahre Wunder gewirkt, Jakov«, sagte Raubler schließlich mit einem schallenden Lachen. »Endlich hält der Zwerg den Mund!«

Fletcher hörte ein Kichern hinter sich und drehte den Kopf: Es kam von König Alfric.

»Aber wie er mich ansieht… alles andere als respektvoll«, sprach Raubler plötzlich todernst weiter. »Sogar ganz entschieden unverschämt, findest du nicht, Karl?«

»Und wie. Ganz und gar ungehörig«, bestätigte Karl und rieb sich nachdenklich das Kinn. »Auch sein Äußeres lässt zu wünschen übrig, dieses ungekämmte Haupt, und überall Haare im Gesicht. Sein Auftreten ist eine Schande für dieses Gericht.«

Das Ganze war ein abgekartetes Spiel, wurde Fletcher klar. Er kam sich vor wie in einem schlechten Theaterstück. Die beiden Inquisitoren hatten alles im Voraus geplant, und genau das machte Fletcher Angst.

»Jakov, warum kommst du nicht herüber und verschönerst den Angeklagten ein wenig?«, sagte Karl schließlich und winkte den Feldwebel heran.

Othello wurde blass.

In diesem Augenblick riss Fletcher an seinen Ketten. »Das dürft Ihr nicht!«, schrie er. »Einem Zwerg das Haar zu schneiden, das ist Frevel!« Er zog so lange, bis die Handschellen in seine Haut schnitten und ihm das Blut über die Finger rann.

Arcturus' Blick wanderte zu König Harold, aber der Monarch saß mit verschränkten Armen stumm da. Herzog Forsys, Didric und die Dame Faverham grinsten hämisch, während König Alfric Didric aufgeregt etwas ins Ohr flüsterte.

»Das verstößt gegen die Bürgerrechte«, sagte Arcturus schließlich, an die Geschworenen gewandt. »Es ist illegal!«

»Zwerge haben keine Bürgerrechte«, entgegnete Raubler lachend. »Sein Aussehen muss dieses Gerichtes würdig sein. Ein Haarschnitt hat noch niemandem geschadet.«

»Das lasse ich nicht zu!«, bellte Arcturus. Sein Zeigefinger erstrahlte bereits in blauem Licht, da spannten die Soldaten ihre Musketen und zielten auf seine Brust, während Jakov seinen Dolch zog und sich breitbeinig vor Othello stellte.

Arcturus gab sich geschlagen. Das blaue Leuchten erlosch, dann kniete er sich neben Fletcher und hielt seine Handgelenke fest, damit er sich nicht weiter verletzte. »Sieh nicht hin«, flüsterte er. »Sie wollen dich nur leiden sehen.«

Othello wehrte sich verzweifelt. Sein Oberkörper zuckte wild von links nach rechts, während er mit den Zähnen nach Jakovs Händen schnappte. Er sah wie ein in die Enge getriebenes Tier aus, und die Adligen auf der Geschworenenbank schüttelten angewidert die Köpfe.

»Keine Angst, den Gefallen tu ich ihnen nicht«, knurrte Fletcher. Er spürte nur noch glühenden Zorn, konnte sich kaum beherrschen, seine Handschellen abzusprengen und Othello zu Hilfe zu eilen. Doch er wusste, das wäre glatter Selbstmord – also genau das, was seine Feinde wollten.

Jakov hielt Othello mit seiner fleischigen Hand fest, dann hob er den Dolch. »Halt still«, brummte er und packte den Zwerg am Bart. »Wir wollen doch nicht, dass es schief wird.«

Geschlagen ließ Othello den Kopf hängen. Das erste *Schnipp!* hallte durch den Saal, eine dicke Bartsträhne fiel zu Boden, und der Stolz in Othellos Augen erlosch. Eine Träne stahl sich aus seinem Augenwinkel, aber über seine Lippen kam kein Laut.

Das Messer blitzte auf, wieder und wieder. Fletcher spürte jeden Streich, als würde Jakov in sein eigenes Fleisch schneiden, doch Othello vergoss nicht eine einzige weitere Träne. Mit stoischer Ruhe ertrug er die Erniedrigung, während Fletcher ihm in Gedanken all seinen Mut und seine Kraft sandte.

»Gut so, hohes Gericht?« Jakov trat einen Schritt zurück und bewunderte seine Arbeit. Othellos Bart war nun beinahe genauso kurz wie derjenige Raublers.

»Hmmm, diese Haare …«, überlegte Karl laut und stellte sich direkt vor Othello. Schließlich hob er den dicken Zopf des Zwergs an. »Ich hätte sie gern als Andenken.«

Othello schloss die Augen, dann fuhr Jakovs Dolch erneut nieder.

»Vielleicht lasse ich mir daraus einen Rasierpinsel machen«, meinte Karl lachend und schwenkte den abgeschnittenen Zopf wie einen Pferdeschwanz.

»Viel zu schmutzig«, erwiderte Raubler mit gerümpfter Nase. »Jetzt die Oberlippe. Rasiere alles weg, Jakov. Ich wollte schon immer wissen, wie Zwerge ohne ihren …«

Er kam nicht dazu, den Satz zu Ende zu sprechen, denn in diesem Augenblick flog mit einem Krachen die Tür am Ende des Saals auf. Ein pfeifender Wind fuhr herein und bespritzte den Steinboden mit Regen, dann stolzierte ein Greif mit einem lauten Kreischen in den Saal. Die Reiterin trug eine Uniform, das schwarze Haar klebte ihr nass an den blassen Wangen. Als sie ihre Fliegerbrille abnahm, blitzten ihre grauen Augen nur so vor kalter Wut.

»Hauptfrau Lovett!«, keuchte Fletcher. Er konnte es nicht fassen. Das letzte Mal, als er sie gesehen hatte, hatte sie noch im Koma gelegen und sich nur über ihren Kerf, Valens, verständigen können.

Lovett ließ ihren Greif den Mittelgang entlangstolzieren. Die Tropfspur, die er dabei hinterließ, kümmerte sie genauso wenig wie die entsetzten Blicke des Publikums. Erst als sie unmittelbar vor Jakov stand, hielt sie an und riss ihm den Dolch aus der Hand.

Raubler brauchte einen Moment, bis er seine Sprache wiederfand. »Hauptfrau Lovett, wie könnt Ihr es wagen, einfach in diesen Saal zu platzen? Steigt sofort ab, sonst werde ich Euch wegen Missachtung des Gerichts belangen!«

»Das ist nicht möglich«, erwiderte sie nur und ließ den Dolch klappernd zu Boden fallen.

Raubler stand auf. »Ihr weigert Euch?«, fauchte er von der Kanzel herunter.

»Ich kann nicht«, widersprach Lovett und schüttelte sich das nasse Haar aus dem Gesicht. »Ich bin von der Hüfte abwärts gelähmt.«

9

WÄHREND DER VERWUNDERTE RAUBLER noch nach einer geeigneten Antwort suchte, wanderte Lovetts Blick weiter zu Fletcher. Sie nickte ihm kurz zu, dann lenkte sie ihren Greifen, Lysander, zur Geschworenenbank.

»Ich bin hier, um Euch zu sagen, dass Fletcher und Othello unschuldig sind. Sie mussten sich gegen einen Angriff von zehn Männern verteidigen und sind gerade noch mit dem Leben davongekommen. Der Zwerg wurde angeschossen, doch Fletcher brachte ihn in Sicherheit. Mein Kerf, Valens, stach einen Soldaten, der sie gefangen genommen hatte, damit sie entkommen konnten.«

Raubler schlug mit der Faust auf das Pult. »Ihr habt ihnen zur Flucht verholfen, nachdem sie fünf Soldaten ermordet hatten?«, polterte er.

»Ich habe sie davor bewahrt, kaltblütig abgeschlachtet zu werden, nachdem sie vor einer Gruppe Soldaten geflohen waren, die zum bloßen Vergnügen Jagd auf Zwerge machte«, erwiderte Lovett mit fester, selbstbewusster Stimme, den Blick weiterhin auf die Geschworenen gerichtet.

Karl hob die Hand und schüttelte lächelnd den Kopf. »Nicht so schnell, Hauptfrau Lovett. Ich weiß aus sicherer Quelle, dass Ihr noch bis vor wenigen Monaten im Ätherschock lagt … daher auch Eure bedauerliche Lähmung. Wie ist es dann möglich, dass Ihr die Ereignisse in jener Nacht bezeugen könnt?«

»Durch Valens, meinen Kerf. Wie andere vor mir habe auch ich einen Weg gefunden, durch seine Augen zu sehen, ohne einen Hellsehstein benutzen zu müssen«, antwortete sie mit stolz erhobenem Kinn.

Karl winkte ab. »Lächerlich. Nur die allerbesten Beschwörer sind dazu in der Lage.«

»Eben«, erwiderte Lovett trocken.

Karl schürzte die Lippen, wusste aber offensichtlich nicht, was er darauf sagen sollte.

»Wenn es stimmt, was Ihr sagt, könnten wir es ja hier und jetzt überprüfen«, warf Raubler lachend ein.

»Nur zu.«

Raubler überlegte eine Weile und starrte sie von der Kanzel herunter an, doch die Hauptfrau erwiderte seinen Blick, ohne mit der Wimper zu zucken.

»Nehmen wir einmal an, Ihr wärt tatsächlich in der Lage, ohne einen Kristall hellzusehen …«, sagte Raubler schließlich und betrachtete seine Fingernägel. »Eure Aussage wäre dennoch wertlos, oder besser gesagt: gerade deshalb.«

»Was soll das?«, warf Arcturus aufgebracht ein. »Es gibt ausreichend Präzedenzfälle, bei denen Beobachtungen, die durch Hellsehen gemacht wurden, als Beweis zugelassen wurden.«

»Durchaus, aber diese Beobachtungen wurden in einem Hellsehstein gemacht. Lovett behauptet, keinen benutzt zu haben. Dafür gibt es keinen Präzedenzfall, also erkläre ich ihre Aussage hiermit als unzulässig. Ihr seid entlassen, Hauptfrau Lovett.«

»Das ist absurd!«, rief Arcturus und trat vor die Kanzel.

»Es ist das *Gesetz*, Hauptmann. Ich mache es, und Ihr habt Euch dem zu beugen.« Raubler konnte sich ein Lächeln nicht verkneifen, als er die Zornesröte auf Arcturus' Gesicht sah.

»Verehrte Geschworene, bitte vergesst Hauptfrau Lovetts Aussage«, fuhr Karl unterdessen fort. Er bedeutete Arcturus, auf seinen Platz zurückzukehren. »Außerdem, Hauptmann: Solltet Ihr noch einmal auf diese Weise mit dem Gericht sprechen, werden wir Euch des Saals verweisen. Dann können die Missetäter sich selbst verteidigen.«

Arcturus verschränkte die Arme hinter dem Rücken, als könnte er sich kaum beherrschen, Karl an die Kehle zu springen. Mit sichtlicher Anstrengung drehte er sich schließlich weg und führte Othello zur Anklagebank zurück.

Der Zwerg stierte mit leeren Augen zu Boden, ohne Fletcher anzusehen. Er wirkte jetzt kleiner, regelrecht geschrumpft. Nachdem er so viel ertragen hatte, schien er endgültig gebrochen.

Fletchers Wut brannte nur noch heißer. Seine Widersacher hielten alle Macht in den Händen, er war vollkommen hilflos. Dieses Tribunal war eine Farce und das Urteil längst gefällt. Doch so groß sein Zorn auch war, ein Gedanke drängte sich unbarmherzig in den Vordergrund: Er würde sterben. Es gab nichts, was er dagegen tun konnte. Berdon … Sylva … Er würde sie niemals wiedersehen.

»Ich werde mich nicht hinstellen und das tatenlos mit ansehen«, sagte Lovett unbeirrt.

»Gewiss nicht. Das könnt Ihr ja gar nicht, wie Ihr eben selbst sagtet«, kommentierte Raubler grinsend. Fletcher hörte, wie Herzog Forsys beinahe platzte vor Lachen.

Hauptfrau Lovett ignorierte die Spitze und deutete auf die Inquisitoren. »Verehrte Geschworene, hört auf Euer Gewissen, nicht auf diese Scharlatane. Die beiden Angeklagten sind Opfer einer Intrige, nichts weiter.«

»Das reicht, Hauptfrau!«, brüllte Raubler und nickte einem Soldaten zu. »Ich bin mit meiner Geduld am Ende. Noch ein Wort, dann …«

Der Soldat richtete seine Muskete auf Lovett, doch Fletcher sah, wie er unter Lysanders bohrendem Blick zitterte.

»Nun, hat die Verteidigung noch weitere Zeugen zu bieten, oder wären wir damit fertig?«, fragte Karl.

Hauptfrau Lovett beugte sich zu Arcturus hinunter. »Fechtmeister Caulder steht draußen. Die Wachen haben ihn nicht hereingelassen«, flüsterte sie.

Arcturus überlegte kurz, doch schließlich schüttelte er den Kopf.

»Nein, das wäre alles«, antwortete er und wandte sich dann leise an Lovett. »Gleichgültig, was Caulder zu sagen hat, es würde keinen Unterschied machen.«

Raubler nahm die Antwort zufrieden zur Kenntnis und hob seinen Hammer. »Schön, dass wir uns in diesem Punkt einig sind. Die Verhandlung ist bis morgen Vormittag unterbrochen, dann werden wir das Plädoyer der Verteidigung hören. Das Urteil dürfte bis zum Nachmittag gefällt sein … und die Angeklagten sind dann noch am selben Abend tot.«

Fletcher und Othello wurden getrennt, aber Ersterer wusste auch so, dass sein Freund nicht weit war, denn er hörte Uhtred in der Nachbarzelle laut fluchen. Die Worte waren zwar nicht zu verstehen, doch das Krachen zertrümmerter Möbel und die Schreie der Soldaten sprachen eine deutliche Sprache. Wenige Momente später riss Jakov die Zellentür auf und stieß Uhtred vor Fletcher zu Boden.

»Hier drinnen kannst du dich beruhigen«, knurrte er und wischte sich einen Blutstropfen aus dem Mundwinkel. Seine Lippe war aufgesprungen, das Kinn rot und geschwollen. »Wenn du noch einmal die Hand gegen eine der Wachen erhebst, verpasse ich dir die gleiche Schönheitsbehandlung wie deinem Sohn.«

Fletcher machte einen Schritt auf Jakov zu und ließ eine Feuerkugel in seiner Handfläche erscheinen. »Raus!«, knurrte er. »Sonst verpasse ich *dir* die gleiche Schönheitsbehandlung wie Didric.«

Jakov war bereits draußen, bevor Fletcher überhaupt zu Ende gesprochen hatte. Er ließ die Feuerkugel noch einen Moment auf seinem Zeigefinger tanzen und überlegte, ob er die Tür damit aus dem Rahmen sprengen sollte. Im Gegensatz zur Tür seiner Kerkerzelle war sie nicht aus Stahl, sondern aus Holz.

»Danke, Fletcher.« Uhtred setzte sich stöhnend in einen Stuhl. Eine Hand hielt er auf seine Rippen gepresst.

»Er ist ein Ungeheuer, innerlich wie äußerlich«, brummte Fletcher, dann saugte er das Mana aus der Feuerkugel wieder in sich hinein. Falls sich doch noch eine Fluchtmöglichkeit bot, würde er jedes bisschen davon brauchen, doch jetzt war nicht der richtige Moment.

»Komm her«, keuchte Uhtred. »Ich muss dir etwas sagen.« Er sprach abgehackt, als wären seine Verletzungen schlimmer, als es von außen schien.

Fletcher zog seinen Stuhl heran und setzte sich.

»Ich werde nicht zulassen, dass ihr sterbt. Wir holen euch hier raus.«

Fletcher wusste nicht, was er sagen sollte. Uhtreds Worte klangen unheilvoll. Was immer der Zwerg vorhatte, es konnte zu einem bösen Ende führen.

»Die Zwergenbataillone sind nicht weit von hier stationiert. Ich werde sie zusammenrufen, dann stürmen wir das Dorf.«

»Auf keinen Fall«, widersprach Fletcher leise. Sein Blick wanderte zur Zellentür. »Die Folgen wären nicht auszudenken. All der gute Wille, den König Harold Euch entgegenbringt, wäre zerstört, der Frieden zwischen Menschen und Zwergen läge in Scherben. Das Land würde im Bürgerkrieg versinken, und schließlich würdet Ihr verlieren.«

»Nein, Fletcher. Unsere Soldaten sind gut ausgebildet, und sie haben Waffen. Othello kann Dämonen herbeirufen, die …«

»Und dann?«, fiel ihm Fletcher ins Wort. »Vergesst nicht, dass ich den Streit während des Zwergenrats mit angehört habe. Die Situation ist immer noch die gleiche.«

»Ist sie nicht. Wir erobern Didrics Schloss, dort lagern genug Vorräte für eine zehnjährige Belagerung, zu der der König aber ohnehin zu wenig Mut hätte. Wegen der Kanonen wird das Himmelskorps es nicht wagen, einen Angriff auf uns zu fliegen, und mit dem Geld aus den Schatzkammern können wir Handel mit den Elfen treiben. Wir gründen endlich unser eigenes Königreich.«

Uhtreds Blick wurde glasig, während er verstummte. Doch seine Worte hatten Fletcher zutiefst erschüttert. Wie sein Sohn Othello war er immer ein Verfechter des Friedens gewesen, doch nun schien etwas in ihm zerbrochen zu sein. Fletcher hoffte nur, dass er den Schaden reparieren konnte.

»Was ist mit Thaissa und Briss und all den anderen Zwergen in Corcillum?«, fragte er. »Was glaubt Ihr, würde mit ihnen geschehen?«

Uhtred rang die schwieligen Hände, blieb aber weiterhin stumm.

»Außerdem sind Arcturus und Lovett hier«, fuhr Fletcher fort. »Glaubt Ihr, sie würden tatenlos zusehen, wie Ihr einen Aufstand vom Zaun brecht? Oder wollt Ihr die beiden ebenfalls töten? Dann wären da noch König Harold und sein Vater, ganz zu schweigen von den vielen Adligen. Das sind alles mächtige Beschwörer. Und was Didrics Schloss angeht: Es ist schwer befestigt und wird Tag und Nacht streng bewacht. Wenn nicht einmal das Himmelskorps gegen die Kanonen dort ankommt, welche Chance habt dann Ihr Zwerge? Eure Soldaten würden einen tapferen Tod sterben, und am Ende wäre ihr eigenes Blut doch nur sinnlos vergossen.«

Uhtred blinzelte gegen seine Tränen an. All seine Wut war verflogen, zurück blieb nur noch Schmerz. »Ich habe mein Volk im Stich gelassen«, schluchzte er bebend. »Und meinen Sohn.«

Fletcher legte ihm einen Arm um die zitternden Schultern. Die Thorsagers so am Boden zerstört zu sehen machte ihn rasend, aber er unterdrückte seinen Zorn. Was Uhtred jetzt brauchte war Mitgefühl. »Ihr dürft nicht zulassen, dass diese Schufte alles in Gefahr bringen, was Ihr und Othello gemeinsam erreicht habt. Ihr tätet ihnen nur einen Gefallen. Und vergesst nicht, dass König Harold …«

Uhtred schlug mit der Faust auf den Tisch. »Der König hat uns verraten!«, polterte er. »Er war dabei und hat tatenlos zugesehen, wie sie meinem Sohn all das angetan haben. Meinem tapferen, gutherzigen Sohn.«

Von der Tür kam ein leises Klopfen, und Fletcher erstarrte. Wenn eine der Wachen Uhtreds Ausbruch mit angehört hatte, würde der Zwerg morgen ebenfalls wegen Hochverrats hingerichtet werden. Fletcher lud seinen Telekinesefinger auf und versteckte die Hand hinter seinem Rücken. Mit einer schnellen, gezielten Entladung sollte er jeden ausschalten können, wer auch immer gleich durch diese Tür kam.

»Nicht doch, Fletcher. Wenn du mich jetzt angreifst, wäre das in der Tat Hochverrat. Zu deinem Pech hat ein junger Schlachtmagier wie du außerdem kaum eine Chance gegen den König.«

Fletcher wirbelte herum und sah Harold im Türrahmen lehnen. Der König wirkte erschrocken, in seinen Augen stand ein Ausdruck, den Fletcher nicht recht deuten konnte.

»Ich bedaure, was vorhin passiert ist. Wenn ich es hätte verhindern können, hätte ich es getan. Bitte lasst mich euch alles erklären, dann werdet ihr verstehen«, sprach Harold weiter.

»Von mir aus«, erwiderte Fletcher, so ruhig er konnte. Wenn der König nicht in der Lage war, solch himmelschreiende Ungerechtigkeiten zu verhindern, geschweige denn zu bestrafen, verdiente er seinen Respekt auch nicht.

»Es gibt keine Rechtfertigung für Euer tatenloses Zusehen!«, fuhr Uhtred auf und humpelte zur Tür.

»Uhtred …«

»Spart Euch die Worte bis morgen nach der Verhandlung auf«, knurrte der Zwerg. »Ich möchte sehen, wie es Euch ergeht, wenn Ihr den Tod zweier Unschuldiger auf dem Gewissen habt!« Dann schlug er die Tür hinter sich zu.

Harold starrte dem Zwerg wortlos hinterher. Eine unbehagliche Stille senkte sich über den Raum. Schließlich nahm er den Kronreif ab und legte ihn auf den Tisch. Er rieb sich seufzend die Schläfen, zog den freien Stuhl heran und setzte sich.

»Ich werde dir jetzt eine Geschichte erzählen«, begann Harold und schloss die Augen. »Teile davon kennst du wahrscheinlich schon, aber gewiss noch nicht alles.« Er sprach sehr leise, als fürchtete er, belauscht zu werden.

»Als ich noch ein Junge war, steckte Hominum in tiefen Schwierigkeiten. Mein Vater hatte die Steuern so stark erhöht, dass die Armen kaum noch zu essen hatten. Selbst der Adel musste den Gürtel enger schnallen. Er verprasste das Geld für überflüssigen Luxus wie Festbankette, Statuen und Gemälde. Dann ließ er mitten im Zentrum von Corcillum auch noch einen prächtigen Palast erbauen. Das Volk war unzufrieden und der Adel noch mehr. Die Frage war nicht, *ob* es zu einer Revolte kommen würde, sondern *wann*. Also dankte er ab und gab den Thron an mich weiter, sobald ich meine Ausbildung an der Dämonenakademie abgeschlossen hatte. Die Steuern wurden wieder gesenkt, das Volk hatte einen neuen König, der Frieden war gerettet.«

Fletcher erinnerte sich zwar vage, das alles schon einmal gehört zu haben, konnte sich aber nicht vorstellen, was es mit dem Tribunal zu tun haben sollte.

»Offiziell bin ich zwar der König, aber die Macht liegt allein bei meinem Vater«, fuhr Harold fort. »Der Adel steht fest auf seiner Seite, außerdem kontrolliert er die Richter und damit auch die Rechtsprechung. Er ist Oberhaupt der Inquisition und lässt jeden, der ihm in die Quere kommt, von den Pinkertons einsperren. Als er mir sein Amt übertrug, war er sicher, dass ich nach seiner Pfeife tanzen würde. Falls nicht, hatte er die Richter, die Inquisition und die Pinkertons als Druckmittel. Das Ganze war ein Propagandatrick, mehr nicht.«

Fletcher war verblüfft. Er hatte den Eindruck, als wäre der König irgendwie geschrumpft. Mit einem Mal erschien ihm Harolds Gegenwart weit weniger drückend.

Als der König die Augen wieder öffnete, erwiderte Fletcher seinen Blick wie ein Gleichgestellter.

»Mein Vater ist ein rassistischer Fanatiker, der andere gerne leiden sieht, aber ich bin nicht so … wie er. Ich hatte Mentoren und wurde von Gelehrten unterrichtet. Meine Kindermädchen waren allesamt Zwerginnen.«

Fletcher hatte von der finsteren Regierungszeit des abgedankten Königs und dessen diskriminierenden Zwergengesetzen gehört. Seinen eigenen Sohn so über ihn sprechen zu hören war trotzdem ein Schock. Alfric musste ein wahres Scheusal sein. Doch während Harold noch die Hände rang, wurde Fletcher zunehmend unbehaglich zumute. Warum erzählte ihm der König das alles? Fletcher hatte nicht die Absicht, sich in einer Art politischem Schachspiel zum Bauern machen zu lassen.

»Als noch Frieden zwischen unseren Reichen herrschte, bin ich sogar des Öfteren als Diplomat bei den Elfen gewesen«, sprach der König weiter. »Es mag das gleiche Blut in unseren Adern fließen, aber ich habe nichts mit meinem Vater gemein. Manchmal frage ich mich, ob es der Tod meiner Mutter war, der ihn so werden ließ …«

Harold verstummte, dann saßen sie eine Weile schweigend nebeneinander.

»Eure Geschichte rührt mich, ehrlich, aber es fällt mir schwer, sie zu glauben«, sagte Fletcher, als er es nicht mehr aushielt. »Was ist mit der Übereinkunft mit den Zwergen, dem Frieden mit den Elfen, und was ist mit dem Orkkrieg? Es heißt, das alles wäre Euer Werk.«

»Das war der Rat, nicht ich. Ich habe seine Gründung vorgeschlagen, um mir wenigstens einen Teil der Macht zurückzuholen. Meinem Vater habe ich weisgemacht, der Rat würde ihm die langweiligen Regierungsgeschäfte erleichtern.« Harold lachte leise, als er das sagte.

»Alfric glaubte, wegen seiner guten Verbindungen zum Adel könnte er die Zusammensetzung des Rats kontrollieren, aber ich habe meine eigenen Verbündeten. Als die ursprünglichen Mitglieder allmählich an Altersschwäche oder in den Grenzkriegen starben, erbten meine Freunde deren Ratssitze. So gelang es mir, neue Gesetze zu erlassen. Deshalb war das Turnier im letzten Jahr auch so wichtig. Mein Vater kam auf die Idee, einen Ratssitz als Preis auszuloben. Hätte einer der Forsys-Zwillinge gewonnen, hätte sich das Machtverhältnis wieder zu seinen Gunsten verschoben, denn die Faverhams und Forsys stehen fest auf seiner Seite. Ich danke dir von ganzem Herzen, dass du das verhindert hast.«

»Und was hat das mit Othello und dem Tribunal zu tun?«, hakte Fletcher nach.

»Mein Vater denkt immer noch, ich wäre genauso von Hass zerfressen wie er und seine Freunde. Er glaubt, ich hätte die Gesetze, die ihm nicht passen, nur aus praktischen Gründen erlassen, nicht um die Dinge wieder in Ordnung zu bringen. Wüsste er die Wahrheit … würde er einen Bürgerkrieg anfangen und sich die Macht zurückholen. Ich hingegen versuche, Hominum zusammenzuhalten. Die Sicherheit unseres Volkes steht auf Messers Schneide. Wir können die Orks gerade so von den Grenzen fernhalten, doch wenn es jetzt auch noch Krieg zwischen mir und meinem Vater gibt, die Zwerge sich erheben oder die Elfen auf die Idee kommen einzumarschieren, würde unser Heer zusammenbrechen. Die Orks hätten freie Bahn und würden Hominum dem Erdboden gleichmachen.«

»Das heißt, Ihr könnt euch nicht einmischen, weil Euer Vater sonst Verdacht schöpfen würde. Dann könnt Ihr uns also nicht begnadigen?«

»Begnadigt werden können ohnehin nur Adlige. Aber du hast recht, selbst *wenn* es möglich wäre, könnte ich es nicht. Jedenfalls nicht ohne triftigen Grund«, erwiderte Harold. »Doch ich bin nicht nur gekommen, um mich dir zu erklären. Du sollst außerdem erfahren, was geschieht, falls Othello morgen hingerichtet wird: Den Generälen, dem Adel und den Soldaten wird man weismachen, Othello wäre wegen Hochverrats und Mordes an fünf Soldaten schuldig gesprochen und entsprechend bestraft worden. Die Zwergenbataillone hingegen wissen, dass Othello nicht nur unschuldig war und in Notwehr gehandelt hat, sondern … er war auch noch der Sohn des großen Uhtred Thorsager. Kannst du dir vorstellen, was dann passiert?«

»Es würde … zu Unruhen kommen … Menschen und Zwerge würden übereinander herfallen«, keuchte Fletcher entsetzt. Er war so sehr um Othello und sich selbst besorgt gewesen, dass ihm die volle Tragweite des Tribunals vollkommen entgangen war.

»Die Zwerge würden niedergeworfen werden, aber erst nach einem Kampf, der das Heer einen viel zu hohen Blutzoll kosten würde«, sprach Harold grimmig weiter. »Wenn sie gesehen haben, was wir den Zwergen angetan haben, werden die Elfen das Bündnis mit uns wahrscheinlich aufkündigen. Und die ganze Zeit über sammelt der Albino-Ork weiter seine Kräfte, um seine Horden zum richtigen Zeitpunkt auf unser hoffnungslos überlastetes Heer loszulassen. Und all das nur wegen eines einzigen toten Zwergs. Alles, was das Dreigestirn interessiert, sind das verfluchte Waffengeschäft und ihre Rache an dir. Alles, was meinen Vater interessiert, ist, die Zwerge und Elfen in die Schranken zu verweisen. Und ich belade mich mit Schuld, egal ob ich euch helfe oder nicht. Entweder kommt es zum Krieg gegen meinen Vater oder zu einer Zwergenrevolte.«

Fletcher nahm Harolds Hand. »Könnt Ihr denn gar nichts dagegen tun?«, fragte er bestürzt.

Wie ein Ertrinkender umklammerte der König Fletchers Finger. »Nein, gar nichts. Aber *du* kannst etwas tun.« Er schaute Fletcher mit verzweifelter Hoffnung an.

»Ich tue alles, was Ihr sagt. Morgen bin ich so oder so tot«, erwiderte Fletcher. Es fühlte sich gut an, endlich wieder einen Plan zu haben, ein Ziel, für das es sich zu kämpfen lohnte. Einen Augenblick lang flackerte neue Hoffnung in ihm auf.

Harold holte tief Luft.

»Bekenne dich schuldig. Ich werde dafür sorgen, dass dein Tod schnell und schmerzlos ist.«

10

AN DIESEM ABEND BEKAM FLETCHER keine weiteren Besuche mehr. Als er nicht einschlafen konnte, rief er Ignatius herbei, und sie spielten ein wenig Fangen um den Tisch. Es war ein kindisches Spiel, bei dem er sich immer wieder die Schienbeine anschlug, aber wenigstens lenkte es ihn von dem ab, was ihm am morgigen Tag bevorstand. Schließlich blieb ihm nichts anderes übrig, als still zuzusehen, wie sein kleiner Dämon einschlief. Sein einziger Trost war, dass Ignatius die Verzweiflung nicht spürte, die sich seines Herrn bemächtigt hatte.

Jakov und die anderen Wachen kamen sehr früh. Mit lautem Gebrüll hämmerten sie gegen die Tür, immer in der Erwartung, einen vollkommen verängstigten Fletcher aus dem Bett zu ziehen. Doch Fletcher erwartete sie schon, gefasst und bereit, sein Schicksal auf sich zu nehmen.

Trotz der frühen Stunde war der Gerichtssaal zum Bersten gefüllt. Heute waren noch mehr Generäle und Adlige gekommen, um das Urteil zu hören, sogar ein paar Fußsoldaten befanden sich in der Menge. Das linderte Fletchers Nervosität zwar nicht gerade, aber er dachte einfach daran, was passieren würde, wenn er sich jetzt noch einmal umentschied, und das genügte. Sein Geständnis würde Othello von allen Anschuldigungen entlasten. Das Dreigestirn wäre um seinen Sieg gebracht, der Bürgerkrieg wäre abgewendet. Hominum würde nicht zerfallen.

Alles, was er dafür tun musste, war, sein Leben zu opfern.

Arcturus wirkte erschöpft, als er mit einem ganzen Stapel Notizen an die Brust gepresst seinen Platz einnahm. Hauptfrau Lovetts Verfassung war kein bisschen besser. Sie saß direkt hinter ihm in der ersten Reihe der Geschworenenbank, eingequetscht zwischen Zacharias Forsys und dem alten König Alfric. Ein paar Schritte daneben stand ein klappriger Rollstuhl.

Während Raubler und Karl darauf warteten, dass alle Platz nahmen, wurde Othello in den Saal geschleift und neben Fletcher festgekettet. Diesmal hielt er das Haupt stolz erhoben, das alte Feuer leuchtete wieder in seinen Augen.

Fletcher fragte sich, ob Uhtred immer noch an seinem Plan festhielt und Othello vielleicht eingeweiht hatte. Der mögliche Tod seines Sohnes wirkte wie eine unglaubliche Last auf den Schultern des gutherzigen Zwergs. Fletcher musste schnell handeln, am besten sofort.

»Othello, du musst mir etwas versprechen«, flüsterte er. »Der König war letzte Nacht in meiner Zelle. Er steht auf unserer Seite und weiß, was er tut. Ich kann dir jetzt nicht alle Einzelheiten erklären, aber was auch immer passiert, du musst mitspielen.«

Othello hob die Augenbrauen und schenkte Fletcher ein vertrauensvolles Lächeln. Dass so viel von dem Gesicht des Zwergs zu sehen war, machte einen eigenartigen Eindruck. Sein stoppeliger Kiefer war kräftig und breit, beinahe wie ein Amboss.

»Ich bin froh, dass er endlich was unternimmt«, erwiderte Othello leise. »Nach Uhtreds … *Ausbruch* von letzter Nacht haben sie Arcturus und Lovett zur Strafe nicht zu mir gelassen. Ich habe gehört, wie sie vor meiner Zellentür mit den Wachen gestritten haben. Mein Vater darf nicht einmal mehr den Gerichtssaal betreten.« Othello warf Jakov einen hasserfüllten Blick zu, dann flüsterte er aus dem Mundwinkel: »Bist du sicher, dass wir dem König trauen können?«

»Uns bleibt gar keine andere Wahl«, erwiderte Fletcher. »Was auch immer Arcturus und Lovett zu unserer Verteidigung vorbringen, es wird keinen Einfluss auf das Urteil haben.«

Othello schüttelte den Kopf und warf einen Blick zur Verteidigerbank hinüber. »Sie sehen aus, als hätten sie die ganze Nacht kein Auge zugetan. Ich würde es lieber darauf ankommen lassen.«

Fletcher lächelte seinen Freund traurig an und fragte sich, ob er vor der Hinrichtung noch Gelegenheit bekommen würde, ihm alles zu erklären, dann atmete er einmal tief durch.

»Ich habe etwas zu sagen!«, rief er laut und drehte sich zum Publikum um, soweit es seine Ketten zuließen.

»Fletcher, halt den Mund«, knurrte Arcturus, die müden Augen vor Entsetzen weit aufgerissen.

Im Saal wurde Gemurmel laut. Raubler versuchte, mit seinem Hammer für Ruhe zu sorgen, während sich immer mehr Zuhörer von ihren Plätzen erhoben, um zu sehen, welcher der beiden Gefangenen gesprochen hatte.

»Ich bedaure, aber in diesem Punkt stimme ich ausnahmsweise mit Hauptmann Arcturus überein«, höhnte Raubler. »Für feurige Reden und große letzte Worte hat dieses Gericht keine Zeit. Halt den Mund, Junge, sonst wird Jakov dich knebeln, wie er es schon mit dem Zwerg gemacht hat.«

»Ich möchte ein Geständnis ablegen«, sprach Fletcher ungerührt weiter, ohne sich zu dem Inquisitor umzudrehen.

»Nein!«, schrie Arcturus. »Wir können die Verhandlung immer noch gewinn…«

Der Hauptmann verstummte abrupt, als Jakov ihn zu Boden riss und ihm mit der prankenartigen Hand den Mund zuhielt.

Ein anderer Soldat stellte sich demonstrativ direkt vor Lovett, aber das war gar nicht nötig. Fletcher sah, wie Zacharias Forsys der Hauptfrau etwas ins Ohr flüsterte und ihr seinen Dolch an die Rippen hielt. All das bestätigte Fletcher nur in seinem Entschluss. Er hasste diese blutleeren, gleichgültigen Männer, die wie willenlose Puppen nur ihren eigenen Begierden hinterherliefen.

»Wiederhole das!«, mischte sich Karl mit aufgeregter Stimme ein. »Sag es laut, damit der ganze Saal dich hören kann.«

Wieder erhoben sich allerlei Stimmen im Raum. Fletcher spürte, wie die Blicke der mächtigsten Frauen und Männer in ganz Hominum auf ihm lasteten, doch er hielt stand. Sein Auftritt musste überzeugend aussehen.

»Ich gestehe den Mord an den fünf Soldaten!«

Entsetztes Schweigen breitete sich über den Saal.

»Ihr habt richtig gehört. *Ich* war es, ich und kein anderer. Ich habe Othellos Wurfbeil gestohlen und bin losgezogen, um Streit zu suchen. Allerdings habe ich nicht gemerkt, dass Othello den Diebstahl beobachtet hatte und mir gefolgt ist.«

An dieser Stelle geriet Fletcher ins Stottern. Die Worte, die er in seiner Zelle so oft wiederholt hatte, fühlten sich nun wie glühende Kohlen auf seiner Zunge an. Jede Silbe brachte ihn näher an seinen Tod.

»Na-Nachdem er mir eine Stunde lang gefolgt war, hat eine Patrouille ihn entdeckt. Die Soldaten nahmen es als willkommene Gelegenheit für eine Schießübung. Ich hörte den Schuss und schlich mich näher heran, da sah ich Othello mit einer tiefen Wunde im Bein am Boden liegen.«

Fletcher machte eine Verschnaufpause. Die nächsten Worte würden sein Schicksal endgültig besiegeln, doch jetzt, zum letzten Akt, kehrte all sein Mut wieder zurück, und er sprach im vollen Brustton weiter.

»Während Othello kaum bei Bewusstsein war, habe ich sie alle fünf getötet. Ich tat es hinterrücks und mit voller Absicht – die Soldaten haben mich nicht einmal gesehen. Ich bin der einzig Schuldige. Othello hatte nichts damit zu tun.«

Seine Worte hallten durch den mucksmäuschenstillen Saal, während Raublers Federkiel über das Pergament raste.

Nur Karl wurde blass, als er begriff, was Fletchers Aussage bedeutete. »Der … der Zwerg …«, stammelte er. »Er muss ebenfalls …«

Fletcher hörte einen lauten Fluch aus dem Publikum und lächelte – auch Didric schien ganz und gar nicht glücklich über diese neue Entwicklung zu sein.

»Die Verhandlung wird vorübergehend unterbrochen«, erklärte Karl endlich mit einem lauten Hammerschlag, dann eilte er die Stufen hinauf, um sich aufgeregt mit Raubler zu beraten.

Es war so laut im Raum, dass Fletcher nicht hören konnte, was sie besprachen. Er sah nur, wie sie häufig zum Dreigestirn und zu König Alfric hinüberschauten, und das genügte, um seinen Verdacht zu bestätigen: Eigentlich hatten sie es auf Othello abgesehen. Fletchers Tod sollte nur das Sahnehäubchen sein. Und jetzt schmeckte ihnen die Torte nicht mehr.

Plötzlich erhob sich eine neue Stimme aus der Menge. »Wir sind zu einem Urteil gekommen.«

Eine der Geschworenen hatte gesprochen, eine hochgewachsene, herrische Dame mit streng zurückgebundenem grauen Haar und einer Hornbrille auf der Nase. In den Händen hielt sie einen kleinen Stapel Zettel. Fletchers Herz setzte einen Schlag lang aus, als er den Stapel sah: Die Geschworenen hatten über das Urteil abgestimmt, während die Inquisitoren noch abgelenkt gewesen waren.

»Wenn Ihr uns nur noch einen kurzen Augenblick geben würdet«, entgegnete Karl und hob den Zeigefinger.

»Nein«, erwiderte die Dame knapp. »Ihr tätet gut daran, Euch zu erinnern, dass die Verteidigung heute Vormittag das Wort hat. Fletcher hat sich eindeutig zu seiner Schuld bekannt. Das Urteil obliegt uns allein, und wir haben es bereits gefällt. Unsere einzige weitere Frage lautet, ob der Zwerg noch etwas zu sagen hat, bevor ich es verlese.«

Othello zögerte. Er schaute Fletcher forschend an, dann senkte er unentschlossenen den Blick. Beinahe eine halbe Minute lang lag Hominums Zukunft in den Händen des Zwergs, dann schüttelte er stumm den Kopf.

»In diesem Fall befinden wir Othello Thorsager … für unschuldig. Er war ein Opfer unglücklicher Umstände, nichts weiter.«

Othello reagierte kaum, er fasste Fletcher lediglich am Handgelenk und zog ihn näher an sich heran.

»Was hat Harold vor? Das ergibt keinen Sinn«, flüsterte er. Dann, als er endlich aufblickte, begriff er die Wahrheit, die Fletcher nicht aussprechen konnte.

»Nein …«, stammelte der Zwerg und umklammerte Fletchers Hand.

Fletchers Augen füllten sich mit Tränen. Othello war gerettet. Er musste jetzt nicht mehr stark sein.

Wie einen Ertrinkenden packte Othello Fletcher am Wams. »Du hast gesagt, der König hätte einen Plan«, krächzte er. »Harold wollte dich retten.«

»Das hier war sein Plan«, antwortete Fletcher mit einem traurigen Lächeln. »Eines Tages wirst du es verstehen. Diese Angelegenheit ist wichtiger als wir beide.«

Dann hörte Fletcher das Urteil der Geschworenen. Jedes Wort traf ihn wie ein Hammerschlag.

»Fletcher Wulf wird in allen Punkten schuldig gesprochen und zum Tod durch Erhängen verurteilt.«

11

WIE EINE TOTENGLOCKE HALLTE DAS URTEIL durch den Saal – in gewissem Sinne war es das ja auch, dachte Fletcher. Eine bleierne Stille senkte sich über den Raum, einige der Zuhörer schienen schockiert, andere warteten gespannt auf Fletchers Reaktion, da ertönte eine wilde Schimpftirade vom Eingang herüber.

Fletcher drehte sich um, und sofort erkannte er die ungeschlachte Gestalt, die dort den Mittelgang entlanghumpelte. Es war Fechtmeister Caulder von der Akademie. Sein Holzbein schlug klappernd gegen den Steinboden, während er, vor sich hin fluchend, nach vorne kam.

Raubler ließ seinen Hammer niedersausen. »Was, zum Teufel, soll das?«, polterte er. »Wachen, werft ihn sofort hinaus!«

Caulder zog sein Schwert. »Verflucht, ich habe etwas zu sagen und werde jeden zum Krüppel schlagen, der auch nur in meine Nähe kommt«, knurrte er. Er trug ein Kettenhemd und den silberblauen Waffenrock der Adelsfamilie, der er einst gedient hatte. Es war seine alte Uniform.

Die Wachen zögerten und hoben unentschlossen ihre Musketen.

Zacharias Forsys schüttelte angewidert den Kopf und sprang auf. »Wollt ihr diesem unflätigen Greis etwa auch noch eine Bühne für seine Unverschämtheiten geben?«, rief er den Zuhörern in seinem Rücken zu. »Das Urteil ist gefällt, soll er allein seinen wirren Gedanken nachhängen!«

Doch Zacharias hatte die Stimmung im Saal falsch eingeschätzt. Begierig auf noch mehr Unterhaltung, ignorierten die Zuhörer seinen Zwischenruf. Manche forderten ihn sogar auf, sich zu setzen.

König Harold erhob sich nun ebenfalls und brachte die Menge mit einem strengen Blick zum Schweigen. »Ich bin geneigt, Zacharias zuzustimmen«, sagte er, als wieder Ruhe herrschte.

Fletcher verzweifelte. Warum schlug sich Harold nun auch noch auf Zacharias' Seite? War alles nur ein Trick gewesen, um ihm ein Geständnis zu entlocken?

»Aber«, sprach der König weiter, »ich habe Meister Caulder persönlich zum Ritter geschlagen und ihn außerdem zum Waffenmeister der Dämonenakademie ernannt. Er ist ein guter Mann. Allein der Respekt vor seinen Titeln gebietet, ihn anzuhören.«

Dann setzte er sich, und Zacharias blieb nichts anderes übrig, als das Gleiche zu tun, wenn er sich dem König in der Öffentlichkeit nicht widersetzen wollte. Fletcher seufzte erleichtert und konzentrierte sich dann wieder auf seinen alten Fechtmeister.

Caulder neigte den Kopf. »Danke, mein König.« Dann räusperte er sich und sagte mit lauter, klarer Stimme: »Vor einundzwanzig Jahren trat ich in die Dienste des Grafen Rale ein. Ganz in der Nähe der Grafschaft begann der Dschungel, oft gab es Orküberfälle. Das Anwesen der Rales lag am Rand eines Dorfes, war aber leicht zu verteidigen, da die Orks nur über einen einzigen Gebirgspass einfallen konnten. Diesen Pass hätte ich mit meinen fünfzig Männern gegen ein ganzes Heer halten können, falls nötig. Über Jahre hielten wir die Orks problemlos fern.«

Dann hielt Caulder plötzlich inne, als müsse er sich sammeln. Fletcher verstand nicht, was der Fechtmeister mit seinem Auftritt erreichen wollte. Er zögerte doch das Unvermeidliche nur hinaus. Und wozu? Wollte er Uhtred Zeit verschaffen, seine Zwergenbataillone in Position zu bringen? Fletcher warf einen schnellen Blick in Richtung der Eingangstür und hoffte verzweifelt, dass Uhtred seinen selbstmörderischen Plan nicht doch noch in die Tat umsetzte.

»Es war eine Nacht wie jede andere. Alle Wachen waren auf ihren Posten, überall brannten Fackeln, nichts rührte sich im Wald rund um den Pass. Wir merkten erst, was vorging, als sich ein Diener mit einem Speer im Bauch in unser Lager schleppte. Die Orks seien wie aus dem Nichts aufgetaucht, berichtete er, und jetzt töteten sie alles, was sich bewegte. Als wir ankamen, war es bereits zu spät. Die Rales und die Dorfbewohner waren tot oder lagen im Sterben. Wir sahen uns einer entsetzlichen Übermacht gegenüber. Ich habe als Einziger überlebt.« Caulder hielt seine Hakenhand hoch in die Luft, damit alle sie sahen.

»Ich habe in jener Nacht eine Hand und ein Bein verloren, aber noch viel schrecklicher war der Blutzoll, den die anderen zahlten. Jeder Mann, jede Frau und jedes Kind war enthauptet worden. Die Köpfe ihrer Opfer hatten die Orks auf dem Dorfplatz aufgestapelt. Die Rales und ihre Dienerschaft spießten sie auf Pfähle, die sie an ihrem Rand zum Dschungel aufstellten – als Warnung an Hominum, sich vom Orkreich fernzuhalten. Als wir die Leichen bargen, um sie zur letzten Ruhe zu betten, waren sie kaum noch zu erkennen.«

Inquisitor Raubler stöhnte laut und schaute demonstrativ zur Decke. »Wir alle kennen diese Geschichte, Waffenmeister Caulder. Der Zwischenfall löste nach acht Jahren bösen Blutes den Orkkrieg aus. Ich habe jetzt aber keine Zeit, einem alten Mann dabei zuzuhören, wie er über die Fehler seiner Vergangenheit sinniert. Kommt zum Ende.«

Caulder funkelte den blassen Inquisitor an, dann wandte er sich mit sichtlicher Anstrengung wieder dem Saal zu. »Der von uns bewachte Pass war der einzige Zugang zur Grafschaft Rale. Das hatten wir zumindest geglaubt. Doch es gab noch einen zweiten. Einen geheimen Tunnel unter den Bergen, den nur die Rales und enge Freunde der Familie kannten. Jemand hatte sie verraten. Dieser Verräter befindet sich wahrscheinlich hier in diesem Raum.«

Er sprach die Worte ruhig und ohne Anklage, doch die Zuhörer begannen sofort aufgeregt zu tuscheln.

Zacharias fuhr herum und richtete seinen Zeigefinger wie eine geladene Pistole auf Caulder. »Ihr wagt es, das Andenken Edmund Rales und seiner Familie mit Euren Lügen zu beschmutzen?«, fauchte er. Seine Fingerkuppe leuchtete bereits blau. »Ich sollte Euch an Ort und Stelle töten!«

König Harold legte Zacharias eine Hand auf die Schulter und drückte ihn zurück in seinen Stuhl. »Bitte, Herzog Forsys, lasst ihn zu Ende sprechen. Er ist der Einzige, der beim Tod unseres besten

Freundes zugegen war.« Dann wandte sich Harold an die Zuhörer. »Was Waffenmeister Caulder sagt, ist wahr. Als Kinder haben wir oft in dem Tunnel gespielt. Ich erinnere mich noch gut, wie wir als Mutprobe hineingingen, so weit wir es wagten. Keiner traute sich so weit wie Edmund.«

Harold lächelte versonnen, und Fletcher sah, wie andere Adlige zustimmend nickten. Auch für sie schien der Tunnel nicht allzu geheim gewesen zu sein.

Dann meldete sich Caulder wieder zu Wort. Seine Stimme zitterte, und er rieb sich die Augen, als müsste er die Tränen zurückhalten. »Ich habe versagt und den Tunnel nicht ausreichend bewachen lassen. Zum Teufel, wir hätten ihn schon vor Jahren versiegeln sollen. Das war alles meine Schuld. Deshalb habe ich mich auch nie gegen den Vorwurf verteidigt, ich hätte meine Pflicht vernachlässigt. Denn das habe ich.«

Fletcher tat der Fechtmeister unendlich leid, auch im Saal wurde mitfühlendes Gemurmel laut. Caulder hatte einen Fehler begangen, den jeder hätte machen können.

Raubler breitete theatralisch die Arme aus. »Ich bin froh, dass Ihr Euch das endlich von der Seele reden konntet, alter Mann. Hoffentlich macht es Eure traurige Existenz ein wenig erträglicher«, kommentierte er. »Aber Eure Geschichte hat nicht das Geringste mit dieser Verhandlung zu tun. Geht, bevor ich Euch noch von meinem Minotaurus an den Haaren aus dem Saal schleifen lasse.«

»O doch. Meine Geschichte hat sogar *jede Menge* mit Fletcher zu tun. Dieses ganze Verfahren war von Anfang an eine Farce.« Caulder stampfte zur Zeugenbank. »Die Inquisition hat nicht über den Jungen zu richten. Geschworene können keinen Adligen verurteilen. Allein der König kann das!« Damit setzte er sich und blickte Karl erwartungsvoll an.

Der Inquisitor ging auf den drahtigen Haudegen zu. »Wenn ich mich nicht täusche, sprecht Ihr von Meister Wulfs Behauptung, er sei der illegitime Sohn meines Vaters, und damit mein ...«

»Das habe ich nie behauptet!«, rief Fletcher dazwischen.

»Halbbruder«, beendete Karl den Satz. »Eine Anmaßung ohnegleichen ist das! Aber selbst wenn sie wahr wäre, würde sie Fletcher nicht zum Adligen machen, sondern lediglich zu einem Bastard.«

Caulder schüttelte lachend den Kopf und versetzte Karl mit der breiten Seite seines Schwerts einen so harten Schlag, dass er ins Wanken geriet. »So gerne ich die Verfehlungen Eures Vaters auch enthüllen würde, aber Fletcher ist *keiner* von Graf Faverhams Bastarden. Bitte verzeiht mir den Ausdruck, Hauptmann Arcturus.«

Arcturus, der sich endlich aus Jakovs Griff befreit hatte, nickte knapp.

»Ich gebe gerne zu, dass ich eine Weile lang glaubte, Fletcher könnte tatsächlich Euer Halbbruder sein, Inquisitor«, fuhr Caulder laut fort. »Doch das war, bevor ich mit seinem Stiefvater Berdon gesprochen hatte. Jetzt *weiß* ich, wer er ist. In der letzten Nacht habe ich erfahren, dass Fletcher vor den Toren dieses Dorfes nackt im Schnee gefunden wurde. Er hatte nichts bei sich, keinen Zettel, keinen Korb, ja nicht einmal eine Decke. Wer würde sein eigenes Kind aussetzen und dem sicheren Erfrierungstod überlassen? Und warum vor den Toren eines so entlegenen Dorfes wie Pelz, das beinahe an der Grenze zum Gebiet der Elfen liegt? Jetzt endlich kenne ich die Antwort. Auf all diese Fragen und noch mehr.«

Der Fechtmeister schaute Fletcher jetzt zum ersten Mal an. Trauer lag in seinem Blick, sogar ein bisschen Reue. »Als ich mit zerschmetterten Gliedern neben dem Herrenhaus der Rales im Dreck lag, habe ich einen Dämon aus einem der Fenster auffliegen sehen«, sprach er schließlich weiter. »Es war Graf Rales Greifeule, und sie trug etwas in den Krallen.« Er nickte Fletcher erwartungsvoll zu, doch Fletcher konnte nicht mehr tun, als verwirrt die Stirn zu runzeln.

»Was soll das schon gewesen sein? Ein Brief? Geld? Eine Greifeule ist kaum größer als ein Kauz, sie kann nicht viel tragen«, höhnte Karl.

Caulder lächelte Fletcher reumütig zu.

»Ein Säugling«, antwortete er. »Gerade mal eine Woche alt und genauso nackt wie bei seiner Geburt.«

12

FLETCHER KONNTE KAUM DENKEN, so laut wurde es plötzlich im Saal. Männer wie Frauen schrien zornig durcheinander und machten es unmöglich, einen klaren Gedanken zu fassen. Schließlich sank er auf die Knie und hielt sich die Ohren zu, während er verzweifelt versuchte, Caulders Geschichte zu verstehen. Mit pochendem Herzen ging er alles noch einmal durch und tat sein Bestes, Zacharias' Gebrüll sowie das Krachen des Gerichtshammers auszublenden.

Er wusste, es war nur ein Strohhalm, an den er sich da klammerte, aber er konnte nicht anders: Wenn er wirklich Graf Rales Sohn war, erklärte das zumindest, warum er die Gabe hatte, die bei bürgerlich Geborenen so besonders selten war. Der Zeitraum passte ebenfalls, mehr oder weniger zumindest. Aber das war auch schon alles. Wie schon die Erklärung, derzufolge er Arcturus' Halbbruder war, hatte auch diese Geschichte riesige Löcher, die irgendwie gefüllt werden mussten …

Raubler war der gleichen Meinung. »Lächerlich«, sagte er nur, während die Menge unter dem funkelnden Blick von König Harold, der sich erneut erhoben hatte, allmählich verstummte. »Selbst wenn wir Euch glaubten – und wir haben triftige Gründe, davon auszugehen, dass Ihr nicht vor einer Lüge zurückscheuen würdet, um Meister Wulf zu schützen –, wie sollte das Neugeborene denn ausgerechnet an der Nordgrenze Hominums auftauchen, wo die Grafschaft Rale doch ganz im Süden liegt? Welchen Grund hätte Edmund gehabt, sein Kind hierherzubringen?«

»Weil er nicht mehr wusste, wem er noch vertrauen konnte!«,

knurrte Caulder und schlug mit der Faust auf die Bank. »Ein Freund der Familie hatte ihn verraten und die Orks direkt zu seiner Haustür geführt. Graf Rale wusste, dass sein Sohn nirgendwo in Hominum sicher wäre, also schickte er ihn an den einzigen Ort, an dem selbst der König ihn nicht erreichen konnte: zu den Elfen.«

»Und dann? Hat der Dämon sich vielleicht unterwegs verirrt und ihn versehentlich hier abgesetzt?«, stichelte Karl.

»Graf Rale war tot, und die Greifeule entschwand in den Äther, so wie alle Dämonen, die nicht mehr an diese Welt gebunden sind, nachdem ihr Herr verstorben ist. Sie schaffte es nicht bis an die Grenze. Ein Glück, dass sie überhaupt bis zu den Bärenzahnbergen kam«, antwortete Caulder gelassen. Fletcher sah einige der anwesenden Adligen nicken. »Sie hat den Jungen so nahe an das Land der Elfen herangebracht, wie sie nur konnte, und an einem Ort abgelegt, wo ihn mit Sicherheit jemand finden würde: vor den Toren von Pelz. Er war nackt und allein, aber er schrie so laut, dass der Schmied ihn schließlich fand.«

Das klang halbwegs überzeugend, überlegte Fletcher, zumindest, wenn man daran glauben *wollte*. Andererseits hätte Rale seinen Sohn irgendwohin geben können. In ein Waisenhaus vielleicht oder zu einem Freund. Hätte er ihn aber wirklich auf die lange Reise zu den Elfen geschickt? Vorausgesetzt natürlich, dass an Caulders Geschichte überhaupt etwas dran war.

Fletcher schüttelte den Kopf. Die Worte des Fechtmeisters bewiesen überhaupt nichts, und wenn er sich noch so sehr wünschte, sie wären wahr.

»Warum?«, platzte Karl heraus. »Warum habt Ihr noch nie jemandem davon erzählt? Von dem Säugling, von dem Geheimtunnel, von allem!«

Der Waffenmeister seufzte und ließ die Schultern hängen. Plötzlich wich er Fletchers Blick aus, als hätte ihn der Mut verlassen. »Ich hatte Angst«, antwortete er. »Angst, dass mich der Verräter töten würde, falls ich es jemandem erzählte. Und auch Angst, dass er sich auf die Suche nach dem Jungen machen würde, sobald er erfuhr, dass der überlebt hatte. Das war der einzige Grund, warum ich die Stellung an der Dämonenakademie überhaupt angenommen habe. Ich hoffte, der verschollene Sohn würde eines Tages seinen Weg dorthin finden. Und das hat er.«

Einige im Saal schrien entsetzt, als Zacharias plötzlich aufsprang und wütend auf Caulder zustampfte. »Ich glaube Euch kein einziges Wort. Ihr habt Euch das ausgedacht, um Eurem Freund die Haut zu retten, und das auf Kosten meines verstorbenen Freundes!« Die letzten Worte brüllte er Caulder mitten ins Gesicht. Dabei schlug er mit beiden Händen so fest auf die Lehne der Zeugenbank, dass es einen lauten Knall gab.

Der Fechtmeister zuckte nicht einmal. Er wischte sich lediglich einen Speicheltropfen aus dem Gesicht. »Darüber hat der König zu entscheiden. Er kann Fletcher als Adligen anerkennen und ihn um seiner Eltern willen von dieser erlogenen Anklage freisprechen, oder er legt die Hände in den Schoß und lässt ihn sterben.«

Caulder hielt Zacharias' bohrendem Blick so lange stand, bis sich der Herzog angewidert wegdrehte.

»Glaubt Ihr das etwa, Harold?«, fragte Zacharias fassungslos. »Er hat ohne jeden Zweifel den Verstand verloren. Ihr werdet nicht zulassen, dass dieser Spinner Edmunds und Alice' Andenken beschmutzt, nur um einen Mörder zu retten.«

Harold stand auf und stellte sich neben Zacharias unter die Kanzel. Fletcher glaubte, einen Hoffnungsschimmer in den Augen des Königs zu sehen, doch bevor er etwas sagen konnte, ergriff Waffenmeister Caulder noch einmal mit bebender Stimme das Wort: »Mein König, ich habe die Rales geliebt wie mein eigen Fleisch und Blut. Ich schulde ihnen mein Leben und noch mehr, denn statt sie zu beschützen, habe ich sie im Stich gelassen. Ich tue dies hier für sie, für das Leben ihres Kindes, und nicht aus Verbundenheit gegenüber einem meiner Schüler.«

Harold schnitt ihm mit einer Geste das Wort ab. »Das ist fürwahr eine reißerische Geschichte, eine, die ich lieber schon vor vielen Jahren gehört hätte«, sagte der König ungehalten. »Wegen der Ereignisse in dieser Nacht haben wir einen Krieg angefangen. Sie nur unvollständig zu berichten grenzt an Verrat.«

»Hört, hört«, sagte Zacharias mit einem Nicken.

»Doch selbst wenn sich die Abstammung des Jungen nicht beweisen lässt, ich kann ihn doch unmöglich guten Gewissens sterben lassen. Gerade Ihr, Zacharias, werdet das verstehen. Also erkenne ich Fletcher hiermit als Adligen an und begnadige ihn. Um des Andenkens von Edmund und Alice Rale willen.«

Es war vorbei. Caulders List hatte sich durchgesetzt. Fletcher war überglücklich. Er spürte noch, wie Othello ihm auf den Rücken schlug, doch all seine Gedanken galten jetzt Berdon. Er musste ihm so vieles erzählen. Fletcher war so erleichtert, dass er beinahe in Ohnmacht fiel. Irgendwie hatte er gewonnen.

Da schnitt eine kalte, zittrige Stimme wie ein Messer durch die Luft.

»Es *gibt* eine Möglichkeit, seine Abstammung zu überprüfen.«

Es war der abgedankte König Alfric, der gesprochen hatte. Fletcher fuhr herum und sah, wie ihm die Dame Faverham beim Aufstehen half. Sie hatte hohe Wangenknochen und silbriges Haar, das ihr bis zur Hüfte reichte. Fletcher bekam sie zum ersten Mal richtig zu Gesicht und stellte fest, dass sie in jungen Jahren eine wahre Schönheit gewesen sein musste. Ihr Blick verriet allerdings, dass diese Schönheit nur oberflächlich gewesen sein konnte, denn Faverhams Augen waren voller Hass.

»Die Rales hatten einen sehr seltenen Dämon, der von Generation zu Generation weitervererbt wurde, bis er vor mehreren Jahrhunderten starb. Das ist auch der Grund, warum ein Mantikor die Uniform des geschätzten Fechtmeisters Caulder ziert. Ist es nicht so, mein Sohn?«, sprach Alfric weiter, während er, auf einen langen Stock gestützt, zur Kanzel humpelte.

Konnte das der Mann sein, vor dem Harold solche Angst hatte? Allzu furchterregend wirkte der greise Alfric eigentlich nicht auf Fletcher.

»Erinnert Ihr Euch noch an die alte Geschichte von dem zweitgeborenen Sohn, der von dem Mantikor seines älteren Bruders gestochen wurde und auf diese Weise die Gabe erhielt? Ganz ähnlich wie unser Freund Graf Cavell, der zum Beschwörer geworden ist, nachdem der Salamander dieses Verbrechers ihn verbrannt hatte«, erklärte Alfric und nickte Didric zu.

»König Alfric, ich bitte Euch …«, begann Arcturus, aber Jakov brachte ihn mit einem Tritt in die Rippen zum Schweigen.

»Schließlich wurde der ältere Bruder während der ersten Zwergenrebellion getötet, weshalb der Zweitgeborene an die Stelle des Erben rückte«, fuhr Alfric fort, ohne Arcturus zu beachten. »Seit diesem Tag sind alle erstgeborenen Kinder seiner Nachfahren immun gegen Mantikor-Gift. Ich spreche hier vom Fürstengeschlecht der Rales.«

»Aber das ist eine Legende«, entgegnete Harold mit einem gutmütigen Lächeln. »Nicht einmal Edmund selbst glaubte daran. Schon ein Fingerhut voll Mantikor-Gift genügt, um zehn erwachsene Männer zu töten. Nur sein Herr überlebt den Stich, und das auch nur dann, wenn er von seinem *eigenen* Mantikor gestochen wird. Es ist ganz ähnlich wie bei dem Bändiger eines Kerfen oder Arachen, der gegen das Gift seines Dämonen immun ist.«

Harold hatte in Richtung Saal gesprochen, damit alle folgen konnten, aber Fletcher kannte die Geschichte ohnehin aus seinen Dämonologiestunden. Damals hatte er sie für nutzlosen Unsinn gehalten. Wie sehr er sich getäuscht hatte.

»Untersteh dich, mich zu maßregeln wie ein kleines Kind«, bellte Alfric. Dann humpelte er zu Fletcher hinüber und inspizierte sein Gesicht. Alfrics Augen waren kalt und berechnend, in seinem Blick lag ein gefährliches Blitzen. »Der Junge gehört an den Galgen, wenn ihr mich fragt. Eine gerechte Strafe für sein niederträchtiges Verbrechen. Zu glauben, dieses Gossenkind könnte der Nachfahre des großen Edmund und seiner Frau Alice sein, ist alberne Fantasterei.« Dann fügte er kichernd hinzu: »Allein sein Gestank beweist das Gegenteil.«

Die Hoffnung in Harolds Augen begann zu schwinden, und eine neuerlich auftretende Verzweiflung senkte sich auf Fletcher herab. Sie wurde mit jedem Herzschlag drückender, bis er kaum noch stehen konnte. Nur Othellos starke Hand auf seiner Schulter hielt ihn noch aufrecht.

Alfric legte sich einen Finger ans Kinn und starrte an die Decke. »Ich mache dir einen Vorschlag«, sagte er ganz plötzlich. »Lassen wir ihn stechen. Wenn er stirbt, war er eben nicht Rales Sohn und hat den

Tod verdient. Wenn er überlebt… hast du meine Erlaubnis, ihn zu begnadigen.«

Harold stieg die Zornesröte ins Gesicht. Er war ein erwachsener Mann und außerdem der König. Er brauchte die Erlaubnis seines Vaters nicht. Fletcher konnte förmlich sehen, wie Harold stumm mit sich rang, um dann geschlagen den Kopf zu senken – er wagte es nicht, sich seinem Vater offen zu widersetzen. Wenigstens noch nicht.

»Ich erhebe Einspruch«, meldete sich Hauptfrau Lovett zu Wort. »An Mantikor-Gift zu sterben ist ein entsetzlicher Tod. Es dauert Stunden, und der Gestochene muss fürchterliche Schmerzen erleiden.«

»Dann geben wir ihm eben die volle Dosis!«, fauchte Alfric. »Daran wird er schnell genug krepieren.«

»Das habe ich nicht gemeint…«, begann Lovett, aber Alfric schnitt ihr das Wort ab.

»Glücklicherweise befindet sich ein Bändiger hier im Raum, der über einen Mantikor gebietet. Ist es nicht so, Karl?«, fragte er und deutete auf den dunkelhaarigen Inquisitor.

»Er war ein Geschenk meiner Mutter, als ich der Inquisition beitrat«, antwortete Karl Faverham mit einer Verbeugung. »Soweit ich weiß, bekam sie den Dämon einst von Euch.«

»So ist es«, bestätigte Alfric. »Ich muss zugeben, ich habe den guten Xerxes vermisst, nachdem ich ihn meiner Cousine gegeben hatte. Über Jahre hinweg war er mein Liebling. Warum ruft Ihr ihn nicht herbei? Er kann es bestimmt kaum erwarten, endlich einmal wieder zuzustechen.«

»Ja, Herr.« Karl kniete sich hin und schnippte mit dem Finger. Eine der Wachen ging zur Kanzel hinauf und kehrte mit einem langen Köcher zurück. Mit dem Geschick jahrelanger Übung holte Karl ein aufgerolltes Stück Leder daraus hervor und breitete es vor sich aus. Dann legte er eine Hand auf das Pentagramm in der Mitte und schloss die Augen. Seine Stirn legte sich in tiefe Konzentrationsfalten, das Pentagramm erstrahlte in einem dunklen Blau, das selbst in dem gut ausgeleuchteten Gerichtssaal nicht zu übersehen war. Weiße Lichtfäden erschienen in der Luft und verdichteten sich zu einem Knoten, der immer konkretere Gestalt annahm. Binnen Augenblicken materialisierte sich eine riesenhafte Kreatur im Raum.

Fletcher hielt den Atem an. Xerxes war so groß wie ein Schlachtross und überragte ihn bei Weitem. Hinter- und Vorderläufe waren so muskulös wie bei einem Raubtier, das Fell war dicht und von dunkelvioletter Farbe, die Mähne hingegen schwarz und struppig. Aus ihr ragten lange, spitze Dornen, die klappernd gegeneinanderschlugen, als das Biest das mächtige Löwenhaupt schüttelte. Die Schnauze war kurz und breit, und Xerxes' wasserblaue Augen schimmerten beinahe wie die eines Menschen. Mit einer mörderischen Neugierde starrte er Fletcher an.

Viel schlimmer als dieser Blick war allerdings der Giftstachel am Ende des langen schwarzen Schwanzes. Er wogte hin und her, ganz so wie der Kopf einer Schlange kurz vorm Zubeißen. Ein Gifttropfen glänzte auf dem Stachel, gelb und dickflüssig wie Eiter.

»Ah, da ist ja der kleine Schlingel«, rief Alfric und streichelte den Schwanz des Mantikors. »Was für ein prächtiges Exemplar. Ich bin froh zu sehen, wie gut es ihm bei Euch geht.«

»Der kleine Schlingel?«, stammelte Othello. »Das ist ein Monster!«

Alfrics Blick sprang zu Othello hinüber. »Wachen, schafft den Zwerg da weg und haltet Meister Wulf fest. Die Musketenschützen sollen Arcturus und Lovett ins Visier nehmen. Ihre Gefühle für den Jungen könnten sie zu unüberlegten Taten verleiten.«

Fletcher hörte, wie die Soldaten die Hähne ihrer Musketen spannten und anlegten. Othello fluchte laut, als Jakov ihn packte und samt der klappernden Ketten an Händen und Füßen nach draußen zerrte. Fletcher war wie gebannt vom Anblick dieser hypnotischen Augen, während der Mantikor langsam auf ihn zukam.

»Seht gut hin«, sagte Karl gut gelaunt. »Man bekommt nicht oft einen Mantikor in Aktion zu sehen, schon gar nicht, wenn er eine volle Dosis verabreicht. Allerdings sollten die Zartbesaiteten unter uns den Saal jetzt vielleicht besser verlassen.«

Der Stachel richtete sich auf und blieb dann mitten in der Luft stehen, während Xerxes auf das Kommando seines Herrn wartete. Karl hob die Hand, der Mantikor stieß ein aufgeregtes Brummen aus, da spürte Fletcher eine Hand an seinem Arm.

»Halt schön still. Wir wollen doch nicht, dass er danebensticht«, sagte Didric hämisch.

Eine weitere Hand griff von hinten über Fletchers Schulter und riss sein Wams auf, um die Brust darunter zu entblößen.

»Dein Opfer ist vollkommen umsonst«, zischte Zacharias. Er beugte sich so nahe heran, dass Fletcher seinen Atem im Nacken spürte. »Es zögert das Unvermeidliche nur hinaus. Die Zwerge werden bekommen, was sie verdient haben. Eine Schande nur, dass du es nicht mehr erleben wirst.«

Dann drückten die beiden Adligen Fletcher auf die Knie und zogen an seinen Handgelenken, als wollten sie ihm die Arme ausreißen, während der Mantikor ein letztes Mal zielte.

»Der Gefangene ist bereit, Herr!«, rief Karl mit hoher, aufgeregter Stimme. »Kann der *Beweis* beginnen?«

»Macht schon«, sagte Alfric nur.

Schwungvoll senkte Karl den Arm, der Stachel pfiff durch die Luft. Ein grausiges Ploppen ertönte, als die Spitze genau unterhalb Fletchers Brustbein durch die Haut drang. Fletcher schrie. Es fühlte sich an, als wäre er von einem Schwert durchbohrt worden. Dann pulsierte der Stachel und injizierte das Gift.

Fletcher sank zu Boden, die fremde Flüssigkeit brannte wie Säure in seinem Körper. Der Schmerz fiel über ihn her, als würde er bei lebendigem Leib von innen gekocht. Sein ganzer Körper brüllte vor Qual, die Muskeln zuckten, Arme und Beine schlugen unkontrolliert nach allen Richtungen aus, dann spürte er eine Schwärze näher kommen. Fletcher empfing sie mit offenen Armen. Alles war besser als dieses endlose Leid. Sogar der Tod.

Dann erlöste ihn die Bewusstlosigkeit. Er hörte Didric noch lachen. Seine Worte klangen, als kämen sie aus weiter Entfernung.

»Leb wohl, Fletcher Wulf!«

13

DER SCHMERZ WAR BEINAHE verschwunden, Fletcher spürte lediglich ein dumpfes Pochen in der Brust. Es wäre so leicht, einfach loszulassen und sich dieser Schwärze hinzugeben, in die Unendlichkeit und gleichzeitig ins Nichts einzugehen. Um endlich frei zu sein.

Doch jemand rief nach ihm. Eine Seele, die in dieser Leere ebenso verloren war wie die seine. Es war Ignatius.

Er spürte Liebe. Sie hielt ihn davon ab, ganz in den Abgrund zu stürzen, an dem er schon taumelte. Ignatius rief nach ihm. Fletcher fühlte, wie das Band zwischen ihnen immer dünner und schwächer wurde, aber Ignatius ließ nicht los. Der letzte seidene Faden hielt, und daran zerrte ihn der Salamander vom Abgrund weg.

Dann öffnete Fletcher die Augen.

Decke und Wände des Zimmers um ihn herum bestanden aus glattem, unbehauenem Holz. Die einzige Verzierung war das wunderschöne Muster der Rinde. Er konnte keine Tür erkennen, nur eine Öffnung, die in einen dunklen Gang führte. Am seltsamsten jedoch war die Beleuchtung. Sie bestand aus kleinen gläsernen Krügen, in denen winzige gelbliche Leuchtkugeln umherschwirrten, als seien es Wyrrlichter.

Fletcher lag in einer Art Bett, in einem Kokon aus dicken Hirschfellen – eingewickelt wie ein Baby.

»Du bist ja wach«, sagte eine sanfte, glockenhelle Stimme.

Fletcher sah ein Gesicht mit leuchtend blauen Augen direkt über sich. Erst jetzt merkte er, dass sein Kopf auf einen Schoß gebettet war. Weißgoldenes Haar kitzelte ihn am Kinn. Es war Sylva, die da auf ihn herabschaute.

»Sylva!«, keuchte er und zuckte sogleich vor Schmerz zusammen, als er sich aufsetzte. Sein ganzer Körper tat weh, als hätte er eine Schlägerei hinter sich und verloren. Ziemlich übel verloren.

»Ganz ruhig«, sagte Sylva und drückte ihn sanft zurück. »Du hast eine große Menge Mantikor-Gift abbekommen. Überlass das Reden mir.«

Fletcher ließ es geschehen. Er schloss einfach die Augen und genoss die Wärme ihres Schoßes. Als Nächstes spürte er, wie sie ihm ein paar Haarsträhnen aus dem Gesicht wischte und seine Stirn mit einem Schwamm abtupfte.

»Du hast Glück gehabt, dass ihr so nah an unserer Grenze wart. Wir konnten das Gift mit Elfenmedizin aus deinem Körper leiten. Die Heilzauber, von denen ihr in Hominum so viel haltet, bekamen das nicht hin.«

Fletcher öffnete lächelnd die Augen. Diesmal setzte er sich ganz langsam auf und ließ die Beine über die Bettkante baumeln. Sein Bett schien geradewegs aus der Wand zu wachsen. Es war ein schlichtes Holzbrett, das dichte grüne Moos darauf diente als Matratze. Als sein Blick auf das blaue Wams, die Kniehose und die weichen Filzpantoffeln an seinen Füßen fiel, wurde er plötzlich rot. Wer hatte ihn umgezogen? Doch hoffentlich nicht Sylva?

»Schön, dich wiederzusehen«, sagte er endlich und schloss sie in die Arme.

Sylva erwiderte die Umarmung, dann saßen sie eine Weile still da und genossen den Augenblick. Fletcher musterte seine alte Freundin. Sie trug eine Tunika aus grünem Samt, der Stoff war mit Motiven von springenden Hirschen bestickt und an den Rändern mit Fell besetzt. Die Details darauf waren so fein und genau gearbeitet wie bei einem Gemälde.

Fletcher war nicht sicher, ob es daran lag, dass er seit über einem Jahr kein Mädchen in seinem Alter mehr gesehen hatte, aber Sylva erschien ihm schöner denn je, vor allem in diesem traditionellen Elfengewand.

Sylva wich seinem allzu offenen Blick aus und sprang vom Bett, dann pfiff sie durch die Finger.

Sariel kam hereingesprungen. Die goldfarbene Canidin war größer als bei ihrer letzten Begegnung und beschnupperte eifrig Fletchers Füße. Er unterdrückte den gleich einsetzenden Impuls, sie zu streicheln, stattdessen ließ er Sariel lieber an seiner Hand schnuppern.

Die Canidin berührte seine Fingerspitzen zärtlich mit der feuchten Schnauze, da fiel Fletcher Ignatius wieder ein. Also rief er seinen Salamander, der sich sogleich mit einem freudigen Zirpen materialisierte.

Fletcher drückte ihn liebevoll an die Brust. »Eure Medizin ... hat mich also gerettet. Dann bin ich wohl doch kein Adliger«, sagte er schließlich, um das unangenehme Schweigen zu brechen. Fletcher war enttäuscht. Für kurze Zeit hatte er geglaubt, endlich zu wissen, wer seine Eltern waren.

»Das stimmt nicht ganz«, entgegnete Sylva. »Ich weiß, du hast noch eine Menge zu verarbeiten, aber König Harold erwartet dich schon. Er wird dir alles erklären. Kannst du gehen?«

»Ich kann's zumindest versuchen.« Fletcher kam schwankend auf die Beine, da streckte Sariel den Kopf unter seiner Achsel durch, damit er den Arm auf ihren Rücken legen konnte, während Ignatius sich wie immer um seinen Nacken legte. So humpelte er schließlich aus dem Raum.

Sylva ging voraus. Im Tunnel nahm sie eines der Leuchtgläser zur Hand und schüttelte es. Die Glühwürmchen darin flogen auf, nur ein paar blieben auf dem Boden sitzen und steckten den Rüssel in eine klebrige Flüssigkeit.

»Nektar«, erläuterte Sylva, als sie Fletchers fragenden Blick bemerkte. »Damit fangen wir sie vor Einbruch der Nacht und lassen sie im Morgengrauen wieder frei. Wir mögen keinen Fackelrauch.«

Doch Fletcher hörte nur noch mit einem halben Ohr zu, denn mittlerweile waren sie aus dem Tunnel heraus ins Freie getreten. Wieder geriet er ins Taumeln, aber diesmal hatte das Schwindelgefühl nichts mit seiner körperlichen Verfassung zu tun – sie befanden sich Hunderte Meter über dem Boden, auf einem Ast, der noch dicker war als der mächtigste Baum, den Fletcher je gesehen hatte.

Die ausladenden Blätter wirkten so groß, dass man ein ganzes Haus damit hätte abdecken können. Als Fletcher sich umdrehte, sah er, dass sie soeben aus einem Baumstamm getreten waren, der noch größer war als das höchste Gebäude in Corcillum. Bis zum Horizont erstreckten sich zahllose weitere solcher Bäume. Der Himmel darüber wurde von der untergehenden Sonne in sanftes orangefarbenes Licht getaucht. Der Anblick war schlichtweg atemberaubend.

»Der Große Wald. Unsere Heimat«, sagte Sylva stolz und führte ihn auf einem breiten Weg den Ast entlang.

Auf den Nachbarästen entdeckte Fletcher weitere Elfen, die in aller Ruhe ihrer Wege gingen. Einige blieben stehen und starrten ihn an, manche winkten, andere schüttelten den Kopf. Fletcher fragte sich unwillkürlich, wann sie das letzte Mal einen Menschen gesehen hatten. Er selbst hatte außer Sylva noch nie einen Elf oder eine Elfin zu Gesicht bekommen. Das helle Haar und der grazile Körperbau faszinierten ihn, er konnte sich kaum daran sattsehen.

»Hier musst du ein bisschen aufpassen.« Sylva deutete auf eine Hängebrücke, die zu einem Nachbarast führte. Sie bestand aus eng miteinander verwobenen, rankenartigen Wurzeln und hatte sogar Handläufe. Als er den ersten Schritt wagte, fühlte sie sich so fest an, als bestünde sie aus Stein.

Sie gingen eine Weile schweigend nebeneinander, goldenes Sonnenlicht fiel durch das Blätterdach über ihnen. Ihr Weg führte sie immer weiter nach unten, auch wenn Fletcher eigentlich lieber bis ganz nach oben geklettert wäre, um den Anblick des Großen Waldes zu genießen und vielleicht einen Blick auf die Bärenzahnberge zu erhaschen.

Schließlich blieb Sylva stehen, rief einen anderen Elf herbei und sagte in ihrer melodischen Muttersprache ein paar Worte zu ihm. Der Elf verneigte sich respektvoll, dann sprang er leichtfüßig und geschickt wie ein Eichhörnchen auf den Ast gleich unter ihnen.

»Verzeih, dass ich Elfisch mit ihm gesprochen habe«, erklärte Sylva leicht errötend. »Ich habe so viele Sprachen gelernt, sogar die Orkrunen, aber die anderen Hochelfen hatten dieses Glück nicht. Ich habe ihn gebeten, den König zu holen.«

»Es gibt nichts zu verzeihen«, erwiderte Fletcher lächelnd. »Ich höre eure Sprache gern.«

Sie waren jetzt nur noch hundert Meter über dem Boden. Sylva führte ihn an den Rand des breiten, glatten Astes. Dort setzten sie sich und schauten nach unten.

»Das wollte ich dir zeigen«, erklärte sie und deutete auf die weite Ebene unterhalb.

Zahllose Herden von Hirschen zogen langsam über die sanften Hügel. An den Rändern schlugen die Männchen klappernd ihre Geweihe gegeneinander, wichen aus und griffen im Kampf um die Aufmerksamkeit der vielen Kühe, die ringsum grasten, wieder an.

Von hier oben wirkten die Herden wie ein endloser Teppich aus grauen, braunen und weißen Pünktchen. Es waren große Tiere unter ihnen und auch kleine, außerdem riesige Elche mit mächtigen Geweihen. Der Boden war von dickem, leuchtend grünem Moos bewachsen. Es war das gleiche Moos, das auf Fletchers Krankenbett als Matratze gedient hatte. Den Hirschen schien es gut zu schmecken. Sie rupften die oberste Schicht ab und zerkauten das Moos gemächlich, bis ihnen der grüne Saft aus den Mundwinkeln rann.

»Die Herden des Großen Waldes und der Reichtum unseres Volkes«, erklärte Sylva mit ausgebreiteten Armen. »Wir züchten jede bekannte Rasse von Hornträgern.«

Fletcher drehte den Kopf und sah, dass sich die Herden auch zwischen den Bäumen tummelten. Es mussten Zehntausende sein in allen Größen und Farben, von bellenden Muntjakhirschen mit ihren langen raubtierartigen Eckzähnen bis hin zu Rothirschen, die unablässig ihre Rangeleien austrugen.

»Sieh mal, die Kitze da drüben, das sind ja mindestens hundert«, keuchte er und deutete auf eine Gruppe ganz am Rand der Herde. Die Tiere waren geradezu winzig und kaum größer als ein Hase. »Wo sind ihre Mütter?«

»Das sind keine Kitze, sondern Pudus«, antwortete Sylva lachend. »Siehst du die Hörner auf ihren Köpfen? Das sind ausgewachsene Männchen.«

»Oh.« Fletcher staunte. »Ihr habt wirklich eine Menge verschiedener Rassen.«

»Von ihnen bekommen wir alles, was wir brauchen: Pelze und Leder für unsere Kleidung und Decken, Milch und Fleisch zum Essen, Knochen und Geweihe für Schnitzarbeiten, Sehnen und Rohleder für unsere Bogen und zum Nähen. Aus dem Fett stellen wir Talg, Seife, Kerzen und Kleber her.«

Sylva deutete auf eine Gruppe von Elchen. Sie waren von der gleichen Rasse wie die, die er in Ignatius' Erinnerungen gesehen hatte, und wurden von Elfen geritten. Sein Salamander erkannte sie ebenfalls und stieß ein aufgeregtes Quieken aus.

Die Reiter hörten es und blickten erschrocken auf. Sie trugen Bogen auf dem Rücken, in der Hand hielten sie lange Stangen mit einem Lasso am Ende, mit denen sie Tiere, die aus der Herde ausscherten, wieder zurücktrieben. Das Haar trugen sie lang, in kräftigen Rot-, Braun- und Schwarztönen hing es ihnen bis weit über die Schultern. Sie sahen ganz anders aus als die Elfen, die Fletcher auf den Bäumen gesehen hatte. Außerdem trugen sie Umhänge aus Wolfshaut. Kopf und Oberkiefer bedeckten ihren Scheitel wie ein Helm.

»Das sind Waldelfen. Sie bewachen die Herden und beschützen sie vor Raubtieren, heilen verletzte Tiere und helfen bei der Geburt der Jungen«, erklärte Sylva gerade, da entdeckte Fletcher einen großen Vogel, der in weitem Bogen herabschwebte und sich auf das Handgelenk eines Elfen setzte. Der Greifvogel grub die langen Klauen in den dicken Unterarmschutz und bekam ein Stück rohes Fleisch als Belohnung.

»Ihr haltet auch Adler?«, fragte Fletcher. »Warum?«

Er überlegte kurz, ob er vielleicht zu neugierig war, doch Sylva schien erfreut, dass er sich so sehr für das Leben ihres Volkes interessierte. Sie antwortete sofort. »Wir halten auch Füchse, so ähnlich wie ihr Hunde haltet. Ein Adler ist groß und stark genug, um selbst einen Wolf zu schlagen, wenn es sein muss. Außerdem behalten sie die vielen Rudel im Auge, die den Herden ständig folgen. Trotzdem können wir nicht alle unsere Hirsche beschützen. Sie sind einfach eine viel zu verlockende Futterquelle.«

Fletcher beobachtete, wie einer der Waldelfen mit seinem Lassostock ein Kitz einfing, das sich zu weit von seinen Artgenossen entfernt hatte, und es dann, an den Hinterbeinen gefesselt, wie einen erbeuteten Hasen zurück in den Schutz der Herde trug. Gerade wollte er die nächste Frage stellen, da räusperte sich jemand hinter ihm.

»Danke, Sylva, dass du ihn hergebracht hast«, sagte König Harold und setzte sich neben sie. »Wir sehen uns dann beim Ratstreffen.«

»Ratstreffen?«, wiederholte Fletcher, doch Sylva drückte ihm nur lächelnd die Schulter und stand auf.

Dann verschwand sie und ließ ihn mit dem König allein.

14

»NUN, FLETCHER, DU WEILST ALSO noch unter uns«, begann Harold. Sie saßen nebeneinander und beobachteten die Herden. Die Sonne war inzwischen fast untergegangen und tauchte die Ebene unterhalb in lange Schatten.

In der Ferne hörte Fletcher das klagende Heulen eines Wolfes. »Sieht ganz so aus«, antwortete er, ohne den König anzusehen.

»Eine Zeit lang war es ziemlich eng. Ich glaubte schon, du würdest es nicht schaffen. Den Großteil der letzten Nacht hast du dich unter entsetzlichen Schmerzen gewunden.«

»Ich verdanke den Elfen mein Leben. Und Euch ebenfalls, wie es scheint. Ich kann mir nicht vorstellen, wie es Euch gelungen ist, bei den anderen Adligen durchzusetzen, dass man mich hierherschickt, nachdem klar war, dass ich doch nicht immun bin«, sagte Fletcher niedergeschlagen.

»Aber nein, das bist du. Wenn man das Opfer allerdings mit einer so großen Menge giftiger Säure vollpumpt wie in deinem Fall, wird es hart, gleichgültig ob man immun ist oder nicht. Bei dieser Dosis hättest du bereits nach wenigen Minuten tot sein müssen, aber nachdem wir schon eine Stunde lang zugesehen hatten, wussten wir es. Die Elfen haben dann nur noch das Gift aus deinem Körper gespült.«

Fletcher konnte es nicht fassen. Er war tatsächlich immun. Also war er ein Rale. Alles schien so unwirklich, geradezu unmöglich.

»Ich habe dich begnadigt, aber du musst wissen, dass einige der Adligen anderer Meinung sind. Du wirst in Zukunft mit der ein oder anderen Anfeindung rechnen müssen«, fuhr Harold fort. »Die meisten stimmen zwar darin überein, dass du lediglich deinen Zwergenfreund verteidigt hast, aber auf welche Seite sich deine Verwandtschaft schlagen wird, bleibt abzuwarten.«

»Meine Verwandtschaft?«, fragte Fletcher verwirrt.

»Die Forsys. Deine Mutter Alice war die Zwillingsschwester von Josephine Königssaum, die wiederum die Mutter von Tarquin und Isadora ist – Zwillinge scheinen in deiner Familie häufig zu sein. Dein Vater Edmund heiratete Alice, Zacharias Forsys hat Josephine geheiratet. Als Kinder waren wir alle eng miteinander befreundet, damals wusste jeder, dass sie eines Tages heiraten würden … Aber deshalb bin ich nicht hier. Ich möchte mit dir über dein Erbe sprechen, oder besser gesagt, über das Erbe, das dir eigentlich zusteht.«

Fletcher schwieg. Die Neuigkeiten machten ihn glücklich und traurig zugleich. Seine Eltern hatten ihn also *doch* gewollt. Sie hatten ihn nicht ausgesetzt, damit er im Schnee erfror, sondern um ihn zu retten. Dennoch würde er sie nie kennenlernen, niemals ihre Stimmen hören …

»Mein Erbe kümmert mich nicht«, murmelte er schließlich. »Mir geht's auch ohne gut.«

»Das mag sein, aber du hast zumindest verdient zu erfahren, was mit eurem Familiensitz geschehen ist. Da die Forsys die nächsten Verwandten deiner Eltern sind, haben sie alles Geld, die Ländereien und sonstigen Besitztümer geerbt.« Harold räusperte sich voller Unbehagen. »Sie sagten, dass du wegen deines angeblichen Verbrechens gar nicht mehr am Leben sein dürftest und dir das Erbe deshalb nicht zusteht. Ich bin da jedoch anderer Meinung, und schließlich sind wir zu einer Einigung gekommen. Die Forsys behalten das Geld und die fruchtbaren Ländereien im Herzen Hominums, dafür bekommst du das Land deiner Geburt: die Grafschaft Rale.«

Fletchers Augen wurden tellergroß. »Und was bedeutet das?« Er wusste so wenig über Hominum und noch viel weniger über die Rales.

»Nachdem deine Eltern und ihr Hausstaat tot waren, verfielen die Gebäude. Die Bewohner der umliegenden Dörfer wanderten ab«, erklärte Harold traurig. »Bis auf die Soldaten, die den Gebirgspass und den nicht mehr ganz so geheimen Tunnel bewachen, ist das Land in Hunderten Kilometern Umkreis vollkommen entvölkert. Eine Einöde. Aber es gehört dir, du kannst damit tun, was du willst. Wenigstens das musste ich für dich herausholen nach dem Opfer, das du für mich gebracht hast. Ich werde es dir nicht vergessen.«

Fletcher nickte. Es war immer noch alles so unwirklich. Es ging um einen Landstrich, den es schon lange vor seiner Geburt gegeben hatte und auch noch geben würde, wenn er längst tot war. Was machte es da für einen Unterschied, wem er gehörte? Es lebte ja nicht einmal mehr jemand dort.

»Ich habe noch etwas für dich«, sagte Harold und rieb sich die Augen. »Wie erklär ich dir das am besten? Hast du dir schon einmal überlegt, wie es kommt, dass so viele Dämonen innerhalb der Adelsfamilien weitervererbt werden, selbst wenn die Bändiger weit entfernt von ihren Kindern im Kampf fallen? Eigentlich müssten die Dämonen doch in den Äther entschwinden, sobald ihre Herren tot sind, nicht wahr?«

Wieder nickte Fletcher nur stumm.

»Beschwörer wissen, dass sie ständig in irgendwelchen Kriegen kämpfen müssen und entsprechend gefährlich leben. Deshalb überlassen sie die Beschwörungsrollen für ihre Dämonen einem vertrauenswürdigen Freund, der sie im Fall ihres frühzeitigen Todes an die leiblichen Nachkommen weitergibt. Damit können sie die Dämonen aus dem Äther zurückholen. In Edmunds Fall war ich dieser vertrauenswürdige Freund.«

Harold stand auf und Fletcher ebenfalls, auch wenn er nicht wusste, was von ihm erwartet wurde. Der König zeigte ihm eine von einem roten Band zusammengehaltene Pergamentrolle. Dann holte er aus einer anderen Tasche ein Beschwörungsleder mit einem beschrifteten Pentagramm hervor. Beides legte er in der Mitte des Astes behutsam ab.

»Edmunds Canid wurde bei dem Orküberfall getötet, genauso wie der Vulpid deiner Mutter. Aber die Greifeule, die dich nach Pelz trug, könnte irgendwo im Äther noch am Leben sein. Hier hast du alles, was du brauchst, um sie zurückzuholen.«

Mit zitternden Händen öffnete Fletcher das rote Band und gab acht, dass das staubige Pergament an den Rändern nicht einriss, während er es entrollte. Die Tusche darauf war zu einem dunklen Braun verblichen, aber immer noch gut lesbar.

»Zuvor solltest du allerdings deinen Salamander bergen«, fuhr Harold fort. »Es kommt nicht selten vor, dass ein gerade erst beschworener Dämon einen anderen Dämon angreift, bevor sein Meister ihn ausreichend unter Kontrolle hat.«

Fletcher dachte daran, wie sich Ignatius ohne sein Zutun auf Didric gestürzt hatte, und nickte. Auch wenn er es nur ungern tat, löste er den Salamander in einen violetten Lichtblitz auf und nahm ihn in sich auf.

»Fang an«, sagte Harold aufmunternd.

»Doh rah go si mai lo go.« Mit jeder Silbe wurde Fletchers Stimme sicherer. Er sprach immer lauter, bis die Hirsche, die sich gerade unter dem Baum befanden, aufgeschreckt davonliefen. »Fai lo go di ai lo go.«

Das Pentagramm erstrahlte, und Fletcher sah nur noch leuchtende Farben, genau so wie damals auf dem Friedhof von Pelz. Eine violette Kugel erschien über dem fünfzackigen Stern und wurde immer größer, bis sie den Durchmesser eines Wagenrads erreicht hatte. Dann begann sie, sich langsam zu drehen. Fletcher hörte ein Tosen, außerdem die aufgebrachten Rufe der Waldelfen, deren Herde nun endgültig vor der lauten Lichterscheinung oben in den Bäumen Reißaus nahm.

»Lei go si mai doh roh!«

Beim letzten Wort verschwand die Kugel. Zurück blieb ein geflügeltes Geschöpf.

»Verzeiht!«, rief der König lachend nach unten, als die Elfenhirten etwas zu ihnen heraufbrüllten, bei dem es sich nur um wilde Flüche handeln konnte.

Fletcher bekam es allerdings kaum mit, denn die neue Präsenz, die er nun in seinem Bewusstsein spürte, war anders als alles, was er bisher gekannt hatte. Ignatius' Wesen war eine einfache Mischung aus Gefühlen und Absichten. Der Geist der Kreatur unmittelbar vor ihm war hingegen messerscharf. Ihre Gedanken wechselten blitzschnell und waren dennoch vollkommen klar. Der Dämon sah einer Schleiereule sehr ähnlich, hatte das gleiche herzförmige Gesicht, einen weißen Bauch und braune Flügel. Im Gegensatz zu seinen Namensvettern hatte er aber auch noch den Schwanz, die Ohren und die Krallen einer Katze, außerdem war sein Gefieder mit Fell durchsetzt. Am faszinierendsten fand Fletcher jedoch die runden, ausdrucksstarken Augen, die ebenso blau waren wie bei Sylva. Diese Augen schauten ihn nun neugierig und konzentriert an.

»Greifeulen sind heutzutage äußerst selten, gut möglich, dass du noch nie von dieser Spezies gehört hast.« Harold machte vorsichtig einen Schritt zurück, als der Dämon ein ungehaltenes Kreischen ausstieß. »Wie du dir wahrscheinlich schon gedacht hast, ist es eine Kreuzung aus Eule und Katze, Beschwörungsstufe vier. Dein Vater taufte sie auf den Namen Athena.«

»Sie ist wunderschön«, keuchte Fletcher und begann, die Verbindung zwischen ihm und Athena zu festigen, wie er es an der Akademie gelernt hatte. Er ließ sie seine Gedanken spüren, genauso wie er die ihren spürte.

Die Greifeule neigte den Kopf, dann breitete sie die Flügel aus und setzte sich auf Fletchers Schulter. Obwohl sie achtgab, nicht zu fest mit den nadelspitzen Krallen zuzupacken, spürte Fletcher einen stechenden Schmerz in der Schulter, woraufhin Athena ihre Krallen mit einem leisen *Schhhht* einzog.

»Du solltest sie lieber ebenfalls bergen, bevor sie noch jemand sieht«, sagte der König und blickte sich vorsichtig um. »Die Elfen haben darum gebeten, dass in ihrem Reich keine ausländischen Dämonen frei herumlaufen. Eigentlich hätte ich lieber noch etwas gewartet, aber ich wollte, dass du den Dämon hast, bevor Zacharias noch Anspruch auf die Beschwörungsrolle erhebt. Ich wünsche dir alles Gute mit der Greifeule.«

Fletcher war ein wenig enttäuscht. Er hätte seinen neuen Dämon gern noch besser kennengelernt, aber was blieb ihm schon übrig? Er richtete seine tätowierte Handfläche auf die Greifeule und ließ das Pentagramm aufflammen, bis er die Hitze der feinen Energiebänder spürte, die sich daraus ergossen. Dann löste er Athena mit einem Gedankenbefehl in weißes Licht auf, das er in sich aufsaugte. Die Euphorie, die jeder Beschwörer verspürt, wenn er einen Dämon das erste Mal in sich aufnimmt, überkam ihn, und er fühlte Athenas Bewusstsein mit dem seinen verschmelzen wie zwei ineinandermündende Flüsse.

Sein eigener Manavorrat war mit einem Mal doppelt so groß wie zuvor. Die Verbindung zwischen ihm und der Greifeule schien sich wie von selbst zu verfestigen, ein starker Energiestrom pulsierte darin wie das Blut in seinen Adern.

Dennoch blieben die beiden Dämonen in ihm getrennt. Sie spürten einander nicht einmal, aber Fletcher nahm sie wahr, während sie die Geschehnisse in der Außenwelt durch seine Augen weiter beobachteten.

Plötzlich wurde ihm schwindlig. Die zwei Präsenzen in seinem Geist zogen in alle möglichen Richtungen gleichzeitig. Da musste Fletcher an Seraph denken, der ihm erzählt hatte, dass manche Beschwörer über Dutzende von Kerfen verfügten. Wie verwirrend sich das erst anfühlen musste, wollte Fletcher sich lieber gar nicht erst vorstellen.

»Sehr schön!« Harold schnappte sich das Beschwörungsleder und schob Fletcher schon weiter den Ast entlang, noch bevor er all die neuen Eindrücke verarbeiten konnte. Die Sonne war nun beinahe ganz untergegangen, also zauberte der König ein großes Wyrrlicht herbei, das den Weg vor ihnen beleuchtete.

Immer noch ein wenig benommen, beobachtete Fletcher, wie in den Bäumen ringsum weitere Lichter aufflammten. Allerdings waren es keine Wyrrlichter, sondern lumineszierende Pilze, die er für ganz gewöhnliche Baumschwämme gehalten hatte und die jetzt in einem grellen Grün erstrahlten. Ein Stückchen über ihnen schwebten blaue Glühwürmchen, die silbern schimmernde Fäden hinter sich herzogen, fein wie Spinnweben. Gleichzeitig erhoben sich orangefarbene Leuchtkäfer aus dem Waldboden und flogen ihnen wie funkelnde Wolken um die Köpfe. Es war ein Kaleidoskop aus Farben, das den ganzen Wald in ein unirdisches Lichterspiel tauchte.

»Atemberaubend, nicht wahr?«, kommentierte Harold. »Edmund hat mir vor Jahren in einem Brief davon geschrieben. Er war oft hier, um ein Handelsabkommen mit den Elfenclans auszuhandeln. Der Bedarf an Bogen, Leder, Pelzen und Arzneien war in Hominum groß. Dein Vater träumte von einer Welt, in der Elfen und Menschen sich in beiden Reichen frei bewegen können und regen Handel miteinander treiben. Leider ist sein Traum und beinahe alles, was er erreicht hatte, mit ihm gestorben.«

Fletcher lauschte aufmerksam und saugte alles begierig in sich auf. Zu gern hätte er gewusst, wie seine Eltern ausgesehen hatten. Da wurde ihm mit einem kleinen Stich bewusst, dass er wahrscheinlich bereits eine recht gute Vorstellung davon hatte: Während des Turniers und der Gerichtsverhandlung hatte er doch Zacharias' Frau gesehen, oder etwa nicht? Die Erinnerung war verschwommen, aber vor seinem inneren Auge sah er eine blonde Dame gleich neben dem Grafen Faverham sitzen. Die dunklen Haare musste Fletcher wohl von seinem Vater geerbt haben.

»Könnt Ihr mir mehr … über meine Eltern erzählen?«, fragte er vorsichtig.

Harold seufzte schwer und führte Fletcher über eine Hängebrücke zum nächsten Ast. »Edmund war mein engster Freund, und Alice … tja … hätten sich die Dinge anders entwickelt, wäre sie vielleicht *meine* Frau geworden. Aber ich konnte ihrem Glück einfach nicht im Weg stehen. Du bist alles, was von den beiden Menschen, die ich am meisten geliebt habe, noch existiert.«

Fletcher blickte Harold in die Augen und sah die Trauer darin. Wahrscheinlich trug er sie schon lange im Verborgenen mit sich herum und verheimlichte sie selbst vor befreundeten Adligen. Für einen König geziemte es sich nicht, seine Gefühle offen zu zeigen.

Fletcher hatte sich Harold immer als einen berechnenden, kalten Menschen vorgestellt. Nun stand er diesem gutherzigen und zutiefst moralischen Mann gegenüber, der einsam für das kämpfte, an das er glaubte, allerdings ohne die Macht, es durchzusetzen.

»Ich wünschte, ich könnte Euch helfen«, begann Fletcher. »Im Gegensatz zu Euch kann ich mich den anderen Adligen offen widersetzen, aber ich bin allein und noch ein Junge. Ich kann nicht viel ausrichten.«

»Du bist jetzt ein Rale. Da kannst du sogar eine ganze Menge ausrichten«, widersprach Harold. Der Ast endete vor dem großen, dunklen Eingang zu einem besonders dicken Baum. »An oberster Stelle wäre da deine Stimme als Ratsmitglied, die du dir im Turnier erkämpft hast. Die Elfen-Häuptlinge und der Ältestenrat der Zwerge nehmen ebenfalls an diesem Rat teil. Es ist der erste in der Geschichte unserer Völker, und es ist an der Zeit, das Bündnis zwischen Menschen, Zwergen und Elfen ein für alle Mal zu besiegeln.«

Schluckend trat Fletcher in den dunklen Durchgang. »Wann findet dieser Rat statt?«, fragte er.

»Jetzt.«

15

ER WAR KAUM EINGETRETEN, da versperrten ihm zwei Elfen mit langen, eigenartig gebogenen Waffen den Weg. Fletcher kannte sie aus seiner Zeit in Berdons Schmiede, es waren Falxe, eine Art Schwert mit einem ungewöhnlich langen Griff und einer noch viel längeren gekrümmten Klinge. Die Spitze lief zu einer Sichel aus, sodass sich die Schneide auch wie eine Axt einsetzen ließ. Der beidhändige Griff ermöglichte großen Krafteinsatz beim Schlagen und Parieren. Es waren furchterregende Waffen, und sie galten, wenn sich Fletcher richtig erinnerte, als die Lieblingswaffen der Elfen.

»Schon gut, lasst sie durch«, ertönte Sylvas Stimme, als sie aus der Dunkelheit trat.

Überrascht stellte Fletcher fest, dass auch sie ein Falx auf dem Rücken trug, außerdem einen glänzenden Bogen sowie einen Köcher voller Pfeile. Das sonst lose Haar war geölt und zu einem Zopf geflochten, der am Ende mit einem Jadestein beschwert war und über die Schulter bis zum Bauchnabel reichte.

Am meisten staunte er allerdings nicht über ihre Waffen, sondern über die lederne Lamellenrüstung. Sie bestand aus Hunderten kleiner Rechtecke, die an den Ecken durch Metallringe miteinander verbunden waren. Die eng anliegende Rüstung passte wunderbar und folgte jeder von Sylvas mühelosen Bewegungen. Oberschenkel, Schienbeine, Schultern und Handgelenke waren von Metallplatten geschützt, die in einem kräftigen Grün schimmerten.

»Na ja, immerhin ist das hier ein Kriegsrat«, sagte sie verlegen, als sie Fletchers bewundernden Blick bemerkte.

Harold nickte ihr respektvoll zu und schritt von dem dunklen Eingang weiter in einen von flackernden Fackeln beleuchteten Raum. Sylva folgte ihm, ohne sich noch einmal nach Fletcher umzudrehen.

Der Raum hatte eine kuppelartige Decke und war genauso groß wie der Speisesaal der Dämonenakademie. Bis auf die Fackeln waren die Wände vollkommen kahl, aber in der Mitte sah Fletcher einen riesigen runden Tisch mit einem etwa menschengroßen, von einem Tuch verhüllten Gegenstand darauf. Um den Tisch herum standen Stühle mit hohen Lehnen, und hinter jeder von diesen ragte eine Standarte auf. Die meisten waren schon besetzt. Männer, Frauen, Elfen und Zwerge saßen um die Tafel herum, und alle inspizierten sie die Neuankömmlinge.

Die ungebetene Aufmerksamkeit ließ Fletcher unwillkürlich den Kopf einziehen.

»Du sitzt hier«, flüsterte eine vertraute Stimme – Othello streckte das Gesicht hinter einer der Stuhllehnen hervor und deutete auf den Platz neben sich. Sein unfreiwillig gestutztes Haupt- und Gesichtshaar stand in krassem Gegensatz zu der grauen Pracht der anderen Zwerge. Die beiden tauschten ein freundschaftliches Lächeln, aber bevor Fletcher etwas sagen konnte, presste sich Othello einen Finger vor die Lippen.

Also musterte er erst einmal den ihm zugewiesenen Platz, vor allem die Standarte mit dem blauen und silbernen Wappen der Rales. Plötzlich über eine Herkunft und sogar über ein Familienwappen zu verfügen fühlte sich eigenartig an. Fletcher wusste, er würde sich wahrscheinlich nie daran gewöhnen – nicht zuletzt wegen des Mantikors in der Mitte »seines« Wappens. Zögernd setzte er sich, während Sylva und König Harold um die Tafel herum zu ihren Plätzen gingen.

Harolds Platz befand sich zwischen Alfric, Zacharias und der Dame Faverham, die sorgsam Fletchers Blick vermieden. Außerdem waren noch vier Generäle mit langen Koteletten und buschigen Schnauzbärten im Raum. Den Rücken durchgestreckt wie ein Besen, saßen sie neben den Elfen und schauten stur geradeaus.

Eine Frau mit einem Falkengesicht, die Fletcher noch nie gesehen hatte, nickte ihm zu. Sie war stämmig und hatte rotes, von silbrigen Strähnen durchsetztes Haar. Der dunkelhäutige Mann gleich neben ihr, der Fletcher unter seinen hängenden Lidern hervor musterte, vervollständigte das Menschenkontingent. Fletcher konnte kaum glauben, dass er nun auch zu diesen Blaublütigen gehörte.

Noch vor wenigen Stunden war er ein Bürgerlicher – und zugleich ein zu einem grausamen Tod verurteilter Mörder – gewesen. Ein eiskalter Schauder durchzuckte ihn, und er spürte, wie Ignatius ebenfalls erschauerte.

Athena hingegen reagierte überhaupt nicht. Vielleicht hatte sein Vater sie darauf trainiert, ihn nicht mit ihren Emotionen abzulenken.

Othello, Uhtred und die fünf weißhaarigen Zwerge zu seiner Rechten saßen, in eisiges Schweigen gehüllt, da und warteten auf den Anfang der Besprechung. Offensichtlich waren Othello und Uhtred im letzten Jahr ebenfalls in den Rat berufen worden, vielleicht wegen ihrer Verdienste um das Bündnis mit Hominum oder auch wegen des hohen Ansehens, das sie in ihrem Volk genossen.

Mit Sylva, die ihren Vater vertrat, waren es insgesamt zehn Elfen. Alle gehörten zu den Hochelfen, aber nur drei von ihnen waren Frauen. Sie alle trugen eine ähnliche Rüstung wie Sylva, nur die Farbe variierte je nach Wappen.

»Lasst uns beginnen«, sagte Harold laut und schlug mit der Faust auf den Tisch.

Fletcher verblüffte die plötzliche Verwandlung. Harolds Stimme klang mit einem Mal hart und scharf. Seine königliche Autorität war jetzt deutlich zu spüren.

»Es gilt, drei Probleme zu lösen. Das erste und dringendste ist der Mangel an Moral unter den Menschen genauso wie unter Zwergen und Elfen.« Er deutete auf Sylva und sprach etwas leiser weiter. »Ihr Elfen habt den Bündnisschluss zwischen unseren Völkern nun beinahe ein ganzes Jahr hinausgezögert, weil ihr aufgebracht wart wegen der Verletzungen, die Sylva im Turnier erlitten hatte – durch die Hand des Sohnes eines Ratsmitglieds, wohlgemerkt. Die daraus entstandene Feindseligkeit ist bei Wald- wie Hochelfen noch immer lebendig. Oder täusche ich mich da?«

»Nein, es stimmt.« Sylva stand auf und ließ den Blick über die anwesenden Elfenhäuptlinge schweifen. »Und das, obwohl ich versucht habe, ihnen zu erklären, dass alle Teilnehmer während des Turniers der gleichen Gefahr ausgesetzt waren.«

»Ganz recht«, bestätigte Harold und bedeutete Sylva wieder Platz zu nehmen. Er spielte seine Rolle hervorragend.

Sylvas Augen verengten sich kurz, als sie sah, wie Zacharias und Alfric amüsierte Blicke austauschten. Aber dann gehorchte sie.

»Was die Zwerge betrifft: Die von den Ambossen verübten Anschläge haben den Hass zwischen unseren Völkern beträchtlich geschürt«, fuhr der König fort. »Ich habe versucht, sie durch eine Lockerung der Bevölkerungs- und Eigentumsgesetze zu beschwichtigen, jedoch ohne großen Erfolg.«

»Was nützt es uns, wenn wir Land besitzen dürfen, Euer Adel uns aber keines verkauft?«, fragte einer der Zwerge mit kaum verhohlener Verbitterung.

»An wen sie verkaufen, obliegt allein den Besitzern«, entgegnete Harold. »Die meisten Adligen trennen sich nur sehr ungern von ihren Ländereien, und ich bin kein Tyrann, der ihnen befehlen würde, es zu verkaufen.«

»Das gelockerte Bevölkerungsgesetz hilft uns herzlich wenig, solange alle unsere jungen Männer zum Militärdienst eingezogen werden«, fügte Uhtred hinzu. »Im letzten Jahr wurden uns noch weniger Kinder geboren als je zuvor.«

Harold stieß einen hörbaren Seufzer aus und ging weiter zum nächsten Punkt. »Die Menschen wiederum haben nach dem kostspieligen Krieg, den wir gegen sie führen mussten, ihre eigenen Gründe, den Elfen zu grollen. Wenn all diese Spannungen sich auch nur noch ein klein wenig verschlimmern, gehen Zwerge, Menschen und Elfen einander an die Kehle – das wäre eine Katastrophe. Ein solcher Krieg würde uns in eine Niederlage gegen die Orks führen. Sind wir uns darin einig, dass dies ein ernsthaftes Problem darstellt?«

Alle Anwesenden nickten.

»Wenigstens in diesem Punkt sind wir also einer Meinung«, fasste Harold zusammen und setzte sich. »Die nächsten beiden Probleme kann ein anderer besser erklären als ich. Herzog Forsys, wenn Ihr so freundlich wärt.«

Zacharias stand auf und wandte sich in Richtung Eingang. »Schickt den Jungen rein!«

Fletcher hörte die Falxklingen übereinanderschaben, als die Wachen den Durchgang frei machten, dann stolperte ein braunhaariger Junge in den Ratssaal. Er war dünn wie ein Besenstil. Die Kleider an seinem Leib sahen aus wie die Besegelung eines Schiffes bei Flaute. Seine Augen waren eingefallen, und die Haut wirkte so dunkel, als hätte er sein gesamtes Leben unter freiem Himmel gearbeitet.

»Er ist gerade erst aus einem Orklager geflohen«, sagte Zacharias und zerrte den Jungen in den Fackelschein. »Mit vierzehn beigetreten, mit fünfzehn gefangen genommen und jetzt sechzehn Jahre alt. Zwei Jahre Sklavenarbeit bei den Orks, Feuerholz schleppen, Fische fangen, Hütten bauen und Waffenfertigung.«

Unterdessen hielt der Junge den Kopf eingezogen und starrte seine Füße an.

»Genau wie ein Kobold, nur größer, nicht wahr?«, bellte Zacharias so laut, dass der Junge zusammenzuckte. »Mach schon, sag was.«

Der Junge öffnete zwar den Mund, doch es kam nur unzusammenhängendes Gestammel heraus.

Der Herzog schlug ihn mit der flachen Hand auf den Hinterkopf. »Wenn ich daran denke, dass du einmal Mitglied der Forsys-Furien warst, du sabbernder Wurm! Sprich, sonst prügle ich die Worte aus dir heraus!«

Drohend hob Zacharias die Hand, da sprudelte der verängstigte Kerl hastig drauflos. Seine Sprache war so roh und ungehobelt wie die eines Bauern.

»Zehn von uns mussten das schwere Zeug schleppen, das die Kobolde nich tragen konnten. Ich und neun andere, Herr. Aber da war noch so eine Frau, sie war schon älter und eine Adlige. Halb verhungert war sie und hat nie ein Wort gesagt, nicht mal, wenn ich ihr Essen zugesteckt hab. Hat wohl den Verstand verloren, weil sie so lang allein war. Aber sie trug eine Offiziersuniform aus den alten Tagen, daher weiß ich auch, dass sie eine Blaublütige war.«

Die Adligen in der Runde flüsterten kurz miteinander, schließlich stand die rothaarige Frau auf und sagte mit leiser, heller Stimme:

»Das muss Elisabeth Kavendisch sein. Sie und ihr Dämon, ein Peryton, kamen vor zwölf Jahren von einem Einsatz hinter den feindlichen Linien nicht mehr zurück. Wäre das möglich, Ophelia?«

Die Dame Faverham war tief in Gedanken gewesen und blickte erschrocken auf. »Ihr habt recht, Boudica. Ihr Peryton wurde von einem Speer getroffen, aber nicht sie. Sie ist zwar aus großer Höhe mit ihm abgestürzt, aber sie könnte überlebt haben. Ich wünschte, ich hätte sie damals retten können, aber die Wyvernreiter waren uns dicht auf den Fersen. Vielleicht haben sie Elisabeth gefangen genommen und gefoltert, um Informationen aus ihr herauszupressen.«

»Sie spricht von Rufus' Mutter«, flüsterte Othello Fletcher zu.

Fletcher erinnerte sich an den schmächtigen Jungen mit dem mausbraunen Haar, der Tarquin Forsys an der Akademie jederzeit wie ein Schoßhündchen gefolgt war. Seine verschollene Mutter war eine Adlige gewesen, sein Vater ein Bürgerlicher.

»Wir dürfen nicht zulassen, dass sie noch länger in ihrem Orkgefängnis darbt. Es wäre unwürdig, ihnen eine von uns einfach zu überlassen. Dank ihrer Heirat mit einem gewöhnlichen Diener« – an dieser Stelle verzog die Dame Faverham verächtlich die Lippen – »war sie auch beim gewöhnlichen Volk sehr beliebt. Es wäre gut für die Moral und für ihre beiden Söhne, wenn wir sie retteten.«

»Ganz meine Meinung«, stimmte Harold zu. »Gut gesprochen, Ophelia.«

Eine der Elfinnen erhob sich. Sie war muskulös, hatte einen breiten Kiefer und Haar, das zu hauchfeinen Zöpfen geflochten war. »Diese Blaublütige hat nichts mit uns zu tun. Spart Euch das Problem für Eure eigenen Ratstreffen auf«, sagte sie zwar mit starkem Akzent, aber dennoch klar verständlich.

»Bitte, Häuptling Cerva«, erwiderte Harold beschwörend. »Ein Sieg für Hominum wäre ein Sieg für uns alle. Wollt Ihr uns wirklich nicht zur Seite stehen?«

Cerva blickte ihn unbeeindruckt an. »Wir riskieren unser Leben doch nicht für eine halsbrecherische Rettungsaktion, wenn es das ist, was Ihr meint«, erwiderte sie trocken.

»Sie ist nicht halsbrecherisch, das versichere ich Euch. Bitte hört

Euch unser Vorhaben zuerst einmal an. Wenn Ihr dann immer noch Zweifel habt, sehen wir weiter.«

Cerva setzte sich, ließ jedoch die Arme vor der Brust verschränkt.

Harold wartete, bis wieder Ruhe eingekehrt war, bevor er weitersprach. »Der nächste Punkt ist womöglich unser gravierendstes Problem. Es handelt sich um etwas vollkommen Neues, das unser aller Untergang bedeuten könnte, ob wir nun verbündet sind oder nicht. Graf Rale, wenn Ihr bitte das Tuch von dem Behälter ziehen würdet.«

Fletcher brauchte einen Moment, bis er begriff, dass der König ihn meinte. Graf Rale. Ob er sich je daran gewöhnen würde? Er musterte den Behälter kurz, und als er merkte, dass es ihm anders nicht möglich war, kletterte er auf den Tisch.

Einer der Elfen schnaubte verärgert, als das Holz unter Fletchers Gewicht knarrte, da hatte er den Zylinder aber auch schon erreicht, nahm eine Ecke des Tuchs und zog. Der Behälter schwankte kurz, und Fletcher hörte, wie eine Flüssigkeit darin hin und her schwappte. Dann schrie er genauso erschrocken auf wie alle anderen im Raum.

In dem Zylinder schwamm ein regloses Geschöpf.

16

DIE KREATUR WAR ZUR KONSERVIERUNG in eine grünliche Flüssigkeit eingelegt, in der Mitte ihres schmalen Brustkorbs klaffte ein Loch.

»Was ist das?«, fragte Cerva mit einer Mischung aus Neugierde und Entsetzen in der Stimme. »Eine neue Dämonenart?«

»Nein«, widersprach Harold finster. »Das hier ist kein Dämon, sondern eine Züchtung. Eine Monstrosität, eine bizarre Mischung aus Ork und Kobold, erschaffen mithilfe einer uns unbekannten dunklen Kunst.«

Fletcher betrachtete das Wesen. Es sah ein bisschen aus wie ein Kobold, hatte die gleichen dreieckigen Schlappohren, eine ebenso lange Nase und hervortretende Augen. Sogar die Finger waren so lang und dünn wie bei einem Kobold, wenn auch weniger knotig. Selbst einen Lendenschurz trug das Wesen.

Andererseits war es viel größer, größer sogar als ein Zwerg, aber nicht so groß wie ein Mensch. Der Mund starrte von scharfen, gelben Zähnen, und aus dem Unterkiefer ragten lange Hauer, die Fletcher an einen noch nicht ganz ausgewachsenen Ork erinnerten. Der Körperbau war eher schmal, doch die drahtigen Muskeln ließen keinen Zweifel, dass ein solches Wesen ein fähiger Kämpfer war. Die Haut sah genauso grau aus wie die eines Kobolds oder Orks und wirkte schon etwas faltig, vermutlich von der Flüssigkeit.

»Wir nennen sie Gnome. Die Orks züchten sie zu Tausen…«, begann Harold, da fiel Uhtred ihm ins Wort.

»Zu Tausenden? Wir können die Orks ja so schon kaum zurückschlagen. Die zahlenmäßige Überlegenheit war unser größter Vorteil!«

»Welche Waffen benutzen diese Gnome?«, warf Sylva ein und sprang auf den Tisch, um das Geschöpf genauer zu inspizieren.

»Soweit wir wissen, die gleichen wie die Orks«, antwortete der König. »Keulen mit Vulkanglasstacheln, Wurfspieße, Lederschilde, Lanzen mit Steinspitzen und dergleichen. Wie Uhtred bereits sagte, es ist ihre Zahl, die uns beunruhigt. Es könnten bereits mehr sein als Menschen, Elfen und Zwerge zusammengenommen.«

»Wie habt Ihr sie entdeckt?«, fragte Fletcher immer noch ein wenig unsicher, aber Harold reagierte prompt.

»Der Junge«, sagte er mit einem Fingerschnippen. »Junge, wie heißt du?«

Einen Moment lang war Fletcher entsetzt, wie ruppig Harold den Soldaten behandelte, da fiel ihm wieder ein, dass er immer noch schauspielerte.

»Manhard, Majestät«, murmelte der Angesprochene.

»Er hat die Leiche auf seiner Flucht mitgenommen und hergebracht. Cleveres Bürschchen, unser Manhard, nicht wahr?«

»Wenn Ihr meint, Majestät«, erwiderte Manhard mit gesenktem Haupt.

»Manhard berichtete, dass sie aus Eiern schlüpfen, in Höhlen tief im Orkdschungel. Dieses Exemplar hier ist voll ausgewachsen und trotz des Lendenschurzes geschlechtslos.«

»Wie viele von denen gibt es schon?«, erkundigte sich Uhtred.

»Tut mir leid, aber ich kann's nich genau sagen. Paar Hundert vielleicht«, antwortete Manhard nach kurzem Überlegen. »Man sieht sie kaum an der Oberfläche, meistens kümmern sie sich um die Eier und so. Die Eier brauchen lange, bis sie fertig ausgebrütet sind. Die Gnome schlüpfen voll ausgewachsen, ich hab nie irgendwo ein Kleines rumlaufen seh'n. Manche von den Eiern müssen schon Jahre alt sein, sind voller Staub und Dreck und so. Wenn sie erst mal alle geschlüpft sind, kommen vielleicht so schnell keine neuen mehr.«

»Wenigstens *ein* Trost«, seufzte Uhtred.

Harold nickte ernst. »Fürwahr. Und das bringt mich gleich zu dem nächsten dringenden Punkt: Diese Eier müssen unbedingt zerstört werden. Die Dame Kavendisch muss gerettet werden, unsere Völker müssen zusammenhalten, und unser Verständnis füreinander muss gestärkt werden. Die Frage ist nur, wie?«

»Vom mangelnden Zusammenhalt einmal abgesehen, wir können die Orks nicht einfach angreifen«, erklärte Cerva, während Sylva wieder vom Tisch herunterkletterte. Fletcher folgte ihrem Beispiel. Er war froh, etwas Abstand zwischen sich und den grausigen Kadaver zu bringen.

»Eure Musketen brauchen freies Schussfeld. So etwas gibt es im Dschungel nicht«, sprach Cerva unterdessen ungerührt weiter. »Außerdem müssten wir auf unbekanntem Territorium kämpfen. Die Orks hätten leichtes Spiel.«

»Ich bin der gleichen Meinung«, warf einer der Generäle ein. »Dame Faverham, kann das Fliegende Korps nicht etwas unternehmen?«

Ophelia bedachte den General mit einem vernichtenden Blick. »Wie Manhard berichtet, wurde er tief im Dschungel gefangen gehalten. Seine Flucht gelang nur, weil er zum einen von einem Fluss mitgerissen wurde und zum anderen die aufgeblähte Gnomleiche als Rettungsring benutzte. War es nicht so, Junge?«

Manhard hatte noch nicht einmal genickt, da fuhr Ophelia schon fort. »Bei der weiten Strecke würde das Himmelskorps schon auf halbem Weg entdeckt werden. Die Orkschamanen würden uns mit ihren Wyvern abfangen. Unsere Dämonen sind zwar schneller, aber ihre sind stärker. Selbst wenn wir es bis zum Ziel schafften, könnten wir nur kurz landen und müssten sofort wieder starten, bevor uns die Wyvernreiter einholen. Das ist viel zu wenig Zeit, um die Höhlen zu durchsuchen, Tausende Gnomeier zu zerstören und die Gefangene zu befreien – umso mehr, da inzwischen das halbe Orkreich von unserer Anwesenheit wüsste.«

Bei Erwähnung der Wyvernreiter sprangen Fletchers Gedanken zurück zu einer von Major Godwins eintönigen Dämonologiestunden, in der er zum ersten Mal von ihnen gehört hatte. Wyvern waren riesenhafte, geschuppte Kreaturen mit zwei kräftigen Beinen, fledermausartigen Flügeln, einem langen Schwanz mit einem Stachel am

Ende sowie Hörnern auf dem krokodilähnlichen Kopf. Mit einer Beschwörungsebene von fünfzehn galten sie als die stärksten Dämonen im Heer der Orks und bildeten eine bemerkenswerte Ausnahme von der Regel, dass Orkdämonen generell schwächer waren. Es gab nur etwa ein Dutzend Wyvern, aber sie waren Hominums Alicornen, Hippogreifen, Perytonen und Greifen weit überlegen.

Nun ergriff Alfric zum ersten Mal das Wort. Fletcher musste sich mit aller Macht zusammenreißen, den Mann, der versucht hatte, ihn von einem Mantikor töten zu lassen, nicht böse anzustarren.

»Meine werte Cousine hat recht«, begann Alfric und nickte Ophelia zu. »Wenn wir das Himmelskorps verlieren, verlieren wir auch die einzige Möglichkeit, den Himmel über Hominum zu verteidigen. Die Wyvernreiter hätten freie Bahn und könnten ungehindert in das Reich einfallen.«

»Diese Möglichkeit kommt also nicht infrage«, bestätigte Harold in einem Tonfall, der nahelegte, dass er nichts anderes erwartet hatte. »Allerdings gibt es noch eine andere. Der Plan ist allerdings riskant, wir alle müssten geschlossen dahinterstehen: Ich schlage vor, wir entsenden vier Gruppen in das Orkreich, die aus je vier Absolventen der Akademie bestehen. Als ausgebildete Schlachtmagier wären sie in der Lage, sich gegen die Orks zu verteidigen, gleichzeitig wären die Gruppen klein genug, um unbemerkt tief in feindliches Gebiet vorzudringen. Das Leben unserer erfahrenen Offiziere können wir für diesen Auftrag nicht riskieren, denn die Soldaten brauchen sie und ihre Führungsqualitäten an der Front.«

Harold verstummte und wartete auf Reaktionen, doch diesmal war nicht Gleichgültigkeit der Grund für das Schweigen in der Runde, sondern Staunen.

Auch Fletchers Gedanken rasten. Der Vorschlag konnte tatsächlich funktionieren, aber er war auch entsetzlich gefährlich. Fletcher hatte bereits so eine Ahnung, wer den riskanten Auftrag übernehmen sollte, und ein Stupser von Seiten Othellos sagte ihm, dass er damit nicht der Einzige war. Schließlich schaute er zu Sylva hinüber. Sie verzog keine Miene, aber Fletcher sah, wie angespannt ihre Kiefermuskeln waren.

»Jede der Gruppen wird einen Offizier als Anführer haben«, fuhr

Harold fort. »Sobald der Auftrag erledigt ist und sie die Höhlen wieder verlassen haben, wird das Himmelskorps sie ausfliegen.«

Wieder folgte bleiernes Schweigen auf seine Worte. Die sorgfältig vorbereitete Rede hatte einfach nicht die gewünschte Wirkung.

»Doch das ist noch nicht alles«, fügte er schließlich hinzu. »Mit dieser Rettungsaktion könnten alle drei Völker gemeinsam an einem hehren Ziel arbeiten. Herzog Forsys, wenn ich Euch bitten dürfte.«

Zacharias stand auf und hielt einen kleinen Gegenstand in den flackernden Schein der Fackeln. Es war ein lilafarbener Kristall, sorgfältig geschliffen und zu einem runden Schmuckstein poliert. »Das ist ein Korund. Hellsehsteine, Erfüllungsmeter und Speichersteine werden aus diesem Material gefertigt. Noch bis vor wenigen Wochen gehörte er zu den seltensten und teuersten Bodenschätzen Hominums. Das ist nun vorbei.«

Er warf den Kristall wie einen wertlosen Kiesel auf den Tisch.

»Wir haben große finanzielle Anstrengungen unternommen, um Hominums knappe Vorräte an Schwefel aufzustocken, den wir dringend zur Herstellung von Schießpulver brauchen. Auf der Suche nach natürlichen Vorkommen sind wir stattdessen auf Korunde gestoßen. Das ist derart viel, dass wir jede Kaserne, jedes Wirtshaus und jede Stadthalle im Land nun mit einem Hellsehstein ausrüsten könnten und immer noch welche übrig hätten.«

Falls der Herzog eine begeisterte Reaktion erwartet hatte, wurde er herb enttäuscht.

»Glückwunsch«, sagte Sylva lediglich mit einem Anflug von Sarkasmus in der Stimme.

»Begreift Ihr denn nicht, was das bedeutet?«, mischte sich Ophelia ein. »Jeder Bürger Hominums könnte den Einsatz mit einem Hellsehstein verfolgen. Das wäre ein unglaublicher Ansporn für die Moral.«

»Wohl wahr, aber sie könnten nur die Perspektive eines einzigen Dämons sehen«, gab Othello zu bedenken. »Und hören würden sie auch nichts. Das kann nur der Bändiger des Dämons.«

»Aber sie würden Zwerge und Menschen Seite an Seite kämpfen sehen«, warf Uhtred ein, der sich allmählich für die Idee zu erwärmen schien.

»Die Wirkung wäre bestenfalls langfristig zu erwarten«, meldete sich nun auch Cerva wieder zu Wort. »Die neuen Elfen- und Zwergensoldaten treffen aber schon in wenigen Wochen an der Front ein. Die Spannungen zwischen unseren Völkern müssen vorher beigelegt sein. Sind sie es nicht, so wird es wohl innerhalb des Heeres Kämpfe geben. Denkt an meine Worte. Schon eine einzige Wirtshausschlägerei könnte einen Bürgerkrieg auslösen.«

»Womit wir bei dem zweiten wichtigen Bestandteil meines Plans wären.« Harold erhob sich und ließ den Blick über die Anwesenden schweifen. »Der Rettungseinsatz findet statt, *bevor* die neuen Soldaten eintreffen. Menschen, Elfen und Zwerge werden das Geschehen mittels der Hellsehsteine, die Herzog Forsys und das Dreigestirn uns so großzügig zur Verfügung stellen, mit ansehen, als wären sie selbst dabei. Wichtiger noch: Die Zusammenarbeit zwischen Menschen, Zwergen und Elfen würde allen zeigen, dass wir in diesem Krieg zusammenstehen müssen. Und dass die Orks der eigentliche Feind sind.«

Harold verstummte, um seine Worte wirken zu lassen.

Fletcher überlegte. Der Vorschlag *war* riskant. Er könnte mehr Schaden als Nutzen bringen. Es gab keine Garantie, dass die Vertreter der drei Völker nicht während des Einsatzes aneinandergerieten – er brauchte nur an all die Rivalitäten an der Akademie zurückzudenken. Und tatsächlich – schon eine einzige Auseinandersetzung konnte dann für Aufruhr im ganzen Land sorgen.

»Wir sind wie Äste an demselben Baum«, fuhr Harold fort und bedachte alle am Tisch mit einem ernsten Blick. »Wir haben die Chance, ein neues Zeitalter einzuläuten, in dem Menschen, Zwerge und Elfen friedlich Seite an Seite leben. Eine solche Gelegenheit gab es noch nie. Ergreifen wir sie gemeinsam!«

Sylva hob die Hand. »Ich habe eine Frage. Von welchen Absolventen sprecht Ihr? Schließlich gibt es nur eine einzige Elfenbändigerin, und das bin ich.«

»Nun ja… das ist einer der Gründe, warum ich Euch alle hier zusammengerufen habe«, antwortete Harold mit einem Räuspern. Für einen Augenblick fiel seine Maske, und er wurde unsicher. »Die

Dämonenakademie nimmt erst seit kurzer Zeit auch Vertreter anderer Völker auf. Ihr seid die einzige Elfin, und Othello ist der einzige Zwerg, die bisher dort ausgebildet wurden.«

»Verstehe«, erwiderte Sylva mit einem eindringlichen Blick.

»Ihr und Othello müsstet beide teilnehmen«, sprach Harold weiter. »Graf Rale ist der Dritte im Bunde. Trotz seiner adligen Abstammung wuchs er als Bürgerlicher auf und wäre somit ein idealer Vertreter für alle Gesellschaftsschichten Hominums. Damit wäre ein Mitglied jedes Volkes und jedes Rates dabei. Außerdem möchten wir einen freiwilligen Novizen in jede Gruppe aufnehmen. Meine Hoffnung ist, dass sich Atilla und Kress, die beide noch in ihrem ersten Jahr sind, dazu bereit erklären.«

Die Stille im Raum war beinahe greifbar, dann erhob sich Geflüster, als die Zwerge die Köpfe zusammensteckten und – begleitet von viel Kopfgeschüttel – hitzig miteinander diskutierten.

Fletcher hörte, wie Cerva auf der anderen Seite des Tisches zornig das Wort erhob. »Wenn es schiefgeht, machen wir mehr kaputt, als wir erreichen. Der Einsatz ist äußerst gefährlich«, knurrte sie und ergriff Sylvas Arm. »Sylva, du bist seine einzige Tochter. Dein Vater würde uns nie verzeihen, wenn du dabei ums Leben kommst.«

Fletchers Blick wanderte weiter zu Harold. Seine Stirn glänzte, die goldenen Locken klebten ihm schweißnass am Kopf. Als er Fletchers Blick bemerkte, nickte er unmerklich.

Fletcher hatte verstanden: Es war Zeit zu handeln. Aber war es auch wirklich das Richtige? Er wusste, das Bündnis bröckelte, die Spannungen zwischen ihren Völkern waren kurz vorm Überkochen. Früher oder später würde die Situation außer Kontrolle geraten. Nur ein weiterer Anschlag von den Ambossen, eine neue Unstimmigkeit im Rat, ja selbst ein einziges böses Wort konnte schon genügen, um das Fass zum Überlaufen zu bringen. Aber manchmal lag die größte Gefahr darin, gar nichts zu tun.

»Ich bin dabei«, sagte plötzlich jemand über die zahlreichen Diskussionen am Tisch hinweg.

Fletcher brauchte eine Weile, bis er merkte, dass er selbst es gewesen war.

Alle Köpfe drehten sich in seine Richtung, und Fletcher schluckte. »Ich habe keine Angst. Hominum wird sich nicht vor seiner Aufgabe in diesem Kampf drücken.«

Natürlich hatte er Angst, aber sobald die Worte gesprochen waren, wusste er, dass er das Richtige getan hatte.

Cerva verstand die Anschuldigung sofort, die da mitschwang. »Die Elfen fürchten sich genauso wenig«, erklärte sie mit erhobenem Kinn. »Sylva ist die Beste in unseren Reihen. Ich kann nicht für sie sprechen, aber die Clans werden ihre Entscheidung unterstützen.«

Sylva stand auf und schaute Fletcher mit einer kühlen Gefasstheit an, die ihm verriet, dass die Freundschaft zwischen ihnen keinen Einfluss auf ihre Entscheidung haben würde. Er erwiderte ihren Blick und versuchte, eine Zuversicht hineinzulegen, die er gar nicht verspürte.

»Die Zwerge werden Euch nicht im Stich lassen«, sagte Othello in die entstandene Stille hinein. »Wenn die Menschen Hominums sehen möchten, wie ein Zwerg gegen die Orks kämpft, zeige ich es ihnen gerne.«

Uhtred packte seinen Sohn erbost am Ärmel, aber es war zu spät. Er hatte seine Zusage bereits gegeben und nickte Fletcher grimmig zu.

»Einverstanden«, sagte einer der weißhaarigen Zwerge nach einem kurzen Blickwechsel mit den anderen Mitgliedern des Ältestenrates.

Sylva beobachtete die Szene weiterhin ungerührt. Ihre Augen sprangen von Zacharias Forsys zu Ophelia Faverham und dann zu Alfric.

Allmählich kamen Fletcher Zweifel. Wessen Plan war das in Wirklichkeit? Irgendetwas stimmte hier nicht. Warum sollte der Herzog die wertvollen Hellsehsteine einfach so unter dem Volk verteilen, wo ihn doch nichts so sehr interessierte wie der eigene Gewinn? Die drei Völker Hominums miteinander zu versöhnen war doch das Letzte, was er wollte. Die Zwerge waren sein härtester Konkurrent im Waffengeschäft, und ein neuer Krieg mit den Elfen würde ihm weitere ertragreiche Lieferungen an die Nordfront einbringen.

Beinahe noch fragwürdiger schien ihm, warum Ophelia den Plan unterstützte. Sie steckte genauso tief im Waffengeschäft wie Zacharias.

Oder hatten die beiden endlich begriffen, wie verheerend ein Bürgerkrieg für Hominum wäre?

Noch während er versuchte, eine Antwort auf all diese Fragen zu finden, meldete sich Sylva endlich zu Wort.

»Abgemacht.«

17

»AUF KEINEN FALL«, SAGTE FLETCHER, als Hauptfrau Lovett seine Hand umklammerte und ihn hinter sich in den Sattel zog.

»Zu spät«, erwiderte sie lachend und bedeutete ihm, die Arme um ihre Hüfte zu legen.

Es war der nächste Morgen, sie standen auf einem breiten Ast. Lysander scharrte mit den Krallen, bereit zum Abheben. Fletcher hatte nie Höhenangst gehabt, aber jetzt, da er wusste, dass sie gleich losfliegen würden, kam ihm der Boden plötzlich sehr weit entfernt vor.

Er sah die anderen auf den Ästen ein Stück weiter unten. Arcturus war ebenfalls mit von der Partie. Gemeinsam würden sie sich auf den langen Weg zur Dämonenakademie machen, um dem Turnier beizuwohnen. Sylva war auch dabei, als einzige Elfin unter den vielen Zwergen und Menschen. Fletcher machte sich wegen ihres sonderbaren Verhaltens während des Ratstreffens Sorgen. Leider hatte er Sylva nicht mehr sprechen können, weil ein ungeduldiger Diener ihn nach dem Treffen sogleich auf sein Zimmer gescheucht hatte, wo er eine unruhige Nacht verbrachte, um dann in aller Früh von Hauptfrau Lovett geweckt zu werden.

Sylva würde das Wohl ihres Volkes immer über die Freundschaft mit Fletcher stellen. Die Erinnerung an ihre anfängliche Verbrüderung mit den Forsys-Zwillingen kehrte ungebeten zurück. Fletcher konnte ihr diese Haltung zwar nicht verübeln, aber ihre Prioritäten während des Ratstreffens noch einmal vor Augen geführt zu bekommen ließ es ihm eng in der Brust werden.

»Es macht Euch wirklich nichts aus, mich zuvor noch nach Pelz zu bringen?«, fragte Fletcher und versuchte, nicht nach unten zu sehen.

»Kein bisschen. Unter uns gesagt, ich gehöre zwar zum Fliegenden Korps, aber ich bin nicht gerade erpicht darauf, besonders viel Zeit mit den anderen Mitgliedern zu verbringen«, sagte Lovett über die Schulter. »Darum habe ich mich auch freiwillig als Lehrerin an der Akademie gemeldet. Ophelia Faverham gehört zu den unangenehmsten Offizieren, unter denen ich je gedient habe. Sie verbittet sich die Anrede ›Hauptfrau‹, weil ihr das immer noch zu männlich klingt, und lässt sich lieber mit ›Dame‹ ansprechen. Mir gefällt *Hauptfrau Lovett*, also komm bloß nicht auf irgendwelche Ideen!«

Fletcher hielt den Blick starr auf Lovetts Rücken gerichtet. »Ich bin jetzt ebenfalls Hauptmann«, murmelte er. »Immerhin habe ich das Turnier gewonnen.«

»Oh, habe ich ganz vergessen«, erwiderte sie lachend.

Fletcher schmunzelte. Er hatte Lovett noch nie lachen gehört. Ihre Stimme, die sonst immer so hart und entschlossen war, klang nun warm und einladend.

»Ich glaube …«, begann er, kam aber nicht weiter, denn Lysander schwang sich bereits in die Luft. Die Welt um Fletcher herum verwandelte sich in ein wildes Karussell aus Braun- und Grüntönen. Mit halsbrecherischer Geschwindigkeit steuerte der Greif zwischen den Ästen hindurch. Fletcher spürte, wie sein Magen Purzelbäume schlug – Lovett hingegen jauchzte vor Vergnügen und trieb Lysander immer noch schneller an.

Mit einem letzten mächtigen Flügelschlag ließ der Greif die Baumkronen endgültig hinter sich. Dicke, wachsige Blätter schlugen ihnen ins Gesicht, dann brachen sie durch das Blätterdach hinaus in den morgendlichen Himmel.

Die ersten Sonnenstrahlen wärmten Fletchers Haut, in der Ferne sah er schon die beiden Gipfel der Bärenzahnberge spitz in den Himmel ragen. Obwohl Lysander schnell stieg, breitete sich mit einem Mal Ruhe in Fletcher aus. Unter ihm erstreckte sich ein Meer aus Grün, die Baumwipfel wogten in der Brise, begleitet vom leisen Knarren der Zweige und Äste. Es war einfach atemberaubend.

»Ich bekomme nie genug vom Fliegen!«, rief Lovett und tätschelte Lysanders Hals. »Wie geht es dir da hinten?«

Fletcher blickte sich um. Selbst sein Zimmer in der Dämonenakademie war nicht so weit oben gewesen. Noch nie hatte er so viel von der Welt um sich herum gesehen.

»Ich glaube, ich auch nicht«, antwortete er und lehnte sich in den Sattel. Seine Angst war wie weggeblasen, plötzlich hatte er das Bedürfnis zu schreien, herumzuhüpfen oder beides zugleich. Er war am Leben und endlich frei!

Fletcher überlegte gerade, Ignatius herbeizurufen, um diesen Augenblick mit ihm zu genießen, doch es schien ihm zu riskant. Auf dem Sattel war kein Platz für einen dritten Passagier. Dennoch gab es jemanden, der ihm während seines ersten Flugs Gesellschaft leisten konnte, also streckte er den Arm in die Luft. Dabei fühlte er einen kurzen Schmerz in der Handfläche, als das Pentagramm darauf violett aufleuchtete, und dann materialisierte sich Athena mit einem aufgeregten Gurren und flatterte wie ein weiß-brauner Federblitz um ihre Köpfe. Als Lysander das mächtige Haupt in die Richtung der Greifeule drehte, beruhigte sie sich wieder und setzte sich auf Fletchers Schulter. Dieser streichelte sie und spürte, wie Ignatius sogleich eifersüchtig wurde. Der Salamander verbarg seine Gefühle zwar sofort wieder, trotzdem zog Fletcher vorsichtshalber seine Hand zurück.

»Ich erinnere mich noch gut an Athena«, sagte Lovett mit einem Mal ernst. »Ich bin gemeinsam mit deinen Eltern auf der Akademie gewesen, auch wenn sie natürlich viel älter waren als ich. Du sollst wissen, dass Edmund und Alice gute Menschen waren. Sie waren immer freundlich zu mir und sorgten dafür, dass es mir an nichts mangelte, denn ich war die Jüngste von allen Novizen. Das Gleiche gilt selbstverständlich für Arcturus.«

»Arcturus hat meine Eltern also auch gekannt?«, fragte Fletcher.

»Ja, er war der erste Bürgerliche, der an der Akademie aufgenommen wurde. Edmund, Alice und ich waren die Einzigen, die ihn vollständig akzeptierten.«

»Vielleicht ist er jetzt enttäuscht, weil ich doch nicht sein Halbbruder bin«, überlegte Fletcher laut. Seine gute Stimmung trübte sich ein wenig. Bisher war er sicher gewesen, sich stets auf den Hauptmann verlassen zu können, so wie auf einen älteren Bruder. Aber jetzt?

Lovett drehte sich zu ihm um. »Ich glaube, er liebt dich nur umso mehr. Deine Eltern sind nur zwei Jahre nach ihrem Abschluss gestorben. Das war ein harter Schlag für Arcturus. Die Narbe im Gesicht hat er sich auf der Suche nach den Orks zugezogen, die deine Eltern auf dem Gewissen haben.«

»Das wusste ich nicht«, erwiderte Fletcher düster, da spürte er ein liebevolles Kneifen am Ohr. Es war Athena. Sie versuchte ihn aufzumuntern und schmiegte ihr weiches Gefieder an seinen Hals. Fletcher stellte sich vor, dass sie das Gleiche wahrscheinlich vor vielen Jahren auch bei seinem Vater getan hatte, und das tröstete ihn. Athena war in diesem Augenblick die einzige Verbindung zu seiner Vergangenheit.

Mit neuem Mut wandte er seine Gedanken wieder der anstehenden Aufgabe zu: Fechtmeister Caulder und Berdon mussten erfahren, dass er wohlauf war.

»Bringt uns nach Pelz, Hauptfrau«, sagte Fletcher und deutete auf den höchsten der beiden Bärenzahngipfel. »Zeigt mir, wie schnell Euer Greif fliegen kann.«

Während des spiralförmigen Sinkflugs beäugte Fletcher überrascht die vielen neuen Häuser außerhalb der Palisade von Pelz. Wie achtlos hingeworfene Kiesel erstreckten sich die aus Lehm, Stroh und dürren Ästen zusammengezimmerten Hütten vor den Toren. In der Mitte befand sich eine kleine Freifläche, auf der sich eine Menschenmenge versammelt hatte. Ganz vorne sah Fletcher Berdons imposante Gestalt aufragen, Fechtmeister Caulder stand direkt neben ihm. Vor ihnen hob sich eine Reihe gelb-schwarzer Uniformen von dem schlammigen Untergrund ab. Didrics Soldaten.

»Landet dort!«, rief Fletcher und deutete auf das kleine freie Fleckchen zwischen den beiden Gruppen.

Im Näherkommen hörte er zorniges Geschrei von unten. Die Dorfbewohner fuchtelten mit Mistgabeln, Ziegelsteinen und Spaten. Etwas braute sich zusammen – und sie flogen mitten hinein.

Als Lysander aufsetzte, ergoss sich eine Fontäne aus feuchter Erde über die am nächsten stehenden Soldaten. Fletcher sprang aus dem Sattel, dann hob der Greif wieder ab und zog knapp über ihnen seine Kreise. Hauptmann Lovetts grimmiger Blick ließ keinen Zweifel daran, auf wessen Seite sie stand. Athena flog dicht hinter dem Greif, bereit, beim ersten Anzeichen von Gefahr herabzustoßen.

»Graf Rale!«, rief einer der Soldaten. »Bei allem Respekt, ich muss Euch bitten, zur Seite zu treten. Wir sind auf Befehl des Grafen Cavell hier. Diese illegalen Siedler müssen seinen Grund unverzüglich verlassen.«

Fletcher ignorierte ihn und wandte sich an Berdon und Caulder. Ignatius materialisierte sich in einem Blitz aus seiner Handfläche und spie als Warnung eine Flamme in Richtung der Soldaten, die nervös ihre Musketen hoben.

»Was geht hier vor?«, fragte er und wünschte, er hätte seinen Chepesch dabei.

»Sie versuchen uns zu vertreiben«, antwortete Berdon. »Das ist unsere Siedlung.«

»Und wir bleiben!«, brüllte eine Frau aus der Menge. »Wir lassen uns nicht noch ein zweites Mal das Dach über dem Kopf wegnehmen.«

Beifallsschreie wurden laut, die Menge drang weiter nach vorn, da erkannte Fletcher die Frau. Es war die Näherin Janet, von der seine Jacke stammte.

»Seit Didric und sein Vater ihre Kredite zurückverlangt haben, um das Gefängnis zu bauen, leben die meisten Einwohner von Pelz außerhalb der Palisade«, erklärte Berdon, an Fletcher gewandt. »Als Didric dann zum Grafen gemacht wurde, bekam er dieses Land hier geschenkt. Seither versucht er uns zu vertreiben.«

»Was? Davon wusste ich gar nichts!«, stammelte Fletcher empört.

»Das hier wird kein gutes Ende nehmen«, brummte Caulder. Er zog sein Schwert und deutete auf die zornigen Dörfler. »Die Wachen werden jeden Moment das Feuer eröffnen. Berdon sagt, es ist das erste Mal, dass sie mit Musketen kommen.«

»Ja, mein Sohn. Ich fürchte, das wird die Rache für deinen Sieg vor Gericht sein«, bestätigte Berdon. »Sehr viel länger kann ich die Leute nicht mehr zurückhalten«, fügte er mit einem Blick in Richtung der Menschenmenge hinzu.

Fletcher musterte die vorrückenden Soldaten. Dieser Schlamassel war seine Schuld, also musste er etwas tun. Nur was?

Die Hütten ringsum waren kaum mehr als armselige Verschläge, weil sich die verarmten Dorfbewohner kein richtiges Baumaterial leisten konnten. Es gab weder einen Brunnen für Trinkwasser noch eine Mauer, die Wölfe und Diebe abhielt. Die Menschen trugen kaum mehr als Fetzen am Leib, ihre Gesichter waren ungewaschen und verdreckt. Selbst Berdons Kleidung sah erbärmlich aus, außerdem fiel Fletcher auf, dass er abgenommen hatte. Von seiner bulligen Statur waren nur noch Sehnen und drahtige Muskeln übrig.

Das hatte Didric also aus ihnen gemacht. Die einst so stolzen Jäger und Kunsthandwerker waren zu verarmten Lehmhüttenbewohnern verkommen, und jetzt wollte Didric ihnen auch noch das letzte Dach über dem Kopf wegnehmen.

»Dafür wird er bezahlen«, flüsterte Fletcher, und in diesem Augenblick flog ein Stein über ihn hinweg. Er landete nur wenige Meter vor den Soldaten, die sofort ihre Musketen hochrissen und den Finger an den Abzug legten.

»Sie können uns nicht alle gleichzeitig erschießen!«, bellte Janet. »Unsere Hütten sind das Einzige, was wir noch haben!«

»Trotzdem lohnt es sich nicht, dafür zu sterben!«, rief Fletcher dazwischen.

Das aufgebrachte Geschrei verstummte, alle Blicke wandten sich Fletcher zu.

»Wir haben sonst nichts«, knurrte Janet und spuckte verächtlich auf den Boden. »Ohne unsere ›Häuser‹ müssen wir in Boreas betteln gehen, das heißt, falls die Pinkertons uns überhaupt in die Stadt lassen. Die Hälfte von uns wird erfrieren, noch bevor das Jahr vorbei ist.«

Janets Worte trafen Fletcher mitten ins Herz. Er hatte leicht reden, aber so einfach war es nun mal nicht, woanders hinzugehen und sich dort ein neues Leben aufzubauen. Die schicksalhafte Nacht vor zwei Jahren, als er selbst aus Pelz hatte fliehen müssen, war ihm noch gut in Erinnerung. Er spürte seine Angst und die Zweifel genauso wie damals. Dabei hatte er wenigstens Geld gehabt, gute Kleidung und sogar Waffen. Diese Menschen hier hatten aber nichts. Er hätte ihnen so gerne geholfen, doch er besaß ja selbst kaum etwas.

»Hast du deine Zunge verschluckt, *Graf Rale*?«, höhnte Janet. »Du hast richtig gehört, wir alle wissen jetzt, wer du bist. Komm runter von deinem hohen Ross und geh uns aus dem Weg. Unser Schicksal entscheidet sich hier und jetzt, für uns gibt es keinen anderen Ort.«

Doch, den gab es. Die Erkenntnis traf Fletcher wie ein Sonnenstrahl, der durch die Wolkendecke bricht. Es bedeutete viel Arbeit, und Fletcher würde ihnen nicht helfen können, aber er schuldete es den Dörflern. Und Berdon.

»Wartet! Ich weiß, wo ihr hingehen könnt«, rief er, während Ignatius die Soldaten anfauchte. »Die Grafschaft Rale. Dort könnt ihr euch niederlassen.«

Plötzlich waren alle still. Nur hier und da ertönte das leise Rasseln eines Kettenhemds.

»Sie liegt an der Grenze zum Orkdschungel, die Dörfer sind alle verlassen. Dort gibt es Land zum Jagen, Flüsse zum Fischen, und das Wetter ist warm. Ihr könntet euch dort niederlassen und ein neues Leben beginnen.« Fletcher sprach immer schneller, während die Soldaten weiter vorrückten.

»Und du glaubst, da wären wir sicher? In der Nähe des Dschungels, wo die Orks jeden Tag ihre Überfälle machen und alle erschlagen?«, zischte Janet. »Ich versuche mein Glück lieber hier.«

Fletcher wandte sich an die Menge. »Ihr alle kennt mich. In der Grafschaft wäre ich euer neuer Lehnsherr, und ich schwöre, sobald ich zurückkehre, werde ich alles in meiner Macht Stehende tun, um euch zu beschützen.«

Ignatius kletterte fauchend auf Fletchers Schulter, so nahe waren die Soldaten schon. Es war höchste Zeit, die Taktik zu ändern. Fletcher fasste Berdon und Caulder an den Armen. »Ihr könnt hier als sturköpfige Narren sterben«, rief er, »oder mir, Berdon und Fechtmeister Caulder in ein neues Leben folgen. Die Entscheidung liegt bei euch!«

Dann drehte er sich um und schob sich mit Caulder und Berdon durch die Menge, weg von den Soldaten. Die Dörfler folgten ihm mit ihren Blicken. Fletcher konnte nur hoffen, dass sie ihm seine Angst nicht ansahen. Ob sie angebissen hatten?

Als sie am anderen Ende der Traube angelangt waren, wandte sich Berdon mit lauter, tiefer Stimme an die Versammelten. »Wer mit uns kommen möchte, soll seine Sachen holen. Wir treffen uns an der Passstraße am Ende der Siedlung. Nehmt nur mit, was ihr tragen könnt. Wir haben einen weiten Weg vor uns. Alle anderen sehe ich im Jenseits wieder.«

Dann gingen sie weiter, ohne sich noch einmal umzudrehen. Fletcher hörte zwar schmatzende Schritte hinter sich, aber wie viele ihnen tatsächlich folgten, war schwer zu sagen.

Caulders Holzbein versank bei jedem Schritt im Schlamm, er stöhnte vor Anstrengung. »Wie viele sind es?«, flüsterte er aus dem Mundwinkel.

»Keine Ahnung«, flüsterte Berdon zurück. »Seht nicht hin. Wir müssen ihnen Zeit geben.«

Sie gingen an den letzten Hütten vorbei und blieben erst an der Abzweigung zur Passstraße stehen. Zumindest waren noch keine Schüsse gefallen. Die Sonne stieg immer noch und tauchte die Baumkronen in ein goldenes Licht.

»Wenn du nichts dagegen hast, Fletcher, würde ich Berdon gerne begleiten«, flüsterte Caulder zögernd. »Die Grafschaft Rale ist der Ort, an den ich gehöre. Außerdem glaube ich kaum, dass ich nach meiner Aussage vor dem Tribunal an der Akademie noch sicher bin.«

»Ihr seid mir höchst willkommen, Fechtmeister«, erwiderte Fletcher. »Ich hatte noch gar keine Gelegenheit, mich bei Euch zu bedanken. Ihr habt Kopf und Kragen für mich riskiert.«

»Mach dir nichts draus, mein Junge. Das war meine heilige Pflicht. Ich bin froh, dass ich dich retten konnte, nachdem ich deine Eltern damals so schändlich im Stich gelassen habe. Kannst du mir je verzeihen?«, fragte Caulder mit bebender Stimme.

Erst jetzt wurde Fletcher bewusst, wie alt der raubeinige Krieger sein musste. Sein Leben neigte sich dem Ende zu. Fletcher konnte sich kaum vorstellen, wie sehr ihn seine lange verheimlichten Schuldgefühle geplagt haben mussten.

»Es gibt nichts zu verzeihen. Was vergangen ist, ist vergangen«, antwortete er schließlich. »Wichtig sind nur die Familienmitglieder und Freunde, die noch am Leben sind. Und zu denen gehört Ihr dazu.«

Dann wandte er sich an Berdon. »Du weißt, dass du immer noch mein Vater bist, oder?«

Berdon schloss die Augen, als wäre soeben eine tonnenschwere Last von ihm gefallen.

Fletcher legte ihm einen Arm um die breiten Schultern. »Es gibt ein paar Dinge, die ich erledigen muss, aber ich schwöre, ich komme zurück. Dann gründen wir zusammen ein neues Dorf, weit weg von diesem Drecksloch, das die Cavells aus Pelz gemacht haben.«

»Ich verlass mich auf dein Wort, Sohn«, erwiderte Berdon und schloss Fletcher in eine so feste Umarmung, dass es ihm die Luft aus den Lungen presste.

Hinter ihnen ertönte ein Hüsteln. Fletcher spähte über Berdons Schulter und sah eine große Menschentraube. Ihre Habseligkeiten hatten sie auf mehrere Handkarren und einen klapprigen Pritschenwagen verteilt.

Janet trat vor. Ein Schatten glitt über ihr Gesicht, als Lysander über die Gruppe hinwegflog.

»Na schön, du hast uns überzeugt«, sagte sie. »Jetzt lasst die Gefühlsduseleien sein und zeigt uns lieber den Weg.«

18

AUF DEM FLUG ZUR AKADEMIE ignorierten Fletchers Dämonen einander, Athena saß auf seiner Schulter, Ignatius lag um seinen Hals gewickelt. Dennoch war es nicht so, dass die beiden sich nicht mochten. Fletcher spürte, dass es eher an einer gewissen Unsicherheit lag, vermischt mit einem Konkurrenzgefühl.

Während der Reise sprachen er und Lovett nicht viel, es wäre ohnehin schwierig gewesen. Der Wind war viel zu laut und übertönte beinahe jedes der wenigen Worte, die sie miteinander wechselten. Fletcher versuchte, nicht zu viel über die zurückliegenden Ereignisse nachzudenken. Sie waren viel zu beunruhigend und stürzten ihn nur in tiefe Selbstzweifel. Sogar die Erinnerung an das Wiedersehen mit Berdon hatte einen bitteren Nachgeschmack. Es war allzu kurz gewesen, und der Trennungsschmerz fühlte sich genauso stark an wie damals, als er aus Pelz hatte fliehen müssen.

Lieber vertrieb er sich die Zeit damit, die Landschaft weit unterhalb zu betrachten. Wie ein Flickenteppich aus Gelb-, Braun- und Grüntönen zog sie an ihnen vorbei, ab und zu unterbrochen von blauen Flüssen und ockerfarbenen Straßen, die die weiten Ebenen durchzogen.

Es dämmerte schon fast, als er die dunklen Mauern der alten Burg in der Ferne aufragen sah. Während Lysander in immer tiefer werdenden Kreisen auf den Innenhof zuhielt, merkte Fletcher, wie sehr er die Akademie vermisst hatte.

»Beeil dich, sonst verpasst du noch das Ende des Turniers«, sagte Lovett nach der Landung und deutete auf die Eingangstür. »Geh schon mal vor, ich werde inzwischen Lysander absatteln.«

»Danke fürs Mitnehmen. Wir sehen uns dann drinnen«, erwiderte er. »Tut mir leid, dass ich unterwegs so still war.«

Lovett schüttelte nur den Kopf. »Darüber mach dir keine Sorgen.«

Fletcher eilte durch die große Flügeltür. Die Eingangshalle dahinter lag still und verlassen wie eine Grabkammer, seine Schritte hallten ungehört von den Wänden zurück. Es war seltsam, wieder hier zu sein. Er war ein ganzes Jahr weg gewesen, das längste seines Lebens, und doch fühlte es sich an, als wäre er erst gestern noch durch die altehrwürdigen Korridore gewandelt. Irgendwie fühlte er sich hier inzwischen heimischer als in Pelz.

Ignatius und Athena gleichzeitig auf seinen Schultern zu haben störte ihn überraschenderweise überhaupt nicht. Athena nutzte ohnehin schon bald die Gelegenheit, die Flügel ein wenig zu strecken, und erhob sich in die Luft, um von oben nach möglichen Gefahren Ausschau zu halten. Ignatius gähnte nur in ihre Richtung und schlang sich umso enger um Fletchers Hals, als wollte er ihr sagen, dass sie nur ihre Zeit verschwendete.

Fletcher rannte eine Treppe hinunter und dann durch einen langen, kalten Gang mit Zellen auf beiden Seiten. Schon hörte er den Kampflärm, der aus der Arena durch den Tunnel schallte. Als er den Eingang beinahe erreicht hatte, merkte er, dass dies die letzte Runde sein musste, denn die Zellen links und rechts waren leer. Also waren alle bis auf zwei Kämpfer, die nun das Finale bestritten, bereits ausgeschieden.

Niemand bemerkte ihn, als er eintrat, so konzentriert war ein jeder auf das Geschehen in der Arena. Adlige, Generäle und Diener riefen im Chor, und zwar nur einen einzigen Namen:

»Didric! Didric!«

Im Sand der Arena kreisten zwei verschwitzte Gestalten lauernd umeinander. Sie suchten nach einer Lücke, stießen zu oder wichen immer wieder den Angriffen ihres Gegners aus. Es waren keine Dämonen dabei, genau wie damals, als Fletcher in der zweiten Runde gegen Malik gekämpft hatte.

Doch dies hier war das Finale.

Didric schwang ein langes, dünnes Rapier mit Korbgriff – eher eine Duellwaffe als eine, die sich gegen Orks einsetzen ließ. Das blonde

Haar klebte ihm in feuchten Strähnen am Kopf. Fletcher sah das gerade erst getrocknete Blut auf seiner Nase, Mund und Kinn. Didrics vernarbtes Gesicht war zu einer grinsenden Maske erstarrt, sein einst schlaffer Körper war hart und voller Spannung, während er mit dem Geschick eines erfahrenen Fechters vorschnellte und sich sofort wieder zurückzog.

Bei seinem Gegner handelte es sich ohne Zweifel um einen Zwerg. Langes rotes Haar schlug peitschend durch die Luft, während er blitzschnell auswich und konterte. In der einen Hand hatte er einen mit Dornen besetzten Schlagring zum Abwehren und Zustoßen, in der anderen eine kurze, vorn spitz zulaufende Klinge mit Knochengriff, die Fletcher als Sachs identifizierte.

Der Zwerg musste vor einem plötzlichen Schlaghagel Didrics mehrere Schritte zurückweichen, bis er beinahe mit dem Rücken zur Wand stand, da spritzte er ihm mit dem Fuß Sand ins Gesicht. Als Didric sich wegdrehte und eilig die Augen abwischte, befreite sich der Zwerg aus der Klemme und sprang zurück in die Mitte der Arena.

Erst jetzt sah Fletcher das bartlose Kinn, die grünen Augen und die Sommersprossen auf dem Rücken der Stupsnase – eine Zwerg*in* war das! Sie trug zwar keinen Schleier wie alle anderen, die er bisher gesehen hatte, aber der dornenbewehrte Schlagring in ihrer Hand räumte jeden Zweifel aus. Es war ein Torq, die traditionelle Waffe der Zwergenfrauen.

»Fletcher, hierher!«, rief Othello von ein paar Metern weiter unten und winkte ihn heran.

Fletcher arbeitete sich zu seinem Freund vor, ohne die beiden Kämpfer aus den Augen zu lassen, und setzte sich. Didric ging nun wieder zum Angriff über und redete leise auf seine Gegnerin ein. Fletcher hörte seine Worte nicht, aber die immer größer werdenden Augen der Zwergin sagten ihm, dass es sich nur um Beleidigungen handeln konnte.

»Wie heißt sie?«, fragte er, während die Zwergin einen weiteren Stoß mit ihrem Torq parierte und gleichzeitig mit dem Sachs nach Didrics Beinen schlug, und zwar so schnell, dass er sich gerade noch mit einem ungelenken Luftsprung retten konnte.

»Das ist Kress. Eigentlich hat sie schon längst gewonnen. Didric kommt mit beidhändigen Gegnern nicht zurecht. Sieh dir nur seine Nase an. Kress hat ihn mit ihrem Torq voll erwischt, aber Raubler meinte, der Treffer wäre nicht tödlich gewesen. Typisch.« Othello deutete auf den ganz in Schwarz gekleideten Kampfrichter in der Ecke. Gerade funkelte er Kress zornig an, weil ihr Sachs den Halskragen von Didrics Uniform zerfetzt hatte – seine Kehle blieb dank des Sperrzaubers allerdings unverletzt.

»Kommt schon!«, bellte Othello im Chor mit vielen Buhrufern, die Didrics schlechte Verteidigung bemängelten. »Einen aufgeschlitzten Hals hat noch keiner überlebt!«

Raubler schürzte lediglich die Lippen und schüttelte den Kopf. Die meisten in dem fast ausschließlich aus Menschen bestehenden Publikum hielten zu Didric, aber selbst von denen konnten viele die Entscheidung des Inquisitors nicht fassen.

Fletcher stupste Othello mit dem Ellbogen an. »Wo steckt eigentlich Atilla? Etwa im Krankenflügel?«

»Aber nein. Er und Kress … sagen wir einfach, sie kommen nicht besonders gut miteinander aus. Nachdem er gegen Didric verloren hatte, ist er gleich aus der Arena gestürmt.«

Unterdessen führte Kress einen Sensenschlag, der Didrics Bauch treffen sollte. Er konnte nur noch ausweichen, indem er die Hüfte zurücknahm und den Oberkörper weit nach vorn beugte. Gleichzeitig machte Kress mit ihrem Torq einen Aufwärtshaken, der krachend einschlug, so laut, dass Fletcher das Geräusch selbst über die entsetzten Aufschreie im Publikum hinweg hörte. Didric ging wie ein Stein zu Boden und blieb, alle viere von sich gestreckt, liegen.

Raubler zählte trotzdem bis zehn, bevor er nickte.

»Kress ist die Gewinnerin des diesjährigen Turniers«, sagte er endlich und applaudierte mürrisch. Dann lief er zu Didric hinüber, der nur langsam wieder zu sich kam, und half ihm auf die Beine.

Kress stand stolz daneben und wischte sich den Schweiß von der Stirn. Dass sich niemand im Publikum mit ihr freute, schien sie nicht zu kümmern. Die Anschläge der Ambosse hatten ganze Arbeit geleistet: Die Ressentiments gegen die Zwerge waren sogar noch schlimmer geworden als zu Fletchers Zeit an der Akademie. Die meisten Zuschauer verließen bereits enttäuscht ihre Plätze.

Othello konnte nur den Kopf schütteln. Kress hatte weit mehr Applaus für ihren überlegenen Sieg verdient. »Pass auf«, flüsterte er Fletcher zu. »Die Zwillinge sind auch hier.«

Tarquin und Isadora stützten den immer noch benommenen Didric und gingen mit ihm die Treppen hinauf. Wenige Meter entfernt blieben sie stehen und versuchten, Fletcher und Othello niederzustarren.

»Was für eine rührende Familienzusammenführung«, höhnte Didric und warf Fletcher einen hasserfüllten Blick zu.

Fletcher musste sich mit aller Macht beherrschen, ihn nicht die Stufen hinunterzustoßen, und Othello fasste ihn sicherheitshalber am Arm.

Isadora verdrehte die Augen. »*Geliebter* Vetter, du bist viel zu lange fort gewesen«, sagte sie mit einem theatralischen Knicks. »Kann es wirklich sein, dass es schon über ein Jahr her ist? Was *hast* du nur die ganze Zeit über getrieben?«

Fletcher wusste nur zu gut, wem er das Jahr Kerkerhaft zu verdanken hatte. »Ich bin nicht dein Vetter«, knurrte er.

»Ganz recht«, bestätigte Tarquin mit einem bösartigen Blitzen in den Augen. »Einmal ein Bürgerlicher, immer ein Bürgerlicher. Aber solange Tante Alice' Erbe bei uns bleibt, ist mir gleich, welchen Titel du führst.«

»Ihr könnt euer schmutziges Geld behalten«, erwiderte Fletcher gemessen. »Bleibt mir einfach vom Leib.«

»Nur zu gern«, feixte Isadora. Das Lächeln verschwand von ihrem Gesicht, dann rümpfte sie die Nase. »Kommt, hier stinkt es zu sehr nach Zwerg.«

Othello lief rot an und verstärkte seinen Griff um Fletchers Arm derart, dass Fletcher vor Schmerz zusammenzuckte.

»Hübscher Haarschnitt«, rief Tarquin noch über die Schulter. »Wer war denn der Künstler?«

»Das reicht jetzt!«, knurrte Othello und sprang auf die Füße. Fletcher tat das Gleiche, da waren ihre drei Widersacher schon wieder fort. Stattdessen standen sie nun dem verwunderten Rori und Genevieve gegenüber.

»Hallo«, begrüßte Fletcher Rori unsicher. Die beiden waren letztes Jahr nicht gerade als Freunde auseinandergegangen, denn Fletcher hatte Roris Kerf im Verlauf des Turniers um ein Haar getötet.

»Hallo. Du bist also wieder frei«, erwiderte Rori unbehaglich.

Fletcher kratzte sich am Hals. »Ja, stimmt.«

Rori wich Fletchers Blick aus. »Schön … das ist, ähm, freut mich.«

Dann standen sie einander so lange schweigend gegenüber, bis Genevieve mit einem gezwungenen Lächeln zwischen sie trat. »Willkommen zurück. Wir sprechen uns später noch«, sagte sie nach einer kurzen Umarmung und eilte mit Rori davon.

»Das ist ja gut gelaufen«, kommentierte Othello.

»Es braucht eben noch ein bisschen Zeit. Sie können mir schlecht sofort verzeihen.«

»Da hast du wohl recht«, erklärte der Zwerg. »Auch wenn man meinen könnte, ein Jahr wäre lange genug.«

Fletcher erwiderte nichts, denn Kress war inzwischen aus der Arena geklettert. Sie klopfte sich den Sand von ihrer Kadettenuniform und kam auf sie zu. Einen Wimpernschlag später stand sie mit leuchtenden Augen und in die Hüften gestemmten Händen vor ihnen.

»Du bist also der berühmte Fletcher«, begrüßte sie ihn mit einem strahlenden Lächeln. »Ich hätte gedacht, du wärst größer.«

»Allzu groß bist du aber auch nicht«, gab Fletcher zurück, erwiderte jedoch das Lächeln. Der Humor der Zwergin war einfach ansteckend.

»Kress und Atilla haben sich wacker geschlagen«, warf Othello zufrieden ein. »Dem angeberischen Didric eine Abreibung zu verpassen war der verdiente Lohn für das lange, anstrengende Training. Ich kann dir gar nicht sagen, wie unangenehm die Zeit mit dem frischgebackenen Grafen Cavell gewesen ist. Er und Atlas waren vom ersten Tag an Busenfreunde.«

»Das kannst du laut sagen«, stimmte Kress zu und deutete auf die gegenüberliegende Seite der Arena, wo Didric mit Tarquin, Isadora und Atlas auf den Stufen saß. Didric trug seine übliche schwarz-gelbe Uniform, Atlas und die Zwillinge den pechschwarzen Rock der Forsys-Furien.

»Warum haben sie denn schon Uniformen?«, fragte sich Fletcher laut. »Sie haben doch gerade erst ihren Abschluss gemacht.«

»Tarquin und Isadora wurden gleich nach dem letzten Turnier zu Leutnants befördert, Seraph ebenfalls«, erläuterte Othello. »Die Zwillinge haben das vergangene Jahr über im Regiment ihres Vaters gedient und Atlas gleich eine passende Uniform mitgebracht, wie es scheint.«

Ein ganzes Jahr Kampferfahrung an der Front hat die beiden gefährlicher denn je werden lassen, dachte Fletcher bestürzt.

»Ich weiß übrigens von eurem Einsatz«, flüsterte Kress unvermittelt. »Raubler hat uns vor dem Turnier davon erzählt. Ich würde eurer Gruppe gern beitreten, falls ihr mich haben wollt. Dass ich kämpfen kann, habe ich – glaube ich – gerade bewiesen.«

»Welche Gruppe?«, fragte Fletcher, doch bevor die Zwergin antworten konnte, stieß plötzlich Sylva zu ihnen. Sie trug immer noch die grüne Lamellenrüstung vom Vortag.

»Hab ich was verpasst?«, erkundigte sie sich. »Ist Didric der Sieger? Ich hätte so gerne zugesehen, aber ich habe dich überall gesucht, Fletcher.«

»Ach ja?«, erwiderte er und deutete etwas unsicher auf die junge Zwergin. »Kress hat ihn geschlagen.«

»Sehr schön!« Sylva hielt Kress strahlend die Hand hin.

Stirnrunzelnd schüttelte Kress sie. Über die plötzliche Unterbrechung schien sie nicht gerade erfreut.

Sylva so nahe zu sein war seltsam für Fletcher. Er hatte seit dem Ratstreffen nicht mehr mit ihr gesprochen und wusste nicht recht, wie sie mittlerweile zu ihm stand. Waren sie nun Freunde oder nur Verbündete? Immerhin hatte Sylva am Ende der Ratsbesprechung lange gezögert, bis sie ihre Zustimmung gab.

»Also, wie ich gerade sag…«, versuchte Kress es noch einmal und verstummte abrupt wieder, als auch noch Atilla hinzukam.

»Fletcher, Sylva – schön, euch wieder hierzuhaben«, sagte er, ohne Kress eines Blickes zu würdigen. »Ihr wart viel zu lange weg.«

»Ich freue mich auch, dich zu sehen«, warf Kress sarkastisch ein.

Atilla wurde rot und drehte sich weg. »Während des Unterrichts ist es schon schlimm genug, aber jetzt auch noch hier, vor all den Zuschauern«, brummte er. »Das ist widerlich!«

Fletcher hob verwundert die Augenbrauen. Wovon redete der Kerl?

Kress legte sich die Hände auf die Wangen und blinzelte Atilla an. »Sehe ich wirklich so schlimm aus?«

»Bedecke dich«, erwiderte er und wurde noch röter.

»Damit eines klar ist, Atilla«, sagte Kress plötzlich mit drohendem Unterton. »Zwerginnen tragen einen Schleier, wenn sie es *wollen*. Sie tun es für sich selbst, nicht für dich. Wenn ich beschließe, mein Gesicht zu zeigen, ist das *meine* Entscheidung. Du hast nicht mitzureden.«

»Es ist unanständig«, knurrte Atilla, den Blick starr zu Boden gerichtet. »Du stellst dich öffentlich zur Schau.«

»Und was ist mit mir?«, mischte sich Sylva ein. Sie sprach ganz ruhig, aber Fletcher sah, wie rot die Spitzen ihrer Ohren geworden waren. Ein klares Zeichen dafür, dass sie wütend war.

»Wie meinst du das?«, fragte Atilla verwirrt.

»Führe *ich* mich unanständig auf? Stelle ich mich zur *Schau*?«

Atilla murmelte etwas Unverständliches.

»Und was ist überhaupt mit *dir*, Atilla?«, setzte Kress nach. »Du trainierst manchmal sogar mit nacktem Oberkörper. Stellst du dich damit etwa nicht zur Schau? Vor den anderen *und* vor mir. Wie *unanständig* von dir!«

Atilla stampfte wütend auf. »Ich diskutiere nicht mit Dummköpfen. Kress weiß, dass das, was sie tut, nicht richtig ist, auch wenn ihr Nicht-Zwerge das nicht versteht. Wenigstens du, Bruder, solltest das nicht einfach so hinnehmen. Kress ist jetzt ein Vorbild für alle Zwerginnen. Wenn sie an dem Einsatz teilnimmt, kann ganz Hominum ihr Gesicht sehen. Was, wenn die anderen Mädchen ihrem Beispiel folgen?«

Othello bedachte Kress mit einem kleinen Lächeln. »Ich sehe nichts, worüber ich mich beschweren könnte.«

Atilla drehte sich schnaubend um und ging auf die andere Seite der Arena zu Seraph, der die Gruppe eben erst bemerkt hatte und ihnen freudig zuwinkte. Er trug eine auffällige, bernsteinfarbene Uniform mit einer scharlachroten Schärpe, und außerdem einen Säbel und eine Pistole am Gürtel.

Fletcher und seine Freunde erwiderten das Winken, da schritt Raubler in die Mitte der Arena, ätzte ein Symbol in die Luft und ließ einen Knall ertönen, der so laut war, dass Fletcher die Ohren schmerzten.

»Da jetzt endlich alle still sind, können wir mit der Auswahl der Gruppen beginnen«, rief er in die Runde. »Fletcher, Isadora, Malik und Seraph – wir treffen uns in der Arena.«

19

KALTER SCHWEISS LIEF FLETCHER zwischen den Schulterblättern hinab, während er in die Arena hinunterging. Mit einem Leuchten aus seiner Handfläche nahm er Ignatius und Athena in sich auf, die die einzigen beiden Dämonen im Raum gewesen waren. Neben seiner eigenen Verbindung zu ihnen spürte er nun noch eine weitere, die sich allmählich zwischen dem Salamander und der Greifeule bildete. Anscheinend fassten sie allmählich Vertrauen zueinander.

Während er in den Schein der ringsum flackernden Fackeln trat, kehrten die Erinnerungen an das letzte Turnier zurück, in dem er selbst hier gekämpft hatte. Allerdings waren die Gefahren von damals nichts im Vergleich zu denen, die ihn nun erwarteten.

»Ihr alle wisst, weshalb ihr hier seid«, begann Raubler und ging vor ihnen auf und ab. »Der Einsatz hat zwei Ziele: Erstens müssen mehrere Tausend Gnomeier zerstört werden, bevor die Gnome schlüpfen. Zweitens müsst ihr Rufus' Mutter retten, die Dame Kavendisch.«

Rufus setzte sich sogleich ein wenig auf. Alle Köpfe drehten sich in seine Richtung, und Fletcher sah, wie seine Knöchel weiß wurden, so fest hielt er den Griff seines Schwerts umklammert. Während des letzten Jahres hatte er ständig versucht, sich bei den Forsys-Zwillingen einzuschmeicheln, was Fletchers Meinung von ihm nicht gerade zuträglich gewesen war. Er hoffte nur, dass Rufus während des bevorstehenden Einsatzes die Nerven behielt und nicht unter dem Druck, seine eigene Mutter zu retten, alle in Gefahr brachte.

Ein blaues Leuchten ließ seine Aufmerksamkeit zu Raubler zurückkehren. Er hatte ein Wyrrlicht herbeigerufen, das nun durch die Luft sauste und dabei eine Leuchtspur hinterließ, die sich allmählich zu einer klar umrissenen Form verdichtete. Kurz darauf schwebte eine vierseitige, leuchtende Pyramide in der Luft, darunter eine Art Kammer mit einem verzweigten Tunnelsystem. Das Bild drehte sich langsam und tauchte die Arena in einen bläulichen Schimmer, der unirdisch wirkte.

»Nach unseren Informationen befinden sich die Gnomeier in einer der vulkanischen Höhlen unterhalb dieser Pyramide, tief im Herzen des Orkdschungels.« Raubler deutete auf das schwebende Tunnellabyrinth. »Auch die Dame Kavendisch wird irgendwo dort festgehalten, und das nicht ohne Grund: Diese Pyramide ist ihr Allerheiligstes und der sicherste Ort im ganzen Orkreich.«

All das war Fletcher vollkommen neu. Sein Herz schlug so schnell, als wollte es aus seinem Brustkorb springen. Er hatte erwartet, ein entlegenes Orkdorf zu überfallen, stattdessen mussten sie ein Stollenlabyrinth tief unter der Erde durchkämmen.

»Das Himmelskorps wird euch so nahe heranbringen wie möglich, den Rest des Weges werdet ihr zu Fuß zurücklegen. Nachdem ihr abgesetzt wurdet, *müsst* ihr euch drei Tage später um Mitternacht beim hinteren Eingang der Pyramide wiedertreffen. Von da an bleiben euch noch acht Stunden für den Einsatz, länger kann das Korps nicht warten. Denkt daran: Während jeder Stunde, die ihr braucht, kann das Korps keine Patrouillen über Hominum fliegen. Ihr setzt eure Heimat einer entsetzlichen Gefahr aus, denn falls die Orks das Korps bemerken, werden sie sofort ihre Wyvernreiter auf unsere schutzlosen Dörfer und Städte loslassen.«

Fletcher dachte an die Zerstörung, die selbst ein einziger Wyvern anrichten konnte, und schluckte. Es war in der Tat ein großes Risiko.

»Das Himmelskorps wird euren Einsatz mittels der Hellsehsteine beobachten und so schnell wie möglich zu euch stoßen, wenn der Auftrag erledigt ist. Jede Gruppe, die dann nicht beim Treffpunkt ist, muss sich allein nach Hominum durchschlagen.«

Raubler machte eine Pause, um den Ernst seiner Worte wirken zu lassen.

Fletcher wusste: Sich allein durch den Orkdschungel zu kämpfen war gleichbedeutend mit einem Todesurteil. Alle um ihn herum blickten finster drein, selbst Tarquin und Isadora waren blass geworden. Die beiden hatten ein Jahr lang an der Front gekämpft und wussten besser als jeder andere, was sie erwartete.

»Wie ihr alle wisst, werden zurzeit über ganz Hominum Hellsehsteine verteilt«, fuhr Raubler schließlich fort. »Schon bald wird jedes Wirtshaus, jeder Dorfsaal und jeder öffentliche Platz vier davon haben – einen für jede Gruppe, sodass die Bürger die Geschehnisse mit eigenen Augen verfolgen können. Ihr selbst werdet allerdings keinen solchen Stein erhalten, denn sollte eine Gruppe den Orks in die Hände fallen, könnten sie den Kristall benutzen, um auch die anderen Gruppen aufzuspüren.«

Raubler ließ die Pyramide mit einem Fingerschnippen verschwinden, und die Arena wurde wieder in einen orangefarbenen Fackelschein getaucht.

»Damit ihr euch ganz auf eure Aufgabe konzentrieren könnt, bekommt jede Gruppe einen Dämon, durch dessen Augen die Bewohner Hominums das Geschehen verfolgen werden«, sprach der Inquisitor weiter. »Zu diesem Zweck haben wir Spender gebeten, uns Dämonen aus ihrem eigenen Arsenal zur Verfügung zu stellen. Die Spender stellen euch außerdem einen erfahrenen Führer zur Seite, der euch den Weg durch den Dschungel weist. Wer das sein wird, erfahrt ihr bald genug.«

Raubler klatschte und rieb sich in freudiger Erwartung die Hände.

»Nun zu den vier Gruppen. Jede besteht aus vier Mitgliedern: drei Schüler im zweiten Jahr und zusätzlich ein freiwilliger Novize. Die Freiwilligen müssen wissen, dass es kein Zurück mehr gibt, sobald sie den Fuß in diese Arena gesetzt haben.«

An dieser Stelle verstummte er und bedachte die anwesenden Novizen mit einem strengen Blick.

»Die Hauptleute wurden bereits erwählt«, fuhr Raubler fort und nahm eine Schriftrolle zur Hand. »Ihr seht sie hier vor euch.«

Fletcher war stolz und nervös zugleich. Er war vollkommen außer Form und hatte ein ganzes Jahr lang mit niemandem außer Ignatius gesprochen – das waren also eher einseitige Unterhaltungen gewesen. War er wirklich bereit, einen so gefährlichen Einsatz zu leiten?

Da räusperte sich Raubler, und Fletcher hielt den Atem an. Wen würde der Inquisitor in seine Gruppe berufen?

»Nach sorgfältiger Rücksprache mit dem königlichen Rat und den Lehrern dieser Akademie wurden folgende Gruppen bestimmt. Bitte tretet in die Arena, und stellt euch zu euren Hauptleuten, sobald ihr aufgerufen werdet: Isadora, Tarquin und Atlas. Seraph, Rori und Genevieve. Malik, Penelope und Rufus. Fletcher, Othello und Sylva.«

Fletcher seufzte erleichtert, während die Aufgerufenen in die Arena kamen. Sylva stellte sich lächelnd neben ihn, Othello versetzte ihm einen freundschaftlichen Klaps auf die Schulter.

»Klar, dass sie einem Menschen das Kommando geben«, flüsterte der Zwerg mit einem Zwinkern. »Scheint, als hätten sie nur Freunde mit Freunden zusammengesteckt.«

»Sieht ganz so aus«, stimmte Fletcher zu. »Isadora strahlt geradezu. Nachdem ich Tarquin letztes Jahr im Finale geschlagen habe, gilt sie jetzt wohl als die stärkere der beiden.«

Nachdem die Gruppen sich zusammengefunden hatten, saßen nur noch die vier Novizen auf den Zuschauerrängen: Atilla, Kress, Didric und ein dunkelhaariges Mädchen, das Fletcher noch nie gesehen hatte.

»Ihr habt jetzt die Gelegenheit, aus den Freiwilligen euer viertes Mitglied zu bestimmen«, sagte Raubler mit ausgebreiteten Armen. »Isadora, das Los hat entschieden, dass du als Erste wählen darfst.«

»Ganz bestimmt«, raunte Sylva in Fletchers Ohr. Er spürte, wie sie sanft mit der Hand seine Hüfte berührte. »Aber es ist auch egal. Schließlich wissen wir beide, wen sie sich aussuchen wird.«

»Ich erwähle den wackeren Grafen Cavell«, rief Isadora und winkte Didric mit großer Geste heran. »Nach seiner hervorragenden Leistung im Turnier wurde er durch unsägliches Pech um den wohlverdienten Sieg betrogen.«

»Mit Pech hatte das nichts zu tun!«, rief Kress dazwischen, ohne sich um Raublers aufgebrachtes Zischen zu kümmern.

Didric sprang in die Arena hinunter und landete so schwankend, als leide er noch unter einer leichten Gehirnerschütterung. Tarquin schüttelte ihm die Hand, Atlas und Isadora schlugen ihm auf die Schulter.

»Nun du, Fletcher«, sagte Raubler, die Augen immer noch auf Kress gerichtet.

Fletcher erschrak. Eigentlich hatte er damit gerechnet, als Letzter dranzukommen. Er überlegte eine Weile, was ihm prompt einen bösen Blick von Atilla einbrachte. Welche Wahl er von Fletcher erwartete, war klar, aber Kress hatte soeben das Turnier gewonnen und außerdem höflich darum gebeten, in die Gruppe aufgenommen zu werden. Und dann war da noch Atillas Wutausbruch, weil Kress sich weigerte, einen Schleier zu tragen. Fletcher hingegen wollte, dass seine Gruppe ein leuchtendes Beispiel für ganz Hominum abgab – ein Beispiel an Solidarität, Zusammenhalt und Toleranz.

Atilla hatte zwar ein gutes Herz und war ein ebenso guter Krieger, aber für diese Aufgabe schien er Fletcher nicht geeignet. Er musste nur noch die richtigen Worte finden, ihm die Entscheidung zu erklären.

»Ich nehme Kress«, sagte er und hob sofort die Hand, als Atilla empört den Mund öffnete. »Die Thorsagers würden es mir nie verzeihen, wenn ihre beiden Söhne gleichzeitig ums Leben kämen, sollte ausgerechnet unsere Gruppe scheitern. Also ist es besser, das Risiko aufzuteilen. Aus diesem Grund dienen Brüder auch im königlichen Heer niemals im gleichen Regiment.«

Atilla ließ kurz den Kopf hängen, dann nickte er knapp.

»Außerdem habe ich gerade das Turnier gewonnen. Nur falls du es schon vergessen hast, Fletcher«, sagte Kress laut. »Mein voller Name lautet Kress Freyja.«

»Ich habe es nicht vergessen«, flüsterte er, als Kress nahe genug herangekommen war. »Genau das war der zweite Grund für meine Entscheidung. Schön, dich bei uns zu haben, Kress *Freyja*.«

»Seraph, du bist dran«, sagte Raubler und drehte ihnen den Rücken zu.

Seraph musterte das dunkelhaarige Mädchen auf den Stufen – jedoch nur kurz. »Ich nehme natürlich Atilla Thorsager. Komm her, du alter Griesgram!«, rief er fröhlich.

Atilla verdrehte die Augen, wobei Fletcher allerdings auch den Anflug eines Lächelns auf seinem Gesicht sah. Anscheinend hatte er sich mit Seraph angefreundet, während Fletcher im Kerker gesessen hatte.

»Und schließlich du, Malik«, sprach Raubler.

»Belena Faverham!«, verkündete Malik, während das dunkelhaarige Mädchen in den Fackelschein trat. »Es überrascht mich doch sehr, dass sie nicht gleich als Erste ausgewählt wurde.«

Belena stellte sich zu ihrer Gruppe und schüttelte das rabenschwarze Haar aus.

Fletcher konnte den Blick kaum von ihr losreißen. Sie war wunderschön, vielleicht sogar das schönste Mädchen, das er je gesehen hatte. Belena hatte hohe Wangenknochen und große, ausdrucksstarke Augen, außerdem schien sie seinen Blick zu erwidern. Ihr Familienname fiel ihm erst auf, als Othello ihn etwas fragte.

»Sie ist ihrer Großmutter Ophelia wie aus dem Gesicht geschnitten, findest du nicht, Fletcher?«

Auch er sah die Ähnlichkeit, schaffte es aber nicht, dieses bezaubernde Mädchen mit der hartherzigen Ophelia in Verbindung zu bringen. Selbst ihr Vater, Inquisitor Karl Faverham, schien kaum etwas mit ihr gemein zu haben – außer der hellen Haut.

Belena begrüßte Malik mit einem warmen Lächeln, dann umarmte sie Penelope und Rufus. Erst als Sylva Fletcher den Ellbogen in die Rippen stieß, merkte er, wie er das Mädchen die ganze Zeit angestarrt hatte, und versuchte, sich in Erinnerung zu rufen, dass die Faverhams seine Feinde waren.

»Sie ist in ihrem ersten Jahr?«, fragte er.

»Richtig«, bestätigte Othello. »Aber ich habe sie nicht oft gesehen. Sie blieb meistens für sich selbst. Ihre Freizeit hat sie entweder beim Lernen auf ihrem Zimmer verbracht oder in Corcillum.«

Alle Gruppen waren nun versammelt und warteten auf weitere Anweisungen.

»Wie ihr wisst, haben Tarquins und Isadoras Vater, Belenas Großmutter sowie Didric selbst die Hellsehsteine zur Verfügung gestellt und damit diesen Einsatz überhaupt erst möglich gemacht«, verkündete Raubler und nickte den dreien anerkennend zu. »Ich denke, es wäre angebracht, wenn wir uns alle bei den Forsys, den Faverhams und den Cavells für ihre Großzügigkeit bedanken.« Dann blickte er sie erwartungsvoll an.

Die Forsys-Zwillinge und Didric grinsten wie blöd, während Fletcher und die anderen sich ohne rechte Begeisterung bedankten. Belena wurde lediglich rot und sah verschämt zu Boden.

»Sehr schön«, fuhr Raubler fort. »Nun habe ich euch allen noch etwas mitzuteilen. Um die Sache sowohl für die Teilnehmer als auch für die Zuschauer möglichst interessant zu machen, wurde eine Belohnung ausgesetzt. Die Gruppe, der es gelingt, die Dame Kavendisch zu befreien, bekommt eintausend Goldtaler, die zu gleichen Teilen unter den Mitgliedern aufgeteilt werden. Weitere fünfhundert Goldtaler winken jedem Trupp, der sich an der Zerstörung der Gnomeier beteiligt. Nichts ist förderlicher als ein gesunder Wettbewerb.«

Raubler grinste zufrieden, während die Schüler verstohlen miteinander flüsterten. Das waren fürstliche Summen, genug, um ein kleines Heer auszustatten. Fletcher schien als Einziger nicht überrascht zu sein. Falls eine der Gruppen mitten im Dschungel den Mut verlor, war das Geld ein guter Anreiz, sie bei der Stange zu halten.

Raubler deutete auf den Eingang zur Arena. »Nun dreht euch um«, befahl er.

Fletcher gehorchte und sah vier Dämonen im Durchgang stehen. Drei davon kannte er bereits: Lovetts Greif Lysander kam mit stolz erhobenem Haupt die Stufen herunter und blies mit einem Flügelschlag Sand in die Richtung von Isadoras Gruppe. Zu welchem Trupp er gehörte, war bereits klar, bevor er sich zu Fletcher und seinen drei Begleitern stellte.

»Aber … das geht nicht«, stammelte Fletcher und dachte bestürzt an Hauptfrau Lovett, die ohne Lysander allein auf ihren Rollstuhl angewiesen war. »Lysander ist ihr bester Freund und außerdem ihre einzige Möglichkeit, sich zu bewegen. Ohne ihn hat sie nur noch Valens.«

»Sie will uns eben beschützen«, flüsterte Sylva ihm zu. »Wir bringen ihr Lysander einfach wohlbehalten zurück. Außerdem ist es beinahe so, als wäre sie selbst dabei. Sie kann durch ihn hellsehen und seinen Körper kontrollieren, genau wie sie es bei Valens gemacht hat. Würde mich nicht wundern, wenn sie es auch jetzt gerade tut.«

Genau in diesem Augenblick schubste Lysander ihn sanft mit dem Schnabel. Fletcher hob überrascht den Blick und sah, wie ihm der

Greif zuzwinkerte. Sehr menschliche Gesten für einen Dämon, dachte er. Sylva hatte wohl recht mit ihrer Behauptung.

Sacharissa, Arcturus' Canid, trabte an ihnen vorbei und gab dem Greifen einen spielerischen Stupser. Lysander schlug mit einer Kralle nach ihm, erwischte aber nur den buschigen schwarzen Schwanz des flinken Dämons.

»Sieht so aus, als hätte Arcturus den gleichen Gedanken gehabt«, kommentierte Fletcher, während Sacharissa sich zu Seraphs Gruppe gesellte. Seraph hieß sie mit einem Stück Pökelfleisch willkommen, das er wundersamerweise dabeigehabt hatte. Greife waren zwar stärker und vielseitiger als Canide, trotzdem wünschte Fletcher, er könnte beide mitnehmen. Mit Arcturus' und Lovetts Dämonen an der Seite würde er sich im Orkdschungel um einiges sicherer fühlen.

»Was in aller Welt ist *das*?« Kress deutete auf eine knochige, menschenähnliche Kreatur, die gerade die Stufen herabkam.

Das Wesen hatte ein ausladendes Geweih mit unzähligen Enden, wie Dornengestrüpp ragte es zu beiden Seiten aus seinem Schädel. Sein Kopf sah wie eine Mischung aus Hirsch und Wolf aus, und die Arme waren so lang, dass die rasiermesserscharfen Krallen an den Händen den Sand berührten, während der Blick der dunklen Augen hungrig durch die Arena schweifte. Unter der grauen, fleckigen Haut zuckten drahtige Muskeln. Hätte sich der hagere Dämon nicht bewegt, Fletcher hätte ihn glatt für eine Leiche gehalten. Zumindest roch er wie eine.

»Ein Wendigo«, beantwortete Othello Kress' Frage mit einer Mischung aus Ehrfurcht und Abscheu. »Beschwörungsebene dreizehn und sehr selten. Er ist Zacharias Forsys' Lieblingsdämon. So gut wie alles, was wir über Wendigos wissen, verdanken wir ihm. Im Äther sieht man sie so gut wie nie. Er heißt übrigens Hannibal.«

»Wer den bekommt, ist wohl keine Frage«, warf Fletcher ein, da blieb der Wendigo auch schon neben den Forsys-Zwillingen stehen. Fletcher beobachtete grinsend, wie Tarquin wegen des Gestanks sogleich die Nase rümpfte.

Unterdessen winkte Raubler den letzten Dämon heran, es war sein eigener.

»Caliban wird Maliks Gruppe begleiten«, verkündete der Inquisitor.

Der bullige Minotaurus mit dem verfilzten schwarzen Fell schien im Gegensatz zu dem sehnigen, groß gewachsenen Wendigo nur aus Fleisch- und Muskelbergen zu bestehen. Das laute Atemgeräusch aus den Nüstern erinnerte Fletcher an den Blasebalg in Berdons Schmiede.

»Vielen Dank für Eure Unterstützung, Inquisitor«, sagte Malik mit einer tiefen Verbeugung.

»Wir können die einzigen Erben der Saladins und Faverhams doch nicht schutzlos ihrem Schicksal überlassen«, erwiderte Raubler.

Das war eine derbe Missachtung der beiden anderen Truppmitglieder Penelope und Rufus, deren Eltern ebenfalls zum Adel gehörten. Sie waren nur nicht so reich wie die anderen.

Rufus schien der Affront nicht zu stören, denn dankbar ergriff er Raublers Hand. »Ihr werdet es nicht bereuen, Inquisitor. Mein älterer Bruder wird Euch alle Auslagen zehnfach zurückzahlen, wenn wir meine Mutter erst befreit haben, das schwöre ich!«

»Heute Abend werdet ihr eure Führer kennenlernen«, sprach Raubler weiter und schüttelte irritiert Rufus' Hand ab. »Maliks Gruppe bleibt hier bei mir, alle anderen folgen ihren Dämonen.«

20

LYSANDER FÜHRTE SIE AUS DER ARENA zurück in die Vorhalle, Sacharissa trabte gleich neben ihm. Fletcher hatte erwartet, dass sie wie die Gruppe des Caliban durch den Haupteingang nach draußen gehen würden, aber ihre beiden Dämonen bogen zur Treppe im Westflügel ab.

Es war ein langer Aufstieg, den sich Fletcher damit verkürzte, Lysander dabei zuzusehen, wie er sich die Stufen hinaufmühte. Der Greif war ans Fliegen gewöhnt, und auf einer so engen Wendeltreppe tat er sich besonders schwer. Sacharissa wartete geduldig an jedem Absatz auf ihn und behielt den schwitzenden Greif gutmütig im Auge.

»Vielleicht hättest du nach oben fliegen und dort auf uns warten sollen«, kommentierte Fletcher lachend. Der böse Blick, den ihm Lysander daraufhin zuwarf, konnte nur von Lovett selbst stammen.

Während seines ersten Jahres an der Akademie war Fletcher kaum in diesem Teil des Gebäudes gewesen, denn er beherbergte hauptsächlich die Privatzimmer der Lehrer, Bedienstetenunterkünfte, eine große Wäscherei sowie Lagerräume. Somit war es keine große Überraschung, dass sie bis ganz nach oben gingen und von dort durch einen langen Korridor weiter zum Nordwestturm.

Während sie den beiden Dämonen hinterhertrotteten, konnte Fletcher gar nicht anders, als die Gemälde und Wandteppiche zu bewundern, auf denen Schlachtszenen aus der Zeit, als es noch keine Feuerwaffen gegeben hatte, dargestellt waren. Vor einem der älteren Gemälde, dessen Farbe schon teilweise abblätterte, blieb er stehen.

Im Gegensatz zu den anderen zeigte es keinen glorreichen Sieg über die Orks – sondern einen über die Zwerge. Im Hintergrund waren Zwerginnen abgebildet, denen man die Schleier von den Gesichtern gerissen hatte, vor ihnen knieten die Krieger, die sich von Menschen die Bärte schneiden lassen mussten, die in schillernde Rüstungen gekleidet waren. Überall um sie herum lagen tote Zwerge, hoch darüber flog das Himmelskorps mit bluttriefenden Lanzen.

Die drei Zwerge, außerdem Seraph und Sylva, blieben ebenfalls stehen. Nur Rori und Genevieve gingen weiter, als wäre nichts Besonderes an dem Gemälde.

»Genau das müssen wir verhindern«, murmelte Othello und ließ die Finger über die Gefallenen auf dem Bild gleiten. »Das kann jederzeit wieder passieren. Ich habe unsere Geschichtsbücher studiert und gesehen, wie schnell sich der Hass verbreitet, und zwar auf beiden Seiten. Viermal haben wir uns erhoben, und viermal wurde unser Volk in den Staub getreten. Wir müssen diesen Kreislauf endlich durchbrechen. Nur die Einigkeit mit den Menschen wird uns die Freiheit bringen.«

Atilla ging wütend weiter, Fletcher konnte es ihm nicht verübeln. Das Bild war abscheulich. Es wie ein Prunkstück in den altehrwürdigen Korridoren der Akademie auszustellen gehörte sich einfach nicht. Seraph folgte dem Zwerg, doch als er Atilla einen Arm um die Schulter legte, schüttelte der ihn mürrisch ab.

»Kommt«, flüsterte Fletcher. Er war kaum losgegangen, da hörte er ein Knistern in seinem Rücken und drehte sich um – eine Feuerglyphe hatte das Gemälde zu schwarzer Kohle verbrannt.

»Hoppla«, sagte Kress und tätschelte Fletchers Schulter. »Die Glyphe ist mir wohl irgendwie aus dem Finger gerutscht …«

Sie mussten laufen, um Rori und Genevieve einzuholen, die das oberste Stockwerk schon beinahe erreicht hatten. Das Treppenhaus und die Wände im Nordwestturm waren von einer dicken Staubschicht überzogen, in der sich eine einsame Fußspur abzeichnete, als käme nur eine einzige Person jemals hier herauf. Als die beiden Gruppen endlich ganz oben waren, standen sie vor einer Tür, die mit schweren Eisenriegeln gesichert worden war.

Lysander hob einen Flügel und klopfte mit seinen Klauen, kratzte und klopfte wieder.

Ein Erkennungszeichen, dachte Fletcher, denn nach einer kurzen Pause wurde Riegel um Riegel zurückgeschoben, bis sich die Tür mit einem Unheil verkündenden Knarren öffnete. Der Raum dahinter war genauso schummrig wie das Treppenhaus. Nur ein einsamer Kerzenleuchter hoch oben an der Decke spendete etwas Licht.

»Kommt rein, kommt rein«, meldete sich eine raue Stimme von irgendwo aus der Dunkelheit. »Aber werft bloß nichts um!«

Fletcher und Sylva riefen Wyrrlichter herbei, um den Weg auszuleuchten, und gingen voraus. Im blauen Schein der Lichter sahen sie lange Regalreihen und Tische, die über und über mit Gefäßen und Werkzeugen bedeckt waren.

Links von Fletcher standen Gläser mit Dämonen darin, die in einer hellgrünen Flüssigkeit konserviert waren. Viele davon schienen verstümmelt. Die abgetrennten Köpfe, Glieder und herausgenommenen Organe lagen auf den Tischen daneben verstreut. Zu seiner Rechten standen Topfpflanzen, dazwischen kleine Öfen mit Glaskolben darauf, in denen nicht identifizierbare Flüssigkeiten vor sich hin blubberten.

Von den Pflanzen machte eine einen seltsameren Eindruck als die andere. Eine hatte dicke Blütenblätter, die sich wie ein Kussmund öffneten. Eine andere bestand fast ausschließlich aus einem knotigen Wurzelgeflecht, das sich nach dem blauen Licht zu strecken schien, als sie daran vorbeigingen.

»Nicht so schüchtern, fühlt euch ganz wie zu Hause«, meldete sich die Stimme wieder zu Wort. Eine Gestalt mit noch dunklerer Haut, als Seraph sie hatte, trat aus den Schatten. Es war eine Frau. Die grauen Locken auf ihrem Kopf waren so dicht wie das Fell eines Pudels, und sie trug einen langen weißen Baumwollkittel, dazu schwarze Lederhandschuhe. Ein breites, fast schon verrücktes Grinsen stand ihr ins Gesicht geschrieben, während sie die beiden Gruppen hinter ihrer Brille hervor betrachtete. Die Gläser waren so dick, dass die Augen dahinter doppelt so groß wirkten.

»Verzeiht die Unordnung«, sprach die Frau weiter und deutete in Richtung der Dämonenkörperteile, die auf den Tischen verteilt lagen. »Jesper hätte heute aufräumen sollen, aber er hat sich heimlich davongestohlen, um sich das Turnier anzusehen.«

Als niemand etwas erwiderte, trat sie nervös von einem Fuß auf den anderen. »Eine Tasse Tee vielleicht? Oder war es Kaffee?« Sie zeigte auf einen Kessel mit einer schwer zu beschreibenden braunen Substanz darin, die eher wie Teer aussah. »Vielleicht habe ich auch Ginseng angesetzt oder heiße Schokolade. Irgendetwas Schmackhaftes jedenfalls.«

»Ähm, nein, danke«, antwortete Fletcher höflich, während eine besonders große Blase in dem Kessel mit einem lauten Ploppen zerplatzte.

Die Frau musterte sie alle noch eine Weile, dann verblasste ihr Grinsen allmählich. Schließlich räusperte sich Fletcher und sprach die Frage aus, die sie alle beschäftigte. »Wer seid Ihr? Und was ist das alles?«

Die Frau winkte sie näher heran, ihr Grinsen kehrte augenblicklich zurück. »Mein Name ist Electra Mabosi, ich stamme aus Swazulu jenseits des Vesania-Meeres«, antwortete sie. »Ich bin Tier- und Pflanzenforscherin, Chemikerin und Dämonologin. Ein bisschen von allem, mehr oder weniger. Alchemistin wäre wahrscheinlich die beste Bezeichnung. Allerdings bin ich nicht eure Führerin, falls ihr das befürchtet. Ich habe dieses Turmzimmer seit vier Jahren nicht mehr verlassen und beabsichtige auch nicht, es in naher Zukunft zu tun.«

Fletcher sah sich in dem düsteren Raum um und versuchte sich vorzustellen, er hätte die letzten vier Jahre hier verbracht. Wahrscheinlich war es hier angenehmer als in seinem Kerker, aber nicht viel. Was musste das für ein Mensch sein, der sich freiwillig so lange an einem solchen Ort aufhielt?

»Seit ich hier bin, führe ich im Auftrag von König Harold und Vorsteher Scipio geheime Forschungen durch. Ich informiere sie über meine Erkenntnisse, wann immer sich die Gelegenheit dazu bietet, aber leider lassen sie mich nicht unterrichten, wie oft ich sie auch darum bitte. Sie sind der festen Überzeugung, hier oben wäre ich besser aufgehoben.«

Electra nahm ein verkorktes Fläschchen aus einem der Regale, zog einen handtellergroßen, unappetitlich aussehenden Dämonenkadaver daraus hervor und legte ihn vor sich auf den Tisch. Daneben entrollte sie ein Ledertäschchen mit Skalpellen und anderen Werkzeugen.

»Seht her, dies ist ein junger Arach, der vor ein paar Monaten tot im Äther gefunden wurde. Beschwörungsstufe sechs. Eine nicht gerade häufige Spezies, aber auch keine seltene. Ich habe ihn extra für den heutigen Tag aufgehoben. Endlich bekomme ich einmal Gelegenheit zu unterrichten!«

Der Dämon sah wie eine große, haarige Spinne aus. Über der Stirn wölbte sich eine glitzernde Augentraube, darunter sah Fletcher zwei gekrümmte Beißzähne, und aus dem Hinterteil ragte ein Stachel.

Electra schnitt mit einer dicken Schere die Beine ab und wischte sie mit einer Handbewegung in den Abfalleimer neben dem Tisch. Eines der Beine verfehlte den Korb jedoch und landete direkt vor Genevieves Füßen, die quiekend einen Satz nach hinten machte. Nur Körper und Kopf lagen jetzt noch auf dem Tisch.

»Seht ihr die Öffnung unter dem Stachel?«, fragte Electra und hob das Hinterteil mit einer Zange an. »Aus dieser Öffnung verspritzt der Arach eine klebrige, mit Mana aufgeladene Substanz, die einem Spinnenfaden nicht ganz unähnlich ist.«

Sie holte ihre Laterne näher heran und inspizierte den von der Konservierungsflüssigkeit tropfnassen Kadaver. »Man muss sehr vorsichtig sein, denn die Haare lösen sich leicht vom Körper und schweben durch die Luft, wo sie Augen- und Hautreizungen verursachen. Jesper hat mir erzählt, dass Graf Cavells Arach im Unterricht schon ab und zu für Probleme gesorgt hat. Nicht wahr, Kress?«

»Und ob.« Kress kratzte sich gedankenverloren am Handgelenk. »Eine ganze Woche lang hat es gejuckt.«

Fletcher erschauerte. Er hatte das Gefühl, die Augen des toten Wesens würden ihn direkt anstarren. Wie ein voll ausgewachsener Arach aussah, wollte er sich lieber gar nicht erst vorstellen. Die Zeichnungen, die er im Dämonologieunterricht gesehen hatte, genügten ihm vollkommen. Dass ausgerechnet Didric einen Arach hatte, war ein Jammer, denn in einem Duell stellte der Dämon bestimmt einen ernst zu nehmenden Gegner für Ignatius dar.

Eine fröhliche Melodie vor sich hin summend, schob Electra ein dünnes, durchsichtiges Röhrchen in die Öffnung unter dem Stachel, als entkerne sie einen Apfel. Als sie das Röhrchen wieder herauszog, war es mit glibberigen Organen gefüllt, die sie mit der Zange auf der Tischplatte verteilte.

»Das ist ja widerlich«, stammelte Rori. Sein blasses Gesicht wurde noch fahler, dann gesellte er sich zu Genevieve ganz am Ende der Gruppe.

»Ach, kommt, seid nicht so kindisch!«, murrte Electra, fasste Fletcher am Arm und zog ihn näher zu sich heran. »Was siehst du?«

Fletcher fürchtete schon, er solle die Zukunft aus den Arach-Eingeweiden lesen, wie die Orkschamanen es angeblich bei ihren getöteten Feinden taten. Bei näherem Hinsehen jedoch entdeckte er ein Symbol, das wie ein Brandzeichen auf einem der Organe prangte.

»Da … da ist eine Glyphe«, sagte er mit einem verwunderten Kopfschütteln.

»Exakt! Wisst ihr eigentlich, wie Glyphen, Luftätzen und all die Zaubersprüche entdeckt wurden?« Electra wandte sich so abrupt der Gruppe zu, dass ein Tropfen aus ihrem Röhrchen auf Seraphs Wange spritzte. Seraph würgte sofort und wischte sich wie wild mit dem Ärmel übers Gesicht.

»Jeder Dämon hat ein solches Symbol auf seinen Organen«, fuhr Electra fort, ohne Seraphs heftige Reaktion zu beachten. »Die ersten Beschwörer müssen dies herausgefunden und die Symbole dann abgeschrieben haben, als sie ihre toten Dämonen sezierten. Mein Auftrag lautet, möglichst viele neue Symbole für unsere Schlachtmagier zu entdecken. Damit wurde eine längst vergessene Kunst wiederbelebt! Leider bin ich selbst keine Beschwörerin, was die Dinge manchmal ein wenig schwierig macht …«

Sie wandte sich wieder an Fletcher und legte ihm die Hände auf die Schultern. »Dein Salamander zum Beispiel, er muss irgendwo in seinem Hals ein Feuersymbol haben. Würden sie mich endlich unterrichten lassen, wüsstet ihr all das bereits«, seufzte sie frustriert.

Fletcher und Othello tauschten einen vielsagenden Blick. Diese Electra Mabosi war selbst im Vergleich zu einem Fanatiker wie Raubler etwas zu exzentrisch, um an der Akademie zu lehren.

»Und was hat es mit all den Pflanzen auf sich?« Fletcher deutete auf einen besonders großen Topf mit einem furchterregenden Dornengewächs darin, das ein wenig wie eine Venusfliegenfalle aussah.

»Streng genommen sind sie ebenfalls Dämonen«, antwortete Electra. Liebevoll fuhr sie über den Stamm der Pflanze. »Auch sie stammen aus dem Äther, und obwohl ich noch an keiner davon ein Symbol entdecken konnte, habe ich doch etwas herausgefunden: Aus den Blütenblättern, Wurzeln und Blättern mancher Arten lässt sich ein Trunk herstellen, der durchaus nützlich sein kann.«

Sie deutete auf eine Sammlung verkorkter Fläschchen mit roten, blauen und gelblichen Flüssigkeiten darin.

»Glücklicherweise hat Hauptfrau Lovett sich bereit erklärt, sie für mich zu testen. Dieser hier, zum Beispiel, heilt Wunden, und das genauso gut wie unser Heilzauber. Lovett hat er geholfen, sich von ihren Lähmungserscheinungen zu erholen.« Electra nahm das Fläschchen zur Hand und schwenkte die blutrote Brühe darin, dann deutete sie auf ein blaues.

»Dieser Trank hier füllt das verbrauchte Mana eines Dämons wieder auf, wenn der Beschwörer ihn trinkt.« Sie wollte gerade nach einem der gelben Fläschchen greifen, da hielt sie mitten in der Bewegung inne und zuckte die Achseln.

»Ich habe gerade erst mit der Erforschung der Ätherpflanzen begonnen, aber bis jetzt sehen die Ergebnisse ganz gut aus«, erklärte sie schließlich.

»Das glaube ich sofort!«, rief Seraph. »Mit einem solchen Trank wären wir gegenüber den anderen bestimmt im Vorteil.«

»Was ist nun mit den gelben?«, hakte Sylva nach. »Was bewirken sie?«

Electra runzelte die Stirn und überlegte eine Weile, dann schüttelte sie den Kopf. »Ich habe nicht die geringste Ahnung. Ich weiß, *dass* sie etwas bewirken, aber das ist auch schon alles. Wenn man sie trinkt, spürt man, dass etwas in einem geschieht. Ich muss nur noch herausfinden, *was*.«

Electra klopfte Seraph auf die Finger. Der versuchte gerade, sich eines der Fläschchen aus dem Regal zu greifen, da hörte Fletcher, wie jemand hereinkam.

»Ah, der gute Jesper, mein Mann im Äther!«, rief Electra mit einem Händeklatschen. »Er riskiert jedes Mal Leib und Leben, um die

Kadaver der Orkdämonen einzusammeln, wenn es im Dschungel mal wieder eine Schlacht gegeben hat. In unserem Teil des Äthers bekommen wir ihre Dämonen kaum zu Gesicht, deshalb sind sie die vielversprechendsten, wenn es darum geht, neue Zauber zu finden.«

Jespers eingefallene Wangen und die ungesunde Gesichtsfarbe wirkten in dem spärlichen Licht von Electras Labor noch dunkler als sonst. Er warf Fletcher ein verhaltenes Lächeln zu.

»Das Asthma behindert ihn natürlich«, räumte Electra ein, »aber er kennt den Orkdschungel wie seine eigene Westentasche. Außerdem bilde ich ihn seit zwei Jahren zum Alchimisten aus.«

»Hallo«, sagte er schüchtern. »Ich freue mich auf den gemeinsamen Einsatz mit euch. Ich möchte schon so lange meinen Beitrag leisten, aber der Vorsteher und die Lehrer haben mich wegen meiner kranken Lunge nie gelassen. Jetzt ist es endlich so weit.«

»Moment!«, rief Seraph. »*Er* soll unser Führer sein?«

»Er wird eine eurer Gruppen führen, ja«, antwortete Electra mit einem strengen Blick. »Hauptfrau Lovett hat ihn ausgewählt. Ihr habt aber die Wahl, welche Gruppe er führen soll. Für die andere hat Arcturus noch jemanden in petto.«

»Bei allem Respekt, aber ich mache mir ein wenig Sorgen«, erklärte Othello nervös. »Wenn er für dienstuntauglich erklärt wurde, wie kann er dann an einem so gefährlichen Einsatz tief im Dschungel teilnehmen? Ich hatte geglaubt, wir bekämen einen Kundschafter oder Spurenleser zur Seite gestellt.«

»Anfangs, als Jesper mich bat, teilnehmen zu dürfen, dachte ich genauso wie du«, erwiderte Electra. »Doch es ist mir gelungen, eine Kräutermedizin gegen sein Asthma zusammenzustellen. Außerdem kennt er den Dschungel besser als jeder andere, wie ich bereits sagte. Er hat die Pflanzen dort genauso gründlich erforscht wie ich den Äther und weiß, welche man essen kann und welche nicht. Der Gruppe, die ihn nimmt, wird er eine große Hilfe sein.«

»Wir dürfen wirklich frei wählen?«, fragte Fletcher.

»Ja. Niemand zwingt euch. Allerdings wird Hauptfrau Lovett erst noch jemand anderen finden müssen, falls sich beide Gruppen gegen ihn entscheiden. Wer an meinen Tränken und den von mir entdeckten

Zaubern Interesse hat, nimmt Jesper als Führer. So weit, wie ihr hinter die feindlichen Linien vordringt, könntet ihr auf bisher vollkommen unbekannte Dämonen treffen. Ich an eurer Stelle würde einen Alchemisten mitnehmen.«

Fletcher musterte Jesper eine Weile. Er wirkte gefasst und fest entschlossen.

»Einverstanden«, sagte er schließlich.

21

FLETCHER SASS MIT SEINER GRUPPE um einen Wirtshaustisch versammelt. Vor ihnen lag die ausgebreitete Karte.

»Warum setzen sie uns so weit vom Ziel entfernt ab?«, fragte Othello und deutete auf das Kreuz ganz am unteren Ende der Karte. »Von dort brauchen wir Tage bis zur Pyramide.«

»Weiter geht es wahrscheinlich nicht, ohne dass wir entdeckt würden«, überlegte Sylva laut, während sie mit dem Finger die Strecke von der Orkfront bis zu dem Kreuz entlangfuhr. »Wenn man uns sieht, könnten wir bei unserer Ankunft auch gleich ein Feuerwerk abbrennen.«

Fletcher hatte das Kinn in die Hände gestützt und lauschte der Diskussion. Er war zu müde, um selbst etwas beizutragen. Die Fahrt nach Corcillum auf einem offenen Wagen war äußerst unerfreulich gewesen. In beständigem Nieselregen hatten sie sich auf der Pritsche eng zusammengekauert, um die Karte und die Anweisungen, die Raubler ihnen mitgegeben hatte, vor der Nässe zu schützen. Keiner hatte unterwegs auch nur ein Wort gesprochen.

Als sie endlich ankamen, brachte Othello sie zu einem Wirtshaus mit zugenagelten Fenstern und Türen, um dort die Nacht zu verbringen. Seraphs Gruppe ging unterdessen mit Sacharissa weiter, wahrscheinlich zu der Adresse des Führers, den Arcturus für sie bestimmt hatte. Lysander verabschiedete sich ebenfalls und erhob sich ohne Vorwarnung in die Luft. Fletcher vermutete, dass Lovett die Hellseh-Verbindung unterbrochen hatte und der Greif jetzt nur noch möglichst schnell nach Hause wollte.

Die Decke des Wirtshauses war so niedrig, als wäre es ausschließlich für Zwerge eingerichtet worden. Der Innenraum sah aus, als hätte ihn seit Langem niemand mehr betreten. Stühle und Tische standen unordentlich herum. Selbst als Othello die wenigen Laternen entzündete, blieb es beinahe dunkel im Raum. Am hellsten war noch das Mondlicht von draußen, das durch die Spalten zwischen den Brettern vor den Fenstern fiel.

»Wo sind wir hier überhaupt?«, stöhnte Fletcher. Er fuhr mit der Fingerkuppe über den Tisch und zeigte den anderen den Staub daran. »Was für ein Drecksloch.«

»In der Herberge ›Zum Amboss‹«, antwortete Kress. Sie deutete auf das Schild über dem Türrahmen. »Sagt dir der Name irgendetwas?«, fügte sie mit einem Zwinkern hinzu.

Und ob er das tat. Fletcher erinnerte sich vage an einen Zwerg namens Athol, der ihm vorgeschlagen hatte, seine erste Nacht in Corcillum hier zu verbringen. Von Athol stammte auch die Mitgliedskarte der Ambosse, die während des Tribunals als Beweisstück gegen ihn vorgebracht worden war.

»Ich bin früher oft hier gewesen«, meldete sich Jesper zum ersten Mal zu Wort. Er stand auf und ging zur Bar hinüber. »Ich war sogar schon Mitglied, bevor man die Ambosse zu Aufwieglern erklärte und das Wirtshaus geschlossen wurde. Hier gab's das beste Bier in ganz Corcillum. Allein dafür hat sich die Mitgliedschaft schon gelohnt.«

»Ein Zwergen-Betrieb«, erklärte Othello mit stolzgeschwellter Brust. »Von meinem Vetter geführt. Er sagte, hier könnten wir uns ungestört auf den Einsatz vorbereiten.«

»Laut Raublers Anweisungen geht es erst übermorgen los«, sprach Fletcher weiter, ohne auf die Kommentare der anderen einzugehen. »Ich würde mir lieber noch eine Mütze voll Schlaf gönnen, denn ich fürchte, im Dschungel werden wir nicht allzu viel davon bekommen. Die Einzelheiten können wir auch morgen früh besprechen.«

»Du kannst jetzt noch nicht ins Bett«, entgegnete Othello etwas verlegen. »Wir bekommen Besuch. Er müsste jeden Moment hier sein.«

Ein lautes Klopfen an der Tür ließ Fletcher zusammenzucken.

»Als hätten sie mich gehört!«, rief Othello und öffnete freudig.

Zwei Gestalten traten ein, die eine trug einen langen Mantel aus rosafarbenem und blauem Stoff mit einer Blumenstickerei auf der Knopfleiste. Ihr Gesicht war von einem Schleier verhüllt, aber der herzlichen Umarmung nach musste es sich um Othellos Mutter Briss handeln.

Neben ihr stand Athol, die Hände tief in den Taschen seiner Kniehose vergraben. Er sah müde aus, aber auch zufrieden.

»Würdet ihr uns mit der Lieferung helfen?« Athol deutete mit dem Kinn auf einen von einem Eber gezogenen Wagen draußen auf der Straße. Er war über und über mit Kisten beladen, die Flanken des Wildschweins glänzten nass von Schweiß. »Seid vorsichtig, das ist kostbare Fracht. Könnte euch das Leben retten.«

Der Zwerg zwinkerte Fletcher zu und schloss ihn dann laut lachend in eine innige Umarmung. Fletcher klopfte ihm herzlich auf den Rücken, während Jesper, Sylva und Kress die Kisten drinnen auf einem Tisch stapelten. Fletcher hatte gar nicht gemerkt, wie sehr er Athol die ganze Zeit vermisst hatte.

Als alles abgeladen war, versetzte Athol dem Eber einen Klaps auf die Hinterbacken. Der Eber quiekte kurz und trabte mit dem leeren Wagen los.

»Er kennt den Weg. Wildschweine sind schlauer als Pferde«, erklärte Athol und ließ seine Hosenträger schnalzen. Dann sah er sich mit einem leisen Pfeifen um.

»Kaum zu glauben«, sagte er, nahm einen Krug zur Hand und drehte ihn um. Ein dünnes Staubfähnchen rieselte heraus. »Das war einmal das beste Wirtshaus in ganz Hominum. Kurz nach dem ersten Anschlag musste es schließen. Türen und Fenster wurden zugenagelt, damit kein übereifriger Mensch es zu allem Überfluss in Brand steckte. Eine verfluchte Schande ist das.«

»Was ist eigentlich genau passiert?«, fragte Fletcher, der immer noch nicht fassen konnte, wie sehr sich die Dinge während seiner Kerkerhaft verändert hatten. »Was hatten die Ambosse mit den Anschlägen zu tun?«

Athol rieb sich seufzend die Augen. »Ursprünglich waren sie nur eine den Zwergen freundlich gesinnte Gruppe von Menschen«, begann er und setzte sich auf eine der niedrigen Bänke. »Angefangen hat es damit, dass sie in unseren Kneipen gern ihr Bier tranken. Bald mussten wir Mitgliedskarten verteilen, um Zwergenhasser davon abzuhalten, die nur auf der Suche nach Ärger herkamen. Im Lauf der Zeit wurden die Ambosse dann zu einer Art Schutzvereinigung, die Zwerge nachts auf dem Nachhauseweg begleitete, an unseren Protestmärschen teilnahm und dergleichen. Zu Gewalt kam es nie. Schon gleich gar nicht in dem Ausmaß.«

Athol verstummte kurz, um seine Gedanken zu ordnen.

»Der erste Anschlag ereignete sich während eines Protestmarschs. Wir forderten die Freilassung eines unschuldig verhafteten jungen Zwergs«, fuhr er schließlich grimmig fort. »Ein Fass voll Schwarzpulver und Musketenkugeln explodierte vor einem Pinkerton-Revier. Drei Pinkertons starben, außerdem zehn Unbeteiligte. Konnte nur einer von den Ambossen gewesen sein, behaupteten die Ermittler. Das Fass hatte schon tagelang an der Stelle gestanden, und die Einzigen, die wussten, wo der Protestmarsch stattfinden würde, waren wir und die Ambosse. Sie hätten es auch uns Zwergen anhängen können, aber ein Zeuge hat den Täter flüchten sehen. Er war zu groß für einen Zwerg, sagte er.«

»Aber wozu?«, hakte Fletcher nach. »Was wollten die Ambosse damit erreichen?«

»Das werden wir nie herausfinden«, antwortete Kress. Sie hatte die Augen geschlossen, ihre Hände zitterten vor Wut. »Ihre Anführer sind noch am gleichen Tag spurlos verschwunden, aber die Anschläge hörten nicht auf. Einer davon ereignete sich während der Verhandlung des Unschuldigen. Dreißig Leute starben, darunter auch der Angeklagte selbst, als wäre den Tätern alles egal. Doch diesmal ließen sie eine Spur zurück, und was für eine: Mitgliedsausweise von der Führungsebene der Ambosse. Solche, die man nicht fälschen kann.«

»Wie der, den du mir damals gegeben hast, Athol?«

»Nein, du hast einen für neue Mitglieder bekommen. Wenn man überhaupt noch von Mitgliedern sprechen konnte. Die meisten Mädchen und Jungs in Corcillum hatten einen Ausweis, wir haben sie wahllos verteilt«, antwortete Athol mit einem Kopfschütteln. »Bei deiner Verhandlung wurde er nur vorgebracht, um die Geschworenen zu beeinflussen. So hoch im Norden und weit entfernt von Corcillum hatten sie natürlich keine Ahnung, dass es sich dabei um kaum mehr als eine Eintrittskarte handelte.«

»Stimmt. Rori und Genevieve hatten ebenfalls einen«, bestätigte Jesper. »Werter, unser Koch, und sogar einige Adlige kamen früher oft hierher. Alle wollten das köstliche Bier probieren.«

Dann herrschte Schweigen. Eine düstere Stimmung senkte sich über den Raum, während ihnen bewusst wurde, wie schlimm die Lage inzwischen war. Fletcher fragte sich sogar, ob der Rettungseinsatz überhaupt noch etwas ändern würde. Konnte es Hominum tatsächlich den Frieden bringen, wenn alle sahen, wie Menschen, Elfen und Zwerge Seite an Seite kämpften?

»All unsere mühsamen Fortschritte wurden binnen weniger Stunden zunichtegemacht«, flüsterte Othello mit leeren Augen. »Natürlich gab man uns Zwergen die Schuld. Die Leute behaupteten, wir würden junge und beeinflussbare Menschen mit Alkohol zu Attentaten verführen, damit wir uns nicht selbst die Hände schmutzig machen mussten.«

»Sag ihm, wie Uhtred darüber denkt«, warf Briss ein.

Othello verdrehte die Augen, als wäre das reine Zeitverschwendung, da versetzte ihm Kress einen Tritt gegen das Schienbein.

»Ich möchte jetzt endlich wissen, was in diesen Paketen ist, also mach schon«, sagte Kress mit vor der Brust verschränkten Armen. »Und zeig etwas mehr Respekt vor deiner Mutter.«

Othello rieb sich das schmerzende Schienbein. »Na gut«, schnaubte er. »Uhtreds Theorie ist auch nicht verrückter als alle anderen, die ich gehört habe. Er glaubt, dass einer der Anführer der Ambosse heimlich für das Dreigestirn arbeitet, um unser Waffengeschäft zu zerstören. Die Quartiermeister kaufen nicht mehr bei uns, außerdem geht das Gerücht, wir würden unsere Musketen so präparieren, dass sie beim Abfeuern explodieren.«

»Hinter so etwas könnte genauso gut ein fanatischer Zwerg stecken, der den nächsten Aufstand anzetteln will«, widersprach Kress, unbeeindruckt von Uhtreds Theorie. »Jemand wie Ulfr. Er ist der Schlimmste von allen und hatte Atilla schon unter seinen Fittichen. Aber dann hat Atilla zum Glück dich kennengelernt, Fletcher.«

Sie warf ihm ein dankbares Lächeln zu, dann wandte sie sich an Athol und Briss.

»Ich weiß, ihr habt den ganzen Tag an diesen Päckchen gearbeitet und konntet deswegen meinen Sieg beim Turnier nicht bezeugen«, begann sie mit einem Hauch von Vorwurf in der Stimme. »Aber jetzt lasst uns endlich sehen, was drin ist!«

Briss klatschte aufgeregt in die Hände und begann, ihre Päckchen unter den Anwesenden zu verteilen. Fletcher konnte gar nicht anders, als seines gleich aufzureißen. Es fühlte sich so weich an, dass er sofort wusste, um was es sich dabei handelte: eine Uniform.

Fletcher schüttelte sie aus und hielt sie in das spärliche Licht. Der Stoff war von einem wunderschönen, tiefen Blau. Die Jacke war mit Silberfäden durchwirkt, das breite Revers leuchtete weiß. Sie reichte ihm bis über die Knie, ebenso wie seine alte, aber das Material war dicker.

»Sie ist so leicht, dass sie dich nicht behindert, aber trotzdem ist sie lang und dick genug, um dich nachts warm zu halten«, erklärte Briss und spielte verlegen an ihrem Kleid herum. »Außerdem kommt man in Wolle nicht so leicht ins Schwitzen. Ich habe sie zusätzlich mit Öl eingerieben, damit sie den Regen noch besser abhält, als sie es ohnehin schon tut.«

Fletcher sah, dass die anderen genau die gleiche Uniform bekommen hatten. »Sie sind wunderbar«, keuchte er. »Das ist das Blau und Silber der Rales, oder täusche ich mich da?«

»Ganz und gar nicht«, antwortete Briss lachend. »Schön, dass es dir auffällt! Ich wollte sie eigentlich grün machen, damit sie besser mit dem Dschungel verschmilzt, aber dann habe ich mir gesagt, dass ihr in den Hellsehsteinen möglichst gut zu sehen sein solltet. Vergesst nicht, es geht darum, die Herzen Hominums für euch zu gewinnen. An dem Blau werden euch alle sofort erkennen.«

»Hervorragende Idee«, bestätigte Fletcher und betrachtete die zugehörige Hose. »Darauf wäre ich gar nicht gekommen.«

»Ich habe euch auch Stiefel gemacht«, fuhr Briss fort. Sie deutete auf die kniehohen Mokassins, die Athol auf den Tisch gestellt hatte. »Sie sind aus Elfenleder, weich und trotzdem robust. Das beste Material, das es gibt.«

Sylva lächelte wegen des Kompliments, dann bedankten sich alle überschwänglich.

Athol wippte unterdessen ungeduldig auf den Füßen. Er konnte es kaum erwarten, seine eigenen Geschenke zu präsentieren.

»Jetzt bin ich dran«, warf er ein, bevor Briss wieder das Wort ergreifen konnte. »Da du ja schon einen Bogen und einen Falx hast, Sylva, habe ich für dich nur ein paar Pfeile mit blauer Befiederung gemacht«, fügte er entschuldigend hinzu.

»Schon in Ordnung«, erwiderte die Elfin mit nur einem Hauch von Enttäuschung in der Stimme. »Es sind die Waffen meines Vaters. Die sollten gut genug für mich sein.«

»Schön, schön«, kommentierte Athol und rieb sich aufgeregt die Hände. »Kress, für dich habe ich ja schon einen Torq und einen Sachs für das Turnier gefertigt. Morgen bekommst du noch eine Armbrust mit blau befiederten Bolzen dazu. Ein Schwert für Jesper habe ich auch, aber auf dem Wagen war einfach nicht genug Platz für alles.«

»Wie bitte?«, rief Kress und ließ sich enttäuscht in einen Stuhl sinken. »Ich habe mich schon den ganzen Tag auf meine neuen Waffen gefreut!«

»Jetzt bist du an der Reihe, Othello.« Athol winkte seinen Freund heran. »Das ist eine Donnerbüchse«, erklärte er und wickelte die Waffe aus einem mit Öl getränkten Lappen. »Sie verschießt Schrot, das sich beim Abfeuern kegelförmig ausbreitet. Das ist nicht besonders präzise, aber eine Schrotladung hat unglaubliche Wucht. Ein ausgewachsener Orkkrieger läuft einfach weiter, wenn er mit einer Muskete angeschossen wird, bringt dich um und merkt erst auf dem Nachhauseweg, dass er überhaupt getroffen wurde. Das Gleiche gilt für Pfeile und Armbrustbolzen. Natürlich stirbt er irgendwann an seinen Verletzungen, aber das nützt dir nichts mehr, wenn du selbst bereits tot bist. Eine Schrotladung hingegen streckt ihn nieder wie ein Schlag mit einem Schmiedehammer.«

Othello hielt seine Donnerbüchse ins Licht. Sie sah wie eine Muskete aus, hatte aber einen kürzeren Lauf, der sich nach vorne wie eine Trompete öffnete. Das polierte Metall schimmerte bronzefarben, und die Maserung des dunklen Holzes glänzte, als wäre es Teak.

»Für eine Geheimoperation wie die eure ist die Waffe zwar nicht gerade ideal, aber wenn ihr entdeckt werden solltet, kannst du sie getrost benutzen«, erklärte Athol weiter, dann sprang er erschrocken zur Seite, als Othello die Donnerbüchse an die Schulter hob und über den Lauf peilte. »Doch vergiss nicht: Der Schuss ist kilometerweit zu hören.«

Othello strahlte regelrecht, als er die Büchse zurück auf den Tisch legte.

Athol deutete auf ein weiteres Bündel. »Ich habe noch eine Schlachtaxt für dich. Sie stammt aus der Schmiede deines Vaters, eine seiner besten Arbeiten. Leider hatte ich nicht die Zeit, Anpassungen daran vorzunehmen, aber du bekommst auch noch ein paar Wurfbeile.«

»Ich danke dir aufrichtig«, erwiderte Othello gerührt. »Mit dieser Donnerbüchse hast du dich selbst übertroffen. Mein Vater hat dich gut ausgebildet.«

»Nun, er hätte sie ja selbst gearbeitet, aber der Rat ließ ihm keine Zeit dazu. Zum Glück konnte er den Pinkertons deine Axt wieder abluchsen. Er gibt sie dir zurück, wenn er euch verabschiedet.«

Othello setzte sich und schüttelte mit einem versonnenen Lächeln den Kopf.

»Und jetzt zu Fletcher. Außer du möchtest schon ins Bett?« Athol zwinkerte ihm zu. »Ich kann auch bis morgen warten, wenn dir das lieber ist.«

»Sehr komisch«, erwiderte Fletcher und bestaunte den immer noch recht großen Stapel hinter Athol. Konnte das wirklich alles für ihn sein?

»Ich muss gestehen, das meiste davon gehört dir bereits. Ich gebe es dir lediglich in Arcturus' Auftrag zurück«, begann Athol. »Er hat alles für dich aufgehoben, während du im Kerker warst: deinen Bogen, den Chepesch, die Scheide, den Hellsehstein, das Geld, deine Kleider und die Pfeile. Ist alles hier drin. Außerdem sollte ich dir noch das hier geben.«

Athol reichte ihm ein kleines verschnürtes Bündel, das Fletcher sofort vertraut vorkam. Er öffnete es freudig und fand James Bakers Tagebuch sowie das Buch mit den Zaubersprüchen darin. Irgendwie hatte Arcturus es geschafft, beides aus Fletchers Kerkerzelle zu retten. Ein Zettel mit einer Nachricht an ihn war auch dabei:

> Fletcher, ich bin froh, dass die Bücher Dich tatsächlich erreicht haben. Ehrlich gesagt hatte ich Zweifel, ob ich den Wärter großzügig genug bestochen hatte. Jetzt hat er sie mir für einen stattlichen Preis zurückverkauft. Du kannst sie mittlerweile zwar bestimmt auswendig, aber ich wollte unbedingt verhindern, dass Didric sie in seine dreckigen Finger bekommt.
> Ich rate Dir, sie in Athols Obhut zu lassen, und wünsche Dir alles Gute für Euren Einsatz. Im Geiste (und in Sacharissas Körper) werde ich stets bei Euch sein.
> Arcturus

Fletcher grinste bis über beide Ohren. Endlich wusste er, wer der geheimnisvolle Wohltäter war, der ihm die Bücher hatte zukommen lassen. Arcturus war zwar nicht sein Halbbruder, wie er ursprünglich geglaubt hatte, trotzdem hatte der Hauptmann mehr für ihn getan, als selbst ein Bruder es gekonnt hätte. Fletcher verdankte ihm so unglaublich viel.

»Die Bücher hätte ich dir wohl besser als Letztes geben sollen«, brummte Athol, als er Fletchers verzücktes Gesicht sah. »Sei's drum, hier ist das nächste Geschenk.«

Fletcher stellte das erstaunlich schwere Päckchen vorsichtig auf dem Tisch ab und öffnete es.

Zwei Pistolen schimmerten im flackernden Laternenschein, die eine hatte einen verlängerten Lauf, die andere zwei kurze. In den Griff der einen war ein unglaublich detaillierter Salamander graviert – eher die Arbeit eines Künstlers denn die eines Waffenmachers –, in den der anderen eine Greifeule, deren Flügel die beiden Läufe entlangzeigten.

Athol rang nervös die schwieligen Hände. »Hauptfrau Lovett hat mir beim Entwurf geholfen. Ich hoffe, sie gefallen dir.«

Fletcher nahm die Salamander-Pistole zur Hand, sorgsam darauf bedacht, den Abzug nicht zu berühren.

»Sie sind wunderschön«, keuchte er und befühlte das rötliche Griffholz. Es war glatt wie Seide.

»Fein«, erwiderte Athol erleichtert und hielt die Salamander-Pistole ins Licht. »Das ist ein Prototyp mit einem gezogenen Lauf. Auf der Innenseite befindet sich eine spiralförmige Vertiefung. Die Vertiefung versetzt die Kugel in Drehung, so wie einen Kreisel, dadurch fliegt sie weiter als eine Musketenkugel und trifft außerdem genauer. Dafür ist das Nachladen schwieriger.«

Dann nahm er die andere Pistole zur Hand. »Die hier ist auch ein Prototyp. Zwei Läufe bedeuten zwei Schuss, aber auch doppelt so viel Zeit zum Nachladen. Deshalb sind sie innen glatt und nicht gezogen. Othello wird dir später zeigen, wie man sie lädt und abfeuert.«

»Du solltest ihnen Namen geben«, warf Othello ein, die Augen immer noch auf die schimmernde Donnerbüchse gerichtet. »Meine heißt Bess.«

Kress grinste vielsagend, als sie den Namen hörte, und Othello wurde rot.

»Mein Kindheitsschwarm«, gestand er leise.

Fletcher musste lachen, dann wandte er sich wieder seinen Pistolen zu. Einen Moment lang überlegte er, sie nach seinen Eltern zu benennen, aber das fühlte sich irgendwie falsch an. Schließlich gaben die Gravierungen den Ausschlag.

»Flamme und Brise«, sagte er. »Flamme steht für Ignatius' Feuer, und Brise für Athena, die mit dem Wind segelt.«

»Das sind schöne Namen«, kommentierte Sylva mit einem feierlichen Nicken.

Fletcher nahm die Pistolen vom Tisch. Sie wogen erstaunlich schwer in seinen Händen, als wollten sie ihm zeigen, was sie anrichten konnten: nämlich mit einem einzigen Zeigefingerkrümmen ein Leben auslöschen. Es waren in der Tat furchterregende Waffen.

»Wenn du auf einen Ork schießt, dann ziel auf den Kopf. Aber vergiss nicht, dass auch Pistolen verflucht laut sind«, sagte Athol und drückte Fletchers Arme nach unten, damit die Läufe wieder auf den

Boden zeigten. »Und nun zu deinem letzten Geschenk. Als ich erfuhr, dass ihr Electras Angebot angenommen hattet, musste ich noch ein paar Veränderungen daran vornehmen. Sonst wären wir schon früher hier gewesen.«

Das letzte Päckchen öffnete Athol selbst und zog eine Art Zaumzeug mit zahlreichen Taschen, Riemen und Schnallen hervor.

»Das ist ein Tragegeschirr für deine Ausrüstung.« Athol stülpte es Fletcher über den Kopf, nahm ein paar Einstellungen an den Riemen vor und trat dann einen Schritt zurück, um das Ergebnis seiner Arbeit zu begutachten. »Passt. Dann wollen wir mal. Aber, bitte, tu mir inzwischen den Gefallen und steck die Pistolen ein. Es macht mich ganz nervös, wenn du damit herumfuchtelst.«

Fletcher ließ die schweren Waffen in die beiden Oberschenkelhalfter gleiten, während Athol hinter ihm bereits das nächste Paket aufriss. Er spürte, wie der Zwerg Bogen und Köcher auf seinem Rücken befestigte. Die Scheide mit dem Chepesch hängte er an Fletchers Gürtel, und zum krönenden Abschluss steckte er ihm noch vier von Electras Fläschchen in die kleinen Taschen an den Brustgurten.

»Ausgezeichnet«, kommentierte Athol. »Bewaffnet bis an die Zähne und lautlos wie ein Geist. Jetzt kannst du durch den Dschungel schleichen, ohne dass irgendetwas klappert oder gar runterfällt.«

»*Absolut* großartig«, murmelte Fletcher und suchte nach einem Spiegel, um sich darin zu bewundern, fand aber keinen. Also begnügte er sich mit einem kurzen Blick auf die Fläschchen an seiner Brust und die schimmernden Pistolengriffe in den Holstern.

»Ich weiß nicht, wie ich euch das je vergelten kann«, sagte er ergriffen. »Ich habe ein bisschen Geld dabei. Im Dschungel werde ich es nicht brauchen, also nehmt wenigstens dies als Dankeschön.«

Athol steckte die Hände in die Hosentaschen. »Vergiss es.«

Fletcher nahm seine Geldbörse aus einem der Päckchen und hielt sie Briss hin, aber die winkte ebenfalls ab.

»Komm einfach gesund zurück«, sagte sie nur und legte Othello einen Arm um die Schulter. »Und pass gut auf meinen Sohn auf.«

22

ALS FLETCHER AUFWACHTE, war es bereits spät am Nachmittag. Sonnenlicht fiel durch die oberen Fenster des Wirtshauses. Ignatius lag schnurrend auf Fletchers Brust, sein Schwanz zuckte hin und her, als träume er. Ignatius hatte seinen Stammplatz an Fletchers Hals absichtlich verlassen, damit Athena sich nicht auf die Brust setzen konnte. Die Greifeule hatte verärgert auf das Reviergehabe des Salamanders reagiert, was Fletcher dazu veranlasste, sie in sich aufzunehmen, damit es keinen Streit gab.

Im Nachbarbett lag Othello und schnarchte. Sein Mund war weit geöffnet, die Nasenflügel bebten bei jedem Atemzug. Als Fletcher durch die Fensterläden nach draußen spähte und die Sonne schon hoch am Himmel stehen sah, stupste er Othello sanft mit dem Fuß an. Der Zwerg schnaubte nur und zog sich die Decke über den Kopf.

»Scheint, als hätten wir den Großteil des Tages verschlafen, nachdem wir gestern noch aufgeblieben sind, um unsere Route zu planen«, beschwerte sich Fletcher. »Ich hatte ja gesagt, wir sollten besser ins Bett gehen.«

»Wenigstens sind die Vorbereitungen jetzt alle erledigt«, entgegnete Othello halbherzig. »Wir könnten einkaufen gehen. Möchtest du nicht auch mal einen freien Tag haben? Seit du aus dem Kerker raus bist, bist du ständig beschäftigt.«

Fletcher streckte sich, dann zog er seine Stiefel an und bedeutete Ignatius, auf den Boden zu springen. Der Salamander schien anderer Meinung zu sein und krallte sich stur an Fletcher fest.

»Glaub mir, ich würde auch lieber liegen bleiben«, murmelte Fletcher. »Aber Jesper meinte, wir sollten die Front besuchen und mit den Soldaten sprechen. Ich war noch nie dort und bin schon ganz gespannt, wie es so ist und wie die Soldaten sind.«

»Ist das dein Ernst?«, fragte Othello etwas besorgt.

»Und ob. Wir dringen tief hinter die feindlichen Linien vor und wissen nicht einmal, wie unsere eigenen Soldaten aussehen.« Fletcher schlich auf Zehenspitzen an Jesper vorbei, der immer noch auf dem Sofa schlief. »Ich sehe mal nach, ob die Mädels schon wach sind.«

Er trat auf den Flur und klopfte leise am Nachbarzimmer. Als keine Reaktion kam, klopfte er etwas lauter, doch es geschah immer noch nichts. Schließlich hob er die Faust, um es ein drittes Mal zu versuchen, da schlug etwas von innen krachend gegen die Tür.

»Verzieh dich!«, rief Kress.

Fletcher zog sich kopfschüttelnd zurück. »Scheint, als wären wir nur zu dritt«, sagte er, wieder im Zimmer, und rüttelte Jesper wach.

Die Kutschfahrt zur Front dauerte lange, so lange sogar, dass sich der Horizont bereits orange verfärbte, als der Fahrer endlich aufs Dach klopfte, um ihnen mitzuteilen, dass sie am Ziel waren.

Unterwegs hatten sie nicht viel gesprochen. Jeder hatte seinen eigenen Gedanken nachgehangen, da ihnen allmählich klar wurde, was sie während des Einsatzes erwartete. Auf halbem Weg hatte Fletcher sogar Ignatius in sich aufnehmen müssen. Der kleine Dämon hatte die gedrückte Stimmung gespürt, und sein Winseln hatte die Stimmung nicht gerade verbessert.

»Kommt schon«, sagte Fletcher, nachdem er aus der Kutsche gesprungen war und die anderen beiden immer noch zögernd aus der Kabine spähten. »Sehen wir uns ein bisschen um.«

Der Kutscher hatte auf der Kuppe eines niedrigen Hügels angehalten, unter ihnen erstreckte sich ein kilometerlanger, etwa mannstiefer Graben. Das also war die Front. Über die gesamte Länge verlief eine niedrige Holzbank, auf die sich die Soldaten zum Schießen stellten, lediglich unterbrochen von den Kanonenstellungen. In der Ferne hörte Fletcher das Echo von Geschützfeuer.

Etwa zwei Furchenlängen jenseits des Grabens begann das saftige Grün des Dschungels, das Land dazwischen war eine Einöde aus aufgewühlter Erde und Schlamm, zerstört von unzähligen Granateinschlägen und Feldschlachten.

Fletcher hatte den Dschungel noch nie zuvor gesehen. Die leuchtenden Farben und die üppigen Blätter, die so dicht wuchsen, dass er nicht einmal eine Armlänge weit hineinsehen konnte, faszinierten ihn. Gleichzeitig wurde ihm ein wenig flau im Magen, denn schon bald würde er sich jenseits dieser grünen Grenze befinden und damit außerhalb der Sicherheit Hominums.

Auf ihrer Seite des Schützengrabens liefen Soldaten in roten Uniformen scheinbar ziellos zwischen den unzähligen Feuerstellen und Zelten umher oder saßen rauchend, essend und trinkend am Boden. Irgendwo krächzte eine Geige eine traurige Melodie, bis ein zorniger Schrei das Lied unterbrach.

»Toller Vorschlag, Fletcher«, murmelte Othello, nachdem er endlich ausgestiegen war. »Ein wirklich schönes Fleckchen ist das – und jede einzelne der vier Stunden Fahrt wert.«

»Sieh es dir wenigstens mal an«, warf Jesper ein, den Blick auf ein besonders großes Zelt gerichtet, aus dem laute Rufe und Gelächter nach draußen drangen. »Mal schauen, was da drinnen vorgeht. Vielleicht gibt es ja Bier. Schlafen können wir auch auf dem Rückweg.«

»Abgemacht«, erwiderte Fletcher gerade, da wurde ein Mann von zwei Soldaten aus dem Zelteingang geworfen und landete klatschend im Schlamm. Ein zweiter kam sogleich hinterher. Er würgte ein paar Mal, dann stürzte er vornüber in seine eigene Brühe aus Erbrochenem.

»Wir müssen ja nicht lange bleiben«, fügte Fletcher hinzu und drehte sich um. »Warte hier auf uns, dann musst du nicht leer zurückfahren!«, rief er dem Kutscher zu.

»Gute Idee, Herr«, erwiderte der Kutscher mit einem Zwinkern.

Sorgsam darauf bedacht, ihre neuen Mokassins nicht schmutzig zu machen, stapften sie den matschigen Hügel hinunter. Einige der Soldaten, an denen sie vorbeikamen, nahmen Haltung an oder salutierten sogar. Jesper richtete sich gleich ein wenig auf, als er merkte, welchen Eindruck ihre Offiziersuniformen machten. Selbst die zwei

Wachsoldaten vor dem Zelt traten stumm zur Seite und ließen sie sofort durch.

Das Zelt war zum Bersten voll. Die Luft war heiß, es stank nach ungewaschenen Menschen, Rauch und verschüttetem Bier. Männer leerten ihre Krüge oder saugten an Zigarrenstummeln, und über allem schwebte eine abgestandene Dunstglocke. Auf der rechten Seite befand sich eine Schanktheke. Jesper stellte sich sogleich in die Schlange, um sich ein Bier zu holen.

Unterdessen entdeckten Fletcher und Othello eine Zuschauertraube, die sich um eine ummauerte Grube in der Mitte des Zelts versammelt hatte. Als sie näher herangingen, trat ein glatzköpfiger Mann mit zahlreichen Lücken im Gebiss auf sie zu. Er hielt ihnen einen Stapel schmuddeliger Papierfetzen unter die Nase.

»Zeit, eure Wetten abzugeben, Freunde. Die Quote steht fünf zu eins, bei allen vier. Ihr könnt auf Blau, Rot, Grün oder Gelb wetten. Wer als Letzter noch auf den Beinen ist, bleibt am Leben.«

Sie ignorierten den Glatzkopf und schoben sich bis in die vorderste Zuschauerreihe. Othello konnte gerade so über den Rand der Mauer sehen.

Der Sand in der Grube war mit Blut verschmiert, und in der Mitte lag eine große Kiste, aus der ein Rütteln und Scharren ertönte. Ganz am Rand standen vier kleine Bierfässer, bemalt in den Farben, die der Buchmacher zuvor aufgezählt hatte. Von jedem dieser Fässer verlief ein Seil zu einem Mechanismus an der Zeltdecke, mit dem die Fässer angehoben werden konnten, um herauszulassen, was auch immer sich darin befinden mochte. In der Arena lagen Knochen verstreut wie Zigarrenstummel in einem Aschenbecher, dazwischen ragte der abgenagte Brustkorb eines Tieres auf, das einmal ein Hund gewesen sein mochte. Die Zuschauer links und rechts von ihnen johlten, manche spuckten oder brüllten auch wüste Beschimpfungen in die Arena.

»Die letzte Chance auf eine Wette – will noch jemand?«, rief der Glatzkopf. Als niemand reagierte, sprang er zwischen Fletcher und Othello auf die Mauer. Alle Köpfe wandten sich ihm zu. Offensichtlich war er der Organisator der Veranstaltung.

»Lasst die Kobolde raus!«, bellte er.

Ganz langsam wurden die Fässer angehoben. Aus den Falltüren in den Böden der Fässer purzelten vier dürre Kreaturen mit grauer Haut und einem Lendenschurz um die Hüfte. Sie waren kaum größer als ein Kleinkind, hatten spitze Nasen und Ohren, außerdem hervorstehende Augen und lange, dünne Finger – wie Pianisten –, mit denen sie sich verzweifelt an ihren Fässern festzukrallen versuchten. Doch es war zwecklos. Alle vier hatten einen Streifen auf dem Rücken, und zwar in der gleichen Farbe wie das Fass, aus dem sie eben gestürzt waren.

Einer der Kobolde erregte Fletchers Aufmerksamkeit. Während die anderen wimmernd versuchten, sich irgendwo zu verkriechen, blieb der blaue stolz und aufrecht stehen. Sein Blick sprang von der großen Kiste in der Mitte der Grube hinauf zu den Zuschauern. Er fixierte Fletcher einen Moment lang, dann hob er mit einer schnellen Bewegung einen Oberschenkelknochen vom Boden auf. Der Knochen war abgebrochen, das eine Ende spitz und scharf, das andere so dick und schwer wie eine Keule.

»Sieht so aus, als hätte Blau ein bisschen mehr Mumm als die anderen«, rief der Glatzkopf und schlug Fletcher lachend auf die Schulter. »Das sind die, die immer als Erstes draufgehen«, fügte er mit einem sadistischen Grinsen hinzu.

In diesem Augenblick drängte sich Jesper mit drei Bierkrügen in der Hand zwischen Fletcher und den Buchmacher. Fletcher atmete erleichtert auf, während Jesper die Krüge verteilte. Sein Blick war vom Alkohol schon ganz glasig geworden.

Fletcher beäugte die übel riechende Brühe in seinem Krug eine Weile, dann reichte er das Bier an den Glatzkopf weiter.

Der bedankte sich zwinkernd und nahm einen kräftigen Schluck. Der größte Teil ging über sein Hemd, dann brüllte er: »Lasst die Ratten los!«

Die Kiste in der Mitte wurde angehoben, eine Flut aus pelzigen Körpern ergoss sich in die Arena. Schwänze zuckten, spitze Nagezähne blitzten auf. Es mussten Hunderte sein. Wo sie auch hintraten, ihre Krallen hinterließen überall blutige Abdrücke im Sand.

Der Glatzkopf schlang Fletcher einen Arm um die Schulter. Das geschenkte Bier hatte ihn offensichtlich zu seinem Freund gemacht.

»Wir geben ihnen eine Weile nichts zu essen, damit sie auch richtig Hunger bekommen«, krächzte der Kerl mit einem verschwörerischen Grinsen. »Normalerweise dauert's drei Tage, bis sie sich gegenseitig fressen, aber die hier scheinen früher angefangen zu haben.«

Sein Atem stank entsetzlich. Fletcher drehte sich angewidert weg.

Trotz des grausamen Schauspiels wurde sein Blick wie magisch von der Grube angezogen. Die Ratten hatten inzwischen gemerkt, dass sie nicht allein waren. Blau zwitscherte in Richtung der anderen Kobolde, als erteile er ihnen Befehle, allerdings ohne Erfolg. Soweit Fletcher wusste, konnten Kobolde ohnehin nicht sprechen. Jedenfalls zogen seine Artgenossen nur die Köpfe ein und kauerten sich wimmernd auf den Boden. Der grüne versuchte sogar, den bröckligen Rand der Arena zu erklettern.

Dann stürzte sich die erste Ratte auf Blau. Der schlug sie mit einem verzweifelten Keulenhieb zur Seite und quiekte in Richtung der anderen Kobolde. Aber sie reagierten nicht. Jetzt waren es schon zwei Ratten, die nach Blau schnappten. Ihm blieb nichts anderes übrig, als panisch zur Seite zu springen.

In diesem Moment stürzte der grüne Kobold mitten hinein in einen Haufen kreischender, rotäugiger Ratten. Blau schrie entsetzt auf, aber das war nichts im Vergleich zu dem schmerzverzerrten Gurgeln, das aus Grüns Kehle kam, während die Ratten über ihn herfielen. Es wurden immer mehr.

Blau taumelte entsetzt zurück, bis sein Rücken den abgenagten Brustkorb berührte, der nur noch von ein paar halb verwesten Sehnen zusammengehalten wurde.

Der gelbe Kobold starb als Nächster. Brüllend vor Schmerz, ertrank er in einer Flut aus schwarzen Ratten, und Fletcher erschauerte.

Nur Blau und Rot waren jetzt noch am Leben. Rot hatte es irgendwie geschafft, die Hälfte der Grubenwand zu erklettern, doch nun saß er fest und kam weder vor noch zurück. Unter ihm sprangen die Ratten und schnappten quiekend nach seinen Beinen.

Blau verkroch sich unterdessen in dem Gerippe und stieß mit seiner Knochenkeule nach jeder Ratte, die in seine Nähe kam.

Fletcher beobachtete entsetzt, wie sich einer der Zuschauer über die Mauer beugte und den roten Kobold mit einem Schlag zurück in die Grube beförderte. Ein paar Zuschauer schrien, allerdings nur deshalb, weil sie auf Rot gewettet hatten. Wie ein Schwarm Piranhas fielen die Ratten nun über ihn her und ließen nur noch ein abgenagtes Skelett übrig.

»Blau ist der Sieger!«, verkündete der Glatzkopf unter allgemeinem Gejohle. »Wer wettet darauf, wie lange er durchhält? Zwei zu eins, dass es nicht länger als eine Minute dauert!«

Sofort kamen die Zuschauer mit Silbertalern in der Hand angestürmt, um die Wette anzunehmen.

»Ich dachte, der Sieger bleibt am Leben«, knurrte Fletcher.

»Eine so gute Vorstellung hatten wir noch nie«, flüsterte der Buchmacher aus dem Mundwinkel. »Diese Gelegenheit lasse ich mir bestimmt nicht entgehen.«

»Mir ist schlecht«, stammelte Jesper plötzlich und umklammerte Fletchers Arm. »Das Bier ist mir wohl nicht bekommen. Bitte bring mich hier raus.«

Blau kämpfte unterdessen wacker weiter um sein Leben. Eine Ratte quiekte, als sie das spitze Ende des Oberschenkelknochens ins Auge bekam, während schon die nächste anstürmte.

»Gehen wir«, sagte Fletcher und schob sich durch die Menge. Mit einem Mal war ihm das Zelt viel zu klein. Er brauchte dringend Luft zum Atmen.

Sie waren kaum draußen, da übergab sich Jesper. Inzwischen war es dunkel geworden, nur ein kleines Stückchen der Sonnenscheibe ragte noch über den Horizont.

»Ich habe meines schon nach dem ersten Schluck weggeschüttet«, schimpfte Othello. »Das Bier hat wie Kuhpisse geschmeckt. Aber wen kümmert's, nur Feiglinge müssen sich vor der Schlacht Mut antrinken.«

Mut, dachte Fletcher. Genau das hatte der blaue Kobold gerade in der Grube gezeigt und trotz seiner aussichtslosen Lage weitergekämpft. Fletcher überlegte kurz, dann machte er kehrt und lief zum Zelt zurück. Er konnte einfach nicht anders.

»Warte«, keuchte Jesper, dem immer noch der Magensaft aus den Mundwinkeln troff.

Doch Fletcher war schon wieder im Zelt. Er pflügte sich einen Weg durch die Zuschauer, dann sprang er mit einem Satz über die Mauer hinweg und hinunter in die Grube. Mit einem Telekinesezauber schmetterte er die Ratten zur Seite und rief Ignatius herbei, der sofort Feuer spie.

Ein Dutzend Ratten ging in Flammen auf. Der Geruch des versengten Fleisches versetzte die anderen in Raserei, und sofort stürzten sie sich geifernd auf ihre brennenden Artgenossen.

Blau stand Auge in Auge mit einer riesenhaften Ratte, die es bis in das Gerippe hinein geschafft hatte. Immer wieder schlug er auf sie ein, da zog Fletcher seinen Chepesch und hieb das Vieh in der Mitte entzwei. Dann hob er das Gerippe an und nahm den kleinen Kobold auf die Arme. Vor Erschöpfung bekam Blau kaum noch Luft.

Die Zuschauer starrten ihn verwundert an.

»Was zum Teufel …«, stammelte der Glatzkopf mit den Zahnlücken gerade, da wurde das Zelt von einer Explosion erschüttert. Splitter flogen durch die Luft, Dutzende Betrunkene gingen zu Boden wie Gras unter einer Sense.

Fletcher, Ignatius und Blau waren noch in der Grube, und das rettete ihnen das Leben. Der Feuerball der Explosion rollte einfach über sie hinweg, auch wenn der Knall um ein Haar Fletchers Trommelfelle zerfetzt hätte und die Druckwelle ihn zu Boden riss.

Als der Donner verhallt war, kletterte Fletcher hektisch aus der Grube und über die tot oder blutend herumliegenden Soldaten hinweg. Blau hielt er schützend an die Brust gepresst. Eine Hand griff nach seinem Knöchel und versuchte, sich an ihm festzuhalten, aber Fletcher schüttelte sie ab. Wie ein Ertrinkender auf hoher See schleppte er sich auf das rettende Ufer zu, während Ignatius ihn am Hosenbein zupfte, um ihm den Weg durch den dichten Rauch zu weisen. Dann wurde er plötzlich von Othellos starken Händen gepackt, die ihn nach draußen zerrten und erst am Fuß des Hügels wieder losließen, wo sie beide hustend zusammenbrachen.

»Du lebst«, keuchte Othello. »Ein verfluchtes Wunder.«

Fletchers Blick wanderte zu dem Blutbad, dem er soeben entronnen war. Offiziere bellten Befehle, Soldaten schleppten die Verwundeten aus den rauchenden Trümmern und legten sie auf eilig aus Speeren und Jacken improvisierte Tragen.

»Ein Wunder sieht anders aus«, krächzte er und kam schwankend auf die Beine. Seine Kehle war wund vom Rauch, überall lagen brennende Trümmer herum. Ignatius zirpte aufgeregt und kletterte auf Fletchers Schulter, um ihn mit einem kleinen Stupser zu trösten.

»Wir müssen ihnen helfen«, keuchte Jesper und stolperte auf das abgebrannte Zelt zu, doch Fletcher hielt ihn zurück.

»Othello darf hier nicht gesehen werden«, sagte er eindringlich, da ertönten schon die ersten Zornesrufe zwischen den Schreien der Sterbenden. »Überleg doch: eine Explosion, und dann auch noch ein Zwerg ganz in der Nähe.«

Othellos Augen weiteten sich vor Entsetzen, als er begriff, was Fletcher meinte, und dann packten sie Jesper und zerrten ihn den Hügel hinauf. Jesper wehrte sich bei jedem Schritt und verlangte, den Verwundeten helfen zu dürfen. Schließlich erreichten sie die Kuppe, wo die Kutsche erstaunlicherweise immer noch auf sie wartete.

»Was in aller Welt ist da unten passiert?«, rief der Kutscher ihnen entgegen, dann sah er den Kobold auf Fletchers Armen, und seine Kinnlade klappte nach unten.

Fletcher drückte ihm eine Handvoll Münzen in die Hand, während Othello Jesper in die Kutsche schob.

»Bring uns zurück nach Corcillum«, rief Fletcher. »Schnell.«

23

UHTRED SCHLUG MIT DER FAUST auf den Tisch. »Was zum Teufel habt ihr euch dabei gedacht?!«, polterte er.

Sie waren im Keller des Amboss und bekamen die Standpauke ihres Lebens. Uhtred war kurz vor ihnen eingetroffen und hatte sie sogleich nach unten gescheucht, nachdem er die Geschichte gehört hatte.

»Was, wenn euch jemand gesehen hat?«, brummte er und machte einen Schritt auf die drei zu. »Othello, du bist der einzige Zwergenoffizier weit und breit und dann auch noch *zufällig* dabei, als die Bombe explodiert. Wir sind hier im Wirtshaus ›Zum Amboss‹, um Himmels willen. Bis vor Kurzem seid ihr noch des *Hochverrats* angeklagt gewesen. Wenn euer kleiner Ausflug bekannt wird, werden die Leute euch für die Attentäter halten!«

»Ich wurde bestimmt gesehen«, murmelte Othello. »Aber ohne meinen Bart hat man mich vielleicht nicht als Zwerg erkannt, sondern nur für einen sehr kleinen Menschen gehalten. Es war ziemlich voll und dunkel in dem Zelt, alle waren betrunken, und die meisten, die mich gesehen haben, kamen wahrscheinlich bei der Explosion ums Leben.«

»Es ist meine Idee gewesen«, fügte Fletcher leise hinzu, während Othello unter dem strengen Blick seines Vaters immer kleiner wurde. »Woher hätten wir wissen sollen, dass es einen Anschlag geben würde? Wir wollten nur die Front sehen.«

Uhtred verzog das Gesicht zu einer Grimasse. »Wie dem auch sei, ihr bewegt euch auf sehr dünnem Eis«, sagte er schließlich schon etwas milder.

»Könntet Ihr ein bisschen leiser sprechen?«, sagte Jesper, die Hände auf die schmerzenden Schläfen gepresst. »Ich sterbe vor Übelkeit.«

»Geschieht dir recht«, knurrte Uhtred und reichte ihm seine Feldflasche. »Trink das. Morgen, wenn euer Einsatz beginnt, musst du wieder in bester Verfassung sein.«

Othello stöhnte, als er das Wort Einsatz hörte.

Uhtred fuhr herum. »Den hast du wohl ganz vergessen, wie? Die Zukunft Hominums hängt von euch ab! Ihr müsst unser zerstrittenes Volk einen und die Gnomeier zerstören. Nicht auszudenken, was König Harold sagen würde, wenn er wüsste, was heute passiert ist.«

Fletcher ließ beschämt den Kopf hängen und überlegte, wie Uhtred erst reagieren würde, wenn er wüsste, dass in dem Rucksack, der über dem Treppengeländer hing, ein Kobold schlief. Er hatte keine Ahnung, was er mit dem kleinen Wesen anfangen sollte, und Othello war auch nichts eingefallen. Jesper war nicht einmal mehr ansprechbar, seit sie in die Kutsche geklettert waren.

Uhtred seufzte und betrachtete Fletchers Pistolen. Schließlich zog er eine davon aus dem Holster und peilte über den Lauf.

»Hat dir mein Sohn wenigstens gezeigt, wie man sie abfeuert und nachlädt, während ihr dort wart?«, fragte er in einem Tonfall, der nahelegte, dass er die Antwort bereits kannte.

»Na ja … nach dem Anschlag und allem …«, stammelte Fletcher, ohne Othello anzusehen.

»Diese Waffen sind kilometerweit zu hören. Im Dschungel kannst du damit nicht üben«, sagte Uhtred verärgert. »Und morgen bleibt dafür auch keine Zeit mehr. Dieser Keller ist gut abgeschirmt, niemand wird etwas mitbekommen, aber *uns* werden die Ohren ganz schön wehtun.«

Am anderen Ende des Kellerraums befand sich ein Stapel achtlos hingeworfener kaputter Möbel. In der Mitte stand ein Stuhl. Das rote Rückenpolster zeigte genau in ihre Richtung – eine ideale Zielscheibe.

Uhtred hob die Pistole und betätigte den Abzug. In dem engen Keller hörte sich der Schuss eher wie ein lautes Klatschen an denn wie ein Knall. Funken schossen aus der Mündung, und ein kleines Rauchwölkchen stieg aus der Zündpfanne. Das Polster erzitterte leicht, dann sah Fletcher das neue Loch, das ein Stückchen außerhalb der Mitte in dem abgewetzten roten Stoff klaffte.

»Gar nicht mal so schlecht«, kommentierte Uhtred und spannte den Hahn wieder. »Jetzt sieh gut zu.«

Er zog ein kleines gelbes Tütchen aus seiner Gesäßtasche, das am oberen Ende verknotet war, und riss es mit den Zähnen auf. Ein feines schwarzes Pulver befand sich darin. »Du schüttest einen Teil des Pulvers hier rein, in die sogenannte Zündpfanne. Am Ende des Hammers sitzt ein Feuerstein. Wenn er gegen die metallene Zündpfanne schlägt, gibt es einen Funken, der das Pulver zum Explodieren bringt. Daher auch die Redensart, ›etwas auf der Pfanne haben‹.«

Fletcher beobachtete, wie Uhtred als Nächstes das Tütchen in den Lauf stopfte.

»Das Tütchen mit dem restlichen Pulver stopfst du in den Lauf und drückst es mit dem Ladestock fest.« Er löste eine dünne Metallstange aus einer Halterung am Lauf der Pistole und drückte das Pulver damit, bis es fest war. Dann verankerte er die Stange wieder und hielt Fletcher die nachgeladene Waffe hin. Das Ganze hatte weniger als fünfzehn Sekunden gedauert.

»Jetzt bist du dran«, sagte er. »Aber vergiss nicht, das Ding hat einen ganz schönen Rückstoß.«

Die Waffe war verflucht schwer. Fletchers Arm zitterte leicht, als er sie hob und am Lauf entlangpeilte. Alles fühlte sich ganz anders an als beim Bogenschießen. Das Ende des Laufs war viel weiter entfernt als die Pfeilspitze, außerdem war die Pistole kopflastig, und ihr ganzes Gewicht lastete auf nur einem Arm.

Fletcher drückte ab und schloss die Augen, als das Pulver in der Pfanne aufloderte. Der Knall war beinahe so laut wie die Explosion im Zelt, und er sah nicht einmal, ob er getroffen hatte, denn überall war Rauch. Als das Dröhnen in seinen Ohren nachließ und der Dunst sich legte, stellte er ernüchtert fest, dass das Kissen immer noch genauso aussah wie zuvor.

»Wo ist sie hin?«, fragte Fletcher, und im gleichen Augenblick fiel einen Meter neben dem Kissen, auf das er gezielt hatte, ein Stuhlbein klappernd zu Boden. Die Kugel steckte noch in dem Stumpf.

Othello kicherte, und Uhtred kommentierte lachend: »Du zielst wohl besser auf die Brust deiner Feinde, nicht auf den Kopf.«

Fletcher seufzte und steckte die Pistole zurück ins Holster.

»Und jetzt, runter mit den Kleidern«, sagte Uhtred mit einem Fingerschnippen.

»Wie bitte?« Was redete Uhtred da? Fletcher blickte an seiner Uniform herab. Die gesamte Vorderseite war über und über mit Ruß, Schlamm und Blut beschmiert. Und Othello sah beinahe genauso übel aus, obwohl er bei der Explosion gar nicht im Zelt gewesen war. Aber Fletcher dort herauszuholen hatte offensichtlich genügt. Nur Jespers Uniform schien nichts abbekommen zu haben, nicht einmal von seinem Erbrochenen.

Fletcher zuckte die Achseln und zog sich wie Othello bis auf die dünne Unterwäsche aus. Dann standen sie zitternd in dem kalten und staubigen Keller.

Uhtred schien ihre betretenen Gesichter ganz besonders lustig zu finden. »Euer Glück, dass meine Frau die beste Schneiderin weit und breit ist«, prustete er. »Was nicht mehr sauber wird, wird sie ersetzen. Bis morgen habt ihr eure Kleider wieder.«

Fletcher wollte sich gerade entschuldigen, weil er seine neue Uniform schon am ersten Tag ruiniert hatte, da hörten sie ein Knarren auf den Stufen. Noch bevor jemand reagieren konnte, flog die Kellertür auf.

»Wer ist da?«, rief Sylva, rollte sich durch den Türrahmen und kam mit gespanntem Bogen wieder hoch. Kress stand neben ihr und zielte mit ihrer Armbrust auf Fletcher.

»Wir sind's nur«, sagte Fletcher kleinlaut.

Mit wenigen schnellen Schritten war Uhtred bei Kress angekommen und drückte ihre Armbrust nach unten. »Ruht euch lieber aus«, sagte er immer noch kichernd. »Wir sehen uns dann morgen.«

Einen Moment lang blinzelten die beiden Mädchen die halb nackten, immer noch rußverschmierten Jungen an, dann wanderte ihr Blick weiter zu Jesper, der betrunken auf dem Boden lag.

»Da haben wir ja ganz schön was verpasst, wie es scheint«, sagte Kress mit einem schalkhaften Blitzen in den Augen.

24

DIE VIER GRUPPEN STANDEN auf einer großen hölzernen Plattform versammelt und schauten auf ein Meer aus roten Uniformen hinunter. Die Soldaten starrten grimmig zurück, ringsum war bis auf das Rascheln der im Wind flatternden Uniformen alles still.

Fletcher spürte, wie sich etwas in seinem Rucksack bewegte, und erstarrte. Blau hatte die ganze Nacht über geschlafen oder wenigstens so getan. Fletcher hatte vorgehabt, ihn – sobald sie gelandet waren – in einem unbeobachteten Augenblick im Dschungel freizulassen. Leider war der Kobold nun wach.

Während Fletcher betete, Blau möge wieder einschlafen, kam Vorsteher Scipio gemessenen Schrittes die Treppe neben der Bühne herauf. Er trug seine Generalsuniform und nickte ihnen zu, dann wandte er sich an die Soldaten.

»Ihr alle kennt mich«, begann er mit auf dem Rücken verschränkten Händen. »Ich bin der Held von der Watfurt-Brücke und Vorsteher der Dämonenakademie. Ich kämpfe seit über einem Jahrzehnt in diesem Krieg und habe unsere Grenzen schon lange davor verteidigt. Mit vielen von euch bin ich persönlich bekannt, und wenn ich euch sage, dass das, was ihr gleich zu hören bekommt, die Wahrheit ist, erwarte ich, dass ihr mir glaubt.«

Die meisten Soldaten nickten, manche lächelten sogar.

»Ihr wisst von der Dame Kavendisch, die seit Jahren in der Gefangenschaft der Orks leidet. Ihr habt auch von den Tausenden von Gnomen erfahren, die bald aus ihren Eiern schlüpfen werden. Diese vier Gruppen hier unternehmen eine Expedition tief in feindliches Gebiet hinein, um all diese Missstände zu beheben. Es ist eine der gefährlichsten Missionen, die ich je genehmigt habe. Diese jungen Krieger und Kriegerinnen riskieren ihr Leben, um Hominums Grenzen zu sichern. Ich wünsche, dass ihr das beherzigt, wenn die neuen Zwergen- und Elfenrekruten zu euch stoßen.«

Scipio legte eine kurze Pause ein, und Fletchers Blick sprang zu dem verbrannten Boden unter der Bühne – das waren Spuren der Explosion vom Vortag.

»Wir haben bei einem feigen Anschlag dreiundvierzig tapfere Männer verloren. Die Menschen, die das getan haben, sind genau das: *Menschen.* Der Ältestenrat der Zwerge verurteilt die Anschläge seit jeher. Die Zwerge trifft keinerlei Schuld, vergesst das nicht.«

Diesmal fiel die Reaktion der Soldaten deutlich verhaltener aus. Es herrschte eisiges Schweigen, einige schüttelten die Köpfe, andere starrten scheinbar unbeteiligt ins Leere.

»Das Himmelskorps wird jeden Moment mit den Führern, den für den Einsatz zur Verfügung gestellten Dämonen sowie deren Spendern eintreffen. Ich wünsche, dass ihr eure Wertschätzung für das Opfer zeigt, das alle Beteiligten für diesen Einsatz erbringen.«

Die Soldaten applaudierten, da sah Fletcher, wie sich mehrere kleine dunkle Punkte aus der Wolkendecke lösten und in großen Kreisen näher kamen. Anfangs waren sie noch weit entfernt und klein wie Bienen, die einen Honigtopf umkreisen, dann wurden sie immer größer, bis Fletcher nur noch mächtige Schwingen und Flügel sah, die in vollendeter Formation auf dem Truppenplatz landeten.

Lovetts Greif setzte mit einem kaum hörbaren Klicken seiner Klauen gleich neben Fletcher auf und faltete seine Schwingen ein.

»Ich habe Platz für zwei«, sagte Lovett, während sie Fletcher hinter sich in den Sattel zog.

Sylva kletterte ebenfalls hinauf und setzte sich hinter Fletcher. Ein dünner Schweißfilm stand auf ihrer Stirn. Sie bettete ihren Kopf auf Fletchers Rucksack und schlang ihm die Arme fest um die Hüfte.

»Mach dir keine Sorgen, alles wird gut«, sagte Fletcher, auch wenn er selbst nicht recht daran glaubte. Wenigstens hielt Blau still, als wüsste er, dass er sich unter allen Umständen ruhig verhalten musste.

Ein weiterer Dämon landete mit klappernden Hufen auf der Plattform. Es war ein Alicorn, einer der selteneren in Hominums Arsenal. Er sah aus wie ein großes Pferd, hatte breite Schwanenschwingen und ein langes Horn auf der Stirn. Fletcher bewunderte das wunderschöne weiße Fell, während sich der Alicorn elegant zwischen den Gruppen hindurchbewegte. Das Gesicht des Reiters konnte er wegen der Lederhaube und der großen Fliegerbrille nicht erkennen.

Der Reiter winkte Kress und Othello heran, dann half er ihnen beim Aufsteigen.

Weitere Dämonen folgten, jede Landung wurde von den Jubelrufen der Soldaten ringsum begleitet. Fletcher sah Hippogreife, das waren nahe Verwandte der Greife, die jedoch mit dem Körper und den Hinterbeinen eines Pferdes statt eines Löwen ausgestattet waren. Gehörnte Perytone, die aussahen wie Elche, wären da nicht die breiten braunen Schwingen gewesen, die langen Schwanzfedern und die scharfen Krallen an den Hinterläufen.

Dazwischen tummelte sich der eine oder andere Chamrosh, das waren Miniatur-Greife mit dem Körper eines Hundes und dem Kopf sowie den Flügeln eines Falken. Sie waren gerade mal doppelt so groß wie Athena und damit um einiges zu klein, um einen Reiter zu tragen. Dennoch bedeuteten sie eine unverzichtbare Unterstützung, außerdem leisteten sie den Hauptdämonen des Fliegenden Korps hervorragende Gesellschaft.

Fletcher kam aus dem Staunen nicht mehr heraus. Er hatte noch nie so viele verschiedene Dämonen gesehen, vor allem nicht so große und mächtige. An der Akademie hatte er immer nur die gleichen Dämonen zu Gesicht bekommen und beinahe vergessen, wie viele verschiedene Arten es in Hominum gab.

Außerdem freute er sich, dass keine weitere Greifeule dabei war. Athena war in der Tat eine Seltenheit. Vor dem Einsatz hatte er Ignatius und Athena so lange wie möglich in sich geborgen, damit sie sich ausruhen und ihr Mana aufladen konnten. So lange ohne Ignatius auszukommen war seltsam gewesen, und es hatte eine Weile gebraucht, bis er sich an Athenas Gegenwart in seinem Bewusstsein gewöhnt hatte. Wie es sich für einen wohlerzogenen Dämon gehörte, störte sie seine

Gedanken nur selten, aber Fletcher hatte immer noch Probleme, seine Anweisungen gezielt an nur einen der beiden Dämonen zu richten.

»Bereit?«, rief Scipio, noch während die letzten Teilnehmer aufstiegen.

An der Spitze der Gruppe thronte Ophelia Faverham auf ihrem Peryton. Ihr silbernes Haar flatterte im Wind. Hinter ihr saß Zacharias Forsys. Wahrscheinlich wollte er seinen Wendigo verabschieden, vielleicht war er aber auch nur als zusätzlicher Geleitschutz dabei. Raubler war ebenfalls gekommen und hielt sich mit säuerlicher Miene an Forsys' Hüfte fest.

Nur von Caliban, Sacharissa und dem Wendigo fehlte jede Spur. Irgendwo mussten sie allerdings stecken, denn ohne sie konnte die Übertragung über die Hellsehsteine nicht funktionieren.

Da deuteten die Soldaten plötzlich nach oben. Fletcher folgte ihrer Blickrichtung und sah drei große Kisten auf den Sammelplatz herunterschweben, jede davon wurde von zwei Dämonen getragen. Jetzt verstand er auch, warum Raubler so missmutig dreinblickte: Die Kisten schwankten abenteuerlich, und die Bändiger der darin transportierten Dämonen spürten die Schaukelbewegungen, als wären sie selbst dabei.

»Wo ist Arcturus?«, fragte Fletcher schließlich, nachdem er den Hauptmann nirgendwo hatte entdecken können.

Lovett deutete stumm auf den Alicornreiter unmittelbar neben ihnen, da sah Fletcher die Narbe, die unter der Fliegerbrille des Hauptmanns hervorlugte.

»Ein Geschenk von König Harold!«, rief Arcturus und tätschelte den Hals seines Alicorns. »Ich nenne ihn Bukephalos, kurz Buk. Er wird mir Gesellschaft leisten, solange Sacha fort ist.«

Lovett drehte sich zu Fletcher und Sylva um. Ein glückliches Lächeln spielte um ihre Lippen. »Arcturus gehört zu der Gruppe, die euch nach dem Einsatz ausfliegen wird. Ich freue mich schon darauf, wenn ihr mir Lysander heil zurückbringt.«

Mittlerweile waren alle aufgestiegen, auch Jesper. Wegen der vielen Dämonen und flatternden Flügel ringsum konnte Fletcher allerdings nicht erkennen, mit wem er flog.

Auf einen barschen Befehl von Ophelia hin wandte das Himmelskorps seine Reittiere in Richtung Dschungel.

Fletchers Herz pochte laut, sein Mund wurde staubtrocken. Zum zweiten Mal innerhalb nur einer Woche würde er sich gleich in die Luft erheben.

Der Boden unter ihm fiel schneller zurück, als er für möglich gehalten hatte. Das Meer aus roten Uniformen schrumpfte zu einer kleinen Pfütze zusammen, der kilometerlange Schützengraben war kaum mehr als ein dunkler Faden, und doch stiegen sie immer höher den Wolken entgegen. Bevor sie darin verschwanden, erhaschte Fletcher noch einen kurzen Blick auf das weite grüne Blätterdach unter ihnen. Es wurde lediglich von einem gewundenen Flusslauf durchbrochen, der sich der Front an einer Stelle bis auf wenige Kilometer näherte und dann wieder im Dschungel verschwand.

»Das ist der Fluss, auf dem Manhard geflohen ist!«, rief Lovett, nachdem sie die Wolkendecke durchbrochen hatten. »Ihr wisst schon, das ist der Junge, der die Gnomleiche mitgebracht hat. Er ist wirklich tapfer. Ich könnte das nicht.«

Die Wolken unter ihnen erstreckten sich von einem Ende des Horizonts bis zum anderen wie ein endloses Betttuch, das grell in der Sonne schimmerte – und das überraschte Fletcher. Vor dem Start war es ein grauer, trüber Tag gewesen.

»Wie meint Ihr das mit Manhard? Warum ist er tapfer?«, hakte Sylva nach. Sie keuchte vor Aufregung und hielt Fletcher eng umklammert.

»Weil er Maliks Gruppe als Führer begleitet«, antwortete Lovett. »Wisst ihr noch, in welcher Verfassung er war, als er zurückkam? Er muss entweder verrückt sein oder vollkommen furchtlos, noch einmal in den Dschungel zu gehen. Vielleicht tut er es auch um seiner immer noch gefangen gehaltenen Kameraden willen oder wegen der Belohnung, die ihm winkt… ich weiß es nicht.«

Die Formation drehte jetzt nach Süden ab. Sie flogen gerade oberhalb der Wolken, und zwar so dicht, dass Fletcher sie beinahe berühren konnte. Probehalber streckte er die Zehen aus und hoffte, irgendetwas zu spüren, merkte aber nur, wie sich seine Mokassins allmählich mit Wasser vollsaugten.

»Ich habe etwas für euch«, sprach Lovett weiter. Sie griff in ihre Satteltasche und holte eine Schriftrolle hervor, die von einem roten Band zusammengehalten wurde. »Nur für den Fall, dass mir etwas zustoßen sollte, während ihr im Dschungel seid.« Sie reichte Fletcher die Rolle. »Das hier ist Lysanders Beschwörungsleder. Ich möchte nicht, dass er gerade während eures Einsatzes in den Äther entschwindet.«

Fletcher war überwältigt. »Danke«, sagte er gerührt. »Wir bringen Euch die Rolle wieder, und Euren Dämon auch.« Dann steckte er die Rolle in die Seitentasche seines Rucksacks, sorgsam darauf bedacht, den Kobold nicht zu erschrecken. Er wusste nicht, wie Lovett reagieren würde, wenn sie ihn entdeckte.

So flogen sie immer weiter, die Sonne brannte auf Fletchers Haut, der Wind trieb ihm die Tränen in die Augen, und irgendwann verschwand die anfängliche Flugbegeisterung – verdrängt von der düsteren Aussicht auf das, was ihnen bevorstand.

»Warum lässt du Athena nicht ein wenig herumfliegen?«, fragte Lovett schließlich, um die Anspannung etwas zu lösen.

Fletcher nahm den Vorschlag dankbar an und richtete seine Handfläche gen Himmel. Athena materialisierte sich in einem blauen Blitz, zog ein paar elegante Kreise und flog dann genau über Lysanders Schnabel.

»Vielleicht solltest du sie ein Stück zur Seite schieben«, sagte Lovett lachend.

Fletcher verstand nicht, was daran so lustig war. Er überlegte fieberhaft, da flüsterte Sylva: »Halb Hominum sieht im Moment durch Lysanders Augen. Ich glaube nicht, dass der Anblick von Athenas Hinterteil die Leute begeistert.«

»Ach so«, erwiderte Fletcher grinsend und bewegte Athena mit einem kurzen Gedankenbefehl ein Stück nach oben. »Hab ich ganz vergessen!«

»Ich nicht«, knurrte Lovett und kraulte Lysander hinter dem Ohr. »Mein armer Greif musste sich gestern den halben Tag lang mit Hellsehkristallen piksen lassen, die dann über das gesamte Reich verteilt wurden. Die ganze Zeit über stand Zacharias' Wendigo direkt neben uns. Das Vieh stinkt noch übler als der Lendenschurz eines Kobolds.«

Fletcher spürte eine Bewegung in seinem Rucksack, als hätte Blau das Wort Kobold verstanden. Fletcher bezweifelte es zwar, aber dann wechselte er trotzdem vorsichtshalber das Thema.

»Warum fliegen wir über den Wolken?«, erkundigte er sich. »Wäre es nicht besser, wenn wir sehen, wo wir landen wollen?«

»Wir können sogar von Glück reden, dass es so bedeckt ist«, entgegnete Lovett kopfschüttelnd. »Dort unten wimmelt es nur so von Orks, Kobolden und vielleicht sogar Gnomen. Wir fliegen schließlich direkt über ihrem Gebiet. Wenn sie uns entdecken, wäre euer Einsatz vorbei, bevor er überhaupt angefangen hat. Besser, wir verstecken uns hier oben, bis wir das Ziel erreichen. Wie die Späher berichten, ist das Landegebiet so gut wie unbewohnt. Fürs Erste droht euch also keine Gefahr.«

Fletcher schluckte. Mit einem Mal kam ihm die Wolkendecke viel zu dünn und durchsichtig vor. Kurz darauf flogen sie tatsächlich über ein Loch hinweg, darunter schimmerte der betörend schöne, bergige Dschungel. Daran, wie lange sie brauchen würden, um sich durch dieses Dickicht zu kämpfen, falls das Himmelskorps sie nicht bergen konnte, dachte er lieber gar nicht. Wahrscheinlich war es schlichtweg unmöglich, den Weg zu Fuß zurückzulegen.

Da fiel sein Blick auf eine Art Spieß, der am Sattel befestigt war. Er war mit einer blau-weißen Spirale bemalt und sah ein bisschen wie eine Turnierlanze aus der Zeit der Ritter aus, nur kürzer und dicker. Ganz vorn glitzerte eine scharfe Metallspitze in der Sonne. »Was ist das?«

»Eine Lanze, was sonst?«, antwortete Lovett. Sie nahm die Waffe aus der Halterung und klemmte sie sich unter den Arm. »Sie sind das Einzige, das die Haut eines Wyvern durchdringen kann. Und das auch nur, wenn man genügend Wucht in den Stoß legt.«

Fletcher erschauerte bei dem Gedanken, so weit über dem Erdboden kämpfen zu müssen – noch dazu auf dem Rücken eines Dämons, der mit den Klauen wild um sich schlug.

»Manchmal bekommt man unterwegs unerwünschte Gesellschaft«, sprach Lovett weiter. Sie legte die Lanze in die Halterung zurück und zog ein langes Messer aus ihrer Gürtelscheide. »Meist sind es kleinere Orkdämonen wie Würger, Strixe oder Vespen. Wenn sie zu nahe kommen, vertreibt man sie hiermit.«

Fletcher kannte die Waffe, es war ein Stoßdolch mit langer schmaler

Klinge und je einer Parierstange am Anfang und Ende des Griffs, um die Hand zu schützen.

»Nicht zu vergessen natürlich all die Zauber, die einem gleichzeitig um die Ohren fliegen.« Lovett ließ den Dolch einmal um ihren Zeigefinger wirbeln, dann steckte sie ihn wieder weg. »In der Hitze des Gefechts zu zaubern ist schwierig genug. Das auch noch in der Luft zu tun setzt noch mal eins drauf.«

Fletcher erschauerte. Zum ersten Mal kam ihm der Gedanke, dass seine Ausbildung an der Akademie vielleicht doch ein wenig zu kurz gewesen war. Ein Jahr genügte bei Weitem nicht, um die Kunst des Beschwörens zu erlernen. Es reichte ja nicht einmal, um die wenigen Techniken zu verfeinern, die er *überhaupt* gelernt hatte.

Außerdem hatte man ihnen beigebracht, die Orkdämonen wären generell schwächer als ihre eigenen, aber jetzt fragte er sich, ob das wirklich stimmte oder nur Propaganda gewesen war. Immerhin gehörten Wyvern zu den mächtigsten Dämonen überhaupt. Vielleicht schickten die Orks auch nur ihre schwächeren an die Front und hielten die anderen zurück. Bis jetzt zumindest.

»Wir folgen dem Flusslauf und setzen euch dann in einem Sumpf in der Nähe der Quelle ab«, rief Lovett über den brüllenden Wind hinweg. »Dauert nicht mehr lange!«

Wie auf ein Zeichen hin hielt Ophelia, die an der Spitze der Formation flog, plötzlich an und spähte nach unten. Kurz darauf feuerte sie drei Wyrrlichter in den Himmel.

Auf das Signal hin legte Lysander die Flügel an, dann tauchten sie wie ein Pfeil in die Wolkendecke ein. Fletcher spürte, wie der immer stärker werdende Wind an seinem Gesicht zerrte. Er sah noch kurz etwas Grünes unter sich aufblitzen, da schlugen ihm auch schon die Blätter gegen Beine und Arme.

Lysander sprang von Ast zu Ast, jeder davon bog sich unter seinem Gewicht, bis er beinahe abbrach, und bremste damit den Sturz. Dann sprang der Greif zum nächsten weiter. Als Fletcher schon glaubte, es würde niemals enden, gruben sich die Klauen des Greifs in den Dschungelboden, und sie kamen nur wenige Meter vor einem Dornengestrüpp rutschend zum Stehen.

»Na, das nenne ich eine gekonnte Landung!«, jubelte Lovett und ballte die Faust.

Sylva ließ sich langsam von Lysanders Rücken gleiten und plumpste einfach aus dem Sattel.

»Es war grässlich«, keuchte sie und krallte sich am Boden fest.

»Ich dachte, du wärst vom Großen Wald her die Höhe gewöhnt«, erwiderte Fletcher, dessen Herz so heftig schlug, dass er seinen Puls beinahe hören konnte. Dann sprang er aus dem Sattel und brach direkt neben Sylva zusammen. Seine Beine waren vollkommen taub, nachdem er sie so lange an Lysanders Flanken gepresst hatte.

Sylva schlug ihm spielerisch auf die Brust. »Ich meine nicht die Höhe, sondern den Landeanflug.«

So lagen sie eine Weile nebeneinander und beobachteten, wie die anderen mit weit geringerem Tempo durch das Blätterdach brachen.

»Idioten«, murmelte Lovett, während zwei Greife eine der Kisten zu Boden ließen. »Je mehr Zeit sie sich lassen, desto größer wird die Gefahr, dass die Orks uns entdecken.«

Athena kam herbeigeflattert und landete auf Fletchers Brust. Mit blinzelnden Augen betastete sie seinen Bauch und die Beine, um sicherzugehen, dass er noch in einem Stück war.

Fletcher streichelte sie grinsend und genoss eine Weile, wie wunderbar weich sich Fell und Gefieder der Greifeule anfühlten. Schließlich setzte er sich auf und sah sich um. Der Dschungel war viel dichter als der Große Wald mit den weiten Moosflächen zwischen den mächtigen Baumstämmen. Die Bäume hier waren knorrig und standen viel enger, der dunkle Boden war so dicht von Blättern, dornigen Zweigen, weit ausladenden Pflanzen und herabhängenden Ranken bedeckt, dass Fletcher ihn nur an wenigen Stellen überhaupt sehen konnte. Ein angenehmer Duft schwebte in der Luft, lediglich die schwarzen Pfützen, in denen herabgefallenes Blätterwerk im Brackwasser verrottete, stanken erbärmlich.

»Nie, *nie* wieder«, hörte Fletcher Kress fluchen. Sie lag mit dem Gesicht nach unten und klammerte sich verzweifelt am Boden fest. Othello erging es ein wenig besser. Er kniete mit einem erleichterten Lächeln gleich neben Arcturus' Alicorn.

»Da gehe ich doch lieber zu Fuß«, schimpfte Kress weiter. »Ihr und Euer fliegender Zirkus, ihr könnt mir gestohlen bleiben, Arcturus. Schlaft lieber aus, statt uns nach dem Einsatz wieder auszufliegen.«

Arcturus lachte, dann zog er sich die Lederhaube vom Kopf und schüttelte sein ungezähmtes schwarzes Haar aus.

Fletcher sah, wie Lovett den Hauptmann kurz ansah und dann errötend den Kopf wegdrehte. Er setzte ein vielsagendes Lächeln auf, doch Lovetts strenger Blick ließ ihn gleich wieder ernst werden.

»Aufstehen, alle«, tönte Ophelias Stimme über den Landeplatz. »Wir müssen los.«

Fletcher beobachtete, wie Sacharissa, Hannibal und Caliban aus ihren Transportkisten geführt wurden. Arcturus hob Lovett von Lysanders Rücken und trug sie auf den Armen zu Bukephalos hinüber. Fletcher hatte ganz vergessen, dass sie nicht mehr gehen konnte, und bekam sofort ein schlechtes Gewissen, weil seine Gruppe ihr Lysander wegnahm.

Ophelia ging unterdessen ungeduldig auf und ab. Sie konnte es kaum erwarten, in die Sicherheit hinter der Front zurückzukehren.

»Vergesst nicht, dass euch die ganze Welt durch die Augen der Dämonen sehen kann«, sagte sie mit strenger Miene. »Also benehmt euch, wie es sich für Absolventen der Dämonenakademie geziemt, und erfüllt eure Pflicht.«

Ihre Enkelin Belena hob die Hand, ließ sie aber auf einen wütenden Blick von Ophelia hin gleich wieder sinken. Arcturus brauchte noch einen Moment, um Lovetts Sattel auf Bukephalos zu befestigen, dann war das Himmelskorps zum Abflug bereit.

»Kümmert euch gut um Lysander!«, rief Lovett über die Abschiedsgrüße der anderen Reiter hinweg.

»Und um Sacha auch«, fügte Arcturus hinzu.

Dann hoben sie ab und überließen die jungen Beschwörer ihrem Schicksal. Die vier Gruppen blickten ihnen schweigend hinterher, bis sie außer Sichtweite waren.

»Schön«, sagte Seraph fröhlich. »Und was jetzt?«

25

DIE VIER TRUPPFÜHRER saßen in der Hocke um Seraphs Karte herum, um sich auf dem sumpfigen Boden nicht den Hintern nass zu machen. Die Route, die seine Gruppe nehmen wollte, war bereits eingezeichnet.

Der gewundene Fluss stellte beinahe den einzigen Orientierungspunkt in diesem Meer aus Grün dar. An einer seiner zahlreichen Windungen markierte ein rotes Kreuz die Stelle, wo sich die Orkhöhlen befanden, gleich daneben war eine krakelige Pyramide eingezeichnet. Ganz am Rand befand sich ein Plan der Orksiedlung, den Manhard aus der Erinnerung gezeichnet hatte. Das Tunnelnetz unter der Pyramide war sehr detailliert abgebildet – dort befanden sich die Gnomeier.

»Wir bleiben am Westufer des Flusses und werden ihn erst überqueren, wenn wir auf Höhe der Pyramide sind«, erklärte Malik und fuhr mit dem Finger den eingezeichneten Weg entlang. »Unter Manhards Führung sollte es nicht allzu schwierig werden, möglichen Patrouillen aus dem Weg zu gehen.«

Seraph schüttelte den Kopf und legte den Finger auf die Karte. »Wir werden den Weg am Ostufer nehmen und den Fluss in der Nacht überschreiten. Das Westufer ist zu nahe an der Orksiedlung. Nasse Füße sind mir lieber als ein Speer im Rücken.«

Er nickte ihrem Führer zu, einem grimmigen Veteranen mit einer großen Armbrust auf dem Rücken. »Feldwebel Musker wurde letztes Jahr im Dschungel zurückgelassen. Man hielt ihn für tot. Zwanzig Tage lang hat er sich vor den Orks versteckt und sich ausschließlich von Früchten ernährt. Die Sterne am Nachthimmel wiesen ihm den Weg zurück. Er wird uns …«

»Ihr liegt beide falsch«, schnitt ihm Isadora das Wort ab. Sie schlug Seraphs Hand beiseite und beschrieb mit dem Zeigefinger einen Bogen, der noch weiter westlich verlief. »*Wir* werden den Fluss an der gleichen Stelle überschreiten wie Malik und dann weit nach Westen ausgreifen. Der Fluss liefert Nahrung und Trinkwasser, entsprechend zahlreich werden sich die Orks an seinem Ufer tummeln. Unser Weg ist zwar weiter, aber sicherer.«

Fletcher fühlte sich immer unbehaglicher. Isadoras Vater Zacharias hatte alles darangesetzt, ihn und Othello hinrichten zu lassen, und dann hatte es da noch den Hinterhalt gegeben, in den Isadora und Tarquin Sylva in Corcillum gelockt hatten. Und doch waren sie nun alle gemeinsam hier, um gegen die Orks zu kämpfen.

Seraph stupste ihn mit dem Ellbogen an. »Fletcher?«

Er blickte auf und sah die erwartungsvollen Blicke der anderen Truppführer auf sich ruhen. »Ich glaube auch, dass das Ufer zu gefährlich ist«, sagte er knapp. »Wir werden uns ebenfalls davon fernhalten, aber auf dieser Seite des Flusses, und ihn wie Seraph bei Nacht überschrei…«

»Blaues Blut auf der einen Seite, niederes auf der anderen«, höhnte Isadora mit einem zufriedenen Nicken. »Wir werden ja sehen, wer als Erster am Ziel ist.«

Seraph runzelte verärgert die Stirn und rollte seine Karte ein.

»Umso besser, wenn wir uns aufteilen«, warf Malik ein, ohne auf Isadoras Bemerkung einzugehen. »Wenn eine Gruppe gefangen genommen wird, bleiben immer noch drei, um den Auftrag auszuführen. Allerdings gibt es auch Risiken.«

»Und die wären?«, fragte Fletcher.

»Es könnte schwierig werden, gleichzeitig bei der Pyramide einzutreffen, wie Raubler verlangt hat. Falls es fehlschlägt, muss die Gruppe, die als erste dort ankommt, allein in die Tunnel vordringen. Die anderen sind dann immer noch irgendwo im Dschungel verteilt, wenn die Orks Alarm schlagen. Das Himmelskorps wird sich mächtig anstrengen müssen, alle rechtzeitig auszufliegen.«

»Da hat er recht«, gab Isadora murrend zu. »Wir müssen einfach unser Bestes geben. Die Gruppe, die als Erstes ankommt, soll in der Pyramide auf die anderen warten. Manhard sagt, die Orks betreten sie nur an religiösen Festtagen, also dürfte es drinnen einigermaßen sicher sein. Wer zu spät kommt … muss selbst sehen, wo er bleibt.«

»Einverstanden«, sagte Fletcher. Malik und Seraph nickten.

»Wir marschieren gemeinsam durch den Sumpf bis zum Fluss«, erklärte Malik und stand auf. »Dort teilen wir uns auf und treffen uns dann bei der Pyramide wieder.«

Während die vier Anführer zu ihren Gruppen zurückkehrten, wurde der Kobold in Fletchers Rucksack immer unruhiger. Das kleine Geschöpf schien den Dschungel zu riechen und wollte endlich freigelassen werden. Fletcher musste sich etwas ausdenken, um die anderen abzulenken.

»Ich habe eine Idee«, rief er. »Jeder unserer vier Führer weiß etwas, das die anderen nicht wissen. Jesper beispielsweise kennt Zauber, die gerade erst entdeckt wurden, außerdem ist er Experte für die Pflanzen, die hier wachsen. Das sind Dinge, die uns allen nützen würden. Feldwebel Musker, der Führer von Seraphs Trupp, weiß, wie man sich im Dschungel versteckt und sich an den Sternen orientiert. Und Manhard …« Fletcher schaute den jungen Soldaten fragend an, aber der war gerade damit beschäftigt, einen Berg Dschungelfrüchte zu verschlingen. »Nun ja, von ihm können wir bestimmt auch was lernen.«

»Und was ist mit mir?«, knurrte jemand aus Isadoras Trupp.

Während der hektischen Vorbereitungen hatte Fletcher gar nicht mitbekommen, wer die Forsys-Zwillinge führte. Als der bullige Kerl vortrat, stockte ihm der Atem: Es war Grindel.

Grindel war ein hässlicher Mann mit dem Gesicht einer Bulldogge. Er war sogar noch dicker als Atlas, der direkt neben ihm stand. Wie alle in Isadoras Gruppe trug er die schwarze Uniform der Forsys-Furien.

»Ich diene den Forsys schon seit Jahren«, sagte Grindel und kam mit schweren Schritten auf Fletcher zu. »Du weißt schon, ich muss mir die Hände schmutzig machen, damit der Herzog es nicht zu tun braucht. Ich kann seine Kinder doch nicht alleine in den Dschungel lassen, jemand muss sie schließlich beschützen.« Er verstummte und zwinkerte Sylva zu.

Sylva wurde leichenblass. Vor knapp zwei Jahren hatte Grindel versucht, ihr mit genau dem Knüppel, den er auch jetzt dabeihatte, den Schädel zu zertrümmern. Hätten Othello und Fletcher nicht eingegriffen, wäre sie jetzt tot, und Hominum befände sich mitten in einem Krieg mit den Elfen.

Sylva legte einen Pfeil auf die Sehne ihres Bogens, doch Othello nahm ihn ihr weg, noch bevor sie zielen konnte.

»Die ganze Welt sieht uns«, flüsterte er und deutete auf Hannibal, der Sylva mit seinen schwarzen Augen aufmerksam beobachtete.

»Warum willst du ihm auch noch mit Informationen weiterhelfen?«, fuhr Sylva ihn an.

»Vielleicht besprechen wir uns ausschließlich mit Seraphs Gruppe«, erwiderte Fletcher beschwichtigend. »Scheint doch, als hätten die Zwillinge bereits alle Hilfe, die sie brauchen.«

»Was können uns ein dahergelaufener Diener und ein Soldat, der so dumm ist, im Dschungel den Anschluss an sein Regiment zu verlieren, schon beibringen?«, fragte Tarquin, während er den Blick auf seine Fingernägel richtete. »Steckt die Köpfe zusammen und helft euch, so viel ihr wollt. Wir brechen jetzt auf.«

Isadora grinste höhnisch und zischte Hannibal einen Befehl zu. Der Wendigo rannte sofort los und schlug mit seinen langen Armen eine breite Schneise für seine Gruppe.

»Bis später, Fletchy!«, rief Didric, eine Hand auf das Rapier an seinem Gürtel gelegt. »Wir sehen uns bestimmt *sehr* bald wieder.«

Dann schlenderten sie davon, nur noch das Knacken der Äste unter ihren Stiefeln war zu hören.

»Lasst sie reden«, sagte Belena unbekümmert und trat vor. »*Wir* würden jedenfalls sehr gerne die Köpfe mit euch zusammenstecken. Manhard kann euch zeigen, wie man Spuren liest und selbst keine hinterlässt. Hätte diesen Trotteln bestimmt auch gutgetan.« Sie deutete mit dem Daumen über die Schulter auf die abgebrochenen Zweige und den aufgewühlten Boden, den die Forsys hinterlassen hatten. »Was meint ihr?«

Malik blieb stumm, da versetzte ihm Belena einen Tritt, und er nickte pflichtschuldig.

»Du bist eine Faverham«, platzte Fletcher heraus, noch bevor er wusste, was er tat. Dann wurde er rot. Normalerweise behandelte er andere nicht derart grob.

»Und du bist ein *Rale*«, erwiderte Belena sarkastisch. »Ich weiß, mein Vater ist vor Gericht als Ankläger gegen dich aufgetreten, aber das ist nun mal sein Beruf. Ich zumindest versuche, die Menschen nicht nach ihrem Familiennamen zu beurteilen. Du vielleicht?«

Fletcher zögerte. Wenn Belena ihn so verschmitzt anlächelte wie jetzt, war sie unfassbar attraktiv. Die Zunge klebte ihm am Gaumen, und der missbilligende Blick, den Sylva ihm zuwarf, machte die Situation keineswegs leichter.

Zum Glück sprang Seraph ein, bevor sich das Schweigen zu sehr in die Länge zog.

»Ich finde, das ist eine gute Idee«, sagte er und plusterte sich auf wie ein Gockel, so wie er es immer tat, wenn ein hübsches Mädchen in der Nähe war. »Es ist sowieso schon Nachmittag, also schlage ich vor, wir bleiben die erste Nacht hier und bringen uns in der Zwischenzeit gegenseitig alles bei, was wir wissen. Wir hätten das schon vor unserem Aufbruch tun sollen, aber dafür ist es wohl zu spät.«

Fletcher schaute zu Othello hinüber. Der Zwerg überlegte kurz, dann nickte er.

Ein weiteres, noch lauteres Rascheln in Fletchers Rucksack machte die Entscheidung endgültig.

»In Ordnung«, sagte er und wandte sich in Richtung der Bäume. »Wenn ihr mich jetzt kurz entschuldigen würdet, ich muss mal.«

26

KNALLROT IM GESICHT RANNTE FLETCHER in den Dschungel. Pinkeln müssen? Eine *noch* dümmere Ausrede war ihm wohl nicht eingefallen?

Als er sich durch das dichte Geäst kämpfte, streifte er ein Spinnennetz, seine Haut juckte sofort. Fliegen und Moskitos schwirrten ihm summend um den Kopf. Trotz der üppigen Luftfeuchtigkeit schienen seine Augen und Lippen die Viecher geradezu magisch anzuziehen; er blinzelte und spuckte und rannte weiter, bis er endlich außer Sichtweite war.

So ganz allein fühlte er sich umso verwundbarer, also rief er Ignatius und Athena herbei. Die Greifeule flatterte sofort zum nächsten Baum hinauf und hielt Ausschau nach Gefahren; Ignatius begnügte sich damit, auf Fletchers Schulter zu klettern und ihm einen Klaps mit dem Schwanz zu versetzen, weil der ihn schon so lange nicht mehr freigelassen hatte.

Fletcher warf einen letzten Blick über die Schulter, dann kniete er sich hin und öffnete vorsichtig den Rucksack.

Blau starrte ihn mit großen, ängstlichen Augen an und fuchtelte Fletcher mit einem Angelhaken vor der Nase herum. Der Angelhaken gehörte zu den vielen nützlichen Dingen, die Uhtred und Briss ihnen in die Rucksäcke gepackt hatten. Als Waffe war er zwar denkbar schlecht geeignet, aber immer noch besser als nichts.

Besänftigend hob Fletcher die Hände und trat einen Schritt zurück.

Ganz langsam kletterte der Kobold aus dem Rucksack und kauerte sich auf den Boden. Seine schmale Brust zitterte bei jedem Atemzug.

»Das war keine gute Idee«, flüsterte Fletcher von plötzlichen Zweifeln befallen. Was, wenn Blau auf direktem Weg zu den Orks lief und sie verriet? Um ihn aufzuhalten, war es zu spät, denn der Kobold sauste bereits los. Eine Bewegung hoch oben in den Bäumen sagte Fletcher, dass Athena seinen Schreck bemerkt und sich in die Luft erhoben hatte, um den Flüchtigen zu packen.

Da blieb Blau plötzlich stehen. »Danke«, trällerte er und ließ den Angelhaken fallen.

Der Kobold konnte sprechen! Fletcher blickte ihm verwundert hinterher, während Blau im Dickicht verschwand.

Einen Wimpernschlag später gruben sich Athenas Krallen genau an der Stelle in den Boden, an der Blau eben noch gestanden hatte. Sie stieß ein zorniges Schuhuu aus, da sprang Ignatius von Fletchers Schulter und nahm sogleich Witterung auf.

»Lasst ihn laufen«, murmelte Fletcher. »Er wird uns nicht verraten.«

Hoffte er zumindest.

Ein paar Stunden später war Fletcher froh über all die wertvollen Kenntnisse, die sie von Maliks Führer bekommen hatten. Manhard hatte ihnen gezeigt, wie sie möglichst wenig Spuren hinterließen, indem sie dicht an den Baumstämmen gingen, wo der Boden trockener und fester war. Er wies sie darauf hin, dass Raubkatzen beim Gehen die Krallen einzogen, was Hyänen, häufige Begleiter der Orks, nicht taten. Er erklärte ihnen, dass Wind oder Regen binnen weniger Stunden eine frische Fährte verwischen konnten und der Geruch von wildem Knoblauch Moskitos abhielt. Außerdem zeigte er ihnen Trampelpfade, die die Tiere des Dschungels im Lauf der Jahre hinterlassen hatten.

Manches davon wusste Fletcher bereits aus der Zeit, als er selbst noch in den Bärenzahnbergen jagen gegangen war. Dennoch war es gut, alles, was er sich in seinen Jugendtagen selbst zusammengereimt hatte, aus dem Mund eines anderen bestätigt zu hören.

Während Manhard vor den verbliebenen drei Gruppen sprach, durchstreifte Jesper die Umgebung und sammelte Pflanzen. Als er mit seinem Vortrag an der Reihe war, fand Fletcher die Informationen über die Pflanzenwelt weit nützlicher als die wenigen neuen Zauber, die er ihnen am Ende zeigte.

»Hier, die Wasserrebe.« Jesper deutete auf eine unscheinbare Liane, die steif und trocken von einem Baum herabhing. Dann schnitt er das Ende mit seinem Messer ab und hielt es sich über den Mund: Klares Wasser floss heraus, beinahe wie aus einem Hahn.

»Frisch wie ein Gebirgsbach«, sagte Jesper grinsend und wischte sich die Lippen trocken. »Wenn es kein Regenwasser oder Kokosnüsse gibt, ist das die beste Alternative.«

Er ging weiter zu einer jungen Palme, sägte den Stamm auf, schälte das weiße Mark heraus und kaute es genüsslich. »Palmenherzen«, nuschelte er. »Schmecken wie Sellerie, sind aber sehr nahrhaft!«

Den Rest davon verteilte er. Außer einem Hauch von Nussaroma, das er recht angenehm fand, schmeckte Fletcher nicht viel.

Nicht weit vom Lager entfernt blieb Jesper vor einer Blüte mit weißen und violetten Blättern stehen und grub sie aus. Fletcher hatte die Pflanze für eine ungenießbare Blume gehalten, aber er täuschte sich, denn am Ende des Stängels baumelte eine dicke, orangefarbene Wurzelknolle. »Süßkartoffeln«, sagte Jesper zufrieden und steckte die Knolle ein.

Eine ganze Stunde lang führte er sie, kaum einen Steinwurf vom Lager entfernt, durch den Dschungel. Sie entdeckten Papayas, Guaven, Kokosnüsse und Maracujas in den Bäumen, die Malachi und Azura – Rori und Genevieves Kerfe – mit ihren scharfen Kauwerkzeugen von den Ästen schnitten, sodass sie klatschend zu Boden fielen. Schließlich rief auch Belena ihren Dämon herbei, eine schillernde Drachenfliege, die doppelt so groß war wie die beiden anderen Kerfe. Neben den scharfen Beißzangen verfügte die Drachenfliege außerdem über einen langen Stachel, der das hübsche Insekt gar nicht mehr so harmlos aussehen ließ. Für eine Adlige war es dennoch ein schwacher Dämon, weshalb Fletcher vermutete, dass es nicht ihr einziger war.

Schließlich führte Jesper sie zu einem Baum mit herzförmigen Blättern. Bis auf die durchsichtigen, leuchtend rosafarbenen Beeren, die in dicken Trauben an den Ästen hingen, schien nichts Besonderes daran zu sein.

»Das hier ist ein Brennnesselbaum. Seht ihr die feinen Härchen auf den Beeren und Blättern?«, fragte er und streckte gleichzeitig den Arm aus, damit niemand zu nahe herantrat, während er eines der Blätter mit seinem Messer anhob.

»Diese Härchen enthalten ein starkes Nervengift, das entsetzliche Schmerzen verursacht. Noch schlimmer ist, dass es monatelang wirkt, manche behaupten sogar mehrere Jahre. Haltet die Augen offen und nehmt euch vor ihnen in Acht. Feldwebel Musker, Ihr kennt sie wahrscheinlich.«

Der grauhaarige Veteran, der Seraphs Gruppe als Führer diente, schüttelte traurig den Kopf. »Ein junger Kerl, gerade erst siebzehn, der musste mal, als wir nachts auf Patrouille waren. Also verzog er sich in die Büsche und streifte dabei eins von den Dingern. Sein Geschrei hätte selbst einen Toten geweckt. Die Orks haben's auf jeden Fall gehört. Wir mussten schnell verschwinden und brachten den Unglücksraben sofort zu unserem Arzt. Sogar ein Beschwörer hat versucht, ihm zu helfen – aber keine Chance, der Kerl brüllte immer weiter. Zwei Wochen später hat er sich erschossen.«

Alle schauten erschrocken drein, auch Fletcher erschauerte. Nicht weit von dem Brennnesselbaum entfernt hatte er Blau freigelassen. Dieser Dschungel war Paradies und Todesfalle zugleich.

Nach einer kurzen Pause führte Jesper sie weiter, diesmal zu einem etwas größeren Baum, der ansonsten aber so unscheinbar war wie alle anderen.

»Ein Manchinelbaum«, begann er und deutete auf die dicken Äste. »Der Rauch macht blind, nehmt ihn also nicht als Feuerholz. Stellt man sich im Regen darunter, brennt einem schon ein einziger Tropfen ein Loch in die Haut. Die Orks schmieren die Spitzen ihrer Speere mit seinem Harz ein, damit sich die Wunde entzündet. Entflohene Kobolde fesseln sie an den Stamm – das ist ein langsamer und grausamer Tod, schlimmer noch, als bei lebendigem Leib zu verbrennen, heißt es.« Er deutete auf die grünen Beeren an den Zweigen. »Die Früchte werden Todesapfel genannt. Was passiert, wenn man sie isst, könnt ihr euch wahrscheinlich denken.«

Jesper brachte ihnen noch einiges mehr bei an diesem Nachmittag. Er zeigte ihnen, welches Holz beim Verbrennen am wenigsten Rauch entwickelte, außerdem Schwertgras, das den Dornen auf dem Rücken von Seraphs Rindling verblüffend ähnlich sah und dabei so scharf war, dass man sich damit rasieren konnte, und schließlich eine Lianenart, die sich als Säge verwenden ließ, so spitz und hart waren die Dornen, die daran wuchsen.

Zum Abschluss zeigte er ihnen noch drei neue Glyphen. Die erste war ein Wachstumszauber, der wie ein Blatt aussah und einen Samen binnen Minuten zu einer ausgewachsenen Pflanze keimen ließ, was sie allerdings nicht ausprobierten, da der Zauber sehr viel Mana verbrauchte.

Die zweite war lediglich ein gezackter Strich. Jesper nannte sie den Knotenzauber. Mit ihm ließ sich jeder beliebige Knoten knüpfen und mit dem Gegensymbol wieder lösen. Man mochte ihn nicht oft brauchen, aber Fletcher probierte ihn sehr zur Erheiterung der anderen an Seraphs Schnürsenkeln aus, als der gerade nicht hinschaute. Viel wichtiger war ihm, dass Genevieve und Rori ihn wieder ganz normal behandelten – als hätten sie ihm endlich verziehen, was letztes Jahr zwischen ihnen vorgefallen war.

Die letzte Glyphe war die interessanteste, der sogenannte Eiszauber. Electra hatte das Symbol im Kadaver eines Polarions entdeckt. Es sah wie die vereinfachte Darstellung einer Schneeflocke aus und verströmte eine so mächtige Kälte, dass alles in unmittelbarer Nähe augenblicklich gefror.

»In dieser Hitze ist das ein echter Segen«, sagte Malik und testete die Glyphe an einem kleinen Tümpel. Die gesamte Oberfläche gefror mit einem lauten Knacken, und die Luftfeuchtigkeit darüber rieselte in kleinen Eiskristallen zu Boden.

»Nur leider zu stark, um sich lediglich ein bisschen Abkühlung zu verschaffen«, seufzte er enttäuscht. »Aber für Eiswürfel in der Kokosnussmilch ist es bestimmt gut zu gebrauchen.«

Nachdem sich alle an dem Eiszauber versucht hatten, war Feldwebel Musker an der Reihe, sie an seinem Wissen teilhaben zu lassen. Das war auch gut so, denn inzwischen war es dunkel geworden, am Himmel glitzerten die ersten Sterne, und in der feuchten Luft wurde ihnen kalt.

Sie kauerten sich in einem engen Kreis zusammen, während Musker ihnen die Sternbilder beschrieb und erklärte, wie sie sich daran orientieren konnten. Der Elfenpfeil, beispielsweise, zeigte genau nach Norden, während Corwins Zepter den Weg nach Osten wies.

Eingekuschelt zwischen seinen Freunden, lauschte Fletcher der sonoren Stimme des Feldwebels, bis ihm die Augen zufielen. Dann träumte er.

27

ATHENA KITZELTE DAS BABY AN DEN FÜSSEN und achtete darauf, nicht versehentlich ihre Krallen auszufahren. Das Neugeborene gluckste und schaute die Greifeule mit seinen großen dunklen Augen an.

»Athena! Was habe ich dir gesagt? Der Kleine kann ja noch nicht mal aufrecht sitzen. Lass ihn in Ruhe«, kam eine sanfte, helle Stimme.

Lange blonde Locken fielen ihm ins Gesicht, dann wurde das Baby aus seiner Wiege gehoben. Athena, die immer noch auf dem Kissen saß, musterte die Adlige aufmerksam. Die Frau lächelte ihr mit einem leicht verärgerten Stirnrunzeln zu.

»Edmund!«, rief sie. »Würdest du bitte die Greifeule von unserem Kind fernhalten?«

»Tut mir leid, Alice, ich bin kurz abgelenkt gewesen. In Ralsheim brennt ein Haus. Man kann die Flammen hier vom Fenster aus sehen.«

Eilige Schritte, ein Mann kam ins Blickfeld und bedeutete Alice, ihm zu folgen. Wie seine Frau war er nur mit einem halb zugeknöpften Nachthemd bekleidet. Sein Haar war pechschwarz, dichte Stoppeln bedeckten das Kinn.

Athena kletterte aus der Wiege und flog zu ihrer Sitzstange, während die beiden vom Kinderzimmerfenster aus den Brand beobachteten.

Alice kniff die Augen zusammen. »Ist das die Bäckerei oder die Schmiede?«

»Keines von beiden, die liegen auf der Ostseite des Dorfes. Warte … was war das?«

Athena spürte, wie ihr Herr erschrak. Ein Schrei war in der Ferne zu hören und brach genauso abrupt wieder ab, wie er begonnen hatte.

Die Greifeule flog auf und setzte sich auf Edmunds Schulter. Der Rasen jenseits des Fensters sah gut gepflegt aus, am Rand flackerten Laternen. Die Flammen über dem Dorf wurden unterdessen immer höher. Dann tauchte plötzlich eine graue Wand am Horizont auf. Wie eine Flutwelle brandete sie heran.

»Der Himmel steh uns bei«, flüsterte Edmund.

Wie ein Rudel Wölfe fegten sie lautlos in der Dunkelheit heran: unzählige muskulöse Riesen mit bulligen Schultern und dicken Augenwülsten, die in der Kälte der Nacht riesige Atemwolken ausstießen. Die kurzen Hauer, die aus ihren Unterkiefern ragten, schimmerten im Licht der Laternen, während sie ihre Äxte und Knüppel wild in der Luft schwangen. Athenas feine Ohren nahmen das Donnern ihrer Schritte wahr, doch die Orks selbst blieben stumm, um die Hausbewohner nicht zu warnen.

Alice klammerte sich an Edmunds Arm fest. »Alle Wachen sind beim Gebirgspass«, flüsterte sie. »Wäre der Angriff von dort gekommen, hätten sie Alarm geschlagen. Wir … wir wurden verraten!«

»Ja«, sagte Edmund nur und lief zur Tür. »Jemand hat ihnen den geheimen Tunnel gezeigt.«

»Ruf die Dienerschaft zusammen und gib ihnen Waffen«, erwiderte Alice, dann legte sie das Baby mit einem Kuss zurück in die Wiege. »Ich stelle mich ihnen am Haupteingang entgegen.«

Die Orks hatten jetzt die Kiesfläche vor dem Haus erreicht. Von der Eingangstür ertönte das Krachen von Keulen und klauenbewehrten Füßen, die auf das Holz einschlugen.

Edmund stürmte aus dem Zimmer, gleichzeitig spürte Athena, wie er sie anwies hierzubleiben und die Wiege zu bewachen.

»Pass auf ihn auf, Athena«, sagte Alice noch, dann war auch sie verschwunden.

Athena musste tatenlos zusehen, wie immer mehr Orks mit blutverschmierten Waffen vom Dorf aus in Richtung Haus gestürmt kamen. Die Eingangstür gab mit einem lauten Knall nach, und schon im nächsten Moment barst das Kinderzimmerfenster. Ein Speer flog pfeifend hindurch, so nahe, dass Athena den Luftzug spürte. Sie spähte durch das geborstene Glas nach unten und sah, wie eine Explosion die Orks zurück auf die Wiese schleuderte. Die Übrigen wurden von Feuerbällen niedergestreckt, die wie Meteoriten glühten und sie erbarmungslos von den Beinen rissen.

Doch für jeden toten Ork kamen zwei lebendige nach.

»Haltet stand, die Wachen werden jeden Moment hier sein. Sie müssen!«, schallte Edmunds Stimme über das wütende Gebell der Orks hinweg. Blitze flammten auf und schmetterten weitere Angreifer zu Boden, wo sie zuckend liegen blieben.

Athena spürte, wie Edmund ihren Manavorrat zusehends aufbrauchte. Nicht mehr lange, dann wäre er erschöpft.

Ein Speer jagte zwischen den geborstenen Flügeln der Eingangstür hindurch, ein stechender Schmerz fuhr in Athenas Bewusstsein. Edmund war getroffen worden, doch sie spürte, dass es nur eine Fleischwunde war.

Ein Orkbulle, der noch größer war als seine Artgenossen, preschte ins Haus. Blut spritzte, als ihm ein Telekinesezauber den Kopf von den Schultern riss und ihn zurück nach draußen schleuderte. Doch die Orks hinter ihm kamen durch.

Noch mehr Schreie ertönten. Edmunds Canid, Gelert, stürzte sich knurrend auf die Angreifer. Alice' Vulpid, Reynard, schien ihm beizustehen, denn Athena konnte deutlich sein durchdringendes Heulen hören. Ork um Ork taumelte blutverschmiert und verbrannt zurück auf den Kies, doch dann waren es einfach zu viele. Das Schlachtenglück wendete sich.

Wieder spürte Athena Schmerz, diesmal einen stärkeren. Ein zerschmetterter Arm. Dann sandte ihr Edmund Bilder aus seiner Erinnerung. Sie enthielten eine Anweisung.

Ein Elf auf einem großen Baum. Bring unseren Sohn dorthin. Halte unter keinen Umständen an.

Athena fasste die Arme des Babys mit den Krallen und breitete die Flügel aus. Die Last war so schwer und das Ziel so weit. Aber sie musste es versuchen.

Von draußen kam ein wütendes Brüllen, das sogar den grässlichen Schlachtenlärm übertönte. Fechtmeister Caulder stolperte blutend auf die Wiese vor dem Haus. Er war die ganze Strecke in voller Rüstung gelaufen und konnte sich kaum auf den Beinen halten. Der erste Ork, der ihn angriff, ging unter einem Schwertstreich zu Boden, dann brach ihm Caulder mit einem Tritt in den Hals das Genick. Der Nächste, der sich dem Fechtmeister entgegenstellte, wurde von einem Pfeil niedergestreckt, dann stürmten Caulders Soldaten mit ihren Bogen aus der Dunkelheit.

Doch es waren viel zu viele Orks gegen gerade einmal ein Dutzend Männer. Einer nach dem anderen wurden sie von Speeren und Wurfäxten getroffen, aber Caulder kämpfte weiter, selbst dann noch, als ihm ein Keulenhieb den Arm zerschmetterte. Schlaff hing er von seiner Schulter herab, während Caulder zustach und die Orks bitter bezahlen ließ – für jeden Schritt, den sie vorrückten.

Dann trennte ihm ein Streich von hinten ein Bein ab. Caulder strauchelte und blieb, die Augen zum Himmel gerichtet, reglos liegen.

Athena erhob sich hinaus in die Nacht, da hörte sie eine Explosion unter sich. Geborstenes Mauerwerk flog durch die Luft und mähte zahllose Orks nieder, und dann brach die Verbindung zu Edmund ab. Athena spürte den Zug des Äthers, der versuchte, sie zurückzuholen. Das Baby in ihren Krallen schrie, die Luft wurde immer kälter, während sie höher und höher stieg.

Dunkelheit. Flügelschläge. Sterne hoch am Himmel, die Lichter von Siedlungen weit unterhalb. Der Ruf des Äthers, der immer stärker wird.

Stunden vergehen.

Schneebedeckte Berggipfel, die aufragen wie Reißzähne.

Ein Körper, der schwindet. Die Wildheit des Äthers, der sich holt, was ihm gehört.

Weit unten ein Dorf.

Keine Zeit.

Keine Wahl.

28

»FLETCHER, WACH AUF!« Othellos Augen blickten auf ihn herunter, genauso grün wie das Blätterdach über ihm. »Maliks Gruppe ist ohne uns aufgebrochen.«

Fletcher setzte sich auf. In Gedanken war er immer noch in Athenas Erinnerungen gefangen. »Warum das?«, murmelte er.

»Sie haben eine Nachricht hinterlassen, dass sie das Tageslicht nutzen und früh aufbrechen, uns aber nicht wecken wollten.«

Sylva streckte gähnend die Arme. »Ich habe nichts dagegen. Wenn unterwegs irgendwelche Gefahren lauern, laufen sie vor uns hinein.«

Seraphs Gruppe packte bereits, alle hatten ihre Dämonen gerufen. Fletcher sah erleichtert, dass Rori nun einen weiteren Kerf hatte. Er war etwas kleiner als Malachi und hatte einen gelben Rücken. Was ihn aber weit mehr überraschte, war der Dämon, der auf Atillas Schulter saß: weiß wie eine Taube und mit langen Schwanzfedern. Das musste ein Caladrius sein, Beschwörungsstufe sieben. Er konnte Wunden heilen, indem er einfach seine Federn auf sie legte.

Der Caladrius war einer von vier seltenen Vogeldämonen, zu denen auch der rote, aus Feuer geborene Phönix gehörte, außerdem der eisblaue Polarion und der gelb gefiederte Halcyon. Fletcher beschlich der Verdacht, dass König Harold nicht nur Arcturus einen neuen Dämon geschenkt hatte – bestimmt galt das als Wiedergutmachung an die Thorsagers, nämlich für all die Ungerechtigkeiten, die Othello widerfahren waren. Er fragte sich, was für einen Dämon Atilla zuvor wohl besessen hatte – und ob er ihn immer noch hatte.

»Wir sollten uns ein Beispiel an ihnen nehmen!«, rief Seraph und riss Fletcher aus seinen Gedanken. »Wir brechen auf, ob mit oder ohne euch.«

Eifrig beschnupperte Sacharissa den Boden, als könnte sie es kaum erwarten, ihre Gruppe zum Fluss zu führen. Sie schaute Fletcher winselnd an. Anscheinend wollte Arcturus, dass sie zusammenblieben.

Fletchers Gruppe brauchte nicht lange, um sich fertig zu machen. Nur Kress sträubte sich noch ein wenig.

»Kannst du mich nicht von Solomon tragen lassen, Othello?«, stöhnte sie und hievte sich den schweren Rucksack auf die Schultern.

»Solomon soll dich tragen?«, fragte Fletcher lachend. »Du meinst wohl … eher umgekehrt!«

»Aber nein, stark genug ist er«, widersprach Othello stolz und holte sogleich sein Beschwörungsleder hervor. Kurz darauf materialisierte sich der Golem in einem violetten Blitz.

Solomon war beträchtlich gewachsen. Er war jetzt genauso groß wie Othello, aber noch breiter und kräftiger. Als er Fletcher entdeckte, strahlte er freudig und lief mit ausgebreiteten Armen auf ihn zu. Fletcher konnte sich gerade noch mit einem Rückwärtssprung vor der steinernen Umarmung des Golems in Sicherheit bringen.

»Solomon, nein! Du brichst ihm noch alle Knochen«, schimpfte Othello und verdrehte die Augen, als der Dämon traurig den Kopf hängen ließ.

»Unglaublich, wie viel sich im letzten Jahr verändert hat«, staunte Fletcher. »Nicht mehr lange, dann ist er so groß wie ich.«

»Worauf du dich verlassen kannst. Aber trödeln wir nicht mehr länger herum, die anderen brechen schon auf.« Othello deutete auf Seraphs Gruppe, die bereits zwischen den Bäumen verschwand.

»Wenn wir nicht aufpassen, hält man uns noch für Faulpelze«, sagte Sylva und deutete auf Lysander, der taktvoll woanders hinschaute. »Vergesst nicht, das ist kein gewöhnlicher Einsatz. Alle können uns sehen.«

Othello und Sylva marschierten voraus, Kress trottete mit Fletcher hinterdrein. Lysander ging neben ihnen und brachte es irgendwie fertig, sich mit seinen langen Klauen nicht im Unterholz zu verhaken. Unterdessen hüpfte Athena von Ast zu Ast. Bei jeder Landung regneten Blätter und Insekten auf Fletcher herab, aber er nahm es Athena nicht übel, denn er spürte, wie sehr sie den Äther vermisste. Immerhin hatte sie die letzten siebzehn Jahre dort verbracht.

Fletchers Gedanken kehrten zu seinen Eltern zurück. So viele Jahre hatte er in Pelz nach ihnen Ausschau gehalten und sich gefragt, wie sie ausgesehen haben mochten. Jetzt, nachdem er Athenas Erinnerungen gesehen hatte, wusste er es endlich. Das dichte schwarze Haar und die haselnussbraunen Augen hatte er von seinem Vater, die helle Haut und die gerade Nase von seiner Mutter. Sie hatten ihn geliebt. Fletcher hatte es in seinem Traum gespürt, so deutlich, dass sein Herz vor Freude Purzelbäume schlug. Und dann war ihm diese Liebe genommen worden.

Schon bald wurde der Dschungel um sie herum dichter. Die Blätter standen jetzt so eng beieinander, dass selbst das Sonnenlicht grün wirkte. Der Weg, den Maliks Gruppe genommen hatte, war so gut ausgetreten, dass sie schnell vorankamen. Unterdessen versuchte Fletcher, sich die Gesichter seiner Eltern einzuprägen, doch die Erinnerung an sie verschwamm bereits. Alles war viel zu schnell gegangen.

»Hast du je zuvor eine Zwergin gesehen?«, fragte Kress plötzlich in die Stille hinein. »So richtig, meine ich.«

»Ich kenne Othellos Mutter«, antwortete Fletcher zögernd. Er wusste nicht, was er sonst noch sagen sollte. Seine Gedanken kreisten nach wie vor um den Traum.

»Sind wir hübsch?«, bohrte Kress weiter und grinste zufrieden, als Fletcher rot anlief.

»So hübsch wie alle anderen Mädchen«, erwiderte er und hob den Blick. Das stimmte sogar. Je mehr Zeit er mit Kress verbrachte, desto mehr mochte er sie. Sie erinnerte ihn ein bisschen an Seraph – immer geradeheraus, manchmal vielleicht ein bisschen zu sehr, aber auf ihre Art äußerst charmant.

»Zwergenjungs finden das auch«, erwiderte sie und überlegte kurz. »Manchmal brennen sie aber auch mit einer Menschenfrau durch. Ich wette, Atilla hat Angst, ich könnte genau das tun«, fügte sie mit einem Zwinkern hinzu.

Das schalkhafte Glitzern in ihren Augen hellte Fletchers gedrückte

Stimmung gleich ein wenig auf. Außerdem merkte er, dass er so gut wie gar nichts über Romanzen zwischen ihren beiden Völkern wusste. »Wäre das so schlimm?«, fragte er schließlich.

»Na ja, es ist verboten, vollkommen ausgeschlossen – und das auf beiden Seiten«, antwortete Kress kopfschüttelnd. »Es gehört sich nicht, heißt es, und trotzdem passiert es. Am stärksten leiden allerdings die Kinder. Manche gehen eine Zeit lang als besonders kleinwüchsige Menschen durch, aber irgendwann kommt es immer heraus, vor allem wenn sie nach unserer Tradition leben. Beide Völker verachten sie als ›Mischlinge‹, deshalb gehen die Eltern früher oder später in die Akhad-Wüste oder wandern über das Vesania-Meer nach Swazulu aus.«

»Von Halbelfen habe ich schon gehört, aber noch nie von Halbzwergen«, murmelte Fletcher.

»Halbelfen sind noch schlimmer dran, aber von denen gibt es nur sehr wenige. Die Elfen mögen es gar nicht, wenn sich ihr Volk mit einem anderen vermischt. Selbst Verbindungen zwischen Wald- und Hochelfen sind verpönt. Die Ohren von Halbelfen sind kürzer als Sylvas, aber genauso spitz.«

»Du weißt eine Menge über diese Dinge«, erwiderte Fletcher. »Ich habe mir bisher noch nicht einmal Gedanken darüber gemacht, und dafür schäme ich mich jetzt.«

»Das musst du nicht. Bei mir liegt das Interesse in der Familiengeschichte begründet. Mein Bruder …« Sie verstummte kurz und schaute weg. »Er hat uns wegen einer Menschenfrau verlassen. Ich bin die Einzige, die überhaupt noch mit ihm redet.«

Sylva und Othello hatten das Tempo mittlerweile so sehr angezogen, dass sie sich kaum noch unterhalten konnten und keuchend versuchten, nicht den Anschluss zu verlieren. Das neuerliche Schweigen zwischen ihnen war zwar nicht mehr unangenehm, die Luft allerdings schon. Die Nacht im Sumpf war heiß gewesen, aber erträglich. Doch hier im Dschungel rann ihnen der Schweiß aus allen Poren, Wollkleidung hin oder her. Auch die Geräusche waren ganz andere. Ständig kreisten Insektenschwärme um ihre Köpfe, und aus den Bäumen drangen die lauten Balzschreie der Vögel zu ihnen herunter.

»Wie wär's, wenn wir unseren Dämonen ein wenig Auslauf gönnten?«, schlug Kress vor und holte ihren Rucksack nach vorn. »Dann könnte ich auch den Zauberhandschuh ausprobieren, den Athol für mich gemacht hat.«

»Zauberhandschuh?«, wiederholte Fletcher interessiert.

Kress wühlte in ihrem Rucksack und zog einen ledernen Streithandschuh hervor. Der Handrücken war bis übers Gelenk mit Stahlplatten gepanzert, aber das wirklich Außergewöhnliche waren die Symbole auf den Fingerkuppen und der Handinnenseite. Es waren die gleichen, die sich Fletcher von Athol hatte tätowieren lassen.

»Ich mag keine Nadeln, deshalb kam Tätowieren nicht infrage«, erläuterte Kress schmunzelnd. »Es wundert mich, dass nicht längst alle Beschwörer so einen haben. Ich finde, sie pochen ein bisschen zu sehr auf die Tradition.«

Sie legte den Handschuh an und richtete das Pentagramm auf den Boden ein Stückchen vor ihnen aus. Staunend beobachtete Fletcher, wie sich in violettem Licht ein Dämon materialisierte. Er sah wie eine Kreuzung aus Waschbär und Eichhörnchen aus, hatte dunkelblaues Fell mit grünen Tupfen und aufmerksame gelbe Augen, die Fletcher sogleich fixierten. Fletcher musste sich eingestehen, dass er trotz seiner Studien nicht die geringste Ahnung hatte, um was für eine Art es sich handelte.

»Das ist ein Raiju«, beantwortete Kress Fletchers unausgesprochene Frage, während der Dämon mit einem eleganten Satz auf ihren Handschuh sprang. »Beinahe genauso selten wie dein Salamander, habe ich gehört.«

Fletcher blickte sie verwundert an, und Kress lachte. »Beschwörungsebene fünf. Ich nenne ihn Tosk. Mit seinem Schwanz verschießt er Blitze, du solltest ihn also besser nicht anfassen. Man kann einen ganz schönen Schlag bekommen.«

»Das ist ja irre! Wie bist du an einen so seltenen Dämon gekommen?«, fragte er, während Tosk ihm blinzelnd den Kopf zudrehte, als wollte er mit Fletcher flirten.

»König Harold hat ihn mir gegeben. Er ist ein sehr mächtiger Beschwörer und ein leidenschaftlicher Dämonensammler. Als er erfuhr, dass ich und Atilla an die Akademie kommen, hat er uns gleich seinen Caladrius und diesen Raiju angeboten. Ich glaube, er steht wirklich auf unserer Seite.«

Bevor Fletcher die nächste Frage stellen konnte, ertönte ein Jubelschrei von vorn, und die gesamte Gruppe machte halt. Der Dschungel schien hier plötzlich aufzuhören, von weit unten war das Poltern von Wasser zu hören. Als Fletcher näher herankam, sah er auch den Grund dafür: Ein Wasserfall, gespeist aus dem Sumpf und zahllosen Bächen, ergoss sich vor ihnen in die Tiefe. Die Gischt war so dicht, dass der Fluss in dem Tal unter ihnen über mehrere Kilometer davon verdeckt wurde. In weiter Entfernung und gerade noch am Horizont zu erkennen, erhob sich ein ockerfarbenes Dreieck aus dem Grün des Dschungels: die Pyramide.

»Und wie kommen wir da runter?«, überlegte Othello laut.

Das Gelände fiel links und rechts des Wasserfalls steil ab. Fletcher war froh, dass sie den Fluss hier nicht überqueren mussten, denn zwischen den unzähligen Zuläufen konnte er kaum festen Boden entdecken, und selbst der schien ihm nicht gerade trocken und griffig.

»Schade. Wie es scheint, haben Malik und Isadora den Fluss schon überschritten«, sagte Seraph enttäuscht. »Ich hätte zu gerne gesehen, wie sie sich abmühen.«

»Hoffen wir nur, dass uns die Überschreitung genauso schnell und reibungslos gelingt wie ihnen«, erwiderte Fletcher.

Als sie die Umgebung erkundeten, merkten sie schnell, dass es nur zwei Routen nach unten gab. Die eine war felsig und lief direkt am Rand des Wasserfalls entlang, bei der anderen handelte es sich um einen schmalen Trampelpfad, der sich in östlicher Richtung immer weiter nach unten schlängelte.

»Tja«, sagte Fletcher und legte Seraph eine Hand auf die Schulter. »Hier trennen sich unsere Wege.«

29

FLETCHER HIELT SICH EINE HAND über die Augen und blickte durch die dichten Zweige in den Sonnenuntergang. Er war froh, dass sie beschlossen hatten, ihr Lager noch vor Einbruch der Nacht aufzuschlagen. Der Mond war kaum mehr als eine Sichel am Firmament, und Wyrrlichter zu entzünden wäre zu gefährlich gewesen.

Seit es dunkel wurde, hallten die Schreie der Brüllaffen von den Bäumen zu ihnen herunter. Die Gruppe bereitete sich auf ihre erste Nacht allein auf feindlichem Gebiet vor. Sie hatten sich eine kleine Lichtung gesucht, die in sicherer Entfernung von dem Pfad lag.

Während Ignatius gähnend auf seine Schulter kletterte und es sich dort bequem machte, dachte Fletcher über den bisherigen Verlauf ihres Einsatzes nach. Von ihrem Pfad hatten mehrere Abzweigungen in die Richtung des Flusses geführt, aber sie waren ihnen nicht gefolgt und hatten sich vom Wasser ferngehalten. Trotz des starken Gefälles waren sie gut vorangekommen. Fletcher war zuversichtlich, dass sie den Treffpunkt rechtzeitig erreichen würden.

Sariel und Lysander hatten während des gesamten Tages nach möglichen Hinterhalten Ausschau gehalten, während Athena immer wieder über das Blätterdach hinausgeflogen war, damit Fletcher mit seinem Hellsehkristall überprüfen konnte, ob sie auch in der richtigen Richtung unterwegs waren. Ignatius und Tosk hatten sich lautlos durchs Unterholz links und rechts bewegt und die Flankensicherung übernommen. Nur Solomon, der zu schwerfällig und ungeschickt war, war bei der Gruppe geblieben und hatte ihnen als Packesel die schweren Lasten abgenommen.

»Jetzt, da wir nur noch zu viert sind, fühlt es sich irgendwie echter an«, sagte Sylva und stocherte mit einem Stock in dem aufgeschichteten Feuerholz herum. »Als wir noch alle zusammen waren, glaubte ich fast, wir könnten es mit einem ganzen Heer aufnehmen. Jetzt bin ich mir da nicht mehr so sicher.«

»Ich weiß nicht«, erwiderte Fletcher und hob Ignatius von seiner Schulter. »Ich glaube, wir sind eine schlagkräftige Truppe. Wir haben zwei Turniergewinner und zwei Zweitplatzierte. Wenn wir einer Orkpatrouille begegnen, hätten wir gute Chancen.«

Ignatius winselte ungehalten, weil Fletcher ihn geweckt hatte, aber nach ein bisschen Zögern und Zaudern spuckte er endlich eine Flamme, um das Holz zu entzünden.

Sylva schirmte ihr Gesicht mit den Händen vor dem Funkenflug ab. »Ich habe auch keine Angst, dass wir unterliegen könnten«, entgegnete sie. »Sondern dass ein Ork entwischt und Alarm schlägt. Dann wäre unser Einsatz vorbei.«

»Sariel und Lysander könnten ihn zur Strecke bringen«, warf Othello ein, während er sich stöhnend die Stiefel auszog. »Der große Kerl hier wird das jedenfalls nicht schaffen«, fügte er hinzu und tätschelte liebevoll Solomons Kopf.

Der Golem gurrte zufrieden. Genau wie damals in der Scheune am Rand von Corcillum hielt er Othellos durchnässte Socken zum Trocknen übers Feuer. Zum ersten Mal seit Jahren, so kam es ihm vor, war Fletcher mit sich und der Welt zufrieden.

»Wie geht es euch so?«, fragte er in die Runde, holte ein Stück getrocknetes Wildfleisch aus seinem Rucksack, spießte das Fleisch auf einen Ast und hielt es in die Flammen.

»Ungefähr genauso gut, wie ich rieche«, antwortete Othello naserümpfend. »Also nicht besonders. Die Hitze hier bekommt mir nicht, und euch übrigens auch nicht.«

»Das kannst du laut sagen«, bestätigte Kress. »Die Orks können uns wahrscheinlich über Kilometer hinweg riechen.« Sie wühlte in ihrem Rucksack nach etwas Essbarem und hielt plötzlich inne. »Hey! Mehrere von meinen Armbrustbolzen fehlen.«

Mit einem Stirnrunzeln zeigte sie den anderen den ehemals prall gefüllten Köcher, in dem die Schäfte jetzt klappernd gegeneinanderschlugen.

»Mir auch!«, rief Sylva. Ihre Pfeile waren Meisterwerke der Handwerkskunst, die Spitzen noch dünner und schärfer, als Fletcher sie selbst zu seiner besten Zeit in Berdons Schmiede hinbekommen hatte.

»Vielleicht sind welche rausgefallen?« Fletcher zählte seine Pfeile, die genauso wie die der anderen blau befiedert waren. Bei ihm schien keiner zu fehlen.

Kress zuckte die Achseln und stellte ihren Köcher wieder ab. »Es sind immer noch genug übrig, aber wir sollten auf der Hut sein. Die Orks benutzen zwar keine Pfeile, aber wenn sie einen von unseren finden, wissen sie, dass wir hier sind.«

Sariel und Lysander kehrten von ihrer Patrouille um den Lagerplatz zurück und streckten sich neben dem Feuer aus. Ihr breiter Rücken gab ein bequemes Kissen für die Beschwörer ab, nur der viel kleinere Tosk rollte sich auf Kress' Bauch zusammen wie ein Hund. Damit waren alle Dämonen wieder im Lager – bis auf einen.

Fletcher setzte sich das Gestell mit dem Hellsehstein auf, um zu sehen, wo Athena steckte. Durch den Kristall bekam seine Sicht den charakteristischen Rosastich, und dann merkte er, dass die Greifeule hoch über ihnen auf einem Ast saß und Wache hielt. Für ihre Eulenaugen war selbst die Nacht taghell. Wie ein ausgebildeter Wachposten drehte sie den Kopf ständig in eine andere Richtung. Fletcher wollte ihr in Gedanken befehlen, zu ihnen herunterzukommen, spürte aber, dass sie lieber blieb, wo sie war.

»Hm, es scheint, wir könnten uns die Nachtwache sparen«, sagte er laut zu den anderen. »Athena sitzt oben im Baum und hält die Augen für uns offen.«

»Schön«, meinte Sylva gähnend. »Mir fallen sowieso schon die Lider zu.«

Schweigend lagen sie da, genossen die Stille und ließen sich die schmerzenden Muskeln vom Feuer wärmen. Grillen zirpten, ab und zu ertönte der Ruf eines Nachtvogels. Seltsamerweise fand Fletcher die nächtlichen Geräusche des Dschungels beruhigend. Sie erinnerten ihn an den Wald um sein Heimatdörfchen Pelz.

Da meldete sich Jesper, der den ganzen Tag über nichts gesagt hatte, plötzlich zu Wort.

»Ich weiß nicht, was ich hier soll«, schluchzte er mit vor Angst bebender Stimme. »Ich habe nur das Kurzschwert, das Uhtred mir gegeben hat, und kann sowieso nicht kämpfen. Meine Stärke ist die Dämonen- und Pflanzenkunde, bloß werden wir hier kaum tote Dämonen finden. Und wenn der Kampf beginnt, dürfte mir der Sinn erst recht nicht danach stehen, einen von ihnen zu sezieren.«

»Du bist mir trotzdem um Längen lieber als die Führer der anderen Gruppen«, munterte Sylva ihn auf. »Du hast unterwegs so viel Essbares gesammelt, dass keiner von uns hungrig ist, die Lianen geben genug Trinkwasser, und die große Pyramide ist Wegweiser genug, dass wir keinen Pfadfinder brauchen. Außerdem haben wir eine Karte. Wenn wir Orks begegnen, halt dich einfach raus. Wir kümmern uns schon um sie.«

»Danke«, murmelte Jesper halbherzig und rollte sich auf die Seite. Fletcher glaubte, eine Träne auf seiner Wange zu sehen, die im Feuerschein schimmerte. Erst als er das Schimmern ein zweites Mal sah, merkte er, dass das Bild von seinem Hellsehkristall kam.

»Was zum Teufel ist das?«, stammelte Fletcher.

Kaum hundert Meter weit entfernt hatte noch jemand ein Feuer entzündet, und zwar mitten auf dem Pfad. Im ersten Moment hatte Fletcher geglaubt, es wäre ihr eigenes, so kurz war die Entfernung. Er nahm seinen Kristall ab und zeigte es den anderen.

»Orks?«, fragte Jesper zitternd.

»Ich schicke Athena näher heran«, erwiderte Fletcher und erteilte ihr sogleich den entsprechenden Gedankenbefehl.

Kurz darauf sahen sie, wie das Blätterdach unter der Greifeule vorbeijagte. Es dauerte ein paar Momente, bis sie die Stelle erreichte und beinahe lautlos auf einem Ast landete. Fletcher hörte dennoch, wie die Blätter ganz leicht unter ihrem Gewicht raschelten, und zuckte erschrocken zusammen. Aber die Gestalten unten am Feuer schienen nichts gemerkt zu haben.

Sie waren zu weit entfernt, um die Gesichter zu erkennen, doch der riesige Kerl, der am Rand des Lagerplatzes Wache hielt, schien Hinweis genug: Isadoras Gruppe war ihnen gefolgt.

»Was haben die da zu suchen?«, zischte Sylva. »Sie sollten doch längst auf der anderen Seite des Flusses sein!«

»Keine Ahnung, aber sie dürften nichts Gutes im Schilde führen«, flüsterte Othello. »Allerdings können sie nichts tun, solange Lysander zusieht. Es sei denn, sie greifen in der Dunkelheit an …«

Sie schwiegen eine Weile und überlegten.

»Vielleicht haben sie sich verirrt oder ihren Plan geändert«, sagte Kress schließlich.

»Du kennst sie nicht«, widersprach Fletcher. »Sie wollen uns sabotieren und beweisen, dass eine Zusammenarbeit zwischen Menschen, Elfen und Zwergen nicht gelingen kann. Wenn sie uns im Dunkeln mit Zaubern töten, wird es so aussehen, als wären wir von Orkschamanen überfallen worden.«

»Würde ihnen ähnlich sehen«, knurrte Sylva.

Fletcher hob den Kopf und blickte sich um. »Wir müssen beim ersten Tageslicht aufbrechen und so viel Abstand zwischen sie und uns bringen wie möglich. Athena behält sie inzwischen im Auge.«

Missmutig ätzte er den Eiszauber in die Luft und lud ihn mit Mana auf. Eiskristalle regneten auf das brennende Feuer nieder, dann saßen sie wieder im Dunkeln.

»Ruht euch aus«, seufzte Fletcher und kuschelte sich an Lysanders weichen Bauch. »Es könnte für eine ganze Zeit die letzte Gelegenheit sein.«

Während alle anderen ihre Decken aus den Rucksäcken holten, presste sich Othello direkt neben ihn. »Du glaubst doch nicht, dass du Lysander ganz allein als Kissen benutzen kannst«, flüsterte er. »Mach gefälligst Platz.«

Fletcher rückte zur Seite, und Othello streckte sich neben ihm aus. Es war tröstlich, seinen Freund so nahe zu haben.

»Moment«, sagte Othello plötzlich. »Wo ist eigentlich der Kobold geblieben?«

»Ich … ähm … ich habe ihn laufen lassen.«

Othello stöhnte. »Ich wusste es … glaubst du, das war richtig?«

Fletcher wurde unbehaglich zumute. Im Zuge der Ereignisse hatte er Blau ganz vergessen. »Ich bin ziemlich sicher, dass er uns nicht verraten wird. Und, ja, es war gewiss richtig«, antwortete er, ohne recht zu wissen, ob er damit Othello überzeugen wollte oder eher sich selbst.

»Ich hoffe nur, du hast recht«, murmelte der Zwerg und drehte sich auf die andere Seite. »Um unser aller willen.«

Fletcher nahm einen tiefen Atemzug und versuchte, seine Zweifel abzuschütteln. Er hatte schon genug Sorgen und wollte sich nicht auch noch wegen des Kobolds den Kopf zerbrechen.

»Du bist den ganzen Tag sehr nachdenklich gewesen«, sagte Othello so leise, dass die anderen ihn nicht hören konnten. »Beschäftigt dich irgendwas?«

Fletcher überlegte. Eigentlich sollte er jetzt schlafen, aber Athenas Erinnerungen würden ihn so oder so die ganze Nacht wach halten. Vielleicht half es ihm, wenn er mit jemandem darüber sprach.

»Ich habe gesehen, wie meine Eltern gestorben sind«, raunte er schließlich.

»Du kannst dich daran *erinnern*?«, fragte Othello erstaunt.

»Nein, ich habe es in Athenas Erinnerungen gesehen. Sie waren so glücklich, und dann … das war grässlich.«

»Oh …«, sagte Othello. »Das tut mir leid.«

Der Zwerg schwieg eine Weile, dann sagte er mit fester Stimme: »Weißt du eigentlich, dass ich noch eine Schwester hatte?«

Fletcher runzelte die Stirn. »Nein. Aber was meinst du mit *hatte*?«

»Essie wurde geboren, als ich und Atilla drei Jahre alt waren, also zwei Jahre bevor Harold die Bevölkerungsgesetze lockerte und meine Mutter mit Thaissa schwanger wurde. Wir mussten sie geheim halten. Damals durften Zwerge nur ein einziges Kind haben. Unser Glück war, dass Atilla mein Zwillingsbruder ist und die Pinkertons uns nicht auseinanderhalten konnten. Aber Essie musste sich unter den Bodendielen verstecken, wenn sie zur Inspektion kamen. Als sie eins war, wurde sie so schwer krank, dass wir sie zu einem Arzt bringen mussten. Zu einem Menschen.«

Othello hielt inne, und Fletcher sah die Tränen in den Augen seines Freundes.

»Er hat die Pinkertons gerufen, stell dir das vor, Fletcher, und die haben uns Essie weggenommen. Wir wussten nicht, wohin sie gebracht wurde, und ein paar Wochen später erhielten wir die Nachricht, sie sei ihrer Krankheit erlegen. Einfach so war sie fort. Für immer. Sie haben uns nicht einmal den Leichnam ausgehändigt.«

Fletcher legte ihm eine Hand auf die Schulter. »Das tut mir entsetzlich leid. Für dich, für deine Schwester und für deine ganze Familie. Ich kann mir gar nicht vorstellen, wie sich das anfühlen muss.«

Othello wischte sich mit dem Ärmel die Augen trocken. »Wir sprechen nie darüber. Thaissa weiß es nicht einmal. Wenn ich nur in Erfahrung bringen könnte, was wirklich geschehen ist, und noch einmal ihr Lachen hören dürfte … ich würde alles dafür geben.«

Fletcher wusste, was er meinte. Die Gesichter seiner Eltern wenigstens einmal gesehen und ihre Stimmen gehört zu haben war ein Segen. Was mit ihnen geschehen war, war schlimm. Ihren Tod zu bezeugen war entsetzlich gewesen … aber wichtig.

Lysander drehte den Kopf und sah Fletcher in die feuchten Augen. Ganz sanft hob er eine Klaue an Fletchers Wange, dann breitete er eine Schwinge über ihn und deckte ihn zu. Die Geste wirkte so menschlich, dass sie unmöglich nur von dem Dämon kommen konnte. Lovett beschützte sie, das wusste Fletcher jetzt.

»Danke, dass du mir das anvertraut hast, Othello«, flüsterte er. »Ich werde es dir nicht vergessen.«

30

ES WAR NOCH FRÜH AM MORGEN, die Gruppe marschierte mit strammem Tempo, außerdem achteten sie jetzt noch sorgfältiger darauf, keine Spuren zu hinterlassen. Glücklicherweise wurde der Pfad häufig von Dschungeltieren benutzt, die mit ihren Huf- und Krallenabdrücken den Boden ohnehin ständig aufwühlten.

Beunruhigend war allerdings, dass sie zwischen den Spuren auch die plattfüßigen Abdrücke von Orks entdeckt hatten. Sie sahen ganz ähnlich aus wie die eines Menschen, nur größer, und die Klauen an den Zehen hinterließen tiefe Furchen. Wie alt die Spuren sein mochten, war schwer zu sagen. Fletcher war umso froher, dass Athena von oben Ausschau hielt und er die Umgebung mithilfe seines Hellsehkristalls ständig im Auge behalten konnte.

»Können … wir … nicht … ein bisschen … langsamer machen?«, keuchte Othello und zog die Gurte seines Rucksacks fester. Er hatte Solomon in sich aufnehmen müssen, da der Golem ihrem Tempo nicht folgen konnte und außerdem viel zu deutliche Fußabdrücke hinterließ. Seitdem mussten alle ihr Gepäck wieder selbst tragen, was das Marschieren um einiges anstrengender machte.

Jesper schnaufte schwer durch ein mit Kräutern gefülltes Tuch, das er sich vors Gesicht gebunden hatte, und Kress musste wegen ihrer kurzen Beine immer wieder Zwischenspurts einlegen, ebenso wie Othello.

»Fünf Minuten Pause«, sagte Fletcher. Sein Herz pochte wie wild, der Schweiß lief ihm in Sturzbächen den Rücken hinab. Nach einem ganzen Jahr im Kerker, in dem er für seine Ausdauer nicht mehr hatte tun können, als ein paar Liegestütze zu machen, hatte auch er Schwierigkeiten. Sylva war die Einzige, der das Laufen nichts auszumachen schien.

Sie machten halt, ließen sich auf den Boden fallen und lehnten sich mit den Rucksäcken gegen die Bäume links und rechts des Pfades. Eine Weile tranken sie schweigend aus ihren Feldflaschen, aßen die gesammelten Früchte oder kauten auf Wurzeln herum. Schließlich deutete Sylva mit einem Seufzen auf den Weg, den sie gerade gekommen waren. »Isadoras Gruppe wird uns so oder so bis zum Einbruch der Dunkelheit wieder einholen. Wir sind einfach zu langsam.«

»Wir müssen es zumindest versuchen«, stöhnte Othello, den Kopf an Fletchers Schulter gelehnt. »Morgen Abend sollten wir die Pyramide erreichen. Wenn wir sie so lange noch auf Abstand halten können, ist alles in Ordnung.«

Fünf Minuten später machte immer noch niemand Anstalten, wieder aufzustehen, aber Fletcher gönnte sich und den anderen die Pause. Den Großteil der letzten Nacht hatte er damit verbracht, Isadoras Gruppe zu beobachten, immer in der Hoffnung, etwas von ihren Gesprächen aufzuschnappen. Leider hatte Hannibal ständig um das Lager patrouilliert, weshalb Athena auf Abstand bleiben musste, bis Fletcher irgendwann doch vom Schlaf übermannt worden war.

Plötzlich brach Ignatius aus dem Unterholz. Fletcher spürte Angst, und zwar ging sie von seinen *beiden* Dämonen aus. In dem Kristall sah er, dass sich etwas in ihre Richtung bewegte.

»Geht in Deckung!«, zischte er und verschwand mit Sylva zwischen den Bäumen, während Othello, Kress und Jesper sich auf der anderen Seite des Pfades in die Büsche schlugen. Lysander und Sariel waren bei ihnen. Die großen Dämonen duckten sich zwischen die Blätter, so gut es ging, und das gerade noch rechtzeitig, denn die Neuankömmlinge hatten ihren Rastplatz mittlerweile erreicht.

Drei Rhinozerosse pflügten mit ihren langen Hörnern durch das Unterholz. Ihre dicke, ledrige Haut war genauso grau wie die ihrer riesenhaften Reiter. Die Orkbullen, die auf ihnen saßen, waren voll ausgewachsen und mindestens zwei Meter groß. Hauer, so dick wie Fletchers Arme, ragten aus ihren Unterkiefern, außerdem trugen sie rot-gelbe Kriegsbemalung. Über ihren Schultern hingen Macanas, eine Art Schlagstock mit einer Schneide aus rasiermesserscharfen Obsidiansplittern. Bestimmt konnten sie damit ein Pferd mit einem einzigen Schlag enthaupten, dachte Fletcher schaudernd. James Baker hatte Macanas in seinem Tagebuch als ein Mittelding aus Keule und Schwert beschrieben, das Rüstungen durchschlug und das Fleisch darunter gleich mit zerteilte.

Auf die Orks folgte ein Trupp Gnome. Einige trugen Speere mit Steinspitzen über der Schulter, die anderen aus Wurzeln oder Ästen geschnitzte Knüppel. Ebenso wie das Exemplar, das Harold ihnen während der Ratsbesprechung gezeigt hatte, waren sie einen Kopf kleiner als Fletcher, hatten drahtige Körper, lange Nasen und Schlappohren.

Sie ritten auf Kasuaren, straußenähnlichen Vögeln mit schwarzem Gefieder, das beinahe so dicht war wie Fell. Die langen nackten Hälse waren leuchtend blau, unterm Kinn baumelten rote Kehlsäcke. Am sonderbarsten sahen allerdings die Hornkämme auf ihrer Stirn aus und die langen scharfen Klauen an den Füßen.

Wenigstens konnten die Biester nicht fliegen, sagte sich Fletcher erleichtert. Aus Bakers Tagebuch wusste er, dass Kasuare normalerweise nur jungen Orks als Reittiere dienten, da sie deren Gewicht gerade noch tragen konnten.

»Mein Gott, sind das viele«, flüsterte Sylva und presste sich ganz dicht an Fletcher heran. Nach ihrem überhasteten Sprung zwischen die Bäume lagen sie mehr oder weniger aufeinander.

Insgesamt mussten es mindestens fünfzig Gnome sein, die mit ihren hervortretenden Augen den Dschungel absuchten. Die Nachhut übernahmen Tüpfelhyänen, die immer wieder am Tross entlang nach vorn liefen und den Boden beschnupperten. Eine besonders kräftige blieb mit bebenden Nasenflügeln genau neben Fletcher und Sylva stehen. Mucksmäuschenstill beobachteten sie, wie das gedrungene Biest immer näher kam. Dann begann die Hyäne zu knurren.

Sylva klammerte sich erschrocken an Fletcher fest, da bellte ein Ork einen kehligen Befehl, und die Hyäne trottete wieder davon.

Anscheinend folgte der Tross gar nicht der Fährte, die sie auf dem Pfad hinterlassen hatten. Witterten die Hyänen vielleicht den Wendigo?

Nach weniger als einer Minute war der Tross außer Sichtweite, dennoch dauerte es eine gefühlte Ewigkeit, bis Fletcher den Mut fand, sich wieder hinaus auf den Pfad zu wagen. Er war kaum aus seinem Versteck getreten, da kam Athena von den Bäumen heruntergeflattert und setzte sich auf seine Schulter. Ignatius sprang auf seine Arme und barg den Kopf an Fletchers Brust. Das war knapp gewesen.

»Gut, ich schlage vor, wir halten uns ab jetzt vom Pfad fern«, sagte Fletcher mit einem nervösen Zittern in der Stimme.

»Einverstanden«, erwiderte Othello, der gerade auf der anderen Seite aus seinem Gebüsch gekrochen kam. »Sobald sie merken, dass sie in die falsche Richtung laufen, werden sie kehrtmachen.«

»Diese Vögel haben ausgesehen wie Dämonen«, stammelte Kress mit immer noch geweiteten Augen. »So etwas habe ich nie zuvor gesehen.«

»Glaub mir, das sind ganz gewöhnliche Tiere«, widersprach Jesper. »Sie können unglaublich schnell laufen und treten wie ein Maultier. Du solltest ihre Eier sehen, riesige grüne Dinger. Man könnte sie glatt für Gnomeier halten. Versuch mal, eines zum Frühstück zu verspei…«

»Euch ist klar, dass sie genau auf Isadoras Gruppe zulaufen?«, schnitt Kress ihm das Wort ab.

»Umso besser«, erwiderte Sylva. »Vielleicht bringen sie sich gegenseitig um.«

Lysander blickte den Orks besorgt hinterher, und Fletcher überlegte. Herzog Forsys hatte einen von Lysanders Hellsehkristallen, also wusste er über die Situation Bescheid und konnte Isadora über Hannibal eine Warnung zukommen lassen. Andererseits würden die Hyänen den Wendigo wahrscheinlich in jedem Fall entdecken. Mehr als einmal hatte sich Fletcher in seiner einsamen Kerkerzelle ausgemalt, wie Didric oder die Forsys-Zwillinge in einen Orkhinterhalt gerieten. Es war eine verlockende Vorstellung. Da spürte er, wie Athena ihn in Gedanken tadelte. Eigentlich hatte die Greifeule recht. Fletcher wendete sich seufzend seinen Freunden zu.

»Warum sind wir hier?«, fragte er und schaute seinen Begleitern fest in die Augen – einem nach dem anderen.

»Um die Gnomeier zu zerstören und Rufus' Mutter zu befreien«, antwortete Sylva, die ihren Rucksack schon wieder geschultert hatte.

»Nein. Warum sind *wir* hier?«, wiederholte Fletcher.

Alle blickten ihn verwundert an.

»Unsere Gruppe soll als leuchtendes Beispiel für eine Zusammenarbeit zwischen den Völkern Hominums dienen. Wir wollen beweisen, dass Zwerge und Elfen den Respekt der Menschen verdienen. Ich wünsche den anderen den Tod genauso sehr wie ihr. Ich würde sie sogar selbst töten, wenn ich die Gelegenheit dazu hätte, aber wie stehen wir da, wenn wir Isadoras Gruppe einfach den Orks überlassen?«

Othello und Sylva wussten, das Fletcher recht hatte, und trotzdem wichen sie seinem Blick aus.

»Sie jagen uns«, flüsterte Sylva. »Das ist *die* Chance.«

»Das wissen wir nicht«, widersprach Kress entschieden. »Vielleicht haben sie nur beschlossen, den Fluss doch noch nicht zu überqueren.«

»Wenn sie getötet werden, haben wir vier Leute weniger, um unseren Auftrag zu erfüllen. Gelingt ihnen die Flucht, werden die Orks Alarm schlagen«, gab Othello zu bedenken, wenn auch murrend.

»Wir sprechen hier von Didric, Tarquin, Isadora und *Grindel*! Alle vier haben bereits versucht, uns zu töten. Du bist zu blauäugig, Kress. Die Welt wäre besser dran ohne sie«, fauchte Sylva.

Fletcher konnte ihr nicht widersprechen. Wollte er wirklich die Leute retten, die versucht hatten, ihn in einem gelenkten Verfahren zum Tode verurteilen zu lassen? Er zögerte immer noch, da ergriff Kress wieder das Wort.

»Was ist mit Atlas? Hat *er* den Tod verdient, nur weil er sich in unseren Augen mit den falschen Leuten abgibt?«, fragte sie leise. »Wenn wir sie einfach sterben lassen, stellen wir unsere eigenen Ziele über die Sicherheit Hominums. Damit wären wir kein bisschen besser als sie!«

Sylva schnaubte verärgert, dann nahm sie ihren Bogen vom Rücken und wandte sich in die Richtung, in die der Orktross weitergezogen war.

»Bringen wir's hinter uns«, knurrte sie.

31

SIE FOLGTEN DER ORKPATROUILLE eine halbe Stunde lang. Von oben half ihnen Athenas Blick, gerade außer Sichtweite zu bleiben, und der Wind stand glücklicherweise genau so, dass die Hyänen ihre Witterung nicht aufnehmen konnten.

»Stopp«, flüsterte Fletcher und hob die Faust. »Sie haben angehalten.«

Die drei Rhinozerosse an der Spitze des Trosses waren stehen geblieben. Ein Stück weiter voraus kläfften die Hyänen hechelnd eine Baumgruppe an.

»Keine Feuerwaffen. Nur Pfeile«, flüsterte Fletcher. »Schießt auf mein Zeichen.«

Die Gruppe teilte sich links und rechts des Pfades auf und schlich durchs Unterholz weiter. Das letzte Mal, dass Fletcher mit einem Bogen geschossen hatte, war lange her, aber als er ihn jetzt zur Hand nahm, kam alles im Nu zurück. Der Zug der Sehne und das Gefühl, die Nocke des blau gefiederten Pfeils zwischen den Fingern zu halten, alles war ihm sofort wieder vertraut. Neben ihm legte Kress ächzend den Spannmechanismus ihrer Armbrust um. Ihre Hände waren nass von Schweiß.

»Jesper, du hältst dich im Hintergrund und deckst uns den Rücken. Wenn eine zweite Patrouille auftaucht, will ich das sofort wissen.« Fletcher hob seinen Bogen, spannte die Sehne aber noch nicht. Aus Erfahrung wusste er, dass er besser traf, wenn er in einer einzigen flüssigen Bewegung zielte und schoss. Er konzentrierte sich und beobachtete durch den Hellsehkristall, wie einer der Orks abstieg und zu den hechelnden Hyänen ging.

Eine Feuerkugel traf den Ork mitten in der Brust und schleuderte ihn zwischen die Bäume. Weitere Kugeln folgten, wie ein Meteoritenschauer schlugen sie eine breite Schneise in die Orks – Isadoras Gruppe hatte der Patrouille einen Hinterhalt gelegt.

»Jetzt!«, rief Fletcher, als sich die Gnome am Ende der Kolonne zur Flucht wandten. Zwei Pfeile und ein Armbrustbolzen surrten durch die Luft. Sie trafen ihre Ziele mit tödlicher Genauigkeit, und die Gnome wurden von ihren Reittieren gerissen.

»Noch mal«, befahl Fletcher, da ging die nächste Salve auf Gnome und Kasuare nieder. Gleichzeitig brach der Wendigo aus der Deckung und schlug mit seinen Klauen auf die Orks ein, während weitere Feuerkugeln, Blitze und Telekinesezauber wild in alle Richtungen zuckten.

Wie durch ein Wunder gelang es einem der Gnome, das Sperrfeuer zu durchbrechen. Mit voller Geschwindigkeit kam sein Kasuar in ihre Richtung geprescht.

»Lasst ihn nicht entwi…!«, schrie Fletcher, da trennte eine Wurfaxt dem Vogel ein Bein ab. Der Kasuar schlug der Länge nach hin, dann kam Othello aus dem Unterholz gesprungen und machte sowohl dem Tier als auch dem Reiter mit zwei schnellen Hieben seiner Streitaxt ein Ende.

Die anderen Gnome stürzten sich mit einem wütenden Brüllen auf Othello, da ließ ein markerschütterndes Kreischen von oben sie plötzlich innehalten. Lysander kam im Sturzflug zwischen den Ästen hindurch und pflügte mit Krallen- und Klauenschlägen durch die Kasuarreiter. Die Gnome stürzten zu Boden, während die Kasuare mit Beinen und Schnäbeln nach ihrem Angreifer schlugen und der Greif vor Schmerz aufschrie.

»Auf sie!«, befahl Fletcher und rannte mit gezogenem Chepesch los. Das Pochen seines Herzens war beinahe genauso laut wie das Trommeln seiner Füße auf dem Boden.

Einer der Gnome griff, immer noch benommen vom Sturz, mit seiner Keule an. Fletcher parierte den Schlag und bohrte ihm die Spitze seines Chepesch in die Brust. Ein zweiter Gnom fiel Kress' Torq zum Opfer, während Sylva einen kreischenden Kasuar mit ihrem Falx köpfte und Othellos Wurfäxte nur knapp an Fletcher vorbeisausten. Sie streckten Gnom um Gnom nieder, alles, was versuchte, an ihn heranzukommen.

Der aus vielen Wunden blutende Lysander nutzte die Gelegenheit, sich wieder in die Luft zu erheben. Dennoch blieb keine Zeit, den Greif zu versorgen, denn die erste Angriffswelle war kaum zu Boden gegangen, da kam schon die zweite heulend auf sie zu.

»Zurück«, keuchte Fletcher, als ein Keulenschlag seinen Ellbogen streifte. Ein stechender Schmerz raste bis hinab in seine Finger und raubte ihm jedes Gefühl in der tätowierten Hand. Im selben Augenblick sprang ihm Kress zur Seite, um die linke Flanke zu decken, während Othello mit Sylva die rechte übernahm.

Die Kasuarreiter schwärmten unterdessen zu beiden Seiten in den Dschungel aus, um sie in die Zange zu nehmen. Da schoss eine Flamme aus dem Unterholz und scheuchte die eine Gruppe sogleich wieder zurück auf den Pfad. Einer der Reiter hielt sich schreiend das von Ignatius' Krallen entsetzlich zugerichtete Gesicht. Ignatius schlug noch ein letztes Mal zu, dann sprang er zurück in die Büsche. Hoffentlich hielt diese Lektion die Gnome davon ab, das gleiche Manöver noch einmal zu versuchen.

In Fletchers Rücken flammten Blitze auf, und mehrere Gnome brachen zuckend zusammen – Tosk, Kress' Dämon, hatte nun ebenfalls in den Kampf eingegriffen.

»Wo bleiben Sariel und Solomon?«, brüllte Fletcher. Er ließ seinen Chepesch in einem weiten Bogen durch die Luft fahren, und einer der Gnome taumelte mit einer klaffenden Schnittwunde auf der Brust zurück.

In diesem Augenblick hörte er ein lautes Krachen. Ein ausgerissener Baumstamm sauste wie ein Hammer herab und zermalmte mehrere Gnome. Dazu ertönte ein Schrei wie eine Felslawine. Damit war zumindest geklärt, wo der Golem geblieben war.

Einen Wimpernschlag später brach Sariel aus den Büschen, riss einen Kasuar von den Beinen und zerrte ihn hinter sich her in den Dschungel. Sylva keuchte vor Schmerz auf, als die beiden Geschöpfe aufeinander einschlagend hinter den dichten Blättern verschwanden.

»Schlachtzauber!«, rief Fletcher, als er seine tätowierte Hand wieder spürte. »Achtet darauf, euer Mana nicht zu schnell zu verbrauchen.«

Sylva ätzte so schnell, dass ihr Feuerball schon den ersten Gnom niederstreckte, bevor Fletcher überhaupt zu Ende gesprochen hatte. Kress und Othello schleuderten weitere hinterher, während Fletcher die übrigen Kasuare mit einem Telekinesezauber von den Beinen holte.

Doch unvermindert griffen die Gnome weiter an. Ihre knorrigen Keulen wehrten Fletchers Chepesch mit solcher Wucht ab, dass er die Erschütterung bis hinauf in die Schulter spürte. Ein Speer rauschte vorbei und schlitzte ihm die Wange auf. Brennender Schmerz durchzuckte ihn, als sein Schweiß in die Schnittwunde floss und sich mit dem Blut vermischte. Fletcher schüttelte sich kurz und erwischte den Gnom, der den Speer geschleudert hatte, mit seinem Konter mitten im Gesicht.

Kress bekam einen Kasuartritt ab und stürzte, aber die Krallen drangen zum Glück nicht durch ihr Lederwams. Im Gegenzug feuerte sie einen Blitz ab, der dem Vogel glatt den Kopf vom langen Hals riss.

Ignatius rannte Feuer spuckend zwischen die anbrandenden Gnome und blendete sie, Tosk steuerte einen blauen Blitz bei, der die vorderste Reihe mit solcher Wucht gegen die zweite schleuderte, dass sie in einem Knäuel aus Armen, Beinen und Keulen einen Moment lang am Boden liegen blieben.

Fletcher nutzte die kurze Verschnaufpause, um sich mit seinem Hellsehkristall einen Überblick über den Schlachtverlauf zu verschaffen.

Der Wendigo war vollauf damit beschäftigt, sich zwei Orks vom Leib zu halten, während sich der Rest von Isadoras Gruppe in den Büschen versteckt hielt und die Gnome scheinbar wahllos mit Schlachtzaubern überschüttete. Ihre Manareserven würden nicht mehr lange vorhalten, aber die Taktik schien aufzugehen: Dutzende Angreifer lagen tot am Boden, der Rest verschanzte sich hinter den ebenfalls toten Rhinozerossen. Von den ursprünglich fünfzig Gnomen war nur noch eine Handvoll übrig. Selbst die Hyänen lagen, alle viere von sich gestreckt, in ewigem Schlaf am Boden.

Dann geschah es. Einer der überlebenden Orks löste sich aus dem

Rudel und verschwand zwischen den Bäumen. Der verletzte Lysander konnte nicht mehr eingreifen, und Sariel kämpfte irgendwo im Dschungel selbst ums nackte Überleben. Fletcher blieb keine Wahl, er musste sich von seiner Gruppe trennen.

»Lasst keinen entkommen!«, rief er noch über die Schulter zurück, dann heftete er sich dem Ork an die Fersen.

Eine Weile folgte er den schweren Schritten vor ihm, dann wurde es plötzlich still. Kurz darauf verfehlte ein Orkzauber knapp seinen Kopf. Fletcher spürte, dass Ignatius zwar schon auf dem Weg war, aber er konnte jetzt nicht auf ihn warten. Stattdessen wies er Athena in Gedanken an, nach weiteren Flüchtigen Ausschau zu halten.

In der überraschend eingetretenen Kampfpause ging sein Adrenalinspiegel sofort zurück. Die Wunde auf seiner Wange brannte stärker denn je, er war vollkommen erschöpft, und seine Lunge schmerzte. Trotzdem schleppte sich Fletcher weiter und ignorierte die Fliegen, die sich gierig auf den Schweiß und das Blut in seinem Gesicht stürzten.

Das Krachen der von dem Ork niedergetrampelten Zweige war nun wieder deutlich zu hören, und Fletcher überlegte fieberhaft, was er tun sollte. Gerade erst hatte er gesehen, wie zwei Orks dem Wendigo Hannibal heftig zugesetzt hatten. Wie sollte Fletcher es da ganz allein mit einem aufnehmen?

Schon im nächsten Moment zerteilte ein Keulenschlag das Buschwerk vor ihm, dann kam der Ork mit hocherhobener Macana auf ihn zugesprungen. Das Vieh war doppelt so groß wie er selbst und dabei so breit wie Berdon und Jakov zusammen.

Dennoch zögerte Fletcher nicht. Den Griff seiner Waffe mit beiden Händen umklammernd, sprang er zur Seite, wirbelte herum und rammte dem Ork den Chepesch in den Rücken. Der Stoß ging knapp an der Wirbelsäule vorbei, und die Klinge kam mit viel weniger Widerstand, als Fletcher erwartet hatte, an der Vorderseite wieder heraus.

Wie erstarrt blieb der Ork stehen. Fletcher stieß einen Triumphschrei aus, während hellrotes Blut aus der Wunde auf die grünen Blätter ringsum spritzte. Dann spürte er einen gewaltigen Schlag auf seinen Schädel und stürzte rücklings zu Boden – der Ork hatte ihn mit einem Rückhandschlag von den Beinen geholt. Fletchers Chepesch steckte immer noch in seinem Rücken, aber die Wunde schien das Biest nicht zu kümmern.

Er konnte sich gerade noch seitlich wegrollen, als der Ork versuchte, ihm mit einem Stampftritt den Schädel zu zermalmen. Mit einem Telekinesezauber katapultierte er sich wieder auf die Beine und sprang hastig zur Seite, um der in einem großen Bogen auf ihn niederfahrenden Macana auszuweichen.

Leider endete sein Sprung mitten in einem Dornengestrüpp, wo er hoffnungslos verhakt liegen blieb.

Der Ork stieß nun seinerseits einen Triumphschrei aus, rote Blasen quollen aus seinem Mund, während das Blut munter weiter aus seiner Brustwunde floss. Er grinste und hob Fletchers Kinn mit der flachen Seite seiner Macana an. Die Obsidiansplitter schlitzten die weiche Haut an Fletchers Hals auf, während sich der Ork ganz langsam über ihn beugte. Offensichtlich hatte er nicht vor, Fletcher einen schnellen Tod zu bereiten.

Da hatte Ignatius sie endlich eingeholt und sprang dem Ork in einen Feuerball gehüllt mitten ins Gesicht. Gleichzeitig schlug er mit seinem Schwanz zu wie ein Skorpion, zielte auf Augen, Nase und Mund, während es Fletcher endlich gelang, sich aus dem Gestrüpp zu befreien. Es war keinen Augenblick zu früh, denn der Ork schlug nun blindwütig um sich. Ein letzter Keulenhieb trennte einen Knopf von Fletchers Ärmel, dann sank der Ork endlich auf die Knie und fiel um. Der Blutstrom aus seiner Brust wurde zu einem Tröpfeln und hörte schließlich ganz auf.

Ignatius sprang Fletcher auf die Arme und leckte winselnd über seinen Hals. Dann standen sie eine Weile einfach nur da, unendlich erleichtert, noch am Leben zu sein. Die Zunge des Salamanders brannte höllisch in Fletchers Wunde, danach schlug das Gefühl plötzlich um und wurde sogar angenehm. Schließlich fasste er sich an die Stelle und merkte, dass die Schnitte sich geschlossen hatten.

»Ich fasse es nicht!«, rief er und hob den Dämon ganz nah vor sein Gesicht. Ignatius quiekte zufrieden und leckte ihm über die Nase.

Fletcher lachte. »Irgendwo auf deiner Zunge muss ein Heilsymbol sein«, sagte er und streichelte glücklich Ignatius' Kopf. »Nach all der Zeit steckst du immer noch voller Überraschungen, mein Kleiner. Aber kein Wort zu Jesper, sonst möchte er noch deine Zunge haben und sie in seinem Labor untersuchen.«

Ignatius wand sich erschrocken, also setzte ihn Fletcher auf dem Boden ab. Da sah er den toten Ork und zuckte zusammen. Das Gesicht war vollständig vom Schädel gebrannt, die graue Haut auf Armen, Beinen und Oberkörper war über und über mit Blut bespritzt. Im Rücken des Biests steckte noch immer der Chepesch.

Fletcher überwand seine Abscheu und bückte sich, um ihn herauszuziehen, da flog ein Armbrustbolzen nur knapp über seinen Scheitel hinweg und bohrte sich zitternd in einen Baum. Fletcher warf sich zu Boden und ging hinter der Leiche in Deckung, während ein zweiter Bolzen die Schulter des Orks beinahe durchschlug. Erst einen Fingerbreit vor Fletchers staunendem Gesicht blieb die Spitze stehen. Er hatte noch nie jemanden so schnell zweimal hintereinander mit einer Armbrust schießen sehen, geschweige denn so genau.

Er lud seinen Zeigefinger auf, um zum Gegenangriff überzugehen, da zog sich der Attentäter aber auch schon mit lautem Krachen durchs Unterholz zurück. Der Schädel des toten Orks schien Fletcher höhnisch anzugrinsen, während er angewidert aufstand und wieder zu Atem zu kommen versuchte. Hätte er sich nicht nach seinem Chepesch gebückt, wäre er jetzt mausetot.

Er ging zu dem Baum und zog den Bolzen heraus. Die Befiederung war blau. Ebenso wie die der Bolzen in Kress' Köcher.

Als Fletcher die anderen erreichte, war die Schlacht vorüber. Solomon hob auf einer Lichtung mit bloßen Händen eine große Grube aus, denn so viele Leichen würden unweigerlich Aasfresser anziehen. Die kreisenden Geier wären dann kilometerweit zu sehen. Jesper untersuchte ein Stück weiter weg einen toten Gnom und machte sich Notizen. Seine Hände zitterten dabei so sehr, dass die Schrift kaum zu lesen war. Unterdessen heilte Othello Lysanders Verletzungen. Fletcher sah gerade noch die letzten Fäden weißen Lichts auf der Flanke des Greifs verblassen. Von Kress gab es keine Spur.

»Wo ist Isadora mit ihrer Gruppe?«, rief Fletcher.

Sylva, die sich gerade um Sariels Wunden kümmerte, blickte auf. »Weggerannt«, antwortete sie erschöpft. »Ohne auch nur ein Dankeschön.«

»Einer von ihnen hat mich umzubringen versucht«, erwiderte Fletcher und zeigte ihr den Bolzen. »Damit.«

»Gehört der nicht Kress?«

»Nein. Mittlerweile glaube ich nicht mehr, dass sie sie bloß verloren hat. Sie wurden gestohlen.«

»Das ist nicht dein Ernst«, brummte Othello und rollte sein Beschwörungsleder aus, um den vollkommen entkräfteten Solomon in sich aufzunehmen.

»Schön wär's«, widersprach Fletcher und überlegte. Der Attentäter hätte es genauso gut mit einem Zauber versuchen können, oder mit einem seiner eigenen Pfeile. Hatte er aber nicht und stattdessen eine Waffe verwendet, die den Verdacht unweigerlich auf Kress lenken musste. Um die Tat ihr in die Schuhe zu schieben.

Othello schien das Gleiche zu denken. »Wenn wir dich mit diesem Ding da im Rücken tot im Dschungel gefunden hätten, wäre ganz Hominum überzeugt gewesen, dass Kress dich getötet hat«, sagte er und nahm Fletcher den Bolzen aus der Hand. »Die Leute könnten sogar glauben, sie wäre eine von den Ambossen.«

»Ich weiß nicht…«, murmelte Sylva. »Möglich wäre es. Wir kennen sie schließlich kaum. Vielleicht gehört sie *tatsächlich* zu den Ambossen.«

»Bestimmt, und ich bin nur ein verkleideter Gnom«, blaffte Othello. »Wäre sie eine Verräterin, so wüsste ich es. Unsere Gemeinschaft ist sehr klein, es sind ja kaum noch tausend von uns übrig. Ich kenne die Fanatiker in unseren Reihen alle mit Namen.«

Fletcher sah sich um. »Da wir gerade davon sprechen, wo steckt Kress eigentlich?«

»Hier«, kam eine Stimme von hinten.

Kress trat mit Tosk auf der Schulter aus dem Dickicht. Ihr Gesicht glänzte vor Schweiß, die Hand mit der Armbrust baumelte schlaff herab, als könnte sie die Waffe kaum noch halten.

»Ich bin so froh, dass du den Ork erledigen konntest«, sagte sie röchelnd. »Gut gemacht, Fletcher. Ich wollte dir zu Hilfe eilen, dann habe ich unterwegs die Orientierung verlo…« Kress sah den Bolzen in Othellos Hand und brach mitten im Satz ab. »Wo kommt der denn auf einmal her?«

»Sag du es mir«, erwiderte Sylva barsch und baute sich vor der Zwergin auf. »Jemand hat versucht, Fletcher damit umzubringen.«

Kress blieb stumm und starrte blinzelnd die blauen Federn an.

Sylva deutete mit dem Kinn in Richtung Dschungel. »Es passierte genau in der Richtung, aus der du gerade gekommen bist.«

»Ich … ich habe ihn verloren«, stammelte Kress mit einem Blick über die Schulter. »Wer immer das gewesen ist, er muss ihn mir in der Nacht gestohlen haben.«

»Das sagst du.« Sylva verschränkte die Arme vor der Brust. »Eine bequeme Ausrede, mehr nicht.«

»Dir wurden doch auch Pfeile gestohlen«, gab Kress zurück.

Fletcher spürte einen Stich am Hals und schlug nach dem lästigen Insekt. »Es war jemand aus Isadoras Gruppe, da bin ich ganz sicher«, sagte er und legte Kress einen Arm um die Schulter. Er fühlte sich mit einem Mal so schwach, dass er ein bisschen Halt gut gebrauchen konnte. »Genau das wollten sie damit erreichen: dass wir aufeinander losgehen. Jetzt wissen wir wenigstens, warum sie uns folgen.«

Sylva funkelte ihn an, dann machte sie einen kleinen Satz in die Luft und schlug sich auf den Oberschenkel. »Verfluchte Mücken«, brummte sie und zupfte etwas von ihrem Bein. Was sie nun in den Fingern hielt, war allerdings keine erschlagene Mücke, sondern ein kleiner Pfeil.

Fletcher schaute das Geschoss ungläubig an, da gaben seine Knie plötzlich nach. Der Boden kam ihm mit rasender Geschwindigkeit entgegen.

32

IHR GEFÄNGNIS BESTAND AUS DICHT miteinander verwobenen Zweigen, die eine Art Kugel bildeten, und schwankte im Wind hin und her, als wäre es weit oben in einem Baum aufgehängt.

»Das war's dann wohl«, wimmerte Jesper und spähte durch einen schmalen Spalt nach draußen.

Etwa vor einer Stunde waren sie aufgewacht. Ihre Kleider waren mit Dreck beschmiert, als wären sie bewusstlos quer durch den Dschungel geschleift worden. Othello hatte zuvor einen Arm zwischen den Zweigen hindurchgequetscht und versucht, ein Loch in ihr Gefängnis zu reißen, war dann aber sogleich mit einem weiteren Pfeil in der Hand schnarchend wieder eingeschlafen. Seither hatten sie keinen Fluchtversuch mehr unternommen. Sie konnten zwar versuchen, sich mit Schilden zu schützen, aber ihre Manareserven waren von der Schlacht so gut wie verbraucht, und die Waffen hatte man ihnen natürlich weggenommen. Der Sturz, der sie erwartete, falls sie den Kugelkäfig aufsprengten, war auch nicht zu verachten.

»Was siehst du?«, fragte Fletcher. Er lag zwischen Sariel und Lysander eingequetscht; die beiden erdrückten ihn beinahe mit ihrem Gewicht. Athena schien die Lage weit gelassener zu nehmen als alle anderen und nutzte die Gelegenheit zu einem Nickerchen auf dem Schnabel des Greifs.

»Nur Kobolde, bis jetzt keine Orks«, flüsterte Jesper.

Fletcher drehte sich herum, so gut es ging, und sah durch das Loch, das Othello zuvor gemacht hatte. Der Baum, an dem sie hingen, stand am Rand einer großen Lichtung. Der Dschungel ringsum war beinahe genauso dicht wie das Zweiggeflecht unmittelbar vor seiner Nase. Im Boden klafften zahllose Löcher, einem Fuchsbau nicht ganz unähnlich, und am Rand der Lichtung patrouillierten Kobolde mit Blasrohren, die doppelt so lang waren wie sie selbst.

»Sie sehen wie kleine Gnome aus«, sagte Kress, die sich neben ihn gequetscht hatte. »Nur die Nasen und die Ohren sind länger.«

Fletcher nickte knapp. Er hörte Kress kaum zu, denn der Anblick der Kobolde verwirrte ihn. Alles, was er über sie wusste, war, dass die Orks sie als Sklaven hielten und Kobolde nichts anderes als blinden Gehorsam kannten. Diese hier kamen ihm äußerst selbstständig vor – und aggressiv. Mehrere standen in kleinen Trauben zusammen und deuteten immer wieder auf den Käfig.

»Was dagegen, wenn ich ein bisschen näher komme?«, fragte Kress.

Sylva hustete missbilligend.

Während die Zwergin durch das Loch spähte, fragte sich Fletcher, wie Sylva auf die Idee kommen konnte, der Mordanschlag könnte auf Kress' Konto gehen. Das war vollkommen ausgeschlossen.

Da ertönte ein schriller Pfiff von unten, die Patrouillen blieben stehen und richteten ihre Blasrohre auf den Käfig.

»Oh verflucht«, flüsterte Kress noch, dann schlugen überall die Pfeile ein.

Viele prallten an dem Zweiggeflecht ab und fielen zu Boden, allerdings nur um sofort wieder aufgesammelt und erneut abgefeuert zu werden. Es dauerte nicht lange, da waren sie alle erneut getroffen worden. Fletcher konnte gerade noch einen der Pfeile untersuchen, bevor das Gift wirkte. Er hatte gelbe Federn wie ein Kanarienvogel, die Spitze bestand aus einem simplen Dorn.

Allerdings verlor er diesmal nicht das Bewusstsein. Stattdessen breitete sich eine Taubheit in ihm aus, ganz ähnlich wie nach Rubens' Stich im Kerker, nur dass die Wirkung weniger stark war. Fletcher konnte zumindest seine Hände noch bewegen, wenn auch nur langsam. Noch ein paar Treffer mehr, und er wäre wahrscheinlich vollständig gelähmt gewesen, aber Lysander und Sariel hatten ihn mit ihren großen Körpern abgeschirmt. Vielleicht konnte er einen Zauber versuchen. Doch selbst wenn, was würde es ihnen schon nützen?

Ignatius hatte eine Menge Mana verbraucht, aber Athenas Reserven waren fast unangetastet. Fletchers Mana hatte sich fast verdoppelt, seit er zwei Dämonen besaß. Genug, um sie noch eine Weile am Leben zu erhalten, falls die Kobolde beschließen sollten, sie zu töten.

Plötzlich spürte Fletcher, wie sich sein Magen hob, da stürzte ihr Gefängnis krachend zu Boden. Der Aufprall schüttelte die Gruppe mächtig durch, alle stöhnten vor Schmerz, dann griffen knochige Finger zwischen den Zweigen hindurch und begannen, den Käfig mit Sägemessern zu zerteilen. Die Messer sahen aus wie mit Haifischzähnen besetzte Holzdolche, den Macanas der Orks nicht unähnlich. Kurze Zeit später platzte der Käfig wie eine Eierschale auf, und die Gefangenen purzelten blinzelnd ins grelle Tageslicht.

Die Kobolde starrten sie mit ihren großen Froschaugen an, die Blasrohre waren wie Kanonenmündungen drohend auf sie gerichtet, während sie zirpend miteinander stritten. Es war die gleiche Sprache, die Blau damals in der Rattengrube gesprochen hatte.

Fletcher hob die Hand und verfluchte sich sogleich dafür, denn jetzt wussten ihre Häscher, dass er nicht gelähmt war.

»Ruhig, du!«, zwitscherte der Kobold direkt vor Fletcher und versetzte ihm einen Tritt in die Brust.

Der Tritt war nicht schmerzhaft, aber Fletcher wagte kaum zu atmen. Erst jetzt merkte er, dass der zwischen ihm und Kress eingekeilte Ignatius nicht einen einzigen Treffer abbekommen hatte. Sollte er einen Ausbruchversuch unternehmen?

Noch während er überlegte, schob sich ein Kobold durch die Menge. Er war etwas größer als die anderen, eines seiner Ohren war nur noch halb vorhanden.

»Warum ihr hier?«, krähte er und presste Fletcher einen Dolch an die Kehle. Seine Stimme klang beinahe wie die eines Papageis.

»Wir … töten … Orks«, röchelte er, während sich der Dolch langsam in seine Haut schnitt. Fletchers Zunge war von dem Gift schwerfällig geworden, was das Sprechen noch schwieriger machte, als es in seiner Situation ohnehin schon war.

»Menschen töten *Kobold*!«, zischte Halbohr. Seine Artgenossen nickten eifrig. »Menschen töten viel mehr Kobold als Orks.«

Leider musste Fletcher zugeben, dass er recht hatte. Wenn Soldaten in den Dschungel einfielen und keine Orks fanden, massakrierten sie in ihrem Frust oft Kobolde, um wenigstens irgendetwas zu töten.

»Ich habe einem Kobold das Leben gerettet«, krächzte Fletcher, als der Druck der Klinge an seinem Hals noch stärker wurde. »Einem blauen Kobold.«

In dem verblüfften Schweigen, das daraufhin folgte, beschloss Ignatius zu handeln. Mit einem langen Satz kam er zwischen all den ineinander verknoteten Körpern hervorgesprungen und stieß Halbohr rücklings ins Gras. Dann krallte er sich auf seinem Brustkorb fest und ließ den Schwanzstachel genau über dem linken Auge des Anführers schweben.

Fletcher setzte sich mühsam auf und lehnte sich gegen Lysanders Rücken. Der kluge Greif hielt die Augen fest geschlossen, oder Hauptfrau Lovett sorgte dafür, dass er es tat, denn falls sie gleich sterben mussten, sollte die Welt nicht auch noch dabei zusehen.

Am Rand der Koboldtraube brach ein kleiner Tumult aus. Eines der Wesen drängte sich nach vorn und blieb keuchend vor Fletcher stehen.

Der Kobold hinkte leicht und war mit einer Harpune bewaffnet, aber das war es nicht, was Fletchers Aufmerksamkeit in seinen Bann schlug. Es war die Farbe auf dem Rücken des Geschöpfs, etwas verblasst zwar, aber immer noch zu erkennen.

Es war Blau.

33

BLAU SAGTE KEIN WORT ZU IHNEN. Stattdessen kniete er sich neben den Anführer und flüsterte in dessen noch verbliebenes Ohr. Die beiden stritten eine Weile miteinander, doch Ignatius blieb, wo er war, und behielt die anderen Kobolde wachsam im Auge.

Nach einer halben Ewigkeit schien Halbohr seine Niederlage einzugestehen. Erst machte er einen tiefen Seufzer, dann bellte er ein paar Befehle. Zögernd ließen die umstehenden Krieger ihre Blasrohre sinken.

Im Gegenzug wies Fletcher Ignatius an, von Halbohrs Brust herunterzuklettern, ihn aber weiterhin mit seinem Schwanzstachel in Schach zu halten. Sie waren dem Koboldhäuptling immer noch ausgeliefert. Fletcher wollte seine einzige Trumpfkarte nicht so einfach aufgeben.

»Danke«, sagte er mit einer Verneigung vor Blau.

Blau ging jedoch nicht auf die Geste ein und verschwand wortlos im Dschungel. Die anderen Kobolde folgten ihm, bis nur noch Halbohr übrig war, der Fletcher mit hasserfüllten Augen anstarrte.

Fletcher versuchte, sich davon nicht beeindrucken zu lassen, und trotzdem spürte er, wie ihm der Schweiß den Rücken hinunterlief. Die Sonne berührte schon fast den Horizont, und er fragte sich, wie lange sie wohl bewusstlos gewesen waren. Wenn es sich nur um ein paar Stunden handelte, war es nicht so schlimm. War es jedoch ein ganzer Tag gewesen, würden sie es kaum rechtzeitig zum Treffpunkt schaffen.

»Schön … und was tun wir jetzt?«, murmelte Sylva direkt hinter ihm. Sie erholte sich langsam von dem Gift und legte den Kopf auf seine Schulter. Ob sie es wegen der immer noch nicht ganz abgeklungenen Lähmung tat, vor Erschöpfung oder aus einem anderen Grund, konnte Fletcher nicht sagen, aber das kümmerte ihn auch nicht. Er war schon lange niemandem mehr so nahe gewesen, und es fühlte sich gut an.

»Nichts«, flüsterte er.

Dann lehnte er den Kopf gegen ihren, sie saßen gemeinsam da und beobachteten, wie die Sonne hinter den Bäumen verschwand. Trotz ihrer verzweifelten Lage wurde Fletcher mit einem Mal ganz ruhig. Einzig und allein Halbohrs finsterer Blick trübte den wunderschönen Moment.

»Du blutest ja an der Wange«, sagte Sylva plötzlich und berührte die Stelle sanft mit den Fingern. Es war die, an der der Speer ihn gestreift hatte. Der Schnitt war tief, tat aber seltsamerweise nicht weh. Eine Nebenwirkung der Lähmung vielleicht.

»Lass mich mal.« Sylva ätzte eine Herzglyphe in die Luft, dann spürte Fletcher ein Kribbeln, als ihr Mana unter seine Haut strömte. Das Kribbeln wurde zu einem kühlenden Pulsieren, und die Wunde schloss sich.

»Danke«, flüsterte er.

Sylvas Gesicht war ihm jetzt ganz nahe, ihr Mund stand vor Konzentration leicht offen. Sie schauten einander in die Augen, und Fletcher überkam das Bedürfnis, sich noch näher heranzubeugen, da hörte er Kress laut stöhnen.

Die Zwergin versuchte, sich hochzustemmen, doch ihre Ellbogen gaben immer nach, und dann brach sie zusammen. Ihr Gesicht kam genau auf Othellos Hinterteil zu liegen. »Warum hilft mir denn keiner?«, murmelte sie.

Fletchers Augenblick mit Sylva war zwar zerstört, trotzdem musste er lachen, als er Kress an der Jacke packte und sie von Othello herunterzog.

»Endlich«, keuchte die Zwergin und sog gierig die Luft ein. »Ich hatte schon geglaubt, ich müsste den schlimmsten Erstickungstod sterben, den man sich nur vorstellen kann.«

Othello hatte von alldem gar nichts mitbekommen und schnarchte in tiefer Bewusstlosigkeit nur noch lauter.

»Was hat es eigentlich mit diesem blauen Kobold auf sich?«, fragte Sylva plötzlich. Ihr Blick war jetzt wieder hart. »Verschweigst du uns etwas?«

»Ich … nun ja, ich habe die Front besucht und dort einen Kobold gerettet …«, gestand Fletcher, ohne sie anzusehen. Die Mauer, die Sylva wieder zwischen ihnen errichtet hatte, tat ihm weh.

»Du hast *was*?«, rief Kress so laut, dass ein Kobold prompt den Kopf aus seinem Erdloch steckte. Kress verscheuchte ihn mit einem Steinwurf.

»Was soll das heißen, du hast ihn gerettet?«, bohrte Sylva nach.

»Ich habe ihn mitgenommen und im Dschungel freigelassen«, stammelte er und merkte, wie er vor Scham und Schuldgefühlen errötete.

Kress setzte sich ruckartig auf. »Das ist ein Witz, oder? Hast du den Verstand verloren?«

Sylva wurde sogar noch wütender. »Wir schleichen uns zwei Tage lang durch den Dschungel und versuchen, bloß nicht erwischt zu werden, und du schickst unseren Feinden auch noch einen Boten?«, schnaubte sie.

»Ich würde sagen, dieser Bote hat uns gerade das Leben gerettet«, gab Fletcher mit vor der Brust verschränkten Armen zurück.

»Seine Artgenossen konnten uns doch nur schnappen, weil du ihn hast entwischen lassen«, fauchte Sylva zornig. »Wahrscheinlich sind sie uns schon die ganze Zeit gefolgt!«

Fletcher verkniff sich eine Erwiderung. Natürlich war er ein viel zu hohes Risiko eingegangen, aber das Geschöpf hatte in einer hoffnungslosen Lage ums nackte Überleben gekämpft. Er hatte ihn einfach nicht sterben lassen können. Gleichzeitig fragte er sich, ob er genauso gehandelt hätte, wenn er damals gewusst hätte, dass Kobolde sprechen können.

»Was passiert ist, ist nun einmal passiert und lässt sich nicht mehr ändern«, sagte er schließlich. »Jetzt müssen wir uns überlegen, wie wir …« Fletcher sah, wie Halbohr kaum merklich den Kopf hob, und senkte die Stimme. »Wie wir am besten von hier verschwinden.«

Die Antwort kam aus dem Erdloch gleich hinter ihm.

»Das nicht notwendig«, trällerte eine mittlerweile vertraute Koboldstimme. Ein eigenartiges Reittier kam aus dem Loch hervor, Blau saß auf seinem Rücken. Das Geschöpf sah aus wie ein Schneehase, hatte aber etwas kürzere Ohren, dafür eine längere Schnauze und noch viel längere, kräftige Hinterbeine. Wie eine Kreuzung aus Antilope und Wüstenkänguru, dachte Fletcher.

»Ein Mara!«, japste Jesper. »So einen habe ich noch nie gesehen!«

»Ist das ein Dämon?«, fragte Kress staunend.

»Nein, ein Tier«, korrigiert Jesper. »Aber ein sehr seltenes.«

Blau zupfte seinen Mara am Fell gleich hinter den Ohren und brachte ihn direkt vor Fletcher zum Stehen.

»Wo hast du unsere Sprache gelernt?«, fragte Sylva barsch.

Blau stieg ab und kauerte sich mit einem traurigen Kopfschütteln neben Halbohr. »Viele Kobolds sie lernen, wenn in Gefangenschaft. Viele Kobolds fliehen aus Grube, wie mein Freund hier. Er sich stellen tot, nachdem mit Hund gekämpft. Danach wurde geworfen in Erdloch, zusammen mit den anderen Leichen. Jetzt ihr verstehen, warum er euch töten wollen, obwohl ihr gefährliche Dämonen dabei.«

»Du hast unsere Sprache von dem Glatzkopf in dem Zelt gelernt?«, fragte Fletcher skeptisch.

»Nein. Von adliger Frau in Käfig. Menschensklaven nicht dürfen sprechen mit ihr, deshalb sie bringen mir Sprache heimlich bei. Meine Aufgabe, Frau Essen und Wasser bringen und ihr Stroh wechseln.«

»Du kennst die Dame Kavendisch?!«, rief Sylva.

»Ich nicht wissen, wie sie heißen. Sie mir nicht genug vertrauen, um mir zu verraten. Aber sie mir von eurer Heimat erzählen, und dass ihr Orks genauso hassen wie wir. Ich nicht glauben, dass ihr uns töten wie Ungeziefer, wie andere Kobolds behaupten.«

Blau verstummte, sein Blick wurde traurig. »Nach ein paar Jahren, sie den Verstand verloren. Ich fliehen und hierherkommen, dann gefangen werden, als im Dschungel auf Jagd. Böse Menschen mich werfen in Grube, dann du mich retten.«

Fletcher hatte mit offen stehendem Mund zugehört. Er musste eine Menge Neues verarbeiten, aber eine Frage konnte nicht länger warten.

»Wo zum Teufel sind wir hier?«

34

BLAU ERWIDERTE NICHTS, sondern erteilte in einer schnellen Abfolge von Klick- und Pfeiflauten seine Befehle.

Im Nu war die Gruppe wieder von Kobolden umzingelt, die wie aus dem Nichts auftauchten. Viele hatten sich den Körper zur Tarnung mit Grün- und Brauntönen bemalt, manche ritten auf einem Mara, aber alle hielten ihre Blasrohre auf Fletcher und seine Begleiter gerichtet. Auf dem Rücken trugen sie aus Knochen geschnitzte Lanzen, als wären sie Krieger, und jeder hatte eines dieser grässlichen gezackten Messer, das Fletcher bereits an seiner Kehle gespürt hatte.

»Ihr mitkommen in die Stollen und Anführer treffen«, zwitscherte Blau, während die ersten Kobolde schon in den Erdlöchern verschwanden. »Doch ich euch warnen: Unsere Pfeile euch können schlafen lassen, aber auch lähmen oder töten. Diesmal wir nehmen die zum Töten. Ihr uns besser nicht machen nervös. Die anderen euch genauso hassen wie der hier.«

Blau stupste Halbohr an, der den hasserfüllten Blick immer noch auf Fletcher gerichtet hatte und schnaubend aufstand. Dann breitete der Kobold die leeren Hände aus und zog sich langsam zurück.

Fletcher konnte ihm seine Feindseligkeit nicht verübeln. Nach dem grausamen Schauspiel, das er in dem Zelt an der Front gesehen hatte, wäre er an Halbohrs Stelle auch nicht gut auf Menschen zu sprechen.

Othello schlief immer noch, also ließen sie ihn und Solomon zurück, während Athena von den Bäumen aus über sie wachte. Lysander hatte die Augen nach wie vor geschlossen, und Sariel war ohnehin zu groß für die Tunneleingänge.

Blau ritt zu dem Erdloch zurück, aus dem er gekommen war, und verschwand darin. Es war das größte von allen, wie ein dunkler Schlund gähnte es in der Erde, doch ein Stückchen hinter dem Eingang schimmerten Leuchtpilze, wie Fletcher sie auch im Großen Wald gesehen hatte.

So groß der Tunnel auch sein mochte, Fletcher und die anderen mussten dennoch auf Händen und Knien kriechen, als sie eintraten. Ignatius lief mit Tosk voraus, um nach Hinterhalten Ausschau zu halten. Zu ihrer großen Erleichterung erreichten sie nach kurzer Zeit eine Höhle, in der sie immerhin aufrecht stehen konnten, wenn auch mit eingezogenen Köpfen. Die Leuchtpilze wuchsen hier noch dichter und tauchten den Raum in ein eigentümlich grünliches Licht.

»Ob das wirklich eine so gute Idee war?«, flüsterte Sylva.

»Wenn sie vorhätten, uns zu töten, wären wir längst unter der Erde«, erwiderte Kress mit einem Blick nach oben. »Das sind wir jetzt zwar auch, aber ihr wisst schon, was ich meine.«

»Die Zwergin sagen die Wahrheit. Wir euch nur Schaden zufügen, wenn ihr uns geben Grund dazu«, bestätigte Blau und dirigierte seinen Mara in den nächsten Tunnel, der noch steiler nach unten führte als der erste. »Hier lang. Mutter warten schon.«

Sie krabbelten weiter, ihre ohnehin schon verdreckten Uniformen wurden von der dunklen, feuchten Erde immer noch dreckiger, und je tiefer sie kamen, desto wärmer wurde es. Links und rechts sah Fletcher weitere Höhlen, in denen Maras ihre Jungen säugten. Die putzigen Pelzknäuel waren noch so klein, dass sie nicht einmal die Augen öffnen konnten. Neben ihnen lagen Haufen von Obst, Wurzelknollen und frisch geschnittenem Gras.

Eine andere Höhle war voller kugelrunder, grapefruitgroßer grüner Eier. Die Koboldinnen warfen sich sofort schützend über sie, als sie die Eindringlinge sahen, und zischten Fletcher drohend an.

»Koboldeier«, flüsterte er Sylva zu und kroch eilig weiter.

Kurz darauf spähte er in eine weitere Kammer, aus der ein lautes Schaben ertönte. Das Geräusch kam von unzähligen Grillen, Heuschrecken und Mehlwürmern, die über Decken und Wände hüpften, krabbelten und krochen. In der Mitte sah er einen Berg Obstschalen.

Mit ihren langen spitzen Fingern pflückten die Kobolde die dicksten Maden von dem Haufen und legten sie vorsichtig in die Körbe, die an ihren Hüften befestigt waren. Erst als ein Kobold den Mund öffnete und eines der Insekten genüsslich verspeiste, verstand Fletcher den Zweck der Höhle und erschauerte. Ignatius hingegen leckte sich hungrig übers Maul. Fletcher musste ihn am Schwanz mit sich ziehen.

»Sie leben in Bauen wie Kaninchen«, erläuterte Jesper vom Ende der Schlange her. »Hier unten sind ihre Eier vor Raubtieren sicher, und diese Insekten sind so etwas wie lebendige Speisekammern. Die Maras dienen ihnen als Nutztiere. Seht ihr, ihre Lendenschurze sind aus Marafell angefertigt, und sie reiten auf ihnen wie wir auf Pferden. Im Gegenzug werden die Maras von ihnen gepflegt und mit Obst und Gras gefüttert.«

So fasziniert Fletcher auch war, die Enge des Tunnels machte ihm doch zu schaffen. Er kam sich vor, als wäre er wieder in seiner Kerkerzelle. Eine grausige Erinnerung. Ignatius winselte mitfühlend und rieb seinen Rücken an Fletchers Arm, um ihn zu trösten.

»Danke, mein Kleiner«, flüsterte Fletcher.

Immer tiefer drangen sie vor, bis die Kammern links und rechts aufhörten und der Tunnel so steil abfiel, dass sie mehr rutschten als krabbelten. Die Luft, ja selbst die Erde um sie herum wurde immer heißer, bis Fletcher der brennende Schweiß in die Augen lief. Zu allem Überfluss wurden die Leuchtpilze nun weniger, bis sich Fletcher so vorkam, als klettere er in den schwarzen Schlund eines Ungeheuers.

Irgendwann kündigte ein orangefarbenes Schimmern das Ende des Tunnels an. Blau wartete im Durchgang und schob sie einen nach dem anderen in die dahinterliegende Höhle.

»Mutter hier«, sagte er ehrfürchtig. »Ihr jetzt lernen Mutter kennen.«

Fletcher blinzelte gegen die beinahe unerträgliche Hitze an, die ihm ins Gesicht schlug. Aus einem Riss in der Wand gegenüber troff eine zähe Flüssigkeit, die wie geschmolzenes Metall leuchtete – Lava. In einem tiefen, gewundenen Kanal wälzte sie sich in einen weiteren Tunnel, wo der Schimmer irgendwo in der Ferne verblasste. Immer wieder zerplatzten Blasen und spuckten rot glühende Tropfen in alle Richtungen. Fletcher spürte, wie Ignatius magisch von der Lava angezogen wurde, und befahl ihm in Gedanken, bei ihm zu bleiben. Für Erkundungen war jetzt keine Zeit.

Viele der von der Decke hängenden Tropfsteine reichten bis zum Boden, sodass sie wie Säulen aussahen, auf denen die Höhlendecke ruhte. Fletcher kam sich beinahe wie in einer großen Kathedrale vor.

»Die wilden Kobolde haben ihre Stollen wegen der Lava hier gegraben«, hallte plötzlich eine tiefe Stimme irgendwo aus der Dunkelheit vor ihnen. »Sie hält ihr Zuhause schön warm.«

Die Worte klangen kehlig und trotzdem irgendwie weiblich, aber auch genuschelt, als hätte die Sprecherin den Mund voller Kiesel. Der Rauigkeit nach musste sie schon sehr alt sein. Nur eines wusste Fletcher mit Sicherheit: Sie war kein Kobold.

»Sie benötigen die Hitze für ihre Eier«, fuhr die Stimme fort und wurde beständig lauter. »Genauso wie die Gnome sie brauchen. So nennt ihr sie doch, oder? Meine Spione haben gehört, wie ihr das Wort benutzt habt.«

Fletcher hörte das leise Klacken eines Gehstocks und sah, wie sich allmählich eine Silhouette im Zwielicht abzeichnete. Er kniff die Augen zusammen, konnte aber kein Gesicht erkennen, nur einen schattenhaften Umriss.

»Zeig dich!«, rief Sylva und stellte sich neben Fletcher.

»Gebt mir euer Wort, dass ihr Frieden haltet«, erwiderte der Schatten. »Ich wünsche nicht, noch mehr Tote an diesem Tag zu sehen.«

»Ich schwöre es«, sagte Sylva. Die anderen Gruppenmitglieder nickten. »Und meine Freunde ebenfalls.«

»Gut.«

Die Gestalt trat ins Licht. Sie hielt einen langen, knorrigen Holzstab in der Hand und stand vornübergebeugt wie ein Geier – wahrscheinlich beschwerte die Last des Alters ihre Schultern. Über den nackten Oberkörper hing zottiges schwarzes Haar bis hinab zur Hüfte. Darunter trug sie lediglich einen Lendenschurz aus Vogelfedern und eine schwere Halskette aus Tierknochen. Auf Körper und Gesicht war ein weißes Skelett gemalt, was ihre dunklen Augen umso stärker hervortreten ließ. Das Auffälligste waren jedoch die zwei spitzen Hauer in ihrem Unterkiefer: Mutter war ein Ork.

35

MUTTER STAND STUMM DA UND schaute sie mit leeren Augen an. Sylva klappte den Mund auf und zu wie ein Fisch an Land, Fletcher brachte nur ein unverständliches Stottern heraus. Trotz ihrer Größe empfand er die Orkfrau nicht als Bedrohung. Sie wirkte genauso zerbrechlich wie der knorrige Gehstock in ihrer Hand.

»Wer bist du?«, fragte Kress voller Respekt. Auch sie hatte keine Angst, sondern spürte Achtung vor dem hohen Alter der Kobold-Anführerin. Nur Jesper versuchte erfolglos, sich hinter den anderen zu verstecken.

Die Greisin lächelte und ließ ihre Reißzähne sehen. »Ihr dürft mich Mutter nennen«, krächzte sie und kam näher. »Seit einem halben Jahrhundert heiße ich so. Genauso lange, wie ich das Tageslicht nicht mehr mit meinen eigenen Augen gesehen habe.«

Sylva griff nach dem Falx auf ihrer Schulter, der jedoch immer noch bei den Kobolden war. Mutter sah es und schnalzte tadelnd mit der Zunge.

»Mit deinen eigenen Augen?«, wiederholte Fletcher, da flatterte ein grünbrauner Kerf aus dem Haar der Greisin und setzte sich auf ihren Gehstock. Er war erstaunlich klein für einen Kerf, kaum größer als ein gewöhnlicher Käfer, und musterte Fletcher aufmerksam. Erst jetzt fiel ihm auf, wie weiß Mutters Augen waren – sie war blind.

»Meine Kerfe, Apophis und Ra, übernehmen das Sehen und Hören für mich. Und sie sehen alles. Ich habe jetzt bessere Augen denn je.«

»Dann bist du eine Schamanin«, sagte Sylva, nachdem sie ihre Stimme wiedergefunden hatte.

»Eine Beschwörerin. Genau wie ihr.«

Der Kerf erhob sich von dem Stock und flog an ihren Gesichtern entlang. Also konnte Mutter ebenso wie Hauptfrau Lovett auch ohne Kristall hellsehen.

»Kümmert euch nicht um Apophis«, sagte sie mit einem rollenden Lachen. »Er folgt euch schon, seit ich von eurer Ankunft erfuhr. Ihr solltet wachsamer sein.«

Sylva stieß Fletcher mit dem Ellbogen an. »Hab ich's dir nicht gesagt?«

Er ging nicht darauf ein. Die dunklen Wände ringsum brachten unangenehme Erinnerungen zurück, sein Herz schlug immer schneller. Genug war genug.

»Wo sind wir hier?«, knurrte er. »Warum spielst du mit uns?«

Als Mutter daraufhin die Zähne fletschte, brauchte Fletcher eine Weile, bis er merkte, dass sie in Wahrheit lächelte.

»Folgt mir«, erwiderte sie und zog sich mit schlurfenden Schritten in die Dunkelheit zurück. Wyrrlichter erschienen über ihrem Kopf, sie sausten zwischen den Tropfsteinsäulen hindurch und ließen gespenstische Schatten über den Boden tanzen.

Fletcher und seine Gruppe folgten zögernd, während die Kobolde mit ihren Maras vorauseilten. Nur Blau ritt unmittelbar neben ihnen. Sein Kopf hüpfte in Höhe von Fletchers Hüfte auf und ab.

Im Schein der Wyrrlichter sahen sie, wie enorm groß die Höhle war. Das Licht erreichte nicht einmal die Decke, ihre Schritte hallten, vermischt mit dem Blubbern der Lava und dem Tropfen der Stalaktiten, von weit her zu ihnen zurück. Außerdem war die Höhle bewohnt: Hier und da lagen Strohmatten auf dem Boden, in einer Ecke standen mit sonderbaren Pulvern gefüllte Schalen, Mischbecher und Mörser. Gleich daneben köchelte eine türkisfarbene Flüssigkeit in einem Kessel. Anscheinend war Mutter auch Alchemistin, vielleicht sogar eine Heilerin.

»Kommt, es bleibt nicht mehr viel Zeit«, sagte sie über die Schulter. »Ihr habt länger geschlafen, als ich erwartet hatte.«

»Wozu die Eile?«, murrte Jesper, als er über einen herumliegenden Knochen stolperte.

Mutter blieb stehen und ließ die Wyrrlichter ausschwärmen. Sie hatten beinahe das Ende der Höhle erreicht, und der Anblick war atemberaubend: Überall wuchsen Kristalle aus dem Fels, wie farbige Eiszapfen ragten sie in alle möglichen Richtungen. Manche waren lang und spitz wie Dornen, andere fächerten sich wie Blütenkelche auf und glitzerten im Schein der Wyrrlichter rubinrot oder smaragdgrün. Doch die greise Orkfrau ging mit traumwandlerischer Sicherheit durch das Labyrinth aus Spitzen und Zacken.

Fletcher hatte nur Augen für den einen großen Kristall, der sich ganz am Ende der Höhle befand. Er sah wie ein ovaler Spiegel aus und erinnerte ihn an den Oculus in der Dämonenakademie, nur dass dieser hier dreimal so groß war. Das Bild darauf war glasklar und zeigte ein Baumblatt, das in der Brise des Dschungels leicht wackelte. Einen so großen Hellsehstein hatte er noch nie zuvor gesehen.

Mutter deutete auf den riesigen Kristall. »Hier habe ich die jungen Kobolde unterricht und ihnen den Dschungel gezeigt. Genauso wie ich jetzt euch unterrichten werde. Bitte setzt euch.«

Der Felsboden war von Generationen von Koboldhintern spiegelblank poliert. Als Fletcher es bemerkte, fragte er sich, wie alt die Orkin wohl schon war.

Alle setzten sich, nur Ignatius und Tosk blieben zurück, um die Koboldkrieger im Auge zu behalten. Ignatius, der seine Aufgabe besonders ernst nahm, lief mit einem leisen Fauchen auf und ab.

Inzwischen wackelte nicht nur das Blatt in dem Hellsehkristall, sondern das gesamte Bild – Ra, Mutters anderer Kerf, hatte sich in die Luft erhoben. Kurz darauf sahen sie in bestechender Schärfe den umliegenden Dschungel. Die Bäume hier waren alt und knorrig, sie wuchsen so dicht, dass sie den Boden darunter vollkommen verdeckten.

»Vor langer Zeit war ich eine Orkfrau, so wie jede andere. Unsere kleine Sippe lebte weit unten im Süden, wir wussten nicht einmal, dass es euch Menschen überhaupt gab.«

Ra wechselte die Flugrichtung, und das Bild in dem Kristall veränderte sich: Fletcher sah ein Dorf aus strohgedeckten Lehmhütten auf einer sonnenbeschienenen Lichtung, in der Mitte stieg von einem Lagerfeuer dünner Rauch auf. Um das Feuer herum saßen mehrere

Gestalten, einige schaukelten rhythmisch mit dem Oberkörper vor und zurück, andere saßen still im Schneidersitz.

Es waren Orks, zwei Dutzend vielleicht, aber sie waren ganz anders, als Fletcher sie sich vorgestellt hatte. Manche der Frauen richteten sich mit Kämmen aus Schildpatt das Haar, andere trugen ihre Kinder in Tüchern, die um die Brust gewickelt waren, und stillten sie. Vom Alter gezeichnete Orks saugten an ihren langen Pfeifen, die sie mit Tabak und Kräutern aus einer Schüssel befüllten. Die meisten hatten kaum noch Zähne, die Hauer fehlten entweder ganz oder waren zu Stümpfen abgebrochen. In der ganzen Gruppe befanden sich nur zwei Männer.

Zum Dünsten lag um das Feuer herum in Bananenblätter gewickeltes Fleisch. Die Orks, die noch Zähne hatten, kauten es für die anderen und spuckten es in Schüsseln, aus denen die Greise genussvoll aßen. Der Anblick hatte nichts Ekliges für Fletcher, im Gegenteil: Diese Orks sorgten füreinander, wie er es niemals erwartet hätte. Ihr Leben schien so unschuldig, geradezu idyllisch.

Ein paar junge Orks hielten sich an den Händen, hüpften im Kreis um das Feuer und machten dabei ständig die Münder auf und zu – sie sangen! Fletcher wünschte, er könnte den Gesang hören, so faszinierend war der Anblick ihres Tanzes.

»Ich wuchs in einem Dorf wie diesem auf«, flüsterte Mutter. »Einst, vor Tausenden von Jahren, lebten wir alle so. Das war, bevor *sie* kamen.«

Etwas stimmte nicht. Einer der älteren Orks schien etwas entdeckt zu haben. Er schrie, dann sprang er auf und fuchtelte wild mit den Armen. Die jungen Orks stoben panisch auseinander, die Frauen kauerten sich verängstigt zusammen und hielten schützend die Hände über den Kopf.

Mutter drehte das Haupt, und Ra folgte der Bewegung. Von Orkkriegern gerittene Rhinozerosse brachen aus dem Dickicht und preschten auf die Lichtung. Die Krieger schwangen Netze und Lassos in der Luft, mit denen sie die Flüchtenden einfingen und dann brutal hinter sich herzogen.

Einer der Greise kam mit einer Keule in der Hand aus seiner Hütte gehumpelt. Kaum hatte er sie gehoben, da bohrte sich auch schon ein Speer in seine Brust. Dann wurden die Dörfler zusammengetrieben. Kein einziger war entwischt, nicht einmal die jungen. Alles hatte weniger als eine Minute gedauert, so gut war der Überfall organisiert. Die Reiter mussten viel Übung darin haben.

»So wie diese Familie waren wir alle einmal. Jetzt sind wir so wie ihre Schlächter«, sagte Mutter mit einem kehligen Knurren.

Die Mütter und die Alten kauerten wimmernd um das Feuer herum, während die jungen männlichen Orks weggeführt wurden. Die Plünderer legten ihnen an langen Holzstangen befestigte Schlingen um den Hals, dann banden sie die Holzstangen zwischen je zwei Rhinozerossen fest. Die Stangen befanden sich so hoch über dem Boden, dass sich einer der kleineren Orks, dessen Hauer noch kaum mehr als kurze Stummel waren, auf die Zehenspitzen stellen musste, um nicht erwürgt zu werden. Seine Häscher kümmerte das nicht. Ohne ein Wort verließen sie die Lichtung und verschwanden mit ihren Gefangenen im Dunkel des Dschungels.

»Warum?«, fragte Sylva. Nicht einmal sie konnte das Mitleid in ihrer Stimme verbergen.

»Sie machen Soldaten aus ihnen, entführen sie, wenn sie noch ganz jung sind, und schlagen sie so lange, bis ihr Geist daran zerbricht. Dann bringen sie ihnen das Töten bei und füllen ihre jungen Seelen mit Hass. Etwas anderes kennen sie nicht.« Mutter war jetzt kaum noch zu verstehen, erst nachdem sie ein paarmal geschluckt hatte, konnte sie weitersprechen.

»Mit Kobolden fängt es an. Sie müssen Jagd auf sie machen. Die meisten werden getötet, nur so zum Spaß, der Rest wird versklavt. Dann zwingen sie die Jungen, gegeneinander zu kämpfen, bis nur noch die stärksten übrig sind. Die, die überleben, kennen bloß noch Gewalt und Unterdrückung. Von ihrer Seele ist nichts mehr übrig, ihre Unschuld ist für immer verloren.«

Mutter hielt sich zitternd an ihrem Gehstock fest und verstummte. Apophis setzte sich auf ihre Wange und wischte ihr mit den Vorderbeinen eine Träne weg. Der Strich, den die Träne in der weißen Farbe auf ihrem Gesicht hinterlassen hatte, ließ den aufgemalten Totenschädel aussehen, als hätte er einen Riss bekommen.

»Und … wie ging deine Geschichte weiter?«, fragte Fletcher und rang die Hände.

»Als unser Dorf überfallen wurde, bin ich den Kriegern heimlich gefolgt. Nein … ich bin *ihm* gefolgt, meiner Liebe.« Ihre Worte klangen so abgehackt, als würde sie jeden Moment in Schluchzen ausbrechen. Schließlich blinzelte sie und nahm einen tiefen Atemzug. Als sie weitersprach, lag keine Verzweiflung mehr in ihrer Stimme, sondern nur noch Wut. »Ich wurde zur Dienerin eines Schamanen und hoffte, eines Tages über ihn an die Krieger heranzukommen. Ich stahl ihm eines seiner Beschwörungsleder und lernte heimlich die Kunst, Dämonen zu bändigen. Mithilfe meiner Kerfe wollte ich meinen Liebsten wiederfinden.« Sie streichelte zärtlich über Apophis' Rückenpanzer.

»Als ich meinem Geliebten ein Jahr später tatsächlich begegnete, erkannte ich ihn nicht wieder. Aus ihm war ein brutaler Schlächter geworden. Dass ich mitten in sein Feldlager marschiert kam und vor den Augen der anderen Krieger versuchte, ihn zurückzuholen, bedeutete eine entsetzliche Schande für ihn. Er schlug mich halb tot und ließ mich dann liegen. Nachdem sie weitergezogen waren, fanden mich die Kobolde und brachten mich hierher.«

Allmählich fügte sich das Bild zusammen. Die blindwütige Raserei der Orks und ihre Mitleidlosigkeit, alles ergab nun einen Sinn. Nicht einmal in Bakers Tagebuch hatte etwas darüber gestanden, wie brutal die Orks ihr eigenes Volk unterdrückten.

Dennoch fragte sich Fletcher, was Mutter hier in diesen Stollen tat. Und was waren das für eigenartige Kobolde? Soweit er wusste, lebten sie ausschließlich als Sklaven bei den Orks. Ohne zu fragen, bekam er die Antwort.

»Was ihr seht, sind wilde Kobolde, die nie versklavt wurden. Trotzdem leben sie in ständiger Furcht vor den Orks. Es gibt noch weitere Stollen, aber dieser hier ist der größte. Meine Hoffnung ist, eines Tages alle Kobolde zu befreien und den endlosen Kreislauf des Hasses, in dem mein Volk lebt, für immer zu durchbrechen.«

»Ich verstehe es trotzdem nicht«, flüsterte Kress ganz leise.

»Was denn?«, fragte Mutter. Offensichtlich hatte sie ein hervorragendes Gehör.

»Wozu das alles? Die Soldaten, die Überfälle. Warum wollt ihr Hominum zerstören?«, platzte die Zwergin heraus.

»*Ich* will gar nichts zerstören. Aber mein Volk folgt einer Prophezeiung, die in die Wände der großen Pyramide gemeißelt ist. Sie besagt, dass alle tausend Jahre ein weißer Ork zur Welt kommt, der sie zur Herrschaft über alle anderen Völker führen wird. Mehr weiß ich nicht. Nur die Schamanen kennen die ganze Prophezeiung, denn sie sind die Einzigen, die die Pyramide betreten dürfen.«

Sylva hob die Augenbrauen. »Und die Gnome«, fügte sie hinzu. »Schließlich befinden sich ihre Eier in den Tunneln unter der Pyramide.«

Mutter seufzte. »Auch über die Gnome weiß ich nur sehr wenig.« Sie streckte einen Finger aus und ließ Apophis darauf landen. »Es heißt, die Pyramide wird von Dämonen bewacht. Deshalb wage ich nicht, meine Kerfe dorthin zu schicken.«

»Na, wir werden es ja sehen, wenn wir dort sind«, warf Jesper ein, dann senkte er unsicher den Blick. »Falls wir es tatsächlich schaffen.«

»Apophis hat euch belauscht, ich kenne euren Auftrag und werde euch dabei helfen. Die adlige Menschenfrau war gut zu meinem Freund hier, genau wie einer von euch.« Mutter deutete auf Blau, der feierlich nickte. »Er hat mir die Grundzüge eurer Sprache beigebracht, den Rest habe ich gelernt, indem ich mit meinen Kerfen eure Soldaten belauschte. Das hat mir ermöglicht, zahllosen Kobolden das Leben zu retten, und dafür bin ich dankbar.«

»Und die Gnome?«, hakte Sylva nach. »Was ist mit denen?«

»Sie sind eine Abscheulichkeit und müssen vom Antlitz der Welt getilgt werden«, knurrte die Greisin, dann beugte sie sich, von einem plötzlichen Hustenanfall gepackt, röchelnd vornüber.

Mit einem Mal wirkte Mutter viel kleiner, verschrumpelt und vom Alter gezeichnet. Die weiße Farbe verbarg die tiefen Falten in ihrem Gesicht, doch jetzt, da Fletcher sie aus der Nähe sah, kam sie ihm ausgemergelt, ja beinahe durchschimmernd vor.

»Ich bin müde«, keuchte sie, kaum lauter als ein Flüstern. »Vergesst nicht, was ihr gesehen habt. Nicht alle Orks sind Ungeheuer. Und jetzt geht mit meinem Segen. Meine Kobolde werden euch den Weg zeigen. Es bleiben nur noch ein paar Stunden.«

36

NACHDEM SIE DEN KOBOLDSTOLLEN wieder verlassen hatten, ließ sich Fletcher vollkommen erschöpft zu Boden fallen und genoss die frische Luft und den Anblick des freien Himmels über sich. Die Sonne ging bereits unter und tauchte die Lichtung in warmes, orangefarbenes Licht. Fletcher hatte keine Ahnung, wie weit es noch bis zur Pyramide sein mochte; er wusste nur, dass sie bald aufbrechen mussten. Dabei hatte er zurzeit nicht einmal die Kraft, sich aufzusetzen.

Nur Blau war mit nach draußen gekommen, die anderen Kobolde spähten misstrauisch aus ihren Erdlöchern, die großen Augen gerade so oberhalb der Grasnarbe. Sogar Kinder waren dabei. Ein besonders neugieriges krabbelte unerschrocken ins Freie, wurde aber sogleich von der schimpfenden Mutter wieder in den Bau gezogen. Fletcher hörte, wie der Kleine für seine Unverfrorenheit eine Tracht Prügel bekam.

Er hob den Kopf ein Stück und musterte den immer noch schlafenden Othello. Der Zwerg schmatzte genüsslich und drehte sich auf die Seite. Lysanders Klauen benutzte er als Kissen.

»Das könnte ihm so passen«, knurrte Kress, die gerade aus dem Stollen kam und sich die feuchte Erde von der Uniform klopfte. »Die Zeit für Nickerchen ist vorbei.« Mit wenigen Schritten war sie bei Othello und setzte sich rittlings auf ihn. Dann zog sie ihn herzhaft am Bart.

»Was?«, stammelte Othello und schlug nach Kress' Händen.

»Aufgewacht, du Faulpelz. Dein Schönheitsschlaf hat lange genug gedauert.«

Othello schob Kress von sich herunter und blickte sich blinzelnd um. »Mein Kopf fühlt sich an, als hätte mir jemand einen Stein übergezogen. Äh, was ist eigentlich passiert?«, stammelte er, als er all die Koboldaugen bemerkte, die ihn neugierig aus den umliegenden Erdlöchern beobachteten.

Kress packte Othello an den Armen und zog ihn auf die Beine. »Komm jetzt. Ich erklär's dir unterwegs.«

»Unterwegs?«, fragte Fletcher. Der Boden unter ihm fühlte sich so wunderbar weich und kühl an. Er hatte keine Lust, jetzt schon weiterzumarschieren.

Sylva tippte ihm auf die Schulter. »Zeit zum Aufbruch«, sagte sie und deutete auf Blau, der mit seinem Mara bereits zwischen den Bäumen verschwand.

»Na schön«, stöhnte Fletcher und stand auf. »Nehmt eure Rucksäcke und folgt ihm.«

Der Marsch durch den Dschungel war eine einzige Tortur. Überall schwirrten Insekten und krabbelten über Fletchers Haut. Zweige, Blätter, Dornen und Spinnennetze verfingen sich in seinem Haar oder blieben an seiner Uniform kleben. Der schmale Pfad, dem sie folgten, war nur für Kobolde gedacht. Alles, was auch nur ein Stück größer war, passte kaum hindurch. Fletcher griff nach seinem Chepesch, um sich einen Weg freizuschlagen, doch die Scheide an seinem Gürtel war nach wie vor leer.

»He, wann bekommen wir unsere Waffen zurück?«, rief er nach vorn.

Blau legte ein ordentliches Tempo vor. Wäre da nicht die verblassende Farbe auf seinem Rücken gewesen, die im Rhythmus der Hoppelschritte seines Mara auf und ab hüpfte, hätte Fletcher ihn leicht übersehen, so groß war der Abstand.

»Ihr sie kriegen am Fluss«, drang die Singsangstimme des Kobolds durch das Blätterwerk. »Geduld.«

Fletcher hatte alle Mühe, überhaupt vorwärtszukommen, während Lysander und Athena ein Stück oberhalb, wo die Äste weniger dicht waren, einfach von Baum zu Baum hüpften. Sariel robbte mühelos auf dem Bauch, und Ignatius lief mit Tosk voraus, um nach Gefahren Ausschau zu halten. Die beiden waren ein gutes Team. Immer wieder huschten sie über den Pfad und deckten mit diesem Zickzackkurs eine breite Fläche ab.

Da kam Fletcher eine Idee. »Solomon, geh du vorweg!«, rief er.

Die Dornen machten dem Golem nicht das Geringste aus, er gehorchte sofort und brach mit seinen Steinschultern eine breite Schneise in den Dschungel, sodass sie Blau folgen konnten, ohne sich bei jedem Schritt ducken zu müssen.

Fletchers Arme und Hände waren dennoch hoffnungslos zerkratzt, als der Pfad abrupt endete. Ignatius kam herbeigelaufen und leckte mit der Zunge über die feinen Schnitte, um sie zu schließen, doch Fletcher beachtete ihn kaum, denn endlich hatten sie den Fluss erreicht.

Er war genauso breit wie der Graben um die Dämonenakademie und floss so langsam, dass die Strömung mit bloßem Auge kaum zu erkennen war, wäre nicht ab und zu ein Blatt an ihnen vorbeigetrieben.

Da kam überraschend ein halbes Dutzend Kobolde aus dem Wasser geklettert. Über der einen Schulter trugen sie silbrig glänzende Fische, die sie mit einer Schnur an den Kiemen zusammengebunden hatten, über der anderen primitive Harpunengewehre. Die Waffen hatten Ähnlichkeit mit Kress' Armbrust, bestanden aber nur aus einem Stock mit einer Längsrille in der Mitte sowie einem elastischen Band, das von Hand gespannt werden musste. Die Schusskraft war gewiss nicht besonders groß, dafür wirkten die Waffen unverwüstlich und funktionierten offensichtlich auch unter Wasser.

»Blau, was sind das für Bänder an den Harpunengewehren?«, fragte Jesper, während die Fischer mit gesenktem Blick an ihnen vorbeieilten. »Ein faszinierendes Material. Stellt ihr sie aus dem Saft des Gummibaums her?«

»Blau?«, wiederholte der Kobold und verschränkte die Arme vor der Brust.

»Entschuldigung… Fletcher nennt dich immer so«, erwiderte Jesper beschämt.

»Wie ist eigentlich dein richtiger Name?«, fragte Fletcher eilig.

Der Kobold überlegte kurz, dann grinste er und stieß eine komplizierte Abfolge von Zwitscher-, Klick- und Keuchlauten aus.

»Ich … bin mir nicht sicher, ob ich das aussprechen kann«, sagte Jesper verlegen.

»Blau sein auch in Ordnung«, erwiderte der Kobold lachend und stieg ab. Dann schickte er seinen Mara mit einem Klaps auf die Flanke nach Hause und hob schnuppernd die Nase. Kurz darauf öffnete er den Mund und ließ ein lang gezogenes Trällern hören.

Für Fletcher klang es wie eine Mischung aus dem Schrei eines Adlers und dem Morgenlied eines Singvogels. Gerade fragte er sich, was Blau damit bezwecken wollte, da regnete es plötzlich Kobolde aus den Bäumen. Überall um sie herum landeten die mit Harpunengewehren, Blasrohren und Messern bewaffneten Geschöpfe. Es war die gleiche Gruppe, die sie zuvor gefangen genommen hatte; nicht einmal Sariel hatte sie bemerkt.

Blau deutete auf den Fluss. »Wir euch jetzt zur Pyramide bringen. Wenn ihr reingehen, wir Orks überfallen und Kobolde befreien.«

»Wow«, keuchte Fletcher. »Das ist … sehr freundlich von euch.«

»Hilft uns allen«, erwiderte Blau trocken. »Orks abgelenkt, sobald euch entdecken. Dann wir zuschlagen.«

Fletcher wusste nicht, ob die Kobolde aus reinem Eigennutz handelten oder ob sie ihnen tatsächlich so etwas wie ein Bündnis anboten, aber es war auch nicht wichtig, denn als ortskundige Führer waren sie Gold wert.

»In Ordnung«, sagte er und streckte Blau die Hand hin. Die Finger des Kobolds fühlten sich so dünn und knorrig wie Zweige an, doch sein Händedruck war warm und kräftig.

»Ihr jetzt nehmen Waffen«, sagte einer der Kobolde. Es war Halbohr. Er deutete auf einen großen Korb, den seine Krieger auf dem Boden abgestellt hatten.

Die Gruppe stürzte sich sofort darauf. Vor allem Sylva konnte es kaum erwarten, ihr Falx wiederzubekommen. Als sie in den Korb griff, bekam sie stattdessen Kress' Armbrust zu fassen.

Die Zwergin streckte sogleich den Arm danach aus, doch Sylva zögerte. Einen Moment lang knisterte die Luft zwischen den beiden vor Anspannung, dann reichte die Elfin die Armbrust endlich weiter.

Fletcher war froh, das Gewicht seines Chepesch wieder am Gürtel zu spüren. Erst jetzt wurde ihm bewusst, wie nackt er sich ohne gefühlt hatte.

Kaum hatten sie wieder alles an sich genommen, da drängten die Kobolde schon zum Aufbruch.

»Wir fahren mit Boot«, sagte Blau und deutete hinaus aufs Wasser.

Fletcher folgte seiner Blickrichtung und merkte, dass das, was er für große Seerosen gehalten hatte, in Wirklichkeit kleine, kreisrunde Boote waren. Die Kobolde sprangen bereits hinein, je vier in ein Boot.

»Können die Dinger unser Gewicht auch tragen?«, fragte Othello skeptisch. »Wir Zwerge sind nicht gerade die besten Schwimmer.«

Kress nickte stumm und stupste eines der »Boote« missmutig mit dem Stiefel an.

»Natürlich können sie«, antwortete Jesper und kletterte sogleich in das Gefährt, das dem Ufer am nächsten war. Es kippte abenteuerlich zur Seite, Wasser schwappte über den Rand, und dann drehte es sich auch noch.

Kichernd beobachteten die Kobolde, wie Jesper versuchte, das Boot mit dem kleinen, an der Seite befestigten Ruder wieder unter Kontrolle zu bekommen. Als er es geschafft hatte, setzte er sich zufrieden in die Pfütze, die sich in der Mitte gebildet hatte.

»Das sind Fellboote«, ließ Jesper sie wissen und klopfte auf den Rumpf. »Die Flussleute in Westhominum benutzen sie zum Fischen. Sie werden aus Weidenzweigen geflochten, mit Fell überzogen und dann geteert, um sie wasserdicht zu machen. Der flache Boden macht kaum Wellen, die die Fische verjagen würden. Manchmal sind die einfachsten Ideen eben die besten.«

»Solange sie uns schnell genug ans Ziel bringen, soll's mir recht sein«, murmelte Fletcher und kletterte in das nächste. Es war erstaunlich bequem, fand er.

Die anderen folgten, nur Lysander und Athena hielten sich lieber weiter an die Bäume. Sariel hingegen hüpfte sogleich freudig auf ein Boot zu, in dem die Kobolde dem Geruch nach wohl ihren Fang transportierten. Ihr schien das nichts auszumachen, im Gegenteil: Nachdem sie unter viel Herumgespritze hineingesprungen war, beschnupperte sie neugierig den Boden und leckte alle Reste auf, bis ihre Zunge vor silbrigen Fischschuppen nur so glitzerte.

Lachend schüttelte Sylva den Kopf. »Ihr würdet nicht glauben, wie sehr sie Fisch mag«, sagte sie und kraulte die Canidin hinterm Ohr. »Wahrscheinlich sollte ich sie bergen, damit sie sich ausruhen kann, aber im Augenblick ist sie viel zu glücklich hier draußen …«

Lysander und Athena erhoben sich in die Luft, dann paddelten sie vom Ufer weg, bis die Strömung in der Mitte sie erfasste. Das Wasser war um einiges schneller, als es vom Ufer ausgesehen hatte. Sie brauchten kaum zu rudern und mussten lediglich dafür sorgen, dass die Boote sich nicht drehten.

»Geht das nicht ein bisschen schneller?«, rief Fletcher den Kobolden zu. »Wir müssen noch vor Mitternacht bei der Pyramide sein! Schaffen wir das bei dem Tempo?«

»Haben genug Zeit«, antwortete Blau. »Ihr keine Sorgen machen.«

Fletcher stöhnte und versuchte, sich zu beruhigen. Er hasste es, dass das Gelingen ihrer Mission nun ausgerechnet in den Händen eines Kobolds liegen sollte. Dann warf er einen Blick zu Sylva hinüber und sah, dass sie einen Pfeil eingelegt hatte. Offensichtlich vertraute sie Blau noch weit weniger als er.

Schließlich zuckte er die Achseln und lehnte sich gegen die angenehm gebogene Schiffswand. Die Kobolde zwitscherten untereinander, während der Rest der Gruppe mit halb geschlossenen Augen das Ufer beobachtete. Sie hatten einen langen Tag hinter sich, die sanften Wellen und der Sonnenuntergang taten ein Übriges, um sie langsam, aber sicher in den Schlaf zu wiegen.

Da spürte Fletcher, wie Ignatius ihn mit den Krallen am Oberschenkel stupste. Der Salamander hing halb über der Bordwand und starrte wie gebannt in das glasklare Wasser unter ihnen. Fletcher beugte sich über den Rand. Er sah das Seegras am Grund, das sanft in der Strömung hin und her wogte, dann glitt ein Rochen an ihnen vorbei. Das Tier war genauso groß wie ihr Boot und überholte sie mühelos.

»Gutes Fleisch!«, rief Blau ihm zu und fuhr mit dem Finger über seine Harpune. Fletcher fiel auf, dass die Spitze genauso aussah wie der

Stachel am Schwanz des Rochens, der sie eben überholt hatte. »Und Schwanz gut zu gebrauchen.«

Immer mehr Rochen tauchten unter ihnen auf, außerdem ein Schwarm grüner Fische mit breiten Flossen, die unvermittelt auseinanderstoben, weil etwas Großes einen der Fische schnappte.

Fletcher sah Luftblasen aufsteigen, dann einen eleganten Schatten, der mit erstaunlicher Geschwindigkeit über das Seegras huschte, und da erkannte er das Tier: Es war ein Flussdelfin, so rosa wie eine Dahlie. Mit seinem langen, schnabelartigen Maul verschlang er den erbeuteten Fisch in einem Stück, dann katapultierte er sich mit einem kräftigen Schlag seiner Schwanzflosse nach oben und schoss senkrecht aus dem Wasser.

Immer mehr Delfine folgten. Begleitet von dem freudigen Klatschen der Kobolde, sprangen sie schnatternd in die Höhe. Einige Kobolde warfen ihnen sogar Leckerbissen zu, die sie in Beuteln am Gürtel trugen, und beinahe alle erwiderten das Schnattern, als sängen sie mit den Delfinen im Chor.

»Die Weisen des Flusses unsere Reise segnen!«, rief Blau und streckte eine Hand ins Wasser. »Das gutes Omen!«

Ein Delfin kam herangeschwommen und rieb seine Brustflosse an Blaus Fingern, als wollte er ihm die Hand schütteln, dann jagten die Tiere wie auf ein geheimes Zeichen hin flussaufwärts davon.

»Das war unglaublich«, keuchte Sylva mit leuchtenden Augen. »Könnt ihr etwa mit ihnen sprechen?«

»Wir viele Worte, sie nur wenige«, antwortete Blau stolz. »Manche sagen, wir vor langer Zeit das Sprechen von ihnen gelernt. Jetzt alles sehr anders, aber wir sie immer noch verstehen.« Kaum hatte er aufgehört zu sprechen, da verfinsterte sich seine Miene plötzlich.

Fletcher folgte seiner Blickrichtung und sah eine umgestürzte Statue am Ufer liegen. Sie war so groß, dass die untergehende Sonne beinahe hinter ihr verschwand. Moos und Ranken wuchsen darauf, der Kopf war teilweise von Wasser überspült, aber die geborstenen Hauer und die dicken Augenwülste ließen keinen Zweifel, was die Statue darstellte. Sie befanden sich jetzt im Herzen des Orkgebiets.

37

DIE NACHT KAM SCHNELL, und die schmale Mondsichel spendete kaum Licht. Der Fluss hatte sich zu einem breiten Delta aufgefächert. Ein Poltern in der Ferne kündigte den Hauptstrom an, den sie nun überqueren mussten, und ein schwarzes Dreieck am Horizont verdunkelte die Sterne. Das musste die Pyramide sein. Sie wirkte sogar noch mächtiger als die Bärenzahnberge und war mindestens zehnmal so groß, wie Fletcher erwartet hatte. Er konnte sich gerade noch beherrschen, nicht laut nach Luft zu schnappen.

Blau band die Boote mit Angelschnüren zusammen, damit niemand abgetrieben wurde, während Lysander mit Athena ein Stück vorausflog und das Ufer erkundete. Sylva hatte ihre Canidin Sariel mittlerweile in sich aufgenommen, da ihr Boot sonst mit den vier Kobolden, die ihr beim Steuern halfen, zu tief im Wasser lag.

»Ihr jetzt stark und schnell rudern müsst«, flüsterte Blau. »Wenn Strömung euch erfassen, wir euch nicht helfen können und das Seil durchschneiden müssen.«

Fletcher hörte, wie die immer höher werdenden Wellen gegen den Bootsrumpf schlugen. Als ihm dann auch noch Gischt ins Gesicht spritzte, wusste er, dass sie die Stromschnellen erreicht hatten. Das Boot schwankte heftig, dann tauchte er sein Paddel ins Wasser und ruderte, was er konnte. Schon bald stöhnten alle nur so vor Anstrengung, um nicht von den anderen getrennt zu werden. Ihre Welt bestand jetzt nur noch aus Ausholen, Einstechen, Durchziehen. Ausholen, Einstechen, Durchziehen …

In der Dunkelheit konnte er außer der schwarz aufragenden Pyramide nicht das Geringste erkennen. Irgendwo unter diesem Ungetüm lagen Tausende von Gnomeiern, die sie zerstören mussten, und eine gequälte Seele wartete sehnlichst auf Rettung. All das war jetzt so nahe, dass er es beinahe greifen konnte.

Mit zusammengebissenen Zähnen ruderte Fletcher immer weiter, während die Strömung sie unaufhaltsam flussabwärts trug. Seine Arme brannten wie Feuer, aber er durfte jetzt nicht nachlassen. Selbst Ignatius half mit und spuckte das Wasser, das über die Bordwand spritzte, unaufhörlich wieder zurück in den Fluss.

Dann spürte Fletcher plötzlich Sand unter dem Boden seines Bootes. Blau streckte ihm aus der Dunkelheit die knorrigen Finger entgegen und zog ihn ans Ufer. Von dort liefen sie sofort bis zum Rand des Dschungels weiter, wo der Kobold die Angelschnur durchschnitt. Dann drückte er Fletchers Hände auf den Boden.

»Graben«, befahl Blau. »Wir Boote verstecken müssen.«

Fletcher gehorchte und war überrascht, wie schnell er trotz seiner Erschöpfung vorankam. Der Untergrund war trocken und locker, außerdem halfen Athena und Ignatius mit, sodass das Loch bald groß genug für das Fellboot war. Sie legten es mit der Oberseite nach unten hinein, um es – falls nötig – möglichst schnell wieder herauszubekommen.

»Jetzt alles fertig«, sagte Blau, als auch die anderen ihre Boote verscharrt hatten. Dann drückte er Fletcher das Ende eines Seils in die Hand. »Ihr uns folgen. Unsere Augen besser.«

Fletcher umklammerte das Seil und trottete los. Das Wasser schmatzte in seinen durchnässten Stiefeln, immer wieder spürte er ein Zupfen an dem Seil und musste die Richtung ändern. Zweimal stürzte er und schlug sich die Knie am steinigen Ufer auf – womit er allerdings nicht allein war, wie ihm die leisen Flüche der anderen verrieten.

Fletcher wünschte, er hätte rechtzeitig an das Gestell mit seinem Hellsehkristall gedacht, immerhin sahen Athena und Ignatius nachts um einiges besser als er. Aber das Gestell war tief in seinem Rucksack verstaut, um es unterwegs ja nicht zu verlieren, und jetzt war keine Zeit, danach zu suchen. Der Katzenaugenzauber aus Bakers Buch kam auch nicht infrage, denn das gelbe Leuchten würde sie nur verraten.

Trotz der Schmerzen in seinen Knien war Fletcher heilfroh, dass die Kobolde so halfen. Wie die anderen Gruppen den Fluss überqueren wollten, ohne kilometerweit abgetrieben zu werden, bevor sie das andere Ufer erreichten, konnte er sich beim besten Willen nicht vorstellen. Er hoffte nur, dass alle es rechtzeitig zum Treffpunkt schafften.

»Halt!«, zischte Blau plötzlich.

Sie standen am Rand einer großen gerodeten Fläche. In der Mitte ragte wie ein schlafender Riese die Pyramide auf. Mit Ausnahme eines gähnenden Loches, bei dem es sich wohl um den Eingang handelte, waren die Wände vollkommen glatt. Der Anblick erfüllte Fletcher mit Furcht, aber zum Kneifen war es jetzt zu spät.

»Hier wir uns trennen«, sagte Blau mit gepresster Stimme. »Wir bei unseren Verwandten verstecken und morgen früh angreifen.«

»Viel Glück«, flüsterte Fletcher.

»Ihr wohl eher welches brauchen«, erwiderte Blau. »Der Weg zu unseren Verwandten nicht weit.« Dann verstummte er und gab Fletcher die Hand. »Mögen unsere Wege bald wieder kreuzen, Fletcher.«

Fletcher spürte, wie das Seil seinem Griff entglitt, dann hörte er leise Schritte, die sich schnell entfernten. Seine Gruppe konnte sich wirklich glücklich schätzen, die Kobolde als Verbündete gewonnen zu haben.

Schließlich rief er Athena zu sich und holte seinen Hellsehstein aus dem Rucksack. Mit dem Gestell berührte er ihre Schwingen, um die Verbindung herzustellen, dann setzte er es auf und sah sich um.

Der Rest der Gruppe kauerte mit furchtsam geweiteten Augen am Boden. Auch sie konnten nicht das Geringste sehen, selbst Lysander wirkte angespannt und scharrte ungeduldig mit den Klauen.

»Ich kann kaum glauben, dass wir es rechtzeitig geschafft haben«, sagte Fletcher schließlich und blickte zum Himmel hinauf. »Dem Stand des Mondes nach zu urteilen, muss es bald Mitternacht sein. Mal sehen, wer außer uns noch hier ist.«

»Wir sind bestimmt nicht die Einzigen«, erwiderte Kress leise.

Fletcher duckte sich und lief auf die Pyramide zu. Ignatius eilte voraus, die Nase dicht am Boden, während Athena von oben Ausschau hielt. Endlich konnte Fletcher das riesige Bauwerk genauer in Augenschein nehmen. Etwas so Großes wie diese Pyramide hatte er noch nie gesehen, selbst die Akademie wirkte im Vergleich dazu beinahe winzig. Sie war von einem stumpfen Gelb, in den Ritzen zwischen den unzähligen Quadern wucherten Ranken und andere Kletterpflanzen.

Dann erreichten sie den Fuß der Pyramide.

»Bist du das, Fletcher?«, kam eine Stimme aus der Dunkelheit, begleitet vom Klicken eines Pistolenabzugs. Das musste Seraph sein.

»Steck das Ding weg«, zischte Malik und schlug ihm die Pistole aus der Hand.

Fletcher schaute in die Richtung des Eingangs und sah die beiden Truppführer am Boden kauern. Das Haar klebte ihnen im verschwitzten Gesicht, ihre Kleider waren vollkommen durchnässt. Sie wirkten erschöpft und schienen fürchterliche Angst zu haben.

»Wir sind's. Kein Grund zu schießen«, flüsterte Othello, hob die Pistole auf und gab sie Seraph zurück. »Das Ding wäre ohnehin nicht losgegangen, so nass, wie das Schießpulver ist.«

»So was passiert schon mal, wenn man fast im Fluss ertrinkt«, stöhnte Seraph und wrang sich das Haar aus. »Die anderen sind in der Vorkammer gleich hinterm Eingang. Sie haben ein Feuer gemacht, um ihre Sachen zu trocknen. Keine Sorge, von draußen ist das Feuer nicht zu sehen.«

»Und wenn die Pyramide von Dämonen bewacht wird?«, warf Kress ein und spähte misstrauisch den dunklen Korridor entlang, der ins Innere der Pyramide führte.

Fletcher bemerkte ein Glimmen ganz am Ende, machte sich aber keine allzu großen Sorgen deshalb. Falls es hier Dämonenwächter gab, dann wahrscheinlich tiefer im Inneren. Seraph sah trotzdem aus, als würden ihn keine zehn Pferde in die Pyramide bekommen.

»Warum seid ihr so nass?«, fragte Fletcher, an Malik gewandt. Eigentlich hatte seine Gruppe den Fluss ja schon vor zwei Tagen überqueren wollen.

»Wir haben uns kurzfristig umentschieden«, antwortete Malik. »Als Isadoras Trupp doch nicht ans andere Ufer übergesetzt ist, dachten wir, sie wüssten vielleicht etwas, was wir nicht wissen, und sind ihnen gefolgt.«

Fletcher erstarrte. Malik hatte sich also die ganze Zeit über auf der gleichen Uferseite aufgehalten wie sie. War es vielleicht jemand aus seiner Gruppe gewesen, der versucht hatte, ihn zu töten?

»Da wir gerade davon sprechen, habt ihr Isadora irgendwo gesehen?«, mischte sich Seraph ein und riss Fletcher aus seinen Gedanken. »In nur acht Stunden müssen wir unseren Auftrag erfüllt haben.«

»Sie ist noch nicht hier?«, fragte Kress bestürzt. »Aber wir brauchen sie und ihre Leute doch!«

»Was machen wir jetzt?«, fragte Fletcher nervös. Er hatte nicht damit gerechnet, dass eine der anderen Gruppen sogar noch später ankommen könnte als sie selbst.

»Ich würde warten«, antwortete Malik gähnend. »Wenn wir ohne sie reingehen, sind sie hier draußen ganz allein und schutzlos.«

Sylva schnaubte. »Nicht auszudenken, wenn ihnen etwas zustieße«, flüsterte sie sarkastisch.

»Ich sage, wir warten in der Vorkammer, bis sie auftauchen«, fuhr Malik unbeirrt fort und machte sich auf den Weg nach drinnen. »Die Orks rechnen nicht mit uns.«

Seraph schaute sorgenvoll zum Mond hinauf. »Aber das fliegende Korps ist bereits hier. Jede Minute, die wir verlieren, ist der Himmel über Hominum ungeschützt.«

Malik winkte ab. »Wir sind alle am Ende unserer Kräfte, ein paar Stunden Erholung können da nicht schaden.«

Da hatte er nicht ganz unrecht. Fletcher war selbst hundemüde. Andererseits blieben ihnen nur noch acht Stunden, keine Minute länger. Niemand wusste, wie lange sie brauchen würden, um sich in dem Tunnellabyrinth unter der Pyramide zurechtzufinden, die Gnomeier zu zerstören und die Dame Kavendisch zu retten.

»Vielleicht sollten wir lieber gleich los«, sagte er schließlich. »Wollen wir uns wirklich schlafen legen, während das Himmelskorps am Boden auf uns wartet – fernab von Hominums Grenzen, die es eigentlich verteidigen sollte?«

Da bekam Malik von unerwarteter Seite Unterstützung. Seraph hatte seine Meinung geändert. »Tatsache ist, dass wir im Augenblick ein Team weniger sind«, begann er. »Ich weiß, euer Verhältnis zu Isadora und ihrem Haufen ist angespannt – Teufel, meines ist es ja auch –, aber ob es euch gefällt oder nicht, unsere Chancen stehen besser, wenn wir alle gemeinsam kämpfen. Maliks Trupp hat bei der Flussüberquerung eine Menge Mana verbraucht, genauso wie meiner. Wir mussten sogar Telekinese anwenden, um die Stromschnellen zu überstehen. Jetzt brauchen wir dringend eine Verschnaufpause.«

Dann ergriff Malik wieder das Wort. »Wir können nun reingehen, halb tot und am Ende unserer Kräfte, oder wir warten ein paar Stunden und machen es richtig. Vergesst nicht, wir haben nur einen Versuch.«

»Du hast leicht reden«, kam Rufus' Stimme aus der Pyramide. »Wer weiß, ob meine Mutter noch eine weitere Nacht übersteht.«

Malik zuckte kurz zusammen, ging aber nicht auf den Kommentar ein. Stattdessen winkte er Fletchers Gruppe ungeduldig heran. »Die Pyramide wird nur bei religiösen Festen betreten. Manhard sagt, dass sowieso nur die Schamanen hineindürfen, also sollten wir im Inneren einigermaßen sicher sein.«

Als sie die Vorkammer erreicht hatten und die anderen einander leise begrüßten, musterte Fletcher seine Kameraden. Alle waren nass und von der Flussüberquerung erschöpft. Seit ihrer Begegnung mit Isadoras Trupp hatten sie – abgesehen von ein paar Stunden Bewusstlosigkeit, die das Pfeilgift ihnen beschert hatte – kaum geschlafen. Othello und Atilla saßen aneinandergelehnt in einer Ecke und dösten bereits. Ein paar Stunden Erholung würde ihnen allen guttun, aber war dies der richtige Moment? Hunderte, vielleicht sogar Tausende würden sterben, falls die Wyvernreiter heute Nacht in Hominum einfielen.

»Na schön«, sagte er schließlich und ließ sich seufzend zu Boden fallen. »Gönnen wir uns ein bisschen Schlaf. Ich habe das Gefühl, wir werden ihn brauchen.«

38

FLETCHER WURDE VON LAUTEN Trommelschlägen geweckt. Mit einem tiefen Dröhnen hallten sie durch die Pyramide und wollten einfach nicht aufhören.

Manhard, der entflohene Menschensklave, war ebenfalls wach. Er beobachtete Fletcher hinter halb geschlossenen Lidern, sagte aber nichts. Stattdessen stieß er Malik so lange mit dem Fuß an, bis der sich stöhnend aufsetzte.

In der Mitte der kahlen Kammer lag die Asche des niedergebrannten Feuers, durch den Korridor drang fahles Tageslicht herein – sie hatten die gesamte Nacht verschlafen. Als Malik eine Taschenuhr aus seinem Rucksack zog, sah Fletcher, dass ihnen nur noch zwei Stunden blieben …

Ob die genügten?

»Was ist das für ein verfluchter Lärm?«, murmelte Jesper.

Allmählich wachten auch die anderen auf. Lysander, Sacharissa und Caliban hatten ohnehin die ganze Nacht Wache gehalten, um sie zu wecken, sobald Isadoras Gruppe eintraf. Anscheinend war das nicht passiert.

»Wir müssen nachsehen, was los ist«, sagte Sylva, streckte vorsichtig den Kopf um die Ecke und zog ihn sofort wieder zurück. »Orks sind da draußen«, flüsterte sie entsetzt. »Sie holen Wasser vom Fluss. Wir *können* jetzt nicht raus.«

»Hatten wir ohnehin nicht vor«, beschwichtigte Malik. »Hier ist der sicherste Ort im ganzen Orkreich. Aber du hast recht, wir müssen herausfinden, was diese Trommeln zu bedeuten haben. Vielleicht findet heute eine Zeremonie statt, nur hoffentlich nicht in der Pyramide.«

»Spielt keine Rolle, was die Trommeln bedeuten«, widersprach Fletcher. »Wir haben schon viel zu lange gewartet und müssen los. Jetzt gleich.«

»Ich weiß, was das ist«, meldete sich endlich auch Manhard zu Wort. Seine Hände zitterten leicht. »Die jungen Orks haben ihre Ausbildung beendet«, begann er mit bebender Stimme. »Heute wird die Spreu vom Weizen getrennt. Das machen sie jedes Jahr. Denkbar schlechter Zeitpunkt für uns, denn da draußen wird es gleich nur so wimmeln von Orks.«

»Kommen sie auch in die Pyramide?«, fragte Fletcher.

Manhard schloss die Augen. »Könnte sein. Die Schamanen unterziehen die Novizen einer Prüfung, ebenso wie die Inquisitoren bei uns in Hominum. Die, denen es gelingt, einen Dämon zu beschwören, werden in die Pyramide gebracht. Sie betreten sie durch den Hintereingang hier und kommen später vorne wieder heraus. Mehr weiß ich nicht.«

»Und mehr werden wir auch nicht erfahren, wenn wir nicht rausgehen und nachsehen.«

Es war Belena, die gesprochen hatte. Sie saß im Schneidersitz in einer Ecke und sah ihrem Skarabäus dabei zu, wie er über ihre Hand krabbelte. Er war schwarz und beinahe genauso klein wie Apophis. »Niemand wird Melanox bemerken, wenn sie ein bisschen draußen herumfliegt.«

Belena drehte sich um und holte einen flachen, rechteckigen Kristall aus ihrem Rucksack. Er war in etwa so groß wie ein Schneidebrett, die Ränder wurden von einem Metallband geschützt, und dennoch hatten sich an einer Ecke bereits kleine Risse gebildet.

»Ein Geschenk meiner Großmutter«, erklärte sie und ließ Melanox auf dem Kristallbrett landen.

Fletcher staunte, wie scharf das Bild war, das der Kristall zeigte. Nicht einmal der Oculus an der Akademie war so klar gewesen.

»Endlich kann ich das Ding verwenden, statt es nur als nutzlosen Ballast mit mir herumzuschleppen«, fuhr Belena fort. Dann warf sie das Haar zurück und strahlte Fletcher mit ihren großen braunen Augen an. »Ich hätte lieber so ein Gestell wie du.«

Fletcher freute sich über das Kompliment, und Sylva verdrehte die Augen, da flog Melanox auf und berührte Fletchers Hellsehstein mit einem Fühler. Da der kleine Kerf ständig die Flugrichtung änderte, wackelte das Bild viel stärker, als Fletcher es von Athena gewohnt war. Vom Hinsehen wurde ihm beinahe schwindlig.

»Irgendwelche Einwände?«, fragte Belena.

»Nein«, erwiderte Malik mit bewunderndem Blick. Seraph, Othello und Atilla schliefen immer noch, also wandte er sich lediglich an Fletcher. »Was meinst du?«

Fletcher kratzte sich am Kopf. »Wenn wir nur wüssten, was diese Trommeln zu bedeuten haben«, überlegte er laut. »Falls die Orks doch in die Pyramide kommen sollten, sind wir hier drinnen leichte Beute. Kann nicht schaden, sich draußen ein bisschen umzusehen.«

Er hatte noch nicht zu Ende gesprochen, da sauste Melanox schon durch den Korridor und hinaus ins Freie. Das Bild auf seinem Kristall schwankte abenteuerlich hin und her, während der Kerf immer höher stieg, bis Fletcher nur noch blauen Himmel und die gleißend weiße Morgensonne sah. Malik und Manhard wurden allmählich unruhig, da blickte Melanox endlich nach unten.

Jenseits der Pyramide erstreckte sich eine ganze Stadt, die aus gemauerten Gebäuden bestand – und nicht aus primitiven Grashütten, wie Fletcher immer gedacht hatte. In der Mitte befand sich ein großer Platz mit Stufentürmen, Obelisken und mehreren Freiflächen, darum herum erhoben sich mächtige Sandsteingebäude, die die Pyramide wie ein Hufeisen umschlossen. Lediglich der schmale Streifen zwischen der Rückseite der Pyramide und dem Fluss, den sie in der letzten Nacht überquert hatten, war unbebaut.

»Ich fasse es nicht«, stammelte Kress. »Seht euch mal an, wie viele das sind!«

Auf dem Platz tummelten sich Tausende von Orks, sie schwenkten Wimpel und Fahnen aus Stoffen, Tierhäuten und Federn. Die bunte Körperbemalung machte von oben den Eindruck eines Flickenteppichs, und genauso unterschiedlich war auch ihre Haartracht: Manche hatten sich die Schläfen rasiert, andere den ganzen Kopf, einige trugen Duttfrisuren, andere lange Zöpfe.

Neben jeder dieser Gruppen drängten sich jüngere Orks zusammen, alle waren sie wie Feldochsen an ein Joch gefesselt. Sie schienen von Kopf bis Fuß mit Farbe bemalt und hinterließen bei jedem Schritt blaue Abdrücke auf dem Pflaster des Platzes.

»Die Blauen wurden unter den Gefangenen des letzten Jahres ausgewählt«, erklärte Manhard. »Sie nehmen an den Spielen teil, um sich einen Platz in der Kriegerkaste zu erkämpfen.«

Eine breite Treppe mit einem Schlangengeländer führte von der Pyramide hinunter bis zu dem Platz, in dessen Mitte sich eine ummauerte, abgesenkte Freifläche befand.

Manhard beugte sich mit zusammengekniffenen Augen näher an Belenas Hellsehstein und deutete nach rechts. »Da«, sagte er. »Lenk deinen Kerf in diese Richtung.«

Das Bild schwankte erneut und wurde immer größer, während Melanox, von heftigem Wind gebeutelt, näher heranflog. Schließlich setzte sie sich auf einen der beiden großen Obelisken vor der Pyramide.

»Das Pitz-Spiel«, murmelte Jesper. »Davon habe ich schon gehört.«

Fletcher ebenso. James Baker hatte es ausführlich in seinem Tagebuch beschrieben: Zwischen zwei Tribünen erstreckte sich ein länglicher Sandplatz, auf dem zwei Mannschaften versuchen mussten, einen Ball durch einen steinernen Ring zu werfen, der sich fast vier Meter über dem Boden befand. Baker hatte viele Zeichnungen angefertigt, aber leider kein Wort über die Spielregeln verloren, ganz zu schweigen von dem Detail, dass über fünfzig Spieler erbittert um den Sieg kämpften.

Am meisten faszinierte Fletcher allerdings der Ball: Er war aus Gummi – ebenso wie die Sehnen an den Harpunengewehren der Kobolde – und schien erstaunlich schwer zu sein. Die beiden Mannschaften spielten ihn sich mit hölzernen Schlägern zu, mit denen sie außerdem erbarmungslos auf ihre Gegner eindroschen. Der Sand war schon ganz rot von ihrem Blut. An vielen Stellen vermischte es sich mit dem Blau der Fußabdrücke zu dem tiefen Violett eines schweren Blutergusses.

»Wie brutal«, flüsterte Sylva, als einem Spieler ein Hauer aus dem Unterkiefer geschlagen wurde – was eine rote Fontäne verursachte. Die Zuschauer auf den Tribünen sprangen jubelnd auf und brüllten so laut, dass es bis in die Kammer zu hören war.

»Das ist noch gar nichts«, widersprach Manhard und deutete auf das nächste Spielfeld. »Es gibt viel Schlimmeres. Die Venatio zum Beispiel.«

Melanox wandte sich der nächsten abgesenkten Fläche zu. Auf den Tribünen dort drängten sich sogar noch mehr Zuschauer. Der Sand unterhalb war fast ausschließlich rot, dabei standen nur drei Orks auf dem Spielfeld. Sie waren an den Fußgelenken aneinandergefesselt und mussten sich gegen ein Rudel Hyänen verteidigen. Ein vierter lag bereits tot am Boden, während die anderen versuchten, sich die gierigen Bestien mit einfachen Holzspießen vom Leib zu halten.

Die Leichen wurden achtlos in einer Ecke aufgestapelt und für die Geier liegen gelassen. Nicht nur tote Orks und Hyänen lagen jedoch auf dem Haufen, sondern auch Wildhunde, Jaguare, Tiger und Löwen. Fletcher glaubte sogar, die Kadaver von Krokodilen und Pavianen zu sehen.

»Das Pitz-Spiel wird zu Ehren des Windgottes veranstaltet, die Venatio zu Ehren des Tiergottes«, erklärte Manhard und deutete auf das nächste Feld. »Aber es gibt auch noch das Hautziehen für den Gott des Feuers und des Lichts.«

Mindestens hundert blaue Orks tummelten sich dort, doch Fletcher sah kein Blut. Das Spielfeld wurde in der Mitte von einem Feuergraben unterteilt, darüber spannte sich ein Seil aus Tierhäuten, an dem die Mannschaften zu beiden Seiten des Grabens wie beim Tauziehen nach Leibeskräften zerrten.

»Die werden doch nicht …«, stammelte Jesper gerade, da fiel der vorderste Ork in der schwächeren der beiden Mannschaften schon über die Kante.

»Ein Opfer für ihre Götter«, sagte Manhard matt und schloss die Augen, während Ork um Ork in die lodernden Flammen stürzte, bis die siegreiche Mannschaft auf der anderen Seite des Grabens nur noch ein verkohltes Seil aus Tierhäuten in den Händen hielt.

Sie sahen noch andere Felder, auf denen weitere Wettkämpfe stattfanden. Das vorderste war ein mit Wasser gefülltes Becken, in dem die Orks von ihren Kanus aus mit Knochenpaddeln aufeinander einschlugen. An ihren Füßen hingen Steingewichte, sodass jeder, der über Bord fiel, unweigerlich ertrank. Als ob das nicht schon schlimm genug wäre, wimmelte es in dem Becken nur so von schwarzen Krokodilen. Zwischen ihnen trieb ein gekentertes Kanu führerlos im roten Wasser.

»Das ist die Naumachie. Zu Ehren des Wassergottes«, flüsterte Manhard.

»Warum kämpfen wir überhaupt noch gegen die Orks?«, fragte Sylva mit einem angewiderten Kopfschütteln. »Sie bringen sich ja alle gegenseitig um.«

Ein Jubelschrei drang von draußen in die Kammer, und Melanox' Blick sprang zurück zu dem Pitz-Spiel. Eine der Mannschaften hatte gewonnen, die Sieger sanken erleichtert auf die Knie. Manche fielen einander in die Arme, andere blieben einfach schnaufend auf dem Rücken liegen, während ihnen die Glückstränen übers Gesicht liefen.

Die Verlierer wurden von den Zuschauern zusammengetrieben und hinaus auf den Platz geführt. Dort wurden sie von kläffenden Hyänen in Empfang genommen, die sich bei dem Versuch, näher heranzukommen, in ihren Halsbändern beinahe selbst erwürgten.

»So verzweifelt, wie die aussehen, könnte man meinen, sie hätten mehr verloren als nur ein Spiel«, kommentierte Belena, als sie das haltlose Schluchzen der Verlierer sah, die nun in Richtung der Pyramide gescheucht wurden. »So tapfer sind die Orks dann wohl doch nicht.«

»Sie *haben* mehr verloren. Ihr werdet's gleich sehen«, murmelte Manhard mit leerem Blick. »Dann wissen wir auch, ob es in diesem Jahr neue Novizen gibt. Hoffen wir nur, dass …«

Die Trommeln hörten schlagartig auf, und Manhard verstummte. Die Menge stand einen Moment lang mucksmäuschenstill da, dann teilte sie sich vor einem Tross, der sich von dem Stufenturm genau gegenüber der Pyramide näherte.

»Da kommen sie«, sagte Manhard düster.

Eine Herde schnaubender Rhinozerosse trug eine riesige, rundum vergoldete Sänfte heran. Sie hatte die Form eines Orkschädels und glänzte so grell in der Sonne, dass der Anblick kaum zu ertragen war. Wer oder was sich darin befand, war wegen des Gegenlichts nicht zu erkennen.

Orks, die sogar noch größer waren als alle, die Fletcher bisher gesehen hatte, bildeten die Eskorte. Sie waren mit roter Kriegsfarbe bemalt, auf Brust und Gesicht prangten gelbe Streifen. Jeder hatte eine Macana über der Schulter und einen Köcher voller Speere auf dem Rücken. Brustkorb, Ellbogen und Knie waren mit Platten aus Jade gepanzert, die grün in der Sonne schimmerte.

»Bestimmt sitzt der Albino-Ork in der Sänfte«, flüsterte er. »Das hier muss seine Leibwache sein.«

Kress umklammerte Fletchers Arm. »Lovett könnte Lysander auf ihn hetzen …«

»Vergiss es«, fiel ihr Manhard ins Wort. »Wenn dir die Leibwache als Abschreckung noch nicht reicht, dann sieh dir mal an, wer hinter ihnen kommt.«

Am Ende des Trosses marschierte eine weitere Gruppe. Jeder dieser Orks trug einen grellbunten Federschmuck auf dem Kopf, sonst aber waren sie lediglich mit einem Gürtel aus Menschenschädeln bekleidet. Die meisten hatten Ziernarben auf Körper und Gesicht, viele trugen große Nasen- und Ohrringe. Aber das furchterregende Äußere war noch nicht einmal das Schlimmste, sondern …

»Das sind Schamanen!«, keuchte Sylva.

Neben den Orks schritten beeindruckend große Dämonen einher, von denen Fletcher manche nicht einmal identifizieren konnte: Felide, Lykaner und Minotauren kannte er, von den anderen hatte er nur im Dämonologieunterricht gehört oder sogar bloß eine Zeichnung in Bakers Tagebuch gesehen.

Am gefährlichsten sahen die Nanauen aus. Wie die Felide liefen sie auf kräftigen Hinterbeinen, aber da endete die Ähnlichkeit auch schon. Wenn ein Minotaurus ein aufrecht gehender Stier war, dann waren die Nanauen zu Landbewohnern mutierte Haie. In ihrem riesigen Maul standen mehrere Zahnreihen hintereinander, aus ihrem Rücken wuchs eine spitze Flosse, und der lange Schwanz zuckte bei jedem Schritt wie eine Peitsche von links nach rechts.

»Beschwörungsebene neun«, sagte Jesper beeindruckt und legte die Finger auf Belenas Hellsehstein. »So einen würde ich gerne mal sezieren.«

Drei Onis gehörten ebenfalls dazu. Um ein Haar hätte Fletcher sie für Orks gehalten, wären da nicht die langen Hörner auf der Stirn gewesen und der stark vornübergebeugte Gang. Ihre Haut war von einem tiefen Scharlachrot, außerdem schnappten sie ständig mit ihren riesigen Fangzähnen nach den Zuschauern. Aber so gefährlich sie auch sein mochten, schlau waren sie nicht. Schon ein durchschnittlicher Kerf übertraf sie an Intelligenz.

Der Größte in der ganzen Dämonenschar war ein drei Meter hoch aufragender Phantaur, ein zweibeiniger Elefantendämon mit langem Rüssel, muskulösen Armen und gezackten Stoßzähnen. Um ihn herum tummelten sich noch allerlei andere Wesen, die Fletcher aus dieser Entfernung nicht genau erkennen konnte.

»Es ist noch nie gelungen, einen Phantaur zu fangen, aber ich nehme an, das Biest hat mindestens Beschwörungsebene zwanzig«, überlegte Jesper laut.

Rori erschauerte und hielt Malachi ganz nahe an den Kristall, damit sein Kerf auch etwas sehen konnte. »So viel dazu, dass Orkdämonen generell schwächer sind als unsere. Sieht mir eher so aus, als würden sie die starken zurückhalten und nur die schwachen gegen uns an die Front schicken. Überlegt mal, halb Hominum kann diese Parade sehen. Ab jetzt wird sich bestimmt keiner mehr freiwillig zum Militärdienst melden …«

»Da wir gerade davon sprechen, wir sollten schleunigst von hier verschwinden, bevor sie die Pyramide betreten«, zischte Manhard. Dann stand er auf und lugte vorsichtig um die Ecke. »Im Augenblick ist die Luft noch rein.«

»Hol Melanox zurück, bevor einer der Schamanen sie entdeckt«, sagte Malik, an Belena gewandt, und schulterte seinen Rucksack. »Wir müssen uns irgendwo tiefer im Inneren der Pyramide verstecken. In dieser Kammer sind wir genauso schutzlos wie im Dschungel.«

»Richtig«, sagte Fletcher, dann rüttelte er Othello und Atilla wach. »Trotzdem sollte Melanox lieber draußen bleiben, damit wir weiterhin sehen, was da geschieht.«

Gähnend setzte sich Othello auf und erstarrte sofort, als er die Orkparade auf Belenas Hellsehkristall sah.

»Donnerwetter, da hab ich ja was verpasst«, stöhnte er.

39

SIE SCHULTERTEN IHRE RUCKSÄCKE und stiegen in die Dunkelheit hinab. Ihre Schritte hallten leise von den Wänden zurück, während das wenige Licht in ihrem Rücken immer noch weniger wurde und sie immer tiefer ins Innere der Pyramide vordrangen. Ignatius lief mit Tosk voraus, Athena saß auf Fletchers Schulter, Caliban, Lysander und Sacharissa übernahmen die Nachhut und behielten den Hintereingang im Auge.

Da hörten sie einen leisen Aufprall unmittelbar vor ihnen, gefolgt von einem Stöhnen.

»Aua.« Es war Seraph, den Fletcher ein paar Meter weiter vorn auf dem Boden liegen sah. »Da ist eine Mauer.«

Ignatius leckte ihm mitfühlend übers Gesicht, was Seraph nur ein weiteres Stöhnen entlockte.

»Scheiß drauf«, flüsterte Belena und rief ein Wyrrlicht herbei. »Wenn dieser Ort von Dämonen bewacht wird, hören sie uns so oder so, ob wir nun im Dunkeln gehen oder nicht. So sehen wir sie wenigstens kommen.«

Sogleich folgten weitere Wyrrlichter, die Dunkelheit verschwand, dann sahen alle die Mauer, gegen die Seraph geprallt war. Der Tunnel endete hier, links und rechts zweigte je ein kleinerer ab.

»Wir müssen uns aufteilen«, sagte Malik und schickte zwei Wyrrlichter voraus. Die beiden Gänge bogen nach einer Weile ab und führten weiter zur Mitte der Pyramide. »Belena, Manhard und ich nehmen mit Fletchers Gruppe den linken. Penelope und Rufus gehen mit Seraphs Gruppe nach rechts.«

»Seit wann erteilst du hier die Befehle?«, murrte Atilla und legte Othello einen Arm um die Schulter. »Ich sage, wir bleiben zusammen.«

»Ich fürchte, wir werden dort drinnen kaum ein Versteck finden, das groß genug für uns alle ist«, entgegnete Malik und breitete entschuldigend die Hände aus. »Es wird uns gar nichts anderes übrig bleiben, als uns aufzuteilen.«

»Er hat recht«, stimmte Fletcher zu. »Laut Karte muss hier irgendwo der Zugang zu den Höhlen sein. Weißt du, wo genau, Manhard?«

Manhard kratzte sich am Kopf. »Ich habe von dem Zugang nur gehört, war aber nie dort, nur in den Höhlen selbst. Da habe ich zwar einen Tunnel gesehen, aber ich weiß nicht, wohin der führt.«

»Unsere Chancen, es herauszufinden, stehen weit besser, wenn wir uns aufteilen«, meldete sich nun auch Seraph zu Wort. Dann schob er Atilla in den Gang, der nach rechts abzweigte. »Vergesst nicht, unser Ziel ist nicht die Pyramide, sondern wir wollen in die Höhlen darunter.«

Genevieve schickte Azura los, um den Weg auszukundschaften. »Wir sehen uns dann unten. Gehen wir, Rori.«

Sacharissa winselte leise, weil sie mit Seraph gehen musste und sich offensichtlich nicht von Fletcher trennen wollte.

»Wir sehen uns drinnen, Arcturus«, sagte Fletcher mit einem Zwinkern, woraufhin ihn Sacharissa kurz an die Brust stupste und dann ihrer Gruppe hinterhereilte.

Fletcher wollte gerade mit Penelope nach links abbiegen, da hielt ihn Rufus am Arm fest. »Fletcher«, sagte er leise, »wenn ihr die Höhlen vor uns erreicht, rettet als Erstes meine Mutter. Bitte.«

»Ich werde tun, was ich kann«, erwiderte Fletcher, ohne ihn anzusehen. Natürlich wollte er die Dame Kavendisch befreien, aber seiner Einschätzung nach waren die Gnomeier nun mal wichtiger. Jedes zerstörte Ei bedeutete einen Gnomsoldaten weniger.

»Danke. Das werde ich dir nie vergessen«, flüsterte Rufus, dann lief er seiner Gruppe hinterher.

Fletcher machte einen zweiten Versuch, den Tunnel zu betreten, da stieß ihn jemand unsanft zur Seite. Es war Caliban, der die Nachhut der beiden anderen Gruppen übernahm.

»Ein kleiner Abschiedsgruß von Raubler, wie mir scheint«, kommentierte Othello schmunzelnd.

Dieser Tunnel war genauso lang wie der erste, endete aber nicht so abrupt. Stattdessen öffnete er sich nach ein paar Minuten zu einer riesigen Kammer, die genauso groß war wie die Vorhalle an der Dämonenakademie. Die eigentliche Überraschung aber waren die Säcke, die hier überall herumstanden. Einige davon waren aufgeplatzt, um sie herum lag verstreut eine Anzahl frisch gepflückter, gelber Blütenblätter. In der dicken Staubschicht, die den Boden bedeckte, zeichneten sich nur ganz am Rand ein paar Fußspuren ab, wahrscheinlich stammten sie von den Orks, die die Säcke hereingebracht hatten.

»Wo sind wir hier?« Othello kratzte sich am Kopf und entsandte mehrere Wyrrlichter, bis die ganze Kammer hell erleuchtet war. Da sahen sie die in die Wände gemeißelten Hieroglyphen und Abbildungen. Sie waren einmal bunt gewesen, aber die Farben waren seit Langem verblasst.

»Kannst du sie lesen?«, fragte Fletcher, an Jesper gewandt, der bereits eifrig in sein Notizbuch zeichnete.

»Nein«, nuschelte er nur und betastete eines der Symbole mit den Fingern. »Sie müssen uralt sein, mehrere Tausend Jahre wahrscheinlich. Ich bezweifle, dass die Orks sie überhaupt lesen können.«

»Soll das heißen, jemand anders hat diese Pyramide gebaut?«, warf Belena ein.

»Schwer zu sagen«, antwortete Jesper, ohne von seiner Zeichnung aufzublicken. »Auf den Bildern sind Orks zu erkennen, das spricht dafür, dass sie die Architekten waren, aber die Hieroglyphen sind nicht in ihrer Sprache verfasst. Die Kultur der Baumeister muss vor langer Zeit verschwunden sein. Das würde auch erklären, warum die Stufentürme um den Hauptplatz herum so anders aussehen als die Pyramide. Kein Wunder, dass die Orks diesen Ort verehren. Wahrscheinlich glauben sie, ihre Götter hätten sie gebaut.«

Fletcher nahm die Hieroglyphen näher in Augenschein. Sie stellten Pflanzen und Tiere aus dem Dschungel dar und hatten tatsächlich keinerlei Ähnlichkeit mit den Runen auf Ignatius' Beschwörungsleder, die lediglich aus Punkten und gezackten Linien bestanden. Eine Art

Natur-Alphabet, überlegte er, konnte sie aber genauso wenig lesen wie Jesper, also wandte er seine Aufmerksamkeit den Blütenblättern zu seinen Füßen zu. Wegen Jespers Warnung wagte er nicht, eines davon aufzuheben, aber ihren Geruch nahm er deutlich wahr: Tabak und Alkohol, eine seltsame Mischung. Von welcher Pflanze sie stammen mochten und was die Blätter hier zu suchen hatten, konnte er sich beim besten Willen nicht erklären.

»O nein, seht euch das an!«, keuchte Belena mit vor Schreck geweiteten Augen. »Sie haben den Eingang erreicht.«

Sofort versammelten sich alle um Belenas Hellsehstein herum. Die Rhinozerosse, die die vergoldete Sänfte trugen, hatten vor der breiten Treppe haltgemacht. Auch die Trommeln setzten nun wieder ein. Der Rhythmus drang bis an ihre Ohren, als verfügte die Pyramide über einen eigenen Herzschlag.

Dann sahen sie den Albino-Ork. Mit einem eleganten Satz sprang er von seiner Totenschädelsänfte geradewegs auf die Treppe. Die versammelten Orks jubelten und trampelten so laut, dass der Boden unter Fletchers Füßen erzitterte.

Der Albino musste gut und gerne drei Meter groß sein, so weit überragte er die anderen. Er trug lediglich einen Lendenschurz, seine Haut war mit einem glänzenden Öl beschmiert. Im Gegensatz zu den anderen Orks war sein Schädel unrasiert, das weiße Haar war so lang und dick wie Sylvas und hing ihm offen bis zu den Schultern. Er war zwar muskulös, aber nicht so bullig wie seine Artgenossen – es schien, als wäre Schnelligkeit seine Stärke, nicht rohe Kraft.

Der Albino hob die Arme und empfing den Jubel seiner Untertanen, dann drehte er sich um und ging mit den eleganten Schritten eines Tänzers die Stufen hinauf. Zwei Schamanen begleiteten ihn, während ihre Nanauen ruhelos die Treppe auf und ab liefen.

Kurz bevor sie die oberste Stufe erreichten, stimmte die Menge zum Takt der Trommelschläge einen Gesang an. Er bestand aus nur einer einzigen Silbe, die sie endlos wiederholten.

»Verstehst du, was sie singen, Belena?«, fragte Fletcher.

Belena schloss die Augen und konzentrierte sich. »Khan«, antwortete sie schließlich. »Es hört sich an wie Khan.«

»Das ist sein Name«, erklärte Manhard mit einem Schaudern in der Stimme.

Inzwischen hatten die drei die Spitze der Pyramide erreicht. Fletcher sah, wie Khan einen gezackten Dolch aus glänzendem Obsidian in die Höhe hielt.

Die Menge brüllte vor Begeisterung, nur die blau bemalten Orks, die das Pitz-Spiel verloren hatten, knieten stumm am Fuß der Treppe. Dann standen sie auf und gingen einer nach dem anderen langsam nach oben.

»Wozu soll das gut sein?«, murmelte Kress mit einem Kopfschütteln. »Da oben ist doch nichts. Was wollen sie da?«

»Du wirst es gleich merken«, antwortete Manhard düster und drehte sich zur Seite. »Ihr könnt ja zusehen, wenn ihr wollt. Ich schaue inzwischen lieber weg.«

Der erste blaue Ork erreichte die abgeflachte Spitze der Pyramide. Obwohl Melanox weit über ihm war, sah Fletcher, dass seine Hände zitterten. Im nächsten Moment wurde er von Khan gepackt und auf den Altar gelegt, dann hob der Albino seinen Dolch.

Fletcher sah gerade noch rechtzeitig weg. Belena würgte und drückte Sylva ihren Kristall in die Hand, dann rannte sie in eine Ecke, während die anderen entsetzt zusahen. Nur Jesper, der immer noch in den Anblick der Hieroglyphen versunken war, bekam nichts von der schaurigen Szene mit.

»Ein Opfer für die alten, längst vergessenen Götter«, murmelte Manhard. »Die Orks haben fürchterliche Angst vor ihnen und glauben, dass sie in dieser Pyramide hausen. Deshalb opfern sie ihnen auch das meiste Blut, viel mehr als ihren anderen Göttern.«

Der verblutete Ork wurde einfach die Treppe hinabgestoßen. Stufe um Stufe fiel die Leiche hinunter und blieb zwischen den anderen Verlierern liegen. Die Zuschauer hoben den Leichnam jubelnd hoch und reichten ihn nach hinten weiter, während schon das nächste Opfer mit angstverzerrtem Gesicht auf dem Altar lag.

Khan ließ den Dolch erneut niederfahren, dann hob er den Oberkörper des Toten an und ließ das hellrote Blut aus der klaffenden Brustwunde über den Altar spritzen.

Wie gebannt schauten alle zu, bis Jesper sie aus ihrer Schreckstarre riss.

»Leute, das müsst ihr sehen!«

40

SIE STARRTEN DIE STELLE AN, auf die Jesper deutete, und trauten ihren Augen nicht. Malik löschte die Wyrrlichter unmittelbar vor der Wandmalerei und ersetzte sie durch einen Feuerball, damit die verblassten Farben besser herauskamen.

Ein Ork, der Khan zum Verwechseln ähnlich sah, war dort abgebildet. Hinter ihm standen Krieger, die genauso bemalt waren wie Kahns Leibwache. Noch unglaublicher war allerdings, dass in dieser Szene auch Menschen dargestellt waren. Die Zeichnung war nicht besonders detailliert, aber die Gesichter und die Körperhaltung ließen keinen Zweifel. Einer stand an der Spitze der Gruppe, als wäre er ihr Anführer.

»Alle eintausend Jahre«, murmelte Fletcher. »Ich wette, das haben diese Hieroglyphen zu bedeuten. Ein Erlöser, der alle tausend Jahre kommt, um die Menschen zu besiegen. Zumindest hat das ein Soldat behauptet, den ich einmal kannte.«

»Ich würde eher sagen, der Albinismus ist eine Laune der Natur, wie sie bei jeder Spezies vorkommt«, widersprach Malik leise. »Möglich, dass die Albino-Orks größer sind als ihre Artgenossen und eine höhere Beschwörungsstufe erreichen, was sie zu geborenen Anführern macht. Aber der Rest ist nichts als Aberglaube.«

»Vielleicht hast du recht, aber das wirklich Verwirrende sind die Menschen auf dem Bild«, warf Sylva ein, als wäre sie die Einzige, die es bemerkte. »Eigentlich dürften sie gar nicht da sein.«

»Warum denn nicht?«, fragte Kress.

»Weil es sie erst seit zweitausend Jahren gibt, nachdem ihre Vorfahren die Akhad-Wüste durchquert hatten«, antwortete Sylva. »Die Pyramide wurde gebaut, lange bevor die ersten Menschen auch nur einen Fuß in den Dschungel setzten. Einige unserer Texte, in denen die Pyramide erwähnt wird, sind fünftausend Jahre alt.«

»Da ist noch etwas«, sagte Jesper und wischte den Staub auf dem Gemälde mit seinem Ärmel weg. Die Farbe war längst verschwunden, aber bei dem Wesen, das zwischen den beiden Gruppen dargestellt war, handelte es sich ohne Zweifel um einen Dämon.

»Ein Salamander!«, keuchte Fletcher.

Ignatius zirpte und kratzte aufgeregt an der Wand.

Direkt über dem Salamander waren zwei weitere Szenen dargestellt, wie sie gegensätzlicher nicht sein konnten: In der einen thronten die Orks über einem Berg menschlicher Leichen, in der anderen verhielt es sich genau umgekehrt, dort waren die Menschen die Sieger.

Fletcher dachte an den Traum, den er gehabt hatte, als er Ignatius das erste Mal in sich aufgenommen hatte. Dort hatte er gesehen, dass Ignatius eigentlich für einen Albino-Ork bestimmt gewesen war, vor tausend oder noch mehr Jahren. Vielleicht stellte das Gemälde genau diese Prophezeiung dar. Und selbst wenn nicht, sowohl das Gemälde als auch Fletchers Traum deuteten darauf hin, dass in den Prophezeiungen der Orks ein Salamander-Dämon über Sieg und Untergang entschied.

»Wir sollten das unbedingt abschreiben«, sagte er. »Vielleicht lässt es sich übersetzen.«

»Schon passiert«, erwiderte Jesper und zeigte ihm sein Notizbuch.

»Seht mal!« Sylva deutete auf Belenas Hellsehkristall. »Wir müssen jetzt los. Die Opferzeremonie ist vorbei, Khan ist mit seinen Schamanen auf dem Weg zum Hintereingang der Pyramide. Ein paar jüngere Orks sind auch dabei. Das müssen die Novizen sein.«

»Verflucht«, brummte Malik. »Hoffentlich finden wir rechtzeitig ein Versteck. Folgt mir!« Er löschte die Feuerkugel und lief weiter zum nächsten Durchgang auf der anderen Seite der Kammer. Fletcher und der Rest folgten ihm wortlos.

»Sieht so aus, als hätten wir lange genug gewartet«, flüsterte Othello mit kaum verhohlener Freude in der Stimme. »Isadoras Gruppe hat es nicht rechtzeitig geschafft.«

Im Laufschritt trabten sie den Tunnel entlang, bis er sich erneut teilte. Für die Überlegung, welche der Abzweigungen sie nehmen sollten, blieb keine Zeit. Fletcher entschloss sich einfach für die rechte, Othello, Sylva und Lysander folgten ihm. Kurz darauf ging es steil nach oben, als führe der Weg genau ins Zentrum der Pyramide.

»Hey«, keuchte Fletcher, während ihre Schritte durch den Tunnel hallten. »Wir haben Kress und Jesper verloren.«

»Wir werden sie schon wiederfinden«, rief Sylva, die mit einem Wyrrlicht auf der Fingerkuppe vorauslief, über die Schulter. »Hier drinnen wird es jeden Moment nur so vor Orks wim…«

Sylva verstummte. Das Ende des Tunnels war erreicht, sie standen im Eingang zu einer riesigen Kammer. Dicke Träger aus rostigem Metall stützten eine Kuppeldecke hoch über ihren Köpfen, von der mehrere Rohrleitungen nach unten führten. Unmittelbar vor ihnen ragte eine Säule mit einer Plattform am oberen Ende auf, in die ein Pentagramm gemeißelt war. In der Mitte des Pentagramms gähnte ein Loch – doch wie tief es sein mochte, war in dem spärlichen Licht nicht zu erkennen.

Leider gähnte zwischen ihnen und der Säule ein tiefer Abgrund. Von allen vier Seiten der rechteckigen Kammer führte jeweils eine schmale Steinbrücke hinüber.

Othello sah sich mit zusammengekniffenen Augen um. »Wo zum Teufel sollen wir uns hier bloß verstecken?«

»Da drüben!«, rief Sylva und deutete auf die Säule. Um die Säule herum verlief eine Wendeltreppe. Die Stufen waren so hell, als wären sie erst vor kurzer Zeit hineingehauen worden.

Fletcher sandte ein Wyrrlicht in den Abgrund zu ihren Füßen. Es sah verflucht tief aus, aber er konnte erkennen, dass sich am Boden ein weiterer Tunneleingang befand. Weit bemerkenswerter schienen allerdings die mehreren Hundert Eier zu sein, die in einer Art Graben um den Fuß der Säule verteilt lagen. Sie waren grasgrün und kugelrund, fast wie unreife Orangen. Da fiel ihm ein, dass er solche Eier auch schon in den Stollen gesehen hatte.

»Das sind Koboldeier«, sagte er. »Gnomeier müssen viel größer sein, wenn die Gnome bereits voll ausgewachsen aus ihnen schlüpfen, wie Manhard sagt.«

»Ich möchte lieber gar nicht wissen, was die Koboldeier hier zu suchen haben«, kommentierte Othello. »Aber wir werden es so oder so gleich herausfinden, denn der Tunnel dort unten ist die einzige Möglichkeit, uns zu verstecken. Mit ein bisschen Glück führt er sogar zu den Gnomhöhlen.«

»Wer weiß«, erwiderte Fletcher, den Blick immer noch nach unten gerichtet. »Ich wette, genau dorthin ist auch Khan mit seinen Schamanen unterwegs. Wenn der Tunnel eine Sackgasse ist, sitzen wir in der Falle und müssen gegen … wie viele Orks kämpfen?«

»Zehn«, antwortete Sylva, nachdem sie die Schamanen und Novizen mithilfe von Belenas Hellsehstein gezählt hatte. »Wenigstens haben sie ihre Dämonen mittlerweile in sich aufgenommen. Trotzdem beeilen wir uns lieber, denn sie kommen gerade durch den Hintereingang.«

Fletcher überlegte fieberhaft. Sollten sie zur Plattform laufen und einen der anderen drei Ausgänge nehmen? Aber was, wenn sie dort den Schamanen in die Arme liefen? Einfach in den Abgrund springen konnten sie allerdings auch nicht … Da kam ihm eine Idee.

»Lysander, kannst du uns zu den Metallträgern an der Decke fliegen? Sie sind dick genug, damit wir uns dahinter verstecken können.«

Der Greif nickte krächzend. Als er dann auch noch zwinkerte, wusste Fletcher, dass Hauptfrau Lovett nun wieder die Kontrolle übernommen hatte.

»Bist du sicher?«, fragte Othello skeptisch. »Die Dinger sehen so verrostet aus wie ein Fischeimer.«

»Entweder diese Träger oder der Tunnel unten bei den Eiern«, erwiderte Fletcher und kletterte auf Lysanders Rücken. Othello und Sylva setzten sich sogleich hinter ihn. Fletcher umklammerte Lysanders Hals, während Sylva ihm von hinten die Arme um die Hüfte schlang. Ohne Sattel kam ihm das seidige Gefieder auf dem muskulösen Rücken des Greifs bedenklich rutschig vor.

Gerade wollte er den Befehl zum Start geben, da erhob sich Lysander schon mit einem mächtigen Flügelschlag in die Luft. Einen Sekundenbruchteil lang stürzten sie ins Leere, dann schoss der Greif mit atemberaubender Geschwindigkeit nach oben zwischen die Träger, schwenkte erneut herum und landete schließlich. Seine Klauen rutschten kreischend über das rostige Metall, dann kamen sie schlitternd zum Stehen.

Fletchers Magen hatte inzwischen mehrere Saltos geschlagen. Er brauchte einen Moment, um wieder zu Atem zu kommen, während die anderen bereits abstiegen. Fletcher folgte ihnen schließlich und achtete darauf, dem Rand des Trägers bloß nicht zu nahe zu kommen.

Von hier oben waren die Eier am Fuß der Säule deutlich zu erkennen. Eine dicke Rohrleitung führte direkt über Fletchers Kopf vorbei, er hörte eine Flüssigkeit darin hin und her schwappen. Mit einem Schaudern löschte er die Wyrrlichter, dann versank die Kammer um sie herum in der Dunkelheit – und das keine Sekunde zu früh, denn genau an der Stelle, wo sie eben noch gestanden hatten, näherte sich ein Lichtschein.

Es war Khan, der mit einer Fackel in der Hand vor seinen Schamanen ging. Fletcher hatte ihn noch nie aus solcher Nähe gesehen. Er wirkte sogar noch größer als zuvor auf dem Kristall. Seine Augenwülste waren weniger ausgeprägt und die Hauer kürzer als bei den meisten ausgewachsenen Orkbullen. Aber das wirklich Bemerkenswerte war etwas ganz anderes: Ein Dämon saß auf der Schulter des Albinos und sah sich mit seinen bernsteinfarbenen Augen um.

Es war ein Salamander.

41

DER PECHSCHWARZE DÄMON WAR doppelt so groß wie Ignatius, und aus seinem Rücken wuchsen zwei Stummelflügel, dennoch war es eindeutig ein Salamander mit Schwanzstachel und spitzer, zahnloser Schnauze.

Ignatius erkannte ihn ebenfalls als Artgenossen und zirpte leise, doch Fletcher beruhigte ihn mit einem Gedankenbefehl, damit er sie nicht verriet, während Kahn die Schamanen und deren Novizen über die Brücke führte. Einer aus dem Tross hatte einen Sack voller Blütenblätter aus der Vorkammer dabei.

Sie verfügten weder über Dämonen noch über ein Beschwörungsleder, aber selbst von hier oben konnte Fletcher die Tätowierungen auf ihren Händen sehen. Es waren Pentagramme und andere Symbole, genau wie bei ihm. Sogar die Novizen hatten welche, doch hielten sie ihre Hände wie unter Schmerzen verkrümmt, als wären die Symbole gerade erst gestochen worden. Die Novizen waren kleiner als die anderen Orks, ihre Hauer ragten kaum über die Unterlippe hinaus. Um die Hüfte trugen sie einen Schurz aus Gras, ihre Haut war weiß gepudert. Wahrscheinlich, damit sie dem Albino ähnlicher sahen.

Ein Schrei aus Kahns Kehle ließ Fletcher zusammenzucken. Der Albino deutete auf die fünf Spitzen des Pentagramms auf der Plattform und bellte Befehle. Die Schamanen nahmen die ihnen zugewiesenen Positionen ein, während die Novizen auf die Knie sanken und aufmerksam zusahen. Nach weiteren Anweisungen stimmten die Schamanen einen Gesang an und ätzten ein kompliziertes, in sich selbst verschlungenes Muster in die Luft.

Es war ein faszinierender Anblick. Bisher hatte Fletcher immer geglaubt, Orks beherrschten gerade einmal die Grundzüge der Dämonenbeschwörung und könnten höchstens einen Wichtel kontrollieren. Da fiel ihm wieder ein, dass sie diese Kunst schon weit länger beherrschten als die Menschen – vielleicht sogar länger als die Elfen. Aber zu Sylva sagte er davon lieber nichts.

Khan brüllte einen letzten Befehl, und die Schamanen hielten inne. Eine Art Doppelspirale schwebte jetzt über dem Pentagramm. Dann begannen die Hände der Schamanen zu leuchten, während sie das Gebilde mit Mana aufluden. Die Spirale erstrahlte in einem gleißend blauen Licht und fing an, sich – von tosendem Lärm begleitet – immer schneller zu drehen, bis Fletchers Augen der Bewegung nicht mehr folgen konnten.

Ihr Gesang wurde nun immer inbrünstiger. Als er den Höhepunkt erreichte, kauerte sich Khan auf den Boden und drückte auf eine kleine, in die Plattform eingelassene Erhebung. Der Knopf versank, dann hörte Fletcher ein Rumpeln über seinem Kopf. Es schien durch die ganze Pyramide zu gehen, gefolgt von einem Mahlen und Klappern, das von Mühlrädern zu stammen schien. Khan legte den Kopf in den Nacken und schaute in die Richtung, aus der das Geräusch kam.

Fletcher duckte sich erschrocken hinter seinen Träger. Das Herz schlug ihm bis zum Hals. Erst als er eine Flüssigkeit durch die Rohre ringsum rauschen hörte, riskierte er wieder einen Blick.

Sofort wünschte er, er hätte es nicht getan, denn der Anblick war entsetzlich: Aus den Rohren ergoss sich frisches Blut in die Mitte des Pentagramms. Auf dem Weg durch die sich drehende Spirale begann es zu schäumen und zu zischen, wurde immer dickflüssiger und schließlich so dunkel, dass es beinahe schwarz wirkte. Dann rauschte es in der Mitte der Säule nach unten, um an ihrem Fuß aus Wasserspeiern wieder ausgespuckt zu werden und über den Koboldeiern zu gerinnen. Die Eier wölbten sich und wurden immer größer, bis sie sich wie eine Flut über den Rand des Grabens am Fuß der Säule ergossen.

Ein leiser Fluch in der Dunkelheit sagte Fletcher, dass er nicht der Einzige war, der das Schauspiel beobachtet hatte. Kurz darauf schrumpfte der Blutstrom auf ein bloßes Tröpfeln zusammen, die

Spirale flackerte und verschwand, die Schamanen sanken erschöpft in sich zusammen. Fletchers Hände waren klatschnass von Schweiß. Jetzt wusste er, welchem Zweck das Opferritual auf der Spitze der Pyramide gedient hatte.

Khan griff mit einem zufriedenen Grunzen in einen Beutel an seiner Hüfte und warf seinem Salamander einen Leckerbissen zu. Gierig stürzte sich der Dämon darauf und verschlang ihn genussvoll, dann knurrte der Albino den nächsten Befehl.

Die Novizen stellten sich in einer Reihe vor ihm auf und nahmen eine Handvoll Blütenblätter aus dem Sack, den er ihnen hinhielt. Khan stopfte sich ebenfalls einige in den Mund, dann kauten alle eine Weile schweigend. Die Novizen verzogen angewidert das Gesicht wegen des Geschmacks, einer würgte sogar und musste den Brei mit einem Schluck aus seiner Feldflasche hinunterspülen.

Fletcher fragte sich, ob es sich um eine Droge oder gar um Gift handelte, das ihre Sinne benebelte oder vielleicht die Nerven lähmte. Auf jeden Fall begannen sie merklich zu schwanken – ob vor Angst oder wegen der Wirkung der Blütenblätter, das konnte Fletcher nicht sagen.

Nach einer kurzen Stille befahl Khan den Novizen, sich um das Pentagramm zu verteilen und niederzuknien. Die jungen Orks senkten ehrerbietig das Haupt, dann legten sie eine Hand auf das blutgefüllte Symbol zu ihren Füßen und die andere in die Mitte des fünfzackigen Sterns.

»Sieh dir die Symbole an«, sagte Sylva so leise, dass Fletcher sie beinahe nicht gehört hätte.

Er folgte ihrer Blickrichtung und musste sich die Hände vor den Mund schlagen, um nicht laut aufzukeuchen. Erst jetzt, da die Symbole mit Blut gefüllt waren, sah er, was sie darstellten: Es waren die Koordinaten des Ätherbereichs, der den Orks zukam. Ihr bestgehütetes Geheimnis lag offen vor Fletchers Augen.

Er winkte Lysander hektisch heran und deutete nach unten. Der Greif streckte den Kopf aus seinem Versteck, bis auch er die Symbole sah – und mit ihm ganz Hominum. Selbst wenn ihre Mission misslang, war sie nicht umsonst gewesen, denn sie hatten etwas geschafft, das die Menschen längst aufgegeben hatten: den Zugang zum Orkteil des Äthers zu finden.

Die neuen Koordinaten bedeuteten nicht nur neue Pflanzen, sondern auch bisher unbekannte Dämonen für Hominums Beschwörer. Diese Entdeckung konnte den Krieg endgültig zu ihren Gunsten entscheiden, und es war Fletchers Gruppe, die das ermöglicht hatte.

Die Symbole waren nun vollständig mit Mana aufgeladen. Das Blut darin begann zu kochen und leuchtete genauso blau wie das Pentagramm in der Mitte, dann erschien eine gleißende Kugel darüber, die sich langsam um die eigene Achse drehte. Bei jeder Umdrehung hallte ein dumpfes Dröhnen durch den Raum – es war ein Portal zum Äther, größer als alle, die Fletcher bisher gesehen hatte.

Khan hob seine Fackel und trat auf die Kugel zu. Er drehte sich noch einmal um, der Blick seiner roten Augen sprang von einem Novizen zum nächsten, dann drang er ohne Zögern durch das Portal.

Sylva hielt den Atem an, während die jungen Orks – einer nach dem anderen – ihrem Herrn folgten und verschwanden, als hätten sie niemals existiert. Nur die immer noch singenden Schamanen blieben zurück und versorgten das Pentagramm weiterhin mit einem Strom blauen Lichts.

Minuten vergingen. Fletcher sah von oben ungläubig zu. An der Akademie hatten sie gelernt, dass die Luft des Äthers giftig war. Sie führte zu Lähmungen, nicht selten sogar zum Tod, weshalb jeder Beschwörer einen Schutzanzug tragen musste. Das Visier von Hauptfrau Lovetts Helm hatte nach dem Zwischenfall vor beinahe zwei Jahren lediglich einen Sprung gehabt, und trotzdem waren ihre Beine jetzt gelähmt.

Beinahe eine Ewigkeit lang passierte gar nichts, außer dass die Schamanen vor Anstrengung immer stärker schwitzten. Fletchers Gruppe blieb nichts anderes übrig, als auf den Trägern unter der Decke auszuharren und bloß kein Geräusch zu machen.

Irgendwann bemerkte Fletcher, wie Sylva ein Niesen unterdrücken musste. Ihre Schultern hoben und senkten sich bebend, während sie sich mit wässrigen Augen die Nase zuhielt und Fletchers Herz vor Angst beinahe stehen blieb.

Eine gute halbe Stunde später trat der Albino-Ork mit seinem Salamander auf der Schulter wieder aus dem Portal. Die Novizen folgten kurz darauf. Einige hatten es verdammt eilig, und Khan lachte schallend, als sie sich zitternd hinter ihren Lehrern verkrochen.

Sobald der letzte hindurch war, schlossen die Schamanen das Portal, und der Raum versank wieder in Dunkelheit. Khans Fackel war jetzt die einzige Lichtquelle. Er bellte einen Befehl, dann ging er über die Brücke und verschwand im gegenüberliegenden Durchgang. Die erschöpften Schamanen folgten ihm mit ihren Schülern im Schlepptau.

Sogar als die Kammer stockfinster war, wagten Fletcher und die anderen nicht, sich auch nur zu bewegen, denn die Orks konnten jeden Augenblick zurückkehren. Erst als lauter Jubel vom Vorplatz an ihre Ohren drang, wussten sie, dass sie es überstanden hatten.

Othello rutschte näher an Fletcher und Sylva heran. »Was war das?«, knurrte er. »Sind die Orks etwa immun gegen Äthervergiftung?«

»Sieht ganz so aus«, flüsterte Sylva und entzündete ein Wyrrlicht. »Aber jetzt haben wir ihre Koordinaten. *Wir* haben das vollbracht, zwei Zwerge, ein Mensch und eine Elfin.« Sie strahlte nur so vor Stolz.

Fletcher hatte das Gefühl, ihr Lächeln lasse den Raum gleich ein bisschen heller werden, und gestattete sich für einen Moment, ihren Triumph zu genießen. Diese Koordinaten zu entdecken war so unmöglich erschienen, dass es nicht einmal Teil ihres Auftrags gewesen war. Sie hatten ihr Ziel bei Weitem übertroffen.

Dann flog Lysander sie einen nach dem anderen hinunter zu der Plattform mit dem Pentagramm.

»Sieh dir die Symbole gut an«, sagte Fletcher zu dem Greif, dann beugte er sich über den Rand und entsandte ein Wyrrlicht zum Fuß der Säule. Die Eier befanden sich immer noch in dem Graben, jedes davon war jetzt so groß wie ein kleines Bierfass. Ihre von grünlichem Schleim überzogenen Schalen pulsierten, als wären sie lebendig.

Othello kniete sich hin und inspizierte die schwarze Kruste, die das verdampfte Blut in dem Pentagramm hinterlassen hatte. Schließlich stand er mit einem Naserümpfen wieder auf, da ertönte ein Plätschern aus einem der Rohre über ihm, und der Zwerg blickte auf. Ein roter Schwall traf ihn mitten im Gesicht.

»Das gibt's doch wohl nicht!«, schimpfte er, sprang zur Seite und wischte sich wie von Sinnen das Blut ab.

»Organisches Material, ebenso wie unsere Beschwörungsleder und Fletchers Tätowierungen«, überlegte Sylva laut, während sich das Pentagramm erneut mit Blut füllte. »Wahrscheinlich führen die Rohre dort oben direkt zum Opferaltar.«

»Was du nicht sagst«, blaffte der Zwerg und wusch sich das Gesicht mit Wasser aus seiner Flasche ab. Fletcher konnte sich ein kleines Grinsen nicht verkneifen.

»Was war das? Ein Initiationsritus für die Novizen?«, fragte Sylva und ging mit langen Schritten um das Pentagramm herum. »Ihr erster Ausflug in den Äther vielleicht?«

Der Raum fühlte sich jetzt anders an. Sie hatten Unglaubliches entdeckt, und doch blieben nach wie vor so viele Fragen unbeantwortet.

»Gut möglich«, antwortete Othello seufzend. »Zumindest wissen wir jetzt, wo die Gnomeier herkommen.«

»Richtig. Irgendein abscheulicher Zauber, der das Orkblut mit den Koboldeiern vermischt«, schnaubte Fletcher und setzte vorsichtig einen Fuß auf die erste Stufe der Wendeltreppe, die hinunter in den Graben führte. Allein von der Höhe wurde ihm schwindlig. »Da wir gerade davon sprechen … gehen wir doch nach unten und sehen uns an, womit wir es zu tun haben.« Der Stein fühlte sich fest an, also wagte er die nächsten Schritte, bis sein Kopf auf Höhe der Plattform war.

»Sollten wir nicht zuerst nach den anderen sehen?«, fragte Othello und beäugte die Treppe misstrauisch.

»Wenn es einen Eingang zu den Gnomhöhlen gibt, dann hier unten«, widersprach Fletcher. »Durch Lysanders Hellsehkristall haben die anderen gesehen, wo wir sind und dass die Luft wieder rein ist. Sie werden bestimmt bald eintreffen.«

Er ging weiter und tastete sich mit den Fingern an dem grob behauenen Stein entlang, als könnte er sich daran festhalten, falls die Treppe wegbrechen sollte. Die Wände ringsum schienen immer näher zu kommen. Fletcher musste an die Wendeltreppe denken, über die Didric ihn aus dem Kerker hinaus und zum neuen Gerichtsgebäude geführt hatte. Kalter Schweiß trat ihm auf die Stirn. Sie waren hier vollkommen ausgesetzt, konnten nirgendwo in Deckung gehen, falls jemand sie jetzt von der Plattform aus angriff… oder von unten aus der Grube.

Einzig und allein Ignatius' Körperwärme in seinem Nacken gab Fletcher die Kraft, tiefer in die Höhle des Löwen hinabzusteigen.

Der Graben am Fuß der Säule war randvoll mit Eiern, dazwischen schwamm halb geronnenes Blut. Fletcher blieb nichts anderes übrig, als mitten hindurchzuwaten. Als er endlich den Rand erreichte, waren seine Kniehosen vollkommen durchtränkt.

Sylva und Othello waren schlau genug, gleich von der Wendeltreppe aus auf den Rand des Grabens zu springen. Als Fletcher dann auch noch sah, wie Lysander mühelos heruntergeschwebt kam, ohrfeigte er sich innerlich, dass er nicht einfach auf seinem Rücken geflogen war.

Diesmal war es Othello, der grinsend zusah, wie sich Fletcher den widerlichen Schleim mit seinem Chepesch von der Hose wischte.

»Sieht so aus, als würden sie während eines jeden Ritus mehrere Hundert neue Eier machen«, sagte Sylva. »Mich wundert, dass wir erst dieses Jahr von den Gnomen erfahren haben. Es ist beinahe, als würden die Orks im Geheimen ein ganzes Heer züchten.« Sie zog ihr Falx und bohrte die Spitze in eines der Eier. Ein Schwall trüber Flüssigkeit spritzte heraus, gefolgt von grünlichem Dotter. Es stank erbärmlich, wie eine Mischung aus Fäulnis und Brackwasser.

»Vielen Dank dafür!«, schimpfte Othello. »Jetzt müssen wir auch noch in diesem Mief auf die anderen warten.«

Sylva verdrehte die Augen. »Wie hätte ich denn sonst…«

Ein Armbrustbolzen schoss pfeifend herab und bohrte sich in Fletchers Schulter. Die blaue Befiederung schaute gerade noch heraus, so tief war er eingedrungen. Ein zweiter traf ihn am Oberschenkel, dann sank Fletcher auf die Knie. Er spürte keinen Schmerz, nur ein Taubheitsgefühl, das sich seinen Arm entlang ausbreitete, bis ihm der Chepesch aus der Hand fiel.

Sylva stieß einen markerschütternden Schrei aus und feuerte einen Blitz auf die Plattform ab, von der der Angriff gekommen war. Der Blitz zerbarst in einer Wolke aus Staub und Mauerwerk an der Decke.

Othello schwang sich auf Lysanders Rücken, der mit mächtigen Flügelschlägen auf die Plattform zujagte, doch das Geräusch fliehender Schritte sagte Fletcher, dass es zu spät war. Der Attentäter war schon wieder fort.

»Nein, o nein«, flüsterte Sylva und fing Fletcher mit den Armen auf, als er zu Boden sank.

Dann kam der Schmerz. Es fühlte sich an, als würde sein Oberkörper in zwei Stücke gerissen. Der erste Bolzen hatte sich von schräg hinten in seine Schulter gebohrt, die Spitze war unterhalb der Brust wieder ausgetreten. Jeder Atemzug tat so weh, dass er kaum Luft bekam.

»Zieh ihn raus«, krächzte Fletcher, als er schon das Blut in seinem Mund schmeckte. Der Bolzen hatte seine Lunge getroffen. »Wir müssen einen Heilzau…«

Sylva brach die Spitze ab und zog den Schaft mit einer schnellen Bewegung aus seinem Rücken, dann tat sie das Gleiche an seinem Oberschenkel. Dort musste sie den Bolzen allerdings erst noch ein Stück hineindrücken, bevor sie die Spitze abbrechen konnte.

Inzwischen füllte sich Fletchers Lunge mit Blut. Mit flachen, gurgelnden Atemzügen beobachtete er, wie Sylva eine Heilglyphe ätzte und weißes Licht in seine Wunden strömte. Ignatius sprang hinzu und versuchte, mit seiner Zunge den Blutfluss zu stoppen.

Doch es ging zu langsam. Der Boden unter Fletcher färbte sich zusehends rot. Der Schuss hatte eine Schlagader getroffen.

Fletcher konnte nur in grimmigem Schweigen zusehen. Er wollte nicht in dieser stinkenden Grube sterben, während die ganze Welt zusah. Man würde ihn für einen Versager halten – schlimmer noch, er würde zum Symbol der Zerrissenheit Hominums werden.

Da fiel ihm etwas ein, das er ganz vergessen hatte: Electras Tränke an seinem Brustgurt!

Wortlos zog er eines der Fläschchen heraus und entkorkte es mit dem Daumen. Dann leerte er den Inhalt mit einem einzigen Schluck. Das Zeug schmeckte genauso metallisch wie das Blut in seinem Mund, und eine Weile lang spürte er gar nichts, außer dass das Leben allmählich aus seinem Körper floss. Dann…

»Das ist doch … nicht möglich«, keuchte Sylva und ließ die Heilglyphe verschwinden.

Fletcher spürte, wie eine lindernde Kälte seinen Körper durchzuckte, dann war der Schmerz verschwunden. Als er an sich hinunterblickte, war von der Oberschenkelwunde nur noch ein kleines verkrustetes Loch zu sehen, ebenso wie unterhalb seiner Brust.

Ignatius sprang freudig auf seine Schulter und wickelte sich um Fletchers Hals. Das Herz des kleinen Salamanders flatterte wie ein Kolibri.

»Ruhig, Kleiner«, flüsterte er. »Ich lass dich schon nicht im Stich.«

Sylva presste ihre Stirn an die seine. »Ich hatte schon geglaubt, ich würde dich verlieren«, hauchte sie, dann streiften ihre Lippen seinen Mund, so flüchtig, dass Fletcher nicht sicher war, ob er es sich nicht nur eingebildet hatte.

Othello warf sich neben ihm auf die Knie und schlang ihm die Arme um den Hals, so fest, dass Fletcher glaubte, seine Rippen knacken zu hören.

»Tu das *nie* wieder«, schluchzte der Zwerg.

42

IM TUNNELEINGANG GINGEN SIE IN DECKUNG, außerhalb der Schusslinie. Nur Lysander versteckte sich oben zwischen den Trägern – für den Fall, dass der Attentäter zurückkehrte.

»Entweder sind Isadora und ihre Gruppe doch hier, oder es war Kress«, erklärte Sylva mit vor der Brust verschränkten Armen. »Ist es nicht seltsam, dass sie beide Male, als auf Fletcher geschossen wurde, nicht bei uns gewesen ist?«

»Nein, das kann ich nicht glauben«, widersprach Othello unbeirrt. »Das würde sie niemals tun. Und schon gar nicht, wenn es um Fletcher geht. Um ehrlich zu sein, ich glaube, sie hat ein Auge auf ihn geworfen.«

Sylva wurde rot, sah aber nicht weg. »Vielleicht gehört sie zu den Fanatikern. Vielleicht möchte sie einen Krieg und tut nur so, als würde sie den Gesichtsschleier ablehnen. Ihr wisst schon, zur Tarnung. Vielleicht ist sie genau so, wie Atilla früher war.« Ihr Blick wirkte verzweifelt. »Um ein Haar hätte ich … hätten *wir* Fletcher verloren!«

Dies war nicht mehr die Elfin, die Fletcher von früher kannte. Sie stand so dicht neben ihm, dass er sich unwillkürlich fragte, ob sich in dem kurzen Moment vorhin etwas zwischen ihnen verändert hatte.

Sylva hatte sogar Sariel herbeigerufen, damit er das dunkle Ende des Tunnels im Auge behielt. Sie streichelte ihm gedankenverloren übers Fell, und der Canid winselte traurig.

Fletcher lehnte sich mit dem Rücken gegen die Wand. »Lysander hat gesehen, wie ich angeschossen wurde«, flüsterte er. »Wenn sich Kress nicht in Calibans oder Sacharissas Blickfeld befand, als es passierte … Die blaue Befiederung wird ganz Hominum glauben lassen, dass sie es war.«

»Und wahrscheinlich war sie es auch!«, rief Sylva gereizt. »Wie oft muss ich euch noch sagen, dass wir ihr nicht trauen können?«

»Verstehst du nicht, worauf ich hinauswill? Es ist mir ganz gleich, ob sie es war oder nicht«, entgegnete Fletcher leise. »Alles, was wir mit der Entdeckung der Orksymbole erreicht haben, ist dahin.«

»Lysander hat kaum etwas gesehen«, wandte Othello ein. »Ich bin praktisch sofort mit ihm zur Plattform hinaufgeflogen. Die Farbe der Befiederung war aus seinem Blickwinkel gewiss nicht zu erkennen.«

»Mag sein …«, murmelte Fletcher niedergeschlagen. »Trotzdem wäre der Attentatsversuch einer Zwergin auf einen Menschen eine Katastrophe für Hominum.«

»Nicht nur auf einen Menschen, sondern auf einen Adligen«, gab Othello zu bedenken, dann wandte er sich wieder an Sylva. »Wir wissen nicht, wer es gewesen ist. Maliks Gruppe befand sich die ganze Zeit über auf der gleichen Flussseite wie wir. Gut möglich, dass Malik immer noch einen Groll gegen Fletcher hegt, weil er ihn im Turnier geschlagen hat. Und dann wäre da noch Belena. Wer weiß, ob sie nicht für das Dreigestirn arbeitet – immerhin gehört ihre Großmutter dazu.«

»Das glaubst du doch nicht im Ernst?« Fletcher versuchte sich vorzustellen, wie Belenas große unschuldige Augen ihn ins Visier nahmen. Ausgeschlossen.

»Und warum nicht? Ist sie vielleicht zu hübsch dazu?«, fauchte Sylva.

»Es könnte Rori gewesen sein, sogar Genevieve, weil sie immer noch wütend auf Fletcher ist, nachdem er Malachi letztes Jahr beinahe getötet hat«, sprach Othello weiter. »Vergessen wir nicht, dass Seraphs Gruppe ebenfalls ganz in der Nähe ist.«

Fletcher staunte, wie viele Feinde er sich inzwischen gemacht hatte. Es schien beinahe, als hätte die halbe Akademie einen Grund, ihn zu töten.

Sylva schüttelte den Kopf. »Wenn ihr zu blind seid, um das Offensichtliche zu erkennen, bringt uns dieses Streiten auch nicht weiter«, knurrte sie. »Ich werde den Mund halten, wenn Kress wieder auftaucht, aber ich behalte sie im Auge.«

Ein gereiztes Schweigen senkte sich über die Gruppe, da hörten sie ein Krächzen von oben. Alle waren sofort bereit: Fletcher und Sylva spannten ihre Bögen und zielten auf die Plattform, Othello ätzte eine Feuerglyphe, dann hielten sie den Atem an und warteten.

Didric streckte den Kopf über den Rand der Plattform. »Ich hab dir doch gesagt, dass es hier stinkt, Tarquin!«, rief er belustigt. »Jetzt weiß ich, wo der Gestank herkommt.«

»Da hast du's«, flüsterte Othello aus dem Mundwinkel.

Sylva runzelte nur die Stirn und nahm Didrics Kopf ins Visier.

Jetzt gesellte sich auch noch Tarquin dazu. »Sieh mal einer an«, sagte er mit gespielter Überraschung. »Ihr habt es also doch geschafft. Na ja, das haben wir uns wohl selbst zuzuschreiben, da wir euch vor der Orkpatrouille gerettet haben.«

»*Ihr* habt *uns* gerettet?«, rief Othello. »Wenn wir euch nicht zu Hilfe geeilt wären, wäre nur noch ein braunes Häufchen in einer Orklatrine von euch übrig!«

»Papperlapapp, was für ein Unsinn«, mischte sich Isadora ein. »Grindel, Schatz, sei so gut und trage Atlas nach unten. Er sieht so blass aus.«

Fletcher sah einen großen Schatten hoch oben auf den Stufen. Es war der Wendigo Hannibal. Er ging seiner Gruppe voraus und hatte auf der schmalen Treppe größere Schwierigkeiten. Hinter ihm kam der grinsende Grindel mit Atlas über der Schulter, dann folgte Isadora, die mit leichten Schritten die Stufen hinunterhüpfte. Ihre schwarze Uniform war noch genauso sauber wie am ersten Tag.

Hannibal schaute Fletcher und die anderen von der Treppe aus unverwandt an, also mussten sie ihre Waffen sinken lassen, ob es ihnen nun gefiel oder nicht. Tarquin und Didric gingen als Letzte. Als sie die letzten Stufen erreicht hatten, sprangen sie hinter Grindel gleich von dort aus zum Rand der Grube, wie es zuvor auch Othello und Sylva getan hatten. Nur Hannibal kletterte bis ganz hinunter und watete mit Isadora auf den Armen durch die stinkende Brühe.

Ein echter Kavalier, dachte Fletcher. »Was ist mit Atlas passiert?«, fragte er schließlich, als er den halb bewusstlosen Jungen sah.

»Nachdem wir gestern den Fluss überquert hatten, hat er irgendeine Beere gegessen. Ist ihm anscheinend nicht bekommen«, antwortete Isadora und inspizierte ihre Fingernägel. »Unterwegs hat der Fettsack alles verschlungen, was ihm vor die Nase kam. Ich glaube nicht, dass er es schaffen wird. Wir hätten ihn gleich zurücklassen sollen, aber Tarquin meinte, das würde nicht gut aussehen.«

Fletcher kniete sich neben Atlas auf den Boden. Er hatte kaum noch Farbe im Gesicht, sein Atem war flach und ungleichmäßig.

»Wie lange seid ihr schon hier?«, fragte Fletcher und zog ein weiteres Fläschchen aus seinem Brustgurt. »Wir haben wie vereinbart beim Hintereingang auf euch gewartet.«

»Eben erst angekommen«, krächzte Didric und stieß eines der Eier mit seinem Rapier an. »Wir haben eine halbe Ewigkeit gebraucht, weil wir diesen Idioten den größten Teil der Strecke tragen mussten. Ein Glück, dass die meisten Orks auf dem Vorplatz der Pyramide sind.«

»Wir haben auf euch *gewartet*«, wiederholte Othello grimmig. »Ihr könntet euch wenigstens bedanken.«

Tarquin zuckte die Achseln. »Ich kann mich nicht erinnern, euch darum gebeten zu haben.«

Fletcher ignorierte den Streit und betrachtete das Fläschchen in seiner Hand. Er hatte nur noch zwei von den roten übrig. Das dritte hatte ihm eben das Leben gerettet. Sollte er wirklich eines davon für diesen Verräter opfern? Eigentlich nein, entschied er, da ließ ihn ein protestierender Blick von Lysander zusammenzucken.

Die Welt sah zu.

Fletcher zog den Korken heraus und träufelte das Elixier in Atlas' Mund.

Atlas leckte sich über die trockenen Lippen und schluckte.

»Reine Zeitverschwendung«, murrte Grindel. »Wir haben schon einen Heilzauber versucht, da ist alles umsonst. Der ist hinüber.« Mit einem Zwinkern wandte er sich an Sylva. »Schön, dass die Elfin es auch geschafft hat. Wäre eine Schande, wenn mir ein Ork das Vergnügen geraubt hätte, ihr selbst den Garaus zu machen.«

Sylva legte eine Hand auf den Griff ihres Falx und drückte so fest zu, dass die Klinge zitterte. Nur ihre Stimme und ihr Blick blieben vollkommen kühl. »Versuch's nur«, sagte sie. »Das Vergnügen wäre ganz auf meiner Seite.«

Als das Fläschchen leer war, kehrte die Farbe zurück in Atlas' Gesicht. Er setzte sich hustend auf und sah sich mit trüben Augen um.

»Der Heilzauber hat nichts bewirkt«, kommentierte Isadora ungläubig. »Wir haben eine Menge Mana dafür verbraucht.«

»Anscheinend wirkt der rote Trank auch gegen Gift«, murmelte Fletcher beeindruckt und betrachtete seinen Gurt. Jetzt war nur noch eines von den roten Fläschchen übrig, aber es gab noch drei blaue, um sein Mana zu regenerieren. Die konnte er gut gebrauchen, wenn es daran ging, die Gnomeier zu zerstören.

Atlas schaute Fletcher verwirrt an und wollte gerade etwas sagen, da räusperte sich Tarquin. Eine kurze Pause entstand. Schließlich klappte Atlas den Mund wieder zu, stand mühsam auf und schlurfte betreten zu seiner Gruppe zurück.

»Gern geschehen«, sagte Fletcher sarkastisch.

Ein Krächzen aus Lysanders Kehle ließ Fletcher aufblicken. Kress kam gerade die Stufen herunter. Einen Moment lang überlegte er, ob Sylva vielleicht doch recht hatte, aber das Strahlen auf dem Gesicht der Zwergin räumte jeden Zweifel aus. Kress war unschuldig. Fletcher verbannte jeden Verdacht aus seinen Gedanken und wandte sich dem dunklen Tunnel in ihrem Rücken zu. Heiße, abgestandene Luft schlug ihm entgegen und wurde wieder zurückgesaugt – wie der Atem eines schlafenden Riesen. Es war so weit. All die Gefahren, die sie auf sich genommen hatten, verdichteten sich zu diesem einen Moment. Sie hatten die Gnomeier gefunden und noch genau eine halbe Stunde Zeit.

43

DIE VIER GRUPPEN KAUERTEN im Tunneleingang und betrachteten die Karte, die Manhard angefertigt hatte. Ihre Dämonen waren ein Stück vorausgegangen und hielten Wache.

»Diesen Tunnel hier kenne ich noch nicht, aber ich werde mich schon zurechtfinden, wenn wir erst drinnen sind«, sagte Manhard und deutete mit seinem Schwert auf eine große Kammer in der Mitte der Karte. »Das ist die Haupthöhle. Ich bin nur einmal drin gewesen, aber ich weiß, dass die Gnomeier dorthin gebracht werden. In der Höhle gibt es einen Lavasee, er hält die Eier warm. Soweit ich beobachten konnte, schlüpfen die Gnome immer dann, wenn gerade neue Eier entstehen. Wir müssen also aufpassen.«

Er warf einen kurzen Blick in den Tunnel, dann drehte er sich zu den frischen Eiern in dem Graben um. »Könnte sein, dass bald Gnome auftauchen, um sie zu holen. Wir sollten uns lieber beeilen.«

»Was ist mit den Gefangenen?«, warf Kress ein. »Wo sind sie?«

Sylva hatte die Hand immer noch auf dem Griff ihres Falx und beobachtete jede Bewegung der Zwergin genau.

Manhard deutete auf die Karte. Ein langer, schmaler Tunnel führte von dem Lavasee zu einer weiteren Höhle, die über den nächsten Tunnel mit der Oberfläche verbunden war. »Hier. In dieser Kammer werden die Gefangenen untergebracht. Ich weiß allerdings nicht, ob meine Kameraden um diese Tageszeit dort sind.«

»Und meine Mutter, ist sie auch da?«, fragte Rufus angespannt.

»Ja. Sie haben sie in einem Käfig gehalten und nicht einmal mit uns sprechen lassen«, antwortete Manhard kopfschüttelnd. »Wegen den vielen Gnomen um uns herum konnte ich nicht mal mit meinen Kumpels sprechen, wenn wir in der Höhle waren. Meistens schlafen sie dort, vor allem an Festtagen wie heute. Inzwischen dürften sie sich halb um den Verstand getrunken haben. Trotzdem wird es verflucht schwer sein, die Gefangenen da unentdeckt rauszuholen.«

Manhard hatte kaum zu Ende gesprochen, da zog Rufus sein Schwert und ging ein Stück in den Tunnel hinein zu seinem Otter. Fletcher wusste, wie Rufus sich jetzt fühlte. Auch er hätte alles gegeben, um seine Mutter noch einmal zu sehen.

Da klatschte Isadora plötzlich in die Hände, und alle zuckten zusammen.

»Fein«, sagte sie und deutete den Tunnel entlang. »Wir machen es so: Als Erstes zerstören wir die Eier in der Haupthöhle, und zwar möglichst leise, bis jemand uns entdeckt und Alarm schlägt. Wenn das passiert ist, feuern wir aus allen Rohren: Pistolen, Feuerkugeln, Blitze. Es spielt keine Rolle, wie viel Lärm wir dabei machen, Hauptsache, wir vernichten die Eier und kommen lebendig wieder raus. Hat irgendjemand ein Problem damit?«

Niemand widersprach, nur Fletcher schüttelte betreten den Kopf. So wenig er Isadora mochte, sie hatte doch recht. Er würde es genauso machen.

Isadora sprach unbekümmert weiter. »Sobald das Himmelskorps sieht, dass wir die Eier gefunden haben, machen sie sich auf den Weg zum Treffpunkt auf der Rückseite der Pyramide. Uns bleiben dann noch genau zwanzig Minuten, um unseren Auftrag zu erfüllen. Kurz bevor sie eintreffen, werden ihre Dämonen es uns wissen lassen. Dann müssen wir von hier verschwinden und es innerhalb von zehn Minuten zum Hinterausgang schaffen. Wer nicht rechtzeitig dort eintrifft, ist auf sich selbst gestellt.«

»Wie soll das gehen, wenn draußen das halbe Orkreich bis an die Zähne bewaffnet auf uns lauert?«, warf Belena ein und hielt ihren Hellsehkristall hoch. Das Bild darauf zeigte Tausende von Zuschauern, die nach wie vor die Spiele verfolgten.

»Wie viele es sind, spielt keine Rolle«, widersprach Manhard mit einem Blick auf den Kristall. »Sie sind auf dem Vorplatz, und da bleiben sie auch. Fürs Erste bekommen wir es nur mit Gnomen, den Schamanen und ihren Dämonen zu tun. Sobald sie Alarm schlagen, müssen wir allerdings schnell machen, denn dann wird es hier drinnen bald nur so von Orks wimmeln.«

Fletcher lockerte die Pistolen in seinen Holstern. »Gut. Falls es keine weiteren Fragen mehr gibt, schlage ich vor, wir gehen sofort los.«

»Du hast es aber eilig heute, was?«, spöttelte Didric. »Hast du die Eier in dem Graben gleich neben uns schon vergessen? Ich schlage vor, *ihr* bleibt hier und zerstört sie, während *wir* die eigentliche Aufgabe erledigen.«

Fletcher ging nicht auf Didrics Stichelei ein, aber sie brachte ihn auf eine Idee. Er wandte sich an Jesper, der missmutig sein Kurzschwert musterte, als könnte es ihn jeden Augenblick beißen.

»Jesper, das übernimmst du«, sagte er und deutete auf die glibbrigen Eier. »Jemand muss es tun, es ist vergleichsweise ungefährlich, und du kannst uns warnen, falls die Schamanen zurückkommen. Schaffst du das?«

Dankbar nickte Jesper. »Ich würde euch ohnehin nur aufhalten. Außerdem kann ich mir die Eier dann genauer ansehen. Vielleicht finde ich ja etwas Nützliches heraus.«

Er schlug sogleich auf das nächstbeste Ei ein. Der Gestank wurde noch unerträglicher, und alle stöhnten.

»Idiot«, schimpfte Didric. »Verschwinden wir von hier.«

Dann marschierten sie los. Die heiße Phase hatte begonnen.

Sie schickten ein einzelnes Wyrrlicht voraus und ließen ihre Dämonen die Vorhut übernehmen. Die Tunnelwände bestanden aus nackter Erde und Schiefergestein, überall ragten Wurzeln hervor. Kaum ein vertrauenerweckender Anblick, fand Fletcher. Schon die von ihren Schritten verursachte Erschütterung genügte, um ihnen immer wieder Erde auf die Köpfe rieseln zu lassen.

»Hier«, sagte Fletcher und reichte die drei blauen Fläschchen an Kress, Sylva und Othello weiter. Für sich selbst behielt er nur das rote. Nach den zwei Mordanschlägen wollte er kein Risiko eingehen.

Sylva misstraute der Zwergin nach wie vor und verzog das Gesicht, als Fletcher ihr das Fläschchen gab, aber er kümmerte sich nicht weiter darum. Ihre Aufgabe war, Hominum zu beschützen, und nichts durfte sie davon ablenken. So verschlagen seine Feinde auch sein mochten, solange die Dämonen ihrer Gönner zusahen, konnten sie keinen weiteren Anschlag riskieren.

Mit all diesen Dämonen standen ihre Erfolgschancen ohnehin nicht schlecht. Insgesamt hatten sie nun über ein Dutzend, von Roris gelbem Kerf bis hin zu Tarquins Hydra Trebius.

Auch Belena hatte mittlerweile ihren Hauptdämon herbeigerufen, und das beruhigte ihn. Es war ein Federfuchs. Wie seine Verwandten, die Vulpide, hatte er einen Fuchskopf, war aber etwas kleiner. Sein Brustkorb war so schmal wie der eines Windhundes, die Vorderbeine mit den fürchterlich scharfen Klauen daran erinnerten Fletcher an einen Adler, die langen Hinterläufe an einen Wolf. Das braune Gefieder an den Beinen ging an der Brust in rotes Fell über, das auf dem Rücken schließlich grau wurde. Insgesamt war das ein besonders eleganter Dämon – ebenso wie seine Bändigerin, fand Fletcher.

Da sah er ein orangefarbenes Glimmen am Ende des Tunnels, das ihn an Mutters Höhle in den Koboldstollen erinnerte.

Manhard, der unmittelbar hinter den Dämonen ging, hob die Hand. Der gesamte Tross kam zum Stehen, dann schlich Manhard gebückt auf das Leuchten zu. Nachdem er sich kurz in der Höhle umgesehen hatte, kehrte er mit blitzenden Augen zurück.

»Volltreffer«, flüsterte er. »Mehrere Tausend, die ganze Kammer ist voll davon.«

»Irgendwelche Gnome in der Nähe?«, fragte Tarquin.

»Nicht ein einziger«, antwortete Manhard grinsend. »Es wird ein paar Minuten dauern, bis sie uns bemerken. Bis dahin ist es erst mal ein Kinderspiel.«

»Dann fangen wir doch gleich an«, knurrte Othello und wog die Schlachtaxt in seiner Hand. »Das Fliegende Korps dürfte mittlerweile unterwegs sein. Uns bleiben zwanzig Minuten.«

Dann stürmten die vier Gruppen auf den Lavaschimmer zu.

44

DIE HÖHLE WAR RIESIG, sogar noch größer als die Vorhalle in der Akademie. In der Mitte blubberte ein Lavasee. Vier Ströme aus geschmolzenem Gestein ergossen sich daraus und unterteilten die Kammer in gleich große Inseln, die durch bröckelige Steinbrücken miteinander verbunden waren. Zu jeder der Inseln führte ein eigener Tunnel.

Und dann waren da noch die Eier, Abertausende davon. An manchen Stellen lagen sie so hoch aufgestapelt, dass sie fast bis zur Decke reichten. Die hinteren Reihen waren von Spinnweben bedeckt, die vorderen schienen neuer zu sein. Zwischen ihnen lagen die vertrockneten Überreste aufgeplatzter Schalen. Das waren fast genauso viele wie Eier.

»Sieht aus, als hätten die Orks mittlerweile ein ganzes Gnomheer gezüchtet«, murmelte Fletcher und stocherte mit seinem Chepesch in einem der aufgeplatzten Eier herum. »Vielleicht kommen wir zu spät.«

»Ich bin das letzte Mal vor drei Jahren hier gewesen. Damals waren es nicht mal halb so viele«, fügte Manhard erschüttert hinzu.

»Darüber können wir uns jetzt nicht den Kopf zerbrechen«, warf Isadora ein und rammte ihr Schwert in eines der Eier. »Nehmt euch zuerst die einzelnen vor. Den großen Stapel verbrennen wir am Schluss, damit der Rauch keine unnötige Aufmerksamkeit erregt.«

Tamil, ihr Felid, legte sofort los und zerschmetterte mit seinen Klauen Ei um Ei. Die anderen Dämonen fielen mit ein, bis der eklige Dotter nur so spritzte. Nur die Kerfe, die zu klein waren, um die Schalen zu zertrümmern, flogen zu den Tunneleingängen und hielten Ausschau nach Gnomen.

»Dann mal los«, sagte Fletcher und hob seinen Chepesch. Binnen weniger Sekunden erfüllte ein beißender Verwesungsgestank die Höhle. Da spürte er plötzlich ein tiefes Glücksgefühl, das er sich beim besten Willen nicht erklären konnte. Erst nach einer Weile merkte er, dass es von Ignatius kam.

Der Salamander war in den Lavasee gesprungen und schwamm schnurstracks auf die Mitte zu, wo es am heißesten war. Er spürte keinerlei Schmerz, nur eine tiefe Erfüllung, ja fast Sehnsucht. Fletcher fragte sich, ob die Lava den Salamander an seine Heimat im Äther erinnerte, wo auch immer das sein mochte.

»Was zum Teufel macht Ignatius da?«, bellte Othello und trat zwei Eier in den See, die zischend versanken.

»Keine Ahnung«, antwortete Fletcher.

Als Ignatius die Mitte des Sees erreichte, spürte Fletcher plötzlich eine starke Energieentladung. Etwas geschah mit seinem Salamander, er wusste nur nicht, was.

Sekunden vergingen, Fletcher hackte weiter auf die Eier ein und versuchte gleichzeitig, Ignatius im Auge zu behalten, der stur seine Kreise in der Lava zog. Ohne ersichtlichen Grund strömte immer mehr Mana aus dem Körper des Salamanders. Ignatius war wie ein leckgeschlagenes Fass. Fletcher wünschte, er hätte eines von den blauen Manafläschchen für sich behalten.

Ganz offensichtlich hatte es etwas mit der Lava zu tun. Schließlich versuchte er, Ignatius zurückzurufen, aber der gehorchte nicht. Es war beinahe, als spürte Ignatius ihn nicht mehr, als hätte Fletcher die Kontrolle über ihn verloren. Schließlich ließ er es bleiben und konzentrierte sich aufs Eierzerstören. Er konnte nur hoffen, dass Ignatius, wenn sie aus der Lavakammer fliehen mussten, seinem Ruf folgen würde.

Nach fünf Minuten ununterbrochener Arbeit hatten sie kaum mehr als ein paar Hundert Eier zerstört. In manchen hatten sie halb ausgewachsene Gnome gefunden, denen sie mit einem gezielten Schlag den Gnadenstoß versetzen mussten.

Als Fletcher aufblickte, merkte er, dass sie nicht einmal das Viertel geschafft hatten, auf dem sie standen. Ganz zu schweigen von dem großen Stapel, den sie noch verbrennen mussten.

»Was ist nun mit den Gefangenen?«, fragte Rufus keuchend. »Wann holen wir endlich meine Mutter?« Beschwörend blickte er Malik an.

»Zuerst müssen wir das hier erledigen«, antwortete dieser und zerteilte das nächste Ei mit seinem Säbel.

»Mach gefälligst weiter«, schnaubte Didric und schubste Rufus auf ein Ei zu. »Wir müssen zusammenarbeiten, wenn wir rechtzeitig fertig werden wollen.«

Rufus stolperte und drehte sich wutentbrannt um. Ein Glimmen stand in seinen Augen, das Fletcher noch nie an ihm gesehen hatte. Da war keine Spur mehr von dem schüchternen Jungen mit den mausbraunen Haaren, der er einmal gewesen war.

»Ich gehe jetzt meine Mutter holen. Ein Emporkömmling wie du hat mir gar nichts zu sagen«, fauchte Rufus und spuckte dem völlig verdatterten Didric vor die Füße. Fletcher konnte sich ein Grinsen nicht verkneifen.

Noch bevor ihn jemand aufhalten konnte, rannte Rufus über die Brücke und auf den nächstbesten Tunnel zu. Fletcher heftete sich an seine Fersen, dicht gefolgt von Manhard.

»Rufus, bleib stehen!«, rief Manhard, so laut er es wagte. »Du wirst uns alle verraten!«

Aber Rufus war schnell, und er hatte einen Vorsprung. Als Fletcher den Tunneleingang erreichte, war der junge Adlige schon darin verschwunden.

Manhard blieb keuchend neben ihm stehen. »Wenigstens hat der Trottel den richtigen Eingang erwischt«, stöhnte er. »Alle anderen führen zurück an die Oberfläche.«

»Wir sollten ihm folgen. Allein wird er es nicht schaffen.«

Manhard betrachtete sein Schwert. Es war ein großes, breitschneidiges Falchion. Mit der schweren Armbrust auf seinem Rücken sah der von seiner langen Gefangenschaft immer noch abgemagerte Jüngling aus, als könnte er es kaum anheben. Doch dann war sein Griff um das Schwert fest und geschickt. Nicht umsonst hatte er einmal zu den berüchtigten Forsys-Furien gehört.

»Na gut, dann los«, sagte er schließlich und ging voraus.

Fletcher wog ein letztes Mal ab. Er wusste, was es bedeutete, einen

Elternteil zu verlieren, und fühlte mit Rufus. Aber taten sie auch wirklich das Richtige? Sie mussten noch mehrere Tausend Eier zerstören. Was nützte es Hominum im Krieg gegen die Orks, wenn sie eine alte Frau befreiten, die nicht einmal mehr bei Verstand war? Trotzdem konnte er Rufus nicht blindlings in seinen eigenen Tod rennen lassen. Umso weniger, wenn er dabei auch noch die Orks alarmierte.

Immer noch hin- und hergerissen, erteilte er Athena den Befehl, sich weiter um die Eier zu kümmern, dann rannte er los. Im Laufen steckte er seinen Chepesch zurück in die Scheide, nahm den Bogen vom Rücken und legte einen Pfeil auf die Sehne, falls im Tunnel eine unangenehme Überraschung auf sie wartete.

»Fünfzehn Minuten«, sagte er sich. »In fünfzehn Minuten kehren wir um, mit oder ohne Rufus und die Dame Kavendisch.«

Der Weg wurde immer steiler, bis Fletcher vollkommen außer Puste war. In dem wenigen Licht, das durch das Ende des Tunnels hereinfiel, konnte er Manhard gerade noch sehen. Er ging geduckt darauf zu und versuchte, sich im Dunkeln zu halten. Doch das Licht hier war anders, als käme es von draußen. Sie mussten ganz in der Nähe der Oberfläche sein.

Fletcher legte die letzten Meter zurück, dann endete der Tunnel an einem scharfen Abriss. Was dahinter lag, konnte er von seinem Standpunkt aus nicht erkennen. Manhard robbte vorsichtig an den Rand, und Fletcher folgte ihm, Kopf und Bauch flach auf den Boden gepresst. Als er die Kante erreichte, war die Vorderseite seiner Jacke von der feuchten Erde vollkommen durchnässt, doch was er dann sah, ließ ihn alles andere vergessen.

»Bei den Göttern«, keuchte Fletcher.

45

ES WAREN MEHR, als Fletcher zählen konnte. Wie Spielzeugpuppen in einem unaufgeräumten Kinderzimmer lagen die Gnome zu Tausenden in der Höhle verstreut und schliefen, Arme und Beine ineinander verknotet, als wären sie an Ort und Stelle bewusstlos umgefallen.

Von der Decke fiel helles Sonnenlicht herein, wie Eiszapfen schnitt es durch die Dunkelheit. Es schien keine Wachen zu geben, und das war gut so, denn Rufus hatte die Höhle bereits betreten.

»Verfluchter Narr«, murmelte Manhard und beobachtete, wie sich der junge Adlige zwischen den schlafenden Gnomen hindurchschlich. »Ein Glück, dass sie sich an den Festtagen immer mit fermentierter Kokosnussmilch besinnungslos saufen.«

Fletcher schaute in Rufus' Richtung. Er hielt auf einen Bambuskäfig zu, der einsam am Rand der Höhle stand. Ganz in der Ecke kauerte eine verwahrloste Gestalt. Und noch etwas fiel ihm auf: Auf der gegenüberliegenden Seite der Höhle döste ein Dutzend junger Männer. Wie die Kobolde gleich neben ihnen waren sie lediglich mit Lendenschurzen bekleidet und mit Lederriemen aneinandergefesselt.

»Sind das deine Freunde?«, fragte er.

Manhard wurde blass, als er die Gruppe sah. »Drei Jahre bin ich hier drinnen gefangen gewesen«, sagte er mit bebender Stimme, dann nahm er seine Armbrust und den Köcher vom Rücken. Seine Hände zitterten.

»Ich hole sie«, flüsterte er und stand auf. Sein Atem ging röchelnd, als stünde er kurz vor einem Panikanfall.

»Lass mal, ich mach das«, widersprach Fletcher eilig. Falls Manhard nämlich die Nerven verlor, wäre das hier ihr Ende.

»Gut, ich gebe dir Deckung«, erwiderte Manhard mit unverhohlener Erleichterung.

Fletcher legte seine Waffen ab und nahm nur den Chepesch mit, um die Gefangenen damit loszuschneiden.

Unterdessen kam Rufus nur langsam voran. Ein besonders großer Haufen schlafender Gnome versperrte ihm den Weg. Schließlich machte er kehrt und probierte eine andere Route aus.

Fletcher wollte nicht den gleichen Fehler begehen und legte sich den besten Weg zurecht, bevor er losging. Dann war er mitten unter ihnen. Den Chepesch eng am Körper, manövrierte er seine Füße behutsam zwischen all den kantigen Knien und Ellbogen hindurch.

Ein Gnom gleich neben ihm schnaubte im Schlaf, so nahe, dass Fletcher den Luftzug an seinem Knöchel spürte. Fletcher erstarrte und hielt den Atem an. Die Nase des Gnoms war jetzt gegen seine nackte Haut gepresst. Sie fühlte sich feucht und kalt an. Fletcher spürte, dass ihm der Rotz aus der Nase des Gnoms übers Schienbein lief. Nach einer gefühlten Ewigkeit schluckte der Gnom und drehte sich auf die andere Seite. Ohne es zu merken, streifte er dabei mit dem Ellbogen Fletchers Bein und wälzte sich direkt auf einen seiner Artgenossen, doch keiner der beiden nahm davon Notiz. Sie wirkten wie tot.

Frischen Mutes beschleunigte Fletcher sein Tempo und sprang mit schnellen, vorsichtigen Schritten von einem freien Fleckchen zum nächsten. Er wusste, sobald einer der Gnome auch nur ein Auge öffnete, würde um ihn herum die Hölle losbrechen. Je schneller er sein Ziel erreichte, desto besser.

Fletcher blickte auf, um zu überprüfen, wie weit es noch war, da sah er, dass einer von Manhards Kameraden aufgewacht war. Er war bis auf die Knochen abgemagert. Seine Haut war genauso dunkel wie Electras, die pechschwarzen Locken auf seinem Kopf wirkten hoffnungslos verfilzt. Mit halb geschlossenen Lidern beobachtete er regungslos, wie Fletcher näher kam. Vielleicht glaubte er, er träume. Oder er war einfach zu schwach, um sich zu bewegen. Erst als Fletcher seine Fesseln durchschnitt, reagierte er und blinzelte ihn ehrfürchtig an.

»W-wer …?«, war alles, was er herausbrachte.

Fletcher presste sich einen Finger auf die Lippen und ging weiter zum nächsten Gefangenen. Bald hatte er alle losgeschnitten. Einige krabbelten entsetzt von ihm weg, als hielten sie Fletcher für einen Geist.

Unterdessen hatten sich die Kobolde kaum bewegt und schauten ihn nur mit leeren Augen an. Viele hatten von schief zusammengewachsenen Knochenbrüchen verkrümmte Arme und Beine. Fletcher hob einen der Kobolde auf und drückte ihn dem schwarzen Jungen in die Arme, dann bedeutete er den anderen Gefangenen, auch die restlichen Kobolde mitzunehmen.

Da hörte er ein Schaben, das von der anderen Seite der Höhle herüberklang. Es war Rufus, der mit seinem Kurzschwert den Bambuskäfig aufsägte. Erst jetzt sah Fletcher, dass der Käfig nicht einmal eine Tür hatte – die Dame Kavendisch hatte ihn seit dem Tag ihrer Gefangennahme nie mehr verlassen.

Manhard winkte seine Kameraden zu sich, nur Fletcher blieb und beobachtete gebannt, wie Rufus zwei Stangen aus dem Käfig brach. Das Loch war gerade groß genug, dass seine Mutter hindurchkriechen konnte, aber sie rührte sich nicht von der Stelle.

Fletcher biss die Zähne zusammen und machte sich auf den Weg zum Käfig. Draußen dämmerte es bereits, das Licht in der Höhle wurde allmählich schwächer. Fletcher verlor hier kostbare Sekunden, die er lieber damit verbracht hätte, Gnomeier zu zerstören. Melanox flog unterdessen ständig vor der Pyramide auf und ab, sodass das Bild in Fletchers Hellsehkristall fürchterlich wackelte. Jeder einzelne Schritt kostete ihn unglaubliche Konzentration. Dass er gleichzeitig spürte, wie immer mehr Mana aus Ignatius herausströmte, machte die Aufgabe nicht einfacher.

Dann regte sich plötzlich einer der Gnome. Beide Hände auf den Bauch gepresst, stand er auf und schleppte sich in Richtung Ausgang.

Fletcher blieb wie angewurzelt stehen und wartete mit angehaltenem Atem, bis der Gnom ins Freie gewankt war. Dann ging er in kalten Schweiß gebadet weiter, so schnell er es wagte, und erreichte endlich den Käfig.

Rufus kniete davor und redete leise auf die Dame Kavendisch ein. »Mutter, ich bin's. Nimm meine Hand«, flüsterte er und streckte verzweifelt den Arm zwischen den Stäben hindurch. »Nimm doch … endlich meine Hand, verflucht!«

Tränen strömten ihm übers Gesicht, seine Schultern bebten bei jedem Atemzug, aber seine Mutter schien durch ihn hindurchzustarren, als wäre er gar nicht da. Blau hatte also nicht gelogen, als er sagte, sie hätte den Verstand verloren.

Fletcher legte Rufus eine Hand auf die Schulter. »Ich hole sie da raus. Lauf du inzwischen zurück. So aufgeregt, wie du bist, kannst du ihr ohnehin nicht helfen.«

Der junge Adlige trat schluckend zur Seite, doch als Fletcher ihn sanft in die Richtung des Tunnels schieben wollte, schüttelte er energisch den Kopf. Zum Streiten hatten sie jetzt keine Zeit, also quetschte sich Fletcher wortlos zwischen den scharfkantigen Bambusstümpfen hindurch in den Käfig.

Von drinnen wirkte das Gefängnis der Dame Kavendisch sogar noch enger. Es war nicht einmal halb so groß wie Fletchers Kerkerzelle. Im Liegen hätte er nur schräg hineingepasst, und selbst dann hätten Kopf und Füße noch die Ecken berührt.

Während die Dame Kavendisch ihn weiter regungslos beobachtete, entdeckte Fletcher Hinweise auf die Zeit, als sie noch bei Verstand gewesen war: Kerben in einem der Gitterstäbe, einen Kamm aus Schildpatt, den sie mit den Händen umklammert hielt, sogar ihre zerschlissenen Kleider waren an einigen Stellen ausgebessert worden. In einer Ecke lagen spitze Knochen, Sehnen und Stücke getrockneter Tierhaut, die sie als Nadel, Faden und Flicken benutzt hatte.

Das getrocknete Blut in ihren Mundwinkeln, ein Haufen abgenagter Knochen und ein einfaches Bodenbrett mit einem Loch in der Mitte bestätigten Fletchers schlimmste Befürchtungen: Die Orks hatten der Frau nichts als rohe Fleischreste zu essen gegeben. Selbst ihre Notdurft hatte sie hier drinnen verrichten müssen. Dabei war der faulige Gestank so stark, dass er sich einen Ärmel über die Nase halten musste, damit sein Magen nicht vor Mitleid und Ekel rebellierte.

Der zerschlissene Stoff ihrer Uniform mochte einmal weiß gewesen sein, aber jetzt hatte er eine gelblich braune Farbe. Die Haare waren verknotet und das Gesicht so verschmutzt, dass es kaum zu erkennen war. Das einzig Weiße darin waren ihre Augen, die Fletcher plötzlich unverwandt ansahen.

Fletcher musste einen Aufschrei unterdrücken. Die Dame Kavendisch streckte ihm die Handfläche entgegen, als bettle sie um Almosen. Ganz sanft umschloss er ihre Finger und gab acht, die zarten Knochen nicht zu zerbrechen. Und dann stand sie auf. Der Käfig war so niedrig, dass sie den Kopf einziehen musste. Fletcher sah gerade noch rechtzeitig, wie ihre Knie nachgaben, und fing sie auf. Sie war leicht wie ein Skelett.

»Gib sie mir«, rief Rufus viel zu laut. Den Punkt, an dem er noch zur Vorsicht in der Lage gewesen wäre, hatte er längst überschritten.

Fletcher streckte die Arme aus und reichte die Dame durch das Loch. Ihr Kopf lag auf seiner Schulter wie der einer leblosen Puppe.

Rufus entriss sie ihm regelrecht und rannte ohne ein weiteres Wort los. Er hielt seine Mutter an die Brust gepresst wie einen zu groß geratenen Säugling und schaute nicht einmal nach unten, während er mit langen Schritten zwischen den schlafenden Gnomen in die Richtung des Tunnels hastete. Dass davon keiner aufwachte, war das reinste Wunder.

Die anderen Gefangenen hatten die Höhle bereits verlassen, allein Manhard war noch hier und behielt die Gnome im Auge. Rufus würdigte ihn kaum eines Blickes, als er mit seiner Mutter auf den Armen in den Tunnel gestolpert kam.

Dann rannte auch Fletcher los. Sein Herz pochte wie wild, während er sich vorsichtig zwischen den Gnomen hindurchschlängelte. Nichts rührte sich, er hatte schon die Hälfte des Weges geschafft, da sah er es: Manhard hatte seine Armbrust in Anschlag genommen und zielte genau auf seinen – Fletchers – Kopf.

Wie vom Donner gerührt, blieb er stehen und riss die Hände hoch, um einen Schild aufzuspannen, doch nichts geschah. Das Blut stockte ihm in den Adern, als er begriff, dass seine Manareserven erschöpft waren. Ignatius hatte alles verbraucht.

Manhard biss sich auf die Zunge und peilte mit zusammengekniffenen Augen am Schaft der Armbrust entlang, und Fletcher konnte nichts anderes tun, als stumm dazustehen und auf das Ende zu warten. Den Einsatz zu gefährden, indem er zur Seite sprang, kam nicht infrage – und wenn es seinen eigenen Tod bedeutete. Es war so unendlich dumm von ihm gewesen, dem Kerl zu vertrauen. Einmal eine Forsys-Furie, immer eine Forsys-Furie.

Die Sehne schnalzte, und schon jagte der Bolzen haarscharf an Fletchers Ohr vorbei. Dann hörte er ein Quieken hinter sich und wirbelte herum. Der Pfeil hatte einen Gnom genau im Hals erwischt. Ein leises Gurgeln kam aus seinem Mund, dann fiel er hintenüber zwischen seine schlafenden Artgenossen.

Manhard winkte hektisch. »Los jetzt, bevor der nächste aufwacht!«

46

ALS SIE DIE HAUPTKAMMER ERREICHTEN, war ein Streit in vollem Gange. Der dunkelhäutige Sklave, den Fletcher eben befreit hatte, lag auf dem Boden, den Kobold immer noch in den Armen. Didric stand über ihn gebeugt und presste ihm die Spitze seines Rapiers auf die Brust. Die anderen schauten gebannt zu, keiner kümmerte sich mehr um die Eier. Sie hatten gerade einmal die Hälfte zerstört.

»Wir haben keinen Platz für euch!«, fauchte Didric.

Rubens rannte zwischen Didrics Beinen herum und drehte sogleich den Kopf in Fletchers Richtung. Er hatte den am Boden Liegenden mit einem Spinnenfaden an den Fußgelenken gefesselt.

Fletcher zögerte keinen Augenblick und durchtrennte die Fußfessel mit seinem Chepesch, dann zog er den Gefangenen auf die Beine.

»Was tust du da?«, fuhr er Didric an. »Sie gehören zu uns!«

»Ich fasse es nicht, du Idiot!«, rief Didric kopfschüttelnd. »Jetzt haben wir auch noch einen Haufen befreite Sklaven am Hals. Wie, glaubst du, soll das Himmelskorps so viele Leute hier rausholen?«

Fletcher schluckte. Vielleicht hatte Didric sogar recht. Arcturus und die anderen waren bereits unterwegs. Um Verstärkung anzufordern, war es zu spät.

Didric schob den Sklaven in den gegenüberliegenden Tunneleingang, wo Rufus mit seiner Mutter auf dem Boden kauerte. Die anderen Sklaven folgten und passten auf, sich nicht von Didrics wütenden Tritten treffen zu lassen.

»Wir haben genug Dämonen, um sie alle zu tragen«, widersprach Fletcher mit mehr Hoffnung als Überzeugung in der Stimme.

»Drei pro Dämon!«, knurrte Didric. »Wie sollen sie mit dieser Riesenlast auf dem Rücken den Wyvern entkommen?« Er deutete auf die verängstigten Sklaven im Tunneleingang. »Ich werde jedenfalls *keinen* von ihnen mitnehmen.«

»Darum kümmern wir uns später«, schritt Malik endlich ein. »Wir haben noch fünf Minuten. Zurück an die Arbeit.«

»Ich mache mich erst dann wieder an die Arbeit, wenn es mir …«, begann Didric und verstummte abrupt. Sein Blick sprang zu einem der Eier.

Fletcher wandte den Kopf auch dorthin und sah, wie sich ein Gnom aus dem Ei schälte. Er zerriss gerade den durchsichtigen Hautsack, da kippte das Ei gleich daneben um. Eine Faust brach durch die Schale und tastete über den Boden.

Der frisch geschlüpfte Gnom schaute sie mit seinen hellen Augen an und stieß ein markerschütterndes Kreischen aus, das bis in die Tunnel hallte. Kress erledigte ihn mit einem Kopfschuss, da brachen auch schon die nächsten Eier auf. Es waren Hunderte. Im gleichen Augenblick ertönte der Antwortschrei. Das schrille Gebrüll war kaum zu ertragen – die schlafenden Gnome waren aufgewacht.

»Verbrennt sie, alle!«, brüllte Othello und übergoss einen Eierstapel mit Feuer. Der Stapel ging in Flammen auf wie Reispapier und schrumpelte in sich zusammen, bis nur noch ein kleines schwarzes Häufchen übrig war.

Die anderen folgten Othellos Beispiel. Blitze zuckten durch die Höhle, links und rechts von Fletcher explodierten Eier, Fleischfetzen flogen durch die Luft.

»Sylva, gib mir dein Fläschchen, ich habe kein Mana mehr!«, rief Fletcher, als der erste Gnom mit einer Keule in der Hand aus dem Tunnel gestürmt kam.

Sylva warf ihm das Fläschchen zu, Fletcher fing es mit einer Hand auf, während er mit seinem Chepesch den Keulenschlag des Gnoms abfing.

Im Sturzflug stieß Athena herab und grub dem Angreifer die Krallen in den Kopf. Der Gnom stürzte brüllend zu Boden, und Fletcher leerte das Fläschchen.

Der Trank schmeckte unglaublich süß, nach Lavendelwasser mit Honig. Wie weißes Licht breitete sich das Mana in seinem Körper aus und strömte von dort aus weiter zu Athena und Ignatius.

Fletcher gab dem Gnom mit einer weißen Feuerkugel den Rest und spürte, wie das frische Mana beinahe augenblicklich wieder durch Ignatius abfloss. Da hatte er endgültig genug von seinem unfolgsamen Salamander.

»Das reicht! Du kommst jetzt raus da.« Fletcher wob ein Lasso aus Lichtfäden und schleuderte es nach Ignatius. Der Salamander flog in hohem Bogen durch die Luft, landete dampfend vor Fletchers Füßen und schüttelte den Kopf, als wollte er einen ungebetenen Gedanken verscheuchen. Er schien größer geworden zu sein, aber um genauer nachzusehen, hatte Fletcher keine Zeit.

Die nächste Welle Gnome kam mit lautem Geheul aus dem Tunnel, hinter ihnen ertönte das kehlige Gebrüll der Orkschamanen.

»Wir müssen zurück in die Pyramide!« Fletcher streckte die erste Reihe der Angreifer mit einem Blitz nieder und wandte sich dann in Richtung Tunnel, da ergriff ein frisch geschlüpfter Gnom seinen Knöchel und brachte ihn zu Fall.

Ignatius schlug mit seinen Krallen nach dem Gesicht des Gnoms, der Angreifer ließ kreischend von Fletcher ab, dann rannten sie los.

Die anderen waren bereits im Tunnel, Othello übernahm mit Sylva die Nachhut. Ein Telekinesezauber jagte über Fletchers Schulter hinweg und holte einen Gnom von den Beinen, der ihm bereits gefährlich nahe gekommen war. Othello feuerte noch einen zweiten ab, der mit entsetzlicher Wucht unmittelbar hinter Fletcher explodierte. Er riskierte einen Blick über die Schulter und sah, wie Dutzende Angreifer zurück in den Lavasee geschleudert wurden.

»Weiter!«, rief Sylva, während sie zu dritt durch den Tunnel rasten, Ignatius und Athena knapp hinter ihnen. Sariel und Solomon warteten am Fuß der Säule auf sie, während der Rest des Einsatzkommandos bereits die Wendeltreppe hinaufhastete. Jesper war ebenfalls dabei.

»Nach oben, nach oben!«, brüllte Fletcher. Es konnte nicht lange dauern, bis die nächste Welle Gnome über sie herfiel.

Solomon, der mit seinen kurzen Beinchen der Langsamste von allen war, ging voraus. Fletcher und Sylva hielten den anderen den Rücken frei, während Othello seine Donnerbüchse in Anschlag brachte und auf den Tunnelausgang zielte.

»Kannst du erkennen, ob uns draußen eine unangenehme Überraschung erwartet?«, keuchte Sylva.

Fletcher warf einen Blick auf den Kristall über seiner Stirn, der immer noch Melanox' Sicht zeigte. »Die Orks scheinen sich nicht in die Pyramide zu trauen, genau wie Manhard gesagt hat, und die Schamanen sind zu weit weg«, antwortete er erleichtert.

»Gut, mit den Gnomen haben wir auch genug zu tun«, erwiderte Sylva, da drang neues Geheul aus dem Tunnel. »Aufgepasst, da kommen sie schon!«

Die Gnome stürmten mit Wurfspießen, Speeren und Keulen bewaffnet in den Graben am Fuß der Säule. Als einer der Spieße Fletcher um Haaresbreite verfehlte, spannte er hastig einen Schild auf, und das keinen Sekundenbruchteil zu früh, denn gleich darauf prasselte ein ganzes Dutzend davon auf ihn herab.

Die vordersten Gnome hatten jetzt die Stufen erreicht und rannten sich in ihrem Rachedurst gegenseitig über den Haufen. Ein wütender Veteran mit einer vernarbten Schusswunde an der Schulter führte den Angriff.

Ignatius schleuderte ihn mit einem gezielten Flammenstoß gegen die Artgenossen in seinem Rücken.

Fletcher musste den Schild aufrechterhalten und konnte seinen Chepesch nur mit einer Hand führen, doch Sylva stand ihm mit ihrem Falx zur Seite. Gnom um Gnom stürzte unter ihren mächtigen Schlägen in den Graben hinunter.

»Feuer«, bellte Othello, und Fletcher ging in Deckung.

Ein Donnerschlag hallte durch den Raum, begleitet von beißendem Schwefelrauch, dann riss die Schrotladung eine breite Schneise in die anbrandende Horde.

»Nachladen«, rief Othello, während die nächste Welle Gnome aus dem Tunnel kam.

Ein Armbrustbolzen mit blauer Befiederung traf einen der auf der Treppe verbliebenen Angreifer in die Schulter. Er ruderte mit den

Armen und stürzte über den Rand, da holte ein weiterer Bolzen schon den nächsten von den Beinen.

»Ihr habt es gleich geschafft!«, schrie Kress zu ihnen herunter. »Ich gebe euch Deckung.«

Fletcher nutzte die kurze Feuerpause und sah sich um. Othello lud mit zitternden Händen nach, während Kress von der Brücke aus mit tödlicher Präzision ihre Bolzen verschoss. Lysander war bei ihr, griff aber nicht ein. Er war einfach zu groß, um den Speeren auszuweichen, die ihnen von unten unvermindert entgegenflogen.

»Vorsicht!«, rief Sylva.

Fletcher wirbelte gerade noch rechtzeitig herum. Ein Speer stieß nach seinem Bauch. Er wehrte die Spitze mit der Klinge ab und schlug dem Angreifer den Griff seines Chepesch gegen den Kopf. Der Gnom taumelte benommen, da stieß Athena auch schon kreischend auf ihn herab und riss ihn von den Stufen.

Ein brennender Schmerz am Bauch sagte Fletcher, dass ihn die Spitze trotzdem erwischt hatte. Prompt griffen die Gnome mit neuem Mut an.

»Feuer!«, rief Othello erneut. Diesmal zielte er auf die Treppe, und die Wirkung war verheerend. Der Rauch aus der Mündung seiner Donnerbüchse schlug Sylva und Fletcher mitten ins Gesicht, dann mähte das Schrot durch die Angreifer. Sie wurden regelrecht zersiebt.

Die Überlebenden ergriffen schreiend die Flucht und prallten noch auf den Stufen mit der nächsten Welle zusammen. Beim Anblick der herumliegenden Fleischklumpen wurde selbst Fletcher schlecht. Kurz darauf erreichte er endlich die Plattform.

»Das nützt doch nichts«, sagte Kress plötzlich und schnallte ihre Armbrust auf den Rücken. Sie nahm ihr Manafläschchen, leerte es in einem Zug und richtete ihren Kampfhandschuh auf die Treppe. Ein Feuerschwall ergoss sich in einer Spirale nach unten und walzte über die erneut anbrandenden Gnome hinweg. Wie von einer Flutwelle wurden sie weggespült und stürzten schreiend in den Graben. Sie brüllten so laut, dass Fletcher sich die Ohren zuhalten musste. Dann senkte sich Stille über den Kampfplatz, lediglich unterbrochen vom Knistern der brennenden Leichen.

»Mein Mana ist vollständig aufgebraucht«, keuchte Kress und schaute kurz nach unten, drehte den Kopf aber gleich wieder weg. »Zum Glück wissen die Gnome das nicht.«

»Meines auch«, fügte Sylva hinzu und wischte das Blut von ihrem Falx. »Ich habe schon keines mehr, seit wir die Eier verbrannt haben.«

Fletcher hatte kaum noch Reserven, lediglich das bisschen, das in seinen Körper zurückströmte, als er den Schild in seine linke Hand zurücksaugte.

»Ich habe mein Fläschchen noch«, warf Othello ein und lud hastig nach. »Meine eigenen Reserven sind auch noch nicht verbraucht. Solomons Manastufe ist beträchtlich gewachsen.«

Der Golem stieß ein zufriedenes Rumpeln aus, als er seinen Namen hörte, und dann, gerade als die ersten Gnome sich wieder auf die Treppe wagten, hörte Fletcher ein Heulen. Es kam aus dem Tunnel auf der gegenüberliegenden Seite der Plattform. Ein Blick auf seinen Hellsehkristall zeigte ein Dutzend Kreaturen, die vom Vorplatz in die Pyramide stürmten. Fletchers Augen weiteten sich vor Entsetzen.

»Dämonen«, keuchte er.

47

SIE ZOGEN SICH IN DEN TUNNEL ZURÜCK, während die Schreie der Dämonen hinter ihnen immer lauter wurden.

»Unsere Retter sind hier«, sagte Fletcher mit einem Blick auf seinen Hellsehkristall. »Sie warten am Hintereingang.«

Zahllose Orks griffen das Himmelskorps an, viele lagen bereits tot zwischen der Pyramide und dem Flussufer. Nur Arcturus hielt mit ein paar Reitern noch die Stellung, während die anderen Dämonen bereits mit den Geretteten am Himmel verschwanden. Fletcher sah Feuerkugeln und Rauch, dann wendete Melanox und folgte ihrer Herrin zurück in die Zivilisation.

Fletchers Gruppe hatte den Tunnel halb durchquert, die Vorkammer mit den Hieroglyphen war nicht mehr weit. Zum Gebrüll der Dämonen gesellten sich nun auch wieder die Schreie der Gnome. Fletcher schaute über die Schulter und sah sie direkt hinter sich. Er schoss einen Feuerball ab und holte den vordersten von den Beinen, aber die nachfolgenden trampelten einfach über ihn hinweg.

Lysander erreichte die Vorkammer als Erster, dicht gefolgt von Solomon und dem Rest der Gruppe. Eine Fackel an der Wand war die einzige Lichtquelle. Rufus lag mit beiden Händen auf den Bauch gepresst am Boden. Unter ihm breitete sich eine Blutlache aus. Sein Otter lag mit halb abgetrenntem Kopf gleich daneben. Jesper hielt den schwer verletzten Jungen verzweifelt in den Armen, während Rufus' Mutter, mit dem Oberkörper vor und zurück schaukelnd, in einer Ecke kauerte.

»Helft mir!«, rief Jesper. Seine Arme waren bis zu den Ellbogen voller Blut.

Othello kniete sich neben ihn. »Zu spät«, sagte er leise. »Wir können nichts mehr für ihn tun.«

Da stieß Lysander plötzlich ein Stöhnen aus und brach zusammen.

»Was zum Teufel …?«, rief Kress und eilte zu dem Dämon. Sie konnte keine Verletzungen sehen, dennoch lag der Greif mit geöffnetem Schnabel bewusstlos am Boden.

»Solomon, trag ihn«, befahl Othello. »Ich nehme die Dame Kavendisch.«

»Vorsicht, wir bekommen Gesellschaft«, schrie Sylva und schoss einen Pfeil in den Tunnel, da preschten schon die ersten Gnome in die Kammer.

»Nimm Bess«, rief Othello und warf Fletcher seine Donnerbüchse zu.

Fletcher fing sie mit einer Hand auf und drückte sofort ab. Der Rückstoß des halben Pfundes Schrot hätte ihn beinahe auf den Rücken geworfen, und die Zerstörungswirkung war beeindruckend. Die Gnome gingen zu Boden wie Gras unter einer Sense. Der Rest machte auf dem Absatz kehrt und rannte in den Tunnel zurück.

Doch sie waren nicht allein gekommen. Hinter ihnen jagten zwei Nanauen heran. Als ihnen die flüchtenden Gnome entgegenkamen, sprangen sie einfach an die Decke und rannten dort mühelos weiter.

Fletcher kämpfte den Impuls nieder, sein verbliebenes Mana auf sie abzufeuern, denn Dämonen waren immun gegen Zauber. Stattdessen zog er Flamme und richtete ihren langen Lauf zitternd auf den linken Nanau aus. Gerade als er sein Ziel anvisiert hatte, bohrte sich einer von Sylvas Pfeilen in die Schulter des Biests und ließ den Dämon krachend zu Boden stürzen.

Fletcher nahm den anderen ins Visier und drückte ab. Er sah die Kugel noch in der Brust des Viehs einschlagen, dann nahm ihm der Rauch aus der Mündung die Sicht. Das Geschöpf fiel von der Decke, überschlug sich mehrere Male und kam erst zum Stehen, als es gegen Fletchers Schienbeine prallte. Er konnte nur hoffen, dass es auch wirklich tot war.

Unterdessen riss sich der andere Nanau mit dem Maul den Pfeil aus der Schulter und griff brüllend an. Er war noch zehn Schritte entfernt. Fünf.

Fletcher zog Brise und feuerte beide Läufe kurz hintereinander ab. Die erste Kugel erwischte einen Vorderlauf, doch der Nanau rannte einfach weiter. Die zweite verfehlte ihr Ziel vollständig, lediglich ein paar Splitter flogen aus dem Steinboden, da wurde Fletcher schon von den Beinen gerissen. Die Pistolen entglitten seinem Griff, und er schlug mit den leeren Händen wild um sich, traf aber nichts. Sein Gegner war nicht mehr da.

Fletcher setzte sich keuchend auf, da sah er, dass Sylva sich auf den Nanau gestürzt hatte. Das Monster hatte ihr die Zähne in den Brustkorb geschlagen, und sie brüllte vor Schmerz, während Solomon mit seinen steinernen Fäusten auf den Dämon einschlug.

Fletcher suchte verzweifelt nach irgendeiner Waffe, da sah er Kress bewusstlos am Boden liegen. Tosk lag gleich neben ihr, nur der zuckende Schwanz verriet, dass er noch am Leben war.

Wie aus dem Nichts kam Sariel angesprungen, schlug dem Nanau seine Klauen zwischen die Kiefer und stemmte das Maul auf. Sylva fiel zu Boden, dann schleuderte Sariel den Orkdämon in den Tunnel zurück und stürzte knurrend hinterher.

Während die beiden miteinander kämpften, eilte Othello Sylva mit einem Heilzauber zu Hilfe. Fletcher sah, wie sich die zahllosen Bisswunden auf ihrer Brust langsam schlossen, und fügte sein eigenes Mana hinzu. Er gab alles, was er hatte.

Sylva wand sich vor Schmerzen. »Sie hat sich zwischen dich und den Nanau geworfen«, sagte Othello mit gepresster Stimme. Ihre Wunden waren schon halb verheilt, da verlosch der Zauber plötzlich.

»Etwas stimmt nicht…«, stammelte Othello noch, dann fiel er vornüber.

»Solomon, ich brauche dich!«, rief Fletcher und stand mit Sylva auf den Armen auf. »Du musst Kress hier rausbringen.«

Verzweifelt versuchte der Golem, die bewusstlose Zwergin mit seinen groben Steinhänden aufzuheben, während Ignatius und Athena Othello an der Jacke hinter sich herzerrten. Jesper kauerte unterdessen mit der Dame Kavendisch in einer Ecke und rührte sich nicht vom Fleck.

»Raus hier!«, rief Fletcher ihm zu, da deutete Sylva mit zitterndem Finger auf den Tunnel. Weitere Dämonen stürmten heran. Sie waren nur im Schattenriss zu erkennen, denn hinter ihnen kam ein Wesen aus purem Feuer gelaufen. Ein Ifrit!, dachte Fletcher entsetzt.

Sariel hob den Kopf und blickte in ihre Richtung. Blut tropfte aus ihrem Maul. Der Nanau war zwar tot, aber Sariel hatte für ihren Sieg teuer bezahlt. Am Hinterlauf klaffte eine tiefe Wunde, die bis auf den Knochen ging. Ihre Augen waren feucht von Tränen. Ignatius rannte sogleich zu ihr und leckte über die Wunden, aber Sariel schob ihn sanft zur Seite.

»Nein«, schluchzte Sylva. Sie spürte, was Sariel vorhatte.

Sariel drehte sich um und humpelte den Orkdämonen entgegen, dann stürzte sie sich heulend auf sie. Sariel opferte ihr Leben, um ihrer Herrin etwas mehr Zeit zu erkaufen.

Der Ifrit packte Sariel am Hals und schleuderte sie zur Seite, da feuerte Fletcher einen Telekinesezauber in die Tunneldecke direkt vor dem Feuerwesen. Der Fels zerbarst in einem Schauer aus scharfkantigen Splittern, und dann stürzte der Tunnel ein.

Da spürte er etwas. Ein Impuls entsetzlicher Angst, der von Ignatius und Athena herrührte. Fletcher wirbelte herum und sah sie reglos auf dem Boden liegen. Beide hatten einen kleinen Giftpfeil im Rücken. Sylva schrie auf, als sie ebenfalls getroffen wurde, dann sank ihr der Kopf auf die Brust.

Noch während Fletcher verzweifelt nach dem Schützen Ausschau hielt, spürte er selbst auch einen Stich in der Schulter. Er zog den Pfeil sofort heraus, doch das Gift verteilte sich bereits in seinem Körper. Gerade konnte er noch das rote Fläschchen von seinem Gürtel reißen, da wurden seine Hände schon taub. Fletcher schaffte es nicht einmal mehr, das Elixier auf Sylvas Lippen zu träufeln. An Armen und Beinen gelähmt, lag er da und hörte, wie auch noch Solomon bewusstlos zu Boden schlug. Auf der Suche nach dem unsichtbaren Feind sprang sein Blick von links nach rechts. Er musste nicht lange warten.

Jesper stand lachend auf. »Ich kann dir gar nicht sagen, wie lange ich schon auf diesen Moment warte.« Er vergewisserte sich, dass

Lysander die Augen nach wie vor geschlossen hatte, dann ging er neben Fletcher in die Hocke und hielt ihm ein kleines Blasrohr vor die Nase.

»Praktisch, dieses Curare-Gift. Blau hat es mir gegeben, und das Blasrohr übrigens auch. Nett von ihm. Ihr beide seid einfach viel zu vertrauensselig.«

»Warum?«, war alles, was Fletcher noch sagen konnte. Die Lähmung hatte mittlerweile seine Brust erfasst, er bekam kaum noch Luft.

»Ich bin Patriot, Fletcher. So einfach ist das. Ich liebe mein Land und die Menschen darin über alles. Sieh dir doch an, was mit Hominum passiert: Elfen und Zwerge laufen frei herum. Sie vermischen sich mit uns und verunreinigen unsere Spezies. Dann erklärt der König sie auch noch zu Ebenbürtigen und lässt sie sogar zum Militärdienst zu. Es macht mich krank – bis ins Mark«, fauchte er und spuckte den bewusstlosen Othello an.

Der ehemals ängstliche Diener ließ seine Maske jetzt vollständig fallen. »Als du dich mit diesem Zwerg angefreundet hast, wusste ich sofort, dass du gefährlich werden würdest. Eine Schande, denn eigentlich hatte unsere Freundschaft so gut angefangen. Hast du dich denn nie gefragt, warum ich dir plötzlich aus dem Weg gegangen bin? Oder hattest du mich schon vergessen?«

Fletcher hatte Jesper nach seiner ersten Woche an der Akademie tatsächlich kaum mehr gesehen und auch nicht mehr an ihn gedacht; er hatte einfach zu viel um die Ohren gehabt. Er sah zu Sylva hinüber und sah erleichtert, dass ihre Wunden beinahe verheilt waren. Sie würde überleben. Fürs Erste zumindest.

Jesper nahm Fletchers Gesicht zwischen die Hände und drehte es in seine Richtung. »Es war nicht leicht, das kann ich dir sagen. Den Ambossen beitreten, mich mit Zwergen abgeben und ihr widerliches Bier trinken … Ohne die Forsys hätte ich das nie geschafft, aber es war ja auch ihre Idee. Wir arbeiten schon zusammen, seit ich ihnen von dem bevorstehenden Kriegsrat der Zwerge erzählt habe. Hat es dich nicht gewundert, dass sie so genau wussten, wo und wann er stattfinden würde?«

Fletcher erwiderte nichts und konzentrierte sich ganz auf seine

Atmung. Seine Zunge war ohnehin gelähmt. Er versuchte einen Zauber, aber sein Mana reagierte nicht. Das Gift wirkte sich also nicht nur auf die Muskeln aus. Über seine Beine und die Schwerthand hatte er überhaupt keine Kontrolle mehr – aber er spürte das Fläschchen in seiner anderen Hand, und das brachte ihn auf eine Idee. Er musste nur Geduld haben …

»Es macht Spaß, den Zwergen eins auszuwischen«, sprach Jesper lächelnd weiter. »Es ist so leicht, weil sie ohnehin schon jeder hasst. Die Menschen brauchen nur einen Anlass, und den gebe ich ihnen gerne. Du würdest staunen, wie einfach es ist, eine Bombe zu bauen. Niemand schöpft Verdacht, nur weil ein Fass am Straßenrand steht. Die Anführer der Ambosse zu entführen war nicht schwer, obwohl die Inquisition natürlich ein bisschen mitgeholfen hat. Sie war es auch, die die Bombe bei der Gerichtsverhandlung des jungen Zwergs hochgehen ließ. Wenn es um die niederen Rassen geht, ziehen König Alfric und das Dreigestirn an einem Strang.«

Die Orkfront zu besuchen war Jespers Idee gewesen, ja selbst das Zelt zu betreten. Bestimmt hatte er auch Electra bedrängt, damit sie ihn mit auf den Einsatz ließ. Und dann hatte er sich die ganze Zeit aus allem rausgehalten und auf seine Gelegenheit gewartet. Wie hatte Fletcher das nur übersehen können?

»Und dann hättest du um ein Haar alles kaputtgemacht«, schnaubte Jesper verächtlich. »Läufst einfach zurück ins Zelt, während ich mir draußen die Seele aus dem Leib kotze und die Zündschnur schon brennt. Dabei durftest du noch nicht sterben, mein kleines Opferlamm. Die ganze Welt sollte dich mit einem von Kress' Armbrustbolzen im Bauch sehen, meinetwegen auch mit einem von Sylvas Pfeilen. Selbst Atillas Beil in Seraphs Rücken wäre eine Möglichkeit gewesen.«

An dieser Stelle lachte er laut auf, während Fletcher vor Wut nur so schäumte.

»Ich bin die ganze Zeit so sicher gewesen, dass ich dich kriegen würde, aber die naive Electra musste dir ja unbedingt ihre Tränke mitgeben. Na gut, jetzt ist es endlich so weit: Die Gemeinschaft aus Menschen, Elfen und Zwergen scheitert tragisch an der letzten Hürde. Jetzt kann alle Welt sehen, dass jedes Volk besser für sich bleibt.«

Fletcher wollte Jesper anspucken, doch es reichte nur für ein klägliches Tröpfchen, das ihm aus dem Mundwinkel rann.

Jesper wischte es ihm mit ironischer Fürsorglichkeit von der Wange. »Und du hast dir um den armen, kranken Jesper solche Sorgen gemacht. Dabei ist es ganz leicht, eine Armbrust abzuschießen und sie in seinem Rucksack zu verstecken. Ich kann immer noch nicht glauben, dass du Isadora im Verdacht hattest. Ein solches Risiko würde sie nie eingehen, wenn ganz Hominum zusieht. Nein, diese Verantwortung habe ich ganz allein geschultert.«

Er schaute zu Rufus' Leiche hinüber und schüttelte traurig den Kopf. »Eine Schande, dass er sterben musste, aber nur so konnte ich euch ablenken. Außerdem hat er noch einen älteren Bruder, der den Familiennamen weiterführen wird. Ist also alles halb so wild.«

Während Jesper nicht hinsah, öffnete Fletcher mit dem Daumen das letzte Fläschchen und zuckte zusammen, als der Korken zu Boden fiel.

Jesper schien es nicht gemerkt zu haben. »Ich gehe dann mal, so ist es besser«, sagte er, als der Kampflärm vom Hintereingang der Pyramide immer lauter wurde. »Sehr viel länger werden sie nicht mehr auf mich warten.«

Dann riss er in gespieltem Entsetzen die Augen auf. »Arcturus, ein schrecklicher Unfall!«, rief er und fuchtelte wild mit den Armen. »Der Tunnel ist eingestürzt! Alle sind tot, wir müssen sofort verschwinden!«

Wieder lachte er, dann beugte er sich herunter und schlug Fletcher mitten ins Gesicht. »Sollen doch die Orks zu Ende bringen, was ich angefangen habe«, höhnte er und lief los.

Der Moment war gekommen. Mit letzter Kraft hob Fletcher das Fläschchen und kippte sich den Inhalt über die Lippen. Nur wenige Tropfen schafften es bis in seinen Mund. Fletcher schluckte sofort, aber es reichte nicht. Die Lähmung ließ zwar etwas nach, doch er hatte nicht genug Kontrolle über die Finger seiner tätowierten Hand. Also streckte er die Zunge aus und leckte so viel von dem Elixier von seinen Lippen, wie er irgend konnte.

Die Lähmung wurde von Sekunde zu Sekunde schwächer. Fletcher biss die Zähne zusammen und richtete den Zeigefinger auf Jespers Rücken. Dieser Verräter hatte keinen besseren Tod verdient.

Ein Blitz traf Jesper direkt zwischen den Schulterblättern und schleuderte ihn gegen die Wand. Dort blieb er mit offenen Augen und weit aufgerissenem Mund liegen. Der Tod stand ihm nicht.

Fletcher setzte sich mühsam auf und ließ den Blick über seine gelähmten Freunde schweifen. Sie waren so nahe dran gewesen. Arcturus wartete buchstäblich hinter der nächsten Ecke auf sie.

Irgendwie schaffte er es dann, auf Knien in Richtung Ausgang zu krabbeln. Aber er kam nur langsam voran. Zu langsam.

Brüllend vor Wut stand er auf und machte ein paar Schritte, dann brach er wieder zusammen. Seine Beine wollten sein Gewicht einfach nicht tragen. Der rettende Tunnel war so nah vor ihm. Wenn er es nur bis zum Ausgang schaffte, würden Arcturus und die anderen Reiter den Rest seiner Gruppe holen.

Da hörte er wieder ein Heulen. Die Dämonen hatten einen anderen Weg durch die Pyramide gefunden. Den ersten konnte Fletcher bereits sehen, es war ein Oni mit schimmernder roter Haut. Er packte Jespers Leiche und schleuderte sie mühelos zur Seite. Gleich hinter ihm kam ein gefleckter Leopid angeprescht. Nie und nimmer würde Fletcher an ihnen vorbeikommen.

Es gab nur noch eine letzte, verzweifelte Möglichkeit. Er sammelte sein verbliebenes Mana und formte es zu einer Telekinesekugel. Die Kugel versteckte er hinter seinem Rücken und wartete, während immer weitere Dämonen in den Tunnel kamen. Sie ließen sich Zeit, denn Fletcher saß in der Falle. Vielleicht zögerten sie aber auch, weil sie an ihre Artgenossen dachten, die in dem anderen Tunnel verschüttet waren.

»Kommt schon!«, rief er und winkte sie heran.

Ein wieselähnlicher Kamaitachi mit gezackten Knochensicheln an den Vorderläufen fauchte prompt. Dahinter kläfften zwei gescheckte Canide einander zähnefletschend an. Jeder der beiden wollte Fletcher als Erster erreichen.

Schweiß trat ihm auf die Stirn. Jetzt nicht. Nur ein paar Meter noch.

Dann war es so weit: Der Ifrit drängte sich durch die Dämonenschar nach vorn. Der Schein seines Feuers fiel auf die anderen Kreaturen, es waren Dutzende – von Kerfen bis hin zu Monstern mit Fangarmen, die Fletcher noch nie zuvor gesehen hatte.

Jetzt.

Er legte jedes bisschen Mana in den Wurf, das er noch hatte, und schleuderte die Kugel gegen die Decke. Die Wucht der Explosion katapultierte Fletcher so hart mit dem Kopf gegen die Wand, dass er Sternchen sah.

Dort blieb er liegen und hustete gegen den Staub in seiner Lunge an. Wo eben noch ein Tunnel gewesen war, türmten sich nun Schutt und Felstrümmer auf. Die verschütteten Dämonen lagen winselnd darunter.

Fletcher lächelte grimmig, da merkte er, dass der Kampflärm vor der Pyramide verstummt war. Er warf einen Blick auf seinen Hellsehkristall, sah aber nichts. Belena hatte die Verbindung unterbrochen. Niemand war mehr da.

Als der Staub von der Explosion dann auch noch die Fackel erstickte, schlug Fletchers Entschlossenheit in Verzweiflung um. Seine Gruppe saß nun ganz allein in der Dunkelheit fest.

In der Falle.

48

ES WAR STOCKFINSTER. Fletcher spürte das Blut an seinem Hinterkopf und hörte, wie sich die Gnome bereits durch den Schutt gruben. Es war vorbei. Vielleicht waren sie bereits in wenigen Minuten bei ihm. Oder in ein paar Tagen.

Träge überlegte Fletcher, ob er nicht lieber verdurstete, als gefangen genommen zu werden. Nicht dass er in dieser Angelegenheit ein Mitspracherecht hatte. Er lauschte noch eine Weile, dann schloss er die Augen und wartete auf das Ende.

Stunden vergingen.

Othello bewegte sich als Erster. Er schaffte es gerade so, ein Wyrrlicht aus seinen steifen Fingern zu entsenden, dann ließ er es von einem Gruppenmitglied zum nächsten springen und überprüfte, ob alle unversehrt geblieben waren.

Kress kam ebenfalls allmählich wieder zu Bewusstsein. Sie stöhnte und versuchte, etwas zu sagen, doch es kam nur ein unverständliches Nuscheln aus ihrem Mund. Dann kehrte wieder Stille ein.

Die Zeit verging, und langsam, aber sicher ließ die Lähmung nach. Othello fand als Erster die Sprache wieder.

»Gute Arbeit«, sagte er. »In Anbetracht der Umstände hätte es viel schlimmer kommen können.«

»Noch schlimmer?«, murrte Kress mit schwerer Zunge. »Wir sind Hunderte Kilometer von der Grenze zu Hominum lebendig verschüttet, umzingelt von Tausenden Orks und Gnomen, und zu Hause glauben alle, wir wären tot. Unsere Chancen stehen ungefähr so gut wie die eines Einbeinigen bei einem Arschtrittwettbewerb.«

Fletcher musste tatsächlich lachen, da hörte er Sylva schluchzen. »He, alles in Ordnung?«, fragte er und kroch zu ihr.

Im Schein seines Wyrrlichts sah er die halb verheilte Narbe, die der Nanaubiss auf ihrer Brust und Schulter hinterlassen hatte, und legte ihr eine Hand auf den Arm.

»Fass mich nicht an«, fauchte die Elfin.

»Sylva ... das mit Sariel tut mir leid«, murmelte Fletcher.

»Du hast sie umgebracht«, stammelte Sylva mit feuchten Augen. »Ich habe dich gerettet, und dann hast du sie umgebracht. Ich konnte spüren, wie die herabstürzenden Felsen ihr das Rückgrat gebrochen haben. Ihr Todeskampf dauerte Stunden. Hast du das gewusst, Fletcher? Mit zerschmettertem Körper und kaum Luft zum Atmen lag sie allein in der Dunkelheit.«

»Sie hat sich geopfert, um dich zu retten«, erwiderte er, auch wenn Sylvas Schilderung bewirkte, dass ihm schlecht wurde. »Es war die einzige Möglichkeit.«

»Diese Entscheidung stand dir nicht zu!«, schrie Sylva und stieß ihn weg.

»Das stimmt. Sariel hat sie ja auch getroffen«, entgegnete Fletcher.

Sylva antwortete nicht. Sie rollte sich auf die Seite und schluchzte stumm vor sich hin, das Gesicht in den Händen vergraben.

Da fielen Fletcher Ignatius und Athena wieder ein. Wo waren sie? Verzweifelt blickte er sich um und sah den Salamander reglos auf dem Boden liegen. Zu seiner unendlichen Erleichterung bewegten sich wenigstens die Augen des Salamanders. Außerdem spürte Fletcher, dass er keine Schmerzen hatte. Athena ging es etwas besser, aber auch sie war nicht zu mehr in der Lage, als sich ungelenk vom Rücken auf den Bauch zu drehen.

Othello rappelte sich hoch und ging schwankend zu Kress hinüber, dann winkte er Fletcher heran.

Fletcher war noch zu benommen, um aufzustehen, und robbte los. Ein Sack voller gelber Blütenblätter versperrte ihm den Weg. Fletcher stieß ihn weg, und der Sack kippte um. Othello half ihm die letzten paar Meter weiter, dann lehnten sie sich erschöpft gegen Lysanders Bauch. Selbst aufrecht zu sitzen war zu anstrengend.

»Am besten lässt du Sylva eine Weile in Ruhe«, flüsterte Othello. »Hätte ich Solomon verloren, wäre ich genauso schlechter Stimmung wie sie.«

»Da hat er recht«, stimmte Kress zu. »Sie weiß, du hast nur getan, was getan werden musste. Im Moment braucht sie lediglich jemanden, dem sie die Schuld geben kann, und dieser Jemand bist du.«

Sie stupste ihren Raiju, Tosk, mit dem Handschuh an. Der Dämon war steif wie ein Eisblock. Nur Solomon konnte sich halbwegs bewegen und torkelte immerzu im Kreis durch die Kammer.

»Die Pfeile scheinen nicht so tief in seine dicke Haut eingedrungen zu sein«, überlegte Othello laut, während Kress den Raiju auf ihren Schoß zog. »Außerdem ist er größer als die anderen.«

»Aber kleiner als Lysander«, gab Fletcher zu bedenken und musterte den bewusstlosen Greif. Das einzige Zeichen, dass er überhaupt noch lebte, war der Staub unter seinem Schnabel, der bei jedem Atemzug aufgewirbelt wurde. Als Fletcher genug Kraft gesammelt hatte, tastete er Lysanders Flanke ab und zog die Pfeile heraus. An den Spitzen klebte noch der schwarze Giftbrei.

Fletcher hob eine Klaue des Dämons an. Als er losließ, fiel sie kraftlos zu Boden. »Lysander war als Erster hier und hat die größte Dosis von uns allen abbekommen. Wahrscheinlich kann Hauptfrau Lovett uns im Augenblick nicht einmal hören.«

Als der Dämon nicht reagierte, presste Fletcher ein Ohr auf seinen Brustkorb. Lysanders Puls war kaum wahrnehmbar. Schließlich suchte er Fell und Gefieder nach weiteren Pfeilen ab, fand aber keine mehr.

»Was machen wir jetzt mit ihr?«, fragte Othello und ließ sein Wyrrlicht zur Dame Kavendisch hinüberschweben, die immer noch schaukelnd in der Ecke saß.

Fletcher sah die Blutlache unter Rufus' Leiche und erschauerte.

»Als Erstes werde ich sie da wegholen«, sagte er und stand mühsam auf. Sorgfältig darauf bedacht, den Leichnam nicht anzusehen, hob er die Dame Kavendisch hoch. Überraschenderweise hörte sie auf zu schaukeln und legte Fletcher die Arme um den Hals. Dann setzte er sie neben Kress ab und sank wieder zu Boden.

»Die sieht ja zum Fürchten aus«, kommentierte die Zwergin, als sie den erbärmlichen Zustand der Adligen bemerkte. Sie kippte sich etwas Wasser aus ihrer Feldflasche auf den Ärmel und machte sich daran, das vollkommen verdreckte Gesicht zu säubern.

Dame Kavendisch schloss die Augen und ließ sie stumm gewähren.

Othello deutete mit dem Kinn auf den verschütteten Ausgang. »Wir sitzen ganz schön in der Klemme, was?«

Ein Rumpeln ertönte, dann hörten sie einen Gnom vor Schmerz aufschreien. Ein lauter Knall folgte, der die Kammer so stark erschütterte, dass Staub von der Decke rieselte – die Orks sprengten sich den Weg frei.

»Sobald sie durch sind, töten wir so viele von ihnen, wie wir können«, erwiderte Fletcher mit geschlossenen Augen. »Bis dahin dürften wir zumindest wieder etwas mehr Mana haben. Ein paar Feuerkugeln würde ich jetzt schon hinbekommen.«

»Ja, außerdem haben wir noch das letzte Fläschchen. Ein Schluck für jeden von uns.« Othello dehnte seine steifen Finger. »Hoffen wir nur, dass unsere Dämonen bis dahin auch wieder wach sind.«

Fletcher war zu erschöpft, um etwas zu erwidern. Er nickte nur stumm und fuhr gedankenverloren mit den Fingern über den Staub auf dem Boden. Er fühlte sich weich wie Seide an, doch etwas ließ Fletcher stutzen: Er glaubte, eine Kerbe in dem glatten Felsen gespürt zu haben. Fletcher säuberte die Stelle mit dem Ärmel und holte seine Wyrrlichter näher heran.

In den Boden war ein Pentagramm gemeißelt, ebenso wie bei der Plattform in der Hauptkammer. Es war kaum größer als ein Wagenrad und von jahrhundertealtem Blut verkrustet. In jede der fünf Spitzen war ein Symbol graviert. Mehr brauchten sie nicht.

»Ich glaub's nicht«, stammelte Othello, als Fletcher das Pentagramm freigelegt hatte. Gleich darüber ragte ein Rohrende aus der Decke. Othello rückte misstrauisch ein Stück zur Seite.

»Wenn wir Orks wären, könnten wir jetzt in den Äther verschwinden«, sagte Fletcher niedergeschlagen. »Auch wenn wir da nicht viel besser dran wären als hier.«

»Ich hätte nie geglaubt, dass du dir einmal wünschen würdest, du wärst ein Ork«, erwiderte Othello lachend. »Aber du hast nicht ganz unrecht. Besser, als hier drinnen zu sterben oder versklavt zu werden.«

Kress blickte auf. »Vielleicht sind die Orks gar nicht immun«, überlegte sie laut. »Vielleicht ist die Luft in ihrem Teil des Äthers gar nicht giftig.«

Vom Schmutz befreit, sah Dame Kavendischs Gesicht sogar hübsch aus, allerdings schrecklich ausgezehrt. In ihren Augenwinkeln zeichneten sich schon die ersten Lachfalten ab. Sie musste etwa Mitte dreißig sein, in Arcturus' Alter also. Irgendetwas an ihrem Blick kam Fletcher vertraut vor, als hätte er dieses Gesicht vor nicht allzu langer Zeit schon einmal gesehen. Waren es die Augen, die ihn an Rufus erinnerten?

Kress schnippte mit den Fingern. »Hallo? Ich sagte gerade, dass die Luft in ihrem Teil des Äthers vielleicht gar nicht giftig ist.«

»Wenn du das Versuchskaninchen spielen möchtest, kannst du es gerne ausprobieren«, erwiderte Othello trocken. »Ich nehme lieber ein paar Orks mit, wenn ich schon sterben muss.«

Kress zuckte die Achseln und widmete sich den Knoten in Dame Kavendischs Haar, da wurde die Kammer von einem weiteren Knall erschüttert. Aus dem Schutthaufen vor dem Durchgang kullerte ein Brocken polternd zu Boden.

»Die können es ja kaum erwarten«, murmelte Fletcher.

»Ich frage mich, ob sie uns an einen Manchinelbaum binden werden«, überlegte Othello düster. »Das ist schlimmer als verbrennen, hat Jesper gesagt.«

»Dem Verräter würde ich kein Wort glauben«, tönte Sylvas Stimme aus der Ecke.

Fletcher war erleichtert, sie endlich etwas sagen zu hören. Die Elfin hatte sich mittlerweile aufgesetzt, ihr Blick war kalt und hasserfüllt. Wenigstens richtete sie ihren Hass jetzt gegen jemanden, der ihn verdient hatte.

»Vielleicht helfen die da gegen die Schmerzen.« Kress hob eines der aus dem Sack gefallenen Blütenblätter auf, staubte es ab und steckte es sich in den Mund. »Schmeckt gar nicht mal so übel«, sagte sie schmatzend. »Kribbelt auf der Zunge.«

»Bist du sicher, dass das eine gute Idee ist?«, fragte Othello. Er beschnupperte ein Blütenblatt und ließ es dann naserümpfend wieder fallen.

»Sterben werde ich so oder so«, antwortete Kress mit einem Achselzucken. Nach einer kurzen Pause hob sie überrascht die Augenbrauen. »Hmmm, *irgendeine* Wirkung hat das Zeug jedenfalls. Ich weiß nur nicht, welche.«

Fletcher runzelte die Stirn. Hatte Electra nicht genau das Gleiche gesagt? Die Blätter waren genauso gelb wie die Fläschchen in ihrem Labor. Da machte es plötzlich klick in seinem Kopf.

»Die Blüten stammen aus dem Äther«, begann er und hielt eine davon ins Licht. »Ich würde hundert Goldtaler darauf wetten, dass das gelbe Elixier, von dem Electra nicht wusste, welche Wirkung es hat, aus ihnen gewonnen wird.«

»Und?«, fragte Kress. Sie kaute bereits auf dem nächsten Blatt herum; Othello warf ihr einen missbilligenden Blick zu. »Hab dich nicht so«, sagte sie grinsend. »Ich mag das Kribbeln.«

Die nächste Explosion ertönte. Sie war so heftig, dass der Boden unter ihnen erzitterte. Nun konnten sie sogar hören, wie die Orks ihre Befehle bellten.

»Wir kennen die Wirkung zwar nicht, aber immerhin haben die Orks das Zeug gegessen, bevor sie den Äther betraten«, sprach Fletcher weiter. »Wer weiß, vielleicht hilft es gegen Äthervergiftung – macht immun?«

Othello blinzelte ihn skeptisch an, dann sprang er plötzlich auf und packte Fletcher an den Schultern. »Du bist ein Genie!«, rief er. »Das muss es sein.«

»Ich glaube, Fletcher hat tatsächlich recht«, stimmte Sylva widerwillig zu. »Jetzt müssen wir das Pentagramm nur noch mit etwas Organischem füllen, damit wir es benutzen können. Irgendwelche Vorschläge? Die Orks da draußen werden uns kaum freiwillig ihr Blut zur Verfügung stellen.«

Fletcher sah sich um, da fiel sein Blick auf die Blutlache unter Rufus' Leiche. Schließlich schüttelte er den Kopf. Nein, das kam nicht infrage.

»Hat Khan auf der Plattform nicht eine Art Knopf gedrückt?«, warf

Kress ein und begann, den Staub auf dem Boden beiseitezuwischen. Schließlich zeigte sie grinsend auf eine kleine Erhebung gleich neben ihr. »Ein Glück, dass ich nicht versehentlich draufgetreten bin, sonst hätte Othello gleich die nächste Dusche bekommen!«

»Gut, dann also runter damit«, befahl Fletcher und stopfte sich eine Handvoll Blätter in den Mund. Sie schmeckten leicht bitter, aber gar nicht mal so übel. Ein bisschen wie saurer Whisky.

Kress versuchte unterdessen, der Dame Kavendisch eines der Blätter zu verabreichen. Die Adlige war so ausgehungert, dass sie es sofort verschlang, ohne auch nur zu kauen.

»Gut gemacht, Kress«, sagte Fletcher lächelnd.

Dann kam die nächste Explosion, die noch stärker war als die vorangegangene. Weitere Steine wurden aus dem Schutthaufen vor dem Eingang gesprengt, und der Schein von Fackeln drang herein. Die Gnome kreischten aufgeregt, und die Orks bellten ihre Befehle so laut und deutlich, als wären sie bereits in der Kammer.

»Wir müssen uns beeilen!«, rief Fletcher und rückte mit Othello von dem Pentagramm weg. »Fang an, Kress.«

Die Zwergin drückte auf den Knopf und keuchte vor Anstrengung, bis er endlich im Boden verschwand. Doch nichts geschah. Dann, als alle schon kurz davor waren, in Panik auszubrechen, fiel der erste Tropfen Blut.

Aus dem Tropfen wurde ein stetiges Tröpfeln, das sich langsam über die Gravuren verteilte, bis das Pentagramm und alle Symbole dunkelrot schimmerten.

Fletcher streckte die Hand aus. »Gib mir dein Manafläschchen, Othello. Oder willst du es machen?«

»Bestimmt nicht«, erwiderte der Zwerg. »Deine Lähmung ist fast verschwunden. Wenn jemand das Zeug trinken sollte, dann du.«

Fletcher nickte und würgte die Flüssigkeit hinunter. Kurz darauf spürte er, wie sein Körper von frischem Mana durchflutet wurde.

»Ihr müsst mir jetzt genau zuhören.« Fletcher tauchte einen Finger in das Blut und erschauerte. Es war noch warm. »Sylva, du wirfst so viele von den Säcken mit den Blütenblättern durch das Portal, wie du nur kannst. Wer weiß, wie schnell die Wirkung nachlässt.«

Sylva schloss die Augen und nickte.

»Gut. Kress, du sammelst unsere Sachen ein: meine Pistolen, alle Rucksäcke, auch die von Rufus und Jesper, und außerdem alles, was wir irgendwie gebrauchen könnten. Danach kümmerst du dich um die Dame Kavendisch und nimmst sie mit durchs Portal. Sie scheint dir ja zu vertrauen. Solomon soll Lysander tragen, Othello nimmt Tosk, Ignatius und Athena.«

Da blickte die Dame Kavendisch plötzlich auf.

»Meine Dame?«, fragte Fletcher in der Hoffnung auf eine weitere Reaktion, aber es kam keine. Schließlich fuhr er seufzend fort. »Sobald ich meinen Finger von dem Pentagramm nehme, wird sich das Portal innerhalb weniger Sekunden schließen. Das heißt, ich gehe als Letzter. Und jetzt los!«

Fletcher lud das Pentagramm mit Mana auf. Die Gravuren erstrahlten in grellem Violett, dann erschien ein kleiner Leuchtpunkt darüber. Fletcher biss die Zähne zusammen und ließ das Portal auf die Größe eines Apfels anwachsen.

»Ich kann sie nicht alle tragen, aber ich glaube, Athena schafft es auch allein!«, rief Othello.

»Noch nicht«, keuchte Fletcher und pumpte noch mehr Mana in das Pentagramm. Das Portal wurde stetig größer und begann sich schon zu drehen, als ein dumpfes Dröhnen den Raum erfüllte.

»Athena«, sagte die Dame Kavendisch unvermittelt. Ihre Stimme war so leise, dass Fletcher nicht sicher war, ob er es sich nicht eingebildet hatte.

Sylva begann, einen Sack nach dem anderen durch das Portal zu werfen, Kress schleuderte das Gepäck hinterher. Rufus' Rucksack drehte sich wie ein Kreisel, Solomon taumelte mit Lysander auf den Armen hinterher und verschwand in einem gleißenden Lichtblitz.

Sylva folgte ihm, einen weiteren Blütensack unter jeden Arm geklemmt. »Ich hoffe nur, es gelingt auch«, murmelte sie und sprang, da kam die nächste Explosion. Splitter regneten auf sie herab, der Schutthaufen vor dem Eingang bröckelte.

»Jetzt du, Othello!«, schrie Fletcher.

Der Zwerg presste sich Ignatius und Tosk an die Brust, dann rannte er los. Athena flatterte benommen hinterher, da hob die Dame Kavendisch einen Arm, als versuche sie, die Greifeule zu berühren.

»Kress, jetzt du und Dame Kavendisch!«, brüllte Fletcher gegen das Donnern der nächsten Explosion an.

Ein Gnom streckte den Kopf durch ein Loch in dem Schutthaufen und versuchte, sich mit wildem Kreischen zu ihnen durchzuwühlen.

Kress nahm die Dame an der Hand, doch die wehrte sich plötzlich und riss sich los. »Athena«, krächzte sie. »Wo ist Athena? Mein Sohn!«

Die Erkenntnis traf Fletcher wie ein Schlag. Jetzt wusste er, an wen die Dame Kavendisch ihn erinnerte: an Ophelia Forsys, die er im Gerichtssaal gesehen hatte. Und an das Gesicht aus seinem Traum. Das Gesicht, das sich über seine Wiege gebeugt hatte.

»Ihr seid Alice Rale«, stammelte er mit pochendem Herzen. »Mutter …«

Er hatte den Namen kaum ausgesprochen, da hörte sie auf, sich gegen Kress zu wehren, und schaute Fletcher unverwandt an.

»Athena ist schon durch das Portal«, sagte Fletcher mit Tränen in den Augen. »Geh mit Kress, sie bringt dich zu ihr.«

Kress zerrte seine Mutter durch das Portal, und dann war Fletcher allein. Die nächste Explosion ließ einen regelrechten Hagelsturm aus Splittern über ihm niedergehen. Fletcher warf einen letzten Blick auf die Welt um sich herum.

Dann stürzte er sich in den Äther.

Band 3

Die Prophezeiung

1

EIN KALEIDOSKOP AUS VIOLETTEN TÖNEN jagte an Fletcher vorbei, dann stürzte er ins Leere. Schwarzes Wasser strömte ihm in Mund und Nase.

Er spürte etwas Gummiartiges an seinem Knöchel und trat aus, kämpfte gegen die Kraft an, die ihn in die Dunkelheit ziehen wollte. Seine Lunge brannte, und er würgte an der eiskalten, brackigen Flüssigkeit.

Der Sauerstoff in seinem Gehirn wurde immer weniger, sein Bewusstsein schwand, als fließe es mitsamt der Körperwärme einfach aus ihm ab. Fletcher spürte seine Gliedmaßen nicht mehr, er schwebte wie schwerelos, Erinnerungen blitzten vor seinem inneren Auge auf: Sariel, von dem einstürzenden Tunnel in der Pyramide erdrückt. Jespers höhnisches Grinsen, als er mit dem Blasrohr in der Hand über Fletchers gelähmte Freunde hinwegstieg. Das sich drehende Portal. Seine Mutter.

Nichts.

Kräftige Finger packten sein Handgelenk und zogen ihn nach oben. Kühle Luft schlug ihm ins Gesicht, sodass er husten musste. Eine fleischige Faust klopfte ihm herzhaft auf den Rücken, bis er die Flüssigkeit erbrach, die er geschluckt hatte.

»So ist es gut, immer raus damit«, raunte Othello, während Fletcher das Wasser aus den Augen blinzelte und die neue Umgebung in sich aufnahm.

Er befand sich auf einer kleinen, zerklüfteten Insel. Sie hatte die Form einer umgedrehten Schüssel und war von dicken, grünen Algen bewachsen; am Ufer des dunklen Wasserlaufs zu beiden Seiten wuchs ein undurchdringliches Dickicht aus mangrovenähnlichen Bäumen. Der Himmel über ihm war von einem stumpfen Dunkelblau, wie bei einem Sonnenuntergang im Winter.

Kress, Sylva und seine Mutter waren ebenfalls hier. Zitternd und durchnässt pressten sie sich an Lysanders Flanken, während sich Tosk in den Schoß seiner Herrin kuschelte. Ignatius leckte die klatschnasse Athena mit der Zunge trocken, Solomon lag mit ausgebreiteten Armen auf dem Bauch und klammerte sich mit aller Kraft am Boden fest. Sein Atem ging rasselnd von der Anstrengung, die es ihn gekostet hatte, den gelähmten Lysander aus dem Fluss zu ziehen.

»Es bewegt sich«, sagte Sylva und deutete auf das Portal, das in wenigen Metern Entfernung über dem Fluss schwebte. »Deshalb sind wir mitten im Wasser wieder herausgekommen.«

Fletcher beobachtete, wie sich das schrumpfende Portal immer weiter entfernte, bis es mit einem leisen Plopp schließlich ganz verschwand.

»Nein«, widersprach Othello und nickte in Richtung der vorbeiziehenden Bäume am Ufer. »Nicht das Portal bewegt sich, sondern wir.«

Er hatte recht: Langsam, aber sicher trieben sie den dunklen Flusslauf hinab. Beinahe sah es so aus, als … schwimme die Insel.

Fletcher robbte an den Rand und blickte ins Wasser. Ein Bein mit Schwimmhäuten zwischen den Krallen zog unter ihm vorbei. Ein mächtiger, gepanzerter Kopf drehte sich in seine Richtung und blinzelte ihn mit goldgesprenkelten Augen an.

»Das ist keine Insel«, flüsterte er. »Wir sitzen auf einem Zaratan.«

Ganz langsam zog er sich zurück, sorgsam darauf bedacht, auf dem glitschigen Rückenschild nicht abzurutschen, denn genau das war die Insel: ein Rückenschild. Der Dämon, auf dem sie ritten, sah wie eine riesige Wasserschildkröte aus. Die Kreatur musste ziemlich jung sein, denn die Spezies konnte noch um ein Vielfaches größer werden als dieses Exemplar hier.

Fletcher schaute zu dem bewachsenen Ufer hinüber und überlegte, was sie nun tun sollten. Das Gestrüpp dort war zu dicht, um an Land zu gehen, also blieb ihnen fürs Erste wohl oder übel nichts anderes übrig, als abzuwarten.

Als das Laub einen Augenblick lang in blaues Licht getaucht wurde, drehte er den Kopf und sah, dass der Golem nicht mehr da war. Othello hatte ihn mithilfe seines durchweichten Beschwörungsleders in sich aufgenommen.

»Sollte unser Transportmittel auf Tauchstation gehen, würde Solomon versinken wie ein Stein«, erklärte der Zwerg mit einem misstrauischen Blick auf das trübe Wasser.

»Gute Idee«, erwiderte Fletcher und dachte besorgt an Lysander. Noch immer war der Greif von Jespers Giftpfeilen gelähmt. Ohne den Zaratan wäre er höchstwahrscheinlich ertrunken.

Ignatius hatte sich um Athena gelegt und wärmte sie mit seiner inneren Hitze, während die Greifeule die Flügel wie eine Decke über ihn breitete. Fletcher beschloss, die beiden so zu belassen, denn je enger sie sich anfreundeten, desto besser war es für ihn. Hier im Äther war er mehr denn je darauf angewiesen, dass sie zusammenarbeiteten.

Eine ganze Weile saß die Gruppe schweigend da, das einzige Geräusch war das Stöhnen der Bäume im Wind. Bei einer jeden Brise erzitterte die glatte Wasseroberfläche, als wäre sie lebendig.

»Was sollen wir jetzt tun?«, fragte Kress, den Blick auf den düsteren Himmel gerichtet.

»Warten«, antwortete Sylva und legte den Kopf auf Kress' Schulter. »Bis wir irgendwo Land sehen und uns verstecken können. Hoffen wir nur, dass uns der Zaratan bald aus diesem Sumpf bringt.«

»Vor wem sollten wir uns hier verstecken?«, fragte Othello.

»Glaubst du, die Orks können sich nicht denken, wohin wir verschwunden sind?«, erwiderte Sylva. »Sobald sie das Blut auf dem Pentagramm sehen, wissen sie doch, dass wir durch das Portal in ihren Teil des Äthers geflohen sind. Wohin genau, das können sie anhand der Koordinaten zwar nicht genau ablesen, aber so ungefähr schon.«

»Vielleicht lassen sie uns ja in Ruhe«, murmelte Kress halb zu sich selbst.

»Wir haben gerade ihr Allerheiligstes entweiht und die Hälfte der Gnome vernichtet, die sie in jahrelanger Arbeit gezüchtet haben«, entgegnete Sylva mit einem Kopfschütteln. »Da lassen sie uns sicher nicht so einfach davonkommen. In wenigen Stunden werden die Wyvernreiter von der Jagd auf die anderen Teams zurückkehren und sich dann an unsere Fersen heften. Zum Glück hat Fletcher einen Großteil der Orkdämonen in der Pyramide verschüttet. Bis sie ihre Reihen wieder sortiert haben, wird es hoffentlich eine Weile dauern.«

»Sie hat recht«, erklärte Fletcher. »Wir warten, bis wir an Land gehen können, dann verstecken wir uns im Wald. Hier sind wir allzu ausgesetzt.«

Er krabbelte an seinen alten Platz zurück und kuschelte sich an seine Mutter. Alice zu berühren weckte ein eigenartiges Gefühl in ihm. Fletcher konnte kaum glauben, dass sie … echt war. War es denn wirklich sie, sie *selbst*, nach all der Zeit? Jahrelang hatte er die Gesichter von Frauen gemustert und sich gefragt, ob sie es gewesen sein mochte, die ihn so kaltherzig nackt im Schnee ausgesetzt hatte, um dann zu erfahren, dass ihn seine Mutter immer geliebt hatte und ihm die ganze Zeit nur vorenthalten worden war.

Als er seinen Kopf auf ihre Schulter legte, merkte Fletcher, dass Alice zitterte. Ihr Körper war so ausgezehrt, dass er der Kälte nichts entgegenzusetzen hatte, und die Lumpen, die sie am Leib trug, waren vollkommen durchnässt.

»Wo sind unsere Sachen, Kress?«

»Ähm … was das betrifft«, murmelte die Zwergin verlegen. »Wir sind im Wasser aus dem Portal gekommen, und ich brauchte meine Hände, um nicht unterzugehen. Ich habe nur noch den Sack mit den Blütenblättern, außerdem deinen Beutel und den von Jesper. Hier.«

Sie reichte Fletcher den tropfnassen Beutel. Der Gedanke, dass sie so viele von den kostbaren Blütenblättern verloren hatten, ließ ihn angst und bange werden. Die Blätter waren der einzige Schutz vor der giftigen Atmosphäre im Äther. Schließlich schob er die Sorgen für den Augenblick beiseite und öffnete seinen Beutel. Zum Glück hatte das dicke Leder das Wasser größtenteils abgehalten. Er wühlte sich bis ganz zum Boden durch, zog die Jacke hervor, die ihm Berdon zum Geburtstag geschenkt hatte, und legte sie seiner Mutter über die Schultern.

Als er ihr die Kapuze über den Kopf zog und sie die Wange gegen das weiche Kaninchenfell schmiegte, sah ihr Fletcher zum ersten Mal in die Augen. Das Sumpfwasser hatte ihr den größten Teil des Drecks vom Gesicht gewaschen. Fletcher staunte über die Ähnlichkeit mit ihrer Zwillingsschwester Josephine Forsys, trotzdem sah sie anders aus, vor allem in ihrer augenblicklichen Verfassung: Alice' Augen wirkten stumpf und eingesunken, sie schauten einfach durch ihn hindurch.

Fletcher wischte ihr eine Haarsträhne aus dem Gesicht. Es schien so abgemagert, dass es beinahe wie ein Totenschädel aussah. Wie sehr sie während ihrer siebzehnjährigen Gefangenschaft gelitten haben musste, konnte er sich nicht einmal vorstellen.

»Alice«, sagte er sanft, »hörst du mich?« Fletcher versuchte, ihren Blick aufzufangen, doch Alice' Augen blieben leer. »Mutter?«

»Mutter?«, wiederholte Othello leise. »Bist du wirklich sicher, dass dir nichts fehlt, Fletcher? Das ist die Dame Kavendisch.«

»Nein«, widersprach Fletcher, während er Alice half, die kraftlosen Arme in die Jackenärmel zu schieben. »Die Dame Kavendisch hat den Absturz nicht überlebt. Die Geisel, von der Manhard erzählt hat, das war diese Frau hier… fast während meines gesamten Lebens ist sie eine Gefangene der Orks gewesen. Sie hat Athena erkannt und nach ihrem Baby gerufen, außerdem habe ich ihr Gesicht in meiner Vision schon einmal gesehen. Die Orks haben sie entführt, als ich noch ein Neugeborenes war.«

Othellos Stirn legte sich in Falten, dann begriff er. Gerade wollte er etwas erwidern, da sprang sein Blick zu dem trüben Wasser hinter Fletcher. »Vorsicht!«, schrie er und warf sich auf ihn.

Fletcher wurde zu Boden gerissen und hörte das Klappen zuschnappender Kiefer unmittelbar über seinem Kopf. Ein Gestank wie von verwesendem Fisch rollte über ihn hinweg, dann war die Kreatur schon wieder lautlos im schlammigen Fluss verschwunden. Aus dem Augenwinkel sah er gerade noch den echsenähnlichen Kopf des Wesens und glaubte einen schrecklichen Moment lang, die Wyvern hätten sie eingeholt. Erst danach sah Fletcher die baumstammähnlichen Silhouetten, die ringsum knapp unter der Wasseroberfläche lauerten.

Eine Lektion aus dem Dämonologieunterricht fiel ihm wieder ein: Sobeks. Knapp mannsgroße, aufrecht gehende Geschöpfe mit

Beschwörungsstufe neun, die ihre Beute mit Zähnen und Klauen zerrissen, falls sie sie nicht schon vorher mit einem Schwanzschlag getötet hatten.

Und nun waren sie von Dutzenden dieser Kreaturen umzingelt.

2

FLETCHER ZOG SEINE MUTTER hinter sich her und kroch zur Mitte, um dort mit den anderen an Lysanders Flanke in Deckung zu gehen. Aber selbst hier war das Wasser mit den lauernden Sobeks nur wenige Meter entfernt.

»Wo kommen die auf einmal her?«, keuchte Kress.

»Sie müssen den Zaratan gewittert haben«, antwortete Sylva. »Sobeks fressen solche kleineren Exemplare wie unseres.«

Fletcher spürte, wie ein Zittern durch den Rückenpanzer ging. Der Zaratan hatte angehalten. Unmittelbar vor ihnen schlug einer der Sobeks aufgeregt mit dem Schwanz – die gefräßigen Räuber hatten ihre Beute eingekreist.

»Wahrscheinlich wird er gleich abtauchen«, warnte Othello und stemmte sich auf die Knie hoch. »Ist Lysander schon wieder bei Bewusstsein? Er wird uns noch ertrinken!«

Als die Sobeks zu kreisen begannen – mit ihren ledrigen, gefurchten Rücken knapp unter der Wasseroberfläche –, ging ein neuerliches Zittern durch den Rückenpanzer.

»Warum taucht er nicht?«, murmelte Fletcher und warf einen fragenden Blick zu den goldenen Augen des Zaratan hinüber. »Ich glaube… er beschützt uns«, flüsterte er schließlich. »Er weiß, dass wir im Wasser sterben würden.«

»Wenn wir nicht schnell etwas unternehmen, wird er gleich mit uns sterben«, knurrte Sylva und nahm ihren Bogen vom Rücken. Als sie einen Pfeil einlegen wollte, musste sie allerdings feststellen, dass der Köcher leer war. Sie hatte alle Pfeile im Sumpf verloren.

In diesem Augenblick ging der erste Sobek zum Angriff über. Der Zaratan wich aus und rollte zur Seite, Lysander rutschte in Richtung Wasser, da erkannten auch die anderen Sobeks ihre Chance. Zwei lösten sich aus dem Verband und jagten mit kräftigen Schwanzschlägen auf den gerade erst wieder aufgewachten Lysander zu.

»Nein!« Fletcher zog seinen Chepesch und warf sich schützend vor Lysander. Sylva folgte seinem Beispiel und hob ihre Falx, während die beiden Ungeheuer auf sie zueilten.

Gelb-grüne Augen blitzten auf, da sprang der Erste aus dem Wasser. Seine klauenbewehrten Hinterbeine hinterließen tiefe Furchen in dem Algenbewuchs auf dem Rücken des Zaratan, und dann riss er die lange Schnauze auf.

Fletcher starrte in den gelblichen Schlund voller gezackter Zähne und konnte seinen Chepesch gerade noch rechtzeitig hochreißen. Der Schlag des Sobek war so schnell und kraftvoll, dass Fletcher die fünf sichelförmigen Klauen nur mit knapper Not aufhalten konnte, bevor sie sich ihm ins Gesicht gruben. Als er sich verzweifelt mit beiden Händen dagegenstemmte, schlug der Dämon auch mit dem anderen Arm zu.

Sylva sprang gerade vor und wehrte den Angriff mit ihrer Falx ab, da kam auch der zweite Sobek aus dem Wasser. Der Elfin blieb nichts anderes übrig, als Fletcher seinem Schicksal zu überlassen und sich dem anderen Angreifer entgegenzustellen.

Die Kiefer des Sobek schlugen über Fletchers Klinge zusammen. Fletcher geriet auf dem glitschigen Rückenpanzer ins Taumeln, da wirbelte der Sobek plötzlich herum und holte Fletcher mit einem Schwanzschlag von den Beinen. Fletchers Kopf schlug krachend auf den Rückenpanzer des Zaratan, der Chepesch entglitt seinen Fingern, und dann sah er nur noch Sternchen.

Der gelbe Schlund des Sobek sauste herab. Fletcher spürte bereits den heißen Atem des Ungeheuers, da wurde es plötzlich von einer Feuerkugel ins Wasser geschleudert. Nur der Geruch von verbranntem Fleisch blieb zurück.

Ignatius hatte ihn in letzter Sekunde gerettet.

Fletcher rappelte sich auf die Knie hoch, während Othello, Kress und Sylva mit verzweifelten Schlägen gemeinsam gegen den verbliebenen Sobek vorrückten. Als dieser sah, welches Schicksal seinen Artgenossen ereilt hatte, sprang er mit einem zornigen Brüllen ebenfalls in den Fluss zurück, und das Trio atmete erleichtert auf.

»Wir können es nicht mit ihnen allen aufnehmen«, keuchte Fletcher und hob seinen Chepesch auf, während Ignatius auf seine Schulter kletterte. Athena blieb bei Alice, damit sie in ihrer Verwirrung nicht die – vergleichsweise sichere – Mitte des Rückenpanzers verließ.

Der Sobek, den Ignatius versengt hatte, schien seine Verletzungen erstaunlich gut wegzustecken und verschwand flink im Ufergestrüpp. Unterdessen kamen seine Artgenossen immer näher. Anscheinend hatten sie mit mehr Widerstand gerechnet und wurden nun umso mutiger. Nicht mehr lange, dann würden sie alle gemeinsam angreifen.

»Feuer reicht offensichtlich nicht aus«, knurrte Othello.

»Dann nehmen wir eben Blitze«, sagte Kress. Tosk saß auf ihrer Schulter, während sein buschiger Schwanz knisternde Funken sprühte.

»Nein!«, rief Fletcher und hob die Hand. »Der Blitz würde sich im Wasser ausbreiten und auch den Zaratan treffen. Wir müssten untergehen.«

»Darum kümmern wir uns, wenn es so weit ist«, entgegnete Kress. »Es ist der einzige Zauber, der den Biestern etwas anhaben kann.«

»Spar dir das Mana lieber«, widersprach Sylva und deutete auf die kreisenden Sobeks. »Dein Blitz kann sie niemals alle gleichzeitig erledigen.«

Immer noch kämpfte Lysander stöhnend gegen das Gift in seinem Körper an. Mit einem Dämon der Stufe zehn an der Seite wäre das Kräfteverhältnis ein wenig ausgeglichener, aber Lysander hatte kaum genug Kraft, um sich zu bewegen.

Ein weiterer Sobek löste sich aus dem Verband und kam näher, um ihre Verteidigungslinien zu prüfen, da durchbrach ein großer Fuß mit Schwimmhäuten die Wasseroberfläche und versetzte ihm einen so heftigen Tritt, dass er in hohem Bogen durch die Luft flog. Von einem riesigen Wasserschwall begleitet, schlug er klatschend und halb bewusstlos zwischen seinen Artgenossen auf – der Zaratan setzte sich nun ebenfalls zur Wehr.

»Denk nach«, murmelte Fletcher und ging in Gedanken alle Zauber durch, die er kannte. Gegen Dämonen nützten Schilde nichts – sie durchbrachen sie wie Reispapier. Es gab Zauber gegen Schmerzen, um Schlösser zu knacken oder zu verriegeln, und um Feuchtigkeit aus der Luft zu ziehen, um Geräusche zu verstärken oder zu unterdrücken, sogar welche, die einen warnten, wenn sich etwas in der Nähe bewegte. Aber in ihrer Situation waren sie alle nutzlos.

Und während Fletcher immer verzweifelter in das schwarze Wasser starrte, fiel ihm der Sumpf im Orkdschungel wieder ein. Dort hatte Malik Jespers Eiszauber ausprobiert und eine Pfütze schlagartig gefrieren lassen. Mit den Sobeks musste eigentlich das Gleiche geschehen …

Fletcher hob die Hand und rief sich das Symbol ins Gedächtnis, das Jesper ihnen gezeigt hatte. Die Glyphe war sehr kompliziert und ähnelte einer Schneeflocke. Dann begann er zu ätzen.

»Wartet …«, sagte Othello, als er sah, was Fletcher vorhatte. »Das könnte funktionieren.«

Die Glyphe flackerte leicht, aber das Jahr ununterbrochener Übung im Kerker von Pelz machte sich endlich bezahlt, sodass Fletcher den Manastrom mit Leichtigkeit so lange aufrechterhalten konnte, bis der Zauber stabil war.

Als würde sie das blaue Leuchten der Glyphe magisch anziehen, lösten sich drei Sobeks aus dem kreisenden Rudel und jagten in Keilformation auf den Zaratan zu.

Schweiß trat auf Fletchers Stirn. Immer schneller bewegte er seinen Zeigefinger, die Kuppe brannte schon vor Kälte, als er endlich die letzte Linie zog. Die Sobeks waren jetzt so nahe, dass er den hasserfüllten Ausdruck in ihren schlitzförmigen Pupillen erkennen konnte. Einer von Kress' Armbrustbolzen sauste über Fletchers Schulter hinweg, aber er verfehlte das Ziel und klatschte wirkungslos ins Wasser.

»Fletcher, beeil dich!«, rief Sylva, als der Rückenpanzer des Zaratan erneut erzitterte.

Dann, als der erste Sobek zum Sprung ansetzte, schoss ein langer weißer Strich aus Fletchers Hand. Eiskristalle regneten herab. Fletcher spürte, wie sein Mana entsetzlich schnell zur Neige ging, trotzdem schleuderte er den Angreifern Zauber um Zauber entgegen, bis er mitten in einem Schneesturm stand. Erst als er bereits die Hälfte seines Manas verbraucht hatte, hörte er auf und sank keuchend vor Anstrengung auf die Knie.

Die Schneeflocken rieselten herab und gaben den Blick wieder frei: Der Sobek war in einem Eisblock gefangen, das Maul halb aufgerissen, die Klauen nach Fletchers Hals gestreckt. Nur der Schwanz und die Beine ragten schlaff daraus hervor. Seine beiden Artgenossen trieben steif gefroren im Fluss, eingeschlossen von einer knisternden und knackenden Eisscholle.

»Sieh mal einer an«, staunte Kress. »Das hat ja wunderbar geklappt.«

»Wie geht es dem Zaratan?«, fragte Fletcher, besorgt, der Schildkrötendämon könnte ebenfalls etwas abbekommen haben.

Als hätte er die Frage gehört, setzte sich der Zaratan mit einem Rucken wieder in Bewegung. Fletcher ließ die Eisglyphe in der Luft fixiert, da ergriff der erste der verbliebenen Sobeks beim Anblick seiner erfrorenen Artgenossen die Flucht. Die anderen folgten kurz darauf und flohen in Zweier- und Dreiergruppen vor dem näher kommenden Zaratan.

Bald waren sie wieder allein, das einzige Geräusch rührte von den Blättern der Bäume her, die in der kalten Brise raschelten. Sie hatten überlebt.

Fürs Erste.

3

DER HIMMEL WURDE ALLMÄHLICH DUNKLER, doch der Zaratan schwamm immer weiter, nur ab und zu hielt er an, um etwas Flussgras zu fressen. Er bewegte sich wie mit neuer Kraft, und sie kamen gut voran, auch wenn sich die Landschaft ringsum kaum veränderte. Jede Minute, die verging, war wie ein Segen, denn der Abstand zwischen ihnen und den Orkschamanen mit ihren Wyvern, die die Verfolgung inzwischen mit Sicherheit aufgenommen hatten, wurde immer größer.

Während sie darauf warteten, dass sie das Ende des Sumpfs erreichten, stellte sich ihnen ein neuer Feind entgegen: Die feuchte Luft saugte ihnen die Wärme aus dem Körper, und schon bald kauerten sie sich alle zitternd an Lysanders flauschige Flanken. Fletcher legte Ignatius auf Alice' Schultern, Athena setzte er auf ihren Schoß. Die Greifeule gurrte zufrieden, während Alice ihr geistesabwesend das Fell kraulte. Der Anflug eines Lächelns umspielte ihre Lippen, doch nach einer Weile senkte sich eine bleierne Lethargie über die Gruppe.

Fletcher hatte kaum noch Kraft, sich zu bewegen, und fragte sich, ob das die Nachwirkungen von Jespers Pfeilen sein mochten oder die giftige Luft im Äther.

Bei Einbruch der Nacht riefen sie ein kleines Wyrrlicht herbei und aßen den Rest ihres Proviants – Pökelfleisch aus Briss' Küche und fleckige Bananen, die sie im Dschungel gesammelt hatten. Es war ein einfaches Mahl, aber Alice schlang das Gepökelte so gierig hinunter, als hätte sie seit Jahren kein Fleisch mehr bekommen. Schließlich gab Fletcher ihr auch noch seine eigene Portion. Als Alice sich stöhnend zurücklehnte und sich den prall gefüllten Bauch hielt, wusste er nicht, ob er lachen oder weinen sollte, und kurz darauf schlief sie mit dem Kopf auf Fletchers Schulter ein.

In seiner Erinnerung war Alice Rale eine sanftmütige und schöne Frau gewesen, voller Liebe zu ihrem einzigen Kind. Doch jetzt hatte er diese verlorene Seele am Hals, die sich nicht einmal an ihren eigenen Namen erinnern konnte, geschweige denn an ihren Sohn. Trotzdem wurde ihm unendlich weich ums Herz, während er ihr die Essensreste aus den Mundwinkeln wischte. Wie konnte er ihr auch grollen – nach allem, was sie durchgemacht hatte? Sie war seine Mutter, und er liebte sie.

Beim letzten Tageslicht – wenn man in dieser fremdartigen Welt überhaupt davon sprechen konnte – überprüften sie, was von ihrer Ausrüstung noch übrig war, und fanden sogar noch etwas trockene Ersatzkleidung, die sie eilig anlegten. Lysanders massiger Körper diente als Sichtschutz, während sich die Jungen auf der einen Seite umzogen, die Mädchen auf der anderen.

Zu Fletchers Überraschung waren alle Waffen noch da, nur das Schießpulver stellte sich als größtenteils nass und unbrauchbar heraus. Von Sylvas Pfeilen war zwar kein einziger mehr übrig, aber Fletcher gab ihr ein paar von seinen ab, und Kress hatte noch sieben Armbrustbolzen. Allerdings waren ihre Dämonen hier im Äther die viel wichtigeren Waffen, und Fletcher verspürte entsetzliches Mitleid mit Sylva, die sowohl ihren Dämon als auch alles Mana verloren hatte.

Während alle ihre Waffen einsteckten und sich auf die Nacht vorbereiteten, wanderten Fletchers Gedanken zu den Blütenblättern. In dem Sack, den Kress hatte retten können, befanden sich etwa noch einhundert Stück. Aber in der Dunkelheit war das schwer zu sagen. Fletcher spürte, wie die Wirkung allmählich schwand, und zählte mit angehaltenem Atem noch einmal nach. Die eigenartige Trägheit in seinen Gliedern wurde von Minute zu Minute stärker. Schon bald war selbst das Atmen so anstrengend geworden, als erklimme er gerade den Westturm der Dämonenakademie. Es war erschreckend.

Mit einem Mal kam ihm die Menge im Sack viel zu gering vor, und als er sah, wie seine Freunde einer nach dem anderen wegdösten, wurde Fletcher bewusst, dass er auf keinen Fall einschlafen durfte. Wenn die

Wirkung im Lauf der Nacht ganz aussetzte, würde er womöglich nie wieder aufwachen.

»Ich brauche noch eins von diesen Blättern«, röchelte er.

Kress hörte ihn und riss die Augen auf. »Ich wollte es nur nicht als Erste sagen«, stöhnte sie und schnappte sich ebenfalls ein Blatt.

Sylva und Othello folgten sogleich, sogar Alice ließ sich von Fletcher eines in den Mund legen und schluckte brav, während er sanft ihren Hals massierte.

»Wie viel Zeit mag inzwischen vergangen sein, fünf Stunden?«, fragte Fletcher in die Runde und spürte, wie seine Kräfte sogleich zurückkehrten.

»Ungefähr«, bestätigte Othello. »Das bedeutet, dass wir fast fünf Blätter pro Tag brauchen, jeder von uns. Auch wenn die Tag- und Nachtdauer im Äther ein wenig von der unseren abweicht.«

»Tatsächlich? Ich hätte im Unterricht besser aufpassen sollen«, murrte Kress.

»Du kannst nichts dafür, das haben wir erst im zweiten Jahr gelernt«, sprach Othello weiter. »Im Winter dauern die Tage hier etwa zehn Stunden, im Sommer vierzig, nur das Jahr und die Jahreszeiten sind gleich. Deshalb können wir die Dämonen-Wanderungen durch unseren Teil des Äthers vorhersagen. Im Augenblick haben wir Winter, und das bedeutet … dass wir uns alle noch eine Mütze voll Schlaf gönnen sollten. In ungefähr fünf Stunden wird es wieder hell.«

Fletcher hörte aufmerksam zu. Er hatte ein ganzes Jahr an der Akademie verpasst und einiges aus dem Ätherunterricht bereits wieder vergessen.

»Du denkst zu kurzsichtig«, bellte Sylva. Ihre Stimme klang in der Dunkelheit so scharf, dass Fletcher zusammenzuckte. »Wenn wir alle fünf Stunden fünf Blütenblätter brauchen, wie lange bleibt uns dann noch, bis wir langsam, aber sicher vergiftet werden? In diesem Sack können kaum mehr als hundert Stück davon sein, das reicht noch für hundert Stunden, also zehn Tag- und Nachtzyklen im Äther.«

Fletcher rechnete hastig nach. Das entsprach etwas mehr als vier Tagen in Hominum. Vier Tage noch, bis ihnen ihre Körper nicht mehr gehorchten und sie unweigerlich … starben.

»Irgendwo hier in der Gegend müssen diese Pflanzen doch wachsen«, sagte er, um sich und den anderen Mut zu machen.

Sylva deutete auf die Bäume an dem seichten Ufer. »Siehst du hier welche? Im Orkteil des Äthers gibt es sie bestimmt, sonst hätten die Orks kaum so viele davon, aber doch nicht hier. Wahrscheinlich liegen die Sümpfe ganz am Rand ihres Territoriums, was auch der einzige Grund dafür sein dürfte, warum sie uns nicht schon längst gefunden haben.«

»Was spielt das schon für eine Rolle?«, warf Kress ein.

»Wie meinst du das? Natürlich spielt es eine Rolle!«, gab Sylva gereizt zurück.

Fletcher runzelte die Stirn. So etwas wie Fluchen sah Sylva ganz und gar nicht ähnlich.

»Ganz ruhig, Leute«, sagte Othello nervös.

»Nein«, knurrte Sylva und schüttelte Othellos Hand ab, als er versuchte, sie zu beruhigen. »Ich will es wissen. Ich möchte wissen, warum sie glaubt, dass das Einzige, das uns davor bewahren kann, mit Schaum vor dem Mund in wilde Zuckungen zu verfallen, keine Rolle spielt!«

»Es spielt keine Rolle, weil wir sowieso alle hier sterben werden!«, rief Kress. Dann brach sie zu Fletchers größtem Erstaunen in Tränen aus. »Hundert Stunden, zweihundert Stunden, wen kümmert's?«, schluchzte Kress und vergrub das Gesicht in den Händen. »Wir kommen nie wieder nach Hause.«

Sylvas zornige Erwiderung erstarb ihr auf den Lippen.

»He«, flüsterte sie. »Es tut mir leid. Jetzt, da Sariel tot ist und uns auch noch die Blütenblätter ausgehen … habe ich wohl überreagiert. Das war ungerecht von mir.« Sie schloss Kress in die Arme und legte den Kopf auf ihre Schulter.

Trotz der angespannten Situation warf Fletcher Othello ein Lächeln zu. Nach all dem Misstrauen und den Verdächtigungen zwischen Kress und Sylva schienen sie ihre Differenzen endlich beizulegen und einander so zu sehen, wie sie wirklich waren. Er gönnte ihnen zwar den Augenblick, und dennoch wusste er, dass etwas passieren musste. Sie brauchten einen Plan, eine Hoffnung, an der sie sich festhalten konnten.

»Wir werden nicht in hundert Stunden sterben«, sagte er schließlich mit einem Räuspern.

Sylva machte sich von Kress los, Tränen schimmerten auf ihren Wangen. »Wie meinst du das?«

»Wir müssen nur diese Pflanzen finden, das ist alles. Sie kommen sowohl in unserem als auch im Orkteil des Äthers vor. So selten sind sie also gar nicht. Ich wette, in Jespers Tagebuch steht alles, was wir wissen müssen. Wie sie aussehen, wo sie wachsen und so weiter.«

»Gut«, flüsterte Kress. »Dann machen wir uns also auf die Suche. Aber … wie kommen wir wieder nach Hause?«

»Wir können kein Portal öffnen, das uns dorthin bringt, nicht einmal in einen anderen Teil des Äthers. Das haben andere schon vor uns versucht, aber es ist zwecklos«, antwortete Othello. »Dazu bräuchten wir Symbole, die wir nicht kennen.«

»Na, großartig!«, rief Sylva.

»Aber wir könnten das Portal benutzen, durch das wir hergekommen sind«, erwiderte der Zwerg.

»Und was soll das nützen?«, murmelte Kress. »Sollen wir den Zaratan bitten, uns zurück zu den Orks zu bringen? Wir übertölpeln die Wyvern und Schamanen, springen durch das Portal zurück zur Pyramide und irren dann mit dem halben Orkreich auf den Fersen durch den Dschungel, bis wir die Grenze zu Hominum erreichen? Ohne mich.«

»Du hast recht«, sagte Fletcher und hob besänftigend die Hände. »Das kommt nicht infrage. Wir werden den Orkteil des Äthers so weit hinter uns lassen wie irgend möglich.«

»Und dann?«, fragte Othello und sah dabei genauso ratlos aus wie Kress. Nur Sylva lächelte, als verstehe sie, worauf Fletcher hinauswollte.

Er atmete einmal tief durch. »Wir durchqueren diesen Sumpf und schlagen uns zu Hominums Teil des Äthers durch.«

4

ALLMÄHLICH WURDE FLETCHER WACH. Er hörte ein leises Knirschen und spürte, wie er zur Seite rollte. Ein weiteres Knirschen folgte, diesmal kippte er auf die andere Seite und rollte gegen Lysanders Bauch.

»He …«, murmelte er und öffnete die verquollenen Augen.

Als Erstes sah er die Bäume ringsum. Richtige Bäume mit langen, herabhängenden Ästen, die ihn an Weiden erinnerten. Dann kam Kress in sein Blickfeld. Mit einem breiten Grinsen auf dem Gesicht zupfte sie ihn am Ärmel.

»Schilki läuft«, erklärte die Zwergin. »Wir sind bald raus aus dem Sumpf.«

Fletcher setzte sich auf und zuckte sogleich zusammen – sein Rücken tat weh von dem harten Panzer, außerdem war die Nacht weit kürzer gewesen, als er sich gewünscht hätte. Sein Blick wanderte weiter zu Alice. Sie saß an Schilkis hinterem Ende, kaute ein Blütenblatt und starrte mit leerem Blick die Bäume an. An ihrer Oberlippe hing noch ein gelbes Krümelchen.

Fletcher kroch zu ihr und wischte es vorsichtig weg. Dann zog er die Jacke enger um sie, sorgsam darauf bedacht, Ignatius nicht zu wecken, der immer noch auf ihren Schultern schlief. Athena hingegen war hellwach, hatte sich aber nicht von Alice' Schoß wegbewegt. Als Fletcher den tiefen Kummer der Greifeule spürte, wusste er, dass sie Alice genauso liebte, wie sein Vater es getan hatte. Er streichelte Athena zärtlich über den Kopf, dann ließ er die drei wieder miteinander allein.

»Schilki?«, fragte er, an Kress gewandt.

»Unser Zaratan, wir haben ihm einen Namen gegeben«, antwortete Sylva und reichte ihm eines der Blütenblätter. »Iss jetzt. Das letzte Mal liegt schon fünf Stunden zurück, zumindest laut Kress' Taschenuhr.«

Fletcher kaute auf dem säuerlichen Ding herum und beobachtete, wie Sylva die restlichen Blätter zählte.

»Woher wisst ihr, dass es ein Er ist?«, erkundigte sich Othello. Er hatte die Augen immer noch geschlossen und alle viere von sich gestreckt.

»Ich habe nachgesehen«, erklärte Kress und wurde rot.

Fletcher musste lachen, dann krabbelte er ans vordere Ende des Rückenschilds.

Schilki drehte den Kopf und blickte ihn mit seinen goldenen Augen nachdenklich an. Der Zaratan war ein wunderschön anzuschauendes Geschöpf mit einem glänzend gelben Schnabel und einem langen, beweglichen Hals. Sein Tempo wirkte gemütlich, war aber alles andere als langsam, denn mit jedem Schritt seiner krallenbewehrten Beine legte er eine beachtliche Distanz zurück. Einen Moment lang überlegte Fletcher, ob sie versuchen sollten, Schilki zu bändigen, doch Zaratane hatten eine Beschwörungsstufe von fünfzehn – das war zu viel für Sylva.

»Neunzig Blätter noch«, unterbrach die Elfin seine Gedanken. »Genau, wie ich geschätzt habe. Uns bleiben noch neunzig Stunden.«

Fletcher ließ den Blick über die Landschaft schweifen. Er suchte nach irgendetwas Gelbem, sah aber nur braunes Gestrüpp. Kein einziger anderer Dämon, geschweige denn ein Blütenblatt, so weit das Auge reichte.

»Wir sollten bei Schilki bleiben«, überlegte er laut und musterte den Untergrund, der zwar noch sumpfig war, allmählich aber trockener wurde. Hier und da wuchs sogar struppiges Gras. Ein Stück weiter entfernt wurden die Bäume bereits höher und tauchten den Boden mit ihrem Blätterdach in immer tiefere Schatten.

»Ich bin der gleichen Meinung. Er ist schneller zu Fuß als wir«, erwiderte Sylva. »Außerdem kann er sich gut wehren. Seine Krallen und der Schnabel sehen ziemlich scharf aus.«

»Und wir können uns fortbewegen, während wir schlafen«, stimmte

Kress zu und tätschelte Schilkis Rückenpanzer. »Es muss nur immer einer Wache halten.«

Als Fletcher den Zaratan am Hals kraulte, stieß der sanfte Riese ein zufriedenes Brummen aus. Er würde ihnen in den kommenden Tagen ein starker Verbündeter sein, dachte Fletcher gerade, als ein Kreischen die Luft zerriss, das von einem Aufschrei aus Sylvas Kehle gefolgt wurde.

Fletcher wirbelte herum und sah, dass Lysander endlich wieder auf den Beinen war – mit aufgestelltem Nackenfell rückte er Tosk zu Leibe, so wie ein Löwe, der eine Gazelle erlegen will. Etwas in seinem Blick hatte sich verändert, seine Pupillen waren geweitet und zeigten keine Spur mehr von der Klugheit, die früher darin gestanden hatte.

»Lysander, was soll das?!«, rief Fletcher. Der Greif hatte nichts mehr gefressen, seit ihn Jespers Giftpfeile erwischt hatten, aber im Augenblick schien er mehr als nur Hunger zu haben.

»Als sich das Portal geschlossen hat, wurde das Band zu Hauptfrau Lovett unterbrochen«, stammelte Sylva entsetzt. »Jetzt verwildert er.«

Lysander machte einen weiteren Schritt auf den verängstigten Raiju zu, der prompt das blaue Fell aufstellte. Blitze zuckten aus seinem hocherhobenen Eichhörnchenschwanz.

Im Gegenzug riss der Greif den Schnabel auf und stieß ein markerschütterndes Brüllen aus, das immer höher wurde und schließlich in einem Kreischen endete.

»Er bringt ihn um!«, schrie Othello, halb verdeckt von dem vorrückenden Greif. »Wir müssen etwas unternehmen!«

Fletchers Gedanken rasten. Das Beschwörungsleder für Lysander steckte in einer Seitentasche seines Rucksacks, doch der befand sich zurzeit genau unter Lysanders Bauch.

»Ich werde nicht zulassen, dass er Tosk etwas tut«, knurrte Kress, legte einen Bolzen in ihre Armbrust und zielte auf Lysanders Kopf.

»Fletcher, was sollen wir tun?«, brüllte Sylva.

Sylva. Vor zwei Jahren hatte sie bereits Beschwörungsstufe sieben gehabt. Lysander war ein Dämon der Stufe zehn – ohne Sariel konnte sie ihn vielleicht bändigen.

»Halt dich bereit«, sagte er zu Sylva und ging leicht in die Knie.

»Wie meinst du das?«, zischte die Elfin, aber für Erklärungen blieb jetzt keine Zeit.

»Athena, jetzt!« Fletcher sprang los, rutschte unter Lysanders Bauch und griff mit einer Hand nach der Seitentasche seines Rucksacks.

Lysander stürzte sich mit einem langen Schritt auf Tosk, da stieß Athena herab, packte Kress' Raiju am Nacken und trug ihn davon.

Fletcher warf der immer noch verwirrten Sylva das Beschwörungsleder zu. »Lies vor!«

»Wie bitte?«, stammelte Sylva erst, doch dann verstand sie Fletchers Plan. *»Lo ro di mai si lo.«*

Lysander fuhr kreischend herum. Seine Klauen kratzten über Schilkis Rückenpanzer, der hungrige Blick seiner wilden Augen war nun ganz auf Fletcher fixiert. Fletcher musste sich mit aller Macht zusammenreißen, nicht die Flucht zu ergreifen.

Ignatius, der von Sylvas Schrei aus dem Schlaf gerissen worden war, umkreiste Lysander lauernd, doch Fletcher befahl ihm, sich herauszuhalten. Sie brauchten nur ein kleines bisschen mehr Zeit. Wenn Ignatius jetzt eingriff, würde es zu einem Kampf kommen, der vielleicht gar nicht nötig war.

Schilkis Panzer wackelte, als könnte der Zaratan die Auseinandersetzung spüren, die sich da auf seinem Rücken abspielte, und das plötzliche Schaukeln ließ Lysander innehalten. Als er die Beine spreizte, um nicht umzufallen, bildeten sich schon die ersten weißen Lichtfäden zwischen ihm und Sylva. Es wurden schnell mehr, aber … das war nicht schnell genug.

»Beeil dich«, flüsterte Fletcher, als könnte er die Bändigung mit schierer Gedankenkraft beschleunigen.

Lysander machte taumelnd einen Schritt auf Fletcher zu und riss den spitzen Schnabel auf – dahinter leuchtete der rosafarbene Schlund. Unterdessen wurde das Band zwischen Sylva und dem Greif mit jedem Wort, das sie sprach, dichter.

Fletcher hielt sich mucksmäuschenstill. Jede Bewegung konnte Lysander zum sofortigen Angriff veranlassen.

Noch ein Schritt.

Der heiße Atem des Dämons schlug ihm ins Gesicht, und Fletcher schloss die Augen. Der kalte, harte Schnabel streifte seine Wange, dann spürte Fletcher Lysanders weiches Gefieder, als sich der Greif an ihn kuschelte und freudig den Kopf an seiner Brust verbarg. Sylva war verstummt, und Lysander war wieder der Alte!

Fletcher schlang ihm erleichtert die Arme um den Hals, da verschwand Lysander plötzlich unter seinen Fingern. Er öffnete die Augen und sah gerade noch den Lichtblitz, mit dem ihn Sylva in sich aufnahm.

Als der Blitz verblasst war, zitterte sie vor Euphorie, die jeden Beschwörer überkam, wenn er einen neuen Dämon zum ersten Mal in sich barg. Schließlich legte sie sich hin, ein sanftes Lächeln umspielte ihre Lippen.

Fletcher ließ sich neben ihr auf die Knie sinken, da sprang ihm Ignatius mit einem fröhlichen Zirpen auf die Schulter und stieß Fletcher glatt nach hinten um. Es war eigenartig, aber irgendwie schien der Salamander schwerer geworden zu sein. Er zwickte Fletcher tadelnd ins Ohr, weil er ihm solche Angst gemacht hatte, und dann wickelte er sich glücklich um seinen Hals.

»Schön«, brummte Kress. »Könnte mir vielleicht jemand erklären, was das gerade war?«

Fletcher sah, wie die Zwergin mit stampfenden Schritten auf ihn zukam. Neugierig spähte Tosk mit seinen kleinen schwarzen Augen aus ihrer Jacke hervor, unter deren Kragen er sich versteckt hatte.

Othello rieb sich seufzend den Nacken. »Ich hätte es kommen sehen sollen. Wir haben es im zweiten Jahr an der Akademie gelernt: Dämonen sind nur zahm, solange das Band zu ihrem Beschwörer besteht. Wird es durchtrennt, verwildern sie, bis ein neuer Herr sie bändigt. Erst dann erinnern sie sich wieder, wer und was sie einmal gewesen sind. Wir können von Glück reden, dass Lysander so lange gelähmt war. Normalerweise tritt die Rückverwandlung nämlich schon viel früher ein.«

»Stimmt«, bestätigte Fletcher. Seine Gedanken wanderten zurück zu der Nacht, in der ihn Athena vor den Toren von Pelz ausgesetzt hatte, kurz bevor der Ruf des Äthers sie unweigerlich zurückholte.

»Das nächste Mal warnst du uns besser vorher«, murrte Kress.

Fletcher stand auf und versuchte, Ignatius abzuschütteln, aber der Salamander ließ nicht locker. Schließlich ging er seufzend zu Alice, die immer noch im Schneidersitz dasaß und in die Ferne starrte, als wäre nichts geschehen. Sie hatte sich die ganze Zeit über nicht bewegt, nicht einmal, als Lysander das markerschütternde Brüllen ausstieß. Einzig und allein die Tatsache, dass sie ab und zu Athenas Kopf streichelte, machte Fletcher Hoffnung, dass sie sich eines Tages vielleicht doch erholen würde.

Er hatte schon seinen leiblichen Vater verloren. Auf keinen Fall wollte er auch noch Alice verlieren, jetzt, da er sie endlich wiederhatte. Irgendeine Möglichkeit musste es doch geben …

Fletcher blickte in die triste Landschaft hinaus und suchte nach etwas, das ihm Anlass zur Hoffnung gab, sah aber nur feuchte Erde und blasses Gestrüpp. Nichts Essbares, schon gar keine gelben Blumen.

»Mach dir keine Sorgen, Ali … Mutter.« Das Wort laut auszusprechen fühlte sich eigenartig an. »Wir werden dich nach Hause bringen. Ich verspreche es.«

5

DAS LICHT IM ÄTHER VERÄNDERTE sich schnell. Innerhalb einer Stunde wandelte es sich von einem goldenen Schimmern zu einem klaren Grau. Die Landschaft ringsum sah immer noch ebenso trostlos aus wie zuvor. Das einzige Lebewesen außer ihnen war ein versprengtes Kappa, ein dürres, menschenähnliches Geschöpf mit grüner Haut, das – als es den Zaratan näher kommen sah – sogleich in einen dunklen Teich abtauchte. Fletcher konnte gerade noch einen Blick auf die eigentümliche Vertiefung auf der Oberseite des Kopfes erhaschen, in der die Kappas Wasser mit sich führten, wann immer sie an Land unterwegs waren.

In gewisser Weise war er sogar froh, dass sich so wenig andere Dämonen hier aufhielten. So konnten sie wenigstens gefahrlos ihr Geschäft verrichten. Kress hatte angefangen, sich um seine Mutter zu kümmern, und begleitete sie in regelmäßigen Abständen in die Büsche – aber erst nachdem Tosk überprüft hatte, ob auch wirklich alles sicher war. Kress hatte Fletcher erzählt, dass sie bereits ihre Großmutter gepflegt hatte, als sie zu alt wurde, um selbst für sich zu sorgen. Fletcher war ihr unendlich dankbar dafür, denn er wusste: Er war noch nicht bereit, diese Aufgabe zu übernehmen.

Nach ein paar Stunden wurde er schon wieder müde, als hätte sein Körper Schwierigkeiten, sich an den ungewöhnlichen Tag-Nacht-Rhythmus im Äther zu gewöhnen. Wahrscheinlich hatten sie hier inzwischen mehr verbracht als irgendein Mensch, Zwerg oder Elf zuvor.

Den anderen schien es genauso zu ergehen: Aneinandergelehnt dösten Kress und Othello an der höchsten Stelle von Schilkis Panzer. Sylva saß mit dem Rücken zu Fletcher am Halsansatz des Zaratan. Den Kopf hielt sie nach unten geneigt, als betrachte sie etwas auf ihrem Schoß.

Fletcher wurde neugierig und setzte sich zu ihr.

»Was liest du da?«, fragte er und deutete auf das Buch auf Sylvas Schoß. Mit den Zeichnungen von kleinen Insektendämonen am Rand der Seiten sah es James Bakers Tagebuch zum Verwechseln ähnlich.

»Das ist Jespers Tagebuch. Dieser elende Verräter«, fauchte Sylva.

Fletcher spürte die Wut in ihr auflodern wie Feuer in einem Schmiedeofen. »Tut mir leid. Ich wollte dich nicht stören«, sagte er und machte schon Anstalten aufzustehen.

Sylva hielt ihn am Handgelenk fest. »Nein«, sagte sie leise, »*mir* tut es leid. Verzeih mir, dass ich dir die Schuld an Sariels Tod gegeben habe. Hättest du nicht gehandelt, wären wir jetzt alle tot.«

Sie hob den Kopf und blickte ihm fest in die Augen.

Fletcher sah, dass sie es ernst meinte, und noch etwas anderes konnte er erkennen, aber seine Gedanken sprangen zurück zu dem Augenblick, als er Sariel zusammen mit den angreifenden Orkdämonen in dem Tunnel begrub. Er hatte gar keine andere Wahl gehabt … oder doch?

»Es gibt nichts zu verzeihen«, sagte er schließlich schuldbewusst. »Ich weiß nicht, wie ich reagieren würde, würde ich Ignatius verlieren.«

Er hielt inne und überlegte, wie er das Gespräch auf ein fröhliches Thema lenken konnte, aber ihm wollte einfach nichts einfallen.

»Ich fürchte, ich habe das Unvermeidliche nur hinausgezögert«, sprach er schließlich weiter. »Wir haben keine Ahnung, wo die Blumen mit diesen gelben Blüten wachsen, und sind kein bisschen schlauer als gestern.«

Er hatte erwartet, Sylva damit nur noch niedergeschlagener zu machen, doch zu seiner Überraschung grinste sie.

»Da täuschst du dich«, sagte die Elfin und blätterte ein paar Seiten zurück. »Hier.«

Sylva deutete auf die Zeichnung einer Blume mit dünnem Stängel und großen, überlappenden Blütenblättern. Darunter stand ein kurzer Absatz, geschrieben in Jespers erstaunlich sauberer Handschrift.

Experiment 786: Die 3-Schwestern-Blumen

Heute hat Hauptmann Jacobys Suche endlich Früchte getragen, oder besser gesagt: Blüten. Es handelt sich um drei Blumenarten, die beinahe gleich aussehen und sich nur in der Färbung ihrer Blütenblätter unterscheiden: rot, blau und gelb.
Laut Jacobys Bericht wachsen die roten (Genus: Medusa) im rötlichen Sand der Ödlande. Vielleicht dient ihre Farbe der Tarnung.
Die blauen (Genus: Stheno) treten in der Nähe von Salzwasser auf, was eine Schande ist, denn bis auf die wenigen salzigen Sümpfe haben wir in unserem Teil des Äthers nur das weit abgelegene Meer. Jacoby muss das Portal mit einem Speicherstein offen gehalten haben, während er auf seinem Chamrosh unterwegs war, um die Blumen zu beschaffen. Beeindruckend.
Die gelben Blumen (Genus: Euryale) wachsen offenbar ausschließlich auf erkalteter Lava. Die, die Jacoby mitbrachte, hat er im Krater eines Vulkans gefunden. Gut, dass es in der Nachbarschaft unseres Teils des Äthers so viele davon gibt.
Als wir die Pflanzen aufschnitten, fanden wir leider nichts Brauchbares, aber Hauptfrau Lovett hat sich bereit erklärt, sie zu essen, um sie auf eine mögliche medizinische Wirkung hin zu überprüfen. Das Risiko, dass sie sich dabei vergiftet, ist zwar weit größer als der wahrscheinliche Nutzen, aber ich sage, wir lassen es darauf ankommen. Wozu ist Lovett sonst schon zu gebrauchen?

Als er den letzten Satz las, ballte Fletcher die Fäuste. Wie hatte er sich nur so von Jesper hinters Licht führen lassen können? Er hatte solches Mitleid mit dem kränklichen Diener gehabt, sogar Teile von sich selbst in ihm entdeckt. Doch er hatte sich getäuscht. Jesper war genauso grausam gewesen wie die Forsys.

»Verstehst du?«, fragte Sylva und riss ihn aus seinen Gedanken. »Die Pflanze, nach der wir suchen, wächst in der Nähe von Lava!«

Fletcher machte sich weit weniger Hoffnung als sie.

»Siehst du hier vielleicht irgendwelche Vulkane?«, fragte er und deutete auf die flache Landschaft ringsum. »Ich weiß zwar, dass es in der

Nähe unseres Teils des Äthers einige gibt, aber ich fürchte, inzwischen sind wir meilenweit davon entfernt. Vielleicht sind wir sogar in die entgegengesetzte Richtung unterwegs.«

»Dann schick Athena aus und sieh nach«, entgegnete Sylva verärgert. »Wir brauchen einen Plan, Fletcher. Schau dich um: Glaubst du, hier herumsitzen und abwarten ist in unserer Situation das Richtige? Ich weiß, du hast gerade erst deine tot geglaubte Mutter gefunden. Aber du bist immer noch unser Anführer, also führe uns.«

Fletcher wusste, sie hatte recht, aber die Vorstellung, Athena als Späherin vorauszuschicken, machte ihm Angst. Angst vor dem, was er entdecken könnte. Angst auch vor noch mehr ödem Horizont ohne Vulkane. Oder vor einem endlosen grünen Dschungel. Er wollte es lieber gar nicht wissen. Wenigstens noch nicht.

So drehte er den Kopf und schaute hinüber zu seiner Mutter, die Athena immer noch sanft streichelte. Alice sah beinahe glücklich aus. Warum nicht einfach hierbleiben und alles Weitere dem Schicksal überlassen? Er hatte es satt, ständig Entscheidungen zu treffen. Im Augenblick waren sie hier wenigstens sicher.

Sylva nahm tröstend seine Hand, als spürte sie seine Zweifel. Ihre Finger fühlten sich weich und angenehm kühl an.

»Du hast uns sicher bis hierher gebracht«, flüsterte sie. »Lysander ist zu groß. Athena ist die Einzige, die diese Aufgabe übernehmen kann.«

Als er die Hoffnung in Sylvas Augen sah, schämte sich Fletcher. Für seine Zaghaftigkeit, für seine Zweifel.

»Ich möchte es nicht riskieren«, erwiderte er und hasste sich dabei für jedes Wort. »Sie könnte gesehen werden. Wir sollten warten, bis wir etwas weiter weg sind. Wir haben immer noch genug Zeit, und ich mag nichts überstürzen.«

Sylva ließ seine Hand los und steckte das Buch in ihre Jacke. »Nichts zu tun ist auch eine Entscheidung. Vielleicht sogar die gefährlichste von allen.« Sie stand auf und schwankte leicht im Rhythmus von Schilkis bedächtigen Schritten. »Denk drüber nach«, sagte sie noch, dann ließ sie ihn allein.

Zu Fletchers Überraschung setzte sich Sylva zu seiner Mutter. Sie zog einen elfenbeinfarbenen Gegenstand aus ihrer Flechtfrisur, sodass ihr die losen Zöpfe über die Schultern fielen wie ein weißgolden schimmernder Bach. Der Gegenstand war ein aus Hirschgeweih geschnitzter Kamm, wie Fletcher nun erkennen konnte. Damit fuhr Sylva vorsichtig durch Alice' zerzaustes Haar. Als er das Lächeln sah, das sogleich auf die Lippen seiner Mutter trat, tat Fletchers Herz einen Freudensprung. Sie schloss sogar die Augen und legte den Kopf in den Nacken, als genieße sie das Kämmen.

Sylva schien es nicht zu merken, so konzentriert war sie auf ihre Arbeit. Irgendwann waren alle Knoten und aller Schmutz herausgekämmt, Alice' eben noch gelb verkrustetes Haar glänzte in einem hellen Blond, das an den Wurzeln allmählich in Weiß überging. Schließlich steckte sie den Kamm zurück und machte sich mit geschickten Fingern daran, Alice eine Frisur zu flechten.

»Fertig«, verkündete sie und rückte den dicken Zopf zurecht, der bis über Alice' Schulterblätter hing.

Sofort hellte sich Fletchers Miene auf. Verschwunden war die verwilderte alte Frau, an ihrer Stelle saß nun eine zarte und elegante Schönheit.

»Danke«, sagte er und eilte zu den beiden. »Ihre Haare konnten es gut gebrauchen, und dieser Zopf… er ist wunderschön.«

»Meine Mutter hat mir das beigebracht«, sagte Sylva mit einem schüchternen Achselzucken.

Fletcher lächelte. »Ich wünschte, ich hätte sie nach dem Ratstreffen kennengelernt.«

Sylva senkte den Blick. »Sie ist gestorben, als ich noch sehr jung war.«

Fletcher hätte sich am liebsten geohrfeigt. Warum hatte er Sylva nie nach ihrer Mutter gefragt? Mit einem Mal wurde ihm bewusst, dass er weit weniger über Sylva wusste als über seine anderen Freunde. Seit sie sich kannten, hatte sie nie über ihr Zuhause gesprochen. Auch ihre Familie hatte sie kaum erwähnt, und wenn, dann hatte sie immer nur von ihrem Vater erzählt.

»Das tut mir leid«, erwiderte er schließlich. »Ich hätte es wissen müssen.«

»Nein … ich spreche nie über sie«, sagte Sylva mit schmerzverzerrter Stimme.

Fletcher erwiderte nichts. Er wollte sie nicht drängen. Als sich das Schweigen in die Länge zog, ergriff Sylva schließlich wieder das Wort.

»Vielleicht sollte ich mehr über sie sprechen«, flüsterte sie. »Du hättest sie gemocht. Sie war mutig und loyal, aber allzu vertrauensselig. Sie wurde vergiftet und … wir konnten sie nicht retten.« Sylva drehte das Gesicht weg und wischte sich eine Träne aus dem Auge.

»Das ist furchtbar«, murmelte Fletcher. Allmählich fügte sich das Bild zusammen: warum es Sylva so schwerfiel, anderen zu vertrauen, sie in ihr Herz zu lassen. Und ihre ständigen Verdächtigungen. Alles rührte von da her.

»Wer würde so etwas tun?«, fragte er leise.

Sylvas Gesicht verhärtete sich wieder. »Meine Schwester hat es getan. Sie wollte Häuptling werden und wäre die Nächste in der Rangfolge gewesen. Als wir Schierling in ihrem Zimmer fanden, wussten wir, dass sie es gewesen war, aber wir konnten es nicht beweisen, also wurde sie verbannt. Ich habe sie seit acht Jahren nicht mehr gesehen.«

Entsetzt schüttelte Fletcher den Kopf. Er hatte geglaubt, Elfen wären zu gut, um so etwas zu tun.

»Aber … warum bist du dann nicht Häuptling?«, erkundigte er sich, um das Gespräch in eine andere Richtung zu lenken.

»Ich war zu jung und bin es immer noch. Mein Vater trat ihre Nachfolge an. Bei uns geht die Häuptlingswürde immer von der Mutter auf die älteste Tochter über. Wenn es keine Töchter gibt, dann auf den ältesten Sohn.«

Das erklärte, warum die meisten ihrer Anführer – im krassen Gegensatz zu Hominum – Frauen waren.

»Genug davon«, erklärte Sylva und kam auf die Knie. »Es freut mich, dass du nun Gelegenheit hast, deine Mutter kennenzulernen. Sie ist ein Schatz.«

Sylva beugte sich nach vorn und hauchte Alice einen Kuss auf den Scheitel, da geschah etwas Erstaunliches: Alice hob die Hand und legte sie auf Sylvas Wange.

Fletchers Puls beschleunigte sich. »Mutter? Kannst du mich hören?«

Er beugte sich näher heran und sah ihr tief in die Augen. Einen winzigen Moment lang konnte er ihren Blick festhalten, dann ließ Alice die Hand wieder sinken und starrte weiter in die immer dichter werdende Vegetation hinaus.

Dennoch keimte Hoffnung in Fletcher auf. Vielleicht konnte seine Mutter tatsächlich gerettet werden. Was sie brauchte, war Normalität, Zuwendung und Trost. All das gab es in dieser bedrückenden Einöde nicht. Sylva hatte recht: Er musste handeln.

»Athena«, sagte Fletcher und nahm die Greifeule von Alice' Schoß. Athena ließ ein ungehaltenes Quieken hören, dann breitete sie zögernd die Flügel aus und sah ihn erwartungsvoll an.

»Wie wär's mit einem kleinen Erkundungsflug?«

6

GRÜNE BLÄTTER WIRBELTEN, während Athena auf der Suche nach einem geeigneten Aussichtspunkt durch die Baumkronen jagte. Sie wollte nicht gleich in den offenen Himmel hinausfliegen, zumindest noch nicht, da sah sie einen kiefernähnlichen Baum mit knorriger Rinde und langen, spitzen Nadeln, der die anderen ein ganzes Stück überragte. Sie landete mit ausgestreckten Krallen auf dem Stamm, dann kletterte sie, vorsichtig und gut verborgen, an der Rinde weiter nach oben.

Etwa hundert Meter entfernt blickten Fletcher und die anderen gebannt in Belenas großen, flachen Hellsehkristall. Kress hatte ihn »ausgeliehen«, als Belena gerade nicht hinsah, wie sie ungeniert zugegeben hatte.

»Ich sehe gar nichts«, murmelte Othello und beugte sich näher heran. »Nur Nadeln.«

Fletcher schickte Athena mit einem Gedankenbefehl ein Stückchen näher an den Rand ihres Asts. Seltsamerweise schien sie keinerlei Angst zu haben, ganz im Gegenteil: Sie fühlte sich dort oben in den Baumwipfeln ganz in ihrem Element. Greifeulen waren von Natur aus einzelgängerische Wandervögel, die nie lange am gleichen Ort blieben, was wohl der Grund war, weshalb die unbekannte Umgebung Athena nichts ausmachte.

Mit den Krallen schob sie einen Zweig beiseite, streckte den Kopf durch die Lücke und sah sich mit ihrem äußerst beweglichen Hals in alle Richtungen um.

»Schaut euch das an!«, keuchte Kress.

Im Osten erhoben sich vor dem blässlich gelben Spätnachmittagshimmel kilometerhohe, rostrote Berge. Wie in einem Halbkreis umschlossen die schroffen Gipfel Fletchers Gruppe; sie waren so hoch, dass die Bärenzahnberge im Vergleich dazu wie Gartenhügel wirkten. Im Westen glitzerte ein Meer, das seichte Ufer schimmerte smaragdgrün, und jenseits davon gähnten tiefe Gräben in einem unergründlichen Dunkelblau.

Am Himmel bewegte sich so gut wie nichts – nur ein paar kleine dunkle Punkte, die zu weit entfernt waren, um zu erkennen, worum es sich dabei handelte, und direkt über Athena versperrte eine Wolke die Sicht nach oben. Das einzig erkennbare Lebewesen war ein niedrig fliegender Ropen in einem halben Kilometer Entfernung. Fletcher sah die ledrigen Flügel, den pelikanähnlichen Schnabel und den langen Knochensporn am Hinterkopf.

Sylva deutete auf die hohen Gipfel. »Wir sitzen in der Falle«, stellte sie fest. »Der ganze Horizont ist von diesem unpassierbaren Gebirge verdeckt. Keine Ahnung, wie es dahinter weitergehen mag, und links von uns ist das Meer. Wir werden wohl doch umkehren müssen und unser Glück im Orkteil des Äthers versuchen.«

»Sieht ganz so aus«, knurrte Othello.

Fletcher schüttelte den Kopf, Enttäuschung breitete sich in ihm aus. Seit ihrer Ankunft im Äther waren fünfzehn Stunden vergangen, und der Weg zurück führte durch einen mit Sobeks verseuchten, trostlosen Sumpf. Ganz zu schweigen davon, dass sie auf Schilkis Hilfe angewiesen waren, wenn sie den Sumpf ein zweites Mal durchqueren wollten.

»Der Zaratan«, überlegte Fletcher laut, »er ist die ganze Zeit stur geradeaus gelaufen.«

»Und was willst du damit sagen?«, fragte Sylva. Sie zupfte ein Algengeflecht von Schilkis Rücken und warf es wütend zwischen die Bäume.

»Seit wir ihm begegnet sind, hält Schilki auf dieses Gebirge zu«, antwortete Fletcher. Er stand auf und sah nach vorn.

Als hätte der Zaratan seinen Namen erkannt, drehte er das mächtige Haupt in Fletchers Richtung und blinzelte einmal langsam.

»Und?«, fragte Sylva weiter, aber das Leuchten in ihren Augen wirkte, als dämmerte ihr bereits, woran Fletcher dachte.

»Er hat ein klares Ziel im Kopf, aber zum Klettern ist sein Körper nicht gebaut, also muss es einen Weg durch dieses Gebirge geben. Was wissen wir über Zaratane, Leute? Wie steht es zum Beispiel um ihren Orientierungssinn?«

Fletcher hätte nicht gedacht, dass sein Dämonologieunterricht einmal so wichtig werden könnte, zumindest nicht der über kaum verbreitete Arten wie Zaratane.

»Sie können eine beachtliche Größe erreichen, ungefähr drei- bis viermal so groß wie unser Schilki«, erklärte Kress. »Aber ich glaube, das gilt nur für die ganz alten Exemplare. Schilki ist wahrscheinlich noch ein Jungspund.«

Nachdenklich kratzte sich Othello am Bart. »Wie viele andere Dämonen gehen sie jedes Jahr einmal auf Wanderschaft«, führte er weiter aus. »Sie kommen zur Paarung zusammen und legen ihre Eier ab. Wo, das wissen wir nicht.«

»Und wann?«, hakte Fletcher nach. »Wann wandern sie?«

»Im Winter.« Ein verhaltenes Lächeln trat auf Othellos Gesicht. »Das heißt … jetzt!«

»Exakt! Und das bedeutet, dass Schilki genau weiß, wohin er unterwegs ist, es sei denn, er macht die Reise zum ersten Mal.«

Fletcher grinste, ein tonnenschweres Gewicht fiel von seinen Schultern. »Wenn wir lange genug bei ihm bleiben, wird er uns durch dieses Gebirge bringen.«

Kress schlug herzhaft auf Schilkis Rücken. »Du rolliger, kleiner Kater! Bist auf der Suche nach einem hübschen Kätzchen, wie?«

Unwillkürlich musste Fletcher lachen. Das Lachen fühlte sich gut an, und auch die anderen stimmten mit ein, bis alle sich die Bäuche hielten und kaum noch Luft bekamen; selbst Ignatius hüpfte mit einem freudigen Bellen umher. Als dann auch noch Athena von ihrem Erkundungsflug zurückkehrte und sich auf Alice' Schoß niederließ, waren sie alle einen kostbaren Augenblick lang glücklich.

Doch schon bald begann das Tageslicht zu schwinden und das Glücksgefühl mit ihm. Ihre Mägen knurrten, ihre Feldflaschen waren fast leer. Und obwohl dieser Landstrich am Tag vollkommen tot gewirkt hatte, drangen nun unheimliche Geräusche an ihre Ohren.

Es schien, als schlichen irgendwelche Geschöpfe ringsum durch die Bäume, die nun, da sie den Sumpf endlich verlassen hatten, so dicht aneinanderstanden, dass Schilki an manchen Stellen fast nicht mehr durchkam.

Tosk hielt Wache, und trotzdem schreckte Fletcher bei jedem Knacken oder Rascheln hoch und spähte in die Dunkelheit. Was er dann sah, waren nur noch dunklere Schatten. Tosk schien das alles nicht zu kümmern, selbst als Fletcher ein leises Knurren in nur wenigen Schritten Entfernung hörte.

Einen Moment später sah er ein bläuliches Schimmern zwischen den Bäumen. Das kalte Licht passte allzu gut zu der Furcht, die sich in ihm breitmachte.

»Wacht auf, Leute«, flüsterte er und rüttelte die anderen wach.

»Denkst du vielleicht, ich hätte geschlafen?«, fragte Othello. Der Zwerg richtete sich auf und rieb sich den Rücken. »Vollkommen unmöglich auf diesem unebenen Panzer und bei dem ständigen Lärm …«

»Still!«, zischte Fletcher und hielt Othello den Mund zu.

Sylva kam lautlos in die Hocke und legte eine Hand auf den Griff der Falx in ihrer Rückenscheide.

»Wyrrlichter, da drüben«, flüsterte Fletcher. Sie wurden von Sekunde zu Sekunde heller. Schließlich sah er winzig kleine Dämonen, die vor der künstlichen Leuchterscheinung flohen.

Fletcher hörte das Ächzen von Holz und Metall, als Kress ihre Armbrust spannte und einen Bolzen einlegte. Sein Herz schlug immer schneller.

»Schamanen?«, fragte Sylva leise.

Einer der blauen Lichtpunkte war nun deutlich in der Dunkelheit zu erkennen. Es wurden immer mehr. Sie waren sehr klein, kleiner noch als ein Wyrrlicht, dafür aber heller, und es waren viele: Hunderte davon schwebten in einer lang gezogenen Linie direkt auf sie zu. Dabei hielten sie eine feste Formation ein, so wie Treiber auf einer Truthahnjagd.

Dann sahen sie es: dunkle Silhouetten, wie Schlafwandler trotteten sie langsam hinter den Lichtern her.

»Sie durchkämmen den Wald nach uns«, keuchte Kress und krabbelte ein Stück nach hinten, raus aus dem bläulichen Schimmer. »Wir sollten uns in den Bäumen in Sicherheit bringen!«

Othello hob die Hand. »Warte«, brummte er. »Sieh … dort!«

Bei den dunklen Silhouetten handelte es sich um Dämonen. Im ersten Moment glaubte Fletcher seinen Verdacht bestätigt, dass Orkschamanen in der Nähe sein mussten, denn die Dämonen gehörten zu den unterschiedlichsten Arten, die normalerweise nie gemeinsam auftraten: Ein struppiger Canid stolperte über eine Baumwurzel, die Augen starr auf das Licht vor sich gerichtet. Gleich dahinter sah Fletcher drei Lavellane, rattenähnliche Nager mit Giftzähnen, ein Stück weiter vorn krabbelte ein Dutzend Kerfe in verschiedenen Größen und Farben über den Waldboden. Sogar ein Baku war dabei, eine seltene Spezies mit dem Rüssel und den Stoßzähnen eines Elefanten und dem Körper eines Tigers. Und alle schlurften sie wie Zombies hinter den unheimlichen Leuchterscheinungen her.

»Das sind Irrlichter«, murmelte Othello. »Keine Gefahr für uns.«

»Wie meinst du das?«, fragte Fletcher und zog sich ebenfalls ein Stück vor dem immer näher kommenden blauen Schimmer zurück.

»Sie sind eine Art Glühwürmchen, nur ohne Flügel und Gliedmaßen. Außerdem erzeugen sie das Leuchten nicht selbst, sondern lassen sich von Wyrrlichtern tragen.«

Noch während Othello sprach, sah Fletcher die kleinen schwarzen Punkte unter den Wyrrlichtern.

»Was haben sie vor?«, flüsterte Sylva und verscheuchte eines davon mit der Hand.

»Ihre Opfer in den Tod locken«, raunte Othello.

Der struppige Canid hatte sie inzwischen erreicht. Er prallte gegen eins von Schilkis baumdicken Beinen, offenbar ohne es zu spüren, denn er ging einfach weiter unter dem Bauch des Zaratan hindurch.

»Mit den Wyrrlichtern hypnotisieren sie ihre Beute und führen sie in einen Sumpf, in Treibsand oder irgendwo anders hin, wo sie dann verenden. Danach fressen sie die Kadaver an und legen ihre Eier hinein. Wahrscheinlich sind sie auch der Grund dafür, dass es in dieser Gegend fast kein Leben gibt. Es muss hier regelrecht wimmeln von diesen Biestern. Zum Glück funktioniert ihr Trick aber nur bei kleineren und vor allem ungebändigten Dämonen.«

Fletcher erschauerte und zog seine Jacke enger um sich. Das Leuchten sah hübsch aus, doch sein tatsächlicher Zweck ließ ihm das Blut in den Adern gefrieren.

Mit einem Mal wurde ihm bewusst, dass Othello als Einziger von ihnen zwei volle Jahre an der Akademie absolviert hatte. Sein Wissen war für die kommenden Tage von unschätzbarem Wert. Er hoffte nur, dass sie nicht noch größeren wilden Dämonen begegneten.

Schweigend sahen sie zu, wie das blaue Leuchten wieder in der Dunkelheit verschwand, und mit ihm die hypnotisierten Dämonen. Fletcher rückte näher an seine Mutter heran, da bemerkte er, dass sie schlief, Ignatius und Athena lagen gleich neben ihr, an sie geschmiegt.

»Wir hätten ihn töten sollen«, murmelte Sylva so leise, dass Fletcher sie wegen des mahlenden Geräuschs von Schilkis Schritten beinahe nicht gehört hätte.

»Wen töten?«, fragte er.

»Den Baku. Sie gehören zu den Beutetieren anderer Dämonen und stehen ganz unten in der Nahrungskette. Außerdem haben sie viel Fleisch.«

»Du willst einen Dämon essen?!«, stammelte Kress.

»Das tun wir doch schon die ganze Zeit.« Sylva deutete auf den zusehends leerer werdenden Sack mit Blütenblättern. »Electra sagte doch, dass die Pflanzen im Äther mehr oder weniger auch Dämonen sind.«

»Das schon, aber … es fühlt sich irgendwie falsch an«, erwiderte Kress und zog Tosk schützend an die Brust.

»Entweder das, oder wir sterben«, entgegnete Sylva. »Außer … unser Teil des Äthers ist gleich um die Ecke, aber so, wie es aussieht, ist er das nicht. Irgendwann werden wir etwas essen müssen.«

»Dass jemand einen Dämon verspeist hätte, habe ich noch nie gehört. Nur die Schamanen tun das angeblich bei manchen ihrer Zeremonien«, sinnierte Kress.

Von selbst wäre Fletcher bestimmt nicht auf die Idee gekommen, einen Dämon zu verspeisen. Allein der Gedanke war abstoßend, aber andererseits fraßen Dämonen durchaus das Fleisch der Menschen. Warum sollten sie sich dann nicht von dem der Dämonen ernähren?

»Was meinst du, Fletcher?«, fragte Othello nachdenklich.

Plötzlich wurde Fletcher bewusst, wie leer sich sein Magen anfühlte.

»Schlafen wir erst einmal«, antwortete er mit einem vielsagenden Nicken und streckte sich neben seiner Mutter aus. »Morgen gehen wir auf die Jagd.«

7

DER HIMMEL WURDE SCHON WIEDER DUNKEL, Fletchers Magen knurrte und gurgelte, aber außer dem Blütenblatt, das er vor ein paar Stunden gegessen hatte, gab es nichts zu verdauen. Sie waren den ganzen Tag auf der Jagd gewesen. Lysander hatte sie mehrere Kilometer vor Schilki abgesetzt, aber erlegt hatten sie überhaupt nichts. Inzwischen hatten sie sich aufgeteilt, um mit ihrer Suche ein größeres Gebiet abzudecken.

Fletcher hatte schon öfter so starken Hunger verspürt, nämlich immer dann, wenn der Winter zu früh über Pelz hereingebrochen war und die vereisten Gebirgspfade zu gefährlich für die fahrenden Händler geworden waren. Nur die Jagd hatte sie vor dem Hunger bewahrt. Damals wie heute schärfte die Verzweiflung Fletchers Sinne, aber er war auch schwächer und langsamer. Der Unterschied zu der Zeit in Pelz bestand darin, dass eine erfolglose Jagd dort nur einen weiteren Tag des Hungers bedeutet hatte. Hier bedeutete sie den Tod.

Fletcher kauerte im Schatten eines knorrigen Buschs und lauschte. Ganz in der Nähe trampelten Hufe, begleitet von einem tiefen Schnauben und dem mahlenden Geräusch eines Wiederkäuers. Es war das erste Anzeichen von Leben, dem er hier draußen begegnete.

Mit Schritten, die infolge der langen Erfahrung lautlos waren, schlich er noch ein Stückchen näher heran. Fletcher wagte nicht, seinen Bogen zu spannen, denn das Ächzen des Holzes hätte ihn verraten können. Noch ein Schritt. Den Pfeil hielt Fletcher fest an den Griff gepresst, damit der Schaft bloß nicht klapperte.

Jenseits des lichter werdenden Blätterwerks sah er seine Beute.

Das Biest war so groß wie ein Büffel und genauso muskulös, auf dem Rücken trug es eine Mähne wie ein Wildpferd. Der buschige Schwanz zuckte hin und her – ein Zeichen von Erregung, das Fletcher gar nicht gefiel.

Als spürte das Vieh, dass es beobachtet wurde, warf es schnaufend den Kopf herum. Ein feiner Sprühnebel trat aus seinen Nüstern.

Zwischen ihm und dem Geschöpf befanden sich jetzt nur noch ein paar Blätter und Zweige. Fletcher hoffte nur, dass es mit seinen kleinen roten Schweinsaugen nicht allzu gut sehen konnte. Der Kopf sah wie der eines Warzenschweins aus, aber die Hauer im Unterkiefer waren weit mächtiger, und aus der Stirn wuchsen zwei lange, gebogene Hörner. Von der Schnauze troff grüner Schleim auf die Nesseln, die das Biest eben gekaut hatte.

Jetzt wusste Fletcher, womit er es zu tun hatte: Das war keine leichte Beute. Nur große Dämonen trauten sich an sie heran, aber für einen Menschen war es schlichtweg verrückt, diese Spezies anzugreifen, und wenn er noch so bitteren Hunger litt.

Es war ein Katoblepas. Sie fraßen ausschließlich Giftpflanzen, die die meisten anderen Dämonen mieden, weshalb sie immer ausreichend Nahrung fanden. Einen Angreifer spießten sie mit ihren Hörnern oder Hauern auf – je nachdem, womit sie ihn zuerst erwischten. Aber das war noch nicht einmal die gefährlichste Waffe. Als die galt der grünliche Speichel des Dämons, in dem sich das Gift der gefressenen Pflanzen konzentrierte. Ein Biss kam einem Todesurteil gleich, selbst der feuchte Atem war so aggressiv, dass er einen Menschen entweder blendete oder gar tötete, wenn er ihn einatmete.

Das Biest drehte sich langsam herum, fixierte Fletcher mit seinen roten Augen und kam näher. Bei jedem Schritt wölbten sich die mächtigen Bein- und Schultermuskeln.

Da ertönte ein Kreischen aus den Baumkronen – Athena versuchte den Katoblepas abzulenken, aber die einzige Wirkung, die sie hatte, war, dass sich ein Ohr des Dämons kurz in ihre Richtung drehte.

Fletcher hatte Ignatius als Aufpasser bei Alice zurückgelassen, und die anderen jagten ein ganzes Stück weit davon. Er und Athena mussten allein zurechtkommen.

Der Dämon schnaubte heftig, Speicheltröpfchen flogen auf und landeten zischend im verfaulenden Laub auf dem Boden.

Zauber nützten nichts gegen Dämonen, wie Fletcher wusste, Schilde genauso wenig, denn ihre Ätherkörper drangen einfach durch sie hindurch. Einen Moment lang dachte Fletcher an seine geladenen Pistolen, aber der Knall könnte die Wyvernreiter auf sie aufmerksam machen, die bestimmt auf der Suche nach ihnen waren. Also blieb nur noch der Bogen.

Ganz langsam spannte er die Sehne. Seine geschwächten Muskeln waren kurz davor, vor Anstrengung zu zittern. Er war so müde, dass die Pfeilspitze vor seinen Augen verschwamm. Zentimeter für Zentimeter gab der Bogen nach, bis die Sehne vollständig gespannt war. Aber Fletcher schoss noch nicht. Selbst dann nicht, als das Ungeheuer mit dem Vorderhuf scharrte und drohend das riesige Haupt senkte.

Fletcher musste sich entscheiden: Die Schädelplatte war zu dick für seinen Pfeil, nur ein äußerst präziser Treffer in eines der beiden Augen würde die Bestie töten. Ein schwieriger Schuss – auch für einen geübten Schützen wie ihn.

Die breite Brust war das leichtere Ziel, aber selbst dort musste der Pfeil zwischen den Rippen hindurch und genau ins Herz dringen, damit der Katoblepas sofort tot war. Andernfalls würde die Bestie nur noch wütender werden und hätte Fletcher mit seinen Hörnern in Stücke gerissen, bevor sie starb.

Als spürte er Fletchers Unentschlossenheit, preschte der Katoblepas unvermittelt los.

Fletcher ließ die Sehne schnalzen, und der Pfeilschaft streifte im Vorbeifliegen seine Hand. Mit einem lauten Fluch hechtete Fletcher zur Seite. Er landete bäuchlings im Wurzelgestrüpp eines Baums, und das keinen Moment zu früh, denn der Dämon hatte das Gebüsch bereits erreicht und ließ mit wilder Entschlossenheit die Kiefer zuschnappen.

Fletcher riss den Kopf herum, sah Blut auf dem Boden und darüber den Bauch des Katoblepas. Daraus ragte ein gefiederter Schaft hervor. Ein Bauchschuss also. Bis der Dämon daran starb, konnten Stunden vergehen.

Unterdessen drehte sich der Katoblepas, brüllend vor Schmerz, im Kreis und suchte nach seinem Peiniger.

Fletcher hielt sich mucksmäuschenstill, während der schnuppernde Katoblepas den Waldboden mit seiner langen Zunge ableckte, als nehme er Fletchers Fährte auf. Sehen konnte er ihn nicht, denn Fletcher lag immer noch unter dem Baum, und das Tageslicht war beinahe vollkommen verschwunden.

Vorsichtig tastete er nach einem neuen Pfeil – und griff ins Leere. Ein Blick über die Schulter sagte ihm, dass er den Köcher auf seinem Rücken bei dem verzweifelten Hechtsprung verloren haben musste.

Fletchers Hand wanderte weiter zum Griff seines Chepesch. Er zog ihn allerdings noch nicht heraus, damit der Dämon die Klinge nicht in der Scheide schaben hörte. Alles musste ganz schnell gehen: ziehen, vorspringen und zustoßen in einer einzigen Bewegung, die mit dem sofortigen Tod der Beute endete. Oder mit seinem eigenen.

Ein »Schuhuu!« aus den Baumwipfeln erinnerte Fletcher daran, dass Athena immer noch in der Nähe war. Er fühlte ihre Verzweiflung und spürte, wie auch Ignatius in seine Richtung rannte, aber er hatte sich schon zu weit von Schilki entfernt, als dass der Salamander ihn noch retten könnte.

Inzwischen hatte der Katoblepas seine Witterung aufgenommen und galoppierte geifernd auf Fletcher zu. Das Biest durfte ihn auf keinen Fall erreichen. Ein einziger Atemhauch, ein einziger Speicheltropfen wäre sein Ende. Vielleicht sollte er Athena …

Nein, das war zu gefährlich.

Doch die Greifeule hatte seine Gedanken gehört und kam schon auf ihn zugeeilt.

Fletcher befahl ihr, sofort abzudrehen, und konzentrierte sich so sehr, dass seine Augen nach oben rollten, bis nur noch das Weiße zu sehen war. Doch es war zu spät.

Athena tat das Unvorstellbare: Sie legte die Flügel an und stieß wie ein Stein herab. Einen Wimpernschlag lang spürte Fletcher ihr Entsetzen, da krachte sie schon gegen die Flanke des Katoblepas und stürzte dann zu Boden. Er hörte noch ihren letzten Gedanken: Lauf!

Der Dämon wirbelte herum, Speichelfäden flogen durch die Luft und über Athena hinweg, die noch immer benommen von dem Aufprall flach auf dem Boden lag. Der Katoblepas hatte Fletcher jetzt das Hinterteil zugedreht, sein langer Schwanz zuckte wild hin und her.

Fletcher sprang auf die Beine, rannte los und zog mitten im Sprung seinen Chepesch. Mit einem Wutschrei auf den Lippen stieß er so fest zu, dass sich die Klinge bis zur Parierstange in den Rücken des Monsters bohrte, während er selbst mit solcher Wucht zwischen den Schulterblättern aufschlug, dass es ihm alle Luft aus den Lungen presste. Nur der Griff des Chepesch, den er fest umklammert hielt, bewahrte ihn davor herabzustürzen.

Der wilde Geruch des vor Schmerzen zuckenden Ungeheuers stieg ihm in die Nase. Die drahtige Rückenmähne scheuerte an seinen Händen, als er die Klinge herumdrehte, während der Katoblepas mit den Hinterbeinen austrat. Giftige Tröpfchen schossen aus seinen Nüstern, aber Fletcher war weit genug entfernt. Mit aller Kraft drückte er den Griff noch tiefer in den Rücken der Kreatur, bis selbst die Parierstange in der Wunde versank.

Dann brach der Dämon mit einem beinahe erleichterten Stöhnen zusammen und blies den letzten giftigen Atem aus.

»Athena!« Fletcher sprang von der erlegten Beute herunter und kniete sich neben die am Boden liegende Greifeule. Ein Flügel war unter dem Katoblepas eingeklemmt, aber ihre Augen wirkten hell und voller Leben. Stöhnend vor Anstrengung, schob Fletcher die Hände unter den Bauch des Dämons und hob ihn ein kleines Stückchen an, gerade so weit, dass Athena ihren Flügel herausziehen konnte.

Fletcher spürte ihren Schmerz, als sie die zarten Knochen bewegte. Sie waren gebrochen, zerquetscht von dem gigantischen Gewicht der Bestie. Er ließ den Kadaver los und hob Athena auf die Arme.

»Warum?«, fragte er und drückte sie zärtlich an sich.

Athena blickte ihn an, Liebe strahlte aus ihren blauen Augen, und da wusste er die Antwort.

8

ALS DIE ANDEREN FLETCHER FANDEN, hielt er Athena immer noch auf den Armen. Lysander half ihnen, den toten Katoblepas zu transportieren, während Fletcher sich um Athena kümmerte. Zu seiner unendlichen Erleichterung waren ihre Verletzungen nicht bedrohlich, aber sie würde eine ganze Weile lang nicht mehr fliegen können. Ignatius tat sein Bestes, um sie zu trösten, stupste sie mit dem Schnabel an und leckte über ihren Flügel. Bei Knochenbrüchen jedoch war sein heilender Speichel wirkungslos. Und bei einem Heilzauber bestand die Gefahr, dass er schief zusammenwuchs. Das konnte Fletcher nicht riskieren.

Er überlegte kurz, Athena in sich aufzunehmen, damit sie sich erholen konnte, aber sie brauchten ihre Nachtsicht, und das mehr denn je: Mit dem blutigen Kadaver auf Schilkis Rücken würde die kommende Nacht die gefährlichste von allen bisherigen werden. Nein, der Bruch musste auf die althergebrachte Art von selbst heilen.

Da es in dieser Gegend kein brauchbares Holz gab, opferte Fletcher einen seiner Pfeile als Schiene für den Flügel und legte Athena einen Stützverband an. Danach humpelte sie missmutig herum, alles andere als erfreut, auf dem Boden bleiben zu müssen. Doch die schlechte Laune währte nicht lange, denn die Tage des Hungerns waren endlich vorbei, und unmittelbar vor ihren Augen wurde ein Festmahl zubereitet.

Sie zerteilten den toten Katoblepas in große Stücke dunklen Fleisches und mehrere Haufen glibberiger Innereien. Magen, Darm und andere giftige Organe entfernten sie sorgfältig und vergruben sie ein

Stück entfernt. Der Gestank war allerdings fürchterlich und würde nur Aasfresser anziehen.

Die Fleischklumpen legten sie auf das abgezogene Fell, das so groß war, dass sie ein Zelt daraus hätten aufbauen können. Nun musste das Fleisch nur noch gekocht werden. Damit Schilki keinen Schaden davontrug, bedeckten sie die höchste Stelle seines Rückenpanzers mit einer dicken Schicht Erde, auf die sie die trockensten Äste legten, die sie finden konnten, um ein einigermaßen brauchbares Feuer zu machen.

Als Erstes kamen die Innereien dran. An Spießen, die Fletcher aus noch grünen Zweigen geschnitzt hatte, brieten sie die Organe über den Flammen. Jedes schmeckte anders: die Leber trocken und weich, die Nieren reichhaltig und füllend. Das Herz war ein wenig zäh, aber nicht unschmackhaft.

Die Pflanzenfresser Solomon und Tosk bedienten sich an den Gewächsen des Waldes, während Lysander, Athena und Ignatius sich gierig auf die rohe Lunge stürzten und sogar das Gehirn anknabberten, bis auch sie endlich etwas von dem Gebratenen abbekamen. Der Anblick, wie sie mit blutigen Schnäbeln die rohen Brocken verschlangen, hätte Fletcher beinahe den Appetit verdorben. Aber nur beinahe.

Danach kam das Muskelfleisch dran. Sie zerteilten es eilig in kleine Würfel, aus denen das gelbliche Fett zischend ins Feuer tropfte, als sie sie über die Flammen hielten. Noch während das Fleisch dampfend heiß war, nahmen Fletcher, Othello, Sylva, Kress und sogar Alice kräftige Bissen und kauten gierig auf den viel zu großen Portionen herum.

Es war das beste Fleisch, das Fletcher je gegessen hatte: Schenkel, Lende, Rücken, alles war dabei. Sie speisten wie die Adligen Hominums, probierten von allem und staunten über die unterschiedlichen Geschmäcker und Beschaffenheiten.

Auch die Wärme der gelben Flammen genossen sie in vollen Zügen, denn aus Furcht, entdeckt zu werden, waren sie übereingekommen, dass sie nur in der heutigen Nacht ein Feuer riskieren durften. So aßen sie in zufriedenem Schweigen, schmatzten und sabberten dabei wie ausgehungerte Hunde an der Futterschüssel und nicht wie zivilisierte Menschen bei Tisch.

Als Erster ergriff Othello wieder das Wort.

»Findest du, Dämonen essen immer noch falsch?«, fragte er mit vollem Mund.

Kress kaute nachdenklich. »Nö, schmeckt toll«, antwortete sie schließlich und blickte kurz von dem gigantischen Oberschenkelknochen in ihren Händen auf.

Fletcher ließ sich stöhnend auf den Rücken fallen, hielt sich den vollen Bauch und betrachtete den Fleischberg, der immer noch übrig war.

»Was für eine Verschwendung.« Kress schleuderte den abgenagten Knochen hinaus in die Nacht und streckte sich neben Fletcher aus. »Wenn wir Glück haben, können wir gerade noch einmal davon frühstücken, bevor es schlecht wird.«

»Wie wahr«, stimmte Othello zu. »Deshalb schlage ich mir ja auch den Bauch so voll. Nach dem, was Athena zugestoßen ist, möchte ich erst wieder eine Jagd riskieren, wenn es unbedingt nötig ist. Essen und hungern, so sieht's aus.«

Eine lange Zeit sagte niemand mehr etwas.

»Wenn nur eine Waldelfe hier wäre«, seufzte Sylva plötzlich, dann zog sie ihre Stiefel und Strümpfe aus, um die nackten Zehen am Feuer zu wärmen.

Fletcher dachte grinsend daran, wie Othello vor so langer Zeit, als sie nach dem Anschlag auf Sylva in einer Scheune Zuflucht vor dem Regen gesucht hatten, genau das Gleiche getan hatte. Damals hatte Sylva noch ungehalten die Nase gerümpft. Wie sehr sich die Dinge inzwischen verändert hatten …

»Warum denn?«, hakte Kress nach. »Was ist eigentlich der Unterschied?«

»Die Waldelfen sind geborene Jäger. Im Gegensatz zu uns verbringen sie die meiste Zeit ihres Lebens auf dem Boden, hüten die Hirschherden und kommen weit herum. Sie wissen, wie man Fleisch haltbar macht, und sogar die Haut.«

»Du bist doch zu Hause oft auf die Jagd gegangen, oder?«, fragte Othello, an Fletcher gewandt.

Fletcher dachte bereits angestrengt nach. Er hatte noch nie eine

Tierhaut gegerbt, sondern sie immer den Sattlern gegeben. Aber er wusste, wie man Dörrfleisch herstellte. Zu Hause hatte er über Berdons Schmiedeofen oft welches zubereitet. Hier draußen in dem fremden, feuchten Wald war es ihm anfangs unmöglich erschienen, doch nun beschloss er, es zumindest zu versuchen.

»Wir brauchen mehr Feuerholz«, erklärte er also und setzte sich auf. »Ich bin zwar kein Experte, aber ich glaube, es könnte klappen. Oder schiefgehen, wir werden ja sehen.«

Und so machte er sich an die Arbeit. Die Dunkelheit erleichterte die Aufgabe nicht gerade, aber das Feuer spendete zumindest ein wenig Licht, und alles, was er sonst noch brauchte, befand sich ganz in der Nähe. Mit seinem Chepesch schlug er ein paar niedrig hängende Äste von den umstehenden Bäumen und baute ein kegelförmiges Gestell daraus. Mit den Sehnen des Katoblepas knotete er dünne Zweige an das Gestell, an denen sie das Fleisch zum Dörren aufhängen konnten.

Während die anderen es in dünne Streifen schnitten, schabte er mit Kress' Messer die Innenseite der riesigen Dämonenhaut blank, bis sie glatt und hellrosa war. Nur die Außenseite war unverändert mit dunklen Borsten besetzt. Als Nächstes kam der unangenehmste Teil: Da Fletcher keinen Topf zur Verfügung hatte, musste er als Ersatz den Schädel des Dämons verwenden.

»Was zum Teufel tust du da?«, rief Othello, als er sah, wie Fletcher den Kopf vom Rumpf trennte und das Gehirn des Katoblepas zu einer breiigen Masse verrührte.

»Noch dazu mit meinem Messer, meinem Sachs!«, stimmte Kress mit ein.

»Diese Paste brauche ich zum Gerben«, erklärte Fletcher, der wie die anderen vor Ekel das Gesicht verzog. »Die Jäger machen das seit Jahrhunderten so.«

Kurze Zeit später verteilte er den Brei mit bloßen Händen auf der Innenseite der Tierhaut, während Ignatius sie mit seinem heißen Atem trocknete. Als sie damit fertig waren, war das Feuer beinahe heruntergebrannt.

»Nur noch die Glut ist übrig«, stellte Fletcher fest. »Wir brauchen jetzt bloß ein paar dicke Stücke trockenes Holz nachzulegen und sie die Nacht hindurch schwelen zu lassen. Nun helft mir mit der Haut.«

Jeder stellte sich an eine Ecke des Fells, dann hoben sie es gemeinsam hoch und trugen es zur Feuerstelle. Dort wickelten sie es um das Gestell mit dem Fleisch darauf. Sylva stach mit ihrem Stilett ein Loch in jeden der vier Zipfel, dann knoteten sie das Fell mit den restlichen Sehnen fest.

Schließlich traten sie zurück und bewunderten die Rauchwolke, die aus der kaminähnlichen Konstruktion in den dunklen Himmel stieg. Glücklicherweise war der Rauch so dünn, dass er sich auflösen würde, noch bevor er das Blätterdach durchbrach.

»Während der nächsten Stunden müssen wir immer wieder Holz und ein paar grüne Zweige nachlegen«, erklärte Fletcher. »Wenn alles gut geht, ist die Haut morgen fertig gegerbt und das Fleisch trocken. Wir sollten nur darauf achten, dass das Feuer nicht zu heiß wird, sonst verkohlt das Fleisch. Haltet die Flammen also immer schön niedrig. Die Haut können wir als Dach benutzen, wenn es regnet … oder als eine etwas bequemere Unterlage für Othellos empfindlichen Rücken.«

»Sehr gute Idee«, murmelte der Zwerg und rieb sich verstohlen das Steißbein.

»Ich übernehme die erste Wache«, erklärte Sylva.

»Gut, weck mich in zwei Stunden.« Fletcher nahm Athena und Ignatius auf die Arme und legte sich mit den beiden neben seine Mutter. Endlich wieder einen vollen Magen zu haben war ein herrliches Gefühl, und das Dörrfleisch reichte gewiss auch noch für einige Tage.

Trotzdem fand Fletcher nicht in den Schlaf. Ständig kreisten seine Gedanken darum, wie schnell die Zeit verging und wie langsam sie vorankamen. Wie die giftige Ätherluft ihnen mit jedem Atemzug das Leben aus den Körpern saugte, ohne dass sie etwas dagegen tun konnten. Nur abwarten und hoffen.

Ruhelos warf er sich auf Schilkis hartem Rücken hin und her und lauschte auf jedes Geräusch in dieser seltsamen Welt.

Und dann, als der Himmel schon wieder heller wurde, schlief er ein.

9

DIE MITGLIEDER VON FLETCHERS GRUPPE spähten in das Blätterdach und kauten auf ihren Blütenblättern herum. Ihre Mägen waren bereits wieder voll – das Dörrfleisch hatte eine gute Vorspeise abgegeben, danach hatte Fletcher einige Knochen des Katoblepas über dem herunterbrennenden Feuer erhitzt und sie dann aufgebrochen, um an das nahrhafte Mark zu kommen. Er wünschte bloß, sie hätten etwas Brot dazu gehabt. Diese Kombination hatte er immer gegessen, wenn in Pelz die Nahrung knapp geworden war.

Am Morgen hatte es kurz geregnet. Das Wasser hatten sie mit dem fertig gegerbten Fell aufgefangen und dann in ihre Feldflaschen gefüllt. Es schmeckte zwar nach Rauch, aber immer noch besser als das Wasser aus den wenigen Pfützen und Tümpeln, an denen sie vorbeigekommen waren.

Nach dem Frühstück löschten sie das Feuer, damit der Rauch ihre Verfolger nicht auf sie aufmerksam machte. Bei dieser Gelegenheit stellte Fletcher verwundert fest, dass Ignatius in der Glut geschlafen hatte. Im Vergleich zu dem Lavabad in der Pyramide war das vermutlich nur ein Klacks, trotzdem war Fletcher beunruhigt. Etwas Derartiges hatte der Salamander zuvor noch nie getan.

Othellos Stimme riss ihn aus seinen Gedanken. »Wir brauchen einen neuen Späher«, nuschelte er, während er sich mit einem Zweig die Essensreste aus den Zähnen pulte. »Erst recht in diesem Gebirge. Athena wird noch eine ganze Weile nicht fliegen können. Tosk und Ignatius bringen es zwar fertig, auf Bäume zu klettern, aber besonders weit sieht man von da aus auch nicht.«

»Lysander ist zu groß. Er könnte entdeckt werden«, warf Sylva hastig ein, und niemand widersprach.

»Wir brauchen einen Kerf«, sagte Kress, die gerade mit ihrem Sachs das restliche Mark aus einem Knochen kratzte. »Oder etwas Ähnliches.«

Fletcher wusste, dass die beiden Zwerge recht hatten. Die Blütenblätter waren fast zur Hälfte aufgebraucht, und sie würden den Fuß des Gebirges gewiss bald erreichen. Sie mussten wissen, was sie dort erwartete.

»Wir sollten unsere Dämonen auf die Jagd schicken. Sie sollen einen kleinen fliegenden Dämon fangen und herbringen, damit einer von uns ihn bändigen kann«, sagte er entschlossen. Da wurde ihm bewusst, dass weder er noch Sylva irgendwelche Erfahrung mit Dämonenjagden hatten. Raubler hatte die Bürgerlichen nie auf seine Ausflüge in den Äther mitgenommen.

»Bist du schon mal im Äther auf Jagd gewesen, Kress?«, fragte er.

»Wir Erstklässler durften den Äther nicht einmal betreten, als ich an die Akademie kam«, antwortete sie achselzuckend. »Soweit ich weiß, hatte das Verbot etwas mit Hauptfrau Lovetts Unfall zu tun, aber ich war so glücklich mit Tosk, dass es mir nichts ausmachte. Othello ist ein paarmal dort gewesen.«

»Ja, war ich«, bestätigte er wehmütig. »Aber Solomon ist auf der Jagd nicht zu gebrauchen. Seine Hände sind zu groß und ungeschickt, um etwas Kleines zu greifen, geschweige denn festzuhalten. Außerdem ist er ohnehin zu langsam und viel zu laut.«

»Nun, ich schätze, außer Sylva hat jeder von uns noch die ein oder andere Erfüllungsstufe für einen weiteren Kerf übrig«, fügte Fletcher hinzu. »Solomon soll sich ruhig ein bisschen die Beine vertreten, ob er etwas fängt oder nicht. Er ist schon viel zu lange nicht mehr an die frische Luft gekommen.«

Also riefen sie Solomon und Lysander herbei und schickten sie gemeinsam mit den anderen Dämonen auf die Jagd. Kurze Zeit später waren die Dämonen fort, und die Gruppe saß im Kreis in der Mitte von Schilkis Rücken. Der Wald ringsum wurde immer tropischer und war bald so dicht, dass der Zaratan seinen sturen Geradeauskurs aufgeben und immer wieder im Weg stehenden Bäumen ausweichen musste. Fletcher setzte sein Hellsehgestell auf, und die anderen schauten in ihre Kristalle. Sogar Alice hatte sich dazugesellt. Ob der Geruch des Trockenfleischs sie anzog oder ob sie die Gesellschaft der Gruppe suchte, konnte Fletcher nicht sagen.

Athena, die wegen ihres gebrochenen Flügels als Einzige zurückgeblieben war, hüpfte sogleich auf Alice' Schoß. Die beiden schienen glücklich miteinander, also konzentrierte sich Fletcher auf seine Hellsehlinse, um Ignatius' Fortschritte zu verfolgen.

Der Salamander bewegte sich mit beeindruckendem Geschick, sauste durch Dornengestrüpp und sprang über umgestürzte Bäume, die Augen stets auf der Suche nach Beute Richtung Himmel gerichtet. Seine Erregung war so ansteckend, dass auch Fletchers Herz mit jedem von Ignatius' Sprüngen immer schneller schlug. Irgendwann waren sie tief im Wald und so weit entfernt von dem Lärm, den Solomon und Lysander veranstalteten, während sie sich durchs Dickicht kämpften, dass vollkommene Stille herrschte.

Hier und da schwirrten ein paar unbedeutende Kerfe herum, aber Ignatius ignorierte sie. Mit ihnen war nichts anzufangen. Sie verbrauchten eine ganze Erfüllungsstufe wie ein Skarabäus, waren aber nicht so klug wie sie und hatten weder Beißer noch einen Stachel.

Stattdessen lauschte Ignatius aufmerksam auf jede Luftbewegung in der Nähe. Fletcher wusste, der Salamander konnte allein an Frequenz und Klang des Flügelschlags erkennen, um welche Art Dämon es sich handelte – so sehr hatten die Jahrhunderte auf der Jagd im Äther seine Sinne geschärft. Leider hörte er trotzdem nichts: Die Irrlichter hatten wirklich nur die allerkleinsten und niedrigsten Dämonen übrig gelassen. Der einzig größere, den Fletcher sah, war ein Koatl, der kopfüber an einem Ast hing. Ein schlangenähnliches Wesen mit dem farbenfrohen Federkleid eines Papageis – viel zu auffällig und obendrein zu langsam für ihre Zwecke.

Während Fletcher angespannt darauf wartete, dass sie etwas entdeckten, fiel ihm auf, dass sich sein kleiner Salamander irgendwie verändert hatte. Jetzt, da Fletcher voll konzentriert war, spürte er es ganz deutlich: Ignatius' Bewusstsein fühlte sich größer an, nämlich so, als hätte er mehrere Manastufen zugelegt. Wirklich klein war er auch nicht mehr. Seit sie den Äther betreten hatten, schien er gewachsen. Heute Morgen hatte sein Hinterteil kaum noch auf Fletchers Schulter gepasst, außerdem hatte er sich deutlich schwerer angefühlt.

Eine plötzliche Entdeckung von Ignatius riss ihn aus seinen Gedanken.

Der Salamander befand sich am Fuß eines Baums und kletterte lautlos die graue Rinde hinauf. Das Schwirren von Insektenflügeln weit oben hatte seine Aufmerksamkeit erregt.

Fletcher hörte es ebenfalls, ein leises Brummen lag in der Luft, das jedes Mal lauter wurde, wenn der im Augenblick noch unsichtbare Dämon von einem Blatt zum nächsten flitzte.

Dann sah er es, ein grünliches Schimmern. Es rührte von einem Wesen her, das wie eine aus Insektenteilen zusammengesetzte fliegende Eidechse aussah. Seine Flügel hatten zwar die gleiche Form wie die der Wyvern, aber sie waren so behaart und hauchdünn wie bei einem Schmetterling. In der Mitte befand sich ein durchsichtiger Fleck mit feinen Äderchen darin, umgeben von einem leuchtend türkisgrünen Ring. Der käferähnliche Körper hatte die gleiche Farbe, jedoch verfügte der Dämon nur über vier Beine, jedes mit feinen Härchen darauf und einer gezackten Kralle am Ende. Den stachelbewehrten Schwanz benutzte es als Steuerruder und Balanciergewicht.

Das Insektenartigste aber waren die Augen: kleine schwarze Trauben, die aus unzähligen noch kleineren Augen bestanden, über denen zwei Fühler aufragten wie bei einer Ameise. Der Mund wiederum sah aus wie der einer Eidechse. Noch während Fletcher wie gebannt hinsah, schnellte eine Chamäleonzunge aus dem Schlund hervor und schnappte sich einen vorbeifliegenden Kerf.

Das musste ein Pyrausta sein. So selten traten sie auf, dass es praktisch keine Aufzeichnungen über die Gattung gab, nur ein paar eilig hingekritzelte Notizen von Beschwörern, die die Erinnerungen ihrer Dämonen aufgeschrieben hatten, nachdem sie sie das erste Mal in sich aufgenommen hatten. Pyraustas mochten schlechte Kämpfer sein, aber sie waren mit zwei ganz besonderen Fähigkeiten ausgestattet, die Fletcher sogleich bezeugen konnte, als sich der Dämon auf einem großen Blatt niederließ, um seine Beute zu verspeisen:

Sein Körper wurde so hellgrün wie das Blatt, sogar die dunkleren Adern bildete der Pyrausta nach, während er sich den Kerf mit den Vorderbeinen ins Maul schob.

Einen Wimpernschlag später ging ein Zucken durch die hochsensiblen Fühler, dann erhob sich der Dämon blitzschnell wieder in die Luft, als hätte er Ignatius' lauernde Blicke gespürt. Pyraustas wurde nachgesagt, dass sie über Sinne verfügten, von denen andere nur träumen konnten.

Ignatius war bereits mitten im Sprung. Obwohl er die plötzliche Bewegung vorausgeahnt hatte, erwischte er den Pyrausta gerade noch mit einer Klaue am Schwanz und riss ihn mit sich zu Boden. Als die beiden nebeneinander aufschlugen, wickelte er sogleich seinen Schwanz um sein Opfer, um Flügel und Stachel festzuhalten.

Hervorragende Arbeit ist das, dachte Fletcher stolz und schickte Ignatius einen gedanklichen Glückwunsch. Der Salamander nahm es mit einem freudigen Quieken zur Kenntnis und machte sich auf den Rückweg zu seinem Herrn.

»Wir haben etwas«, teilte Fletcher den anderen mit. »Holt sofort eure Jäger zurück, wir müssen einen Dämon bändigen.«

10

ALS SIE WIEDER BEI SCHILKI WAREN, hatte der Pyrausta die gleiche tiefe burgunderrote Farbe angenommen wie Ignatius, der seine Beute stolz in die Luft hielt. Othello hatte das Beschwörungsleder schon bereitgelegt. Es war das Einzige, das sie überhaupt noch hatten. Alle anderen waren im Sumpf verloren gegangen.

»Ich glaub's nicht, ein Pyrausta!«, keuchte er bewundernd.

Fletcher ging auf die Knie und tätschelte Ignatius' Kopf, dann stand er auf und betrachtete verwundert seine Hand: Der Salamander hatte sich ganz kalt angefühlt.

»Ignatius ist kalt«, sagte er stirnrunzelnd. »Das war noch nie so.«

»Eigenartig«, meinte Sylva und kauerte sich neben Fletcher. »Darf ich?«

Normalerweise war es streng verboten, den Dämon eines anderen zu berühren, doch Fletcher nickte nur. Sylva fuhr mit der Hand über Ignatius' Rücken, und Fletcher spürte das angenehme Streicheln auf seiner Haut. Er wurde feuerrot und drehte sich schnell weg, bevor Sylva es noch sehen musste.

»Das ist in der Tat seltsam«, murmelte die Elfin und erhob sich wieder. »Aber auch ein Glück, denn sonst hätte Ignatius den Pyrausta niemals erwischt.«

»Wie meinst du das?«, fragte Fletcher verwundert.

»Na ja, es heißt doch, dass Pyraustas eine ungemein feine Wahrnehmung haben. Manche Beschwörer glauben, dass sie jede noch so kleine Luftbewegung spüren können, ja sogar die Feuchtigkeit. Gehör und Geruchssinn sollen sogar noch besser sein als bei Caniden. Wenn das stimmt, nehmen sie bestimmt auch Wärme wahr. Er hat Ignatius nur nicht bemerkt, weil er im Augenblick so kalt ist.«

Fletcher schaute den Pyrausta grinsend an. In der Tat war das ein glücklicher Fang.

»Denkst du, Ignatius hat seine Körpertemperatur absichtlich heruntergesetzt, oder liegt es an etwas anderem?«, fragte er weiter, während sein Blick zu dem Schwanz des Salamanders wanderte, der ebenfalls gewachsen zu sein schien. Und ragten nicht auch die Schulterblätter ein Stückchen weiter hervor, wie er es bei Khans Salamander gesehen hatte?

»Sylva, sag mal, kann es sein, dass Ignatius größer geworden ist?«

Aber Sylva reagierte nicht, zu sehr war sie damit beschäftigt, den Pyrausta zu bestaunen.

»Wie?«, fragte sie und blickte auf. »Gut möglich. Er hat die letzten zwei Tage viel gefressen.«

Fletcher verstand es einfach nicht. Vielleicht war es eine Reaktion auf das Lavabad in der Pyramide. Oder lag es daran, dass sie sich wieder im Äther befanden? Vielleicht war es auch beides zugleich. Sie wussten einfach viel zu wenig über Salamander …

»Und wer von uns wird ihn bändigen?«, drängte Kress.

»Ich jedenfalls nicht«, erklärte Sylva und streichelte Lysanders Kopf. »Dieser wunderschöne Greif hat Stufe zehn. Ich bezweifle, dass mein Mana für einen Pyrausta reicht, welche Stufe auch immer er haben mag.«

»Stufe zwei, würde ich schätzen«, sagte Othello und musterte den gefangenen Dämon. »Eventuell auch drei. Wer von uns hat noch Reserven? Ich habe kurz vor dem Turnier noch einmal einen Test gemacht: Meine Erfüllungsstufe beträgt mittlerweile vierzehn.«

»Ich bin nach wie vor bei zehn und habe noch fünf Stufen übrig«, verkündete Kress zuversichtlich.

»Der Finder sollte ihn bändigen«, erklärte Sylva entschlossen. »Oder was meinst du, Fletcher?«

Er wusste es selbst nicht recht. Othello konnte einen Dämon wie diesen gut gebrauchen, einen schnellen, beweglichen und unauffälligen. Solomon mochte stark sein, besonders vielseitig war er aber nicht.

Der Pyrausta war wie ein Uhrmacherwerkzeug, im Vergleich dazu glich der Golem eher einem Schmiedehammer.

Othello war sein bester Freund und stand ihm in allen Dingen fest zur Seite. Fletcher hatte ihm und seiner Familie unglaublich viel zu verdanken, und wozu brauchte er schon einen Pyrausta? Mit Athena hatte er bereits eine hervorragende Späherin, und in der Schlacht war der Insektendämon mit seinem kleinen Stachel keine große Hilfe. Nein, Othello sollte den Pyrausta bekommen.

»Er gehört dir«, erklärte Fletcher grinsend. »Du brauchst ihn viel dringender als ich. Außerdem weiß ich nicht einmal, ob meine Erfüllungsstufe für ihn ausreicht. Letztes Jahr hatte ich noch Stufe neun, das wäre zu wenig.«

»Ich habe inzwischen drei Stufen zugelegt«, warf Sylva ein. »Othello sogar vier.« Aus irgendeinem Grund schien Fletchers Großzügigkeit sie zu ärgern. »Du solltest es wenigstens versuchen.«

»Ist schon in Ordnung«, beschwichtigte Fletcher. »Othello braucht einen Dämon wie ihn. Solomon ist ja fast so langsam wie eine Schildkröte.«

»Meinst du wirklich?!«, fragte Othello aufgeregt.

»Absolut«, erwiderte Fletcher. »Fang an, Ignatius wird ihn so lange festhalten.«

Eine weitere Einladung brauchte Othello nicht. Er kniete sich sogleich neben das Beschwörungsleder, während Kress ihn neidisch beobachtete.

»Sollte Fletcher seine Meinung ändern, gebe ich ihm den Pyrausta sofort zurück«, sagte der Zwerg, als er Sylvas nach oben gezogene Augenbrauen bemerkte.

»Es ist besser so«, ergriff Fletcher noch einmal das Wort. »Jetzt hat jeder von uns einen Dämon, der entweder fliegen oder auf Bäume klettern kann, um nach den anderen Ausschau zu halten, falls wir getrennt werden sollten.«

Sylva seufzte, als wäre sie enttäuscht von Fletcher. Vielleicht war er zu großzügig, aber selbst wenn, kümmerte es ihn nicht.

Ignatius ging stolz neben dem Beschwörungsleder in Position und hielt den Pyrausta darüber, während Othello das Pentagramm auflud.

Das größte Problem bei der Bändigung eines Dämons war, ihn während der Prozedur festzuhalten, doch Ignatius machte seine Sache gut.

Othello keuchte. Die Adern an seinen Schläfen traten pochend hervor, während er die kräftigen Finger auf das Leder gepresst hielt.

»Weiter so, du schaffst es«, flüsterte Kress und beugte sich näher heran.

Das Pentagramm begann violett zu leuchten. Der Pyrausta löste sich allmählich in weißliche Lichtfäden auf, die in das Beschwörungsleder strömten. Othello stöhnte vor Anstrengung, sein Gesicht wurde so rot, dass sich Fletcher schon Sorgen machte, aber dann war es vollbracht: Othello sank erschöpft hintenüber, ein verzücktes Lächeln trat auf sein Gesicht.

Fletcher klopfte ihm herzlich auf die Schulter. »Gut gemacht, alter Freund. Damit bist du der Erste in unserer Gruppe, der einen wilden Dämon gebändigt hat.«

»Zur Hälfte zumindest«, widersprach Sylva mit einem zögernden Lächeln in Othellos Richtung.

Othello brauchte ein paar Augenblicke, um sich zu erholen, dann rief er seinen Pyrausta wieder herbei, der nun zitternd in der Mitte des Leders saß.

»Es ist schon eigenartig, zwei Dämonen zu haben«, murmelte er. »Mein Kopf fühlt sich so … voll an.«

»Das Gefühl kenne ich«, bestätigte Fletcher. »Aber man gewöhnt sich dran. Glaubst du, du hast schon genügend Kontrolle über ihn, um ihn auf Erkundung zu schicken?«

»Habe ich.« Als Othello den Zeigefinger hob, ließ sich der Pyrausta sogleich darauf nieder und betrachtete den Zwerg mit seinen faszinierenden Facettenaugen.

»Es ist übrigens eine Sie«, sprach Othello weiter und bewunderte seinen neuen Dämon. »Ich werde sie Pria nennen.«

11

PRIA FLITZTE HIN UND HER. Ihr Bauch nahm das Graublau des Himmels an, und ihre Oberseite verfärbte sich zu verschiedenen Grüntönen, die so vollkommen mit dem Blätterdach des Dschungels verschmolzen, dass sie für Raubdämonen geradezu unsichtbar war.

Othello berührte ihren Schwanz mit dem großen, flachen Hellsehkristall, dann jagte sie davon – viel schneller, als Fletcher erwartet hatte. Sie hatten wirklich Glück gehabt, dass Ignatius den Dämon erwischt hatte.

Der Kristall zeigte ein gestochen scharfes Bild der Bäume ringsum, da wechselten die Farben plötzlich zu Rot-, Gelb- und Orangetönen.

»Sie kann Wärme sehen!«, erklärte Othello stolz. »Es ist, als müsste ich nur einen Mechanismus in ihrem Kopf betätigen. Mal sehen, zu was allem sie noch imstande ist …«

Das Bild auf dem Kristall veränderte sich erneut. Der Wald verschwamm zu einem eigenartigen Muster aus pulsierenden schwarzen und weißen Linien.

»Das ist ein Bild der Schall- und Luftbewegungen«, erläuterte Othello und dachte angestrengt nach. »Wie heißen die Fledermausdämonen noch mal, die das genauso können …?«

Er meint die Gattung, die manche Orkschamanen als Reittiere benutzten, dachte Fletcher und erschauerte.

»Egal, beeil dich lieber«, antwortete er. »Ich glaube nicht, dass sich ein Pyrausta normalerweise über die Baumwipfel hinauswagt. Wenn die Orks Pria sehen, schöpfen sie vielleicht Verdacht.«

Othello nickte. Kurz darauf jagte Pria knapp über dem Blätterdach dahin und wechselte ab und zu ihre Sicht, um nach Räubern Ausschau zu halten. Die rostroten Berge vor ihnen verdeckten den Himmel beinahe vollständig, und Fletcher suchte unwillkürlich nach der Sonne, obwohl er wusste, dass es im Äther keine gab. Warum der Himmel hier leuchtete, musste erst noch erforscht werden.

»Was ist das?«, flüsterte Othello plötzlich und ließ Pria langsamer fliegen.

Sie hatte nun beinahe den Fuß des Gebirges erreicht. Unter ihr endeten die Bäume abrupt, als wollten sie auf Abstand zu den rauen, staubigen Felsen bleiben.

Der trostlose Anblick erinnerte Fletcher an die Ödlande, doch was Othellos Aufmerksamkeit erregt hatte, war etwas anderes: Unmittelbar vor ihnen befand sich ein Einschnitt zwischen den Felsen, so schmal, dass er aus der Entfernung nicht zu erkennen gewesen war. Als hätte ein Erdbeben das Gebirge an dieser Stelle auseinandergerissen. Der Boden war von zahllosen Huf- und Klauenabdrücken zerfurcht, als würden jede Menge Dämonen auf ihrer Wanderschaft hier durchkommen.

»Ich hab's gewusst …«, begann Fletcher, verstummte aber sofort, als Othello erschrocken die Augen aufriss.

»Da kommt etwas«, stammelte er, als wäre er selbst mit Pria dort.

Pria landete auf einem großen Felsen neben dem Trampelpfad, wechselte zu ihrer Schwarz-Weiß-Sicht und wandte den Blick wieder in Richtung der Bäume. Hoch darüber breiteten sich schwarze Wellen aus, als würde die Luft von etwas Großem aufgewühlt. Als sie wieder auf Normalsicht schaltete, merkte Fletcher, dass es sich um einen Dämonenschwarm handelte, allerdings zu weit entfernt, um die Gattung zu unterscheiden. Fletcher tippte auf Würger, aber als sie näher kamen, merkte er, dass sie viel zu groß dafür waren.

Wyvern! Jeder davon war dreimal so groß wie ein Pferd, und sie hielten genau auf den Felseinschnitt zu. Als sie mit mächtigen Flügelschlägen davor landeten und ihre Klauen in den Boden gruben, erzitterte Prias Felsbrocken so stark, dass das Bild auf dem Hellsehkristall wackelte.

Othello schwitzte. Die Wyvern wurden von Orkschamanen geritten. Jeder trug einen Federkopfschmuck, außerdem einen Köcher mit Wurfspießen auf dem Rücken und eine Macana. Brust, Arme und Beine waren mit leuchtend bunten Spiralen bemalt.

Weitere Dämonen kamen in Sicht, die offensichtlich mit den Wyvern flogen: Vespen, Insektendämonen, so groß wie Tauben, und Strixe, eulenähnliche Wesen mit vier Beinen, roten Flügelspitzen und furchterregenden Schnäbeln.

Aber was Fletchers Aufmerksamkeit in Bann schlug, war etwas ganz anderes. Ein Dämon kreiste nach wie vor hoch über den anderen, als suchte er nach etwas. Er war etwas kleiner als die Wyvern, und als er landete, blieb Fletchers Herz einen Augenblick lang stehen, denn er ließ sich auf dem gleichen Felsen nieder wie Pria. Der gesamte Hellsehkristall war von ihm ausgefüllt, so nah war er, doch Pria hielt sich mucksmäuschenstill.

»Verflucht«, stammelte Kress.

Der Name, der Othello zuvor nicht eingefallen war, platzte jetzt ungebeten in Fletchers Gedanken: Es war ein Ahool. Er machte einen so muskulösen Eindruck wie ein Gorilla, und sein Fell schillerte wie das eines Silberrückens. Die spitzen Ohren über der Fledermausnase konnte er in alle Richtungen drehen. Aus Ober- und Unterkiefer ragten spitze Zähne, die lang genug waren, um einen ausgewachsenen Menschen zu durchbohren.

Der Reiter sprang vom Rücken des Ahool und landete direkt vor Pria. Es war Khan. Seine perlmuttfarbene Haut schimmerte vor dem matten Himmel, und seine lange Mähne flatterte im Wind, während er den Schamanen in der kehligen Orksprache abzusteigen befahl.

»Der Himmel steh uns bei«, keuchte Kress.

Die Schamanen schwärmten aus und suchten den Boden nach Fußspuren ab. Sie brauchten nicht lange, um festzustellen, dass es keine gab, aber die vielen anderen Abdrücke schienen sie in mindestens genauso große Aufregung zu versetzen. Khan klatschte sogar in die Hände, als er sie sah, und schickte seine Schamanen weg, um die Abdrücke allein in Augenschein zu nehmen.

»Die wollen doch nicht etwa bleiben?«, flüsterte Kress, nachdem die Schamanen ihre Wyvern gefüttert hatten und mit den Symbolen, die auf ihre Fingerkuppen tätowiert waren, kleine Lagerfeuer entzündeten. Schließlich gesellte sich Khan zu ihnen und wärmte seine Hände an den Flammen.

»Was will er denn hier?«, murmelte Sylva und zitterte beinahe beim Anblick des riesigen weißen Orks. »In der richtigen Welt tobt ein Krieg, und er verschwendet seine Zeit mit der Suche nach uns. Das ergibt doch keinen Sinn.«

Im Gegensatz zu den Schamanen mit ihren Duttfrisuren und den rasierten Schläfen war Khan lediglich mit einem Lendenschurz bekleidet, was ihn trotz seines kräftigen Körperbaus im Vergleich beinahe weiblich wirken ließ.

»Was soll ich tun?«, flüsterte Othello und deutete auf den Ahool, der den Kopf immer wieder von links nach rechts drehte, als hielte er Wache. »Sobald sich Pria bewegt, wird er sie entdecken. Teufel, ich kann kaum glauben, dass er sie nicht schon längst gewittert hat!«

»Ahools haben schlechte Augen«, beschwichtigte Sylva.

»Es ist ohnehin besser, wenn sie bei Khan bleibt«, warf Fletcher ein. »Wir müssen die Orks im Auge behalten, sonst laufen wir ihnen morgen früh noch direkt in die Arme …«

Othello wischte sich den Schweiß von der Stirn. »In Ordnung.«

Fletchers Gruppe kauerte in entsetztem Schweigen um den Kristall herum und beobachtete, wie sich die Vespen und Strixe am Waldrand verteilten, um den Trampelpfad zu bewachen, der zu dem Felseinschnitt führte.

12

AM NÄCHSTEN MORGEN WAREN DIE ORKS nicht mehr da. Pria hatte sie bei den ersten Lichtstrahlen in niedriger Höhe in dem Felseinschnitt verschwinden sehen, und das war gut so, denn Schilki erreichte die Stelle nur eine Stunde später. Am Waldrand war der Zaratan noch ein letztes Mal stehen geblieben, um zu grasen. Es sah aus, als wüsste er, dass es bald nichts mehr zu fressen gab.

Als sie den verlassenen Lagerplatz erreichten, sprangen sie von Schilkis Rücken und schwärmten aus. Auch die kleinen Dämonen, die am Waldrand Wache gehalten hatten, schienen verschwunden zu sein. Die Feuerstellen waren noch warm, und von den Kothaufen, die die Wyvern hinterlassen hatten, stieg ein stechender Geruch auf.

»Aus irgendeinem Grund schienen sie gewusst zu haben, dass wir hier durchkommen würden«, sagte Fletcher beunruhigt. »Wir können von Glück reden, dass wir nicht schneller unterwegs waren. So haben sie uns überholt, ohne es zu merken.«

»Ohne Schilki wären wir immer noch in den Sümpfen«, merkte Othello an und rieb sich verschlafen die Augen. »Anscheinend glauben sie, wir hätten Kirins oder Hippalektryons wie die Dragoner und wären schon viel weiter auf unserem Weg.«

»Deshalb waren sie so aufgeregt, als sie die Hufspuren gefunden haben!«, rief Sylva und kniete sich neben die Abdrücke, die Khan so genau untersucht hatte. »Zum Glück ist erst vor Kurzem eine Herde von Hufdämonen hier durchgekommen.«

»Wahrscheinlich halten sie uns für eine berittene Spezialeinheit«, witzelte Kress und stupste mit einem herumliegenden Ast einen der

Kothaufen an. »Ich meine, wer würde schon eine Handvoll Schüler im ersten und zweiten Jahr in die Höhle des Löwen schicken?«

Trotz des mulmigen Gefühls, das sich in ihm ausbreitete, musste Fletcher herzhaft über die Bemerkung lachen. Es konnte nicht schaden, wenn ihre Verfolger sie überschätzten. Aber früher oder später würden sie ihren Fehler vielleicht bemerken und umkehren. Schlimmer noch: Dieser Durchgang war der einzig passierbare Weg, und er bot keinerlei natürliche Deckung. Alle paarungswilligen Dämonen benutzten ihn, von Caniden bis hin zu wilden Mantikoren. Das war zwar ganz und gar nicht gut, aber ihnen lief die Zeit davon.

Als hätte Schilki seine Gedanken gelesen, schluckte er die letzten Blätter hinunter und ging weiter. Fletcher und die anderen beeilten sich, auf den im Rhythmus der Schritte gemächlich schwankenden Rückenschild zu klettern. Diesmal setzte sich außer Ignatius und Athena auch noch Tosk auf Alice' Schoß, beinahe so, als würden die Dämonen ihre unerschütterliche Ruhe genießen. Später beim Essen gab Ignatius ihr sogar etwas von seinem Dörrfleisch ab.

Kress schien es nichts auszumachen, dass Tosk nun woanders schlief. Die meiste Zeit verbrachte sie ohnehin ganz vorn auf Schilkis Rücken, tätschelte seinen Hals und führte ansonsten recht einseitige Gespräche mit ihm. Sie hatte den sanften Riesen wirklich ins Herz geschlossen und beklagte sich mehrmals, weil sie ihn wegen seiner hohen Manastufe nicht bändigen konnte.

Liebevoll betrachtete Fletcher die drei Dämonen auf Alice' Schoß, dann küsste er ihre Stirn und ging nach vorn. Er fragte sich kurz, ob es sich gehörte, seine Mutter vor den Augen der anderen mit Zärtlichkeiten zu bedenken, doch für ihn fühlte es sich richtig an.

»Dieser Pfad ist ideal für einen Hinterhalt«, riss ihn Sylva aus seinen Gedanken.

Sie hatte recht. Der Weg folgte in unzähligen Windungen den natürlichen Felsformationen, sodass sie nie weiter als zehn Meter vorausschauen konnten. Und die karstigen Felswände boten ausgezeichnete Verstecke für lauernde Wyvern.

»Wir werden Pria vorausschicken«, erwiderte Fletcher. »So haben wir zumindest etwas Vorwarnzeit.«

Diese Aufgabe konnte nur Pria übernehmen, denn Athena oder Lysander würden die Schamanen vielleicht noch aus der Pyramide wiedererkennen. Othello, der die letzte Stunde damit verbracht hatte, Prias ständig wechselnde Tarnmuster zu bewundern, trennte sich zwar nur ungern von ihr, sah es aber ein.

Als Pria vor ihnen schwebte und Fletcher in dem Hellsehkristall sein Spiegelbild sah, traf ihn fast der Schlag: Seine Kleider und das Gesicht waren über und über von Erde, Schweiß und Kratzern bedeckt. Bis auf die wenigen Spritzer aus den säuerlich riechenden Pfützen, an denen sie vorbeigekommen waren, hatte er sich seit Tagen nicht gewaschen. Jede Stelle, die nicht dreckig war, war von Gestrüpp zerkratzt. Sein Haar war schmierig und klebte ihm an der Stirn, als wäre er in ein Teerfass gefallen.

Er strich sich die Strähnen aus dem Gesicht und wischte sich verstohlen die Wangen ab, was ihm prompt einen amüsierten Blick vonseiten Sylvas einbrachte. Die Elfin hatte es irgendwie geschafft, als Einzige einigermaßen sauber zu bleiben. Ihr Gesicht glänzte wie immer, und ihre Haare waren fein säuberlich geflochten, nur ihre Kleider sahen beinahe genauso übel mitgenommen aus wie Fletchers.

»Komm her«, sagte Sylva plötzlich.

Fletcher setzte sich im Schneidersitz neben sie, Sylva befeuchtete ein halbwegs sauberes Stück Stoff an ihrem Ärmel mit Wasser aus ihrer Trinkflasche und begann, sein Gesicht damit abzutupfen. Dabei konzentrierte sie sich so sehr, dass ihre Zungenspitze aus dem Mundwinkel sah.

»Wenn es auf der anderen Seite dieses Gebirges doch keine Vulkane gibt, gehen uns allmählich die Alternativen aus«, sagte sie leise.

»Ich hätte nicht gedacht, dass wir überhaupt irgendwelche Alternativen haben«, erwiderte Fletcher, unsicher, wohin er schauen sollte, solange Sylvas Gesicht so dicht vor seinem war. Ihre sonst so helle Haut war nach den Tagen im Dschungel leicht gebräunt, ein Hauch von Sommersprossen zierte ihre Nase.

»Wir sollten das Risiko auf uns nehmen und mit unseren Flugdämonen nach einem suchen«, flüsterte sie und kam noch näher heran, damit die anderen sie nicht hörten. »Pack dir ein paar Blütenblätter für die Reise ein.«

Fletcher erschrak. »Du willst die anderen einfach allein lassen?«, fragte er.

»Sobald wir einen Vulkan gefunden haben, können wir so viele Blütenblätter sammeln, wie wir wollen«, entgegnete Sylva. »Es ist unsere einzige Chance. Und ihre auch. Als uns das Essen ausging, haben wir uns ja auch aufgeteilt. Diesmal ist es nur für ein bisschen länger.«

»Wie sollen wir sie wiederfinden? Wir werden uns um einiges weiter von ihnen entfernen müssen als nur ein paar Hundert Meter.«

»Wir finden sie schon«, erwiderte Sylva leicht gereizt.

Fletcher schüttelte den Kopf. Er wollte seine Mutter nicht einfach zurücklassen. Andererseits ging es vielleicht tatsächlich nicht anders. »Hoffen wir einfach das Beste«, sagte er schließlich.

In diesem Augenblick fiel ihm auf, dass er schon lange nicht mehr in den Kristall gesehen hatte, und er senkte den Blick. Was Fletcher dort sah, drehte ihm den Magen um.

»Vorsicht!«, rief er mit pochendem Herzen, aber es war schon zu spät. Schilki bog bereits um die nächste Kurve, die Felswände zogen sich zurück und gaben den Blick auf die Stelle frei, die Pria eben passiert hatte: Vor ihnen erstreckte sich eine breite, von allen Seiten gut einsehbare Schlucht. Aber das war es gar nicht, was Fletcher so erschreckt hatte. Sondern die gigantischen Knochen, die wie die Säulen eines verfallenen Tempels vor ihnen aufragten. Sie waren so hoch und dick wie Baumstämme, das grelle Licht hatte sie über die Jahre hinweg kalkweiß gebleicht.

»Was ist das?«, keuchte Sylva und legte den Kopf in den Nacken, während Schilki durch einen riesigen Brustkorb trottete. Die Rippen bogen sich wie die Rumpfspanten einer gestrandeten Fregatte über ihnen. Dahinter grinste ihnen ein Schädel entgegen, dessen herausgebrochener Unterkiefer den Blick auf die großen Mahlzähne freigab. Der Kiefer war genauso breit wie Schilkis Rückenpanzer, und die leeren Augenhöhlen waren so groß, dass Lysander bequem hätte hindurchfliegen können. Links und rechts lagen noch mehrere solcher Schädel. Unzählige Riesendämonen mussten in dieser Schlucht verendet sein.

»Sieht wie auf einem Elefantenfriedhof aus«, murmelte Othello. Er beugte sich ein Stück über den Rand des Rückenschilds und klopfte gegen eine der Rippen. Ein hohles Geräusch hallte durch die gesamte Schlucht.

»Das sind aber keine Elefanten«, widersprach Kress.

Da hatte sie recht, denn Elefanten wurden bei Weitem nicht so groß. Fletcher fragte sich, wie die Dämonen überhaupt ihren Weg hierher hatten finden können, denn durch die Klamm, durch die sie gekommen waren, passten sie bestimmt nicht.

Inzwischen hatte Pria das andere Ende der Schlucht erreicht, und dort fand sich des Rätsels Lösung: Der Ausgang war ein breites Tal – und dabei so groß, dass eine ganze Segelflotte hindurchgepasst hätte.

»Keiner unserer Dämonologielehrer hat je solche Wesen erwähnt«, sagte Sylva und bestaunte die riesigen Skelette ehrfürchtig.

»Jetzt weiß ich, was das für Wesen sein könnten«, meldete sich Othello zögernd wieder zu Wort. »Es gibt Legenden über sie, auch wenn niemand sie je gesehen hat. Manche behaupten, sie wären ausgestorben. In einem der alten Bücher, mit denen ich mich letztes Jahr auf die Abschlussprüfungen vorbereitet habe, wurden sie erwähnt.«

Othello nahm den Schädel in Augenschein, an dem Schilki gerade vorbeilief. »Seine Zähne sind flach und geriffelt, ein Pflanzenfresser also«, überlegte er laut. »Und seht euch die Schienbeine an! So groß, wie das Biest gewesen sein muss, kommt es noch an die höchsten Blätter. Diese Kolosse müssen ganze Bäume gefressen haben.«

»Was auch immer das für Viecher gewesen sind, ich finde es gruselig hier«, erklärte Kress schaudernd und setzte sich neben Alice, der der makabre Anblick nicht das Geringste auszumachen schien.

In der nächsten halben Stunde war die gesamte Gruppe in höchster Alarmbereitschaft, aber nichts rührte sich. Die Landschaft ringsum war genauso tot wie die Skelette. Trotzdem waren sie erleichtert, als sie die Schlucht durchquert hatten und das anschließende Tal erreichten.

Schilki beschleunigte seinen Schritt, als wäre er nun kurz vorm Ziel und könnte es kaum noch erwarten. Er musste halb umkommen vor Durst, denn während Fletcher und die anderen immer wieder aus ihren Flaschen trinken konnten, hatte der Zaratan seinen letzten Schluck am Morgen aus einem brackigen Teich genommen. Hinzu kam, dass sich das Klima veränderte: Der Himmel wurde mit jeder Minute heller und die Luft heißer.

Die Felswände links und rechts standen nun so weit auseinander, dass sie keinerlei Schatten mehr boten. Die Hitze war erdrückend, schon bald verfiel die Gruppe wieder in Schweigen und kauerte sich unter der Haut des Katoblepas zusammen, um wenigstens ein bisschen Schatten zu haben. Offensichtlich variierte das Klima im Äther schon innerhalb weniger Kilometer äußerst stark.

Pria war nun weit voraus, und da sahen sie es plötzlich: Eine große, azurblaue Lagune, eingeschlossen von weißem Sand und mit von dichtem Dschungel bewachsenen Felswänden, leuchtete in dem Hellsehkristall auf. Auf der linken Seite lag ein mäanderndes Flussbett, rechts ergossen sich kleine Wasserfälle von den schwarzen Felswänden und speisten zahlreiche Tümpel.

Noch während Schilki auf die Lagune zuhielt, wurde die Luft bereits feuchter, sogar so sehr, dass Kress' rotes Haar sich wie von Zauberhand kräuselte. Der Rückenschild begann abenteuerlich zu schaukeln, als der Zaratan mit einem erleichterten Schnauben in den Laufschritt verfiel und das Tal hinter sich ließ.

»Sieht aus, als wäre er am Ziel«, sagte Kress lachend und krabbelte unter dem Fell hervor, um Schilkis Hals zu tätscheln.

Schilki rannte schnurstracks ins Wasser, tauchte den Kopf unter und trank in großen Schlucken, als genieße er das kühle Nass in vollen Zügen.

Kress schöpfte eine Handvoll Wasser aus der Lagune. »Schmeckt süß«, rief sie. »Wir können es trinken!«

Eine zweite Aufforderung brauchte Fletcher nicht. Das Wasser war so klar, dass er bis zum Boden sehen konnte. Er rannte los und sprang kopfüber hinein. Im ersten Augenblick erstarrte er fast vor Kälte, dann spürte er eine himmlische Kühle auf der Haut, als sich der Dreck aus seinen Haaren löste, die sich wie ein Fächer um ihn herum im Wasser ausbreiteten.

Gleich neben ihm tauchte Sylva in einem Strudel aus weißen Luftblasen ins Wasser. Sie hatte sich bis auf das weiße Unterhemd und die knielange Unterhose ausgezogen.

Fletcher tauchte auf, um Luft zu holen, da spritzte ihm die Elfin lachend Wasser ins Gesicht. »Du siehst wie eine ertrunkene Ratte aus!«, rief sie grinsend.

Kress und Othello waren inzwischen ebenfalls in die Lagune gesprungen. Ihr freudiges Jauchzen schallte von der anderen Seite von Schilkis Rückenpanzer zu ihnen herüber. Fletcher wusste: Eigentlich sollten sie den Horizont nach Vulkanen absuchen, aber das kümmerte ihn zurzeit nicht – der Vulkan konnte warten, Fletcher sah nur noch Sylvas leuchtend blaue Augen. Er spritzte zurück und lachte schallend über das schockierte Gesicht, das die Elfin daraufhin machte.

»Jetzt kriegst du's!«, rief sie in gespieltem Zorn und drückte seinen Kopf unter Wasser.

Fletcher packte Sylva um die Hüfte und riss sie mit sich. Sylva schlang ihre geschmeidigen Arme um seine Beine und zog ihm die Füße weg, dann sanken sie gemeinsam auf den sandigen Grund der Lagune. Das Herz schlug Fletcher vor Aufregung bis zum Hals, dann musste er zum Luftholen wieder auftauchen.

Keuchend ließ Sylva von ihm ab, und sie bewunderten gemeinsam die unglaubliche Schönheit der Lagune. Das Wasser glitzerte diamantengleich, und einen Moment lang war all die Angst der vergangenen Tage vergessen.

Fletcher spritzte Sylva noch einmal nass, dann schwamm er zu einem Wasserfall, der sich polternd über einen Felsen ergoss, und stellte sich darunter. Gerade genoss er, wie das Wasser auf seine müden Schultern trommelte, da schubste ihn Sylva durch den Wasserfall in die dahinterliegende kleine Höhle.

Fletcher fiel in den weichen Sand, Sylva setzte sich auf seinen Bauch und klemmte seine Arme unter ihren Knien ein. Der Wasserfall in ihrem Rücken war wie ein Vorhang, der sie vom Rest der Welt abschnitt. Die einzigen Geräusche waren das Rauschen des Wassers und ein leises Tröpfeln von den Stalaktiten an der Höhlendecke herab.

Sylva sah ihn triumphierend an, und dann, gerade als Fletcher sie von sich herunterstemmen wollte, beugte sie sich zu ihm hinab und …

Eine breite Silhouette zerteilte den Wasserfall und trat in die Höhle. Es war Othello. »Schilki zieht weiter!«, rief er und schüttelte sich das erstaunlich schnell nachgewachsene Kopf- und Barthaar aus, dass es nur so spritzte.

Sylva setzte sich wieder auf.

Der Augenblick war vorbei.

13

MITTLERWEILE WAR ES NACHT GEWORDEN, sie saßen niedergeschlagen in der Mitte von Schilkis Rücken und kauerten sich unter der Katoblepas-Haut zusammen. Ihre Kleider waren immer noch nass; der Tag war nicht mehr lang genug gewesen, um sie zu trocknen. Die einzigen Geräusche waren die leisen Spritzer, die der Zaratan bei seinen bedächtigen Schwimmbewegungen machte. Als warte er auf etwas, schwamm er ohne feste Richtung.

Sie hatten keinen einzigen Vulkan gesehen und waren – obwohl endlich sauber – wieder in eine düstere Stimmung verfallen. Selbst Alice' Gesicht war von allem Schmutz befreit. Kress hatte sie diskret in der Abenddämmerung gebadet, während die anderen den Horizont absuchten.

In einiger Entfernung verlief sich der Dschungel in rotem Sand: die Ödlande. Jenseits davon konnten sie den Rand der Ätherscheibe erkennen, hinter dem der schwarze Abgrund gähnte.

»Ich breche mit Lysander auf«, erklärte Sylva in die drückende Stille hinein. »Wenn ich weit genug fliege, sehe ich vielleicht irgendwo die Rauchsäule eines Vulkans.«

Sie kroch unter dem Fell hervor, stand auf und streckte sich. Lysander, der Sylvas Absichten spürte, krächzte gequält. Er wollte die Gruppe nicht verlassen.

»Was …?«, fragte Kress erschrocken. »Jetzt sofort?«

»Wie wir wissen, sind die Orks nur bei Tag unterwegs. Jetzt ist die beste Zeit. Sobald es hell wird, verstecke ich mich einfach.«

»Wie willst du dich in der Dunkelheit orientieren?«, erkundigte sich

Othello besorgt. »Greife sind bei Nacht so gut wie blind. Du wirst den Rauch nicht einmal sehen, geschweige denn den Rückweg zu uns finden.«

»Fletcher…«, begann Sylva und verstummte, als kämen ihr plötzlich Zweifel. »Fletcher wird mich begleiten. Lysander kann uns beide tragen, und Athena wird uns den Weg weisen. Sie sieht von allen unseren Dämonen bei Nacht am besten, sogar besser als Pria.«

»Den Rückweg finden wir, indem wir uns an dem Gebirge und der Lagune orientieren«, fügte Fletcher hinzu. »Schilki wird noch eine ganze Weile hier sein, nehme ich an. Es sieht fast so aus, als warte er auf jemanden.«

Während die anderen das Gehörte verdauten, überlegte Fletcher, warum Sylva gezögert hatte. Sie hatte doch nicht vorgehabt, allein loszuziehen? Hatte es etwas damit zu tun, was bei dem Wasserfall passiert war? Oder besser gesagt: nicht passiert war. Der Gedanke machte ihn traurig.

Was auch immer der Grund sein mochte, Sylva hatte bereits zehn Blätter aus dem immer kleiner werdenden Vorrat genommen und teilte sie in zwei Portionen auf.

Fletcher schaufelte eine Handvoll Dörrfleisch in seinen Rucksack und füllte seine Feldflasche noch einmal in der Lagune auf. Nachdem er seinen Chepesch, den Bogen und die Pistolen angelegt hatte, schloss er Alice fest in die Arme und wünschte sich sehnlichst, sie möge die Geste erwidern. Aber sie tat es nicht.

»Wir bringen dich nach Hause, Mama«, flüsterte er und küsste sie auf die Stirn.

Aus einem unbehaglichen Händeschütteln mit Othello wurde schließlich eine innige Umarmung. Als Kress Fletcher zum Abschied auf beide Wangen küsste, spürte er Tränen auf ihrem Gesicht. Alles war so schnell gegangen, ohne Vorwarnung, aber die Zeit lief ihnen davon.

Fletcher berührte Athena mit seinem Hellsehgestell und setzte es auf. Seine Sicht bekam einen Lilastich, noch während die Greifeule auf seine Schulter kletterte. Nach kurzem Überlegen streckte er die Hand und nahm Ignatius in einem weißen Lichtblitz in sich auf, dann kletterte er auf Lysanders Rücken. Das Fell- und Federkleid über den sich wölbenden Muskeln des Greifs fühlte sich unangenehm rutschig an.

»Blätter, Wasser, Proviant, Waffen«, murmelte Sylva und tastete mit den Fingern nach ihrer Rückenscheide. Der Griff ihrer Falx versperrte Athena die Sicht, weshalb die Greifeule auf Sylvas Schoß sprang und sogleich vor Schmerz zusammenzuckte, als sie mit ihrem geschienten Flügel an Sylvas Schulter hängen blieb. Das Bild auf Fletchers Hellsehkristall wurde so hell, als würde die Nacht von einem Dutzend Monden erleuchtet werden.

»Wir sind bald wieder da«, sagte Sylva so leise, als spreche sie eher zu sich selbst als zu den anderen.

Othello wollte gerade etwas erwidern, da breitete Lysander die Schwingen aus, und seine Worte wurden vom Lärm der mächtigen Flügelschläge übertönt, mit denen sich der Greif in die Luft erhob.

Fletcher schlang die Arme um Sylvas Hüfte, was aber nicht viel half, denn ohne Sattel hatte sie genauso wenig Halt wie er. Bei jedem Flügelschlag schaukelten sie abenteuerlich von links nach rechts, und schon nach kurzer Zeit schmerzten Fletchers Oberschenkel, so verzweifelt presste er sie zusammen, um nicht herunterzufallen. Erst als Lysander hoch über dem Dschungel in den Gleitflug überging, wurde sein Puls wieder langsamer.

Die Lagune unter ihnen war auf die Größe eines Silberschillings zusammengeschrumpft. Der gewundene Fluss, der sich im Westen in den Ozean ergoss, glich nur noch einem Faden. In ihrem Rücken ragte der viertelkreisförmige Gebirgszug auf, die dunkle Linie dahinter markierte den Beginn der Sümpfe und des Orkterritoriums, wo bestimmt irgendwo die Blumen wuchsen, die sie so dringend brauchten. Die Wyvernreiter hatten sie zwar bereits überholt, trotzdem schien es Fletcher zu gefährlich, sich noch einmal in ein Gebiet zu wagen, wo andere Schamanen vielleicht immer noch nach ihnen suchten.

»Wir fliegen nach Osten!«, rief Sylva. Wegen des tosenden Windes war ihre Stimme kaum zu hören.

Lysander schwang sogleich herum, und Fletchers Magen schlug einen Purzelbaum. Die Welt zog wie ein endloser Teppich aus Bäumen unter ihnen vorbei, während Fletcher verzweifelt nach einer kegelförmigen Erhebung am Horizont Ausschau hielt. Immer wieder warf er einen Blick in Richtung Berge und hoffte, dort vielleicht eine Rauchsäule zu entdecken, sah aber nichts. So flogen sie in die Nacht hinaus, bis selbst das Gebirge nicht mehr zu sehen war.

Der rote Sand der Ödlande und der dunkle Abgrund dahinter schienen kein Ende nehmen zu wollen. Der Anblick der trostlosen Leere ließ Fletcher erschauern. Unwillkürlich dachte er an die Keteaner, die dort mit ihren unzähligen Fangarmen auf Beute lauerten.

»Siehst du irgendwas?«, rief Sylva über die Schulter hinweg.

Nichts. Nichts außer dem immer heller werdenden Himmel. Fletcher brüllte ihr die Antwort ins Ohr und hörte Sylva ein enttäuschtes Stöhnen ausstoßen.

Immer weiter flogen sie, Lysander stieg höher und höher in der Hoffnung, in der Ferne vielleicht doch noch etwas zu entdecken. Schließlich wurde die Luft so kalt, dass ihr Atem zu kleinen weißen Wölkchen kondensierte, die der Flugwind sofort mit sich riss, während sie die Landschaft bibbernd im Auge behielten. Fletcher wünschte, er hätte Kress' Taschenuhr dabei, denn ohne sie konnte er nur an dem sich langsam verändernden Licht ablesen, wie lange sie schon unterwegs waren. Zwei Stunden vielleicht, oder drei?

Dann, als der Himmel schon im honiggelben Licht der Morgendämmerung erstrahlte, begann Sylva den spiralförmigen Sinkflug hinab in die feuchte Hitze des Dschungels.

»Da!« Fletcher deutete auf eine Lücke zwischen den Bäumen, die Athenas scharfe Augen entdeckt hatten. Auf der Lichtung wären im Unterholz lauernde Raubdämonen leichter zu entdecken, also mochte das ein idealer Landeplatz sein. Sie hielten darauf zu, die heiße Dschungelluft schlug ihnen entgegen, da sah Fletcher etwas Helles zwischen all dem Grün: weißer Marmor, mitten im Dschungel.

»Was zum Teufel ist das?«, stammelte Sylva, noch während Lysander mit seinen Krallen über den polierten Stein schlitterte.

Fletcher verlor den Halt auf dem glatten Federkleid und schlug unsanft zu Boden. Ächzend richtete er sich wieder auf und sah sich um.

Ringsum erhoben sich von Ranken überwucherte Steinsäulen, die offensichtlich einmal ein Dach getragen hatten, wie die überall verstreut liegenden Trümmer nahelegten. In einem Halbkreis waren vom Zahn der Zeit verwitterte Statuen aufgestellt. In dem spärlichen Morgenlicht erblickte Fletcher Mauerreste und einen verfallenen Steinbogen zwischen zwei Pfeilern. Die geschwungenen Schriftzeichen darauf hatten sie noch nie zuvor gesehen.

»Wer mag das gebaut haben?«, flüsterte Sylva. »Die Orks bestimmt nicht. Oder doch?«

Ihre Stimme hallte von den Mauerresten wider, ansonsten war alles so totenstill, als wagten die Geräusche des Dschungels nicht, die Ruhe zu stören. Sie kamen sich wie an einem heiligen Ort vor, erbaut für längst vergessene Gottheiten.

Fletcher wurde mulmig, und er rief Ignatius herbei. Der Blitz, mit dem er sich materialisierte, tauchte die Tempelruine einen Moment lang in einen violetten Schimmer, dann lief der Salamander neugierig los. Fletcher folgte ihm zu den Statuen, die in dem heller werdenden Licht immer besser zu erkennen waren.

Es waren zehn, jede auf einem Podest und unterschiedlich groß. Fletcher ging zu der Fünfergruppe zu seiner Linken, es waren zwei Frauen und drei Männer. Die ersten vier hatten den Oberkörper eines Menschen, aber der Rumpf des Mannes ganz links war geschuppt wie der eines Fisches, und statt Beinen hatte er eine Schwanzflosse. Die Frau gleich neben ihm wies die Flossen und den Unterkörper einer Robbe auf. Beide trugen eine Krone aus Muscheln auf dem Kopf. Sie gaben ein wunderschönes Paar ab.

Daneben stand eine weitere Frau mit schlitzförmigen Nasenlöchern und Schlangenbeinen, die sich um das Podest wanden. Selbst ihre Krone sah wie eine aufgerollte Schlange aus, das Haar darunter war dicht und lockig. Ihr harter Blick ließ Fletcher erschauern, weshalb er sich schnell der nächsten Statue zuwandte.

Es war ein Mann mit Ziegenhörnern auf dem Kopf und Hufen an den Beinen, die von Fell bedeckt waren. Seine Knie zeigten nach hinten statt nach vorn. Daneben stand ein weiterer Mann mit langem Haar und einem Pferdekörper, aus dem der Rumpf eines Menschen ragte. Diese beiden trugen eine Dornenkrone.

»Sind das … Dämonen?«, überlegte Fletcher laut.

Die Statue gleich rechts der Mitte war ein gutes Stück größer als die anderen, ihr Gesicht sah wie das eines Ogers aus, und ein Arm war abgebrochen. Wie ein gefällter Baum lag er auf dem Boden, so dick war der Arm. Die Frau daneben war winzig klein und thronte stolz auf ihrem Podest – wie eine Königin. Aus ihrem Rücken wuchsen Schmetterlingsflügel.

»Ich weiß, was das ist!«, rief Sylva plötzlich und deutete auf die Fünfergruppe. »Ein Wassermann, eine Selkie, eine Lamie, ein Satyr und ein Zentaur.«

»Und das in der Mitte sind ein Riese und eine Elfe«, erwiderte Fletcher mit einem Nicken in Richtung der beiden Statuen in der Mitte. Er kannte sie aus den Kindergeschichten, die Berdon ihm erzählt hatte. Von den Wesen, die Sylva eben aufgezählt hatte, hatte er noch nie gehört. Und was hatten ihre Abbilder hier im Äther zu suchen?

»Das sind Fantasiewesen aus den Überlieferungen meines Volkes. Meine Mutter hat mir von ihnen erzählt«, erzählte Sylva staunend weiter. »Aber weißt du, was das hier ist?«

Sylva deutete auf eine Statue, die etwas größer war als ein Mensch. Sie sah wie ein Gorilla mit langem Fell aus, stand aber aufrecht. Ihr Blick wirkte sanft, und sie trug keine Krone auf dem Kopf.

»Keine Ahnung, aber das da … ist ein Engel, oder?«, erwiderte Fletcher und bestaunte die Statue auf dem vorletzten Podest. Sie trug einen Harnisch und eine juwelenbesetzte Krone, aber viel auffälliger erschienen die breiten Schwingen auf ihrem Rücken. Die Federn daran waren lang und so prächtig wie die eines Schwans.

Sylva runzelte die Stirn. »Natürlich ist das ein Engel. Die kommen doch in der Schöpfungsgeschichte eurer Religion vor, oder nicht?«

»An die erinnert sich heutzutage niemand mehr«, murmelte Fletcher.

Die Religion Hominums war in der Tat längst zu einer vagen Vorstellung von Himmel und Hölle verblasst. Die Alten kamen zwar noch, wenn die Priester zum Gebet riefen, aber was sie predigten, wusste Fletcher nicht.

Von der letzten Statue war kaum noch etwas übrig. Nur das Podest mit zwei bröckeligen Klumpen darauf, die einmal Füße dargestellt haben mussten. Jemand – oder etwas – hatte das Standbild zerschmettert und die Trümmer dann zertrampelt.

»Wenn wir es je zurück nach Hause schaffen, wird sich die Dame Ferrhaven sehr für das hier interessieren«, kommentierte Fletcher und dachte an die gutherzige Bibliothekarin der Akademie.

»Das wird alle interessieren«, fügte Sylva hinzu und befühlte die zierliche Elfe. Wind und Wetter hatten einige der Details abgeschliffen, aber die zarten Finger waren noch gut zu erkennen. Sie war so klein, gerade mal so groß wie eine Hand.

»Ich sage, wir bleiben hier und ruhen uns aus«, schlug Fletcher vor und deutete auf eine Ecke, an der noch zwei Wände und ein Stück des Daches erhalten waren, die ein wenig Schatten und Sichtschutz boten. »Sieht nicht so aus, als würden je Dämonen hierherkommen. Ich sehe keinerlei Knochen oder sonstige Hinterlassenschaften auf dem Boden. Hier sind wir sicher.«

Sylva nickte geistesabwesend, immer noch fasziniert von den Statuen. »Glaubst du, diese Wesen haben tatsächlich einmal existiert?«

»Vielleicht. Aber es muss schon seit Jahrhunderten, vielleicht seit Jahrtausenden niemand mehr hier gewesen sein, würde ich meinen«, antwortete Fletcher. »Wer auch immer diesen Tempel gebaut hat, ist längst tot.«

Sie gingen zu der Ecke und richteten sich ein. Ihre Rucksäcke benutzten sie als Kissen und die Jacken als Decken. Lysander rollte sich zu ihren Füßen zusammen und schirmte die nicht von den Mauern geschützte Seite mit seinem großen Körper ab, während Athena Wache hielt. Nach der anstrengenden Reise bereitete ihr der gebrochene Flügel so starke Schmerzen, dass sie ohnehin nicht schlafen konnte.

Einen Augenblick lang fragte sich Fletcher, ob der nun um einiges größere Ignatius wieder seinen alten Stammplatz auf seiner Brust einnehmen würde, doch der Salamander quetschte sich zwischen ihn und Sylva, was Fletcher mehr ärgerte, als er sich eingestehen wollte. Er sehnte sich danach, Sylva ganz nahe zu sein, auch wenn ihr Körper nicht so warm war wie der seines Wichtels.

Im Tempel war es mucksmäuschenstill. Fletcher war froh, einmal ohne die eigenartigen Geräusche der Dschungeldämonen einschlafen zu können – auch wenn es am helllichten Tag war. Mehrere Minuten lang lagen sie in behaglichem Schweigen nebeneinander, glücklich und zufrieden. Zumindest hatte Fletcher das geglaubt, da räusperte sich Sylva plötzlich.

»Fletcher«, begann sie, »du weißt schon, wegen gestern …«

»Hmm?« Fletcher war bereits am Wegdämmern, doch die Erinnerung an die Höhle ließ ihn mit einem Schlag wieder hellwach werden.

Sylva überlegte eine Weile, bevor sie weitersprach. »In meinem Volk ist es so … wenn eine Hochelfe eine Waldelfe heiratet … werden sie verstoßen. Sogar die eigene Familie wendet sich von ihnen ab. Erst wird ihnen gesagt, sie sollen den Großen Wald verlassen, danach wird es ihnen befohlen, und schließlich werden sie gezwungen.« Sie sprach in kurzen, abgehackten Sätzen, als brächte sie die Worte kaum über die Lippen.

»Tatsächlich?«, erwiderte Fletcher.

»Sie wollen nicht, dass sich die verschiedenen Gesellschaftsschichten vermischen«, fuhr Sylva beschämt fort.

»Das klingt wie Jesper«, merkte er an. »Er wollte auch nicht, dass sich die Völker vermischen.«

Aus dem Augenwinkel sah er, wie Sylva zusammenzuckte, als er den Namen des Verräters erwähnte.

»Ja, wie Jesper«, murmelte sie.

»Warum erzählst du mir das?«, erkundigte sich Fletcher.

Schweigen.

»Sie wollen also nicht, dass sich die Schichten vermischen …«, überlegte er laut und verstummte, als er begriff, worauf Sylvas Worte hinausliefen. Die Erkenntnis legte sich wie eine Schlinge um Fletchers Herz.

»Ich kann es einfach nicht«, sagte sie so leise, dass Fletcher nicht sicher war, ob die Worte überhaupt für ihn bestimmt waren.

Sylva konnte nicht mit ihm zusammen sein. Das war es, was ihm die Elfin sagen wollte. Sie drehte sich weg, sodass Fletcher ihr Gesicht nicht mehr sehen konnte, und er kam sich unendlich dumm vor.

»Ich dachte, genau dagegen kämpfen wir an«, sagte er verbittert.

Sylva reagierte nicht, als wäre es zu schmerzhaft für sie, darüber zu sprechen.

Am liebsten hätte Fletcher so getan, als bedeuteten ihre Worte gar nicht das, was er glaubte. Als hätte Sylva lediglich versucht, ihm die Unterschiede zwischen ihren Kulturen zu erklären. Aber gerade das, was Sylva ungesagt ließ, hallte nun umso lauter in seinen Gedanken wider.

Fletcher schlang die Arme um Ignatius und zog ihn an sich, weg von Sylva.

Es dauerte noch lange, bis er einschlief.

14

DIE NÄCHSTE NACHT BRACH HEREIN, und sie flogen in die Dunkelheit hinaus. Die kalte Luft und der laute Wind stellten sich als unerwarteter Segen heraus: So hatten sie eine Ausrede, nicht miteinander zu sprechen. Sylvas Hüfte umklammert zu halten war unangenehm. Fletcher hasste es – so sehr, dass er um ein Haar den Rauch übersehen hätte.

Weit entfernt sah er ein dünnes Wölkchen auf dem Hellsehkristall. Erhob sich darunter nicht eine kegelförmige Silhouette? Zum ersten Mal seit mehreren Stunden sagte er etwas.

»Dort drüben«. Fletcher streckte den Arm in die entsprechende Richtung.

Er wusste, Sylva konnte nicht erkennen, was er meinte, und dennoch änderte sie sofort den Kurs. Minutenlang flogen sie in die Dunkelheit, scheinbar ohne ihrem Ziel näher zu kommen. Schon kündigte das erste Licht den Anbruch der Morgendämmerung an. Das konnte knapp werden.

»Großer Gott«, keuchte Fletcher. Wie ein Rausch stieg die Hoffnung in ihm auf. »Ich glaube, wir haben's geschafft!«

Das Wölkchen war zu einer schwarzen Rauchsäule angewachsen, die nach oben zu immer breiter wurde, um sich schließlich als grauer Nebel am Firmament des Äthers zu verlieren. Darunter ragte ein einsamer Gipfel auf wie eine Pyramide, die am Fuß von grünem Dschungel bewachsen und oben vom Vulkansand dunkel war. Das orangefarbene Leuchten auf dem Gipfel stellte sich im Näherkommen als ein Lavasee heraus, der so groß wie die Vorhalle der Dämonenakademie war. Der schüsselförmige Krater darum herum hatte noch einmal den doppelten Durchmesser.

Als Lysander darauf zuhielt, schlug ihnen die Hitze wie eine Wand entgegen. Kurz nach der Landung begannen die Härchen auf Fletchers Unterarmen zu kokeln, da hörte er ein lautes Rumsen. Glühende Lavafetzen flogen aus dem Krater, und die Hitze traf sein Gesicht wie eine Faust.

Der Boden war so heiß, dass sie fürchteten, ihre Stiefel könnten schmelzen. Um sie herum lagen von einer wachsartigen Schicht überzogene Felsen verstreut, der Boden dampfte. Immer wieder spuckte der blubbernde Lavasee flüssiges Gestein aus, das zischend im Vulkansand landete. Der Untergrund neigte sich bedrohlich dem tödlichen Schlund zu, und Fletcher musste mit aller Macht die Angst niederkämpfen, er könnte hineingesaugt werden.

»Wie soll hier irgendwas wachsen?«, brüllte Sylva über das Tosen des Vulkans hinweg.

»Wir müssen uns aufteilen«, schrie Fletcher zurück und rief Ignatius herbei. Das war zwar riskant, denn beim letzten Mal, als sie in der Nähe von Lava gewesen waren, hatte der Salamander eigenmächtig ein Bad genommen. Aber Ignatius war wie geschaffen für diese Aufgabe und konnte im Gegensatz zu ihnen selbst die heißesten Stellen absuchen. Falls es nötig wäre, würde Fletcher ihn wie beim letzten Mal einfach mit einem Manalasso wieder einfangen.

Lysander und Athena ertrugen die Hitze nicht und gönnten sich ganz am Rand des Kraters eine wohlverdiente Erholungspause. Nach zwei durchflogenen Nächten mit nur wenig Schlaf dazwischen war der Greif stehend erschöpft und ließ sich dankbar in den etwas kühleren Sand sinken.

Ignatius lief sofort los, während Fletcher und Sylva immer wieder hinter großen Felsbrocken vor der Hitze in Deckung gehen mussten, während sie die Caldera nach den Blumen absuchten, die sie so dringend brauchten.

Fletcher ließ den Blick über den Krater wandern, doch außer kahlem, dampfendem Gestein war nichts zu sehen. Verzweiflung breitete sich in ihm aus. Nichts war hier. Nur Sand, Felsen und Feuer. Sie würden hier sterben, langsam vergiftet von der Luft des Äthers, bis ihre Lungen den Dienst versagten.

Sylva schien nach ihm gerufen zu haben, aber das Blubbern des Lavasees war so laut, dass Fletcher es erst merkte, als er aufblickte und sah, wie sie ihm vom gegenüberliegenden Ufer aus zuwinkte. Er brauchte geschlagene fünf Minuten, um zu ihr zu gelangen, denn nach jedem Zwischenspurt musste er sich erst einmal im Schutz eines Felsens von der sengenden Hitze erholen.

Als er sah, was Sylva entdeckt hatte, verließ ihn endgültig der Mut: ein Büschel kahler Stängel, das hinter einem der Felsen wuchs. Die Blüten waren abgerissen. Hier und da lagen noch einzelne Blätter herum. Es handelte sich zwar eindeutig um die, nach denen sie suchten, aber sie waren vertrocknet.

»Ich habe versucht, sie zu heilen«, rief Sylva enttäuscht. »Es ist nicht gelungen.«

»Vielleicht wachsen hier noch irgendwo welche«, erwiderte Fletcher und blickte sich verzweifelt um. Da kam Ignatius winselnd heran, der die heißesten Stellen abgesucht hatte. Auch er hatte nichts gefunden.

Fletcher schloss die Augen und sank auf die Knie. Sie waren so nahe dran gewesen.

»Ich hatte geglaubt, Jespers Tagebuch wäre unsere Rettung«, sagte Sylva so leise, dass ihre Stimme vom Brüllen des Vulkans beinahe übertönt wurde. »Stattdessen haben wir nur noch kostbare Zeit verloren.«

Sie hob die zerrupften Blätter auf, fügte sie auf ihrer Handfläche zu der Form eines Blütenblattes zusammen und steckte sie in den Mund.

»Es ist tatsächlich Euryale«, murmelte sie. »Genug für weitere fünf Stunden.«

Fletcher hörte gar nicht hin, denn Jespers Name hatte ihn auf eine Idee gebracht. Es war eine Ironie des Schicksals, dass sein Tagebuch sie hierhergeführt hatte, und jetzt würde Jesper ihnen unfreiwillig ein zweites Mal helfen, und zwar mit dem Zauber, den er ihnen am ersten Tag im Orkdschungel gezeigt hatte: dem Wachstumszauber.

»Warte …« Fletcher hob seine rußverschmierte Hand und ätzte etwas in die Luft. Ganz allmählich wurde die Form eines Blattes erkennbar. Als er auch die Äderchen nachgezeichnet hatte, fixierte er die Glyphe und richtete sie auf die verdorrten Euryale-Stängel aus.

»Ich hoffe, das klappt«, flüsterte er und beschwor sein Mana.

Ein Strahl grünlichen Lichts fuhr aus Fletchers Hand und ergoss sich über die Pflanze. Das Mana strömte schneller aus seinem Körper als je zuvor, und die Wirkung setzte augenblicklich ein: Sofort sprossen frische, saftige Knospen aus den Stängeln und entfalteten sich zu schalenförmigen Blüten.

»Fletcher, du bist ein Genie!«, rief Sylva und schloss ihn in eine verzweifelte Umarmung. Einen Augenblick lang schien sie alle Bedenken zu vergessen und hielt ihn einfach nur fest. Erst als Fletcher die Umarmung zögernd erwiderte, machte sich Sylva von ihm los.

Sie wich beschämt seinem Blick aus, pflückte eine der Blüten und zählte die Blätter daran. Es waren zwölf. Insgesamt waren es etwa zwanzig frische Blüten; Fletcher rechnete …

»Zehn zusätzliche Tage«, murmelte er schließlich. »Das ist zu wenig.«

»Ganz und gar nicht, Fletcher, verstehst du nicht?«, widersprach Sylva grinsend und stopfte weitere Blüten in ihre Tasche.

Fletcher wusste zwar nicht, was sie vorhatte, aber er folgte ihrem Beispiel. Als auch die letzte Blüte abgezupft war, ätzte Sylva den Wachstumszauber und deutete auf die kahlen Stängel, die sogleich wieder erblühten.

»Zwanzig Tage«, verkündete sie mit einem Zwinkern.

Fletcher half ihr beim Abrupfen und hielt plötzlich inne. Etwas stimmte nicht.

»Ignatius!«

Er wirbelte herum und sah, wie sein frecher Salamander auf den Lavasee zurannte. Die ersten Pfützen am Rand hatte er bereits erreicht. Fletcher sprang auf und rannte hinterher. Die Hitze, die ihm sofort entgegenschlug, als er den Schutz des Felsens verließ, ignorierte er.

»Halt!«, krächzte er mit rauem, trockenem Hals und ließ ein Manalasso aus seiner Hand schnellen, aber Ignatius war bereits zu weit entfernt und wich mit Leichtigkeit aus. Fletcher sank auf die Knie. Es war das zweite Mal, dass ihm der Dämon den Gehorsam verweigerte, und für solchen Unsinn hatte er jetzt keine Zeit.

Fletcher schloss die Augen und konzentrierte sich, dann befahl er Ignatius mit aller Macht, stehen zu bleiben, doch das Bewusstsein seines Dämons war so glitschig wie ein Aal und entwand sich seinem Griff.

»Fletcher, was tust du da?«, rief Sylva.

Ignatius befand sich jetzt in der Mitte des Sees, sein burgunderfarbener Kopf hüpfte auf und ab wie der eines badenden Otters. Ein so kleines Ziel würde Fletcher auf diese Entfernung niemals mit einem Manalasso treffen. Näher heran konnte er aber auch nicht, denn trotz der Stiefel brannten seine Fußsohlen bereits höllisch, und er vermochte die tränenden Augen kaum noch offen zu halten. Fletcher überlegte gerade, sich mit einem Schildzauber vor der Hitze zu schützen, da tauchte Ignatius unter. Sein Salamander war verschwunden. Fletcher konnte nichts mehr für ihn tun, nur warten.

Niedergeschlagen drehte er der brüllenden Hitze den Rücken zu. Sein Gesicht fühlte sich an, als hätte sie ihm bereits die Augenbrauen weggesengt. Schließlich lief er fluchend zu dem Felsen zurück und sank dahinter zusammen.

»Störrischer kleiner Wichtel«, knurrte er. »Er nimmt schon wieder ein Bad in der Lava.«

Inzwischen hatte Sylva die verdorrten Stängel samt Wurzeln ausgegraben und stopfte sie in ihren Rucksack. Als sie Fletchers fragenden Blick bemerkte, zuckte sie nur die Achseln.

»Mein Mana ist erschöpft. Im Augenblick haben wir genug Blütenblätter für weitere dreißig Tage, aber wenn wir die Euryale mitnehmen, funktioniert der Trick vielleicht noch öfter.«

»Werden sie ohne die Hitze des Vulkans nicht absterben?«, fragte Fletcher. »Mein Mana wird sowieso wieder durch Ignatius abfließen. Vielleicht sollte ich den Rest gleich jetzt aufbrauchen und die Blumen hier noch einmal nachwachsen lassen.«

Aber er hörte Sylvas Antwort schon nicht mehr. Athena hatte etwas entdeckt, und eine alles durchdringende Angst packte Fletcher. Er konzentrierte sich auf den Hellsehkristall, da sah er es auch und erstarrte:

Wyvern. Sie hielten gezielt auf den Vulkan zu und waren schon so nahe, dass Fletcher die langen, zuckenden Schwänze und die bunte Bemalung der Reiter erkennen konnte. Vorneweg flog Khan auf seinem Ahool.

»Sie haben uns gefunden«, keuchte Fletcher. »Wir müssen weg, sofort!«

Wie mit einem Paukenschlag fügte sich das Puzzle zusammen. Die abgerissenen Blumen waren von den Orks geerntet worden. Danach hatten sie sich auf die Lauer gelegt, da sie wussten, wie dringend Fletcher und seine Freunde die Blüten brauchten.

Die Zeit drängte. Lysander kam direkt über den Kratersee zu ihnen geflogen und setzte mit einem dumpfen Geräusch neben ihnen auf. Sein Gefieder rauchte.

Athena hüpfte von seinem Rücken, und Fletcher nahm sie eilig in sich auf. Ihr zusätzliches Gewicht würde sie nur langsamer machen. Apropos Gewicht …

»Komm schon!«, schrie Sylva und sprang auf. »Ignatius holen wir später.«

Fletcher rührte sich nicht. An einem guten Tag war Lysander schneller als die Wyvern, vielleicht sogar schneller als Khans Ahool und das Dutzend niederer Dämonen, das die Schamanen begleitete. Aber mit Sylva und ihm auf dem Rücken und in seiner jetzigen Verfassung?

Niemals.

»Mit uns beiden als Last schafft Lysander es nicht«, sagte Fletcher leise. Jedes Wort fühlte sich wie ein Grabgebet an. »Er hat ja kaum noch Kraft.«

Sylvas Gesichtsausdruck sagte ihm, dass sie es genauso sah, trotzdem schüttelte sie den Kopf.

»Red keinen Unsinn«, widersprach sie mit Tränen in den Augen.

»Ich kann Ignatius nicht im Stich lassen«, erwiderte Fletcher beinahe entschuldigend.

Da dämmerte es ihm. Vielleicht hatte er es tief in seinem Innern schon immer gewusst. Khan würde seine Wyvernreiter niemals persönlich auf einen so gefährlichen Einsatz im Äther führen. Nicht, um lausige fünf Flüchtlinge einzufangen. Bestimmt nicht so lange und bestimmt auch nicht so weit.

Nein, er war wegen der Prophezeiung hier. Wegen des Salamanders, den sie in dem Relief in der Pyramide gesehen hatten, eingemeißelt in die Wände ihres Allerheiligsten. Er war gekommen, um sich Ignatius zu holen.

Die Wyvern mussten jeden Augenblick hier sein. Fletcher schlug Lysander auf die Flanke, und der Greif erhob sich wie ein aufgescheuchtes Pferd in die Luft.

»Kümmere dich um meine Mutter!«, rief er Sylva hinterher.

»Ich komme zurück!«, schrie Sylva noch, aber ihre Worte waren kaum zu hören.

Dann waren sie weg.

15

FLETCHER MACHTE SICH NICHT DIE MÜHE, sich zu verstecken. Er trat nur ein Stück weiter von der Lava weg, wo es etwas kühler war und er klar denken konnte. Mit etwas Glück würden die Orks direkt zu ihm kommen, anstatt Sylva zu verfolgen. Er musste ihr so viel Vorsprung verschaffen wie möglich.

Fletcher spürte, wie Athena immer unruhiger wurde. Sie wollte, dass er sie herbeirief, wollte ihm beistehen, aber er weigerte sich. Sie war verletzt und blieb besser in Sicherheit.

Ignatius verbrauchte Fletchers Mana genauso schnell wie damals in der Pyramide, gleichzeitig schien es sich aus einer mysteriösen Quelle zu erneuern – als wandelte der Salamander die Hitze des Vulkans in Mana um.

Fletcher lockerte den Chepesch in der Scheide und zog seine Pistolen aus den Holstern. Drei Schuss waren zwar so gut wie nutzlos gegen die dicke Haut der Wyvern, aber wenn er genau zielte, konnte er einen der Schamanen damit töten. Vielleicht sogar Khan.

Mit ihrem langen, gezogenen Lauf war Flamme am treffsichersten. Er würde sie für Khan aufsparen, dann wäre sein Tod wenigstens nicht umsonst. Bei dem Gedanken an den Tod krampfte sich Fletchers Magen zusammen. Er versuchte nach Kräften, das Gefühl zu ignorieren, aber es wurde immer stärker.

Die ersten Wyvernreiter landeten auf dem gegenüberliegenden Rand des Kraters, ihre dunklen Silhouetten flimmerten in der Hitze. Obwohl sie ihn gewiss sehen konnten, kamen sie nicht näher. Sie stiegen lediglich ab und verteilten sich in einem Halbkreis am Ufer des blubbernden Sees. Zu dumm, dass Fletchers Pistolen nicht so weit schossen.

Khan wartete, bis sich die Schamanen verteilt hatten, dann landete auch er.

Fletcher sah, wie sich der Albino grell von dem schwarzen Vulkansand abhob, und erstarrte: Einer der Wyvern sowie alle Würger, Vespen und Strixe machten plötzlich kehrt und jagten in die entgegengesetzte Richtung davon. Sie hatten Sylva entdeckt. Fletcher konnte nur hoffen, dass ihr Vorsprung inzwischen groß genug war.

Er versuchte einen Schildzauber, aber Ignatius verbrauchte so viel Mana, dass inzwischen sogar Athenas Reserven erschöpft waren.

Er hörte, wie Khan einen Befehl bellte, und dann geschah etwas Seltsames: Lichtstrahlen ergossen sich aus den Händen der Schamanen und strömten über den Krater hinweg auf Fletcher zu. Wie milchiges weißes Wasser flossen sie eine Handbreit über der Lava dahin.

Fletcher machte ein paar Schritte zurück, aber wohin sollte er schon fliehen? Einen Augenblick lang glaubte er, die Welle aus weißem Licht würde ihn verschlingen, doch wenige Meter vor ihm bäumte sie sich auf, floss um ihn herum und stülpte sich in einer schimmernden Blase über ihn. Ein Schildzauber, und Fletcher war darin gefangen.

Er überlegte, Athena doch herbeizurufen. Sie müsste den Zauber eigentlich durchbrechen können, würde aber wahrscheinlich zu lange dafür brauchen, also verwarf er den Gedanken wieder. Er steckte seine Pistolen ein, die nun ebenfalls nutzlos waren, und ballte die Faust, um die Tätowierungen auf seiner Hand zu verbergen. Sie waren der allerletzte Trumpf, den er noch hatte.

Khan kam erst näher, als Fletcher von der durchsichtigen Glocke vollkommen eingeschlossen war. Mit wehendem Haar schlenderte er am Rand des Kraters entlang, in der Hand die größte Macana, die Fletcher je gesehen hatte. Die Waffe war beinahe so lang, wie er selbst groß war, aber schlanker als die der Schamanen. Dafür waren die Obsidiansplitter an den Rändern so dicht beieinander angeordnet, dass sie eine durchgehende Schneide bildeten. Khan war mit der tödlichen Waffe offensichtlich bestens vertraut, denn er legte sie sich wie einen Spazierstock über die Schulter und kam ohne jede Eile näher.

Fletcher schluckte. Sein Feind war hier. Das war sein Untergang. Es war vorbei.

Seine Hände waren schlüpfrig vom Schweiß. Ob es an der Hitze lag oder an seiner Angst, konnte Fletcher nicht sagen. Er wusste nur, dass die verfluchte Schildglocke um ihn herum zu dick für jede Kugel war, und ließ die Stirn entmutigt gegen die kühle Zauberbarriere sinken.

Mittlerweile hatte ihn Khan erreicht. Groß wie ein Turm ragte er vor Fletcher auf und starrte mit seinen Unheil verkündenden roten Augen auf ihn herab. Die beiden Hauer in seinem Unterkiefer umspielte ein grausames Lächeln, dann kniete er sich zu Fletchers Überraschung auf den Boden, sodass sie auf Augenhöhe waren.

»Er ist nur ein Junge«, sagte er mit rollendem Akzent.

Erschrocken schnappte Fletcher nach Luft, und der Albino stieß ein donnerndes Lachen aus.

»Ja, ich beherrsche deine Sprache«, sagte Khan vergnügt. Dank der kleineren Hauer war seine Aussprache sogar deutlicher als die der Orkmutter in den Koboldstollen.

»Wie ist das möglich?«, stammelte Fletcher, noch bevor er sich die Frage verkneifen konnte.

»Die Frau, die *du* uns gestohlen hast, sie war eine gute Lehrerin«, antwortete Khan und deutete anklagend mit dem Zeigefinger auf Fletcher. Er hielt kurz inne und kratzte sich am Kinn. »Sie dachte, wir hätten ihr Neugeborenes. Ich drohte, es zu töten, wenn sie sich weigert, und das genügte. Als ihre Aufgabe erfüllt war, sagte ich ihr, wir hätten es trotzdem getötet. Du hast mit eigenen Augen gesehen, was das mit ihr angerichtet hat.«

Wieder lachte er und ließ Fletcher dabei nicht aus den Augen. Khan wollte ihn offensichtlich herausfordern. Die Worte drangen Fletcher bis ins Mark, aber er kämpfte seine Wut nieder. *Khan* sollte die Fassung verlieren, nicht er. Mit ein bisschen Glück wäre er lange genug abgelenkt, damit Fletcher einen gezielten Schuss abgeben konnte.

»Ich heiße Fletcher Rale, und ich *bin* dieses Kind«, erwiderte er kampflustig. »Ich habe deine Gnome getötet und in eurem Allerheiligsten zahllose Dämonen unter einer Steinlawine begraben. Ich habe die Koordinaten zu eurem Teil des Äthers gestohlen und eure Sklaven befreit. Ich bin es gewesen. Bloß ein Junge.«

Diesmal war es Fletcher, der lachte, auch wenn es falsch und ein wenig gezwungen klang.

Khans Gesicht blieb ausdruckslos, aber daran, wie der Häuptling den Griff um seine Macana verstärkte, merkte Fletcher, dass er einen Nerv getroffen hatte. Also machte er weiter.

»Du hast all deine Wyvern mit auf die Jagd nach mir genommen. Ich wette, unsere Truppen fallen inzwischen über dein Reich her, während wir dich quer durch den Äther an der Nase herumführen. Ich wette…«

»Genug!«, bellte Khan und schlug so fest mit der Faust gegen den Schild, dass er einen kleinen Sprung bekam. »Wie einen Hund haben wir deine Mutter mit unseren Abfällen gefüttert«, fauchte er. Speicheltropfen flogen aus seinem Mund. »Sie hat gebellt und in ihrem eigenen Dreck geschlafen. Wir haben sie geschlagen, bis sie das Bewusstsein verlor, und dann haben wir weitergemacht, nur so zum Spaß. Ich spucke auf ihr Andenken.«

Khans augenscheinliche Gelassenheit war wie weggeblasen. Der blinde Hass, der Fletcher nun entgegenschlug, ließ ihn zusammenzucken.

Als wäre er selbst überrascht über seinen Ausbruch, strich sich Khan das lange Haar aus der Stirn und machte einen Schritt zurück. Ein verrückter Glanz trat in seine Augen, dann lächelte er.

»Wo ist die Canidin, die in der Pyramide bei dir war?«

»Tot«, antwortete Fletcher, ohne mit der Wimper zu zucken.

Der Albino sollte ruhig glauben, dass Fletcher allein hier am Krater zurückgeblieben war.

»Eine Schande, ich hatte gehofft…« Khan verstummte kurz, dann deutete er in die Richtung, in die Sylva geflohen war. »Wer von euch hat den Salamander? Deine Begleiterin?« Die Frage klang beiläufig, aber Khan beobachtete Fletchers Reaktion genau.

Er musste sich zusammenreißen, nicht zu dem Lavasee hinüberzuschauen. Ignatius' Mana pulsierte nun immer heftiger. Das Bewusstsein des Dämons wuchs so stark an, dass Fletcher kaum denken konnte und schon fürchtete, sein Kopf könnte platzen.

»Nun?«, bohrte Khan.

Fletcher blieb stumm und erwiderte Khans Blick mit so viel Selbstvertrauen, wie er überhaupt aufbringen konnte.

»Es spielt keine Rolle. Ich werde ihn bald genug finden«, erklärte Khan schließlich.

»Wieso interessierst du dich eigentlich für ihn? Brauchst du noch einen?«, fragte Fletcher.

»Wir haben dich in der Hauptkammer mit ihm gesehen«, knurrte Khan. Seine Nasenflügel bebten vor Wut. »Salamander sind mein Eigentum, mein Geburtsrecht! So steht es in den Prophezeiungen in der Pyramide geschrieben.«

Fletcher musterte den kleinen Sprung in dem Schild. Wenn Khan noch einmal dagegenschlug, würde er sich vielleicht so weit vergrößern, dass Athena hindurchfliegen konnte. Das Loch, das sie dabei hinterlassen würde, wäre groß genug für einen Versuch mit Flamme …

Fletcher beschloss, wieder in die Offensive zu gehen.

»Ich habe die Prophezeiung gesehen«, schnaubte er verächtlich. »Der Salamander könnte genauso gut den Menschen gehören, die dort abgebildet sind, nicht einer Missgeburt wie dir. Es ist sowieso nichts Besonderes an ihm. Für einen Dämon der Stufe fünf mag er stark sein, aber kein Vergleich zu einem Wyvern. Nicht einmal zu einem Canid.«

»Sprich nicht von Dingen, die du nicht verstehst«, fauchte Khan. »Was ein Salamander *ist*, spielt keine Rolle, sondern das, was aus ihm *werden* kann.«

»Papperlapapp«, erwiderte Fletcher achselzuckend. »Das kann auch nur ein Wilder glauben.«

Khan schäumte vor Wut.

»Hast du je von einem Drak gehört, Junge, oder von einem Drachen?«, fragte er mit blitzenden Augen. »Einen Drak, die erste Verwandlungsstufe des Salamanders, kann ein Mensch vielleicht noch beherrschen, aber die nächste, ein Drachen, lässt sich nur von einer ›Missgeburt‹ wie mir unterwerfen. Deshalb steht in der Prophezeiung, dass ein Salamander der Schlüssel zum Sieg sein wird. Und jetzt hol ich mir auch noch den zweiten.«

Khan sprach immer schneller. Aus seinen Augen sprach keinerlei Vernunft mehr, nur noch blinder Wahn.

»Ich wurde ausschließlich zu einem einzigen Zweck geboren: um euch zu vernichten. Wir werden eure Städte niederbrennen und die Äcker vergiften. Euer Blut wird durch die Straßen fließen, niemand wird verschont, nicht die Kinder und auch nicht die Alten. Wir werden Hominum verwüsten, und in hundert Jahren wird sich niemand mehr daran erinnern, dass ihr überhaupt existiert habt.«

Fletcher ließ sich von den wüsten Drohungen nicht beeindrucken und dachte nach. Draks? Drachen? Von solchen Wesen hatte er noch nie gehört. Wahrscheinlich waren sie nur Ausgeburten von Khans Fantasie.

Unterdessen fiel ihm das Denken immer schwerer. Ignatius' Präsenz dehnte sich unaufhaltsam aus, als würde ihn die Lava aufblasen wie einen Ballon. Doch dann, gerade als Fletchers Kopf kurz vorm Bersten war, hörte es auf. Gleichzeitig spürte Fletcher, dass Ignatius noch weiter hinaus wollte. Wohin, konnte er nicht einmal raten. Er hatte nur das deutliche Gefühl, dass sein Geist unweigerlich zerplatzen würde, wenn es nicht aufhörte.

Aber es spielte ohnehin keine Rolle. Das Einzige, was jetzt noch zählte, war, Khan zu töten. Wenn er Ignatius' Mana anzapfte und den Riss in dem Schildzauber mit einer Salve aus seiner doppelläufigen Pistole vergrößerte, könnte er danach mit Flamme …

Khan erhob sich und stieß einen tiefen Seufzer aus, als hätte ihn sein Wutausbruch erschöpft.

Fletcher verstärkte seine Verbindung zu Ignatius und tastete nach Flammes Griff.

Khan sah es und grinste.

»Soll ich das Loch für dich vergrößern?«, fragte er verschlagen. Sein Grinsen wurde breiter. Ein Strom weißen Lichts brach aus seinen Fingern und legte sich um den Schildzauber, dann ballte Khan die Hand ganz langsam zu einer Faust.

Zu Fletchers Entsetzen schrumpfte die Glocke um ihn herum allmählich. Die schimmernde, undurchdringliche Barriere kam immer näher. Fletcher zog Flamme aus dem Holster und hämmerte mit dem Griff auf den Schild ein, doch ebenso gut hätte er gegen eine Festungsmauer schlagen können.

Da rührte sich etwas am Rand von Fletchers Bewusstsein: Athena spürte seine Panik und rief nach Ignatius. Der Salamander schien bereits auf dem Weg zu sein.

»Warte!«, brüllte Fletcher. »Ich sage dir, wer den Salamander hat.«

Die Glocke hörte auf, sich zusammenzuziehen. Sie war jetzt so eng, dass Fletcher nicht einmal mehr aufrecht stehen konnte. Gleichzeitig spürte er, dass Ignatius schon fast bei ihm war.

Khans Augen funkelten. »Verrat es mir, dann gewähre ich dir einen schnellen Tod.«

Fletcher beugte sich so nah an Khans Gesicht, wie die milchige Barriere es zuließ.

»Ich«, flüsterte er.

Ignatius sprang in einer Fontäne aus glühender Lava aus dem Krater, und der Schild zerbarst. Fletcher spürte, wie der Salamander seinen Kopf zwischen seinen Beinen hindurchschob und ihn hochhob. Im selben Augenblick riss er Flamme hoch und feuerte.

Fletcher sah noch, wie Khan zu Boden gerissen wurde, dann stürzte er rücklings über den Kraterrand ins Leere.

16

NEIN. ER STÜRZTE NICHT, ER FLOG.

Breite Schwingen trugen Fletcher durch die Luft.

Ignatius drehte ihm den Kopf zu und blickte ihn mit seinen bernsteinfarbenen Augen an. Er war nicht mehr der Wichtel, den Fletcher einmal gekannt hatte. Er hatte zwar den gleichen Schildkrötenschnabel und stachelbewehrten Schwanz wie zuvor, doch sein Hals war viel länger geworden. Insgesamt war er nun genauso groß wie Lysander. Aus seinem Kopf ragten zwei kurze, nach hinten zeigende Hörner, aber viel erstaunlicher waren die beiden ledrigen Flügel auf Ignatius' Rücken. Er war kein Salamander mehr.

Fletcher blickte sich blinzelnd um und sah Khan am Rand des Lavasees stehen. Er hielt sich die verwundete Schulter und winkte – brüllend vor Wut – die über dem Krater kreisenden Wyvern heran.

»Du musst uns hier wegbringen!«, rief Fletcher, steckte Flamme ins Holster und zog die doppelläufige Brise.

Die Welt um ihn herum machte einen Ruck, als sich Ignatius mit mächtigen Flügelschlägen hinauf in den Himmel erhob. Er hielt direkt auf eine Wolkenbank zu, die sie vor ihren Verfolgern verbergen sollte.

Der Dschungel unter ihnen schrumpfte zu einem grünen Farbklecks zusammen, eingefasst von dem weißen Sandstrand der Lagune auf der einen Seite und dem Rot der Ödlande auf der anderen. Aber sie waren zu langsam.

Fletcher spürte, wie viel Kraft die Verwandlung Ignatius gekostet hatte – und er spürte auch Ignatius' Verwirrung über die plötzlichen Veränderungen, die der Vulkan in seinem Körper bewirkt hatte. Er bewegte sich beinahe ungeschickt, schließlich war er es nicht gewohnt, die Böen auszugleichen, die aus allen Richtungen auf ihn einpeitschten.

Die Wyvern holten langsam, aber sicher auf. Jeder von ihnen war doppelt so groß wie Ignatius, hatte gezackte Klauen und ein Maul voller grässlicher Zähne. Insgesamt waren es elf, dabei hätte schon ein einziger genügt, um sie in Stücke zu reißen. Schlimmer noch: Ignatius hatte während der Verwandlung beinahe sein gesamtes Mana verbraucht. Nur ein winzig kleines Restchen war noch übrig, das gerade einmal für einen schwachen Schildzauber reichen würde oder vielleicht für einen Feuerstoß aus Ignatius' Rachen.

Ihre Lage war verzweifelt, schon schossen die ersten Feuerkugeln an ihnen vorbei und zogen lange Rauchspuren hinter sich her. Ein Speer, den einer der Schamanen geschleudert hatte, verfehlte Fletchers Kopf nur knapp und verschwand in den Wolken.

Fletcher richtete Brise auf einen der Verfolger, aber Ignatius' hektische Flügelschläge machten das Zielen beinahe unmöglich. Er wollte gerade abdrücken, da wurden sie von weißem Nebel verschluckt – sie hatten die Wolken erreicht.

Vorsichtig tastete Fletcher nach seiner Verbindung zu Ignatius. Sie fühlte sich stärker an als zuvor, stark genug, um seine Flugbahn zu steuern und die Wyvern vielleicht abzuschütteln. Er ließ Ignatius ein paar wilde Haken schlagen, und schon kurze Zeit später glitten sie allein durch die Wolken. Fletchers Haar flatterte im Wind, von weit unten hörte er die kehligen Schreie der Schamanen, vermischt mit dem Knurren der Wyvern, die verbissen nach ihnen suchten.

Wassertröpfchen legten sich wie Tau auf Fletchers Haut und saugten ihm die Wärme aus dem Körper. An den Unterarmen hatte er bereits eine Gänsehaut, nur Ignatius fühlte sich immer noch glühend heiß an – von der Lava. Schließlich presste Fletcher den Oberkörper auf seinen Hals, um sich zu wärmen. Außerdem beruhigte ihn die körperliche Nähe; sein wild pochendes Herz schlug gleich ein wenig langsamer.

Es fühlte sich anders an, als auf Lysander zu fliegen. Auf der burgunderfarbenen Haut fand der Stoff von Fletchers Kniehosen ausreichend Halt, und die Vertiefung zwischen Ignatius' Schulterblättern war beinahe so bequem wie ein Sattel. Staunend betrachtete Fletcher Ignatius' langen Hals und die Bewegungen der kräftigen Muskeln. Er musste sich in einen dieser Draks verwandelt haben, von denen Khan gesprochen hatte.

Fletcher spürte die Begeisterung, mit der Ignatius seinen neuen Körper ausprobierte. Voller Freude schlug er mit dem Schwanzstachel auf die Wolken ein. Seine anfängliche Verwirrung ließ schnell nach und wurde von wilder Entschlossenheit verdrängt.

Unter ihnen tauchte ein Schatten auf. Wieder hörte Fletcher die raue Orksprache, lauter diesmal, dann sah er weitere dunkle Silhouetten, über ihnen und zu beiden Seiten. Im Augenblick waren sie noch verschwommen, aber sie kamen schnell näher.

Die Wyvernreiter hatten sie entdeckt und würden in wenigen Sekunden über sie herfallen, wenn Fletcher nicht sofort …

Er schlang einen Arm um Ignatius' Hals, zog Brise und übermittelte seine Anweisungen an den Drak. Es war Zeit zurückzuschlagen.

Jetzt.

Ignatius legte die Flügel an, Fletchers Magen machte einen Salto, dann stürzten sie hinab und krachten gegen den Wyvern direkt unter ihnen. Fletcher spürte die Wucht des Aufpralls bis in jeden Knochen, die Welt um ihn herum drehte sich in einem Kaleidoskop aus Weiß- und Grüntönen, während die beiden Dämonen in der Luft miteinander kämpften.

Wie ein Komet stürzten sie gemeinsam auf den Boden zu, eine Wyvernschwinge schlug Fletcher ins Gesicht, doch Ignatius hielt seinen Feind von oben gepackt, damit er sich nicht herumdrehen und auch noch die fürchterlichen Klauen einsetzen konnte. Blut spritzte aus seinem Schnabel, als er in den geschuppten Hals biss. Der Schmerzensschrei des Wyvern war so laut, dass Fletcher schon glaubte, seine Trommelfelle müssten platzen, da legte sich eine Hand um seinen Knöchel, drückte wie ein Schraubstock zu und zog.

Fletcher feuerte blind nach unten. Der Rückschlag riss ihm Brise beinahe aus der Hand. Er hörte einen erstickten Schrei, dann stand die Welt erneut Kopf. Ein grauer Klecks, vermischt mit roter und gelber Kriegsbemalung, sauste an ihm vorbei, als der Schamane aus dem Sattel stürzte.

Unterdessen kam der Dschungel unter ihnen immer näher.

»Loslassen!«, brüllte Fletcher.

Ignatius entließ den Wyvern widerwillig aus seinem Griff und breitete die Schwingen aus. Fletcher wurde von dem Bremsmanöver so heftig nach vorn gerissen, dass er mit dem Kopf auf Ignatius' Rücken schlug und um ein Haar das Bewusstsein verloren hätte. Die Fliehkraft presste ihn gegen Ignatius' Hals, dessen Krallen mit einem lauten Rascheln durch das Blätterdach fuhren, dann hörte Fletcher das fürchterliche Klatschen, mit dem der Wyvern unter ihnen aufschlug.

Der Sturzflug hatte ihnen eine unglaubliche Geschwindigkeit verliehen, mit der sie nun knapp über den Bäumen dahinrasten. Doch als Fletcher nach oben blickte, stockte ihm der Atem: Zwei weitere Wyvern hielten geradewegs auf sie zu, die Krallen nach vorn weggestreckt und die rosafarbenen Schlunde weit aufgerissen.

Fletcher steckte Brise weg und schloss die Augen. Als er Ignatius seine Absichten mitteilte, spürte er zwar deutlich die Angst des Drak, aber sie hatten keine andere Wahl. Schließlich zog Fletcher den Kopf ein und gab den Befehl.

Blätter schlugen ihm ins Gesicht, knorrige Baumstämme jagten links und rechts an ihm vorbei, und sein Magen schlug einen weiteren Purzelbaum, während Ignatius in wildem Zickzackflug in den Dschungel hinabtauchte. Die Wyvern, die ihnen aufgrund ihrer Größe nicht folgen konnten, heulten auf vor Wut, während Ignatius sein Tempo verlangsamte und Fletcher versuchte, anhand des Gebrülls festzustellen, ob sie hinter ihnen herkamen.

»Das hier kann nur auf eine Art enden, Fletcher Rale: mit deinem Tod«, bellte Khan wütend.

Der Albino-Ork hatte sie also eingeholt. Vielleicht gelang es Fletcher ja doch noch, ihn zu töten. Er wünschte beinahe, Ignatius hätte den Ahool angegriffen, statt zu fliehen. Aber es waren zu viele Wyvern in der Nähe gewesen. Außerdem hatte der Ork recht: Das dünne Blätterdach bot wenig Schutz. Bald würden sich die Wyvern auf sie stürzen.

»Warum kommst du nicht herunter und nimmst es Mann gegen

Mann mit mir auf?«, höhnte Fletcher. »Dein Ahool gegen meinen Drak.«

Stille, dann: »Sobald du tot bist, gehört der Drak mir! Mein Ahool kann deine Furcht bis zu dieser Stelle riechen. Wenn es sein muss, verfolge ich dich bis ans Ende des Äthers!«

Bis ans Ende des Äthers. Khans Ausbruch brachte Fletcher auf eine Idee, und wieder bekam es Ignatius mit der Angst, selbst Athena war dagegen. Fletcher hatte vor, in der Hoffnung, dass nur ihre Verfolger getroffen würden, mitten hinein in ein Kreuzfeuer zu laufen.

»Dort entlang«, flüsterte er, und der treue Ignatius änderte ohne Zögern die Flugrichtung. Fletcher wünschte, er hätte genauso viel Vertrauen in sein Vorhaben wie der Drak. Sein Plan war heller Wahnsinn, aber eine andere Möglichkeit fiel ihm nicht ein.

In niedriger Höhe rasten sie weiter durch den Dschungel. In der Nähe graste eine Herde Indriks, große, giraffenähnliche Geschöpfe mit grau gescheckten Fell, dicken, elefantenähnlichen Beinen und Pferdeköpfen. Gleich daneben lauerte ein Rudel wilder Canide darauf, dass sich eines der Jungtiere zu weit von der Herde weg wagte. Die Luft war voller Geräusche, überall schwirrten niedere Kerfe umher, und in der Ferne hörte Fletcher einen Gunni blöken, ein eigenartiges Geschöpf, das wie ein Wombat mit einem Hirschgeweih auf dem Kopf aussah und so groß werden konnte wie ein Bär.

All das bekam Fletcher jedoch nur am Rande mit, denn er war voll und ganz damit beschäftigt, Ignatius durch den dichter werdenden Dschungel zu steuern, um die Wyvern abzuhängen. Bisher hatte er Glück gehabt, doch als er an Sylva dachte, spürte er einen Stich im Herzen. Ob wenigstens sie entkommen war?

Der Einzige, der Fletcher durch dieses Dickicht folgen konnte, war Khan mit seinem Ahool, doch der würde das Risiko bestimmt nicht auf sich nehmen. Trotzdem zog Fletcher Brise wieder aus dem Holster – nur für den Fall …

Ignatius entdeckte es als Erster und sandte Fletcher eine Warnung: Ein Stück vor ihnen wurden die Bäume bereits lichter, dahinter schimmerte roter Sand. Das waren die Ödlande.

Jetzt.

Ignatius beschleunigte. Mit der Kraft der Verzweiflung pflügte er durch die Luft und schoss wie eine Kanonenkugel aus dem Dschungel. Der grelle Wüstenhimmel blendete Fletcher, als sie aus dem Schatten des Dschungels hervorbrachen. Da hörte er das überraschte Gebrüll der Wyvern – ihre Feinde hatten nicht damit gerechnet, dass sie das schützende Blätterdach freiwillig verlassen würden. Nun hatten sie einen kleinen Vorsprung und zumindest eine Chance.

Roter Staub hing wie Nebel über der trockenen Landschaft und schlug sich in einer dünnen Schicht auf Fletchers schweißnasser Haut nieder. Mit zusammengekniffenen Augen spähte er in den Dunst hinaus, während Ignatius im Tiefflug dahinfegte. Der trockene Boden war von Felsen übersät, dazwischen tanzten Windhosen und wirbelten den roten Sand auf, sodass er sich bis in den Himmel erhob.

Fletcher hörte ein Rauschen, dann schlug eine Feuerkugel krachend gegen Ignatius' Flanke. Der Drak zuckte nur kurz, als verscheuche er eine lästige Fliege, denn Feuer konnte ihm nichts anhaben. Fletcher allerdings schon. Die nächste verfehlte nur knapp sein linkes Ohr, versengte seine Haare und verbrannte ihm das Gesicht.

Er drehte den Kopf und sah einen der Wyvern nach Ignatius' Schwanz schnappen. Er war gefährlich nahe gekommen, der Biss ging nur knapp ins Leere, und der Reiter holte mit seinem Speer bereits zum Wurf aus. Als Fletcher mit der Pistole auf ihn zielte, drehte der Wyvern ab, um seinen Meister zu schützen. Dabei stieß er mit einem seiner Artgenossen zusammen, was Fletcher kostbare Zeit verschaffte.

»Schneller!«, rief er und zog den Kopf wieder ein, um ein möglichst kleines Ziel zu bieten. Ignatius' Flügel peitschten durch die Luft. Vor ihnen gähnte ein schwarzer Abgrund: das Ende der Ätherscheibe. Sie hatten ihr Ziel beinahe erreicht.

Einen Wimpernschlag später jagten sie über die Klippen hinweg und stürzten in die Tiefe hinab.

Nun musste sich zeigen, ob Fletchers Plan aufgehen würde. Der Rand des Äthers lag mehrere Tagesreisen vom Orkterritorium entfernt, der hohe Gebirgszug, durch den sie gekommen waren, erschwerte den Weg zusätzlich. Fletcher zählte darauf, dass die Orks nur selten herkamen und wenig oder gar nichts über die Ungeheuer wussten, die im Abgrund lauerten.

Die Wyvern zögerten tatsächlich, als hätten sie Angst, doch ihre Reiter drängten sie unbarmherzig weiter. Der erste kam schon über den Rand geschossen und nahm die Verfolgung auf.

Ignatius ging noch tiefer, während der Wyvern ein Stück oberhalb, wo es noch etwas Licht gab, seine Kreise zog. Triumphierend zog Fletcher seinen Chepesch und versuchte mit aller Macht, nicht nach unten zu blicken und der entsetzlichen Gefahr ins Auge zu schauen, in die er sich begeben hatte.

Khans Ahool weigerte sich strikt, über den Rand der Scheibe hinauszufliegen, doch seine Begleiter preschten unvermindert vor, bis der gesamte Wyvernschwarm nach ihnen suchte. Fletcher sah, wie sie ihre Kreise zogen, und änderte Ignatius' Flugrichtung. Da rührte sich etwas in der Finsternis unter ihnen. Es war so weit.

Ein Fangarm schoss aus dem Abgrund, packte den ersten Wyvern und zerrte ihn hinab. Weitere Tentakel folgten und wickelten sich um den brüllenden Dämon, während die anderen Wyvern auseinanderstoben und in wilder Panik Feuerkugeln in alle Richtungen verschossen.

Dann erhob sich der erste Keteaner aus den Schatten. Fletcher erstarrte vor Entsetzen, als er die unzähligen blinzelnden Augen, die gähnenden Schlunde voll gezackter Zähne und auch die klauenartigen Fangarme sah. Es wurden immer mehr, kein Exemplar sah aus wie das andere, doch schienen sie alle direkt einem Albtraum entsprungen. Aus allen Richtungen ertönten die hellen Schreie der gemarterten Kreaturen, und Fletcher verspürte eine eigenartige Mischung aus Schrecken und Mitleid.

Ignatius warf sich herum und wich einem Tentakel aus. Immer wieder stellte sich die Welt auf den Kopf, während der Drak im Zickzack Klaue um Klaue auswich.

Fletcher hatte die Situation nicht mehr in der Hand. Er konnte sich nur mit aller Kraft festhalten und versuchen, nicht jedes Mal laut aufzuschreien, wenn einer der schrecklichen Fangarme sie nur knapp verfehlte.

Drei Wyvern waren bereits tot, ein vierter flog ohne Reiter zurück zum Rand der Scheibe, seinen Auftrag vergessend. Blieben noch sechs, die verzweifelt versuchten, den Keteanern zu entwischen, während Khan tatenlos zusehen musste, wie seine Luftstreitkräfte binnen Sekunden dezimiert wurden.

Ein Rucken ging durch Ignatius' Körper, so heftig, dass Fletcher beinahe den Halt verlor. Ein Fangarm hatte den Drak um den Bauch gepackt, der nun verzweifelt mit den Flügeln schlug, um nicht in die Mäuler gezogen zu werden, die unter ihnen lauerten.

Fletcher feuerte Brises zweiten und letzten Schuss ab, doch die Saugnäpfe, die sich in Ignatius' Haut verbissen hatten, ließen nicht los. Mit einem Fluch zog er seinen Chepesch und hackte verzweifelt auf den Tentakel ein. Die eitrige, weiße Flüssigkeit, die bei jedem Schlag aus der Wunde spritzte, nahm ihm die Sicht. Trotzdem wurden sie immer weiter nach unten gezerrt. Fletcher wartete nur noch darauf, jeden Augenblick von einem der grässlichen Mäuler verschlungen zu werden.

Ein weiterer Fangarm schnappte nach ihnen, doch Ignatius verjagte ihn mit einem Feuerstoß, und dann gelang es Fletcher, den anderen Tentakel mit einem letzten Schlag zu durchtrennen, sodass sie wieder zurück und nach oben schossen.

Der abgehackte Fangarm fiel in den Abgrund, wo sich die geifernden Ungeheuer sofort darauf stürzten. Ringsum tobten weitere Kämpfe um die bereits getöteten Wyvern, was ihnen eine kurze Verschnaufpause verschaffte. Fletcher nutzte sie, um nach ihren Verfolgern Ausschau zu halten.

Die restlichen Wyvern hatten die Flucht ergriffen. Fletcher sah sie auf den Rand der Scheibe zuhalten, während Khans Ahool über den Ödlanden kreiste, wo ihn die Fangarme nicht erreichen konnten.

Fletcher winkte dem Orkhäuptling grinsend zu. Mit einem einzigen Schlag hatte er die Hälfte von Khans Luftstreitkräften vernichtet und Hominum einen entscheidenden Vorteil verschafft. Ganz leise konnte er Khans wütendes Gebrüll über dem schmatzenden Geschrei der Keteaner hören.

Doch Fletcher war noch lange nicht in Sicherheit. Einfach zurückfliegen, direkt den lauernden Wyvern entgegen, kam nicht infrage.

Bleiben konnte er auch nicht, denn die Keteaner würden schon bald zum nächsten Angriff ansetzen.

So war es an der Zeit, eine Theorie zu überprüfen, die an der Dämonenakademie seit Jahrhunderten diskutiert wurde: dass die Keteaner ausschließlich am Rand der Scheibe lebten, nicht aber weiter dahinter. Da aber kein Beschwörer es gewagt hatte, seinen Dämon so weit hinaus ins Ungewisse zu schicken, war die Theorie nie bewiesen worden. Nun aber, da die Ungeheuer abgelenkt waren, hatte Fletcher Gelegenheit dazu.

Er wendete Ignatius und jagte los, immer weiter hinaus in den Abgrund.

17

STUNDEN WAREN VERGANGEN – mindestens zehn, denn Fletcher hatte bereits zweimal eines seiner Blütenblätter verzehren müssen. Ignatius' Flügelschläge waren immer langsamer geworden, bis er irgendwann nur noch segelte. Es war, als existierte die Welt um sie herum nicht mehr. Sie waren von allen Seiten von endlosem Schwarz umgeben, nur in einer Richtung schimmerte in weiter Ferne das Licht des Äthers. Es war kalt geworden, kälter, als Fletcher sich je hätte vorstellen können. Ohne die Wärme, die Ignatius' Körper abstrahlte, wäre er längst erfroren.

Die Minuten verstrichen, während sie auf das allmählich heller werdende Licht zuhielten, dennoch fragte sich Fletcher, ob er vielleicht zu spät umgedreht war. Seine Zähne klapperten erbärmlich, und sein dampfender Atem ging stoßweise.

Die Schamanen mussten ihn längst für tot halten. Nur für den Fall, dass sie ihm dennoch auflauerten, hatte er Ignatius einen weiten Bogen in Richtung der Lagune fliegen lassen, der ihren Rückweg außerdem ein wenig verkürzte.

Seine Hoffnung hatte sich bewahrheitet, die Theorie war bewiesen: Die Keteaner hielten sich ausschließlich am Rand der Scheibe auf, denn weiter entfernt gab es weder Nahrung noch Licht noch Wärme. Gleich jenseits der Klippen lauerten sie auf Beute, schliefen oder fraßen sich gegenseitig, während sie hofften, dass sich ein verirrter Dämon zu nahe an den Rand wagte.

Jetzt musste es Fletcher nur noch heil zurück in den Äther schaffen. Zwei Dinge spielten ihm dabei in die Hände: Erstens rechneten die Keteaner nicht mit ihnen, ganz einfach weil die Beute aus der falschen Richtung kam. Bestimmt hatten sie die Augen auf den Rand der Klippen gerichtet.

Zweitens hatte der Kampf womöglich andere Keteaner angezogen, die an dem Festmahl teilhaben wollten, sodass sich in dem Gebiet, auf das sie zuhielten, im Augenblick vielleicht gar keine mehr aufhielten. Wyvern waren sehr groß, fünf davon bedeuteten wahrscheinlich mehr Futter, als die Keteaner je auf einmal zu fressen bekamen. Mit etwas Glück begegneten sie unterwegs nicht einem einzigen.

Inzwischen waren die roten Felsklippen am Rand und die dahinterliegenden Ödlande in Sicht gekommen. Ignatius schien am Ende seiner Kräfte zu sein, aber seine Flügel schlugen immer schneller, während Fletcher mit angehaltenem Atem nach unten starrte und inständig hoffte, dass die Keteaner weit, weit fort waren.

Nichts. Immer noch nichts.

Dann Wärme. Das Licht des Äthers umhüllte ihn wie eine Decke und vertrieb die Kälte, die sich tief in seine Knochen gefressen hatte. Fletcher hörte ein freudiges Zirpen von Ignatius, roter Sand zog unter ihnen vorbei. Sie waren in Sicherheit.

Es wäre so leicht, jetzt einfach die Augen zu schließen und einzuschlafen.

Fletcher spürte eine warme Brise. Der berauschende Duft üppiger Vegetation stieg ihm in die Nase. Ruckartig setzte er sich auf und zuckte sogleich vor Schmerz zusammen. Alles tat weh. Fletcher musste eingeschlafen oder ohnmächtig geworden sein, aber das spielte keine Rolle, denn der Abgrund lag weit hinter ihnen, auch wenn die Keteaner ihn noch lange in seinen Träumen verfolgen würden.

Ignatius flog in niedriger Höhe über die Bäume hinweg und ließ sich von dem schwindenden Tageslicht wärmen. Er hatte genauso in der Kälte des Abgrunds gelitten wie Fletcher und all sein Mana verbraucht, um seine Körpertemperatur aufrechtzuerhalten.

Fletcher beugte sich nach vorn und tätschelte Ignatius' Hals. Sein Dämon hatte Leib und Leben riskiert, um ihn zu retten. Er spürte Ignatius' Erschöpfung deutlich und wusste, dass er nicht mehr lange durchhalten würde. Dennoch schien der Drak voller Vorfreude zu sein, so als warte er auf etwas.

Fletcher blickte auf, da sah auch er die Lagune direkt vor sich. Wie Silberfäden glänzten die sanften Wellen im Licht. Er war von Ruß, Sand und dem Blut der Keteaner verschmiert, außerdem hatte er schrecklichen Durst. Sich kopfüber in die Lagune zu stürzen wäre himmlisch, und genau das schien Ignatius vorzuhaben.

Doch etwas stimmte nicht. Ignatius hörte ein Geräusch und änderte mit hektischen Flügelschlägen die Richtung. Er schien wütend, etwas rief seinen Beschützerinstinkt wach, da hörte Fletcher es: erst ein Brüllen und kurz darauf einen Schrei. Sylva?

»Vorwärts!«, trieb er den entkräfteten Drak an. Fletcher konnte kaum die Augen offen halten, er hatte keine Munition mehr und kaum noch Mana. Trotzdem würde er sich erneut in den Kampf stürzen.

Auch er war jetzt wütend. So durfte es nicht enden. Fletcher hatte es nicht bis hierher geschafft, um dann seine Freunde – und seine Mutter – dem Tod zu überlassen. Knurrend zog er seinen Chepesch, da sah er schon die ersten Feuerkugeln am Himmel, und dann die kämpfenden Dämonen auf dem weißen Strand zwischen dem Grün des Dschungels und dem Azurblau der Lagune.

Ein Wyvern schlug mit seinen Klauen nach dem blutverschmierten Lysander. Rund um den Greif lagen tote Kerfe im Sand, die noch lebenden bedrängten drei Kämpfer, die sich Rücken an Rücken nach Leibeskräften zur Wehr setzen. In ihrer Mitte kauerte eine Gestalt reglos am Boden. Alice.

Mit wehendem Haar stürzte sich Fletcher mitten in das Gemetzel. Ignatius rammte den Wyvern mit voller Geschwindigkeit und grub den Schnabel in sein Fleisch. Fletcher wurde in einem Wirbel aus Klauen und Flügeln durch die Luft geschleudert und landete bäuchlings im Sand, wo er kraftlos liegen blieb.

»Pass auf!«, schrie Sylva.

Fletcher rollte sich instinktiv zur Seite. Er hörte ein Stampfen in seine Richtung kommen und stach blind mit seinem Chepesch zu. Als er aufblickte, sah er einen Schamanen auf die Knie sinken, sein Hals war von der Klinge durchbohrt. Fletcher trat den Leichnam von seiner Waffe weg und stürzte sich brüllend auf den Wyvern.

Schmerz pulsierte durch sein Bewusstsein, als Ignatius blutüberströmt in die Lagune stürzte und im seichten Wasser liegen blieb. Lysander kam mit letzter Kraft noch einmal auf die Beine, brach dann aber nach wenigen Schritten schon wieder zusammen. In seiner Flanke klaffte eine tiefe Wunde.

Der Wyvern drehte den Kopf und funkelte Fletcher an.

Erst jetzt wurde ihm bewusst, wie nutzlos sein Chepesch gegen ein Ungeheuer von dieser Größe war. Ganz langsam machte er einen Schritt zurück. Seine Beine zitterten vor Erschöpfung. Er konnte kaum noch stehen, an Weglaufen war überhaupt nicht zu denken.

Der Wyvern folgte seiner Bewegung und streckte die Klauen nach ihm aus. Blut tropfte aus seiner Schnauze und einer tiefen Wunde in seiner Brust. Sein Reiter mochte tot sein, doch Wyvern waren von Natur aus bösartig, außerdem war er wütend und spürte auch die Befehle seines ehemaligen Herrn bestimmt noch.

Fletcher betete, dass das Ungeheuer von ihm ablassen solle, doch es war zwecklos. Der Wyvern preschte vor, Fletcher stürzte rücklings in den Sand und sah nur noch das aufgerissene Maul über sich.

Da kam etwas aus dem Dschungel herangejagt, warf sich gegen die Flanke des Dämons und zerrte ihn kreischend mit sich ins Wasser.

Schilki.

Der Zaratan hatte den Wyvern an der Kehle gepackt, wie ein Schraubstock drückte sein Schnabel zu, während er ihn in die offene Lagune hinauszog. Dann verschwanden die beiden Dämonen ineinander verbissen im Wasser. Die Wellen verfärbten sich rot, und weißer Schaum spritzte auf, während sie als dunkle Schatten unter der Oberfläche miteinander rangen.

Fletcher wirbelte herum und sah, wie Tosk einen gelb und schwarz gestreiften Orkdämon mit einem Blitz vom Himmel holte. Die Vespe war der letzte noch verbliebene Angreifer gewesen. Fletcher sank auf die Knie.

Sylva, Othello und Kress rannten sofort zu ihm. Ihre Gesichter füllten sein Blickfeld beinahe vollständig aus, sie riefen etwas, doch

Fletcher reagierte nicht und hielt verzweifelt nach Ignatius Ausschau. Endlich kam der Drak zurück an den Strand gekrochen und leckte mit seiner heilenden Zunge über die klaffende Wunde in seiner Flanke.

»Lysander, kümmert euch um Lysander«, keuchte Fletcher mit letzter Kraft und deutete auf den verwundeten Greif. Er sah noch das weiße Leuchten des Heilzaubers, mit dem seine Freunde Lysander sofort behandelten, und stieß einen erleichterten Seufzer aus. Lysander würde überleben.

Ebenso wie er und seine Freunde.

18

SCHILKI LAG IM STERBEN. Er hatte sich wenige Minuten, nachdem er den Wyvern ertränkt hatte, aus dem Wasser geschleppt, aber der Kampf hatte den armen Zaratan einen hohen Blutzoll gekostet. Sein Gegner hatte während des Kampfes verzweifelt nach Schilkis Kopf, Hals und Gliedmaßen geschlagen und ihn schwer verwundet.

Fletcher sah hilflos zu, wie er sich ans Ufer schleppte und im blutverschmierten Sand zusammenbrach. Der Himmel wurde bereits dunkler, Schilkis Atem ging flach, und sie versuchten alles, um ihn mit ihren noch verbliebenen Manareserven zu heilen. Aber der Dämon hatte zu viel Blut verloren. Dagegen konnte selbst der Heilzauber nichts ausrichten.

Kress traf es am härtesten. Sie legte sich zu Schilki und streichelte während der gesamten Nacht seinen Kopf. Sylva blieb in stiller Anteilnahme bei ihr und las im Schein des Lagerfeuers Jespers Tagebuch.

Während sie auf das Unvermeidliche warteten, berichtete Fletcher in der zunehmenden Dunkelheit von seiner Begegnung mit Khan, von Ignatius' Verwandlung und ihrer Flucht vor den Wyvern. Sylva wiederum erzählte von ihrer verzweifelten Flucht und wie sie ihre Verfolger schließlich hatte abschütteln können, nur um wenige Stunden nachdem sie den Strand wiedergefunden hatte, von ihnen überfallen zu werden. Als es Nacht wurde, berichtete Othello, wie Schilki kurz nach Fletchers und Sylvas Aufbruch verschwunden war, um ihnen dann zur großen Überraschung aller in höchster Not beizustehen.

Und schließlich, der Himmel verfärbte sich in der anbrechenden Morgendämmerung bereits rosa, übermannte sie der Schlaf.

Als Fletcher aufwachte, musste er feststellen, dass Schilki gestorben war. Kress war untröstlich und schluchzte an Sylvas Schulter. Die beiden hielten einander umklammert wie Matrosen in einem schweren Sturm. Othello saß niedergeschlagen daneben, eine Hand auf Schilkis Panzer gelegt.

Fletcher gesellte sich zu ihnen. Eine Leere breitete sich in ihm aus, er suchte nach tröstenden Worten, aber ihm wollten keine einfallen. Der Zaratan hatte ihnen hundertfach das Leben gerettet und schließlich sein eigenes gegeben. Aus freien Stücken. Er hatte keine Verbindung zu ihnen, wie sie zwischen einem Beschwörer und seinem Dämon bestand. Dass er sie beschützt hatte, obwohl er nicht gebändigt war, zeugte von seinem Geist und seinem starken Mitgefühl. Wie um einen guten Freund trauerten sie um ihn.

»Ich dachte, er kommt vielleicht durch«, schluchzte Sylva. Keine Spur mehr von ihrer sonstigen Unerschütterlichkeit.

»Wenigstens hatte er offenbar keine Schmerzen«, sagte Fletcher und versuchte, das Zittern in seiner Stimme niederzukämpfen.

Kress hatte keine Tränen mehr – sie musste sie alle im Lauf der Nacht vergossen haben.

»Hoffentlich hat er auf seinem Ausflug eine hübsche Zaratanin gefunden«, sagte sie traurig.

»Du hast recht«, erwiderte Othello sanft und legte ihr einen Arm um die Schulter. »Deshalb ist er schließlich hergekommen. Ich wette, bald läuft hier ein ganzes Rudel kleiner Schilkis herum.«

»Genau.« Kress nickte und streichelte dem Dämon über den Kopf.

Eine Weile sagte niemand mehr etwas, in ehrfürchtigem Schweigen saßen sie da und lauschten dem Plätschern der Brandung.

»Wir sollten bald los«, erklärte Fletcher schließlich, auch wenn er sich dafür hasste, die anderen so anzutreiben. Er nickte in Richtung der toten Würger, Strixe und Vespen. »Möglich, dass einer der Schamanen die Schlacht durch seinen Hellsehkristall beobachtet hat. Vielleicht wissen sie, wo wir uns aufhalten, und sind schon auf dem Weg.«

»Da ist was dran«, murmelte Kress und stand auf. Sie wischte sich die getrockneten Tränen aus dem Gesicht und sammelte ihre Sachen auf. Othello trottete hinter ihr drein, nur Sylva blieb sitzen.

»Ich muss mit dir reden«, begann sie überraschend. »Nach allem, was gestern passiert ist … Falls mir etwas zustoßen sollte, gibt es eine Sache, von der du wissen musst.«

Fletchers Herz machte einen kleinen Sprung, doch der grimmige Blick der Elfin sagte ihm, dass es nicht um Sylvas Gefühle für ihn ging.

Sie klopfte auf das freie Fleckchen Sand neben sich. Nachdem er sich zu ihr gesetzt hatte, sah Fletcher erstaunt, wie sie Jespers Tagebuch hervorholte.

»Ich habe etwas gefunden«, erklärte sie und blätterte die letzten Seiten auf. »Ich bin erst gestern Nacht bis ganz zum Ende gekommen. Sieh mal.«

Die Seiten am Ende des Buches waren voller Zahlen und Notizen, zwischen ihnen eingeklemmt lag ein Brief. Das rote Wachssiegel war zwar gebrochen, aber Fletcher erkannte die drei Hydra-Köpfe auch so. Es war das Wappen der Forsys.

»Lies«, sagte Sylva und reichte ihm den Brief.

Werter Jesper,
Du hast der Sicherheit Hominums einen großen Dienst erwiesen. Die Auswirkungen werden noch über die Zeitalter hinweg zu spüren sein. Die unbefleckten Kinder und Kindeskinder unserer Nachfahren werden Deinen Namen über die Jahrhunderte in Ehren halten. Wisse, dass das, was Du tust, gut und gerecht ist. Das Blut der Unschuldigen ist ein notwendiges Opfer, um die Reinheit unserer Rasse zu bewahren.
Der nächste Schlag muss in drei Tagen erfolgen. Raubler wird das Fass im Vorratsschrank verstecken. Die Mitgliedskarten liegen in einem versiegelten Umschlag auf dem Fass bereit. Verteile sie unterwegs.
Lerne diesen Brief auswendig und verbrenne ihn, sobald Du ihn gelesen hast.

Gehab dich wohl,
Zacharias

Dass die Forsys und ihre Verbündeten bei den Anschlägen der Ambosse die Finger im Spiel gehabt hatten, wusste Fletcher längst. Jesper hatte gestanden, dass das Triumvirat für die Bomben, die in und um Corcillum so viele Menschen getötet hatten, verantwortlich war. Dann hatten sie die Verbrechen den Zwergen und ihren Unterstützern in die Schuhe geschoben, um die Bürger Hominums gegen sie aufzubringen.

Und nun hatten sie sogar einen schriftlichen Beweis dafür!

»Es gibt noch mehr«, fuhr Sylva fort. »Genaue Aufzeichnungen über die Zahlungen, die Zacharias an ihn geleistet hat, Datum und Ort der Anschläge, Länge der Zündschnur und Berechnungen über die Explosionswirkung. All das hat Jesper aus irgendeinem Grund aufgehoben. Vielleicht als eine Art Versicherung oder um die Forsys damit zu erpressen … wer weiß?«

»Damit haben wir sie!«, rief Fletcher triumphierend. Endlich eine erfreuliche Entwicklung.

»Nein«, widersprach Sylva. »Haben wir nicht.«

»Wie meinst du das?«

»Hast du vergessen, was Jesper gesagt hat?«, fragte sie niedergeschlagen. »Sogar *König Alfric* steckt mit ihnen unter einer Decke. Außerdem wird Raubler in dem Brief erwähnt. Ein *Inquisitor*.«

»Und?«, fragte Fletcher zurück, obwohl es ihm bereits dämmerte.

»Wem sollen wir den Brief denn zeigen? Den Pinkertons? Die sind Alfrics Lakaien. Der Inquisition vielleicht? Eher nicht. Sie würden ihn sofort vernichten oder behaupten, es wäre eine Fälschung. Oder sie töten uns noch an Ort und Stelle. Wir können ihn keiner offiziellen Stelle übergeben, denn die Verbrecher sind die offiziellen Stellen selbst!«

»Dann geben wir ihn eben König Harold«, knurrte Fletcher. »Er wird schon wissen, was zu tun ist.«

Sylva biss sich auf die Lippe. »Ich hoffe nur, du hast recht. Auf jeden Fall werden wir ihn gut aufheben. Ich wollte nur, dass du Bescheid weißt.«

Fletcher rieb sich seufzend die Augen. Die paar Stunden Schlaf waren einfach zu wenig gewesen. »Tut mir leid, ich dachte nur, wir hätten endlich eine Handhabe gegen sie. Trotzdem danke. Das meine ich ernst.«

Er drückte ihr die Schulter und stand auf, gerade als Othello und Kress mit ihren gepackten Rucksäcken zurückkehrten.

»Ich fliege mit Othello«, erklärte Sylva und nahm der Zwergin die aufgerollte Katoblepas-Haut ab. »Fletcher, du solltest Alice und Kress mitnehmen. Wie es scheint, ist Ignatius jetzt ein ganzes Stück größer als Lysander.«

Sie verstummte kurz und musterte den Drak vom Kopf bis zum Schwanz. Ein Lächeln umspielte ihre Lippen.

»Wer hätte das gedacht?«, murmelte sie kopfschüttelnd. »Alle an der Akademie werden dich beneiden.«

Sie legte die Dämonenhaut auf Lysanders Rücken und faltete sie zu einem bequemen Sitzpolster. Fletcher grinste neidisch über den genialen Einfall, war aber froh, dass sie die Haut, die er eigenhändig gegerbt hatte, nicht zurückließen.

»Steigt ruhig auf«, sagte Kress aufmunternd zu Alice. »Er sieht ein bisschen anders aus, aber er ist immer noch der gute alte Ignatius. Ihr braucht keine Angst zu haben.«

Ignatius presste sich flach in den Sand, damit Fletchers gebrechliche Mutter leichter auf seinen Rücken klettern konnte. Als sie es tat, schnurrte er vergnügt, als freue ihn der Vertrauensbeweis. Fletcher setzte sich vor Alice hin, und Kress quetschte sich hinter die beiden, damit seine Mutter nicht hinunterfallen konnte. Als Alice ihm von hinten die Arme um die Hüfte schlang, lächelte Fletcher glücklich. Es war zwar keine richtige Umarmung, aber immer noch besser als gar nichts.

Lediglich die beiden Zwerge in der Gruppe wirkten angespannt.

»Ich hasse es zu fliegen«, murrte Kress. »Vor allem auf einem Dämon, der vor ein paar Stunden noch nicht einmal Flügel hatte.«

Als sie Ignatius' Hals vorsichtig streichelte, stieß der Drak ein aufmunterndes Bellen aus, das Kress sogleich zusammenzucken ließ.

»Zuerst sollten wir uns überlegen, wohin wir überhaupt wollen«, sagte Othello, der immer noch nicht aufgestiegen war. »Ich würde das lieber hier besprechen als unterwegs, wo die Wyvern uns jederzeit entdecken könnten. Außerdem möchte ich so wenig Zeit in der Luft verbringen wie möglich.«

»Jetzt, da wir ausreichend Blütenblätter haben, müssen wir nur noch den Weg in unseren Teil des Äthers finden«, murmelte Fletcher mehr zu sich selbst. »Und hoffen, dass wir dort ein Portal entdecken.«

Othello nickte grimmig. »Richtig. Leider wissen wir nicht mal, in welche Richtung wir uns halten sollen. Und selbst wenn, dann könnten wir doch geradewegs darüber hinwegfliegen, ohne es zu merken.«

»Nun, wir wissen, dass unser Teil des Äthers am Rand der Scheibe liegt, gleich an der Grenze zu den Ödlanden«, überlegte Sylva laut. »Außerdem gibt es in der Nähe Vulkane. Ich denke, das Beste wäre, wenn wir zu der Stelle fliegen, an der wir die Blumen gefunden haben. Es waren noch mehr Vulkane dort.«

»Zurück zu den Wyvern?«, stöhnte Kress. »Wir sind ihnen doch gerade erst mit knapper Not entkommen!«

»Vulkane sind die einzige Orientierungsmöglichkeit, die mir einfällt«, entgegnete Sylva.

»Außerdem wissen wir, dass es dort, wo wir hinmüssen, kein Meer gibt«, warf Fletcher ein. »Ein weiterer Grund, Sylvas Vorschlag zu folgen.«

»Über das Meer zu fliegen wäre ohnehin keine gute Idee«, ergänzte Sylva. »Wir haben keine Ahnung, wie groß es ist. Wir könnten tagelang unterwegs sein.« Sie deutete auf die Lagune, hinter der sich ein schier endloses Blau erstreckte. Es war das größte Gewässer, das sie alle jemals gesehen hatten.

»Allzu groß kann es nicht sein. Denkt nur an die Würger«, warf Othello ein. »Auch wenn wir denen bestimmt nicht folgen sollten.«

»Würger?«, wiederholte Sylva.

»Hatte ich sie nicht erwähnt?«, fragte Othello überrascht. »Nachdem ihr euch auf die Suche nach den Blüten gemacht hattet, haben wir einen großen Schwarm gesehen. Zum Glück sind sie einfach über uns hinweggeflogen, geradewegs aufs Meer hinaus.«

»Dann sollten wir diese Richtung besser meiden, vor allem auf den Rücken dieser Todesfallen«, fügte Kress mit einem missbilligenden Blick auf Lysander und Ignatius hinzu.

Sylva starrte sie mit einem durchdringenden Blick an.

»'tschuldigung, war nur ein Witz«, sagte Kress und hob die Hände.

»Das meine ich gar nicht«, widersprach Sylva. »Ich denke nur nach.« Sie kaute auf ihrer Unterlippe herum und schloss die Augen.

»Wie lange nach dem Turnier fängt das nächste Unterrichtsjahr an?«, fragte sie schließlich.

»Aber – was hat das bitte schön mit uns zu tun?«, rief Kress.

»Die Pause ist recht kurz«, antwortete Othello, ohne auf den Kommentar einzugehen. »Jetzt, da wir Krieg haben, fängt das nächste Jahr beinahe sofort an. Ein oder zwei Wochen später vielleicht? Andererseits wurde das Turnier wegen der Anschläge nach hinten verlegt …«

»Umso besser. Als wir mit Hauptfrau Lovett im Äther waren, hatte das Schuljahr auch gerade erst begonnen, oder?«, fragte Sylva weiter. »Wir hatten erst ganz wenig Unterricht bei ihr.«

»Stimmt …«, sagte Fletcher, der immer noch nicht recht wusste, worauf sie hinauswollte.

»Damals ist Valens von einem Würger angegriffen worden. Haben wir in Dämonologie nicht gelernt, dass Würger zu dieser Jahreszeit regelmäßig Hominums Teil des Äthers durchqueren? Das heißt also … genau jetzt?«

Die Erkenntnis glich in ihrer Wirkung der eines Eimers Wasser, der in Fletchers Gesicht gekippt wurde: der Würgerschwarm, von dem Othello berichtet hatte. Womöglich war er genau dorthin unterwegs gewesen, wo auch sie hinwollten!

»Sylva, du bist ein Genie!«, rief er strahlend.

Nun konnten sie endlich nach Hause.

19

DAS MEER SCHIEN ENDLOS. Es war so groß, dass sie nach einer Stunde in jeder Himmelsrichtung nur noch Wasser sahen. Eine Sonne, an der sie sich orientieren konnten, gab es auch nicht; der einzige Bezugspunkt war der geheimnisvolle innere Kompass, der alle Dämonen zum Zentrum des Äthers zog. Also hielten sie sich an die entgegengesetzte Richtung.

Ignatius und Lysander flogen so hoch und schnell, wie sie es eben wagten. Sie durften sich auf ihrer Suche nach den Würgern nicht zu sehr verausgaben. Wenn sie allzu schnell flogen, ermüdeten sie zu bald und würden nur im Ozean ertrinken. Flogen sie aber zu langsam, dann könnten sie ihre letzte Chance, Hominums Teil des Äthers zu finden, endgültig verpassen. Oder immerhin bis zum nächsten Jahr, wenn die Würger erneut auf Wanderung gingen, doch an diese Möglichkeit wollte Fletcher lieber gar nicht erst denken.

Stattdessen konzentrierte er sich auf den Augenblick und versuchte, das Fliegen in vollen Zügen zu genießen. Seine Welt bestand nur noch aus dem Salzgeruch des Wassers, dem Klatschen der Wellen und dem monotonen Rhythmus von Ignatius' Flügelschlägen.

Um sich die Zeit zu vertreiben, hatten sie sich ein Spiel ausgedacht, bei dem es darum ging, als Erster einen neuen Dämon zu entdecken. Fletcher hatte damit angefangen, als er einen Schwarm Encantados aus den Wellen springen sah. Sie sahen wie rosafarbene Delfine aus: mit vier Beinen und Schwimmhäuten zwischen den Zehen. Die Ähnlichkeit zwischen den Spezies war in etwa genauso groß wie die zwischen Nanauen und Haien oder zwischen den Akhluts und Schwertwalen.

Wie ein Kind freute sich Kress über den Anblick der äußerst seltenen und wunderschönen Encantados, aber zum Verweilen blieb ihnen leider keine Zeit.

Stundenlang ließen sie den Blick über den endlosen Horizont schweifen, entdeckten aber nur einen einzigen weiteren Dämon, und selbst dann sahen sie lediglich die verschwommenen Umrisse. Es war ein Trunko, eine Art Weißwal, der gerade den langen Rüssel zum Luftholen aus dem Wasser reckte, während der restliche Körper untergetaucht blieb, um ihn vor fliegenden Raubdämonen zu schützen.

Immer weiter flogen sie, bis es irgendwann Nacht wurde. Die Dunkelheit hier fühlte sich ganz anders an als im Dschungel. Fletcher hörte das Plätschern der Wellen weit unterhalb und genoss die wärmende Umarmung seiner Mutter, aber schlafen wie in dem finsteren Abgrund jenseits der Ätherscheibe konnte er trotzdem nicht. Aus irgendeinem Grund bekam er es plötzlich mit der Angst, er könnte von Ignatius' Rücken fallen, während er döste. Zu allem Überfluss stürzten sie tatsächlich einmal mehrere Meter in die Tiefe, als der Drak mitten im Flug kurz einnickte.

So dämmerte Fletcher lediglich ein paarmal weg und schreckte gleich wieder hoch, bis der heller werdende Himmel den nächsten Morgen ankündigte. Auch im Licht des anbrechenden Tages waren nirgendwo Würger zu sehen, aber ein dunkler Rand am Horizont deutete auf Land hin. Der Rand wurde schnell größer, denn Lysander und Ignatius schien die Aussicht auf eine baldige Erholungspause neue Kraft zu verleihen.

Die beiden Dämonen beschleunigten ihren Flügelschlag, aber je näher sie ihrem Ziel kamen, desto mehr schwand Fletchers Hoffnung: Vor ihnen erstreckte sich eine Wüste, die bis zum Horizont reichte. Ein Sandsturm tobte dort und erstickte das Blau des Himmels mit einem schmutzigen Orange.

Fletcher kam sich vor, als hätten sie das endlose Wasser gegen endlosen Sand eingetauscht. Die Dünen unter ihnen sahen wie Wellen aus, die zu zimtfarbenem Staub erstarrt waren. Die Luft war so heiß, dass ihm der Schweiß in Strömen ausbrach und auf seiner Haut juckte.

Gerade als er schon glaubte, der Sand würde niemals enden, entdeckten sie ein schmales grünes Band am Horizont, das immer breiter wurde: Ausläufer eines Dschungels. Von den Würgern war immer noch nichts zu sehen, nur vereinzelt schwirrten Kerfschwärme umher. Dann erschraken sie alle halb zu Tode, als über ihnen der Schatten eines großen Dämons auftauchte. Zum Glück war es nur ein Ropen, der mit seinem gezahnten Pelikanschnabel und dem langen Knochenkamm auf dem Hinterkopf schon beinahe komisch aussah.

Als sie bereits im Sinkflug waren, entdeckte Fletcher zu seiner großen Freude die Rauchsäulen von Vulkanen in der Ferne. Zu gerne hätte er sich der Hoffnung hingegeben, dass sie am Ende ihrer Reise angelangt waren, doch da fiel ihm wieder ein, dass es in der Nähe ihres Teils des Äthers zwar Vulkane, aber weder eine Wüste noch einen Ozean gab. Mindestens ein weiterer langer Reisetag stand ihnen noch bevor.

Ignatius und Lysander brachen sofort nach der Landung erschöpft zusammen. Obwohl ihnen noch ein paar Stunden Tageslicht blieben, war an ein Weiterfliegen nicht zu denken. Also schlugen sie ein Lager auf und errichteten aus angespitzten Ästen, die sie von den Bäumen schnitten, einen Zaun. Räuberische Dämonen würde dieser Zaun kaum abschrecken, aber vielleicht die kleinen, neugierigen. Als zusätzliche Sicherheitsmaßnahme rief Fletcher seine Greifeule herbei, die bestens erholt war, nachdem er sie so lange in sich geborgen hatte, und ließ sie in einem hohen Baum auf Ausguck gehen.

Sie hatten immer noch reichlich Dörrfleisch. Es wurde zwar an den Rändern bereits grau, schmeckte ein bisschen sauer und war zäh wie Leder, aber nachdem sie es an grünen Zweigen ein wenig über ihrem Lagerfeuer geröstet hatten, war der Geschmack zumindest erträglich.

Ignatius und Lysander hatten den Löwenanteil des Trockenfleisches bekommen und schliefen aneinandergekuschelt wie neugeborene Welpen ein. Die beiden hatten sich die Erholung auch redlich verdient; Fletcher hoffte nur, dass sie am nächsten Tag wieder bei Kräften waren.

»Wir sollten morgen möglichst früh aufbrechen«, sagte er und stocherte missmutig im Feuer herum. »Wir haben immer noch keine Spur von den Würgern. Sie müssen nach wie vor ein ganzes Stück voraus sein.«

»Ganz recht. Ich bin sicher, dass wir in der richtigen Richtung unterwegs sind, denn wie wir wissen, halten sie sich gerne am Rand des Äthers auf, und genau da sind wir.« Othellos Worte waren als Aufmunterung gedacht, aber seine Stimme klang matt und lustlos.

»Vielleicht war es auch ein anderer Schwarm«, warf Sylva ein.

»Wie bitte?«, fragte Kress, als traute sie ihren Ohren nicht.

»Ein anderer Schwarm als der, der jedes Jahr durch unser Gebiet zieht. Wir wissen nicht, wie viele es insgesamt gibt und in welche Richtung sie wandern. Der Äther ist riesig, und Würger scheinen eine weitverbreitete Spezies zu sein.«

Othello vergrub das Gesicht in den Händen.

»Und warum hast du gestern nichts davon gesagt?«, beschwerte er sich.

»Wenn du einen besseren Vorschlag hast, dann her damit«, fuhr Sylva auf. »Zumindest haben wir jetzt eine Richtung, an die wir uns halten können!«

Beschwichtigend hob Fletcher die Hände. »So kommen wir nicht weiter, Leute. Die Chancen, dass es der gleiche Schwarm ist, stehen genauso gut wie die, dass er es nicht ist. Also folgen wir ihm fürs Erste.«

»Aber wohin?«, murrte Kress. »Wir wissen ja nicht mal, wo er sein könnte.«

»Tut mir leid, wenn es nicht so gelaufen ist, wie du es dir erhofft hast«, erwiderte Sylva bissig, stand auf und ging zu ihrem Rucksack.

»Ich seh mal nach, ob der Wachstumszauber hier immer noch wirkt«, sagte sie über die Schulter und stieß kurz darauf einen Freudenschrei aus. Mit einer frisch erblühten Euryale in den Händen drehte sie sich wieder zu ihnen um. »Da wir aller Wahrscheinlichkeit nach noch eine Weile hier sein werden, solltet ihr euch inzwischen um die anderen Pflanzen kümmern, bevor sie noch alle absterben«, rief sie. »Ich bin nicht gerade scharf auf noch so einen Ausflug zu einem Vulkan. Also hopp, hopp, an die Arbeit!«

Fletcher und die anderen taten zögernd, wie ihnen geheißen. Sie verbrauchten beinahe das gesamte Mana, das sie während des Flugs regeneriert hatten, dafür erstrahlte ihr Lagerplatz nun in frischem Grün. Wenn es ihnen gelang, die Pflanzen auch weiterhin am Leben zu erhalten, brauchten sie sich zumindest wegen der Blüten keine Sorgen mehr zu machen.

Das Tageslicht schwand unterdessen genauso schnell wie die Hitze, und die Luft wurde bitterkalt. Schon bald kauerten sie sich unter der Katoblepas-Haut zusammen, die nackten Füße hatten sie in Richtung des wärmenden Feuers gestreckt. Während der vergangenen Nächte hatten sie nur zweimal gewagt, eines zu entzünden, aber nachdem sie eine so weite Strecke über das Meer zurückgelegt hatten, war Fletcher einigermaßen sicher, dass die Orks ihre Spur verloren hatten. Schließlich schliefen sie zu dem angenehmen Prasseln des Feuers ein.

Fletcher wachte auf und merkte, dass er nach dem langen Flug über die trockene Wüste zu viel Wasser getrunken hatte. Er verließ die Wärme unter der Dämonenhaut nur ungern, aber seine Blase war randvoll. Solange er daran nichts änderte, würde er bestimmt kein Auge mehr zutun. Lange konnte es zwar nicht mehr dauern, bis es wieder hell wurde, aber er hielt es einfach nicht mehr aus. Fletcher kroch seufzend unter dem Fell hervor und achtete darauf, Alice und Othello nicht zu wecken, die gleich neben ihm schliefen.

Athena stieß ein leises Schuhuu! aus, als er sich zögernd ein paar Schritte hinaus ins Dämmerlicht wagte und über den niedrigen Zaun hinwegstieg, den sie um ihr Lager errichtet hatten. Sie hatten den benachbarten Dschungel gar nicht erkundet, weshalb er sich auf keinen Fall weit vom Lager entfernen wollte. Schließlich entdeckte er in hundert Schritten Entfernung einen dornigen Baum und ging frischen Mutes darauf zu. Zum Glück war der anbrechende Tag bereits hell genug, um Fletcher auch ohne Wyrrlicht den Weg zu weisen. Schließlich blieb er stehen und knöpfte seine Kniehosen auf.

Aber irgendetwas stimmte hier nicht. War es nicht viel zu still? Als sie noch auf Schilkis Rücken geritten waren, waren sie ständig von den Geräuschen des Dschungels umgeben gewesen, von dem Summen der Kerfe und den Rufen der nachtaktiven Räuber und anderer Dämonen. Doch hier hörte er gerade einmal das leise Rascheln einer Brise in den Bäumen.

Etwas tropfte ihm auf die Wange, dick und schwer wie ein Sommerregen. Fletcher befühlte sein Gesicht und betrachtete seine Finger: Sie waren rot.

Fletcher schluckte und entzündete mit der anderen Hand ein faustgroßes Wyrrlicht, und nun erst sah er das ganze Ausmaß des Schreckens. Der Tod hatte den Dschungel heimgesucht.

An dem Baum waren Dutzende von Dämonen aufgespießt. Ein Wolpertinger – ein Kaninchendämon mit kleinem, spitzem Geweih – baumelte ausgeweidet an einer der weit herausragenden Dornen, die Augen waren aus den Höhlen gespickt. Gleich daneben sah Fletcher einen Kerf, oder besser gesagt, was davon noch übrig war, nämlich nur die leere Schale.

Sein Herz setzte einen Schlag lang aus, dann drehte er sich um und rannte los.

20

FLETCHERS GRUPPE STAND VOR DEM BAUM versammelt und betrachtete die makabre Szene. Zwar war der Anblick immer noch grässlich, aber im Licht des anbrechenden Tages leichter zu ertragen als in dem gespenstisch blauen Schein des Wyrrlichts, in dem Fletcher die Kadaver eine halbe Stunde zuvor entdeckt hatte.

»Schön, endlich mal eine gute Nachricht«, murmelte Sylva und rieb sich die müden Augen. »Ich geh wieder schlafen.«

Kress drehte sich entgeistert zu ihr um. »Das sollen gute Nachrichten sein?«

»Absolut«, erklärte Othello und ging ebenfalls zum Lager zurück, wo das warme Feuer lockte. »Weckt mich in einer halben Stunde.«

»Bin ich am Durchdrehen oder die beiden?«, fragte Kress, an Fletcher gewandt.

Fletcher dämmerte, was sie gemeint hatten. Eine tief verschüttete Information drängte sich in den Vordergrund seines Bewusstseins. Es war kein Wunder, dass er nicht gleich daran gedacht hatte. Fletcher war nicht dabei gewesen, als sie es im Unterricht besprochen hatten – man hatte ihn zur Dame Ferrhaven gerufen, um ihr Bakers Tagebuch zu zeigen.

»Weißt du noch, woher die Würger ihren Namen haben?«, fragte er und kratzte sich am Kinn. »Es ist mir gerade wieder eingefallen.«

»Ähm … nicht genau«, erwiderte Kress. »Um ehrlich zu sein, ich habe im Dämonologieunterricht nicht besonders gut aufgepasst. Ich war zu sehr darauf konzentriert, das Turnier zu gewinnen.«

»Sie sind nach einem Vogel benannt, der an der Grenze zur Akhad-

Wüste lebt. Die Gattung spießt ihre Beute, meistens sind es Insekten oder Eidechsen, zum Fressen an Dornen auf. Diese Dämonen tun das Gleiche, daher der Name.«

»Das heißt, dass wir den Schwarm doch nicht verloren haben?«, überlegte Kress laut.

»Genau«, bestätigte Fletcher, den Blick immer noch auf die grausigen Überreste in dem Baum gerichtet. »Wir müssen nur den Kadavern folgen.«

Dass die Würger so nahe waren, drückte die Stimmung in der Gruppe. Fletcher und seinen Freunden drohte nicht nur Gefahr von den Würgern selbst, sondern auch von den räuberischen Dämonen und Aasfressern, die dem Schwarm auf seiner Wanderung folgten. Allen voran waren es die gefährlichen Wendigos, die am liebsten totes Fleisch fraßen und entsprechend bestialisch stanken.

Da die Kadaver noch ganz frisch waren, konnten die Würger nicht weit sein. Also schickten sie Pria als Späherin voraus und gingen vorsichtig zu Fuß weiter, um die schlafenden Dämonen nicht zu wecken.

Würger hatten die Spannweite eines Albatros, die Klauen eines Adlers und den riesigen Schnabel eines Geiers. Ein einzelnes Männchen war schon gefährlich genug, aber wenn sie wanderten, rotteten sie sich zu großen Schwärmen zusammen, vor denen nichts und niemand sicher war.

Am gefährlichsten waren die glücklicherweise weniger häufig vorkommenden Matriarchinnen, die jeden Würgerschwarm anführten. Während die Männchen lediglich den unscheinbaren Kamm und die kleinen Kehllappen eines Huhns aufwiesen, wuchs auf dem Scheitel der Matriarchinnen ein prächtiger Hahnenkamm. Sie waren doppelt so groß wie ihre männlichen Gegenstücke und sogar in der Lage, junge Canide zu erlegen.

Am nächsten Morgen sahen sie den Schwarm das erste Mal, als er etwas über einen Kilometer vor ihnen durch das Blätterdach brach, um seine Wanderung fortzusetzen. In dem Dschungel, der sie umgab, war kein einziges Geschöpf mehr am Leben. Fletchers Gruppe nutzte Athenas scharfe Augen, um den Würgern zu folgen – allerdings erst, als die Dämonen nur noch als kleine Flecken am Horizont zu erkennen waren.

Der Tag wurde zur Nacht, und schließlich wurde es wieder hell. In der Abenddämmerung schlugen Fletcher und seine Begleiter ihr Lager regelmäßig in der Nähe des schlafenden Schwarms auf. Sie verzehrten ihre Ration Blütenblätter, das Abendessen bestand aus den kläglichen Resten ihres Dörrfleischs und dem, was die Würger übrig gelassen hatten. In der Nacht regnete es. Sie wurden nass bis auf die Knochen, nutzten aber dankbar die Gelegenheit, das kostbare Wasser mit der Katoblepas-Haut aufzufangen und ihre Feldflaschen wiederaufzufüllen.

Ein Tag verging wie der andere, der Dschungel zog wie ein endloser grüner Teppich unter ihnen vorbei. Fletcher hätte sich nicht träumen lassen, je etwas Derartiges zu sehen: Das Grün reichte von Horizont zu Horizont, die Landschaft unter ihnen war so eben wie ein Brett, es gab weder Flüsse noch Lichtungen, an denen sie sich orientieren konnten. Erst weit entfernt zu ihrer Rechten wurden die Bäume allmählich dünner, dahinter schimmerte das Rot der Ödlande.

Am vierten Abend verzehrten sie die Keulen eines frisch erlegten Yale, einer Mischung aus Antilope und Ziegenbock mit gekrümmten Hörnern auf der Stirn, die der Dämon in jede beliebige Richtung drehen konnte. Sein Fleisch war zäh und schmeckte ein bisschen nach Hammel, auf jeden Fall aber um Welten besser als die Reste des geräucherten Trockenfleischs.

In der Nacht sahen sie die ersten Dämonen, die dem Schwarm folgten. Angezogen vom Feuerschein und dem Geruch des gebratenen Fleisches, schlichen sie in der Dunkelheit um die notdürftige Barrikade, die sie um ihr Lager errichtet hatten.

Athena saß hoch oben in den Ästen, sodass die Gruppe die herannahenden Räuber mit Fletchers Hellsehkristall im Auge behalten konnte. Bei Einbruch der Dämmerung pirschte sich ein einzelner Leucrotta heran, ein zebraähnlicher Vierbeiner mit dem Schwanz eines Löwen und einem Dachskopf. Später gesellten sich zwei zottige Lykaner hinzu. Die aufrecht gehenden Wolfs-Dämonen ließen sich mit einem schauerlichen Heulen nur einen Steinwurf von ihrem Lager entfernt nieder. Keiner in der Gruppe schlief sonderlich gut.

Am nächsten Morgen entdeckten sie den ersten Vulkan. Der Anblick der wallenden Rauchsäule über dem Krater ließ Fletchers Herz sogleich schneller schlagen. Die Asche verdunkelte den Himmel, genauso, wie er es von Hominums Teil des Äthers kannte. Auch die raue Landschaft sah vertraut aus, aber sicher war er trotzdem nicht.

Schlimmer noch: Othello war mitten in der Nacht hochgeschreckt, weil ihm eingefallen war, dass Hominums Beschwörer ihre Portale höchstens eine halbe Stunde lang offen hielten, und das Gebiet, in dem sich eines befinden konnte, war riesig. Selbst wenn sie hier richtig waren, standen die Chancen, ein offenes Portal zu finden, mehr als schlecht. Ihre einzige Hoffnung war, dass sie direkt über eines hinwegflogen. Aber würden sie es unter dem dichten Blätterdach des Dschungels überhaupt sehen?

Entsprechend froh war Fletcher, dass die Würger auf dem Weg zu den Ödlanden zu sein schienen, wo die Sichtweite viel größer war. Sie kamen dem Rand der roten Wüste zu ihrer Rechten immer näher, und das nahm er als gutes Zeichen. Vor zwei Jahren war Valens ebenfalls in den Ödlanden von einem Würger angegriffen worden. Ob sie sich nun in der gleichen Gegend befanden?

Stundenlang flogen sie am Rand des Dschungels entlang und spähten in den roten Sand hinaus, immer in der Hoffnung, das charakteristische blaue Leuchten zu sehen, das sie nach Hause leiten würde.

Nachdem sie den ganzen Tag über nichts entdeckt hatten, bereiteten sie sich niedergeschlagen auf die fünfte Nacht in Folge vor. Ihre Augen tränten vom Wind und waren blutunterlaufen. Beinahe schien es, als hätten sie stundenlang geweint, was vielleicht gar nicht so weit von der Wahrheit entfernt war, überlegte Fletcher. Ihre Lage schien hoffnungslos. Sie würden hier nicht wegkommen.

Nie wieder.

21

»FLETCHER, WACH AUF!«

Sylvas Stimme war ganz dicht an seinem Ohr, ihre Fingernägel gruben sich schmerzhaft in seine Schulter.

»Was …?!«, keuchte er, da presste ihm schon jemand eine Hand auf den Mund. Die ersten Lichtstrahlen erhellten den Himmel über ihm und tauchten die Welt ringsum in einen blassgelben Schimmer.

Jemand half ihm beim Aufsetzen und legte ihm einen Hellsehkristall in den Schoß. Die anderen waren bereits wach und drängten sich mit blassen Gesichtern im Schein eines kleinen Wyrrlichts um ihn herum.

»Da«, flüsterte Sylva und deutete auf den Kristall.

Im ersten Augenblick glaubte Fletcher, bei dem blauen Schimmer in dem Hellsehstein handelte es sich lediglich um ihr eigenes Wyrrlicht. Erst beim zweiten Hinsehen merkte er, dass sich das Licht weit draußen in den Ödlanden befand. Leider war es zu fern, um seinen Ursprung zu erkennen.

Dann wechselte das Bild auf dem Kristall und zeigte den Dschungel: Würger saßen in den Baumkronen, Hunderte davon. Ihre schwarzen Silhouetten hoben sich wie fauliges Obst vom Grün der Blätter ab.

Othello beugte sich ein Stück näher heran und deutete stumm nach oben.

Fletcher legte den Kopf in den Nacken und sah Pria nur wenige Meter oberhalb des Blätterdachs schweben. Die Würger waren also direkt über ihnen!

»Ein Sandsturm hat sie von ihrem ursprünglichen Lagerplatz verscheucht«, erklärte Sylva so leise, dass er sie kaum hörte. »Sie müssen hergekommen sein, während wir schliefen. Athena hat mich vor ein paar Minuten geweckt.«

Fletcher erschauerte und nickte seiner Greifeule dankbar zu, die sogleich auf seine Arme sprang. Ein Glück, dass Athena so aufmerksam Wache gehalten hatte.

Othello war jetzt so nahe herangekommen, dass sein Bart Fletchers Ohr kitzelte. »Wenn es sich bei dem blauen Licht dort draußen tatsächlich um ein Portal handelt, müssen wir uns beeilen«, raunte er. »Du hast uns hierhergebracht, Fletcher. Die Entscheidung liegt bei dir.«

Fletchers Herz raste. Er fühlte sich, als hätten die anderen ihn zum Aufwachen in einen eiskalten Teich geworfen. Eine plötzliche Angst befiel ihn. Sein Blick sprang von einem Gruppenmitglied zum nächsten.

»Es könnten auch Irrlichter sein«, flüsterte er. »Oder sonst was.«

Kress biss sich auf die Unterlippe. »Oder es ist unsere Möglichkeit, endlich von hier wegzukommen. Wenn wir nicht sofort aufbrechen, ist es zu spät.«

Wie auch immer Fletcher sich entschied, ihre Lage war brandgefährlich und der Zeitpunkt so ungünstig, wie er nur sein konnte. Es war kurz vor der Dämmerung, der Schwarm würde bald weiterziehen. Wenn auch nur ein einziger Würger früher aufwachte, würde er sie bemerken, sobald sie die Deckung der Bäume verließen.

»Pria soll nachsehen, was das für ein Licht ist«, sagte er schließlich so ruhig, wie er konnte. »Alle anderen packen inzwischen ihre Sachen. So oder so müssen wir schleunigst von hier verschwinden.«

Pria sauste davon, geradewegs auf die Ödlande zu. Ihr Körper verfärbte sich sofort rot wie die Landschaft unter ihr.

»Du willst es also tatsächlich riskieren?«, fragte Kress mit zitternder Stimme, als bekäme sie es plötzlich mit der Angst.

»Wenn sich herausstellt, dass es tatsächlich ein Portal ist, wissen wir wenigstens, dass wir uns in Hominums Teil des Äthers befinden«, erwiderte Fletcher. »Das allein wäre schon ein Segen. Bis das nächste Portal auftaucht, können zwar noch mehrere Wochen vergehen, aber früher oder später werden wir eines finden.«

»Mehrere Wochen?«, stöhnte Othello.

»Macht euch bereit«, murmelte Fletcher. »Wenn der Schwarm zu früh aufwacht, lassen wir die Gelegenheit lieber sausen. Dafür zu sterben lohnt sich nicht.«

Innerhalb von zwei Minuten hatten sie alles zusammengepackt, und dann weckten sie Lysander und Ignatius. Danach versammelten sich die Mitglieder wieder um Othello und blickten gebannt in seinen Hellsehkristall.

»Pria fliegt sehr langsam«, sagte er kaum hörbar. »Ein paar Würger sind bereits wach, deshalb bleibt sie möglichst nahe am Boden.«

Fletcher spürte, wie sich eine Gänsehaut auf seinem ganzen Rücken ausbreitete. Als er sich vorsichtig umblickte, sah er die Vogeldämonen in dem allmählich heller werdenden Licht hoch oben in den Baumkronen sitzen. Ihr dunkles Gefieder verschmolz beinahe vollständig mit dem Schatten des Blätterdachs. Einige reckten bereits die Köpfe. Sie konnten von Glück reden, dass die Biester sie nicht schon gesehen hatten, als sie ihren Schlafplatz hierher verlegten.

»Wir müssen los. Jetzt gleich«, flüsterte er. »Hier sind wir nicht mehr sicher.«

Er warf einen letzten Blick auf Othellos Hellsehkristall. Der blaue Punkt darauf war etwas größer geworden, aber immer noch zu klein, um Genaueres zu sagen. Leider war der Himmel inzwischen so hell, dass er das Licht schon in wenigen Minuten überstrahlen würde.

Fletcher schlich zu der hölzernen Absperrung, die ihr Lager umgab, und zog lautlos mehrere der Pflöcke aus dem Boden. Den anderen bedeutete er, inzwischen aufzusteigen. Dann schnappte er sich Athena und schwang sich auf Ignatius' Rücken, um ihn vorsichtig durch die Lücke in der Barrikade zu dirigieren. Der Drak musste die Flügel ganz eng an den Körper legen, damit er durch den Spalt passte. Außerdem hatte Fletcher höllisch aufzupassen, dass er nicht versehentlich auf einen herumliegenden Ast trat.

Der Würgerschwarm musste nun jeden Augenblick aufwachen.

Fletcher merkte, wie sich Athena in seinem Griff wand – in seiner Angst hatte er zu fest zugepackt. Er ließ sogleich etwas lockerer, da hüpfte Athena auf seine Schulter. Alice, die unmittelbar hinter ihm saß und als Einzige nichts von der drohenden Gefahr mitbekam, lächelte glücklich.

Ignatius machte den ersten Schritt.

Dann noch einen.

Und nun geschah das Unvorstellbare: Mit einem Lachen, das so laut war, dass es von den Bäumen ringsum widerhallte, streckte Alice eine Hand nach Athena aus. Die Greifeule sprang sogleich in ihre Arme, damit sie den Mund hielt. Aber es war schon zu spät.

Ein Kreischen zerriss die Stille, schrill wie Fingernägel auf einer Schreibtafel.

Fletcher hob ganz langsam den Kopf und sah Dutzende Augen, die schwarz wie Perlen in der Morgendämmerung glänzten. Einen Moment lang glaubte er, die Zeit sei stehen geblieben, da erhob sich ein Schatten aus einer der Baumkronen und landete mit einem lauten Rascheln zwischen seinen Artgenossen ein Stückchen unterhalb. Ein zweiter folgte mit mächtigen Flügelschlägen, begleitet von einem Krächzen, das Fletcher das Blut in den Adern gefrieren ließ.

Weitere Würger flogen zu den unteren Ästen herab, und alle suchten sie nach dem Ursprung des Geräuschs, das sie soeben gehört hatten. Aus Dutzenden wurden Hunderte, bis sich die Äste unter ihrem Gewicht durchbogen. Einer war jetzt so nahe, dass – als der Dämon hungrig den Schnabel auf- und zuklappte – Fletcher sehen konnte, wie der rote Kinnlappen wackelte.

»Drei«, sagte Sylva leise.

Fletcher hatte keine Ahnung, was sie meinte. Er spürte nur noch seine Angst.

»Zwei.«

Mit weit aufgerissenen Augen beobachtete Fletcher, wie einer der Würger aus dem Baum sprang und nur wenige Meter von Sylva, Othello und Lysander entfernt auf dem Boden landete.

»Eins.«

Ignatius senkte den Kopf und zog die Hinterbeine an.

Oh, dachte Fletcher und schlang die Arme um den Hals seines Drak.

»Jetzt!«

Sie erhoben sich so ruckartig in die Luft, dass Kress, die vor Fletcher saß, gegen ihn gepresst wurde. Gleichzeitig spürte er, wie Alice von hinten ihren Griff um seine Hüfte verstärkte.

Ein ohrenbetäubendes Gekrächze ertönte, als sie an den Würgern vorbei durch das Blätterdach brachen. Der Himmel darüber war so trübgelb wie ein mehrere Tage alter Bluterguss, ein Stück voraus schimmerten rot die Ödlande. Ignatius versuchte mit mächtigen Flügelschlägen, Lysander einzuholen, der nur zwei Passagiere tragen musste und deshalb schneller war.

Wie aus einer Kehle stießen die Würger einen Wutschrei aus und machten sich an die Verfolgung.

Als Fletcher nach unten schaute, stockte ihm der Atem: Es waren so viele, dass sie den Dschungel unterhalb beinahe vollkommen verdeckten.

»Das Licht!«, schrie Sylva und warf den Kopf hektisch von links nach rechts. »Das Licht ist verschwunden!«

Der Himmel war nun beinahe taghell und überstrahlte das Portal einfach. Sie konnten nur so schnell wie möglich fliehen und hoffen, dass sie es durch Zufall wiederfanden.

»Schneller!«, keuchte Fletcher.

Die Würger kamen immer näher, die Matriarchinnen ganz vorn. Ihre Flügel waren beinahe so groß wie Segel, und trotz der bedächtigen Schläge holten sie schnell auf. Noch befand sich Ignatius außerhalb der Reichweite ihrer Klauen und Schnäbel, aber nicht mehr lange …

Fletcher spürte einen plötzlichen Schmerz und riss den Kopf herum: Eine Matriarchin hatte Ignatius' Schwanz mit ihrem Schnabel erwischt. Der Drak schlug sofort zurück, spießte den Dämon mit seinem Stachel auf und schleuderte ihn in hohem Bogen durch die Luft.

Eine zweite Matriarchin hielt mit angelegten Flügeln im Sturzflug genau auf Kress zu. Ohne nachzudenken, zog Fletcher Brise und feuerte los. Blut und Federn stoben in alle Richtungen, dann stürzte das Biest ab.

Der Wind riss an Fletchers Haar, während sie über die rote Einöde jagten. Da es keinerlei Orientierungspunkte gab, blieb ihnen auch nichts anderes übrig, als in die gleiche Richtung zu fliegen, in der Pria schon verschwunden war.

»Da!«, brüllte Othello, noch während er rücklings mit seiner Donnerbüchse eine Ladung Schrot in den Würgerschwarm feuerte. Drei wurden mitten im Flug herumgerissen und stürzten ab, trotzdem waren es immer noch so viele, dass der Horizont hinter ihnen bloß noch aus weit aufgerissenen Schnäbeln und ausgestreckten Klauen zu bestehen schien.

Ruckartig änderte Lysander die Flugrichtung, und Ignatius folgte ihm. Aus dem Augenwinkel konnte Fletcher sehen, wie seine Mutter weiterhin in aller Seelenruhe die Greifeule auf ihren Armen streichelte, da zuckte ein Blitz aus Kress' Streithandschuh und holte den nächsten Würger vom Himmel. Noch mehr folgten, wie Steine stürzten sie Dutzende Meter weit ab, nur um sich – sobald sie sich von dem Schlag erholt hatten – aufs Neue an die Verfolgung zu machen.

Fletcher streckte einen Finger aus und schoss eine Feuerkugel auf eine der Matriarchinnen ab. Es war ein Volltreffer. Die Bestie wurde gegen einen ihrer Artgenossen geschleudert, dann stürzten beide trudelnd ab.

Ein kleinerer Würger kam in einer engen Kurve von der Seite herangejagt und schlug nach Kress, die einen gellenden Schmerzensschrei ausstieß. Sie schleuderte den Angreifer mit einer Mana-Entladung von sich und schickte gleich noch einen Armbrustbolzen hinterher. Aber die Würger waren jetzt überall: über, neben und unter ihnen. Der Schwarm hatte sie eingeholt und umzingelte seine Beute von allen Seiten.

»Das Portal!«, rief Sylva plötzlich.

Fletcher riss den Kopf herum und sah eine blau leuchtende Kugel am Horizont, winzig klein wie ein Staubkörnchen.

Zwei Würger griffen Lysander im Sturzflug an, doch Ignatius konnte sie im letzten Moment noch mit seinem Feuer abfangen. Ihre rauchenden Kadaver jagten knapp an Fletcher vorbei, da ließ sich Lysander mit einem lauten Schrei mehrere Meter fallen, packte einen Würger mit seinen Krallen und riss ihn in Stücke, noch während ein vierter nach seiner Flanke schlug.

Fletcher gab Brises zweiten Schuss ab und traf den Angreifer am Oberschenkel, einen Wimpernschlag später bohrte sich die Klaue einer Matriarchin in seinen rechten Arm. Mit einem Schmerzensschrei steckte er die Pistole zurück ins Holster, bevor sie ihm noch aus den gefühllosen Fingern fiel, während sich das Blut aus der Wunde über seine Jacke ausbreitete.

»Fast. Da«, brüllte Othello und untermalte jedes Wort mit einer weiteren Mana-Entladung, um Lysander einen Weg durch den Wust aus Dämonen zu bahnen, der ihnen den Weg versperrte. Kress folgte seinem Beispiel, und nach jedem Knall, mit dem sich der Zauber entlud, stürzte ein weiterer Würger wirbelnd vom Himmel.

Fletcher presste seinen schmerzenden Arm an die Brust und zog mit der linken Hand seinen Chepesch, während er mit dem ausgestreckten Zeigefinger Blitz um Blitz in den Schwarm feuerte. Sein Mana war inzwischen beinahe verbraucht.

Die Würger schienen überrascht, wie wehrhaft ihre Beute war, und änderten die Taktik. Wilde Haken schlagend, kamen sie nun scheinbar aus allen Richtungen gleichzeitig, und Fletcher spürte einen weiteren Schnitt am Unterschenkel, noch bevor er das Biest mit seinem Chepesch abwehren konnte.

Die Welt um Fletcher herum begann sich zu drehen, sein Gesichtsfeld wurde an den Rändern bereits dunkel. Er spürte das warme Blut, das ihm übers Bein lief. Die Wunde war verflucht tief. Er versuchte einen Heilzauber, konnte die Glyphe wegen des ständigen Geruckels von Ignatius' hektischen Flügelschlägen aber nicht fixieren, sodass sie sich in einer Wolke aus Funken auflöste.

Er hörte noch Sylvas Warnschrei, da erwischte ihn schon ein weiterer Würger an der Schulter.

Ignatius legte die Flügel an und ging in einen halsbrecherischen Sturzflug über.

Unter ihnen näherte sich das blaue Licht rasend schnell.

Mit einem Schlag wurde es kalt und dunkel. Fletcher spürte eine Erschütterung, als wäre Ignatius gegen etwas geprallt, und dann flog er durch die Luft und überschlug sich, einmal, und noch ein zweites Mal. Schließlich knallte er auf den Boden und blieb schmerzverkrümmt liegen. Ein beißender Geruch nach verbranntem Leder stieg ihm in die Nase.

Fletcher öffnete die Augen ein kleines Stück weit und sah das Portal, vor dem mehrere dunkle Silhouetten aufragten. Ein Dämon materialisierte sich zwischen ihnen, dann verlosch das blaue Licht, und Fletcher lag wieder im Dunkeln.

Schritte waren zu hören, kamen in seine Richtung, und er spürte, dass Ignatius ganz in der Nähe war. Eine lange Zunge leckte über seinen blutenden Unterschenkel, dann über seine Schulter. Der Heilzauber auf der Zunge des Drak drang in seine Wunden und saugte den Rest seines Manas aus seinem Körper, während sich Muskeln und Haut wieder zusammenfügten.

Da hörte er die Stimmen. Sie schrien überrascht und auch verängstigt. Fackeln wurden entzündet und beleuchteten den Raum, in dem er sich befand. Seine Sicht wurde allmählich klarer. Ein Mann bellte Befehle und kam mit langen Schritten auf ihn zu, die Augen voller Sorge.

Arcturus.

22

SIE WAREN MITTEN IN EINE ÄTHERSTUNDE geplatzt, in die erste des gesamten Schuljahres. Nach seinem Rettungseinsatz bei der Pyramide war Arcturus an die Akademie zurückgekehrt, um Raublers Posten als Lehrer zu übernehmen.

Als Fletchers Team das Portal entdeckte, zeigte Arcturus seinen Schülern gerade die Gefahren des Äthers – anhand der Würgerwanderung. Sacharissa beobachtete den Schwarm aus sicherer Entfernung von den Ödlanden aus, da fiel einem Schüler mit besonders scharfen Augen die wilde Flucht auf. Arcturus befahl seiner Canidin abzuwarten, bis Fletcher und seine Freunde durch das Portal gegangen waren, um dann als Letzte hindurchzuspringen, sobald alle in Sicherheit waren.

Mittlerweile saßen sie in der Bibliothek, ließen sich erschöpft in die weich gepolsterten Armsessel sinken und genossen die Wärme des prasselnden Kaminfeuers. Fletcher hatte seine Mutter auf ein Sofa gleich neben dem Kamin gelegt, dann hatten sich alle um den großen Eichentisch zwischen den turmhohen Bücherregalen versammelt. Es war schon fast Mitternacht.

»Auf wen warten wir eigentlich?«, murrte Othello und fingerte nervös an seinem Sessel herum. Man hatte ihnen nicht einmal Zeit gegeben, sich zu waschen oder auch nur frische Kleider anzulegen. Stattdessen hatte Arcturus ihnen befohlen, ihre Dämonen zu bergen, und sie dann eilig von den Erstklässlern in der Beschwörungskammer getrennt, die ihnen blinzelnd hinterherstarrten.

»Das sollen sie euch selbst erklären«, antwortete Arcturus, der ruhelos vor der Tür auf und ab ging.

»Wer denn?«, fragte Sylva mit kaum verhohlener Ungeduld.

»Hört zu, ich weiß nicht einmal, wer kommt«, antwortete Arcturus und fuhr sich durchs Haar. »Ich habe König Harold und Elai… Hauptfrau Lovett benachrichtigen lassen, aber vielleicht schicken sie jemand anderen. Es hat sich viel verändert, seit ihr fort wart.«

»Dann klärt uns wenigstens darüber auf«, erwiderte Fletcher, der die Geheimniskrämerei gründlich satthatte. Er hatte geglaubt, sie würden wie Helden empfangen werden. Stattdessen wurden sie wie Verbrecher in der Bibliothek versteckt, was Fletcher dazu bewogen hatte, Alice' Rettung zu verschweigen. Arcturus hatte sie kaum eines Blickes gewürdigt und hielt sie wahrscheinlich immer noch für die Dame Kavendisch, Rufus' Mutter. Diese Angelegenheit konnte warten.

»Hauptfrau Lovett hat bis zu dem Zeitpunkt, als Lysander durch das Orkportal ging und die Verwendung getrennt wurde, alles mitgehört«, fuhr Arcturus fort und lief weiter auf und ab. »Jespers Geständnis, wie ihr entkommen seid, einfach alles. Aber sie hatte keine Beweise, also hielt sie sich bedeckt. Man glaubte ihr nicht einmal, dass ihr in den Äther geflohen seid.«

»Das wussten wir gar nicht«, murmelte Sylva. »Wir haben geglaubt, Lysander wäre bewusstlos und hätte von allem nichts mitbekommen.«

»Was sonst noch?«, fragte Othello.

Arcturus biss sich auf die Lippe. »Ganz Hominum hat Rufus sterben sehen«, sagte er schließlich. »Alle sahen, wie einer von Kress' blau befiederten Armbrustbolzen ihn niederstreckte. Jesper eilte ihm zu Hilfe und zog den Bolzen heraus; niemand ahnt, dass er der Schütze war. Alle glauben, Kress wäre es gewesen.«

Die Worte trafen Fletcher wie ein Donnerschlag. Er war am Ende seiner Kräfte und kurz davor gewesen, in der warmen Bibliothek einzuschlafen, doch jetzt jagte ihm ein eisiger Schauder über den Rücken.

Rufus war bereits tot gewesen, als sie die Kammer unter der Pyramide betreten hatten. Sie hatten nicht gesehen, wer ihn getötet hatte, nur die tiefe Wunde in seinem Bauch. Jesper musste aus einem Versteck auf ihn geschossen haben.

Kress schlug sich eine Hand vor den Mund. »Aber Jesper glaubte, er hätte versagt«, keuchte sie.

»Die Szene war nur ganz am Rand von Lysanders Gesichtsfeld zu sehen, kurz bevor er die Augen schloss«, erläuterte Arcturus grimmig. »Jesper wusste wahrscheinlich nicht einmal, dass ganz Hominum zusah, und hat nur so getan, als wollte er Rufus helfen, um euch zu täuschen. Der Schweinehund hat einfach Glück gehabt.«

»Und wir Zwerge sind genauso verhasst wie zuvor«, flüsterte Othello. »Alle Menschen glauben, wir hätten einen Attentäter in das Team geschmuggelt, um einen von ihnen zu töten.«

Seufzend rieb sich Arcturus die Augen. »Altkönig Alfric hat die Pinkertons bereits angewiesen, das Zwergenviertel abzuriegeln. Wir sitzen auf einem Pulverfass, das jeden Moment hochgehen kann. Und das ist im Augenblick nicht einmal unser größtes Problem.«

»Ist es nicht?«, fragte Fletcher entsetzt.

Arcturus nickte.

»Die Zwergenrekruten haben ihre Ausbildung abgeschlossen und werden an die Orkfront geschickt. In zwei Tagen kommen sie auf ihrem Weg von der Grenze zu den Elfen durch Corcillum. Sobald sie sehen, dass sich ihr Viertel im Belagerungszustand befindet, wird es Streit geben, und wir können nicht das Geringste dagegen tun.«

Arcturus blieb so plötzlich stehen, als wäre ihm gerade etwas Wichtiges eingefallen. »Ich weiß nicht, was passiert, wenn Alfric erfährt, dass ihr noch am Leben seid«, murmelte er mehr zu sich selbst. »Er wird Kress auf jeden Fall verhaften lassen, wenn nicht sogar euch alle. Als Mittäter. Fletcher und Othello waren schon einmal des Hochverrats angeklagt, und Sylva ist gut mit euch allen dreien befreundet …«

»Wir müssen sofort von hier verschwinden«, sagte Sylva und sprang auf.

Arcturus schüttelte den Kopf und bedeutete ihr, sich wieder zu setzen. »Die Schüler, die euch durch das Portal kommen sahen, waren Bürgerliche. Die Adligen waren sich zu fein, um an der Stunde teilzunehmen. Ich habe sie angewiesen, sofort zu Bett zu gehen, und die Dame Ferrhaven sorgt dafür, dass sie ihre Zimmer nicht mehr verlassen. Die Nachricht von eurer Rückkehr kann sich also frühestens morgen verbreiten, heute Nacht seid ihr hier noch sicher.«

Fletcher traute seinen Ohren nicht. Sie gerieten von einer Gefahr in die nächste. Wie konnte das passieren? Wahrscheinlich wären sie besser beraten gewesen, den Rest ihrer Tage im Äther zu verbringen.

»Fletcher, was ist mit …«, begann Sylva, doch weiter kam sie nicht, denn in diesem Moment platzte König Harold in die Bibliothek. Seine goldenen Locken klebten ihm schweißnass an der Stirn, die ungläubigen Augen hatte er weit aufgerissen. Hauptfrau Lovett folgte ihm auf dem Fuße, sie saß in einem hölzernen Rollstuhl.

»Es ist also wahr«, keuchte Harold.

»Hab ich doch gesagt«, erwiderte Lovett trocken und schüttelte lächelnd den Kopf. »Ich wette, sie haben eine Menge zu erzählen. Sechzehn Tage im Äther … das ist nach unserer Zeitrechnung beinah eine ganze Woche!«

Doch der König hörte gar nicht zu, sein Blick war starr auf Fletchers Mutter gerichtet. Wie ein Schlafwandler ging er auf sie zu und spähte in ihr vom Kaminfeuer nur spärlich beleuchtetes Gesicht.

»Alice«, krächzte er und kniete sich vor sie. »Bist du das?«

Er sah Fletcher fragend an, und Fletcher nickte. Harolds Augen wurden feucht, dann nahm er Alice' Hand.

»Das ist unmöglich«, stammelte Arcturus. »Fletcher, hast du …«

Der Hauptmann verstummte und befühlte die lange Narbe auf seinem Gesicht. Er hatte sie sich zugezogen, als er den Überfall der Orks auf Fletchers Eltern hatte rächen wollen. Ein Freudestrahlen breitete sich über sein Gesicht aus. So glücklich hatte Fletcher den grimmigen Hauptmann noch nie gesehen.

Arcturus legte Harold ergriffen eine Hand auf die Schulter und beugte sich zu Alice hinab. Als beide gemeinsam sie ansahen, wurden Alice' Augen einen Moment lang klar. Der Anflug eines Lächelns umspielte ihre Lippen und verschwand sofort wieder – so schnell, dass Fletcher nicht sicher war, ob er es sich nicht eingebildet hatte.

»Alice, ich bin es«, sagte Arcturus und drückte ihre andere Hand.

Doch der Augenblick war vorbei. Alice starrte ausdruckslos ins Feuer.

Eine Träne rollte über Harolds Gesicht. »Ist sie … immer so?«

»Ja«, antwortete Fletcher. Mehr gab es nicht zu sagen.

23

ES BLIEB WENIG ZEIT, um Alice' bittersüße Heimkehr zu feiern. Der nächste Tag kam schnell näher, und bis dahin mussten Fletcher und seine Freunde weit fort sein.

Noch dringlicher wurde die Angelegenheit, als sie von Lovett erfuhren, dass die Forsys höchstwahrscheinlich Spione unter den bürgerlichen Schülern hatten und einer von ihnen mit einem fliegenden Dämon eine Nachricht geschickt haben könnte. Immerhin war es ihnen bereits gelungen, Atlas und Jesper auf ihre Seite zu ziehen. Ein beeinflussbarer junger Mensch, noch dazu durch die mögliche Freundschaft zu einer reichen Adelsfamilie gelockt, war leicht zu kaufen.

Lovett hatte Harold und Arcturus bereits darüber aufgeklärt, was während des Einsatzes passiert war. Nun erzählte Fletcher von ihrer Odyssee durch den Äther, ab und zu unterbrachen die anderen, wenn er etwas Wichtiges vergaß. Wie Alice von den Orks behandelt worden war, machte Arcturus und den König regelrecht wütend, Lovett fluchte gar lauthals.

Als Fletcher fertig war, war seine Kehle rau und trocken, während die anderen im trüben Schein des herunterbrennenden Kaminfeuers über ihrer misslichen Lage brüteten. Schließlich gab Sylva allen noch eine Zusammenfassung von Jespers Tagebuch und reichte es herum.

Kress brach das grimmige Schweigen als Erste.

»Die Sache ist doch eindeutig!«, rief sie und nahm Arcturus das Buch aus der Hand. »Hier drinnen befinden sich genug Beweise. Beweise dafür, dass Jesper ein Verräter war und hinter jedem Attentat steckt, das uns Zwergen angekreidet wurde.«

Schweigen.

»Hier drinnen steht auch, dass ich Rufus nicht getötet habe und die Anschläge der Ambosse nicht von Zwergen verübt wurden«, sprach sie weiter und hielt das Buch hoch. »Das reicht, um Zacharias Forsys und Inquisitor Raubler in den Kerker zu stecken.«

Immer noch Schweigen. Schließlich wandte sie sich entnervt an Harold. »Was gedenkt Ihr in dieser Sache zu unternehmen?«

Kress fischte den Brief hervor, der zwischen den Seiten steckte, und hielt ihn ihrem König unter die Nase.

Fletcher konnte sich ein Grinsen nicht verkneifen. Kress hielt sich nicht lange mit Förmlichkeiten auf, nicht einmal vor ihrem König.

»So einfach ist es leider nicht«, widersprach Harold und bedachte sie wegen ihres Benehmens mit einem strafenden Blick. »Wem soll ich die Beweise übergeben? Den Pinkertons oder etwa der Inquisition? Die hat mein Vater in der Tasche, genauso wie die meisten Richter.«

»Aber Ihr seid der König…«, stammelte Kress.

Fletcher verstand ihre Verwirrung. Er hatte seinen Freunden erzählt, dass sich Harold von seinem Vater entfremdet hatte und den Zwergen helfen wollte. Dass Altkönig Alfric die eigentliche Macht in Händen hielt, hatte er ihnen nicht verraten. Sogar Lovett und Arcturus wirkten bestürzt, als hörten sie das alles zum ersten Mal.

Stöhnend rieb sich der König die Schläfen. »Mein Vater regiert im Verborgenen. Ich bin nur der Strohmann, der den Kopf hinhalten muss, wenn etwas schiefgeht. Alfric will die Zwerge vernichten und sucht seit Jahren nach einer Entschuldigung, es zu tun. Er verfolgt die gleichen Ziele wie das Triumvirat.«

»Was ist mit dem Rat?«, erregte sich Kress. »Und mit den Gesetzen, die Ihr erlassen habt? Zwerge dürfen im Heer kämpfen und wieder mehr Kinder haben! Hat das auch Euer Vater veranlasst?«

Harold seufzte. »Ich habe zwar die Mehrheit im Rat und kann das eine oder andere Gesetz erlassen, aber in einer Angelegenheit von dieser Größenordnung… bin ich machtlos.«

»Könnten wir uns nicht an die Generäle wenden, mein König?«, fragte Arcturus mit ehrerbietig geneigtem Haupt. Im ersten Moment überraschte Fletcher die Geste, dann verstand er: Der Hauptmann wollte Harold unmissverständlich zeigen, auf welcher Seite er stand.

Lovett legte sich einen Finger ans Kinn. »Genau. Warum übergeben wir die Beweise nicht ihnen?«

»Und stürzen das Land in einen Bürgerkrieg?«, bellte Harold. »Nicht wenige Generäle stehen auf der Seite des Triumvirats, das Gleiche gilt für den Adel. Lasst mich euch sagen, was passieren würde.«

Er erhob sich aus seinem Sessel und stützte die Hände auf den Tisch. »Wenn ich eine Sitzung mit den Generälen und dem Adel einberufe und ihnen die Beweise zeige, würden mir einige sicherlich glauben und die Verhaftung der Übeltäter fordern. Andere jedoch, wie mein Vater und seine Kumpane, würden behaupten, alles wäre eine Fälschung, und nach eurer Verhaftung verlangen. Wir hätten zwei verfeindete Fraktionen: auf der einen Seite meine, die meines Vaters auf der anderen. Und dann, mitten in diesem Grabenkrieg, träfen die Zwergenrekruten ein. Chaos und Rebellion wären unausweichlich.«

»Das ist noch nicht alles«, warf Sylva ein. »Ihr müsstet Euch nicht nur der Zwerge erwehren. Ich bin eine Häuptlingstochter. Sollte ich verhaftet werden, würde der Elfenrat Hominum den Krieg erklären. Noch während wir hier sprechen, macht unser Heer mobil, um im Krieg gegen die Orks an Hominums Seite zu kämpfen. Aber wenn mich Alfric in den Kerker wirft, wird unser Heer gegen die Menschen losziehen.«

Harold starrte sie entsetzt an.

»Daran habe ich noch gar nicht gedacht«, sagte er blass. »Die Mobilmachung ist noch nicht abgeschlossen, aber früher oder später kommt das Elfenheer so oder so nach Hominum.«

»Und wir haben alle Soldaten von der Grenze abgezogen«, stammelte Arcturus.

»Sobald bekannt wird, dass ihr vier noch am Leben seid, wird ein Haftbefehl erlassen«, fuhr Harold fort und massierte sich die Augenbrauen. »Wenn ich Sylvas Verhaftung nicht verhindern kann, wird es Krieg mit den Elfen geben, und der Krieg mit den Zwergen ist sowieso nicht mehr abzuwenden.«

»Ganz recht«, bestätigte Arcturus. »Ganz Hominum hält Kress für

Rufus' Mörderin. Da ohnehin alle glauben, dass die Zwerge hinter den Anschlägen der Ambosse stecken, wird das Fass überlaufen.«

»Sobald die Zwergenrekruten eintreffen, wird mein Vater ihr Viertel von den Pinkertons besetzen lassen«, erklärte Harold. »Das hat er mir bereits verraten, und er wird seine Meinung nicht ändern, ganz gleich, was ich sage. Die Kämpfe werden noch in der gleichen Nacht ausbrechen …«

Lovett führte seinen Gedanken zu Ende: »Und während wir übereinander herfallen und die Grenzen ungeschützt sind, schlägt Khan zu und vernichtet uns alle.«

Eine bleierne Stille senkte sich über die Bibliothek, nachdem sie gesprochen hatte.

»Was tun wir also?«, fragte Fletcher schließlich. Er war wütend. Wütend, weil die Gier und der Hass einer Handvoll machthungriger Menschen das Leben Tausender Unschuldiger in Gefahr brachte. Und außerdem wütend, weil er und seine Freunde schon wieder im Zentrum der ganzen Misere standen. Sein Puls pochte so laut, dass er glaubte, die anderen könnten ihn hören.

»Wir bringen euch zu den Elfen im Großen Wald«, antwortete Harold. »Dort seid ihr am sicher…«

»Nein«, fiel ihm Othello ins Wort. »Ich laufe nicht davon. Wenn es Krieg gibt, werde ich hier sein und meine Familie beschützen. Ich verstecke mich nicht wie ein flüchtiger Straftäter.«

Kress verschränkte die Arme vor der Brust. »Genau. Und ich auch nicht.«

»Versteht ihr denn nicht?«, knurrte der König. »Das macht alles nur noch schlimmer! Selbst wenn ihr nicht sofort verhaftet werdet, die Pinkertons werden gewiss nach euch suchen. Sie werden die Türen von Zwergenheimen einschlagen und alles zu Kleinholz machen. Der Aufstand beginnt erst morgen. Wenn bekannt wird, dass ihr überhaupt nicht mehr hier seid, sondern bei den Elfen, kommt es vielleicht gar nicht so weit. Zumindest verschafft es mir mehr Zeit.«

Othello lehnte sich zurück und schloss die Augen. Hätte er die Hände nicht zu Fäusten geballt, hätte man meinen können, er mache ein Nickerchen.

»Wenn es doch zum Bürgerkrieg kommt, ist der Schaden ohnehin angerichtet«, fuhr Harold grimmig fort. »Dann könnt ihr zurückkehren. Aber bis dahin werdet ihr zu den Elfen gehen, während ich versuche, die Katastrophe im letzten Moment noch zu verhindern. Eure Anwesenheit macht die Lage nur noch schlimmer, als sie es ohnehin schon ist. Also tut, was ich sage. Ich habe zurzeit drängendere Probleme, als für eure Sicherheit zu sorgen.«

»Und was für Probleme sollen das sein?«, fauchte Kress mit wutverzerrtem Gesicht. »Wenn die Pinkertons uns verhaften, werden wir verurteilt und dann hingerichtet. Habt Ihr schon vergessen, wie kurz wir beim letzten Mal vor einem Aufstand standen? Ich weiß, was ich getan hätte, wenn Othello tatsächlich hingerichtet worden wäre, ebenso wie der Rest meines Volkes!«

Harold fixierte sie mit einem kalten Blick. »Sobald die Zwergenrekruten eintreffen, wird mein Vater eine Rede halten und alle Rechte widerrufen, die ich während der letzten zehn Jahre für euch erkämpft habe. Der Kinderbann tritt wieder in Kraft, und den Rekruten werden ihre Uniformen weggenommen. Schlimmer noch: Alfric wird eure Steuern erhöhen und eine Sperrstunde verhängen, die es den Zwergen verbietet, sich nach Einbruch der Dunkelheit noch auf der Straße aufzuhalten.«

»Warum?«, fragte Fletcher, noch bevor er sich eines Besseren besinnen konnte.

»Weil er die Zwergenrekruten provozieren will«, antwortete Harold verdrossen. »Stell dir mehrere Hundert bewaffnete Zwerge vor, die nach einem Jahr Ausbildung und Plackerei an der Elfengrenze zurückkehren, nur um zu erfahren, dass ihnen die Bürgerrechte weggenommen wurden. Und dann wird ihnen unter Androhung von Arrest auch noch befohlen, sich vor Einbruch der Dunkelheit in ihrem Getto einzufinden, wo die Pinkertons bereits patrouillieren und ihre Familien drangsalieren.«

»Sie würden einen Aufstand anzetteln«, sagte Othello leise. »Und Alfric würde es einen Umsturzversuch nennen.«

»Exakt«, erwiderte Harold und wandte sich wieder an Kress. »Verstehst du jetzt? Das muss ich unter allen Umständen verhindern.

Dann hätte ich wenigstens noch ein paar Tage, um mir meine nächsten Schritte zu überlegen.«

Fletcher traute seinen Ohren kaum. Wie konnte Alfric nur so verschlagen und grausam sein? Sie mussten ihn aufhalten.

»Und wie lautet Euer Plan?«, fragte er.

»Hauptfrau, wenn Ihr so freundlich wäret?« Harold lehnte sich in seinen Sessel zurück und deutete auf Lovett, als wäre er zu müde, um weiterzusprechen.

»Die Hellsehsteine«, begann sie und beugte sich nach vorn. »Das Triumvirat hat sie nach eurem Einsatz eingesammelt und mit einem nicht gebändigten Kerf verbunden. Danach wurden sie wieder über ganz Hominum verteilt. Alfric beabsichtigt, seine Rede über diese Kristalle ins ganze Reich zu übertragen. Wenn wir es schaffen, den Kerf unschädlich zu machen, würde das Alfrics Rede verzögern. Damit ist das Problem zwar nicht aus der Welt, aber es wäre zumindest ein Anfang.«

Othello stützte den Kopf in die Hände. »Das ist alles?«

»In aller Kürze, ja. Aber es gibt noch etwas: Alfric kann über die Kristalle auch seine Stimme übertragen.«

Das war Fletcher neu. »Ich dachte, das wäre unmöglich?«, fragte er verwundert.

»Das war es auch, aber Electra hat eine Lösung gefunden, während ihr bei den Orks wart«, erwiderte Lovett. »Und ich habe ihr dabei geholfen.«

Sie griff in ihre Uniform und legte einen Hellsehkristall in die Mitte des Tisches. Als Valens aus Lovetts Tasche aufflog und sich auf ihre Schulter setzte, glaubte Fletcher, ein leises Summen gehört zu haben, da drehte Lovett den Kopf und fragte mit den Lippen gleich neben ihrem Kerf: »Könnt ihr mich verstehen?«

Doch die Worte kamen nicht nur aus ihrem Mund, sondern auch aus dem Kristall, und dies erstaunlich laut. Die Stimme der Hauptfrau klang zwar etwas dünn und blechern, aber sie war unverkennbar.

Lovett grinste. »Der Kristall nimmt die Schwingungen meiner Stimme auf und überträgt sie in seine Umgebung, ein bisschen wie die Saiten einer Geige. Alles, was dazu benötigt wird, ist ein Verstärkungszauber und etwas Mana. Natürlich lässt die Wirkung mit der Zeit nach, aber die Schwingungen verbrauchen nur sehr wenig Energie.«

»Ich weiß nicht, was es da zu grinsen gibt«, keifte Harold. »Ich wünschte, Ihr hättet eure Entdeckung geheim gehalten. Für meinen Vater ist sie die ersehnte Propagandamaschine. Er hält jeden Tag eine Rede über die Hinterlist und Heimtücke der Ambosse, die den armen Rufus angeblich als Warnung an die Menschen ermorden ließen. Das macht mich ganz krank.«

»Und ich wünschte, wir hätten diese Kristalle schon vorher gehabt«, stöhnte Fletcher. »Dann hätte jeder Jespers Geständnis hören können.«

Sylva, die sich während der letzten Minuten sehr still verhalten hatte, stand nun überraschend auf. Ihre Augen blitzten im Schein des Kaminfeuers.

»Es gibt eine Möglichkeit«, sagte sie aufgeregt. »Sie wäre die Lösung für all unsere Probleme.«

Fletcher starrte sie ungläubig an. Eine Lösung für *alle* ihre Probleme? Unmöglich.

»Ihr braucht die Generäle nicht«, sprach die Elfin weiter, den Blick auf Harold gerichtet. »Genauso wenig wie den Adel. Ihr braucht das Volk.«

»Wie meinst du das?«, fragte Harold nach. »Wessen Volk?«

»Wozu hält Alfric all diese Reden?«, fragte Sylva. »Warum hat das Triumvirat Jesper aufgetragen, Kress den Mord an Rufus in die Schuhe zu schieben? Wozu die Anschläge? Einfach, weil Alfric die Unterstützung des Volkes braucht! Soldaten, Bauern, Bergarbeiter und Schmiede, sie alle braucht er für seinen Krieg gegen die Zwerge. Glaubt Ihr, ohne die Lügen, die Alfric verbreitet, würden sie seine Absichten unterstützen?«

Harold musterte Sylva mit undurchdringlicher Miene. Das einzige Anzeichen für seine innere Anspannung waren seine zuckenden Kiefermuskeln.

»Du hast recht«, sagte er schließlich. »Natürlich hast du recht. Wüssten die Menschen, dass die Zwerge unschuldig sind und ihnen nur übel mitgespielt wurde, würden sie Alfrics Hetze niemals tolerieren und die Bestrafung der wahren Verbrecher verlangen.« Dann verstummte er plötzlich, als hätten ihn seine Worte selbst überrascht.

»Doch was erwartest du jetzt von mir?«, fuhr er seufzend fort. »Soll ich eine eigene Rede halten und allen Jespers Tagebuch zeigen? Die Spione meines Vaters beobachten mich rund um die Uhr, morgen Abend muss ich Seraphs und Didrics Familien bei einem Ball empfangen. Ich kann mich nicht unbemerkt davonstehlen und versuchen, meinem Vater diesen verfluchten Kerf zu stehlen.«

»Aber vielleicht könn…«, begann Kress, doch Harold fuhr ihr über den Mund.

»Selbst wenn ich an den Kerf herankäme und diese Rede hielte, was dann? Mein Vater würde sich bedroht fühlen und mit seinen Unterstützern einfach losschlagen. Wir hätten nichts gewonnen.«

Othello hob den Kopf. »Ihr müsst ihn gar nicht stehlen«, sagte er und sah mit einem langsamen Nicken zu Fletcher hinüber. Es war natürlich Wahnsinn, aber was blieb ihnen schon anderes übrig?

»Wer dann?«, brummte Harold.

»Wir«, antwortete Fletcher.

24

FLETCHER ERINNERTE SICH KAUM an die ruckelige Kutschfahrt nach Corcillum, auch nicht daran, wie Arcturus sie in der Taverne »Zum Amboss« die Treppen hinauf in das staubige Zimmer mit den Betten gescheucht hatte. Alles war wie ein traumhafter Nebel aus Schlafen und Wachen, Geflüster und heimlichen Blicken in der Dunkelheit.

Er hatte die ganze Nacht hindurch geschlafen, und, wie es schien, auch den größten Teil des Tages, denn als der Küchenduft ihn weckte, drang das dunkle Blau der winterlichen Nachmittagssonne durch sein Fenster. Othellos Bett war leer, also schleppte er sich nach unten, um herauszufinden, wo dieser köstliche Duft herkam. Unterwegs stolperte er über einen Stiefel, den er am Abend zuvor schon auf der Treppe ausgezogen hatte.

Fletcher hatte erstaunlichen Hunger. Sein Magen krampfte sich zusammen wie eine Faust, und mit jedem Schritt in Richtung Küche wurde es schlimmer. Die letzten Stufen nahm er mit einem einzigen Sprung, kurz darauf sah er die im Gastraum zusammengeschobenen Tische, auf denen sich das dampfende Essen türmte: Es gab Spiegeleier mit goldgelben Dottern, brutzelnde Würste, so dick wie sein Handgelenk, dazu wunderbar angebratene Kartoffelscheiben mit gedämpftem Spinat, garniert mit Knoblauchzehen und Estragonzweigen. Karaffen voll kristallklarem Wasser und frischem Orangensaft vervollständigten das Festmahl noch.

Es war genug für ein kleines Heer, dabei standen gerade einmal fünf Stühle um die reich gedeckte Tafel. Fletchers Freunde hatten ihre Teller bereits halb leer gegessen und blickten kaum auf, als er eintrat, als fürchteten sie, die Köstlichkeiten könnten verschwinden, sobald sie nur den Kopf hoben.

Was ihn aber am meisten erstaunte, war die Gestalt am Ende der Tafel. Sie trug ein langes grünes Gewand und war genauso klein gewachsen wie Othello und Kress, aber Fletcher erkannte sie nicht.

»Seht, wer auch schon wach ist!«, rief eine vertraute Stimme.

Da fiel es ihm wie Schuppen von den Augen: Das war Briss, Othellos Mutter. Er beugte sich herab und schloss sie strahlend in eine Umarmung, die Briss ebenso herzlich erwiderte.

»Sieh zu, dass du was Anständiges zu essen bekommst«, sprach sie weiter und bedeutete ihm, sich zu den anderen zu setzen. »Othello hat mir das Dörrfleisch gezeigt, mit dem ihr während der letzten Woche auskommen musstet. Scheußlich!«

Das ließ sich Fletcher nicht zweimal sagen. Er schnappte sich Messer und Gabel und legte sofort los. Die folgenden Minuten verbrachte er damit, das köstliche Essen schweigend in sich hineinzuschaufeln, bis sein Kinn gelb vom Dotter und sein Magen voller war als je zuvor in seinem Leben.

»Deine Mutter hat schon gegessen«, sagte Briss. »Die Ärmste. Thaissa ist mit ihr nach oben gegangen und kümmert sich jetzt um sie. Mittlerweile hat sie bestimmt gebadet und schläft. König Harold sagte, er wolle dafür sorgen, dass sie die beste nur erdenkliche Pflege bekommt. Du musst dir also keine Sorgen um sie machen.«

Als alle satt waren, war von der reich gedeckten Tafel kaum noch etwas übrig.

Stöhnend rieb sich Othello den Bauch. »Du bringst uns um«, sagte er kopfschüttelnd zu seiner Mutter. »Tod durch Überfressen.«

»Hoffentlich passt du jetzt noch in dein Kostüm!«, zog Briss ihn auf.

»Welches Kostüm?«, fragte Fletcher.

Othellos Mutter seufzte unter ihrem grünen Schleier und erhob sich. Erst jetzt bemerkte Fletcher die Kleiderpäckchen auf dem Tisch hinter ihr. Daneben standen mehrere Schachteln, die wie Schuhkartons aussahen.

»Für den Ball«, antwortete Kress mit einem bedrückten Seufzen. »Wir schleichen uns rein.«

»Überschlag dich nicht gleich vor Freude«, erwiderte Fletcher, auch wenn ihn die Aussicht auf ihren nächsten Einsatz ebenso mit Furcht erfüllte wie Kress.

»Genau«, murrte Othello. »Worüber beschwerst du dich überhaupt? Du bist ja noch gut davongekommen. Ich hingegen habe das schlimmste Kostüm von allen.«

Kress' mürrische Miene hellte sich sogleich auf.

»Schon gut, beruhigt euch«, meinte Briss kichernd und reichte Sylva ein Päckchen aus rotem Samtstoff.

Die Elfin nahm es skeptisch entgegen.

»Nach allem, was mir Othello erzählt hat, wird es dir wahrscheinlich nicht gefallen, aber es geht nun mal nicht anders«, schickte Briss schüchtern voraus. »Ich habe schon mehrere davon genäht. Bei den jungen Adelsfrauen sind sie sehr beliebt. Oben wartet schon eine heiße Wanne auf dich, du wirst dort alles finden, was du brauchst. Geh und probier es an, danach hilft dir Thaissa mit deiner Frisur.«

»Ich werde bestimmt begeistert sein«, murmelte Sylva in dem Versuch, ihren Widerwillen zu verbergen, dann schlurfte sie die Treppen hinauf. Das Kleid hielt sie am ausgestreckten Arm, als wäre es eine Giftschlange.

»Dann wollen wir mal sehen, ob das hier passt«, sagte Briss fröhlich, nahm ein rosafarbenes Kleid vom Tisch und schüttelte es aus.

Es war wallend geschnitten, die Ärmel waren mit Blumenmustern bestickt, und ein zarter Schleier mit einem Silberkettchen zum Befestigen gehörte ebenfalls dazu – es war ein traditionelles Zwerginnenkostüm und wirklich hübsch. Kress würde darin bestimmt toll aussehen, dachte Fletcher gerade, da fiel es ihm wieder ein.

»Der Schleier«, murmelte er. »Deshalb bist du so schlecht gelaunt. Aber du musst ihn ja nur einen Abend lang tragen.«

Othello rutschte unbehaglich auf seinem Stuhl herum. Seine Wangen wurden beinahe so rot wie das Kleid.

»Tja, nur ist es gar nicht für mich«, gluckste Kress und deutete auf Othello. »Aber es passt hervorragend zu seiner Gesichtsfarbe, findest du nicht, Fletcher?«

»Ach, lass mich in Ruhe«, stöhnte Othello.

Fletcher brach in schallendes Gelächter aus. Beim Anblick des verdrossenen Gesichts, das Othello machte, als seine Mutter ihm das Kleid überstreifte, konnte er gar nicht anders.

»Bitte, erzählt Atilla nichts davon«, flehte Othello, als Kress gackernd den Schleier vor seinem Gesicht befestigte und eine verirrte Bartsträhne dahinter versteckte.

»Eigentlich sollte er herkommen und das Kleid selbst einmal anprobieren«, warf Fletcher lachend ein. »Immerhin ist er dein Zwillingsbruder.«

»Ich wünschte, Atilla könnte tatsächlich in deine Fußstapfen treten«, ergänzte Kress und wischte sich eine Lachträne aus dem Auge. »Oder sollte ich vielleicht besser sagen: in dein Kleid!«

Während Kress von einem neuerlichen Lachkrampf geschüttelt wurde, ließ sich Othello niedergeschlagen in seinen Stuhl sinken.

»Trotzdem verstehe ich es nicht ganz«, erklärte Fletcher, der sich inzwischen wieder beruhigt hatte. »Warum muss Othello unbedingt ein Kleid tragen?«

»Arcturus, Lovett und ich, wir sind die ganze Nacht aufgeblieben, um einen Plan auszuhecken, wie wir euch unbemerkt in den Palast schmuggeln können«, antwortete Briss. »Selbstverständlich sind keine Zwerge zu dem Ball geladen, aber in der Dienerschaft gibt es umso mehr von uns. Alles Frauen, und alle tragen diese Uniform, deshalb muss sich Othello verkleiden. Es ist ja nicht das erste Mal. Weißt du noch, als du fünf Jahre alt warst und …«

»Schon gut, das reicht jetzt!«, unterbrach Othello und schleuderte eine halb aufgegessene Wurst nach seiner Mutter.

Briss duckte sich flink, dann nahm sie ein zweites Kleid vom Tisch, das genauso aussah, und reichte es Kress.

»Irgendwie finde ich es plötzlich gar nicht mehr so schlimm«, meinte Kress fröhlich. Sie entrollte das Kleid sorgsam und hielt es vor sich. »So was habe ich schon seit einer Ewigkeit nicht mehr getragen.«

Dann streifte sie es über, nur den Schleier legte sie nicht an. Schließlich drehte sie sich vor den anderen im Kreis wie eine Ballerina und ließ den feinen Stoff auffliegen, während sie mit funkelnden Augen ihr rotes Haar kokett schüttelte.

Briss schlug sich eine Hand vor den Schleier. »Du siehst toll aus!«, keuchte sie.

»Stimmt«, sagte Othello mit einem Räuspern. Sein Gesicht war hinter dem rosafarbenen Schleier verborgen, aber Fletcher glaubte zu sehen, dass Othellos Mund offen stand.

»Jetzt du, Fletcher«, erklärte Briss. »Du bist zu groß für einen Zwerg, deshalb werdet ihr – du und Sylva – als Seraphs Gäste auftreten. Glücklicherweise hat er die letzte Nacht in einer Herberge in Corcillum verbracht. Wir haben ihn in alles eingeweiht.«

Der Gedanke, Seraph wiederzusehen, zauberte ein Lächeln auf Fletchers Gesicht. Er und der zukünftige Adlige hatten vieles gemeinsam: Beide waren einmal Bürgerliche gewesen und unterhielten enge Bande zu den Zwergen. Fletcher freute sich aufrichtig auf seine Gesellschaft.

»Ihr werdet das Gleiche tragen wie sein Gefolge«, sprach Briss weiter. »In deinem Fall: dies hier.«

Sie deutete auf einen gerade geschnittenen Anzug aus königsblauer Seide mit goldenem Spitzenbesatz und Quasten an den Schulterklappen. Daneben lag ein Paar schwarz glänzender Lederslipper mit Messingschnallen, außerdem elegante weiße Handschuhe, die Fletchers Tätowierungen verbergen würden.

»Jetzt ab mit dir!«, befahl Briss und scheuchte ihn nach oben.

Fletcher klemmte sich seine Sachen unter den Arm und eilte die Stufen hinauf.

»Vergiss das Baden nicht!«, rief Briss ihm hinterher. »Nicht, dass dein Geruch alles zunichtemacht. Sylva müsste inzwischen fertig sein.«

Fletcher hatte soeben das Ende der Treppe erreicht und klopfte an die Tür des ersten Zimmers.

»Eine Tür weiter!«, kam Thaissas Stimme von drinnen. »Und beeil dich, bevor das Wasser kalt wird. Wir haben schon fast kein Holz mehr. Kress und Othello haben das meiste heute Morgen verbraucht.«

Fletcher ging weiter zur nächsten Tür, dahinter fand er ein großes Zimmer mit Fenster, Spiegel, einem Schemel und einer großen metallenen Badewanne voll dampfenden Wassers. Der Boden war gefliest, über einer Feuerstelle hing ein Kessel an einem Haken. Auf dem Schemel lagen ein flauschiges gelbes Handtuch, frische Strümpfe und Unterwäsche, ein Rasiermesser, ein Bimsstein und eine Schere. Briss und Thaissa hatten wirklich an alles gedacht.

Fünf Minuten später genoss Fletcher das köstlich wärmende Bad. Mit einem Stück Lavendelseife rieb er sich Körper und Haare ab, bis der Schaum über den Rand der Wanne schwappte. Dann, als das Wasser allmählich kühler wurde und der Schaum in sich zusammenfiel, widmete er sich den Schwielen an seinen Händen und Füßen und schrubbte auch seinen Körper so lange, bis die Haut beinahe durchgescheuert war. Dafür war sie aber so sauber wie noch nie.

Als Nächstes rasierte er sich den Bartflaum von Oberlippe und Kinn, sodass er beinahe wieder wie ein Baby aussah. Eigentlich hatte er es nur um Berdons willen getan, und der Gedanke an den sanften Riesen versetzte ihm sogleich einen Stich ins Herz. Fletcher hatte doch keine Ahnung, wo er und die ehemaligen Dorfbewohner von Pelz inzwischen sein mochten. Auf dem Weg nach Süden, mehr wusste er nicht.

Schließlich band er sich die Locken zu einem Pferdeschwanz und schnitt die abgebrochenen Enden ab. Das lose Büschel, das er daraufhin in der Hand hielt, warf er verstohlen in den Abfluss. Das musste genügen.

Danach stieg er aus dem mittlerweile nur noch lauwarmen und schmutzigen Wasser und trocknete sich im Schein des herunterbrennenden Feuers unter dem Kessel ab. Er hatte das Gefühl, viel länger gebraucht zu haben als Sylva. Ohne einen Blick in den Spiegel zu werfen, zog er sich an und eilte zurück nach unten.

»Sieh an, sieh an«, kommentierte Kress lachend, als er den Gastraum betrat. »Ganz der edle Herr.«

Briss klatschte aufgeregt in die Hände, zupfte hier eine Naht zurecht, strich da den Stoff glatt, und dann trat sie einen Schritt zurück und begutachtete ihr Werk.

»Du machst eine ausgezeichnete Figur, muss ich sagen«, verkündete sie. »Du bist etwas dünner geworden, seit ich das letzte Mal deine Maße genommen habe, aber damit hatte ich auch gerechnet. Der

Anzug sitzt wie ein Handschuh. Probier doch gleich auch die Schuhe. Mal sehen, ob sie ebenfalls passen.«

Fletcher schlüpfte in seine neuen Slipper und grinste. »An die könnte ich mich gewöhnen. Gemütlich, trotzdem kann man darin bestimmt laufen wie der Wind.«

»Vielleicht musst du das heute Abend auch«, gab Kress zu bedenken.

Fletcher verzog das Gesicht, weil ihm der Grund für die Verkleidung nun wieder einfiel.

»Und jetzt noch das hier.« Briss deutete auf einen Karton auf dem Tisch.

Fletcher hob die Schachtel neugierig an und staunte, wie schwer sie war. Dann hob er den Deckel – und blickte in zwei kalte, dunkle Augen.

»Was zum …?«, keuchte er und ließ prompt die Schachtel fallen.

»Das ist dein neues Gesicht«, antwortete Briss, hob die Schachtel auf und hielt sie ihm ein zweites Mal hin. »Probier schon, ob sie dir passt!«

Fletcher riskierte einen zweiten Blick. In der Schachtel lag eine Porzellanmaske, so hell, dass sie auch aus Knochen hätte sein können. Die leeren Augenhöhlen ließen sie beinahe wie den Schädel eines Menschen aussehen, wären da nicht die leicht gewölbten Wangen und vollen weißen Lippen gewesen.

Die Ränder waren mit Blattgold verziert, feine Wirbelmuster betonten die Augenpartie. Der Anblick war schön und schrecklich zugleich, so wie das Antlitz eines Raubvogels.

Fletcher hielt sich die Maske vor das Gesicht und spürte, wie Briss sie mit Bändern um seinen Hinterkopf befestigte.

»Es ist ein Maskenball, falls du es noch nicht erraten hast«, erläuterte sie. »Eigentlich hatte ich mit dem Töpfern angefangen, weil ich Geschirr verkaufen wollte, aber ob du es nun glaubst oder nicht, am meisten werden diese Masken hier verlangt. Der Adel veranstaltet mehrere Kostümbälle pro Jahr, und für jeden wollen sie eine neue haben.«

Fletcher suchte nach den richtigen Worten. »Danke. Sie ist … von einer ganz besonderen … eigenen Schönheit«, bemerkte er schließlich und wandte sich in Othellos Richtung.

»Da ist mir ja mein Schleier noch lieber«, kommentierte der Zwerg.

»Sie sieht gruselig aus«, stimmte Kress zu.

Briss seufzte auf. »Also, so was tragen die Adeligen nun mal gern, und ich habe sie so unauffällig wie möglich gemacht. Du solltest erst Sylvas sehen, die hat auch noch Federn!«

»Was hat Federn?«, ertönte eine Stimme in Fletchers Rücken.

Er drehte sich um und traute seinen Augen nicht.

Vollkommen verwandelt kam Sylva die Treppe herunter. Statt des hellen, fast silbernen glatten Haars hatte sie jetzt wallende, schwarze Locken. Die Veränderung wirkte so überraschend, dass es ihm die Sprache verschlug. Ihr rotes Samtkleid war schulterfrei und schmiegte sich eng an die Hüften, nur der Faltenrock bauschte sich wie eine knospende Rose.

Sie hatte niemals schöner ausgesehen.

»Es wird nicht gelacht«, knurrte Sylva. »Bringen wir es hinter uns.«

25

HINTER DEM KUTSCHENFENSTER ZOGEN die Straßen Hominums vorbei. Die wenigen Leute, die im spärlichen Licht des Winterabends noch unterwegs waren, hielten die Köpfe gesenkt. Etwas Unheilverkündendes lag in der Luft, dick und schwer wie der Rauch einer Öllampe.

Kress und Othello waren zu Fuß zum Palast gegangen. Kurze Zeit später traf Seraphs Kutsche ein, um Fletcher und Sylva abzuholen. Sie feierten ein glückliches Wiedersehen, doch ihre Freude trat immer weiter in den Hintergrund, je näher sie ihrem Ziel kamen. Schließlich saßen sie da und dachten an die bevorstehende Aufgabe.

»Ich sollte es alleine machen«, sagte Seraph schließlich mit einem Kopfschütteln. »Oder Arcturus. Ihr geht ein verflucht hohes Risiko ein.«

»Es ist doch öffentlich bekannt, dass er gegen das Triumvirat ist«, entgegnete Fletcher. »Und du stehst heute Abend im Zentrum der Aufmerksamkeit. Sylva und ich haben als anonyme Gäste viel eher die Gelegenheit, uns unbemerkt davonzustehlen.«

Missmutig nickte Seraph.

»Warum gehen wir den Plan nicht noch einmal durch?«, fragte Sylva mit gezwungener Unbeschwertheit.

»Gute Idee«, erwiderte Fletcher. »Du fängst an.«

Seraph beugte sich neugierig näher heran.

»Alfrics Kerf befindet sich im Thronraum gleich über dem Bankettsaal«, trug Sylva mit geschlossenen Augen und aus dem Gedächtnis vor. »Sie haben ihm die Beine amputiert und ihn an einen Stock gebunden, der sich irgendwo im Saal befindet. Eventuell ist er noch zusätzlich mit einem Tuch abgedeckt.«

Fletcher dachte daran, wie ihn Arcturus über dieses grausige Detail aufgeklärt hatte, und erschauerte. Der Kerf war ungebändigt, stand also mit keinem Beschwörer in Verbindung, weshalb er irgendwie festgehalten werden musste, wenn Alfric zum Volk Hominums sprach.

»Wir müssen den Festsaal durch eine Seitentür verlassen und dann über die Treppe nach oben«, fuhr Sylva fort. »Dort brechen wir mithilfe eines Öffnungszaubers in den Thronsaal ein. Ich nehme das Tagebuch, das ich mir an den Oberschenkel gebunden habe, und lese laut daraus vor. Dabei werde ich die Seiten so halten, dass der Kerf sie sehen kann.«

Sylva machte eine Verschnaufpause und ließ Fletcher übernehmen. »Kress und Othello arbeiten als Diener im Thronsaal und sorgen für eine Ablenkung, während wir uns in den Thronsaal schleichen. Wenn alles nach Plan läuft, dauert es nur wenige Minuten, ohne dass irgendjemand etwas mitbekommt.«

Seraph runzelte die Stirn. »Was, wenn die Ablenkung nicht funktioniert und die Gäste merken, dass Sylva im Thronsaal gerade eine Rede an das Volk hält?«

»Dann müssen wir sie Sylva so lange vom Leib halten, bis sie fertig ist«, antwortete Fletcher entschlossen. »König Harold wird einen Haftbefehl gegen Raubler und Herzog Forsys erlassen, danach warten wir ab. Mal sehen, wie Alfric reagiert.«

»Das ist euer Plan?«, fragte Seraph staunend. »Was, wenn sich Alfric auf ihre Seite stellt?«

»Er steckt doch selber bis zum Hals mit drin«, widersprach Sylva grimmig. »Außerdem wird ganz Hominum außer sich sein. Wenn er verhindern will, dass seine Mittäterschaft herauskommt und ein mit Fackeln und Mistgabeln bewaffneter Mob seinen Palast stürmt, wird er sich auf Harolds Seite schlagen und die beiden Verräter genauso verdammen wie er. Die Menschen Hominums mögen im Augenblick noch etwas gegen die Zwerge haben, aber wenn sie erfahren, wer in Wirklichkeit hinter den Anschlägen steckt, werden sie Blut sehen wollen. Alfric bleibt gar nichts anderes übrig, als die beiden zu opfern, um seine eigene Haut zu retten.«

Der Kutscher klopfte von oben an die Decke.

»Jetzt gibt es ohnehin kein Zurück mehr«, kommentierte Seraph. »Wir sind da.«

Alle nahmen ihre Masken vom Schoß und setzten sie auf. Der Geruch von frisch gebranntem Porzellan stieg ihnen in die Nase. Sie waren keinen Moment zu früh dran, denn sogleich schwang die Tür auf. Ein Mann in schwarz-weißer Dienertracht und mit einer riesigen weißen Perücke auf dem Kopf streckte den Fahrgästen die Hand entgegen, um ihnen beim Aussteigen zu helfen.

Kies knirschte unter ihren Schuhen, dann kam der Palast in seiner ganzen Pracht in Sicht. Fletcher hatte den etwas abseits am nördlichen Rand von Corcillum gelegenen Palast schon öfter aus der Ferne gesehen, aber erst jetzt, aus nächster Nähe, merkte er, wie groß und majestätisch das Gebäude war.

Es bestand ganz aus weißem Marmor, der im Licht der Feuerschalen, die für den heutigen Abend entlang der Außenmauern aufgestellt waren, golden schimmerte. Der Palast war fünf Stockwerke hoch, in der Mitte erhob sich eine Kuppel, von der zwei breite Flügel abzweigten. Die Fassade ruhte auf unzähligen Säulen, die dick wie Eichen und reich mit Rankenmustern verziert waren. Links und rechts der von sorgsam gestutzten Hecken eingefassten Schotterwege standen elegante Brunnen auf den hügeligen Wiesen.

Alfric hatte Hominum beinahe in den Bankrott gestürzt, als er den Palast bauen ließ. Das war auch der Grund, warum er den Thron an seinen Sohn Harold weitergegeben hatte. Schon damals war das Volk kurz davor gewesen, sich zu erheben, hatte sich dann aber durch den Machtwechsel noch einmal besänftigen lassen. Oder besser gesagt: durch den *scheinbaren* Machtwechsel.

»Bitte hier entlang, werte Herrschaften«, sagte der Diener unterwürfig und führte sie zu dem grell beleuchteten Eingang, wo bereits eine große Menschenmenge darauf wartete, aufgerufen und eingelassen zu werden. Ihre knallbunten Gewänder glitzerten im Schein der Feuerschalen wie ein Kaleidoskop.

Fletcher überprüfte, ob Sylvas Maske ihre langen Elfenohren auch wirklich verdeckte. Die Verzierungen darauf waren silbern, nicht golden wie auf seiner, ansonsten aber glichen sich ihre Masken fast. Grünlich blaue Pfauenfedern reichten von den Wangen bis über Sylvas Ohren. Thaissa hatte sie zusätzlich mit einem Band an den Kopf gebunden und unter den frisch zurechtgemachten Locken verborgen.

Als Fletcher mit seiner Überprüfung fertig war, hakte Sylva sich bei Seraph unter, dann gingen sie gemeinsam voraus. Sylva war schließlich Seraphs Gast, trotzdem verspürte Fletcher einen unerklärlichen Anflug von Eifersucht.

Die vor dem Palasteingang wartenden Gäste kamen ihm wie Tropenvögel vor, die das schillernde Gefieder aufplusterten und einer lauter als der andere um Aufmerksamkeit schrien. Er hatte befürchtet, dass ihre Kostüme viel zu auffällig waren, doch im Vergleich zu den anderen wirkten sie geradezu schlicht.

Generäle stolzierten in ihren Ausgehuniformen umher, die Brust voll behängt mit glänzenden Orden. Die meisten Masken bedeckten lediglich die obere Gesichtshälfte. Grotesk übertriebene Hakennasen und Hörner ragten daraus hervor wie Parodien auf die wohlgeformten Kiefer darunter. Neben ihnen gingen ihre Frauen mit kalkweiß geschminkten Gesichtern, das Haar zu ausgefallenen Frisuren aufgetürmt und die Wangen mit künstlichen Schönheitsflecken verziert. Ihre wallenden Kleider bestanden aus so vielen Schichten feinster Seide, dass sich eine metallene Stützkonstruktion darunter befinden musste, damit sie nicht zusammenfielen. Die meisten Gattinnen hatten lediglich eine Augenmaske gewählt, um die vornehme Blässe und die Schönheitsflecke nicht zu überdecken.

Die Adligen hatten sich nicht weniger extravagant herausgeputzt und trugen stolz ihren teuren Schmuck zur Schau: Juwelencolliers bei den Frauen, schwere Ringe aus Gold und Silber an den blassen Fingern der Männer.

Selbst in der kühlen Winterluft begann Fletcher zu schwitzen, als sie sich auf dem von Fackeln beleuchteten roten Teppich hinter einer Schar schnatternder junger Frauen in die Warteschlange einreihten.

Ein Stück weiter vorn wurden die Gäste namentlich aufgerufen, bevor sie durch die große Doppeltür in die Eingangshalle traten.

Da fiel Fletcher siedend heiß etwas ein. Er schwitzte jetzt noch stärker als zuvor, seine Maske war schon ganz nass und glitschig.

»Name«, zischte er und zog Seraph ein Stück beiseite.

»Was?«

»Wie heiße ich?«, drängte Fletcher. Die Schlange vor ihnen wurde immer kürzer, und hinter ihnen reihten sich bereits die nächsten Gäste ein.

»Keine Ahnung, denk dir was aus«, erwiderte Seraph, machte sich los und stellte sich wieder an Sylvas Seite. Seine Maske bedeckte ebenfalls nur die Augen, und Fletcher sah, wie die Kiefermuskeln des baldigen Adligen nervös zuckten.

Die jungen Frauen standen nun ganz vorn und kicherten laut, als eine aus ihrer Gruppe über den Saum ihres langen Rocks stolperte.

Fletchers Kopf war vollkommen leer. James Baker. Manhard. Etwas anderes wollte ihm nicht einfallen. Inzwischen nahm der Diener die Einladungsschreiben der Frauen entgegen und rief kurz hintereinander ihre Namen auf.

»Priscilla Hagedorn!«

Der Name geisterte durch seine Gedanken.

»Vivien Findler!«

Nach was sollte sein Name klingen? Möglichst unauffällig oder eher etwas nach Ausländischem, so wie Baybars oder Pasha?

»Rosamunde Schwindbrück!«

Lieber etwas Einfaches. Hauptsache irgendwas.

»Helena Schwindbrück!«

Nun war Seraph an der Reihe. Er zeigte seine Einladung und bedeutete Fletcher vorzutreten.

»Euer Name, Herr?«, fragte der Diener.

»James Rotterham«, stotterte Fletcher, noch bevor er es verhindern konnte.

»James Rotterham!«, verkündete daraufhin der Diener, dann waren sie durch, und Fletcher stolperte ins Palastfoyer.

Das grelle Licht des Kronleuchters blendete ihn, der Lärm Hunderter Unterhaltungen dröhnte in seinen Ohren. Das Foyer war randvoll mit Menschen, die in Trauben beisammenstanden und sich von den Tabletts der Diener Gläser voller Schaumwein und Brötchen mit Lachspüree griffen.

Das Foyer war genauso breit wie die Eingangshalle der Dämonenakademie, aber nicht so hoch. Eine ausladende, mit einem roten Samtteppich ausgelegte Marmortreppe führte zu einer imposanten Flügeltür. Als Fletcher den Blick hob, sah er das Porträt eines weißhaarigen Königs an der Decke. Eine goldene Krone zierte seine Stirn, und aus seinen ausgestreckten Händen ergoss sich ein ganzes Dämonenheer über die Innenseite der Kuppel. Fletcher merkte, wie ihm bei dem Anblick der Kiefer herunterklappte, und blickte eilig weg.

Zwergendienerinnen in rosafarbenen Gewändern bahnten sich mit ihren Tabletts einen Weg durch die Wartenden und reichten ihnen Essen und Getränke. Eine davon kam direkt auf Fletcher zu.

»Ein Getränk, Herr?«, fragte sie.

Fletcher nickte stumm und führte das Stielglas voll Schaumwein an den Mund.

»Das würde ich lieber nicht trinken«, sagte die Dienerin und kam noch näher. »Später brauchst du einen klaren Kopf für deine Aufgabe, also halt dich strikt an Wasser, nur für den Fall, dass …«

Ein anderer Gast nahm sich im Vorbeigehen ein Glas von ihrem Tablett, und die Dienerin verstummte.

Fletchers Anspannung ließ jetzt ein wenig nach. Er nahm das Glas von den Lippen, dann eilte Kress mit ihrem leeren Tablett davon, um kurz neben einer anderen Dienerin mit verdächtig breiten Schultern stehen zu bleiben. Othello. Erst jetzt fiel Fletcher auf, dass die beiden rote Mokassins trugen, damit man sie leichter von den anderen Zwerginnen unterscheiden konnte, deren Schuhe beigefarben waren.

»Und wann beginnt die Feier?«, fragte Sylva überraschend.

Sie stand so dicht hinter ihm, dass Fletcher zusammenzuckte und einen Teil seines Weins verschüttete. Eilig bedeckte er die Pfütze mit seinem Schuh.

»Entspann dich«, flüsterte Seraph und drückte ihm die Schulter. »Alle warten nur noch auf Didric. Er müsste jede Minute kommen.

Ihr beiden solltet euch inzwischen ein Stück von mir entfernen, ich bin schließlich der Ehrengast des heutigen …«

Seraph verstummte mitten im Satz und wurde am ganzen Körper stocksteif, da sah Fletcher es ebenfalls: Tarquin und Isadora hatten soeben das Foyer betreten.

Und kamen direkt auf sie zu.

26

DIE BEIDEN ADELSSPROSSE TRUGEN schwarze Ausgehuniformen, dazu weiße Masken, die gerade einmal die Augenpartie bedeckten. Isadora war bei Weitem nicht die einzige Frau in Militärkleidung. Aus dem Augenwinkel sah Fletcher, dass einige der eben erst eingetroffenen weiblichen Gäste auf Verkleidungen verzichteten und stattdessen die Uniform einer hochrangigen Offizierin trugen – manche die ihres eigenen Privatheers.

Fletchers Atem beschleunigte sich, und seine Handflächen wurden feucht. Wie ein Löwenpärchen stolzierten die Zwillinge durch die Menge und fühlten sich in dieser Versammlung von Hominums Elite offensichtlich ganz zu Hause. Sie ignorierten jeden, der sie begrüßen wollte, und hielten gezielt auf Seraph zu.

Fletcher spürte, dass Sylva ihn am Ärmel zupfte, aber er war wie erstarrt vor Schreck, und als er endlich wieder zur Besinnung kam, war es schon zu spät. Tarquin und Isadora standen direkt vor ihnen und musterten sie aufmerksam.

»Glückwunsch, Seraph«, sagte Tarquin ohne jede Begeisterung. »Du hast was aus dir gemacht, endlich bist du ein Adliger.«

»Danke«, erwiderte Seraph steif.

Tarquin hörte kaum hin. Stattdessen musterte er Fletcher mit zusammengekniffenen Augen.

Fletcher blieb stumm und neigte in einer Art Begrüßung das Haupt.

»Sei doch nicht so unhöflich, geschätzter Seraph«, gab Isadora zurück und warf ihre Haarpracht in den Nacken. »Möchtest du uns deinen Gästen nicht vorstellen?«

Seraph räusperte sich, um noch etwas Zeit zu gewinnen.

»James Rotterham«, sagte er schließlich, die Stimme eine Oktave höher als sonst. »Er stammt aus Swazulu und beaufsichtigt die Arbeiten in unseren Schwefelminen.«

»James Rotterham?«, wiederholte Tarquin mit nach oben gezogenen Augenbrauen. »Das ist ein Name aus dem Norden. Und seid Ihr nicht ein bisschen blass für jemanden aus Swazulu, James?«

»Ähm, er beherrscht unsere Sprache nicht besonders gut«, warf Seraph hastig ein. »Seine Vorfahren kamen aus Hominum, daher der Name und die Hautfarbe. Ansonsten ist er Südländer durch und durch.«

Fletcher verschränkte die Hände in einer respektvollen Geste und neigte den Kopf noch ein Stückchen tiefer.

Tarquin schnaubte. Sein Misstrauen war ihm deutlich anzusehen, trotz der Maske. Aber sein Hauptinteresse galt eindeutig Sylva, die er länger anschaute, als es Fletcher lieb war.

»Sag mal, Seraph, warum hast du eigentlich eine Elfin auf den Ball eingeladen?«, fragte Isadora und lachte herzhaft, als Seraph vor Schreck nach Luft schnappte.

»Tu nicht so überrascht«, erklärte sie und klopfte ihm kichernd auf die Schulter. »Ihre Augen sind doch viel zu blau, da kann ja nicht einmal meine Mutter mithalten. Hast du wirklich überhaupt keine Freunde in deinem eigenen Volk?«

Isadora tat, als müsse sie kurz überlegen, dann schlug sie sich mit gespielter Bestürzung die Hand vor den Mund. »Ach, stimmt, die sind ja alle tot! Das tut mir so entsetzlich leid.«

Seraph schäumte vor Wut, und Fletcher musste sich beherrschen, nicht die Fäuste zu ballen. Glücklicherweise rettete Sylva die Situation und trat vor.

»Guten Abend«, sagte sie mit dick aufgetragenem Elfen-Singsang in der Stimme und machte einen tiefen Knicks – eine beeindruckende Vorstellung, dachte Fletcher grinsend.

»Ich bin als Repräsentantin der Clans hier, um eine Waffenlieferung mit Fürst Pasha auszuhandeln.« Sie nickte Seraph kurz zu. »Unsere Truppen treffen bald an der Front ein und brauchen dann mehr Ausrüstung. In Anbetracht des augenblicklichen … Klimas hielten wir es für das Beste, dass ich meine Anwesenheit auf dem Ball nicht öffentlich ankündige.«

Tarquin schob den Unterkiefer nach vorn, und seine Stirn legte sich in tiefe Falten.

»Habt Ihr gar nicht daran gedacht, die neuen Waffen beim Triumvirat zu kaufen?«, erkundigte sich Isadora mit zuckersüßer Stimme. »Unsere Fertigungsstätten liegen weit näher an Eurer Grenze als die der Pashas.«

»Wir überlegen uns sehr genau, mit wem wir Geschäfte machen«, erwiderte Sylva mit verschränkten Armen. »Das ist eine Frage des … guten Geschmacks.«

Die Zwillinge schluckten, und Fletcher sah, wie Tarquins Wangen rot anliefen.

»Komm, Isadora«, sagte er knapp und nahm seine Schwester an den Arm. »Wir müssen der Dame Faverham unsere Aufwartung machen.«

Dann verschwanden sie in der Menge, ohne sich noch einmal umzudrehen.

»Swazulu?«, flüsterte Fletcher. »Ist dir nichts Besseres eingefallen?«

»Schieb es bloß nicht mir in die Schuhe«, murmelte Seraph leise und trat ein Stück näher heran. »Du hast dir ja nicht mal eine Geschichte überlegt, geschweige denn einen Namen. Außerdem habe ich erst vor ein paar Stunden überhaupt von eurem verrückten Plan erfahren. Ich musste meine beiden eigentlichen Gäste in der Herberge zurücklassen, wo sie nun auf ihren Zimmern sitzen und Däumchen drehen. Ihr könnt von Glück reden, dass auf ihrem Einladungsschreiben keine Namen standen. Und vergesst nicht: Wenn es schiefgeht, steckt mein Kopf genauso in der Schlinge wie eurer. Verrätern zu helfen, ist ein Kapitalverbrechen.«

Seufzend nippte Fletcher an seinem Schaumwein. Er schmeckte bitter, aber er schluckte ihn mit einer Grimasse hinunter – was er allerdings sofort bereute, als er spürte, wie das Zeug in seinem Magen rumorte.

»Tut mir leid«, sagte er. »Aber es ist ja nichts passiert, und wir sind noch mal mit einem blauen Auge davongekommen.«

»Na ja, Sylva hat ihre Sache auch nicht besser gemacht. Musstest du sie unbedingt reizen?«, fuhr Seraph stöhnend fort.

»Ich konnte nicht anders«, erwiderte sie mit einem Anflug von Bedauern in der Stimme. »Am besten, wir trennen uns, bevor der Nächste kommt, der uns kennt.«

Wie auf ein Zeichen hin rief der Diener genau in diesem Augenblick Didric aus, und der Lärm im Saal erstarb zu einem Flüstern. Fletcher sah seinen Erzfeind in einem schwarz-gelb gestreiften, eleganten Zweiteiler mit den Rangabzeichen eines Hauptmanns auf den Schultern hereinstolzieren. Es war die Offiziersuniform von Didrics Privatheer. Auf dem Gesicht trug er eine silberne, halbmondförmige Maske, die seine Brandnarben restlos verdeckte. Die Mitglieder des niederen Adels stürzten sich sofort auf ihn, begierig darauf, die Bekanntschaft des frischgebackenen Grafen zu machen.

Fletcher und Sylva waren dennoch fürs Erste in Sicherheit, denn als Nächstes rief der Diener: »Edle Damen und Herren, bitte folgt mir in den Festsaal.«

Eine weitere Einladung brauchte Fletcher nicht. Sylva hakte sich bei ihm unter, dann mischten sie sich unter die anderen Gäste, die bereits die Treppe hinaufströmten. Fletcher fiel auf, dass Sylva bei jedem Schritt achtgeben musste, nicht über ihr langes Kleid zu fallen. Zudem waren ihre eleganten, hochhackigen Schuhe denkbar ungeeignet für die anstehende Aufgabe – und außerdem vollkommen überflüssig, da sie unter der langen Schleppe ohnehin nicht zu sehen waren.

Infolge der Hitze, die die an den Wänden befestigten Fackeln verströmten, schwitzte Fletcher aus allen Poren. Die schwarzen Locken klebten ihm feucht am Kopf, als sie durch eine Doppeltür in den hell erleuchteten Bankettsaal traten und staunend die Augen aufrissen:

Drei lange Tafeln erstreckten sich vor ihnen, an der Decke hingen so viele Kronleuchter, dass es aussah, als stünde sie in Flammen. Der Boden war mit poliertem Mahagoni ausgelegt, Marmorbüsten der Königsfamilie säumten die Wände und blickten mit finsteren Mienen auf die Gäste herab, als wollten sie ihr Missfallen über die albernen Kostüme zum Ausdruck bringen.

Geckenhafte Diener eilten herbei und führten die Gäste unterwürfig zu ihren Plätzen. Fletcher sah sich mit Seraph und Sylva einem dicken Adligen gegenüber, dessen Wangen jetzt schon rot vom Alkohol waren. Er saß zwischen zwei jungen Frauen, die offensichtlich seine Gäste waren, so hingebungsvoll, wie sie jedem seiner Worte lauschten. Beide waren dick geschminkt und trugen die gleiche goldene Maske über den Augen.

»Eine verfluchte Schande ist das«, sagte der Adlige gerade, als Fletcher sich zwischen Sylva und Seraph setzte. »Ich meine, König Harold mag ja ein guter Kerl sein, er hat das Herz am rechten Fleck und so weiter, aber diesmal geht er zu weit.«

»Wie recht du hast, Bertie, viel zu weit«, erklärte eine der beiden und beugte sich so weit vornüber, dass Fletcher den schwarzen Schönheitsfleck auf ihrer linken Wange sehen konnte.

»Viel zu weit«, bestätigte die andere mit einem Nicken. Ihr Hals war ungewöhnlich lang, sodass ihr Kopf bei der Bewegung auf und ab wippte wie der eines Storchs.

»Gib ihnen den kleinen Finger, dann nehmen sie die ganze Hand, wie ich immer zu sagen pflege«, fuhr Bertie fort und klopfte dabei mit den Knöcheln so fest auf den Tisch, dass seine Hängebacken bei jedem Schlag wackelten. »Die Zwerge gehören in die Schranken verwiesen, aber was passiert? Mehrere Hundert von ihnen marschieren bis an die Zähne bewaffnet Richtung Corcillum, während ihre Kumpane einen Anschlag nach dem anderen verüben!«

»Abscheulich, ganz abscheulich«, sagte Schönheitsfleck. »Nicht einmal in seinem eigenen Haus ist man nachts noch sicher.«

»Aber unser Altkönig Alfric, der weiß, wie der Hase läuft«, nuschelte Bertie und hob den gestreckten Zeigefinger, während er sein Glas mit einem einzigen Schluck leerte. Dass er sich dabei die Hälfte des Schaumweins über sein weißes Spitzenhemd goss, merkte er gar nicht. Er beugte sich lediglich nach vorn und winkte Fletcher, Seraph und Sylva ein Stückchen näher zu sich heran.

Um nicht unhöflich zu erscheinen – und vor allem, weil sie keine unerwünschte Aufmerksamkeit erregen wollten –, folgten die drei der Einladung.

»Ich weiß aus zuverlässiger Quelle, dass Alfric schon morgen Nacht alle Zwergenwerkstätten von den Pinkertons durchsuchen lässt«, flüsterte er, nachdem er sich mit einem Blick über die Schulter versichert hatte, dass keine Dienerin in der Nähe war. »Dort stellen sie nämlich ihre Bomben her. Alfric ist ein alter Freund von mir und hat es mir anvertraut.«

»Unglaublich, was *du* alles weißt«, keuchte Langhals und schlug sich eine Hand vor den Mund.

»Aber natürlich, Alfric fragt mich ja ständig um Rat«, fuhr Bertie prahlerisch fort. »Nicht mal die kleinste Entscheidung kann er ohne mich treffen.«

»Das ist ausgesprochen interessant«, warf Seraph schmeichelnd ein. »Er muss Euch wirklich vertrauen.«

Fletcher bezweifelte, dass der kalte und berechnende Alfric diesem betrunkenen Angeber auch nur ein einziges Wort verraten hatte. Wahrscheinlich hatte Bertie nur ein Gerücht aufgeschnappt und plusterte sich nun vor den leicht zu beeindruckenden jungen Damen auf.

Dennoch war die Nachricht besorgniserregend. Die Werkstätten waren so etwas wie das Allerheiligste der Zwerge. Sie befanden sich in den Kellern unter ihren Familienheimen, tief unter der Erde und durch schwere Metalltüren gesichert. Die Pinkertons hätten in die Häuser eindringen und die Türen mit beträchtlicher Gewalt aufbrechen müssen. Und danach würde es auf jeden Fall zu einem Aufstand kommen, genau wie Alfric es die ganze Zeit geplant hatte.

»Das Beste daran ist, dass wir dann endlich sehen, wie sie ihre verfluchten Musketen herstellen«, sprach Bertie weiter. »Ich hab's ihm gesagt! Alfric, sagte ich, du musst dich um diese Musketen kümmern. Sobald wir das wissen, brauchen wir die verschlagenen kleinen Hunde nicht mehr. Wir können den ganzen Haufen einfach einsperren und den Schlüssel im Meer versenken.« Bertie schüttete die letzten Tropfen hinunter und schmatzte zufrieden.

Schönheitsfleck wedelte nervös mit ihrem Fächer. »Das erscheint mir doch etwas hart. Könnte man sie nicht einfach … fortschicken oder so? Mit einem Schiff vielleicht?«

»Viel zu gefährlich«, widersprach Bertie und sah sich nach einer Dienerin um, um sein Glas wieder auffüllen zu lassen. »Immerhin haben sie angefangen. Die Anschläge gehen allein auf ihr Konto, dann hat eine Zwergin auch noch diesen tapferen Burschen umgebracht, alle haben's gesehen. Wenn das nicht Beweis genug ist! Wenn sie nur könnten, würden sie uns alle auslöschen. Nein, Gertrude, entweder wir oder sie.«

»Aber aus welchem Grund?«

Fletcher brauchte einen Moment, bis er merkte, dass er es war, der gesprochen hatte.

»Verzeihung?«, fragte Bertie und runzelte die verschwitzte Stirn.

»Warum hat sie Rufus Kavendisch umgebracht?«, fragte Fletcher hastig.

Bertie wedelte mit der Hand, als verscheuche er eine lästige Fliege. »Wer weiß denn schon, warum die kleinen Teufel so was tun? Wahrscheinlich, um uns allen klarzumachen, was Sache ist, würde ich meinen. Wichtig ist doch nur, *dass* sie es getan hat.« Er kniff die Augen zusammen, und die Falten auf der Stirn wurden noch tiefer. Offensichtlich war er nicht daran gewöhnt, dass ihm jemand Fragen stellte. »Wer seid Ihr überhaupt? Eure Uniform sagt mir nichts.«

Seraph legte Fletcher eine Hand auf den Oberschenkel. »Mein Gast«, antwortete er ruhig. »Und ich bin Fürst Pasha.«

Fletcher sah, wie Bertie unter seiner Maske erbleichte. Seraphs Verbindungen zu den Zwergen waren kein Geheimnis.

»Ich … das ist …« Bertie schluckte schwer. »Ich weiß, dass Ihr … gewisse Sympathien für die Zwerge hegt. Ich wollte Euch nicht zu nahe treten.«

»Schon gut«, erwiderte Seraph und verstärkte seinen Griff um Fletchers Knie, damit er die Klappe hielt. Doch das war gar nicht nötig, denn Fletcher bereute seinen Ausspruch bereits zutiefst.

Das leise Läuten einer Glocke kündigte an, dass das Essen fertig war, wodurch ihnen weitere Komplikationen erspart blieben. Die Dienerschaft eilte sogleich mit riesigen Serviertabletts beladen herbei, auf denen die warmen Köstlichkeiten dampften. Wenige Minuten später waren alle Tafeln von glänzendem Silbergeschirr bedeckt, und das bereitstehende Personal hob mit theatralischer Geste die Deckel an.

Sofort, als er die Speisen sah, knurrte Fletchers Magen. Der köstliche Duft, der ihm in die Nase stieg, ließ ihm das Wasser im Mund zusammenlaufen.

Die größte Attraktion war ein Hirsch, mehrere Stunden über einem niedrigen Feuer gebraten, damit das Fleisch schön saftig blieb. Daneben lag ein mit Pilzen und Austern gefüllter Schwan, dessen knusprige, mit einer Feigen-Safransoße bestrichene Haut nur so glänzte. Etwas weiter entfernt sah Fletcher einen Wildschweinbraten – das komplette Tier, mit einem Apfel im Maul garniert.

Als wenn das nicht schon genug wäre, gab es zusätzlich auch noch Hasenpfanne mit Mandarinengelee, frittierten Seehecht, pochierten Stör mit Kaviar und sogar Gooducken, eine Art Geflügelmatroschka, bei der eine Gans mit einer Ente gefüllt wurde, die wiederum mit einem Hähnchen gefüllt war.

Um die Fleischgerichte herum lagen weitere Köstlichkeiten ausgebreitet: Wintergemüse in Knoblauchsoße, in Rosenwasser gedämpfte Pflaumen, kandierte Maronen und Schüsseln voller Holundersahne. Was an den anderen Tafeln serviert wurde, konnte Fletcher nicht sehen, aber für ihn war selbst dies schon mehr als genug. Er musste sich mit aller Macht beherrschen, um nicht sofort zuzugreifen. Ungeduldig schob er seine Maske ein Stück nach oben, damit er den Mund frei hatte.

Die Stimme eines Dieners übertönte das begeisterte Aufkeuchen der Gäste und das Klimpern des Bestecks.

»Ehrenwerte Fürsten und Barone, werte Damen und Edelmänner!«, rief er. »Möge das Bankett beginnen.«

27

FLETCHER HATTE NOCH NICHT EINMAL von den Köstlichkeiten probiert, da stieß ihn Sylva schon unter dem Tisch mit dem Fuß an. Er unterdrückte ein Stöhnen und beobachtete enttäuscht, wie Sylva sich mit einem Knicks erhob.

»Ich fürchte, der schwere Essensduft ist zu viel für mich«, sagte sie und legte sich theatralisch den Handrücken an die Stirn. »Werter Rotterham, wärt Ihr so freundlich, mich an die frische Luft zu begleiten?«

Fletcher brauchte einen Augenblick, um zu begreifen, dass Sylva ihn gemeint hatte. Schließlich stand er zögernd auf und nahm ihren Arm. Dabei hätten sie sich das Brimborium sparen können, denn die anderen Gäste schlugen sich bereits gierig die Bäuche voll und würdigten sie keines Blickes. Fletchers einziger Trost war, dass er sich nun nicht mehr den Kopf darüber zerbrechen musste, wie er all die verschiedenen Bestecke zu benutzen hatte. Neben seinem Teller lag ein ganzes Arsenal von Messern, Löffeln, Gabeln und anderen Messwerkzeugen bereit, die er noch nie im Leben gesehen hatte. Außerdem war der Moment günstig, um unbemerkt aus dem Saal zu verschwinden.

»Komm«, zischte Sylva und zerrte ihn hinter sich her an der langen Tafel entlang. Glücklicherweise wussten sie, wo sie hinmussten: zu einer großen Flügeltür an der Seite des Saals. Trotzdem erschauerte Fletcher, als jemand aufblickte, denn er und Sylva waren die einzigen Gäste im Saal, die standen. Er lenkte sich damit ab, die Speisen auf den anderen Tafeln zu inspizieren, und da sah er entsetzt, wie ein Palastdiener an der Königstafel einen gegrillten Delfin zerlegte.

Als er in die Gesichter der Gäste blickte, die um das arme Tier versammelt saßen, wurde seine Abscheu nur noch größer. Beinahe alle seine Feinde waren an der Tafel versammelt: Altkönig Alfric, Graf und Gräfin Faverham, die Forsys-Zwillinge, selbst Didric war dabei. König Harold saß mitten unter ihnen und lachte über einen Scherz, den sein Vater gerade gemacht hatte.

Fletcher wäre fast gestolpert, doch Sylva zog ihn einfach weiter. Trotzdem konnte er nicht anders, als sich noch einmal umzublicken, bevor sie den Saal verließen. Wenn er an diese Leute dachte, stellte er sich immer vor, wie sie in einer dunklen Kammer ihre Pläne ausheckten, aber gewiss nicht, wie sie gut gelaunt miteinander aßen.

Zwei Diener öffneten ihnen verwundert die Doppeltür. Sie konnten sich nicht erklären, wo die beiden Gäste hinwollten, wagten aber nicht, sie aufzuhalten.

Sie fanden sich in einem langen, mit rotem Teppich ausgelegten Flur wieder. Nur ein paar Kerzen an den Wänden spendeten etwas Licht. Fletcher nahm seine Maske ab und atmete erleichtert auf.

»Langsam«, flüsterte Sylva und führte ihn zu einer Treppe auf halber Höhe des Flurs. »Wenn wir laufen, erregen wir nur Verdacht.«

Fletchers Hände wurden immer feuchter. »Es ist bestimmt nicht leicht für Harold, dieses Theater jeden Tag zu spielen«, sagte er, um seine strapazierten Nerven zu beruhigen.

Sylvas Antwort hörte er nicht mehr, denn in diesem Augenblick flog die Doppeltür auf. Ein Wachsoldat mit einem Kerzenhalter in der einen und einem Schwert in der anderen Hand kam auf den Flur gestürmt.

Sylva presste sich an ihn und küsste Fletcher leidenschaftlich auf den Mund. Fletcher erwiderte den Kuss und ließ sich in ihre Umarmung fallen, als gebe es nichts anderes mehr auf der Welt.

»Ach, nur zwei Turteltäubchen«, grunzte der Soldat. »Kein Grund zur Beunruhigung.«

Dann schloss sich die Tür wieder mit einem leisen Klicken.

Sylva machte sich sofort von Fletcher los und rannte zur Treppe. »Komm!«, rief sie über die Schulter. »Man wird uns bald zurückerwarten.«

Fletcher lief hinterher, und das Herz wurde ihm schwer – der Kuss war nur ein Täuschungsmanöver gewesen, nichts weiter.

Mit langen Schritten nahmen sie zwei Stufen auf einmal. Sylva lief barfuß, ihre Schuhe hielt sie in der Hand, und Fletcher musste aufpassen, nicht auf ihre Schleppe zu treten. Es war geradezu lächerlich, wie viel Stoff sie hinter sich herschleppte.

Der Flur am oberen Ende der Treppe war sogar noch dunkler. Eine einzelne Kerze in einer Wandnische war die einzige Lichtquelle. Gleich gegenüber der Treppe sah Fletcher ihr Ziel: die Tür zum Thronsaal.

»Hoffen wir, dass Kress und Othello schon mit ihrem Ablenkungsmanöver angefangen haben«, flüsterte er.

»Lass mich das machen«, sagte Sylva knapp und ätzte mit ihrem Zeigefinger ein blau leuchtendes Schlüsselloch in die Luft. Dann manövrierte sie die Glyphe vor das schwere Türschloss und lud sie mit einem Strom silbrigen Lichts auf. Ein lautes Schnappen ertönte, die Scharniere knirschten, dann schwang die Tür auf.

Dahinter kam ein großer Saal zum Vorschein. Durch ein Oberlicht fiel ein einsamer Mondstrahl herein und beleuchtete den langen roten Teppich in der Mitte des Marmorbodens, die Säulengänge zu beiden Seiten lagen im Schatten. Ganz am Ende des Saals bemerkte Fletcher einen breiten Kamin. Doch was den Raum eigentlich beherrschte, war der Thron: Er bestand aus purem Gold, Silber und Juwelen. Einlegearbeiten aus Perlmutt und kostbaren Hölzern stellten Dämonen mit Edelsteinaugen dar. Der Anblick war selbst in dem spärlichen Licht so atemberaubend, dass Fletcher kaum den Blick abwenden konnte. Noch nie zuvor hatte er so viel Prunk gesehen.

Dann entdeckten sie ihr eigentliches Ziel: einen schwarzen Stab, abgedeckt mit einem Stück Stoff.

»Schnell«, zischte Sylva, ohne den Thron auch nur eines Blickes zu würdigen. Fletcher folgte ihr mit hallenden Schritten. Sie hatten kaum die Hälfte des Raums durchquert, da knirschten die Türscharniere erneut.

Fletcher fuhr herum und griff instinktiv nach seinem Chepesch, den er nicht umgegürtet hatte.

»Na so was«, sagte Raubler und schloss die Tür hinter sich. »Sieh mal, wer hier herumschnüffelt, Zacharias. Eine Elfin und ein Verräter.«

28

HERZOG FORSYS' BREITE SILHOUETTE tauchte hinter dem Inquisitor auf. Er schüttelte seine lange, blonde Mähne aus, sodass sein abgeschnittenes Ohr sichtbar wurde. Keiner der beiden trug eine Maske, dafür eine angeberische Ausgehuniform: Raubler einen mit Silberfäden durchwirkten dunklen Talar, Forsys einen pechschwarzen Zweiteiler mit Goldknöpfen und Fransen an den Schulterklappen.

»Ihr hättet nicht herkommen sollen«, sagte Zacharias mit dunkler, durchdringender Stimme. »Als meine Kinder mir berichteten, unter den Gästen wäre eine Elfin … nun ja. Wir brauchten nicht lange, um herauszufinden, wer ihr seid, und behielten euch im Auge.«

Er trat ins Licht, der Ohrstummel ließ scinen Kopf irgendwie schief aussehen.

»Mut habt ihr, das muss ich euch lassen«, sprach Forsys lächelnd weiter. »Ihr wollt den Stab haben, nehme ich an.«

Er nickte in die Richtung des Throns.

»Ihn zu stehlen wird euch nichts nützen. Die Saat ist gesät, und nun werdet ihr die Früchte ernten. Ein paar Reden weniger machen nicht den geringsten Unterschied. Aber das erlebt ihr ohnehin nicht mehr.«

Fletcher führte die Hände ganz langsam hinter den Rücken und zog seine Handschuhe aus. Die beiden Männer waren mächtige Schlachtmagier, Zacharias sogar ein im Feuer bewährter Kriegsveteran. Fletchers Chancen standen denkbar schlecht.

Da hörte er etwas zerreißen. Aus dem Augenwinkel sah er, wie Sylva sich durch die zahllosen Schichten ihres Kleides wühlte, um es schließlich mit ihrem Dolch aufzuschlitzen. Darunter kam Jespers

Tagebuch zum Vorschein, das sie sogleich hinter dem Rücken verschwinden ließ.

»Was war das?«, fuhr Raubler auf, während sich Sylva ein paar Schritte zurückzog.

Fletcher riss die Hände hoch und spannte einen milchigen Schild auf, der so breit war, dass er auch Sylva schützte.

Seine Gegner grinsten nur höhnisch, als hätten sie alle Zeit der Welt. Offensichtlich begriffen sie nicht, dass Sylva es gar nicht auf den Stab abgesehen hatte, sondern eine Rede an das Volk Hominums halten wollte.

»Jetzt müssen wir uns nur noch entscheiden, ob wir sie gleich hier töten oder sie verhaften und zum Tod verurteilen lassen«, sagte Raubler leise. »Ein öffentliches Tribunal wäre vielleicht wirksamer und würde noch mehr Zwietracht säen.«

Der Stab war nun so nahe, dass Raublers Worte ins ganze Land übertragen werden konnten, wenn er nicht aufpasste.

»Töten wir sie«, erwiderte Zacharias und beugte ganz leicht die Knie. Dann hob er die Hände, bereit zum Angriff. »Wenn wir das Mädchen verhaften lassen, mischt sich Harold nur wieder ein, um sie zu beschützen und einen Krieg mit den Elfen abzuwenden. Und wie du weißt, sind Gerichtsverfahren … unberechenbar.«

Aus dem Augenwinkel beobachtete Fletcher, wie Sylva das Tuch von dem Stab zog und ein Wyrrlicht herbeirief. Das blaue Leuchten ließ Fletcher einen langen Schlagschatten in Richtung seiner Feinde werfen.

»Bestens«, sagte Zacharias lachend. »Die ganze Welt soll sehen, wie wir die Elfenprinzessin umbringen. Dann haben wir im Handumdrehen einen neuen Krieg – und diesmal einen richtigen. Morgen gegen die Zwerge und dann gegen die Elfen.«

»Damit Ihr Euch die Taschen mit blutigem Geld vollstopfen könnt«, knurrte Fletcher.

»Wenn es Elfen- und Zwergenblut ist, umso besser«, höhnte Raubler mit einem grausamen Lächeln.

Sylva las mit leiser Stimme, ihr Mund befand sich direkt über dem Kopf des Kerfs. Fletcher gestattete sich einen kurzen Blick über die

Schulter und sah, wie sie dem festgebundenen Dämon Zacharias' Brief vor die Augen hielt, während sie mit dem Finger auf das Familiensiegel der Forsys deutete.

»Lass das«, bellte Raubler und machte einen Schritt auf sie zu. »Was liest du da?«

In diesem Augenblick erkannte Zacharias den von ihm geschriebenen Brief. »Wir müssen sie aufhalten!«, rief er erschrocken und ließ seine Hände durch die Luft wirbeln. Ein Blitz schlug krachend gegen Fletchers Schild. Sprünge breiteten sich darauf aus wie auf einer geborstenen Fensterscheibe. Einen Wimpernschlag später ließ Raubler einen glühend heißen Flammenstrahl folgen.

»Sylva, beeil dich!«, rief Fletcher, während sich der Schild vor seinen Augen auflöste. »Zeig ihnen das Tagebuch!«

Eigentlich sollte er sofort Ignatius herbeirufen, aber er brauchte all sein Mana, um wenigstens die am schlimmsten in Mitleidenschaft gezogenen Stellen seines Schildes auszubessern. Mit der rechten Hand ätzte Fletcher eilig eine Feuerglyphe, doch während er sie fixierte, spannten seine Gegner ihrerseits Schilde auf.

An Sylvas Lippenbewegungen erkannte er, dass sie mittlerweile schrie, doch Fletcher hörte nicht ein einziges Wort, so laut hämmerten die Angriffszauber seiner Feinde gegen den Schild. Er schleuderte Zacharias eine Feuerkugel entgegen, die Flammen züngelten wie ein Wasserfall um den Schild des Adligen und versengten seine Kleidung, aber die Angriffe seiner Gegner ließen nicht nach. Fletcher spürte, wie sein Mana zusehends zur Neige ging und seine beiden Dämonen darum bettelten, ihm beistehen zu dürfen.

Er pumpte einen letzten Manaschwall in seinen Schild, dann kappte er den Energiestrom. Ab jetzt musste der Schutzzauber dem Ansturm von Blitzen und Flammen allein standhalten, denn Ignatius herbeizurufen kostete Fletcher alle Konzentration. Der Dämon war beträchtlich gewachsen, und das Pentagramm auf Fletchers Hand war klein. Aber nach wenigen Augenblicken materialisierte sich der Drak mit einem Brüllen neben ihm.

Als Forsys und Raubler den Drak sahen, hörten die Angriffe plötzlich auf. Ein Stück aus Fletchers Schild fiel zu Boden und verdampfte zischend auf dem roten Teppich, danach wurde es totenstill im Thronsaal. Die einzigen Geräusche waren das leise Knistern des schwelenden Teppichs und Sylvas Stimme, die immer noch aus Jespers Tagebuch las.

Raubler und Forsys wussten, dass sie nun in Schwierigkeiten steckten: Sie hatten ihre Beschwörungsleder nicht dabei, und Fletchers Drak konnte ihre Schilde mit Leichtigkeit durchbrechen.

Fletcher nutzte die Feuerpause, um seinen arg mitgenommenen Schutzzauber mit dem Rest seines Manas ein letztes Mal zu verstärken. Seit seiner Rückkehr aus dem Äther hatte er seine Reserven kaum regenerieren können, aber das wussten Raubler und Forsys ja nicht. Er musste nur so lange durchhalten, bis Sylva zu Ende gelesen hatte. Zum Glück waren noch keine Wachsoldaten aufgetaucht; Kress' und Othellos Ablenkungsmanöver schien also zu wirken.

»Warum nimmst du es nicht in einem fairen Zweikampf mit mir auf, Mann gegen Mann?«, rief Zacharias hinter seinem Schild hervor. »Ohne Dämonen, ohne Raubler. Nur du und ich.«

Fletcher ging nicht darauf ein. »Wie lange noch?«, rief er Sylva über die Schulter zu.

»Ein paar Minuten«, antwortete sie. »Die Leute müssen die Wahrheit darüber erfahren, was mit Rufus passiert ist.«

Fletcher lächelte grimmig und blickte seine beiden Gegner so unerschrocken an, wie er konnte.

»Hast du etwa Angst?«, höhnte Raubler. »Der große Fletcher Rale bekommt die Gelegenheit, seinem schlimmsten Feind in einem fairen Zweikampf gegenüberzutreten, und – weigert sich! Ich dachte mir ja schon immer, dass du ein Feigling bist.«

Fletcher wusste, die beiden wollten ihn nur dazu provozieren, seine Deckung zu verlassen und einen Frontalangriff zu riskieren.

»Ein Feigling und ein Narr, der Zwerge und Elfen seinem eigenen Volk vorzieht!«, zeterte Forsys und baute sich unmittelbar vor Fletchers Schild auf. »Du bist genau wie dein Vater Edmund, der elende Verräter. Ständig ist er zu den Elfen gereist, um Handel mit ihnen zu treiben.«

Forsys verstummte kurz, als überlege er sich seine nächsten Worte genau. »Aber das ist nicht der einzige Grund, warum ich ihn ans Messer geliefert habe«, fuhr er schließlich mit so leiser Stimme fort, dass nur Fletcher ihn hören konnte.

»Was sagt Ihr da?« Ein eisiger Schauder lief über Fletchers Rücken.

»Meine Waffengeschäfte waren ins Stocken geraten. Zu viel Frieden herrschte überall.« Forsys blickte Fletcher fest in die Augen, um ihm zu zeigen, dass er die Wahrheit sprach. »Sie brauchten ein bisschen Auftrieb, also ließ ich den Orks eine Nachricht zukommen. Ich informierte sie über den Geheimtunnel, sagte ihnen, wo und wann sie angreifen sollten, einfach alles. Da meine Frau die Schwester deiner Mutter ist, erbte sie ihre Ländereien, wir bekamen Krieg mit den Orks, und das Waffengeschäft lief wieder, alles fügte sich perfekt zusammen! Dass ich mit deinem Vater einen weiteren Verräter zur Strecke gebracht hatte, war nur das Sahnehäubchen. Und heute bringe ich zu Ende, was die Orks nicht geschafft haben.«

Fletcher sah Forsys' kalten Schlangenblick und wusste sofort, dass es stimmte. Vielleicht hatte er es schon gewusst, seit Caulder während der Gerichtsverhandlung einen Verräter erwähnt hatte. Aber Fletcher hatte nicht wahrhaben wollen, dass Menschen so böse sein konnten, und die Erkenntnis aus seinen Gedanken verbannt. Er hatte dem Hass nicht nachgeben wollen. Doch jetzt spürte er ihn umso heftiger, scharf und glühend heiß.

Zacharias Forsys musste sterben. Eine Gelegenheit wie diese würde sich nicht noch einmal bieten, denn wenn ihr Plan aufging, saß Forsys schon morgen im Kerker, wo Fletcher nicht mehr an ihn herankam. Nie wieder.

Er konnte seinen Schild auflösen und sein Mana so weit wiederauffüllen, dass es für einen letzten, alles entscheidenden Angriff reichte …

Jetzt.

Mit einem gellenden Schrei löste Fletcher seinen milchigen Schutzzauber in einen Strudel aus gleißendem Licht auf und feuerte alle drei Zauber aus seinen Fingern ab. Wie ein Korkenzieher bohrten sie sich in Forsys' Schild, Funken sprühten, und dann zerbarst der Schild. Forsys wurde durch die Luft geschleudert, schlug krachend gegen eine Säule und blieb reglos liegen.

»Pass auf!«, schrie Sylva.

Der Triumphschrei erstarb Fletcher auf den Lippen, als er sah, dass Raubler seinen Schild ebenfalls aufgelöst hatte und ihm eine Feuerwalze entgegenschleuderte.

Ignatius versuchte, sich dazwischenzuwerfen, aber es war zu spät. Die Flammen rollten schon wie eine Flutwelle über Fletcher hinweg. Er wurde von den Beinen gerissen und bis ans Ende des Thronsaals geschleudert. Das Feuer umhüllte und blendete ihn, er war gefangen in einem glühenden Inferno. Der Stoff seiner Uniform wurde schwarz und verdampfte.

Fletcher spürte die sengende Hitze direkt auf der Haut – aber keinen Schmerz. Er rollte sich nur immer weiter über den Marmor, bis die Flammen gelöscht waren, dann kam er schwankend auf die Beine und blinzelte den Rauch aus seinen Augen.

Raubler stand da, sein Brustkorb hob und senkte sich vor Anstrengung wie ein Blasebalg. Der Wucht der Feuerwalze nach zu urteilen, musste er seine letzten Reserven in den Angriff gelegt haben, doch auf wundersame Weise war Fletcher praktisch unversehrt geblieben.

Eine unsichtbare Manafaust riss Raubler zu Boden und hielt ihn fest. Sylva ging mit langen Schritten auf den Inquisitor zu, kalter Hass stand in ihren Augen. »Wir sollten sie beide töten«, sagte sie. Ein Blitzsymbol schwebte knisternd über ihrem ausgestreckten Finger.

Ignatius bellte zustimmend, auch wenn das Geräusch, das aus seiner mächtigen Brust kam, eher nach dem Brüllen eines Löwen klang, und Fletcher spürte, dass Athena der gleichen Meinung war. Beide Dämonen waren entsetzt, wie knapp ihr Herr dem Tod entronnen war.

Fletcher blickte in Richtung des Stabs. Eine Furcht überkam ihn, ganz Hominum könnte Sylvas Worte gehört haben. Da sah er, dass Sylva den Kerf bereits wieder abgedeckt hatte. Erst jetzt wurde ihm bewusst, dass sie ihren Auftrag erfüllt hatten: Die Bürger Hominums kannten nun die Wahrheit. Alles, was sie jetzt noch tun konnten, war allein abzuwarten.

Raubler lag wimmernd auf dem Boden. Sylvas Manafaust hatte ihm alle Luft aus den Lungen gepresst, er konnte kaum atmen und war wie gelähmt, während die Elfin drohend über ihm aufragte.

Eigenartigerweise besänftigte der Anblick der wehrlos daliegenden

Schurken Fletchers Zorn. Stattdessen beschäftigte ihn nun die Frage, weshalb er überhaupt noch am Leben war. Raublers Feuerwalze hätte ihn töten müssen. Seine Kehle brannte jetzt noch vom Rauch. Wie hatte er den Angriff überlebt?

»Nein«, sagte Fletcher hustend. »Wenn wir sie jetzt töten, gibt es niemanden mehr, den Harold einsperren kann und dem die Leute die Schuld geben können. Alle sollen sehen, wie die beiden in den Kerker geworfen werden.«

Einen Moment lang fragte sich Fletcher, ob das der wirkliche Grund war oder ob er es schlicht nicht fertigbrachte, zwei Hilflose kaltblütig zu ermorden. Er wünschte, Sylva empfände genauso, aber ein Blick in ihre kalten Augen bewies ihm das Gegenteil.

Schließlich fesselte Sylva die beiden mit den Überresten ihres Kleides an Händen und Füßen, während Ignatius die Schurken im Auge behielt. Als Raubler wieder zu Atem gekommen war und sie und Fletcher übel zu beschimpfen begann, bekam er auch noch einen Knebel verpasst. Dann hoben sie die beiden gut verschnürt auf Ignatius' Rücken und verließen mit ihren Geiseln den Thronsaal.

Fletcher war so frei, dem bewusstlosen Zacharias die Hose auszuziehen, denn von seiner eigenen waren nur noch ein paar verkohlte Fetzen übrig. Zufrieden stellte er fest, wie lächerlich der mächtige Herzog in seiner Unterwäsche aussah. Im Vergleich zu dem golden gebräunten Gesicht waren seine Beine weiß wie Milch.

»Komm«, sagte Sylva, nachdem Fletcher die für ihn viel zu langen Hosenbeine ein Stück aufgeschlagen hatte. »Mal sehen, wie es im Palast aussieht.«

Der Flur lag verlassen, ebenso das Treppenhaus. Es war, als hätte Sylva nie aus Jespers Tagebuch vorgelesen. Einen Moment lang fürchtete Fletcher, dass ihr irgendein Fehler unterlaufen war und die Übertragung nicht funktioniert hatte.

Dann, als sie den Bankettsaal betraten, wussten sie, warum sich noch niemand auf sie gestürzt hatte: Ein Gestank, so stark, dass Fletcher die Galle hochstieg, schlug ihnen entgegen. Es war der säuerliche Geruch von Erbrochenem. Adlige, Generäle und geladene Gäste, ja, sogar ein paar Palastdiener lagen stöhnend auf dem Boden. Ein gelegentliches

Würgen hier und da machte Fletcher klar, für welche Ablenkungstaktik Othello und Kress sich entschieden hatten.

Sie hatten mehrere Möglichkeiten in Betracht gezogen: Die Kamine verstopfen, damit der Rauch nicht mehr abziehen konnte, die Wasserleitungen zerschlagen und den Saal fluten, mit Zaubern einen ohrenbetäubenden Lärm veranstalten, ja, sogar die Hecken draußen in Brand zu stecken hatte zur Auswahl gestanden. Aber das hier …

Eigentlich hatten sie den Plan als zu riskant ausgeschlossen, aber anscheinend hatten es sich die beiden Zwerge in der Zwischenzeit anders überlegt: Sie hatten sich in die Küche geschlichen und Ayahuasca-Pulver in die Weinkaraffen geschüttet. Normalerweise benutzten die Orkschamanen diese Pflanze, um Erbrechen und wilde Halluzinationen herbeizuführen, und das Pulver verfehlte seine Wirkung keineswegs. Zahlreiche Gäste lagen mit einem dümmlichen Grinsen auf dem mit Erbrochenem verschmierten Gesicht da und streckten die Arme nach den flackernden Kerzen. Bertie, der nur mit seiner Unterwäsche bekleidet war, kichernd durch den Saal wanken zu sehen verschaffte Fletcher eine ganz besondere Befriedigung.

Selbst Sylva musste lachen, als sie die Forsys-Zwillinge entdeckte. Der Sabber lief ihnen aus den Mundwinkeln, während sie mit einem seligen Lächeln auf den Lippen und gurrend wie Tauben an die Decke starrten. Als Tarquin seinen gefesselten Vater entdeckte, winkte er ihm kichernd zu.

»Geschieht ihnen recht«, knurrte Sylva, während sie vorsichtig über Isadoras ausgestreckten Arm hinwegstieg. »Ich würde alles dafür geben, könnte ich morgen früh ihre Gesichter sehen.«

»Ich auch«, sagte Fletcher grinsend.

Nur die Zwerge konnten sie nirgendwo entdecken. Anscheinend hatten sie aus Angst vor der Rache der Gastgeber die Flucht ergriffen – Othello und Kress waren gleich mit ihnen verschwunden. Fletcher sah sich genauer um und stellte fest, dass viele Mitglieder des Hochadels ebenfalls fort waren, so auch Alfric und Harold. Wahrscheinlich hatte ihre Leibwache sie sofort in Sicherheit gebracht.

Die Palastdiener waren unterdessen so sehr mit den kranken Gästen beschäftigt, dass sie sich unbehelligt mit ihren Gefangenen aus dem Staub machen konnten. Fletcher atmete erleichtert auf, als sie wieder an der frischen Luft waren und im Mondschein mit knirschenden Schritten über den Kies gingen. Sie gaben einen wirklich bizarren Anblick ab: Fletcher in seiner verkohlten Jacke und mit aufgerollten Hosen, Sylva in einem zerfetzten Kleid, ganz zu schweigen von dem halb nackten Zacharias Forsys auf Ignatius' Rücken. Und doch waren sie hier, niemand verfolgte sie oder schlug auch nur Alarm.

»Wir haben's geschafft«, murmelte er.

»Haben wir wirklich«, bestätigte Sylva. »Und was jetzt?«

Fletcher hatte keine Ahnung. Sie hatten es nur bis zu diesem Punkt geplant, alles andere lag nun in König Harolds Hand. Wieder einmal waren sie nur die Bauern in einem Schachspiel der Mächtigen. Aber wenigstens wusste er, wo sie als Nächstes hinmussten.

»Ignatius, glaubst du, du schaffst es, uns alle vier ins Zwergenviertel zu bringen?«, fragte er, den Kopf auf die Stirn seines Drak gelegt. »Es ist nicht weit.«

Sie kletterten auf Ignatius' Schultern und setzten sich auf ihre Gefangenen. Das wütende Knurren des geknebelten Raubler war wie Musik in ihren Ohren.

Der Drak stieß einen donnernden Schrei aus, dann verschwanden sie hinaus in die Nacht.

29

SIE WARTETEN, BIS SICH EINE WOLKE vor den Mond geschoben hatte, dann landeten sie im Schutz der Dunkelheit neben Othellos Zuhause. Sie hatten die Wachfeuer der Pinkertons am Rand des Zwergenviertels gesehen und wollten auf keinen Fall entdeckt werden.

Als sie das große Zelt betraten, wurden sie von Kress, Othello und ihrer Mutter Briss mit lautem Applaus empfangen. Athol, Atilla, Thaissa und Uhtred hatten sich bereits in die Höhlen zurückgezogen, die unterhalb lagen, um sich auf das Schlimmste vorzubereiten.

Der Jubel dauerte allerdings nicht lange – die drei Zwerge machten sich wegen der adligen Gefangenen Sorgen. Raubler und Forsys zu entführen hatte nicht zum Plan gehört. Zurzeit konnten sie nicht mehr tun, als Harold mithilfe des Kerfs, den er Briss gegeben hatte, in Kenntnis zu setzen und zu hoffen, dass er schon wissen würde, was nun zu tun war. Ignatius legte den beiden Geiseln vorsichtshalber seine Klauen auf den Hals, damit sie keine Dummheiten machten, während sie in angespannter Stille auf Antwort warteten.

Eine Stunde später traf Harold ein, begleitet von Soldaten. Wie eine kleine Invasionsarmee platzten sie herein, und nur Harolds Gegenwart verhinderte, dass die Zwerge sofort zu den Waffen griffen.

»Was hat das zu bedeuten?«, fuhr Othello auf, als die Soldaten in das Zelt stürmten und die auf dem Boden verteilten Sitzkissen zur Seite traten.

Besänftigend hob Harold die Hände. »Das ist meine Leibwache, kein Grund zur Besorgnis«, erklärte er mit einem Lächeln. »Ich vertraue ihnen voll und ganz.«

»Es ist mir egal, ob Ihr ihnen vertraut oder nicht. Wer sind diese Männer?«, beharrte Othello.

»Sie begleiten mich, weil die meisten Zwerge nicht wissen, dass ich auf ihrer Seite stehe. In Anbetracht der augenblicklichen Spannungen konnte ich nicht einfach allein im Zwergenviertel herumspazieren, als wäre nichts. Immerhin bin ich offiziell der König.«

Othello strich sich über den Bart. »Nun gut«, murrte er. »Aber machen wir es kurz.«

Als er Harold sah, brüllte der inzwischen ebenfalls geknebelte Zacharias erschrocken auf. Raubler blieb stumm und blickte lediglich finster drein.

Harold musterte die beiden einen Moment lang kühl, dann kauerte er sich neben sie und beugte sich so weit herab, bis sein Gesicht nur noch Zentimeter von Forsys entfernt war. »Schreit nur«, flüsterte er. »Nach all den Jahren bekommt Ihr nun den Lohn für Euren Verrat.«

Forsys wurde feuerrot im Gesicht und zerrte wie wild an seinen Fesseln, da stand Harold wieder auf und ätzte ein Spinnennetz in die Luft. Im nächsten Moment wickelten sich die leuchtenden Fäden um die Hand- und Fußgelenke der beiden, ja, sogar um die Finger, damit sie ihre Zauberkraft nicht mehr nutzen konnten.

»Ich halte es für das Beste, wenn wir diese beiden Verbrecher mitnehmen, bevor jemand sie hier entdeckt und die Situation als einen Akt der Aggression von eurer Seite missversteht«, erklärte Harold schließlich.

»Den Göttern sei Dank«, keuchte Briss.

Auf Harolds Zeichen hin führten je zwei Soldaten ihre Spieße zwischen den Fesseln der Gefangenen hindurch und hoben sie wie erlegte Hirsche hoch.

Thaissa deutete auf einen großen Teppich in eine Ecke des Zelts. »Hiermit könnt Ihr sie abdecken. Nur, damit niemand sie unterwegs erkennt.«

»Tut, was sie sagt, dann bringt die Gefangenen nach draußen«, befahl Harold.

Die Soldaten gehorchten eilig, und die Zwerge atmeten erleichtert auf.

»Was ist passiert?«, fragte Harold und deutete auf Fletchers verkohlte Jacke.

»Raubler hat mich mit einem Feuerzauber erwischt«, antwortete er verlegen. »Es war schlimm, aber … aus irgendeinem Grund bin ich nicht verletzt worden.«

Harold hob eine Augenbraue, dann breitete sich ganz langsam ein Grinsen über sein Gesicht aus. »Immun gegen Mantikor-Gift, und jetzt auch noch gegen Feuer«, sagte er beeindruckt. »Du steckst voller Überraschungen, Fletcher Rale. Die Verbindung zu deinem Drak muss dich irgendwie geschützt haben.«

»Das ist der Grund?«, fragte Sylva. »Ich dachte, Fletcher hätte sich selbst geheilt.«

»Auf keinen Fall«, widersprach Harold kopfschüttelnd. »Selbstheilung ist viel zu langsam, um sich gegen Feuer zu schützen. Aber ein Bändiger mit einem Arach wird immun gegen dessen Gift, so ähnlich wird es sich auch mit Fletcher und Ignatius verhalten. Du kannst dich glücklich schätzen, junger Rale.«

Fletcher blickte lächelnd zu seinem Drak hinüber und stellte zufrieden fest, dass der faule Dämon gleich neben dem heißen Kaminrohr, das von der im Keller gelegenen Schmiede mitten durch das Zelt führte, eingeschlafen war. Er konnte sich in der Tat ziemlich glücklich schätzen.

»Und was passiert jetzt?«, fragte Kress, die sich kein bisschen für das Thema interessierte. »Hat es funktioniert? Haben die Leute alles gehört?«

Die Zukunft ihres Volkes stand auf dem Spiel – sie wollte wissen, wie die Lage war.

»Die meisten Gäste haben sich inzwischen von der Wirkung eurer, wie soll ich sagen … Gewürzmischung erholt«, antwortete Harold. »Glücklicherweise wurden die hochrangigen Adligen von ihren Leibwächtern fortgebracht, bevor sie sich zu sehr blamieren konnten. Ich muss gestehen, mir ist immer noch etwas flau zumute. Ihr hättet mich warnen sollen.«

Er zwinkerte Kress und Othello zu, um ihnen zu zeigen, dass er keinen Groll gegen sie hegte. »Sylvas Rede hat sich wie ein Lauffeuer verbreitet. Selbst die Bankettgäste kennen mittlerweile den Inhalt. Ob die Leute ihr glauben, erfahren wir allerdings erst morgen.«

»Heißt das, alles könnte umsonst gewesen sein?«, hakte Kress nach.

»Im Augenblick kann ich nur sagen, dass mich die Entführung dieser beiden Verräter unter Zugzwang setzt«, erwiderte Harold mit einem Blick auf Sylva und Fletcher. »Meinem Vater gegenüber habe ich behauptet, ich hätte die Haftbefehle selbst erlassen. Er war nicht sonderlich glücklich darüber, aber die Beweislage ist so eindeutig, dass ihm gar nichts anderes übrig blieb, als seine Zustimmung zu geben. Er würde alles tun, um seinen Namen aus der Sache herauszuhalten.«

»Wenn das keine guten Nachrichten sind«, erwiderte Kress. »Dann haben wir also gewonnen, oder?«

Harold fuhr sich seufzend übers Gesicht. »Nicht ganz. Alfric hat das halbe Heer in die Stadt befohlen. Eigentlich wollte er den Zwergen gleich morgen die Bürgerrechte entziehen und die unweigerlich entstehenden Unruhen von seinen Soldaten gewaltsam niederschlagen lassen. Jetzt kann er das aber nicht mehr, das Risiko ist ihm einfach zu groß. Also hat er für morgen einen neuen Nationalfeiertag ins Leben gerufen und in letzter Minute eine Parade organisiert, um den erfolgreichen Abschluss eures Einsatzes im Orkreich und die Befreiung der Gräfin Rale zu feiern.«

»Bestens! Wo liegt dann das Problem?«, fragte Fletcher.

»Wenn die Leute glauben, was Sylva ihnen vorgelesen hat, werden sie die Zwergenrekruten mit offenen Armen empfangen. Alles ist vergeben, weil die Anschläge ja aus unseren eigenen Reihen kamen, und Alfric wird den Teufel tun, die Zwerge gegen sich aufzubringen.«

»Genauso, wie wir es von Anfang an wollten«, stimmte Fletcher zu, doch Harold war noch nicht fertig.

»Werden die Zwergenrekruten bei ihrer Ankunft allerdings *nicht* mit offenen Armen empfangen, so weiß Alfric, dass der Hass der Menschen so tief sitzt, dass sie die Wahrheit nicht mehr kümmert. In diesem Fall wird er sofort handeln, den Zwergen die Bürgerrechte entziehen und ihre Heime von den Pinkertons stürmen lassen. Sobald die Zwerge sich zur Wehr setzen, wird mein Vater dem Heer Befehl geben, den ›Umsturzversuch‹ mit aller Härte niederzuschlagen.«

Othello wurde rot vor Zorn. »Dann hängt unsere Zukunft nach allem, was wir für Hominum getan haben, nur davon ab, wie die Leute morgen reagieren?!«

»Ich fürchte, so ist es«, gestand Harold.

30

DEN HIMMEL AN EINEM SO angespannten Tag hell und wolkenlos zu sehen, war merkwürdig. Der Frühling hatte einen frühen Einzug gehalten, und das Wetter war ungewöhnlich heiß. Sie saßen auf dem Balkon der Taverne »Zum Amboss« und beobachteten die Menschenmenge. Ob jemand sie dort sah, kümmerte Othello und Kress wenig, aber es schauten ohnehin nur wenige zu ihnen hinauf, während Hominums Heer mit Bannern, die in der warmen Brise flatterten, durch die Straßen marschierte. Zu beiden Seiten standen die Bürger Corcillums und jubelten, viele sangen sogar die derben Marschlieder der Soldaten mit. Trommler, die kaum älter sein konnten als dreizehn Jahre, schlugen den Begleitrhythmus und marschierten stolz neben den Soldaten.

Selbst Othello summte gut gelaunt mit, verstummte aber sofort, als er es merkte. Die Stimmung war fröhlich und ausgelassen – eigentlich ideal für die bevorstehende Ankunft der Zwergenrekruten. Allerdings blieb die Wut aus, die Fletcher erwartet hatte, jetzt, nachdem die Menschen wussten, dass die verheerenden Bombenanschläge auf das Konto des Triumvirats gingen. Der Ausgang des Ganzen war immer noch offen.

»Wie jung sie alle sind«, staunte Kress und beugte sich über das Balkongeländer.

Sylva nickte. »Sie sind nur wenige Tage vor den Zwergen in den Ausbildungslagern eingetroffen und noch ziemlich grün hinter den Ohren. Ich bezweifle, dass auch nur einer von ihnen bisher wirklich gekämpft hat.«

»Heißt das nun, dass sie den Zwergen eher freundlich oder ablehnend gegenüberstehen?«, fragte Fletcher so leise, als spreche er mit sich selbst.

Othello überlegte kurz. »Nun, sie haben über ein Jahr lang Seite an Seite trainiert, aber wegen der Anschläge waren die Spannungen zwischen beiden Gruppen die ganze Zeit über hoch. Es gab hitzige Wortgefechte und sogar ein paar Schlägereien. Alfric konnte nicht riskieren, die Veteranen von der Orkfront abzuziehen, also hat er nur die Frischlinge nach Corcillum befohlen. Das ist zunächst eine gute Nachricht, denke ich, denn diese Männer hier haben noch nie einen Tropfen Blut vergossen und dürften es kaum fertigbringen, Zwergenfrauen und -kinder einfach abzuschlachten. Andererseits werden sie wahrscheinlich bereitwilliger gehorchen, so jung, wie sie sind. Wir werden ja sehen.«

Doch Fletcher hörte kaum noch zu. Unten auf der Straße gab es einen Tumult, und einen Augenblick lang glaubte er, es wäre wegen der Zwerge. Dann sah er den wahren Grund und grinste von einem Ohr zum anderen:

Die legendären Dragoner, die berittenen Schlachtmagier Hominums, bogen gerade um die Ecke, angeführt von einem dunkelhaarigen Hauptmann, den Fletcher bestens kannte: Arcturus.

Er ritt auf einem Hippalektryon. Der Dämon gehörte zu den schönsten, die Fletcher je gesehen hatte. Die vordere Körperhälfte war die eines Pferdes. Statt einer Schnauze hatte der Dämon jedoch einen spitzen gelben Schnabel und einen roten Kehllappen. Die Hinterbeine waren mit Klauen bewehrt, aus den Unterschenkeln ragten lange Sporne, die bei jedem Schritt auf und ab wippten. Die prächtigen Schwanzfedern schimmerten in den gleichen Rot- und Grüntönen wie das Gefieder, das auch den restlichen Körper bedeckte. Der Dämon stellte eine vollkommene Kombination aus der kraftvollen Eleganz eines Streitrosses und der furchterregenden Schönheit eines Raubvogels dar – grazil und tödlich zugleich.

»Was hat er denn mit Bukephalos gemacht?«, überlegte Kress laut.

»Der gehört jetzt Hauptfrau Lovett«, antwortete Sylva mit einem Anflug von schlechtem Gewissen in der Stimme. »Nachdem sie Lysander verloren hatte, hat Arcturus ihr Bukephalos zum Geschenk gemacht, damit sie weiterhin mit dem Himmelskorps fliegen kann. Sie hat es mir bei unserem Zwischenstopp an der Akademie erzählt, als ich ihr anbot, Lysander zurückzugeben.«

»Sie hat das Angebot ausgeschlagen?«, fragte Othello erstaunt. »Lovett hat den Greif über alles geliebt.«

»Ich weiß. Ich stehe tief in ihrer Schuld«, erwiderte Sylva bedrückt.

Die Dragoner-Parade kam immer näher, und jetzt bemerkte Fletcher auch die anderen Dämonen. Hippalektryons waren bei Weitem das beliebteste Reittier der Elitetruppe, aber er sah auch Sleipnire – muskelbepackte Pferde, deren sechs kräftige Beine sie zu den schnellsten flügellosen Dämonen überhaupt machten. Dann gab es da noch einen Musimon, der wie ein riesiger Ziegenbock aussah, allerdings mit zwei Paar Hörnern: Das untere war dick und gekrümmt und ähnelte damit denen eines Widders, das obere war so lang und spitz wie bei einem Stier. Sogar ein seltener Kirin war dabei, ein Pferdedämon mit Krokodilschnauze und einem langen, aufgefächerten Horn auf der Stirn. Der Körper war von einem glänzenden grünen Schuppenpanzer bedeckt, am Hals und den Beinen wuchs eine rote Mähne. All diese Dämonen waren ebenso schnell wie gefährlich, dachte Fletcher ehrfürchtig.

Ihre Reiter trugen einen metallenen Brustharnisch und einen Helm mit Federbausch. Bewaffnet waren sie mit langen Kavalleriesäbeln – fürchterlichen Waffen. Ein Karabiner mit kurzem Lauf gehörte ebenfalls zur Ausrüstung. Bei ihrem Anblick wurde Fletcher ein wenig neidisch, denn sie waren genauer als seine Pistolen und trotzdem handlicher als eine Muskete. Sehr wirksam, aber wegen des Oberschenkelholsters für einen Fußsoldaten wie ihn nicht geeignet.

»Wie könnten wir mit so einer Truppe je gegen die Orks verlieren?«, fragte er versonnen, als die Reiterei unter ihrem Balkon vorbeizog.

Unterdessen war Sylva mit ganz anderen Dingen beschäftigt. »Kommen die Zwergenrekruten auch hier durch?«, erkundigte sie sich.

»Nein«, antwortete Othello. Sylvas Frage versetzte seiner Begeisterung über die Parade einen empfindlichen Dämpfer. »Sie marschieren von Norden her direkt zum Corwin-Platz. Dort wird die Zeremonie abgehalten, bei der die neuen Soldaten dem König die Treue schwören – Menschen und Zwerge.«

»Und, werden sie es tun?«, fragte Fletcher.

Othello biss sich auf die Lippe. »Sie müssen«, antwortete er schließlich.

»Kann dein Vater nicht mit ihnen reden und ihnen erklären, was passiert, wenn sie sich weigern?«, fragte Fletcher weiter.

Othello schüttelte den Kopf. »Wenn mein Vater und der Ältestenrat so großen Einfluss auf unsere jungen Männer hätten, würde uns das so manches Problem von vornherein ersparen. Er war dort und hat mit ihnen gesprochen, aber sie haben sich zugeknöpft gegeben. Du weißt nicht, wie das ist, Fletcher. Jahrhundertelang wurden wir unterdrückt. Die Pinkertons konnten ungestraft mit uns machen, was sie wollten, unser ganzes Leben war von den Gesetzen unserer Unterdrücker bestimmt.«

»Tut mir leid«, murmelte Fletcher. »Ich habe nicht nachgedacht.«

»Die jungen Rekruten haben über all das hinweggesehen und die Chance ergriffen, freie und gleichberechtigte Bürger zu werden«, sprach Othello weiter. »Sie haben das harte Lagerleben hoch oben im Norden ertragen, den Drill und die endlosen Märsche, und sich von ihren Offizieren anblaffen lassen. Und dann, wenn sie es endlich hinter sich haben, treten ohne Grund die alten Gesetze wieder in Kraft, und die Pinkertons stürmen unsere Heime …«

In diesem Augenblick trat Briss zu ihnen auf den Balkon.

»Athol schickt Nachricht, dass die Zwergenrekruten nur noch einen Kilometer vor der Stadt sind«, verkündete sie.

Kress richtete sich seufzend auf. »Kommt, laufen wir zum Corwin-Platz, bevor es dort zu voll wird.«

Eilig verließen sie die Taverne und drängten sich durch die überfüllten Straßen. Trotz des warmen Wetters setzten sie ihre Kapuzen auf und hielten die Köpfe gesenkt, um nicht erkannt zu werden.

Unterwegs staunte Fletcher über die vielen Händler, die den Leuten die verschiedensten Waren anpriesen. Männer und Frauen gingen mit Tabletts voller Essen umher, der Duft von eingelegten Meeresschnecken, Aalsülze, Fleischpasteten und gebratenem Fisch erfüllte die Luft. Sogar Ingwer- und Honigbier gab es zu kaufen.

Zum Glück drängte sich die Menge nur entlang der Hauptstraße zusammen, wo die Parade durchgekommen war, sodass sie sich unbehelligt durch die kleinen Seitengassen bewegen konnten. Fletcher war erstaunt, wie gut sich Othello hier zurechtfand und mal nach links, mal nach rechts abbog, um dem Gedränge aus dem Weg zu gehen. Eine seiner vielen Abkürzungen führte sogar über das Dach eines niedrigen, verlassenen Hauses.

»Fast da«, keuchte Othello, als sie sich gerade durch eine besonders enge Gasse quetschten. Die Häuser hier standen so dicht, dass Fletcher mit gestreckten Armen die Fenster zu beiden Seiten berühren konnte. Sie hörten gerade, wie die Menge auf dem Corwin-Platz mit rauen Kehlen die Nationalhymne Hominums anstimmte, da standen sie plötzlich vor einer Ziegelmauer. Othello grinste nur, als er die verwunderten Gesichter seiner Freunde sah, und schob eine an der Mauer lehnende Holzplatte zur Seite. Das Loch, das dahinter zum Vorschein kam, war gerade groß genug, dass sie einzeln hindurchpassten.

»Wenn man den Pinkertons oft genug entwischen muss, lässt man sich alle möglichen Tricks einfallen«, erklärte er zwinkernd. »Schnell, auf die andere Seite mit euch, bevor uns noch jemand sieht.«

Othello hatte kaum zu Ende gesprochen, da standen sie auch schon auf dem Corwin-Platz.

31

DER LÄRM TRAF FLETCHER WIE EINE WAND. Der Platz war riesig, Tausende Menschen hatten sich um einen mit roten Seilen abgesperrten Kordon versammelt, hinter dem die Soldaten Spalier standen. Fletcher reckte den Hals und sah, dass drei der Zugangsstraßen von Zuschauern blockiert waren, nur eine war noch frei, und durch sie strömten weitere Bataillone auf den Platz.

»Kommt, suchen wir uns eine gute Stelle!« Über dem lauten Gesang der Massen war Sylvas Stimme kaum zu hören.

Sie nahm Fletchers Hand und zog ihn durchs Gedränge. Er hatte gerade noch Zeit, Kress am Ärmel zu fassen, dann schoben sie sich gemeinsam immer weiter nach vorn. Kurz darauf bestand die Welt um Fletcher herum nur noch aus Ellbogen, tretenden Füßen und wilden Flüchen, die ihm andere Zuschauer hinterherriefen. Irgendwann waren sie aber hindurchgekommen und standen mit den Bäuchen direkt an den Absperrseilen, während die Menge hinter ihnen weiter nach vorn drängte. Jetzt, da er freien Blick hatte, sah Fletcher das Podium in der Mitte des Platzes, umringt von der königlichen Leibwache. Unter einem prächtigen Baldachin saßen zwei vertraute Gestalten auf prunkvollen Thronen.

Alfric starrte mit eisigem Blick auf die Massen hinab. König Harold saß auf dem etwas größeren der beiden Throne und lächelte gutmütig. Dabei wirkte er weit gelassener, als es Fletcher lieb war. Hatte Harold vergessen, was für Hominum auf dem Spiel stand? Die Tausende von Opfern auf beiden Seiten, falls es tatsächlich zu einem Aufstand kam? Ganz zu schweigen davon, wie verwundbar ein vom Bürgerkrieg gespaltenes Heer das Reich im Kampf gegen die Orks machen würde …

»Er ist ein guter Schauspieler, findest du nicht?«, rief Sylva direkt neben seinem Ohr, als hätte sie seine Gedanken gelesen.

Fletcher hoffte, dass sie recht hatte. Er war Harold nur dreimal kurz begegnet, und nun hing die Zukunft des gesamten Zwergenvolkes davon ab, wie gut er seinen tyrannischen Vater im Griff hatte. Hoffentlich war Sylvas Vertrauen in ihn gerechtfertigt. Wer vermochte schon zu sagen, welches Spiel Harold in Wahrheit spielte?

Nur wenige Soldaten auf dem Platz waren so jung wie die, die sie zuvor vom Balkon aus gesehen hatten. Diese hier wirkten weit schmuddeliger, die meisten waren unrasiert und hatten nicht einmal ihr Hemd in die Hose gesteckt. Während die jüngeren in Habachtstellung standen, hielten sie sich krumm und spuckten auf den Boden. Manche tranken sogar aus ihren Flachmännern.

Im ersten Moment hatte Fletcher noch geglaubt, sie kämen vielleicht direkt von der Front, aber ihre Uniformen waren brandneu. Ihn beschlich der Verdacht, dass es sich um Zwangsverpflichtete aus Didrics Gefängnis handelte: Räuber, Einbrecher, Betrüger und alle möglichen anderen Arten von Unerwünschten, die nur freigekommen waren, weil sie sich zum Militärdienst verpflichtet hatten.

Neuerlicher Jubel ließ Fletchers Aufmerksamkeit zur Zugangsstraße zurückkehren. Er hoffte schon, endlich die Zwergenrekruten zu sehen, aber dann waren es die Dragoner, die stolz auf den Platz ritten, die rechte Hand zum Gruß an ihren König erhoben. Als sie ihren Platz vor dem Podium erreichten, stiegen sie ab und knieten nieder. Selbst ihre Dämonen beugten einen Vorderlauf und streckten den anderen als Zeichen der Unterwerfung nach vorne weg. Die Wirkung dieses Musterbeispiels an Disziplin wurde allerdings von dem bunt zusammengewürfelten Haufen aus Caniden, Feliden und Vulpiden getrübt, der dem Tross der Dragoner ohne erkennbare Formation folgte. Sacharissa war ebenfalls dabei und hechelte ungeniert mit ihrer langen hellroten Zunge.

Nun blieb nur noch Platz für ein einziges weiteres Regiment. Da verstummte die Menge wie auf ein geheimes Zeichen hin, denn hinter den Dragonern kamen die Zwergenrekruten in Sicht.

Selbst auf die Entfernung konnte Fletcher erkennen, dass sie andere Uniformen und Waffen trugen. Runde Helme und doppelköpfige Schlachtäxte glänzten in der Sonne. Fletcher sah auch Musketen, wegen der geringeren Körpergröße waren sie etwas kürzer als die der Menschensoldaten und ohne fest installierte Bajonette. Wirklich ungewöhnlich aber war der Anblick ihrer Kleidung: Nur der rote Überrock wirkte bei allen gleich, darunter trugen die Zwerge ihre traditionellen Gewänder aus schwerem Leder und Baumwolltuch in den verschiedensten Farben.

Die Zwerge kamen immer näher, und die Stille hielt an. Alle sahen stumm zu, nur ab und zu flüsterte jemand ins Ohr seines Nachbarn. Jetzt sah Fletcher auch den Schweiß auf der Stirn der Rekruten und die tiefen Falten, die der lange Marsch auf ihren Gesichtern hinterlassen hatte. Diese Männer waren für den König von einem Ende Hominums bis ans andere marschiert. Ob sie nach all dem bösen Blut auch das Knie vor ihm beugen würden? Sie waren noch vor den Anschlägen dem Heer beigetreten, bevor der Hass gegen die Zwerge sich durchs ganze Land ausgebreitet hatte. Sie ausgerechnet jetzt zum Niederknien zu zwingen war ein gewiefter Trick von Alfric.

Fletcher musterte die Gesichter um ihn herum. Einige wirkten teilnahmslos, andere ernst. Ein paar Schritte neben ihm kniff ein Mann die Augen zusammen. Vor Zorn, oder blendete ihn die Sonne?

Die Zwerge waren nun fast da. Fletcher hörte das Getrampel ihrer Stiefel und das Klirren von Metall. Othellos Atem ging immer schneller. Die Stille auf dem Platz war ohrenbetäubend, und die mit Abstand wichtigste Frage für Fletcher lautete: Würde Alfric seine Brandrede halten oder nicht?

Da bemerkte er, dass Alfric seinen Stab dabeihatte und ihn in Richtung der herannahenden Zwerge hielt, damit ganz Hominum sie sehen konnte.

Die Rekruten erreichten den Platz. Bis auf vereinzeltes Gemurmel kam noch immer keine Reaktion von den Zuschauern. Die Zwerge stellten sich vor dem Podium auf, die Augen strikt geradeaus gerichtet, und Harold erhob sich.

»Bürger von Corcillum«, begann er mit unnatürlich lauter Stimme –

offensichtlich nutzte er einen Verstärkungszauber. »Wir sind hier zusammengekommen, um den Männern und Frauen, die das Reich vor den wilden Orkhorden beschützen, unseren Respekt zu erweisen.«

Seine Worte hallten über den Platz, das einzige andere Geräusch war das Flattern des Baldachins in der Brise.

»In Anerkennung ihres Opfers werden wir gemeinsam die Nationalhymne singen. Musikanten!«

Auf sein Kommando hin schlugen die Trommler den getragenen Rhythmus des altehrwürdigen Liedes, die Feldwebel führten ihre Hörner an die Lippen, mit denen sie normalerweise die Soldaten in der Schlacht dirigierten, und stimmten mit ein.

Das Lied war so alt wie das Reich selbst. König Corwin, der erste Herrscher Hominums, hatte es mit seinen Männern gesungen, als sie die Orks zurück in den Dschungel trieben. Es war mehr ein Schlachtlied denn ein richtiges Musikstück, aber jedes Mädchen und jeder Junge im ganzen Land kannte es auswendig.

Fletcher erschauerte und konzentrierte sich auf das Podium. Alfric grinste hämisch, denn das geschichtsträchtige Lied erinnerte nicht nur an den Sieg über die Orks, sondern auch an die Unterwerfung der Zwerge, die von Menschen aus ihrer ursprünglichen Heimat verdrängt worden waren. Der Altkönig glaubte nicht, dass die Zwerge den Text auswendig konnten, geschweige denn mitsingen würden. Das alles gehörte zu seinem Plan, den Harold wohl oder übel hatte mitspielen müssen.

Doch Alfric hatte sich getäuscht.

Hört uns, ihr Feinde zu Land und zur See,
Wir marschieren bis ans Ende der Welt und wieder zurück,
Bringen euch Kampf und Weh.

Die Zwerge sangen in einem tiefen Bariton, ihre durchdringenden Stimmen erhoben sich laut über die vereinzelten Mitsingenden unter den Zuschauern.

Wir werden weder weichen noch fliehen unsere Pflicht,
Unsere Linien brecht ihr nicht,
Seht unsere Banner im Licht!

Selbst als alle Zuschauer dann mitsangen, gingen ihre Stimmen im Bass der Zwerge unter, und zwar so sehr, dass viele, beschämt von ihrer mangelnden Inbrunst, sogar wieder verstummten.

Werft uns entgegen, was immer ihr habt,
Wir kämpfen bis zum letzten Atemzug,
Auf unseres Königs Befehl.

Die Zwergenrekruten legten die Köpfe in den Nacken und hoben die Stimme, begleitet vom Crescendo der Trommeln und Hörner. Nicht einmal die raubeinigen Soldaten hatten ihrem vollen Timbre etwas entgegenzusetzen.

Hominum, Hominum, Ho-mi-nuuuum!

Dann: drückende Stille. Die Zwerge standen mit grimmigen Gesichtern da und blickten beinahe herausfordernd in die Menge, um den Einwohnern Corcillums zu zeigen, wie unerschütterlich ihre Treue gegenüber ihrem König war.

Ein einzelner Jubelschrei erschallte. Er kam von einem kleinen Jungen, der auf den Schultern seines Vaters saß und begeistert klatschte. Ein weiterer fiel mit ein, und dann noch einer.

»Bravo!«, rief eine Frau in der Menge. Der Applaus breitete sich immer weiter aus, begleitet von lautem Jauchzen und Freudenschreien. Schließlich war der Bann gebrochen, der ganze Platz jubelte, keiner hatte mehr Angst, der Erste und Einzige zu sein.

Dann taten die Zwerge etwas, mit dem Fletcher im Leben nicht gerechnet hatte: Einer nach dem anderen beugten sie, die Gesichter der Menge zugewandt, das Knie. Dann legten sie sich die Faust aufs Herz und neigten das Haupt: Das war ein Treueeid … gegenüber dem Volk Hominums.

Fletcher reagierte sofort und kniete ebenfalls nieder. Othello und Sylva zog er mit sich.

»Was soll das?«, zischte Kress.

»Vertrau mir«, erwiderte Fletcher und betete, dass er das Richtige getan hatte.

Eine ältere Dame schloss sich als Erste an. Mit einem entschuldigenden Lächeln stützte sie sich auf Fletchers Schulter ab und kniete sich neben ihn auf das staubige Pflaster. Ein rotgesichtiger Mann folgte – wenn auch vielleicht eher, um seinen Füßen eine Pause zu gönnen, als um den Zwergen seinen Respekt zu erweisen. Es wurden immer mehr, die meisten setzten sich, doch viele knieten wie die Zwerge. Es war wie eine Welle, die den ganzen Platz erfasste.

Nach einer halben Minute stand kein einziger Zuschauer mehr. Die Menschensoldaten betrachteten die Szene ein wenig nervös, als fragten sie sich, ob sie ebenfalls niederknien sollten, da schallte Harolds Stimme über den Platz: »Kniet!«

Die Männer gehorchten so schnell, dass ihre Waffen klimpernd aufs Pflaster schlugen.

Harold nahm einen tiefen Atemzug. »Schwört ihr, für König und Vaterland zu kämpfen?«

»Ja!«, riefen jeder Mann, jede Frau und jedes Kind auf dem Platz wie aus einer Kehle, aber niemand so laut wie die Zwerge.

»Schwört ihr, dieses Land mit allem zu verteidigen, was ihr besitzt, und jeden zu verjagen, der es bedroht?«

»Ja!«

Harolds Lächeln erstrahlte über der Menge, während Alfrics Gesicht vor Hass schwarz wurde.

König Harold breitete die Arme aus.

»Erhebt euch, Soldaten Hominums!«

32

IN DER FOLGENDEN NACHT WURDE GEFEIERT. Die Taverne »Zum Amboss« hatte wieder geöffnet, die Bretter vor den Fenstern waren heruntergerissen worden und brannten im Kamin, die Tische waren aus dem Keller geholt worden und standen mit Gerichten und Bierkrügen bedeckt im Gastraum verteilt.

Die meisten Gäste waren Zwergenrekruten, die sich heimlich aus ihrem Lager außerhalb von Corcillum geschlichen hatten. Wie viele in der Taverne zusammengedrängt saßen, war schwer zu schätzen; Fletcher selbst saß zwischen ihnen eingequetscht vor einem niedrigen Tisch und hatte alle Mühe, die Finger von den Bieren zu lassen, die ihm alle paar Minuten großzügig spendiert wurden.

Jeder im Raum wusste, wer er war und was er mit seinen Freunden für die Zwerge getan hatte. Vor ihm standen mehr Krüge, als er je trinken konnte. Uhtred hatte während der letzten Tage eindringliche Gespräche mit den Rekruten geführt. Ihr Verhalten auf dem Platz war ihm zu verdanken, auch wenn ihr Gehorsam eine Weile auf der Kippe gestanden hatte.

An allen Tischen wurde gesungen, an jedem ein anderes Lied, und jede Gruppe versuchte die andere zu übertrumpfen. Sylva und Kress sangen ebenfalls mit, ihre hellen Stimmen erhoben sich klar und wohltönend über die anderen, was die Zwerge nur umso mehr anspornte. Einer von ihnen spielte auf einem eigenartigen Instrument, das wie eine Mischung aus Dudelsack und Trompete aussah. Aus irgendeinem Grund war es die einzige Melodie, zu der keiner sang.

Die gesamte Thorsager-Familie stand hinter dem Tresen und hatte alle Hände voll zu tun, die zahllosen Gäste zu versorgen. Aus der kleinen Küche wurde mit beachtlicher Geschwindigkeit Teller um Teller in den Gastraum gereicht, wo die Speisen genauso schnell in den gierigen Mündern verschwanden.

Fletchers Appetit stand dem der hungrigen Soldaten in nichts nach: Die traditionellen Zwergengerichte dufteten köstlich. Als Vorspeise für die dampfenden, mit Knoblauch gewürzten Speckknödel gab es Obst und herrlich weiches Honigbrot mit Nüssen. Am beliebtesten aber waren die Schüsseln voll Pastinaken, Süßkartoffeln und Maniok, alles in Scheiben geschnitten und mit Steinsalz goldbraun gebraten.

Allmählich begriff Fletcher, dass sie für den Augenblick das Schlimmste überstanden hatten, und zum ersten Mal seit langer Zeit schweiften seine Gedanken zu seinem alten Heimatdorf ab. Doch das Pelz, das er einmal gekannt hatte, existierte nicht mehr. Wenn er also an so etwas wie ein Zuhause dachte, dann war es Berdon.

Leider hatte er keinen Schimmer, wo sein Ziehvater und die ehemaligen Pelzer inzwischen sein mochten. Der Marsch bis in die Grafschaft Rale war weit und gefährlich. Unterwegs lauerten Räuber und Banden. Fletcher nahm sich vor, gleich am Morgen loszufliegen und auf den größeren Straßen nach ihnen Ausschau zu halten. Er selbst hatte den Weg damals auf der Ladefläche eines Pritschenwagens zurückgelegt und zwei Wochen dafür gebraucht. Wie viele Umwege der Schäfer damals gemacht hatte, konnte er nicht sagen. Und die Dörfler, na ja, vielleicht waren sie schon dort, vielleicht kamen sie aber auch erst in einem Monat an.

All diesen Gedanken hing er nach, als die Tür zum Gastraum aufflog und ein Trupp Soldaten hereinmarschierte, die Spieße wie eine Mauer aus Stahl erhoben. Fletchers Herz setzte einen Schlag lang aus, dann sah er erleichtert, dass Harold dabei war.

Beschwichtigend hob der König die Hände, doch die gute Stimmung war verflogen. Gemurmel wurde laut, und Harold wand sich unter den finsteren Blicken der Zwerge.

»Ich bedaure, dass ich euch stören muss, Freunde«, begann er mit ernster Stimme. »Aber ich möchte euch bitten, die Taverne sofort zu räumen.«

Eine Totenstille kehrte ein, dann rief ein betrunkener Rekrut: »Ach, beruhig dich mal wieder. Trink lieber mit uns!«

Harold lächelte gezwungen, doch keiner der anwesenden Zwerge kicherte auch nur. Sie wussten, dass Harold ihrem Volk wohlgesinnt war, aber sein plötzliches Auftauchen war alles andere als willkommen. Es schien, als hätte der König die Lage falsch eingeschätzt, und Fletcher fragte sich, ob die Zwerge gehorchen würden, selbst wenn er es ihnen befahl. Würden sie dem Eid Folge leisten, den sie erst vor ein paar Stunden geschworen hatten?

»Uhtred, Fletcher, Othello!«, rief Harold schließlich. »Kann ich euch kurz sprechen? Feiert inzwischen weiter, Freunde.«

Die drei drängten sich durch die Menge und duckten sich unter den Spießen der Wachsoldaten hindurch. Der Moment war ohnehin zerstört. Die Musik hatte aufgehört, niemand sang mehr, stattdessen wurde überall geflüstert.

»Die Pinkertons«, sagte Harold leise. »Mein Vater hat sie immer noch nicht aus dem Zwergenviertel abgezogen.«

»Warum?«, fragte Othello überrascht. »Sie müssten längst fort sein!«

»Nach dem, was heute auf dem Platz passiert ist … Er ist außer sich. Als wir wieder im Palast waren, sagte er zu mir, er überlege, an seinem Plan festzuhalten. Auch ohne die Unterstützung der Bürger oder seiner Soldaten. Er glaubt, wenn er euer Viertel von den Pinkertons stürmen lässt, reicht das vielleicht, damit ihr euch erhebt. Vor allem wenn sie ›eure Weiber ein bisschen aufmischen‹, wie er wortwörtlich sagte.«

Uhtred versicherte sich mit einem kurzen Blick über die Schulter, dass niemand zuhörte. »Wenn er das tut, steht er in der Öffentlichkeit wie ein Ungeheuer da«, knurrte er. »Aus diesem Grund hat er auch seine Rede nicht gehalten. Die Bürger würden sich gegen ihn wenden, er würde alle Macht und jeden Einfluss verlieren!«

»Nun ja, wenn ihr keinen Widerstand leistet und die Pinkertons gewähren lasst, dann schon. Setzt ihr euch aber zur Wehr, dann wird er von einer Rebellion sprechen und sie blutig niederschlagen. Ich konnte ihn überzeugen, dass es nicht so weit kommen wird, deswegen hält er sich zurzeit noch zurück. Aber sobald er erfährt, dass sich in einer Taverne hundert betrunkene Zwerge aufhalten, wird er es drauf ankommen lassen. Deshalb müsst ihr von hier verschwinden. Sofort.«

Uhtred schloss die Augen und ballte die Fäuste. »Gleichgültig, was wir tun, er setzt immer noch eins obendrauf«, sagte er mit gepresster Stimme. »Was wird er beim nächsten Mal versuchen? Und was dann?«

»Darüber sprechen wir gleich, aber vorerst müsst Ihr dafür sorgen, dass die Rekruten in ihre Lager zurückkehren. Sonst gibt es eine Katastrophe.«

Uhtred duckte sich unter den Spießen von Harolds Leibwache hindurch und kletterte auf einen Tisch.

»Die Taverne ist geschlossen. Raus mit euch. Nehmt so viel Essen mit, wie ihr wollt, aber lasst die Krüge hier. Athol, Atilla, Kress, Thaissa – ihr sorgt dafür, dass alle auf direktem Weg zu den Baracken zurückkehren. Keine Ausnahmen.«

33

NUR NOCH ZU SECHST saßen sie im flackernden Licht des herunterbrennenden Feuers um den Tisch versammelt: Fletcher, Sylva und Harold auf der einen Seite, Othello und seine Eltern auf der anderen. Sogar Harolds Leibwache war nach draußen geschickt worden und bewachte den Eingang.

»Ich habe Neuigkeiten für euch«, begann Harold. »Und ich bedaure, dass es keine guten sind.«

»Spuckt es schon aus«, murrte Uhtred, die großen Hände auf dem Tisch zu Fäusten geballt. Er war immer noch wütend wegen der Pinkertons. Sie hatten alles getan und waren so nahe dran gewesen …

»Es geht um Herzog Forsys und Inquisitor Raubler. Um ihr Gefängnis, genauer gesagt. Es befindet sich in Pelz.«

Uhtred stieß einen tiefen Seufzer aus.

»Ich verstehe nicht ganz«, warf Fletcher ein. »Pelz ist zu einem Drecksloch verkommen. Ich weiß es, ich bin dort gewesen.«

»Nicht für die beiden«, brummte Uhtred. »Habe ich recht, Harold?«

Der König nickte zögerlich. »Mein Vater hat heute Nachmittag alles mit Didric arrangiert. Sie residieren in Dachzimmern in Didrics neuem Schloss, die Dienerschaft steht ihnen zur freien Verfügung. Sie können das Schloss zwar nicht verlassen, aber es wird weder eine öffentliche Verhandlung noch eine Hinrichtung geben. Wahrscheinlich lässt Alfric sie in ein oder zwei Jahren, wenn sich die Wut ein wenig gelegt hat, wieder frei.«

Als er diese Worte hörte, schwand Fletchers Hoffnung. Obwohl sie auf frischer Tat ertappt worden waren, kamen die beiden straffrei davon. Konnten sich die Reichen und Mächtigen denn alles erlauben?

»Habt Ihr in dieser Sache nicht auch ein Wörtchen mitzureden?«, fuhr Briss auf.

»Nicht gegen meinen Vater«, entgegnete Harold seufzend. »Er hält mich immer noch für seinen Verbündeten und ahnt nicht, dass ich von seiner Verwicklung in die Anschläge weiß. Zum Glück versteht er, dass ich genauso wütend auf Forsys und Raubler bin wie unsere Bürger. Deshalb hat er mich auch nicht gedrängt, sie zu begnadigen. Aber er wird seine beiden engsten Freunde niemals in einer Kerkerzelle verrotten lassen.«

Jetzt war es Briss, die seufzte. »Wenigstens wurden sie nicht begnadigt.«

Einen Moment lang war das Prasseln im Kamin das einzige Geräusch, dann ergriff Uhtred wieder das Wort. »Wir können nicht ständig am Abgrund leben, immer nur einen Schritt von der Vertreibung oder Vernichtung entfernt. Die beiden Schurken werden weiter im Verborgenen ihre Ränke schmieden und nur auf die nächste Gelegenheit warten. Und was Euren Vater betrifft …« Er zögerte. »Habt Ihr je daran gedacht, ihn aus dem Verkehr zu ziehen?«

Harold lachte verbittert. »Ihr meint, ihn töten? Sosehr es mich schmerzt, dies zugeben zu müssen, aber der Gedanke ist mir bereits gekommen. Leider hat mein Vater entsprechende Vorkehrungen getroffen. Habt Ihr schon einmal von dem Sperrzauber gehört?«

»Ja, er wird während des Turniers an der Dämonenakademie eingesetzt«, antwortete Uhtred.

Harold nickte. »Genau. Nun, mein Vater steht rund um die Uhr unter dem unsichtbaren Schutz ebenjenes Zaubers.«

Er deutete in Richtung der Eingangstür. »Meine Leibwache besteht aus gewöhnlichen Soldaten, zur Leibwache meines Vaters gehören auch Schlachtmagier der Inquisition, die den Zauber Tag und Nacht aufrechterhalten. Ein entsprechend starker Angriff würde vielleicht durchkommen, ein Dämon sogar einigermaßen leicht, so wie durch alle Schildzauber. Aber das bedeutet auch, dass ihn nur ein mächtiger Beschwörer töten kann. Kugeln, Pfeile und Schwerter scheiden aus.«

»Aber *wir* könnten es«, hörte Fletcher sich sagen und bekam sofort ein schlechtes Gewissen. Sie sprachen hier über kaltblütigen Mord – noch dazu an Harolds *Vater*. Solche Gräueltaten begingen ausschließlich Fletchers Feinde.

»Ich sage das nur ungern, aber ich glaube, du täuschst dich«, widersprach Harold. »Vier junge Schlachtmagier gegen zehn erfahrene Inquisitoren und den mächtigsten Beschwörer ganz Hominums? Keine Chance.«

»Verzeiht, aber warum tut *Ihr* es dann nicht?«, warf Sylva ein. »Eure Beschwörungsstufe ist doch ähnlich hoch, wenn die Gerüchte stimmen.«

»Kannst du dir vorstellen, in welches Chaos das Reich versinken würde, wenn ich ohne einen offensichtlichen Grund Vatermord beginge?«, blaffte Harold. »Die Inquisitoren beschützen ihn rund um die Uhr. Es wäre kein leichter Kampf, selbst wenn ich den Sieg davontragen sollte. Und vom Palast wäre danach nicht mehr als eine schwelende Ruine übrig.«

Harold atmete einmal tief durch und senkte den Blick. »Außerdem glaube ich nicht, dass ich es fertigbringen würde.«

Neuerliche Stille senkte sich über die Runde, doch Fletcher war erleichtert. Alfric mochte ein Ungeheuer sein, aber hinterrücks seine Ermordung zu planen verursachte ihm eine Gänsehaut.

»So kann es nicht weitergehen«, brach Sylva schließlich das Schweigen. »Die Zwerge sind in Corcillum nicht mehr sicher. Wir haben nur einen Aufschub erreicht, mehr nicht.«

»Wenn es je einen Zeitpunkt gab, der mutiges Handeln erfordert, dann jetzt«, erklärte Thaissa.

Harold nickte grimmig und stellte sich ans Feuer. Eine Weile blickte er in die Flammen, die Stirn in tiefe Falten gelegt. »Ja«, sagte er schließlich wie zu sich selbst. »Das könnte gelingen.«

Als er sich wieder umdrehte, stand ein beinahe freudiges Leuchten in seinen Augen. »Ich glaube, es gibt da eine Möglichkeit«, begann er und kehrte mit langen Schritten an den Tisch zurück. »Eine, die noch nie zuvor da war, aber da Fletcher nun schon einmal hier ist … Sie ist weder besonders großartig, noch löst sie alle unsere Probleme, doch es ist die einzige Lösung, die mir einfällt.«

»Und die wäre?«, fragte Fletcher verwirrt.

Harold stützte die Ellbogen auf den Tisch und legte die Fingerspitzen aneinander. »Die Grafschaft Rale. Dort könnten sich die Zwerge niederlassen.«

Fletcher nickte. Natürlich! Kein Adliger gestattete den Zwergen, auf seinem Land zu leben. Auf dem trockenen Flecken Wüste, der Seraphs Familie gehörte, gab es praktisch nur Treibsand. Dort Häuser zu bauen kam nicht infrage. Aber die Grafschaft Rale gehörte Fletcher ganz allein, der König hatte sie ihm als sein rechtmäßiges Erbe zugesprochen, er konnte damit machen, was immer er wollte. Die ehemaligen Bewohner von Pelz waren ja bereits unterwegs, um sich dort niederzulassen. Warum nicht auch die Zwerge?

Er wollte gerade seine Zustimmung geben, da schüttelte Uhtred den Kopf. »Wir haben unsere Schmieden hier, unsere Familien, Freunde und Heime, einfach alles. Sollen wir das zurücklassen, um fortan in der Wildnis zu leben?«

Briss stieß ihrem Mann den Ellbogen in die Rippen. »Ist nicht gegen dich gerichtet, Fletcher«, sagte sie beschämt.

Fletcher lächelte gezwungen. »Schon gut.«

Uhtreds Worte hatten eine Angst in ihm heraufbeschworen, dass den Pelzern in der verlassenen Grafschaft etwas zustoßen könnte, aber er rang sie nieder. Das Thema, über das sie gerade sprachen, schien ihm wichtiger.

»Ich spreche nicht von Eurem ganzen Volk«, beschwichtigte Harold, »sondern von einer Kolonie. Von jungen Männern und Frauen, die hier noch keine Wurzeln geschlagen haben.«

»Und was soll das nützen?«, fragte Othello.

»Euer Volk wäre nicht mehr auf eine einzige Stadt beschränkt«, antwortete Harold. »Außerdem würdet ihr in der Grafschaft vor den Pinkertons und Alfrics Soldaten sicher sein.«

»Ihr sprecht, als ginge es um Vieh, das man auf eine andere Weide verlegt«, murrte Uhtred. »Aber es geht um Mütter, Väter und Kinder.«

»Es gibt noch einen weiteren Grund«, fuhr Harold fort, ohne auf Uhtreds Einwand einzugehen. »Sollte Euch eines Tages wieder Gefahr drohen, könntet Ihr Euch beim ersten Anzeichen dorthin zurückziehen. Ihr könntet durch die Tunnel verschwinden, ohne dass Alfric es überhaupt mitbekäme, und euch auf den Weg in die Grafschaft machen. Sie liegt nur einen Tagesmarsch von Corcillum entfernt, mit Euren von Ebern gezogenen Wagen geht es sogar noch schneller. Wenn Euer Verschwinden bemerkt wird, seid Ihr längst dort.«

Uhtred fuhr sich nachdenklich durch den Bart und lehnte sich mit geschlossenen Augen zurück.

»Wäre Fletcher überhaupt einverstanden?«, warf Briss ein. »Vielleicht will er uns gar nicht. Immerhin ist es sein Land. Und ob die Bewohner von Pelz Zwerge als ihre neuen Nachbarn begrüßen werden, ist genauso fraglich. Die Bürger Corcillums haben uns akzeptiert, aber Dörfler wie sie werden vielleicht etwas … weniger aufgeschlossen sein.«

»Wenn sie nur ein bisschen so sind wie Fletcher«, gab Othello lächelnd zurück, »dürften wir keine Probleme mit ihnen bekommen.«

»Aber wenn sie so sind wie Didric, Calista und Jakov?«, gab Fletcher zu bedenken. Der Gedanke, dass es Konflikte zwischen Zwergen und Pelzern geben könnte, kam ihm erst jetzt. Mit den manchmal etwas störrischen Pelzern zurechtzukommen konnte schon schwierig genug werden, selbst ohne Zwerge.

»Fletcher wird mehr Leute brauchen als die verarmten Dörfler, um die Grafschaft wiederzubeleben«, beschwichtigte Harold.

»Noch hat niemand seine Zustimmung gegeben«, erklärte Uhtred mit noch immer geschlossenen Augen.

Harold stöhnte verärgert und ging zum Kamin zurück, um sich zu beruhigen.

Schließlich legte Uhtred seufzend die großen Hände auf den Tisch. »Selbst wenn Fletcher seine Zustimmung gibt, werde ich niemanden zwingen. Ausschließlich Freiwillige werden gehen«, erklärte er, den Blick auf Fletcher gerichtet. »Und es soll gerecht ablaufen. Fletcher bekommt eine Gegenleistung dafür, dass er uns sein Land zur Verfügung stellt.«

»Da mische ich mich nicht ein«, sagte Harold mit erhobenen Händen.

Uhtred schien wie ausgewechselt. Er saß jetzt kerzengerade da und sprach in klarem Geschäftston. »Du wirst einiges brauchen, um die

Grafschaft wiederaufzubauen, Fletcher: Geld, Arbeitskräfte, Material. Im Augenblick hast du von all diesem nur sehr wenig. Baumaterial, Nahrungsmittel, Werkzeuge, Vieh, Wagen und alles, was man so braucht, um ein neues Leben anzufangen, können wir dir zur Verfügung stellen. Aber im Austausch brauchen wir mehr als nur verpachtetes Land.«

»Vater …«, begann Othello, doch Uhtred brachte ihn mit einer Geste zum Schweigen. »Ich mache dir einen Vorschlag. Er stammt ursprünglich von Seraph, als du noch im Kerker gesessen hast. Er wollte einen dritten Partner in unsere Geschäftsbeziehungen aufnehmen. Einen mit Land, und zwar richtigem Land, also keiner Wüste wie der seines Vaters, Land, wo es Rohstoffe gibt, zu denen weder wir noch die Pashas Zugang haben: Dinge wie Holz, Eisen, Wolle. Im Augenblick zahlen wir für all das so hohe Preise, dass wir gerade so durchkommen.«

»Und wie lautet der Vorschlag?«, fragte Fletcher verwirrt. Was war geschehen? Eben hatten sie noch gefeiert, und plötzlich befanden sie sich mitten in Geschäftsverhandlungen.

»Eine gleichberechtigte Partnerschaft zwischen den Zwergen, den Pashas und dir«, antwortete Uhtred. »Unser eigenes Triumvirat sozusagen.«

Fletcher spürte, wie ihm der Schweiß auf die Stirn trat. Damit, dass sich der Abend in eine solche Richtung entwickeln würde, hatte er nun wirklich nicht gerechnet.

»Aber wie soll das gehen?«, fragte er nach. »Wie können alle gleichberechtigt sein, wenn jeder etwas anderes beiträgt?«

»Die Einzelheiten legen wir später fest«, erwiderte Uhtred. »Aber wir werden niemandem mehr abverlangen als seinen gerechten Anteil. Du kannst uns vertrauen.«

Für Fletcher klangen all diese Dinge so abstrakt: ein Stück Land bewirtschaften, das er noch nicht einmal gesehen hatte, und zwar für eine Unternehmung, die er kaum durchschaute. Er dachte an die armseligen Hütten der Pelzer. Womöglich würden ihre neuen Behausungen in der Grafschaft genauso aussehen, wenn ihnen die Zwerge nicht halfen.

»Was meinst du?«, fragte er, an Othello gewandt.

Wenn jemand in der Runde wusste, was Uhtreds Vorschlag bedeutete, dann war es Othello. Aber der Zwerg wirkte verunsichert, hin- und hergerissen zwischen seiner Familie und seiner Freundschaft zu Fletcher.

»Ich glaube … es liegt ganz bei dir«, antwortete er vorsichtig. »Es ist eine gewichtige Entscheidung. Das Einzige, was ich dir versprechen kann, ist, dass wir Wort halten werden.«

Fletcher bekam es mit der Angst. Der Druck, unter dem er nun plötzlich stand, fühlte sich weit schlimmer an als die Lebensgefahr während seines Einsatzes im Äther. Er wünschte, Berdon wäre hier und könnte ihm seinen Rat geben. Doch diese Last musste er allein schultern.

»Höchstens fünfzig Zwerge«, sagte er schließlich. »Zumindest am Anfang, damit es nicht mehr sind als meine eigenen Leute.«

»Einverstanden«, erklärte Uhtred.

»Die Pelzer werden eine Unterkunft brauchen, wenn sie in Corcillum ankommen, außerdem Verpflegung für die Weiterreise in die Grafschaft. Könntet Ihr das einrichten?«

»Auf jeden Fall.« Uhtred deutete auf die Treppe. »Die Schenke hat fünfzehn Gästezimmer. Wer dort nicht unterkommt, kann in der Gaststube oder im Keller schlafen. Athol wird sich um das extra Bettzeug kümmern.«

»Fletchers Dörfler treffen schon morgen hier ein«, sagte Harold überraschend. »Fechtmeister Caulder ließ mir eine Nachricht zukommen, und da Ihr bereits hier wart, war ich so frei, sie herzubestellen.«

Sogleich hellte sich Fletchers Stimmung ein wenig auf. Die wenige Zeit, die er nach seiner Freilassung mit Berdon verbracht hatte, war viel zu kurz gewesen. Erst jetzt wurde ihm bewusst, wie sehr er den ruppigen Schmied vermisste. Er spürte einen Kloß im Hals, Tränen stiegen ihm in die Augen, doch er rang sie nieder und stand auf.

»In Ordnung«, sagte er und streckte Uhtred die Hand hin. »Gleichberechtigte Partner.«

Ein Strahlen trat auf Uhtreds Gesicht, dann schloss er Fletcher in eine so kräftige Umarmung, dass er ihm auf die Schulter klopfen musste, weil er keine Luft mehr bekam.

»Du gehörst nun zur Familie«, erklärte Thaissa lächelnd, nachdem Uhtred wieder von ihm abgelassen hatte.

»Als wäre das nicht vorher schon so gewesen«, sagte Othello lachend und drückte Fletchers Hand so fest, dass dieser vor Schmerz zusammenzuckte.

»Meinen Glückwunsch«, meldete sich nun auch Sylva zu Wort und hauchte ihm einen Kuss auf die Wange.

»Das wäre also geklärt«, meinte Thaissa. »Habt Ihr noch weitere schlechte Neuigkeiten für uns, Harold, oder können wir jetzt endlich entspannen?«

»Es gibt in der Tat noch ein paar Neuigkeiten, aber zur Abwechslung sind es gute«, antwortete Harold. »Zumindest für drei von euch, außerdem für Kress, sobald sie wieder hier ist. Ob du's glaubst oder nicht, Fletcher, ich habe ein Geschenk für euch.«

Einer der Soldaten hatte einen Ledersack dagelassen, bevor er nach draußen ging, und den hob Harold nun stöhnend hoch. Er musste um einiges schwerer sein, als er aussah. Ein Klimpern ertönte, als Harold den Sack auf den Tisch legte.

»Eure Prämie für den Einsatz: eintausendfünfhundert Goldtaler für die vernichteten Gnomeier und die Rettung der Dame Kavendi… ich meine natürlich: der Dame Rale.«

Sylva bestaunte die funkelnden Goldmünzen in dem offenen Sack. »Die Prämie hatte ich ja ganz vergessen!«

»Es ist genug, damit sich jeder von euch ein kleines Heer zusammenstellen kann«, erklärte Harold lächelnd. »Und da wir gerade dabei sind, es gibt noch etwas, das ich mit euch besprechen muss.«

Er wandte sich wieder an Fletcher, und sein Gesicht wurde einen Hauch ernster. »Du bist jetzt ein Adliger mit eigenem Landbesitz. Vom Gesetz her bist du dazu verpflichtet, dieses Land auch zu beschützen. Bis vor Kurzem gehörte die Grafschaft noch den Forsys. Zacharias' Soldaten sind nach wie vor auf dem Gebirgspass stationiert, aber du wirst sie bald ersetzen müssen.«

»Wie bald?«, fragte Fletcher. Plötzlich war es wieder da, dieses Gewicht auf seinen Schultern.

»Schwer zu sagen. Aber Forsys wird seine Leute spätestens in ein paar Monaten abziehen, vielleicht schon früher. Ich habe die Garnison von Corcillum heute Vormittag informiert, dass du Leute brauchen wirst. Bis morgen dürften sich einige Freiwillige gemeldet haben. Sie zu rekrutieren, auszubilden und auszustatten liegt dann bei dir.«

Fletcher versuchte, nicht daran zu denken, was nun alles auf ihn zukam. Er wusste ja nicht einmal, wo er anfangen sollte.

Harold klopfte ihm aufmunternd auf die Schulter, und Fletcher rang sich ein Lächeln ab. Irgendwie schaffte es der König bei jeder ihrer Begegnungen, Fletchers Leben auf den Kopf zu stellen.

Harold klatschte in die Hände. »Und jetzt sollten wir uns alle erst einmal ausruhen. Morgen ist wieder ein neuer Tag.«

34

SIE SAHEN WIE EIN HAUFEN BETTLER AUS. In zerlumpter Kleidung zogen sie ihre Habseligkeiten auf ratternden Handkarren und notdürftig angefertigten Schlitten über die Kopfsteinpflasterstraßen Corcillums. Fletcher erkannte die Männer und Frauen kaum wieder, die vollkommen erschöpft vor der Schenke standen. Dann sah er ihn.

Berdon. Er überragte die anderen um einen ganzen Kopf, sein Bart und das lange rote Haar waren ungekämmt. Er trug zwei Kinder auf den Schultern und zog den schwersten Karren, trotzdem hielt er sich stolz und aufrecht.

Berdon hatte die Kinder kaum abgesetzt, da fiel ihm Fletcher schon um den Hals und vergrub das Gesicht an seiner Schulter. Durch das dünne Hemd spürte er die Rippen seines Adoptivvaters. Es war eine beschwerliche Reise gewesen.

»Ist ja gut, mein Sohn«, sagte Berdon und nahm Fletchers Gesicht zwischen die schwieligen Hände. »Ich freue mich auch sehr, dich zu sehen.«

»Und ich hatte gedacht, *ich* hätte eine harte Zeit hinter mir«, erwiderte Fletcher mit feuchten Augen. »Aber du siehst aus, als kämst du geradewegs aus dem Krieg.«

»Ich weiß nicht, wer von uns beiden es schwerer hatte«, brummte Berdon und wischte sich eine Träne der Wiedersehensfreude von der Wange. »Wir haben deinen gesamten Einsatz verfolgt. Im Vergleich zu den Orks und Gnomen, mit denen du es zu tun hattest, kamen mir die Wegelagerer wie Milchbubis vor.«

»Wegelagerer?« Fletchers Blick wanderte zum Rest der Gruppe. Es sah aus, als wären es weniger als bei ihrem Aufbruch. »Wurde jemand verletzt?«

»Niemand, dank Fechtmeister Caulder.« Berdon zwinkerte.

Fletcher sah den kauzigen alten Mann bereits mit langen Schritten in ihre Richtung kommen. Er war immer noch dürr wie ein Besenstiel, trotzdem wirkte er weit frischer als der Rest der Gruppe. Als die Kinder sein Hinken nachäfften, verscheuchte er sie mit einem angedeuteten Schlag seiner Hakenhand, woraufhin sie quietschend zu ihren Eltern rannten. Dann legte er Fletcher grinsend die gesunde Hand auf die Schulter.

»Freut mich, dich in einem Stück zu sehen, Bursche. Du bist besser davongekommen als ich bei meiner letzten Begegnung mit den Orks, wie?«, erklärte er mit einem schiefen Grinsen und klopfte mit der Hakenhand gegen sein Holzbein.

»Ich bin sicher, die Orks haben ebenfalls einiges von Euch einstecken müssen«, erwiderte Fletcher lachend.

Die ehemaligen Bewohner von Pelz strömten bereits in die Schenke, wo die Thorsagers sie mit warmem Essen und frischer Kleidung willkommen hießen. Aus dem Augenwinkel sah Fletcher gerade die Näherin Janet nach drinnen verschwinden. Sie war die Sprecherin der Dorfbewohner gewesen, als Didrics Soldaten sie aus ihren Häusern vertrieben. Janet überging Thaissas Gruß und stampfte wortlos in den Gastraum. Das wird wohl an der Erschöpfung liegen, sagte sich Fletcher.

»Gut, wo ist nun die Menge der Rekruten, die ich auf Vordermann bringen soll?«, brummte Caulder und sah sich mit zusammengekniffenen Augen um. »Harold hat behauptet, es wären ausreichend viele. Sie sollen uns mit dem Gepäck helfen!«

»Sie sind noch in der Garnison – nicht weit von hier«, antwortete Fletcher. »Aber ehrlich gesagt bezweifle ich, dass sich allzu viele freiwillig melden werden.«

»Dann sehen wir doch gleich einmal nach«, bellte Caulder. »Ein bisschen Hilfe könnten wir gut gebrauchen. Was stehen wir noch herum, gehen wir!«

Berdon lachte, als er Fletchers ungläubigen Blick sah, und stupste ihn spielerisch an der Schulter. »Geh ruhig mit, mein Sohn. Ich bin schon einmal hier gewesen und werde mich darum kümmern, dass sich jeder zurechtfindet.«

Fletcher blinzelte.

»Ach, das weißt du gar nicht?«, fragte Berdon. »Als du im Gefängnis gesessen hast, haben ich und die Thorsagers beim König eine Petition nach der anderen eingereicht. Schon vergessen? Uhtred und ich haben viele Nächte hier in der Schenke verbracht und bei einem Krug Bier unser Leid geteilt. Das war vor den Anschlägen, als die Schenke noch offen war.«

Fletchers Wangen liefen rot an. Er bekam nur noch so wenig von Berdons Leben mit. »Schön«, sagte er mit einem angedeuteten Kopfschütteln. »Aber sag Uhtred, dass ich die Wagen und die Zwergensiedler schon morgen hier brauche.«

»Zwergensiedler?«, wiederholte Berdon.

»Uhtred wird dir alles erklären«, murmelte Fletcher, mehr wollte er im Augenblick nicht sagen. Egal wie er es drehte und wendete, die Pelzer waren gewiss nicht begeistert, ihr neues Zuhause mit Fremden zu teilen. Vor allem nicht mit Fremden, die noch bis vor kurzer Zeit als Umstürzler und Mörder verdächtigt worden waren. Den möglichen Streit darüber wollte er so lange hinauszögern, wie es irgend ging.

»Wie du meinst«, erwiderte Berdon mit einem Stirnrunzeln. »Dann sieh zu, dass du verschwindest, bevor Janet dich in die Finger bekommt. Seit der Minute unseres Aufbruchs aus den verfluchten Bergen hadert sie mit unserem Auszug aus Pelz.«

Fletcher umarmte Berdon noch einmal kurz, dann eilte er mit Fechtmeister Caulder davon.

Die Kaserne lag nur fünf Minuten vom Wirtshaus entfernt. Unterwegs unterhielt ihn der Fechtmeister mit Anekdoten von der langen Reise; er berichtete von hungrigen Bergwölfen, die ihnen gefolgt waren, und von streunenden Räuberbanden, die die Wehrhaftigkeit der Pelzer unterschätzt hatten.

Die Gruppe war von etwa achtzig Mitgliedern auf sechzig

geschrumpft. Einige Familien mit kleinen Kindern waren in den Städten geblieben, durch die sie auf dem Weg gekommen waren, um sich dort Arbeit zu suchen. Berdons Vertrauen in seinen Adoptivsohn hatte die meisten zwar bei der Stange gehalten, trotzdem wurde Fletcher mit jeder von Caulders Geschichten schwerer ums Herz. Er konnte nur hoffen, dass er dieses Vertrauen nicht enttäuschte.

Die Baracken waren von einem Palisadenzaun eingefasst, der einen ganzen Straßenzug umspannte. An den vier Ecken ragten bemannte Wachtürme auf – es sah aus wie eine Festung mitten in der Stadt. Als sie durch das offen stehende Tor gingen, kam ihnen ein kleiner Trupp in Marschformation entgegen.

Fletcher fühlte sich irgendwie fehl am Platz. Sie befanden sich ganz am Rand eines großen Innenhofs mit Blockhütten an allen vier Seiten. Außer ihnen befand sich nur ein einzelner Mann hier, er war schon älter, hatte langes Haar und eine krumme Nase und trug golden eingefasste Augengläser. Er saß hinter einem breiten Schreibpult, auf dem sich alle möglichen Unterlagen stapelten, und schrieb eifrig mit seinem Federkiel.

»Kommt her!«, bellte er, ohne von seinen Unterlagen aufzublicken.

Fletcher zuckte zusammen, gehorchte aber. Wie ein ungezogener Schuljunge stand er vor dem Pult, als sich der humpelnde Caulder zu ihm gesellte.

»Graf Rale, nehme ich an«, erklärte der Mann mit brüchiger Stimme, während der Federkiel weiter über das Pergament kratzte.

»Ja, das ist richtig«, erwiderte Fletcher. Anscheinend hatte Harold ihn bereits angekündigt.

Der Schreiber seufzte, dann rief er: »Greische!«, und zwar so laut, dass Fletcher zusammenzuckte.

Ein junger Kerl mit Schirmmütze und einer roten Uniform kam aus einer der Blockhütten zu ihnen geeilt.

»Hol die Freiwilligen für den jungen Grafen her, und zwar ein bisschen plötzlich«, brummte der Schreiber.

»Zu Befehl, Sachbearbeiter Müller«, erwiderte Greische, dann lupfte er seine Schirmmütze vor Fletcher und eilte wieder davon.

»Ein Beamter«, schnaubte Caulder verächtlich.

Müller legte den Federkiel weg und blickte auf. »Jeder Trottel kann eine Muskete laden und abfeuern«, keifte er zurück. »Es sind immer die Geistesschwachen, die mit solcher Verachtung auf die zahlreichen Verwaltungsaufgaben des Militärs blicken.«

»Und jeder Feigling kann sich hinter seinen Büchern verstecken, während die Soldaten draußen kämpfen«, gab Caulder zurück.

Müller ging nicht darauf ein. Er lächelte nur, als Greische mit einem Haufen junger Männer zurückkehrte, die kein bisschen älter waren als Fletcher selbst. Greische hatte die Freiwilligen kaum abgeliefert, da verschwand er auch schon wieder in dem Blockhaus, aus dem er gekommen war.

»Eine meiner schönsten Aufgaben ist es, darüber zu entscheiden, welche Freiwilligen in die Ausbildungslager geschickt werden und welche nur zum Weiterreichen taugen«, erklärte Müller grinsend. »Für Euch habe ich ganz besondere Exemplare aufgehoben. Frisch begnadigt, weil sie sich freiwillig gemeldet haben, damit sie ihre Strafen in den Kerkern von Pelz nicht antreten müssen.«

Fletcher versuchte, sich seine Enttäuschung nicht anmerken zu lassen, während er die neuen Soldaten musterte. Insgesamt waren es fünfzehn, sie trugen grob gewobene Hemden und Hosen – wahrscheinlich ihre Gefängniskleidung. Ein wilder Haufen, unrasiert und mit verfilzten Frisuren. Die meisten blickten stur zu Boden, die anderen warfen Fletcher mürrische Blicke zu, als wäre er für ihre missliche Lage verantwortlich.

»Ihr solltet sie gut im Auge behalten«, flüsterte Müller so laut, dass alle ihn hörten. »Es gab schon mehrere Fluchtversuche.«

»Ist das alles?«, fragte Caulder, den die zweifelhafte Herkunft der Rekruten nicht im Geringsten zu kümmern schien. »Fünfzehn Mann, um einen ganzen Landstrich zu verteidigen?«

»Das sind nur die Galgenvögel«, antwortete Müller bissig. »Ein paar freie Bürger waren ebenfalls verrückt genug, sich zu melden. Sie sagen, sie kennen den jungen Grafen.«

»Sie kennen mich?«, fragte Fletcher verwundert. Wie sollte das möglich sein?

Greische kam bereits mit einer weiteren Gruppe heran. Sie wirkten sehr dünn, und es waren nur sechs. Fletcher hatte keinen von ihnen je zuvor gesehen.

»Das reicht bei Weitem nicht«, erklärte Caulder.

»Greische, hol die Gäste her, die in der letzten Woche eingetroffen sind«, befahl Müller. »Ich glaube, wir haben genau das Richtige für sie gefunden.«

»Ihr meint doch nicht …«, stammelte Greische.

»Jetzt, Bursche!«

Greische eilte davon. Sein Gesicht wirkte besorgt.

»Graf Rale«, sagte einer der Neuankömmlinge und trat einen Schritt vor. »Als wir hörten, dass Ihr Männer braucht, kamen wir sofort her.«

»Es tut mir leid, aber ich …«, begann Fletcher schon, aber da fiel ihm wieder ein, wo er den dunkelhäutigen Jungen schon einmal gesehen hatte. Es kam ihm wie eine Ewigkeit vor. Dabei war es erst zwei Wochen her, als der arme Tropf noch an eine Mauer gekettet gesessen hatte, umgeben von einer Horde schlafender Gnome: Diese jungen Männer hatten zu den Sklaven gehört, die Fletcher und seine Freunde aus der Pyramide befreit hatten.

»Ich hätte dich beinahe nicht wiedererkannt«, sagte Fletcher, und schüttelte ihm die Hand. »Wie heißt du?«

»Kobe, Herr.«

»Nach allem, was ihr durchgemacht habt, hätte ich geglaubt, ihr wolltet so weit weg von den Orks wie möglich«, sagte Fletcher an die befreiten Sklaven gewandt.

Kobe lächelte grimmig. Seine Zähne strahlten so hell, wie seine Haut dunkel war. »Wir haben noch die eine oder andere Rechnung mit ihnen offen.«

Doch Fletcher nahm die Antwort kaum auf, denn Greische war gerade mit der nächsten Freiwilligengruppe zurückgekehrt.

Es waren Elfen.

35

WALDELFEN, GENAUER GESAGT. Zehn an der Zahl, sowohl Männer als auch Frauen, alle in den traditionellen Gewändern ihres Volkes. Im Gegensatz zu den Hochelfen hatten sie bernsteinfarbene Augen und weit dunkleres, brünettes bis kastanienbraunes Haar.

»Ihr wirkt überrascht, Graf«, kommentierte Müller amüsiert. »Letzte Woche sandten die Elfen eine kleine Gruppe Freiwilliger, die den Umgang mit der Muskete erlernen sollten. Wir hielten sie vorläufig mit Bodenwischen auf Trab. Ein bisschen Disziplin kann nie schaden, wie Ihr sicherlich wisst. Glücklicherweise kann ich sie nun getrost in Eure Obhut geben.«

Müller kicherte vergnügt über den kleinen Sieg, den er errungen zu haben glaubte, und verstummte abrupt, als er Fletchers zufriedenes Gesicht sah – Waldelfen waren hervorragende Spurenleser und damit eine willkommene Verstärkung für seine Truppe.

Das Einzige, was ihm Sorgen bereitete, war die Einstellung, die die neuen Rekruten zur Schau stellten: Mit vor der Brust verschränkten Armen standen sie da und musterten Fletcher abschätzig. Eine Elfin wirkte regelrecht feindselig und erdolchte ihn beinahe mit ihren Blicken.

»Wir werden sie wohl nehmen müssen«, erwiderte Caulder, der offensichtlich weit weniger begeistert war als Fletcher.

»Ganz recht, das werdet ihr«, stimmte Müller zu, der sich immer noch über Fletchers mangelnde Enttäuschung ärgerte. »Und jetzt verschwindet. Ihr seid nun für sie verantwortlich.«

Fletcher blickte zögernd in die knapp dreißig Gesichter, die ihn erwartungsvoll anstarrten.

Caulder, der seine Verunsicherung bemerkte, zuckte lediglich die Achseln und baute sich vor der Gruppe auf. »So, ihr Faulpelze. Ihr seid jetzt Soldaten, also bewegt euch gefälligst! In Dreierreihe marsch, marsch!«

Seine Stimme schallte wie eine Peitsche über den Innenhof und ließ die überraschten Rekruten sofort gehorchen.

»Zack, zack jetzt, wir haben nicht den ganzen Tag Zeit. Du da, halt dich gerade, du bist ein Soldat und kein Ellbogen.«

Fletcher beobachtete grinsend, wie der Veteran den widerspenstigen Haufen in Formation scheuchte.

»Augen geradeaus, linker Fuß zuerst, und ab mit euch!«

Allerdings war Formation etwas zu viel gesagt, denn sie liefen viel zu dicht hintereinanderher, jeder in einem anderen Schritt, aber wenigstens konnten sie nun von hier verschwinden. Sie marschierten durchs Tor und wollten gerade in Richtung Schenke abbiegen, da kam ihnen Athol mit hochrotem Gesicht entgegengelaufen.

Fletchers Herz setzte einen Schlag lang aus. Der Anblick des aufgeregten Zwergs ließ ihn sofort einen weiteren Zwischenfall befürchten, doch Athol lächelte nur verlegen, während er mit auf die Knie gestützten Händen versuchte, wieder zu Atem zu kommen.

»Zum Glück habe ich euch noch erwischt«, keuchte er. »Lasst das Gasthaus Gasthaus sein, zuerst müssen wir deine neuen Männer ausrüsten.« Da bemerkte er die Elfinnen. »Und die Damen, natürlich.«

»Halt!«, bellte Caulder und brachte die Kolonne zum Stehen. Athol schnaufte noch eine Weile, dann richtete er sich wieder auf und deutete auf einen Laden, der sich ein Stück weiter auf der gleichen Straße befand. Über dem Eingang sah Fletcher einen Wimpel mit einem Schwert und einem Schild darauf, hinter dem Schaufenster glänzte poliertes Metall.

»Folgt mir«, sagte Athol und ging voraus.

»Links um!«, befahl Caulder und versetzte einem der Männer, der sich prompt in die falsche Richtung gedreht hatte, einen Tritt. Als sie den Laden erreichten, ließ er die Rekruten in Habachtstellung gehen. Dann befahl er Kobe und den anderen befreiten Sklaven, die Verurteilten im Auge zu behalten, damit sich keiner davonmachte, solange er mit Fletcher und Athol drinnen war.

»Sobald wir in der Grafschaft sind, wo es weit und breit keine einzige größere Stadt gibt, werden sie auf keine dummen Gedanken mehr kommen, aber hier sind wir besser vorsichtig«, raunte er Fletcher zu, während sie Athol in den Laden folgten.

Der Schmied in Fletcher konnte sich an all diesen Waffen gar nicht sattsehen. Jede lag in einem Samtfutteral und glänzte im Licht, das durch die großen Vorderfenster hereinfiel. In der oberen Regalreihe sah Fletcher jede Art von Schwert, die er sich nur vorstellen konnte: von breiten Falchions bis hin zu beidhändigen Flambergen mit zwei Meter langen Klingen war alles dabei. Darunter befanden sich die Äxte, die Lieblingswaffen der Zwerge.

Auf der rechten Seite standen Glasvitrinen mit den sündhaft teuren Feuerwaffen. Pistolen mit Gravierungen und Gold- und Silberverzierungen für wohlhabende Offiziere, die ihre eigenen Waffen tragen durften, verkauften sich am besten.

»Die sind nichts für dich«, sagte Athol, als er Fletchers leuchtende Augen bemerkte. »Viel zu schön und teuer für deine ›Freiwilligen‹. So, wie die aussehen, würden sie sie bei der erstbesten Gelegenheit verkaufen und dann mit dem Geld abhauen. Komm mit ins Lager.«

Athol führte sie durch eine Tür hinter der Verkaufstheke in einen weiteren Raum. Er war dunkel und weit bescheidener eingerichtet, aber die schiere Zahl der hier gelagerten Waffen ließ Fletchers Kiefer nach unten klappen: In den Wandregalen lagen Hunderte von Messern, Schwertern, Schusswaffen und Harnischen wie Feuerholz aufgestapelt. Zu seiner Überraschung sah Fletcher auch Stoffballen und Ankleidepuppen.

Athol entzündete eine Öllampe und hob sie hoch. »Wir teilen uns das Lager mit einem Schneider«, erläuterte er, während Fletcher eine der hölzernen Puppen betrachtete. »Da wir gerade davon sprechen: Briss hat sich bereits um Uniformen für euch gekümmert. Die halbe Nacht hat sich die Ärmste um die Ohren geschlagen, um den Prototyp rechtzeitig fertig zu bekommen. Aber jetzt kümmern wir uns erst einmal um die Bewaffnung.«

»Darf ich frei wählen?«, fragte Fletcher und unterdrückte seine Neugier auf die Uniformen, die Briss gefertigt hatte.

Athol nickte. »Ist nur in unserem Interesse, schließlich soll unsere Kolonie sicher sein.«

Fletcher widerstand der Versuchung, dem dunkelhäutigen Zwerg um den Hals zu fallen, und wandte sich stattdessen an Caulder. »Was meint Ihr?«

Der Fechtmeister überlegte. »Ein gewöhnlicher Fußsoldat wird mit Muskete und einem Bajonett ausgestattet«, erklärte er und nahm ein Schwert zur Hand, um die Balance zu überprüfen. »Ich persönlich mag Bajonette allerdings nicht. Viel zu plump und kaum universell. Dafür billig und leicht zu schärfen, deshalb werden sie auch so häufig benutzt.«

»Da hat er recht«, stimmte Athol zu und deutete auf ein Fass voll mit den Aufsätzen für Musketenläufe. »Sie sind nur ein Notbehelf, und meistens wird die Muskete beschädigt, vor allem wenn man einen Keulenschlag damit abwehrt.«

Athol verstummte und ließ den Blick über die vielen Schwerter schweifen. »Die eigentliche Frage ist doch, was deine Leute im Kampf können sollen«, bemerkte er schließlich.

»Auf jeden Fall sollen sie mehr fertigbringen, als nachzuladen und den Abzug zu betätigen«, antwortete Fletcher. »Ich brauche Soldaten, die gegen Kasuarreiter kämpfen können, einem anstürmenden Ork die Beine wegschlagen und sich im Nahkampf behaupten. Ob es nun gegen eine Macana, einen Speer oder eine Keule ist, gegen einen Ork oder gegen einen Gnom.«

Nachdenklich nickte Athol. »Das wäre alles?«

»Wir werden auch Musketen brauchen«, sprach Fletcher weiter. »Nichts Besonderes, aber robust und zuverlässig sollen sie sein. Keine, die beim ersten Regentropfen zu rosten anfangen.«

»Damit kommen wir der Sache schon näher«, meinte Athol und nahm eine der Musketen aus dem Ständer. Für Fletcher sah sie genauso aus wie jede andere: langer, gerader Lauf, ein Kolben aus Holz, daran der Abzug und das Steinschloss. »Diese hier sind leichter als die Standardausführung, der Kolben besteht aus Ahorn statt aus Walnuss. Genauso stabil, aber nicht ganz so schwer und weniger witterungsanfällig. Metall und Holz sind mit Leinöl imprägniert, damit sie weder rosten noch faulen.«

»Nehme ich«, sagte Fletcher und griff nach der Muskete, um ein Gefühl für ihr Gewicht zu bekommen. Sie war kaum schwerer als sein Chepesch.

»Jetzt zur Nahkampfausrüstung«, fuhr Athol fort und stellte die Muskete zurück. »Wenn ihr euch gegen eine Reiterei – Kasuare in diesem Fall – verteidigen müsst, braucht ihr Stangenwaffen. Meint Ihr nicht, Fechtmeister?«

»Auf jeden Fall«, bestätigte Caulder. »Etwas, das man gegen den Boden abstützen kann, um den Gegner hineinlaufen zu lassen. Gegen die Orks mit ihren überlangen Armen brauchen wir sogar besonders lange.«

Sie folgten Athol zu einem breiten Gestell, in dem alle möglichen Arten von Speeren und Spießen der Größe nach nebeneinander aufgereiht standen.

»Eine scharfe Spitze zum Zustoßen kann nicht schaden«, begann der Zwerg, »außerdem ein Axtkopf zum Zuschlagen, wenn der Gegner zu nahe kommt. Ich glaube, das Beste wäre eine Helmbarte.«

Athol nahm eine der Stangenwaffen aus dem Ständer und hielt sie in das flackernde Licht der Öllaterne. Der Anblick war furchterregend. Fletcher konnte kaum glauben, was sich alles daran befand: Am oberen Ende sah er eine lange, scharfe Spitze – wie bei einem Speer – und gleich darunter eine breite Klinge wie bei einer Axt. Auf der anderen Seite ragte ein Hammerkopf mit einem Haken in der Mitte hervor.

Bei diesem Haken handelte es sich um einen sogenannten Krähenschnabel, der dazu gedacht war, Reiter aus dem Sattel zu reißen oder Fußsoldaten von den Beinen zu holen. Der Hammerkopf machte die Waffe schwerer und verlieh ihr mehr Durchschlagskraft, und die scharfe Spitze konnte sogar Rüstungen durchstoßen.

Athol deutete auf eine Metallverstärkung im oberen Drittel des Schafts. »Eine vielseitigere Waffe gibt es gar nicht. Hier haben wir eine Stahlummantelung eingearbeitet, mit der man ein Schwert abwehren kann, ohne dass das Holz splittert.«

Fletcher befühlte die Axtschneide und erschauerte sogleich darüber, wie höllisch scharf sie war.

Athol klopfte auf einen Metallring, der sich ein Stück weiter unten am Schaft befand. »Die Hände werden durch diese Parierstange geschützt, wenn die Klinge des Gegners am Schaft entlangrutscht.«

Schließlich deutete er auf das untere Ende. »Hier sitzt ein Dorn. Damit kann man die Waffe in der Erde verankern oder auch nach hinten zustoßen.«

»Schon gut«, unterbrach Caulder und klopfte Athol anerkennend auf die Schulter. »Genug der Worte. Ich würde meinen, das ist genau das, was wir brauchen. Wenn du dich für die Helmbarten entscheidest, Fletcher, werde ich unseren Leuten beibringen, mit ihnen umzugehen. Mit dem Kampfstock bin ich genauso geschickt wie mit meinem Schwert.«

»Abgemacht.« Fletcher war erstaunt, wie schnell sie das Richtige gefunden hatten.

»Sehr schön!«, rief Athol mit einem Anflug von Erleichterung in der Stimme. »Ich hatte schon befürchtet, wir würden den ganzen Tag hier verbringen. Dann kommen wir zum krönenden Abschluss. Es ist eine Schande, dass Briss nicht hier sein kann, aber sie hat zu viel mit unseren Übernachtungsgästen zu tun.«

Athol ging noch tiefer in den Lagerraum. Fletcher musste sich beherrschen, ihn nicht zu überholen, doch er brauchte nicht lange zu warten: Der Zwerg hielt schon nach wenigen Schritten wieder an und hob die Laterne in Richtung einer Holzpuppe, die in Habachtstellung stand. Sie trug eine nagelneue Uniform.

»Wunderschön«, keuchte Fletcher.

Die Uniform bestand aus dunkelgrünem Stoff, hatte schwarze Knöpfe und kniehohe Schnürstiefel aus dunklem Leder. Die Jacke war ein Zweireiher und reichte bis über die Oberschenkel der gerade geschnittenen Hose.

Das Beste daran waren die Schmiedearbeiten, die Athol hinzugefügt hatte: Unterarmschützer, mit denen sich Schwert- und Axthiebe abwehren ließen. Eine stählerne Halskrause, die bis über die Schultern und die obere Brust reichte und die Bewegungsfreiheit dennoch nicht einschränkte.

»Wir wollten sie nicht durch übertriebene Panzerung unnötig schwer machen«, erläuterte Athol und trat nervös von einem Fuß auf den anderen. »Also haben wir uns auf einen Kompromiss geeinigt und die gleiche imprägnierte Wolle verwendet wie bei den Uniformen für euren Einsatz bei den Orks. Schön warm und wasserdicht, trotzdem schwitzt man nicht.«

»Der Teufel soll mich holen«, brummte Caulder und befühlte den Stoff. »Da hast du dir einen wahren Schatz an Land gezogen, Bursche.«

»Ja«, bestätigte Fletcher grinsend. »Habe ich.«

36

DEM SONNENSTAND NACH WAR ES bereits früher Vormittag, als Fletcher aufwachte. Zeit, die Suppe auszulöffeln, die er sich eingebrockt hatte.

Fletcher zog seine neue Uniform an, steckte seine Pistolen in die Holster, gürtete seinen Chepesch um und hängte sich Bogen, Köcher und Rucksack über die Schultern. Das war's. Damit trug er, wie ihm bewusst wurde, all seine weltlichen Besitztümer am Körper.

Einen Moment lang überkam ihn der verrückte Wunsch, vor seiner Verantwortung als Adliger davonzulaufen. Sich aus dem Fenster zu stehlen, ein Schiff nach Swazulu zu besteigen und nie mehr zurückzukehren. Mit einem schuldbewussten Lächeln verbannte er den Impuls aus seinen Gedanken und ging nach unten.

Die Gaststube war randvoll. Zahllose Männer und Frauen saßen auf der rechten Seite, die Zwerge auf der linken. Alle Gesichter wandten sich ihm zu, und die Gespräche erstarben. Berdon saß als einziger Dörfler bei den Zwergen und nickte Fletcher aufmunternd zu.

Fletcher räusperte sich. »Es tut gut, euch alle wiederzusehen«, begann er. »All diese vertrauten Gesichter.«

Stille.

»Unsere neuen Freunde, die Zwerge, waren so freundlich, uns für die Nacht zu beherbergen«, fuhr er fort. »Außerdem stellen sie uns Wagen für die Reise zur Verfügung, sowie Werkzeug, Proviant, Kleidung und Baumaterial. Alles, was wir brauchen, um unser neues Leben zu beginnen. Ich bin gewiss nicht der Einzige, der ihnen zutiefst dankbar ist für das, was sie für uns getan haben.«

Zu seiner Rechten erschallte Applaus, und Fletcher atmete erleichtert auf – aber nur kurz.

»Und ich bin sicher, dass ich nicht die Einzige sein werde, die sich fragt, was uns das kosten wird«, sagte jemand barsch.

Dann erhob sich die Sprecherin. Es war Janet.

»Wo ist der Haken?«, fragte sie. »Und warum sind wir alle hier versammelt? Es gibt doch etwas, dass Ihr uns verschweigt, und ich glaube, ich weiß auch schon, was das ist.«

»Ich werde es euch gleich erklären«, erwiderte Fletcher mit so viel Selbstbewusstsein in der Stimme, wie er überhaupt aufbringen konnte. »Wenn du jetzt so freundlich wärest, dich zu setzen und zuzuhören.«

Janet gehorchte zwar, aber die vor der Brust verschränkten Arme und der finstere Blick sagten Fletcher, dass sie noch lange nicht besänftigt war.

»Als Gegenleistung für ihre Hilfe werden uns fünfzig Zwerge in die Grafschaft begleiten und sich dort niederlassen. Sie sitzen mit euch hier im Raum.« Er deutete auf die Zwerge, die jetzt nervös auf die Reaktion der Dörfler warteten.

Janet runzelte die Stirn. »Wir … schulden ihnen also nichts?«, hakte sie nach. »Sie sind nicht hier, um ihr Geld einzufordern?«

»Nein, natürlich nicht«, antwortete Fletcher verwirrt. »Ist es das, was du befürchtet hast?«

»Habt Ihr einmal einen Blick auf all die Dinge da draußen geworfen?«, fragte Janet. »Dort stehen zwanzig Wagen voller Stoffballen, Baumwolltuch, Angeln, Netzen, Äxten, Spitzhacken und Sparten, Kerzen, Kochgeschirr, Musketen und ganze Säcke voll Saatgut.«

Sie holte kurz Luft. »Ich habe Kisten mit Seife und Medizin gesehen, Tusche und Pergament, Bettwäsche und Kissen, ja, sogar ein halbes Dutzend Ziegen! Und Ihr behauptet, das alles können wir einfach so bekommen? Ohne Geld, ohne Kredit oder dergleichen?«

»Diese Dinge sind für uns alle da«, erklärte Fletcher und breitete die Arme aus. »Für Zwerge und Menschen. Wir sitzen jetzt im selben Boot.«

Über Janets Gesicht breitete sich ein Lächeln aus. »Nun … das ist fantastisch!«

Mehrere Dörfler lächelten ebenfalls, manche prosteten den Zwergen sogar freundschaftlich zu. Aber nicht alle waren mit der neuen Situation glücklich: Einige starrten finster in ihre Krüge, andere grummelten leise vor sich hin.

Fletcher hob die Hand.

»Wir brechen bald auf, deshalb möchte ich, dass alle ihre Habseligkeiten einsammeln und sofort auf die Wagen steigen. Zuvor möchte ich allerdings eines klarstellen: Wenn jemand unzufrieden mit dem neuen Arrangement ist, kann er gerne … gehen. Jetzt. Corcillum bietet unzählige Möglichkeiten, vor allem für fleißige Arbeiter, wie ihr es seid. Wer seine neue Heimat also nicht mit Zwergen teilen möchte – da ist die Tür.«

Fletcher richtete den Blick auf diejenigen im Publikum, die am unzufriedensten aussahen. Er kannte sie alle beim Namen und wusste, wer sie waren. Pelz war wirklich ein sehr kleines Dorf gewesen.

»Ich bin raus«, rief tatsächlich jemand und stand auf. Es war ein groß gewachsener, kräftig gebauter Kerl und ein ehemaliges Mitglied der Dorfbüttel. Sein Name lautete Klint, vor langer Zeit war er einer von Didrics Rivalen gewesen – was wohl auch der Grund dafür war, dass man ihm keinen Posten im neuen Gefängnis von Pelz angeboten hatte, wie Fletcher vermutete.

»Ich bleibe lieber unter Menschen«, sprach Klint weiter und ignorierte die missbilligenden Blicke der anderen Dörfler. »Es heißt, bei den Pinkertons brauchen sie noch Leute.«

Eine Handvoll Pelzer schlossen sich ihm an, einige mit beschämten Gesichtern, andere klopften Klint voller Stolz auf die Schulter.

»Richtet Mörki und Törner schöne Grüße von mir aus!«, rief Fletcher der Gruppe hinterher.

Hinter ihnen schlug die Tür zu, und als sie fort waren, hellte sich die Stimmung im Raum sofort auf. Insgesamt hatten vielleicht ein Dutzend Männer und Frauen die Gruppe verlassen, etwa hundert Zwerge und Menschen waren geblieben.

»Gut«, sagte Fletcher und klatschte in die Hände. »Brechen wir auf.«

37

DIE VERABSCHIEDUNG GING ALLZU SCHNELL. Othello, Kress und Atilla hatten im Morgengrauen ihren Marschbefehl bekommen: Alle drei wurden als Offiziere zu den Zwergenbataillonen eingezogen. Kress weinte, als sie Fletcher eine gute Reise wünschte, und sowohl Fletcher als auch Othello wischten sich verstohlen über die Augen, nachdem sie einander kurz in die Arme geschlossen hatten. Die drei Zwerge konnten es kaum erwarten, ihr Kommando anzutreten, und machten sich auf den Weg, noch bevor Fletchers Zug aufbrach. Er beneidete sie nicht um ihre Aufgabe: Fletcher trug nur für zweiunddreißig Soldaten die Verantwortung, seine Freunde für mehrere Hundert.

Sylva war dem Elfenheer nach Norden entgegengeflogen; Nachdem sie mit Lysander am Himmel verschwunden war, spürte Fletcher ihren sanften Abschiedskuss noch lange auf der Wange. Als sie losflog, hatte sie sich noch einmal nach ihm umgedreht – eine bittersüße Erinnerung an das, was zwischen ihnen gewesen war und doch niemals sein konnte.

Während der hastigen Vorbereitungen hatte er beinahe vergessen, dass sich ihre Wege nun trennten. Den Verlust seiner besten Freunde spürte er schon jetzt. Am meisten vermisste er seine Mutter, die er nicht einmal mehr hatte besuchen können. Nur die Gewissheit, dass er später mit Ignatius zurückkehren konnte, um sie zu sehen, gab Fletcher die Kraft zum Aufbruch. Bis dahin, so hatte Harold versprochen, würden sich die besten Ärzte Corcillums um Alice kümmern.

Die einzige freudige Überraschung war, dass sich Thaissa den Siedlern angeschlossen hatte. Schüchtern stellte sie ihren Gatten vor, einen jungen Schmied namens Millo, der bei Uhtred in die Lehre gegangen war und sich danach selbstständig gemacht hatte. Dann kletterte sie auf den Wagen.

Auf der Straße gab es ein kurzes Gerangel, weil Uhtred den gesamten Verkehr aufhielt, damit die Gespanne losfahren konnten. Dann machten sie sich mit ratternden Karren und klappernden Hufen über das Kopfsteinpflaster auf den Weg in ihre neue Heimat. Zahllose Zwerge winkten ihnen mit ihren Taschentüchern zu, andere liefen neben den Wagen her und überreichten in letzter Minute noch Essensgeschenke. Eine Stunde später hatten sie die Stadt verlassen und schaukelten durch die Hügellandschaft an kleinen Weilern vorbei über die staubige Straße nach Süden.

Fletcher fuhr mit Berdon und Fechtmeister Caulder an der Spitze der Karawane, aber den beiden Männern wurden bald die Augenlider schwer. Von dem langen Marsch nach Corcillum waren sie erschöpft. Als sie eingeschlafen waren, kletterte Fletcher auf den Kutschbock, um mit dem Fahrer die Route zu besprechen. Ihm fiel auf, dass der ältliche Zwerg ständig nervös über die Schulter blickte, also fragte er ihn, wovor er denn Angst hatte.

»Banditen«, antwortete der Kutscher knapp und starrte in die leere Landschaft hinaus.

Erst jetzt wurde Fletcher bewusst, mit welch kostbarer Ladung – abgesehen von dem Anteil der Prämie in Fletchers Gepäck – sie hier unterwegs waren. Die vielen Güter auf den Wagen würden auf dem Schwarzmarkt eine Menge Geld einbringen. Sie waren eine lohnende Beute für Hominums umherstreunende Räuberbanden, und Fletchers Soldaten schienen noch lange nicht so weit zu sein, sie zu beschützen.

Sie brauchten einen Späher, der die Gegend auskundschaftete. Fletcher sprang vom Kutschbock und zog sich in ein Maisfeld am Wegesrand zurück. Als die Karawane an ihm vorbeifuhr, stellte er zufrieden fest, dass Caulder die Soldaten auf je einen Wagen am Anfang, in der Mitte und am Ende des Trosses verteilt hatte, damit sie sich gegen Angriffe aus jeder möglichen Richtung verteidigen konnten. Insgesamt waren es zwanzig Wagen, jeder von zwei Ebern gezogen, die so groß waren wie Esel, aber doppelt so breit. Fletcher bestaunte das rostrote, borstige Fell der eigentümlichen Geschöpfe und die mächtigen Hauer in ihren Unterkiefern.

Dann, als die Karawane außer Sichtweite war, rief er Ignatius und Athena herbei und erhob sich mit ihnen in die Luft. In Richtung Himmel zu jagen und zu sehen, wie die Straße unter ihm zu einem dünnen braunen Band zusammenschrumpfte, war genauso aufregend wie beim ersten Mal. Nein, es war sogar besser, denn diesmal brauchte er keine Angst vor Wyvernreitern zu haben. Der Himmel um ihn herum war so gut wie leer, nur hier und da hingen ein paar Wolkenfetzen, und weit entfernt am Horizont sah er einen Schwarm Gänse im Formationsflug.

Athenas gebrochener Flügel machte gute Fortschritte, war aber immer noch nicht ganz verheilt, weshalb sie auf Ignatius' Hals saß und von dort in die Landschaft ausschaute. Im Osten sah Fletcher schemenhaft die Umrisse der Dämonenakademie. Sie lag noch halb im Morgennebel versunken. Es juckte ihn in den Fingern, hinzufliegen und durch die verglaste Dachkuppel einen Blick auf die neuen Schüler zu erhaschen. Aber die Sicherheit des Konvois ging vor.

Anfangs wünschte er noch, er könnte auf Prias Wärmesicht zurückgreifen, doch seine Sorge war unbegründet, denn Athenas scharfen Augen entging nichts. So ließ er Ignatius auf der Brise dahingleiten und hielt Ausschau nach verdächtigen Bewegungen in den Ebenen unterhalb von ihm. Falls es dort tatsächlich Banditen gab, versteckten sie sich jedenfalls gut. Fletcher sah lediglich ein paar Ziegenherden und deren Hirten, außerdem die dünnen Rauchfähnchen, die aus den wenigen Bauernhäusern der Gegend aufstiegen.

Je weiter sie kamen, desto dünner war das Land besiedelt. Die gelbgrünen Äcker wurden von felsigen Hügeln verdrängt. Von den längst verlassenen Weilern waren nur noch grasbewachsene Haufen aus eingestürztem Mauerwerk und Dachziegeln übrig. Die Orkfront lag gleich hinter dem Horizont, der gesamte Landstrich war von zahllosen Schlachten verwüstet worden, angefangen mit den Orküberfällen vor vielen Jahrhunderten bis hin zu dem jetzigen Krieg. Nicht eine einzige Menschenseele lebte mehr in dieser Pufferzone zwischen Zivilisation und Wildnis.

Die Straße unter Fletcher teilte sich, der eine Weg führte nach Süden an die Grenze, der andere bog nach Westen zum Vesania-Meer ab. Die Karawane wandte sich in Richtung Westen und kam sogleich langsamer voran. Fletcher ging tiefer, um zu überprüfen, was dort geschah, und sah, in welch schlechtem Zustand die Straße hier war. Unkraut und Wurzelwerk hatten sie teilweise so sehr überwuchert, dass Fechtmeister Caulder immer wieder einen Halt befehlen musste und die Soldaten den Weg freihacken ließ. Dann wieder versperrten Pfützen den Weg, die Passagiere mussten absteigen, damit die Wagen leichter wurden und nicht im Schlamm versanken.

So ging es den ganzen Tag, bis es schließlich dämmerte und die Sonne als eine große gelbe Scheibe den Horizont berührte. Als es dunkel wurde, waren sie immer noch nicht am Ziel, weshalb Fletcher Wyrrlichter aussandte, um den Weg zu beleuchten. Wie kleine blaue Monde schwebten sie über dem Tross und zehrten an Fletchers Manareserven.

Es musste etwa Mitternacht sein, als sie den Fluss erreichten. In der Dunkelheit sah das Wasser pechschwarz aus. Die Steinbrücke, unter der es lautlos hindurchfloss, war die Grenze zur Grafschaft Rale und wirkte, als stünde sie schon seit Anbeginn der Zeiten an dieser Stelle. Das Land des Königs lag nun hinter ihnen, und das Land vor ihnen … gehörte Fletcher.

Die Eber schnaubten irritiert, als sie die Brücke überquerten. Das Wasser machte sie nervös, und Fletchers Gedanken wanderten zu der großen Schlacht, die hier stattgefunden hatte: Sie wurde die Schlacht an der Watfurt-Brücke genannt.

Sie waren nun mitten in der Savanne, ringsum erstreckten sich gelbe Ebenen, in denen lediglich Strauchwerk und ein paar vereinzelte Bäume wuchsen. Von einer Straße konnte nicht mehr die Rede sein. Überall lagen Felsbrocken herum, dazwischen wucherten hohe Gräser. Nachdem sich zwanzig Jahre lang niemand mehr um die Instandhaltung gekümmert hatte, mussten Fletchers Rekruten den Weg mit ihren Helmbarten frei machen, während die Siedler – Zwerge wie

Menschen – aus dem Weg räumten, was die Soldaten klein gehackt hatten. Die Arbeiten dauerten bis zum Morgengrauen an.

Dann, als die ersten Sonnenstrahlen das Firmament erhellten, sah er es:

Ralsheim.

38

KURZ NACH SONNENAUFGANG KAM DER ZUG AN. Die Wagen bremsten ab, Fletcher löschte die Wyrrlichter und ließ Ignatius mit einem lauten Knirschen an der Spitze des Trosses landen. Dann bestaunte er das Städtchen, wie es im orangefarbenen Morgenlicht vor ihnen lag.

Nichts rührte sich. Das Kopfsteinpflaster war von Gras überwachsen, das überall aus den Spalten spross. Sie fuhren weiter bis zu einem Platz, der für die Gespanne gerade groß genug war, und fanden sich von den Ruinen der ehemaligen Wohnhäuser umgeben, die nach zwei Jahrzehnten nur deshalb noch standen, weil sie aus Stein gemauert waren. Die Dächer waren längst eingestürzt, die Fensteröffnungen leer. Auf dem Mauerwerk gedieh das Moos, alles war von einem grünlichen Film überzogen, Ranken ergossen sich über Häuser und Straßen wie ein Wasserfall. Wenigstens ließ die aufgehende Sonne die kalte Luft allmählich wärmer werden.

Fletcher stieg ab und lauschte auf die Geräusche seines neuen Zuhauses. Das Summen zahlloser Insekten lag in der Luft, darüber erhob sich der angenehm trällernde Gesang der Vögel. Es waren die Geräusche einer Wildnis, die sie sich zurückerobern mussten, die Hintergrundmusik ihrer neuen Heimat.

Fechtmeister Caulder scheuchte die müden Soldaten aus den Wagen, die sich auf wackligen Beinen und mit hängenden Köpfen in einer Reihe aufstellten. Fletcher bemitleidete sie fast. Hinter ihnen streckten sich die Passagiere und gähnten.

»Rekruten, spitzt die Ohren und hört die Befehle eures Grafen!«, bellte Caulder, dann warf er Fletcher einen bedeutungsvollen Blick zu: Es war Zeit, dass er etwas sagte und das Ruder übernahm.

Leider hatte er sich noch gar nichts überlegt.

»Für uns alle war es eine lange Reise«, begann Fletcher und verfluchte das Zittern in seiner Stimme. »Ich bin stolz, wie gut und sicher ihr uns hergebracht habt. Nun gibt es noch eine letzte Aufgabe zu erledigen, bevor wir unser neues Zuhause beziehen können.«

Die Rekruten schauten mürrisch drein und erwiderten nichts. Nur die Elfin, die Fletcher auf dem Kasernenhof so feindselig angestarrt hatte, zeigte etwas Tatendrang, indem sie einen Kiesel ungeduldig zur Seite trat. Ihr kantiges Gesicht wirkte unverändert grimmig. Das hellbraune Haar trug sie zu eng zusammengebundenen Zöpfen geflochten, die ihr bis über den Rücken reichten. Aber am auffälligsten waren die leuchtend bernsteinfarbenen Augen, die Fletcher an eine Wildkatze erinnerten.

Ein Hüsteln von Fechtmeister Caulder ließ seine Gedanken zu der anstehenden Aufgabe zurückkehren: Fletcher sollte seinen ersten Befehl geben. Es waren Tausende Dinge zu erledigen, aber wenn er eines über das Überleben in der Wildnis wusste, dann dies, dass ein sicherer Unterschlupf gleich nach der Trinkwasserversorgung das Wichtigste war.

»Diese Häuser hier sind seit fast zwanzig Jahren nicht mehr bewohnt. Die Bodendielen dürften mittlerweile durchgefault sein, wenn überhaupt noch etwas von ihnen übrig ist. Allerlei Getier wird es sich dort gemütlich gemacht haben: Schlangen, Hyänen, Warzenschweine und dergleichen. Zwei Gruppen müssen sich die Häuser ansehen und säubern und eines ausfindig machen, in dem wir fürs Erste unser Lager aufschlagen können.«

Er überlegte eine Weile, wem er welche Aufgabe übertragen sollte. Hätte er mehr als nur einen Namen gekannt, wäre es ihm vermutlich leichtergefallen.

»Kobe, du wirst mit fünfzehn Mann den östlichen Teil der Stadt absuchen«, befahl er schließlich. »Sobald ihr etwas Geeignetes gefunden habt, räumen deine Leute dort auf. Du kommst inzwischen zu mir und erstattest Bericht.«

Erfreut lachte Kobe. Offensichtlich fasste er die ihm übertragene Verantwortung als Kompliment auf.

»Und die anderen fünfzehn … wie ist dein Name?«, fragte Fletcher und deutete auf die missmutige Elfin.

»Dalia«, antwortete sie mit erhobenem Kinn.

»Dalia, du suchst jetzt mit dem Rest den Westteil ab. Ich erwarte dich und Kobe in zwanzig Minuten zurück.«

Kobe und Dalia standen verunsichert da, als wüssten sie nicht, was sie nun tun sollten.

»Ihr habt eure Befehle gehört, also bewegt euch!«, rief Caulder.

Beide Gruppen gehorchten sofort, trotzdem sahen sie nicht glücklich aus, als sie zwischen den Häuserruinen verschwanden.

Fletcher überlegte, was sie wohl erwartet hatten, als sie sich freiwillig meldeten. Bestimmt nicht, mitten in der Wildnis eine Kolonie aus dem Nichts zu stampfen, dachte er sich. Waren sie enttäuscht oder erleichtert? Er wusste es nicht, und sie selbst wahrscheinlich auch nicht.

»Gut gemacht«, brummte Caulder und stellte sich neben Fletcher auf. »Jetzt zu den Zivilisten. Du bist nun ihr Herr.«

Fletcher wandte sich den Zwergen und Dörflern zu. Einige wanderten ziellos umher, andere standen einfach nur da und sahen sich blinzelnd um. Selbst Berdon musterte missmutig die Löcher in einer verfaulten Haustür. Jemand musste ihnen eine Richtung vorgeben, und da er ihr Graf war, fiel diese Aufgabe Fletcher zu.

Sich umzusehen und zu wissen, dass all das – ob verfallen oder nicht – nun ihm gehörte, war ein eigenartiges Gefühl. Nicht nur diese kleine Stadt, auch das umgebende Land gehörte dazu – und weiter noch, als Fletchers Auge reichte. Alles war seins. So viel zu besitzen fühlte sich falsch an.

»Ich möchte, dass ihr fürs Erste bei den Wagen bleibt«, rief Fletcher. »Berdon, Thaissa, Janet und Millo, ihr kommt inzwischen zu mir.«

Während die vier zu ihm eilten, versuchte sich Fletcher an die Vorstellung zu gewöhnen, dass er nicht nur über die Rekruten befehligte, sondern auch über jeden anderen in der Karawane, seinen Adoptivvater mit eingeschlossen.

»Wenn ich Fechtmeister Caulder mitzähle, haben wir dreiunddreißig Soldaten. Dazu kommen noch fünfzig Zwerge, das macht dreiundachtzig. Janet, wie viele Dörfler?«, fragte Fletcher.

»Zweiundfünfzig«, antwortete sie nach kurzem Überlegen.

»Also insgesamt einhundertfünfunddreißig …«, fasste Fletcher staunend zusammen. Das waren beinahe genauso viele wie die frühere Bevölkerung von Pelz, bevor Didric das Dörfchen in ein Gefängnis verwandelte.

»Was tun wir jetzt?«, fragte Thaissa und strich sich nervös den Schleier glatt.

»Als Erstes richten wir uns einen Lagerplatz ein, morgen machen wir uns dann an die Arbeit.« Aus dem Augenwinkel sah Fletcher einen der Dörfler gähnen. Beinahe hätte er das Gleiche getan. »Bis zum Einbruch der Nacht erwarte ich eine komplette Bestandsliste von unserem Proviant, den Werkzeugen und dem Baumaterial. Thaissa und Millo – ihr habt den besten Überblick über unser Gepäck, also werdet ihr das übernehmen. Janet, Berdon – ihr beiden erkundigt euch, was die Leute so alles können. Wir haben mindestens zwei Schmiede, aber wir brauchen auch Tischler, Maurer, Bauern, Holzfäller, Töpfer, um nur ein paar zu nennen. Könnt ihr das für mich tun?«

»Machen wir«, antwortete Berdon und lächelte voller Stolz auf seinen Sohn. Die vier machten sich an ihre Aufgaben und winkten sich sogleich Hilfe von den anderen Siedlern heran.

»Und was tun wir?«, fragte Caulder.

»Auf Erkundung gehen«, erwiderte Fletcher mit einem Anflug von Vorfreude. »Zeigt mir, wo alles ist.«

Sie schlenderten in Richtung Süden über die Straße. Caulder starrte die Ruinen an, die einmal sein Zuhause gewesen waren. Fletcher fragte sich, wie es sich anfühlen musste, wieder hier zu sein und die Überreste eines längst vergangenen Lebens zu sehen.

»Die Schmiede«, sagte der Fechtmeister und deutete auf ein niedriges Gebäude mit einem breiten Eingang, dessen Doppeltür der Zahn der Zeit vollständig weggefressen hatte. Dahinter sah Fletcher einen Amboss, um den herum verrostete Werkzeuge auf dem Boden verstreut lagen. Ein paar Metallbarren standen fein säuberlich in einer Ecke aufgestapelt.

»Wir brauchen die Werkzeuge nur vom Rost zu befreien, dann können wir sie wieder verwenden«, erklärte Caulder und ging weiter.

Je mehr sie sich dem Zentrum näherten, desto genauer wurde Fletchers Gefühl für die tatsächliche Größe des Städtchens. Es war kleiner, als er gedacht hatte, aber die vielen mehrstöckigen Häuser sagten ihm, dass hier einmal viele Menschen gelebt haben mussten – dicht zusammengedrängt auf einem Fleckchen, das nicht größer war als die Dämonenakademie. Wahrscheinlich konnte er Ralsheim in weniger als zehn Minuten umrunden.

»Hier – die Ställe und Zwinger.« Caulder deutete auf ein weiteres niedriges Gebäude, das mehrfach unterteilt war.

»Tischler, Apotheke, Bäckerei, Versammlungshalle …«, fuhr er fort und blieb ruckartig stehen. Er spähte in den offen stehenden Eingang der Versammlungshalle. Ein paar Meter dahinter klaffte ein Loch im Boden. Darum herum lagen die Trümmer einer umgestürzten Statue.

»Hier sind sie reingekommen«, sagte Caulder mit versteinertem Gesichtsausdruck.

»Die Orks?«, fragte Fletcher.

»Ja«, brummte Caulder und schleuderte einen herumliegenden Kiesel gegen die Wand. »Hier stand einmal eine Statue deines Großvaters. Darunter war der Eingang zu dem Geheimtunnel versteckt. Sieh.«

Sie befanden sich nun fast am Rand von Ralsheim, jenseits davon erstreckte sich die Savanne, dahinter ragten hohe Berge auf.

»Diese Ebene erstreckt sich vom Fluss bis zum Meer, und das Gebirge bildet eine natürliche Grenze zum Orkdschungel. Nur ein einziger Pass führt darüber hinweg, ungefähr vierzig Minuten von hier«, erläuterte Caulder.

Doch Fletcher schaute gar nicht mehr in Richtung der Berge. Einen Steinwurf von der Versammlungshalle entfernt hatte er auf einer Wiese die Überreste eines alten Herrenhauses entdeckt. Selbst siebzehn Jahre nachdem kein Mensch es mehr betreten hatte, war es noch immer unverkennbar.

Der Sitz seiner Familie.

39

DER FAMILIENSITZ DER RALES WIRKTE schlimmer mitgenommen als der große Rest der Stadt. Die Explosionen während des Kampfes gegen die Orks hatten ganze Mauerstücke herausgerissen, die, nun von Unkraut überwuchert, auf der Wiese verstreut lagen. Beinahe die gesamte Fassade war eingestürzt und gab den Blick auf das obere Stockwerk frei.

»Ich habe diesen Ort schon früher einmal gesehen«, sagte Fletcher, während sie auf das Haus zugingen. »Als ich Athena das erste Mal in mir aufnahm.«

Der Fechtmeister erwiderte nichts, stattdessen setzte er sich schwermütig auf das zersplitterte Eingangsportal und sah mit trüben Augen auf das Trümmerfeld. Schließlich kam sein Blick auf den Überresten der eingestürzten Treppe zum ersten Stock zu ruhen.

Fletcher setzte sich zu ihm. »Wie habt ihr damals überlebt? Es heißt doch, die Orks hätten alle Leichen mitgenommen und sie …« Bei dem Gedanken daran, was mit dem Leichnam seines Vaters passiert war, verstummte er.

»Ein Ork hat mich gerettet«, antwortete Caulder. Auf Fletchers erstauntes Stirnrunzeln hin fügte er hinzu: »Ein toter, genauer gesagt. Er war ein großer Bursche und lag direkt über mir, die anderen haben mich dann einfach übersehen. Als das Himmelskorps ein paar Stunden später eintraf, fanden sie mich und brachten mich weg, bevor die Orks zurückkehrten. Für meinen Arm und das Bein kam zwar jede Hilfe zu spät, aber immerhin haben sie mir das Leben gerettet.«

Er blickte seufzend in die Ferne.

»Ich wünschte, ich hätte mit deiner Mutter sprechen können«, murmelte Caulder so leise, dass Fletcher ihn kaum hörte. »Ich muss sie um Verzeihung bitten, dass ich sie nicht aufgehalten habe … dass ich Edmund nicht gerettet habe.«

Fletcher klopfte dem alten Kämpfer kopfschüttelnd auf die Schulter. »Es gibt nichts zu verzeihen. Es war Verrat, Euch traf keine Schuld.«

Fletcher stellte sich den dunkelhaarigen Mann vor, den er in seiner Vision kurz gesehen hatte – seinen Vater. Dann merkte er, dass er seine Erinnerung gar nicht bemühen musste, denn gleich links neben dem offenen Kamin des Hauses hing ein Gemälde.

Er sprang auf die Beine und rannte hin. Das war er, Edmund, sein Vater, unrasiert und mit zerzaustem Haar, die Arme um seine Frau geschlungen. Alice lächelte glücklich und hielt ein Neugeborenes in den Armen. Ihn selbst.

»Bei den Göttern, wie kann es sein, dass es noch existiert?«, keuchte Caulder. »Deine Eltern haben es gleich nach deiner Geburt anfertigen lassen.«

Fletcher berührte die Stirn des Babys auf dem Gemälde und spürte eine hauchdünne Schicht über der Leinwand, eine Art Schirm. Dann sah er die Korund-Kristalle, die in den Rahmen eingelassen waren: Über all die Jahre hinweg hatten sie einen schwachen Sperrzauber aufrechterhalten, der das Gemälde vor dem Zahn der Zeit bewahrte. Die Kristalle mussten ein Vermögen gekostet haben. Dieses Gemälde war der kostbarste Besitz seiner Eltern gewesen.

Die Erkenntnis traf ihn wie ein Schlag: Fletcher hatte so vieles verloren. Er war ohne die Liebe seiner Eltern aufgewachsen und hatte nicht einmal geahnt, dass dieses wunderschöne wilde Fleckchen Land überhaupt existierte. Wie hätte sein Leben wohl ausgesehen, hätte Herzog Forsys seine Eltern nicht verraten? Fletchers Gedanken wanderten zu seiner Mutter, die nur noch ein Schatten ihres einstigen Selbst war, und kämpfte gegen die Tränen an, die in ihm aufstiegen. Auf dem Gemälde machte sie einen so glücklichen Eindruck.

»Er sieht so aus wie du«, sagte jemand hinter ihm. Es war Berdon, dessen Blick voller Trauer zu sein schien. »Genauso hast du ausgesehen, als ich dich das erste Mal in den Armen gehalten habe … Ich war damals so glücklich. Dabei hattest du gerade deine Familie verloren. Es tut mir leid, Sohn.«

»Ich habe eine Familie verloren…«, sagte Fletcher mit Tränen in den Augen und schloss den raubeinigen Schmied in die Arme. »Aber dank dir habe ich eine neue bekommen. Du musst dich für nichts entschuldigen. Ohne dich wäre ich nicht der Mann, der ich heute bin.«

Während die beiden einander umarmt hielten, zog sich Caulder ein Stück zurück, und als er sicher war, dass sie gerade nicht hinsahen, wischte er sich die Tränen aus den Augen.

Schließlich ließ Berdon Fletcher los.

»Die Soldaten sind zurück«, erklärte er knapp. »Sie haben einen Platz für die Nacht gefunden.«

Es war eine Kirche. Die bunten Glasfenster waren zwar eingeschlagen, aber Wände und Decke bestanden aus massivem Stein. Sie hatten der Witterung standgehalten und boten einen trockenen und geschützten Unterschlupf. Selbst die Bänke waren noch brauchbar. Bis auf das wenige Unkraut und das verwelkte Laub, das der Wind hereingeweht hatte, schien es ein geeigneter Übernachtungsplatz zu sein.

Auf dem Weg dorthin hatte ihnen Caulder einen alten Brunnen gezeigt, den sie nur von Tierdung und dem verrottenden Pflanzenmaterial zu befreien brauchten, das sich darin angesammelt hatte.

Ihr Hauptproblem war die Essensversorgung. Was Fletcher wie ein unerschöpflicher Vorrat vorgekommen war, reichte gerade noch für ein paar weitere Mahlzeiten. Einhundertfünfunddreißig hungrige Mäuler würden die zwei Fässer mit gepökeltem Schweinefleisch und Wild, die ihnen die Zwerge mitgegeben hatten, bald leer gegessen haben.

Als Erstes mussten sie sich allerdings um ihre Unterkunft kümmern. Fletcher ließ die eingeschlagenen Fenster mit Baumwolltuch abdecken, dann fegten sie mit alten Besen, die sie in den Häusern gefunden hatten, Schmutz und Erde nach draußen, um ihre Schlafrollen auszubreiten.

Die Eber und Ziegen brachten sie in die Stallungen. Die Erkundungstrupps hatten ganz in der Nähe Hyänen, Schakale und Wildkatzen gesichtet – das Vieh frei herumlaufen zu lassen war schlichtweg zu gefährlich. Als Futter für die Ziegen schnitten sie frisches Gras, für die Eber sammelten sie Nüsse und Wurzeln. Die Hühner blieben in ihren Käfigen und wurden mit den Samen des überall wachsenden Weizengrases sparsam gefüttert.

Für sich selbst bereiteten sie in drei Kesseln eine sättigende Brühe aus Fleisch und klein gehackten Wurzelknollen zu. Sie stellten Wachposten auf, die nach Raubtieren Ausschau hielten, reinigten und ölten ihre als Gartenwerkzeuge missbrauchten Helmbarten und teilten die Schlafplätze auf. Alle stellten sich einander kurz vor, vergaßen die neuen Namen aber ebenso schnell wieder.

Fletcher sah sich mit endlosen Fragen konfrontiert, von denen er kaum eine einzige beantworten konnte. Ohne die Unterstützung des strengen Fechtmeisters und Berdons beruhigende Gegenwart hätte er schnell die Geduld verloren.

Als ihre Wagen vollständig entladen und die wichtigsten Aufgaben erledigt waren, war es bereits später Nachmittag geworden.

Und dann, als sich die Sonne dem Horizont entgegenneigte, schliefen sie endlich.

40

DAS HAUPTPROBLEM WAR HOLZ. Unkraut und Pflanzen konnte man jäten, Schutt ließ sich wegräumen, aber die meisten Häuserdächer waren eingestürzt oder standen kurz davor. Die Holzböden und Zwischendecken sahen nicht besser aus.

Dann war da noch das Problem der Nahrungsbeschaffung. Viele Häuser hatten einmal über Gemüsegärten verfügt, die mittlerweile aber von Gestrüpp zugewachsen waren. Sie ernteten alles, was sie finden konnten, doch ihre Fleischvorräte waren seit dem Frühstück so gut wie verbraucht. Wenn sie nicht von Wurzeln, Gemüse, Früchten und Beeren allein überleben wollten, mussten sie auf die Jagd gehen, und das möglichst bald.

Unter den Pelzern fanden sich drei Tischler – ein Ehepaar mit seinem Sohn, das aus den Kiefern der umliegenden Berge Bretter und Möbel hergestellt hatte. Vier Zwerge, je zwei Männer und zwei Frauen, hatten ebenfalls Erfahrung mit Holzbearbeitung, allerdings beschränkte sie sich auf das Schnitzen von Musketenkolben und Bögen. Trotzdem reichte es, um mit dem Wiederaufbau der Häuser zu beginnen und den anderen Siedlern zumindest die Grundbegriffe beizubringen. Was sie jetzt noch brauchten, war frisches Holz.

Als es Mittag wurde, hatte Fletcher jedem eine Aufgabe zugeteilt. Eine Gruppe kümmerte sich um die Tiere, die andere um den Brunnen, eine weitere um die Gärten, die letzte schließlich bekam den anstrengenden Auftrag, die Straßen von Schutt und wuchernden Pflanzen zu befreien. Unterdessen suchte Berdon mit Millo in den Schreinerwerkstätten und Schmieden nach brauchbaren Werkzeugen, die sie mit dem Saft der wild wachsenden Zitronen und der mitgebrachten Stahlwolle vom Rost säuberten.

Am nächsten Tag rief Fletcher seine Rekruten zusammen, die nun satt und ausgeruht waren, um sie hinaus in die Savanne zu führen. So weit im Süden war es selbst jetzt, ganz zu Beginn des Frühlings, schon warm. Die Sonne stand hoch am Himmel und brannte auf sie herunter, während sie durch Gräser und Gestrüpp in voller Ausrüstung hinaus in die Ebenen um Ralsheim marschierten.

»Habt eure Musketen immer feuerbereit, und haltet Ausschau nach allem, was sich für den Kochtopf eignet«, sagte Fletcher gerade zu seinen Männern, als sich Caulder ein Stückchen näher heranbeugte.

»Die Musketen sind noch nicht geladen«, flüsterte er. »Sie wissen nicht, wie es geht.«

»Dann bringt es ihnen bei.«

»Ich bin ein alter Recke«, erwiderte der Fechtmeister mit einem Blick in Richtung der Rekruten. »Zu meiner Zeit gab es noch gar keine Musketen.«

»Kobe!«, rief Fletcher.

Der Junge trabte heran und wischte sich den Schweiß von der Stirn. »Was kann ich für Euch tun, Graf Rale?«

»Du bist doch früher Soldat gewesen, oder? Kannst du eine Muskete laden?«

»Es ist schon ein paar Jahre her, aber … es müsste gehen.«

»Dann zeig ihnen, wie man es macht«, befahl Fletcher.

»Ja, Herr.«

Fletcher beobachtete, wie Kobe zu den anderen zurückkehrte und seine Muskete vom Rücken nahm. Er wirkte etwas unsicher, schien aber einigermaßen zu wissen, was er tat. Zumindest dann, wenn das Nachladen bei einer Muskete ähnlich funktionierte wie bei einer Pistole.

»Wir müssen ihnen den richtigen Umgang mit ihren Waffen beibringen«, sprach Fletcher weiter und blinzelte in die grelle Sonne. »Die richtige Schießformation, schnelles Nachladen, Zielen und all das. Im Heer gehört das zur Grundausbildung, aber meine Freiwilligen hier …«

»Hast du das nicht alles an der Akademie gelernt?«, fragte Caulder.

»Nein. Ich habe das zweite Jahr verpasst«, antwortete Fletcher und dachte an all die Bücher über Strategie und Taktik, die er in den Regalen gesehen hatte, wenn er in der Bibliothek Dämonologie und Zauber paukte. »Kobe kennt sich bestimmt besser mit Feuerwaffen aus als ich.«

»In diesem Punkt kann ich dir nicht helfen. Aber gib mir ein paar Wochen, dann können sie mit ihren Helmbarten besser umgehen als jeder andere Soldat.«

»Hoffen wir's.«

Seufzend schaute Fletcher in die Savanne hinaus. In der Nähe sah er ein kleines Wäldchen, die Bäume standen hoch und gerade und waren von einem breiten Blätterdach gekrönt: Schatten.

»Wir werden bald Holz brauchen«, sagte er und deutete mit dem Kinn auf das Wäldchen. »Was wisst Ihr über Bäume?«

»Nur das, was dein Großvater mir beibrachte«, antwortete Caulder mit einem wehmütigen Lächeln. »Er hat diese Bäume da gepflanzt, als er in deinem Alter war – er wollte, dass seine Nachfahren einen Wald zum Spielen haben. Der Anblick erinnert mich daran, wie alt ich schon bin. Ich weiß noch, wie sie kleine Setzlinge waren.«

Da kam Fletcher eine Idee. Er drehte sich zu seinen Rekruten um. »Folgt mir, Männer!«, rief er so laut, dass einer der Elfen vor Schreck den Abzug drückte und seine halb geladene Muskete abfeuerte. Ein lauter Knall ertönte, Schwefelgestank breitete sich aus, und ein Ladestock flog in hohem Bogen durch die Luft, um ein paar Meter weiter im Gras zu landen.

Enttäuscht schüttelte Fletcher den Kopf. »Gehen wir erst mal in den Schatten«, sagte er, dann drehte er sich weg und hielt auf die Bäume zu.

Die Rekruten reihten sich frustriert und verschwitzt hinter ihm ein. Als sie die Bäume erreichten, ließen sich die meisten ohne Erlaubnis sofort auf den Boden sinken, aber Fletcher brachte es nicht übers Herz, sie zu ermahnen. Oder hatte er sogar Angst davor?

Das Wäldchen bestand aus etwa hundert Bäumen, alle drei Mann hoch. Bei vielen türmten sich Termitenbauten an den Stämmen, aber die Bäume selbst machten einen unbeschadeten Eindruck. Auf dem Boden lagen rundliche Früchte, die von den Ästen gefallen sein mussten. Sie hatten eine gelbgrüne Schale wie Limonen. Caulder hob eine davon auf und schnitt sie mit seinem Schwert in zwei Hälften.

»Schakalbeeren«, erläuterte er, als Fletcher der säuerliche Geruch in die Nase stieg. »Probier mal. Sie sind noch nicht ganz reif, aber du wirst kaum eine dunklere finden. Die Tiere schnappen sie sich immer gleich, vor allem die Schakale, daher auch der Name.«

Fletcher biss hinein. Der Saft, der ihm in den Mund spritzte, schmeckte wie gezuckerte Zitrone und erinnerte ein bisschen an Khaki. Köstlich!

»Eine gute Ergänzung für unsere mageren Vorräte, falls die Jagd heute erfolglos bleibt«, kommentierte er mit vollem Mund und spähte in die Savanne hinaus. In der Ferne sah er eine Antilopenherde, aber die flimmernde Hitze machte es schwierig, die genaue Entfernung einzuschätzen.

»Wenn man sie trocknet, lassen sie sich zu Mehl verarbeiten … oder Branntwein«, sprach Caulder versonnen weiter und nahm ebenfalls einen Bissen. »Die Kerne sind übrigens essbar, also nicht ausspucken.«

Fletcher holte die Kerne zwischen seinen Zähnen hervor und kaute. Sie hatten einen angenehmen, mandelartigen Geschmack. Fast wie Nüsse.

»Was ist mit dem Holz?«, fragte er, spießte mit seinem Chepesch eine Beere auf und warf sie einem der Rekruten zu.

Der brach die Schale auf und biss stöhnend vor Glück hinein. Als die anderen es sahen, stürzten sie sich sogleich auf die restlichen Beeren.

»Das Holz ist das Beste an diesen Bäumen«, antwortete Caulder grinsend. »Dein Großvater hat sie zwar wegen der Früchte ausgesucht, aber sie haben noch eine andere Besonderheit: Sie sind termitenfest.«

Er deutete auf die rötlichen Insektenbauten am Fuß der Stämme. »Die beiden Arten verbindet ein besonderes Verhältnis. Ihre Wurzeln schützen die Bauten, dafür fressen die Termiten sie nicht an. Selbst wenn man einen der Bäume fällt, berühren sie das Holz nicht einmal.«

Fletcher fuhr staunend über die grobe Rinde. Nun hatten sie endlich Baumaterial. »Und wie heißen sie? Schakalbeerenbäume etwa? Von denen habe ich noch nie gehört.«

»Natürlich nicht«, widersprach Caulder lächelnd. »Die meisten Leute nennen sie Ebenholzbäume.«

41

AN DIESEM TAG GINGEN SIE nicht auf die Jagd. Stattdessen erhielten die Rekruten den Auftrag, mit ihren Helmbarten die ersten Bäume zu fällen, um Ralsheim wiederaufzubauen. Die Wagen wurden in die Savanne hinausgefahren und transportierten die von den Stämmen geschnittenen Äste zu den Tischlern, die kleinere Gebrauchsgegenstände wie Schalen und Möbelfüße daraus machten.

Obwohl ihre Zahl eigentlich groß genug war, schloss sich Fletcher den Holzarbeitern an, um mit aufgekrempelten Hemdsärmeln und einer der wenigen Äxte, die sie hatten, einen Baumstamm zu bearbeiten.

Jede Stunde erschallte der Ruf: »Vorsicht, Baum!«, gefolgt vom Splittern der Äste und schließlich auch von dem lauten Knall, mit dem der Stamm auf den Boden schlug. Wie Ameisen stürzten sich die Männer auf den gefällten Baum und befreiten ihn von allen Ästen, bis nur noch der glatte Stamm übrig war, der später zu Brettern, Stützbalken und Bodendielen verarbeitet werden sollte.

Erst bei Sonnenuntergang gönnte Fletcher sich und den Rekruten eine kurze Verschnaufpause. Sie waren vollkommen entkräftet und konnten ihre Arme kaum noch bewegen. Nach einer halben Stunde ließ er weitere Leute aus dem Dorf kommen, aber die Stämme stellten sich als zu schwer heraus, um sie auf die Eberwagen zu heben. Also befestigten sie Seile daran und zogen sie mit unglaublicher Kraftanstrengung Zentimeter für Zentimeter zu den Tischlerwerkstätten, wo die Werkzeuge schon bereitlagen, um das Holz noch in der Nacht weiterzuverarbeiten. Ohne die Zwerge und ihre Eber hätten sie es vermutlich gar nicht geschafft.

Nun waren die Tischler und deren Gehilfen an der Reihe. Die erschöpften Rekruten zogen sich in die Kirche zurück, wo sie mit warmer Ziegenmilch und geröstetem Wurzelgemüse, das von den Zwergen zubereitet worden war, ihren Hunger stillten.

Fletcher schloss sich ihnen nicht an; er war zu neugierig darauf zu sehen, wie das Holz weiterverarbeitet wurde, um Ralsheim seinen einstigen Glanz zurückzugeben. Auf dem Weg von der Kirche zur Tischlerei staunte er, wie viel die Siedler innerhalb eines einzigen Tages geschafft hatten: Der Schutt in den Straßen war beinahe vollkommen verschwunden, Sträucher und Büsche waren herausgerissen, Moos und Ranken vom Mauerwerk entfernt.

Die Tischler bereiteten ihm einen begeisterten Empfang. Sie verfügten über ein Dutzend Baumstämme von bester Qualität. An einer Scheibe zeigten sie ihm die helle Rinde und das dichte, beinahe schwarze Kernholz – hervorragendes Baumaterial, wie sie sagten.

Die Tischler waren nicht die Einzigen, die während der Nacht arbeiteten. Berdon und Millo schmolzen das rostige Metall ein, das nicht mehr zu retten war, und schmiedeten es zu Nägeln, Eisenringen und allerlei Werkzeugen wie Hämmern und Ahlen um.

Thaissa gab Fletcher die Maße all der zerstörten Fenster im Dorf und die Adresse eines Glasers in Corcillum, der ihm einen fairen Preis machen würde. Janet half ihm, eine Liste mit allem zusammenzustellen, was sie noch brauchten: Nähnadeln, Gewürze, Salz, allerlei getrocknete Lebensmittel sowie weiteres Rohmetall für die Schmiede. Außerdem hatten sie zu wenig Ziegen und Hühner und überhaupt keine Schafe, deren Wolle sie gut hätten gebrauchen können, und auch keine Esel als Last- und Arbeitstiere.

All diese Dinge schrieb Fletcher auf ein Stück Pergament und wählte zehn Siedler aus, die mit einem kleinen Konvoi nach Corcillum fahren sollten, um ihre Vorräte aufzustocken. Zum ersten Mal überhaupt musste er in seinen Beutel greifen und einen Teil seiner Prämie opfern, aber das Geld war ohne Zweifel gut angelegt.

Der Zug brach am späten Nachmittag auf in der Hoffnung, Corcillum schon früh am nächsten Tag zu erreichen und bei Einbruch der Nacht wieder zurück zu sein. Da es weniger Wagen waren, sollte die Reise diesmal schneller gehen, ganz zu schweigen davon, dass sie kaum Gepäck hatten und die Straße nun freigeräumt war. Damit sie sich verteidigen konnten, gab ihnen Fletcher ein paar Musketen mit und hoffte, dass sie sie nicht würden benutzen müssen. Auf Ignatius' Aufforderung hin hatte er seinen Drak herbeigerufen und ihn der Karawane als Eskorte mitgegeben. Die ganze Nacht hindurch spürte Fletcher, wie sehr Ignatius es genoss, endlich wieder frei über den Himmel zu streifen.

Unterdessen riss die Arbeit nicht ab. Im flackernden Fackelschein arbeiteten die Tischler bis spät in die Nacht und hobelten die ersten Bretter glatt, die unter dem sternengesprenkelten Himmel wie Obsidian glänzten. Die Trinkwasserfässer mussten am Brunnen wieder aufgefüllt werden, das Fleisch musste rationiert und über dem Feuer gekocht werden. Außerdem waren einige Siedler von den wilden Beeren krank geworden und brauchten Pflege. So ging es, bis die ersten Sonnenstrahlen auf die Savanne fielen und Fletcher erschöpft in einen tiefen, traumlosen Schlaf sank.

»Aufgewacht, Schlafmütze.«

Verschwommen tauchte Berdons Gesicht über ihm auf. Fletcher rieb sich die Augen und setzte sich auf.

»Hier, iss«, sagte der Schmied und reichte ihm ein Stück kaltes Schweinefleisch.

Fletcher biss hinein und kaute. Es schmeckte köstlich, außerdem hatte er unglaublichen Hunger. Erst jetzt fiel ihm ein, dass er das Abendessen ganz vergessen hatte. Es war einfach zu viel zu tun gewesen.

»Wie spät ist es?«, fragte er. Außer Berdon und ihm befand sich niemand in der Kirche. Durch den Stoff, der vor die Fenster gespannt worden war, fiel orangefarbenes Licht herein.

»Schon fast Abend.«

Fletcher stieß ein Stöhnen aus und wollte gerade aufstehen, doch Berdon legte ihm eine Hand auf die Schulter. »Lass dir Zeit. Fechtmeister Caulder hat heute Vormittag mit der Ausbildung der Rekruten begonnen, und die anderen Siedler sind ebenfalls beschäftigt. Du musst dich nicht um alles selbst kümmern.«

»Wir brauchen mehr Bauholz«, entgegnete Fletcher.

»Auch darum kümmert sich schon jemand«, erwiderte Berdon und reichte ihm einen Becher voll Wasser. »Es sind bereits weitere Baumstämme unterwegs. Genug für die nächsten paar Tage.«

»Wie sieht es mit den Vorräten aus?«, fragte Fletcher nach einem langen Schluck.

»Deshalb habe ich dich geweckt. Die Wagen sind wieder zurück, sie haben alles dabei, was wir brauchen. Und noch mehr.«

»Wie meinst du das?«

»Sagen wir, sie haben neue Gäste mitgebracht und auch ein paar alte Freunde, die du schon sehr lange nicht mehr gesehen hast. Sie sind draußen auf dem Platz.«

Stöhnend stand Fletcher auf. Sein ganzer Körper schmerzte von der harten Arbeit des letzten Tages.

»Dann sehe ich doch gleich mal nach«, sagte er und ging zur Tür. Im Geist tastete er nach Ignatius, aber der schien bereits zu schlafen und konnte Fletcher auch nicht sagen, was ihn erwartete.

Auf dem Weg die Straße entlang sah er, dass die Reparaturarbeiten an den Häusern bereits in vollem Gange waren. Lange Stützbalken wurden durch die Türen nach drinnen getragen, aus den Fenstern hingen Strickleitern, von denen aus die Siedler die Dächer ausbesserten. Sogar die Bäckerei war wieder in Betrieb, nur dass in den Öfen kein Brot gebacken wurde, sondern Dachziegel aus dem roten Lehm, der mit Schubkarren von einem nahe gelegenen Wasserloch herangebracht wurde.

Fletcher war über all die Fortschritte so begeistert, dass er die Neuankömmlinge auf dem Platz beinahe über den Haufen rannte, bevor er sie bemerkte. Der andere Grund war, dass sie die gleiche Uniform trugen wie seine Rekruten.

Es waren Zwerge, sieben an der Zahl, die verlegen von einem Fuß auf den anderen traten, während Fletcher sie ungläubig musterte.

»Ich hoffe, du bist nicht wütend«, sagte eine vertraute Stimme. Sie gehörte Athol, er kam mit entschuldigend erhobenen Händen hinter einem der Wagen hervor. »Othello und Kress haben mir erzählt, wie wenig Männer du hast. Diese wackeren jungen Burschen haben sich erst vor Kurzem freiwillig gemeldet. Wir dachten, du könntest sie vielleicht gebrauchen.«

Fletcher lächelte. Er war glücklich, seinen alten Freund wiederzusehen.

»Worüber sollte ich denn wütend sein?«, fragte er und klopfte Athol herzhaft auf den Rücken. »Ihr seid alle höchst willkommen.«

Dann wandte er sich an die anderen Zwerge. »Willkommen in Ralsheim, Freunde. Im Augenblick ist alles noch etwas notdürftig eingerichtet, aber wir sind froh, euch hierzuhaben.«

Die Zwerge lächelten erleichtert. Dass diese jungen Männer mit den imposanten Bärten so viel auf seine Meinung gaben, war neu für Fletcher.

»Wo sind die anderen Rekruten?«, fragte er, an Berdon gewandt.

»Beim alten Herrenhaus«, antwortete der Schmied.

»Richte Kress, Othello und Atilla meinen herzlichen Dank aus«, sagte Fletcher zu Athol.

»Fein, Uhtred hatte schon befürchtet, du könntest es als einen Versuch auffassen, noch mehr Zwerge in die Kolonie zu schmuggeln«, erwiderte Athol etwas beschämt.

»Jetzt, da uns die Unruhestifter verlassen haben, glaube ich nicht, dass sich jemand über ein paar Zwerge mehr aufregen wird«, beschwichtigte Fletcher und rieb sich den Nacken. »Aber um ehrlich zu sein: Bei unserem Essensverbrauch sollten es fürs Erste nicht noch mehr werden.«

Während er sprach, fiel ihm auf, wie hungrig er nach wie vor war. Er würde Ignatius noch heute auf die Jagd schicken. Sie brauchten dringend eine zuverlässige Methode zur Nahrungsbeschaffung, denn bisher hatten sie bis auf Beeren und Wurzeln nicht viel auftreiben können. Andererseits hatten sie noch gar keine Jagd versucht – ob sie dann überhaupt etwas einbringen würde, musste sich erst noch zeigen.

»Na, dann habe ich vielleicht genau das Richtige für dich«, erwiderte Athol und winkte Fletcher zu einem der Wagen. Neun Feuerwaffen lagen darin auf einem Tuch ausgebreitet. »Wir nennen sie Büchsen. Wie Flamme, deine Pistole, haben sie einen gezogenen Lauf, der die Kugel in Drehung versetzt.«

Fletcher nahm eine der Waffen aus dem Wagen. Sie war länger und schwerer als eine Muskete, und der Kolben war so geschnitzt, dass man ihn zum Zielen an die Wange pressen konnte.

»Diese Prototypen schießen viel genauer und außerdem doppelt so weit wie Musketen«, erläuterte Athol. »Die Kugeln sind zusammen mit dem Schießpulver in ein Stück Leder gewickelt. Die Rille auf der Innenseite des Laufs gräbt sich in das Leder und versetzt die Kugel beim Feuern in Drehung. Das einzige Problem ist, dass die Rille dem Ladestock einen gehörigen Widerstand entgegensetzt, weshalb das Nachladen doppelt so lang dauert wie bei einer Muskete mit glattem Lauf. Für Sperrfeuer sind sie also nicht geeignet, für die Jagd aber ganz bestimmt. Allerdings solltet ihr mit der Munition sparsam sein: Wir haben nur etwa hundert Patronen dabei.«

»Das werden wir«, erwiderte Fletcher und legte die Büchse zurück. »Ich freue mich sehr, dich wiederzusehen. Soll ich dir alles zeigen, bevor du wieder zurückfährst?«

»So ähnlich«, antwortete Athol zögernd, dann fügte er verschämt hinzu: »Wir haben von dem Ebenholz gehört ...«

»Oh, das ist ein wahrer Segen. Ohne diese Bäume könnten wir niemals alles wiederaufbauen.« Er deutete auf ein Haus, dessen Dachstuhl bereits vollständig ausgebessert worden war.

»Nun ja, wir dachten, wir könnten ein bisschen davon mitnehmen«, sprach Athol weiter. »Es hat eine wunderschöne Farbe, fault nicht, ist termitenfest und äußerst stabil. Es wäre ideal für Hammerstiele, Gewehrkolben und vor allem für Pistolengriffe. Auf die hat es unsere zahlungskräftige Kundschaft besonders abgesehen.«

Darum ging es also.

»Wie viel braucht ihr denn?«, fragte Fletcher.

»Ein Stamm würde für den Augenblick genügen. Du bekämst selbstverständlich einen Anteil des Erlöses, wie wir es vereinbart hatten.«

Fletcher musste nicht lange überlegen. Mit etwas Glück war dies der erste Handel einer langen und einträglichen Geschäftsbeziehung.

»Die Tischlerei ist gleich hier vorn«, sagte er und schüttelte Athol die Hand. »Such dir einen Stamm aus, und nimm auch ein paar von den Ästen mit.«

Der Zwerg atmete erleichtert auf. »Sehr schön, das mach ich. Und danke dir, Fletcher. Wir sehen uns bald wieder, dann werde ich dir berichten, wie die Geschäfte laufen.«

Fletcher beobachtete erfreut, wie Athol sich ehrerbietig vor Berdon verneigte und dann die Straße entlang außer Sichtweite verschwand. Jedes Dorf brauchte etwas, womit es Handel treiben konnte. Pelz war für seine Tierhäute und Lederarbeiten bekannt gewesen. Vielleicht konnte Ralsheim einen Handel mit Ebenholz aufziehen. Für die Schafe, die der Konvoi mitgebracht hatte, hatte Fletcher ebenfalls schon Pläne.

»Du hättest auch gleich mit der Sprache rausrücken können, statt mich lange auf die Folter zu spannen«, sagte er schließlich zu Berdon. »Ich habe Athol erst vor ein paar Tagen das letzte Mal gesehen.«

»Ihn habe ich auch gar nicht gemeint«, widersprach Berdon und schob Fletcher auf die südliche Ausgangsstraße des Platzes zu. »Sie werden wohl bei den Rekruten sein.«

»Nun sag schon, wer es ist«, stöhnte Fletcher. Er hatte keine Lust mehr auf Rätselraten.

Die Gruppe wartete am Dorfrand, gleich neben dem Übungsplatz. Es waren drei, sie standen mit dem Rücken zu Fletcher und blickten in die Savanne hinaus. In der Mitte stand Caulder, aber die roten Locken und den blonden Haarschopf daneben erkannte Fletcher ohnehin sofort: Rori und Genevieve!

»He!«, rief Fletcher und rannte los, um sie zu begrüßen.

Die drei drehten sich um. Erst jetzt merkte Fletcher, dass der Kerl in der Mitte gar nicht Fechtmeister Caulder war – das Gesicht, das sich ihm zuwandte, hatte er seit über zwei Jahren nicht mehr gesehen. Der Mann war damals wie ein Wirbelwind in sein Leben geplatzt und hatte es vollkommen auf den Kopf gestellt.

Es war Rotterham.

42

WIE ANGEWURZELT BLIEB FLETCHER STEHEN und starrte den alten Krieger an.

»Sieh an, sieh an«, sagte Rotterham mit in die Hüfte gestemmten Händen. »Wen haben wir denn da?«

»Hallo, Fletcher«, murmelte Rori und fuhr sich nervös durchs Haar.

»Wie kommt ihr denn hierher?«, fragte Fletcher ungläubig.

»Nun, ein Vögelchen hat mir verraten, dass du Leute brauchst«, antwortete Rotter mit einem Lächeln auf dem faltigen Gesicht. »Dieses Vögelchen war niemand anders als der König selbst.«

»Der König?«, wiederholte Fletcher.

Rotterham kratzte sich den grau melierten Bart. »Aber ja, wir sind alte Freunde, er und ich. Was glaubst du, warum ich während deiner Verhandlung nicht auffindbar war? Unser König ist ein richtiges Schlitzohr: Als sich das Triumvirat auf die Suche nach mir machte, ließ er mich klammheimlich verschwinden. Er hat natürlich gewusst, dass dir die Aussage eines alten Glücksritters und angeblichen Deserteurs, wie ich einer bin, kaum helfen würde. Seitdem habe ich auf einem entlegenen Bauernhof herumgesessen und Däumchen gedreht.«

»Ich kann dir gar nicht sagen, wie sehr ich mich freue, dich wiederzusehen«, sagte Fletcher mit einem breiten Grinsen. »Und deine Erfahrung können wir hier gut gebrauchen, so viel ist sicher.«

»Das gewiss, Bursche. Oder sollte ich sagen: Graf? Verflucht, wie die Dinge sich ändern! Dass ich dir dieses Buch gegeben habe, war die beste und gleichzeitig schlechteste Entscheidung meines Lebens. Wenn ich bedenke, was ich in diesen Hellsehkristallen gesehen habe, würden wir ohne dich und deinen kleinen Dämon jetzt wahrscheinlich in Gnomen ertrinken.«

»Na ja, so klein ist er gar nicht mehr«, entgegnete Fletcher. »Aber das wirst du ja bald selbst sehen.«

Dann wandte er sich Rori und Genevieve zu, die betreten danebenstanden. »Und ihr beide?«

»Wir haben gehört, dass du Leute brauchst, ebenso wie Rotter«, antwortete Genevieve. »Und der Dienst im Heer … na ja.«

»Was sie sagen will, ist, dass es uns dort nicht gefallen hat«, warf Rori verlegen ein. »Wir haben kein Kommando bekommen und durften nicht einmal kämpfen.«

»Wie meinst du das? Hominum braucht so viele Schlachtmagier an der Front wie möglich!«

»Sie wollten uns nur wegen der Speichersteine«, stöhnte Genevieve.

Allmählich dämmerte es Fletcher. Seine Gedanken wanderten zurück zu dem Unterricht bei Inquisitor Raubler: Speichersteine bestanden aus mehreren Korund-Kristallen und wurden mit Mana aufgeladen, um es später zu verwenden. Als sie im Äther-Unterricht zum ersten Mal versuchten, ein Portal zu öffnen, hatten sie welche verwendet. An der Front wurden sie eingesetzt, um die Schilde über den Lagern der Soldaten auch nachts aufrechtzuerhalten, wenn die Orkschamanen sie mit Feuerkugeln bombardierten.

»Kerfe haben nur wenig Mana, dafür regenerieren sie es schneller als die meisten anderen Dämonen«, erläuterte Rori mürrisch. »Also mussten wir jeden Tag die Speichersteine aufladen, bis unsere Kerfe erschöpft waren. Wegen unserer niedrigen Erfüllungsstufe waren wir anscheinend nicht zu mehr zu gebrauchen.«

»Also haben wir den König gebeten, uns zu versetzen, und er hat uns diese Bitte gewährt«, erklärte Genevieve. »Allerdings unter der Voraussetzung, dass du uns in deine Truppe aufnimmst«, fügte sie mit einem flehenden Blick hinzu.

Im Stillen jubelte Fletcher. Die beiden mochten keine besonders hohe Beschwörungsstufe haben, trotzdem waren sie eine willkommene Unterstützung gegen die Orks. Ganz zu schweigen von der Offiziers- und Kampfausbildung, die sie durchlaufen hatten.

»Ihr werdet meine Leutnants sein«, sagte er schließlich und versuchte, sich seine übergroße Freude nicht anmerken zu lassen. »Jeder von euch bekommt das Kommando über einen Trupp. Wenn ihr mit diesen Bedingungen einverstanden seid, heiße ich euch gerne in meinen Reihen willkommen.«

»Und wie!«, rief Genevieve erleichtert, und dann sah Fletcher nur noch ihre roten Locken, als sie ihn begeistert in die Arme schloss.

»Danke«, sagte Rori und hielt ihm die Hand hin.

Fletcher schaffte es, einen Arm freizubekommen, und schüttelte Roris Hand. Zum ersten Mal hatte er das Gefühl, die beiden hätten ihm aufrichtig verziehen, dass er Malachi während des Turniers um ein Haar getötet hätte. Erst jetzt merkte er, wie schwer diese Last auf seinen Schultern gewogen hatte.

»Wenn ich so kühn sein darf«, warf Rotterham ein, nachdem Genevieve von Fletcher abgelassen hatte, »um deine Leute auf Vordermann zu bringen, wirst du auch einen Feldwebel brauchen. Jemanden, der ihnen zeigt, wie der Hase läuft – sozusagen. Ich bin ein alter Haudegen und kämpfe, seit ich laufen kann. Wäre es zu dreist, wenn ich mich selbst für den Posten vorschlage?«

Der gestandene Mann und kampferprobte Veteran wand sich verlegen unter Fletchers Blick. Fletcher schuldete ihm etwas, so viel war klar, außerdem brauchte er einen weiteren Offizier, der Roris und Genevieves Befehle übermittelte. Rotter war ein erfahrener Kämpfer, der jeden Trick kannte. Warum also nicht …

»In Ordnung, Feldwebel«, sagte Fletcher und klopfte Rotterham auf die Schulter. Dann gingen sie zu viert ein Stück in die Savanne hinaus. »Aber du musst wissen, dass Fechtmeister Caulder das Oberkommando über meine Truppe hat und du seinem Befehl unterstehst. Das gilt auch für euch, Rori und Genevieve. Caulder ist der ranghöchste Offizier. Wollen wir mal sehen, wie weit er inzwischen mit der Ausbildung ist.«

Sie wandten sich in Richtung des Herrenhauses und sahen die Rekruten einander in Zweierpaaren gegenüberstehen. Caulder ließ sie mit Langstöcken gegeneinander antreten, die am einen Ende mit einem Holzklotz beschwert waren. Somit war gewährleistet, dass Gewicht und Schwerpunkt ihrer Trainingswaffen dem der Helmbarten entsprachen.

»Gut gemacht, Kobe!«, rief Caulder. Kobe hatte seinem Sparringspartner gerade die Beine weggeschlagen und hielt ihm nun das Ende seines Stocks an die Kehle. »Ihr müsst jeden Teil der Waffe benutzen: die beiden spitzen Enden genauso wie die Axtschneide, den Krähenschnabel und den Hammer.«

Kobes weiße Zähne ließen das Lächeln in seinem dunklen Gesicht noch strahlender aussehen, während er seinem gestrauchelten Trainingspartner die Hand hinstreckte.

Fletcher erkannte in Kobes Partner einen der Kerkerinsassen wieder, die sich freiwillig gemeldet hatten. Es war ein dürrer Kerl mit vorstehenden Zähnen und Pockennarben auf den Wangen. Der Junge achtete gar nicht auf Kobes Hand, spuckte ihm vor die Füße und stapfte wütend davon.

Kobe zuckte lediglich die Achseln und salutierte vor Caulder.

»Genug!«, rief dieser, als er Fletcher näher kommen sah. »Macht eine kurze Verschnaufpause.«

Die Rekruten ließen sich dankbar ins Gras sinken und tranken gierig aus ihren Feldflaschen. Die Salzränder auf ihren Gesichtern sagten Fletcher, dass Caulder sie den ganzen Tag lang gedrillt hatte.

»Verflucht seien meine alten Augen, ist das etwa Rotter?!«, rief der Fechtmeister und humpelte der Vierergruppe entgegen.

»Augenblick mal, ihr kennt euch also?«, fragte Fletcher.

»Und ob ich den kenne!«, antwortete Rotterham lachend. »Wir waren wie Pech und Schwefel, als wir noch klein waren. Wir haben sogar eine Zeit im gleichen Regiment gedient, bis es sich der alte Kauz in den Kopf gesetzt hat, Graf Rales Leibwache zu übernehmen.«

»Kauz vielleicht, aber nicht alt«, entgegnete Caulder und stieß Rotter mit seiner Hakenhand an. »Du bist nur ein paar Jahre jünger als ich.«

»Das nenne ich mal einen Zufall«, murmelte Genevieve kopfschüttelnd.

Rotter schloss seinen bitter vermissten Freund in die Arme. »Ihr kennt ja das alte Sprichwort: Es gibt gute Soldaten und alte Soldaten, aber keine guten alten Soldaten. Hier habt ihr die einzigen beiden Ausnahmen direkt vor Augen!«

»Pah, das gilt aber höchstens für einen von uns«, brummte Caulder und zwinkerte Rori und Genevieve dabei zu. »Schön, euch wiederzusehen. Ich hoffe nur, ihr habt nicht schon wieder alles vergessen, was ich euch beigebracht habe.«

»Bestimmt nicht, Fechtmeister«, antwortete Rori und tippte auf das Rapier an seinem Gürtel. »Wir sind zu allem bereit.«

»Na ja, *alles* ist im Moment noch gar nicht nötig. Bis wir den Pass dort oben bemannen müssen, bleiben uns noch ein paar Wochen.« Caulder deutete auf die zerklüfteten Gipfel des Gebirgszugs im Süden.

Fletcher folgte seiner Blickrichtung und versuchte den Pass zu erkennen. An einer Stelle sah er einen v-förmigen Einschnitt zwischen zwei Gipfeln. Mit einem Mal kamen ihm die Berge unfassbar nah vor, und er erschauerte. Gleich dahinter begann der Orkdschungel.

Die Rekruten hätten besser heute als morgen mit ihrer Ausbildung fertig werden sollen, denn wer konnte schon sagen, wann Forsys' Männer ihren Posten dort oben verlassen würden.

43

»SO, ALLE MANN AUFGEPASST!«, bellte Rotterham.

Die Sonne ging allmählich unter, Fechtmeister Caulder hatte seine Lektionen vor Kurzem auch beendet und den Rekruten gestattet, eilig ein paar Brote hinunterzuschlingen, bevor sie wieder auf den Rasen vor dem alten Herrenhaus zurückkehrten, der nun als Exerzierplatz diente.

»Ich zeige euch jetzt, wie man eine Muskete abfeuert und nachlädt«, übernahm Rotterham das Wort. »Ein guter Soldat kann in einer einzigen Minute vier Schüsse abgeben. Ja, das geht, und ich werde es beweisen. Ich werde sogar fünf abgeben.«

Er nahm seine Muskete vom Rücken – es war exakt das gleiche Modell, das auch die Rekruten hatten – und peilte über den Lauf, bis er ein geeignetes Ziel gefunden hatte: einen von Schwämmen überwucherten Baumstumpf.

»Mit einer Muskete lässt sich auf eine Entfernung von fünfzig Schritten ein Kürbis treffen, das entspricht ungefähr der Entfernung zu dem Baumstumpf da drüben. Auf einen anstürmenden Feind feuern wir aus der doppelten Entfernung, und ich will verdammt sein, wenn ihr nicht trefft. Fechtmeister, Ihr nehmt die Zeit!«

Caulder nickte und hielt seine Taschenuhr hoch.

»Rekruten, zählt mit!«, rief Rotter. »Eins!«

Weißer Rauch schoss aus dem Lauf, der Baumstumpf erzitterte unter dem Einschlag der Kugel. Fletcher beobachtete staunend, wie Rotterham blitzschnell ein Papiertütchen aus dem Beutel an seinem Gürtel fischte und es mit den Zähnen aufbiss. Einen Teil davon schüttete er auf die Zündpfanne, den Rest vorne in den Lauf. Er riss den Ladestock klappernd aus der Halterung und stampfte einmal, zweimal, und dann war der Stock wieder an seinem alten Platz. Rotter presste den Kolben gegen seine Schulter und spannte den Abzug. Es folgte eine Pause, die aber nicht länger als einen Herzschlag währte, dann knallte es schon wieder.

»Zwei!«

Weitere Splitter flogen aus dem Baumstumpf, dann begann die Prozedur von vorn.

Fletcher grinste zufrieden, als er Rotters flinke Hände sah. Gelernt war gelernt. Schwefelgestank breitete sich aus, während die Rekruten – umgeben von einer Wolke aus gelblichem Rauch – ehrfürchtig ihren Musketenausbilder beobachteten. Nachdem der nächste Schuss verhallt war, stimmten sie aus voller Kehle mit ein, so laut, dass es bis hinaus in die Savanne schallte.

»Drei!«

Die Kugel durchschlug das Holz und ließ die Erde dahinter aufspritzen. Unterdessen spuckte Rotter das Stückchen Papier zwischen seinen Zähnen aus und lud nach. Seine Bewegungen waren schnell und so gleichmäßig wie bei einer Maschine, fast wirkte es, als spiele er auf einem Instrument die immer gleiche Melodie.

»Vier!«

Von dem Baumstumpf waren jetzt nur noch Splitter übrig. Die Minute war bestimmt vorbei, dachte Fletcher gerade, doch Caulder schaute immer noch wie gebannt auf seine Taschenuhr.

Rotter schwitzte mittlerweile, doch seine Hände bewegten sich noch immer genauso sicher wie nach dem ersten Schuss. Er stampfte ein weiteres Mal mit dem Ladestock, und dann, nur einen Sekundenbruchteil nachdem er zum fünften Mal abgedrückt hatte, rief Caulder: »Zeit!«

Die Soldaten jubelten und klatschten, einige husteten wegen des Rauchs. Es war eine beeindruckende Vorstellung gewesen, die Fletcher sicher nicht so schnell vergessen würde. Sollte er tatsächlich bald über Männer verfügen, die so schießen konnten, würde er sich glücklich schätzen.

»Ich habe Rotter eine Sekunde extra zugestanden«, flüsterte ihm Caulder ins Ohr. »Eine gute Inspiration für die Männer, was?«

»Und ob«, bestätigte Fletcher, während die müden Rekruten ihrem Feldwebel gratulierten. »Aber sagt es ihm nicht, er wäre nur enttäuscht.«

»Würde mir im Traum nicht einfallen«, erwiderte Caulder grinsend, während sein alter Freund die Glückwünsche seiner Rekruten widerwillig entgegennahm. »Wir haben schon in vielen Schlachten zusammen gekämpft, und er hat mir öfter den Hintern gerettet, als ich zählen kann. Er wird bestimmt ein hervorragender Feldwebel.«

Die nächste Abenddämmerung brach an und tauchte das Land in einen warmen, orangefarbenen Schimmer. Die Rekruten stellten sich fünfzig Schritte von den ihnen zugewiesenen Zielen in einer Linie auf – von Moos überwachsene Mauersteine lagen auf der Wiese vor dem Herrenhaus, die von den Explosionen vor all den Jahren aus der Fassade gerissen worden waren. Rotterham hatte sie das Nachladen zunächst ohne Munition üben lassen, um kein Schießpulver zu vergeuden. Jetzt aber, nachdem er ihre Handgriffe eine Stunde lang korrigiert hatte, war es so weit. Fletcher, Rori und Genevieve hatten sich dazugesellt und beobachteten die Schießübung.

»Spannt!«, rief Rotterham. Das Klicken von achtunddreißig Zündschlössern ertönte.

»Legt an.« Achtunddreißig Musketenläufe wurden an achtunddreißig Schultern gehoben, wobei die Musketen der sieben Zwergenrekruten etwas niedriger waren als die anderen.

»Feuer!«

Weiße Rauchwolken schossen in die Luft, dann hörte Fletcher einen ohrenbetäubenden Knall. Hier und da flogen Splitter aus den Mauersteinen, aber kaum mehr als aus einem Dutzend. Die restlichen Kugeln schlugen dahinter ins Gras oder gruben sich noch vor ihrem Ziel in die Erde.

»Nachladen!«, bellte Rotter.

Die Rekruten bissen die Schwarzpulvertütchen auf und hantierten hektisch mit ihren Ladestöcken.

Fletcher zählte leise mit. Fünfzehn Sekunden vergingen, dann rief Rotterham: »Spannt!«

Es war ein Desaster. Die meisten hatten noch nicht einmal neue Kugeln in den Lauf gesteckt; selbst die schnellsten waren nach wie vor damit beschäftigt, die Ladestöcke wieder in der Halterung zu fixieren.

»Legt an!«

Fletcher sah gerade einmal eine Handvoll Musketen auf das Ziel gerichtet.

»Feuer!«

Jämmerliche drei Schuss verpufften wirkungslos im Gras, ein Ladestock flog Saltos schlagend durch die Luft: Der Schütze hatte vergessen ihn aus dem Lauf zu ziehen. Keine einzige Kugel traf.

Rotterham fuhr sich seufzend über die Stirn.

»Katastrophal«, brummte er. »Treffsicherheit, schlecht. Laden, schlimm. Wir treffen uns jeden Tag bei Sonnenuntergang an dieser Stelle und üben. Und zwar so lange, bis ihr mindestens vier Schuss innerhalb einer Minute abgeben könnt. Bis ihr die Besten seid.«

»Es war ja auch das erste Mal«, murrte der mit den Pockennarben.

»Wären wir auf dem Schlachtfeld, würden euch die Orks zum Frühstück verspeisen!«, fuhr Rotterham auf. »Euer Überleben hängt davon ab, wie schnell und genau ihr schießen könnt.«

Die Rekruten blickten betreten auf ihre Füße.

»Aber macht euch keine Sorgen«, fügte Rotterham etwas milder hinzu. »Schon bald werdet auch ihr einen Baumstumpf in null Komma nichts zu Sägemehl verarbeiten. Wegtreten!«

Die Rekruten stöhnten erleichtert und trotteten zur Kirche zurück. Fletcher war nun allein mit Rori, Genevieve, Caulder und Rotterham.

»Wir brauchen mehr Munition zum Üben«, sagte Rotter entschuldigend. »So lernen sie's am schnellsten.«

»Sollt ihr bekommen«, erwiderte Fletcher. »Und ich brauche die Namen deiner acht besten Schützen. Sie müssen nicht schnell sein, nur treffen sollten sie.«

»Für die Büchsen?«, fragte Rotter.

»Richtig.«

»Athol hat sie mir auf der Fahrt hierher gezeigt. Ich hätte da schon ein paar der Jungs im Auge. Scharfschützen zu haben ist immer gut. Sie können Späher oder Wachposten ausschalten oder bei einem Sturmangriff die erste Reihe des Feindes in Unordnung bringen, je nachdem.«

»Gut«, sagte Fletcher. »Fechtmeister Caulder, am Nachmittag gehören sie Euch.«

»Soll mir recht sein«, brummte Caulder. »Sie werden schnelle Fortschritte machen. Ich bringe ihnen bei, sich gegen Speere, Keulen, Macanas und Reiter zu verteidigen, was auch immer. Fünf Wochen, mehr brauche ich nicht.«

»Wir haben Zeit, bis Forsys' Männer ihren Posten auf dem Pass verlassen«, erwiderte Fletcher mit einem Blick auf die Berge. »Hoffen wir nur, dass die Orks dann nicht sofort über uns herfallen.«

Ein Schauder lief Fletcher über den Rücken. Er hatte Khan gesagt, dass er ein Rale war. Der Albino wusste nun, wo er ihn suchen musste. Falls er auf Rache aus war, würde er hier als Erstes zuschlagen.

»Bereitet sie vor«, sagte Fletcher zu seinen Offizieren. Trotz der Wärme fröstelte ihn plötzlich. »Vielleicht müssen wir früher kämpfen, als wir glauben.«

44

JETZT, DA DIE AUSBILDUNG BEGONNEN HATTE, vergingen die Tage wie im Flug. Fletcher, Rori und Genevieve gingen mit den Rekruten jeden Tag früh am Morgen hinaus in die Savanne und brachten ihnen die Formationen bei: Marschieren, Wenden, Formieren und Neuformieren, immer wieder in einer anderen Aufstellung und in schneller Abfolge.

Es gab besonders komplexe Formationen, den Schiltron beispielsweise, der gegen eine angreifende Reiterei eingesetzt wurde: Die Rekruten drängten sich dicht zusammen, die vorderste Reihe hielt ihre Helmbarten nach vorne weggestreckt, um die herangaloppierenden Pferde abzuwehren, während die hinteren Reihen Schusssalven auf die Angreifer abgaben.

Eine weitere Taktik war der geordnete Rückzug, bei dem sie sich in Fünfergruppen immer weiter zurückfallen ließen, beständig abwechselnd, während der Rest der Truppe ihnen Feuerschutz gab. Im offenen Gefecht nahmen sie eine lose Formation ein, um den Speeren des Gegners ein schwereres Ziel zu bieten. Außerdem übten sie den geordneten Angriff, bei dem sie in gerader Reihe wie eine Wand gegen den Feind vorrückten.

Fletcher übertrug Rori und Genevieve das Kommando über je fünfzehn Mann, auf jede Einheit kamen gleich viele Zwerge, Elfen und Menschen. Die übrigen acht nahm Rotterham unter seine Fittiche, um sie jeden zweiten Morgen an den Büchsen zu trainieren, bis sie auf hundert Meter eine Schakalbeere vom Baum schießen konnten und aus vierhundert Meter Entfernung bei drei von fünf Versuchen den Stamm trafen. Sie übten auch mit beweglichen Zielen, und alle ernteten die Früchte: Jeden Abend gab es gebratene Gazellen oder das Fleisch langhörniger Antilopen; einmal erlegten sie einen Büffel, der so groß war, dass an diesem Abend alle Ralsheimer davon satt wurden.

Jeden Nachmittag drillte Caulder die Rekruten im Nahkampf, bis sie aus allen Poren schwitzten und Fletcher die gestählten und von der Sonne gebräunten Männer kaum wiedererkannte. Außerdem lernten sie, Caulder zu fürchten: Wer auch immer im Zweikampf gegen ihn antrat, humpelte am Ende mit Striemen auf den Armen und im Gesicht davon. Aber sie wurden von Tag zu Tag besser, bis die Holzstöcke, die sie beim Training verwendeten, kaum noch zu sehen waren, weil sie mit solcher Geschwindigkeit und Kraft aufeinander einschlugen. Am Ende einer jeden Einheit gab es mehr als nur ein paar Prellungen zu versorgen. Fletcher erstaunte die Rekruten jedes Mal aufs Neue, wenn er die Verletzungen heilte, als wische er einen Grasfleck von ihren Uniformen.

Unterdessen lernten die Ralsheimer, die Tageszeit am Lärm der Musketen abzulesen. Wenn alle Schüsse verhallt waren und sich wieder Stille über die Savanne legte, wussten sie, dass die Sonne bald unterginge. Fletcher sorgte dafür, dass Rori und Genevieve genauso gut mit den Musketen umzugehen lernten wie ihre Soldaten. Zwar schliefen sie jede Nacht mit schmerzenden Schultern und blutigen Knöcheln ein, aber nach einem Monat saßen die Bewegungen wie bei einem Uhrwerk. Fletchers Soldaten atmeten erleichtert auf, als Rotter sich endlich zufrieden erklärte. Jeder von ihnen konnte nun vier Schuss in der Minute abgeben.

Doch es ging sofort mit den Schießformationen weiter: Sie mussten sich in ordentlichen Reihen aufstellen, die erste schoss kniend, die zweite gab ihre Salve im Stehen ab, während die erste Reihe nachlud, sodass der Feind alle sieben Sekunden unter Feuer genommen wurde. Dann war da noch das Sperrfeuer, bei dem nur fünf Mann gleichzeitig schossen, dann die nächsten fünf und so weiter, sodass überhaupt keine Pause mehr zwischen den Salven entstand.

Nach einigen Wochen saßen alle Formationen und Manöver so gut, dass Fletcher und seine beiden Leutnants mit ihren Männern Expeditionen in die Savanne unternahmen, um zu jagen und nach weiteren Ebenholzbäumen Ausschau zu halten.

Schon bald hatten sie mehr Fleisch, als sie brauchten. Nicht einmal Ignatius konnte den Überschuss vertilgen. Also ließ Fletcher das Fleisch in Salzfässer packen und schickte es nach Corcillum, um es dort auf den Märkten zu verkaufen. Die Bäume zerlegten sie noch in der Savanne und transportierten das Holz auf behelfsmäßigen Schlitten ins Dorf. Fletcher beteiligte sich an allen anfallenden Arbeiten und achtete darauf, dass er sich mehr anstrengte als jeder andere, um den Respekt seiner Männer zu verdienen. Noch vor dem Ende des zweiten Monats hatten die Rekruten ihren Babyspeck verloren und waren drahtig wie Jagdhunde. Selbst Kobe und die anderen befreiten Sklaven, früher einmal dürr wie Zaunlatten, hatten ordentlich Muskeln zugelegt, und auch Fletcher fühlte sich stärker als je zuvor.

Jetzt, da sich die Soldaten an der Holzgewinnung beteiligten, hatte Ralsheim nicht nur ausreichend Baumaterial für die Reparaturarbeiten, es reichte sogar zum Verkaufen. Unter Berdons und Thaissas Anleitung wurden die Wohnhäuser zügig fertig, sodass sie bezogen werden konnten. Die Kirche diente nun als Speise- und Versammlungssaal, die Fenster waren neu verglast, und lange Tafeln aus Ebenholz erstreckten sich von Wand zu Wand.

Fletcher freute sich jedes Mal auf den Abend, wenn der Saal von angeregten Unterhaltungen erfüllt war und er die Zufriedenheit seiner Schutzbefohlenen genießen konnte. Er war mit Berdon in die alte Schmiede gezogen, wo sie jede Nacht damit verbrachten, über alte Zeiten zu sprechen und Pläne für die Zukunft zu schmieden.

Jedes Mal, wenn die Wagen aus Corcillum zurückkehrten, brachten sie Gold und Waren mit, die Fletcher gerecht zwischen allen aufteilte. Als die Siedler merkten, wie viel der Handel abwarf, begannen die Unternehmungslustigeren unter ihnen sich neue Geschäftsmodelle auszudenken: Sie sammelten körbeweise exotische Früchte von den wilden Bäumen, und schon bald war auch Wolle von der kleinen Schafsherde dabei, obwohl drei der Schafe bereits Löwen und Schakalen zum Opfer gefallen waren.

Aber es gab nicht nur gute Neuigkeiten. Fletcher durfte seine Mutter nicht sehen. Er hatte Nachricht von Harolds Ärzten erhalten, dass Alice zwar gute Fortschritte machte, sie jedoch fürchteten, dass sie wieder in ihren Dämmerzustand zurückverfallen könnte, wenn Fletcher sie in diesem sensiblen Stadium besuchte. Dass er sie nicht sehen durfte, brachte ihn beinahe um. Nach ihrer Flucht aus dem Äther war Alice noch in derselben Nacht weggebracht worden, ohne dass Fletcher sich überhaupt von ihr verabschiedet hatte.

So niedergeschlagen er auch war: Wieder fliegen zu können fühlte sich herrlich an. Jeden Morgen erhob er sich bei Tagesanbruch auf Ignatius' Rücken in den wolkenlosen Himmel. Athenas gebrochener Flügel war endlich verheilt, und ihre Freude kam zu der seinen noch hinzu, wenn sie gemeinsam über die unberührte Landschaft segelten und dabei jeden Einschnitt und jede Erhebung ihrer neuen Heimat kennenlernten. Fliegen war wunderbar. Fletcher konnte sich kaum vorstellen, dass so viele Menschen ihr ganzes Leben lang ohne es auskommen mussten. Doch sosehr er Berdon auch beschwatzte, der schroffe Schmied weigerte sich strikt, auch nur auf Ignatius' Rücken zu klettern, geschweige denn mit ihm abzuheben. Und sei es nur für ein paar Meter.

Die Ralsheimer waren rundum zufrieden, aber innerhalb von Fletchers Truppe hatten sich Gräben gebildet. Zu keiner Tageszeit wurde das so offensichtlich wie bei dem gemeinsamen Abendessen: Die Zwerge saßen an ihren eigenen Tischen, angeführt von einem verdrießlichen Kerl namens Gallo, dessen Bart so lang war, dass er ihn unter den Gürtel klemmen musste. Thaissa hatte Fletcher erzählt, dass er und die anderen Zwerge sich auch in Gegenwart der Menschen ausschließlich in ihrer eigenen Sprache unterhielten, was ihnen den Zorn vieler ihrer Kameraden einbrachte.

Kobe und die anderen ehemaligen Sklaven hatten sich mit den Sträflingen zusammengetan – das war zwar ein lauter und ungestümer Haufen, aber eigentlich gutmütig. Leider war ausgerechnet der streitlustige Logan, der Junge mit den Pockennarben, ihr Anführer. Fletcher sah oft, wie er und seine Freunde untereinander kicherten, meistens über einen Scherz auf Kosten der Zwerge oder Elfen.

Und dann waren da noch die eigenbrötlerischen Elfen, deren Oberhaupt Dalia zu sein schien. Mittlerweile zeigte sie sich etwas freundlicher gegenüber Fletcher. Ihr Verhalten war stets korrekt, wenn auch eine Spur reserviert. Fletcher war nicht sicher, ob sie ihn inzwischen respektierte oder ob Dalias bessere Stimmung von dem Maskottchen herrührte, das der Truppe zugelaufen war. Es war ein Wüstenfuchs, klein wie ein Hundewelpe mit weißgoldenem Fell und im Verhältnis zum Kopf riesigen Ohren.

Der Fuchs begleitete sie auf ihren Streifzügen durch die Savanne, bettelte um Fleisch und ließ sich gerne von den Soldaten am Bauch kraulen. Dalia hatte das kleine Geschöpf sofort ins Herz geschlossen, es wurde zu ihrem ständigen Begleiter, lief tags hinter ihr her und schlief nachts neben ihrem Bett. Der Rest der Truppe nahm die Anhänglichkeit des Fuchses als gutes Omen. Wegen der langen Ohren gaben sie ihm schließlich den Namen Häschen. Alle verzogen ihn nach Strich und Faden, und immer wieder gelang es Häschen, ein Lächeln auf Dalias sonst so ernstes Gesicht zu zaubern.

Nach zwei Monaten, an einem Abend, der zunächst wie jeder andere abgelaufen war, begann der Ärger. Es war ein langer Tag für die Soldaten gewesen, die meisten Siedler hatten bereits aufgegessen und waren zu Bett gegangen. Die Jagd hatte wenig eingebracht, weshalb das Abendessen nur aus einem Eintopf mit den Überresten vom Vortag bestand, was die Stimmung zusätzlich drückte.

Fletcher saß mit Rori, Genevieve, Caulder und Rotterham am Kopf der Tafel, als er es plötzlich bemerkte: Logan nahm einen halben Laib Brot und hielt ihn sich ans Kinn wie einen Bart, dabei streckte er den Zwergen die Zunge heraus. Vielleicht war es nur ein gutmütiger Scherz, doch die Zwerge lachten nicht, sogar ganz im Gegenteil. Der finstere Blick, mit dem sie Logan bedachten, machte Fletcher klar, dass er sich gewiss nicht zum ersten Mal über sie lustig machte.

»Wenn ich jetzt noch auf die Knie gehe, sieht niemand mehr den Unterschied!«, rief Logan, was ihm prompt den Beifall seiner Freunde einbrachte. »Halt, das stimmt nicht. Die Zwerge mussten sich in letzter Zeit verdammt oft hinknien, oder, Jungs?«

Einer der Zwerge stand auf, doch Gallo hielt ihn zurück und flüsterte ihm etwas ins Ohr.

Enttäuscht, dass es ihm nicht gelungen war, eine Reaktion zu provozieren, wandte sich Logan den Elfen zu. Er brach den halbierten Laib noch einmal in der Mitte durch und hielt sich die beiden Stücke an die Ohren.

»Na, wie gefalle ich euch, meine Damen?«, rief er den Elfinnen zu. »Sieht doch beinahe echt aus. Im Dunkeln sind sowieso alle gleich, stimmt's, Jungs?«

Dalia war mit einer blitzschnellen Bewegung bei Logan und packte ihn am Kragen. Wie aus dem Nichts zauberte sie einen Dolch hervor und hielt ihn ihm an die Kehle: »Du möchtest aussehen wie ein Elf? Ich kann dir die Ohren gerne spitzen.«

Plötzlich griffen alle nach ihren Essensmessern. Die Sträflinge sprangen auf, und Logan stieß ein Brüllen aus, das halb ein Angst-, halb ein Wutschrei war.

»Hört auf, sofort!«, rief Fletcher. Das Herz hämmerte ihm in der Brust. Er war entsetzt, wie schnell seine Soldaten von Kameraden zu Feinden werden konnten.

Noch bevor er ein weiteres Wort zu sagen vermochte, ließ Dalia ihren Dolch verschwinden und zog sich mit einem Raubtierlächeln auf dem Gesicht an ihren Platz zurück.

»Was hast du auf einmal, Logan?«, fragte sie höhnisch. »Verstehst du keinen Spaß?«

Der ganze Saal hielt den Atem an. Logan warf seine Eintopfschale um und verschwand knurrend in die Nacht hinaus. Die Anspannung legte sich wieder, die Messer wurden zurück auf die Tische gelegt, hier und da wurden wieder Gespräche laut.

Fletcher ließ sich seufzend zurück in seinen Stuhl sinken. Für den Augenblick war es vorbei, doch während sein Puls wieder langsamer wurde, wanderten seine Gedanken zu der bevorstehenden Nacht.

»Ich möchte, dass ihr heute bei den Soldaten in den Baracken schlaft«, sagte er zu seinen vier Offizieren. »Sorgt dafür, dass nichts passiert.«

»Guter Vorschlag«, erwiderte Caulder, »aber das Problem wird nicht über Nacht verschwinden. Das brodelt schon eine ganze Weile vor sich hin.«

»Ich weiß«, sagte Fletcher und beobachtete, wie die Zwerge mit funkelnden Blicken in Richtung der Sträflinge nach draußen gingen. Gallo drehte sich in der Tür noch einmal um und zog sich einen Finger über die Kehle.

Die Geste war so feinsinnig wie ein Steinwurf durch ein Fenster, und Fletcher fluchte im Stillen. Er hatte die Augen verschlossen und tatenlos zugesehen, wie der Graben von Tag zu Tag tiefer wurde. Jetzt war der Schaden angerichtet.

Ihn zu reparieren lag nun an ihm.

45

BEGLEITET VON TROMMELNDEM REGEN, marschierten die Soldaten mit stampfenden Schritten auf den Hauptplatz von Ralsheim. Dick und schwer liefen die Tropfen in Fletchers Augen, während er seine Truppe musterte. Er hatte die morgendliche Trainingseinheit abgesagt, und jetzt würden sie was zu hören bekommen.

In der Ferne rollte Donner über die Ebenen. Fletcher spürte, dass Ignatius und Athena irgendwo über den Sturmwolken genüsslich und ohne einen einzigen Flügelschlag auf den starken Winden segelten. Er wollte sie nicht für seine eigene Nachlässigkeit bestrafen und hatte sie allein losgeschickt.

Unterdessen standen die Soldaten missmutig da. Kein einziger begegnete seinem Blick, während er sie mit vor der Brust verschränkten Armen und zusammengekniffenen Augen fixierte. Er wartete, bis ihre Uniformen durchnässt waren und ihnen das Haar im Gesicht klebte. Die Botschaft war eindeutig: eine Strafe.

»Ich schäme mich!«, rief er und kanalisierte seinen Zorn in kontrollierte Wut. »Ich wollte, dass ihr die Besten seid, ein Heer, auf das ich stolz sein kann. Nun seht euch an: Ihr streitet wie die Kinder!«

Er hielt inne und betrachtete ihre Gesichter. Schämten sie sich? Oder waren sie nur verärgert, weil sie im Regen stehen mussten?

»Ich selbst bin daran schuld«, wetterte er weiter. »Ich habe zu lange tatenlos zugesehen, und deshalb gebe ich euch jetzt eine Chance, es hinter euch zu bringen.«

In diesem Augenblick sahen sie Fletcher doch an.

»Logan, Dalia, Gallo, kommt her«, befahl er.

Die drei traten widerwillig aus dem Glied und kamen nach vorn. Auf Fletchers Zeichen hin traten Rori und Genevieve aus den Baracken. Dann hob Fletcher die Hand. Durchschimmernde Fäden aus weißem Licht schossen aus seinem tätowierten Zeigefinger und wickelten sich um Logans Hände und Füße. Der Junge keuchte auf, als er sah, wie der Regen von dem Band abprallte wie von einem Seil.

Gallo und Dalia erging es nicht besser. Wie zuvor verabredet, waren die beiden inzwischen von Rori und Genevieve gefesselt worden.

»Was soll das?!«, rief Logan.

»Wie ich gesagt habe«, erwiderte Fletcher grimmig, »ich gebe euch jetzt eine Chance, es hinter euch zu bringen.« Er wandte sich an die anderen Soldaten, die erschrocken zusahen. »Zwerge und Elfen sollen sich in einer Schlange vor Logan aufstellen. Die anderen vor Gallo und Dalia.«

Sie schauten ihn ungläubig an, ihre Blicke sprangen zwischen ihren gefesselten Kameraden hin und her.

»Seid ihr taub? Bewegt euch!«, bellte Caulder, und die Soldaten gehorchten sofort.

»Gestern Abend hat Logan Zwerge und Elfen verhöhnt«, fuhr Fletcher fort. »Gallo hat ihm daraufhin mit einer eindeutigen Geste gedroht, Dalia hat ihm sogar ein Messer an die Kehle gehalten. Keiner der drei ist unschuldig.«

Er atmete einmal tief durch und hoffte, dass sein Plan aufgehen würde. »Du da, Tallon«, sagte er zu dem Zwerg, der an erster Stelle in der Schlange stand. Er war derjenige, der auf Logans Provokation hin wutentbrannt aufgesprungen war.

Tallon sah Fletcher mit angsterfülltem Gesicht an.

»Schlag ihn.«

Tallon blinzelte. »Ich …«

»Ich habe mit eigenen Augen gesehen, wie du gestern Abend genau das tun wolltest!«, brüllte Fletcher durch den Regen und baute sich vor Tallon auf. »Ist das die Behandlung, die man seinen Waffenbrüdern angedeihen lässt?«

Er wandte sich den Zwergen hinter Tallon zu. »Die meisten von euch hatten Messer in den Händen. Versucht nicht, es abzustreiten!«

Jetzt schämten sie sich tatsächlich. Viele schauten betreten zu Boden, die anderen drehten die Gesichter weg.

»Jetzt habt ihr eure Chance«, knurrte Fletcher.

Tallon starrte den Jungen vor ihm an. Logan blickte ihm fest in die Augen und hob trotzig das Kinn.

»Mach schon!«, bellte Fletcher und schob Tallon vorwärts.

Der Zwerg stolperte über das glatte Kopfsteinpflaster. Erst wenige Zentimeter vor Logan fing er sich wieder und schaute seinen Rivalen durch den strömenden Regen an. Schließlich boxte er ihn halbherzig in die Schulter.

»Das ist albern«, sagte Tallon und blickte sich nach seinen Kameraden um, doch die hielten den Mund und schauten nur verängstigt drein.

»Das nennst du schlagen?«, fragte Fletcher. »Ich dachte, du hasst ihn.«

»Es ist aber … nicht *richtig*«, entgegnete Tallon.

»Gestern Abend wolltest du ihn noch mit dem Messer aufschlitzen«, fuhr Fletcher auf und deutete auf Logan. »Ein Faustschlag ist nichts dagegen.«

»Ich tu's trotzdem nicht«, beharrte Tallon.

»Dann zurück ins Glied mit dir«, brummte Fletcher. Er marschierte vor seinen Soldaten auf und ab, bis sein Blick auf Küfer zu ruhen kam, einem von Logans Kumpanen.

»Was ist mit dir?«, fragte er. »Ist dein Hass auf Gallo groß genug, um ihm eine ordentliche Lektion zu erteilen?«

Küfer funkelte den Zwerg an, der mit einem Mal ganz blass im Gesicht wurde. Dann ging er einen Schritt nach vorn und knurrte: »Macht ihn los, und wir regeln das wie echte Männer: im Kampf eins gegen eins.«

»Was ist denn plötzlich los?«, bellte Fletcher. »Dein Feind steht direkt vor dir und kann nicht weglaufen. Du brauchst ihm nur noch eins zu verpassen.«

Küfer schüttelte den Kopf. »Er kann sich nicht wehren.«

»Würdest du einen Ork etwa auch verschonen, wenn er im Kampf seine Keule verliert? Er wäre dann genauso wehrlos, oder etwa nicht?«

»Das ist was anderes«, wandte Küfer ein.

»Aber beide sind doch deine Feinde, oder?«, hakte Fletcher nach. »Dich verbindet nichts mit ihm, also schlag zu!«

Küfer ließ sein Genick knacken und blickte Gallo in die Augen. Seine Kiefermuskeln zuckten, aber etwas hielt ihn immer noch zurück. »Nein«, sagte er schließlich. »Ich mach es nicht.«

Fletcher schob ihn zurück ins Glied.

»Sonst jemand?«, fragte er. »Irgendjemand hier muss doch genügend Wut auf einen von den dreien haben. Jetzt ist die Gelegenheit, sie auszuleben.«

Sein Blick wanderte zu dem Jungen, der vor Dalia stand. Er hieß Arif und gehörte zu den befreiten Sklaven, die sofort zum Messer gegriffen hatten, als die Elfin Logan bedrohte.

Abwehrend hob Arif die Hände und ging ans Ende der Schlange zurück.

»Auf einmal wollt ihr euch nicht mehr wehtun!«, rief Fletcher mit einem bitteren Lachen. »Was ist passiert?«

Die einzige Antwort, die er darauf bekam, war das Prasseln des Regens und fernes Donnergrollen.

»Ich erklär's euch«, sprach Fletcher weiter und strich sich das nasse Haar aus dem Gesicht. »Würdet ihr einander wirklich hassen, wäre das hier ganz anders ausgegangen. Aber Hass ist nicht das Problem. Sondern euer Stolz!«

Angewidert schüttelte er den Kopf. »Ihr seid zu stolz, um eine Beleidigung zu ertragen. Zu stolz, um euer Gesicht zu verlieren. Zu stolz, um zu verzeihen.«

Die Soldaten schwiegen und wurden immer kleiner.

Fletcher deutete auf die Ruine des Herrenhauses. »Seht ihr das? Meine Familie ist von Orks abgeschlachtet worden. Die Bewohner von Ralsheim wurden gepfählt und die Pfähle an der Grenze zum Orkdschungel aufgestellt. Das ist Hass. Das ist euer Feind.«

Er löste den Fesselungszauber, und Logan sank zu Boden. Auf Fletchers Nicken hin ließen Genevieve und Rori die anderen beiden Gefangenen ebenfalls frei. Auch sie sackten auf die Knie.

»Das alles hatte Ralsheim den Forsys zu verdanken«, fuhr Fletcher fort und sah die Überraschung auf den Gesichtern seiner Soldaten. »Ja, es ist wahr. Zacharias hat den Orks genau gesagt, wie und wo sie zuschlagen mussten.«

Er zog Logan auf die Beine. »Wie ihr sehr gut wisst, haben die Forsys auch unter uns Zwietracht gesät, weil es ihren Waffengeschäften dienlich ist. Und ihr macht auch noch mit! Sie leben von eurem Stolz, vor allem aber von eurer Angst vor dem, was ihr nicht kennt. Lasst. Das. Nicht. Zu.«

Fletcher beugte sich an Logans Ohr. »Mach noch einmal solche … rassistischen Witze, dann verstoße ich dich aus meiner Truppe«, flüsterte er. »Ich gebe dir eine letzte Chance.«

Er versetzte ihm einen weiteren Stoß, dann eilte Logan zurück ins Glied. Die anderen mochten Fletchers Worte nicht gehört haben, aber die Botschaft war auch so deutlich genug.

Gallo nickte Fletcher respektvoll zu und ging zu den anderen Zwergen zurück, während sich Dalia, ohne auch nur einen Blick in Fletchers Richtung zu werfen, wieder ihrer eigenen Gruppe anschloss.

Fletcher stieß einen stummen Seufzer aus. Dalias Verhalten war genauso schwer zu deuten wie Sylvas. Wenigstens waren für den Augenblick alle wieder zur Besinnung gekommen. Er hoffte nur, dass das auch so blieb.

»Herr!«, schallte eine Stimme über den Platz.

Fletcher fuhr herum und sah einen kleinen Jungen mit vor Angst weit aufgerissenen Augen in ihre Richtung laufen.

»Soldaten kommen!«

Fletcher schaute zum Gebirgspass hinauf, wo Forsys' Soldaten waren, sah aber keinerlei Bewegung.

Der Junge zupfte ihn am Ärmel und deutete in die Richtung, aus der er gekommen war. »Nein, Graf, von dort!«

»Niemand würde uns aus dieser …«, begann Fletcher schon, doch die Worte erstarben ihm auf der Zunge: Von Norden her bog eine ganze Kompanie auf die Hauptstraße von Ralsheim ein. Selbst im Regen und auf diese Entfernung hin erkannte Fletcher die schwarzgelb gestreiften Uniformen sofort.

Es waren Didrics Männer.

46

ES WAREN VIELE, MINDESTENS SECHZIG, schätzte Fletcher. Im strömenden Regen marschierten sie stolz die Straße entlang, ganz vorn ging der grobschlächtige Jakov, gleich daneben stolzierte Didric einher. Zu Fletchers Überraschung trug er immer noch die Maske vom Ball. Offensichtlich gefiel er sich damit.

Berdon war inzwischen aus der Schmiede herbeigeeilt. Er stellte sich neben Fletcher und spähte durch den Regen in Richtung der heranrückenden Soldaten.

»Wenn ich mich nicht täusche, sind das Didrics Schergen«, murmelte er. »Was, glaubst du, führt sie hierher?«

»Ich weiß es nicht«, antwortete Fletcher. »Aber bestimmt nichts Gutes.«

Er sah das höhnische Grinsen auf Didrics Gesicht. Als sich ihre Blicke begegneten, wurde es sogar noch breiter.

»Sollten unsere Musketiere sie nicht besser ins Visier nehmen?«, fragte Berdon.

»Nein. Wären sie zum Kämpfen hier, würden sie eher aus dem Hinterhalt angreifen, statt sich offen zu zeigen. Außerdem schießen die Musketen bei diesem Regen nicht.«

Fletcher überlegte. Musketen schieden somit aus, aber sie hatten nach wie vor ihre Helmbarten. Und die Büchsen waren noch in den Baracken.

»Offiziere, zu mir!«, rief er.

Caulder und Rotter eilten herbei.

»Feldwebel Rotterham, ladet die Büchsen und geht im ersten Stockwerk in Stellung. Haltet euch bereit, das Feuer zu eröffnen, falls es Ärger gibt.«

»Zu Befehl, Herr«, erwiderte Rotter.

»Fechtmeister Caulder, ihr werdet mit den Soldaten am Eingang des Platzes in Stellung gehen. Bildet einen Halbkreis. Ich möchte Didrics Leute umzingeln.«

Caulder nickte und erteilte seine Befehle.

»Genevieve, Rori, ihr haltet eure Trupps zurück. Sie sollen nichts anfangen, was sie nicht zu Ende bringen können. Das hier könnte hässlich werden.«

Die beiden gehorchten, und wie auf ein Stichwort hin schwächte sich der Regen zu einem Tröpfeln ab.

»Berdon, geh zurück – nach drinnen«, befahl Fletcher.

»Diesmal nicht, Sohn.« Sein Adoptivvater stellte sich breitbeinig hin und nahm den Schmiedehammer von seinem Gürtel.

Im gleichen Augenblick rief Fletcher in Gedanken nach Ignatius und Athena. Wie er feststellen musste, befanden sie sich am äußersten nordwestlichen Ende der Grafschaft und damit zu weit entfernt – bis sie eintrafen, würde eine halbe Stunde vergehen.

Dann hatten Didrics Soldaten den Platz erreicht. Kaum eine Armeslänge von Fletchers Leuten entfernt blieben sie stehen. Einige Ralsheimer waren auf die Straße gelaufen und den fremden Soldaten gefolgt. Das Zahlenverhältnis schien nun beinahe ausgeglichen.

»Hier hast du dich also verkrochen!«, rief Didric mit ausgebreiteten Armen.

Fletcher beobachtete, wie weitere Ralsheimer zögernd die Fensterläden öffneten und zwischen den Vorhängen hindurch auf den Platz spähten.

»Was willst du, Didric?«, knurrte er.

»Gute Frage, viel zu sehen gibt es ja nicht«, erwiderte dieser. »Ich würde meinen, in Pelz seid ihr besser dran gewesen.«

Didrics Soldaten kicherten.

»Was willst du?«, wiederholte Fletcher. »Antworte, bevor ich es mit meiner Klinge aus dir herauskitzle.« Er lockerte den Chepesch an seinem Gürtel.

Didric ging nicht auf die Drohung ein und betrachtete demonstrativ die Zwerge. »Wie ich sehe, hast du noch mehr Abschaum um dich versammelt«, höhnte er. Sein Blick wanderte weiter zu den Elfen. »Überrascht mich aber nicht.«

Dalia spuckte ihm angewidert vor die Füße. Als Häschen, der gleich neben ihr saß, ein schrilles Knurren ausstieß, holte Didric mit dem Stiefel aus und versetzte dem Fuchs einen Tritt, dass er winselnd davonlief.

»Ihr rührt ihn nicht noch einmal an!«, fauchte Dalia und richtete die Spitze ihrer Helmbarte auf ihn.

»Widerliche kleine Ratte«, schimpfte Didric und blickte dem Fuchs hinterher, der mit eingezogenem Schwanz die Straße entlang in Richtung Savanne lief.

»Ich sage es jetzt zum letzten Mal: Was hast du hier zu suchen, Didric?«, rief Fletcher.

»Ich? Wir wollen Zacharias' Leute holen«, antwortete der. »Leider führt der Weg zu ihnen durch dieses Drecksloch.«

»Seit wann erledigst du Forsys' Botengänge?«

»Ich würde es eher einen Gefallen nennen, den ich einem alten Freund tue«, widersprach Didric. »Dank eures kleinen Auftritts beim Maskenball ist er im Moment leider verhindert.«

»Du nennst Forsys einen Freund?«, erwiderte Fletcher und deutete auf die Ruine des Herrenhauses. »Siehst du das? *Das* passiert, wenn man dieser verräterischen Schlange vertraut.«

Didric zuckte die Achseln. »Du magst es Verrat nennen, ich nenne es Geschäft. Dein törichter Vater hat nicht das Geringste geahnt.«

Jedes Wort war wie eine Ohrfeige für Fletcher. Er spürte, wie sein Blut in Wallung geriet.

»Sag das noch mal«, knurrte er und zog seinen Chepesch.

Didric lächelte nur und übergab das Wort an Jakov.

»Geh aus dem Weg«, sagte Jakov, eine Hand auf seinen Schwertgriff gelegt. »Wir haben etwas zu erledigen.«

»Nicht auf meinem Land«, rief Fletcher. »Ihr habt meine Grafschaft unerlaubt betreten und werdet auf der Stelle kehrtmachen. Wartet bei der Watfurt-Brücke auf Forsys' Männer. Wir schicken sie zu euch.«

Jakov zog blank. Der Rest von Didrics Trupp folgte seinem Beispiel.

»Ich sagte: Tritt zur Seite!«, bellte er und hob seine Waffe.

Ein Schuss zerriss die Luft. Eine Büchsenkugel schlug Funken sprühend gegen Jakovs Schwert und riss es ihm aus der Hand.

»Lass es schön liegen!«, schallte Rotterhams Stimme von den Baracken herüber. »Der Nächste, der sich auch nur bewegt, bekommt eine Kugel in den Schädel. Vielleicht fange ich auch gleich mit Didric an … muss ich mir noch überlegen.«

Jakov wirbelte herum und suchte die Fenster nach dem Schützen ab. Dann ging er ganz langsam in die Knie und griff nach seinem Schwert, die Augen immer noch nach oben gerichtet. Da ertönte schon der nächste Schuss und schleuderte die Waffe außerhalb seiner Reichweite.

»Ich kann das noch den ganzen Tag lang machen!«, rief Rotter.

»Ist ja gut!«, rief Didric und blickte sich weiter finster um. Mit ihren Schwertern wären seine Soldaten im Vorteil gewesen, aber ohne? Wenn es zu einer Rauferei kam und die Ralsheimer eingriffen, standen seine Chancen eher schlecht.

»Sehr schön, machen wir es also ohne Waffen«, brummte Berdon. »Ich habe noch eine Rechnung mit dem Kerl zu begleichen.« Er ließ die Knöchel knacken und machte mit erhobenen Fäusten einen Schritt auf Jakov zu.

Jakov wurde blass. Berdon war fast so groß wie er selbst und mindestens genauso breit. In der Nacht, als Fletcher aus Pelz geflohen war, hatten Jakov und seine Büttel Berdon bewusstlos geprügelt und danach sein Haus niedergebrannt. Fletchers Adoptivvater hatte in der Tat noch eine Rechnung mit ihm offen.

»Ja, ganz meine Meinung!«, rief Gallo. »Zeigen wir ihnen, wie gut der ›Abschaum‹ mit seinen Zwergenstiefeln zutreten kann.«

Auch der Rest von Fletchers Soldaten stimmte mit ein – Elfen ebenso wie Menschen und Zwerge.

»Rückzug«, befahl Didric und zupfte Jakov am Ärmel.

Didrics Soldaten drängten sich zu einer Traube zusammen, während sie ihre Schwerter nach außen richteten wie die Stacheln eines Igels.

»Bildet eine Phalanx!«, befahl Fletcher.

Seine Leute stellten sich in drei Reihen hintereinander auf, die langen Helmbarten nach vorn gerichtet.

»Rückt vor!«

Sie gingen in enger Formation im Gleichschritt los und trieben Didrics Männer vor sich her, ohne ihnen eine Lücke zum Gegenangriff zu bieten.

Didric und Jakov schauten ängstlich zu den Häusern hinauf, als erwarteten sie, jeden Augenblick von einer Kugel gefällt zu werden. Als sie den Rand von Ralsheim erreichten, hatte der Regen aufgehört, der graue Himmel wurde allmählich heller. Didrics Soldaten standen nun im hohen Gras und mussten bei jedem Schritt die Füße heben, so hoch sie nur konnten, um nicht hinzufallen.

»Laden!«, rief Fletcher.

Die Helmbarten wurden zurückgezogen, und das Klappern der Ladestöcke ertönte.

Beim Anblick der Musketen wandten sich Didrics Männer Hals über Kopf zur Flucht. Sie gerieten derart in Panik, dass sie sich gegenseitig über den Haufen rannten. Nach dem Regen würden die Musketen zwar kaum feuern, aber es konnte gewiss nicht schaden, Didric ein bisschen Beine zu machen.

»Keine Disziplin«, murmelte Caulder.

Fletchers Soldaten bejubelten ihren Sieg, dann verstummten sie plötzlich: Didric und Jakov waren in einiger Entfernung neben einem Baumstumpf stehen geblieben. Trotzdem sahen sie, dass Jakov etwas in der Hand hielt. Ein kleines Tier mit goldenem Fell, das sich verzweifelt in seinem Griff wand.

Jakov schmetterte es gegen den Baumstumpf, einmal, zweimal, und dann ergriffen sie endgültig die Flucht.

»Nein!«, schrie Dalia und sank auf die Knie.

Jakov hatte Häschen erschlagen.

47

SIE BEGRUBEN HÄSCHEN auf dem Exerzierplatz, zwei Meter unter der Erde, und legten auch Jakovs Schwert dazu. Niemand sagte etwas, aber alle weinten, sogar die bärbeißigen Zwerge.

Den kleinen Fuchs zu töten war ein sinnloser Akt der Grausamkeit gewesen. Fletcher hatte seine Soldaten mit aller Überzeugungskunst davon abhalten müssen, Didrics Leute zu verfolgen. Der Feind war zahlenmäßig überlegen und hätte ihnen bestimmt aufgelauert. Außerdem reichte ein getötetes Tier ganz bestimmt nicht als Grund, eine blutige Schlacht zu beginnen, selbst wenn das Tier ihr geliebtes Maskottchen gewesen war.

Häschens Tod schweißte die Truppe im Schmerz zusammen: Zwerge, Menschen, Elfen – alle trauerten und litten gemeinsam und erzählten einander Anekdoten, die sie mit ihrem verstorbenen Freund erlebt hatten. Ignatius kehrte mit einem erlegten Impala zurück, das sie über dem Feuer grillten. Dazu tranken sie Schakalbeerenbier und sangen, betrunken und vollgegessen, bis tief in die Nacht wehmütige Lieder aus ihrer Heimat – Fletcher und seine Offiziere schauten von den Baracken aus zu.

»Sollen sie sich doch in Ruhe verbrüdern«, raunte Rotter. »Wenn wir uns dazusetzen, würden wir nur die Stimmung kaputtmachen.«

Also widmete sich Fletcher stattdessen den Vorbereitungen für den nächsten Tag.

Die Ausbildung seiner Truppe war abgeschlossen, und Didrics Männer warteten auf die Soldaten des Herzogs. Athena war ihnen bis zur Watfurt-Brücke gefolgt, wo sie sich hinter einer hastig errichteten Barrikade verschanzt hatten. Wenn Fletcher auch weiterhin Wagen nach Corcillum schicken wollte, um Handel zu treiben, hatte Didric zu verschwinden, und dazu mussten sie ihm Forsys' Soldaten schicken.

Also machten sie sich zum Pass auf, und für den Marsch dorthin brauchten sie Proviant und Ausrüstung. Berdon verstärkte die Räder des Wagens, den sie benutzen würden, damit sie dem unwegsamen Pfad standhielten, während Fletcher mit seinen Offizieren alles Nötige zusammenstellte.

Sie holten Fässer mit gepökeltem Antilopenfleisch aus den Lagerräumen, dazu noch Zelte, Kochgeschirr sowie Wachstücher für die Helmbarten, damit sie nicht rosteten, und Schleifsteine zum Schärfen. Sie nahmen auch eines der Schießpulverfässer mit, die Seraph ihnen geschickt hatte, außerdem Papier für die Patronen, Gussformen für die Kugeln und Blei, damit Berdon Ersatzmunition herstellen konnte.

Zwei Ziegen zur Milchversorgung gehörten ebenfalls zum Tross, außerdem vier Hühner für die Frühstückseier. Hinzu kamen mehrere Scheffel Obst, Schakalbeeren und andere Gewächse, die die Ralsheimer inzwischen anbauten: Igelgurken mit gelben Stacheln und dunkelgrünem, süßsaurem Fruchtfleisch, das wie eine Mischung aus Papaya und Banane schmeckte. Riesige Brotfrüchte, die wie behaarte Melonen aussahen und so groß waren wie der Kopf eines ausgewachsenen Orks. Sogar Käsefrüchte nahmen sie mit, die zwar bestialisch stanken, aber angenehm süß schmeckten. Wegen des Geruchs verkauften sie sich in Corcillum nur schlecht, also nahm Fletcher den gesamten Vorrat mit.

Zum Schluss blieb nur noch eines zu erledigen: ein geheimer Auftrag an Thaissa, an dem sie die ganze Nacht hindurch würde arbeiten müssen, wenn er noch rechtzeitig fertig werden sollte. Aber das Ergebnis sollte es wert sein.

Am nächsten Morgen marschierten die Soldaten auf dem Exerzierplatz auf. Ganz Ralsheim war zusammengekommen, um sie zu verabschieden. Alles war bereit, jeder trug Ausrüstung und Waffen auf dem Rücken, die Uniformen waren sauber und gebürstet. Fletchers Truppe strotzte nur so vor Energie und Tatendrang. Sie sahen wie eine Meute Jagdhunde aus, die allein darauf wartete, endlich losgelassen zu werden.

Rori und Genevieve standen mit stolz erhobenem Haupt vor ihren Gruppen, Rotterham mit seinen Scharfschützen gleich dahinter, Fechtmeister Caulder als kommandierender Offizier ganz vorne.

Fletcher platzte beinahe vor Stolz, diese Männer anführen zu dürfen. Er atmete einmal tief durch und rief sich die Worte ins Gedächtnis, die er in der Nacht sorgfältig vorbereitet hatte. Erst gestern hatte er seine Leute zurechtgestutzt, und jetzt musste er sie einen.

»Ich bin stolz auf alles, was wir erreicht haben«, begann er mit hinter dem Rücken verschränkten Händen. »Ihr seid zu einer Elitetruppe geworden, mit der ich ohne Bedenken mitten ins Orkreich marschieren würde, und dafür danke ich euch.«

Die Soldaten schwiegen und schauten mit stolzgeschwellter Brust starr geradeaus. Einige Ralsheimer begannen schon zu applaudieren, aber Fletcher war noch nicht fertig.

»Heute beziehen wir unser neues Lager an der Grenze zum Orkdschungel, um dort Wache zu halten – nicht nur über die Grafschaft, sondern über ganz Hominum. Unsere Aufgabe besteht darin, den Zugang zum Königreich zu verteidigen.«

Er deutete in die Ferne.

»Jenseits des Horizonts, nicht mehr als einen Tagesritt von hier entfernt, liegt Corcillum. Tausende braver Bürger gehen dort ihren täglichen Geschäften nach. Ihr seid der dünne Schutzschirm, der die wilden Horden an unserer Südgrenze im Zaum hält. Ich kann mir niemanden vorstellen, der für diese Aufgabe besser geeignet wäre als ihr.«

Einige lächelten, sogar Dalia. Fletcher wusste, wie theatralisch seine Rede klang, aber er meinte jedes Wort ernst – und deutete auf seine Uniform.

»Wie wollen wir uns nennen? Oben auf dem Pass werden wir den Forsys-Furien begegnen. Gestern haben wir Didrics Männer verjagt. Er nennt sie ›Wächter‹. Wer also sind wir selbst?«

Fletcher sah, wie einige seiner Leute angestrengt überlegten, andere schienen bereits einen Vorschlag auf den Lippen zu haben, hielten sich aber noch zurück.

In diesem Augenblick kam Thaissa angelaufen und reichte ihm eine lange Stange mit einer aufgerollten Stoffbahn daran.

»Ich habe getan, was ich konnte, aber wir hatten kein Grün mehr«, flüsterte sie mit einem Knicks.

»Danke, Thaissa. Ich bin sicher, sie ist wunderbar geworden«, flüsterte Fletcher zurück.

Mit einer großen Geste ließ er die Stange durch die Luft sausen, sodass sich der Stoff entrollte.

»Bürger von Ralsheim«, rief er, »seht das Banner der Füchse!«

Auch Fletcher sah das Banner zum ersten Mal, und er war begeistert. Am lauten Jubel hörte er, dass es seinen Soldaten und Bürgern genauso ging.

Thaissa hatte ein wahres Kunstwerk geschaffen: Auf tiefem Burgunderrot war mit Goldfaden ein Wüstenfuchs gestickt, der eine Vorderpfote erhoben hatte, die Nase lang und spitz wie ein Pfeil. Stolz flatterte das Banner im Wind.

»Füchse, seid ihr bereit?«, rief Fletcher über den Jubel hinweg.

»Ja, Herr!«, schallte es wie aus einer Kehle zurück.

Fletcher verkniff sich ein zufriedenes Grinsen.

»Fechtmeister, erteilt Eure Befehle«, sagte er schließlich.

»Kehrt euch«, bellte Caulder.

Zweiundvierzig Paar Stiefel wendeten auf dem Absatz um neunzig Grad.

»Vorwärts, Marsch!«

Die Füchse marschierten los, und Fletchers Herz machte einen Freudensprung.

48

DER PASS WAR NICHT WEIT ENTFERNT – nur vierzig Minuten, wie die Krähe fliegt – und kam schon nach kurzer Zeit in Sicht. Erst jetzt wurde Fletcher bewusst, wie nahe Herzog Forsys' Männer waren, und trotzdem waren sie ihnen während der letzten zwei Monate kein einziges Mal begegnet.

Fletcher ließ den Blick über die Felsen schweifen, die sich zu beiden Seiten so weit erstreckten, wie das Auge reichte. Sie sahen ganz anders aus als die Bärenzahnberge. Die Wände waren so steil wie die Mauern der Dämonenakademie und hatten die Farbe von in der Sonne getrocknetem Lehm. Obwohl es sich um brüchigen Sandstein handelte, wie Fletcher von Fechtmeister Caulder wusste, nannten sie alle »die Bronzefelsen«. Ein unwürdiger und obendrein falscher Name für dieses Naturwunder, das die Ebenen der Grafschaft Rale vom Dschungel trennte – und nicht zu vergessen: die Zivilisation von den barbarischen Orkhorden.

»Ich war nicht mehr hier, seit … du weißt schon«, murmelte Caulder über das Quietschen der Wagenräder hinweg. Da er sich auf langen Märschen immer die Haut an der Lederauflage seines Holzbeins aufscheuerte, hatte er es sich auf der Ladefläche bequem gemacht. »Es gab schon damals nicht viel zu sehen – und jetzt bestimmt noch weniger.«

Der Pfad war eng und steil, zu beiden Seiten ragten senkrecht die Felswände auf. Der Himmel über ihnen war grell und leer. Fletcher überlegte gerade, Ignatius herbeizurufen und ein Stück vorauszufliegen, da rief Rotter an der Spitze des Trosses: »Halt!«

Fletcher schob sich zwischen seinen Soldaten hindurch nach vorn und blieb dann verwirrt stehen: Die Füchse waren an ihrem Zielort angelangt, aber außer ihnen war niemand hier.

»Wo stecken Forsys' Männer?«, knurrte Rotter. »Die Hunde müssten doch hier sein und Wache halten.«

Fletcher sah sich um. Sie standen in einer Art Schlucht, derjenigen im Äther nicht unähnlich, nur dass hier kein einziger Grashalm wuchs. Vor ihm erstreckte sich eine staubtrockene Öde. Erst am Ende der Schlucht wurde der Boden allmählich grüner, dahinter erstreckte sich eine Wiese, die bis zum Rand des Dschungels reichte.

Auf der rechten Seite der Schlucht verlief ein Felsband, gerade groß genug für einen einzelnen Mann. In etwa zwanzig Meter Entfernung verbreiterte sich das Band in zehn Meter Höhe zu einer kleinen Plattform, auf der die Überreste eines Gebäudes zu erkennen waren. Nur die ringförmige Grundmauer stand noch, darum herum lagen Trümmer verteilt.

»Der alte Wachturm«, erläuterte Caulder, der von hinten herangehumpelt kam. »Er ist vor langer Zeit eingestürzt, dein Vater war damals noch nicht einmal geboren. Auf die Felszunge passen ein halbes Dutzend Männer und ein Lagerfeuer. Wir haben sie immer als Ausguck benutzt. Von da oben hat man einen guten Blick auf den Eingang der Schlucht.«

»Praktisch«, kommentierte Fletcher und unterdrückte den Wunsch, sofort selbst hinaufzuklettern. Stattdessen ging er noch weiter nach vorn und staunte, wie schmal der Eingang zur Schlucht war. Ignatius hätte mit ausgebreiteten Flügeln gerade so hindurchgepasst. Ein Heer, das durch dieses Nadelöhr wollte, konnte höchstens in zehn Mann breiter Formation marschieren.

»Wir nennen diese Stelle die Kluft«, sagte Rotterham. »Von oben sieht die Schlucht wie eine Sanduhr aus, das hier ist ihr schmalster Punkt.«

»Und sie ist wirklich der einzige Zugang in die Grafschaft?«, fragte Fletcher.

»Ist sie. Die Berge reichen bis zum Vesania-Meer im Westen, und im Osten fließt der Watfurt. An seinem anderen Ufer beginnt bereits die Front. Wenn jemand reinwill, dann hier.«

Fletcher machte noch einen Schritt und stolperte über etwas.

»Was ist das?«, sagte er mehr zu sich selbst und blickte nach unten. Zu seinen Füßen lag ein langes Metallrohr. Er ging in die Hocke und kratzte an einer Stelle den Dreck ab. Das Eisen darunter war so verrostet, dass es kaum vom Boden zu unterscheiden war. »Ein weiteres Relikt aus der Vergangenheit?«

»Dafür ist es dann doch ein bisschen zu neu«, entgegnete Caulder und tätschelte das verrostete Ding. »Ob du's glaubst oder nicht, das ist die erste Kanone, die je hergestellt wurde, und zwar nur wenige Wochen vor deiner Geburt. Genauer gesagt, war sie sogar die erste Feuerwaffe überhaupt.«

Caulder lächelte versonnen. »Kaum zu glauben, dass das alte Mädchen noch hier ist.«

»Augenblick mal, ich dachte, Othellos Vater hätte die Feuerwaffen erfunden?«, hakte Fletcher nach.

»Hat er auch.« Caulder kratzte noch etwas Dreck von dem Metall, bis eine Gravur zum Vorschein kam:

Thorsager

»Wie ist das möglich?«, fragte Fletcher und befühlte die Buchstaben mit den Fingern.

»Dein Vater Edmund hat sie in Auftrag gegeben. Er schrieb in Corcillum einen Wettbewerb unter den Schmieden aus. Sie sollten etwas bauen, das mit einem einzigen Schuss die Breite der Kluft abdecken konnte, und eines Tages kam Uhtred mit diesem Ding hier an: einem simplen Eisenrohr, das mit einem Vorläufer unseres heutigen Schießpulvers geladen wurde und alte Nägel als Munition verschoss. Aber es funktionierte. Die ersten Prototypen bestanden sogar aus Bambus …«

Fletcher stellte sich Uhtred als jungen Mann vor, wie er in seiner Schmiede mit Bambusrohren hantierte, und grinste.

Caulder seufzte und legte eine Hand auf den Lauf. »Sie wurde nur ein einziges Mal abgefeuert, nämlich bei Uhtreds Vorführung. Danach nie wieder. Sie muss schon seit der Nacht hier liegen, in der Edmund starb. Die Forsys hielten sie wahrscheinlich für wertlosen Müll.«

»Sie ist ein Stück Geschichte!«, rief Fletcher. »Von Uhtreds Familie und meiner eigenen. Ich werde sie nach Ralsheim bringen und dort aufstellen lassen.«

Fletcher freute sich, dass seine und Othellos Familie schon so lange miteinander verbunden waren. Die Erfindung der Feuerwaffen hatte den Zwergen überhaupt erst die Möglichkeit gegeben, von den Menschen Gleichbehandlung zu fordern. Hätte Edmund damals nicht diesen Wettbewerb ausgeschrieben, würde die Welt heute vielleicht ganz anders aussehen, als Fletcher sie kannte.

»Ah, *hier* verstecken sich diese Würmer!«, rief Rotter und deutete auf eine Ansammlung von Zelten jenseits der Kluft.

Fletcher spähte in das kniehohe Gras, das hinter dem Eingang der Schlucht wuchs. Erst auf den zweiten Blick entdeckte er die dreieckigen Silhouetten der Zelte und das heruntergebrannte Lagerfeuer.

»Schwachköpfe«, brummte Caulder und humpelte auf die Wiese. »Schlagen ihr Lager auf der falschen Seite auf!«

Fletcher folgte ihm und musste sofort die Augen zusammenkneifen, als er aus dem Schatten der Felswände trat. Vor ihnen erstreckte sich eine etwa hundert Meter lange, von Gräsern und niedrigen Sträuchern bewachsene Ebene. Hier und da stand ein verkrüppelter Baum, dahinter erhob sich wie eine grüne Wand der Orkdschungel. Andere Hinweise auf Leben gab es nicht.

Ein überraschend kalter Windhauch wehte Fletcher von hinten in den Nacken. Allmählich wurde ihm mulmig zumute. »Ist hier jemand?«, rief er.

Falls die Bewohner der Zelte in der Nähe waren, zeigten sie sich nicht. Einige der Zelte waren eingestürzt, daneben lagen umgekippte Fässer und Kisten.

»Die nichtsnutzigen Faulpelze haben glatt ihren Posten verlassen!«, fauchte Caulder und trat mit seinem Holzbein einen Stein aus dem Ring, der die Feuerstelle umgab. »Wahrscheinlich haben sie sich zurück nach Corcillum geschlichen, noch bevor wir eintrafen. Ralsheim war die ganze Zeit über ungeschützt!«

Fletcher hingegen war da nicht so sicher. Er ging in die Hocke und befühlte die Asche in dem Steinring. Sie war noch warm.

»Nein«, sagte er. »Das Feuer ist erst vor einer Stunde erloschen. Wäre es länger her, hätte der Wind die Asche längst verteilt. Vielleicht hat Didric ihnen eine Nachricht zukommen lassen, dass sie sofort zur Watfurt-Brücke aufbrechen sollen. Wahrscheinlich haben wir sie knapp verpasst.«

Caulder kratzte sich am Kinn. »Aber warum haben sie alles hiergelassen?«

Nun kamen auch die Füchse aus der Kluft geströmt und inspizierten neugierig die Überreste des Forsys-Lagers. Kurz darauf gingen sie zwischen den verlassenen Zelten umher, untersuchten die Kisten und hoben mit ihren Schwertern die Deckel der Fässer an, da entdeckte Fletcher noch etwas:

Auf halber Höhe zwischen Kluft und Dschungel stand ein Mann vor einem Baum. Sein Oberkörper war nackt. In der flimmernden Hitze waren die Details schwer zu erkennen, aber … nein, er *stand* gar nicht vor dem Baum, er war daran *gefesselt*.

»Gefechtsformation!«, rief Fletcher.

Die Füchse verteilten sich in einer losen Reihe über das Lager und hoben die Schwerter.

Fletchers Herz pochte wie wild. Der Kerl konnte irgendjemand sein, vielleicht ein Deserteur, den die Forsys hier zum Sterben zurückgelassen hatten, aber sein Bauchgefühl sagte etwas anderes.

»Vorwärts, aber langsam«, befahl er und ging auf den Gefesselten zu, den Blick auf den Rand des Dschungels geheftet. Die saftigen grünen Blätter schwankten in der Brise und machten es so gut wie unmöglich, dahinter irgendetwas zu erkennen.

Im ersten Augenblick hatte er die am Rand des Dschungels verstreut liegenden Klumpen für Felsen gehalten, doch nun sah er die roten Pfützen darunter, dazwischen Musketen und Schwerter, die wie abgeworfene Äste im Gras lagen.

Es waren Leichen. Sie trugen die schwarzen Uniformen der Forsys-Furien. Mit weit aufgerissenen Augen und Mündern starrten sie ins Leere. Fletcher hätte nicht für möglich gehalten, je so viel Blut auf einmal zu sehen.

»Halt!«, bellte er.

Auch die Füchse konnten die Toten nun sehen. Fletcher hörte ihre entsetzten Aufschreie, da sprang sein Blick zu dem Gefesselten zurück. Hatte er sich nicht gerade bewegt?

Fletcher rannte los, das Herz schlug ihm bis zum Hals. Jetzt sah er die tödlich giftigen Äpfel, die faulend auf dem Boden lagen: Es war ein Manchinelbaum. Wenn man im Regen darunter Schutz suchte, fraßen sich die Tropfen von den Blättern durch Kleidung und Haut, und der arme Kerl war mit nacktem Oberkörper daran gefesselt. Sein Gesicht war hinter einem Schopf braunen Haares verborgen. Dem drahtigen Körperbau und der schmalen Brust nach zu urteilen, schien er noch ein Junge zu sein.

Fletcher zog seinen Chepesch und durchtrennte die Fesseln des bedauernswerten Tropfs, der sofort zu Boden fiel. Sein Rücken war von roten, nässenden Striemen überzogen. Das Werk der Orks.

Der Junge drehte sich langsam um, und Fletcher zuckte zusammen: Es war Manhard, der Maliks Team im Orkreich als Führer gedient hatte. Seine aufgesprungenen Lippen bewegten sich, als flüsterte er etwas, aber dann kam nur ein Krächzen aus seiner Kehle.

Fletcher bückte sich und hob Manhard auf die Arme, sorgsam darauf bedacht, die schmerzenden Wunden auf seinem Rücken nicht zu berühren. Der Junge war leicht wie eine Feder, so wenig Fleisch hatte er auf den Knochen.

»Was ist passiert?«, fragte Fletcher.

Manhards Antwort bestand nur in einem Flüstern, trotzdem schallte das Wort laut wie eine Totenglocke in Fletchers Ohren.

»Lauft.«

49

ÄSTE KRACHTEN, DANN BRACHEN SIE zwischen den Bäumen hervor: Kasuare. Es waren zu viele, um sie zu zählen. Fletcher sah nur noch blaue Hälse mit roten Kehlsäcken daran, die hektisch hin und her wackelten, und darüber leuchtend orangefarbene Augen, die sich in die seinen bohrten. Auf dem Rücken der schwarz gefiederten Tiere preschten Gnome heran, die kreischend ihre Speere und Holzkeulen schwangen.

»Reihen schließen!«, befahl Caulder. »Schiltron-Formation!«

Fletcher blieb keine Zeit, zu seinen Männern zurückzukehren. In einem Blitz aus weißem Licht rief er Ignatius herbei, legte Manhard auf den Rücken des Drak und warf sich über den Jungen, gerade als ein Speer so knapp an seinem Kopf vorbeisauste, dass er den Luftzug auf der Wange spürte. Der nächste Wurf schlitzte Ignatius' Flanke auf und hinterließ einen tiefen, blutenden Schnitt. Wie Regen prasselten die Speere vom Himmel und bohrten sich in den Boden. Ignatius breitete die Schwingen aus und erhob sich in die Luft, während immer noch mehr Kasuarreiter aus dem Dschungel gestürmt kamen.

Fletcher ließ seinen Drak steigen, bis sie außer Wurfweite waren, und versuchte sich einen Überblick über das Geschehen zu verschaffen. Schüsse donnerten, Dutzende Kasuare stürzten ins Gras, doch es kamen immer weitere. Bestimmt fünfzig befanden sich bereits auf der Wiese, mindestens noch einmal so viele brachen gerade aus der Deckung hervor, und dann kam die nächste Welle: weit über hundert. Wie eine Flut brandeten die berittenen Gnome Fletchers Füchsen entgegen.

Einer seiner Soldaten schlug zu Boden, bevor er den Schiltron erreichte. Ein Speer steckte in seinem Oberschenkel. Rotterham sprang vor, warf sich den Gestürzten über die Schulter und konnte ihn gerade noch rechtzeitig in Sicherheit bringen.

Einen Wimpernschlag später hatten die Kasuare den Schiltron erreicht. Sie teilten sich auf wie ein Fluss und umkreisten die Formation, schleuderten ihre Speere und schlugen mit den Keulen. Weitere Füchse gingen zu Boden, Gnome wurden von Musketenkugeln von ihren Reittieren gerissen, Kasuare wurden von Helmbarten durchbohrt und überschlugen sich zuckend.

Die Kasuarreiter machten kehrt und preschten ohne Rücksicht auf das eigene Leben erneut gegen die Formation an, mitten hinein in den Vorhang aus Kugeln und Helmbarten. Es war ein verrückter, ein blutiger Kampf. Fletchers Soldaten waren zahlenmäßig hoffnungslos unterlegen und drohten zu verlieren.

Einer von Genevieves Blitzen schleuderte mehrere Kasuare zurück, was den Füchsen Zeit verschaffte, die Verletzten in ihre Mitte zu ziehen, wo Rori sie mit einem Zauber heilen konnte. Die Musketenschützen gaben Salve um Salve ab und mähten jeden Gnom nieder, der Genevieves Blitz überlebt hatte. Die Zwerge schlugen mit ihren Krähenschnäbeln nach den langen Beinen der Kasuare, um sie dann mit einem gezielten Hieb zu töten. Noch hielt der Schiltron stand, aber nur knapp. Schon entstanden erste Lücken in der Formation, wo der Feind durchbrechen konnte, der ohne Unterlass aus dem Dschungel herandonnerte.

»Runter!«, rief Fletcher und zog Brise aus dem Holster. Ignatius ging mit einem Brüllen in den Sturzflug über, und Fletcher feuerte beide Läufe ab. Zwei Kasuare überschlugen sich in einem Knäuel aus schwarzen Federn und grauer Gnomhaut, dann war Fletcher mitten im Getümmel.

Ignatius schlug mit den Klauen und schnappte mit seinem Schnabel. Gnome wurden aus dem Sattel gerissen, Kasuare wirbelten, von seinen Hieben getroffen, durch die Luft. Fletcher zog Flamme und erwischte einen Gnom mitten in der Brust. Der Speer, den der Gnom gerade hatte schleudern wollen, entglitt seinem Griff und fiel zu Boden.

Als sie landeten, spürte Fletcher Ignatius' Mana aufwallen, und dann übergoss der Drak die gestürzten Gnome und Kasuare mit Feuer: Die Hälfte der Angreifer war ausgeschaltet, die anderen preschten in wilder Flucht davon, da kam schon die dritte Welle, und sie mussten schleunigst wieder in die Luft.

Ein Schmerz durchzuckte Fletchers Bewusstsein, als ein Speer Ignatius' linke Schwinge durchschlug und ein zweiter sich in seine Hinterbacke bohrte. Der Drak schaffte es zwar abzuheben, allerdings um einiges langsamer, als Fletcher lieb war. Fletcher zog den Speer aus Ignatius' Hinterteil und schleuderte den Spieß zurück, leider ohne irgendeine Wirkung damit zu erzielen. Ignatius' Bewegungen wurden immer langsamer, aber Fletcher wagte nicht, auch noch Athena herbeizurufen, die oft so eigenmächtig handelte. Nicht in diesem Speerhagel.

Unter ihm prallte nun die dritte Angriffswelle gegen den Schiltron. Diesmal zersplitterte die Formation unter der Wucht der aufgespießten Kasuare in kleine Gruppen, die nun jede für sich selbst kämpfen mussten. Das Musketen- und Büchsenfeuer ließ nach, die Formation verwandelte sich in ein blutiges Durcheinander aus wirbelnden Helmbarten und vereinzelt aufzuckenden Blitzen vonseiten Roris und Genevieves. In der Mitte standen Caulder und Rotterham neben den Verwundeten. Gemeinsam fällten sie jeden Gegner, der sich zu nahe heranwagte, aber die Füchse waren so wenige und der Feind so zahlreich. Ohne Hilfe würden sie es nicht schaffen.

Fletcher steckte seine Pistole weg und zog seinen Chepesch.

»Vorwärts!«, brüllte er mit nach vorne weggestreckter Klinge und ließ Ignatius zu einem letzten Angriff herabstoßen. Sie erwischten die Reiter von hinten und rissen ein halbes Dutzend zu Boden. Fletcher sah seine Soldaten verzweifelt abwehren und zustoßen, dazwischen erblickte er graue Gnomgesichter mit Hakennasen, niederfahrende Keulen und in alle Richtungen austretende Kasuare.

Er beugte sich über Ignatius' Schulter und bohrte seine Klinge in einen Gnom, da entglitt ihm der Griff – Fletcher hatte seine Waffe verloren. Ein Schuss direkt neben seinem Ohr brachte seine Trommelfelle fast zum Platzen, Schwefelrauch brannte in seinen Augen und nahm ihm die Sicht.

Sie waren dabei zu verlieren. Die wenigen Füchse, die noch auf den Beinen waren, schwankten vor Erschöpfung, während sich immer mehr Verwundete hinter den viel zu dünnen Ring aus Verteidigern zurückzogen. Die Zeit reichte nicht mehr zum Nachladen, Musketen und Büchsen gaben kaum noch Schüsse ab.

Unmittelbar vor Fletcher schrie Dalia auf. Ein knurrender Gnom hatte ihr seinen Speer in den Bauch gerammt. Vom Schock gezeichnet, sah ihr Gesicht ganz weiß aus. Fletcher streckte den Angreifer mit einem Blitz nieder, während Dalia weiter durchs Gras kroch und sich hinter Rotterham und Caulder in Sicherheit zu bringen versuchte.

Dann geschah es: Ein Schmerz, so stark, dass er beinahe ohnmächtig wurde, fuhr in Fletchers Bewusstsein. Ignatius brach mit einem Speer im Hals zusammen. Fletcher fiel ins Gras, Manhard auf ihn drauf. Der Gnom, der den Stoß geführt hatte, reckte triumphierend die Arme in die Luft. Ignatius fällte den Angreifer mit einem Schwanzschlag, blieb dann aber reglos liegen.

»Pass auf!«, brüllte Genevieve.

Fletcher konnte sich gerade noch rechtzeitig unter einem Keulenschlag wegducken. Manhard packte den angreifenden Gnom mit letzter Kraft am Bein, was Fletcher die Gelegenheit verschaffte, sich Dalias am Boden liegende Helmbarte zu schnappen und den Kerl mit einem verzweifelten Stoß zu erledigen.

Der Gnom fiel genau auf Fletcher und nagelte ihn am Boden fest, da kam von irgendwoher ein weiterer Speerstoß, verfehlte um Haaresbreite Fletchers Auge und schlitzte ihm die Wange auf. Fletcher spürte das Blut über sein Gesicht strömen und sah, wie sein Gegner erneut ausholte, während er wehrlos dalag.

Etwas huschte an Fletcher vorbei und riss eine klaffende Wunde in den Hals des Gnoms. Trillernde Kriegsschreie erhoben sich über den Kampflärm – und plötzlich wimmelte es überall von Kobolden.

Sie ritten auf hasenähnlichen Maras und schlugen mit ihren gezackten Holzdolchen nach den ungeschützten Sehnen und Schlagadern der Gnome. Giftpfeile schwirrten durch die Luft und streckten Kasuare wie Reiter nieder.

»Tut den Kobolden nichts!«, rief Fletcher so laut, wie es ihm mit

Manhard und dem toten Gnom auf seinem Brustkorb möglich war. Schließlich stemmte er beide von sich herunter und kam schwankend auf die Beine. Der Schmerz in Ignatius' Wunde war so stark, dass Fletcher die um ihn herum tobende Schlacht gar nicht mehr mitbekam. Er legte die Hände auf den Schaft des Speers in Ignatius' Hals und zog. Der von dem Ruck verursachte Schmerz war so stark, dass ihm einen Moment schwarz vor Augen wurde, dann ätzte er eine Heilglyphe in die Luft. Pulsierendes Licht strömte in die Wunde, der Schmerz ließ nach, und Fletchers Wahrnehmung wurde wieder klar.

Das Schlachtenglück hatte sich gewendet: Die Büchsen und Musketen feuerten wieder, Maras sprangen die Gnome in vollem Lauf an, und den Rest erledigten die Kobolde mit ihren Messern. Überall lagen tote Gnome. Ein einzelner Kasuar humpelte in den Dschungel zurück und zog seinen toten Reiter hinter sich her. Das halbe Dutzend noch lebender Gnome wurde von den Scharfschützen niedergestreckt, noch bevor sich Ignatius' Halswunde wieder geschlossen hatte.

Die Schlacht war zu Ende. Nur das Stöhnen der Sterbenden war noch zu hören.

50

FLETCHER LIESS HEILENERGIE IN DEN SCHNITT auf seiner Wange strömen, dann ging er zwischen den Kobolden und toten Gnomen hindurch zu den Verletzten und kniete sich neben Dalia. Er ließ weißes Licht in ihre Bauchwunde fließen, die sogleich verschwand, als hätte er Wasser über einen roten Farbfleck gegossen.

Rotterham stellte die Füchse in einem Kreis um die Überlebenden auf, für den Fall, dass es noch einen weiteren Angriff gab. Nur Rori und Genevieve gesellten sich zu Fletcher, um ihm mit den Verwundeten zu helfen.

»Ich habe kaum noch Mana«, sagte Genevieve. Ihre Hände zitterten.

»Tu einfach, was du kannst«, krächzte Fletcher. Vor Durst war seine Kehle plötzlich staubtrocken.

Die Arbeit war anstrengend, und seine Manareserven gingen schneller zur Neige, als ihm lieb war. Als Erstes kümmerten sie sich um die Schwerverletzten. Für einen der Zwerge kam jede Hilfe zu spät. Von den vielen Speerwunden in seiner Brust war seine grüne Uniform rot gefärbt. Andere hatten gebrochene Rippen und Glieder. Auch da konnte Fletcher nichts tun. Die Gefahr, dass die Brüche schief zusammenwuchsen, war einfach zu groß. Als Rori und Genevieve all ihr Mana verbraucht hatten, schienten sie die Knochen mit Stofffetzen und abgebrochenen Speerschäften. Bis die Verwundeten wieder kämpfen konnten, würde es eine ganze Weile dauern.

»Wie hoch sind unsere Verluste?«, fragte Fletcher, nachdem er die letzte Wunde – einen tiefen Schnitt im Oberschenkel eines Soldaten – geheilt hatte.

Fechtmeister Caulder verließ den schützenden Ring um die Verwundeten und beugte sich zu den drei Schlachtmagiern hinunter.

»Vier Tote. Ein Zwerg, zwei Menschen und ein Elf«, antwortete er. »Dann gab es noch einen Schädelbruch und einige gebrochene Glieder.«

Fletcher schloss die Augen. Wie hatte das passieren können?

»Ganz ruhig«, flüsterte Caulder besänftigend. »Wir haben uns trotz allem wacker geschlagen. Diese Nichtsnutze sind zu Hunderten über uns hergefallen, es hätte weit schlimmer kommen können. Glaub mir, ich habe es selbst erlebt.«

Fletcher nickte zwar, und doch lief ihm eine Träne über die Wange, die sich mit dem Blut auf seinem Gesicht vermischte. Sie mochten sich ja wacker geschlagen haben, aber sie hatten gute Leute verloren. War es seine Schuld, weil er sie so nahe an den Dschungel geführt hatte? Nicht auszudenken, wie viel mehr Tote es hätte geben können, wenn ihnen die Kobolde nicht unerwartet zu Hilfe gekommen wären. Fletcher wischte sich über die Augen. Erschöpfung breitete sich in ihm aus. Er hatte nicht die Kraft, schon wieder aufzustehen.

»Scheint, als möchte dich einer von unseren Rettern sprechen«, sagte Caulder ganz plötzlich und deutete mit dem Daumen über die Schulter.

Fletcher rappelte sich hoch und schob sich seufzend an seinen Soldaten vorbei. Dabei drückte er ihre Musketen, die sie immer noch auf die Kobolde gerichtet hielten, nach unten. Nach all den Jahren, in denen sie die Kobolde für ihre Feinde gehalten hatten, konnte er seinen Füchsen das Misstrauen nicht verübeln, zudem sahen sie den Gnomen nicht ganz unähnlich. Bis vor einer Weile hätte Fletcher genauso reagiert.

Bestimmt vierzig Kobolde liefen mit gezückten Messern über das Schlachtfeld, um sicherzustellen, dass keiner der am Boden liegenden Feinde noch einmal aufstand. Der Anblick war entsetzlich, und vereinzelte Schreie verrieten, dass sich einige Gnome tatsächlich nur totgestellt hatten. Allerdings eher aus Instinkt denn aus Heimtücke; Fletcher wusste aus eigener Erfahrung, dass Gnome kaum klüger waren als Affen. Sie konnten ja nicht einmal richtig sprechen, geschweige denn Pläne aushecken.

Ein einzelner Kobold stand breitbeinig und mit in die Hüfte gestemmten Händen abseits von allen anderen. Fletcher erkannte ihn sofort an dem ausgefransten Stummel, der seitlich aus seinem Kopf ragte: Es war Halbohr, einer der Häuptlinge, dem er in den Sümpfen begegnet war.

Fletcher ging zu ihm und kniete sich auf den Boden, damit sie auf Augenhöhe waren. »Warum seid ihr hier?«

Halbohr spuckte aus und deutete stumm in Richtung Dschungel. Offensichtlich war er nicht freiwillig hergekommen.

Als Fletcher zu den Bäumen hinüberschaute, stockte ihm der Atem: Hunderte Kobolde kamen aus dem Unterholz und traten blinzelnd ins Freie. Weibchen, Greise und Kinder. Die meisten trugen Proviantbeutel, Werkzeuge oder Waffen auf dem Rücken.

Und sie kamen keineswegs allein: Fletcher sah Springmäuse mit überlangen Ohren und känguruähnlichen Hinterbeinen, die von den Kobolden an Leinen geführt wurden, die aus Gras geflochten waren. Beuteldachse zogen Schlitten mit Koboldkindern hinter sich her und beschnupperten mit ihren langen, spitzen Nasen den Boden. Sogar dickbäuchige Wombats waren dabei, über ihren Rücken hingen Körbe voll von Obst und getrocknetem Fisch. Auf diese Entfernung hin hätte Fletcher sie beinahe für eine besonders kleinwüchsige Bärenart gehalten.

Doch all das registrierte er nur am Rande, denn seine Aufmerksamkeit wurde voll und ganz von einem Kobold in Bann geschlagen, der in der vordersten Reihe auf einer Frettkatze ritt: Blau.

Sein Reittier, das wie eine Kreuzung aus Frettchen und Katze aussah, trabte mit federnden Schritten übers Gras. Als Blau Fletcher entdeckte, ließ er die Frettkatze in Galopp fallen und kam mit einem breiten Grinsen auf dem Gesicht direkt vor Fletcher zum Stehen.

»Wir uns wiedersehen«, sagte Blau und hüpfte ins Gras. Seine vorstehenden Augen strahlten vor Freude. »Du und deine Freunde Glück gehabt, würd' ich sagen.«

»Glück ist gar kein Ausdruck«, erwiderte Fletcher und rang sich ein Begrüßungslächeln ab, was ihm angesichts der Toten ringsum nicht leichtfiel.

»Dir gehen gut?«, erkundigte sich Blau und trat verlegen von einem Fuß auf den anderen, während immer weitere Kobolde aus dem Dschungel strömten. Es mochten mindestens tausend sein. Ihr Anblick veranlasste Fletchers Füchse, ihre Musketen wieder zu heben – für Plaudereien war jetzt einfach nicht der richtige Zeitpunkt.

»Lassen wir die Höflichkeiten beiseite, in Ordnung?«, flüsterte Fletcher. »Was macht ihr hier? Und wo ist Mutter?«

Er hatte den Namen der Orkmatriarchin kaum ausgesprochen, da legte Blau die aufgestellten Ohren traurig an.

»Tot«, antwortete er mit einem Schluchzen. »Orks sie erschlagen.« Selbst Halbohrs hasserfüllte Augen wurden feucht.

»Orks auf dem Weg hierher«, fuhr Blau fort. »Sie alle unsere Stollen gleichzeitig angreifen, Rauch in die Tunnel blasen und uns Hyänen auf den Hals hetzen. Sie uns auslöschen wollen.«

»Sogar ihre eigenen Sklaven?«, fragte Fletcher entsetzt.

»Auch die, aber ein paar entkommen«, fiepte Blau und rang traurig die Hände. »Nicht viele.«

Fletcher konnte es kaum fassen. »Aber warum?«, fragte er. »Die Orks halten euch seit Jahrtausenden als Sklaven.«

»Khan sagen, sie bald Menschensklaven haben werden und deshalb Kobolde nicht mehr brauchen.« Blau sprach jetzt immer schneller, als trieben ihn die vielen Flüchtlinge, die aus dem Dschungel herankamen, zur Eile an.

»Eine Invasion kommen«, fuhr er mit dringlicher Stimme fort. »Viele Tausend Orks. Alle ihre Stämme jetzt zusammen kämpfen, damit danach nie wieder gegen Menschen kämpfen müssen.«

Er deutete nach Osten, wo die Front verlief. Fletcher glaubte, Kanonendonner zu hören. Oder war es nur der Wind?

»Der Himmel steh ihnen bei«, murmelte er. »Ich muss Harold warn…«

»Zu spät«, fiel ihm Blau ins Wort. »Invasion schon begonnen.«

Fletcher biss sich auf die Lippe. Wenn er sofort losflog, wäre er frühestens in einer Stunde an der Front.

Er schaute zu Ignatius hinüber, der sich ein Stück abseits im hohen Gras zusammengerollt hatte und döste. Die Schrecken des Kampfes und ihres Beinahe-Todes steckten dem Drak noch tief in den Knochen. Konnte er ihn wirklich schon der nächsten Gefahr aussetzen, so kurz nachdem sie nur knapp mit dem Leben davongekommen waren?

»Dann waren die Kasuarreiter eigentlich hinter euch her?«, fragte Fletcher, während die ersten Flüchtlinge ängstlich an ihm und seinen Füchsen vorbeischlichen.

Blau schüttelte den Kopf und blickte in Richtung Dschungel.

Erst jetzt merkte Fletcher, dass Blau es nicht wegen seiner Artgenossen so eilig hatte, sondern aufgrund dessen, was dort im Dickicht lauerte.

»Sie sich in zwei Heere aufgeteilt. Orks im Osten, Gnome im Westen«, sagte Blau und breitete die Arme aus. »Sie, wie sagt man? Euch in die Zange nehmen.«

Fletcher spürte einen Kloß im Hals und blickte besorgt zu seinen erschöpften Soldaten hinüber. »Aber wir haben gewonnen, oder? Wir haben die Gnome doch vernichtet!«

Blau schaute ihn traurig an. »Das nur die Vorhut. Die anderen Gnome zu Fuß unterwegs. Vielleicht schon in einer Stunde hier.«

»Wie viele?«

Blau antwortete nicht. Stattdessen kletterte er wieder auf seine Frettkatze und kraulte ihr seidiges Fell.

»Ich habe dich gefragt, wie viele?«, fuhr Fletcher auf. Seine Sorge drohte sich in nackte Angst zu verwandeln.

Blau schloss die Augen und sagte nur ein einziges, entsetzliches Wort:

»Tausende.«

51

FLETCHER BERIEF EIN STÜCK ABSEITS von den Soldaten einen sofortigen Kriegsrat mit seinen Offizieren ein. Die Kobolde hatten die Kluft inzwischen passiert und waren auf dem Weg in die trügerische Sicherheit der Grafschaft Rale. Fletcher hatte die verletzten Füchse mit ihnen geschickt, außerdem eine Nachricht an Berdon, dass die Ralsheimer sofort nach Corcillum fliehen sollten.

»Wir können den Pass nicht alleine halten«, sagte Caulder, nachdem Fletcher ihnen die schrecklichen Neuigkeiten überbracht hatte.

»Wir sind nicht allein«, entgegnete Fletcher. »Blau hat uns die Hilfe von zweiundvierzig Kobold-Kriegern versprochen.«

»So wenige?«, fragte Genevieve.

»Die meisten ihrer Krieger haben auf der Flucht das Leben verloren«, erwiderte Fletcher. »Sie mussten auf dem Weg hierher unentwegt kämpfen und haben – wie ich hinzufügen möchte – dabei den Großteil ihrer Pfeile verschossen. Wir können von Glück reden, dass sie uns überhaupt Hilfe anbieten.«

»Na, zweiundvierzig Kobold-Krieger werden's bestimmt rausreißen«, brummte Rotterham. »Vorhin haben sie auf offenem Feld und obendrein aus dem Hinterhalt angegriffen. In der Enge der Kluft werden sie nicht lange überleben.«

»Wie wir sie am geschicktesten einsetzen, überlegen wir uns später«, erklärte Fletcher. »Viel wichtiger ist, dass wir die Schlacht gar nicht gewinnen müssen, sondern die Gnome nur so lange aufzuhalten brauchen, bis Hilfe eintrifft.«

»Welche Hilfe?«, fragte Rori. »Von den Ralsheimern etwa? Die wissen nicht einmal, wie man eine Muskete lädt.« Seine Augen waren voller Angst, und Malachi flatterte nervös um seinen Kopf herum.

»Natürlich nicht. Sie sind Siedler, keine Soldaten. Ich würde sie niemals für uns kämpfen lassen.«

»Wer soll uns dann helfen?«, fragte Genevieve.

Fletcher nahm einen tiefen Atemzug. »Didric.«

»Wie bitte?«, prustete Rori. »Bist du verrückt geworden?«

»Er hat sechzig voll ausgebildete Soldaten, und sie sind nur ein paar Wegstunden von hier entfernt«, entgegnete Fletcher. »Wenn wir die Grafschaft Rale mit ihrer Hilfe retten können, soll es mir recht sein.«

»Und was, wenn wir dann immer noch zu wenige sind?«, fragte Rori wütend. »Dein Kobold-Freund hat von Tausenden Gnomen gesprochen. Wie viele sind es genau? Zweitausend, zehntausend? Das ist ein verflucht großer Unterschied.«

»Er wird sie kaum unterwegs gezählt haben«, bellte Fletcher. »Tatsache ist, wenn wir den Pass nicht halten können, marschieren die Gnome geradewegs durch die Grafschaft und fallen unseren Truppen an der Front noch vor dem Morgengrauen in den Rücken. Das dürfen wir nicht zulassen.«

»Weniger als einhundert Soldaten, die einander auch noch hassen, dazu kommen ein paar dahergelaufene Kobolde gegen Tausende von Gnomen. Nicht auszudenken, wie viele es wären, wenn ihr nicht einen Teil der Eier zerstört hättet…«, murmelte Caulder.

»Wir werden nicht weichen«, erklärte Fletcher. »Aber der Fechtmeister hat recht: Selbst mit Didrics Männern sind wir vielleicht immer noch zu wenige. Wenn wir eine Nachricht an die Orkfront schicken, könnte mit etwas Glück schon einen halben Tag später berittene Verstärkung eintreffen.«

Er wandte sich an Rori und Genevieve. »Geht zum Wagen und holt euch Schreibzeug. Wir müssen alle über diese Bedrohung in Kenntnis setzen. Genevieve, du schreibst an Didric und beschwörst ihn herzukommen. Und du, Rori, schreibst an König Harold, Arcturus, Othello, Lovett – an jeden, der im Augenblick an der Front kämpft. Schickt die Briefe mit euren Kerfen. Sie müssen so schnell wie möglich ankommen.«

»Unsere Manareserven sind erschöpft!«, widersprach Rori. »Ohne unsere Kerfe sind wir …«

»Ebenso wie jeder andere Soldat«, unterbrach Fletcher und blickte den beiden fest in die Augen. »Was ich brauche, sind eure Führungskraft und euer Mut. Ihr seid mehr als nur Schlachtmagier, ihr seid nämlich Offiziere, und zwar verdammt gute.«

Rori und Genevieve nickten grimmig.

»Und jetzt geht, die Zeit läuft uns davon.«

Fletchers Gedanken rasten. Er musste sich einfallen lassen, wie er diesen Kampf gewinnen konnte. Sein Blick schweifte über die Landschaft, sprang vom Schlachtfeld zum Dschungel, dann zu den Bergen und wieder zurück. Eine erste Ahnung stieg in ihm auf – eine bestenfalls halb ausgegorene Idee, die funktionieren konnte oder auch nicht. Aber er musste es versuchen.

Er verschränkte die Hände hinter dem Rücken und ging mit langen, entschlossenen Schritten zu seinen Soldaten.

»Hört zu, Leute!«, begann er. Kobe hatte ihn nicht kommen hören und zuckte erschrocken zusammen. »Uns steht noch ein weiterer Kampf bevor.«

Fletcher sah die Furcht in ihren Augen, einige schauten sogar in Richtung Ralsheim, als suchten sie nach einer Fluchtmöglichkeit.

»Ihr habt mich heute mit Stolz erfüllt. Wir wurden von einer zehnfachen Übermacht berittener Gnome in einen Hinterhalt gelockt, aber wir haben gewonnen, und das auf offenem Feld! Wir sind bereit. Zeigen wir ihnen, was wir draufhaben.«

Ein paar nickten entschlossen, andere tuschelten leise untereinander – unter ihnen waren auch Logan und seine Kumpane.

Fletcher stellte sich vor Logan hin und zwang ihn, ihm in die Augen zu schauen. »Alles, was ich von euch verlange, ist Vertrauen. Ihr wisst, wer ich bin. Ich habe im Herzen des Orkreichs gegen die Gnome gekämpft und überlebt. Ich habe im Abgrund jenseits des Äthers gegen Wyvern und Schamanen gekämpft, ganz allein, und trotzdem lebe ich noch. Wir können es schaffen.«

Er blickte seine Füchse durchdringend an. »Ich bin ein Freund von Zwergen und Elfen. Ich bin ein Beschwörer und ausgebildeter Schlachtmagier. Ein Adliger, der aufgewachsen ist wie ein Bürgerlicher. Ich wurde angeklagt und in den Kerker geworfen«, schallte seine Stimme über das Schlachtfeld hinweg. »All das bin ich, aber das ist nichts im Vergleich zu dem, was *wir* heute Nacht vollbringen werden. Hier werden wir kämpfen und uns einen Namen für die Ewigkeit machen.«

Fletcher verstummte, um seine Worte wirken zu lassen.

»Ihr sollt wissen, dass östlich von hier eine Schlacht tobt, wie die Welt sie noch nicht gesehen hat. Tausende sterben, noch während ich hier spreche, und der Ausgang ist ungewiss. Aber wenn wir den Feind hier nicht aufhalten, wird er alles zerstören, was uns lieb und teuer ist. Niemand kann diese Aufgabe erfüllen – außer uns. Wir *werden* diesen Pass halten, bis Hilfe eintrifft.«

Die Soldaten schauten ihn an. Fletcher sah, wie sie eine Entscheidung trafen. Ihr Blick wirkte hart und entschlossen, und das genügte. Es musste.

»Feldwebel Rotterham«, rief er über die Schulter, »nehmt zehn Männer und sammelt von den Toten alles an Munition, Schwertern und Musketen auf, was noch zu gebrauchen ist. Kobe, Gallo, ihr zerkleinert den Manchinelbaum und bringt mir das Holz. Zieht euch Handschuhe an und nehmt euch vor dem Harz in Acht.«

»Den Baum, Herr?«, fragte Kobe verwirrt.

»Der Feind ist vielleicht schon in einer Stunde hier. Tut es einfach!« Fletchers Stimme knallte wie eine Peitsche, und die beiden eilten los.

»Die Scharfschützen gehen oben bei der Ruine des Wachturms in Stellung, die Büchsen geladen und feuerbereit. Alle anderen laufen in den Dschungel und bringen mir jeder ein Bündel Bambus. Wir treffen uns bei der Kluft. Beeilt euch!«

Keiner zögerte mehr, und schon nach wenigen Augenblicken war Fletcher allein mit den Gefallenen auf dem Schlachtfeld. Voller Scham schaute er sie so lange an, bis sich das Bild in sein Gedächtnis gebrannt hatte. Die Zeit war zu knapp, um sie oder die toten Forsys-Furien zu beerdigen. Es war ein schmachvolles Ende für diese tapferen Männer und Frauen.

Hinter ihm ertönte ein Räuspern.

Es war Manhard. Fletcher hatte ihn beinahe vergessen. Der junge Bursche lag zwischen den Leichen und trank gierig aus der Feldflasche, die ihm einer der Füchse gegeben hatte.

»Danke, dass ihr meine Wunden geheilt habt, Herr«, krächzte er. »Ohne Euch wär ich jetzt mausetot.«

»Sag mir, was passiert ist«, erwiderte Fletcher ohne lange Vorrede.

»Nachdem ich mich während des Einsatzes so gut geschlagen hatte, haben mich die Forsys befördert und hierhergeschickt. Ist ein gemütlicher Posten, haben sie gesagt.«

»Da haben sie sich wohl getäuscht«, merkte Fletcher an.

»Verzeiht meine Ausdrucksweise, aber das Problem war dieser Trottel von Hauptmann«, sprach Manhard mit einem fassungslosen Kopfschütteln weiter. »Lässt uns das Lager auf der falschen Seite der Kluft aufschlagen, damit er sich zum Bräunen in die Sonne legen kann. Die Gnome haben uns praktisch mit runtergelassenen Hosen erwischt.«

»Was hat es mit dem Baum auf sich? Warum du?«

»Nun ja, ich hab ein paar von ihnen erschlagen, also schätze ich, es wird Rache gewesen sein. Sie wollten mich einen langsamen Tod sterben lassen und gleichzeitig als Köder verwenden. Eine Stunde noch, dann wär's vorbei mit mir gewesen.«

»Gut, dass es nicht so weit gekommen ist.« Fletcher hob eine Muskete vom Boden auf und reichte sie Manhard. »Wir brauchen jeden Mann, um den Pass zu halten. Auch dich.«

»Ich werde kämpfen«, erwiderte Manhard furchtlos. »Ich hol nur noch mein Falchion, dann schlage ich … Was war es noch mal, Bambus? Wozu braucht Ihr den?«

»Lass das meine Sorgen sein«, antwortete Fletcher knapp. »Und jetzt los. Wir haben nicht eine Sekunde mehr zu verlieren.«

52

SIE KAUERTEN HINTER EINER NIEDRIGEN Steinmauer und beobachteten den Dschungel. Während der letzten Stunde hatten alle hektisch gearbeitet, und nun waren sie so bereit, wie sie nur sein konnten. Die toten Soldaten lagen hinter ihnen in der Schlucht, respektvoll mit Zeltplanen abgedeckt.

Die Mauer war alles andere als solide. Als »Ziegel« hatten sie die Trümmer des eingestürzten Wachturms verwendet und sie mit einem notdürftigen Mörtel aus Wasser und staubiger Erde zusammengekittet. Sie war u-förmig, damit sie den Feind aus allen Richtungen unter Feuer nehmen konnten, sobald er die Kluft erreichte. Fletchers Soldaten hielten ihre geladenen Musketen auf den Dschungel gerichtet. Bei den toten Forsys-Furien hatten sie noch dreißig weitere gefunden, die sie als Ersatz verwenden konnten, bevor sie nachladen mussten.

Blau und seine Krieger waren ebenfalls hier. Sie waren so klein, dass sie nicht mal über die Mauer sehen konnten, und würden den Füchsen ihre Ersatzmusketen reichen. Halbohr schaute missmutig drein. Er war wütend, weil ihre Maras mit dem Flüchtlingstross weitergezogen waren. Aber in der Enge der Kluft waren die Reittiere nun mal nicht zu gebrauchen.

»Siehst du schon was?«, fragte Caulder und spähte mit zusammengekniffenen Augen über den Wall.

»Noch rührt sich nichts«, antwortete Fletcher mit einem Blick auf seinen Hellsehkristall, den er an einem Gestell vor der Stirn trug. Athena hatte sich weit oben in einer Felsspalte versteckt und beobachtete mit ihren scharfen Augen den Dschungel. Das Bild auf dem Kristall war glasklar, aber außer Blättern, die im Wind wogten, war nichts zu sehen. Trotzdem konnten die Gnome schon wenige Schritte hinter der Baumlinie lauern.

Was Ignatius anging, hatte Fletcher seine Lektion gelernt. Der Drak hatte keinen Schuppenpanzer wie die Wyvern und bot wegen seiner Größe ein viel zu leichtes Ziel für die Speere und Lanzen der Gnome. Also hatte ihn Fletcher in die Lüfte geschickt, um die Dämonen abzufangen, die dem Heer der Gnome möglicherweise als Späher vorausflogen. Ab und zu glitt sein Schatten über sie hinweg, während der Drak hoch über ihnen kampflustig seine Kreise zog.

»Wie steht es um unsere Munition?«, rief Fletcher über die Schulter.

»Bis jetzt haben wir zusätzlich einhundertfünfzig Schuss«, antwortete Gallo und hielt eine der eilig angefertigten Ersatzpatronen hoch. »Besonders hübsch sind sie allerdings nicht.«

Gallo und drei weitere Soldaten hatten in der Zwischenzeit über einem kleinen Feuer das Blei eingeschmolzen, das sie mitgebracht hatten, und danach zu Musketenkugeln gegossen, die zwei ihrer Kameraden dann zusammen mit dem restlichen Schießpulver in kleine Papiertütchen gewickelt hatten. Bei der Unzahl von Gnomen, die über sie herfallen würden, brauchten sie so viel Ersatzmunition wie nur irgend möglich.

Die Mauer diente noch einem weiteren Zweck: Sie sollte die Füchse und Koboldkrieger nicht nur vor den Speeren und Spießen schützen, sondern auch von Fletchers Notfallplan ablenken. Wenn es zum Schlimmsten kam und den Gnomen der Durchbruch gelang, hatte er noch eine Überraschung für sie parat.

»Das war's!«, rief Gallo und deutete auf eine Reihe von Säcken voller Ersatzmunition. »Das Blei ist alle und das Schießpulver auch.«

»Gute Arbeit«, erwiderte Fletcher. »Verteilt die Munition, und gebt auch den Scharfschützen beim Wachturm was ab, damit sie auf Musketen wechseln können, sobald sie ihre Büchsen leer geschossen haben.«

Gallo musterte das schmale Felsband, das zu Rotterhams Scharfschützen hinaufführte, und wurde blass.

»Ich mach das«, sagte Logan, als er Gallos entsetztes Gesicht sah.

Der Zwerg nickte dankbar, Gallo nahm ihm den Sack mit Munition ab und rannte sofort los.

Trotz seiner Anspannung musste Fletcher lächeln. Manchmal folgte auf Regen eben doch Sonnenschein: All der Groll zwischen Elfen, Menschen und Zwergen war vergeben und vergessen. Wenn sie das hier überlebten, wären die Füchse auf ewig zusammengeschweißt.

»Wo zum Teufel kommen die auf einmal her?«, raunte Caulder genau in dem Augenblick, als Fletcher Ignatius' Kampfgeist aufflammen spürte.

Ein toter Würger schlug mit einer klaffenden Bauchwunde klatschend vor dem Wall auf, Federn flogen durch die Luft, und Caulder schimpfte wüst, als ein Blutspritzer ihn im Gesicht traf. Hoch über ihnen stieß Ignatius einen wilden Kampfschrei aus, da fiel schon der nächste Würger tot vom Himmel. Der Drak war ganz in seinem Element, Fletcher sah ihn immer wieder auf die kleinen schwarzen Punkte hinabstoßen, die ihn aus allen Richtungen angriffen. Das konnte nur eines bedeuten.

»Es geht los!«, rief Fletcher.

Er zog Flamme aus dem Holster und legte den Lauf auf die Mauerkrone, doch niemand hörte seine Worte, denn noch im gleichen Moment brach ein entsetzlicher Lärm los. Ein Schmerzensschrei, der aus hundert Kehlen zu kommen schien, zerriss die Luft und hallte von den Felswänden wider, begleitet von einem wilden Getrommel, das Fletcher geradewegs ins Mark fuhr.

Dann kamen am Rand des Dschungels die ersten Gnome in Sicht. Ihre kränklich graue Haut wirkte vor dem saftigen Grün der Bäume besonders schaurig.

»Noch nicht schießen«, befahl Fletcher, als er sah, wie einer der Füchse seine Muskete so fest umklammerte, dass seine Fingerknöchel weiß hervortraten.

Dann konzentrierte er sich auf das Bild in seinem Hellsehkristall. Mehr Gnome, als er zählen konnte, marschierten ohne jede erkennbare Ordnung auf die Wiese hinaus. Wie die Kasuarreiter waren auch sie lediglich mit einem Lendenschurz bekleidet, dafür hatten sie Schilde aus Leder, auf denen sie mit ihren Speeren einen wilden Rhythmus trommelten. Woher die Schreie kamen, wusste Fletcher allerdings noch immer nicht.

»Was ist das plötzlich für ein Lärm?«, rief Logan, der gerade von Rotterhams Scharfschützen zurückgekehrt war.

»Das sind Todespfeifen«, antwortete Manhard, der gleich neben Fletcher kauerte und mit beiden Händen sein riesiges Falchion umklammert hielt. »Die Orks verwenden sie, um ihren Gegnern Angst zu machen. Sie klingen furchtbar, aber es sind nur Pfeifen. Lasst euch davon nicht ins Bockshorn jagen.«

Tatsächlich kamen hinter der ersten Welle Gnome nun auch Orks aus dem Dschungel. Sie trugen große Macanas auf dem Rücken und führten kläffende Hyänen an Leinen, während sie mit ihren langen Peitschen die Gnome vor sich hertrieben wie Vieh. Als sich Athenas Blick auf sie richtete, sah Fletcher die totenkopfförmigen Tonpfeifen zwischen ihren Hauern, die der Ursprung des schrecklichen Heulens waren.

»Leichter gesagt als getan«, erwiderte Logan und ging hinter der Mauer zitternd in Stellung.

Fletcher sah, dass die Gnome immer noch außerhalb der Reichweite ihrer Musketen waren. Rotterham hatte auf der Wiese zwei Reihen von Stöcken aufgestellt, damit die Männer wussten, wann sie schießen konnten: Die erste galt den Musketieren, die dahinter den Scharfschützen. Genau zwischen den beiden Linien blieben die Gnome auf Befehl der Orks hin stehen.

»Na los, kommt schon«, hörte Fletcher Rotter knurren, aber die Gnome rührten sich nicht.

Als die Todespfeifen endlich verstummten, legte sich eine unheimliche Stille über die gesamte Schlucht, während die Orks das Willkommensgeschenk, das die Füchse für sie vorbereitet hatten, misstrauisch beäugten:

Sie hatten die Leichen der Kasuarreiter in einer makabren Zurschaustellung von verrenkten Gliedern und klaffenden Wunden über die Wiese verteilt. Dazwischen lagen die toten Kasuare. Der Gestank war bestialisch, aber er rührte nicht von den Kadavern her, denn dafür waren sie zu frisch. Nein, Fletcher war endlich eine Verwendungsmöglichkeit für die Käsefrüchte eingefallen, die sie mitgenommen hatten: Die Soldaten hatten sie aufgeschnitten und unter den Leichen versteckt, wo sie nun einen durchdringenden Verwesungsgeruch verströmten – den Geruch des Todes.

Die Orks hatten versucht, ihnen mit ihren Todespfeifen Angst zu machen, und nun zahlten die Füchse es ihnen zehnfach zurück.

Orks und Gnome sahen ihre Vorhut abgeschlachtet auf dem Boden liegen, ohne einen Hinweis darauf, wer oder was sie getötet hatte. Es konnten Tausende sein, die dort in der Kluft auf sie lauerten.

»Feldwebel Rotterham, ihr nehmt sie mit einer Büchsensalve in Empfang!«, rief Fletcher zum Wachturm hinauf. Seine Stimme hallte unnatürlich laut von den Felswänden wider. »Zielt auf die Orks, denn sie sind die Anführer.«

»Verstanden«, erwiderte Rotter. »Ihr habt den Befehl gehört, und schießt ja nicht daneben!«

»Aber sie sind so weit weg, Herr«, stöhnte einer der Schützen nervös.

»Deshalb sollt ihr ja auch auf die Brust zielen, nicht auf den Kopf«, erwiderte Rotterham aufmunternd. »Ganz ruhig jetzt. Sucht euch ein Ziel, krümmt den Zeigefinger schön langsam und gleichmäßig und vergesst das Ausatmen nicht. Auf mein Zeichen ... *Feuer!*«

Fletcher hörte die Büchsen donnern, eine halbe Sekunde später schlugen die Kugeln ein. Ein fehlgegangener Schuss riss einen Gnom von den Beinen, ein zweiter zertrümmerte einen von Rotterhams Stöcken, aber alle anderen trafen. Ein Ork sank tot zu Boden, und seine Artgenossen zuckten entsetzt zusammen, als hätte eine Hornisse sie gestochen. Zwei weitere Orks sanken auf die Knie, ein dritter hielt sich den Arm. Nicht ein einziger wurde zweimal getroffen – was ein eindrucksvoller Beleg dafür war, wie gut Rotter seine Schützen ausgebildet hatte.

Ein Schrei ging durch die Reihen der Gnome, die sich panisch zurückzogen und dabei einer über den anderen stolperten. Offensichtlich glaubten sie, der Himmel selbst habe auf sie geschossen.

»Hört auf zu gaffen und ladet nach«, bellte Rotterham. »Das hier ist Krieg und keine Zielübung.«

Ladestöcke klapperten, dann wurde das Geräusch vom wütenden Gebrüll der Orkoffiziere übertönt. Eine Hyäne stürzte sich auf einen der fliehenden Gnome, packte ihn am Hals und schüttelte ihn wie eine Puppe hin und her. Peitschen knallten, dann rannten die Gnome wieder in die andere Richtung und stolperten über ihre zuvor gestürzten Kameraden, so eilig hatten sie es, zu ihren Stellungen zurückzukehren.

»Als würden sie eine Schafherde vor sich hertreiben«, flüsterte Manhard.

»Bloß dass die Orks keine Hirtenhunde sind, sondern eher Wölfe«, murmelte Logan.

»Ruhe im Glied«, fauchte Caulder und brachte die beiden zum Schweigen.

Inzwischen schaute Fletcher wie gebannt auf seinen Hellsehkristall. Etwas bewegte sich im Dschungel. Es war so groß, dass die Bäume davor erzitterten. Wie die Bugwelle eines großen Schiffes kam die Bewegung geradewegs auf sie zu. *Wumm, wumm, wumm!,* hallten die schweren Schritte durch die Schlucht und ließen selbst den Fels ringsum erzittern.

Ein grauer Gigant brach aus dem Dschungel, und die Gnome stoben panisch auseinander. Seine großen Ohren flatterten im Wind, während sich der riesenhafte Dämon mit stampfenden Schritten näherte.

»Was zum Teufel ist das?«, wimmerte Logan.

Es war ein Phantaur, der seltenste aller Orkdämonen. Er sah wie ein auf den Hinterbeinen laufender Elefant aus und überragte selbst die Orks um mindestens das Doppelte. Seine ledrige Haut war so dick, dass keine Kugel sie durchschlagen konnte. Die riesigen Fäuste wirkten genauso furchterregend wie der kräftige Rüssel und die langen, gezackten Stoßzähne, die wie eine Sense bei jedem Schritt von links nach rechts fuhren.

Als auch sein Bändiger zwischen den Bäumen hervorkam, blieb der Phantaur stehen. In seinem Kristall sah Fletcher, dass es sich um einen greisen Schamanen handelte, der keinen einzigen Zahn mehr im Mund hatte und eine abgewetzte, löchrige Kutte trug. Bei jedem zittrigen Schritt stützte er sich auf einen langen Stock. Einen Augenblick lang bemitleidete ihn Fletcher beinahe.

Dann hob der Schamane die Hand und ließ eine Feuerkugel über seinem knorrigen Zeigefinger erscheinen, die so hell leuchtete, dass Fletcher sie selbst ohne den Kristall deutlich erkennen konnte. Es war die größte, die er je gesehen hatte.

»In Deckung!«, brüllte er.

Alle Füchse warfen sich zu Boden und pressten die Hände über den Kopf. Mit einem Mal kam ihnen ihr gemauerter Schutzwall vor, als bestünde er aus Papier.

In seinem Kristall beobachtete Fletcher gebannt, wie die Feuerkugel immer weiter anschwoll, bis sie größer war als der Schamane selbst. Dann schoss sie in einem hohen Bogen in die Luft. Sie zog einen breiten Rauchschweif hinter sich her und war so heiß, dass die Luft ringsum flimmerte. Kein Schild, den Fletcher aufspannen konnte, war stark genug, um etwas von dieser Größe standzuhalten – nicht mit den wenigen Manareserven, die er noch hatte.

Die Feuerkugel stieg immer weiter auf und war jetzt so hell, als schaue Fletcher direkt in die Sonne. Als sie den höchsten Punkt erreichte, stieß der Phantaur eine kreischende Fanfare aus, die Fletcher das Blut in den Adern gefrieren ließ. Zwei Sekunden lang geschah gar nichts, dann preschten die Gnome, brüllend vor Mordlust, los.

Die Schlacht um die Grafschaft Rale hatte begonnen.

53

»IGNATIUS, SCHNELL!«, BRÜLLTE FLETCHER.

Der Drak stürzte mit angelegten Flügeln herab und durchschlug die Feuerkugel wie ein Pfeil einen Apfel.

In einem gleißenden Lichtblitz explodierte die Kugel, aber Fletcher spürte keinen Schmerz vonseiten Ignatius'. Die Flammen leckten über die Haut des Drak, ohne irgendeinen Schaden anzurichten, und die Kugel zerbarst in Dutzende kleinere Zauber, die sich wie ein Feuerregen über die Felsen ringsum ergossen.

Einige davon schlugen brennend gegen ihren Schutzwall, mehrere Steine wurden herausgerissen und ließen die Soldaten erschrocken zurücktaumeln. Ein Zwerg schrie auf, weil sein rechter Ärmel Feuer gefangen hatte. Panisch schlug er auf den brennenden Stoff ein, da rauschte Ignatius über ihre Köpfe hinweg. Der von seinen Flügelschlägen verursachte Luftzug löschte den Brand, dann erhob er sich wieder in die Lüfte, um den Kampf gegen die Orkdämonen erneut aufzunehmen.

»Haltet euch bereit!«, bellte Caulder und leerte seine Feldflasche über dem schwelenden Ärmel des Zwergs aus.

Das Trampeln mehrerer Hundert Gnomfüße hallte durch die Schlucht, während die Füchse ihre Musketen in Anschlag brachten. Von den Felswänden tropfte Gestein, das beim Einschlag der Feuerkugel geschmolzen war, und erstarrte zu glitzernden Kristallen. Fletcher zog Flamme aus dem Holster und dankte den Göttern, dass die Überraschung, die er und seine Männer vorbereitet hatten, von dem Feuer verschont geblieben war.

Über die Freifläche jenseits des Schutzwalls ergoss sich eine Flutwelle aus grauen Leibern in ihre Richtung. Fletcher hörte, wie die Büchsen bereits feuerten. Die von den Kugeln getroffenen Orks strauchelten, rannten aber in ihrem Kampfrausch noch mehrere Meter weiter, bis sie endlich zu Boden gingen, dann erreichten die ersten Gnome die zweite Linie aus Pfählen.

»Feuer!«, bellte Caulder.

Ein ohrenbetäubender Knall und der Rauch aus den Mündungen der Musketen betäubten einen Moment lang Fletchers Sinne, dann drückte auch er ab. Der Kugelhagel schlug breite Lücken in die vorderste Reihe der Gnome, die zweite stolperte und stürzte über die Gefallenen. Unterdessen reichten die Kobolde den zitternden Schützen die noch nicht abgefeuerten Musketen.

»Feuer!«, rief Fletcher.

Die zweite Salve war zwar weniger präzise als die erste, aber genauso tödlich. Mehrere Gnome stürzten, doch die anderen rannten immer weiter, angetrieben von den Peitschen ihrer Herren. Wieder bellten die Büchsen, und ein weiterer Ork fiel tot nach hinten um. Aber es reichte nicht …

Nur eines konnte sie jetzt noch retten.

Caulder ging hinter seinen Männern auf und ab. »Nachladen«, befahl er mit lauter, aber gelassener Stimme. »Immer schön sachte jetzt, in der Ruhe liegt die Kraft!«

Eine Vespe schlug klatschend auf den Boden. Ignatius hatte sie weit über ihren Köpfen mit einem Schnabelhieb beinahe zweigeteilt. Ladestöcke klapperten, einer der Füchse fluchte, als ihm das Schwarzpulvertütchen aus den zitternden Händen fiel.

Die Gnome waren noch fünfzig Schritte weit entfernt. Vierzig.

»Feuer frei«, knurrte Caulder. »Schießt nach eigenem Ermessen. Macht ihnen die Hölle heiß!«

Musketenkugeln surrten durch die Luft, Angreifer wurden zu Boden gerissen und von ihren nachfolgenden Kameraden zertrampelt.

»Konzentriert das Feuer auf die ganz vorne!«, rief Fletcher. Er riss Brise aus dem Holster und zielte auf einen der schnelleren Gnome, die vor der Horde herrannten. Er drückte ab und spürte den Rückstoß bis in die Schulter, dann stürzte der Gnom – nur noch ein Dutzend Schritte von der Mauer entfernt. Fletchers zweite Kugel schlug irgendwo in dem Mob dahinter ein, da holte Manhard einen weiteren Gnom mit einem gezielten Schuss von den Beinen.

Der Schwefelrauch, der nun wie eine Nebelwolke über der Lichtung lag, machte es beinahe unmöglich, die anbrandenden Gnome zu erkennen, da erreichten die ersten die Kluft. Mit erhobenen Speeren und Schilden stürmten sie heran, nur um unter einer Salve von Rotterhams Scharfschützen zu Boden zu gehen. Fletcher spürte Athenas Angst, vermischt mit dem Schmerz, den die von den fliegenden Orkdämonen geschlagenen Wunden Ignatius verursachten.

Das Hauptheer war jetzt zwanzig Schritte von der Kluft entfernt. Nur noch ein bisschen näher …

Zehn Schritte. *Jetzt.*

Fletcher sprang auf die Mauer.

»Feuer einstellen und nachladen«, befahl Caulder.

»Scharfschützen, ihr gebt ihm Deckung!«, ertönte Rotterhams Stimme von oben, und dann rannte Fletcher los.

Eine Flamme züngelte aus seinem Zeigefinger. Die Gnome kamen immer näher, Fletcher konnte den Gestank ihrer ungewaschenen Körper riechen. Das Herz schlug ihm bis zum Hals, Büchsenschüsse streckten ein paar der Angreifer nieder, ein Speer sauste an Fletchers Kopf vorbei und zersplitterte hinter ihm an der Mauer.

Etwa hundert Feinde hatten es mittlerweile bis kurz vor die Kluft geschafft. Als sie Fletcher ganz allein in ihre Richtung rennen sahen, versuchten sie verwirrt, ihr Tempo zu verlangsamen, aber die nachfolgenden Reihen schoben sie unaufhaltsam weiter.

Nur einen Steinwurf von der ersten Reihe entfernt landete Fletcher mit einem Hechtsprung auf dem Boden und ließ die Flamme auf seinem Finger in einem orangefarbenen Blitz auf ihr Ziel zuschießen: die vorbereitete Überraschung.

Sie bestand aus einhundert, halb im Boden vergrabenen Bambusstöcken, zu denen eine lange Zündschnur führte. In der Mitte lag auf einem kleinen Hügel die verrostete Thorsager-Kanone. Wie die Bambusstöcke war auch sie bis zum Rand mit Schießpulver und scharfkantigen Kieseln gefüllt.

Ein Speer bohrte sich neben Fletcher in den Boden und schnitt den Ärmel seiner Jacke auf. Im gleichen Augenblick fing die Zündschnur Feuer und brannte viel zu schnell herunter.

»Lauf!«, brüllte Rori, als er sah, was gleich passieren würde.

Fletcher lief.

Hals über Kopf rannte er zur Mauer zurück und spannte gerade noch rechtzeitig einen Schild über seinem Rücken auf, denn nur einen Wimpernschlag später spürte er bereits, wie mehrere Gnomspeere knisternd daran abprallten.

Rotterhams Scharfschützen erwiderten das Feuer, und Genevieve schrie: »Runter!«

Fletcher warf sich der Länge nach hin, der Boden um ihn herum wackelte, als würde die Welt aus den Angeln gerissen. Ein Explosionsdonner hallte durch die Schlucht, Rauch und Staub flogen auf, und in seinem Kristall sah Fletcher, wie die Gnome von Abertausenden kleinen Steinchen zerrissen wurden. Die gesamte vordere Angriffswelle wurde wie von einer unsichtbaren Faust getroffen und zurückgeschleudert. Die in der Mitte erwischte es am schlimmsten. Der Splitterhagel aus der Thorsager-Kanone mähte einfach durch sie hindurch und traf sogar diejenigen, die die Kluft noch gar nicht erreicht hatten.

Einen Moment lang herrschte Stille. Die einzigen Geräusche waren das Pfeifen des Windes und das Stöhnen der Sterbenden.

»Feuer!«, bellte Fletcher.

Die Musketenkugeln pfiffen durch die Luft und stürzten sich wie ein zorniger Wespenschwarm auf die wie betäubt dastehenden Überlebenden.

»Nicht nachlassen«, befahl Caulder und ließ sich von Blau eine Muskete reichen.

Die zweite Salve fällte weitere Gnome links und rechts von Fletcher, dann folgten die Büchsenkugeln und streckten einen Teil der überlebenden Orks nieder, die auf diese kurze Entfernung kaum zu verfehlen waren.

Hoch oben stieß Ignatius ein triumphierendes Brüllen aus, dann stürzte ein Ahool tot vom Himmel und begrub mit seinen ledrigen Schwingen ein weiteres Dutzend Gnome unter sich.

Als sie den toten Ahool sahen, wandten sich alle Gnome, die noch auf den Beinen waren, zur Flucht.

54

DAS BLATT HATTE SICH GEWENDET, die graue Welle aus Angreifern rannte in Richtung Dschungel, zurück blieben Hunderte Tote. Selbst die Orks hatten sich bis außerhalb der Reichweite der Feuerwaffen zurückgezogen und bellten ihre Befehle, doch nicht einmal sie konnten verhindern, dass die Gnome zu Dutzenden in den Dschungel flohen. Weit oben ergriffen auch die Orkdämonen hektisch die Flucht, nachdem der Ahool Ignatius' Klauen zum Opfer gefallen war.

Und trotzdem musste Fletcher entsetzt zusehen, wie immer noch mehr Gnome auf die Lichtung strömten und sich um den reglos dastehenden Phantaur scharten, noch während ihre fliehenden Kameraden zwischen den Bäumen verschwanden. Wie viele mochten weiterhin im Schutz des Dschungels lauern?

Fletcher setzte sich auf und merkte, dass ihn sein Schild nicht nur vor den Speeren gerettet hatte, sondern auch vor dem verheerenden Steinhagel: Zwar hatten die meisten Bambusrohre gehalten und ihre tödliche Ladung den Gnomen entgegengespuckt, aber ein paar waren doch geborsten. Die scharfkantigen Kiesel waren unkontrolliert in alle Richtungen geflogen, auch in Fletchers. Wurfspieße und Kiesel hatten seinem Schild so stark zugesetzt, dass es sich kaum noch lohnte, ihn wieder in sich aufzunehmen. Fletcher tat es trotzdem, denn seine Manareserven waren beinahe erschöpft.

Als er wieder bei seinen Füchsen war, durchkämmte Blau mit seinen Kobold-Kriegern die Reihen der gestürzten Gnome, um den Überlebenden mit ihren Holzdolchen den Rest zu geben. Fletcher blendete das schreckliche Schmatzen der Klingen aus, so gut er konnte, und kletterte über die Mauer. Er zitterte. Ob das Adrenalin in seinen Adern der Grund dafür war oder vielleicht Furcht, konnte er nicht sagen.

»Feige Hunde«, schnaubte Logan mit einem breiten Grinsen auf dem pockennarbigen Gesicht.

In seinem Kristall sah Fletcher, wie die Orks mit ihren Peitschen erbarmungslos auf die fliehenden Gnome einschlugen, während die Hyänen am Rand des Dschungels auf und ab liefen und nach den Flüchtigen schnappten. Es konnte nicht mehr lange dauern, bis die Orks ihre verängstigten Soldaten wieder unter Kontrolle hatten oder mit den Neuankömmlingen einen weiteren Angriff führten.

Zumindest würden sie beim nächsten Mal vorsichtiger sein. Bestimmt ein Drittel der Orks war tot. Dass sie sich noch einmal in Reichweite der Büchsen und Musketen wagten, schien unwahrscheinlich. Aber früher oder später würden sie den nächsten Versuch unternehmen, und die Munition der Füchse wurde bereits knapp. Jetzt konnten sie nur noch auf Verstärkung hoffen …

»Fletcher, ich muss dich kurz sprechen«, sagte Rori und zog ihn ein Stück von den jubelnden Soldaten weg.

Fletcher blickte in Roris rußverschmiertes Gesicht und sah einen blutenden Schnitt am Haaransatz des jungen Offiziers.

»Es gibt ein Problem«, flüsterte Rori. »Ich habe es noch niemandem gesagt, während des Angriffs war ohnehin keine Zeit, aber … es betrifft Didric. Er kommt nicht.«

Gerade war Fletcher noch erleichtert gewesen – wenn auch nur ein wenig –, doch nun wurde ihm kalt vor Angst.

»Er muss«, zischte er und beherrschte sich gerade noch, nicht laut drauflloszuschimpfen. »Es geht um die Zukunft von ganz Hominum! Hast du unsere verzweifelte Lage auch wirklich deutlich genug geschildert?«

Angewidert verzog Rori den Mund. »Habe ich. Er ist auf dem Weg nach Norden, zu seinem Schloss. Ob du's glaubst oder nicht, seine Antwort lautete: ›Warum sollte ich gute Männer für schlechte opfern?‹ Er denkt, dass wir den Krieg so oder so verlieren werden.«

»Der elende Angsthase«, fauchte Fletcher.

Rori senkte den Kopf und vermied Fletchers Blick. »Es gibt noch etwas. Es geht um die Ralsheimer. Während wir hier miteinander sprechen, streiten sie darüber, ob sie gehen oder bleiben sollen. Berdon versucht sein Bestes, aber es sieht nicht so aus, als würden sie deinen Befehl befolgen. Soweit ich weiß, sind sie immer noch auf dem Hauptplatz.«

»Narren«, knurrte Fletcher und schaute in die Richtung, in der Ralsheim lag. Sie waren so nah. Hatten sie die Schüsse etwa nicht gehört, nicht einmal die Explosion?

»Darum können wir uns jetzt nicht kümmern«, erwiderte er schließlich so ruhig wie möglich. »Was ist mit den anderen Nachrichten, die ihr verschickt habt?«

»Sind noch unterwegs«, antwortete Rori. »Ich habe Malachi aufgetragen, bei der Suche nach König Harold zu helfen, oder wenigstens einen General ausfindig zu machen, der Unterstützung schicken könnte … Aber es gibt überall Kanonendonner, der ganze Horizont ist von Rauch verhangen. Die Schlacht, die wir hier schlagen, ist nichts im Vergleich zu dem, was an der eigentlichen Front vor sich geht. In dem Chaos könnte es schwierig werden, einen geeigneten Ansprechpartner zu finden.«

Fletcher packte Rori an den Schultern. »Wenn wir nicht bald von irgendwoher Hilfe bekommen, sind wir tot, und Tausende Gnome fallen Hominums Heer in den Rücken. Das heißt, wenn sie auf dem Weg zur Front nicht zuerst Corcillum plündern.«

Roris Augen wurden groß vor Angst, und Fletcher ließ ihn seufzend wieder los. »Sag das Genevieve, aber niemandem sonst. Ihr *müsst* mit euren Nachrichten jemanden erreichen. Ich würde ja Ignatius schicken, aber wir brauchen ihn hier. Ihr beide seid unsere einzige Hoffnung.«

Der junge Offizier eilte davon, und Fletcher sah das Entsetzen auf Genevieves Gesicht, während er ihr die Neuigkeiten überbrachte. Als sie Fletchers Blick auffing, nickte sie ihm entschlossen zu.

»Genug gefeiert, Männer«, rief Caulder über den Jubel der Füchse hinweg. »Dalia und Gallo, ihr geht zum Wagen und holt die Trinkfässer her. Kämpfen macht Durst. Alle anderen säubern inzwischen die Läufe ihrer Musketen von Pulverresten. Nehmt Wasser, oder pinkelt hinein, wenn es sein muss.«

Caulders plötzlicher Ernst lenkte Fletchers Gedanken auf das Schlachtfeld zurück. Ohne Hilfe von außen würden sie nicht mehr lange durchhalten. Ihre Munition war so gut wie aufgebraucht, bald schon wären die Helmbarten ihre einzige Waffe.

»Logan, Kobe«, rief er, »geht mit den beiden! Wir brauchen den Schleifstein. Alle sollen ihre Helmbarten so scharf wetzen, wie sie nur können.«

Die beiden stöhnten zwar kurz, gehorchten aber. Nur Manhard war jetzt noch bei Fletcher. Er hatte nicht mit den anderen gefeiert, was allerdings keine Überraschung war. Er kannte sie ja kaum.

»Es war sehr tapfer von dir, hierzubleiben«, begann Fletcher.

»Ich kämpfe schon mein ganzes Leben lang gegen sie«, erwiderte Manhard. »Außerdem sind meine Mutter und meine Schwester in Corcillum. Ich muss sie verteidigen.«

Fletcher nickte mit dem Kinn in Richtung des Gnomheers. »Hast du irgendeinen Rat für mich?«,

»Sie sind feige«, erwiderte Manhard. »Wenn man ihnen nur genug wehtut, laufen sie davon. Das Problem ist, dass sie vor den Peitschen der Orks mehr Angst haben als vor allem anderen.«

Fletchers Blick wanderte zu dem Manchinelbaum, den sie zerhackt hatten. Aus den Scheiten tropfte giftiges, weißes Harz.

»Das lässt sich ändern«, erklärte er.

55

KOBE TRIEB DIE SCHLEIFSCHEIBE mit seinen Füßen an, während die Soldaten einer nach dem anderen die mit Wasser befeuchteten Schneiden ihrer Helmbarten daran hielten. Selbst Fletcher versäumte es nicht, seinen Chepesch noch einmal zu schärfen, nachdem er Flamme und Brise nachgeladen hatte.

Büchsen und Musketen wurden gereinigt, inspiziert und dann noch einmal gereinigt, während ein Teil der Füchse den Schutzwall ausbesserte und mit Schilden verstärkte, die von den toten Gnomen eingesammelt wurden. Die Kobolde hatten sich inzwischen grausige Siegestrophäen geholt und stolzierten mit Halsketten aus abgeschnittenen Gnomohren umher. Fletcher ließ sie gewähren und bat sie sogar, einen Teil der Trophäen zwischen den gefallenen Gnomen zu verteilen: als Warnung an ihre Artgenossen, was sie erwartete, wenn sie sich zu nahe heranwagten.

Unterdessen erteilten die Orks ihre Befehle und gingen gerade außerhalb der Schussweite in Stellung. Die Hyänen waren alle im Dschungel verschwunden, vermutlich um die geflohenen Soldaten zurück aufs Schlachtfeld zu treiben. Das Einzige, was Fletcher mit Sicherheit wusste, war, dass ein massiver Angriff bevorstand und ihnen nicht viel Zeit blieb, sich darauf vorzubereiten.

Mit den mitgebrachten Schaufeln hoben sie einen hüfttiefen Graben vor dem Schutzwall aus und steckten die liegen gebliebenen Gnomspeere mit der Spitze nach oben hinein. Darüber spannten sie die Zeltplanen der Forsys und tarnten das Ganze zusätzlich mit einer dünnen Schicht Erde.

Der Graben war zwar so schmal, dass die Gnome darüber hinwegspringen konnten, außerdem beobachteten die Orks jeden ihrer Handgriffe peinlich genau. Trotzdem war Fletcher sicher, dass im Kampfgetümmel zumindest ein paar Feinde hineinstolpern und in die Speere fallen würden.

Das Manchinelholz ließ Fletcher zusammen mit weiteren Speeren und den Überresten der Bambusrohre vor dem Schutzwall aufschütten und mit den restlichen Zeltplanen abdecken. Die Barrikade war weit kleiner, als er es sich gewünscht hätte, aber daran ließ sich nichts ändern.

»Irgendwelche Neuigkeiten, Rori?«, fragte er, als die Arbeiten beendet waren.

Rori und Genevieve saßen mit geschlossenen Augen ein Stück abseits von den anderen, die Stirn in tiefe Konzentrationsfalten gelegt. In ihren Hellsehsteinen sah Fletcher die von den Kämpfen verwüstete Landschaft vorbeiziehen.

»Leider haben wir mit den Kristallen nur Verbindung zu Malachi und Azura«, antwortete Genevieve, noch bevor Rori den Mund öffnen konnte. »Sie haben Harold noch nicht gefunden.«

»Verstehe«, erwiderte Fletcher und biss sich auf die Lippe.

»Die anderen Kerfe sind ebenfalls unterwegs, aber von ihrem Verbleib wissen wir noch nichts«, warf Rori mit immer noch geschlossenen Augen ein. »Sollte es einem von ihnen gelingen, seine Nachricht zu überbringen, müssten wir eigentlich an seiner Gefühlsreaktion erkennen, ob Rettung auf den Weg geschickt wird oder nicht.«

»Du meinst nicht Rettung, sondern Verstärkung«, tadelte Genevieve sanft.

Erst jetzt sah Fletcher, dass sich die beiden an der Hand hielten. Er lächelte. Das war ja langsam auch Zeit geworden.

»Eine der Nachrichten wurde gerade überbracht!«, keuchte Rori plötzlich aufgeregt. »Wartet … ich glaube …«

»Bei den Gnomen rührt sich etwas!«, rief Kobe dazwischen, und Rori riss die Augen auf. Ohne seinen Satz zu Ende zu sprechen, kehrte er zu seinem Trupp zurück, und Genevieve tat das Gleiche.

Fletcher warf einen Blick auf seinen Hellsehkristall, und was er dort sah, ließ ihm das Blut in den Adern gefrieren: Es war der Phantaur.

Er marschierte auf die Kluft zu, mindestens hundert Gnome folgten, geschützt von dem riesigen Körper des Dämons, gleich hinter ihm.

Die erste Markierung hatte der Phantaur bereits passiert und würde bald in die Reichweite der Musketen kommen. Mit jedem stampfenden Schritt wurde das Heulen der Todespfeifen lauter, begleitet vom Kreischen und Schildeklappern der Gnome.

Fechtmeister Caulder wollte gerade Befehl geben, das Feuer zu eröffnen, doch Fletcher kam ihm zuvor.

»Nicht schießen!«, rief er. »Kugeln können gegen die dicke Haut dieses Ungeheuers nichts ausrichten.«

»Und was sollen wir dann tun?«, fuhr Dalia auf, ohne den Blick von dem Ziel zu nehmen, das sie sich bereits gesucht hatte. »Tatenlos zusehen etwa? Sobald die Vorhut uns erreicht, wird auch der Rest über uns herfallen.«

»Nein«, antwortete Fletcher. Seine Gedanken rasten, schließlich wandte er sich den Scharfschützen oben auf dem Felsband zu.

»Könnt ihr seine Augen treffen?«, rief er.

»Wir haben nicht mehr viel Munition, aber einen Versuch ist es wert«, antworte Rotterham.

»Gut. Gebt euer Bestes.«

Der Phantaur war jetzt so nahe, dass die hinter seinen mächtigen Beinen herschleichenden Gnome deutlich zu erkennen waren. Der Spalt war zwar nicht breit, aber vielleicht konnten Fletchers Musketiere die Gnome unter Feuer nehmen …

Doch selbst die Scharfschützen versagten: Die erste Kugel prallte von der Stirn des Dämons ab, und als noch weitere folgten, schlug das Biest einfach die Ohren übers Gesicht. Der Phantaur verlangsamte seinen Schritt, streckte wie ein Blinder die Arme nach vorne aus und ging weiter auf die Kluft zu.

Fletcher schaute zu Fechtmeister Caulder hinüber in der Hoffnung, er wüsste vielleicht Rat, doch selbst der erfahrene Recke starrte nur verdrossen den Phantaur an und verstärkte den Griff um sein Schwert, bis die Fingerknöchel weiß hervortraten.

Fletcher musste sich selbst etwas einfallen lassen.

Seine Gedanken sprangen zur Bibliothek der Akademie zurück. In den verstaubten Tagebüchern längst verstorbener Beschwörer hatte er gelesen, dass ein Phantaur mit den beiden Fortsätzen am Ende seines Rüssels genauso geschickt greifen konnte wie ein Mensch mit Daumen und Zeigefinger. Ihre Haut mochte nur von einem mächtigen Lanzenstoß zu durchdringen sein, aber die Rüsselspitze war verflucht empfindlich, ebenso wie die Fußsohlen, durch die sie über Kilometer hinweg die Schritte eines paarungswilligen Artgenossen spüren konnten.

Und da wusste Fletcher, was zu tun war. Er brauchte eine gehörige Portion Glück, damit es gelang, aber sich einfach in sein Schicksal zu ergeben kam nicht infrage.

»Rori, ich brauche dich und deine Einheit«, sagte er und kletterte ein zweites Mal über den Schutzwall hinweg. »Lasst eure Musketen hier, nehmt nur die Helmbarten mit.«

Roris Kiefer klappte nach unten, und einen Augenblick lang glaubte Fletcher schon, er könnte den Befehl verweigern, dann nickte Rori entschlossen und winkte seine Männer zu sich.

»Haltet das Feuer aufrecht, solange ihr könnt«, rief Fletcher zu den Scharfschützen hinauf. »Damit der Phantaur weiter seine Augen schützen muss und uns nicht sieht.«

»Wird gemacht«, erwiderte Rotterham und gab bei jedem seiner Worte einen weiteren Schuss ab.

Inzwischen war Rori mit seinen fünfzehn Soldaten über den Wall geklettert, nur die drei Zwerge hatten es noch nicht ganz geschafft. Zu Fletchers Überraschung waren Blau und einige weitere Kobolde dabei. Sogar Halbohr hatte sich ihnen angeschlossen.

»Wir mitkommen«, knurrte Halbohr und leckte über die Klinge seines Dolchs.

Fletcher nickte grinsend und ging los. Wenn alles nach Plan lief, würde es ganz schnell gehen. Wenn nicht …

»Ihr wollt es wirklich mit hundert Gnomen und einem Phantaur aufnehmen?«, rief Manhard Fletcher hinterher. »Ich hoffe, Ihr wisst, was Ihr tut, Graf.«

»Gebt uns einfach Deckung«, rief Fletcher so laut zurück, dass auch Genevieves Trupp ihn hörte.

Dann zog er seinen Chepesch und rannte los.

56

VON OHRENBETÄUBENDEM LÄRM BEGLEITET, marschierten die Gnome auf die Kluft zu. Fletcher und seine Soldaten waren hinter dem Haufen aus Manchinelholz und Bambus in Deckung gegangen, um sich vor den Speeren zu schützen. Glücklicherweise schirmte der riesige Dämon die Speerwürfe genauso ab wie die Musketenkugeln der Füchse, und die meisten gingen weit daneben.

»Wenn sie die schmalste Stelle erreichen, nämlich dort, wo ihre zahlenmäßige Überlegenheit keine Rolle spielt, sollten wir sofort angreifen«, flüsterte Rori. »Wir springen über den Graben und konzentrieren uns auf die Beine des Phantaur.«

»Nein, wir warten«, widersprach Fletcher und beobachtete, wie das Ungeheuer im Schatten der Felswände langsam näher kam.

»Wenn wir jetzt nicht losschlagen, ist es zu spät!«, zischte Rori.

»Ich sagte: Nein«, erwiderte Fletcher und hoffte, der Phantaur würde nicht ausgerechnet jetzt stehen bleiben.

Der Dämon hob ein Ohr und riskierte einen kurzen Blick, schlug es aber sofort wieder vors Gesicht, als eine Kugel von einem seiner gezackten Stoßzähne abprallte. Fletcher sah die Spuren, die die anderen Treffer auf der dicken Haut hinterlassen hatten. An einigen Stellen glänzte Blut, trotzdem waren es nicht mehr als Kratzer.

»Komm schon, weiter«, flüsterte Fletcher.

Der Phantaur hatte jetzt den Graben erreicht. Der Boden erzitterte unter jedem seiner mächtigen Schritte. Die Gnome drängten sich hinter ihm zusammen und bereiteten sich auf den Angriff vor. Der Dämon hob ein Bein, streckte es blind nach vorn – und setzte es auf der anderen Seite des Grabens wieder ab. Das zweite folgte kurz darauf.

Fletcher stieß einen leisen Fluch aus, dann zog er Brise und feuerte beide Läufe kurz hintereinander ab. Der erste Schuss prallte harmlos vom Bauch des Phantaur ab, aber der zweite traf den empfindlichen Rüssel.

Der Dämon heulte auf vor Schmerz, taumelte einen Schritt zurück – und direkt in den Graben hinein.

»Jetzt!«, brüllte Fletcher und preschte vor.

Einen Moment lang war die Luft von den Schlachtrufen der Füchse erfüllt, dann wurden sie von einem weiteren Schmerzensschrei übertönt, als sich die Speerspitzen auf dem Boden der Grube in die empfindlichen Fußsohlen des Phantaur bohrten. Das Monster fiel mit rudernden Armen hintenüber und begrub Dutzende Gnome unter sich.

Fletcher hörte Knochen und Schädel brechen und rief Ignatius mit einem Gedankenbefehl zu sich, dann ging der Feind zum Angriff über. Ein von Narben übersäter Gnom stach nach seinem Bauch, doch Fletcher wehrte mit seinem Chepesch ab und versetzte dem Kerl einen Kopfstoß. Rori durchbohrte den taumelnden Gnom mit seinem Rapier, während Fletcher seine Klinge in die Schulter des nächsten Angreifers grub. Mit einem gezielten Tritt beförderte er ihn zu Boden, wo Halbohr bereits mit seinem Dolch wartete.

»Treibt sie zurück!«, bellte Fletcher und duckte sich unter dem Rüssel des Phantaur weg, der versuchte, ihn zu packen zu bekommen. »Beschützt Ignatius!«

Die Büchsen schossen nun ununterbrochen. Mehrere Kugeln prallten von dem kurze Zeit ungeschützten Gesicht des Dämons ab und sausten unkontrolliert durch die Luft. Als sich das Biest wieder mit seinen Ohren schützte, konzentrierten Rotterhams Leute ihr Feuer auf die Gnome.

Fletcher konnte den Luftzug der Kugeln spüren, so knapp sausten sie an ihm vorbei. Nun bellten auch die Musketen. Sie mussten die Gnome aufhalten, die versuchten, an den Flanken von Fletchers Gruppe durchzubrechen.

»Das Hauptheer kommt!«, rief Rotterham von oben herunter.

Fletchers Blick sprang zu seinem Hellsehkristall: Auch der Rest der Gnome rannte nun auf die Kluft zu und heulte wie von Sinnen. Es waren Hunderte. Sie würden in weniger als einer Minute hier sein.

In diesem Augenblick landete Ignatius auf der Brust des immer noch am Boden liegenden Phantaur und grub seine Klauen tief in die Haut des Dämons. Der Phantaur schwang den Kopf wild von links nach rechts, um Ignatius mit seinen Stoßzähnen zu erwischen, doch der flinke Drak tauchte einfach zwischen den langen Hauern hindurch und packte mit dem Schnabel den Rüssel seines Gegners.

Fletcher forderte Ignatius in Gedanken auf, schnell zu machen, während er selbst sich nach Leibeskräften gegen die anbrandenden Gnome verteidigte. Aus dem Augenwinkel sah er, wie Rori mehrere Angreifer niederstreckte, Dalia sang mit heller, klarer Stimme ein Kampflied der Elfen.

Ignatius hatte mit seinen Vorderbeinen Ober- und Unterkiefer des Phantaur gepackt und drückte ihm mit unerbittlicher Kraft das Maul auf. Fletcher spürte das Mana des Drak aufwallen, da ließ Ignatius den Rüssel seines Gegners los und spie einen Flammenstrahl direkt in das weit aufgerissene Maul. Die Hitze war in der gesamten Kluft zu spüren, doch das sich in den Hals des Phantaur ergießende Feuer ließ nicht nach.

Rauch quoll aus dem Rüssel des Orkdämons, dann stieß er ein letztes Wimmern aus und verstummte – von innen verbrannt und mausetot.

»Zurück!«, brüllte Fletcher und zerrte Rori von den Gnomen weg.

Taumelnd lief Rori hinter Fletcher her. Es lagen so viele Leichen von Gnomen auf dem Boden, dass sie immer wieder stolperten. Keiner der Überlebenden nahm die Verfolgung auf, so entsetzt waren sie über die wilde Entschlossenheit der Verteidiger.

Auch die anderen Füchse gehorchten sofort, sprangen über den Graben hinweg und rannten zur Mauer zurück. Nur Fletcher blieb vor dem Holzhaufen stehen. Ignatius hatte beinahe ihr gesamtes Mana im Kampf aufgebraucht, der Rest reichte gerade noch für einen allerletzten Zauber.

Er schloss die Augen und mobilisierte seine Reserven, bis er spürte, wie auch das letzte bisschen Energie durch seine Adern pulsierte. Ignatius landete direkt vor ihm, um ihn mit seinem Körper zu schützen, und Fletcher spürte, wie sich sogleich ein Speer ins Hinterteil des Drak bohrte. Mit einem gellenden Wutschrei ließ er eine Flamme aus seinem Zeigefinger fahren und steckte den Holzhaufen lichterloh in Brand.

»Das Hauptheer hat die Kluft fast erreicht!«, schrie Genevieve von hinter der Mauer.

Ignatius' Schwanz schlang sich um Fletchers Hüfte und riss ihn zur Seite. Einen Wimpernschlag später gruben sich mehrere Speere genau an der Stelle in den Boden, an der er eben noch gestanden hatte.

Schwarzer Rauch quoll aus dem Holzhaufen. Ignatius breitete die Schwingen aus und fächerte ihn mit mächtigen Flügelschlägen auf die Angreifer zu. Dann begannen die Schreie.

Fletcher entwand sich Ignatius' Griff und streckte seinen Chepesch in die Luft. »Angriff!«, keuchte er und warf sich ein weiteres Mal dem Heer der Gnome entgegen. Die Füchse nahmen den Kampfschrei auf und folgten ihm, kaum mehr als eine Handvoll tapfere Soldaten gegen eine riesige Horde Wilder.

Sie gingen beim Graben in Stellung, die Musketen auf die Rauchwolke gerichtet, während ihr Haar in dem Wind flatterte, den Ignatius' Flügelschläge hervorriefen. Fletcher konnte gerade so die Silhouette des Phantaur erkennen, dessen Kadaver die Kluft versperrte. Der Rauch des brennenden Holzstapels schlug sich bereits als klebrige Schicht auf den Felswänden links und rechts nieder, dunkel wie Teer.

Die ersten Gnome kamen hustend aus der Rauchwolke getaumelt. Ihre Speere und Schilde hatten sie fallen gelassen und rieben sich nun verzweifelt ihre Augen: Der giftige Rauch des Manchinelholzes blendete sie und verbrannte ihre Lungen, genauso, wie Fletcher es beabsichtigt hatte.

»Feuer!«, bellte Caulder. Ein Dutzend Gnome stürzte, die Kobolde reichten den Schützen die Reservemusketen, da ertönte schon das nächste Kommando.

»Feuer!«

Der Tod kam über die Reihen der Gnome. Zwei taumelten in den

Graben, wo ihre krächzenden Schreie augenblicklich verstummten, als sie in die Speerspitzen fielen. Die Kobolde sprangen über den Graben hinweg, durchtrennten mit wilden Dolchschlägen die Sehnen und Muskeln ihrer Feinde, während Fletchers Soldaten hastig nachluden.

»Das war's jetzt mit der Büchsenmunition!«, rief Rotterham von oben. »Wir müssen zu Musketen wechseln!«

Doch es spielte keine Rolle. Auf diese Entfernung konnten Rotters Scharfschützen gar nicht vorbeischießen, und schon gingen die nächsten sieben Gnome getroffen zu Boden.

Der Rauch wurde bereits dünner, und Fletcher sah zahllose Gnome blind und röchelnd zurück in Richtung Wiese taumeln. Jeder, der über den toten Phantaur kletterte, wurde von Rotterhams Scharfschützen niedergestreckt. Somit blieben nur noch die beiden schmalen Durchgänge links und rechts, auf die Fletchers Füchse nun ihr Feuer konzentrierten.

Salve um Salve mähte den Feind nieder. Die wenigen, denen es gelang, während des Nachladens zu entwischen, wurden von den Kobolden erledigt, die so klein waren, dass die Kugeln harmlos über ihre Köpfe hinwegsausten.

Es war ein entsetzliches Schlachten. Fletcher verspürte beim Anblick des blutdurchtränkten Bodens und der sich mit leeren Augen auftürmenden Leichen keinen Triumph, sondern nur Übelkeit.

»Herr, wir haben für unsere Musketen fast keine Munition mehr!«, rief Gallo. Der Bart des Zwergs war schwarz von Schießpulver, so viele Tütchen hatte er schon aufgebissen. Noch während er sprach, schlangen die ersten Füchse ihre nutzlos gewordenen Musketen über die Schulter, während andere verzweifelt in ihren Munitionsbeuteln herumwühlten. Eine letzte, spärliche Salve hallte durch die Schlucht, dann kehrte für einen Augenblick Stille ein.

Der weiße Schwefelrauch vermischte sich mit dem schwarzen Giftdunst des Manchinelholzes, von dem nun nur noch ein paar glimmende Scheite übrig waren. In seinem Hellsehkristall sah Fletcher, dass sich der Rauch bis zum Rand des Dschungels ausgebreitet hatte. Die Gnome dort kauerten hustend und spuckend auf dem Boden. In dem hilflosen Versuch, sich vor dem Rauch zu schützen, hielten sie die Hände über die Augen gepresst und die Schilde über die Köpfe erhoben. Wegen der Entfernung war die Wirkung auf der Wiese zwar schwächer, aber immer noch stark genug, um ihre Augen tränen und ihre Kehlen brennen zu lassen.

Die ersten flohen bereits, aber ein Teil der Orks hatte sich vor der Baumlinie verteilt und schlug mit den Peitschen auf jeden ein, der in Reichweite kam. Wie ein graues Meer, das den Deich zu überspülen drohte, brandeten die Gnome gegen ihre eigenen Offiziere an. Sie waren kurz davor, die Flucht zu ergreifen, doch die Füchse hatten all ihre Munition verschossen, und der Rauch hatte sich inzwischen restlos aus der Kluft verzogen.

»Ein letzter Angriff!«, brüllte Fletcher. »Für die Grafschaft, für Hominum!«

Dann preschten sie los.

Es wurde ein Massaker. Die Gnome konnten sie weder sehen, noch hörten sie die angreifenden Füchse, so laut schrien ihre sterbenden Artgenossen. Die Helmbarten führten Schlag um Schlag, der Feind ging zu Boden wie der Weizen unter einer Sense, während sich die Gnome gegenseitig über den Haufen rannten: Die ganz vorne versuchten, sich in Sicherheit zu bringen, die am hinteren Ende drängten aus Angst vor den Orks nach vorn.

Dann regte sich erster Widerstand. Weitere Gnome kamen von hinten heran, röchelnd und mit rot geränderten Augen zwar, aber kampfbereit. Schon hörte Fletcher die ersten Schreie: Ein Elf bekam einen Speer in die Schulter, der Ellbogen eines jungen Soldaten wurde von einem Keulenhieb zerschmettert.

Die Füchse standen eingekeilt zwischen den engen Felswänden der Kluft, dem Kadaver des Phantaur und den anbrandenden Gnomen und kämpften erbittert weiter. Da sprang Ignatius auf den toten Phantaur, riss den Schnabel auf und stieß ein markerschütterndes Brüllen aus, das von dem einen Ende der Schlucht bis zum anderen hallte.

Als er begann, mit seinem Schwanzstachel von oben auf die Gnome einzuschlagen, wandten sie sich endgültig zur Flucht.

57

DIE WELT WAR VOLLER TOTER und Sterbender. Fletcher wandte den Blick ab und versuchte die Laute auszublenden, die die verwundeten Gnome von sich gaben, wenn die Kobolde sie erledigten, während er sich in die Sicherheit hinter der Mauer schleppte. Die Füchse folgten ihm, sie wirkten wie benommen von ihrem Sieg. Einige hinkten, andere stöhnten wegen ihrer Wunden, aber keiner schien tödlich verletzt zu sein.

In seinem Hellsehkristall beobachtete er, wie die Gnome an den Peitschen der Orks vorbei in wilder Panik in den Dschungel flohen. Gerade mal eine Handvoll war auf dem Schlachtfeld zurückgeblieben und starrte den Leichenhaufen in der Kluft an.

Dann sah er ihn. Eine Gestalt saß regungslos mit dem Rücken gegen die Mauer gelehnt. Es war Rori.

Seine Augen waren leer, ein kaum wahrnehmbares Lächeln umspielte seine Lippen, die Hände lagen auf seinem Bauch. Ein großer Blutfleck hatte sich über seine grüne Uniformjacke ausgebreitet.

»Rori …«, stammelte Genevieve, ließ ihr Schwert fallen und schüttelte den reglosen Körper. Tränen strömten ihr über die Wangen.

»Nein, nein, nein«, wiederholte sie immer wieder und ohrfeigte Rori, zuerst noch ganz sanft, dann immer fester, um ihn zurück ins Leben zu holen.

Fletcher kniete sich neben sie und nahm ihre Hand.

»Er ist nicht mehr bei uns«, flüsterte er und schloss Genevieve in die Arme. Er konnte selbst kaum glauben, was er eben gesagt hatte.

Während des Kampfes hatte er Rori aus den Augen verloren. Seine

Gedanken sprangen zu dem Moment zurück, als sie sich von dem toten Phantaur zurückgezogen hatten. Rori musste im Kampf verwundet worden sein. Hätte Fletcher es gewusst, hätte er ihn heilen können, doch jetzt war es zu spät. War es seine Schuld?

»Er … er hat mir nicht gesagt, dass er verletzt ist«, stotterte Fletcher und konnte den Blick nicht von Roris Gesicht losreißen.

Fechtmeister Caulder kauerte sich neben ihn und schloss Rori sanft die Augen. »Kommt«, sagte er leise und zog die beiden auf die Beine. »Lassen wir ihn in Frieden ruhen.«

Doch Genevieve dachte nicht daran. Sie lehnte sich neben Rori an die Mauer und streichelte seine Hände. »Er ist noch warm.«

Caulder schniefte, und Fletcher sah Tränen in seinen Augenwinkeln glänzen. Nun kamen auch die anderen Füchse heran, alle hielten den Kopf gesenkt.

»Er ist im Kampf für Hominum gestorben«, sagte Fletcher, brachte die Worte jedoch kaum heraus. »Er war ein tapfererer Mann, als ich es bin. Sorgen wir dafür, dass sein Opfer nicht umsonst war.«

Als Genevieve schluchzte, wandte sich Fletcher ab. Erst eine ganze Weile später, als alle Soldaten außer Hörweite waren, gestattete er sich zu weinen.

Zwei Stunden vergingen. Etwa die Hälfte der Orks stand noch auf dem Schlachtfeld, mit ihnen einhundert Gnome, die sich mit ihren Schilden vor der erbarmungslosen Sonne schützten und auf ihre nächsten Befehle warteten.

Die Füchse nutzten die Zeit, um ihre Klingen ein weiteres Mal zu schärfen, ansonsten konnten sie nicht viel tun, außer sich auszuruhen und von der Felszunge aus abwechselnd den Feind im Auge zu behalten.

Fletcher musste Ignatius in sich aufnehmen. Der Drak hatte nicht mehr genug Mana, um sich selbst von den vielen Speerwunden zu heilen, die er davongetragen hatte. Fletcher bedankte sich mit einem Kuss auf den Schnabel.

Genevieve war bei Rori geblieben. Ihre Augen blitzten vor Zorn, während ihre Kerfe über den Linien der an der Front tobenden

Schlacht nach Hilfe suchten. Fletcher gesellte sich zu ihr. Das Einzige, was er jetzt noch tun konnte, war … zu hoffen.

»Vielleicht haben die Orks endgültig die Schnauze voll«, sagte Logan und spuckte über die Mauer. »Vielleicht greifen sie uns gar nicht mehr an.«

»Und ob sie das tun werden«, entgegnete Fletcher nach einem tiefen Schluck aus seiner Feldflasche. »Der Phantaur hat genau gesehen, wie wenige wir sind, also weiß es auch sein Beschwörer. Sie geben bestimmt nicht auf. Wir können nur hoffen, dass es Genevieve gelingt, ihre Nachricht abzusetzen. Wenn wir Glück haben, ist das Himmelskorps rechtzeitig hier.«

Noch während er sprach, schallte ein Horn durch die Schlucht, gleichzeitig spürte Fletcher eine Warnung vonseiten Athenas. Sofort richtete er seine Aufmerksamkeit wieder auf seinen eigenen Hellsehkristall und sah Hunderte Gnome aus dem Dschungel strömen, angetrieben von Orks und Hyänen. Alle Deserteure waren wieder eingefangen. Auch die, deren Augen von dem giftigen Rauch des Manchinelbaums gerötet waren, waren wieder dabei: Der Feind, den sie eben erst vertrieben hatten, sammelte sich gerade zu einem erneuten Angriff.

»Was war das?!«, rief Manhard. Die Leichen in der Kluft versperrten ihm und den anderen Füchsen den Blick, sodass sie den Sturm, der sich zusammenbraute, unmöglich sehen konnten.

Fletcher brachte es nicht fertig, seine Füchse zu belügen. Sie hatten keine Kugeln mehr und kein Schießpulver. Sie hatten all ihre Trümpfe verspielt, den nächsten Angriff würden sie gewiss nicht überleben. Den Vormarsch der Gnome konnten sie bestenfalls verzögern, bevor sie die Grafschaft überrannten.

Er ließ den Blick über seine Soldaten schweifen. Sie hatten gegen eine hundertfache Übermacht gekämpft, waren einem Heer entgegengetreten, das ganz Hominum hatte in die Knie zwingen sollen, und hatte es zweimal in die Flucht geschlagen. Sein Blick wanderte weiter zu Roris leblosem Gesicht und den mit Zeltplanen abgedeckten Leichen. Er konnte seinen Männern nicht befehlen zu sterben. Nicht in einer Schlacht, die bereits verloren war. Sie hatten ihm schon alles gegeben.

»Wir verschwinden«, sagte er schließlich. »Logan, Kobe, werft allen

Proviant aus dem Wagen und legt die Gefallenen hinein. Die Leichen der Forsys lassen wir hier, es ist nicht genug Platz für sie.«

Die beiden Soldaten rannten sofort los. Fletcher trat zu Rori und hob ihn sanft auf die Schulter, dann rief er seinen Leuten zu: »Alle Verletzten und die Kobolde fahren auf dem Wagen. Wir ziehen uns zur Watfurt-Brücke zurück.«

In seinem Kristall beobachtete Fletcher, wie sich die Gnome auf den Angriff vorbereiteten. Die Orks warteten ohne Eile ab, während die schnappenden Hyänen weitere Gnome vom Dschungel aufs Schlachtfeld trieben. Mit jeder Sekunde, die die Orks ungenutzt verstreichen ließen, vergrößerte sich Fletchers Vorsprung auf das Invasionsheer. Würden sie es schaffen?

Der Wagen war Fluch und Segen zugleich: Einerseits fanden die Verletzten darin Platz, andererseits ließ er sie langsamer werden. Wenn sie auf der Straße blieben, würden sie etwa zwei Stunden bis zur Watfurt-Brücke brauchen. Es war eine verzweifelte Flucht.

Noch während Fletcher die Möglichkeiten abwog, kam Logan mit dem Wagen. Genevieve bestand darauf, Roris Leiche selbst auf den Wagen zu betten, und Fletcher ließ sie gewähren. Beim Anblick ihres von Trauer gepeinigten Gesichts konnte er gar nicht anders.

»Du hast mehr getan, als irgendjemand von dir erwarten konnte«, sagte Caulder und legte ihm einen Arm um die Schulter. »Deine Eltern wären stolz auf den Mann, zu dem du geworden bist.«

Fletcher beobachtete, wie die letzten von Rotterhams Scharfschützen das Felsband herunterkamen.

Es wurde Zeit.

»Trotzdem war es umsonst«, erwiderte er und trat nach einem Stein. »Wir können von Glück reden, wenn sie uns nicht unterwegs einholen. Ihr fahrt besser mit dem Wagen, denn mit Eurem Holzbein …«

»Nicht doch«, sagte Caulder mit einem grimmigen Lächeln. »Ich bleibe.«

»Wie meint Ihr das?«, fragte Fletcher, während die Kobolde und Verwundeten auf die Ladefläche kletterten.

»Ich habe noch eine Rechnung zu begleichen«, antwortete Caulder und zog sein Schwert.

»Fechtmeister, Ihr …«

»Nein«, schnitt ihm Caulder das Wort ab. »Ich gehöre hierher. Ich habe die Grafschaft schon einmal im Stich gelassen und werde es nicht noch einmal tun. Ich halte sie auf, damit ihr eine Chance habt zu entkommen.«

»Allein schaffst du das nie und nimmer, du seniles Klappergestell«, tönte Rotterhams Stimme von hinten. »Immerhin führen zwei Wege an dem Phantaur-Kadaver vorbei.«

»Hör zu, Rotter …«, begann Caulder.

»Deshalb bleibe ich besser bei dir.« Rotterham zog sein Schwert aus der Scheide und bedachte es mit einem beinahe liebevollen Blick. »Du hast es mir damals verkauft, Fletcher, weißt du noch? Eigenartig, wie sehr sich die Dinge seitdem verändert haben …«

»Hört auf, beide. Wir haben keine Zeit für diesen Unsinn«, bellte Fletcher.

»Dann machst du besser, dass du von hier fortkommst«, entgegnete Rotter. »Denn ich werde meine Meinung nicht ändern, und Caulder auch nicht. Flieht, sonst war alles vergebens.«

Fletcher wollte sie anschreien, dann sah er die wilde Entschlossenheit in den Augen der beiden alten Männer. Es hatte keinen Sinn, mit ihnen zu streiten.

»Ich … weiß nicht, was ich sagen soll«, brachte er schließlich heraus.

Caulder schloss ihn in eine innige Umarmung. Sein ausgemergelter Körper fühlte sich so zerbrechlich an. »Kümmer dich um Ralsheim, wenn ich nicht mehr bin«, sagte der Fechtmeister und tätschelte Fletchers Wange. »Es war mir eine Ehre, dem Sohn deines Vaters zu dienen.«

Er ließ sein Schwert ein paarmal durch die Luft sausen, dann humpelte er zur Kluft.

»Wir sehen uns auf der anderen Seite wieder, Junge«, raunte schließlich Rotterham. »Ich und der alte Griesgram, wir schlagen hier unsere letzte Schlacht, und wir werden dafür sorgen, dass sie in die Geschichte eingeht.«

»Ich werde nicht zulassen, dass euer Andenken in Vergessenheit gerät«, erwiderte Fletcher mit Tränen in den Augen.

»Das will ich doch hoffen«, brummte Rotter zwinkernd, dann schlenderte er mit einem fröhlichen Lied auf den Lippen davon.

Fletcher blickte den beiden hinterher, bis sie ihre Stellungen links und rechts des toten Phantaur eingenommen hatten, dann drehte er sich weg.

»Hört her, Füchse!«, rief er, nachdem er sich das Gesicht trocken gewischt hatte. »Verschwinden wir von hier.«

58

SIE RANNTEN, BIS DIE TROCKENE LUFT der Savanne in ihren Lungen brannte, und stolperten über die holprige Straße auf Ralsheim zu, während das Rattern der Wagenräder in ihren Ohren dröhnte.

Fletcher hatte Athena auf den Felsen über der Schlucht zurückgelassen, um die Gnome im Auge zu behalten. Immer wieder sprang sein Blick zu den beiden einsamen Gestalten unten in der Kluft. Die Orks warteten noch ab, während das Heer der Gnome um immer weitere Neuankömmlinge verstärkt wurde. Inzwischen war es so groß, dass es sich bis über die erste Linie ausdehnte, die Caulder gezogen hatte. Nicht mehr lange, dann würden sie die zweite erreichen. Es mussten an die dreitausend Gnome sein – genug, um Corcillum dem Erdboden gleichzumachen.

Eine halbe Stunde später erreichten die Füchse die verlassenen Kopfsteinpflasterstraßen von Ralsheim. Fletcher wollte gerade erleichtert aufatmen, weil die Siedler seinen Befehl doch noch befolgt hatten, da geschah es: Der Angriff begann.

Die Orks hatten ihre Lektion gelernt und schickten einen Spähtrupp voraus. Etwa zwanzig verängstigte Gnome schlichen vorsichtig auf den Eingang der Schlucht zu.

»Kommt nur, ihr hässlichen Feiglinge!«, hörte Athena Rotterham brüllen, und Fletcher lächelte bitter. Er konnte nicht hinsehen, aber er hörte, wie die Gnome entsetzt aufschrien, als sie die beiden Schwertkämpfer entdeckten, die neben dem toten Phantaur auf sie lauerten.

»Hab den Schwächling«, bellte Caulder. Nun war der Kampf in vollem Gange.

Fletchers Blick wanderte zum Horizont. Die Sonne berührte ihn beinahe. War wirklich schon fast der gesamte Tag vergangen? Vielleicht war die Schlacht an der Front bereits verloren, und Tausende Orks fielen in Hominum ein. Wo steckten jetzt Berdon und die Ralsheimer? Hatten sie es bis nach Corcillum geschafft, oder waren sie zu spät aufgebrochen und nur wenige Kilometer vor ihnen irgendwo auf der Straße?

Das Geheul der Gnome hallte in Fletchers Schädel wider, da entdeckte er ein Stück voraus eine lange Wagenkarawane auf der Straße. Sie bewegte sich nicht.

Fletcher rannte sofort los. »Was in aller Welt tut ihr noch hier?!«, brüllte er, sobald er in Hörweite war.

Berdons rotes Haar schimmerte im Licht des Sonnenuntergangs. Umgeben von einer Handvoll Ralsheimer, kauerte er hinter dem letzten Wagen. Seine Augen wurden tellergroß, als er Fletchers ruß- und blutverschmierte Uniform sah, dann schloss er ihn in eine so feste Umarmung, dass Fletcher schon fürchtete, er könnte ihm die Rippen brechen.

Fletcher klopfte seinem Adoptivvater verzweifelt auf den Rücken, da ließ der Bär von einem Mann von ihm ab und stellte ihn wieder auf die Füße.

»Du lebst«, keuchte Berdon und wischte sich eine Träne aus dem Augenwinkel.

»Aber nicht mehr lange, wenn wir nicht sofort weitermarschieren«, erwiderte Fletcher und unterdrückte den Drang, selbst loszuweinen. »Ihr solltet längst in Corcillum sein.«

Die Ralsheimer murrten verdrossen.

Berdon trat gegen ein Wagenrad. »Das Problem sind die Wagen. Jemand hat in der letzten Nacht die Achsen angesägt. Wir hatten Glück, dass wir überhaupt bis hierhergekommen sind, bevor sie eine nach der anderen brachen. Eurer ist als einziger verschont geblieben, weil er die ganze Nacht beladen wurde und keinen Moment lang unbewacht blieb.«

»Das muss Didric gewesen sein«, stammelte Fletcher. »Er hat die Wagen sabotiert, damit wir keinen Handel mehr mit Corcillum treiben können.«

Berdon nickte grimmig. »Dieser hinterhältige Hund. Und jetzt weigern sich diese Narren weiterzumarschieren, weil sie ihre Habseligkeiten nicht zurücklassen wollen.«

Fletcher wandte sich den Ralsheimern zu. Es waren viele Kinder und Alte unter ihnen. Zu viele für den einen Wagen, der ihnen noch geblieben war.

»Hört zu«, begann er mit fester Stimme und ließ seinen Blick über die versammelten Männer und Frauen schweifen. »In weniger als einer Stunde wird es hier nur so von Gnomen wimmeln. Fechtmeister Caulder und Rotterham sind oben auf dem Pass geblieben, um sie aufzuhalten, aber das verschafft uns lediglich ein paar zusätzliche Minuten. Ich lasse nicht zu, dass ihr Opfer umsonst ist. Jeder der bleiben will, kann das tun. Er hilft uns sogar damit, denn jeder, den die Gnome auf ihrem Vormarsch töten, lässt sie langsamer werden. Alle anderen marschieren mit mir weiter!«

Fletcher wusste zwar, dass seine Worte brutal waren, aber er spürte die Wahrheit in jeder Silbe.

»Die Alten und die Kinder setzen sich zu den Verwundeten auf den Wagen. Die anderen gehen zu Fuß. Lasst alles zurück, was ihr nicht auf dem Rücken tragen könnt. Und jetzt kommt!«

Der Wagen hatte sie inzwischen eingeholt und verlangsamte seine Fahrt lediglich, während die Kleinsten und Ältesten aufgeladen wurden. Die Eber stöhnten unter dem zusätzlichen Gewicht und kamen noch langsamer voran als zuvor. Die Kobolde sprangen bereits vom Wagen und gingen zu Fuß weiter – selbst ihre kurzen Beine trugen sie schnell genug.

»Tauscht die Zugtiere gegen neue aus«, befahl Fletcher, während Gallo den Wagen um den liegen gebliebenen Konvoi herum durchs Gras steuerte. »Nehmt alle Eber mit, die langsamsten unter uns sollen auf ihnen reiten, sonst schaffen wir es nie nach Corcillum.«

Da merkte Fletcher, dass der Schlachtenlärm in der Kluft verstummt war. In seinem Kristall sah er, wie sich zehn überlebende Gnome aus der Schlucht schleppten. Fechtmeister Caulder blutete aus mehreren Wunden und hob sein Schwert zu einem letzten Gruß an Athena. Rotterham lehnte an der Flanke des toten Phantaur und hielt sich den verwundeten Oberschenkel. Er lächelte.

Dann erschallte das Horn erneut. Das Heer der Gnome brandete auf die Kluft zu und rannte die zurückkehrende Vorhut einfach nieder.

»Nein«, keuchte Fletcher. Er musste sich mit aller Macht darauf konzentrieren, einen Fuß vor den anderen zu setzen, während er mit weit aufgerissenen Augen das Schlachtgeschehen auf dem Kristall verfolgte.

Noch zweimal griffen die Gnome die Kluft an, und jedes Mal zogen sie gegen den Mut und das Geschick der beiden Veteranen den Kürzeren. Ein ganzes Invasionsheer steckte fest, immer wieder zurückgeschlagen von zwei tapferen alten Männern. Fletcher war von tiefem Stolz erfüllt, gleichzeitig wurde ihm immer schwerer ums Herz, denn lange konnte es nicht so weitergehen.

Die ersten Gnome kletterten auf den Phantaur-Kadaver, schleuderten ihre Speere und stießen mit ihren Lanzen zu, bis sich die beiden Verteidiger unter dem Ansturm zurückziehen mussten. Sie kämpften Rücken an Rücken und streckten Gnom um Gnom nieder, während die Angreifer unaufhaltsam nach vorn drängten.

Ein Ork schob sich zwischen den Gnomen hindurch und holte Rotterham mit einem Peitschenschlag von den Beinen. Caulder sprang vor und rammte dem Ork seine Klinge in den Hals, da bohrte ihm ein Gnom von hinten den Speer zwischen die Schulterblätter.

»Es ist Zeit …«, flüsterte Fletcher und befahl Athena zu sich.

Er erhaschte noch einen letzten Blick auf die von der heulenden Horde eingekesselten Kämpfer. Caulder war auf die Knie gestürzt, nur Rotterham hielt sein Schwert noch erhoben, dann waren sie außer Sichtweite.

Bittere Tränen strömten über Fletchers Gesicht, selbst dann noch, als Berdon ihm schon schweigend einen Arm um die Schulter legte.

»Sie sind tot«, murmelte Fletcher.

Seine beiden Freunde waren im Kampf gestorben. Die Grafschaft war gefallen.

59

ATHENA KONNTE NICHT BLEIBEN, denn auch die fliegenden Orkdämonen kehrten nun zurück. Als sie landete, drückte Fletcher sie an die Brust und ließ sich von ihr trösten. Er vermisste seine Freunde jetzt schon.

Der Wagen war übervoll mit Verwundeten und Alten und kam nur langsam voran. Selbst als die Eltern ihre Kinder huckepack nahmen, waren sie kaum schneller als eine Beerdigungsprozession. Hier und da sah Fletcher Spuren der Kobolde, die ihnen vorausgeeilt waren: Schalen von gegessenen Früchten, ab und zu war da ein Haufen, den ihre Reittiere hinterlassen hatten. Blau und Halbohr beschnupperten den Dung und kneteten ihn zwischen den Fingern, um zu bestimmen, wie weit die anderen voraus waren.

Fletchers zahlreiche Verpflichtungen waren die einzige Ablenkung von seinen düsteren Gedanken. Er kümmerte sich darum, dass die Zugtiere jede halbe Stunde ausgewechselt wurden, und schickte Athena aus, um die Gnome im Auge zu behalten. Nach nur etwas mehr als einer halben Stunde entdeckte sie eine Staubwolke, die sich wie ein Bluterguss am Horizont ausbreitete: das Heer der Gnome.

Fletchers Hoffnung schwand, und das Herz wurde ihm schwer in der Brust. Bei der Geschwindigkeit, mit der sich der Abstand verkleinerte, würden sie es niemals schaffen. Nicht bis nach Corcillum. Wenn sie Glück hatten, würden sie vielleicht die Watfurt-Brücke erreichen, wo sie zumindest eine Chance hatten. Dort konnten sie sich den Gnomen zu zehnt nebeneinander entgegenstellen und bis zum letzten Mann kämpfen. Vielleicht gelang es den Ralsheimern in der Zwischenzeit, sich irgendwo in den grünen Hügeln zu verstecken, während die Gnome nach Corcillum weitermarschierten.

»Irgendwelche Neuigkeiten, Genevieve?«, rief Fletcher.

Die junge Offizierin stolperte wie eine Schlafwandlerin dahin. Die Augen hatte sie starr auf ihren Hellsehstein gerichtet und schüttelte stumm den Kopf, ohne auch nur aufzublicken.

So marschierten sie durch die Savanne, beobachtet von ein paar neugierigen Antilopen und einem träge in der Sonne dösenden Löwenrudel. Fletcher ließ sich an das Ende des Trosses zurückfallen, um die Nachzügler anzutreiben und die immer größer werdende Staubwolke hinter ihnen zu mustern.

In seinem Kristall sah er bereits die ersten Gnome. Das Hauptheer erstreckte sich fast von einem Ende des Horizonts bis zum anderen, und die Vorhut befand sich nur noch wenige Minuten hinter ihnen.

Da hörte Fletcher aufgeregte Rufe von vorn: Die Straße führte einen breiten Hügel hinauf, und die entkräfteten Eber kamen kaum noch weiter. Außerdem hatten die Wagen, die hier während der letzten Wochen auf dem Weg von und nach Corcillum durchgekommen waren, tiefe Furchen hinterlassen, in denen die Vorderräder immer wieder stecken blieben.

Berdon und ein paar andere setzten sich über die Hinterachse, um zu versuchen, den vorderen Teil des Wagens anzuheben, aber es war zwecklos – die Eber konnten nicht mehr, dem einen knickten vor Erschöpfung sogar die Vorderbeine weg.

»Graf Rale!«, rief Meinhard.

Fletcher drehte sich um und sah die Vorhut der Gnome durch das lange Savannengras näher kommen. Ihnen blieb vielleicht noch eine Minute, dann wären sie hier. Dahinter flimmerte die Kriegsbemalung der Orkoffiziere im Licht der untergehenden Sonne und hob sich grell vom Grau der Gnome ab.

»Füchse, zu mir!«, befahl Fletcher. »Berdon, holt die Alten und Verwundeten vom Wagen und tragt sie zur Brücke. Wir kommen nach.«

Als sich Fletchers Soldaten um ihn sammelten, war auch Berdon dabei, begleitet von einem Dutzend Siedler. Einige waren mit Baumäxten bewaffnet, andere mit Spitzhacken oder Küchenmessern.

»Thaissa und Millo kümmern sich darum«, sagte Berdon. In der rechten Hand hielt er einen mächtigen Vorschlaghammer. »Wir lassen dich nicht allein kämpfen.«

»Berdon, ich …«

»Nein!«, bellte der Schmied und packte Fletcher an den Schultern. »Ich will dich nicht noch einmal verlieren. Wir bleiben bei dir, das ist mein letztes Wort.«

Fletcher blickte seinem Adoptivvater in die Augen und sah die wilde Entschlossenheit darin. Jeder Versuch, ihn umzustimmen, schien zwecklos.

»Schön«, murmelte Fletcher. »Geht hinter uns in Stellung«, fügte er mit einem grimmigen Lächeln hinzu.

Während sich seine Männer neben dem Wagen formierten, machte Fletcher die Zugtiere los. Beide Eber waren zu müde, um sich auch nur zu bewegen. Sie blieben einfach liegen, während die ersten Ralsheimer mit den Verwundeten auf dem Rücken bereits über die Hügelkuppe verschwanden. Fletcher konnte nur hoffen, dass es ihnen gelang, die Gnome lange genug aufzuhalten, damit sich die Siedler verstecken konnten.

Einen Augenblick lang wartete er darauf, dass Rotter und Caulder ihre Befehle erteilten, dann wurde ihm bewusst, dass sie nicht mehr unter ihnen waren – genauso wie Rori. Genevieve stand immer noch unter Schock und würde ihm kaum eine Hilfe sein.

In dieser Schlacht war Fletcher ganz auf sich allein gestellt.

»Wir bauen uns in einer Linie auf und ziehen uns dann, das Gesicht dem Feind zugewandt, langsam zurück«, befahl er schließlich. »Passt auf, dass niemand an den Flanken durchbricht!«

In Halbmondformation gingen sie langsam rückwärts und konnten vor Erschöpfung kaum ihre Helmbarten waagrecht halten. Es war hoffnungslos. Auf freiem Feld würden sie nicht mehr als ein paar Minuten durchhalten.

Die Vorhut war jetzt nur noch hundert Schritt weit entfernt und schien sich zu sammeln, bevor sie den nächsten Angriff wagte. Fletcher schöpfte schon Hoffnung, dass sie es vielleicht bis zur Brücke schaffen würden, da ertönte ein Horn, und die Gnome stürmten mit einem hasserfüllten Schrei los.

»Es ist so weit, Füchse!«, hörte Fletcher Kobe rufen. »Nehmen wir so viele von ihnen mit wie möglich.«

Fletchers Soldaten stießen den Schlachtruf ebenfalls aus, doch ihre Stimmen gingen im Tuten des Orkhorns unter. Fletcher spürte, wie der Boden unter den Schritten der mit erhobenen Schilden anstürmenden Gnome erzitterte, dann verstummte das Horn.

Im nächsten Moment hallte neuerlicher Lärm über die Ebene – aber er kam nicht von der angreifenden Vorhut, sondern von irgendwo hinter ihnen, jenseits des Hügels.

Fletcher drehte sich um und blinzelte in die Sonne. Der Boden unter seinen Füßen bebte, dann sah er eine lange Reihe dunkler Silhouetten auf der Hügelkuppe auftauchen. Sein Herz setzte einen Schlag lang aus: Die Gnome hatten sie umzingelt.

»Schiltron-Formation!«, rief er verzweifelt. »Berdon, Blau, ihr kommt in unsere Mitte!«

Doch es war zu spät. Die Silhouetten jagten bereits heran.

Fletcher hörte das Trommeln von Hufen, Helme und Äxte blitzten in der Sonne – das waren keine Gnome, sondern Zwerge! Ihre langen Bärte flatterten im Wind, während ihre Eber in donnerndem Galopp heraneilten. Wie ein Fluss teilten sie sich um den Schiltron und warfen sich mit hocherhobenen Streitäxten den Gnomen entgegen.

Othello ritt an vorderster Spitze und schwang einen großen Kriegshammer in seinen kräftigen Armen. »Lauft!«, brüllte er Fletcher zu.

Hoffnung keimte in ihm auf, obwohl er doch wusste, dass es kein leichter Kampf werden würde. Die Zwerge waren nur zu hundert, ein halbes Dutzend lag bereits am Boden, ihre Reittiere lagen tot oder sterbend daneben, ihre Körper waren von den Speeren der Gnome gespickt. Die verbliebenen Eber scheuten und drehten vor der Mauer aus Schilden und Spießen ab.

Fletcher sah es und wusste sofort, was zu tun war: Othello brauchte eine Lücke, durch die er mit seinen Reitern in die Linien des Feindes einbrechen konnte, und die würden die Füchse ihm verschaffen.

»Angriff«, rief Fletcher. »Für Hominum!«

Sie sprinteten den Hügel hinab, schlugen Speere und Schilde

zur Seite und stachen erbarmungslos auf die Gnome ein, da brüllte Othello: »Feuer!«

Die Zwerge feuerten ihre Donnerbüchsen ab und rissen tiefe Lücken in die Formation der Gnome. Fletcher schlitzte einem von ihnen knurrend die Kehle auf, Berdon war bei ihm und hielt ihm mit seinem Hammer den Rücken frei. Die Kobolde schrien und stachen mit ihren Dolchen zu, während die Helmbarten der Füchse den Rest erledigten.

Dann preschten die Eber in die entstandenen Lücken. Die Luft erzitterte unter Solomons polterndem Gebrüll. Wie eine Steinlawine fiel der Golem in die Reihen der Feinde ein und ließ sie mit den mächtigen Schlägen seiner riesigen Fäuste durch die Luft fliegen.

Ein plötzlicher Schmerz durchzuckte Fletcher, als ein Speer seinen Unterarm aufschlitzte, da streckte Berdon den Angreifer schon mit einem Hammerschlag nieder. Zu ihrer Rechten flammte ein Blitz auf und ließ ein weiteres Dutzend Feinde zuckend zu Boden sinken.

Fletcher sah, wie Kress mit einem Schlachtruf auf den Lippen alle Zwerge, die ihre Reittiere verloren hatten, zu einem Sturmangriff führte. Tosk lief mit langen Sprüngen neben ihr her. Als sie zu den Füchsen aufgeschlossen hatten, preschten sie gemeinsam vor, um der Zwergenreiterei den Weg zu bereiten. Fletcher hörte das Schnauben der Eber in seinem Rücken und sah, wie zahllose Gnome von ihren Hauern durch die Luft gewirbelt wurden.

Sie waren tief in die feindliche Formation vorgedrungen, die sich nun wie ein Ring um Fletchers und Kress' Gruppe schloss. Doch statt diesen Vorteil zu nutzen, zogen sich die Gnome vor den wütend kämpfenden Verbündeten ängstlich zurück. Fletchers Chepesch sauste ein ums andere Mal durch leere Luft, so schnell flohen seine Widersacher, da sah er aus dem Augenwinkel ein blaues Leuchten.

Noch bevor er sich in die Richtung drehen konnte, rollte ein Knall über ihn hinweg, donnernd wie eine Lawine. Die Druckwelle riss ihn von den Beinen, Fletcher überschlug sich mehrmals und landete schließlich im Gras.

Er stand schwankend auf und schmeckte Blut auf seinen Lippen, während er mit geweiteten Augen das Ausmaß der Zerstörung begutachtete: Das Leuchten war von einer Explosion mitten in den Reihen der Gnome gekommen und hatte Hunderte von ihnen in den Tod gerissen. Jemand musste all sein Mana in den Angriff gelegt haben.

Gnome taumelten benommen am Rand des Explosionskraters, ihre Schilde hatten sie verloren. Bestimmt tausend waren noch auf den Beinen, noch einmal halb so viele versuchten mühsam, wieder aufzustehen. Ihr Kriegsgeheul war verstummt. Einen Moment lang sprangen ihre Blicke zwischen den Zwergen und ihren gefallenen Artgenossen hin und her, dann warfen sie auch ihre Speere weg und flohen.

Gnome wie Orks rannten um ihr Leben. Wer zu langsam war, wurde von den Nachfolgenden einfach niedergetrampelt. Bald befanden sich nur noch die Verletzten auf dem Schlachtfeld und humpelten panisch davon.

Sie hatten gewonnen. Fletcher ließ seinen Chepesch fallen und sank zitternd auf die Knie. Als er Berdons Arm auf seiner Schulter spürte, barg er das Gesicht an der Brust des Schmieds und schluchzte vor Erleichterung.

»Vorwärts!«, bellte einer der Zwerge. »Treibt sie in den Dschungel zurück.«

Der Boden begann zu beben, dann nahmen die Eber die Verfolgung auf.

»Fußsoldaten zu mir«, hörte er Kress rufen. »Tötet alle Überlebenden.«

Fletcher hob den Kopf und ließ sich von Berdon auf die Beine ziehen. Sie waren zu erschöpft, um sich an der Verfolgung zu beteiligen. Fletcher betrachtete die grauen Kadaver und das blutverschmierte Gras ringsum. Als er auch grüne Uniformen zwischen den Toten entdeckte, wandte er den Blick ab, um die Gesichter nicht sehen zu müssen. Er konnte den Anblick nicht ertragen. Noch nicht.

Die Kobolde und Zwerge waren weit weniger zimperlich als er selbst und töteten jeden Gnom, der sich noch rührte, während die Geier schon über dem Schlachtfeld kreisten und auf ihr Festmahl warteten.

Fletcher hatte den vielfachen Tod und all dies Töten satt. Hier gab es keinen Ruhm zu ernten.

Ein entsetzter Aufschrei von Kress riss ihn aus seiner Schockstarre.

Etwas stimmte nicht. Sie kniete auf dem Boden und hielt einen leblosen Körper verzweifelt mit den Armen umklammert.

Fletcher kannte das Gesicht.

»Othello«, schluchzte er und ging taumelnd zu Kress. »O nein. Nein, nein, nein.«

Er wiederholte das eine Wort immer wieder und ließ sich neben Kress ins Gras sinken.

»Er ist tot«, wimmerte Kress. »Ich konnte ihn nicht heilen.«

60

VERZWEIFELT NAHM FLETCHER DAS GESICHT seines Freundes zwischen die Hände. Die Welt um ihn herum begann sich zu drehen, und ihm wurde schlecht.

»Es wird alles wieder gut«, stammelte er. »Er ist nicht tot, bestimmt nicht …«

In der Ferne sah er, wie Solomon weiterhin den fliehenden Gnomen nachsetzte, als hätte er die Tragödie noch gar nicht bemerkt.

Nein. Das war unmöglich. Der Golem *musste* es gespürt haben.

Da ertönte ein schmerzerfülltes Kreischen hoch über ihnen. Es rührte von einem Caladrius her, und da erkannte Fletcher die Wahrheit: Der Tote war gar nicht Othello, sondern Atilla, sein Zwillingsbruder.

Es war vorbei. Menschen, Zwerge und Elfen streiften verstört über das Schlachtfeld. Sie hatten zwar gewonnen, aber es waren so viele Leichen, mehr noch als oben auf dem Pass.

»Ihr habt uns gerettet«, sagte Fletcher zu Kress und wischte sich über die brennenden Augen. »Wir hatten nicht mehr mit Hilfe gerechnet.«

Sie hatten all ihre Tränen bereits vergossen, und trotzdem brachten sie es nicht fertig, Atilla jetzt allein zu lassen.

»Und Atilla hat uns alle gerettet«, erwiderte Kress schniefend. »Er ist mit unserem letzten Manafläschchen mitten zwischen die Gnome gerannt und hat dort den Zauber gezündet. Sieh dir nur seine Wunden an. Er muss gewusst haben, dass er das nicht überleben würde …«

Fletcher betrachtete seinen Freund. Er hatte sich geopfert, damit die anderen überlebten. Sein Gesicht war dem Himmel zugewandt und wirkte beinahe friedlich.

»Wie habt ihr uns gefunden?«, fragte er schließlich und versuchte, das Zittern in seiner Stimme zu unterdrücken.

»Es war Malachi«, flüsterte Kress. Sie hatte die Knie an die Brust gezogen und starrte in die Landschaft hinaus. »Er überbrachte eure Nachricht, aber die Generäle weigerten sich, uns gehen zu lassen«, fügte sie mit geballten Fäusten hinzu. »Wir wollten unbedingt, aber die Orks hatten die Front überrannt. Zu Tausenden kamen sie ohne jede Vorwarnung aus dem Dschungel. Es blieb keine Zeit, uns vorzubereiten. Die erste Stunde war ein einziges Schlachten.«

Kress sah ihn mit traurigen Augen an. »Und dann noch ihre Dämonen. Die Orks warfen sie uns entgegen wie Schlachtvieh und riefen immer neue herbei, sobald die alten gefallen waren. Es waren Hunderte. Sie müssen diesen Angriff seit Jahren geplant haben.«

»Und dann?«, fragte Fletcher und schaute nach Osten, als könnte er das viele Meilen entfernte Schlachtfeld sehen.

»Wir haben uns immer weiter zurückgezogen. Zehntausende sind gestorben, und die Schlacht ist nach wie vor im Gange. Zumindest war sie es bei unserem Aufbruch.«

Fletcher konnte es nicht fassen: Hominum war verloren.

»Harolds letzte Hoffnung ist, dass die Elfen rechtzeitig eintreffen«, murmelte Kress. »Er sagt, ihr Heer ist vor ein paar Tagen aufgebrochen. Jetzt können wir nur noch beten.«

»Aber warum seid ihr dann hergekommen?«, fragte Fletcher erschrocken. »Hominum könnte fallen, wenn es nicht schon geschehen ist. Ihr werdet an der Front gebraucht!«

»Der König hat es so befohlen«, erwiderte Kress mit fester Stimme. »Malachi hat ihn irgendwie gefunden. Er benahm sich sehr eigenartig, als er weiterflog, so als hätte er allen Mut verloren.«

Fletchers Herz krampfte sich zusammen: Der tapfere Kerf hatte seine Befehle weiterhin befolgt, obwohl sein Herr längst tot gewesen war. Er brachte es nicht über sich, ihr die Wahrheit zu sagen, und Kress schien den Schmerz in seinen Augen nicht zu bemerken.

»Allerdings hat Harold uns nicht geschickt, um die Gnome aufzuhalten«, sprach sie weiter. »Auch nicht, um die Grafschaft zu retten. Sondern dich, Fletcher.«

»Mich?«, fragte er verwundert.

»Es gibt einen Grund, warum wir verlieren«, antwortete Kress hastig, als wäre ihr gerade erst wieder eingefallen, weshalb sie überhaupt hier war. »Es ist Khan. Sein Dämon, er sieht aus wie eine größere Version von Ignatius, nur dass er einen Schuppenpanzer hat, so wie die Wyvern.«

»Ein Drache«, keuchte Fletcher, während seine Gedanken zu der Begegnung auf dem Vulkan im Äther zurücksprangen.

»Das Himmelskorps hat ihn zu töten versucht, aber sein Feuer …«, fuhr Kress fort. »Nichts kann ihm widerstehen. Jedes Mal, wenn wir die Oberhand gewannen, stieß er herab und verbrannte alles zu Asche. Niemand kommt an ihn heran, außer …«

An dieser Stelle verstummte Kress.

»Außer mir«, beendete Fletcher den Satz.

Feuer konnte ihm nichts anhaben, und Ignatius auch nicht.

Die Erkenntnis ließ ihn erstarren: Sein Kampf war immer noch nicht vorbei, er fing sogar gerade erst an.

Eigentlich wollte Fletcher warten, bis Othello von der Verfolgung der Gnome zurückkehrte. Er wollte dabei sein, wenn der Zwerg vom Tod seines Bruders erfuhr, aber die Zeit war zu knapp.

Mit einem letzten Gruß verabschiedete er sich von seinen Freunden und Soldaten. Die meisten konnten wegen einer Verletzung oder vor schierer Erschöpfung nicht einmal mehr stehen.

»Du kommst zurück, hast du gehört«, knurrte Berdon, als Fletcher ihn umarmte.

»Verlass dich drauf«, flüsterte dieser.

Eine letzte, allzu kurze Umarmung mit Kress, dann rief er Ignatius herbei und schwang sich auf seinen Rücken.

Der bedauernswerte Drak blutete immer noch aus zahlreichen Wunden, die er sich im Kampf mit dem Phantaur zugezogen hatte. Sein Flügelschlag war ungleichmäßig, und sie kamen nur langsam voran. Fletcher sah die vielen Löcher in seinen Schwingen sowie eine tiefe Speerwunde in einem seiner Hinterläufe. Ignatius war kaum noch kampffähig, doch ihnen blieb keine Wahl. Kein anderer Dämon konnte gegen Khans Drachen bestehen.

Kress hatte Ignatius' Wunden mit ihrem restlichen Mana geheilt, so gut es ging, aber sie hatte nicht viel ausrichten können. Jetzt kreisten sie über dem Schlachtfeld. In der Ferne sah Fletcher Othello und die anderen Zwerge, die noch immer den Gnomen nachsetzten. Fletcher sandte ihnen einen stummen Dank, dann drehte er ab.

Athena flog neben ihnen her, da hörte Fletcher ein Kreischen von weit oben. Es kam von Atillas Caladrius. Wie ein vom Himmel geschickter Engel schwebte er aus den Wolken herab und landete sanft auf Ignatius' Rücken.

Fletcher sah eine eigenartige Aura um den Dämon herum – der Caladrius flimmerte und würde bald in den Äther zurückkehren, jetzt, da sein Bändiger tot war. Seine blauen Augen waren fest auf Fletcher gerichtet, dann breitete er die Flügel aus und legte sie über Ignatius' Schwingen.

Ein weißes Schimmern umhüllte den Drak. Fletcher spürte, wie die Schmerzen seines Dämons nachließen, und beobachtete erstaunt, wie die vielen Wunden unmittelbar vor seinen Augen immer kleiner wurden und schließlich verheilten. Es war, als würde die Zeit plötzlich rückwärts ablaufen. Schließlich schloss sich sogar der Schnitt auf Fletchers Unterarm. Das weiße Schimmern verschwand, dann strich ihm der Caladrius zum Abschied mit dem Schnabel über die Wange und erhob sich wieder in die Wolken, um den Tod seines Herrn zu betrauern.

Fletcher hatte gehört, dass Dämon und Bändiger im Augenblick des Todes miteinander verschmolzen und ein Teil der Seele des Beschwörers in dem Dämon weiterlebte. Seraph hatte im Unterricht einmal danach gefragt, doch Major Godwin hatte die Geschichte als Altweibergeschwätz abgetan und erwidert, dass der Charakter des Beschwörers zwar im Lauf der Jahre auf den Dämon abfärben konnte, aber mehr auch nicht.

Doch jetzt, auf dem Weg nach Osten, war Fletcher da nicht mehr so sicher. Sein Blick wanderte zu Athena, die ihn vom ersten Moment an aufrichtig geliebt hatte. Lebte sein Vater Edmund vielleicht in ihr weiter? War der Besuch des Caladrius Atillas Abschiedsgeschenk an ihn gewesen?

Fletcher ließ sich von dem Gedanken trösten, während Athena vorausflog und ihnen den Weg wies. Die Sonne sank inzwischen immer tiefer und tauchte die Welt in einen düsteren Schimmer. Erst jetzt wurde Fletcher bewusst, welch schwere Aufgabe auf seinen Schultern lastete. Das Schicksal des gesamten Königreichs hing von ihm ab. Konnten sie es wirklich schaffen? Hatten sie überhaupt eine Chance? Er zweifelte immer mehr daran.

Bald hörte er den Schlachtenlärm, den die warme Abendbrise herantrug. Fletcher fürchtete, er könnte versehentlich bis hinter die feindlichen Linien fliegen, und wendete Ignatius in Richtung Norden.

Er hoffte noch, dass die Lichter Corcillums bald am Horizont auftauchen würden, da entdeckte er stattdessen etwas ganz anderes: Eine große Herde von Hirschen bedeckte die weite grüne Ebene unterhalb ihrer Stellung. Auf den Rücken der Tiere saßen mit Bogen und Langschwertern bewaffnete Reiter – das Elfenheer!

Die einzelnen Clans waren an den Farben ihrer Rüstungen deutlich zu erkennen. Sylvas Familie ritt ganz vorn, angeführt von einem groß gewachsenen Mann, bei dem es sich nur um ihren Vater handeln konnte. Aufrecht wie eine Statue, saß er im Sattel, während sein Elch das mächtige Geweih kampflustig hin und her schwingen ließ.

Plötzlich fiel das gesamte Heer in Galopp. Mit donnernden Hufen preschte es auf eine Rauchwolke zu, in der Blitze und Kanonenfeuer aufzuckten. Fletcher kniff die Augen zusammen und erkannte, wie sich inmitten des Rauchs die Umrisse einer alten Burg abzeichneten: Das musste die Dämonenakademie sein. Die Orks hatten Harold bis tief ins Herz des Königreichs zurückgedrängt, die Hauptstadt Corcillum mit all ihren unschuldigen Bewohnern lag nur noch wenige Wegstunden entfernt. Hominums Zukunft stand auf Messers Schneide.

Ein Schrei, der von Athena kam, durchzuckte Fletchers Bewusstsein. Er blickte nach unten und sah einen Greif in ihre Richtung kommen. Sein Herz machte einen Sprung: Es war Sylva.

Wenige Augenblicke später war sie bei ihm. Sie trug die rote Lamellenrüstung ihres Clans und hielt ihre gekrümmte Falx hocherhoben.

»Fletcher, du lebst!«, rief Sylva und dirigierte Lysander näher heran. »Ich hatte schon befürchtet… Ich bin so froh, dass dir nichts passiert ist!«

Fletcher sah die unendliche Erleichterung in ihrem Gesicht, die weit aufgerissenen Augen und den halb geöffneten Mund. Trotz seiner Angst erwiderte er Sylvas Lächeln. Mit ihr an seiner Seite hatte er vielleicht eine Chance.

Die rote Kriegsbemalung auf den Wangen ließ Sylva grimmiger aussehen denn je. Am liebsten hätte Fletcher sie in die Arme geschlossen und ihr seine Gefühle gestanden, gleichgültig was die anderen Elfen davon halten mochten, aber dafür war jetzt keine Zeit.

»Wir haben dich für Khan und seinen Drachen gehalten«, rief Sylva über das Tosen des Windes hinweg. »Unsere Späher berichten, dass sie alles verwüsten und König Harold die Schlacht so gut wie verloren hat.«

»Er muss irgendwo dort vorn sein«, rief Fletcher zurück und deutete auf die Rauchsäule über der Akademie. »Ich werde ihn aufhalten.«

»Dann nichts wie los«, erwiderte Sylva und ließ Lysander beschleunigen.

»Sylva, du musst zurück zu deinem Clan!«, widersprach Fletcher. »Ich bin immun gegen Feuer, also kann allein ich diese Aufgabe übernehmen.«

»Versuch doch, mich aufzuhalten!«, rief Sylva über die Schulter.

Ein letzter Flügelschlag von Lysander, dann war sie im Rauch verschwunden.

61

SIE WAREN ÜBERALL. TAUSENDE VON ORKS – mehr als Fletcher geglaubt hatte, dass überhaupt existierten – marschierten über die rauchende Landschaft. Hinter ihnen brannten Dörfer und Bäume wie Scheiterhaufen.

Ein paar Hundert Meter vor der Horde der Orks entfernt entdeckte Fletcher die Überreste von Hominums Heer. In einer dünnen Linie waren sie vor den Toren der Dämonenakademie in Stellung gegangen, nicht mehr als tausend Mann. Die meisten trugen rote Uniformen, aber auch andere Farben waren darunter – Überlebende der dezimierten Adelsregimente. Ein Zug Zwerge war ebenfalls dabei, mehr aber nicht.

»So wenige«, keuchte Fletcher durch den Rauch.

Schwefelgestank erfüllte die Luft, eine erstickende Mischung aus Schießpulverdampf und Rauch, der von den Weilern kam, die die Orks in Brand gesteckt hatten. Der gesamte Horizont schimmerte im Orange der Flammen.

Und während die Welt unter ihnen schwelte, wünschte sich Fletcher, er könnte mit Sylva hier oben bleiben, weit entfernt von den Kämpfen. Lysander flog gleich neben ihm, die Flügelspitzen ihrer Dämonen berührten sich beinahe. Sylvas Gesicht war wild entschlossen.

»Wir schaffen das«, rief sie mit erhobener Falx und blickte Fletcher fest in die Augen.

Fletcher hielt ihren Blick fest und gestattete sich eine Sekunde der Hoffnung. Dann wandte er sich mit neuer Kraft der unter ihnen tobenden Schlacht zu.

Blitze und Flammen zuckten in dem Niemandsland zwischen den beiden Heeren auf. Dämonen fielen mit Zähnen und Klauen zu Hunderten übereinander her. Es war der Auftakt zum letzten, alles entscheidenden Kampf.

Hominums Schlachtmagier waren vor ihren Soldaten in Stellung gegangen und schleuderten den Schamanen Feuerkugeln und Blitze entgegen. In erster Reihe standen Harold und sein Vater Alfric, und über ihnen schimmerte ein großer, kuppelförmiger Schild, während sie ein weiteres Rudel Lykaner und Anubide in die Schlacht schickten.

Ein Stück weiter vorn kämpften die Dragoner mitten zwischen den schwerfällig vornübergebeugt gehenden Oni und haiähnlichen Nanauen. Der Boden unter ihnen war vom Kampf aufgewühlt und sah wie ein frisch gepflügter Acker aus. Arcturus' dunkles Haar flog auf, als sich sein Hippalektryon auf die Hinterbeine stellte, um an der schwer bedrängten Westflanke einen Gegenangriff zu führen. Selbst aus dieser Entfernung sah Fletcher, wie erdrückend die zahlenmäßige Überlegenheit des Feindes war. Sein Herz füllte sich mit Stolz, weil sich sein Mentor unerschrocken dem Feind entgegenwarf.

Da ertönte ein lautes Brüllen irgendwo über ihnen.

Ignatius reagierte sofort und hielt auf die dunklen Wolken zu. Dann waren sie mittendrin, der Rauch war so dicht, dass die Strahlen der untergehenden Sonne nicht mehr durchdrangen, und es wurde schlagartig still.

Nein, Fletcher hörte Flügelschläge. Wie ein langsam pochendes Herz, irgendwo in südlicher Richtung. Athena war unter den Wolken geblieben und hielt nach Khans Drachen Ausschau. Doch … nichts.

Dann sah er ihn: Mit nach vorn weggestreckten Klauen stürzte der Drache vom Himmel herab und pflügte durch die Reihen von Hominums Caniden. Einen packte er mit dem Schnabel und verschluckte ihn in einem Stück, noch während er über das Schlachtfeld hinwegglitt. Dann wendete er in einem weiten Bogen und setzte zum nächsten Angriff an.

Fletcher musterte den lang gestreckten Körper, der mit dicken Schuppen gepanzert war. Khans Drache war mindestens dreimal so groß wie der Phantaur, und seine Schwingen schienen so breit zu sein, dass sie die Sonne vollständig verdeckten.

»Fletcher!«

Sylva kam von unten heran und ließ Lysander vor Fletcher auf der Stelle schweben.

»Alle Mitglieder des Himmelskorps sind entweder tot oder geflohen«, schimpfte sie verächtlich. »Sie konnten die Wyvern erledigen, aber nur Lovett und Ophelia Faverham beteiligen sich noch an der Schlacht. Sie haben versucht, Khan in den Wolken zu überraschen, aber sein Drache übergießt sie jedes Mal mit Feuer, sobald sie auch nur in seine Nähe kommen.«

Fletcher sah die beiden tapferen Offizierinnen in der Ferne und wollte sie gerade grüßen, da beendete Khans Drache sein Wendemanöver und jagte ein weiteres Mal auf die Linien von Hominums Soldaten zu, um alles in seinem Weg zu verbrennen. Die Dragoner stoben in wilder Flucht auseinander, Arcturus konnte sich gerade noch mit einem Hechtsprung retten. Wer weniger Glück hatte, wurde zu Asche verbrannt.

Der Drache stieß einen Triumphschrei aus. Auf seinem Rücken sah Fletcher den Albino-Ork aufragen. Er winkte mit seiner Macana. Einmal, zweimal.

Es war ein Signal an sein Heer, das nun in breiter Front vorrückte. Das schaurige Geheul der Orks ließ Fletcher das Blut in den Adern gefrieren. An den Flanken preschten die Rhinozerosreiter vor, die Hörner ihrer Reittiere zum Angriff gesenkt. Nichts konnte diese Flut aufhalten.

Mündungsfeuer blitzte auf, und mehrere Orks stürzten taumelnd zu Boden, aber ihre Artgenossen rannten weiter, ohne auch nur langsamer zu werden. Noch fünfzig Schritte. Vierzig.

Hominums Schlachtmagier ließen sich vor dem Ansturm hinter die eigenen Linien zurückfallen und rissen mit Blitzen und Flammen tiefe Löcher in die Reihen der Angreifer. Doch es reichte nicht – bei Weitem nicht.

Da geschah noch etwas: Ein Donnern wie von galoppierenden Hufen rollte heran, begleitet von Gesängen – die Elfen kamen!

Links und rechts strömten die Elche um die verzweifelten Verteidiger herum und nahmen die Orks in die Zange. Bogensehnen schwirrten, Pfeile bohrten sich mit tödlicher Genauigkeit in ihr Ziel. Falxe schlugen links und rechts nach ungeschützten Hälsen, und dann prallten die Rhinozerosse und Elche krachend aufeinander. Reiter stürzten aus dem Sattel, während Hominums Musketiere ihr Feuer auf die Mitte des Orkheers konzentrierten, die von der Zangenbewegung der Elfen verschont geblieben war.

Noch zwanzig Schritte.

Weitere Orks wurden von Musketenkugeln zu Boden gerissen und blieben reglos liegen. Ihr Angriff geriet ins Stocken.

Am östlichen Himmel brüllte Khans Drache und wandte sich zum nächsten Angriff. Fletcher ahnte, was gleich passieren würde: Menschen wie Elfen würden in seinem Feuer ertrinken. Das war die Gelegenheit, auf die Khan die ganze Zeit schon gewartet hatte. Bisher hatte er nur mit seinem Feind gespielt und abgewartet, bis die beiden Heere sich vereinigten.

Da wusste Fletcher, was zu tun war. Es war ein letzter verzweifelter Versuch.

»Versteck dich mit Lovett und Ophelia in den Wolken!«, rief er Sylva zu. »Wartet dort auf mein Zeichen.«

Auf sein Signal hin legte Ignatius die Flügel an und ging in den Sturzflug.

»Was tust du da?!«, schrie Sylva, und dann übertönte der tosende Wind ihre Stimme.

Fletcher hatte seine Entscheidung getroffen. Er hatte keine Zeit mehr für eine Antwort.

»Danke, Ignatius«, flüsterte er und schlang die Arme um den Hals seines tapferen Dämons, während der Wind an seinem Haar zerrte und ihm Tränen in die Augen trieb. Entweder würden sie den Sieg davontragen oder gemeinsam sterben. Eine andere Möglichkeit gab es nicht.

Sie rasten dahin, da ertönte ein Warnschrei vonseiten Athenas: Khans Drache hatte das vereinigte Heer aus Menschen, Elfen und Zwergen beinahe erreicht.

Jetzt oder nie. Fletcher ätzte einen Verstärkungszauber.

»Khan!«, schallte seine Stimme über die Ebene hinweg, so laut, dass ihn der Albino-Ork über den Schlachtenlärm hinweg hörte.

Doch Khan ignorierte ihn. Er hatte nur noch Augen für das vereinigte Heer, das in einer langen Linie unter ihm ausgebreitet lag.

»Kämpfe gegen mich, Feigling!«, höhnte Fletcher.

Wütend blickte Khan auf. Wie ein knurrender Hund zog er die Lefzen zurück und feuerte einen Blitz ab. Ignatius konnte gerade noch ausweichen.

»Wo sind deine Wyvern, großer Khan?«, reizte ihn Fletcher noch weiter. »Hast du sie etwa unterwegs verloren?«

Es gelang: Khan änderte die Flugrichtung seines Drachen und hielt nun geradewegs auf Fletcher zu.

»Ich bin der Auserwählte!«, polterte er voller religiöser Inbrunst. »Der Retter meines Volkes!«

»Beweis es und kämpfe gegen mich!«, schrie Fletcher zurück. »Oder hat der Auserwählte etwa Angst vor einem Jungen?«

Khans Drache riss den Schnabel auf und stieß ein Brüllen aus, das Fletchers Brustkorb erzittern ließ. Fletcher sah das lodernde Feuer im Schlund des Ungeheuers, und dann flüsterte er: »Tu es.«

Ignatius fing ihren Sturzflug so abrupt ab, dass Fletcher beinahe von seinem Rücken gerissen worden wäre, und hielt mit voller Geschwindigkeit auf die Wolken zu – trotzdem waren sie zu langsam.

Wie von Sinnen lachte Khan und schwang seine Macana. Der Drache kam von Sekunde zu Sekunde näher. Schon zerrte der Sog seiner Flügelschläge an Ignatius.

Sie hatten es fast geschafft. Fletcher spürte, wie die Luft bereits feuchter wurde. Die rettende Wolkenbank war nicht mehr weit. Unter ihnen riss der Drache den Schlund immer noch weiter auf, bis sich die Wolken über Fletcher vom Widerschein des Feuers orange verfärbten.

»Sylva!«

Drei Silhouetten lösten sich aus den Wolken. Fletcher sah Lovetts Alicorn und das Geweih eines Peryton, dazu erschallte Lysanders Adlerschrei.

Dann spie Khans Drache Feuer.

»Jetzt«, keuchte Fletcher.

Ignatius breitete die Flügel aus, genau zu dem Zeitpunkt, als die Flammen sie einholten. Fletcher spürte die glühende Hitze auf seinem Rücken und sah seine Jacke verbrennen, während sich die Flammen um Ignatius' ausgebreitete Schwingen teilten und in einem Feuerstrudel weiterrasten. Im leeren Zentrum des Strudels jagten Lovett, Ophelia und Sylva heran.

Die Luft um Fletcher knisterte vor Hitze, da ließ der Flammenstrahl nach und verlosch schließlich ganz. Sylva, Lovett und Ophelia schossen mit einem Kampfschrei auf den Lippen an Fletcher vorbei. Ignatius wendete und schloss sich ihrem Angriff an.

Entsetzt sah Fletcher, wie der Drache den Peryton mit einem Schnabelhieb tötete und Ophelia taumelnd dem Erdboden entgegenstürzte. Lovett hätte um ein Haar das gleiche Schicksal ereilt, als ihre Lanze an der Stirn des Drachen zerbarst, da brüllte das Untier vor Schmerz plötzlich auf – Sylva hatte ihm ihre Falx ins Auge gestoßen.

Ignatius war nun mitten im Getümmel und schlug seine Klauen in den schuppengepanzerten Hals des Drachen. Fletcher krachte gegen Khan.

Dann fielen sie.

Ineinander verkeilt stürzten die Dämonen auf das Dach der Akademie zu. Fletcher sah die Glaskuppel rasend schnell näher kommen, dann hörte er ein Bersten.

Dunkelheit brach über ihn herein.

62

FLETCHER ÖFFNETE DIE AUGEN und konnte verschwommen das Innere der Vorhalle erkennen. Sein Kopf schmerzte, als stecke er in einem Schraubstock. Ignatius.

Wo war Ignatius?

Er spürte etwas Ledriges unter sich, das seinen Sturz abgefedert hatte. Es war eine gebrochene Schwinge, die ausgestreckt auf dem Marmorboden lag.

Fletcher kam schwankend auf die Beine und sah sich um: Die Schwinge gehörte zu Khans Drachen. Er war tot. Sein Genick war gebrochen, die Zunge hing ihm aus dem halb geöffneten Schnabel.

Daneben lag ein regloser Körper mit burgunderfarbener Haut.

»Ignatius«, keuchte Fletcher und stolperte weiter, während der Wind den Schlachtlärm von draußen herantrug.

Der Drak hob winselnd den Kopf und versuchte aufzustehen, brach aber vor Schmerzen sofort wieder zusammen.

Fletcher spürte diese Schmerzen, als wären es seine eigenen. In Ignatius' Hals und Flanken steckten Glassplitter, lang und scharf wie Schwerter. Auf seinem Rücken lag die bewusstlose Sylva – der tapfere Dämon hatte sie mit seinem Körper geschützt, als sie durch die Kuppel brachen.

»Du wirst wieder gesund«, stammelte Fletcher. »Sobald Sylva bei Bewusstsein ist, wird sie dich heilen.«

Er schüttelte sie verzweifelt, aber die Elfin rührte sich nicht. Fletcher entdeckte einen Bluterguss auf Sylvas Stirn, der sich immer weiter ausbreitete. Das einzige sichtbare Lebenszeichen war der langsame Rhythmus ihrer Atmung.

Ignatius' Blut tropfte auf den Marmor. Er hatte kein Mana mehr, um sich selbst zu heilen, und … lag im Sterben.

»Ich habe mich getäuscht«, ertönte eine Stimme aus der Dunkelheit.

Fletchers Herz krampfte sich vor Entsetzen zusammen, da sah er ihn: Khan.

Sein langes weißes Haar glänzte silbrig im Licht der untergehenden Sonne. Er war nur mit einem Lendenschurz bekleidet, der genauso weiß schien wie er selbst. Er hob seine Macana und deutete auf Fletcher.

»Nicht mein Salamander war in der Prophezeiung gemeint, sondern deiner.«

Verzweifelt suchte Fletcher nach seinem Chepesch, konnte ihn aber nirgendwo entdecken. Er musste ihn bei dem Sturz verloren haben und brauchte dringend eine Waffe. Da sah er Sylvas Falx, die immer noch im Auge des toten Drachen steckte. Irgendwie musste er an sie herankommen.

»Du hast verloren«, höhnte er und versuchte, im Halbkreis um Khan herumzugehen. »Die Prophezeiung war eine Lüge.«

Der Ork lächelte nur und schnitt ihm mit einem einzigen Schritt den Weg ab. Fletcher konnte kaum fassen, wie groß Khan war. Er überragte ihn um Manneslänge, allein seine Macana war fast so groß wie Fletcher selbst.

»Die Prophezeiung ist wahr«, widersprach Khan. »Wer den Salamander hat, gewinnt den Krieg.«

Etwas drang in Fletchers Gedanken und lenkte ihn ab. Es war Athena. Sie hatte sich oben zwischen den Dachbalken versteckt. Fletcher musste sich zwingen, den Blick starr auf Khan gerichtet zu lassen, während sie auf die Galerie hinter dem Albino herabschwebte.

»Wenn die Prophezeiung stimmt, habe ich schon gewonnen«, gab Fletcher zurück.

»Nein«, knurrte der Ork. »Nicht, wenn ich ihn dir wegnehme.«

Fletcher hob seine tätowierte Hand. »Dein Drache ist tot, und du hast kein Mana mehr«, sagte er mit gespielter Siegesgewissheit. »Ich könnte dich mit einem Fingerschnippen töten.«

»Beweis es«, höhnte Khan.

»Bring mich nicht zum Lachen!« Fletcher streckte seinen Zeigefinger aus und ließ Khan das Blitzsymbol darauf sehen, während er einen weiteren Schritt auf Sylvas Falx zu machte.

»Ich habe gesagt: Beweis es!«, bellte Khan und stürzte vor.

Fletcher rettete sich mit einem Hechtsprung vor Khans herabsausender Macana. Noch während er über den Marmor rollte, packte er den Griff der Falx und zog sie mit einem schmatzenden Geräusch aus dem Auge des Drachen.

Khan lachte polternd. »Der Junge will also spielen. Schön, spielen wir!«

Fletcher hatte noch nie eine Falx in den Händen gehalten. Der lange Griff und das hohe Gewicht der Waffe waren ungewohnt.

»Komm schon, fangen wir an«, sagte der Ork und schlug zu.

Ihre Klingen schlugen krachend gegeneinander. Die Wucht von Khans Schlag ließ Fletcher mehrere Schritte rückwärtstaumeln.

»Das war noch gar nichts«, spottete der Albino.

Fletcher sah, dass die Falx eine Kerbe in der Obsidianschneide von Khans Macana hinterlassen hatte. Der herausgebrochene Splitter schlitterte über den Boden und verschwand in den Schatten. Er wusste, dass Vulkanglas zwar brüchig war, dafür aber schärfer als jeder Stahl. Ein offener Zweikampf mit dem Häuptling der Orks wäre glatter Selbstmord.

Er duckte sich unter dem nächsten Hieb weg, aber dem Rückhandschlag, der gleich darauf folgte, konnte er nur mit einem verzweifelten Sprung ausweichen.

»Tanz, Junge!«, rief Khan lachend.

Was hatte Rotterham zu ihm gesagt? Schlag nach den Knien deines Gegners!

Fletcher sprang auf und stieß zu, doch der Albino wehrte mit Leichtigkeit ab und konterte mit einem Tritt gegen Fletchers Rippen, der ihn quer durch die Vorhalle schleuderte. Ein höllischer Schmerz brannte in seiner Seite.

»Genug gespielt«, knurrte Khan. »Ein ganzes Königreich wartet darauf, von mir niedergebrannt zu werden.«

»Du … hast … bereits verloren«, röchelte Fletcher. Er konnte seine Waffe kaum noch heben, selbst das Atmen tat weh.

Athena spürte seinen Schmerz und schaute von der Galerie herab, den Blick auf Khans ungeschützten Rücken gerichtet. Jetzt oder nie.

Jetzt.

Fletcher preschte mit einem Urschrei vor, während Athena mit gespreizten Krallen von der Galerie heruntergejagt kam.

Khan holte aus, da schlug ihm Athena die Krallen in den Rücken. Die Macana verfehlte Fletchers Kopf so knapp, dass sie ihm eine Locke vom Schädel rasierte, dann legte er all seine verbliebene Kraft in den Gegenschlag. Aber die gebrochenen Rippen behinderten ihn zu sehr, und die Falx entglitt seinem Griff.

Khan schmetterte Athena mit einem Fausthieb zur Seite, dann packte er Fletcher am Hals und hob ihn hoch.

»Stirb!«, knurrte er mit gefletschten Hauern.

Fletcher trat dem Ork in den Bauch. Genauso gut hätte er versuchen können, eine Mauer einzutreten. Der Griff um seinen Hals wurde fester.

»Sieh mich an«, zischte Khan und drückte zu. »Ich will sehen, wie das Leben aus dir schwindet.«

Fletchers Sicht verschwamm. Er sah gerade noch, wie sich Athena mit letzter Kraft über den Boden schleppte. Seinen Drak spürte er kaum mehr. Ignatius war so gut wie tot.

Fletcher schloss die Augen und wartete auf das Ende, da ließ der Druck an seinem Hals plötzlich nach.

Er fiel zu Boden und riss die Augen auf. Blut tropfte an Khans Beinen hinab – Sylva hatte ihm Fletchers Chepesch in die Seite gestoßen.

Der Albino wirbelte herum und streckte sie mit einem Fausthieb nieder. »Elfenpack!«, knurrte er und setzte Sylva einen Fuß auf den Hals.

Sylva lag auf dem Boden und versuchte verzweifelt, Khans Fuß von ihrem Hals herunterzubekommen.

»Nein«, keuchte Fletcher. Mana, Sylva musste ihr Mana benutzen, nicht ihre Muskeln! Doch Sylvas Gedanken waren nicht mehr klar. Immer wieder schlug sie mit den Fäusten auf Khans Fuß ein.

Fletcher tastete blind nach einer Waffe und bekam die Falx wieder zu fassen.

Sylva gurgelte verzweifelt, und Khan lachte, da spürte Fletcher einen schwachen Manastrom, von Athena und Ignatius kommend – in dem Augenblick, da sie es selbst am dringendsten brauchten, gaben sie ihm alles, was ihnen noch zur Verfügung stand. Genug für einen letzten verzweifelten Versuch.

Er streckte den Zeigefinger und entlud all sein Mana. Ein Blitz schlug in Khans Bein und ließ den Ork auf die Knie sinken.

Fletcher sammelte all seine verbliebene Kraft und holte aus. Die Klinge der Falx fuhr durch Khans Hals, und dann fiel der kopflose Rumpf wie ein gefällter Baum zu Boden. Doch Fletcher blieb keine Zeit zum Aufatmen – er musste Ignatius heilen.

»Ich bin dir zu Hilfe geeilt, so schnell ich konnte«, krächzte Sylva. Ihr Blick richtete sich auf nichts Bestimmtes, der Bluterguss auf ihrer Stirn hatte sich bis über beide Schläfen ausgebreitet.

Fletcher ignorierte die Schmerzen in seinem Brustkorb und stand auf. Mit jedem Atemzug kehrte die Kraft in seine Glieder zurück. Genug, um Sylva über den Marmorboden zu ziehen. Er stöhnte, rutschte immer wieder aus und verfluchte seine Schwäche.

Ignatius' Augen waren geschlossen. Der Drak lag in einer Pfütze aus seinem eigenen Blut. Fletcher tastete nach seinem Bewusstsein und fand nur noch einen letzten Funken, der jedoch schnell verblasste.

Sylvas Lider flackerten, als würde sie jeden Moment wieder das Bewusstsein verlieren.

»Wach auf!«, schrie Fletcher und schüttelte sie an den Schultern. »Du musst Ignatius heilen.«

Kraftlos hob Sylva die Hand und bewegte die Finger. Eine Herzglyphe erschien in der Luft und verströmte weißes Licht, das sich über die Splitter in Ignatius' Körper ergoss. Die Wunden des Drak schlossen sich nach und nach, und die Glassplitter fielen klimpernd zu Boden. Der Funke, der von Ignatius' Bewusstsein noch übrig gewesen war, wurde zu einem Lodern, das immer heller erstrahlte, bis Ignatius schließlich die Augen öffnete und gierig die Luft einsog.

Fletcher fiel seinem Dämon schluchzend um den Hals. Eine Erleichterung, so groß, dass er einen Moment lang nicht einmal mehr seine gebrochenen Rippen spürte, durchflutete seinen Körper.

Etwas Kleines, Weiches schlüpfte unter Fletchers Arm und kuschelte sich an seine Brust: Es war Athena, ebenfalls verletzt zwar, aber am Leben. Fletcher löste sich von Ignatius und drückte die Greifeule an sich.

»Danke«, flüsterte er und hauchte ihr einen Kuss auf den Kopf.

Dann erst bemerkte er die Stille. Die Schüsse hatten aufgehört. Ebenso das Gebrüll und Klirren der Waffen.

»Haben wir gewonnen?«, fragte Sylva.

Fletcher zog sie auf die Beine, dann standen sie da, aufeinander gestützt wie betrunkene Matrosen. Die plötzliche Stille machte Fletcher keine Angst. Er hatte alles getan, was er konnte. Jetzt lag es nicht mehr in seiner Hand.

»Lass uns gehen und nachsehen.«

Ignatius legte sich flach auf den Boden, dann kletterten die beiden auf seinen Rücken. Fletcher setzte sich hinter Sylva, damit er sie festhalten konnte, falls sie noch einmal das Bewusstsein verlor, und Sylva legte den Kopf auf seine Schulter.

»Bist du sicher, dass du schon wieder stark genug bist, mein Freund?«, fragte Fletcher und tätschelte Ignatius' Flanke. »Du hast viel Blut verloren.«

Der Drak stieß ein freudiges Bellen aus und erhob sich in die Luft.

Fletcher erschauerte, als sie durch die geborstene Kuppel ins Freie schwebten. Der Wind trug die Schreie der Verwundeten heran, und dann betrachteten sie zwischen den Rauchwolken hindurch die grausige Szene: Wie Schlafwandler wankten die überlebenden Soldaten über das Schlachtfeld und erlösten die noch verbliebenen Orks von ihren Qualen. In der Ferne trieben die Elfen die Reste des feindlichen Heers der untergehenden Sonne entgegen.

»Wir haben gewonnen«, flüsterte Fletcher und drückte Sylva an sich.

Die Elfin legte die Hände auf die seinen und nickte stumm.

Doch es lag kein Ruhm in diesem Sieg, nur Trauer und Verlust.

»Ja. Wir haben gewonnen.«

Epilog

LOVETT HATTE NIE SCHÖNER AUSGESEHEN. Arcturus schob sie die Rampe vor der Kirche hinunter und hob sie aus ihrem Rollstuhl. Dann trug er sie, begleitet vom Jubel der Ralsheimer, zu der wartenden Kutsche.

Weiß stand ihr gut, fand Fletcher, und … Heiraten stand ihr auch gut.

Arcturus strahlte von einem Ohr zum anderen. Sein Gesicht war vom Wein gerötet, den er während des Empfangs getrunken hatte.

Fletcher bewarf das Brautpaar mit einer weiteren Handvoll Reis, und Sacharissa nieste, als die Körner rings um sie niederrieselten. Ihr Fell war frisch gebürstet, um den Hals trug sie eine Schleife, aber ihr finsterer Blick sagte den Hochzeitsgästen unmissverständlich, dass bloß keiner wagen sollte, sie zu streicheln. Der Anblick ließ Fletcher unwillkürlich grinsen.

»Augenblick«, sagte Lovett, und Arcturus blieb stehen. Sie nahm Fletchers Gesicht zwischen die Hände und küsste ihn auf die Wange. »Danke, dass du das alles für uns vorbereitet hast.«

»Ach, das war gar nichts. Ich stehe noch tausend Mal tiefer in Euer beider Schuld«, erwiderte Fletcher so laut, dass auch die jubelnde Menge ihn hörte.

Ganz Ralsheim war hier, außerdem der Großteil der Lehrer und Dienerschaft der Akademie, zwanzig Schlachtmagier und mehrere Dutzend Zwerge. Selbst der mürrische Major Godwin war gekommen, auch wenn er mittlerweile mit einem Bierkrug auf dem Schoß hinter dem Kirchenaltar eingeschlafen war.

Es war eine denkwürdige Feier gewesen. Fletcher wünschte nur, seine Mutter hätte dabei sein können, aber sie war immer noch zu krank, und Berdon war wegen einer dringenden Angelegenheit nach Corcillum abgereist.

Die Ralsheimer hatten sich entlang der Straße aufgestellt, um dem Hochzeitspaar auf seinem Weg zur Hauptstadt zuzujubeln. Harold hatte im Palast schon ein Zimmer vorbereitet. Jetzt, da Alfric auf dem Schlachtfeld von einem Ork erschlagen worden war, war Harold alleiniger König.

»Halt die beiden nicht so lange auf!«, rief Othello und legte Fletcher einen Arm um die Schulter. »Sonst kommen sie noch zu spät zum Abendessen mit dem König.«

Fletcher zuckte zusammen. Sogar jetzt, einen Monat später, schmerzten seine Rippen noch.

Sacharissa stupste Arcturus mit der Schnauze an.

»Schon gut, schon gut«, sagte der Hauptmann lachend und setzte den Weg zur Kutsche fort. »Wir werden dich bald besuchen kommen.«

»Das will ich hoffen!«, rief Fletcher dem frischgebackenen Ehepaar hinterher.

Als sich zahlreiche Gäste an ihm vorbeischoben, um die Kutsche auf ihrem Weg die Hauptstraße entlang zu begleiten, spürte Fletcher, wie sich jemand bei ihm unterhakte.

»Wer hätte das gedacht?«, sagte Sylva lächelnd. »Die beiden haben so glücklich ausgesehen.«

»Na ja, ich hatte auch eine Ahnung …«, erwiderte Fletcher.

»Lügner«, warf Othello ein und wandte sich zu Kress um. »Fletcher behauptet, er hätte gewusst, dass Arcturus und Lovett ein Auge aufeinander geworfen haben!«

»So ein Lügner!«, bestätigte Kress und stopfte sich ein weiteres Stück Torte in den Mund.

Fletcher grinste und ging mit Sylva am Arm los.

»Kommt, ich habe es euch noch gar nicht gezeigt«, sagte er über die Schulter und winkte die Zwerge zu sich.

Als sie den Rand von Ralsheim erreichten, sahen sie die Kobolde draußen in der Savanne. Nur wenige hatten sich in die kleine Stadt getraut, um an den Feierlichkeiten teilzunehmen. Blau hatte gleich neben der Watfurt-Brücke eine neue Kolonie gegründet. Der Boden dort war fest genug, um neue Stollen zu graben, und im Fluss gab es reichlich Fisch, den sie mit den Ralsheimern gegen andere Naturalien tauschten. Die beiden Völker hatten sich sogar ein wenig angefreundet, aber Kobolde waren von Natur aus scheu und hatten die Hochzeit lieber aus sicherer Entfernung beobachtet.

Sie kamen an dem Standbild vorbei, das Fletcher vor der großen Versammlungshalle hatte errichten lassen. Sehr zur Freude der Hochzeitsgäste war es erst heute Morgen eingeweiht worden. Auf einem Podest standen ein Zwerg, ein Mensch und ein Elf Seite an Seite. Darunter war eine Tafel mit den Namen all jener angebracht, die bei der Verteidigung der Grafschaft ihr Leben gelassen hatten.

Namen wie Atilla, Rori, Dalia, Caulder, Rotterham und über ein Dutzend weitere waren hineingraviert worden. Zu viele.

Othello blieb vor der Namenstafel stehen. Ein Schmerz huschte über sein Gesicht.

»Sie sind gestorben, damit wir weiterleben können«, murmelte er und legte die Finger auf den Namen seines Zwillingsbruders.

»Ja, sie waren Helden, jeder von ihnen«, bestätigte Fletcher und sah hinauf in Atillas Gesicht. Einen Moment hatte er das Gefühl, die Statue erwidere seinen Blick.

»Ich wünschte, du hättest auch eine Statue von Didric aufstellen lassen, gleich hinter der Latrine«, sagte Kress und trat nach einem Kiesel. »Damit seine Feigheit nie in Vergessenheit gerät.«

»Ich finde Harolds Lösung besser«, entgegnete Othello mit dem Anflug eines Lächelns auf den Lippen.

Harold war tatsächlich nicht entgangen, dass Didric sich geweigert hatte, für Hominum zu kämpfen. In seiner neuen Stellung als unumschränkter Herrscher hatte er Didric endlich zur Rechenschaft ziehen können, genauso wie den Rest des Triumvirats. Alle drei Familien waren mit schweren Strafzahlungen belegt worden. Das Geld wurde dazu verwendet, wieder aufzubauen, was die Orks verwüstet hatten.

Wie Fletcher zu Ohren gekommen war, besaßen die Cavells nicht einen einzigen Schilling mehr. Zuletzt waren sie mit nichts als ihren

Kleidern am Leib und einem kleinen Reisesack auf einem Schiff nach Swazulu gesehen worden.

Und das war noch nicht alles: Als Wiedergutmachung für die Verbrechen des Triumvirats hatte Harold die Bärenzahnberge, die der Graf Faverham und Didrics Familie unter sich aufgeteilt hatten, den Zwergen geschenkt. Schon jetzt entstanden dort die ersten Siedlungen und neue Schmieden.

Herzog Forsys und Inquisitor Raubler waren in einen Kerker in Corcillum verlegt worden und würden dort den Rest ihres Lebens verbringen. Das war ein passendes Ende für die beiden, wie Fletcher fand, wenn auch milder, als sie es eigentlich verdient hatten.

Othello legte Fletcher einen Arm um die Schulter, dann gingen sie weiter zum ehemaligen Exerzierplatz der Füchse. Während Fletchers Genesung hatten die Ralsheimer das Herrenhaus wiederaufgebaut, die Trümmer von der Wiese geräumt und sogar frischen Rasen angesät.

»Verflucht noch mal, Othello, sieh dir an, in welchem Luxus der Kerl lebt!«, rief Kress, als sie das frisch renovierte Anwesen sah.

»Ich habe das Haus noch nicht einmal betreten«, gestand Fletcher.

»Warum denn nicht?«, fragte Sylva.

»Es hätte sich irgendwie … falsch angefühlt«, antwortete er mit einem Achselzucken.

»Er tickt nicht mehr ganz richtig«, kommentierte Kress. »Wenn Fletcher es nicht will, nehme ich es gern.«

»Als sein bester Freund habe ich wohl das Vorrecht«, warf Othello lachend ein.

»Schade«, murmelte Kress. »Ich gehe und suche mir schon mal ein Zimmer aus.« Sie rannte los, und Othello folgte ihr.

»Du beeilst dich besser!«, rief ihm Fletcher hinterher. »Nicht, dass keines mehr für dich übrig bleibt.« Dann wandte er sich an Sylva.

Die Elfin lächelte verhalten, ihr Blick richtete sich auf den Horizont.

»Ich muss los«, sagte sie leise und holte ein Beschwörungsleder aus den Falten ihres Kleides hervor. »Mein Vater braucht mich im Süden. Wir schützen die Grenze, solange Hominum seine gebeutelten Streitkräfte wiederaufbaut.«

»Jetzt schon?«, fragte Fletcher enttäuscht. »Die Orks sind mit Mann und Maus geflohen, nachdem Khans Drache gefallen war. Sie glauben nicht mehr an die Prophezeiung.«

»Aber die Überfälle haben wieder angefangen«, entgegnete Sylva. »Sie wurden für den Kampf geboren und erzogen und kennen nichts anderes. Der Krieg ist noch nicht vorbei.«

Sylva sah Fletchers niedergeschlagene Miene und hielt inne. Dann beugte sie sich heran und küsste ihn auf den Mund.

Fletcher war so überrascht, dass er erst reagierte, als Lysander sich bereits materialisiert hatte und Sylva sich auf seinen Rücken schwang.

»Ich werde dich besuchen«, sagte sie leise, da breitete Lysander schon die Flügel aus und flog mit ihr davon.

Fletcher blickte ihr mit schwerem Herzen hinterher. Er machte sich zwar keine allzu großen Hoffnungen, trotzdem lächelte er. Sylva war ihm immer noch ein Rätsel, aber vielleicht würde er eines Tages schlau aus ihr werden. Im Augenblick war er einfach glücklich, am Leben zu sein und frei von der Last, Hominum retten zu müssen.

Da hörte er ein Wiehern hinter sich und drehte sich um. Eine Kutsche kam auf die Wiese gefahren, die Räder hinterließen tiefe Furchen im Rasen. Fletcher stieß ein Stöhnen aus und lief zum Kutscher.

»Du bist spät dran«, rief er zum Kutschbock hinauf. »Das Hochzeitspaar ist schon auf dem Weg nach Corcillum. Wenn du dich beeilst, erwischst du sie vielleicht noch.« Er deutete die Straße entlang, da stieg Berdon mit einem breiten Grinsen auf dem Gesicht aus der Fahrgastkabine.

»Tut mir leid, Sohn«, sagte er und schloss Fletcher in eine herzliche Umarmung. »Ich hatte ganz vergessen, dass der Rasen frisch hergerichtet ist.«

»Der Rasen ist mir gleich, aber dass du alles verpasst hast, ist es nicht. Hätten deine Geschäfte nicht noch eine Weile warten können? Nicht einmal von der Torte ist noch was übrig, Kress hat alles aufgegessen.«

»Diese Angelegenheit konnte absolut nicht länger warten«, widersprach Berdon zwinkernd. »Ich habe jemanden mitgebracht, der dich sehr gern kennenlernen möchte.«

Doch Fletcher hörte schon gar nicht mehr zu. Eine Frau war aus der Kutsche gestiegen. Es war seine Mutter.

Fletcher stand wie vom Donner gerührt da: Alice' Augen sahen aus, als schauten sie ihn tatsächlich an. Zögernd machte er einen Schritt auf sie zu.

»Fletcher?«, sagte sie leise.

»Nicht so schüchtern, Sohn«, flüsterte Berdon und schob ihn sanft vorwärts.

Da brach ein Damm in Fletcher. Tränen strömten über sein Gesicht. Alice drückte ihn an sich, und Fletcher ertrank beinahe in seinem Glück. Nach all den Jahren, nach allem, was er durchgemacht hatte, hatte er endlich seine Mutter wieder.

»Es tut mir … leid«, schluchzte Alice.

Fletcher machte sich los und berührte ihre Wange, als könnte er nicht glauben, dass sie wirklich da war.

»Dir muss nichts leidtun«, widersprach er. »Ich bin hier, und du bist … auch hier. Das ist alles, was zählt.«

Alice lächelte ihn durch ihre Tränen an. »Komm«, sagte sie und nahm Fletcher bei der Hand, dann gingen sie gemeinsam auf das Haus zu.

Fletcher war noch nie so glücklich gewesen.

Er war endlich zu Hause angekommen.

DÄMONOLOGIE

Kerf

Kerfe sind in Hominums Teil des Äthers die am häufigsten vorkommenden Dämonen. Viele andere Dämonenarten ernähren sich von ihnen. Mit Ausnahme des Skarabäus sind Kerfe sehr klein. Der Skarabäus kann fliegen und sieht wie ein großer Käfer aus. Er ist der stärkste aller Kerfe. Die Färbung des Panzers kann sehr unterschiedlich ausfallen und reicht von einem stumpfen Braun bis hin zu schillernden Buntfarben. Ein voll ausgewachsener Skarabäus entwickelt neben seinen Mandibeln noch eine zweite Waffe in Form eines Giftstachels, mit dem er einen Gegner vorübergehend lähmen kann.
Viele Bändiger setzen Kerfe als Kundschafter ein, mit denen sie den Äther ausspähen, um in der Folge einen stärkeren Dämon auf die Jagd zu schicken.

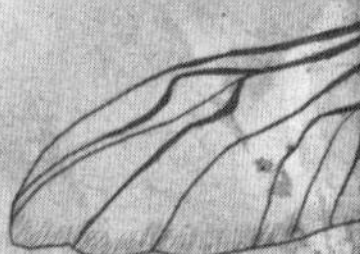

Bändiger:
Rori, Genevieve und Lovett

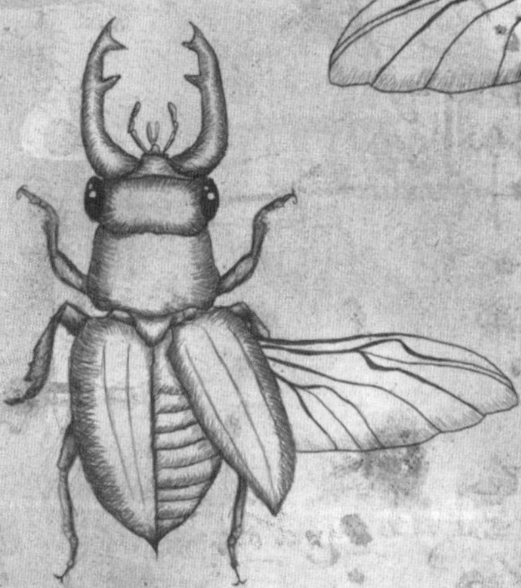

SYSTEMATIK: Gliederfüßler
BESCHWÖRUNGSSTUFE: 1
BASIS-MANASTUFE: 7
MANAFÄHIGKEITEN: keine
ANGEBORENE FÄHIGKEITEN: fliegen
HÄUFIGKEIT: extrem weitverbreitet
ERNÄHRUNG: Allesfresser
LEBENSRAUM: Festland und Gewässer
CHARAKTER: unterschiedlich
ANGRIFF/VERTEIDIGUNG: Giftstachel, Mandibeln

OTTER

Der Otterdämon wird in etwa so groß wie ein Hund, am Schwanz befindet sich eine morgensternähnliche Keule, zusätzlich verfügt er über zwei kräftige Nagezähne. Der Otter schwimmt gern und hält sich bevorzugt in Seen und Flüssen auf.

BÄNDIGER:

Rufus und Atlas

SYSTEMATIK: Nager

BESCHWÖRUNGSSTUFE: 4

BASIS-MANASTUFE: 24

MANAFÄHIGKEITEN: keine

ANGEBORENE FÄHIGKEITEN: schwimmen

HÄUFIGKEIT: weitverbreitet

ERNÄHRUNG: Allesfresser

LEBENSRAUM: Süßwasser und nahe gelegenes Festland

CHARAKTER: verspielt

ANGRIFF/VERTEIDIGUNG: Stachelschwanz, Zähne

WÜRGER

Die vogelartigen Dämonen durchqueren jedes Jahr eine Woche lang Hominums Teil des Äthers. Während dieser Zeit ist das Betreten äußerst gefährlich. Sie haben schwarzes Gefieder mit weißen Spitzen, ihre Spannweite entspricht der Körpergröße eines ausgewachsenen Menschen. Der Schnabel ist gefährlich spitz und gekrümmt, am Kinn befindet sich ein leuchtend roter Kehllappen, auf dem Scheitel wächst ein roter Hahnenkamm.

BÄNDIGER: Amber

SYSTEMATIK: Aves
BESCHWÖRUNGSSTUFE: 4
BASIS-MANASTUFE: 25
MANAFÄHIGKEITEN: keine
ANGEBORENE FÄHIGKEITEN: fliegen
HÄUFIGKEIT: verbreitet
ERNÄHRUNG: Fleischfresser
LEBENSRAUM: verschiedene
CHARAKTER: bösartig
ANGRIFF/VERTEIDIGUNG: Klauen, Schnabel

Salamander

Salamander sind in Hominums Teil des Äthers äußerst selten. Über Herkunft und Lebensraum ist nur wenig bekannt, jedoch ist gesichert, dass Orks sich schon seit Langem ihrer bedienen. Sie haben die Größe eines Frettchens, sind ähnlich schlank und bewegen sich geschmeidig. Ihre Haut ist dunkelrot, die Augen sind groß, rund und bernsteinfarben wie die einer Eule. Salamander haben ein spitzes, schnabelartiges Maul und keine Zähne.

Bändiger: Fletcher

Systematik: Reptilien
Beschwörungsstufe: 5
Basis-Manastufe: 45
Manafähigkeiten: Feuer speien, heilen
Angeborene Fähigkeiten: schnell und beweglich, guter Kletterer, feuerfest

Häufigkeit: gefährdet
Ernährung: Fleischfresser
Lebensraum: unbekannt
Charakter: beschützend
Angriff/Verteidigung: Feuer, Schwanzstachel, Klauen, Biss

Würger-Matriarchin

Die Würger-Matriarchin ist der Leitdämon eines Würgerschwarms. Sie wird doppelt so groß wie ihre Artgenossen und darf keinesfalls unterschätzt werden. Es ist bekannt, dass Würger-Matriarchinnen sogar junge Caniden schlagen, wenn sich die Gelegenheit bietet.

SYSTEMATIK: Aves
BESCHWÖRUNGSSTUFE: 6
BASIS-MANASTUFE: 38
MANAFÄHIGKEITEN: keine
ANGEBORENE FÄHIGKEITEN: fliegen
HÄUFIGKEIT: Wanderdämon
ERNÄHRUNG: Fleischfresser
LEBENSRAUM: verschiedene
CHARAKTER: bösartig
ANGRIFF/VERTEIDIGUNG: Klauen, Schnabel

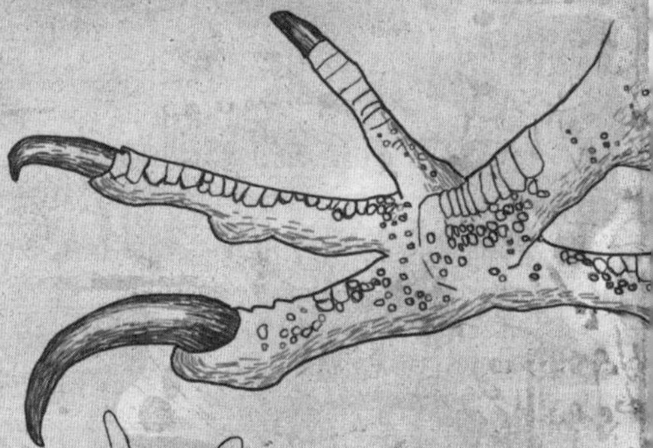

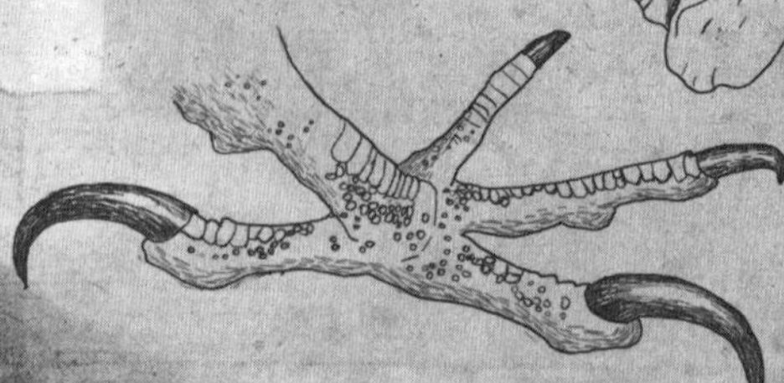

Rindling

Die dicke und zähe Haut dieses dachsähnlichen Dämons ist von Baumrinde kaum zu unterscheiden und bietet in den Dschungeln des Äthers hervorragende Tarnung. Der Rindling ist zwar recht weitverbreitet, wegen seiner Tarnung und der Giftstacheln, die er von seinem Rücken aus verschießt, jedoch schwer zu fangen. Die Ernährung besteht ausschließlich aus Pflanzen.

Bändiger: *Seraph*

Systematik: Viridae

Beschwörungsstufe: 6

Basis-Manastufe: 45

Manafähigkeiten: keine

Angeborene Fähigkeiten: Tarnung, Stacheln

Häufigkeit: verbreitet

Ernährung: Pflanzenfresser

Lebensraum: Wälder

Charakter: ruhig

Angriff/Verteidigung: Giftstacheln, zähe Haut

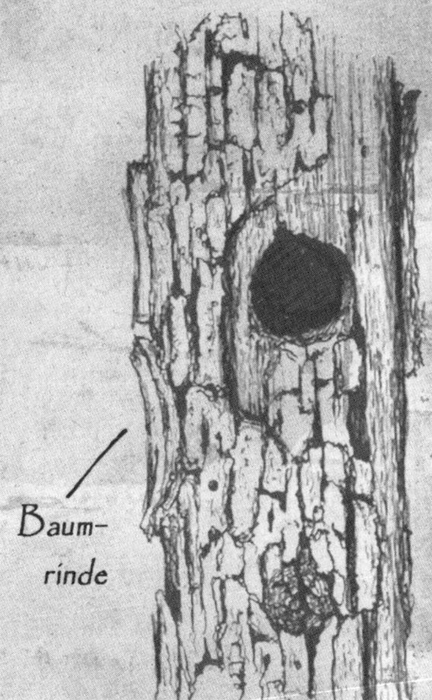

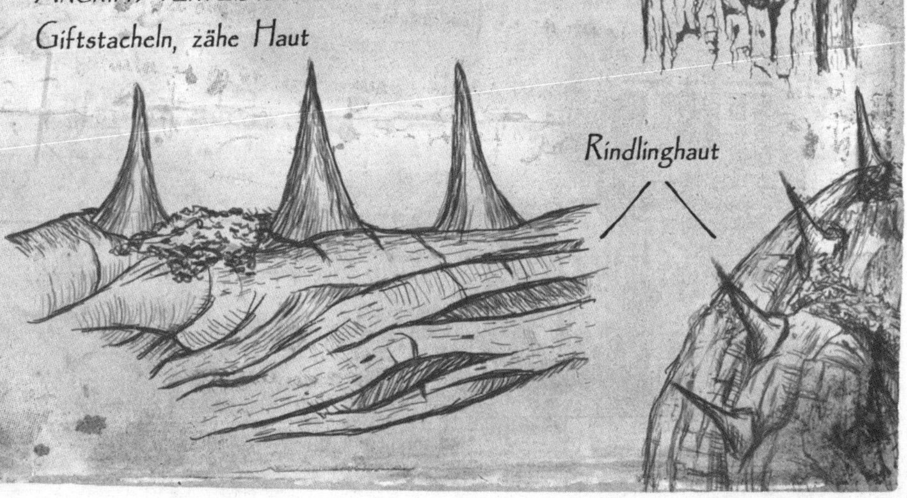

VULPID

Ein enger Verwandter der Canide, aber etwas kleiner und eher einem Fuchs ähnlich. Der Vulpid hat drei Schwänze und ist sehr schnell und beweglich.

BÄNDIGER: *Penelope*

SYSTEMATIK: Canide
BESCHWÖRUNGSSTUFE: 6
BASIS-MANASTUFE: 42
MANAFÄHIGKEITEN: keine
ANGEBORENE FÄHIGKEITEN: hervorragender Hör- und Geruchssinn, schnell und wendig
HÄUFIGKEIT: selten
ERNÄHRUNG: Fleischfresser
LEBENSRAUM: Festland
CHARAKTER: treu
ANGRIFF/VERTEIDIGUNG: Biss, Klauen

Canid

Ein hundeähnlicher Dämon mit vier Augen, tödlichen Klauen, einem fuchsartigen Schwanz und einer dichten Rückenmähne. Die Größe variiert zwischen der einer Dogge und eines kleinen Pferdes.

Bändiger: *Sylva und Arcturus*

Systematik: Canide

Beschwörungsstufe: 7

Basis-Manastufe: 48

Manafähigkeiten: keine

Angeborene Fähigkeiten:

hervorragender Hör- und Geruchssinn

Häufigkeit: verbreitet

Ernährung: Fleischfresser

Lebensraum: Festland

Charakter: treu

Angriff/Verteidigung: Biss, Klauen

Felid

Der zweibeinige Katzendämon hat vier Augen. Körperbau und Intelligenz sind mit einem Schimpansen vergleichbar. Die einzelnen Unterarten sind: Leonid (löwenartig), Tigrid (tigerartig) und Leopid (leopardenartig).

Bändiger:

Scipio (sein erster Felid fand den Tod, er bekam jedoch kürzlich einen Felid-Welpen geschenkt), Isadora

Systematik: Felide
Beschwörungsstufe: 7
Basis-Manastufe: 50
Manafähigkeiten: keine
Angeborene Fähigkeiten: schnell und beweglich
Häufigkeit: verbreitet
Ernährung: Fleischfresser
Lebensraum: Festland
Charakter: stolz
Angriff/Verteidigung: Biss, Klauen

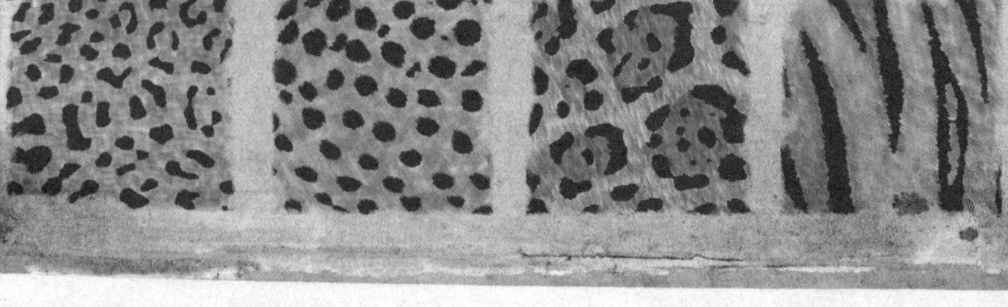

Anubid

Ein weiterer entfernter Verwandter der Canide. Der Anubid ist sehr selten, läuft auf den Hinterbeinen und hat den Kopf eines Schakals. Ungewöhnlich ist, dass er im Gegensatz zu anderen Verwandten der Canide nur zwei Augen hat.

Bändiger:

Malik und dessen Vater, Baybars

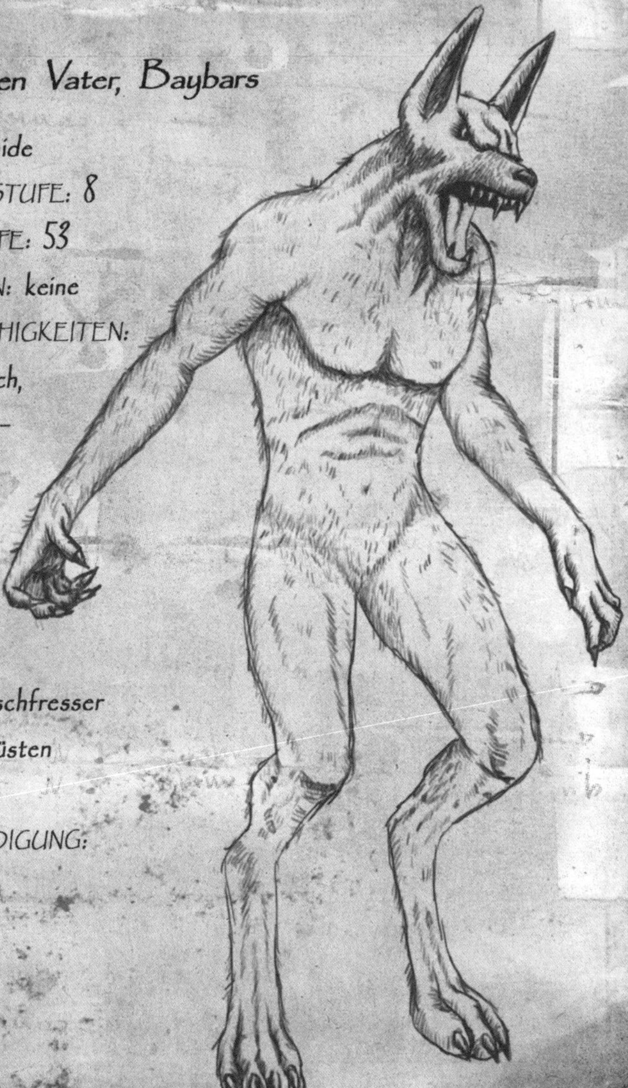

Systematik: Canide
Beschwörungsstufe: 8
Basis-Manastufe: 53
Manafähigkeiten: keine
Angeborene Fähigkeiten:
schnell und beweglich, hervorragender Hör- und Geruchssinn
Häufigkeit:
sehr selten

Ernährung: Fleischfresser
Lebensraum: Wüsten
Charakter: stolz
Angriff/Verteidigung:
Biss, Klauen

Lykaner

Ein weiterer entfernter Verwandter der Canide. Lykaner sind den Anubiden ähnlich, haben aber einen kräftigeren Körperbau und einen Wolfskopf. Sie sind stärker als ihre Verwandten, jedoch weniger intelligent und schwer zu kontrollieren.

Bändiger: Major Godwin

Systematik: Canide
Beschwörungsstufe: 8
Basis-Manastufe: 49
Manafähigkeiten: keine
Angeborene Fähigkeiten: hervorragender Geruchssinn
Häufigkeit: sehr selten
Ernährung: Fleischfresser
Lebensraum: Festland
Charakter: wild
Angriff/Verteidigung:
Biss, Klauen

GOLEM

Dieser seltene Elementardämon kann aus verschiedenen gesteinsartigen Materialien bestehen, darunter Ton, Lehm und Sand. Der stärkste ist der Felsgolem. Junge Golems sind kaum einen Meter groß, können im Lauf der Jahre aber bis über drei Meter Körpergröße erreichen. Ihr Körperbau ist menschenähnlich, allerdings haben die Hände nur einen Finger und einen gegenüberliegenden Daumen zum Greifen.

BÄNDIGER: *Othello*

SYSTEMATIK: Naturdämon
BESCHWÖRUNGSSTUFE: 8
BASIS-MANASTUFE: 60
MANAFÄHIGKEITEN: keine
ANGEBORENE FÄHIGKEITEN:
enorme Kraft, widerstandsfähige Haut
HÄUFIGKEIT: gefährdet
ERNÄHRUNG: Pflanzenfresser
LEBENSRAUM: Gebirge
CHARAKTER: beschützend
ANGRIFF/VERTEIDIGUNG:
Fäuste, Tritt, widerstandsfähige Haut

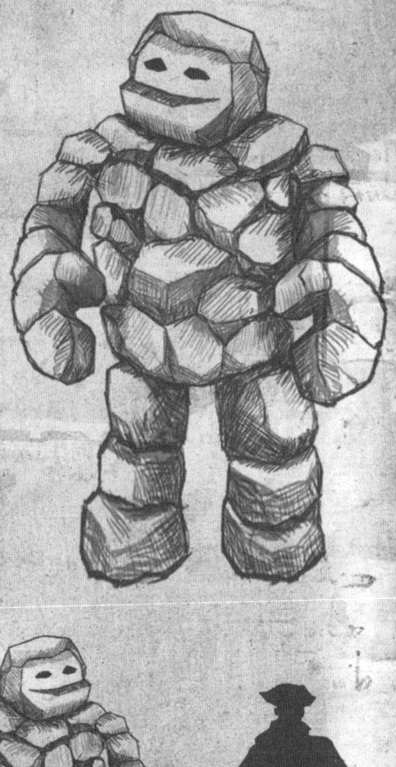

Hydra

Hydras haben drei schlangenähnliche Köpfe, die auf langen, sehr beweglichen Hälsen sitzen. Ihr Körper ähnelt dem eines Warans, ausgewachsen können sie etwas größer als ein durchschnittlicher Canid werden. In Hominums Teil des Äthers waren Hydras einst weitverbreitet, mittlerweile sind sie selten geworden.

Bändiger: *Tarquin*

Systematik: Reptilien
Beschwörungsstufe: 8
Basis-Manastufe: 55
Manafähigkeiten: keine
Angeborene Fähigkeiten: Dreifachangriff
Häufigkeit: gefährdet
Ernährung: Fleischfresser
Lebensraum: Festland
Charakter: grausam
Angriff/Verteidigung: Biss, Klauen

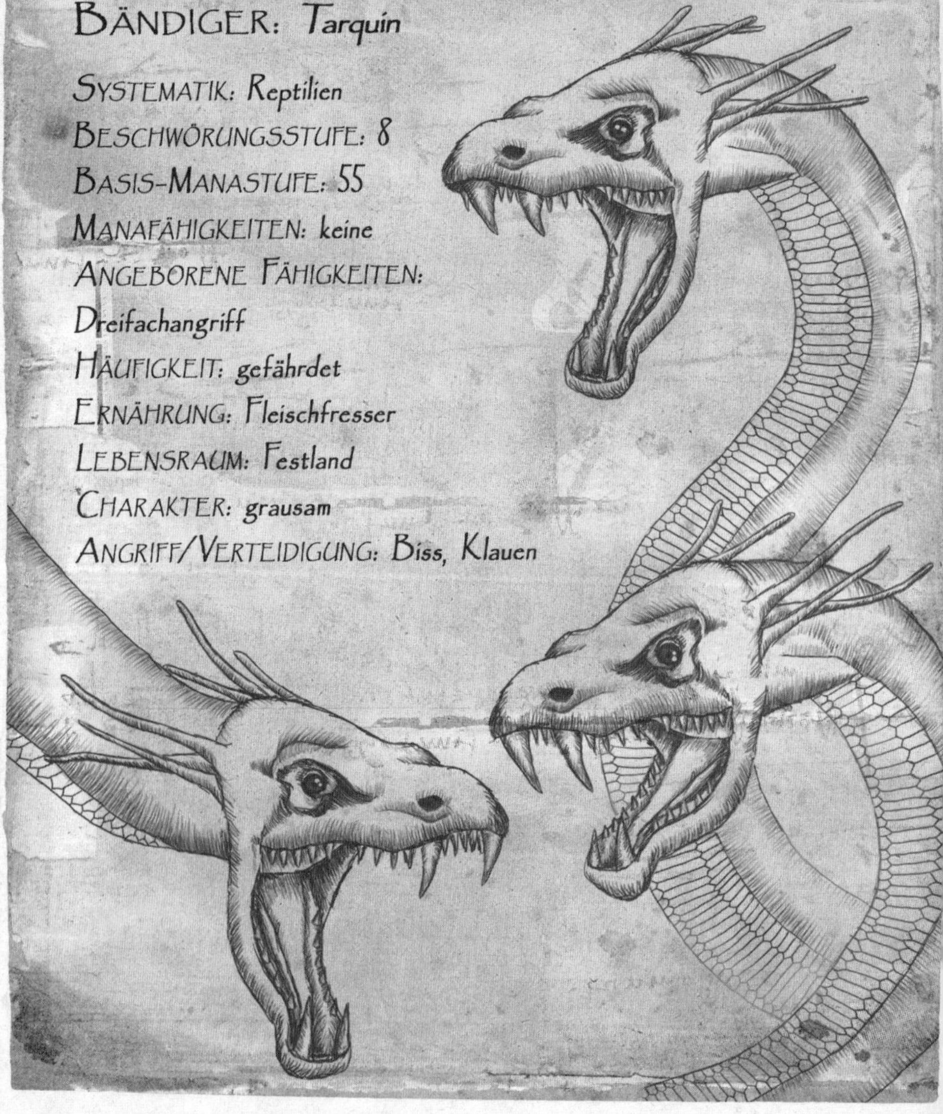

GREIF

Dieser seltene Dämon ist nur gelegentlich in Hominums Teil des Äthers anzutreffen. Er erreicht die Größe eines ausgewachsenen Pferdes. Körper, Schwanz und Hinterläufe sehen aus wie bei einem Löwen; Kopf, Schwingen und Klauen wie bei einem Adler.

BÄNDIGER: Lovett

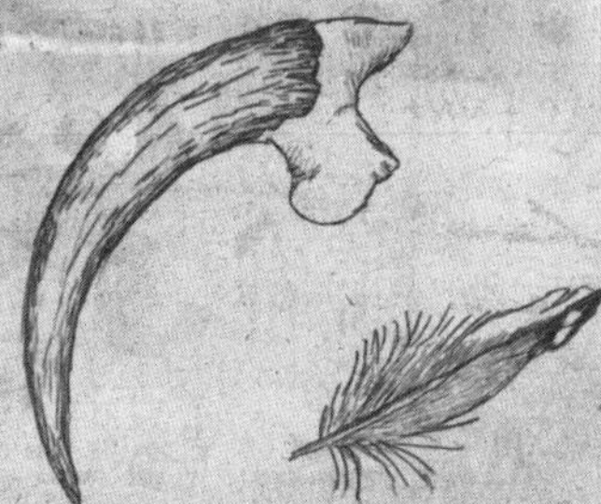

SYSTEMATIK: Aves
BESCHWÖRUNGSSTUFE: 10
BASIS-MANASTUFE: 65
MANAFÄHIGKEITEN: keine
ANGEBORENE FÄHIGKEITEN: fliegen
HÄUFIGKEIT: Wanderdämon
ERNÄHRUNG: Allesfresser
LEBENSRAUM: veränderlich
CHARAKTER: ehrenhaft
ANGRIFF/VERTEIDIGUNG: Klauen, Schnabel

MINOTAURUS

Der große, behaarte und sehr muskulöse Dämon hat den Körper eines Menschen, jedoch einen Stierkopf und Hufe statt Füßen. Im Gegensatz zum Golem könnte er mit seinen klauenbewehrten Händen sogar Waffen bedienen. Ihm die Bedienung allerdings beizubringen ist keine leichte Aufgabe. In Hominums Teil des Äthers ist er extrem selten anzutreffen.

BÄNDIGER: *Raubler*

SYSTEMATIK: Hornträger
BESCHWÖRUNGSSTUFE: 11
BASIS-MANASTUFE: 72
MANAFÄHIGKEITEN: keine
ANGEBORENE FÄHIGKEITEN:
enorme Kraft
HÄUFIGKEIT: sehr selten

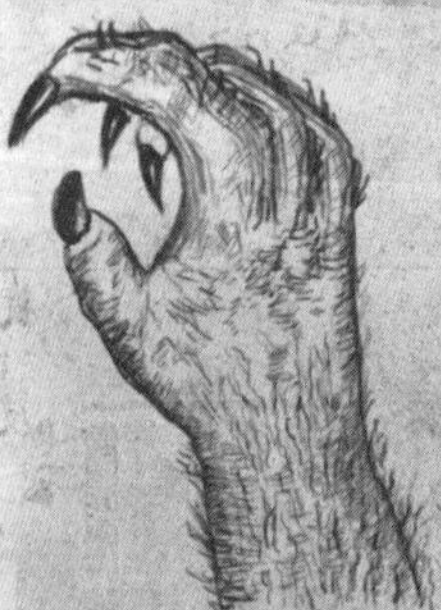

ERNÄHRUNG: Pflanzenfresser
LEBENSRAUM: Festland
CHARAKTER: wild
ANGRIFF/VERTEIDIGUNG: Hörner, Klauen, Fäuste

Drachenfliege

Ein insektenähnlicher Dämon mit schillerndem Körper, ähnlich einer Libelle. Sie sind sehr schnell und wendig und können ruckartig die Flugrichtung ändern. Drachenfliegen sind enge Verwandte der Kerfe, aber ihr Stich ist dreimal so giftig. Sie sind im gesamten bekannten Äther weitverbreitet.

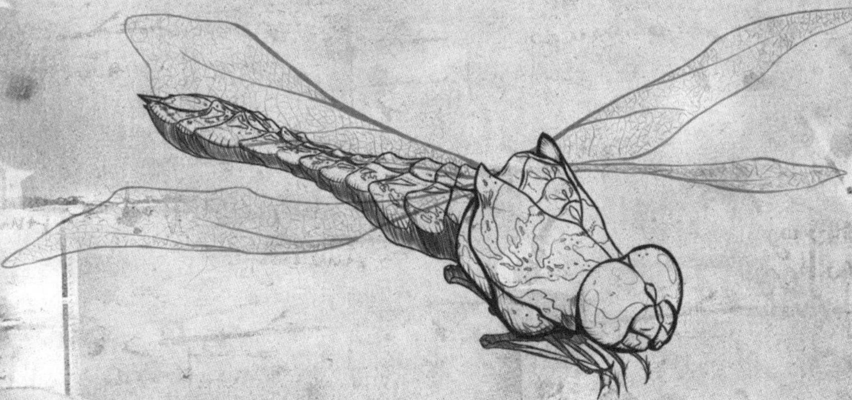

BÄNDIGER: Belena Faverham

SYSTEMATIK: Gliederfüßler

BESCHWÖRUNGSSTUFE: 3

BASIS-MANASTUFE: 21

MANAFÄHIGKEITEN: keine

ANGEBORENE FÄHIGKEITEN: fliegen, enorm wendig

HÄUFIGKEIT: sehr weitverbreitet

ERNÄHRUNG: Pflanzenfresser

ANGRIFF/VERTEIDIGUNG: lähmender Stich

KAMAITACHI

Der Dämon sieht aus wie ein großes Wiesel mit langen Zähnen und Knochenklauen statt Vorderpfoten. Im Orkteil des Äthers ist er weitverbreitet und wird entsprechend oft an der Front gegen Hominum eingesetzt.

SYSTEMATIK: Nager
BESCHWÖRUNGSSTUFE: 3
BASIS-MANASTUFE: 20
MANAFÄHIGKEITEN: keine
ANGEBORENE FÄHIGKEITEN: klettern
HÄUFIGKEIT: weitverbreitet
ERNÄHRUNG: Allesfresser
ANGRIFF/VERTEIDIGUNG: Knochenklauen, Biss

Vespe

Vespen ähneln übergroßen Bienen und sind schwer zu fangen, weil sie fast immer in großen Schwärmen auftreten. Die kräftigen Beißwerkzeuge und der Giftstachel machen sie zu einem der beliebtesten Dämonen unter Orkschamanen.

SYSTEMATIK: Gliederfüßler
BESCHWÖRUNGSSTUFE: 4
BASIS-MANASTUFE: 28
MANAFÄHIGKEITEN: keine
ANGEBORENE FÄHIGKEITEN: fliegen
HÄUFIGKEIT: weitverbreitet
ERNÄHRUNG: Allesfresser
ANGRIFF/VERTEIDIGUNG: lähmender Stich, Mandibeln

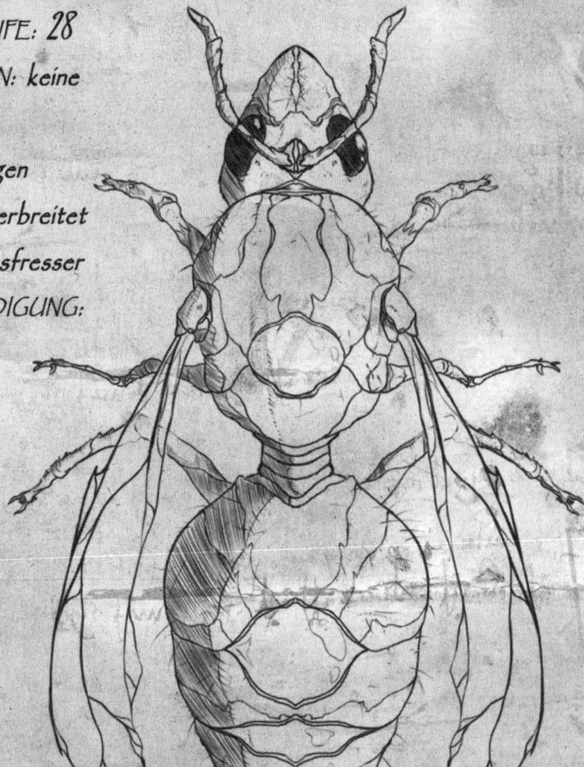

Strix

Der vogelähnliche Dämon hat vier Beine und wird oft mit einer Greifeule verwechselt. Ihre Federn haben rote Spitzen, was sie sehr furchterregend aussehen lässt. Im Orkteil des Äthers sind sie weitverbreitet, und die Schamanen schätzen sie wegen ihrer Bösartigkeit. Es kommt nicht selten vor, dass ein Strix die eigenen Geschwister verspeist, wenn er ausgewachsen ist.

BÄNDIGER: Inquisitor Damian Raubler

SYSTEMATIK: Aves
BESCHWÖRUNGSSTUFE: 4
BASIS-MANASTUFE: 29
MANAFÄHIGKEITEN: keine
ANGEBORENE FÄHIGKEITEN: fliegen, scharfe Augen
HÄUFIGKEIT: verbreitet
ERNÄHRUNG: Fleischfresser
ANGRIFF/VERTEIDIGUNG: Schnabel, Klauen

GREIFEULE

Der Dämon ist eine Mischung aus Katze und Eule und eng mit dem Greif und dem Chamrosh verwandt, kommt aber weit seltener vor als sie. Der spitze Schnabel und die scharfen, einziehbaren Klauen sind seine Hauptwaffe. Greifeulen sind sehr intelligent und geschickte Flieger, was sie unter Hominums Beschwörern äußerst begehrt macht. Von Natur aus sind sie Einzelgänger, aber wenn sie gut behandelt werden, gehen sie oft enge Bindungen zu ihren Beschwörern und deren anderen Dämonen ein.

BÄNDIGER: Fletcher Rale

SYSTEMATIK: Aves, Felide

BESCHWÖRUNGSSTUFE: 4

BASIS-MANASTUFE: 30

MANAFÄHIGKEITEN: keine

ANGEBORENE FÄHIGKEITEN: fliegen, klettern, scharfe Augen

HÄUFIGKEIT: selten

ERNÄHRUNG: Fleischfresser

ANGRIFF/VERTEIDIGUNG: Schnabel, Klauen

Raiju

Der Raiju ist so selten, dass in der gesamten Geschichte Hominums nur fünf gefangen wurden. Er sieht aus wie eine Kreuzung aus Eichhörnchen, Waschbär und Mungo, hat große gelbe Augen und dunkelblaues Fell mit einer grünlichen Zeichnung. Seine Manastufe ist für gewöhnlich sehr hoch – der Blitz eines Raiju kann sogar einen ausgewachsenen Orkbullen töten. Eigenartigerweise scheinen Raijus am liebsten auf dem Bauch ihres Bändigers zu schlafen und rollen sich dabei um dessen Nabel zusammen.

BÄNDIGERIN: Kress Freyja

SYSTEMATIK: Nager

BESCHWÖRUNGSSTUFE: 5

BASIS-MANASTUFE: 40

MANAFÄHIGKEITEN: Blitz

ANGEBORENE FÄHIGKEITEN: klettern, unempfindlich gegen Blitze

HÄUFIGKEIT: gefährdet

ERNÄHRUNG: Allesfresser

ANGRIFF/VERTEIDIGUNG: Blitze verschießen

Federfuchs

Der etwa hundegroße Federfuchs ist kleiner als sein Verwandter, der Vulpid, und kommt seltener vor. Er hat den Kopf eines Fuchses, die Vorderläufe eines Adlers, die schmale Brust eines Windhundes und die Hinterläufe eines Wolfs. Die vorderen Krallen sind gefährlich scharf, das braune Gefieder der Vorderläufe geht am Bauch in braunes Fell über, das auf dem Rücken schließlich grau wird.

BÄNDIGERIN: Belena Faverham
SYSTEMATIK: Canide, Aves
BESCHWÖRUNGSSTUFE: 5
BASIS-MANASTUFE: 35
MANAFÄHIGKEITEN: keine
ANGEBORENE FÄHIGKEITEN: hervorragender Hör- und Geruchssinn, schnell und wendig
HÄUFIGKEIT: selten
ERNÄHRUNG: Fleischfresser
ANGRIFF/VERTEIDIGUNG: Biss, Klauen

CHAMROSH

Dieser Mischling aus Falke und Hund erreicht nur ein Viertel der Größe seines nächsten Verwandten, dem Greif. Chamroshs sind bekannt für ihre Liebe und Treue und leiden oft sehr, wenn sie von ihrem Beschwörer getrennt werden. Die Mitglieder des Himmelskorps setzen ihn häufig als Begleit-Dämon ein.

SYSTEMATIK: Aves, Canide

BESCHWÖRUNGSSTUFE: 5

BASIS-MANASTUFE: 35

MANAFÄHIGKEITEN: keine

ANGEBORENE FÄHIGKEITEN: fliegen, scharfe Augen

HÄUFIGKEIT: wenig verbreitet

ERNÄHRUNG: Fleischfresser

ANGRIFF/VERTEIDIGUNG: Schnabel

ARACH

Der Arach sieht aus wie eine Spinne und kann beinahe die Größe eines Wildschweins erreichen. Die acht Beine ermöglichen ihm eine Sprunghöhe von über drei Metern, gerne springt er seinem Gegner direkt ins Gesicht. Seine drei gefährlichsten Fähigkeiten sind: klebrige und sehr reißfeste Spinnfäden verschießen, die sich nach ein paar Stunden wieder auflösen; ein hochwirksames Gift, das einen Erwachsenen töten kann, wenn er nicht schon zuvor an der von dem großen Stachel hervorgerufenen Verletzung stirbt; abgeworfene Rückenborsten, die auf der Haut des Gegners allergische Reaktionen hervorrufen und ihn sogar blenden können. Nur der Bändiger selbst ist gegen die Borsten und das Gift des Arach immun.

BÄNDIGER: *Didric Cavell*

SYSTEMATIK: *Gliederfüßler*

BESCHWÖRUNGSSTUFE: *6*

BASIS-MANASTUFE: *45*

MANAFÄHIGKEITEN:

Spinnfäden

ANGEBORENE FÄHIGKEITEN:

klettern, springen

HÄUFIGKEIT: *selten*

ERNÄHRUNG: *Fleischfresser*

ANGRIFF/VERTEIDIGUNG:

Biss, Spinnfäden, Borsten

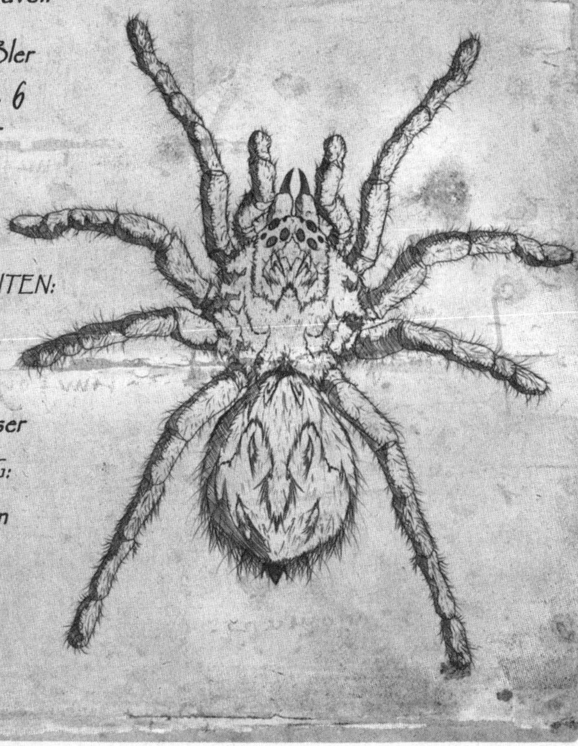

Caladrius

Der Caladrius gehört neben dem Phönix, dem Polarion und dem Halcyon zu den vier Elementar-Vogeldämonen. Er hat weißes Gefieder und ein taubenähnliches Gesicht. Seine Heilkräfte und die hohe Manastufe machen ihn zu einem sehr begehrten Dämon. Mit seinen kleinen Krallen kann er sich allerdings kaum verteidigen. Es heißt, er verbringe die meiste Zeit hoch über den Wolken des Äthers, wo die Luft so dünn ist, dass andere Dämonen ihm nicht nachstellen können.

BÄNDIGER: Atilla Thorsager

SYSTEMATIK: Aves

BESCHWÖRUNGSSTUFE: 7

BASIS-MANASTUFE: 52

MANAFÄHIGKEITEN: heilen

ANGEBORENE FÄHIGKEITEN: fliegen

HÄUFIGKEIT: sehr selten

ERNÄHRUNG: Allesfresser

ANGRIFF/VERTEIDIGUNG: Schnabel, heilen

Phönix

Ein großer Vogel mit orange-rötlichem Gefieder und langen Schwanzfedern wie ein Pfau. Er ist der seltenste aller Elementar-Dämonenvögel, hat eine hohe Manastufe und kann Feuer speien wie ein Salamander. Soweit bekannt ist, lebt er an den Rändern aktiver Vulkane im Äther.

Systematik: Aves

Beschwörungsstufe: 7

Basis-Manastufe: 52

Manafähigkeiten: Feuer

Angeborene Fähigkeiten: fliegen, unempfindlich gegen Feuer

Häufigkeit: sehr selten

Ernährung: Allesfresser

Angriff/Verteidigung: Schnabel, Klauen, Feuer speien

HALCYON

Der Halcyon gilt als der häufigste Elementar-Vogeldämon. Er hat rasiermesserscharfe Krallen, eine hohe Manastufe und verschießt Blitze aus seinen verlängerten Schwanzfedern. Der einzige Nachteil dieses Dämons ist das metallisch glänzende Gefieder, das ihn im Flug sehr auffällig macht.

SYSTEMATIK: Aves

BESCHWÖRUNGSSTUFE: 7

BASIS-MANASTUFE: 52

MANAFÄHIGKEITEN: Blitze

ANGEBORENE FÄHIGKEITEN: fliegen, unempfindlich gegen Blitze

HÄUFIGKEIT: sehr selten

ERNÄHRUNG: Allesfresser

ANGRIFF/VERTEIDIGUNG: Schnabel, Klauen, Blitze

Polarion

Der bevorzugte Lebensraum des Polarion, so vermutet man, sind die Wolken über den Meeren im Äther, wo er Jagd auf Fischdämonen macht, die unvorsichtig genug sind, aus den Wellen zu springen. Laut der wenigen Sichtungen, die es bisher gab, ähnelt er mit seinem schwarzblauen Gefieder und dem weißen Bauch äußerlich stark dem Eisvogel. Sie haben eine hohe Manastufe und können einen Gegner vereisen, was sie unter Beschwörern sehr begehrt macht.

SYSTEMATIK: Aves
BESCHWÖRUNGSSTUFE: 7
BASIS-MANASTUFE: 52
MANAFÄHIGKEITEN: Eis
ANGEBORENE FÄHIGKEITEN: fliegen, unempfindlich gegen Frost
HÄUFIGKEIT: sehr selten
ERNÄHRUNG: Allesfresser
ANGRIFF/VERTEIDIGUNG:
Schnabel,
Klauen,
Eis

ALICORN

Ein Pferdedämon mit Schwanenflügeln und einem Horn auf der Stirn. Er ist bekanntermaßen schwer zu fangen, da er sowohl in der Luft als auch auf dem Boden sehr schnell ist. Alicornherden wandern einmal alle zehn Jahre durch Hominums Teil des Äthers. Die Exemplare, die bei dieser Gelegenheit gefangen werden konnten, waren meist krank, verletzt oder noch sehr jung.

BÄNDIGER: Hauptmann Arcturus

SYSTEMATIK: Equine, Aves, Capride
BESCHWÖRUNGSSTUFE: 8
BASIS-MANASTUFE: 56
MANAFÄHIGKEITEN: keine
ANGEBORENE FÄHIGKEITEN:
fliegen, Schnelligkeit
HÄUFIGKEIT: Wanderdämon
ERNÄHRUNG: Pflanzenfresser
ANGRIFF/VERTEIDIGUNG:
Stirnhorn, Tritte

Hippogreif

Der Hippogreif ist eine Mischung aus Adler und Pferd. Zu Fuß sind sie zwar schneller als ihre seltener vorkommenden Verwandten, die Greife, verfügen aber nicht über deren gefährliche Klauen und kämpfen stattdessen mit Schnabel- und Hufschlägen. Unter den Mitgliedern des Himmelskorps ist der Hippogreif nach dem Peryton der zweitbeliebteste Dämon.

SYSTEMATIK: Equine, Aves
BESCHWÖRUNGSSTUFE: 8
BASIS-MANASTUFE: 57
MANAFÄHIGKEITEN: keine
ANGEBORENE FÄHIGKEITEN: fliegen, schnell und wendig, scharfe Augen
HÄUFIGKEIT: Wanderdämon
ERNÄHRUNG: Fleischfresser
ANGRIFF/VERTEIDIGUNG: Schnabel, Tritte

Nanau

Der humanoide, landbewohnende Haidämon ist dank seines gefährlichen Mauls, der scharfen Klauen und seiner hervorragenden Beweglichkeit bei Orkschamanen sehr begehrt. Die Körperhaltung ähnelt eher einem Schimpansen als einem Menschen. Der Nanau ist ein exzellenter Kletterer und kann sehr weit springen. Wie bei ihren im Meer lebenden Verwandten gibt es die verschiedensten Unterarten, von denen der Weiße Nanau, Hammer-Nanau und Tiger-Nanau die häufigsten sind.

BÄNDIGER: *Hauptfrau Lovett*

SYSTEMATIK: *Aquarine*

BESCHWÖRUNGSSTUFE: *9*

BASIS-MANASTUFE: *61*

MANAFÄHIGKEITEN: *keine*

ANGEBORENE FÄHIGKEITEN: *klettern, schnell und wendig*

HÄUFIGKEIT: *selten*

ERNÄHRUNG: *Fleischfresser*

ANGRIFF/VERTEIDIGUNG: *Biss, Klauen, Schwanzschläge*

PERYTON

Perytone sind geflügelte Hirsche mit ausladendem Geweih und langen, gefährlichen Klauen an den falkenähnlichen Hinterbeinen. Statt eines Stummelschwanzes haben sie lange, elegante Schwanzfedern. Ihre Herden durchwandern des Öfteren Hominums Teil des Äthers. Sie sind die begehrtesten Reittiere in Hominums Himmelskorps und dort entsprechend oft anzutreffen.

BÄNDIGER: *Ophelia Faverham*

SYSTEMATIK:

Aves, Capride

BESCHWÖRUNGSSTUFE: *9*

BASIS-MANASTUFE: *62*

MANAFÄHIGKEITEN: *keine*

ANGEBORENE FÄHIGKEITEN: *fliegen, schnell und wendig*

HÄUFIGKEIT: *Wanderdämon*

ERNÄHRUNG: *Pflanzenfresser*

ANGRIFF/VERTEIDIGUNG: *Geweih, Klauen, Tritte*

Oni

Onis ähneln in Größe und Körperbau den Orks und sind bei älteren Schamanen sehr beliebt. Charakteristisch sind die karminrote Haut, zwei lange Hörner auf der Stirn sowie die überlangen Hauer in Ober- und Unterkiefer. Obwohl sie auf den ersten Blick intelligent erscheinen, gelten selbst Kerfe als klüger.

SYSTEMATIK: Affenartige
BESCHWÖRUNGSSTUFE: 10
BASIS-MANASTUFE: 70
MANAFÄHIGKEITEN: keine
ANGEBORENE FÄHIGKEITEN: Kraft
HÄUFIGKEIT: selten
ERNÄHRUNG: Allesfresser
ANGRIFF/VERTEIDIGUNG:
Hörner, Biss, Schläge

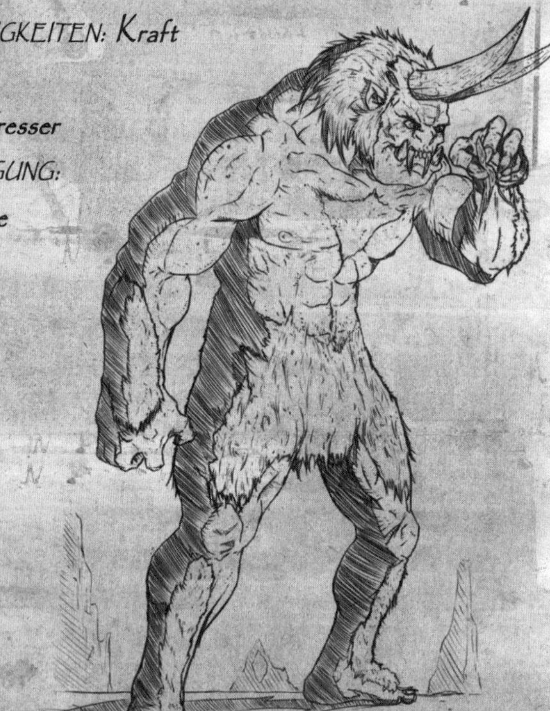

Mantikor

Dieser sehr seltene Dämon hat den Körper eines Löwen, fledermausähnliche Flügel, einen Skorpionschwanz und lange Stacheln in der Rückenmähne. Das löwenartige Gesicht erscheint zuweilen beinahe menschlich und kann die unterschiedlichsten Gefühle zum Ausdruck bringen. Sein Gift ist so stark, dass schon ein einziger Tropfen einen Erwachsenen binnen Minuten töten kann. Angehörige des Hauses Rale sind angeblich dagegen immun.

BÄNDIGER: Karl Faverham

SYSTEMATIK: Felide, Gliederfüßler

BESCHWÖRUNGSSTUFE: 12

BASIS-MANASTUFE: 85

MANAFÄHIGKEITEN: keine

ANGEBORENE FÄHIGKEITEN: fliegen

HÄUFIGKEIT: sehr selten

ERNÄHRUNG: Fleischfresser

ANGRIFF/VERTEIDIGUNG:
giftiger Stich,
Biss, Klauen,
Stacheln

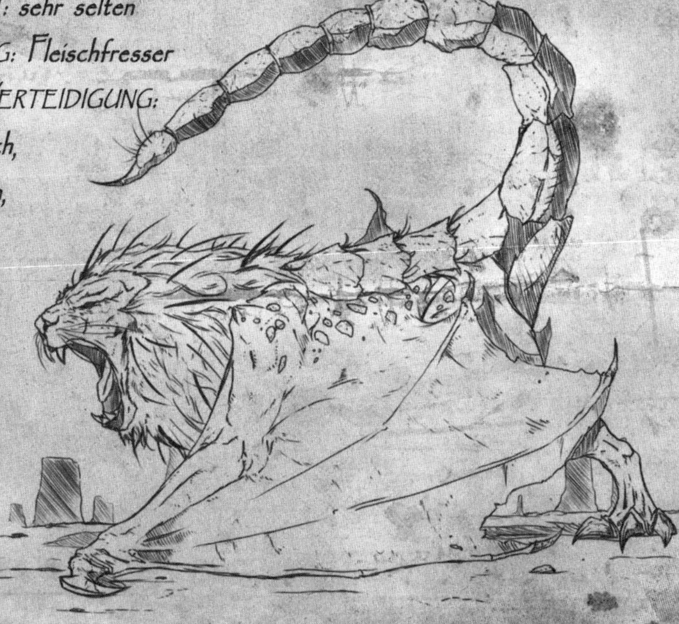

Ifrit

Der Ifrit gehört wie der Golem und der Jotun zu den Elementardämonen. Sein Element ist das Feuer, die Haut sieht aus, als bestünde sie aus glühender Lava, und aus seinem Mund lodert Feuer. Er verfügt über enorme Kraft und gehört zu den stärksten Dämonen, die die Orkschamanen zu fangen in der Lage sind.

SYSTEMATIK: Elementardämon
BESCHWÖRUNGSSTUFE: 13
BASIS-MANASTUFE: 91
MANAFÄHIGKEITEN: Feuer
ANGEBORENE FÄHIGKEITEN: glühen, unempfindlich gegen Feuer, Kraft
HÄUFIGKEIT: gefährdet
ERNÄHRUNG: Allesfresser
ANGRIFF/VERTEIDIGUNG: Feuer

Jotun

Jotuns sind nur aus einer einzigen, kurzen Textstelle in einer sehr alten Schriftrolle der Elfen bekannt, über deren Echtheit die Gelehrten Hominums bis heute streiten. Sie sind von menschenähnlicher Gestalt, bestehen aus purem Eis und können angeblich alles, was sie berühren, in Eis verwandeln. Es heißt, sie leben auf den schneebedeckten Gipfeln der höchsten Berge im Äther.

SYSTEMATIK: *Elementardämon*
BESCHWÖRUNGSSTUFE: *13*
BASIS-MANASTUFE: *91*
MANAFÄHIGKEITEN: *Eis*
ANGEBORENE FÄHIGKEITEN: *unempfindlich gegen Kälte, Kraft*
HÄUFIGKEIT: *gefährdet*
ERNÄHRUNG: *Allesfresser*
ANGRIFF/VERTEIDIGUNG: *Eis*

WENDIGO

Der sehr seltene Wendigo folgt den wandernden Würgerschwärmen im Äther und ernährt sich von deren übrig gelassener Beute. Obwohl sie von drahtiger Statur und lediglich Aasfresser sind, sind Wendigos nicht zu unterschätzen. Sie werden knapp drei Meter groß, haben ein ausladendes Geweih, einen wolfsähnlichen Kopf und lange Arme, mit denen sie sich wie Gorillas auf dem Boden abstützen. Die fleckige graue Haut und der Leichengeruch, den sie verströmen, sind vermutlich eine Folge ihrer Ernährung.

BÄNDIGER: *Zacharias Forsys*

SYSTEMATIK: *Capride, Canide*

BESCHWÖRUNGSSTUFE: *13*

BASIS-MANASTUFE: *90*

MANAFÄHIGKEITEN: *keine*

ANGEBORENE FÄHIGKEITEN:
schnell und wendig, Kraft

HÄUFIGKEIT: *sehr selten*

ERNÄHRUNG: *Fleischfresser*

ANGRIFF/VERTEIDIGUNG:
Geweih, Biss, Klauen

WYVERN

Wyvern sind die Hauptgegenspieler von Hominums Himmelskorps. Sie werden sehr groß, haben fledermausartige Flügel, einen langen, stachelbewehrten Schwanz und einen gehörnten Krokodilskopf. Ihre Haut ist so dick und knorpelig, dass nur eine Lanze oder gut gezielte Musketenkugel sie durchdringen kann. Neben dem Maul sind die klauenbewehrten kräftigen Hinterbeine die Hauptwaffen der Wyvern. Da sie weniger flink sind als die meisten anderen fliegenden Dämonen, werden sie oft von Würgern, Strixen und Vespen begleitet.

SYSTEMATIK: Reptilien
BESCHWÖRUNGSSTUFE: 15
BASIS-MANASTUFE: 105
MANAFÄHIGKEITEN: keine
ANGEBORENE FÄHIGKEITEN:
fliegen, zähe Haut
HÄUFIGKEIT: sehr selten
ERNÄHRUNG:
Fleischfresser
ANGRIFF/VERTEIDIGUNG:
Hörner, Biss, Klauen,
zähe Haut, Schwanzschläge

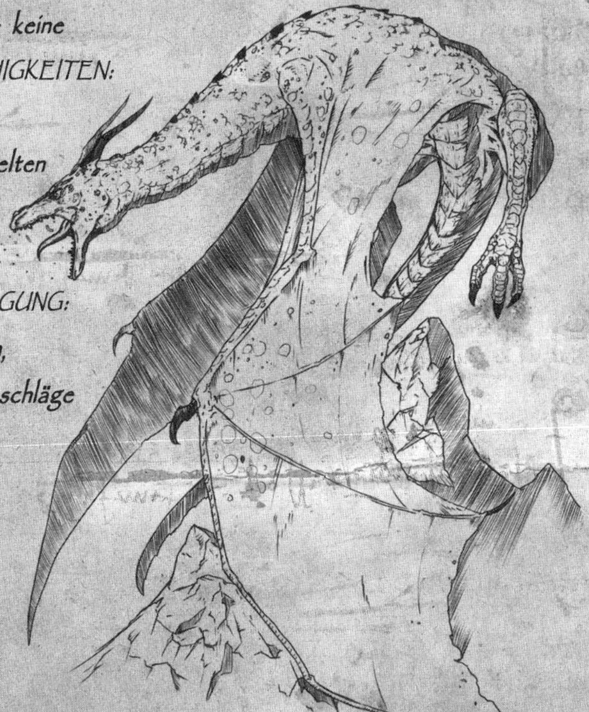

Phantaur

Der Phantaur ähnelt einem Elefanten, wie der Minotaurus einem Stier ähnelt. Seine gezackten Stoßzähne, die mächtigen Fäuste und die Körpergröße von über drei Metern machen ihn zu einem ernst zu nehmenden Gegner. Er gilt als der seltenste und stärkste Dämon der Orkschamanen, über Lebensraum und Verhalten weiß man nur sehr wenig. Bisher wurde nur ein einziges Exemplar gesichtet, das vermutlich seit Jahrtausenden von Generation zu Generation weitergegeben wurde. Über seine Herkunft ist nichts bekannt.

SYSTEMATIK: Megafaun
BESCHWÖRUNGSSTUFE: unbekannt
BASIS-MANASTUFE: unbekannt
MANAFÄHIGKEITEN: keine
ANGEBORENE FÄHIGKEITEN:
große Reichweite,
zähe Haut,
Kraft
HÄUFIGKEIT: gefährdet
ERNÄHRUNG:
Pflanzenfresser
ANGRIFF/VERTEIDIGUNG:
Stoßzähne,
Rüssel,
Faustschläge,
zähe Haut

WOLPERTINGER

Der Wolpertinger gehört zu den meistverbreiteten Beutetieren im Äther und ist bei Bändigern nicht besonders beliebt. Er ähnelt einem gewöhnlichen Hasen, trägt aber ein Geweih auf dem Kopf. Obwohl der Wolpertinger dank seiner spitzen Fangzähne durchaus im Kampf bestehen kann, ergreift er bei Gefahr meist die Flucht. Außer er wird in die Ecke gedrängt.

BÄNDIGER: niemand
SYSTEMATIK: Capride
BESCHWÖRUNGSSTUFE: 1
BASIS-MANASTUFE: 6
MANAFÄHIGKEITEN: keine
ANGEBORENE FÄHIGKEITEN: scharfes Gehör, wendig
HÄUFIGKEIT: sehr verbreitet
ERNÄHRUNG: Pflanzenfresser
ANGRIFF/VERTEIDIGUNG: Geweih, Bisse

Pyrausta

Bändiger: Othello
Systematik: Gliederfüßer, Reptilien
Beschwörungsstufe: 2
Basis-Manastufe: 17
Manafähigkeiten: keine
Angeborene Fähigkeiten: fliegen, Farbe wechseln, Wärme und Schall wahrnehmen
Häufigkeit: gefährdet
Ernährung: Allesfresser
Angriff/Verteidigung: giftiger Stachel

Der Dämon ähnelt von der Körperform her einer Eidechse, weist jedoch auch die typischen Körpermerkmale eines Insekts auf. Seine Flügel sind wie die von Wyvern geformt, allerdings so hauchzart wie die von Schmetterlingen. Der Pyrausta wird wegen seiner Fähigkeit, seine Hautfarbe an seine Umgebung anzupassen wie ein Chamäleon, hochgeschätzt. Seine insektenartigen Augen und Fühler erlauben es dem Dämon, Hitze und Bewegungen wahrzunehmen, und eröffnen dem Bändiger neue Perspektiven beim Hellsehen.

Kappa

Der Kappa gehört zu den Wasserdämonen. Der Körperbau des Zweibeiners gleicht einer übergroßen Kröte, während sein Maul an das einer Schildkröte erinnert. Das wohl auffälligste Merkmal des Kappa ist eine eigentümliche Vertiefung an der Oberseite des Kopfes, in der sich eine große Kieme befindet. Man vermutet, dass der Kappa in dieser Vertiefung Wasser mit sich führt, damit er atmen kann, wenn er auf dem Land unterwegs ist. Trotz des großen Rückenpanzers ist der Kappa eher schwach und fällt häufig anderen Wasserdämonen, wie Nanaus und Akhluts, zum Opfer.

BÄNDIGER: niemand

SYSTEMATIK: Aquarine, Reptilien

BESCHWÖRUNGSSTUFE: 3

BASIS-MANASTUFE: 21

MANAFÄHIGKEITEN: keine

ANGEBORENE FÄHIGKEITEN: kann sowohl auf dem Land als auch im Wasser überleben

HÄUFIGKEIT: selten

ERNÄHRUNG: Allesfresser

ANGRIFF/VERTEIDIGUNG: Schnabel, Rückenpanzer

Koatl

Ein Schlangendämon, der jedoch statt Schuppen ein farbenfrohes Gefieder trägt. Obwohl der Koatl nicht fliegen kann, nutzt er seine Federn, um von den Bäumen des Äthers auf seine ahnungslose Beute hinabzugleiten. Mit seinem Gift lähmt er sein Opfer, bevor er es erwürgt und als Ganzes verschluckt.

BÄNDIGER: niemand

SYSTEMATIK: Reptilien, Aves

BESCHWÖRUNGSSTUFE: 4

BASIS-MANASTUFE: 28

MANAFÄHIGKEITEN: keine

ANGEBORENE FÄHIGKEITEN: gleiten

HÄUFIGKEIT: selten

ERNÄHRUNG: Fleischfresser

ANGRIFF/VERTEIDIGUNG: Gift, würgen

Gunni

Der Gunni ist im Äther weitverbreitet und wird von einigen Bändigern sehr geschätzt. Er sieht aus wie ein Wombat, erreicht die Größe eines ausgewachsenen Bären und trägt ein kleines Geweih auf dem Kopf. Krallen, Zähne und Hörner des Gunni sind nicht besonders scharf, aber seine Größe und Kraft machen dies wieder wett.

BÄNDIGER: niemand
SYSTEMATIK: Megafaun
BESCHWÖRUNGSSTUFE: 4
BASIS-MANASTUFE: 27
MANAFÄHIGKEITEN: keine

ANGEBORENE FÄHIGKEITEN: graben
HÄUFIGKEIT: verbreitet
ERNÄHRUNG: Pflanzenfresser
ANGRIFF/VERTEIDIGUNG: Bisse, kratzen, Geweih

Ropen

Der Ropen hat keine Federn, stattdessen bestehen seine Flügel aus einer dünnen Membran, die zwischen den Flügelknochen gespannt ist wie bei einer Fledermaus. Der Pelikanschnabel und der lange Knochenkamm auf dem Hinterkopf erinnern dagegen an einen Vogel. Mit seinen mächtigen Klauen macht der Ropen Jagd auf kleinere Beutetiere.

BÄNDIGER: niemand

SYSTEMATIK: Reptilien, Aves

BESCHWÖRUNGSSTUFE: 4

BASIS-MANASTUFE: 27

MANAFÄHIGKEITEN: keine

ANGEBORENE FÄHIGKEITEN: fliegen

HÄUFIGKEIT: verbreitet

ERNÄHRUNG: Fleischfresser

ANGRIFF/VERTEIDIGUNG: Schnabel, Klauen

Katoblepas

Ein stierähnlicher Dämon mit Pferdemähne und dem Kopf eines Warzenschweins. Dieser Dämon hat eine Vorliebe für Pflanzen, die seinen Atem giftig werden lassen. Ein Bändiger ist zwar gegen das Gift seines eigenen Katoblepas immun, dennoch meiden Bändiger diese Dämonenart im Allgemeinen aus Angst, er könne anderen versehentlich Schaden zufügen. Obwohl der Katoblepas zu den gefährlicheren Beutetieren im Äther gehört, fällt er häufig größeren Fleischfressern zum Opfer.

BÄNDIGER: *niemand*
SYSTEMATIK: *Capride*
BESCHWÖRUNGSSTUFE: *5*
BASIS-MANASTUFE: *35*
MANAFÄHIGKEITEN: *keine*

ANGEBORENE FÄHIGKEITEN: *immun gegen Gift*
HÄUFIGKEIT: *selten*
ERNÄHRUNG: *Pflanzenfresser*
ANGRIFF/VERTEIDIGUNG: *giftiger Atem, Hörner, Hauer*

Leucrotta

Dieser ungewöhnliche Paarhufer erinnert von Körperbau und Kopfform her an einen riesigen Dachs mit Löwenschwanz und Zebrafell. Er geht meist in der Abenddämmerung auf die Jagd, folgt gelegentlich aber auch Würgerschwärmen und ernährt sich von dem Aas, das sie übrig lassen. Der Leucrotta ist ein Einzelgänger, der sich einst größter Beliebtheit bei den Bändigern erfreute, aber inzwischen aus der Mode gekommen ist.

BÄNDIGER: niemand
SYSTEMATIK: Megafaun
BESCHWÖRUNGSSTUFE: 5
BASIS-MANASTUFE: 33
MANAFÄHIGKEITEN: keine
ANGEBORENE FÄHIGKEITEN: Nachtsicht

HÄUFIGKEIT: selten
ERNÄHRUNG: Fleischfresser
ANGRIFF/VERTEIDIGUNG: Bisse

Hippalektryon

Von vorne erinnert dieser Dämon an ein Pferd, von hinten an einen Hahn. Statt einer Pferdeschnauze weist er einen gebogenen Schnabel und einen roten Kehllappen auf. Das Hippalektryon-Männchen trägt eine Mischung aus rot-grünem Fell und Gefieder, das in einem Strauß leuchtender Schwanzfedern endet. Damit locken die Männchen ihre zwar weniger bunten, aber nicht minder gefährlichen Weibchen an. Obwohl seine klauenbewehrten Hinterfüße einen Gegner mit Leichtigkeit aufschlitzen können, wird der Hippalektryon häufig von noch größeren Raubtieren gejagt.

Bändiger: Arcturus

Systematik: Equine, Aves

Beschwörungsstufe: 6

Basis-Manastufe: 43

Manafähigkeiten: keine

Angeborene Fähigkeiten: keine

Häufigkeit: selten

Ernährung: Allesfresser

Angriff/Verteidigung: Schnabel, Klauen

Sobek

Sobeks leben in Sümpfen, Flüssen und Seen; die Meere und Ozeane des Äthers meiden sie. Der dickhäutige, krokodilähnliche Zweibeiner benutzt Zähne und Klauen, um seine Gegner zu zerreißen, falls er sie nicht zuvor mit einem Schwanzschlag tötet. Mannsgroß kann es der Sobek problemlos mit seinem natürlichen Feind, dem Nanau, aufnehmen.

BÄNDIGER: niemand
SYSTEMATIK: Reptilien
BESCHWÖRUNGSSTUFE: 9
BASIS-MANASTUFE: 45
MANAFÄHIGKEITEN: keine
ANGEBORENE FÄHIGKEITEN: schwimmen,
kann sich an die Umgebung anpassen
HÄUFIGKEIT: verbreitet
ERNÄHRUNG: Fleischfresser
ANGRIFF/VERTEIDIGUNG: Bisse, Krallen, Schwanzschläge, dicke Haut

Ahool

Der Ahool erinnert an eine riesige Fledermaus mit der Muskulatur eines Berggorillas. Man findet den Einzelgänger eher selten im Äther, doch ab und zu dient er den mächtigeren Orkschamanen als Reittier. Aufgrund seines ausgezeichneten Gehörs und hervorragenden Geruchssinns wird der Ahool gerne als Fährtenleser eingesetzt. Mit seinen scharfen Krallen und gewaltigen Stoßzähnen kann es der Ahool sogar mit einem Greifen aufnehmen.

Bändiger: Khan

Systematik: Nager

Beschwörungsstufe: 10

Basis-Manastufe: 65

Manafähigkeiten: keine

Angeborene Fähigkeiten: fliegen, Schall wahrnehmen, Nachtsicht, scharfes Gehör und feiner Geruchssinn

Häufigkeit: sehr selten

Ernährung: Allesfresser

Angriff/Verteidigung: Zähne, Krallen

Zaratan

Der Schildkrötendämon mit Schwimmhäuten, einem Schnabel und einem schützenden Rückenpanzer ist kurz nach der Geburt etwa so groß wie eine gewöhnliche Meeresschildkröte, nimmt im Laufe seines Lebens jedoch gewaltige Ausmaße an. Da auf der rauen Oberfläche seines Panzers viele Pflanzen gedeihen, wird der Zaratan häufig für eine Insel im Meer gehalten. Er kann bis zu zweitausend Jahre alt werden und ist damit der langlebigste Dämon im Äther.

BÄNDIGER: niemand
SYSTEMATIK: Reptilien
BESCHWÖRUNGSSTUFE: 15
BASIS-MANASTUFE: 120
MANAFÄHIGKEITEN: keine
ANGEBORENE FÄHIGKEITEN: schwimmen

HÄUFIGKEIT: selten
ERNÄHRUNG: Pflanzenfresser
ANGRIFF/VERTEIDIGUNG: Schnabel, Rückenpanzer

Drak

Der Drak gibt den Wissenschaftlern der Dämonenakademie noch immer Rätsel auf, da er erst noch genauer untersucht werden muss. Man weiß bis heute nur, dass der Drak die erste Stufe der Metamorphose eines Salamanders ist. Ausgelöst wird die Verwandlung durch die extreme Hitze, die im Inneren eines Vulkans vorherrscht. Der Drak ist ähnlich wie der Salamander proportioniert, dabei aber noch größer als ein Greif. Er hat einen biegsamen Hals, zwei lange Hörner und Flügel. Wie sein kleiner Artgenosse, der Salamander, kann der Drak Feuer spucken und sich selbst sowie andere mit seinem Speichel heilen. Man munkelt, dass der Bändiger eines Drak feuerunempfindlich wird, aber diese Theorie muss erst noch bewiesen werden.

BÄNDIGER: Fletcher

SYSTEMATIK: Reptilien

BESCHWÖRUNGSSTUFE: unbekannt

BASIS-MANASTUFE: unbekannt

MANAFÄHIGKEITEN: Feuer spucken, heilen

ANGEBORENE FÄHIGKEITEN: Fähigkeiten: fliegen, wendig, feuerunempfindlich

HÄUFIGKEIT: extrem selten

ERNÄHRUNG: Fleischfresser

ANGRIFF/VERTEIDIGUNG: Feuer, Stachelschwanz, Krallen, Schnabel

DRACHE

BÄNDIGER: Khan
SYSTEMATIK: Reptilien
BESCHWÖRUNGSSTUFE: unbekannt
BASIS-MANASTUFE: unbekannt
MANAFÄHIGKEITEN: Feuer spucken, heilen
ANGEBORENE FÄHIGKEITEN: Fähigkeiten: fliegen, wendig, feuerunempfindlich
HÄUFIGKEIT: extrem selten
ERNÄHRUNG: Fleischfresser
ANGRIFF/VERTEIDIGUNG: Feuer, Stachelschwanz, Krallen, Schnabel, Schuppenpanzer

Man nimmt an, dass der Drache die letzte Stufe der Metamorphose eines Salamanders ist. Er sieht aus wie ein Drak, hat jedoch noch größere Hörner und einen nahezu undurchdringlichen Schuppenpanzer. Das einzig bekannte Exemplar gehört Khan, dem Anführer der Orks. Eine Theorie besagt, dass nur ein Albino-Ork fähig sei, einen solchen Dämon zu beschwören, da nur er eine so hohe Beschwörungsstufe erreicht.

ILLUSTRATIONEN VON
DAVID NORTH

Jeff Wheeler

Die Königsfall-Trilogie

Die sagenhafte Bestseller-Trilogie um den Weg eines Helden

»Jeff Wheeler hat wunderbare Figuren erschaffen.« ***Publishers Weekly***

978-3-453-32016-1

978-3-453-32017-8

978-3-453-32018-5

Leseproben unter **www.heyne.de**

HEYNE